增訂本

香港小學生中文詞典

字形標準・附有筆順
雙語注音・簡明確切

U0111292

萬里機構

編　　　寫：劉寧甫　夏雨　黃東月
插　　　圖：區煥禮
字頭書寫：馮寶佳

編　策　劃：曾協泰
編輯策劃：陳文威
編　　　輯：林愛蓮　莊澤義
校　　　對：林珊珊　陳綺君　蔡益懷　廖筱雯

製作策劃：劉祿祺
美術設計：邱麗燦　王妙玲

書　　　名：香港小學生中文詞典（增訂本）
出　　　版：萬里機構・明華出版公司
　　　　　　香港北角英皇道499號北角工業大廈20樓
　　　　　　電話：2564 7511　傳真：2565 5539
　　　　　　網址：http://www.wanlibk.com
發　　　行：香港聯合書刊物流有限公司
　　　　　　香港荃灣德士古道220-248號荃灣工業中心16樓
　　　　　　電話：2150 2100　傳真：2407 3062
　　　　　　電郵：info@suplogistics.com.hk
承　　　印：中華商務彩色印刷有限公司
出版日期：一九九一年三月第一次印刷
　　　　　　二〇二一年六月增訂本第二十九次印刷

版權所有・不准翻印
ISBN 978-962-13-0167-3

萬里機構　　萬里 Facebook

目　錄

序　　　　　　　　　　李學銘

　　我們要學好任何一門學科，都要靠工具書的幫助，要學好語文，當然不能例外。從小學生學語文的需要來說，最常用的工具書，是字典和詞典。現時常見的字典和詞典，一般都會對字注音、釋義，而且也會列出一些例詞，因而兩者都有查字、查詞的功用。只是字典的主要功用本來是查字，詞典的主要功用本來是查詞，於是在內容編排上，便會各有所重，例如字典所收的詞語會較少，詞典對於字形、字義的說明會較簡略，等等。從實用的角度看，小學生究竟需要一部怎樣的字典或詞典？怎樣的字典或詞典對小學生最有幫助？這是我們要留意的。

　　小學的語文課，認字、識詞、組詞、造句，是對學生最基本、最重要的訓練。可是長久以來，字形問題卻不斷在字詞教學中困擾着本港的小學語文教師和小學生。談字形，可能會各有所是，在學術上難免會有爭論。站在教學的立場，小學語文教師所關心的，不一定是學術爭論後所得的結果，而是教學生字形時，有沒有可參考或可遵循的標準？小學生，當然更不會關心學術爭論的問題，他們最不願面對的，是同一個字，教材上的字形是一種，甲老師所教的是一種，乙老師所教的是一種，而校長或家長的提示又是另一種，眾說紛紜，各行其是，小學生心、手兩忙，到頭來仍然不知道應以何者為是！其實對於字形的要求，只要不是錯別字，校長、教師、家長都不妨採取較寬容的態度，斤斤計較字形的正俗，在小學語文教學上，只會徒增煩擾。不過為了避免小學生在學習上的困擾，同校教師對同一字的字形要求，倒該有共同的默契，而校長和家長，就不必常常在字形方面，提出干預的意見，以免小學生無所適從。

　　語文教育學院中文系編的《常用字字形表》，提供了四千多個字形資料，方便小學語文教師在教學上有選擇的根據，而且易於默契、統籌。只是限於體例，《字形表》並沒有提供字音、字義、筆順、詞語、例句。字音、字義、詞語的提供，一般常用的字典、詞典都可以做到，但提供得足夠不足夠、適合不適合，倒可再作討論。至於字形和筆順，不少字典、詞典是忽略了的。《香港小學生中文詞典》，不但照顧了字音、字義、詞語、例句的參考需要，也照顧了字形、筆順方面的要求。字音方面，這部詞典採用雙語注音，即同時標注國語讀音和粵語讀音，符應了本港環境的需要。字義方面，這部詞典對常用字特別詳細解釋，而且力求確切、淺易；對於一字多義的義項，採取由淺入深的排列次序，而不採用本義在前、引申義

在後的注釋方法；義項之後，列有例詞的解釋和例句，這些例詞、例句，盡量選取自本港時下通行的小學中國語文課本。此外，這部詞典一方面爲了配應義項而出現例詞，另一方面更以每一字組成不少常用詞語，附在義項例詞之後。這些詞語雖沒有附加任何解說，但對學生的詞彙量，應有擴大的作用。字形方面，這部詞典收錄常用字四千五百個，次常用字一千六百多個；每一字頭，採用小學生慣見慣用的手寫體楷書，字形標準，主要以語文教育學院中文系編的《常用字字形表》爲依據，同時也參考了香港教育署發出的《小學中國語文科課程綱要（初稿）》（一九八七）所附《分級常用字彙表》。這部詞典，更爲四千五百個常用字附有筆順圖例，使學生查檢時，對每一常用字的字形，有更明確的認識，而教師在指導學生認字時，也就有可憑藉的資料了。

總而言之，《香港小學生中文詞典》是一部兼有字典、詞典功能的工具書，小學生碰到字、詞以至造句的困難，都可以借助這部詞典來解決，尤其是在詞語的提供和字形的提示方面，這部詞典較諸一般小學生字典、詞典的編纂，可說都有突破。至於小學語文教師，當他們備課或爲學生撰擬測試題目或語文練習時，這部詞典所提供的大量字、詞、句資料，無疑是一個可供汲取的資源。字詞的教與學，不僅僅是字義、詞義、讀音的問題，同時也是字形、筆順、組詞、造句的問題，我相信這部詞典在上述幾方面，都能對小學語文教師和小學生提供切實的幫助。

1988年 3 月15日

凡　例

一、這本詞典的字頭按部首排列，我們在詞典的正文之前有一篇文章教同學們怎樣按部首查字。如果從部首查不到，或者弄不清楚部首是什麼，請使用《難查字表》。

二、同一部首同一筆畫的字頭，依照起筆「、（點）」、「一（橫）」、「丨（豎）」、「丿（撇）」、「𠃌（折）」的順序排列。

三、這本詞典的字頭請書法家以楷書書寫，字形標準完全以香港教育署頒布的《小學中國語文科課程綱要》所附的《小學常用字表》，以及教育署屬下的香港語文教育學院中文系編的《常用字字形表》爲依據。

唯限於本港植字版的字形尚未根據以上兩表進行規範和更新，本詞典內文用字仍沿用植字版上給出的字形。如有內文的字形與字頭的字形不相符合者，應以字頭的字形爲準。

四、這本詞典所收單字共計六千一百五十左右。其中四千五百多個常用字附有筆順，有一些字可以有幾種筆順，我們只選擇最通行的一種。

限於篇幅，我們不可能——也沒有必要——把每一個常用字的筆順逐筆寫出。對於個別結構複雜特別難寫的字（如「淵」、「肅」、「龜」等），我們在附錄（二）詳細地寫出它們的全部筆順。

五、有些常用字筆畫容易寫錯的，我們在「⊗」號後面加以說明，以便引起注意，防止寫錯。

六、這本詞典對字的解釋盡量簡明確切，通俗易懂。一個字有幾個義項的，義項的排列容易的在前，困難的在後，具體的在前，抽象的在後；而不一定本義在前。

七、常用字的字頭，多數還選入一些用這字頭組成的詞語，加以注解。有的還舉出例句。

八、爲了幫助同學擴大詞彙量，我們還在一些常用字的最後面列出一些組詞，不加注釋。字頭在前的用◆號標出，字頭在後的用◆號。

九、這本詞典採用雙語注音，國語語音採用「漢語拼音方案」，粵語語音採用「廣州話拼音方案」。雙語注音之後，注有漢字直音。直音字即是與該字頭的聲、韻、調全部相同的字。如果沒有聲、韻、調全部相同的字，或者有相同的字，但是太過生僻，則選用聲、韻相同而聲調不同的字，國語語音在該直音字後面注明小字的「陰」、「陽」、「上」、「去」、「輕」。「陰」指陰平，即第一聲；「陽」指陽平，即第二聲；「上」第

三聲;「去」第四聲;「輕」指該字輕讀。粵語則在該直音字後面標明「1」至「6」的聲調符號:「1」指陰平或陰入,「2」指陰上,「3」指陰去或中入,「4」指陽平,「5」指陽上,「6」指陽去或陽入。

十、如果確實沒有同音字可供標注,國語直音字便不再注出,而粵語則使用「反切」。如「踢」字,注爲「拖尺³」,即表明「拖」字的聲母 t 和「尺」的韻母 eg 拼讀成一個 teg 音,再加上聲調讀爲中入(3),即可以得出「踢」的粵語讀音。

十一、一個字在國語或粵語中有幾個讀音的,分別以㊀㊁㊂表明次第,逐項加以注釋。國語或粵語中的某一項讀音跟另一項讀音相同的,便注明「同㊀」、「同㊁」的字樣。

十二、有些字連注兩音,在第二音之前加注「又」的,表示這個字還有另外一種讀音,而意思不變。

十三、有些字頭沒有標音,也沒有解釋,只注明「同」某字,這表明這個字頭即是某字的異體字(另一種寫法)。

十四、有些字頭注明同某字的 ❶、❷、或 ❹、❺ 等,這表明該字頭只有在那幾個義項才與某字互相通用。

怎樣查字典？

小朋友，你會查字典嗎？你的字典查得熟練嗎？

查字典是小學中國語文科教學的基礎內容之一。香港教育署最新發出的《小學中國語文科課程綱要（初稿）》明確地規定：

• 小學中年級學生必須能夠「初步認識和運用字典」；

• 小學高年級學生必須「能運用字典和詞典」。

學會查字典，可以幫助我們識字、閱讀書報，還可以幫助我們造句、寫作文哩！比如，閱讀中不認識的字，不理解的詞，查一查字典便可以學會；作文中不會寫的字、用不準的詞，也可以從字典中找到正確的答案。經常查字典，能使我們學到很多很多的詞語，瞭解這些詞語的用法，說話或是寫起文章來，詞語就會更加豐富，表達就會更加準確、生動。所以，字典是我們提高語文水平的重要工具，是我們探求知識的良師益友。希望每一個同學都能盡快學會熟練地使用，養成勤查字典的良好習慣。

那麼，怎樣查檢字典呢？

我們這部《香港小學生中文詞典》* 跟大多數中文字典一樣，是採用部首編排的。下面，我們就來簡單地談談「部首查字法」。

部首查字法

有些漢字，它有一部分相同，例如：「它、守、定、客、室、家」這些字，都有一個「宀」頭；「松、柏、楊、柳、樟、檜」這些字，都有一個「木」旁；「因、困、國、圈、園、圍」這些字都有一個大「囗」框。字典把有相同部分的字放在一起，算作一部。相同的那個部分，便是一部的「部首」。上面舉出的「宀」、「木」、「囗」都是部首。字典把漢字分成許多部。查字時，按部首來查檢，這樣的方法就叫做「部首查字法」。

用部首查字法查字，最重要的是要知道字的部首是什麼，應該到什麼部去查，還要知道這個字有多少畫，應該到多少畫裏去查。

我們的詞典共分 212 部，是按字形結構的特點分部的。所以，確定部首，就要根據每個字的字形結構，選取字中帶有特徵性的部分作為部首。

上下結構的字：

上下結構的字，先看上半部是不是有部首，上面有部首，不必再考慮下半部。如「星」字，上面有「曰」作為部首，就不必再考慮下半部。如「家」字，上面有「宀」作為部首；「奇」字，上面有「大」字作為部首，它們的下半部

＊「字典」和「詞典」都是用來查檢字的音、形、義的語文工具書，它們的查檢方法一樣，只不過詞典在每一個字頭底下列有更多的詞語條目，逐一加以解釋，部分較難理解的詞語還附有例句。

都不必考慮了。

　　當上半部沒有部首時，可以看看下半部有沒有部首，下面如果有，就取下面為部首。如「春」字，上面沒有部首，下面「日」字可作部首，就取「日」作部首。又如「獎」字，上面沒有部首，下面「犬」字可作部首，便取「犬」字為部首。

　　如果上下都有部首，一般取上面的作部首而不取下面的。如「企」，上面的「人」和下面的「止」都可以作部首，則取上面的「人」作部首；「公」字，上面的「八」和下面的「厶」都可以作部首，則取上面的「八」作部首；又如「霜」字，上面的「雨」和下面的「木」、「目」都可以作部首，則取上面的「雨」作部首。

　　上下結構的字中，如果上部是左右合體，也含有部首的字，那麼就只取下面的作為部首。如「碧」字，上面有「王」（玉）和「白」可作為部首，下面也有「石」可作部首，則只取下面的「石」作部首。如「暫」字，上面有「車」和「斤」可作為部首，下面也有「日」可作部首，則只取下面的「日」作部首。又如「紫」，也只取下面的「糸」作部首。

　　在上下結構字中，還有一些特殊的字，那就是帶衣框的字，如「裏、衰、衷」等字，這些字的部首是取上下兩頭拼合而成的。所以，這類字的部首應取上下兩頭，也就是「衣」字框。

　　左右結構的字：

　　左右結構的字，如果左右都有部首，就不必考慮右邊，比如「姪」字，左邊有「女」作為部首，就可以不考慮右邊；「秒」字，左邊有「禾」作為部首，也可以不考慮右邊。當左邊沒有部首時，右邊如果有，就取右邊的作為部首，如「歌」字，左邊沒有部首，就取右邊的「欠」作部首；「新」字，也是左邊沒有部首，就取右邊的「斤」作部首。

　　如果左右都有部首，一般是取左不取右，如「視」字，左邊的「礻」和右邊的「見」都可以作部首，則取「礻」作部首。「謝」字，左邊的「言」和右邊的「寸」都可以作為部首，則取左邊的「言」作為部首。

　　左右結構的字中，如果左邊是上下合體，也含有部首的字，那麼就只取右邊的作為部首。如「封」字，左邊的兩個「土」都可作為部首，右邊的「寸」也可作部首，就只取右邊的「寸」作部首。如「勛」，左邊的「口」和「貝」可作部首，右邊的「力」也可作部首，則只取右邊的「力」作部首。又如「獻」，也只取右邊的「犬」作部首。

　　在確定上下結構和左右結構的字是屬於什麼部首的時候，除了注意以上一些原則之外，還要記得有些部首是習慣放在字的下面（如「儿、廾、皿、内」），有些部首是習慣放在字的右邊（如「刂（立刀）、匕、攴、邑、頁」）。

　　包圍結構的字：

　　不論是半包圍結構的字，還是全包圍結構的字，外部都有包圍的筆形，字形的特徵都很明顯。這類字的包圍部分一般即是部首。

這是「口」部

包圍結構常用的部首有：辶（遇），廴（建），走（趕），匚（匹），匚（匠），厂（厝），广（府），尸（尾），戶（扁），虍（虛），門（間），几（凰），囗（困）。

不過，有些字應該特別注意，比如「題」字，外邊也有左下包圍的樣子，但是「是」字不是部首，所以部首不應取外邊，而應該取裏邊的「頁」。

重合部首的選定：

有些字在同一部位上兩個部首重合，比如「爸」字，上部有「八」和「父」兩個部首重合。這時應該確定筆畫多的那一個作為部首。例如：

爸：不在「八」部，而在「父」部。

空：不在「宀」部，而在「穴」部。

章：不在「立」部，而在「音」部。

磨：不在「广」部，而在「麻」部。

臥：不在「匚」部，而在「臣」部。

利用《難查字表》

以上所說的，只是「部首查字法」最基本的幾條原則。漢字結構複雜，當然不是那麼幾條原則所能包括得了的。但是，只要我們查得多、查得勤，對於部首查字法便可以慢慢熟練起來的。

有一些字很難看出它屬於什麼部首，有些字是不依照上面幾條原則入部的。為了幫助同學們查到這樣一些難查的字，我們在字典正文之前附有《難查字表》。這個表是按筆畫順序排列的，只要數出字的筆畫，便可以查到那個字了。

難查字表

一畫
一 1
乙 4

二畫
二 5
丁 1
十 31
七 1
卜 32
人 7
入 20
八 20
九 4
几 23
匕 30
了 5
乜 4
刁 24
刀 24
力 28
又 34
乃 4

三畫
【丶】
亡 6
丫 3
【一】
三 1
干 83
于 5
亍 5
下 1
万 2
寸 73
工 80
土 53
士 59
才 103
弋 86
大 60
丈 2

兀 18
【丨】
小 74
上 1
口 35
山 77
巾 81
【丿】
乞 4
千 32
凡 3
丸 3
夕 60
久 4
川 79
彳 89
勺 30
【乛】
叉 35
已 80
己 80
巳 80
弓 86
尸 75
也 4
子 68
孑 68
孓 68
刃 24
女 63
幺 83

四畫
【丶】
斗 121
卞 32
亢 6
方 122
六 20
文 121
之 4
戶 103

心 91
火 168
【一】
壬 59
王 181
天 61
夫 61
井 5
元 18
云 6
丐 2
丏 2
支 118
五 6
廿 86
卅 32
木 130
不 2
屯 77
牙 175
戈 100
犬 177
歹 147
友 35
尤 75
仄 7
互 6
太 61
比 149
【丨】
少 75
止 146
日 123
曰 128
中 3
內 20
水 151
【丿】
兮 21
分 24
公 21

凶 23
爻 174
父 174
【一】
丰 3
牛 175
午 32
手 103
毛 149
夭 61
升 32
丹 3
月 128
及 35
欠 145
勿 30
化 30
片 175
氏 150
斤 122
爪 174
反 35
【乛】
予 5
尹 4
弔 86
丑 2
尺 75
巴 80
允 18
毋 149
爿 174

五畫
【丶】
穴 209
立 211
主 3
市 81
玄 180
永 151
必 91
半 32

【一】
刊 24
平 83
示 204
玉 181
未 130
末 130
巨 80
巧 80
正 146
卉 32
去 34
可 36
叵 36
丙 2
甘 185
式 86
本 130
世 2
古 36
右 36
尢 130
夯 61
左 80
瓦 185
丕 2
石 200
布 81
戊 101
【丨】
卡 32
北 30
占 33
目 195
且 2
田 186
由 186
甲 186
申 187
冉 21
史 36

央 61
兄 18
弁 86
皿 194
凹 24
凸 24
四 50
以 8
册 22
【丿】
乏 4
乎 4
生 186
失 61
矢 200
乍 4
禾 206
冬 22
外 60
用 186
甩 186
包 30
句 36
匆 30
丘 2
白 193
氐 150
卯 33
后 33
斥 122
瓜 184
【乛】
召 37
矛 199
民 150
司 36
弗 87
疋 188
加 28
皮 193
母 149
出 23

台 37
幼 84
氹 151
弘 87

六畫
【丶】
字 68
交 6
亦 6
衣 267
充 18
亥 6
州 80
羊 228
米 217
并 83
次 145
【一】
丟 2
划 25
夷 61
寺 73
老 231
再 22
臣 241
吏 37
西 271
耳 232
共 21
互 6
【乛】
死 147
在 53
存 68
百 193
有 129
而 232
至 241
戌 101
戍 101
成 101

考 231
灰 168
吉 37
式 86
旨 124
【丨】
吊 37
尖 75
劣 28
光 19
此 146
曳 128
同 37
曲 128
肉 234
【丿】
合 38
乒 4
兵 4
【乛】
丞 3
羽 230
聿 234
艮 244

七畫
【丶】
辛 296
言 273
罕 227
良 244
初 267
弟 87
兌 19
吝 38
牢 70
【一】
忑 92
弄 86
求 151
走 288
赤 288

一部

一｜yī（衣）｜一
｜粵 yed¹（壹）｜

❶數目字，大寫作「壹」。❷滿，全:一生｜一家人｜一身汗。❸相同:一模一樣。❹專，純:一心一意。❺另外:番茄一名西紅柿。❻表示稍微或短暫:看一看｜想一想｜試一試。❼某:一天，我們來到了海邊。

【一向】一貫都是這樣，從未改變:他一向寬厚待人。

【一般】❶一樣:像花兒一般美麗。❷普通:這個道理，一般人都明白。

【一瞥】❶用眼一看:朝他一瞥。❷一眼看到的概況:「中國書展」一瞥。

【一邊】表示動作同時發生:他在馬路上閒逛，一邊快活地哼着歌兒。

【一…就…】❶表示兩事前後緊接:一學就會;一看就懂。❷每逢:一看到他，我就想起了往事。

【一日千里】形容發展迅速:香港旅遊業的發展一日千里。

【一丘之貉】比喻一樣都是壞人:貪官和盜賊是一丘之貉。

【一目了然】一看就完全明白。

【一針見血】比喻說話或寫文章直截了當，打中了要害。

【一舉兩得】做一件事，得到兩種好處，或達到兩種目的。

◈ 一旦　一共　一同　一直　一起　一致　一番　一概　一齊　一剎那　一眨眼　一連串　一溜煙　一窩蜂　一字不漏　一本正經　一如既往　一往無前　一敗塗地

◈ 唯一　專一　統一　萬一　始終如一

一至二畫

丁｜㊀dīng（釘）｜一　丁
｜粵 ding¹（仃）｜

❶天干的第四位，也表示順序的第四，參見「干支」條。❷成年男子，也指人口:壯丁｜添丁｜人丁興旺。❸稱從事某些勞動的人:門丁｜園丁。❹表示少量或小碎塊:一丁點｜肉丁。

㊁zhēng（征）｜象聲詞。表示伐木、彈琴等的聲
｜粵 zeng¹（爭）｜音:伐木丁丁。

七｜qī（欺）｜一　七
｜粵 ced¹（漆）｜

數目字，大寫作「柒」。

【七夕】指農曆七月初七的晚上。神話傳說，天上的牛郎、織女在這個時候相會。

【七竅】指兩眼、兩耳、兩鼻孔和口。

【七…八…】嵌在兩個名詞或動詞之前，表示眾多或雜亂:七手八腳;七嘴八舌;七零八落。

◈ 七絕　七律　七言詩　七星岩　七上八下　七拼八湊

◈ 橫七豎八　亂七八糟

三｜sān（傘陰）｜一　二　三
｜粵 sam¹（衫）｜

❶數目字，大寫作「叁」。❷表示多次:再三｜三思而行。

【三伏】指農曆夏至後的初伏、中伏、末伏，共三十天或

四十天，是一年中最熱的時期。

【三更】指夜間十二時左右，約當半夜。

【三秋】❶指秋季，也指秋季的第三個月，即農曆九月。❷比喻時間長:一日不見，如隔三秋。

【三角形】由三條線段圍成的圖形:直角三角形（有一個角是直角的），鈍角三角形（有一個角是鈍角的），銳角三角形（三個角都是銳角的），等腰三角形（有兩條邊相等的），等邊三角形（三條邊都相等的，也叫正三角形）。

【三心二意】心裏想這樣做又想那樣做，拿不定主意。

【三令五申】再三地命令，反覆地告誡。

【三言兩語】形容話語不多:他三言兩語就把問題說清楚了。

【三長兩短】指意外的災禍或事故，特指人的死亡。

【三顧茅廬】顧，拜訪。茅廬:茅草房。三國時，劉備為了請諸葛亮幫助打天下，曾三次去他家邀請，最後一次才見到。比喻誠心誠意地再三邀請。

◈ 三文治　三重奏　三部曲　三三五五　三天兩頭　三五成羣　三皇五帝　三更半夜　三番五次　三頭六臂

◈ 不三不四　丟三落四　朝三暮四　顛三倒四　接二連三　舉一反三

上｜㊀shàng（尚）｜｜　卜　上
｜粵 sêng⁶（尚）｜

❶位置、等級、質量高的:上層｜上級｜上等。❷時間、次序在前的:上年｜上次｜上冊。❸指時間、處所、範圍、方面:早上｜桌上｜會上｜事實上。❹高貴的:上賓｜上座。

【上策】高明的計謀或辦法。

【上游】江河靠近發源地的一段。

【上行下效】效:模仿。上邊的人怎樣做，下邊的人就跟着怎樣做。多指做不好的事。

◈ 上午　上旬　上風　上訴　上算　上進　上漲　上繳

◈ 以上　同上　至上　馬上　後來居上　至高無上

㊁同㊀｜❶到，去:上學｜上課｜上街｜上
｜粵 sêng⁵（尚⁵）｜班｜上山。❷增加，安裝:上油｜上漆｜上鎖｜上零件。❸達到一定數量或程度:成千上萬｜上年紀。❹表示動作的趨向或完成:爬上去｜追上了隊伍。❺陷入，受騙:魚上網｜上鈎｜上當。❻登載:上榜｜名字上了報。

◈ 上火　上天　上市　上台　上路　上演　◈ 成千上萬　迎頭趕上

下｜xià（夏）｜一　丁　下
｜粵 ha⁶（夏）｜

❶表示在低處，與「上」相對:下面｜樹下。❷時間或次序在後的:下午｜下冊。❸等次或級別低的:下等｜下級。❹由高處到低處:下樓｜下雨。❺按時結束:下班｜下課。❻投放:下網｜下種。❼卸掉:下貨｜下螺絲。❽使用:下筆｜下功夫｜對症下藥。❾作出，發出:下命令｜下結論｜下聘書。❿表示動作的趨向、繼續或完成:坐下｜說下去｜打下基礎。⓫低於，少於:不下三百人。⓬（粵音ha⁵）量詞:打十下。

【下流】卑鄙，無恥。

【下策】不高明的辦法或計謀:他迫於無奈，才出此下策。

【下落】着落，去處:下落不明。

【下懷】自己的心意:正中下懷。

【下不爲例】下次不能拿這次作爲例子。表示只能通融這一次。

◆下午　下令　下來　下面　下棋　下飯　下場　下達　下陷　下墜　下坡路　下馬威　◆甘拜下風　低聲下氣　不相上下　居高臨下　落井下石　順流而下　騎虎難下

丈 | zhàng（杖）
粵 zēng⁶（象） | 一ナ丈

❶長度單位，十尺是一丈: 一丈布。❷測量土地面積: 丈量｜丈地。❸對老年男子或長輩的尊稱: 老丈｜姑丈。❹對妻子的父母的稱呼: 丈人｜丈母。
【丈夫】❶婦女的配偶，跟「妻子」相對。❷成年男子: 大丈夫。

万 | mò（墨）
粵 meg⁶（墨） | 万俟: 複姓。

三畫

丐 | gài（蓋）
粵 koi³（概） | 一丁下丐

討錢、要飯的人: 乞丐。

丏 | miǎn（免）
粵 min⁵（免） | ❶遮住，看不見。❷避箭的短牆。
⊗跟「丐」不同。

不 | bù（布）
粵 bed¹（筆） | 一丆才不

❶表示否定: 不去｜不好｜走不動｜去不得。❷用在句末表示疑問: 你到底去不?
【不力】不盡力: 工作不力。
【不日】要不了幾天，幾天之內: 不日完工。
【不及】不如，比不上: 我數學成績不及你。
【不甘】不甘心，不情願: 不甘示弱。
【不苟】不馬虎，不隨便: 一絲不苟; 不苟言笑。
【不拘】❶不限制: 多少不拘。❷不計較: 不拘小節。
【不屑】不值得，表示輕視: 不屑一顧。
【不端】不正派，不正經: 行爲不端。
【不…就…】表示非此即彼: 每天下午，他不做功課就練鋼琴。
【不自量】過高地估計自己: 你這樣做未免太不自量。
【不成器】比喻沒出息。
【不了了之】擱在一邊不管，含糊了事。
【不可思議】無法想像，不可理解。
【不求甚解】不求深刻的理解: 做學問切不可不求甚解。
【不知所措】不知道該怎麼辦才好。形容驚慌、着急或窘迫: 聽到這個不幸的消息，她一時不知所措。
【不約而同】未經約定而彼此一致: 昨天，他倆不約而同地到淺水灣游泳去了。

◆不少　不但　不忍　不妨　不幸　不和　不消　不禁　不僅　不論　不好受　不要緊　不得了　不守本分　不知不覺　不屈不撓　不省人事　不容分說　不動聲色　不辭跋涉　不翼而飛　不幸中之大幸
⊗直筆不鈎。

丑 | chǒu（醜）
粵 ceo²（抽²） | フ刀丑丑

❶地支的第二位，也用來表示順序，參見「干支」條。

❷丑時，夜間一點到三點。❸戲曲中的滑稽角色: 小丑｜丑角。

四畫

丕 | pī（批）
粵 péi¹（披） | 一丆才不丕

大。
【丕業】偉大的事業。
【丕變】巨大的變化。
⊗直筆不鈎。

世 | shì（試）
粵 sei³（細） | 一十廿廿世

❶人的一生: 一生一世｜永世不忘。❷一輩又一輩: 世代相傳｜世醫｜世襲。❸時代: 近世｜當今之世。❹世界，社會，人類: 世人｜公之於世｜舉世聞名。
【世交】上代就有交情的人或人家。
【世面】社會上各方面的情況: 見世面。
【世俗】社會上流行的習俗: 世俗之見。
【世紀】一百年叫一世紀。如1901年至2000年爲二十世紀。
【世故】❶處世經驗: 人情世故。❷待人處事圓滑，不得罪人: 他表叔很世故。
【世道】❶世事的常規。❷社會的習俗。

◆世伯　世局　世家　世風　世間　世外桃源　世態炎涼　◆去世　身世　治世　逝世　處世　盛世　舉世　大千世界

且 | qiě（茄上）
粵 cé²（扯） | 丨冂月月且

❶而且: 既快且好。❷暫且: 這且不提｜你且等等。❸尚且: 死且不怕，何況困難。❹表示將近: 年且九十。
【且…且…】表示兩件事同時進行: 且歌且舞。

◆且住　且說　且慢　◆而且　並且　姑且　況且　暫且　權且　苟且偷安　得過且過

丙 | bǐng（餅）
粵 bing²（炳） | 一一冂丙丙

❶天干的第三位，參見「干支」條。❷表示排列順序的第三: 丙等。

丘 | qiū（秋）
粵 yeo¹（休） | 丿丿斤丘丘

❶土堆，小土山: 土丘｜沙丘｜荒丘。❷量詞: 一丘田。
【丘陵】連綿成片的小山。

五至七畫

丟 | diū
粵 diu¹（刁） | 一二千王丟丟

❶遺失，失落: 丟失｜丟了一枝鋼筆。❷拋開: 亂丟果皮。
【丟臉】失去面子。
【丟醜】喪失體面。
【丟三落四】形容做事馬虎或好忘事。
【丟卒保車】比喻犧牲次要的保住主要的。
【丟盔棄甲】形容吃了敗仗時的狼狽相。

◆丟人　丟失　丟掉　丟棄　丟面子
⊗首筆是橫畫。

兩 同「兩」。

丞 chéng (成) | 粵 xing⁴ (成) | 了了丞丞丞

❶幫助，輔助。❷古時的官名: 縣丞｜府丞。
【丞相】輔助皇帝辦事的最高官吏。

並 bìng (病) | 粵 bing³ (兵³) | 丷丷丷丷並並

❶一起，同時: 手腦並用｜同時並進。❷平列: 並列｜並
肩。❸表示更進一層: 他按時上課，並認眞復習。❹用
在否定詞的前面，表示實際上不像預料的那樣: 並不聰
明｜並不容易。
【並行不悖】同時進行，彼此不相妨礙。
【並駕齊驅】比喻齊頭並進，不分高下。
◆ 並立 並存 並行 並重 並排 並聯 ◆ 相提並
論 圖文並茂

丨部

丫 yā (鴉) | 粵 a¹ (鴉) | 丶丷丫

樹木或其他物體的分叉: 樹丫杈｜腳丫縫。
【丫頭】❶舊稱婢女。❷對女孩子的稱呼: 這丫頭挺可愛。
【丫鬟】舊稱年幼的婢女。
◆ 丫杈 ◆ 枝丫 毛丫頭
⊗直筆不鈎。

中 ⊖ zhōng (鐘) | 粵 zung¹ (鐘) | 丶口口中

❶和四周、上下或兩端距離相等: 中央｜中心｜中途。
❷內，裏面: 房中｜家中｜書中。❸性質、等級在好壞
高低之間: 中等｜中學。❹表示動作正在進行: 在研究
中｜在交涉中。❺適於，合於: 中用｜中看｜中聽。
❻中國的簡稱: 中文｜古今中外。
【中立】處於兩種對立的力量之間，不傾向於任何一方。
【中旬】每月的11日到20日。
【中秋】農曆八月十五日，即中秋節。
【中流】❶水流的中央。❷中等。
【中游】河流的中段。
【中堅】集體中起主要作用的骨幹力量: 中堅分子。
【中樞】事物中起關鍵、主導作用的部分: 鐵路中樞。
【中山狼】古代寓言。趙簡子在山中打獵，一隻狼中了箭，
逃到東郭先生那裏求救。東郭先生救了狼，狼卻要吃掉
東郭先生。比喻忘恩負義的人。
【中流砥柱】砥柱: 屹立在黃河中流的一座石山。比喻在
艱難環境中能起支柱作用的人或集體。
◆ 中心 中止 中式 中間 中鋒 中斷 中學生 中
華民族 ◆ 心中 空中 其中 集中 當中 眼中釘
心中有數 水中撈月 急中生智 美中不足
⊖ zhòng (衆) | 粵 zung³ (衆) ❶正對上，恰好達到: 中獎｜擊中
要害。❷感受，受到: 中暑｜中彈。
【中肯】說話抓住了要點或正中要害: 他的批評十分中肯。
【中意】合心意: 爸爸給我買的一雙球鞋，我很中意。

【中傷】用誣蔑的話傷害人: 造謠中傷。
◆ 中計 中風 中毒 中暑 中獎 ◆ 命中 看中 猜
中 正中下懷 一箭中的 百發百中

丰 fēng (風) | 粵 fung¹ (風) | 容貌、姿態美好: 丰采｜丰姿。
⊗首筆是撇。

串 chuàn (穿去) | 粵 qun³ (寸) | 丶口口吕吕串

❶連貫: 貫串。❷指聯繫或暗中勾結: 串聯｜串通｜串供。
❸錯誤地連結: 電話串了線。❹走動，活動: 串親戚｜串
門。❺量詞: 一串珠子｜一串鑰匙。

、部

丸 wán (完) | 粵 yun⁴ (元) | 丿九丸

小而圓的東西: 藥丸｜彈丸。
◆ 丸子 丸藥 丸劑 ◆ 泥丸 蜜丸 彈丸之地

凡 fán (煩) | 粵 fan⁴ (煩) | 丿凡凡

❶平常，普通: 平凡｜自命不凡。❷所有的: 凡是｜凡事。
❸大概: 大凡。❹宗教或神話方所指的人世間: 凡塵｜仙女
下凡。
【凡例】放在正文前面說明全書內容和體例的文字。

丹 dān (單) | 粵 dan¹ (單) | 丿冂丹丹

❶紅色: 丹楓｜丹頂鶴。❷依成方配製的中藥: 丸散膏丹。
【丹心】忠誠的心: 一片丹心。
【丹田】指人體臍下三寸的地方。
【丹青】指繪畫: 丹青妙筆。
◆ 丹方 ◆ 仙丹 牡丹 靈丹妙藥

主 zhǔ (煮) | 粵 ju² (煮) | 丶亠宁主

❶主人，跟「賓、客」或「奴僕」相對: 賓主｜主
僕｜東道主。❷權力或財物的所有者: 君主｜物主｜店
主。❸當事人: 事主｜失主｜賣主。❹主張，決定: 主
戰｜主和。❺主持，負主要責任: 主講｜主編。❻重要的，
根本的: 主次｜主力｜主流。
【主宰】❶支配，統治。❷處於支配地位的力量。
【主義】對於自然界、社會以及學術、文藝等問題所持的
有系統的理論與主張: 達爾文主義; 浪漫主義。
【主語】謂語的陳述對象，如「他在讀報」的「他」。
【主題】文學藝術作品中所表現的中心思想。
【主顧】商業中稱買貨的人: 他是這家店的老主顧。
【主觀】❶屬於自我意識方面的，跟「客觀」相反。❷不
依據客觀實際，單憑個人意志: 他的意見太主觀。
◆ 主見 主角 主持 主席 主意 主演 主謀 主人
公 ◆ 公主 民主 業主 六神無主 不由自主 先入
為主 喧賓奪主 當家作主

丿部

乃 nǎi（奶）｜粤 nai⁵（奶）｜丿乃
文言用字。❶是:失敗乃成功之母。❷你,你的:乃父｜乃兄

久 jiǔ（九）｜粤 geo²（九）｜丿勹久
時間長,跟「暫」相反:久別｜年深日久。
【久仰】客套話,即仰慕已久。
【久而久之】經過相當長的時間:在光線不足的地方看書,久而久之,會影響視力。
◆久久 久留 久遠 久違 ◆不久 多久 好久 永久 長久 耐久 持久 悠久 許久 天長地久 由來已久 曠日持久

之 zhī（支）｜粤 ji¹（支）｜丶二丿之
文言用字。❶相當於白話的「的」:無價之寶｜二分之一｜高山之巔。❷代替人或事物:取之不盡,用之不竭｜置之不理。❸相當於白話的「在這」或「以」:之前｜之後。❹表示語氣:總之｜總而言之｜久而久之。
【之乎者也】之、乎、者、也,都是文言最常用的虛詞。譏笑人咬文嚼字或言辭、文章故作斯文。
◆反之 付之一笑 求之不得 持之以恒 當之無愧 置之度外 井底之蛙 成人之美 吹灰之力 先見之明 乘人之危 當務之急

尹 yǐn（飲）｜粤 wen⁵（允）｜コ丑丑尹
❶古時的一種行政官:令尹｜府尹。❷姓。

乏 fá（伐）｜粤 fed⁶（伐）｜丿イ乇乏乏
❶缺少,沒有:缺乏｜乏力。❷累,疲倦:疲乏｜人困馬乏。
【乏味】沒有趣味。
【乏趣】無趣。
◆乏善可陳 ◆空乏 貧乏 不乏其人

乎 hū（呼）｜粤 fu⁴（扶）｜丿仒丒乎
文言用字。❶用在動詞或形容詞後面,表示「於」:合乎｜不在乎｜異乎尋常。❷助詞。表示疑問,相當於「嗎、呢」:然乎?否乎? ❸嘆詞。相當於「啊」:悲乎｜惜乎!
◆似乎 幾乎 胖乎乎 熱乎乎 出乎意料 忘乎所以 不亦樂乎 滿不在乎

乍 zhà（炸）｜粤 za³（炸）｜丿乍仁乍乍
❶忽然:乍寒乍暖。❷剛,剛開始:新來乍到｜乍暖還寒。

乒 pīng（平陰）｜粤 bing¹（兵）｜丿仁仨乒乒
❶象聲詞:乒的一聲槍響。❷指乒乓球:乒壇。
【乒乓】❶象聲詞:雹子打在屋頂上乒乓亂響。❷乒乓球。

乓 pāng（旁陰）｜粤 bem¹（泵）｜丿仁仨乓乓
❶象聲詞,形容槍聲、關門聲、東西砸破聲。❷見「乒乓」條。

乖 guāi（怪陰）｜粤 guai¹（怪¹）｜一千千乖乖乖
❶小孩子聽話,不淘氣:這孩子真乖。❷機警,伶俐:乖巧。❸古怪,反常:乖僻。
【乖張】怪僻,不講道理。
◆乖覺 ◆賣乖 嘴乖 出乖露醜

乘 ㊀ chéng（成）｜粤 xing⁴（成）｜千千乖乖乘乘
❶騎、坐、搭:乘車｜乘船｜乘搭班機。❷趁,利用:乘便｜乘機。❸算術中的乘法:二乘二得四。
【乘隙】趁機會,鑽空子:乘隙而入。
【乘興】趁着一時高興:乘興而來,敗興而歸。
【乘人之危】趁人危急時去侵害人。
【乘風破浪】比喻不畏艱難,奮勇前進。
【乘虛而入】趁對方空虛不備的時候攻進去。
◆乘方 乘客 乘涼 乘號 乘數 乘積 ◆自乘 連乘 有機可乘
㊁ shèng（勝）｜粤 xing⁶（盛）｜四匹馬拉的車:千乘之國。
⊗直筆不鈎。

乙部

乙 yǐ（以）｜粤 yud³（月³）｜乙
❶天干的第二位,參見「干支」條。❷用作順序的第二:乙等｜乙級。❸人或地的代稱:乙方｜乙地。

九 jiǔ（久）｜粤 geo²（久）｜丿九
❶數目字,大寫作「玖」。❷表示多次或多數:九死一生。
【九九】❶從冬至日起始的八十一天,每九天作一單位,「三九」前後最冷,「六九」以後轉暖。❷乘法口訣。
【九宮格】練習寫毛筆字的一種方格紙。
【九霄雲外】比喻非常遙遠:這件事我早忘到九霄雲外了。
【九牛二虎之力】比喻很大的氣力。
◆九天 九泉 九牛一毛 ◆重九 數九 三教九流 十拿九穩

乜 miē（滅陰）｜粤 mé¹（咩）｜【乜斜】❶眼睛眯不開的樣子。❷斜着眼睛看,表示不滿意或看不起。
⊗跟「也」不同。

乞 qǐ（起）｜粤 hed¹（核¹）｜丿仁乞
向人乞討,求:乞丐｜乞求｜乞食｜乞討。
【乞憐】乞求別人憐憫同情。
⊗不要寫為「气」字。

也 yě（野）｜粤 ya⁵（衣呀⁵）｜フ九也

❶表示同樣、並行等意義:你有，我也有。❷起加强語氣的作用:也好｜空空如也｜你不去也就算了。❸文言用字，表示判斷或解釋的語氣:孔子，魯人也。｜非不能也，是不爲也。

【也許】說不定:他明天也許會來。

【也罷】算了，只得如此:你不參加也罷。

氹 | jī(基) 粵 géi¹(基) | ㇏ ㇏ ㇇ 占 占 氹

扶氹:求神占卜的一種方法。

乳 | rǔ(汝) 粵 yu⁵(雨) | ㇏ ㇏ ㇇ 乎 乎 乳

❶乳房，分泌乳汁的器官。❷奶汁:牛乳。❸像奶一樣的東西:豆乳。❹初生的、幼小的:乳鴿｜乳豬。

【乳母】以乳餵哺別人家孩子的婦女。

【乳齒】出生後不久長出來的牙齒。

【乳臭未乾】臭:氣味。嘴裏還有奶腥氣。諷刺人年幼無知。

◆乳牛 乳名 乳兒 ◆哺乳 煉乳 水乳交融

乾 | ㊀gān(肝) 粵 gon¹(肝) | 十 古 古 卓 軲 乾

❶沒有或很少水分，跟「濕」相對:乾燥｜乾柴｜乾糧。❷乾的食品等:餅乾｜葡萄乾。❸水分變少，變沒了:乾枯｜口乾舌燥｜大河沒水小河乾。❹徒然:乾着急｜我乾等了你一個小時。❺拜認的親屬關係:乾爹｜乾娘。

【乾脆】爽快，利落:他做事一向挺乾脆。

◆乾旱 乾杯 乾枯 乾淨 ◆風乾 晾乾 外强中乾

㊁qián(虔) 粵 kin⁴(虔) | ❶八卦之一，代表「天」:乾坤。❷舊時稱男性的。

【乾坤】象徵天地、陰陽等:扭轉乾坤(根本改變已成的局面)。

亂 | luàn(卵去) 粵 lün⁶(聯⁶) | ㇏ 乎 乎 亂 亂 亂

❶無條理，沒秩序:一團亂麻。❷局勢動蕩，戰事騷擾:動亂｜戰亂。❸混淆:以假亂眞。❹隨意，任意:亂說亂動。❺不安寧:心慌意亂。

【亂子】糾紛，禍事:那邊出了亂子，他得趕快去收拾。

【亂世】混亂不安的時代。

【亂七八糟】雜亂無章，缺乏條理:這篇作文寫得亂七八糟。

◆亂兵 亂哄哄 亂糟糟 ◆內亂 忙亂 作亂 叛亂 搗亂 暴亂 錯亂 變亂 心亂如麻 胡言亂語 手忙脚亂

亅部

了 | ㊀liǎo(瞭) 粵 liu⁵(料⁵) | ㇇ 了

❶完結，結束:了事｜沒完沒了。❷明白，懂得:了解｜一目了然。❸在動詞後跟「得」或「不」連用，表示可能與否:辦得了｜來不了。

【了却】了結:了却一件心事。

【了解】❶很明白:這事我了解。❷調查，打聽:我先去了解一下再說。

◆了然 了結 了債 ◆未了 末了 完了 終了 臨了 一了百了 直截了當 數衍了事 不甚了了

㊁le(勒輕) 粵 同㊀ | ❶用在動詞或形容詞後面，表示動作或變化已經完成:他們全都走了｜樹葉子綠了。❷用在句子末尾，表示肯定的語氣:他今年六十歲了｜算了，別講了。

予 | ㊀yú(余) 粵 yu⁴(余) | ㇇ ㇅ 予 予

文言用字，相當於白話的「我」。

㊁yǔ(與) 粵 yu⁵(雨) | 給與:授予獎狀｜予以幫助。

事 | shì(試) 粵 xi⁶(是) | 一 百 亐 亐 亐 事

❶事情:做事｜公事｜急事。❷職業:謀事。❸意外的災禍:出事｜平安無事。❹做:大事宣傳。❺關係，責任:沒你的事了。

【事件】已發生的不平常的大事情。

【事故】意外的變故或災禍。

【事業】人們所從事的具有一定目標的經常性的社會活動。

【事實】事情的眞實情況。

【事態】形勢或局面。

【事變】突然發生的重大的政治或軍事事件。

【事半功倍】形容費力小而收效大，與「事倍功半」相反。

【事在人爲】事情全靠人去做。

【事與願違】事情的發展與願望相反。

◆事主 事先 事物 事例 事理 事務 事業心 ◆心事 本事 共事 怪事 故事 婚事 理事 鬧事 董事 領事 一事無成 無濟於事

二部

二 | èr(兒去) 粵 yi⁶(弍) | 一 二

❶數目字，大寫作「貳」或「弍」。❷第二:二次大戰。❸次等的:二等貨。❹兩樣:不要三心二意。

【二流子】不務正業、遊手好閒的人。

◆二胡 ◆接二連三 心無二用 說一不二 獨一無二 數一數二

一至三畫

亍 | chù(處去) 粵 cug¹(促) | 見「彳亍」條。

于 | yú(余) 粵 yu¹(迂) | 一 二 于

❶文言虛字，相當於白話的「於」。❷姓。
⊗直筆鈎。

井 | jǐng(景) 粵 jing²(整) | 一 二 井 井

❶人工挖成作爲汲水用的深洞:水井。❷形狀跟井相似的:天井｜礦井。❸形容整齊而有秩序:秩序井然。❹故

土: 離鄉背井。
【井井有條】清楚而有條理: 他把計劃安排得井井有條。
【井底之蛙】井底觀天的青蛙。比喻見識狹窄。
【井水不犯河水】比喻雙方互不相犯。
◆井田　井水　井架　◆市井　油井　鑽井　坐井觀天　投井下石　落井下石　臨渴掘井

五 | wǔ（午）| 一 丆 五 五
粵 ng⁵（午）

❶數目字, 大寫作「伍」。❷第五: 小學五年級。
【五行】指金、木、水、火、土。
【五官】指眼、耳、口、鼻、心。通常指臉上的器官: 五官端正。

眼　鼻　臉　嘴　頸　耳

【五金】指金、銀、銅、鐵、錫, 也泛指金屬製品。
【五穀】泛指稻麥一類的穀物。
【五臟】指心、肝、脾、肺、腎。
【五言詩】每句五字的舊體詩。
【五線譜】在五條平行線上標記音符的樂譜。
【五光十色】花色繁多, 鮮豔奪目。
【五花八門】花樣繁多, 變化多端。
【五湖四海】指全國或全世界各地。
◆五更　五月節　五馬分屍　五彩繽紛　五顏六色　五體投地　◆一五一十　三令五申　四分五裂　四捨五入

云 | yún（勻）| 一 二 云 云
粵 wen⁴（勻）

文言用字, 相當於白話的「說」: 人云亦云｜不知所云。
【云云】如此等等。

互 | hù（戶）| 一 亇 互 互
粵 wu⁶（戶）

彼此: 互相｜互助。
◆互利　互勉　互惠　互讓　互通有無

四至七畫

亙 | gèn（根去）| 一 丆 万 亙 亙 亙
粵 geng²（耿）

空間或時間延續不斷: 綿亙｜亙古未有。
⊗跟「互」不同。

些 | xiē（歇）| 丨 卜 止 止 些
粵 sé¹（寫¹）

❶表示一個以上的不定數: 這些人｜講了些話。❷用在形容詞後表示比較的程度: 請你說簡單些。❸跟「好」、「這麼」連用, 表示許多: 好些人｜這麼些書。
【些小】少量, 一點兒。
【些許】少許, 一點兒。
【些微】稍微, 一點兒。

◆一些　有些　那些　某些　這些　哪些

亞 | yà（鴉去）| 一 丆 亓 亞 亞 亞
粵 a³（阿）

❶次一等的: 亞軍。❷指亞洲: 歐亞大陸。
⊗留心這個字的筆順, 共八畫。

亟 | jí（集）| 一 丆 砳 砳 亟 亟
粵 gig¹（擊）

急切, 迫切: 亟盼｜亟須。
【亟亟】急迫, 急忙: 亟亟奔走｜不必亟亟。

亠部

亡 | wáng（王）| 、 亠 亡
粵 mong⁴（忙）

❶死: 亡故｜傷亡。❷滅: 亡國｜滅亡。❸逃: 亡命｜流亡。❹失去: 亡羊補牢（比喻事後補救）。
【亡命之徒】不顧生命, 冒險作惡的人。
◆逃亡　陣亡　脣亡齒寒　生死存亡　名存實亡　家破人亡

亢 | kàng（抗）| ❶高, 高傲: 高亢｜不卑不亢。
粵 kong³（抗）| ❷過甚, 極: 亢旱。
⊗下面是「几」。

交 | jiāo（郊）| 、 亠 亠 六 交 交
粵 gao¹（郊）

❶付給, 托給: 交貨｜這事交給我來辦好了。❷相接, 相連: 交界｜春夏之交。❸來往聯繫: 交往｜交通。❹一齊, 同時: 風雨交加｜驚喜交集。❺生物配種: 交配。
【交代】❶辦理移交。❷囑咐。❸把事情或意見向有關的人說明白。
【交易】買賣: 公平交易。
【交涉】協商解決彼此有關的問題。
【交際】人與人的來往聯繫。
【交口稱譽】大家同聲稱讚。
【交頭接耳】頭靠得很近, 低聲說話。
◆交情　交游　交換　交鋒　交錯　交織　交響樂　◆外交　成交　結交　絕交　內外交困　心力交瘁　水乳交融

亦 | yì（益）| 、 亠 亣 亣 亦 亦
粵 yig⁶（譯）

也, 也是: 反之亦然。
【亦步亦趨】別人走, 也跟着走; 別人跑, 也跟着跑。比喻自己沒有主張, 盲目地跟着別人走。

亥 | hài（害）| 、 亠 亡 亥 亥 亥
粵 hoi⁶（害）

❶地支的末一位, 參見「干支」條。❷亥時, 晚上九點到十一點。

亨 | hēng（哼）| 、 亠 古 亨 亨 亨
粵 heng¹（哼）

順利: 萬事亨通。
⊗跟「享」不同。

京 | jīng（經）| 亠 古 古 宁 宁 京 京
粵 ging¹（經）

❶國家的首都: 京都。❷指北京: 京戲｜京廣鐵路。

享 xiǎng（響）粵 hêng² （響）　亠 亣 古 亨 亨 享

得到滿足, 受用: 享受｜享福｜坐享其成｜享有盛名。
【享年】敬稱死去的老人活的歲數: 爺爺享年九十二。
◆享用　享樂　◆分享　安享

亭 tíng（庭）粵 ting⁴ （庭）　亠 亣 古 亭 亭 亭

有頂無牆, 供點綴或休息用的建築物: 亭子。
【亭亭】直立的樣子。
◆亭台樓閣　亭亭玉立　◆涼亭　崗亭

亮 liàng（諒）粵 lêng⁶ （諒）　亠 亣 古 亭 亭 亮

❶明, 發光: 明亮｜天亮｜刀磨得眞亮。❷聲音高: 響亮｜嘹亮。❸顯示, 顯露: 亮相｜把刀一亮。❹明朗, 清楚: 心明眼亮｜打開天窗說亮話。
【亮堂】❶明朗: 屋子亮堂。❷開朗, 明白: 心裏亮堂。
◆亮底　亮度　亮晶晶　◆月亮　光亮　洪亮　清亮
雪亮　敞亮　漂亮　高風亮節
⊗下面是「儿」。

毫 bó(博)粵 bog³ （博）
亳縣, 在安徽省。
⊗跟「毫」不同。

人部

人 rén（仁）粵 yen⁴ （仁）　丿 人

❶具有智慧的、能製造和使用生產工具進行勞動的最高等動物。❷別人: 毫不利己, 專門利人｜人云亦云。❸每個人: 人手一冊。❹指人的品質、性情: 王先生人很好。❺人手, 人才: 我們公司正缺人。
【人次】指許多次人數的總和: 這個展覽開幕才三天, 觀眾已達七千人次。
【人馬】❶指軍隊: 起義軍人馬眾多。❷比喻人員配備: 這個工程隊人馬齊全。
【人格】指人的道德品質: 人格高尚。
【人煙】指人家、住戶: 那是個人煙稀少的荒涼地區。
【人山人海】形容人聚集得非常多: 聖誕節之夜, 尖東區人山人海。
◆人士　人才　人生　人命　人品　人參　人地生疏
人仰馬翻　人盡其才　◆文人　友人　主人　生人　名人　商人　詩人　熟人　出人意料　待人接物　動人心弦　誨人不倦

二畫

仁 rén（人）粵 yen⁴ （人）　丿 亻 仁 仁

❶寬厚, 同情, 友愛: 仁愛｜仁人志士。❷果核內部的種子或動物硬殼裏較柔軟的部分, 大多可以吃: 果仁｜杏仁｜花生仁｜蝦仁。

【仁慈】仁愛, 慈善。
【仁至義盡】對人的關心、幫助盡到了最大的努力。
◆仁兄　仁弟　仁厚　◆不仁　見仁見智　當仁不讓
一視同仁　麻木不仁　爲富不仁

什 ㊀shí（時）粵 seb⁶ （十）　丿 亻 仁 什

❶同「十」: 什一（十分之一）。❷各式各樣的: 什物｜家什。
【什錦】各種各樣東西湊成的: 什錦糖｜素什錦。
㊁shén（神）粵 sem⁶ （甚）　表示疑問的詞: 什麼。

仄 zè（則去）粵 zeg¹ （則）　一 厂 仄 仄

❶狹窄: 逼仄。❷心裏不安: 歉仄。❸傾斜: 傾仄。❹古漢語上、去、入三個聲調的統稱: 仄聲。

仃 dīng（丁）粵 ding¹ （丁）　丿 亻 仁 仃

見「伶仃」條。

今 jīn（金）粵 gem¹ （金）　丿 人 亽 今

當前, 現在, 現代: 今天｜今春｜今年。
◆今人　今世　今生　今後　今朝　今非昔比　今是昨非　◆而今　至今　如今　迄今　於今　當今

仆 pū（鋪）粵 fu⁶ （父）　丿 亻 什 仆

向前跌倒: 前仆後繼。

介 jiè（界）粵 gai³ （界）　丿 人 介 介

❶在兩者之間: 這條河介於兩山之間。❷在中間起聯繫作用: 媒介。❸放在心裏: 請你不必介意。❹甲殼: 介蟲｜介殼。❺相當於「個」: 一介書生｜一介武夫。
【介入】參加進去: 你不必介入他們之間的爭執。
【介紹】使雙方互相認識: 讓我來向你們介紹一下, 他就是著名的魔術大師許先生。

仇 ㊀chóu（愁）粵 seo⁴ （愁）　丿 亻 仇 仇

敵對, 深切的怨恨: 仇敵｜仇恨。
【仇視】以仇敵相看待: 仇視侵略者。
◆仇人　仇隙　◆私仇　寃仇　報仇　血海深仇
㊁qiú（求）粵 keo⁴ （求）　姓。

仍 réng（扔陽）粵 ying⁴ （形）　丿 亻 仈 仍

依然, 照舊: 仍然｜仍舊｜他患了感冒仍堅持上學。

三畫

仝 tóng（同）粵 tung⁴ （同）　❶姓。❷同「同」。

仕 shì（試）粵 xi⁶ （是）　丿 亻 仁 什 仕

舊指做官: 出仕｜仕途。

仗 zhàng（丈）粵 zêng³ （漲）　丿 亻 仁 什 仗

❶戰爭或戰鬥:打勝仗│吃敗仗。❷兵器:儀仗│明火執仗。❸憑藉,依靠:倚仗│仗恃。❹手持兵器:仗劍。

付 fù(富)　粵 fu⁶(父)　ノ 亻 亻 什 付

交,給:付款│托付。

【付諸東流】比喻希望破滅,前功盡棄。

◆付印　付訖　付郵　付之一炬　付之一笑　◆支付　交付　對付　償付　應付自如

代 dài(待)　粵 doi⁶(待)　ノ 亻 亻 代 代

❶替:代替│代勞。❷歷史分期:古代│唐代。❸世系,輩分:第二代│下一代。

【代表】❶受委托去辦理事情:我代表公司出面交涉。❷被委派的人:校方代表│全權代表。

【代價】❶購物所付出的價錢。❷爲達到某種目的所付出的精力或物力:這樣做代價太大了。

◆代售　代號　代數　代理人　代代相傳　◆末代　世代　交代　年代　朝代　歷代　取而代之

⊗跟「伐」不同。

令 ⊖ lìng(另)　粵 ling⁶(另)　ノ 人 人 今 令

❶上級對下級的指示:命令│法令。❷使:令人高興。❸時節:時令│夏令。❹尊稱別人的親屬:令尊│令兄。❺古代官名:縣令。

◆令郎　令嫂　令人髮指　◆口令　軍令　勒令　夏令營　外交辭令　發號施令

⊜ lǐng(領)　粵 lim¹(廉)　平板紙五百張叫一令。

以 yǐ(已)　粵 yi⁵(耳)　丶 丶 丬 以 以

❶用,拿,把:以一當十│以少勝多。❷因,因爲:不以成功自滿。❸表示時間、方位或數量的界限:十天以後│水平以上│三百以內。

【以至】表示時間、數量、程度、範圍的延伸。

【以爲】認爲:我以爲你昨天下午會來。

【以致】引述結果:他不注意作息,以致鬧出病來。

◆以及　以外　以來　以往　以便　以身作則　以理服人　◆可以　足以　所以　自以爲是　習以爲常

仙 xiān(先)　粵 xin¹(先)　ノ 亻 亻 仙 仙

神話中稱有特殊能力、可以長生不死的人:仙女│仙翁。

◆仙山　仙子　仙境　◆天仙　水仙　神仙　八仙過海

仟 qiān(千)　粵 qin¹(千)　「千」的大寫。

他 tā(她)　粵 ta¹(它)　ノ 亻 亻 他 他

❶第三人稱代名詞,指你、我以外的第三人(男性):他是誰? ❷別的,另外的:他人│他處。

◆他日　他鄉　他山之石　◆其他

仞 rèn(刃)　粵 yen⁶(刃)　ノ 亻 亻 仞 仞

古代以八尺或七尺爲一仞。

仔 ⊖ zǐ(子)　粵 ji²(紙)　ノ 亻 亻 仔 仔

【仔細】周密,留神:仔細研究;路很滑,仔細點兒。

⊜ zǎi(宰)　❶指小孩子。❷指幼小的動物:狗仔。

粵 zei²(濟²)　仔│貓仔。

四畫

伉 kàng(抗)　粵 kong³(抗)　ノ 亻 亻 亢 亢 伉

伉儷:指夫婦。

⊗右下面是「几」。

仿 fǎng(訪)　粵 fong²(紡)　ノ 亻 亻 亻 仿 仿

❶學別人的樣子去做:仿效│仿製。❷大致相同:這兩種產品性能相仿。

【仿古】模仿古器物或古藝術品。

【仿宋體】仿照宋代刻書字樣改寫的印刷字體。

伙 huǒ(火)　粵 fo²(火)　ノ 亻 亻 亻 伙 伙

❶同伴,一起做事的人:伙伴│同伙。❷家用什物:家伙。

【伙計】商店的職員。

全 同「全」。

任 ⊖ rèn(認)　粵 yem⁶(音⁶)　ノ 亻 亻 仁 仟 任

❶職責,職務:任務│一身兼二任。❷負擔,擔當:任職│任課。❸委派擔負某種職務:任命│任用。❹相信,信賴:信任。❺聽憑,隨便:任意│任性│任其發展。

【任何】無論什麽:任何人不得無故缺席。

◆任勞任怨　◆放任　委任　勝任　聽任

⊜ rén(人)　粵 yem⁴(壬)　姓。

⊗右偏旁中間一橫最長。

伕 fū(夫)　粵 fu¹(呼)　ノ 亻 亻 仁 伕 伕

「夫役」的「夫」的俗字:火伕│馬車伕。

休 xiū(修)　粵 yeo¹(憂)　ノ 亻 亻 什 休 休

❶歇息:休假│休養。❷停止:休業│爭論不休。❸不要,別:休想│休要這麽胡鬧。

【休學】學生在保留學籍的情況下暫停學業。

【休戚相關】休戚:歡樂和憂愁。形容利害一致,關係密切。也作「休戚與共」。

◆休止　休克　休戰　休整　休養生息　◆退休　輪休　罷休

伎 jì(妓)　粵 géi⁶(技)　古代稱以歌舞爲職業的女子。

【伎倆】手段,花招:騙人的伎倆。

伍 wǔ(五)　粵 ng⁵(五)　ノ 亻 亻 亻 伍 伍

❶古時軍隊編制,五人爲一伍,現指軍隊或排成的行列:入伍│隊伍。❷同伙:相與爲伍。❸「五」的大寫。❹姓。

伏 fú(扶)　粵 fug⁶(服)　ノ 亻 亻 什 伏 伏

❶身體向前靠在物體上:不要伏在桌上寫字。❷低落下

去: 波浪一起一伏。❸屈服, 認罪: 伏輸│伏罪。❹隱
藏: 伏兵│埋伏│伏擊。❺使屈服: 降伏│伏虎。❻暑
天: 三伏。
【伏筆】在前段文章裏為後段文章埋下線索。

仳 | pǐ (批上) | ノ 亻 仁 仳 仳 仳
粵 péi² (鄙)
分離: 仳離(特指夫妻離異)。

伐 | fá (乏) | ノ 亻 仁 代 伐 伐
粵 fed⁶ (乏)
❶砍: 伐木。❷征討: 北伐│討伐。
◆步伐　口誅筆伐
⊗跟「代」不同。

企 | qǐ (起) | ノ 人 个 个 企 企
粵 kéi⁵ (其⁵)
踮起腳跟望: 企望│企待。
【企業】從事生產的機構。
【企圖】圖謀, 妄想。
【企鵝】產於南極的一種水鳥。不會飛, 善游泳, 在陸地
上可直立。

仲 | zhòng (眾) | ノ 亻 仃 仲 仲 仲
粵 zung⁶ (頌)
❶次序的第二: 仲春(春季的第二個月)│仲夏(夏季的第
二個月)。❷兄弟排行的老二: 仲兄(二兄)│仲弟(二弟)。
【仲裁】雙方發生爭執時, 由第三者居間調解、裁決。

仵 | wǔ (午) | 姓。
粵 ng⁵ (午) | 【仵作】舊時官府殮屍的人。

件 | jiàn (健) | ノ 亻 仁 仁 件 件
粵 gin⁶ (健)
❶量詞: 一件事│兩件衣服。❷泛指可以論件的事物: 物
件│事件│機件│零件。❸專指文書: 急件│附件。

份 | fèn (奮) | ノ 亻 仁 份 份 份
粵 fen⁶ (分⁶)
❶整體裏的一部分: 份子│分成三份。❷量詞: 一份報紙。
❸用在省、年、月後面表示單位: 省份│年份│月份。

仰 | yǎng (養) | ノ 亻 仃 化 仰 仰
粵 yêng⁵ (養)
❶抬頭向上: 仰起頭來│仰天大笑。❷敬慕: 信仰│敬
仰│久仰。❸依靠, 信賴: 仰仗│仰賴。
【仰人鼻息】依賴別人, 看人臉色行事。
◆仰求　仰泳　仰臥　仰望　◆景仰　瞻仰　人仰馬翻
⊗右邊不能寫成「卯」或「卬」。

伊 | yī (衣) | ノ 亻 仃 伊 伊 伊
粵 yi¹ (衣)
❶他, 她, 彼: 伊人。❷文言語氣助詞: 伊始。❸姓。
【伊斯蘭教】宗教名, 穆罕默德所創, 又稱回教、清真教。
盛行於中亞、北非、土耳其, 唐朝時傳入中國。

五畫

佇 | zhù (柱) | 亻 亻 仁 佇 佇 佇
粵 qu⁵ (柱)
長久地站着等候, 盼望: 佇立│佇候│佇望。

佗 | tuó (駝) | 亻 亻 伫 佗 佗 佗
粵 to⁴ (駝)

❶負荷: 佗米。❷用於人名: 華佗(三國時的名醫)。

位 | wèi (謂) | 亻 亻 仁 仵 位 位
粵 wei⁶ (胃)
❶所在或所佔據的地方: 地位│座位。❷職務, 等級: 職
位│學位│名位。❸算術上的數位: 十位│百位。❹量
詞: 諸位│請你們三位務必光臨。
◆位置　◆方位　本位　席位　部位　單位　各就各位

住 | zhù (注) | 亻 亻 仁 住 住 住
粵 ju⁶ (主⁶)
❶居: 我家住在城外。❷停, 歇, 止: 住手│住嘴│雨住
了。❸用在動詞後面, 表示動作穩妥、牢靠或停頓: 把
住方向盤│我把牠抓住了│他讓我給問住了。
◆住戶　住宅　住址　住所　住處　住宿　◆站住　頂
住　煞住　截住　穩住　攔住

伴 | bàn (辦) | 亻 亻 伴 伴 伴 伴
粵 bun⁶ (叛)
❶同在一塊兒的人: 找個伴兒溫習功課。〔作這種用法時,
粵口語讀pun⁵(判⁵)〕❷陪着, 配合: 伴遊│伴唱。
【伴侶】同伴, 又特指夫妻。
◆伴奏　伴娘　◆伙伴　同伴　良伴　作伴　結伴

佞 | nìng (濘) | 亻 亻 仁 佞 佞 佞
粵 ning⁶ (擰)
慣用花言巧語奉承或詭辯: 奸佞│佞人│佞臣。

佘 | shé (蛇) | 姓。
粵 sé⁴ (蛇)
⊗跟「余」不同。

余 | yú (魚) | 人 人 今 今 余 余
粵 yu⁴ (如)
❶文言裏的第一人稱代詞, 相當於白話的「我」。❷姓。

何 | hé (河) | 亻 亻 仁 何 何 何
粵 ho⁴ (河)
❶文言虛詞, 相當於白話的「什麼」、「哪兒」、「為
什麼」: 有何貴幹│從何而來│何不當面說清? ❷姓。
【何必】用反問的語氣表示不必: 何必多此一舉?
【何妨】用反問的語氣表示不妨: 何妨試試?
【何況】用反問的語氣表示更進一層的意思: 兩個人都搬
不動, 何況你一個人?
【何苦】用反問的語氣表示不值得: 何苦自尋煩惱?
【何等】❶什麼樣的: 你知道他是何等人物? ❷多麼: 何等
高興!
【何嘗】用反問的語氣表示未曾或並不是: 他何嘗給我寫
過信? 我何嘗不想念他?
【何去何從】指在重大問題上採取什麼態度或作出什麼抉
擇。
◆何止　何其　何故　何足掛齒　◆任何　如何　奈何
為何　談何容易　無可奈何　無論如何

估 | ⊖ gū (姑) | 亻 亻 什 仕 估 估
粵 gu² (古)
推算, 揣測: 估算│估價│估計│估量。
⊜ gù (故) | 【估衣】指出售的舊衣物。
粵 gu³ (故)

佐 | zuǒ (左) | 亻 亻 伩 佐 佐 佐
粵 zo³ (左³)
輔助, 幫助: 輔佐│佐理│佐證│佐餐。

佑｜yòu（右）
｜粵 yeo⁶（右）　　丨亻亻亻佑佑佑
扶助，保護: 庇佑｜保佑。

佈｜bù（步）
｜粵 bou³（報）　　丨亻亻亻佑佈
❶宣告，當眾陳述: 宣佈｜公佈。❷設置，安排: 佈置｜佈景｜佈局。

佔｜zhàn（站）
｜粵 jim³（尖³）　　丨亻亻亻佔佔佔
❶據有，強奪，攻取: 佔有｜佔領｜佔據。❷處於: 佔優勢｜佔多數。
◆佔先　佔上風　佔便宜　◆侵佔　強佔　霸佔

似｜㊀sì（四）
｜粵 qi⁵（此⁵）　　丨亻亻亻似似似
❶相像: 相似｜類似。❷好像: 這個建議似乎值得考慮。
❸勝過: 他的氣色一天好似一天。
【似是而非】好像對，其實並不對。
◆似通非通　似懂非懂　◆形似　神似　恰似　貌似
如花似錦　如飢似渴　歸心似箭
㊁shì（是）【似的】跟……很相似: 鵝毛似的大雪;
｜粵 同㊀　他好像剛睡醒似的。

但｜dàn（蛋）
｜粵 dan⁶（蛋）　　丨亻亻亻但但但
❶不過，可是，表示語氣轉折: 雖然有空，但我不想去。
❷僅，只: 不但要快，而且要好。❸只要，凡是: 但能節省就節省｜但凡學過的古詩他都能背誦。
【但是】意義同❶。

伸｜shēn（申）
｜粵 sen¹（申）　　丨亻亻亻伯但伸
舒展開: 伸出｜伸手｜伸懶腰。
【伸冤】洗雪冤屈。

佃｜㊀diàn（電）
｜粵 din⁶（電）　　丨亻亻亻伯佃佃
租地耕種: 佃農。
㊁tián（田）耕作田地: 佃作。
｜粵 同㊀

佚　同「逸」。

作｜㊀zuò（做）
｜粵 zog³（昨³）　　丨亻亻亻作作作
❶起，奮起: 雷聲大作｜振作精神。❷做，進行: 作事｜作報告｜同敵人作鬥爭。❸寫，畫，作品: 作文｜作畫｜佳作｜傑作。❹裝出: 裝模作樣｜忸怩作態。
❺感覺，發生: 隱隱作痛｜作嘔。❻當成: 逾期作廢｜認賊作父。❼充當: 作客｜作伴。
【作用】功能，效用，影響: 他在其中起了一定作用。
【作風】人們在工作、或行動中表現出來的風格。
【作案】進行犯罪活動。
【作罷】中止，不再進行: 這事只好作罷。
【作威作福】濫用權勢，欺壓百姓。
◆作弄　作爲　作家　作祟　作梗　作業　作弊　作證
作賊心虛　◆製作　協作　創作　發作　自作自受
㊁zuō（做陰）手工業加工工場: 作坊｜油漆作｜洗
｜粵 同㊀　衣作。

㊁zuó（做陽）　用於「作料」（調味品）、「作踐」
｜粵 同㊀　（糟蹋）、「作興」（許可，可能）等詞。

伯｜㊀bó（駁）
｜粵 bag³（百）　　丨亻亻亻伯伯伯
❶父親的哥哥: 伯父。❷對年齡大輩分高的人的尊稱: 伯伯｜老伯。❸兄弟排行的老大。
㊁bǎi（擺）大伯子: 妻子稱丈夫的哥哥。
｜粵 同㊀

伶｜líng（玲）
｜粵 ling⁴（玲）　　丨亻亻亻伶伶伶
演戲的人: 優伶｜名伶｜伶人。
【伶仃】孤獨的樣子: 孤苦伶仃。
【伶俐】聰明，靈活: 生性伶俐｜口齒伶俐（口才好）。

佣｜yòng（用）
｜粵 yung²（擁）　　丨亻亻亻佣佣佣
買賣貨物居間人所得的酬金: 佣金｜佣錢。

低｜dī（滴）
｜粵 dei¹（底¹）　　丨亻亻亻任低低
❶跟「高」相對，表示離地面近、聲音小、程度或等級不高、價錢小: 低空｜低聲｜低潮｜低年級｜低價。
❷向下垂: 低垂｜低頭。
【低沈】❶低而沈重: 聲音低沈。❷低落，消沈: 情緒低沈。
【低聲下氣】形容恭順小心的樣子。
◆低音　低級　低潮　低廉　低燒　低壓　低三下四
◆降低　減低　貶低　眼高手低

佝｜gōu（溝）
｜粵 kêu¹（驅）　　丨亻亻亻佝佝佝
【佝僂】因缺乏鈣質而引起的軟骨症。

你｜nǐ（擬）
｜粵 néi⁵（尼⁵）　　丨亻亻亻你你你
稱對方: 你，你們。

伺｜㊀sì（四）
｜粵 ji⁶（自）　　丨亻亻亻伺伺伺
偵察，守候: 伺察｜伺機｜窺伺。
㊁cì（次）【伺候】服侍，照料: 伺候病人。
｜粵 xi⁶（侍）

佛｜fó
｜粵 fed⁶（伐）　　丨亻亻亻佛佛佛
廟裏的菩薩: 佛像。
【佛教】釋迦牟尼所創的宗教，盛行於亞洲東南部，漢時傳入中國。

伽｜㊀qié（茄）
｜粵 ké⁴（茄）　　丨亻亻亻伽伽伽
伽藍: 佛教寺院。
㊁jiā（加）　　譯音用字，如「伽利略」（意大利天
｜粵 ga¹（加）　文學家、物理學家）。

六畫

佼｜jiǎo（狡）　美好。
｜粵 gao²（狡）【佼佼】出色的。

依｜yī（衣）
｜粵 yi¹（衣）　　丨亻亻亻依依依
❶按照: 依照｜依次｜依約來訪。❷順從，答應: 依

從｜依順｜他提出這種條件，我是不會依他的。❸靠，仗賴: 依靠｜依賴。
【依依】留戀，不忍分離: 依依不捨｜依依惜別。
【依然如故】仍舊像過去一樣。
【依樣畫葫蘆】比喻照着樣板去做。
◆依仗　依存　依托　依附　依稀　依然　依山傍水　依計行事　依然故我　◆相依　偎依　百依百順　相依爲命　脣齒相依

佯 | yáng（羊）粵 yêng⁴（羊）| 亻 亻 伫 伫 佯 佯
假裝: 佯攻｜佯作不知。
◆佯笑　佯言

併 | bìng（並）粵 bing³（兵³）| 亻 亻 伫 併 併 併
合，並: 合併｜一併。
【併吞】侵佔別國的領土或別人的財產，據爲己有。
【併發症】一種疾病在發病過程中所引起的另一種病。

佳 | jiā（加）粵 gai¹（街）| 亻 仁 仹 佳 佳 佳
好，美好: 佳境｜佳節｜佳作｜佳句。
⊗右偏旁不要寫成「圭」。

侍 | shì（試）粵 xi⁶（是）| 亻 亻 仹 侍 侍 侍
伺候，陪伴: 服侍｜侍候｜侍奉｜侍從｜侍衞。
⊗左偏旁是「亻」，不是「礻」。

佬 | lǎo（老）粵 lou²（老²）| 亻 亻 仹 佬 佬 佬
稱成年男子，常含有輕視之意: 北方佬｜鄉巴佬。

供 | ㊀ gōng（工）粵 gung¹（工）| 亻 亻 伌 供 供 供
❶把東西或錢財給需要的人: 供給｜提供｜供他上學。❷受審人述說事實: 招供｜口供｜供認｜供狀。
㊁ gòng（貢）粵 gung³（貢）| ❶奉獻: 供職｜供奉｜供養｜供佛。❷祭祀時獻奉之物: 供品｜上供。

侖 | lún（輪）粵 lên⁴（輪）| 人 合 合 合 侖 侖
條理，倫次。

使 | shǐ（史）粵 xi²（史）| 亻 亻 佢 佢 使 使
❶用: 使勁｜這種筆好使。❷差遣，派遣: 支使｜使喚｜我已使人前往接洽。❸讓，令，叫: 使人放心｜使人振奮。❹放縱: 使氣｜使性子。❺假設: 假使｜設使｜倘使。❻奉國家之命駐節外國: 出使｜大使｜公使。
【使命】奉命完成的重大任務: 肩負民族使命。
◆使者　使得　使館　使眼色　◆主使　行使　迫使　指使　促使　即使　唆使　看風使舵

侉 | kuǎ（垮）粵 kua²（誇²）| ❶粗大，笨重: 侉大個兒。❷南方人稱北方人叫「侉子」。

佰 | bǎi（百）粵 bag³（百）| 亻 亻 伂 佰 佰 佰
「百」的大寫。

侑 | yòu（右）粵 yeo⁶（又）| 在席上勸人喝酒: 侑食｜侑觴。

來 | lái（萊）粵 loi⁴（萊）| 一 ㄅ 邛 來 來 來
❶跟「去」、「往」相反: 冬去春來｜南來北往。❷表示經過的時間: 從來｜向來｜一年來｜自古以來。❸表示以後的時間: 將來｜未來｜來日｜來年。❹表示約略估計的數目: 十來個｜五十來歲。❺做某一動作（代替前面的動詞）: 再來一個!｜我辦不了，你來吧!❻在動詞前，表示要做某事: 我來告訴你吧。｜大家都來想想辦法。❼在動詞後，表示動作的趨向: 拿來｜進來。
【來歷】人或事物的由來和現狀: 來歷不明。
【來源】根源，起源。
【來龍去脈】事情的前因後果。
◆來由　來自　來訪　來勢　來賓　來頭　來臨　來得及　來日方長　◆本來　原來　從來　歷來　由來已久　古往今來　有生以來　突如其來　禮尚往來
⊗直筆不鉤。

例 | lì（利）粵 lei⁶（麗）| 亻 亻 伢 例 例 例
❶可當作依據的事物: 例子｜舉例說明｜下不爲例。❷標準，規定: 凡例｜條例。❸按條例或成規進行: 例會｜例行公事。
【例外】不在一般規律或規定範圍之內的。
【例證】用來作證明的例子。
◆例句　例如　例題　◆比例　示例　先例　事例　前例　破例　照例　慣例　圖例　下不爲例

侄 | 同「姪」。

侗 | dòng（洞）粵 dung⁶（洞）| 侗族: 中國少數民族之一。

侃 | kǎn（砍）粵 hon²（罕）| 亻 亻 伊 伊 侃 侃
侃侃: 理直氣壯、從容不迫的樣子: 侃侃而談。
⊗右偏旁不是「兄」。

佻 | tiāo（挑陰）粵 tiu¹（挑）| 亻 亻 伊 佻 佻 佻
行爲輕薄，不莊重: 輕佻。

侏 | zhū（朱）粵 ju¹（朱）| 亻 亻 仁 侏 侏 侏
【侏儒】身材特別矮小的人。
⊗右偏旁直筆不鉤。

侈 | chǐ（恥）粵 qi²（恥）| 亻 亻 伊 侈 侈 侈
❶浪費，奢多。❷誇大不實: 侈談｜侈論。

佩 | pèi（沛）粵 pui³（沛）| 亻 佣 佩 佩 佩 佩
❶掛在身上: 佩帶｜佩劍。❷崇敬，信服: 佩服｜精神可佩｜令人敬佩｜值得欽佩。

七畫

信 | xìn（新去）粵 sên³（訊）| 亻 仁 信 信 信 信
❶誠實，不欺騙: 信用｜失信｜守信。❷認爲可靠，不懷疑: 相信｜信任｜信奉。❸函件: 書信｜信封｜信札。

❹消息: 信息｜報信。❺隨意: 信步｜信手拈來。
【信心】相信自己的願望定能實現的心情。
【信守】忠誠地遵守: 信守諾言。
【信念】自己認為正確而堅信不移的觀念。
【信條】信仰並遵守的條規。
【信箋】信紙。
【信口開河】隨口亂說一氣。
【信口雌黃】比喻不顧事實，隨口胡說。
◈信使　信服　信託　信徒　信號　信箱　信賴　信以
為真　◈音信　迷信　威信　深信　輕信　確信　親信

俞 yú (愚)
粵 yu⁴ (余) ｜ 今 今 合 俞 俞 俞
❶文言用字。允許: 俞允。❷姓。

便 ⊖ biàn (變)
粵 bin⁶ (辨) ｜ 亻 伃 伃 伊 便 便
❶順利，容易: 方便｜便利｜便於攜帶｜行人稱便。
❷簡單的、非正式的: 家常便飯｜便服｜便條。❸相宜
的時機: 順便｜就便｜得便。❹屎尿或拉屎撒尿: 糞
便｜大便｜小便。❺就: 說幹便幹｜前面便是張家店。
【便覽】便於隨身攜帶和查閱的小冊子: 香港便覽。
◈便函　便宴　便道　便當　便裝　◈不便　近便　趁
便　簡便　聽便　靈便
⊜ pián (片陽)
粵 pin⁴ (片⁴) 【便宜】❶物價低廉: 便宜貨。❷小
利，私利: 佔便宜。
【便便】形容體態肥胖，挺着肚子: 大腹便便。

俠 xiá (霞)
粵 hab⁶ (峽) ｜ 亻 伙 伙 俠 俠 俠
扶弱抑強的人或行為: 武俠｜俠客｜俠義。

俅 qiú (求)
粵 keo⁴ (求) ｜ 俅人: 中國少數民族「獨龍族」的
舊稱。

俏 qiào (峭)
粵 qiu³ (峭) ｜ 亻 伃 伄 俏 俏 俏
❶相貌俊美: 俊俏。❷活潑風趣或輕薄尖刻: 俏皮｜俏皮
話。❸貨物銷路好: 俏貨。

俚 lǐ (里)
粵 léi⁵ (里) ｜ 亻 们 但 但 俚 俚
【俚語】粗俗的民間用語。

保 bǎo (寶)
粵 bou² (寶) ｜ 亻 仴 但 伴 伴 保
❶護衛，使不受侵害或損害: 保護｜保衛｜保健｜保養。
❷負責: 擔保｜保證｜我敢保他一定做得好。❸維持住，
使不喪失或減弱: 保持｜保藏｜保全｜保溫。
【保守】守舊，不思改進: 你這種觀點未免太保守。
【保重】注意健康或安全: 你隻身在外，要多加保重。
◈保安　保存　保佑　保育　保送　保留　保密　保管
保障　保薦　保鏢　保險箱　保證金
⊗右下作「木」，直筆不鈎。

促 cù (醋)
粵 cug¹ (速) ｜ 亻 仴 伊 伊 促 促
❶緊迫，時間短: 匆促｜短促。❷催迫: 催促｜督促。
【促織】蟋蟀，也叫蛐蛐。
◈促進　促膝談心　◈侷促　倉促　敦促　緊促

侶 lǚ (呂)
粵 léu⁵ (呂) ｜ 亻 伃 伃 侶 侶 侶
同伴: 伴侶。

俘 fú (扶)
粵 fu¹ (夫) ｜ 亻 伃 伃 俘 俘 俘
❶打仗時捉住: 俘獲｜被俘。❷指被擒獲的敵人: 俘
虜｜戰俘。

俄 é (鵝)
粵 ngo⁴ (鵝) ｜ 亻 伃 伃 俄 俄 俄
❶時間短促: 俄傾｜俄而。❷「俄羅斯」的簡稱。
【俄羅斯】❶中國少數民族之一。❷蘇聯的主要民族。
❸指沙皇俄國。

俐 lì (利)
粵 léi⁶ (利) ｜ 亻 仁 仟 休 休 俐
見「伶俐」條。

侮 wǔ (武)
粵 mou⁵ (武) ｜ 亻 伬 侮 侮 侮 侮
欺負，輕慢: 欺侮｜侮辱。

俎 zǔ (祖)
粵 zo² (阻) ｜ 人 父 幻 幻 俎 俎
❶古代切肉用的砧板。❷古代祭祀時放祭品的器物。

俗 sú (蘇陽)
粵 zug⁶ (濁) ｜ 亻 伃 伀 俗 俗 俗
❶社會上長期形成的風尚習慣: 風俗｜民俗｜俗尚。
❷通行習見的: 通俗｜俗語｜俗例。❸平庸的，不雅
的: 庸俗｜俗氣｜俗不可耐。
【俗套】陳腐的客套或陳舊的格調: 不落俗套。

係 xì (細)
粵 hei⁶ (系) ｜ 亻 伄 伭 係 係 係
❶有關聯的: 關係。❷是: 此係原物。

俑 yǒng (永)
粵 yung² (蛹) ｜ 亻 伃 俑 俑 俑 俑
古代用木或陶製的陪葬偶像: 陶俑｜兵馬俑｜始作俑者
(比喻惡劣風氣的創始者)。

俑

俊 jùn (郡)
粵 zên³ (進) ｜ 亻 伄 伕 伒 俊 俊
❶容貌秀麗: 俊秀｜俊俏｜英俊。❷才智過人、本領高
超的人: 俊傑。

俟 ⊖ sì (寺)
粵 ji⁶ (字) ｜ 亻 伃 伒 侁 俟 俟
等待: 俟機。
⊜ qí (其)
粵 kéi⁴ (其) ｜ 万俟，複姓。

侵 qīn (欽)
粵 cem¹ (尋¹) ｜ 亻 伒 伒 信 侵 侵
❶進犯，損害，奪取: 侵犯｜侵害｜侵吞｜侵佔｜入侵。
❷漸進: 侵淫。
【侵略】侵犯別國領土、主權，掠奪別國財富，奴役別國
人民，干涉別國內政等行為。

【侵蝕】侵害，腐蝕: 風雨侵蝕。

侯 ㈠ hóu（猴）｜粵 heo⁴（猴）｜ 亻 亻 仵 侉 侯 侯

❶五等爵位的第二等: 侯爵｜封侯。❷泛指大官僚: 諸侯｜侯門。

㈡ hòu（後）｜粵 同㈠ 用於縣名，如福建省的「閩侯」。

⊗跟「候」不同。

侷 jú（局）｜粵 gug⁶（谷⁶）｜【侷促】亦作「局促」。❶狹小。❷拘謹不自然: 侷促不安。

八畫

倌 guān（官）｜粵 gun¹（官）｜ 亻 亻 亻 佇 佇 倌

❶酒店、飯館裏的跑堂: 堂倌。❷專指飼養牲畜的人: 牛倌｜羊倌。

倥 kǒng（孔）｜粵 hung²（孔）｜ 亻 亻 俨 伫 侳 倥

【倥傯】急迫，匆忙: 戎馬倥傯(形容軍務繁忙)。

倍 bèi（備）｜粵 pui⁵（培⁵）｜ 亻 俗 位 倅 倍 倍

❶照原數擴大一個或一個以上相同的數: 三倍｜五倍｜二的五倍是十。❷翻一番: 事半功倍｜勇氣倍增。

【倍數】甲數可以被乙數整除，甲數就是乙數的倍數，如15可以被3或5整除，15就是3和5的倍數。

俯 fǔ（府）｜粵 fu²（苦）｜ 亻 亻 仴 佈 俯 俯

低頭向下: 俯首｜俯視山下。

【俯仰之間】頭一低一抬的工夫，形容時間很短。

【俯仰由人】比喻一舉一動都受人支配。

【俯首帖耳】形容非常馴服。

【俯拾即是】低頭就可以拾到。形容多而容易得到。

◆俯就 俯衝 俯瞰

傲 同「仿」。

倦 juàn（眷）｜粵 gün⁶（捐⁶）｜ 亻 伫 伊 侏 倦 倦

❶疲乏: 疲倦｜困倦。❷厭煩，懈怠: 厭倦。

◆倦乏 倦容 倦意 倦態 ◆誨人不倦 孜孜不倦

俸 fèng（奉）｜粵 fung²（豐²）｜ 亻 仁 伊 侏 倖 俸

職員所得的薪金: 年俸｜薪俸｜長俸。

倩 qiàn（欠）｜粵 xin⁶（善）｜ 亻 伫 佳 倩 倩 倩

❶美麗，姣好: 倩影｜倩裝。❷請人代勞: 倩人代筆。

倖 xìng（杏）｜粵 heng⁶（杏）｜ 亻 亻 佳 佳 倅 倖

見「僥倖」條。

倀 chāng（昌）｜粵 cêng¹（昌）｜ 亻 亻 伥 倀 倀 倀

相傳為虎所役使的鬼: 為虎作倀(比喻替壞人作幫兇)。

借 jiè（介）｜粵 zé³（蔗）｜ 亻 什 供 供 借 借

❶暫時向人告貸財物: 借錢｜請借你的車子給我用一用。❷將自己的財物暫時給他人使用: 我把書借給他了。❸同「藉」，假托: 借口｜借故。

【借光】客套話，用於請別人給自己方便或向人詢問: 借光讓我過去｜借光，太空館在哪兒？

【借鑑】跟別的人或事相對照，從中吸取經驗教訓。

【借刀殺人】比喻利用別人去害人。

【借古諷今】借評論古代的人或事來影射、諷刺現實。

【借花獻佛】比喻拿別人的東西做人情。

【借屍還魂】比喻已經逝亡的東西又借另一種形式出現。

【借題發揮】借某事做題目，以表達自己另外的真正意思。

◆借支 借光 借取 借重 借問 借貸 借書證 ◆外借 出借 租借 假借 續借

值 zhí（直）｜粵 jig⁶（直）｜ 亻 仆 佶 佶 值 值

❶價格，價錢: 幣值｜產值。❷貨物與價錢相當: 值錢｜這件古玩起碼值三百元。❸值得: 此書值得一看｜不值一駁。❹遇到，碰上: 去年回鄉探親，正值荔枝收成季節。❺輪替擔負職責: 輪值｜值日｜值夜｜值班。❻計算所得的數目: 數值｜比值｜平均值。

倆 ㈠ liǎ｜粵 lêng⁵（兩）｜ 佡 倆 倆 倆 倆 倆

兩個: 咱們倆。

㈡ liǎng（兩）｜粵 同㈠ 見「伎倆」條。

倚 yǐ（以）｜粵 yi²（椅）｜ 亻 亻 伙 佬 倚 倚

❶靠着: 倚窗而立｜倚門而望。❷仗着: 倚仗｜倚勢欺人。❸偏: 不偏不倚。

【倚老賣老】仗着年紀大，擺老資格。

俺 ǎn（暗上）｜粵 yìm³（厭）｜ 亻 伙 伱 俺 俺 俺

中國北方方言。指「我」或「我們」: 俺是山東人｜俺村出了個能人。

倒 ㈠ dǎo（島）｜粵 dou²（島）｜ 亻 仁 佢 侄 佢 倒

❶豎着的東西橫躺下來: 倒地｜跌倒｜梯子倒了下來。❷更換，交替: 倒班。❸破產，垮台: 倒閉｜倒台｜倒閣。

【倒車】中途換車: 地鐵從中環直達柴灣，不用倒車。

【倒霉】觸霉頭，碰着不如意的事。也作「倒楣」。

【倒運】❶倒霉。❷在幾個地區之間販賣貨物。

◆倒手 倒戈 倒伏 倒塌 ◆拉倒 病倒 推倒 絆倒 暈倒 壓倒 顛倒黑白 投機倒把 排山倒海 神魂顛倒

㈡ dào（到）｜粵 dou³（到）｜ ❶位置、順序、方向反了: 倒影｜倒數｜水倒流。❷向後: 倒退｜開倒車。❸卻，反而: 那倒不錯｜反倒。❹將器皿裏的容物傾出: 倒水｜倒垃圾(此用法粵語讀音同㈠)。

【倒敍】一種敍述方法。先講故事的結果或後部情節，然後講開頭部分。

【倒栽蔥】頭部朝下跌倒。

【倒打一耙】比喻自己做錯了事不承認，反而責怪人家。

【倒行逆施】指違反歷史潮流或人情事理的行為。

◆倒立　倒放　倒貼　倒置　倒裝　◆本末倒置　輕重倒置

倉 cāng（蒼）｜粵 cong¹（蒼）　人 入 今 쓰 倉 倉
收藏糧食或其他物資的地方:糧倉｜穀倉｜倉房｜倉庫。
【倉促】匆忙，急促:倉促應戰。
【倉皇】因恐懼而匆促忙亂:敵人倉皇逃竄。

倘 tǎng（躺）｜粵 tong²（躺）　亻 仆 伵 倘 倘 倘
假使，如果:倘有困難，當再設法。
【倘若】同「倘」:你倘若不信，就親自去看看吧!

俱 jù（具）｜粵 kêu¹（驅）　亻 们 但 俱 俱 俱
❶全，都:萬事俱備，只欠東風｜面面俱到。❷同，偕:與生俱來。
【俱樂部】公共娛樂的場所。

們 men（門輕）｜粵 mun⁴（門）　亻 伊 仴 伔 們
詞尾，表示複數:我們｜你們｜學生們。

倡 chàng（唱）｜粵 cêng¹（昌）　亻 亻 但 但 倡 倡
發起，鼓動:提倡。
【倡導】帶頭提倡。
【倡議】首先提議。

個 ⊖ gè（哥去）｜粵 go³（哥³）　们 们 們 個 個 個
❶量詞:五十個人｜三個月｜五個蘋果。❷單獨的:個人｜個別｜個體。❸指人的身材或物的體積:矮個兒｜高個子｜買蛋要挑大個的。
　⊖ ge（哥上）｜粵 同⊖
自個兒:自己。

候 hòu（後）｜粵 heo⁶（後）　亻 仁 伝 侘 候 候
❶等待:等候｜候車｜候船｜候選。❷看望，問好:問候。❸時令:時候｜氣候｜季候風。❹事物變化的情狀:火候｜症候。
【候鳥】隨季節變化而遷徙的鳥，如大雁、燕子等。
◆候選人　候機室　◆立候　守候　迎候　伺候　恭候

俳 pái（排）｜粵 pai⁴（排）　亻 亻 佴 俳 俳 俳
【俳優】古代指演雜耍和滑稽戲的藝人。

倭 wō（窩）｜粵 wo¹（窩）　亻 仟 伟 倭 倭 倭
古代稱日本。

修 xiū（休）｜粵 seo¹（羞）　亻 亻 俏 俊 修 修
❶整治，使完善、完美、完整:修改｜修飾｜修理｜修補｜修繕。❷興建:興修｜修築｜修建。❸學習，研究:自修｜進修。❹撰寫，編纂:修書｜修史。
【修業】指學生在校學習:修業期滿。
【修辭】修飾詞句，使語言表達得準確、鮮明、生動。
⊗右上是「攵」。

倪 ní（泥）｜粵 ngei⁴（危）　亻 亻 伊 伊 倪 倪

❶見「端倪」條。❷姓。

俾 bǐ（比）｜粵 béi²（比）　亻 们 伯 俾 俾 俾
使:俾眾周知。

倫 lún（侖）｜粵 lên⁴（侖）　亻 亻 仐 价 价 倫
❶人與人之間的道德關係:人倫｜倫常。❷比，類:無與倫比｜不倫不類。❸條理，次序:語無倫次。
【倫理】人與人之間的關係及其行為的道德準則。

倜 tì（替）｜粵 tig¹（剔）　【倜儻】灑脫，不拘束。

倨 jù（句）｜粵 gêu³（句）　亻 亻 伊 佢 倨 倨
傲慢:前倨後恭(起先傲慢，後來恭敬。指前後態度截然不同)。

倔 ⊖ jué（掘）｜粵 gued⁶（掘）　亻 伊 伍 佢 佢 倔
【倔強】性情剛強不屈。
　⊖ juè（掘去）｜粵 同⊖
言語粗魯，態度生硬:那老頭子真倔。

九畫

停 tíng（亭）｜粵 ting⁴（庭）　广 停 停 停 停 停
❶止住:停止｜停車｜停戰｜鐘停了｜雨停了。❷中斷:停水｜停電｜停工待料。❸暫時逗留:停留｜停泊｜停放｜他在北京停了十天。
【停火】交戰的雙方停止作戰行動。
【停當】齊備，妥當:準備停當。
【停歇】停止，休歇:我們在鄉村旅舍停歇了一天。
【停滯】因受阻無法順利進行:停滯不前。
◆停手　停勻　停息　停業　停靠　停頓　停職

偽 wěi（偉）｜粵 ngei⁶（藝）　亻 仈 伪 侢 偽 偽
❶假的:真偽難辨。❷不合法的:偽政權。
◆偽善　偽裝　偽證　◆虛偽

偏 piān（篇）｜粵 pin¹（篇）　亻 亻 炉 倫 偏 偏
❶歪斜，不正:鏡子掛偏了｜太陽偏西了。❷不全面，不公正:偏食｜偏心｜偏愛｜偏信。❸背靜，冷僻:偏僻｜這次考試，先生出了一道偏題。❹跟願望、預料或一般情況相反:偏不湊巧，他沒在家｜明知山有虎，偏向虎山行。
【偏向】❶不正確的傾向。❷不公正地袒護一方。
【偏見】成見，片面的看法:他對我有偏見。
【偏袒】偏心地支持和維護一方。
【偏偏】單單，惟獨:大家都去，為什麼偏偏他不去?
【偏激】意見或行為過火。
【偏聽偏信】只聽信一方面的話。
◆偏私　偏重　偏旁　偏差　偏勞　偏頗　偏廢

做 zuò（坐）｜粵 zou⁶（皂）　亻 什 估 佔 做 做
❶幹，從事某項工作或活動:做工｜做事｜做針線活。

❷製，作：做衣服｜做植物標本。❸當，作爲：選他做班代表｜做父母的。❹寫：做文章｜做功課。
【做人】❶指待人接物。❷當一個正派人：痛改前非，重新做人。
【做作】故意做出某種表情、姿態或腔調：瞧她那副做作的模樣，真叫人惡心。
【做賊心虛】做了壞事怕人覺察出來而心裏不安。
◆做工　做主　做伴　做法　做客　做媒　做夢　做壽　做手腳　做買賣

偃 yǎn（眼）粵 yim²（掩）｜伫 伬 偃 偃 偃 偃
❶仰面倒下：偃臥。❷停止：偃武修文（停止戰事，振興文教）。
【偃旗息鼓】放倒軍旗，停敲軍鼓。比喻事情停止，聲勢減弱。

偕 xié（斜）粵 gai¹（階）｜亻 伙 伙 俳 偕 偕
共同，一塊兒：偕同｜偕行｜相偕。
【偕老】指夫妻一同生活到老。

偌 ruò（若）粵 yé⁶（夜）｜亻 亻 亻 仹 伊 偌
這麼，那麼：偌大年紀｜偌大的地方。

偵 zhēn（貞）粵 jing¹（貞）｜亻 亻 偵 偵 偵 偵
探聽，暗中察看：偵察｜偵查｜偵探｜偵緝。

側 cè（測）粵 zeg¹（則）｜亻 亻 但 俱 俱 側
❶斜着，歪着：側身而過｜側耳細聽。❷旁邊：側面｜左側｜兩側。
【側目】斜着眼睛瞧，形容又懼又恨，敢怒不敢言：側目而視。
【側重】偏重或着重某一方面：第一階段側重基本訓練。
◆側門　側泳　側影　側翼　◆傾側　旁敲側擊

偶 ǒu（藕）粵 ngeo⁵（藕）｜伂 但 偶 偶 偶 偶
❶雙，成對：偶數｜配偶｜無獨有偶。❷用木頭或泥土製成的人像：木偶｜偶像。❸碰巧，不經常的：偶然｜偶爾｜偶合。

偎 wēi（威）粵 wui¹（煨）｜伂 伂 伂 偎 偎 偎
親密地緊挨着：偎依｜偎傍｜相親相偎｜孩子偎在母親的懷裏。
⊗右下是「𧘇」，不是「𧗳」。

倏 shū（叔）粵 sug¹（叔）｜亻 亻 攸 攸 倏 倏
極快地，忽然：倏忽｜倏爾而逝。
⊗右上作「攵」，四筆；右下是「犬」，不是「大」。

偷 tōu（頭陰）粵 teo¹（頭）｜亻 亻 偷 偷 偷 偷
❶私下拿別人的東西：偷盜｜偷錢。❷行動瞞着人：偷看｜偷聽｜他偷偷地溜走了。❸抽空，擠時間：偷空｜忙裏偷閒。❹苟且：偷安｜偷生。
【偷懶】做事不賣力氣，偷偷地少幹活。
【偷襲】趁敵人不防備時突然襲擊：偷襲珍珠港。

【偷天換日】比喻暗中改變重大事物的真相，以達到蒙混欺騙的目的。
【偷樑換柱】比喻暗中玩弄手法，以假代真，以劣代優。
◆偷巧　偷偷摸摸

偬 zǒng（總）粵 zung²（總）｜見「倥偬」條。

健 jiàn（件）粵 gin⁶（件）｜亻 亻 信 律 健 健
❶身體好，強壯：健康｜體育健兒。❷使強壯：健身｜健胃。❸善於：健談｜健步。
【健在】老年人健康地活着：他的爺爺、奶奶都還健在。
【健全】❶身體好，沒有缺陷：身心健全; 頭腦健全。❷事物完善無缺：規章制度健全。
【健忘】記性不好，容易忘事。
◆健壯　健美　健將　健步如飛　健身運動　◆保健　剛健　強健　雄健　矯健　穩健

假 ㊀ jiǎ（加上）粵 ga²（加²）｜亻 亻 作 假 假 假
❶不真實的，虛僞的：假話｜假山｜虛情假意｜弄虛作假。❷借用，利用：假借別人的名義｜假手於人｜不假思索。❸如果：假如｜假使｜假設｜假定。
【假托】❶借故推托：假托有病不去。❷憑藉，借用：寓言是假托故事來說明道理的。
【假冒】用假的冒充真的：假冒商標。
【假座】請束用的客套話，指借用某個地方(宴請)。
【假面具】❶仿照人物面形做的玩具。❷比喻虛僞的外表。
【假惺惺】假裝善意或同情的樣子。
【假仁假義】假裝仁慈善良。
【假公濟私】借公家的名義謀取私利。
◆假扮　假象　假意　假裝　◆作假　真假　虛假　攙假　狐假虎威　弄假成真
㊁ jià（架）粵 ga³（嫁）｜休息：休假｜假期｜假日｜假條。
◆放假　事假　例假　病假　寒假　暑假　銷假　續假
⊗右邊不要寫成「叚」。

偉 wěi（僞）粵 wei⁵（韋）｜亻 亻 件 偉 偉 偉
大：偉大｜偉業｜偉績｜宏偉｜雄偉｜魁偉。
【偉人】偉大的人物。

十畫

傢 jiā（家）粵 ga¹（家）｜亻 亻 仴 傢 傢 傢
器具：傢具，也作「家具」。
【傢伙】❶器具。❷比喻人是器具，這是罵人的話。

傍 bàng（棒）粵 bong⁶（磅）｜亻 仿 佶 傍 傍 傍
❶靠：依傍｜依山傍水。❷臨近：傍午｜傍晚｜傍黑〔作此用法粵語讀pong⁴(旁)〕。

傣 dǎi（歹）粵 tai³（泰）｜傣族，中國少數民族之一，主要分佈在雲南省。

備 bèi（被）粵 béi⁶（避）｜亻 亻 伊 倩 備 備

❶事先安排好：預備｜準備｜防備。❷具有：具備｜齊備｜德才兼備。❸設施，配置：設備｜裝備｜軍備。❹全，盡，周到：關懷備至｜備受歡迎。
【備考】留供參考。
【備案】存檔以備查考。
【備註】表格上的一欄，供填表人寫說明用。
◆備用 備課 備忘錄 ◆自備 戒備 責備 籌備

傅 fù（付）｜粵 fu⁶（父）｜｜伫 伫 傅 傅 傅 傅
❶傳授技藝的人：師傅。❷姓。

傀 kuǐ（麾上）｜粵 fai³（快）｜｜亻 伯 伸 伸 傀 傀
【傀儡】❶木偶。❷比喻徒有虛名、受人操縱的人或團體。

傖 ⊖ cāng（倉）｜粵 cong¹（倉）｜｜伀 伶 伶 傖 傖 傖
粗野，鄙俗：傖俗。
⊜ chen（沈輕）｜粵 同⊖
難看，丟臉：寒傖。

傘 sǎn（散上）｜粵 san³（汕）｜｜人 仐 仐 傘 傘 傘
❶蔽雨或遮太陽的用具：雨傘｜陽傘。❷像傘的東西：降落傘。

傜 yáo（搖）｜粵 yiu⁴（搖）｜｜傜（舊作「瑤」、「猺」）族。中國少數民族之一，主要分佈在廣東、廣西、湖南、雲南等省。

傑 jié（節）｜粵 gid⁶（桀）｜｜仹 伖 伖 傑 傑 傑
❶出色的：傑出｜傑作。❷才能出眾的人：豪傑｜俊傑。
⊗右上是「⺀」，三筆。

十一畫

傭 yōng（庸）｜粵 yung⁴（庸）｜｜亻 伫 仾 佑 傭 傭
❶出錢僱人：僱傭。❷僕人：傭工｜女傭。

債 zhài（寨）｜粵 zai³（齋³）｜｜亻 亻 倩 倩 債 債
欠人的錢物：欠債｜借債｜還債。
◆債主 債券 債務 債權 ◆逼債 負債 討債

傲 ào（奧）｜粵 ngou⁶（敖⁶）｜｜仕 仹 佳 傲 傲 傲
自高自大：驕傲｜傲氣。
【傲骨】高傲不屈的性格。
【傲視】傲慢地看待。
【傲然】❶輕慢無禮的樣子：傲然而去。❷高傲：傲然獨立。
【傲慢】驕傲而輕慢。
◆傲岸 ◆自傲 孤傲 恃才傲物
⊗中間作「⺹」，七筆。

僅 jǐn（謹）｜粵 gen²（緊）｜｜亻 仕 借 借 僅 僅
不過，只：僅供參考｜僅僅是開始。
◆僅只 僅有 ◆不僅 不僅僅 絕無僅有

偓 yǔ（羽）｜粵 yu²（雨²）｜｜【偓僂】彎腰，駝背。

僉 qiān（簽）｜粵 qim¹（簽）｜｜全，都。

傳 ⊖ chuán（船）｜粵 qun⁴（全）｜｜伫 伯 伸 俥 傳 傳
❶遞交，轉給別人：傳遞｜傳達｜傳授｜傳球｜把手藝傳給徒弟。❷散佈，推廣：宣傳｜傳播｜傳染。❸通過，流過：傳熱｜傳電。❹叫人來：傳喚｜傳呼電話。❺表達，顯示：傳神｜傳情｜傳眞。
【傳奇】❶古代的一種文學體裁。❷情節離奇，人物行為超越尋常：傳奇式人物。
【傳統】長期沿傳下來的制度、道德、觀念、習慣、風俗、藝術等。
【傳說】❶輾轉傳述。❷民間口頭流傳下來的故事。
◆傳世 傳令 傳抄 傳呼 傳單 傳聞 傳染病 傳家寶 傳聲筒 ◆祖傳 相傳 流傳 遺傳 言傳身教 名不虛傳 謬種流傳
⊜ zhuàn（轉去）｜粵 jun⁶（專⁶）｜｜❶記載個人生平事跡的文字：自傳｜傳記。❷敍述歷史故事的小說：《水滸傳》、《岳飛傳》。❸古代解釋經典的著作：《左傳》。
◆小傳 正傳 外傳 列傳 評傳 言歸正傳

傾 qīng（輕）｜粵 king¹（頃¹）｜｜亻 仜 佰 傾 傾 傾
❶歪，斜：傾斜｜身體稍向前傾。❷趨向，偏向：傾向｜左傾｜右傾。❸倒塌：傾覆｜傾頹。❹倒出來：傾箱倒篋｜傾盆大雨。❺盡數拿出來：傾家蕩產｜傾訴衷腸。
【傾心】拿出眞誠的心：傾心交談。
【傾軋】為爭權奪利而相互排擠打擊。
【傾巢】整窩的鳥全飛出來。比喻全體出動，用於貶義：敵人傾巢而出。
【傾銷】廉價拋售商品。
【傾聽】認眞地聽取：傾聽市民呼聲。
◆傾吐 傾慕 ◆一見傾心

僂 lóu（樓）｜粵 leo⁴（婁）｜｜見「佝僂」、「傴僂」條。

催 cuī（崔）｜粵 cêu¹（吹）｜｜亻 伵 伜 催 催 催
使趕快行動：催促｜催辦。
◆催逼 催眠
⊗右下是「隹」不是「佳」。

傷 shāng（商）｜粵 sêng¹（雙）｜｜亻 伯 伯 傷 傷 傷
❶身體或東西受損害：傷身體｜傷感情。❷受損害的部分：傷口｜創傷。❸悲哀：悲傷｜傷心｜傷感。❹因某種因素而得病：傷風｜傷寒。
【傷神】過度耗費精神。
【傷逝】哀念死去的人。
【傷悼】懷念死者而感到悲傷。
【傷感】因有所感觸而悲傷。
【傷腦筋】因事情難辦而費盡心思。
【傷天害理】形容做事手段殘忍、惡毒。
【傷風敗俗】敗壞風俗。
◆傷亡 傷者 傷疤 傷害 傷痕 傷痛 傷勢 ◆工傷 負傷 挫傷 損傷 誤傷 養傷 毆傷 憂傷 無傷大雅 暗箭傷人 兩敗俱傷 造謠中傷 救死扶傷

傻 shǎ（沙上）粵 so⁴（所⁴）

❶愚蠢: 說傻話。❷憨厚，呆笨: 傻呵呵｜傻頭傻腦。
❸死心眼，不靈活: 傻幹｜傻勁。
【傻話】愚笨可笑的話。
◈ 傻瓜　傻笑　傻氣十足　◈ 裝瘋賣傻

十二畫

僮 ⊖ tóng（童）粵 tung⁴（同）

舊時稱少年僕人: 僮僕｜家僮｜書僮。
⊜ zhuàng（撞）粵 zong⁶（撞）【僮族】中國少數民族之一，主要聚居在廣西西部。

僧 sēng 粵 zeng¹（增）

出家修行的男佛教徒，俗稱「和尚」: 僧人。
【僧侶】和尚的總稱，也借指別的宗教的修道士。

僱 gù（故）粵 gu³（故）

❶請人幫助做事，付給一定報酬: 僱工｜僱傭。❷租賃交通工具: 僱車｜僱船。

僥 jiǎo（狡）粵 hiu¹（囂）

【僥倖】意外，碰巧。
⊗右上作三「土」，不作三「士」。

僖 xī（希）粵 héi¹（希）

喜樂。

僨 fèn（奮）粵 fen⁵（奮）

敗壞，破壞: 僨事。

僚 liáo（聊）粵 liu⁴（遼）

❶舊時的官吏: 官僚。❷官署裏的同事: 同僚｜僚屬。

僭 jiàn（箭）粵 qim³（塹）

超越本分，假冒名義: 僭稱｜僭用｜僭越。
⊗跟「潛」不同。

僕 pú（葡）粵 bug⁶（瀑）

伺候人的人，跟「主」相對: 僕役｜僕人｜女僕。
【僕從】❶指跟隨主人身邊的奴僕。❷比喻人或集團追隨別人，受人控制。
【僕僕風塵】勞頓的樣子。也作「風塵僕僕」。

僞 同「偽」。

僑 qiáo（喬）粵 kiu⁴（喬）

❶居住在國外: 僑居｜僑寓。❷寄居在國外的人: 僑胞｜華僑｜僑務。
【僑民】旅居外國而保留本國國籍的居民。

像 xiàng（象）粵 zêng⁶（象）

❶依照人物的形象做成的圖形: 畫像｜影像｜雕像｜銅像。❷相似: 她的性格很像她媽媽。❸似乎，彷彿: 我好像曾在哪兒見過他。❹舉例、引證用的詞，相當於「比如」: 像這種事幾乎每天都發生。

十三畫

億 yì（意）粵 yig¹（益）

數目字，一萬萬爲一億。
【億萬】泛指數額巨大: 億萬家財｜億萬富翁。

儀 yí（宜）粵 yi⁴（而）

❶容貌，舉止: 儀容｜儀態。❷禮節的程序: 儀式｜儀仗。❸餽贈的財物: 賀儀。❹測量、繪圖、實驗等用的器具: 儀器｜渾天儀｜地震儀。
【儀表】❶人的外表、姿態: 儀表堂堂。❷測量溫度、速度、氣壓、血壓等的儀器。
◈ 心儀　司儀　威儀　奠儀　水準儀　地球儀

僵 jiāng（江）粵 gêng¹（姜）

❶不靈活: 僵硬｜僵臥｜手凍僵了。❷雙方相持不下，不能調和: 僵持｜鬧僵了。
【僵化】變僵硬，常用來比喻思想不開通、停滯不前。
【僵局】相持不下或進退兩難的局面。
【僵屍】僵硬的死屍，常用來比喻已經死亡和腐朽的事物。

價 jià（嫁）粵 ga³（架）

商品所值的錢數: 價錢｜物價。
【價目】標明的商品價格。
【價值】❶經濟學名詞，指生產商品所花費的社會必要勞動: 價值不菲。❷寶貴，重要: 你提出的意見很有價值。
【價值連城】形容物品非常貴重。
◈ 價款　價碼　價廉物美　◈ 市價　代價　定價　時價　減價　漲價　身價百倍　討價還價　無價之寶

儂 nóng（農）粵 nung⁴（農）

方言。❶你。❷我。

儆 jǐng（景）粵 ging²（警）

告戒，使人警醒: 儆戒｜殺一儆百。

儉 jiǎn（簡）粵 gim⁶（兼⁶）

節省，不浪費: 儉樸｜勤儉｜省吃儉用。

儈 kuài（快）粵 kui³（潰）

市儈: 介紹買賣從中收取佣金的人。引伸指唯利是圖、庸俗可厭的人。

儋 dān（耽）粵 dam¹（耽）

儋縣，在海南省。

僻 pì（譬）粵 pig¹（辟）

❶遠離中心區的: 偏僻｜荒僻｜僻巷。❷不常見的: 生僻｜冷僻。❸性情古怪: 孤僻｜怪僻。
【僻靜】地方偏僻、清靜。
【僻壤】荒僻的地方: 窮鄉僻壤。

⊗右旁作「辛」。

十四畫以上

儐｜bīn（賓）
粤 ben³（賓³）｜亻亻亻亻亻亻傮儐
招待賓客的人。
【儐相】舉行婚禮時陪新郎、新娘的人。

儕｜chái（柴）
粤 cai⁴（柴）｜同輩：儕輩｜吾儕（我們）。

儒｜rú（如）
粤 yu⁴（如）｜亻亻儒儒儒儒
❶孔子的學派：儒家｜儒道。❷從前指讀書人：儒生。
【儒雅】文雅溫和。
◆儒教　儒術　◆名儒　侏儒　腐儒　鴻儒　焚書坑儒

儔｜chóu（綢）
粤 ceo⁴（綢）｜亻亻亻儔儔儔
伴侶，同伴：儔侶。

儘｜jǐn（緊）
粤 zen⁶（進⁶）｜亻亻亻佳傷儘
❶力求達到最大限度：儘先｜儘快。❷老是：這幾天儘刮風｜她每次來，儘嘮叨個沒完。
【儘量】力求達到最大限度：此事我儘量想辦法。
【儘管】❶縱使，即使：儘管天黑路滑，他還是及時趕到了。❷只管：有話儘管說。

儲｜chǔ（楚）
粤 qu⁵（柱）｜亻信信信储儲
積蓄：儲蓄｜儲存｜儲藏。
【儲君】帝王的親屬中已經確定繼承皇位的人。

優｜yōu（憂）
粤 yeo¹（休）｜亻佰佰儨優優
❶良好，美好，跟「劣」相對：優良｜優美。❷佔上風：優勝｜優勢。❸戲劇演員：俳優｜優伶。
【優先】儘先給予關照。
【優待】給予良好的待遇或照顧。
【優異】特別出色：這次期中考試，他取得了優異成績。
【優裕】充足、富裕。
【優越】比別的要好：優越感。
【優點】長處，好的地方：他這個人有很多的優點。
【優柔寡斷】形容做事不果斷、猶豫不決。
◆優秀　優厚　優惠　優哉遊哉　◆女優　養尊處優

償｜cháng（常）
粤 sêng⁴（常）｜亻亻僧償償償
❶歸還，賠償：償債｜賠償。❷抵補，相抵：抵償｜補償｜得不償失。❸滿足，實現：如願以償。

儡｜lěi（壘）
粤 lêu⁵（呂）｜亻佃佃儡儡儡
見「傀儡」條。

儺｜nuó（挪）
粤 no⁴（挪）｜迎神賽會。

儷｜lì（麗）
粤 lei⁶（麗）｜佀伊儒儒儷儷
❶成對成雙的：儷句（對偶的句子）｜儷影（夫妻合影）。❷配偶：伉儷。

儻｜tǎng（躺）
粤 tong²（倘）｜見「倜儻」條。

儼｜yǎn（眼）
粤 yim⁵（染）｜亻伊儼儼儼儼
很像真的，活像：儼如白晝。
【儼然】❶莊嚴：紀念碑儼然聳立。❷整齊：馬路兩側，屋舍儼然。❸活像：這孩子說話儼然是個大人。

儿部

一至三畫

兀｜wù（誤）
粤 nged⁶（迄）｜一丆兀
高聳突起的樣子：奇峯突兀。
【兀立】直立。

元｜yuán（原）
粤 yun⁴（完）｜一二亓元
❶開始，第一：元年｜元月。❷老資格的，為首的：元老｜元帥｜元勳。❸構成一個整體的：單元｜元件。❹通「圓」（貨幣單位）：十元。❺中國朝代名。❻姓。
【元旦】每年的一月一日。
【元兇】罪魁禍首。
【元首】國家的最高領導人。
【元素】具有相同的化學性質、種類相同的原子的總稱，如氫、碳、硫等。
【元氣】指人的生命力或集團的活力。
◆元音　元宵　元寶　◆公元　狀元　紀元

允｜yǔn（雲上）
粤 wen⁵（尹）｜ㄥㄥ允允
❶答應，許可：應允｜允許｜允諾。❷公平得當：公允｜平允｜允當。

兄｜xiōng（兇）
粤 hing¹（興）｜丶口口尸兄
❶哥哥：兄弟｜兄嫂。❷對平輩男性朋友的尊稱：老兄｜仁兄。
【兄弟】哥哥和弟弟的總稱：他們兄弟倆在學業上各有所長。

四畫

充｜chōng（沖）
粤 cung¹（衝）｜一亠云卉充
❶滿，足：充足｜充滿｜充實。❷擔任，當：充任｜充當。❸假冒：冒充｜充行家｜拿劣貨充好貨。
【充分】❶足夠：理由充分。❷盡量：充分利用。
【充公】沒收歸公。
【充斥】到處都是，含貶義：冒牌貨充斥市場。
【充沛】充足，旺盛：精力充沛。
【充軍】封建時代的一種刑法，即把犯人押送到邊遠地區去服役。
【充數】勉強湊數：拿次品充數。

【充其量】頂多，至多: 他充其量算個二流選手。
【充耳不聞】塞住耳朵不聽。比喻拒絕聽取別人的意見。
◆冒充　補充　填充　擴充

光 guāng（廣陰）　粵 guong¹（廣¹）　丿 ⺊ ⺌ 少 光

❶光線: 陽光│月光│燈光。❷明亮: 光明│光輝。❸景物: 風光│春光明媚。❹榮耀: 光榮│光彩。❺全沒有了: 人走光了│錢花光了。❻單，只: 光說不做│光剩他一個人在家。❼裸露: 光腳│光頭│光膀子。❽滑溜: 光滑│光溜│磨光。❾作敬詞用: 光臨│光顧。
【光陰】時間: 一寸光陰一寸金。
【光景】❶風光，景物。❷境況，狀況: 好光景。❸表示估計: 半小時光景。
【光復】恢復(已亡的國家); 收回(失去的領土)。
【光澤】物體表面反射出來的亮光。
【光天化日】比喻大家都看得清楚的場合。
【光怪陸離】形容色彩繁雜、形狀離奇。
【光明正大】言行正派，心地光明。
【光明磊落】正大光明，襟懷坦白。
【光彩奪目】形容鮮豔耀眼。
◆光燄　光棍　光芒四射　◆反光　目光　沾光　時光　眼光　增光　激光　曙光　浮光掠影　容光煥發　湖光山色　發揚光大　鼠目寸光

兆 zhào（趙）　粵 xiu⁶（紹）　丿 丿 丬 兆 兆 兆

❶事前出現的徵象: 兆頭│預兆│徵兆│不祥之兆。❷預先顯示: 瑞雪兆豐年。❸數目字，古代指一萬億，今指一百萬。

先 xiān（仙）　粵 xin¹（仙）　丿 ⼀ ⺧ 生 步 先

❶時間或次序在前的，跟「後」相對: 事先│首先│爭先恐後│搶先一步。❷祖先、上代或尊稱去世的人: 先輩│先父│先師│先烈。
【先天】出生以前就有的: 先天不足; 先天性心臟病。
【先例】已有過的事例。
【先驅】在前面引導的: 革命先驅。
【先入為主】指因事先有了印象而產生成見，不容易聽信後來的不同意見。
【先見之明】指能夠預先看到事情的發展趨勢。
【先斬後奏】未經請示先將事情處理完，然後再向上級報告。
【先發制人】爭取主動，先下手制服對方。
【先睹為快】以首先看到為樂事。
【先禮後兵】先說道理，說不通時再使用強硬手段。
【先聲奪人】先造成強大的聲勢，借以壓倒對方。比喻做事搶先一步。
◆先生　先兆　先河　先知　先前　先後　先進　先決條件　◆原先　預先　領先　優先　身先士卒　未老先衰　捷足先登　笨鳥先飛　一馬當先　有言在先

兇 xiōng（兄）　粵 hung¹（空）　丿 乂 凵 山 ⼧ 兇

❶惡，殘暴: 兇惡│兇殘。❷有關殺人、傷人的: 行兇│兇手。❸厲害，過甚: 別鬧得太兇│雨勢很兇。
◆兇犯　兇狠　兇暴　兇橫　兇險　兇器　兇神惡煞

兇相畢露　◆逞兇　幫兇　窮兇極惡

五至七畫

兌 duì（隊）　粵 dêu³（對）　丶 丷 ⺌ 台 户 兌

換取: 兌付│兌換│兌匯。
【兌現】❶憑票據換取現款。❷比喻實現諾言。

克 kè（課）　粵 heg¹（黑）　一 ⼗ 古 古 声 克

❶能夠: 克勤克儉。❷戰勝，攻下: 克敵│攻無不克。❸制伏: 克服困難│以柔克剛。❹公制重量單位，一克為一公斤的千分之一。
【克拉】珠寶的重量單位，每克拉為0.2克。
【克制】抑制住(多指感情、慾望等)。
【克復】戰勝而收回失地。
【克己奉公】嚴格要求自己，一心為公。
◆克己　◆千克　休克　攻克　坦克　撲克

免 miǎn（勉）　粵 min⁵（勉）　丿 ⺈ 刀 ⺁ 免

❶省掉，除掉: 免費│免稅│免冠│免除。❷脫避: 免遭│免致│免疫│免得麻煩。❸勿，不可: 閒人免進。❹黜罷，解職: 罷免│免職│任免令。
◆免刑　免俗　免票　免罪　◆不免　幸免　減免　避免
⊗跟「兔」不同。

兒 ér（而）　粵 yi⁴（而）　丿 ⼧ 臼 臼 白 兒

❶孩子: 幼兒│兒童。❷年輕男子: 男兒│健兒│中華兒女。❸男孩子: 他有一兒一女。❹子女對父母的自稱。❺作詞尾用: 那兒│拐彎兒│小孩兒的胖手兒。
【兒戲】兒童的遊戲。比喻做事不認真、不負責: 別把這件事當做兒戲。
◆兒科　兒歌　兒童節　兒童恩物　◆育兒　托兒所　幼兒園　弔兒郎當　視同兒戲

兔 tù（吐）　粵 tou³（吐）　丿 ⼧ 臼 ⼄ 免 兔

哺乳動物，耳大尾短，上唇中裂，前腿短、後腿長，跑得快。
◆兔死狐悲　◆守株待兔　狡兔三窟　動如脫兔
⊗不要漏寫右下的一點。

兕 sì（寺）　粵 ji⁶（自）　丿 丨 凵 凹 凹 兕

雌性的犀牛。

兗 yǎn（眼）　粵 yin⁵（衍）　⼆ ⼤ 台 户 兗

兗州: 地名，在山東省。

九至十二畫

兜 dōu（斗陰）　粵 deo¹（斗¹）　白 ⺍ 伯 ⺁ 兜 兜

❶口袋一類的東西: 褲兜│網兜。❷把東西攬住: 拿布把頭髮一兜│用手巾兜着幾個雞蛋。❸招攬: 兜銷│兜生

意。❹承擔或包下來: 有問題我兜着。❺環繞: 兜捕｜兜圈子。

【兜肚】貼身護住胸腹的布製品。

【兜底】把底細全部揭出來。

【兜風】坐車、騎馬或乘遊艇兜圈子乘涼或遊逛。

【兜售】到處推銷。用作比喻時含貶義。

兢 | jīng（經）
粵 ging¹（京） | 一 十 古 克 赤 兢

小心, 謹慎: 戰戰兢兢｜兢兢業業。

入部

入 | rù（褥）
粵 yeb⁶（泣⁶） | ノ 入

❶進, 跟「出」相反: 入口｜入場。❷收進: 收入｜量入為出。❸參加: 入學｜入會。❹合乎: 穿著入時｜入情入理。❺到, 達: 入夜｜入冬。

【入木三分】形容寫字筆力雄健, 也比喻分析問題深刻。

【入不敷出】收入不夠支出。

◈ 入手　入耳　入門　入迷　入神　入選　入場券　入鄉隨俗　入境問俗　◈ 介入　投入　捲入　侵入　深入　潛入　輸入　深入淺出　想入非非　出神入化　引人入勝　體貼入微　單刀直入

內 | nèi（餒去）
粵 noi⁶（耐） | 丶 冂 冈 内

❶裏面, 跟「外」相反: 內室｜內衣｜內頁｜校內｜屋內。❷稱妻子家的親屬: 內兄｜內姪。

【內行】❶指對某項事情有豐富的經驗。❷指內行的人。

【內疚】內心感到愧疚不安。

【內政】國家內部的政治事務。

【內訌】集團內部因爭權奪利而互相傾軋、排擠。

【內閣】一些國家的最高行政機構。

【內幕】沒有公開的內部情況。

◈ 內地　內科　內容　內部　內陸　內務　內傷　內亂　內燃機　內外交困　內憂外患　◈ 日內　分內　海內　境內

全 | quán（權）
粵 qun⁴（存） | ノ 入 公 今 仝 全

❶完備, 齊: 完全｜齊全。❷使完整無缺或不受損害: 保全｜成全｜兩全其美。❸整個, 所有: 全體｜全家｜全國｜全世界。❹都: 大伙全來了｜種的樹全活了。

【全局】整個局面。

【全能】在一定範圍內樣樣都能: 全能冠軍。

【全然】完全地: 我對此全然不知。

【全盤】全部, 全面: 全盤計劃; 全盤考慮。

【全力以赴】把全部力量或精力都投進去。

【全神貫注】形容注意力高度集中: 他在全神貫注地閱讀。

◈ 全文　全集　全球　全副　全景　全貌　全權　◈ 安全　周全　健全　顧全　十全十美　求全責備　百科全書　竭盡全力　一應俱全　委曲求全

汆 | cuān（竄陰）
粵 qun¹（村） | 把食物放在滾開的水裏稍微煮一下: 汆丸子｜汆湯。

兩 | liǎng（艮上）
粵 lêng⁵（倆） | 一 冂 雨 雨 雨 兩

❶數目字, 通常用於成對的事物: 兩手空空｜兩夫婦。❷表示雙方: 公私兩利｜兩相情願｜勢不兩立。❸表示少量的、不定的數目: 過兩天再說吧。｜ 我來說兩句吧。❹重量單位: 十錢爲一兩。

【兩可】可以這樣, 也可以那樣: 模棱兩可。

【兩便】兩方面各自方便。

【兩極】❶地球的南極和北極。❷電學上的陽極和陰極。❸比喻對立的兩個極端。

【兩棲】可以在水、陸兩種環境中生活或活動: 兩棲動物; 兩棲作戰。

【兩難】這樣做或那樣做都有困難: 進退兩難。

【兩全其美】顧及雙方, 使雙方都滿意。

【兩面三刀】形容耍兩面手法, 當面說的是一套, 背地裏做的是另一套。

【兩袖清風】比喻當官的非常廉潔。

【兩敗俱傷】雙方都受到損害。

◈ 兩地　兩端　兩邊　兩翼　兩難　◈ 斤兩　銀兩　一刀兩斷　一舉兩得　三言兩語　三長兩短　半斤八兩

八部

八 | bā（巴）
粵 bad³（波壓³） | ノ 八

數目字, 大寫作「捌」。

【八成】❶十分之八。❷多半, 大概: 他八成不會來。

【八卦】分別象徵天、地、雷、風、水、火、山、澤的八種符號, 後來用來占卜。

八卦

【八面玲瓏】形容處世圓滑, 各方面都不得罪。

【八面威風】形容威風十足的樣子。

【八仙過海, 各顯神通】比喻各有一套辦法去顯示自己的本領。

◈ 八方　◈ 七上八下　五花八門　四平八穩　四通八達　胡說八道　威風八面　烏七八糟　橫七豎八　雜七雜八

二至五畫

六 | liù（溜去）
粵 lug⁶（陸） | 丶 亠 六 六

數目字, 大寫作「陸」。

【六畜】指馬、牛、羊、雞、狗、豬。也泛指家畜。

【六親】一般指父、母、兄、弟、妻、子。也泛指親屬。

【六神無主】心慌意亂，沒有主意。

兮 | xī（西）| 丶 八 公 兮
粵 hei⁴（奚）

文言裏的語助詞，相當於白話的「啊、呀」：力拔山兮氣蓋世。

公 | gōng（工）| 丶 八 公 公
粵 gung¹（工）

❶跟「私」相對：天下為公｜大公無私｜秉公辦事。❷合情合理，不偏私：公平｜公正｜公道。❸與國家或集體有關的：公事｜公物｜公款。❹屬於國際間的：公海｜公曆｜公里。❺大眾承認的：公認｜公推｜公敵｜公約。❻讓眾人知道的：公告｜公報｜公佈。❼對長輩或老年男子的稱呼：外公｜公婆｜老公公。❽五等爵位的第一等：公爵。❾雄性的動物：公牛｜公雞。

【公元】國際通用的紀元標準。把傳說的耶穌誕生那一年作為公元元年。這年以前叫公元前。

【公允】公正而恰當。

【公害】各種污染來源對社會公共環境造成的污染和破壞。

【公益】公共的利益：熱心公益。

【公然】公開地，毫無顧忌地。

【公憤】公眾共同的憤慨。

【公德】公共道德。

【公墓】公共的墓地。

【公約數】同時是幾個數的約數的數。如3是6、9、15的公約數。也叫「公因數」。

【公益金】為興辦社會福利事業而籌集的資金。

【公倍數】一個數能同時被幾個數整除，這個數叫做這幾個數的公倍數。如18是2、3、6、9的公倍數。

◇公文 公司 公民 公共 公式 公理 公寓 公演 公證 公德心 公共設備 公用事業 公眾假期 公務人員 ◇辦公 天公地道 克己奉公 開誠布公

共 | gòng（貢）| 一 十 廾 卅 共 共
粵 gung⁶（公⁶）

❶同，一齊：共同｜同甘共苦｜朝夕共處。❷總計：總共｜共計。❸共產黨的簡稱：中共(中國共產黨)。

【共事】同在一起做事：他倆共事多年，挺合得來。

【共鳴】❶物體因共振而發聲。❷比喻產生共同的思想感情。

◇共存 共性 共勉 共聚 共和國 ◇一共 不共戴天 有目共睹 同舟共濟 雅俗共賞

兵 | bīng（冰）| 丶 亻 厂 斤 乒 兵
粵 bing¹（冰）

❶戰士：兵士｜兵來將擋。❷武器：短兵相接。❸關於戰爭的事：兵法｜兵書｜兵不厭詐｜紙上談兵。

【兵荒馬亂】形容戰爭時社會動蕩不安的混亂景象。

◇兵丁 兵力 兵卒 兵器 兵強馬壯 ◇天兵 雄兵 徵兵 閱兵 招兵買馬 殘兵敗將 蝦兵蟹將 先禮後兵 草木皆兵

六至十四畫

其 | qí（奇）| 一 十 廾 甘 其 其
粵 kéi⁴（旗）

❶文言用字。他，他們，他的，他們的：聽其自然｜任其自流｜人盡其才｜各得其所。❷這，那：若無其事｜正當其時。❸虛指，沒有實在意義：極其珍貴｜忘其所以。

【其次】❶第二。❷次要的地位。

【其間】❶那中間，其中。❷指某一段時間。

【其實】事實上，實際上：其實他根本就沒去。

【其餘】此外，另外的。

【其勢洶洶】形容來勢很兇。含貶義。

◇其他 其貌不揚 其樂無窮 ◇尤其 何其 與其 出其不意 投其所好 不計其數 名副其實 恰如其分 莫名其妙

具 | jù（巨）| 丨 冂 目 且 具 具
粵 gêu⁶（巨）

❶器物：文具｜工具｜傢具｜玩具。❷有，備有：具有｜具備｜粗具規模。

【具名】在文書上簽名。

【具體而微】內容大體齊備，但形狀或規模較小。

◇具文 具保 具體 ◇面具 茶具 道具 教具 餐具 玩具熊 別具一格 獨具匠心

典 | diǎn（點）| 冂 曰 由 曲 曲 典
粵 din²（電²）

❶標準，法則：典範｜典章。❷可作為依據或準則的書籍：字典｜辭典｜法典｜經典著作。❸鄭重舉行的禮節、儀式：開幕典禮｜開國大典。❹引用的古書中的故事或詞句：典故｜用典。❺用抵押品借錢：典押｜典當。

【典型】❶具有代表性的人物或事件：運用典型加以示範。❷具有代表性的：典型事例。❸文學藝術作品中所塑造出來的具有代表性的人物。

【典雅】古色古香的，不粗俗的。

【典籍】記載古代法令、制度的圖書。也泛指古代書籍。

◇古典 恩典 詞典 慶典 數典忘祖 引經據典

兼 | jiān（尖）| 丷 䒑 兰 羊 肀 兼
粵 gim¹（檢¹）

❶所涉及或所具有的不只一方面：兼顧｜德才兼備｜軟硬兼施。❷同時擔任幾種工作：兼任｜兼職｜兼課。❸加倍：兼程｜兼旬。

【兼併】吞併。

【兼收並蓄】把各方面的東西全吸收進來。

【兼聽則明，偏聽則暗】聽取各方面的意見才能全面了解情況，明辨是非；只聽信一方面的意見，就弄不清事情的真相。

冀 | jì（寄）| 丨 丬 北 甾 甾 冀
粵 kéi³（暨）

❶希望：希冀｜冀求。❷河北省的簡稱。❸姓。

冂部

冉 | rǎn（染）| 丨 冂 冂 冉 冉
粵 yim⁵（染）

❶姓。❷漸漸地。

【冉冉】慢慢地：紅日冉冉升起。

冊 cè（策）｜粵 cag³（拆）　丿冂冂冊冊
❶裝訂好的紙本子: 名冊｜畫冊｜紀念冊。❷量詞: 這套書一共六冊。

再 zài（載）｜粵 zoi³（載）　一冂厅冉再再
❶兩次或第二次: 一而再, 再而三｜一再表示歉意。❷更: 再好沒有了｜再多一點就好了。❸重複, 繼續: 再說一遍｜明天再談。❹連接兩個動詞, 表示動作先後的關係: 做完功課再看電視｜吃完飯再上他家也不遲。
【再三】不止一次地: 再三考慮。
【再接再厲】一次不成再來第二次、第三次。比喻意志堅強, 不怕挫折。
◆再不　再見　再度　再現　再會　再三再四　◆一再　東山再起　時不再來

冒 mào（茂）｜粵 mou⁶（務）　冂日冒冒冒
❶往上升, 向外透: 冒出｜冒尖｜冒煙｜冒火｜冒汗。❷頂着, 不顧: 冒着暴風雪｜冒着生命危險。❸魯莽, 衝撞: 冒失｜冒犯。❹以假充真: 假冒｜冒充｜冒牌｜冒名頂替。
【冒昧】魯莽、輕率: 不揣冒昧(常用做謙辭)。
【冒天下之大不韙】普天下的人都認為很不對的事, 硬是要去幹。

冑 zhòu（咒）｜粵 zeo⁶（就）　口冃由由冑
❶古代將士作戰時所戴的頭盔: 甲冑。❷子孫後代: 華冑(華夏的後代, 指漢族)｜貴冑(貴族的後代)。
⊗跟「胄」不同。

冕 miǎn（免）｜粵 min⁵（免）　冂冃免冕冕冕
古代士大夫以上的官所戴的禮帽, 後來專指帝王的禮帽: 加冕(把皇冠戴在帝王的頭上, 是帝王即位的儀式)。

最 zuì（醉）｜粵 zêu³（醉）　冂日旦冣冣最
極, 頂, 無比的: 最大｜最高。
◆最初　最佳　最近　最終　最先進

一部

冗 同「宂」。

冠 ㊀ guān（官）｜粵 gun¹（官）　冂冖完完冠冠
❶帽子: 衣冠整齊。❷像帽子形狀的東西: 花冠｜雞冠子。
【冠冕堂皇】形容表面上莊嚴或正大的樣子。
　㊁ guàn（貫）｜粵 gun³（貫）　❶把帽子戴在頭上。❷居第一位: 勇冠三軍｜他的總成績為全校之冠。
【冠軍】比賽的第一名。

冢 zhǒng（腫）｜粵 cung²（寵）　冂冖冢冢冢冢
墳墓: 古冢｜荒冢｜衣冠冢(埋着死者衣帽等遺物的墳墓)。

冥 míng（名）｜粵 ming⁴（名）　冂冖冃冃冥冥
❶昏暗: 晦冥。❷深沉: 冥思苦想。❸迷信的人稱人死後進入的世界: 冥府。
【冥頑】愚鈍無知: 冥頑不化。
⊗底下部分是「六」, 不是「大」。

冤 yuān（淵）｜粵 yun¹（淵）　冂冖冤冤冤冤
❶委曲, 屈枉: 喊冤｜伸冤｜這個案子裏可能有冤情。❷仇恨: 冤家｜冤仇。
◆冤屈　冤獄　冤枉路　冤家路窄　冤魂不散
⊗右下有一點。

冪 mì（密）｜粵 mig⁶（覓）　❶覆蓋, 也指遮蓋器物的布。❷表示一個數自乘若干次的形式叫「冪」。如t自乘n次的冪為t^n。

冫部

三至五畫

冬 dōng（東）｜粵 dung¹（東）　丿夂夂冬冬
一年四季中的第四季, 氣候最冷: 冬天｜過冬｜隆冬。
【冬至】冬季節氣, 在陽曆12月21、22或23日。
【冬烘】思想保守, 見識淺薄: 冬烘先生; 頭腦冬烘。
【冬眠】某些動物如蛙、蛇等, 在冬天不吃不動, 好像在睡眠的現象。
◆冬防　冬暖夏涼　◆立冬　初冬　寒冬　殘冬

冰 bīng（兵）｜粵 bing¹（兵）　丶冫冫冰冰冰
❶水在攝氏零度或零度以下所凝結成的固體。❷用冰塊來減低溫度: 把飲料冰上。❸使人感到寒冷: 河裏的水有點冰手。
【冰山】❶兩極地帶浮在海中的巨大冰塊。❷比喻不能長久依賴的靠山。
【冰點】水開始凝結成冰時的溫度。攝氏溫度計上冰點是零度。
【冰鎮】把食物或飲料同冰放在一起使其變冷。
【冰釋】比喻嫌疑、誤會等像冰融化一樣消除。
【冰凍三尺, 非一日之寒】比喻事物的形成總是經歷一段發展過程, 不是偶然的。
◆冰川　冰鞋　冰淇淋　冰天雪地　◆結冰　滑冰　溜冰　北冰洋　玉潔冰清　冷若冰霜　滴水成冰

冷 lěng（稜上）｜粵 lang⁵（羅罌⁵）　丷冫冷冷冷
❶溫度低, 與「熱」相對: 寒冷｜冷水｜你冷不冷?❷寂靜, 不熱鬧: 冷寂｜冷清清。❸生僻, 少見: 冷僻。❹意料之外的: 冷槍｜冷不防。❺不熱情, 不溫和: 冷淡｜冷酷。
【冷門】比喻很少有人注意的方面: 爆了個冷門。

【冷場】演出或開會時出現的冷清局面。
【冷落】❶不熱鬧。❷對人冷淡。
【冷漠】不熱情，不關心。
【冷靜】❶不熱鬧。❷不感情用事。
【冷言冷語】含譏諷意味的風涼話。
【冷眼旁觀】冷靜或冷淡地在一旁看着。
【冷嘲熱諷】用尖刻、辛辣的語言譏笑、諷刺。
◈冷汗　冷食　冷凍　冷遇　冷暖　冷藏　冷氣機　冷冷清清　冷若冰霜　◈生冷　陰冷　乍冷乍熱

冶 | yě (也)　粵 yé⁵ (野) | 冫 氵 冶 冶 冶 冶
❶熔煉金屬:冶金｜冶煉。❷形容女子過分的修飾打扮:妖冶｜冶容。

六至八畫

冽 | liè (列)　粵 lid⁶ (列) | 冫 氵 汀 冴 冴 冽
寒冷:北風凜冽。

冼 | xiǎn (險)　粵 xin² (癬) | 姓。

凌 | líng (零)　粵 ling⁴ (鈴) | 冫 汢 泆 浐 滂 凌
❶冰:冰凌。❷侵犯，欺壓:欺凌｜凌辱｜盛氣凌人。❸升高:凌雲｜凌空而過。❹姓。
【凌晨】接近天亮的時候。
【凌厲】氣勢迅速猛烈:攻勢凌厲。
【凌駕】高過，超越:凌駕其上。
【凌亂不堪】亂七八糟，毫無條理。

凍 | dòng (洞)　粵 dung³ (棟) | 冫 冴 冴 冲 凍 凍
❶因冷而凝結:冰凍｜天寒地凍。❷受冷或感到冷:凍着了｜凍僵。❸凝結了的肉類等湯汁:肉凍｜魚凍。
【凍結】❶液體遇冷凝結。❷比喻不讓人員或資金流動。
◈上凍　防凍　解凍　霜凍
⊗右偏旁直筆不鈎。

准 | zhǔn (準)　粵 zên² (津²) | 冫 冫 冫 冴 准 准
❶允許，許可:批准｜准許。❷依照，依據:准此辦理。

凋 | diāo (刁)　粵 diu¹ (刁) | 冫 冫 汨 凋 凋 凋
衰落，敗落:凋謝｜凋零。

十三至十四畫

凜 | lǐn (林上)　粵 lem⁵ (林⁵) | 冫 冴 冴 冴 澶 凜
❶寒冷:凜冽。❷威嚴的樣子:凜不可犯。
【凜然】形容可敬畏的神態:大義凜然。
【凜凜】❶形容寒冷:寒風凜凜。❷令人敬畏的樣子:威風凜凜。
⊗右下作「禾」，直筆不鈎。

凝 | níng (寧)　粵 ying⁴ (迎) | 冫 冴 洤 凝 凝 凝

❶氣體變成液體或液體變成固體:凝結｜凝固｜油凝住了。❷聚集，集中:凝神｜凝視。
【凝思】集中精神思考。
【凝練】文章緊湊簡練。
◈凝望　凝集　凝聚

几部

几 | jī (機)　粵 géi¹ (機) | 丿 几
小桌:茶几｜窗明几淨。

凰 | huáng (黃)　粵 wong⁴ (王) | 丿 凡 凨 凰 凰 凰
古代傳說中的一種吉祥而美麗的鳥。見「鳳凰」條。

凱 | kǎi (楷)　粵 hoi² (海) | 丨 山 豈 豈 豈 凱
勝利:凱旋(勝利歸來)。
【凱歌】軍隊得勝時唱的歌曲。

凳 | dèng (瞪)　粵 deng³ (等³) | 丿 夕 癶 登 登 凳
同「櫈」。有腿沒有靠背的坐具:板凳｜方凳。

凵部

凶 | xiōng (兄)　粵 hung¹ (空) | 丿 乂 凶 凶
❶不幸的，不吉祥的:吉凶｜凶兆｜凶事。❷年成不好的:凶年｜凶藏。

出 | chū (初)　粵 cêd¹ (初律¹) | 乚 屮 出 出 出
❶從裏面到外面，跟「進」、「入」相反:進出｜出門。❷往外拿，支付:出力｜出主意｜出納｜出錢。❸發生，產生:出事｜出問題｜出芽｜出生｜出人才。❹超過:出軌｜出界｜不出兩年｜出眾。❺來到:出席｜出勤｜出操。❻顯露:出名｜出面｜水落石出。❼放在動詞後面，表示趨向或效果:提出問題｜作出成績。
【出土】古器物從地下挖掘出來:出土文物。
【出色】格外好:他是個出色的人才。
【出沒】出現和消失。
【出差】出外辦公事。
【出氣】❶呼氣。❷把怒氣發泄出來。
【出息】❶有作為，有前途。❷長進:這孩子出息多了。
【出路】通向外面的路，引伸為前途。
【出頭】❶脫離苦境:出頭之日。❷出面:出頭露面。❸用在整數後，表示稍超出一點:他今年剛五十出頭。
【出人頭地】指高人一等，超過一般人。
【出生入死】形容冒着生命危險。
【出神入化】形容技藝達到了絕妙的境界。
【出爾反爾】言行前後矛盾，反覆無常。

【出類拔萃】超出同類之上，比喻特別優秀。
◆出版　出租　出訪　出動　出診　出發　出擊　出題　出讓　出人意外　出口成章　◆支出　突出　展出　傑出　演出　別出心裁　喜出望外

凸 | tū（突）
凸 | 粵 ded⁶（突）　丶　丆　凸　凸　凸

高出，跟「凹」相對: 凸出｜挺胸凸肚。
【凸透鏡】鏡片中央比四周厚的一種透鏡，通稱放大鏡。
⊗留意這個字的筆順。

凹 | āo（熬陰）
凹 | 粵 ao³（拗）
| 又 neb¹（粒）　丨　凵　凹　凹　凹

窪下，跟「凸」相對: 凹進｜凹凸不平。
【凹透鏡】鏡片中央比四周薄的一種透鏡，能使光線散射，如近視鏡片。
⊗留意這個字的筆順。

函 | hán（含）
函 | 粵 ham⁴（咸）　丁　了　汆　汆　函　函

❶信件: 函件｜來函｜公函。❷匣，套子: 石函｜鏡函。
【函授】用通信的形式進行輔導的教授方式。

刀部

刀 | dāo（到陰）
刀 | 粵 dou¹（都）　フ　刀

❶供切、割、斬、削用的鋼鐵製的器具: 菜刀｜鍘刀｜鐮刀。❷紙張計算單位，一百張為「一刀」。
【刀山火海】比喻最危險、最艱苦的地方或情況。
◆刀刃　刀具　刀鞘　刀光劍影　◆小刀　尖刀　刺刀　一刀兩斷　單刀直入　笑裏藏刀

刁 | diāo（凋）
刁 | 粵 diu¹（丟）　フ　刁

❶狡猾，無賴: 這個人真刁。❷姓。
【刁難】故意難為人。
【刁鑽古怪】為人狡詐怪僻。

一至三畫

刃 | rèn（認）
刃 | 粵 yen⁶（孕）　フ　刀　刃

❶刀、剪等鋒利的部位: 刀刃。❷刀: 利刃｜白刃戰。
❸用刀殺: 手刃奸賊。

切 | ⊖ qiē（且陰）
切 | 粵 qid³（徹）　一　土　切　切

用刀分割: 切菜｜把瓜切開。
【切磋】比喻商討研究。
◆切片　切面　切削　切割
　⊖ qiè（竊）❶符合: 切身利益｜不切實際。❷接
　粵 同｜近: 切近｜親切。❸急迫: 急切｜迫切。
❹務必: 切要｜切記｜切切。
【切中】正好擊中: 切中要害。
【切忌】切實禁忌，必須避免。

【切齒】形容憤恨到極點: 切齒痛恨。
【切題】文章的內容跟題目相符合。
【切膚之痛】親身感受到的痛苦。比喻感受很深。
◆一切　真切　深切　密切　貼切　殷切　熱切　確切　懇切　關切
⊗左偏旁作「七」，兩筆，不要寫成「土」。

分 | ⊖ fēn（紛）
分 | 粵 fen¹（紛）　丿　八　分　分

❶分開，跟「合」相反。❷由機構分出的部分: 分會｜分公司。❸判別，辨別: 分析｜分辨｜真假難分。❹散發: 分發｜分配。❺數學中的比例或成數: 分母｜分數十分之一。❻表示程度: 十分高興｜萬分感激。❼單位名: 十分是一寸（長度）｜十分是一錢（重量）｜十分是一角（貨幣）｜六十分是一小時（時間）。
【分寸】說話或做事的恰當程度。
【分歧】不一致，有差異: 意見分歧。
【分曉】❶事情的結果: 勝負未見分曉。❷道理，主意: 你莫急，我胸中自有分曉。
【分庭抗禮】比喻平起平坐，互相對立。
【分崩離析】形容一個集體四分五裂，不可收拾。
【分道揚鑣】比喻因目標不同而各走各的路。
◆分心　分別　分身　分享　分泌　分明　分割　分解　分頭　分擔　分化瓦解　分秒必爭　◆平分　瓜分
　⊖ fèn（憤）❶名位，職責: 身分｜職分｜本分。
　粵 fen⁶（份）❷限度: 過分。❸整體的一部，同「份」: 一部分。
【分外】❶特別: 分外高興｜月到中秋分外明。❷本分以外的: 分外事。
◆分子　分內　分量　◆天分　名分　充分　情分　輩分　緣分　安分守己　恰如其分

刈 | yì（憶）
刈 | 粵 ngai⁶（艾）　丿　乂　刈　刈

割草。

刊 | kān（堪）
刊 | 粵 hon²（罕）
| 又 hon¹（看¹）　一　二　干　刊　刊

❶排版印刷: 刊行｜停刊｜發刊。❷刊物的簡稱: 月刊｜週刊｜專刊｜副刊。❸發表，登載: 刊登｜刊載。❹修改，刪除: 刊誤。
【刊物】報紙、雜誌等出版物。
⊗左偏旁是「干」，不要寫成「千」。

四至五畫

刑 | xíng（形）
刑 | 粵 ying⁴（形）　一　二　干　开　刑

❶法律名詞，指對罪犯施行的法律制裁: 徒刑｜死刑｜刑罰。❷用刑具拷打: 用刑｜受刑｜嚴刑拷打。
【刑訊】審問案件時用刑具逼供。
【刑場】對犯人執行死刑的場所。
◆判刑　服刑　量刑　緩刑

列 | liè（烈）
列 | 粵 lid⁶（烈）　一　丆　歹　歹　列　列

❶按次序擺、排: 陳列｜排列｜列隊。❷成排的人或

物: 前列│行列(直排叫行，橫排叫列)。❸安排、歸類: 列入計劃│列入甲等。❹泛指多數: 列位│列強│列國。

【列車】由車頭和多節車廂編掛成列的火車。

【列席】參加會議而沒有表決權。

【列舉】一個一個地舉出來。

◆平列　系列　並列　開列　羅列

划 │huá (滑) │粵 wa¹ (哇)　一 七 戈 戈 戈 划

搖槳撥水使船前進: 划船│划槳│划撥。

刖 │yuè (月) │粵 yud⁶ (月)　古代的一種酷刑，把腳砍掉。

刎 │wěn (吻) │粵 men⁵ (吻)　ノ ク ク 勿 勿 刎

用刀割脖子自殺: 自刎。

判 │pàn (盼) │粵 pun³ (盤³)　丷 丷 半 半 判

❶分開，分辨: 判別是非│判明眞假。❷法院對審理的案件作出裁決: 審判│判決。❸評定: 評判。

◆判刑　判定　判案　判罪　判斷　◆宣判　裁判　談判

刧 同「劫」。

別 │bié │粵 bid⁶ (必⁶)　口 口 尸 另 別 別

❶分離: 離別│辭別。❷分辨，區分: 辨別│分門別類。❸分類: 性別│職別。❹另外: 別名│別處│別具一格。❺不要: 別開玩笑│請別大聲說話。❻插，夾住: 把紀念章別在胸前│腰間別着一支手槍。

【別字】❶讀錯寫錯的字。❷別號，別名。

【別墅】建在郊野或風景區供休養用的園林住宅。

【別稱】正式名稱以外的名稱: 穗是廣州的別稱。

【別出心裁】想出的辦法與眾不同。

【別有用心】心裏另有壞主意。

【別開生面】另外開創新局面。

◆分別　告別　差別　區別　話別　千差萬別

冊 │shān (山) │粵 san¹ (山)　丨 冂 冊 冊 冊 冊

削除: 刪除│刪改│刪削│刪節。

【刪繁就簡】去掉繁雜的部分，使內容簡明扼要。

利 │lì (力) │粵 léi⁶ (吏)　ノ 二 千 禾 利 利

❶鋒銳: 鋒利│利刃。❷方便，順當: 便利│順利。❸好處，益處: 利益│有利。❹存款的息金，做生意賺的錢: 利息│利潤│薄利多銷。

【利用】發揮人或事物的作用，使其對自己方面有利: 利用這個機會。

【利害】利益和害處: 辨別利害。

【利落】❶說話乾脆，動作敏捷，辦事有條理。❷完畢，妥當: 這件事總算辦利落了。

【利誘】用財物或名譽地位等引誘人。

【利令智昏】貪圖私利，失去理智。

【利慾熏心】貪圖名利的慾望迷住了心竅。

◆利市　利弊　◆吉利　流利　勝利　福利　權利

⊗左偏旁作「禾」，直筆不鈎。

刨 │㊀ páo (咆) │粵 pao⁴ (咆)　ノ ク 勹 勹 包 刨

挖，掘: 刨土│刨坑。

㊁ bào (抱) │同「鉋」。粵 同㊀

六畫

刻 │kè (克) │粵 heg¹ (克)　亠 亠 亥 亥 亥 刻

❶用刀子等雕或劃: 雕刻│刻圖章。❷時間單位: 十五分鐘爲一刻。❸時候: 立刻│即刻│此刻。❹苛毒，不厚道: 刻薄│尖刻。❺表示程度深: 深刻│刻苦。

【刻板】比喻呆板、不生動: 表情刻板。

【刻畫】用藝術手段表現人物的性格。

【刻意】用盡心思，特地: 刻意打扮。

【刻不容緩】一會兒也不可耽擱。形容非常緊急。

【刻舟求劍】比喻拘泥不知變通。

◆刻毒　刻苦耐勞　◆片刻　苛刻　頃刻

券 │quàn (勸) │粵 gün³ (眷)　丷 丷 半 半 券 券

票契或作憑據的紙片: 彩券│債券│入場券│優待券。

⊗下面從「刀」。

刺 │cì (次) │粵 qi³ (次)　二 市 市 束 束 刺

❶尖銳的東西: 針刺│魚刺│竹刺。❷用尖銳的東西戳: 刺穿│刺繡。❸暗殺: 行刺│刺客。❹暗中偵伺: 刺探。❺用尖刻的話去譏諷人: 譏刺│諷刺。

【刺骨】侵入骨頭，形容特別寒冷: 寒風刺骨。

【刺眼】❶光線太強，使人眼睛不舒服。❷服飾、舉止過分，使人看了不順眼。

【刺蝟】哺乳動物，身上長有硬刺。捕食昆蟲和蛇、鼠等動物。

【刺激】使人激動或精神上受打擊。

◆刺刀　刺耳　◆芒刺

⊗左偏旁直筆不鈎。

刳 │kū (枯) │粵 fu¹ (枯)　從中間破開再挖空: 刳木爲舟。

到 │dào (道) │粵 dou³ (妒)　工 工 至 至 到 到

❶來，抵達: 到達│叔叔今天到香港。❷往，去: 我到過北京。❸周全，周密: 周到│沒說到的請補充。❹表示動作的結果: 聽到│看到│說到做到。

【到底】❶到頭，到終點。❷究竟: 你到底來不來?

◆到手　到家　到處　到期　◆獨到　簽到

制 │zhì (至) │粵 zei³ (濟)　ノ 丿 上 告 制 制

❶規模法度: 學制│體制│法制。❷擬定，訂立: 制定│制訂。❸限定，約束: 限制│控制│制約。

【制止】迫使停止。

【制度】❶要求有關人員遵守的準則。❷在一定歷史條件下形成的政治、經濟、文化等方面的體系。

【制服】❶用強力使人屈服。❷某些機構有規定式樣的服

裝。

【制裁】用強力處罰: 依法制裁。

【制勝】制服對方以取勝: 出奇制勝。

◆ 克制　抵制　強制　節制

刮｜guā（瓜）｜粵 guad³（姑壓³）　　ノ 二 千 舌 舌 刮

❶用刀具去掉物體表面的東西: 刮臉｜刮垢。❷榨取: 搜刮。

【刮風】吹起了大風。亦作「颳風」。

【刮目相看】另眼看待。

剁｜duò（墮）｜粵 do³（多³）　　ノ 几 乒 朵 朵 剁

用刀向下砍: 剁碎｜剁肉餡兒。

⊗左上作「几」。

刷｜㊀shuā（要陰）｜粵 cad³（擦）　　コ 尸 尸 吊 吊 刷

❶除垢或塗抹用具: 牙刷｜灰刷｜鞋刷。❷用刷子清除污垢: 刷牙｜刷地板。❸用刷子塗抹: 粉刷｜刷牆｜刷上油漆。❹淘汰: 他在第一輪比賽中就被刷掉了。

【刷新】比喻突破舊的創造新的: 刷新紀錄。

◆ 冲刷　印刷　粉刷

㊁shuà（要去）｜粵 sad³（殺）　刷白: 色白而略微發青。

七畫

前｜qián（錢）｜粵 qin⁴（錢）　　ヽ ハ 广 广 甘 前 前

❶跟「後」相反的空間位置: 門前｜房前房後｜朝前行駛。❷指往日的、過去的時間: 前天｜前年｜前任校長。❸次序在先的: 前排｜前三名。❹將來的: 前程｜前景。

【前夕】❶前一天晚上: 聖誕節前夕。❷比喻事情即將發生的時候: 大戰前夕。

【前奏】❶樂曲的開端部分或歌唱、獨奏前的器樂伴奏。❷比喻事情的先聲。

【前功盡棄】先前的努力完全白費了。

【前車之鑒】比喻從前的失敗可以作為今後的教訓。

【前無古人】空前的, 超越前人的。

【前怕狼, 後怕虎】比喻膽小怕事, 畏首畏尾。

◆ 前方　前身　前哨　前衞　前鋒　前線　前所未聞

◆ 先前　空前　事前　眼前　提前

剃｜tì（替）｜粵 tei³（替）　　ヽ 兰 兰 弟 弟 剃

用刀子刮去毛髮: 剃頭｜剃鬚。

剋｜kè（刻）｜粵 heg²（黑）　　一 十 古 克 剋

嚴格限定（期限）: 剋期動工｜剋日完成。

【剋扣】非法減少原來規定的數量。

剌｜là（辣）｜粵 lad⁶（辣）　　一 白 市 束 束 剌

違背常情、事理: 乖剌。

⊗跟「刺」不同。

到｜jǐng（景）｜粵 ging²（景）　　用刀割脖子: 自刭。

削｜㊀xiāo（消）｜粵 sêg³（鑠）　　ノ ッ ッ ソ 肖 肖 削

用刀去掉物體的表層: 切削｜削皮｜削鉛筆。

㊁xuē（靴）｜粵 同㊀　意義與㊀相同, 專用於複合詞: 削減｜削弱｜削職｜瘦削｜剝削。

【削壁】形容直立的山崖如削過一般: 懸崖削壁。

【削足適履】鞋小腳大, 為了穿上鞋把腳削小。比喻過分遷就或生搬硬套。

則｜zé（責）｜粵 zeg¹（仄）　　冂 月 目 貝 則 則

❶標準, 模範: 原則｜準則｜以身作則。❷規章, 條例: 規則｜守則。❸即, 就, 便: 不進則退｜飢則思食。❹卻, 可是: 今則不然｜說的是一套, 做的又是另一套。❺作量詞用: 一則新聞｜寓言四則。

刹｜㊀chà（岔）｜粵 sad³（殺）　　ノ メ 杀 杀 杀 刹

佛寺: 古刹。

【刹那】極短的時間: 刹那間｜一刹那。

㊁shā（殺）｜粵 同㊀　止住（車、機器）: 刹車。

剉｜cuò（銼）｜粵 co³（銼）　　❶折傷。❷挫敗。

八畫

剜｜wān（彎）｜粵 wun¹（碗¹）　　宀 宀 宀 宛 宛 剜

用刀挖。

【剜肉補瘡】比喻用有害的辦法來救急。

剖｜pōu（抔陰）｜粵 feo²（否）　　一 ナ 立 立 音 剖

❶破開: 把瓜剖開｜解剖。❷分析, 分辨: 剖明事理。

【剖白】分辯表白。

【剖析】透徹分析。

【剖面】物體切開後形成的平面: 橫剖面; 縱剖面。

剛｜gāng（岡）｜粵 gong¹（岡）　　冂 冂 罓 門 岡 剛

❶堅強, 跟「柔」相反: 剛強｜剛烈。❷方才: 剛才｜剛剛。❸恰好, 正好: 剛巧｜剛合適。

【剛健】形容性格、體格等堅強有力。

【剛毅】堅強而有毅力。

【剛正不阿】剛強正直, 不逢迎諂媚。

【剛愎自用】固執任性, 自以為是, 拒不接受別人的意見。

◆ 剛勁　◆ 金剛　金剛石　金剛鑽

剔｜tī（梯）｜粵 tig¹（惕）　　冂 日 艮 易 易 剔

❶把肉從骨頭上刮下來: 剔骨頭。❷把縫隙裏的東西挑出來: 剔牙｜剔指甲。❸把不好的挑出去: 剔除。

剝｜㊀bāo（包）｜粵 mog¹（莫¹）　　ノ 彐 宁 寻 录 剝

去掉表皮或外殼: 剝牛皮｜剝花生｜剝掉外衣。

㊁bō（玻）｜粵 同㊀　意義與㊀相同, 專用於複合詞: 剝奪｜剝削。

【剝落】附在物體表面的東西一塊一塊脫落: 油漆剝落。

【剝蝕】物質的表面因風化而損壞。

九至十一畫

剪 ｜jiǎn（減）｜丷 屵 歬 前 剪 剪
　　｜粵 jin²（展）｜

❶鉸東西的用具: 剪子｜剪刀。❷像剪子的東西: 火剪｜夾剪。❸用剪子剪斷東西: 剪頭髮｜剪樹枝。❹消滅, 剷除: 剪除｜剪滅｜剪除奸賊。
【剪綵】剪斷綵帶, 是慶典活動的一種儀式。
【剪裁】❶裁衣。❷比喻做文章時對材料的取捨安排。
◆剪紙　剪票　剪接　剪貼　剪影

副 ｜fù（負）｜一 畐 畐 畐 畐 副
　　｜粵 fu³（富）｜

❶第二的, 次級的: 副校長｜副經理。❷附帶性的, 輔助性的: 副作用｜副產品｜副食品。❸相稱, 符合: 名副其實。❹量詞: 一副對聯｜全副武裝。
【副刊】報刊上登載文藝作品、學術文章的專版或專頁。
【副本】書籍或文書原稿的複製件。
【副詞】限制、修飾動詞或形容詞的詞。
【副題】加在正題下面作為補充說明的標題。

剮 ｜guǎ（寡）｜❶被尖銳的東西劃破: 把手剮破
　　｜粵 gua²（寡）｜了｜褲子上剮了個口子。❷舊時
一種酷刑, 用刀子把犯人身上的肉一塊塊割下來令其致死: 千刀萬剮。

割 ｜gē（哥）｜丶 宀 宀 宔 害 割
　　｜粵 god³（葛）｜

❶用刀切斷或切破: 切割｜割草｜割破指頭。❷分開, 捨去: 分割｜割讓。
【割愛】放棄自己心愛的東西。
【割裂】把完整、統一的東西分開來。
◆割除　◆交割　宰割　閹割

剴 ｜kǎi（凱）｜丶 山 屵 岂 豈 剴
　　｜粵 hoi²（凱）｜

【剴切】切合事理。

創 ⊖｜chuàng（牀去）｜𠂊 今 𠂤 倉 創
　　｜粵 cong³（廠³）｜

開始, 開始做: 開創｜首創｜創辦。
【創立】初次建立。
【創見】獨到的見解。
【創造】發明或首先做出的事物。
【創舉】前所未有而又意義重大的舉動。
◆創作　創始　創設　創新　創業　◆新創　獨創
　⊖｜chuāng（窗）｜傷: 創傷。
　　｜粵 cong¹（倉）｜

剩 ｜shèng（盛）｜一 千 禾 秉 乘 剩
　　｜粵 xing⁶（盛）｜

多餘, 餘下: 剩餘｜剩飯。
⊗左偏旁直筆不鈎。

剷 ｜chǎn（產）｜亠 文 产 产 產 剷
　　｜粵 can²（產）｜

❶用鏟削平或取來上: 把土剷平｜剷除。❷同「鏟」。

勡 ｜piāo（飄）｜覀 西 覀 覃 票 勡
　　｜粵 piu⁴（瓢）｜

❶搶劫, 掠奪: 勡掠。❷輕捷: 勡悍。
【勡竊】抄襲他人的著作。

劋 ｜jiǎo（角）｜巛 𠙻 巤 巤 巢 劋
　　｜粵 jiu²（沼）｜

討伐, 消滅: 征劋｜劋匪｜劋滅。

十二畫以上

劄 ｜zhá（閘）｜劄子, 從前的一種公文。
　　｜粵 zad³（紮）｜【劄記】同「札記」。讀書時記下的
零星筆記。

劃 ⊖｜huà（畫）｜𠃋 ユ ヨ 聿 畫 劃
　　｜粵 wag⁶（或）｜

❶分開: 劃分｜劃清。❷設計, 安排: 計劃｜策劃｜籌劃。❸調撥: 劃賬｜劃款。
【劃一】統一, 一律: 整齊劃一。
◆劃入　劃出　劃定　劃歸　◆規劃　謀劃
　⊖｜huá（滑）｜❶擦: 劃火柴。❷被銳利的東西割
　　｜粵 同⊖｜開: 劃破皮膚。

劌 ｜guì（貴）｜刺傷。
　　｜粵 guei³（貴）｜

劇 ｜jù（具）｜上 广 庐 虞 劇
　　｜粵 kég⁶（屐）｜

❶戲: 戲劇｜粵劇｜劇院。❷猛烈, 厲害: 劇烈｜劇痛｜病情加劇。
◆劇本　劇目　劇情　劇場　劇團　劇藥　劇毒　◆喜劇　悲劇　話劇　歌劇　舞劇　醜劇　電視劇　惡作劇

劍 ｜jiàn（建）｜𠆢 合 命 僉 僉 劍
　　｜粵 gim³（兼³）｜

刀　　　劍　　七首

兩面有刃的兵器: 寶劍｜舞劍｜擊劍。
【劍拔弩張】比喻氣勢逼人或一觸即發的緊張形勢。
◆劍俠　劍術　◆利劍　口蜜腹劍　唇槍舌劍

劊 ｜guì（貴）｜砍斷。
　　｜粵 kui²（繪）｜【劊子手】從前處決死囚的人。

劉 ｜liú（流）｜丿 卯 𥃲 翠 翠 劉
　　｜粵 leo⁴（流）｜

姓。
【劉海】女子額上的垂髮。

劈 ⊖｜pī（批）｜尸 居 辟 辟 劈
　　｜粵 pég³（婆尺³）｜

❶用刀斧破開: 劈木頭｜劈竹子。❷對準, 正對着: 劈面而來｜劈頭蓋腦。❸雷擊: 這棵大樹被雷劈了。
　⊖｜pǐ（匹）｜分開: 劈成三份｜一劈兩半。
　　｜粵 同⊖｜【劈柴】已經劈好的木柴。

劑 ｜jì（計）｜亠 亝 㡀 齊 齊 劑
　　｜粵 zei¹（擠）｜

❶配合而成的藥物: 藥劑｜針劑｜清涼劑。❷量詞: 一劑藥。

劃｜huō（火陰）｜用刀尖插入物體後順勢拉開: 劃開魚肚。
｜粵 wog⁶（獲）｜

劓｜yì（意）｜古代的一種刑罰, 把鼻子割掉。
｜粵 yi⁶（二）｜

力部

力｜lì（歷）｜フ力
｜粵 lig⁶（歷）｜

❶體能產生的作用: 體力｜力氣｜臂力。❷器官的功能: 智力｜腦力｜想像力。❸事物的效能: 水力｜電力｜權力｜說服力。❹盡量, 使勁: 力求上進｜力戒驕傲｜力戰。
【力量】❶氣力或能力。❷作用、效力。
【力圖】盡力謀求。
【力不從心】心裏想做, 但力量不夠。
【力所能及】自己的力量所能夠做到的。
【力挽狂瀾】比喻用巨大的力量控制住險惡的局勢。
◆力爭上游　◆主力　活力　勢力　實力　毅力

三至六畫

功｜gōng（工）｜一丨工工丁功
｜粵 gung¹（工）｜

❶對事業作出的貢獻: 功勞｜功績｜立功。❷成效, 成就: 成功｜徒勞無功。❸技巧, 本領: 功夫｜唱功｜武功｜基本功。
【功用】作用, 效能。
【功率】物理學上指單位時間內所做的功。
【功課】學校的課業。
【功敗垂成】在接近成功的時候失敗了。
【功虧一簣】比喻事情快要成功, 只差一點努力而沒有完成。
【功到自然成】下了足夠的功夫就一定會成功。
◆功臣　功利　功勳　功過　功德無量　◆急功近利

加｜jiā（家）｜フ力加加加
｜粵 ga¹（家）｜

❶數學上求和的計算方法: 加法。❷增多, 增添: 加價｜加薪｜加引號。❸程度上有所提高: 加大｜加快｜加粗。❹給: 施加影響｜不加考慮。
【加工】❶把原料或半成品製成成品。❷對作品或產品作進一步處理使其完善。
【加油】比喻再作進一步努力。
◆加入　加快　加班　加速　加倍　加碼　加緊　◆附加　追加　強加　增加

劣｜liè（烈）｜丨丨小少劣劣
｜粵 lüd³（捋）｜

壞的 不好的, 跟「優」相反: 惡劣｜卑劣｜劣等｜低劣。
【劣跡】惡劣的事跡。
【劣勢】條件或情況較差的形勢。

【劣根性】長期養成的不良習性。
◆劣馬　劣貨　劣種　劣質　◆拙劣　粗劣

劫｜jié（結）｜十土圭去刦劫
｜粵 gib³（哥葉³）｜

❶強奪: 搶劫｜劫掠。❷威逼: 劫持。❸災難: 浩劫。
【劫數難逃】比喻災難不可避免。
◆劫奪　劫獄　劫機　◆打劫　打家劫舍

助｜zhù（柱）｜丨冂月目助助
｜粵 zo⁶（座）｜

幫, 支持: 幫助｜互助｜援助。
【助長】幫助增長（不好的方面）: 助長驕傲情緒。
【助理】協助主要負責人辦事的, 多用於職務名稱。
【助興】幫助增添興致。
【助桀為虐】桀: 古代殘暴的君主。比喻幫助惡人做壞事。也作「助紂為虐」。
◆助手　助威　助教　◆扶助　補助　資助　輔助　贊助　自助餐

劬｜qú（渠）｜丿勹勹句句劬
｜粵 kêu⁴（渠）｜

過分的勞累: 劬勞（多指父母養育子女的辛勞）。

努｜nǔ（奴上）｜く幺女如奴努
｜粵 nou⁵（腦）｜

❶盡量使出: 努力。❷鼓出: 努嘴兒。

劭｜shào（紹）｜美好, 高尚: 年高德劭。
｜粵 xiu⁶（紹）｜

劾｜hé（河）｜一亠方亥亥劾
｜粵 hed⁶（瞎）｜

檢舉或攻訐別人的罪狀: 彈劾。
⊗不要讀成kè（刻）。

劼｜jié（結）｜❶謹慎。❷勤勉。
｜粵 kid³（揭）｜

七至九畫

勃｜bó（博）｜十屯古亨孛勃
｜粵 bud⁶（撥）｜

❶旺盛: 朝氣蓬勃。❷突然: 勃發｜勃起。
【勃勃】形容興隆旺盛: 朝氣勃勃; 野心勃勃; 興致勃勃。
【勃然】❶形容生氣的樣子: 勃然變色; 勃然大怒。❷興旺發達: 近幾年, 內地旅遊業勃然興起。

勅 同「敕」。

勁｜㊀jìn（近）｜亚亚亚㤢勁勁
｜粵 ging⁶（競）｜

❶力氣, 力量: 使勁｜有勁。❷情緒足, 興趣濃, 精神飽滿: 他幹起活來勁頭十足。
◆差勁　起勁　費勁　鬆勁
｜㊁jìng（敬）｜堅強有力的: 勁旅｜勁敵｜剛勁｜強
｜粵 同㊀｜勁。

勉｜miǎn（免）｜ク凸角多免勉
｜粵 min⁵（免）｜

❶努力, 勤奮: 勉力｜勤勉。❷鼓勵, 勸導: 勉勵｜勸勉。
【勉強】❶並非心甘情願的: 勉強答應; 勉強支持。❷將就, 湊合: 勉強湊數; 勉強及格。

【勉爲其難】勉强做能力所不及的事。
◆共勉　自勉　嘉勉　有則改之，無則加勉

勇 | yǒng（永） 粵 yung⁵（用⁵） | 𠃌 乛 乛 甬 甬 勇
❶膽量大，不畏艱險：勇敢｜勇氣｜英勇。❷敢作敢爲，肯擔當責任：勇於負責。
◆勇士　勇猛　勇往直前　◆神勇　智勇

勒 | ⊖ lè（樂） 粵 leg⁶（肋） | 一 卄 廿 苩 革 勒
❶帶嚼子的牲口籠頭：馬勒。❷收住韁繩不讓牲口前進：懸崖勒馬。❸强制。
【勒令】用命令方式强制人做某事。
【勒索】用威脅手段向別人要財物。
⊜ lēi（淚陰） 粵 同⊖ | 用繩子絪住收緊：勒緊點，免得散了。

勘 | kān（刊） 粵 hem³（堪³） | 一 卄 甘 其 甚 勘
❶校訂，核對：勘誤｜校勘。❷探測，調查：勘探礦藏｜勘測鐵路｜勘察地形｜實地勘查。
【勘探】查明礦藏分佈情況，測定礦體的位置、形狀、大小、成礦規律、巖石性質、地質構造等情況。
【勘誤】作者或編者更正書刊中文字上的錯誤。

動 | dòng（洞） 粵 dung⁶（洞） | 二 𠂉 甫 車 重 動
❶改變原來的位置或狀態：移動｜活動｜流動｜搬動。❷行爲，舉止：行動｜動作｜舉動。❸使發生效能：動手｜動腦｜推動｜發動。❹觸發，引起：動心｜動情｜感動。❺開始：動工｜動身。❻用在動詞後，表示效果：拿得動｜搬得動。
【動人】感動人。
【動工】開工。
【動向】活動或發展的方向。
【動詞】表示動作、行爲、變化的詞，如來、去、愛、恨、發育、成長等。
【動盪】波浪起伏。比喻局勢不穩定。
【動機】做某件事情的願望或出發點。
【動聽】聽了使人感動或者感覺有興趣。
【動物園】養着各種動物供人參觀的園地。
【動輒得咎】動不動就受到指責。
◆動力　動武　動怒　動員　動靜　動搖　◆晃動　暴動　激動　騷動　顫動　紋絲不動　聞風而動

務 | wù（誤） 粵 mou⁶（冒） | 𠃌 予 矛 㸱 矜 務
❶事情：事務｜任務｜公務。❷從事，致力：務農｜務商。❸必須，一定：務必｜除惡務盡。❹追求：不務虛名。
◆務求　務期　◆服務　家務　財務　業務　職務
⊗右上作「夂」。

十畫以上

勞 | láo（牢） 粵 lou⁴（盧） | 丷 少 火 炒 炒 勞
❶勤苦：勤勞｜辛勞。❷疲乏：勞累｜疲勞。❸功績：功勞｜勛勞。❹請人幫忙的客套話：勞駕｜煩勞。❺慰

問：慰勞｜犒勞。
【勞動】用體力或腦力的工作。
【勞頓】疲勞困倦：旅途勞頓。
【勞碌】辛苦忙碌。
【勞民傷財】濫用人力、物力。
【勞師動衆】原指出動大批軍隊，現多指使用大批人力（含有小題大做的意思）：這點小事何必勞師動衆？
◆勞力　勞心　勞乏　勞神　勞資　勞而無功　勞逸結合　◆代勞　有勞　酬勞　操勞　不勞而獲　徒勞無功　刻苦耐勞

勛 | xūn（巡陰） 粵 fen¹（芬） | 口 吊 肙 員 員 勛
功勞，功績：功勛｜勛勞｜勛章｜勛銜｜勛爵。

勝 | ⊖ shèng（聖） 粵 xing³（性） | 月 月 月' 肦 腃 勝
❶贏，佔優勢；跟「敗」或「負」相反：勝利｜取勝｜不分勝負。❷超過：勝過｜事實勝於雄辯。❸優美的：勝地｜勝景。
◆勝仗　勝跡　勝境◆名勝　略勝一籌　穩操勝券　穩操勝算　引人入勝　百戰百勝
⊜ shēng（生） 粵 xing¹（升） | 擔負得起：勝任。
【勝任愉快】有足夠的能力承擔，能輕鬆愉快地完成任務。

勢 | shì（世） 粵 sei³（世） | 土 幸 封 刲 執 勢
❶力量，權力，威力：勢力｜權勢｜威勢。❷事物的狀態、趨向：局勢｜地勢｜姿勢｜趨勢。
【勢必】從發展趨勢看必定這樣。
【勢利】巴結、恭維有錢有勢的人：勢利眼; 勢利小人。
【勢頭】某種情勢所顯示出的情況。
【勢不兩立】雙方矛盾尖銳，不能並存。
【勢如破竹】比喻節節勝利，不可阻擋。
【勢均力敵】雙方力量相等，不分上下。
◆勢力範圍　◆守勢　劣勢　形勢　攻勢　乘勢　優勢
⊗右上作「丸」，與「丸」不同。

勤 | qín（芹） 粵 ken⁴（芹） | 一 苫 苩 革 菫 勤
❶做事盡力，跟「懶」相對：勤勉｜勤勞。❷經常，次數多：勤看報｜勤洗手。❸分派的事務：勤務｜值勤｜內勤｜外勤。❹在規定的時間到校、上班：考勤｜出勤｜缺勤。
◆勤儉　勤樸　勤奮　勤勤懇懇　◆辛勤　後勤

募 | mù（暮） 粵 mou⁶（務） | 丶 丷 卄 茸 莫 募
招集，徵求：招募｜募集｜募捐｜募款。
⊗下邊是「力」，不是「刀」。

勰 | xié（協） 粵 hib⁶（協） | 同「協」，多用於人名。

勳 | 同「勛」。

勵 | lì（利） 粵 lei⁶（麗） | 一 厂 厍 厲 厲 勵
勸勉，奮勉：勵志｜獎勵｜鼓勵｜激勵。
【勵精圖治】振奮精神，治理好國家。

勸 | quàn（券）粵 hün³（圈³）｜丶丷垇萑藿勸
❶說明事理使人聽從: 勸說｜勸解｜勸他不要抽煙。
❷勉勵: 勸勉。
◆勸告　勸阻　勸架　勸慰　勸導　◆奉勸　苦勸　規勸

勹部

勺 | sháo（韶）粵 zêg³（桌）｜一種有柄的可以舀取東西的器具: 水勺｜湯勺。

匀 | yún（雲）粵 wen⁴（雲）｜ノ勹匀匀
❶平均: 勻稱｜均勻。❷從中抽出一部分: 勻一間房子堆放雜物。

勿 | wù（務）粵 med⁶（物）｜ノ勹勹勿
別, 不要: 請勿喧嘩｜非請勿進!

勾 | ㊀gōu（鈎）粵 ngeo¹（歐）｜ノ勹勻勾
❶除掉, 刪去: 勾掉｜勾銷。❷描畫出線條輪廓: 勾臉｜勾草稿。❸暗中串通: 勾結｜勾搭。❹引起: 舊地重遊, 勾起我一番心事。
【勾留】停留, 逗留。
【勾股形】即直角三角形, 直角一旁的短邊叫「勾」, 長邊叫「股」。
㊁gòu（夠）【勾當】見不得人的壞事: 卑鄙勾當。
粵 同㊀

匆 | cōng（聰）粵 cung¹（充）｜ノ勹勹勿匆
急促: 匆忙｜匆促｜來去匆匆。

包 | bāo（胞）粵 bao¹（胞）｜ノ勹勹匀包
❶把東西裹起來: 把書包好｜包餃子。❷成件包起來的東西: 郵包｜行李包。❸裝東西的袋子: 書包｜手提包。❹容納, 總括: 包含｜包括｜無所不包。❺總攬, 負全部責任: 包攬｜包銷。❻專門約定的: 包車｜包場。❼擔保, 保證: 包你沒錯｜這事全包在我身上。❽圍困而加以攻擊: 包圍｜包抄。
【包庇】袒護或掩護壞人、壞事。
【包涵】請求別人寬容、原諒的客套話。
【包裹】❶包紮: 把傷口包裹起來。❷郵寄的包件: 他今天收到從英國寄來的一個包裹。
【包藏禍心】心裏藏着做壞事的念頭。
【包羅萬象】內容豐富, 應有盡有。
◆包袱　包裝　包辦　◆草包　荷包　腰包　蒙古包

蒙古包

匈 | xiōng（兇）粵 hung¹（兇）｜ノ勹勹勹匂匈
【匈奴】中國古代的北方民族。

匍 | pú（葡）粵 pou⁴（蒲）｜勹勹勹甸匍匍
【匍匐】❶手足着地向前爬行: 匍匐前進。❷垂落貼住地面: 瓜秧匍匐在地。

匐 | fú（伏）粵 fug⁶（伏）｜勹勹甸匐匐匐
見「匍匐」條。

匏 | páo（刨）粵 pao⁴（刨）｜大去夸矛夸匏匏
葫蘆的一種, 果實圓大而扁, 對半剖開可以做水瓢。

匕部

匕 | bǐ（比）粵 béi³（秘）｜ノ匕
【匕首】短劍。

化 | huà（畫）粵 fa³（花³）｜ノイ伫化
❶性質或形態發生改變: 變化｜消化｜融化｜潛移默化。❷加在名詞或形容詞後面, 表示轉變成某種性質或狀態: 綠化｜電氣化｜自動化。❸向人募捐財物: 募化｜化緣｜化齋。
【化石】埋藏在地下變成石頭一樣的古代生物的遺體、遺物或遺跡。
【化名】❶改用假名字。❷假名字。
【化妝】打扮、修飾容顏。
【化學】研究物質的組成和變化規律的科學。
【化裝】❶為扮演角色而改變服裝和修飾容貌。❷假扮。
【化驗】用物理或化學的方法, 檢驗物品的成分、性質和結構等。
【化為烏有】變得什麼都沒有。指全部消失。
【化為泡影】比喻希望徹底落空。
【化險為夷】使危險轉變為平安。
◆化合　化身　化痰　化膿　◆文化　火化　分化　美化　開化　焚化　惡化　感化

北 | běi（杯上）粵 beg¹（波握¹）｜ノ｜ナナ北
❶方位名, 跟「南」相對: 北極｜北斗星｜向北走。
❷失敗: 敗北｜三戰三北。
【北國】指中國的北部: 北國風光。

匙 | ㊀chí（持）粵 qi⁴（池）｜旦早早是是匙
舀湯用的小勺子: 湯匙。
㊁shi（是輕）粵 xi⁴（時）｜見「鑰匙」條。

匚部

三至四畫

匝 zā（咂）粵 zab³（砸）

❶環繞一周叫「一匝」: 繞樹三匝。❷滿，遍: 匝地。

【匝匝】形容稠密的樣子: 密密匝匝。

匜 yí(移) 粵 yi⁴（移） 古時用的洗臉盆。

匡 kuāng（筐）粵 hong¹（康）

❶糾正: 匡正｜匡謬。❷姓。

匠 jiàng（醬）粵 zêng⁶（丈）

❶有專門技術的工人: 工匠｜木匠｜石匠｜能工巧匠。❷在某方面有突出成就的大師: 文學巨匠。

【匠人】手藝工人。

【匠心】巧妙、獨特的構思、設計: 獨具匠心。

五畫以上

匣 xiá（霞）粵 hab⁶（峽）

收藏物品的小盒子: 首飾匣。

匪 fěi（誹）粵 féi²（誹）

❶搶劫財物的强盜: 土匪｜匪徒｜匪幫｜慣匪。❷不: 獲益匪淺。

匯 huì（會）粵 wui⁶（會⁶）

❶水流會合: 匯合｜匯成巨流。❷由甲地委託金融機關把款項寄到乙地: 匯兌｜匯款｜電匯。❸綜合，聚合: 匯總｜匯集。

【匯票】支取匯款的票據。

【匯費】匯款的手續費用。

匱 kuì（愧）粵 guei⁶（跪）

缺乏: 匱乏。

匳 同「奩」。

匸部

匹 pǐ（痞）粵 ped¹（婆乞¹）

❶量詞: 一匹馬｜十匹布。❷相敵，相配: 匹敵｜匹配。

【匹夫】❶稱愚昧無智謀的人: 匹夫之勇。❷個人: 國家興亡，匹夫有責。

匾 biǎn（扁）粵 bin²（貶）

❶掛在門上或牆上的題字的橫牌: 匾額｜橫匾。❷圓而淺的竹器，用來養蠶或盛物。

匿 nì（溺）粵 nig¹（呢益¹）

隱藏，躲避: 隱匿｜藏匿｜銷聲匿跡。

【匿名信】不寫姓名或眞姓名的信。

區 ㊀ qū（驅）粵 kêu¹（驅）

❶類別: 區分｜區別。❷地域: 區域｜山區｜住宅區｜工業區。❸行政劃分: 自治區｜特區。

【區區】小，細微: 區區小事，何足掛齒。

㊁ ōu（歐）粵 eo¹（歐） 姓。

十部

十 shí（時）粵 seb⁶（拾）

❶數目字，大寫作「拾」。❷圓滿，達到頂點: 十足｜十分｜十全十美。

【十二生肖】以鼠、牛、虎、兔、龍、蛇、馬、羊、猴、雞、狗、豬等十二種動物配十二地支，用來記人的生年。

【十拿九穩】非常有把握。

【十惡不赦】罪大惡極，不可寬赦。

【十萬火急】形容緊急到了極點。

【十萬八千里】形容相去甚遠。

【十年樹木，百年樹人】比喻培養人才很不容易，要有長遠之計。

◆十字架　十字路口　十字街頭　十年寒窗　十室九空

◆紅十字　一目十行　五光十色　一五一十

十二生肖

一至三畫

千 | qiān（遷）
粵 qin¹（遷）　丿二千

❶數目字，大寫作「仟」。❷比喻極多:千言萬語｜千奇百怪｜千山萬水。
【千古】悠長的歲月:名垂千古。多用於追悼死者。
【千秋】指很長的時間:千秋萬代。
【千萬】務必，一定要:千萬不要大意。
【千方百計】想盡和用盡一切辦法:千方百計尋找失主。
【千鈞一髮】比喻情況萬分危急，又作「一髮千鈞」。
【千慮一得】即使是很笨的人，反覆考慮多次，總有一次是對的。
【千篇一律】許多文章都一個樣，泛指按一個格式去做事。
【千錘百煉】比喻經歷多次艱苦的磨練。
◆千辛萬苦　千里迢迢　千差萬別　千軍萬馬　千家萬戶　千眞萬確　千絲萬縷　千頭萬緒　千變萬化

卅 | sà（薩）
粵 sa¹（沙）　一十卅卅

三十:五月卅日。

午 | wǔ（五）
粵 ng⁵（五）　丿亠午

❶地支的第七位。❷用來劃分時間，白天十一點到一點稱「午時」；白天十二點以前稱「上午」；十二點左右稱「正午」；十二點以後稱「下午」；深夜十二點左右稱「午夜」。❸姓。

升 | shēng（生）
粵 xing¹（星）　丿亠千升

❶向上移動，跟「降」相反:升旗｜太陽升起來了。
❷提高:上升｜提升｜升學。❸容量單位:十升爲一斗。

半 | bàn（扮）
粵 bun³（本³）　丶丷半

❶二分之一:一半｜半年。❷在中間:半路上｜半山腰。
❸不完全:半自動｜半成品｜半殖民地｜半明半暗。
❹很少:一星半點｜一知半解。
【半島】三面臨水，僅有一面與大陸相連的陸地。
【半徑】連結圓心和圓周上任意一點的線段。
【半斤八兩】比喻彼此都差不多。
【半途而廢】事情沒做完就停止下來。
◆半夜　半票　半截　半生不熟　半死不活　半信半疑
◆小半　多半　參半　過半　對半

卉 | huì（會）
粵 wei²（委）　一十土卉卉

草的總稱:花卉。

六至十畫

卒 | zú（足）
粵 zêd¹（捽）　亠广宇众卒卒

❶兵士:小卒｜兵卒。❷差役:走卒｜獄卒。❸完畢，結束:卒業。❹死亡:病卒｜生卒年月。

卓 | zhuō（桌）
粵 cêg³（綽）　丨卜占卣卓

❶高超，優秀:卓見｜卓越｜超卓。❷又高又直:卓立。
【卓著】優異而顯著:成績卓著。
【卓絕】超乎一般，無可比擬:艱苦卓絕。
【卓識】卓越的見識:遠見卓識。
【卓有成效】有顯著的效果。

卑 | bēi（悲）
粵 bei¹（悲）　丿勹白卑卑

❶低下:卑微｜卑賤｜自卑感｜不卑不亢。❷低劣:卑劣。
【卑怯】卑劣而膽小。
【卑躬屈膝】形容低三下四，諂媚奉承。
【卑鄙無恥】品質、行爲惡劣下流，喪失廉恥。
◆卑下　卑污　卑鄙　◆自卑　尊卑　謙卑

協 | xié（挾）
粵 hib⁶（愜）　一十十十協協

❶和合，共同:協商｜協作。❷輔助:協助｜協辦。
【協會】爲促進某項共同事業的發展而組成的羣衆團體:作家協會;書法協會。
【協調】互相配合，使步調一致。
【協議】❶爲取得一致意見而雙方協商。❷經過協商取得的一致意見。

南 | nán（男）
粵 nam⁴（男）　一十内内南南

方位名，跟「北」相對:南方｜朝南走。
【南柯一夢】唐代小說中的一個故事:有個人做夢到大槐安國做南柯太守，享盡榮華富貴。醒來才知道大槐安國就是他家大槐樹下的蟻穴。後來指一場夢或比喻一場空歡喜。
【南腔北調】形容口音不純，夾雜着南北方音。
【南轅北轍】心裏想往南去，車子卻往北走。比喻行動和目的相反。

博 | bó（搏）
粵 bog³（搏）　一十恒博博博博

❶廣，多，豐富:廣博｜淵博｜博覽羣書｜地大物博。
❷取得，換取:博得好評｜博取信任。
【博士】最高一級的學位。
【博物】動物、植物、礦物、生理等學科的總稱:博物誌;博物館。
【博覽會】由一國主辦的大型的國際性展覽會。
【博古通今】通曉古今的事情。形容學識淵博。
◆博大　博愛　博學　博識　◆賭博

卜部

卜 | bǔ（補）
粵 bug¹（波屋¹）　丨卜

❶用某種方法推斷吉凶:卜卦｜占卜。❷預料，推測:未卜先知｜前途未卜。❸姓。

卡 | biàn（辨）
粵 bin⁶（辨）　丶亠十卞

❶急躁:卞急。❷姓。

卡 | ㊀ qiǎ
粵 ka³（咖³）　丨上卡卡

❶在交通要道上設置的檢查或收稅的處所: 關卡｜稅卡。
❷夾在中間, 堵住: 魚刺卡在喉嚨裏｜卡在裏邊拿不出來。

㈡ kǎ（喀上）
粵 ka¹（咖）
譯音字, 如「卡片」（名片、小硬紙片）、「卡車」（大型的貨運汽車）、「卡路里」（熱量單位, 簡稱「卡」）、「卡通」（動畫片, 漫畫）、「卡介苗」（防癆疫苗）等。

占 | zhān（沾）粵 jim¹（尖）｜丶卜占占占
❶根據徵兆來推知吉凶: 占卜。❷姓。

卣 | yǒu（友）粵 yeo⁵（友）
古時一種腹大口小的盛酒器。
⊗跟「鹵」不同。

卦 | guà（掛）粵 gua³（掛）｜一十土圭卦卦
❶古時占卜用的八種符號, 亦即「八卦」, 分別象徵天、地、雷、風、水、火、山、澤等自然現象。❷變卦: 比喻已定的事情又改動。

卩部

卮 | zhī（支）粵 ji¹（支）｜丿厂厂卮卮
古代的一種盛酒器。

卯 | mǎo（牡）粵 mao⁵（牡）｜丿匚卩卯卯
❶地支的第四位。❷卯時: 指早晨五點到七點。❸器物接榫凹進去的部分: 卯眼｜整個卯兒。

印 | yìn（因去）粵 yen³（人³）｜丿匚卜卬印
❶圖章之類: 印章｜蓋印。❷留下的痕跡: 手印｜腳印。❸留在紙上的文字, 圖畫: 印書｜排印。❹相合: 印證｜心心相印。
【印行】印刷及發行。
【印刷】把文字、圖畫製版後刷色印出大量的複製品。
【印象】外界事物反映在腦子裏所留下的形象。
【印鑑】留供查核、以防假冒的印章底樣。
◆印色　印泥　印花　印染　印發　◆油印　指印　烙印　鉛印　翻印

印章

危 | wēi（微）粵 ngei⁴（霓）｜丿丿厃户危危
❶不安全, 與「安」相對: 危險｜轉危爲安｜不顧安危。
❷損害: 危害｜危及生命。❸指人將死: 臨危｜病危。
❹高聳, 陡立: 危樓高百尺, 手可摘星辰。❺端正: 正襟危坐。
【危急】危險而急迫。
【危機】形勢到了險峻的關頭: 經濟危機。
【危在旦夕】形容危險就在眼前。
【危如累卵】形容情勢十分險峻, 如同疊起來的雞蛋, 隨時都有倒下來的可能。
【危言聳聽】故意說些驚人的話, 使人聽了害怕。
◆危亡　危局　危難　◆臨危不懼　居安思危

卵 | luǎn（亂上）粵 lên²（論²）｜丿匚白卵卵卵
雌性生殖細胞, 特指動物的蛋: 鳥卵｜魚卵。
【卵石】呈卵形的光滑石塊。
【卵生】指動物由受精卵在母體外孵化出來。
【卵翼】比喻養育或庇護。含貶義。

即 | jí（績）粵 jig¹（績）｜㇆ㅋ目艮即即
❶立刻就: 立即｜當即｜用畢即行奉還。❷當時或當地: 即日｜即席。❸靠近: 若即若離｜可望不可即。❹就是: 非此即彼｜《石頭記》即《紅樓夢》。❺假使: 即使｜即令｜即便。
【即位】❶舊指皇帝登基。❷就位, 開始工作。
【即興】對當前景物有感而發的: 即興詩。
◆即刻　即或　即若　◆在即　迅即　隨即　不即不離　一觸即發

卷 | ㈠ juàn（絹）粵 gün²（捐²）｜丷丷半尖卷卷
❶可以舒捲的書畫: 卷軸｜畫卷。❷書籍的冊本或篇章: 上卷｜卷一。❸考試的題紙: 試卷｜交卷。❹書本: 手不釋卷。❺機關裏存檔的文件: 卷宗｜案卷。
㈡ juǎn（捐上）粵 同㈠｜❶裹成圓筒狀的東西: 紙卷｜膠卷｜行李卷｜卷尺。❷量詞: 一卷紙。
⊗下作「㔾」。

卸 | xiè（瀉）粵 sé³（瀉）｜匚午缶缶卸卸
❶拿下來, 拆下來, 跟「裝」相反: 卸貨｜卸車｜拆卸。
❷解除, 推開: 卸任｜卸責｜卸裝｜推卸。

卹 | xù（絮）粵 sêd¹（摔）｜丿勹血血卹卹
❶同情, 憐憫: 體卹｜憐卹。❷救濟: 撫卹｜撫卹金。

卺 | jǐn（謹）粵 gen²（緊）瓢, 古代結婚時用來做酒器。【合卺】古代結婚時的一種儀式。

卻 | què（雀）粵 kêg³（卡約³）｜丷父父谷谷卻
❶後退: 退卻｜望而卻步。❷推辭, 不接受: 推卻｜盛情難卻。❸表示轉折, 含「反」、「倒」之意: 這個道理大家都明白, 他卻不知道。❹同「去」、「掉」用法相近: 失卻｜忘卻｜省卻。
【卻步】因爲畏懼或厭惡而向後退: 望而卻步; 卻步不前。
【卻之不恭】如果拒絕, 就顯得不恭敬。
◆卻敵　◆失卻　丟卻　冷卻　省卻

卿 | qīng（輕）粵 hing¹（兄）｜匚卩归卯卿卿
❶舊時高級官名, 現用來翻譯外國官名: 上卿｜國務卿。
❷舊時君對臣、夫對妻的稱呼。

厂部

二至七畫

厄 | è（扼）| 粵 eg¹（握）| 一 厂 厃 厄
❶災難，不幸：厄運。❷險要的地方：險厄。

厓 | yá（崖）| 粵 ngai⁴（挨）| ❶同「崖」：山邊。❷同「涯」：水邊。

厔 | zhì（至）| 粵 zed⁶（侄）| 水流彎曲的地方。

厚 | hòu（候）| 粵 heo⁵（口⁵）| 一 厂 厍 厍 厚 厚
❶扁平物體上下兩個面的距離：厚度｜厚薄｜下了一尺厚的雪。❷扁平物體上下兩個面的距離大，跟「薄」相反：厚紙｜厚實。❸深，重，多：厚情｜厚禮｜厚利。❹優待：厚待｜優厚。❺老實，待人好：厚道｜忠厚。
【厚此薄彼】厚待一方而薄待另一方。
【厚顏無恥】厚着臉皮，不知羞恥。
◆厚望　厚意　◆深厚　寬厚

八至十三畫

厝 | cuò（措）| 粵 cou³（措）| ❶把靈柩停放待葬，或淺埋以待改葬：暫厝｜浮厝。❷廣東、福建一帶地名用字。

原 | yuán（元）| 粵 yun⁴（元）| 一 厂 厐 原 原 原
❶最初的：原始｜原稿。❷本來的：原意｜原定計劃。❸未經加工的：原油｜原煤。❹寬恕：原諒｜情有可原。❺寬廣平坦的地方：平原｜大草原。
【原子】構成元素的最小粒子。
【原因】造成某種結果或引起另一事件發生的條件。
【原來】❶本來：他還住在原來的地方。❷表示發現真情：啊，原來是這麼回事！
【原則】說話做事所依據的準則。
【原料】生產產品所需的物料。
【原野】平原曠野。
【原籍】籍貫，老家居住的地方。
【原原本本】指一件事從頭到尾的詳細經過。
◆原由　原先　原告　原委　原理　原封不動　原始社會　◆中原　復原　還原

厥 | jué（決）| 粵 küd³（決）| 一 厂 厔 厥 厥 厥
昏倒　氣閉：昏厥｜暈厥｜痰厥。

厭 | yàn（燕）| 粵 yim³（染³）| 一 厂 厍 厍 厭 厭
❶嫌惡，憎惡：厭惡｜討厭。❷滿足：貪得無厭｜學而不厭。
◆厭倦　厭棄　厭煩　◆不厭其煩
⊗左下是「月」，右偏旁是「犬」。

厲 | lì（麗）| 粵 lei⁶（麗）| 一 厂 厈 厎 厲 厲
❶嚴格，嚴肅：嚴厲｜厲行節約｜正言厲色。❷兇狠，猛烈：聲色俱厲｜雷厲風行。
【厲害】❶尖刻，毒辣：他那張嘴可厲害了。❷劇烈，兇猛：疼得厲害；老虎很厲害。

厶部

去 | qù（趣）| 粵 hêu³（許³）| 一 十 去 去
❶往，跟「來」相對：來去｜他去了北京。❷離開：去留｜去職。❸距離：相去數十里｜去今十多年。❹除掉：去皮｜去偽存真。❺過去了的：去年｜去冬今春。❻用在動詞後面，表示持續或趨向：堅持下去｜衝向前去。
【去世】（成年人）死去。
【去向】所去的方向，下落：去向不明。
【去處】所去的地方，場所。
【去聲】漢語四聲之一，符號作「丶」。
【去粗取精】去掉粗糙的，留取精華部分。
◆失去　免去　省去　除去　減去　何去何從　死去活來　來龍去脈　揚長而去　顛來倒去

叁 | sān（三）| 粵 sam¹（三）| 「三」字的大寫。

參 | ㊀ cān（餐）| 粵 cam¹（慚¹）| 厶 去 叄 突 參
❶加入進去：參加｜參戰。❷查閱資料：參考｜參閱。❸進見：參見｜參拜。
【參天】高出天際的樣子：古樹參天。
【參半】各佔一半：好壞參半。
【參照】參考某種方法、經驗，照着去做。
【參謀】❶軍隊裏參預製訂作戰計劃和實施指揮的人。❷代別人出主意。
◆參預　參贊　參觀　參議院
㊁ shēn（申）| 粵 sem¹（深）| 一種多年生草本植物，根部肥大，作藥用，俗稱「人參」，有「高麗參」、「西洋參」等。
㊂ cēn（岑陰）| 粵 cem¹（侵）| 【參差】長短高低不一：參差不齊；參差錯落。
【參錯】參差交錯。

又部

又 | yòu（右）| 粵 yeo⁶（右）| フ 又
❶表示重複或反覆：一天又一天｜擦了又寫，寫了又擦。❷表示平列：又高又大｜我又高興，又着急。❸表示加重語氣：他又不是小孩子，怎麼不懂這個｜又沒說你，你何必生氣？❹表示數目的附加：一又二分之一。❺表

示動作或情況先後接續: 他剛吃完飯又看起書來。

叉 ⊖chā(插)｜粵 ca¹(差)｜フ又叉
❶頂端有兩個以上長齒的長柄器具: 魚叉｜鋼叉。❷互相交錯: 叉手。
◆叉子　叉腰　◆刀叉　交叉　音叉
⊜chā(茶上)分開, 張開: 叉開腿兒。｜粵 同⊖

友 yǒu(有)｜粵 yeo⁵(有)｜一ナ方友
❶彼此有交情, 能夠互相幫助的人: 朋友｜好友｜良師益友。❷有友好關係或共同目標的: 友軍｜友邦。❸親近, 相好: 友愛｜友好往來。
◆友人　友情　友善　友誼　友鄰　◆工友　交友　好友　良友　密友　損友　靜友　親友　戰友

反 fǎn(返)｜粵 fan²(返)｜一厂反反
❶翻轉的, 顛倒的, 跟「正」相對: 反面｜反背着手｜背心穿反了。❷掉轉過來: 反敗爲勝｜易如反掌。❸對抗: 反對｜反抗。❹違背: 反常｜反情理。❺背叛: 反叛｜造反。❻類推: 舉一反三。
【反正】❶橫豎, 總之: 反正我要去。❷平定混亂局面, 恢復原來秩序: 撥亂反正。❸敵方軍隊投到我方。
【反而】和原先的預想不同: 原來以爲雨會停了, 哪知反而越下越大。
【反悔】因後悔而中途變卦。
【反哺】比喻子女孝養父母。
【反感】反對或不滿的情緒。
【反躬自問】回過頭來問問自己。
【反脣相譏】不接受指責, 反過來譏諷對方。
◆反目　反攻　反省　反映　反胃　反射　反動　反駁　反擊　反應　反覆　反響　反義詞　◆相反　違反　一反常態　出爾反爾

及 jí(吉)｜粵 keb⁶(給⁶)｜ノ尸乃及
❶到, 達到: 及格｜已及入學年齡。❷比得上: 我不及他。❸趕得上: 來得及。❹趁着: 及早｜及時。❺作連詞用, 相當於「與」、「和」、「跟」: 字典、辭典及其他工具書, 圖書館都有。
◆以及　危及　波及　涉及　普及　殃及池魚　力所能及　措手不及　過猶不及　鞭長莫及

取 qǔ(娶)｜粵 cêu²(隨²)｜一丁耳耳取取
❶拿: 取書｜到銀行取款。❷得到: 取得｜取信。❸選擇, 接受, 採用: 選取｜吸取經驗｜分文不取｜就地取材。❹尋求, 招致: 取笑｜自取滅亡。❺依照一定的根據或條件做: 取決｜取齊。
【取巧】用巧妙的手段謀取私利或逃避困難: 投機取巧。
【取法】仿效, 依照人家的樣子去做。
【取捨】經挑選決定要或不要。
【取締】禁止, 取消: 取締走私活動。
【取而代之】❶奪取別人的權力或地位。❷用這一事物去代替另一事物。
【取長補短】吸取別人的長處來彌補自己的不足之處。

◆取消　取悅　取勝　取暖　取之不盡, 用之不竭　◆支取　可取　考取　索取　採取　進取　提取　換取　榨取　領取　聽取　竊取　咎由自取

叔 shū(舒)｜粵 sug¹(宿)｜丨上丰未叔叔
❶父親的弟弟: 叔父｜叔姪。❷稱父親的同輩朋友中較父親年輕的人: 表叔｜大叔。❸兄弟排行「伯、仲、叔、季」的第三。❹姓。

受 shòu(壽)｜粵 seo⁶(壽)｜ノ⺈⺫爫受受
❶接納, 收下: 接受｜受禮。❷遭到, 得到: 遭受｜受害｜受人欺負｜受了委曲。❸被侵害: 受寒｜受暑。
【受用】享受, 得益: 學好基礎知識, 終身受用不盡。
【受罪】遭受折磨。
【受難】遭受苦難或災難。
【受寵若驚】受到意外的讚賞而驚喜、不安。
◆受苦　受訓　受氣　受累　受賄　受罰　受獎　受潮　受騙　◆好受　忍受　承受　經受　難受

叛 pàn(判)｜粵 bun⁶(伴)｜丷⺍半半叛叛
❶違反, 背離: 背叛｜衆叛親離。❷作亂: 反叛。
◆叛逆　叛徒　叛國　叛亂　叛賣　叛變

叙 同「敍」。

叟 sǒu(搜上)｜粵 seo²(手)｜⺀⺁⺁⺁⺁叟
老翁: 老叟｜智叟｜童叟無欺。

曼 màn(漫)｜粵 man⁶(漫)｜⺆日冃昌曼
❶動作柔和: 輕歌曼舞。❷綿長: 曼聲而歌。

叢 cóng(從)｜粵 cung⁴(蟲)｜⺤业坐业叢叢
❶聚在一起: 百事叢集｜草木叢生。❷聚在一起的人或物: 人叢｜草叢｜叢書。

口部

口 kǒu(寇上)｜粵 heo²(後²)｜丨冂口
❶嘴: 口腔｜病從口入。❷出入通過的地方: 門口｜瓶口｜關口｜河口。❸破裂的地方: 傷口｜裂口｜決口。❹刀剪等的鋒刃: 刀口｜這把刀還沒有開口。❺量詞: 五口之家｜一口鍋｜三口豬。
【口才】說話的本領。
【口吃】說話時吐字不清或不連貫。
【口舌】勸解、爭辯或交涉時說的話: 費了許多口舌才把他說服了。
【口吻】說話的口氣: 親切的口吻。
【口角】❶嘴邊。❷爭吵。
【口岸】港口。
【口訣】便於背誦的簡短語句: 乘法口訣。
【口語】口頭說的話。

【口齒】說話的發音及本領: 口齒清楚; 口齒伶俐。
【口若懸河】形容說話滔滔不絕, 能言善辯。
【口是心非】嘴裏說得好聽, 心裏想的是另外一套。
【口誅筆伐】用語言和文章揭發、聲討。
【口蜜腹劍】嘴上說得甜美, 肚子裏卻打着害人的主意。
◆口令　口技　口供　口音　口哨　口氣　口試　口碑　口號　口頭禪　口口聲聲　◆入口　虎口　胃口　誇口　親口　讚不絕口

二畫

古 | gǔ（鼓）| 粵 gu²（估）| 一 十 十 古 古
時代久遠的, 過去的, 跟「今」相反: 古代│古老│古堡│古墓│古國。
【古怪】不合常情, 使人覺得奇怪。
【古板】守舊, 固執, 呆板。
【古稀】人到了七十歲: 古稀之年。
【古跡】古代留下來的建築物及其他遺跡。
【古董】古代留傳下來的器物。
【古往今來】從古代到現在。
◆古文　古玩　古典　古詩　古籍　古裝戲　古今中外　古香古色　◆考古　仿古　復古　懷古

右 | yòu（又）| 粵 yeo⁶（又）| 一 ナ 才 右 右
❶跟「左」相對: 右邊│右手│右翼。❷方位, 右在西邊: 山右│江右。❸姓。

叮 | dīng（丁）| 粵 ding¹（丁）| 丶 口 口 叮 叮
蚊蟲咬人: 被蚊子叮了一口。
【叮噹】金屬或瓷器互相碰撞的聲音。
【叮嚀】再三吩咐。
【叮囑】鄭重付託。

可 | ⊖ kě（渴）| 粵 ho²（何²）| 一 一 一 可 可
❶允許, 承認: 許可│認可。❷值得, 宜於: 可愛│可疑│可惜。❸合適: 可人│可意。❹能夠: 可以│可能│可大可小。❺用來加強語氣: 這下可好了│你可回來了。❻表示轉折: 可是│雖然下了一場雨, 天氣可不涼爽。❼表示疑問: 你可知道│這話可是真的?
【可口】吃起來味道好, 適合口味。
【可可】產於熱帶的常綠喬木。果實呈卵形。種子炒熟製成粉可做飲料。
【可觀】❶值得一看。❷形容程度高或數量大: 成績可觀│數量相當可觀。
【可見一斑】比喻從部分可以推想出整體。
【可想而知】不必說明就能知道。
【可望不可即】可以望見而不能接近。
◆可否　可怕　可取　可信　可恥　可笑　可惡　可悲　可貴　可鄙　可憎　可憐　可歌可泣
⊖ kè（克）| 粵 heg¹（克）| 【可汗】古代鮮卑、突厥、回紇、蒙古等族首領的稱號。

叵 | pǒ（坡上）| 粵 po²（頗）| 一 一 一 回 叵
不可: 叵耐（不可容忍）│居心叵測。
⊗跟「巨」不同。

只 | zhǐ（紙）| 粵 ji²（止）| 丶 口 口 尸 只
僅僅, 唯一地: 只有│只會│只可以│只見樹木, 不見森林。
【只是】❶僅僅是: 我只是隨便問問。❷但是: 我很想去看戲, 只是沒有時間。❸就是, 總是: 人家問他, 他只是不開口。
【只消】只需要: 只消步行十分鐘就可到達。
【只得】不得不: 沒有車, 我只得走回來。
【只管】❶儘管: 有話只管說好了。❷只顧: 他只管埋頭看書。
【只要…就】表示條件許可一定去做某事: 我只要有空就一定去拜訪你。
◆只好　只怕　只求

叭 | bā（巴）| 粵 ba¹（巴）| 丶 口 口 叭 叭
擬聲詞: 叭的一聲, 槍響了。
◆喇叭　哈叭狗

史 | shǐ（使）| 粵 xi²（屎）| 丶 口 口 史 史
❶過去事實的記載: 史實│史跡│史料。❷姓。
【史前】還沒有文字記載的遠古時代: 史前文明。
【史無前例】歷史上從來沒有過的。
◆史冊　史書　史詩　史學　史籍　◆正史　通史　家史　野史　歷史　古代史　近代史　名垂青史

句 | ⊖ jù（具）| 粵 gêu³（據）| ノ ク ク 句 句
❶由詞組成的能表示出一個完整意思的話: 句子│句號│句式│句型│句法。❷量詞: 句句都是實話│一句廢話也沒有。
◆文句　名句　詞句　語句　警句
⊖ gōu（勾）| 粵 ngeo¹（勾）| 同「勾」: 越王句踐。

叱 | chì（斥）| 粵 qig¹（斥）| 丶 口 口 口 叱
大聲責罵: 叱罵│叱責│呵叱。
【叱咤風雲】形容聲勢、威力極大。
⊗右偏旁斜撇過「乚」。

叼 | diāo（刁）| 粵 diu¹（刁）| 丶 口 口 叼 叼
用嘴銜着: 叼着香煙。
⊗跟「叨」不同。

司 | sī（絲）| 粵 xi¹（師）| 丁 刁 司 司 司
❶主管事務: 司法│司令│司機│司理。❷中央政府各部以下的組織單位: 外交部禮賓司│司長。
【司儀】舉行典禮或召開大會時報告程序的人。
【司空見慣】看慣了就不再覺得奇怪: 這種事在當地實在是司空見慣。

叩 | kòu（扣）| 粵 keo³（扣）| 丶 口 口 叩 叩
❶敲, 敲擊: 叩門│叩鐘。❷磕頭: 叩首│叩稟。❸打

聽: 叨問。

叨 ㊀ tāo（滔）　　　、丶 口 口 叨 叨
粵 tou¹（滔）

承受: 叨光｜叨擾｜叨教。
㊁ dāo（刀）　　　【叨叨】話多: 別叨叨個沒完。
粵 dou¹（刀）　　　【叨嘮】話多教人厭煩。
⊗跟「叼」不同。

叻 lè（勒）　　　新加坡亦稱「叻埠」、「石叻」。
粵 lig⁶（力）
⊗國音不讀 lì（力）。

另 lìng（令）　　　、丶 口 口 号 另
粵 ling⁶（令）

❶別的, 特別的: 另外｜那是另一回事。❷分開, 不混合在一起: 另行通知｜另想辦法。
【另起爐灶】比喻重新做起或另搞一套。
【另眼相看】用另一種眼光看待。

召 ㊀ zhào（照）　　　フ フ 刀 召 召
粵 jiu⁶（趙）

❶呼喚, 招呼: 號召｜召見｜召喚｜召集｜召開會議。
❷招致: 召禍。
㊁ shào（紹）　　　姓。
粵 xiu⁶（紹）

叫 jiào（較）　　　、丶 口 口 叫 叫
粵 giu³（嬌³）

❶呼喊: 大叫一聲｜拍手叫好。❷動物發出聲音: 雞叫｜狗叫。❸稱呼, 稱爲: 他叫什麼名字?｜這叫火箭。
❹呼喚, 招呼: 王先生叫你。｜叫他明天來。❺使, 令: 叫他走吧。｜叫人不容易懂。❻被, 受: 敵人叫我們打得落花流水。｜叫人批評得體無完膚。
【叫座】電影、戲劇等能吸引觀衆, 看的人多。
【叫囂】氣勢洶洶地大聲叫嚷。
【叫苦連天】不住地叫苦。
◆叫屈　叫喚　叫道　叫賣　叫罵　叫嚷　◆呼叫　吼叫　喊叫　嘶叫　驚叫　大喊大叫　拍案叫絕　喊寃叫屈

台 tái（抬）　　　ㄥ 厶 台 台 台
粵 toi⁴（抬）

❶高平的建築物: 戲台｜講台｜主席台。❷像台的東西: 井台｜窗台兒。❸器物的座子: 燈台｜燭台。❹舊時敬詞: 兄台｜台鑒｜台啟。❺量詞: 一台機器｜唱一台戲。
❻台灣省的簡稱: 港台兩地。
◆台詞　台階　◆月台　垮台　後台　站台　倒台　陽台　電台　舞台　電視台

三畫

吁 xū（虛）　　　、丶 口 口 吁 吁
粵 hêu¹（虛）

歎息: 長吁短歎。
【吁吁】喘氣的聲音: 氣喘吁吁。

吐 ㊀ tǔ（土）　　　、丶 口 口 吐 吐
粵 tou³（兔）

❶從嘴裏�出來: 吐出｜不要隨地吐痰。❷說出, 洩露: 吐字清楚｜吐露眞情。❸冒出, 放出: 高粱吐穗｜春

蠶吐絲。
【吐蕃】中國藏族於公元七至九世紀在西藏地方建立的奴隸制政權。
㊁ tù（兔）　　　胃裏的東西從嘴裏湧出: 嘔吐｜吐血。
粵 同㊀

吉 jí（急）　　　一 十 士 吉 吉 吉
粵 ged¹（桔）

美好的, 順利的, 跟「凶」相反: 吉利｜吉祥如意。
【吉他】一種西洋樂器。
【吉普車】一種輕便的小型軍車。
【吉人天相】好人自有老天保祐。
◆吉日　吉凶　吉兆　吉利　吉期　吉凶難測　◆凶多吉少　逢凶化吉　萬事大吉

吏 lì（利）　　　一 一 戸 戸 吏 吏
粵 léi⁶（利）

舊時的官員或差役: 貪官污吏｜獄吏。

吋 cùn（寸）　　　、丶 口 口 吋 吋
粵 qun³（寸）

英美制長度單位, 一呎的十二分之一, 也叫「英寸」。

吊 同「弔」。

同 tóng（銅）　　　｜ 冂 冂 同 同 同
粵 tung⁴（銅）

❶彼此一樣: 相同｜同樣｜同齡｜同年。❷一齊, 一起: 同學｜同甘共苦。❸跟, 和: 我同你一起去。｜有事同大家商量。❹會合, 聚集: 會同。
【同人】指共同工作的人。也作「同仁」。
【同事】在同一機構工作的人。
【同胞】❶同父母生的: 同胞兄弟。❷同一國家或民族的人: 港澳同胞。
【同情】❶對別人的遭遇在感情上發生共鳴。❷對別人的行動表示贊同。
【同窗】指同學。
【同意】對別人的意見表示贊同。
【同義詞】意義相同或相近的詞。
【同心合力】團結一心, 共同努力。又作「同心協力」。
【同舟共濟】比喻在困苦的環境中同心合力, 一起戰勝困難。
【同流合污】跟着壞人一起做壞事。
【同病相憐】比喻因有同樣的遭遇或痛苦而互相同情。
◆同化　同伙　同行　同志　同伴　同時　同鄉　同黨　同心同德　同牀異夢　同歸於盡　◆伙同　合同　陪同　偕同　等同　雷同　隨同

吒 zhā（渣）　　　、丶 口 口 吒 吒
粵 za¹（渣）

❶用於神話中的人名: 哪吒。❷同「咤」。

吃 chī（癡）　　　、丶 口 口 吃 吃
粵 hég³（何尺³）

❶食, 飲: 吃飯｜吃草｜吃茶｜吃藥。❷食物: 廣東小吃｜有吃有喝。❸受到: 吃苦｜吃驚｜吃虧。
【吃力】很費力氣。
【吃水】船身入水的深度: 這隻船吃水五公尺。
【吃香】受歡迎: 這門手藝挺吃香。
【吃緊】形勢緊張。

【吃不消】受不了。

【吃一塹，長一智】受一次挫折，長一分見識。

向 xiàng（象）｜粵 hêng³（香³）｜ノ ｜ 冂 向 向 向

❶對着，朝着：相向｜向東走｜向前邁進。❷意志所趣：志向｜意向｜向學。❸方位，目標：方向｜航向｜風向。❹偏袒，袒護：爸爸總向着弟弟。❺一貫，從來：向來｜一向。❻姓。

【向背】擁護或反對：人心向背。

【向日葵】一年生草本植物，葉大莖高，花呈圓盤狀，常向着太陽。種子可吃，也可榨油。

【向隅而泣】形容孤獨或絕望地悲泣。

◈向上　向陽　◈去向　趨向　轉向　方向盤　所向披靡　欣欣向榮　人心向背　量頭轉向

后 hòu（候）｜粵 heo⁶（候）｜ノ 厂 厂 斥 后 后

帝王的妻子：皇后。

合 hé（何）｜粵 heb⁶（盒）｜ノ 人 今 合 合 合

❶閉上，歸攏：合眼｜合攏。❷聚集，共同，跟「分」相反：合力｜合唱｜合作。❸總共，全：合計｜合家歡。❹相符：合法｜合格｜合身。❺折算，相當於：合計｜一米合三尺。

【合抱】兩臂圍攏的圓周（多指樹木、柱子的粗細）。

【合羣】跟大家合得來。

【合算】所費人力物力較少而收效較大。

◈合同　合伙　合拍　合併　合意　合適　◈巧合　迎合　混合　湊合　集合　綜合　適合　聯合

名 míng（明）｜粵 ming⁴（明）｜ノ ク タ タ 名 名

❶人或事物的稱謂：名字｜人名｜地名｜朝代名。❷聲望：名望｜世界聞名。❸有聲譽的，大家都知道的：名人｜名山｜名言｜名種。❹說出：莫名其妙｜不可名狀。❺量詞，指人：四名學生｜十名代表。

【名目】事物的名稱：名目繁多。

【名氣】名聲、威望：他在學術界很有名氣。

【名堂】❶花樣，名目：魔術的名堂真不少。❷成就，結果：他決心幹出個名堂來。❸道理，原因：這裏面還真有些名堂。

【名勝】古跡或風景著名的地方。

【名義】❶身份，資格：以個人的名義。❷表面上的，形式上的：他名義上表示贊成。

【名譽】❶好名聲。❷名義上的（含有尊重的意思）：名譽會長。

【名不虛傳】果真很好，不是徒有虛名。

【名正言順】名義正當，理由充分。

【名列前茅】指名次列在前面。

【名副其實】名稱和實際情況相符。

◈名句　名利　名流　名校　名家　名貴　名牌　名存實亡　◈化名　出名　有名　成名　別名　命名　虛名　知名人士　徒有其名

各 gè（個）｜粵 gog³（角）｜ノ ク 夂 夂 各 各

❶每個：各個｜各位｜各奔前程。❷彼此不一樣的：各色

各樣｜各不相同。

【各有千秋】各有特點和長處。

【各自為政】各搞一套，不相配合，不顧全局。

【各行其是】各人按自己以為合適的去做。

【各抒己見】各人充分發表自己的意見。

【各得其所】指每一個人或事物都得到恰當的安置。

◈各人　各地　各界　各處　各執一詞

吆 yāo（腰）｜粵 yiu¹（腰）｜丶 口 口 叭 吆 吆

【吆喝】❶喊叫。❷小販叫賣聲。❸大聲斥責人。

四畫

吝 lìn（臨去）｜粵 lên⁶（論）｜一 方 文 文 吝 吝

小氣，過分地愛惜：吝嗇｜吝惜。

吭 ㊀háng（杭）｜粵 hong⁴（杭）｜口 口' 叻 吀 吭

喉嚨，嗓子：引吭高歌。

㊁kēng（坑）｜粵 heng¹（亨）

出聲，說話：不吭聲｜一聲不吭。

吞 tūn（屯陰）｜粵 ten¹（拖恩¹）｜二 チ 天 禾 吞 吞

❶不經咀嚼，整個嚥下去：吞下｜吞掉｜吞藥片｜狼吞虎嚥。❷侵佔，兼併：侵吞｜併吞。

【吞沒】❶把公家或別人的財物據為己有：吞沒財產。❷淹沒：船隻被大海吞沒。

【吞吞吐吐】想說又不敢說：他說話吞吞吐吐。

◈吞吐　吞食　吞滅　吞噬　吞雲吐霧　◈忍氣吞聲

呆 ㊀dāi（帶陰）｜粵 ngoi⁴（夕）｜口 口 呈 早 呆 呆

❶傻，癡愚：呆子｜癡呆。❷死板，不靈活：呆滯｜發呆｜呆呆地站着。❸停留，住：他在巴黎呆了半個月。

【呆若木雞】形容因恐懼或驚訝而發愣的樣子。

【呆頭呆腦】形容遲鈍的樣子。

㊁ái（挨）【呆板】死板，不靈活，不自然。粵 同㊀

吾 wú（吳）｜粵 ng⁴（蜈）｜一 丁 五 五 吾 吾

文言用字。❶我。❷我的：吾友。

吱 ㊀zī（資）｜粵 ji¹（茲）｜口 口 口 吐 吱 吱

擬聲詞：老鼠吱的一聲跑了。｜小鳥吱吱地叫。

【吱吱喳喳】❶形容小鳥的叫聲。❷形容七嘴八舌地說話。

㊁zhī（之）｜粵 同㊀

擬聲詞：小車吱吱響。｜門吱地一聲開了。

否 ㊀fǒu｜粵 feo²（浮²）｜一 フ 不 不 否 否

❶不承認，不同意：否認｜否定｜否決。❷表示詢問或疑問：是否｜可否｜能否？

【否則】作連詞用，相當於「如果不是這樣就……」：必須努力學習，否則就會落後。

㊁pǐ（痞）｜粵 péi²（鄙）

壞，惡。

【否極泰來】形容情況由壞轉好。

吠 fèi（費）粵 fei⁶（痱）｜ㄇ ㄇ ㄇ 吚 吠 吠
狗叫：狂吠｜蜀犬吠日（比喻少見多怪）。

呃 è（扼）粵 eg¹（握）｜ㄇ ㄇ ㄇ 呃 呃 呃
因橫膈膜痙攣引起的打嗝兒：呃逆。

呀 ㊀ yā（鴉）粵 a¹（丫）｜ㄇ ㄇ ㄇ 呀 呀 呀
❶驚歎詞。表示驚異：呀，這怎麼辦？❷擬聲詞：門兒呀的一聲開了。
㊁ ya（牙輕）粵 同㊀｜語氣詞：大家快來呀!
⊗右偏旁作「牙」，四畫，直筆鉤。

吶 nà（納）粵 nab⁶（納）｜ㄇ ㄇ ㄇ 吶 吶 吶
大聲叫喊：吶喊。

告 gào（高去）粵 gou³（高³）｜㇒ ㆒ 牛 牛 告 告
❶用言語或文字讓人知道：告訴｜通告｜報告｜奔走相告。❷檢舉，控訴：告發｜告狀｜控告。❸請，求：告假｜告饒。❹表明，稱說：告別｜告辭｜自告奮勇。❺宣佈或表示某種情況的出現：告急｜告終｜告一段落｜大功告成。❻規勸：勸告｜忠告。
【告示】貼出的佈告。
【告白】貼出的通告或聲明。
【告密】告發別人的秘密活動。
【告捷】❶取得勝利：首戰告捷。❷報告勝利的消息。
【告誡】勸戒教導。
◆告老 告退 告慰 ◆上告 正告 求告 奉告 忠告 宣告 原告 被告 預告 廣告 轉告

呈 chéng（城）粵 qing⁴（程）｜ㄇ ㄇ ㄖ 呈 早 呈
❶顯出，顯露：呈現｜面呈紫色。❷恭敬地送上：呈送｜呈獻｜面呈。❸下級給上級的公文：呈文。
⊗下作「壬」。

呂 lǚ（侶）粵 lêu⁵（屢）｜ㄇ ㄇ ㄇ ㄇ 呂 呂
姓。
⊗兩個口中間有一小撇。

吟 yín（淫）粵 yem⁴（淫）｜ㄇ ㄇ ㄇ 吟 吟 吟
❶聲調抑揚地唸：吟誦｜吟詩。❷歎息：呻吟。

含 hán（函）粵 hem⁴（晗）｜人 亼 今 今 含 含
❶東西放進嘴裏不嚼不嚥：嘴裏含着一顆糖。❷裏面存在着：含水分｜含着淚水。❸懷着，帶着：含恨｜含羞｜含笑。
【含苞】花兒結成蓓蕾而未開放。
【含蓄】意思含而不露，讓人去揣摸。
【含糊】❶不清不楚：含糊其詞。❷馬虎：這件事絕對不能含糊。
【含血噴人】比喻捏造事實，誣陷好人。
【含沙射影】比喻暗中攻擊或陷害人。

◆含怒 含冤 含混 含辛茹苦 含垢忍辱

吩 fēn（芬）粵 fen¹（芬）｜ㄇ ㄇ ㄇ 吩 吩 吩
【吩咐】長輩或上級的囑咐：母親吩咐他早去早回。

吹 chuī（炊）粵 cêu¹（炊）｜ㄇ ㄇ ㄇ 吵 吵 吹
❶合攏嘴唇用力噓氣：吹火｜吹笛｜吹泡泡。❷氣體流動：風吹。❸說大話：吹牛｜自吹自擂。❹事情作罷或關係斷絕：這件事吹了。｜他們倆終於吹了。
【吹噓】自誇或替人家誇張。
【吹毛求疵】比喻故意地挑毛病，找差錯。
【吹灰之力】比喻很小的力量：不費吹灰之力。
◆吹奏 吹捧 吹燈 吹鼓手 吹灰之力 ◆告吹 胡吹 鼓吹 瞎吹 大吹大擂 風吹雨打

吸 xī（西）粵 keb¹（級）｜ㄇ ㄇ ㄇ 吸 吸 吸
❶用口或鼻把液體或氣體引入體內：吸奶｜吸血蟲｜吸氣｜呼吸｜吸煙危害身體健康。❷收進來：吸收｜吸取｜吸墨紙｜吸塵器。❸引過來：吸引｜吸鐵石。

吻 wěn（穩）粵 men⁵（敏）｜ㄇ ㄇ ㄇ 吻 吻 吻
❶嘴唇，唇邊。❷以嘴接觸表示喜愛：接吻｜親吻。❸說話的口氣：口吻。
【吻合】比喻完全符合。

吵 chǎo（炒）粵 cao²（炒）｜ㄇ ㄇ ㄇ 吵 吵 吵
❶聲音雜亂攪擾人：車聲太吵｜把他吵醒了。❷爭鬧口角：吵嘴｜他倆吵起來了。
【吵架】爭執、吵嚷。
【吵鬧】❶大聲爭吵。❷聲音雜亂。

吮 shǔn（順上）粵 xun⁵（船⁵）｜ㄇ ㄇ ㄇ 吮 吮 吮
合攏嘴唇來吸：吮吸｜嬰兒吮奶。

吳 wú（吾）粵 ng⁴（吾）｜ㄇ ㄇ 呂 呂 吳 吳
❶姓。❷古代國名：公元前475年越王勾踐滅吳｜魏、蜀、吳三國鼎立（公元222-280年）。❸江蘇省的舊稱。

君 jūn（均）粵 guen¹（均）｜ㄱ ㄱ ㅋ 尹 君 君
❶古代指帝王、諸侯：國君｜君王｜君主。❷對人的尊稱：張君｜諸君。
【君子】舊指品格高尚的人：正人君子。

呎 chǐ（尺）粵 cég³（尺）｜ㄇ ㄇ ㄇ 呎 呎 呎
英美制長度單位，一呎是十二吋。也作「英尺」。

吧 ㊀ bā（巴）粵 ba¹（爸）｜ㄇ ㄇ ㄇ 吧 吧 吧
象聲詞：吧嗒吧嗒｜竹竿吧的一聲斷了。
㊁ ba（罷輕）粵 ba⁶（罷）｜語氣助詞。❶表示可以，允許：好吧｜就這麼辦。❷表示推測，估量：今天不會下雨吧? ❸表示命令、指使：快去吧｜還是你去吧。❹表示停頓：走吧，不好；不走吧，又不好。

吼 hǒu（後上）粵 heo³（口³）｜ㄇ ㄇ ㄇ 吼 吼 吼

❶猛獸的叫聲: 獅子吼叫。❷人因憤怒而呼喊: 怒吼。

五畫

味｜wèi（未）　　｜口　口　叮　吀　咔　味
　　｜粵 méi[6]（未）
❶吃東西時舌頭的感覺: 甜味｜酸味｜滋味。❷鼻子聞東西時得到的感覺: 香味｜氣味。❸情趣: 趣味｜興味｜意味。❹體會，研究: 玩味｜尋味。❺量詞，中藥一種叫「一味」。
【味同嚼蠟】形容說話或文章枯燥無味。
◆味素　味道　味精　味覺　◆口味　乏味　品味　風味　海味　野味　臭味相投　津津有味　耐人尋味　索然無味
⊗右偏旁直筆不鉤。

咕｜gū（姑）　　｜口　口　叮　吀　咕　咕
　　｜粵 gu[1]（姑）
象聲詞: 鴿子咕咕叫。
【咕咚】重物落下的聲音。
【咕唧】小聲說話。
【咕嚕咕嚕】形容反覆作響。

呵｜㊀hē（喝）　　｜口　口　叮　咕　咕　呵
　　｜粵 ho[1]（苛）
❶張嘴出氣: 呵出一口氣｜呵一呵手。❷大聲責罵: 呵斥｜呵責。❸感歎詞，表示驚歎: 呵，真了不起!
【呵欠】人在疲倦或沈悶時張嘴呵氣發聲。
【呵呵】笑聲: 笑呵呵; 樂呵呵; 呵呵大笑。
【呵護】保祐，愛護: 呵護備至。
　　㊁a（啊輕）　　語助詞。用在句末表示驚歎: 這麼多
　　　粵 a[6]（呀）　　觀眾呵!

咂｜zā（紮）　　｜❶舌頭與腭接觸發聲: 咂嘴。❷小
　　｜粵 zab[3]（砸）　　口地吸: 咂了一點酒。

呸｜pēi（胚）　　｜口　口　叮　呀　呸　呸
　　｜粵 péi[1]（披）
爭吵時表示憤怒或瞧不起對方的唾罵聲: 呸! 不要臉。

咔｜kǎ（卡）　　｜【咔嚓】槍枝上膛的聲音。
　　｜粵 ka[1]（卡）

咀｜㊀jǔ（舉）　　｜口　口　叮　叨　明　咀
　　｜粵 zêu[2]（嘴）
含在嘴裏細細玩味: 含英咀華(比喻欣賞、玩味詩文的精章)。
【咀嚼】❶細嚼食物，辨別滋味。❷比喻細細體會事物的涵義。
　　㊁zuǐ（嘴）　　｜「嘴」的俗字: 尖沙咀｜大角咀。
　　　粵 同㊀

呻｜shēn（申）　　｜口　口　叮　叩　呷　呻
　　｜粵 sen[1]（申）
【呻吟】痛苦時口中發出聲音。

呷｜xiā（瞎）　　｜口　口　叮　叨　呷　呷
　　｜粵 hab[3]（掐）
小口地喝: 呷茶｜呷了一口酒。
⊗不要讀成jiǎ（甲）。

咒｜zhòu（晝）　　｜口　口　叮　叩　咒　咒
　　｜粵 zeo[3]（奏）

❶宗教或巫術認為可以驅鬼消災治病的密語: 符咒｜咒語｜唸咒。❷用惡毒的話罵人: 咒罵。❸發誓的話: 賭咒。

呼｜hū（忽）　　｜口　口　叮　叮　咴　呼
　　｜粵 fu[1]（夫）
❶往外吐氣，跟「吸」相反: 呼吸｜呼出一口氣。❷大聲喊: 呼喊｜高呼｜歡呼。❸喚，叫: 呼叫｜呼喚｜直呼其名。
【呼聲】呼叫的聲音。比喻多數人的意見或要求: 民眾的呼聲。
【呼應】一呼一應，彼此聲氣相通，互相照應: 前後呼應。
【呼籲】呼求援助、支持、同情等。
◆呼喝　呼號　呼嘯　呼之欲出　呼風喚雨　◆狂呼　招呼　傳呼　稱呼　大聲疾呼

咋｜㊀zhà（詐）　　｜口　叮　叮　吀　咋　咋
　　｜粵 za[3]（炸）
【咋舌】因驚訝、害怕說不出話來。
　　㊁zhā（渣）　　｜【咋呼】方言，大聲喊呼，炫耀: 有話
　　　粵 za[1]（渣）　　慢慢說，你咋呼什麼?
　　㊂zǎ（雜上）　　｜方言。怎，怎麼: 咋辦?｜咋回事?
　　　粵 同㊀

和｜㊀hé（禾）　　｜丿　二　千　禾　禾　和
　　｜粵 wo[4]（禾）
❶相處、配合很好: 和好｜和睦。❷溫順，平靜: 溫和｜心平氣和。❸平息爭端: 和解｜講和。❹不分勝負: 和棋｜和局。❺同「跟」、「與」: 我和他意見相同。❻對，向: 他和我說過。❼幾個數目相加的總數: 總和。
【和尚】佛教男性僧侶的通稱。
【和煦】溫暖: 春風和煦。
【和諧】配合得當，協調: 音調和諧。
【和緩】平靜鬆弛的意思。
【和藹】態度溫和的樣子: 和藹可親。
【和衷共濟】比喻同心協力，克服困難。
【和盤托出】比喻毫無保留，全部講出來。
【和顏悅色】和藹喜悅的面容。
◆和平　和氣　和善　和順　和談　和議　和平共處　和風細雨　◆柔和　暖和　緩和　隨和
　　㊁hè（賀）　　｜❶跟着唱或說: 一唱百和｜隨聲附
　　　粵 wo[6]（禍）和　　❷依照別人詩詞的格律或意思
寫作詩詞: 和詩。
　　㊂huò（禍）　　｜攪拌，混和: 和麪｜和泥｜和藥。
　　　粵 同㊁

咐｜fù（負）　　｜口　口　叮　吀　咐　咐
　　｜粵 fu[3]（富）
見「吩咐」條。

呱｜guā（瓜）　　｜口　口　叮　呸　呱　呱
　　｜粵 gwa[1]（瓜）
❶象聲詞: 呱噠｜呱呱｜呱唧｜呱啦。❷讚好: 呱呱叫｜頂呱呱。

命｜mìng（名去）　　｜人　亼　合　合　命　命
　　｜粵 ming[6]（明[6]）
❶動物、植物的生活能力: 生命｜長命｜救命。❷迷信指人一生中生死、貧富、禍福等遭遇: 命運｜算命｜聽天由命。❸差遣，使令: 奉命｜待命｜命令。❹取，擬定: 命名｜命題。

【命中】射中或打中目標。

【命案】有關人命的案子。

【命脈】人體的血脈經絡。比喻關係重大的事物。

◆任命　性命　拼命　革命　致命　從命　壽命　遵命　亡命之徒　自命不凡　相依爲命

咚｜dōng（冬）｜ロ ロ ロシ 叹 咚 咚
　｜粵 dung¹（冬）

象聲詞。❶形容敲鼓或敲門的聲音。❷咕咚，重物落地的聲音。

咎｜jiù（救）｜ノ ク タ 処 処 咎
　｜粵 geo³（救）

❶過失，罪過：引咎自責｜咎由自取。❷怪罪，處分：既往不咎。

⊗右上作「人」。

周｜zhōu（州）｜丿 冂 月 用 周 周
　｜粵 zeo¹（州）

❶外圍，圈子：周圍｜圓周｜學校四周都種着樹。❷環繞，繞一圈：環場一周｜周而復始。❸同「週」：周年｜周末｜周刊。❹面面都照顧到：周全｜周到｜周密。❺接濟：周濟｜周急。❻朝代名。❼姓。

【周折】事情反覆曲折，不順利：頗費周折。

【周旋】❶盤旋，旋轉。❷對付，應酬，打交道：與客人周旋。

【周遊】到各處遊歷：周遊世界。

【周詳】周密而詳盡。

【周而復始】指一次又一次地循環。

咆｜páo（刨）｜ロ ロ 叼 咆 咆 咆
　｜粵 pao⁴（刨）

大聲吼叫。

【咆哮】❶猛獸怒吼。❷形容人暴怒喊叫：咆哮如雷。

呢｜㊀ní（尼）｜ロ ロ 叮 叽 呢 呢
　｜粵 nei⁴（泥）

【呢喃】象聲詞。常指燕子的叫聲。

【呢絨】一種毛織物。

　㊁ne（訥輕）｜語助詞。❶用在句末表示疑問、肯定或正在進行等語氣：怎麼辦　｜粵 né¹（挪誒¹）｜呢？｜還早着呢。｜她在睡覺呢。❷用在句中表示停頓：如今呢，可比往年強多了。

咄｜duō（多）｜ロ 叫 叫 吡 咄 咄
　｜粵 dêd¹（多律¹）

呵斥的聲音。

【咄咄怪事】想像不到的怪事情。

【咄咄逼人】形容氣勢洶洶，盛氣凌人。

⊗國音不要讀成chū（出）或zhuó（苗）。

呶｜náo（撓）｜ロ 叮 叺 叺 呶 呶
　｜粵 nao⁴（撓）

說起話來沒完沒了，令人討厭：呶呶不休。

咖｜㊀kā（喀）｜ロ ロ 叩 叻 咖 咖
　｜粵 ka¹（卡）

【咖啡】熱帶常綠灌木，種子可製飲料，也指這種飲料。

　㊁gā（嘎）｜【咖喱】用胡椒、生薑等做的調味　｜粵 ga³（架）｜品：咖喱雞｜咖喱牛肉。

呦｜yōu（幽）｜感歎詞。表示驚異：呦，你怎麼也　｜粵 yeo¹（休）｜來了？

【呦呦】鹿鳴聲。

六畫

咤｜zhà（詐）｜怒吼聲：叱咤。
　｜粵 za³（炸）

咬｜yǎo（舀）｜ロ 吖 吖 咔 咬 咬
　｜粵 ngao⁵（看⁵）

❶上下牙齒對着，把東西夾住、切斷或嚼碎：咬緊牙關｜咬斷｜咬死。❷讀字音：這個字我咬不準。

【咬文嚼字】形容過分地斟酌字句。

【咬牙切齒】形容痛恨到極點。

哀｜āi（哎）｜亠 亠 戸 声 哀 哀
　｜粵 oi¹（愛¹）

❶傷悲：哀傷｜悲哀｜喜怒哀樂。❷悼念：致哀｜默哀。❸苦苦地：哀求｜哀告。

【哀思】悲哀思念的感情。

【哀號】悲哀地哭叫。

【哀憐】對遭逢不幸的人表示同情。

【哀樂】哀悼死者的樂曲。

咨｜zī（資）｜ノ ゾ 沙 次 咨
　｜粵 ji¹（資）

❶同「諮」，跟別人商議，詢問：咨詢。❷同級機關可以互用的一種公文：咨文。

咳｜㊀ké（殼）｜吖 吐 咳 咳 咳
　｜粵 ked¹（卡乞¹）

【咳嗽】呼吸器官受刺激引起的一種症狀。

　㊁hāi（嗨）｜感歎詞。❶表示懊悔或惋惜：咳，　｜粵 hai¹（揩）｜你怎麼可以這樣做！❷呼喚：咳，快進來！

咩｜miē（乜）｜羊叫的聲音。
　｜粵 mé¹（摸誒¹）

咪｜mī（瞇）｜ロ 叭 叺 咞 咞 咪
　｜粵 méi¹（微¹）

貓叫或叫貓的聲音。

哇｜㊀wā（蛙）｜ロ ロ 叶 吐 哇 哇
　｜粵 wa¹（蛙）

象聲詞。表示哭喊或嘔吐聲：嬰兒哇哇直哭｜哇的一聲吐了滿地。

　㊁wa（蛙輕）｜語助詞：多好哇｜快走哇！
　｜粵 同㊀

哉｜zāi（栽）｜十 土 吉 哉 哉 哉
　｜粵 zoi¹（災）

文言助詞。❶表示疑問，反問：豈有他哉｜有何難哉。❷表示感歎：嗚呼哀哉！

哄｜㊀hōng（轟）｜ロ ロ 叶 哄 哄 哄
　｜粵 hung¹（空）

好多人同時發聲：哄然｜哄動。

【哄堂大笑】形容全屋子的人同時大笑。

　㊁hǒng（轟上）｜❶說假話騙人：哄騙｜不要哄人。　｜粵 hung³（控）｜❷用語言或行動逗引小孩：哄孩子。

哂｜shěn（審）｜ロ 叮 吲 哂 哂 哂
　｜粵 cen²（陳²）

❶微笑:聊博一哂。❷譏笑:哂笑。
【哂納】笑着收受,請人收禮的客氣話。

哐 | kuāng(框) | 象聲詞。形容撞擊震動的聲音。
粵 hong¹(康) | 【哐啷】形容器物撞擊的聲音。

咸 | xián(賢) | 全,都:少長咸集 | 老少咸宜。
粵 ham⁴(函)

咧 | liě(列上) | 嘴稍微張開:咧着嘴笑 | 齜牙咧
粵 lé²(羅誒²) | 嘴。

咦 | yí(移) | 口⁻ 吖 吲 吗 咦 咦
粵 yi²(椅)
感歎詞。表示驚訝:咦,這是什麼?

哎 | āi(哀) | 口 口 口 口 哎 哎
粵 ai¹(唉)
感歎詞。表示不滿或提醒:哎,這究竟是怎麼回事 | 哎,
別吵了!
【哎呀】表示驚訝或痛苦。
【哎唷】表示惋惜或痛苦,也作「哎喲」:哎唷,你這是
怎麼搞的?

品 | pǐn(貧上) | 丶 口 口 品 品 品
粵 ben²(稟)
❶東西,物件:物品 | 產品 | 商品 | 禮品。❷種類:品
種 | 品類。❸等級:上品 | 次品。❹操行,質素:人
品 | 品行 | 品質。❺辨別好壞、優劣:品茶。
【品格】品質和風格。
【品德】品質和道德。
【品嘗】仔細地辨別、嘗試。
【品學兼優】品行和學業都優秀。
◆品性 品味 品評 品貌 ◆小品 成品 出品 次
品 作品 珍品 食品 甜品 樣品 日用品 印刷品
宣傳品 消費品 評頭品足

咽 | ㊀ yān(煙) | 口 ㄗ 叩 吲 呬 咽
粵 yin¹(煙)
鼻腔和口腔的後方部位稱咽頭,咽頭和喉頭混稱咽喉。
㊁ yè(業) | 因悲傷哭泣,聲音阻塞:悲咽 | 嗚
粵 yid³(噎) | 咽。

咷 | táo(淘) | 放聲大哭,見「嚎啕」條。
粵 tou⁴(桃)

咻 | xiū(休) | 口 叫 叩 吽 吽 咻
粵 yeo¹(休)
亂吵,亂說話。
【咻咻】形容急促喘氣的聲音:氣喘咻咻。

咱 | ㊀ zán(贊陽) | 口 口 口 卟 咱 咱
粵 za¹(渣)
我:咱不累。| 咱不懂他的話。
【咱們】我們大家;包括說話的人和聽話的人:我們是廣東
人,你們是湖南人,咱們都是中國人。
㊁ zá(雜) | 我,只用於小說人物的自稱「咱家」。
粵 同㊀

咿 | yī(衣) | 【咿啞】❶小孩學說話的聲音:咿啞
粵 yi¹(衣) | 學語。❷划槳的聲音。

哈 | hā(蝦) | 口 叮 吟 吟 哈 哈
粵 ha¹(蝦)
❶張口呼氣:哈了一口氣。❷象聲詞。大笑的聲音:哈哈
大笑。❸躬腰:點頭哈腰。

【哈尼族】中國少數民族,主要分佈在雲南省。
【哈薩克族】中國少數民族,主要分佈在新疆維吾爾自治
區。

咯 | ㊀ kǎ(咔) | 口 口 吖 吆 咯 咯
粵 log³(絡)
用力使東西從食道或氣管裏咯出來:咯血 | 咯痰。
㊁ lo | 語助詞:當然咯 | 那倒好咯!
粵 同㊀
㊂ gē(哥) | 【咯吱】常疊用:咯吱咯吱響。
粵 gog³(各) | 【咯噔】常疊用:他咯噔咯噔地上了樓。

哆 | duō(多) | 【哆嗦】戰慄,顫抖:冷得直打哆嗦。
粵 do¹(多)

哏 | gén(根陽) | 方言。滑稽,可笑,有趣:逗
粵 gen¹(斤) | 哏 | 這話真哏兒。

咫 | zhǐ(只) | 𱡇 尸 尺 尺 咫 咫
粵 ji²(止)
周代八寸叫一咫。
【咫尺】比喻極短的距離:近在咫尺。
【咫尺天涯】指距離雖然很近,卻像遠在天邊一樣,難以
相見。

七畫

唁 | yàn(雁) | 口 口 吖 吟 唁 唁
粵 yin⁶(現)
對喪家表示慰問:弔唁。
【唁電】拍發給死者家屬表示慰問的電報。

哼 | hēng(亨) | 口 口 吖 哈 哼 哼
粵 heng¹(亨)
鼻子裏發出的聲音。❶表示痛苦的呻吟:他疼得直哼哼。
❷表示輕鬆的心情:他一邊走一邊哼着歌兒。❸表示不
滿:哼,有啥了不起!

唐 | táng(堂) | 𠃊 广 广 庐 庐 唐
粵 tong⁴(堂)
❶朝代名。❷姓。❸中國的別稱:唐裝 | 唐人街。
【唐突】冒犯,衝撞。
◆唐山 唐詩 ◆荒唐 頹唐

哧 | chī(吃) | 象聲詞,表示笑聲或水擠出的聲
粵 qi¹(雌) | 音:噗哧。

哮 | xiāo(消) | 口 口 吐 哞 哮 哮
粵 hao¹(敲)
❶吼叫:咆哮。❷氣喘:哮喘病。

哺 | bǔ(捕) | 口 口 吓 哹 哺 哺
粵 bou⁶(步)
餵不會取食的幼兒:哺乳 | 哺養。
【哺育】❶餵養。❷指培養教育。
【哺乳動物】脊椎動物中最高等的一類,胎生,用肺呼吸,
以母體乳汁哺育幼兒。
⊗國音不要讀成fǔ(甫)或pǔ(浦)。

哽 | gěng(耿) | 咽喉堵塞。
粵 geng²(耿)
【哽咽】因極度悲痛哭不出聲來。

哥 | gē(歌) | 一 可 可 哥 哥 哥
粵 go¹(歌)

❶哥哥:大哥│二哥。❷同輩中年紀比自己大的男子:表哥│張大哥。

唔 wú（吳）／粵 ng⁴（吳）｜口 叮 吞 吞 吞 唔
讀書的聲音:咿唔。

哲 zhé（折）／粵 jid³（節）｜十 圥 扙 扴 折 哲
有智慧:哲人│哲理。
【哲學】研究自然界、社會和思維的普遍規律的學問。

哳 zhā（渣）／粵 zad³（札）｜見「啁哳」條。

哨 shào（紹）／粵 sao³（梢³）｜口 叮 叭 吣 哨 哨
❶巡邏，警戒和防守的崗位:哨兵│放哨│崗哨│前哨。❷一種小笛子:哨子│吹哨集合。
⊗不要寫成「嗩」。

員 yuán（元）／粵 yun⁴（元）｜口 吊 胃 胃 員 員
❶工作或學習的人:職員│演員│學員。❷團體或組織中的分子:會員│隊員。❸量詞:十二員大將。
◆人員 成員 官員 委員 船員 僱員 傷員 隨員

唄 bei（悲輕）／粵 bai⁶（敗）｜方言。語助詞。表示勉強同意，讓步或不耐煩的語氣:走就走唄。│這就行了唄。│不懂就學唄。

哩 ㊀li（李輕）／粵 lé¹（羅誒¹）｜口 叮 叮 呷 哩 哩
語助詞。表示確定語氣:參觀的人多着哩。
㊁lǐ（李）／粵 léi⁵（里）｜英美長度單位，合1.609公里。也作「英里」。
㊂li（李陰）／粵 léi¹（里）｜【哩嚕】說話不清的樣子。【哩哩啦啦】零零散散或斷斷續續的樣子。

哭 kū（枯）／粵 hug¹（酷¹）｜口 哭 哭 罗 哭 哭
因痛苦、悲傷或激動而流淚出聲，跟「笑」相對:哭泣│哭號│痛哭流涕│哭哭啼啼。
◆哭叫 哭訴 哭笑不得 哭喪着臉 ◆哀哭 啼哭
⊗下部是「犬」，不是「大」。

哦 ㊀ó（喔陽）／粵 o⁴（柯⁴）｜叮 吁 咛 哦 哦 哦
感歎詞。表示疑問、驚異:哦，是這樣嗎?│哦，他課文背得可熟了!
㊁ò（喔去）／粵 o⁶（柯⁶）｜感歎詞。表示醒悟:哦，原來是這樣│哦，我想起來了!
㊂é（鵝）／粵 ngo⁴（俄）｜低聲吟唱:吟哦。

嘈 zào（造）／粵 zou⁶（造）｜吵鬧不休:囉嘈。

唏 xī（希）／粵 héi¹（希）｜歎息聲:唏噓。

唧 jī（機）／粵 jig¹（即¹）｜口 叮 咀 咀 唧 唧
❶抽水，噴射:唧筒│唧他一身水。❷象聲詞:蟲兒唧唧地叫。

【唧咕】小聲說話。
【唧噥】小聲說話。

唉 ㊀āi（挨）／粵 ai¹（哎）｜口 叺 吽 哓 唉
感歎詞。表示答應:唉，我在這兒呢。
㊁ài（愛）／粵 ai⁶（曖⁶）｜感歎詞。表示傷感或惋惜:唉，我真倒霉。│唉，這場球又輸了!

唆 suō（梭）／粵 so¹（梳）｜口 叺 吟 吟 唆
挑動或指使別人去做壞事:唆使│挑唆。

哪 ㊀nǎ（拿上）／粵 na⁵（那）｜口 叮 叨 哪 哪 哪
❶表示詢問、疑問、反問:他在哪兒│你在哪裏唸書│我哪能知道? ❷表示不確指:無論是哪一門功課，都要認真學習。
㊁něi（餒）／粵 同㊀｜「哪」和「一」的合音，但指數量時不限於「一」:哪個│哪些│哪年│哪幾年。
㊂na（那輕）／粵 na³（那³）｜語助詞。用在句末:看哪│加油幹哪!
㊃né／粵 na⁴（拿）｜【哪吒】神話中的人名。

八畫

商 shāng（傷）／粵 sêng（傷）｜丶 亠 产 产 商 商
❶一起討論，交換意見:商量│協商│商討。❷買賣貨物:商業│經商│商店。❸做買賣的人:布商│富商。❹除法中的得數:八被二除商數是四。❺中國朝代名，又稱「殷朝」。
【商榷】對不同意見的商量討論。
◆商洽 商埠 商船 商務 商場 商議 ◆外商 奸商 協商 面商 通商 磋商

唼 shà（沙去）／粵 zab³（砸）｜【唼喋】魚類聚食水裏食物的聲音。

啐 cuì（翠）／粵 cêu³（翠）｜❶用力從嘴裏吐出來:啐一口痰│啐了一口唾沫。❷感歎詞。表示鄙視和斥責。

唷 yō（喲）／粵 yo¹（喲）｜口 口 吩 咭 唷 唷
感歎詞。表示驚訝或疑問:唷，這是怎麼回事?

啖 dàn（旦）／粵 dam⁶（氮）｜口 叭 吵 吠 啖 啖
❶吃或給人吃:生啖其肉。❷引誘:啖以私利。

唳 lì（利）／粵 êu⁶（類）｜口 口 叿 唳 唳 唳
鶴鳴:風聲鶴唳。
⊗跟「淚」不同。

嗙 fēng（諷）／粵 fung²（俸）｜和尚、道士高聲唸經:嗙經。

啞 yǎ（雅）／粵 a²（鴉）｜叮 叮 吓 听 听 啞
❶聲帶有毛病，不能發聲:啞巴│聾啞。❷發音困難或不清楚:聲音沙啞│嗓子喊啞了。❸無聲的:啞劇。

【啞鈴】舉重和體操的輔助練習器械之一。
【啞口無言】形容理屈詞窮，無話可說。
【啞然失笑】不由自主地笑出聲來。
◆啞子吃黃連　◆嘶啞　裝聾作啞

啄 zhuó（琢）｜粵 dêg³（琢）｜口 吖 哆 哆 啄 啄
鳥類用嘴取食：啄食｜雞啄小蟲
【啄木鳥】嘴尖硬而長，能啄開樹皮捕食裏面的蛀蟲。

啦 ㊀ lā（拉）｜粵 la¹（羅呀）｜口 叶 呼 吖 啪 啦
象聲詞。表示響聲：嘩啦啦。
㊁ la（拉輕）｜粵 同㊀ 啦｜語助詞。用在句末，表示語氣：天晴了他早就走啦。

啪 pā（趴）｜粵 pag¹（柏¹）｜口 叶 咔 吓 啲 啪
象聲詞：啪，啪，打了兩槍。

啃 kěn（肯）｜粵 heng²（肯）｜口 叶 吤 呢 啃 啃
❶用牙一點一點咬食：狗啃骨頭｜老鼠把抽屜啃壞了。❷攻讀、鑽研：啃書本。

唬 hǔ（虎）｜粵 fu²（虎）｜口 叶 咔 吓 唬 唬
虛張聲勢嚇人或欺蒙人：嚇唬｜別唬人。
⊗右下作「几」。

問 wèn（汶）｜粵 men⁶（聞⁶）｜丨 尸 尸 門 門 問
❶向人請教，求人解答：詢問｜不懂就問。❷向對方致意，表示關懷：問好｜問安｜問候｜慰問。❸審訊，追究：審問｜問口供｜問罪。❹管，干預：過問｜不聞不問。
【問世】指著作出版與讀者見面或新產品投入市場。
【問題】❶要求解答的題目。❷需要解決的矛盾。❸事故或意外。
◆問津　問答　問號　問心無愧　問寒問暖　◆查問　追問　訪問　責問　提問　疑問　請問　質問　學問　答非所問

唱 chàng（暢）｜粵 cêng³（暢）｜口 叮 叩 唱 唱 唱
❶依照音律發聲：唱歌｜唱戲｜演唱。❷高聲地叫：唱名｜唱票｜雞唱三遍。❸歌曲：小唱｜唱本。
【唱喏】舊小說中常用，指對人作揖，同時出聲致敬。
【唱反調】提出相反的主張，採取相反的行動。
【唱高調】說不切實際的漂亮話。
◆唱片　唱和　◆合唱　伴唱　重唱　歌唱　獨唱　一唱一和

啡 fēi（非）｜粵 fé¹（非）｜口 叮 吥 唎 啡 啡
見「咖啡」和「嗎啡」條。

啣 xián（咸）｜粵 ham⁴（咸）｜叶 吥 咔 哞 啣 啣
用嘴含著東西：燕子啣泥。
⊗中間部分作「缶」，六畫；右偏旁是「卩」，兩畫。

唯 ㊀ wéi（爲）｜粵 wei⁴（違）｜口 叮 叮 唯 唯 唯
只，單單：唯一｜唯有。

【唯恐】只怕：唯恐失去這個機會。
【唯獨】單單，只有：大家都參加了這次活動，唯獨他沒有來。
【唯利是圖】只要有利可圖，就什麼事情都幹。
【唯我獨尊】自高自大，認爲只有自己最了不起。
【唯命是從】叫做什麼，就做什麼，絕對服從。
㊁ wěi（偉）｜粵 wei²（委）｜答應聲。
【唯唯諾諾】形容一味順從別人的樣子。

售 shòu（受）｜粵 seo⁶（受）｜亻 仁 佳 佳 售 售
❶賣：出售｜銷售｜售貨｜售票處。❷施展：以售其奸（用來施展他的奸計）。

啤 pí（皮）｜粵 bé¹（波詤¹）｜口 吥 咟 啤 啤 啤
【啤酒】用大麥芽和酒花等原料製成的酒。

唸 niàn（念）｜粵 nim⁶（黏⁶）｜口 叭 吟 吟 唸 唸
誦讀：唸書｜唸詩。

啥 shà（霎）｜粵 sa²（灑）｜方言。什麼：你姓啥｜你要啥？

啁 zhōu（周）｜粵 zeo¹（周）｜口 叮 明 呷 啁 啁
【啁啾】【啁哳】形容鳥兒的叫聲。

啕 táo（淘）｜粵 tou⁴（桃）｜口 口 叻 呴 啕 啕
放聲大哭，見「嚎啕」條。

唿 hū（忽）｜粵 fed¹（忽）｜【唿哨】用手指放在嘴裏吹出的高尖聲：打唿哨。

啊 ㊀ ā（阿）｜粵 a¹（呀）｜叮 叮 吖 吶 啅 啊
感歎詞。表示讚歎或吃驚：啊，這花多好哇｜啊，失火了！
㊁ á（阿陽）｜粵 a²（啞）｜感歎詞。表示疑問或追問：啊，你說什麼｜啊，你說行嗎？
㊂ ǎ（阿上）｜粵 同㊁｜感歎詞。表示疑惑或驚異：啊，這是怎麼回事？｜啊，有這種事！
㊃ à（阿去）｜粵 a⁶（呀）｜感歎詞。表示允諾或醒悟：啊，好吧。｜啊，原來是你！
㊄ a（阿輕）｜粵 同㊃｜語助詞。用在句末，表示驚歎的語氣：這裏的景色多美啊！

啜 chuò（綽）｜粵 jud³（拙）｜口 口 叹 啜 啜 啜
❶小口小口地飲、吃：啜茗（喝茶）｜啜粥。❷哭泣時抽噎的樣子：啜泣。

唰 shuā（刷）｜粵 cad³（刷）｜❶象聲詞：雨唰唰地下起來了。❷形容動作快：他唰的一下就走了。

九畫

喧 xuān（宣）｜粵 hun¹（萱）｜口 口 吟 唷 喧 喧
大聲說話，吵鬧：喧嘩｜喧鬧｜喧喧嚷嚷。

喀
| kā（咖）
| 粵 hag³（客）
口 口ˊ 吖 咚 咚 喀

❶象聲詞。形容嘔吐、咳嗽的聲音。❷人名、地名的譯音字。
【喀嚓】表示折斷或破裂的聲音: 喀嚓一聲, 樹枝折斷了。
⊗國音不要讀成 kè（客）。

啼
| tí（題）
| 粵 tei⁴（題）
口 口ˊ 吖 吶 啼 啼

❶出聲地哭: 悲啼｜哭哭啼啼。❷鳥獸叫: 雞啼｜鳥啼｜猿啼。
【啼笑皆非】哭也不是, 笑也不是, 形容處境尷尬。

啻
| chì（赤）
| 粵 qi³（翅）
亠 亠 产 帝 帝 啻

但, 只。
不啻, 即不但, 很像。
⊗國音不要讀成 dì（帝）。

暗
| yīn（陰）
| 粵 yem¹（音）

❶嗓子啞, 不能出聲: 暗啞。❷沈默, 不說話。

嗞
| zī（茲）
| 粵 ji¹（茲）

象聲詞: 老鼠嗞的一聲跑了。

啷
| lāng（郎陰）
| 粵 long¹（郎¹）

象聲字。見「哐啷」條和「噹啷」條。

喜
| xǐ（洗）
| 粵 héi²（起）
十 士 吉 喜 壴 喜

❶高興, 快樂, 跟「怒」或「悲」相反: 歡喜｜喜歡。❷可慶賀的: 喜事｜報喜｜大喜日子。❸愛好: 喜愛｜喜新忘舊。❹懷孕: 有喜。❺姓。
【喜劇】戲劇的一種, 多用誇張、幽默和諷刺的手法表現矛盾衝突, 以矛盾得圓滿解決爲結尾。
【喜鵲】鳴禽類, 尾長, 頭背黑色, 肩、頸、腹白色。
【喜出望外】遇到意想不到的好事而特別高興。
【喜形於色】臉上露出抑制不住的高興。
【喜笑顏開】滿臉笑容, 心情舒暢。
【喜聞樂見】喜歡聽, 樂意看。
◆喜好 喜酒 喜訊 喜悅 喜慶 喜氣洋洋 ◆可喜 欣喜 恭喜 賀喜 驚喜 歡天喜地 沾沾自喜 皆大歡喜

喋
| dié（諜）
| 粵 dib⁶（諜）
口一 口廿 口卅 唙 喋 喋

【喋血】血流滿地。常用來形容戰爭激烈: 喋血抗戰。
【喋喋】話多, 囉嗦: 喋喋不休。

喃
| nán（南）
| 粵 nam⁴（南）
叶 呋 喃 喃 喃

❶不停地小聲說話的聲音: 喃喃自語。❷燕子的叫聲: 呢喃。

喪
| ㊀sāng（桑）
| 粵 song¹（桑）
十 耂 耂 耂 喪 喪

跟死了人有關的事: 喪事｜喪禮。
◆弔喪 出喪 守喪 治喪 奔喪
| ㊁sàng（桑去）
| 粵 song³（爽³）
丟掉, 失去: 喪失｜喪生。
【喪膽】形容非常恐懼: 敵人聞風喪膽。
【喪氣】因受了挫折而情緒低落: 灰心喪氣; 垂頭喪氣。
【喪心病狂】喪失了理智、瘋狂到了極點。

【喪魂落魄】形容嚇得厲害, 像丟了魂魄似的。
【喪盡天良】形容殘忍狠毒到了極點。
◆喪亡 喪志 喪身 喪命 喪偶 ◆沮喪 懊喪 頹喪
⊗下邊是「㐅」, 不要多加一撇寫成「亇」。

喳
| ㊀zhā（渣）
| 粵 za¹（渣）
口 叶 味 咗 喳 喳

象聲詞。形容鳥叫: 喜鵲喳喳叫。
| ㊁chā（差）
| 粵 ca¹（差）
象聲詞。形容低聲說話: 小姑娘們喊喊喳喳地說個不停。

喇
| lā（啦上）
| 粵 la³（鱲）
口 口 咋 唎 唎 喇

【喇叭】❶管樂器的一種, 又叫「號筒」。❷像喇叭的東西: 汽車喇叭; 高音喇叭。
【喇嘛】蒙古、西藏等地信奉喇嘛教的僧人。
⊗中間是「束」, 不要寫成「束」。

喊
| hǎn（罕）
| 粵 ham³（咸³）
口 叮 咁 喊 喊 喊

大聲呼叫: 叫喊｜呼喊。

喱
| lí（厘）
| 粵 léi¹（里¹）
口 口 吓 哣 唎 喱

見「咖喱」條。

喈
| jiē（階）
| 粵 gai¹（階）

❶聲音和諧: 鐘聲喈喈。❷鳥叫聲: 雞鳴喈喈。

喏
| ㊀nuò（糯）
| 粵 no⁶（糯）
感歎詞。表示讓人注意自己所指的事物: 喏, 這不就是你的那枝鋼筆。
| ㊁rě（惹）
| 粵 yé⁵（野）
見「唱喏」條。

喵
| miāo（苗陰）
| 粵 miu¹（苗¹）
貓叫聲。

喁
| yóng（庸陽）
| 粵 yung⁴（容）
魚口向上, 露出水面。
【喁喁】低聲說話: 喁喁私語。

喝
| ㊀hē（賀陰）
| 粵 hod³（渴）
口 吅 明 喝 喝 喝

❶飲: 喝水｜喝茶｜喝酒｜喝粥。❷感歎詞。表示驚訝: 喝, 這麼多人!
| ㊁hè（賀）
| 粵 同㊀
大聲叫喊: 呼喝｜大喝一聲。
【喝采】大聲叫好。
⊗下邊是「匂」, 不要寫成「匃」。

喂
| wèi（慰）
| 粵 wei³（慰）
口 叩 唱 喂 喂 喂

感歎詞。招呼的聲音: 喂, 老李!｜喂, 請找王先生聽電話。
⊗下邊是「㐅」, 不要多加一撇寫成「亇」。

喟
| kuì（潰）
| 粵 wei²（委）
口 叩 唱 唱 喟 喟

歎氣的樣子: 喟歎｜喟然長歎。

單
| ㊀dān（丹）
| 粵 dan¹（丹）
口 吅 罒 呰 罝 單

❶獨個: 單獨｜單身漢｜單槍匹馬。❷不複雜: 單純｜簡單。❸奇數的, 跟「雙」相對: 單數｜單號｜單日。❹僅僅, 只: 看人不能單看外表｜單單他一個人沒到。❺薄弱, 孤零: 單薄｜形單影隻。❻票據或記事的紙

片｜賬單｜菜單｜名單｜傳單。❼牀上覆蓋用的布: 牀單｜被單。

【單元】整體中自成系統的單位: 第一單元練習。

【單位】❶計算長度、重量、時間、溫度等的標準量。❷指機關團體或其所屬的各部門。

【單調】簡單且無變化: 色彩單調; 內容單調。

【單據】收付款項或貨物的憑據, 如收據、發貨單等。

【單刀直入】比喻說話或寫文章直截了當, 不繞彎子。

◆單方 單字 單衣 單向 單程 單價 單行本 ◆
存單 定單 貨單 稅單

㊀ shàn (善) ｜ 姓。
粵 xin⁶ (善)

㊁ chán (蟬) ｜【單于】古代匈奴君主的稱號。
粵 xim⁴ (嬋)

喘 chuǎn (川上) ｜ 口 叭 叭 喘 喘 喘
粵 qun² (串²)

急促地呼吸: 累得直喘｜氣喘如牛。

【喘息】❶急促地呼吸: 喘息未定。❷比喻在激烈的活動中的短暫歇息: 不給敵人以喘息的機會。

唾 tuò (妥去) ｜ 口 口 吒 吒 唾 唾
粵 to³ (妥³)

❶口腔裏的消化液: 唾沫｜唾液。❷吐唾沫, 表示鄙視: 唾罵。

【唾棄】輕視, 鄙棄。

【唾手可得】比喻不費力氣, 非常容易得到。

啾 jiū (糾) ｜ 吖 吖 吽 咻 咻 啾
粵 zeo¹ (鄒)

象聲詞。形容蟲子、鳥兒細碎的叫聲: 蟲兒啾唧｜小鳥啾啾。

喬 qiáo (橋) ｜ 二 千 夭 吞 奇 喬
粵 kiu⁴ (橋)

❶高: 喬木(主幹明顯而高大的樹木)。❷假: 喬裝。❸姓。

【喬遷】祝賀別人搬家的客氣話: 喬遷之喜。

【喬裝打扮】改變服飾面貌, 以掩蓋身份。

喉 hóu (侯) ｜ 口 叫 吽 吽 唯 喉
粵 heo⁴ (侯)

頸的前部和氣管相通的部分, 喉頭內有聲帶: 喉嚨｜咽喉。

【喉舌】指說話的器官, 比喻代言人: 為民喉舌。

⊗右上作「ユ」, 兩筆。

嗖 sōu (搜) ｜ 象聲詞。形容迅速通過的聲音: 子
粵 seo¹ (收) ｜ 彈嗖嗖地飛過。

喻 yù (預) ｜ 口 叭 吟 吟 吟 喻
粵 yu⁶ (預)

❶明白, 了解: 不言而喻｜家喻戶曉。❷說明, 使人了解: 曉喻｜喻之以理。❸比方: 打個比喻。

喚 huàn (換) ｜ 口 叭 叭 唤 唤 唤
粵 wun⁶ (換)

呼喊, 大聲叫: 呼喚｜叫喚。

◆喚起 喚醒 ◆召喚 使喚 傳喚 千呼萬喚

喙 huì (誨) ｜ ❶鳥獸的嘴: 鳥喙｜獸喙。
粵 fui³ (悔) ｜ ❷也指人的嘴: 不容置喙(不容許插嘴)。

⊗右上作「彑」, 兩筆, 不要寫成「彐」或「彐」。

喔 ㊀ wō (窩) ｜ 口 口 吧 吧 喔 喔
粵 og¹ (惡¹)

雞叫聲。

㊁ ō (哦陰) ｜ 感歎詞。表示了解: 喔! 原來如此。
粵 o¹ (苛) ｜【喔唷】【喔喲】感歎詞。表示驚異、痛
苦: 喔唷, 好大的西瓜!｜喔喲, 好痛。

喲 yō (唷) ｜ 吖 吖 吚 喲 喲 喲
粵 yo¹ (唷)

語助詞。用在句末表示語氣: 大家齊用力喲!

十畫

嗨 hāi (海陰) ｜ 吖 吖 吟 嗨 嗨 嗨
粵 hoi¹ (開)

感歎詞。❶表示歡樂: 嗨! 英雄自有凌雲志。❷表示惋惜: 嗨! 可惜! 可惜!❸見面時的招呼: 嗨! 你近來好嗎?

【嗨喲】感歎詞。勞動時的呼喊聲: 加油幹吶, 嗨喲!

嗐 hài (害) ｜ 感歎詞。表示傷心、惋惜: 嗐, 想
粵 hoi⁶ (害) ｜ 不到他病得這麼重。｜嗐, 這孩子
眞可憐!

嗙 pǎng (旁上) ｜ 方言。誇大, 吹牛: 瞎嗙｜胡吹
粵 pong³ (謗) ｜ 亂嗙。

嗟 jiē (皆) ｜ 口 口⁴ 咩 咩 咩 嗟
粵 zé¹ (遮)

文言歎詞: 嗟乎!

【嗟歎】歎息。

【嗟來食】比喻帶侮辱性的施捨。

【嗟悔無及】悲歎、後悔也來不及了。

嗛 qiǎn (淺) ｜ 猴嘴裏兩側貯存食物的部分。
粵 hib³ (怯)

嗍 suō (縮) ｜ 吀 吀 吀 嗍 嗍 嗍
粵 so¹ (梳)

見「哆嗍」條。

嗉 sù (素) ｜ 鳥類喉嚨下裝食物的地方: 嗉
粵 sou³ (素) ｜ 囊｜雞嗉子。

嗎 ㊀ ma (媽輕) ｜ 吀 吀 咋 咋 嗎 嗎
粵 ma¹ (媽)

語助詞。❶用在句末表示疑問: 你明白了嗎?❷用在句中表示停頓: 下雨嗎, 我就坐車去好了。

㊁ má (麻) ｜ 方言。什麼: 幹嗎?
粵 ma³ (痲)

㊂ mǎ (馬) ｜【嗎啡】用鴉片提煉而成的鎮靜劑,
粵 ma⁵ (馬) ｜ 白色粉末, 味苦, 有毒, 久用會成
癮。

嗜 shì (試) ｜ 吀 吀 咻 咻 嗜 嗜
粵 xi³ (試)

喜愛, 愛好: 嗜酒。

【嗜好】對某種東西愛好成癖。多指抽煙、喝酒等不良習慣。

嗑 kè (克) ｜ 吀 吀 咶 咶 咶 嗑
粵 hab⁶ (招)

用牙尖咬裂有殼的或硬的東西: 嗑瓜子。

嗔 chēn (陳陰) ｜ 生氣, 發怒: 嗔怒｜嗔怪｜嬌嗔。
粵 zen¹ (眞)

嗝｜gé (革)｜因噎氣或吃得太飽，胃裏的氣體
　　｜粵 gag³ (革)｜從嘴裏出來發出的聲音: 打嗝兒。

嗇｜sè (色)｜十 圥 本 夲 亝 嗇
　　｜粵 xig¹ (色)｜
過分愛惜自己的財物，當用不用: 吝嗇。

嗄｜⊖ shà (厦)｜嗄啞: 嗓音嘶啞。
　　｜　粵 sa³ (沙³)｜
　｜⊜ á (啊)｜感歎詞。表示疑問或反問: 嗄，有這
　｜　粵 a² (啞)｜種事?

嗩｜suǒ (鎖)｜【嗩吶】形狀像喇叭的吹奏樂器。
　　｜粵 so² (鎖)｜

喇叭　　　　　嗩吶

嗒｜⊖ dā (搭)｜象聲詞。形容馬蹄聲、機關鎗
　　｜　粵 dad⁶ (達)｜聲或咂嘴聲。
　｜⊜ tà (踏)｜失意的樣子: 嗒然 ｜ 嗒喪。
　｜　粵 tab³ (塔)｜

嗣｜sì (寺)｜吕 吕 咠 冒 嗣 嗣
　　｜粵 ji⁶ (字)｜
❶接續，繼承: 嗣位。❷子孫: 後嗣。
【嗣後】自此以後。

嗯｜ńg (唔)｜口 叮 唧 咽 嗯 嗯
　　｜粵 ng² (吾²)｜
感歎詞。表示疑問: 嗯! 你說什麼?

嗅｜xiù (袖)｜口 叭 咱 咱 嗅 嗅
　　｜粵 ceo³ (臭)｜
聞，用鼻子辨別氣味: 嗅一嗅。
【嗅覺】用鼻子辨別氣味的感覺。
⊗右下是「犬」，不是「大」。

嗥｜háo (豪)｜口 咟 咟 咟 嗅 嗥
　　｜粵 hou⁴ (豪)｜
野獸吼叫。

嗚｜wū (污)｜吖 咔 咟 嗚 嗚 嗚
　　｜粵 wu¹ (污)｜
象聲詞: 汽笛嗚嗚地拉響了。
【嗚呼】❶文言感歎詞，表示感傷: 嗚呼哀哉。❷借指死
亡: 一命嗚呼。
【嗚咽】哭泣聲。

嗆｜⊖ qiāng (槍)｜吖 吟 唅 嗆 嗆
　　｜　粵 cêng¹ (昌)｜
水或食物進入氣管引起不適或咳嗽: 喝水嗆着了。
　｜⊜ qiàng (槍去)｜有刺激性的氣體使鼻子、嗓子等
　｜　粵 cêng³ (唱)｜器官感到難受: 煙嗆嗓子。

嗡｜wēng (翁)｜吖 吣 唥 嗡 嗡 嗡
　　｜粵 yung¹ (翁)｜
象聲詞。形容飛機、蜜蜂、蒼蠅等飛的聲音。

嗓｜sǎng (喪上)｜口 叺 哶 嗓 嗓 嗓
　　｜粵 song² (爽)｜
❶喉嚨: 嗓子。❷說話的聲音: 啞嗓兒 ｜ 尖嗓子。

嗤｜chī (吃)｜叫 呲 呲 嗞 嗤 嗤
　　｜粵 qi¹ (雌)｜
譏笑: 嗤之以鼻。

十一畫

嘀｜dí (敵)｜口 吩 吩 唷 嘀 嘀
　　｜粵 did¹ (的)｜
【嘀咕】❶小聲或背地裏說話: 他們倆嘀咕什麼呢?❷心
中不安，猶疑不定: 她心裏直嘀咕。

嘛｜ma (麻輕)｜口 吖 吖 呒 嘛 嘛
　　｜粵 ma⁴ (麻)｜
語助詞。表示很明顯，含有提醒的意思: 有話照直說
嘛 ｜ 該做的就做嘛!

嗾｜sǒu (叟)｜吖 吟 吩 吩 嗾 嗾
　　｜粵 seo² (叟)｜
❶指使別人做壞事: 嗾使。❷指使狗的聲音。

嗷｜áo (翱)｜吐 哇 哓 哓 嗷 嗷
　　｜粵 ngou⁴ (傲⁴)｜
象聲詞。表示悲哀的號哭聲或喊叫聲: 嗷嗷叫。
【嗷嗷待哺】飢餓的人急着要吃的樣子。
⊗中部作「敖」，七筆。

嘖｜zé (責)｜口二 吁 哇 嘖 嘖 嘖
　　｜粵 zag³ (責)｜
【嘖嘖】形容咂嘴或說話聲: 嘖嘖稱羨; 人言嘖嘖; 嘖嘖，
真可惜! ｜ 嘖嘖，太不像話!

嘉｜jiā (加)｜士 吉 吉 壴 嘉 嘉
　　｜粵 ga¹ (加)｜
❶美好的: 嘉賓 ｜ 嘉名 ｜ 嘉言。❷讚美: 嘉許 ｜ 嘉獎 ｜ 嘉
勉 ｜ 精神可嘉。
⊗中間是「屮」，不是「廿」。

嘟｜dū (都)｜吐 吵 嗜 嗜 嘟 嘟
　　｜粵 dou¹ (都)｜
象聲詞: 咕嘟一聲 ｜ 喇叭嘟嘟響。
【嘟嚕】向下垂的一串或一團: 一嘟嚕葡萄; 脖子底下嘟
嚕着肉。
【嘟囔】低聲地自言自語。也作「嘟噥」。

嘞｜lei (累輕)｜語助詞。跟「了」(表過去)或「嘍」
　　｜粵 la³ (啦³)｜相似: 時候不早嘞 ｜ 雨下不了，走
嘞!

嘈｜cáo (曹)｜吖 吘 吘 嘈 嘈 嘈
　　｜粵 cou⁴ (曹)｜
喧鬧，聲音雜亂: 人聲嘈雜。

嗽｜sòu (搜去)｜口 咁 唪 嗽 嗽 嗽
　　｜粵 seo³ (秀)｜
見「咳嗽」條。
⊗中間是「束」，不是「束」; 右旁是「欠」，不是「攵」。

嘔｜ǒu (偶)｜口 吖 叩 唔 嘔 嘔
　　｜粵 eo² (歐²)｜
吐: 嘔吐 ｜ 嘔血 ｜ 作嘔。
【嘔心瀝血】比喻費盡了心血: 他嘔心瀝血十幾年，才編
出這部大型的工具書。

嘁｜qī (戚)｜象聲詞。形容細碎雜亂的說話
　　｜粵 qi¹ (痴)｜聲: 嘁嘁喳喳地說話。

嘎 | gā
粵 ga¹（加）

象聲詞。形容短促而響亮的聲音：汽車嘎地一聲剎住了。
【嘎吱】象聲詞。形容物件受壓力而發出的聲音，多疊用：他挑着行李走，扁擔壓得嘎吱嘎吱的響。
【嘎嘎】象聲詞。形容鴨子、大雁叫的聲音。

嘏 | gǔ（古）
粵 gu²（古）

福：祝嘏。

嘗 | cháng（常）
粵 sêng⁴（常）

❶辨別滋味：品嘗｜嘗嘗看，鹹淡是否合適？❷經歷，感受：嘗到甜頭｜嘗盡辛酸。❸曾經：何嘗｜未嘗。
【嘗試】試，試驗：嘗試一下海邊生活的滋味兒。
【嘗新】通常指嘗試新出產的食品、果品等。

嘍 | ㊀ lou（樓輕）
粵 leo⁴（留）

語助詞。相當於「啦」：夠嘍｜別說嘍。
㊁ lóu（樓）　【嘍囉】舊時稱盜賊的部下。
粵 leo⁴（劉）

嗶 | bì（畢）
粵 bed¹（畢）

【嗶嘰】一種斜紋毛織品。

十二畫

嘮 | láo（勞）
粵 lou⁴（勞）

【嘮叨】話很多，說個沒完。

嗭 | cēng（層陰）
粵 zeng¹（增）

象聲詞：嗭的一聲把火柴劃着了。

噴 | ㊀ pēn（盆陰）
粵 pen³（貧³）

散着射出：噴泉｜噴水池｜噴火口｜噴氣式飛機。
【噴嚏】由於鼻黏膜受刺激，鼻孔急劇吸氣然後很快噴出而發出的聲音。
㊁ pèn（盆去）　香氣撲鼻：噴香｜噴鼻兒香。
粵 同㊀

噎 | yē（椰）
粵 yid³（熱³）

食物塞住咽喉，透不過氣來：慢慢吃，別噎住。｜因噎廢食。

嘵 | xiāo（消）
粵 hiu¹（囂）

爭辯時亂嚷亂叫的聲音：嘵嘵不休。

嘻 | xī（希）
粵 héi¹（希）

喜笑的樣子或聲音：笑嘻嘻｜嘻嘻哈哈。
【嘻皮笑臉】臉上笑着顯出頑皮、不莊重的樣子。
⊗右上是「士」，不是「土」；中間是「⺍」，不是「艹」。

噁 | ě（俄）
粵 og³（岳³）

【噁心】同「惡心」。

嘶 | sī（司）
粵 sei¹（西）

❶馬叫：人喊馬嘶。❷形容聲音沙啞：聲嘶力竭。

嘲 | cháo（潮）
粵 zao¹（爪¹）

用話譏諷調笑人家：嘲笑｜嘲諷｜冷嘲熱諷。

【嘲弄】嘲笑和戲弄。

噘 | juē（撅）
粵 kud³（決）

翹起：噘嘴。

嘹 | liáo（遼）
粵 liu⁴（遼）

【嘹亮】聲音清晰響亮：歌聲嘹亮。

嘴 | zuǐ（最上）
粵 zêu²（沮）

❶口的通稱：嘴巴｜嘴角｜嘴唇｜張嘴。❷形狀或作用像嘴的東西：山嘴｜煙嘴｜茶壺嘴。❸指說話：多嘴｜快嘴｜嘴尖｜嘴甜。
【嘴硬】自知不對，口頭上還不承認或不服輸。
【嘴臉】面目，臉色。指用心險惡的人的醜相。
◈嘴直　嘴乖　嘴軟　嘴笨　嘴饞　◈吵嘴　拌嘴　鬥嘴　頂嘴　貧嘴　插嘴　饒嘴　油嘴滑舌

噓 | xū（虛）
粵 hêu¹（虛）

❶慢慢地呼氣：噓氣。❷歎息：長噓短歎。
【噓寒問暖】慇懃問候。形容對人生活十分關心。

噗 | pū（撲）
粵 pog³（撲）

象聲詞。表示短促的出氣聲或笑聲等：噗的一聲把蠟燭吹滅了｜噗哧一聲笑了。

嘩 | ㊀ huá（華）
粵 wa¹（娃）

人多聲雜：喧嘩｜嘩然。
【嘩變】指軍隊突然叛變。
【嘩眾取寵】誇耀自己，騙取眾人的信任。
㊁ huā（花）　象聲詞：水嘩嘩地流｜嘩啦一聲，
粵 wa⁴（華）　牆倒了。

嘿 | hēi（黑）
粵 héi¹（希）

感歎詞。表示驚異或讚歎：嘿，真不錯！

嗾 | zuō（作陰）
粵 jud⁶（絕）

聚縮嘴唇吸取。

嗅 | 同「嗾」。

噏 | 同「吸」。

噔 | dēng（登）
粵 deng¹（登）

象聲詞：咯噔。

嘰 | jī（機）
粵 géi¹（機）

象聲詞：小鳥嘰嘰地叫。
【嘰咕】小聲說話。

十三畫

噫 | yī（衣）
粵 yi¹（衣）

文言感歎詞：噫嘻。

噩 | è（惡）
粵 ngog⁶（岳）

驚人的：噩夢｜噩耗（指人死的消息）。

噤 | jìn（禁）
粵 gem³（禁） | 叶 呋 啉 噤 噤 噤
❶閉口，不作聲: 噤若寒蟬。❷因寒冷而打哆嗦: 打了個寒噤。

噸 | dūn（敦）
粵 dên¹（敦） | 口′ 口匚 吽 啴 嗬 噸
❶重量單位，公制一噸等於1,000公斤，英制一噸等於2,240磅，合1,016.047公斤; 美制一噸等於2,000磅，合907.1849公斤。❷計算船所載的容積單位，一噸合40立方英尺。

噹 | dāng（當）
粵 dong¹（璫） | 口′ 口″ 哟 啮 噹 噹
象聲詞。撞擊金屬器物的聲音: 噹的一聲 | 小鑼敲得噹噹響。
【噹啷】象聲詞。搖鈴或其他金屬器物撞擊的聲音: 噹啷噹啷，上課鈴響了。

噶 | gá（戛陽）
粵 ga¹（加） | 譯音用字。

噦 | yuě（月上）
粵 yud⁶（月） | ❶象聲詞，嘔吐時嘴裏發出的聲音: 噦的一聲，吐了。❷嘔吐: 剛吃完藥，都噦出來了。

噱 | ⊖jué（絕）
粵 kêg⁶（卻⁶） | 口 口吐 吃 吃吗 噱 噱
大笑: 令人發噱。
⊖xué（穴）【噱頭】逗笑的話或舉動。
粵 同⊖

噥 | nóng（農）
粵 nung⁴（農） | 叩冂 叩册 嗶 嗶 嗶 噥
小聲說話: 咕噥 | 嘟噥。

器 | qì（氣）
粵 héi³（氣） | 口 叩叩 叩口 嗯 噐 器
❶用具的總稱: 器皿 | 器具 | 木器 | 瓷器。❷生物體具有某種獨立生理機能的部分: 器官 | 呼吸器 | 消化器。❸人的氣度、才能: 器量 | 大器 | 小器。
【器宇】指人的儀表風度、胸懷等: 器宇軒昂。
【器重】才能受尊重、看重: 他很受人器重。
◆器材 器械 器樂 ◆玉器 石器 成器 陶器 儀器 樂器 機器 大器晚成
⊗中間是「犬」，不是「大」。

噪 | zào（造）
粵 cou³（措） | 口″ 叩品 叩品 嗯 噪 噪
❶許多鳥或蟲亂叫: 鵲噪 | 蟬噪。❷聲音雜亂: 喧噪 | 鼓噪。
【噪音】嘈雜刺耳的聲音。

嗳 | ⊖ǎi（藹）
粵 oi²（靄） | 口′ 叩″ 嗯 嘔 嗳 嗳
感歎詞。表示否定或不同意: 嗳，別這麼說 | 嗳，不要這樣做。
⊖ài（愛）感歎詞。表示懊惱、悔恨: 嗳，我真不該把這件事告訴你。
粵 ai¹（哎）

噢 | ō（喔）
粵 o¹（柯） | 叩门 唡 唡 喞 嘾 噢
感歎詞。表示已經明白: 噢，原來是這樣!
⊗右上作「𡆥」，中間是「采」不是「米」。

噙 | qín（禽）
粵 kem⁴（琴） | 哈 哈 吟 唅 噙 噙
含在裏面: 嘴裏噙着糖 | 眼睛裏噙着熱淚。

噲 | kuài（快）
粵 fai³（快） | 咽下去。

噬 | shì（誓）
粵 sei⁶（誓） | 口 口吐 口吡 吪 噬 噬
咬: 吞噬 | 反噬 | 猛虎噬人。
【噬臍莫及】自己的口咬不到肚臍，比喻後悔不及。
⊗國音不要讀成wū（巫）。

嘯 | xiào（笑）
粵 xiu³（笑） | 哼 哼 嘘 嘯 嘯 嘯
拉長聲音大叫或尖叫: 呼嘯 | 長嘯 | 虎嘯猿啼。

十四畫

嚀 | níng（寧）
粵 ning⁴（寧） | 叩宀 啹 嚀 嚀 嚀 嚀
見「叮嚀」條。
⊗右旁中間部分是「皿」，不是「四」。

嚓 | cā（擦）
粵 cad³（察） | 象聲詞: 汽車嚓的一聲停住了。

嚎 | háo（豪）
粵 hou⁴（豪） | 口宀 唂 喧 嘷 嚎 嚎
❶大聲叫: 嚎叫。❷大聲哭: 嚎啕（亦作「嚎咷」）。

嚅 | rú（如）
粵 yu⁴（如） | 叩宀 呼 嚅 嚅 嚅 嚅
見「囁嚅」條。

嚏 | tì（剃）
粵 tei³（剃） | 叶 吐 嚏 嚏 嚏 嚏
見「噴嚏」條。

嚇 | ⊖xià（夏）
粵 hag³（客） | 吐 叶 味 啉 嚇 嚇
使害怕: 嚇我一跳 | 你看多嚇人。
【嚇唬】使人害怕，威脅: 你別嚇唬他。
⊖hè（賀）威脅，使人害怕: 恐嚇 | 威嚇 | 恫嚇。
粵 同⊖

嚐 | 同「嘗」❶。

十五至十七畫

嚕 | lū（路陰）
粵 lou¹（撈） | 吖 叩冖 喞 喞 噜 嚕
【嚕囌】說話絮煩、累贅。

嚮 | xiàng（像）
粵 hêng³（香³） | 乡 纴 鄉 鄉 嚮 嚮
❶對着。❷從前。
【嚮往】熱愛、羨慕某種事物或境界: 嚮往美好的未來; 嚮往藝術家的生活。
【嚮導】帶路或帶路的人。〔此用法粵音讀hêng²（響）〕。

嚨 | lóng（龍）
粵 lung⁴（龍） | 咅 唷 唷 嚨 嚨 嚨
喉嚨，咽頭和喉頭的統稱。

嚥 | yàn（燕）| 粵 yin³（燕）| 口¹ 口⁴ 唔 唪 唪 嚥

吞下去: 細嚼爛嚥 | 狼吞虎嚥。

【嚥氣】人死時斷氣。

囔 | ㊀ rǎng（讓上）| 粵 yêng⁶（讓）| 吖 喧 嘡 噇 嚐 囔

大聲喊叫, 喧鬧: 大嚷大叫 | 吵嚷。

㊁ rāng（讓陰）| 粵 同㊀ 【嚷嚷】❶吵鬧, 喧嘩: 鬧嚷嚷 | 亂嚷嚷。❷聲張: 別嚷嚷出去。

噦 | xī（西）| 粵 héi¹（希）| 文言字。感歎詞。表示驚歎。

嚶 | yīng（英）| 粵 ying¹（英）| 咀 呬 唄 唄 嚶 嚶

鳥叫的聲音。

嚴 | yán（炎）| 粵 yim⁴（鹽）| 叩 严 屛 屛 嚴 嚴

❶認真, 不放鬆, 跟「寬」相反: 嚴格 | 嚴守紀律 | 校規很嚴。❷緊密: 嚴密 | 嚴實 | 把瓶口封嚴。❸厲害: 嚴寒 | 嚴刑。❹緊急: 事態嚴重。❺對別人稱自己的父親: 家嚴。

【嚴正】嚴肅正當: 嚴正聲明。

【嚴明】嚴肅而公正: 紀律嚴明。

【嚴峻】嚴厲, 沒有寬緩餘地的: 嚴峻的考驗。

【嚴肅】認真, 莊重: 態度嚴肅。

【嚴厲】嚴肅而厲害: 嚴厲措施。

【嚴懲不貸】嚴厲懲罰, 決不寬恕。

◆嚴防　嚴酷　嚴整　嚴緊　嚴辦　嚴陣以待　◆戒嚴　威嚴　莊嚴　森嚴

嚼 | ㊀ jiáo（交陽）| 粵 zêg³（雀）| 吖 嗖 嚼 嚼 嚼 嚼

用牙齒磨碎食物: 嚼東西 | 細嚼。

【嚼舌】搬弄是非或信口亂說。

㊁ jué（決）| 粵 同㊀ | 意義同㊀, 用於書面語複合詞: 咀嚼。

嚳 | kù（庫）| 粵 gug¹（谷）| 傳說中的上古帝王名。

十八畫以上

囁 | niè（聶）| 粵 jib³（接）| 叮 咡 唔 昗 唔 囁

【囁嚅】吞吞吐吐, 想說又不敢說: 口將言而囁嚅。

囀 | zhuàn（賺）| 粵 jun²（轉）| 喧 哺 嘱 嘞 囀 囀

鳥兒宛轉地叫: 鶯啼燕囀。

囂 | xiāo（消）| 粵 hiu¹（梟）| 口 咒 咒 咒 囂 囂

喧嘩: 叫囂、喧囂。

【囂張】放肆, 氣焰逼人: 囂張氣焰。

囊 | náng（囊陽）| 粵 nong⁴（瓤⁴）| 亠 車 臺 橐 橐 囊

❶口袋: 布囊 | 探囊取物。❷像口袋的東西: 膽囊 | 背囊。

【囊括】包羅, 包羅一切。

【囊中物】比喻容易得到的東西。

囈 | yì（藝）| 粵 ngei⁶（藝）| 叮 啮 噐 噐 囈 囈

夢話: 夢囈 | 囈語。

囉 | ㊀ luō（囉）| 粵 lo（蘿¹）| 吖 嗢 嘿 嘿 囉 囉

【囉唆】❶說話絮煩。❷使人感覺厭煩。也作「囉嗦」。

㊁ luó（驢）| 粵 lo⁴（蘿）| ❶囉唣, 吵鬧尋事。❷又見「嘍囉」條。

囌 | sū（蘇）| 粵 sou¹（臊）| 吖 吚 嗞 嘚 囌 囌

見「嚕囌」條。

囑 | zhǔ（主）| 粵 zug¹（竹）| 口 呬 呬 呬 喝 囑

託付: 以事相囑 | 遺囑。

【囑咐】吩咐, 告誡。

囔 | nāng（囊）| 粵 nong⁴（囊）| 【囔囔】小聲說話。又見「嘟囔」條。

口部

二至三畫

囚 | qiú（求）| 粵 ceo⁴（籌）| 丨 冂 囚 囚 囚

❶拘禁, 關押: 囚禁 | 被囚。❷被拘禁、關押在牢獄裏的罪犯: 囚犯 | 死囚。

◆囚牢　囚車　囚徒　囚籠　◆獄囚　罪囚　階下囚

四 | sì（似）| 粵 séi³（死³）| 丨 冂 四 四 四

數目字, 大寫作「肆」。

【四肢】人體的兩上肢和兩下肢。也指動物的四條腿。

【四則】算術加、減、乘、除的總稱。

【四海】古人以爲, 中國四境有東南西北四海環繞, 故稱中國爲海內, 中國以外爲海外。「四海」即指天下全世界: 四海一家。

【四處】各處: 四處逃竄; 四處張望。

【四不像】❶麋鹿之俗稱, 又名駝鹿。❷比喻不倫不類的事物。

【四合院】北京等地的一種平房, 東南西北房四面對合, 中間是院子。

【四分五裂】形容極爲分散, 很不統一。

【四平八穩】形容說話、做事十分穩當。

【四面楚歌】比喻陷入孤立危急的境地。

【四通八達】四面八方都有路可通。形容交通方便。

◆四川　四方　四季　四散　四野　四鄰　四面八方　四捨五入　◆文房四寶　不三不四　丟三落四　低三下四　顛三倒四

因 | yīn（音）| 粵 yen¹（恩）| 丨 冂 冂 内 因 因

❶緣故: 原因 | 前因後果 | 事出有因。❷由於: 因小失大 | 因雨改期。❸沿襲: 因循守舊 | 陳陳相因。❹就着,

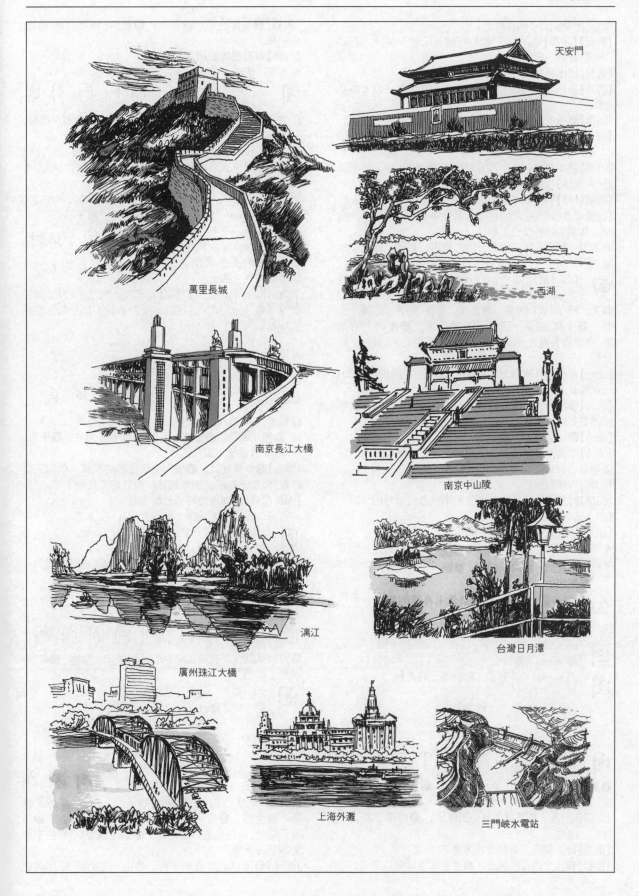

萬里長城

天安門

西湖

南京長江大橋

南京中山陵

漓江

台灣日月潭

廣州珠江大橋

上海外灘

三門峽水電站

順着:因勢利導｜因材施教。

【因此】【因而】連詞。表示結果:他天天參加晨運, 因此(因而)身體一向很好。

【因果】原因和結果。也指二者的關係。

【因為】連詞。表示理由或緣故:因為功課緊, 沒及時給你回信。

【因素】❶構成事物的要素。❷決定事物的原因和條件。

【因數】凡可以除盡某數的各數, 都是某數的因數。如2、3、4、6 是12的因數。也叫「因子」。

【因襲】沿用舊的一套, 沒有創新:因襲陳規。

【因人成事】依賴別人的力量辦成事情。

【因陋就簡】利用原來簡陋的條件去辦事。

【因噎廢食】因為吃飯噎住了, 索性連飯也不吃了。比喻怕做錯事索性甚麼也不幹。

◆因由　因緣　◆內因　外因　成因　病因　起因　陳陳相因

回｜huí（蛔）
　｜粵 wui⁴（蛔）｜丶 冂 冋 冋 回 回

❶還, 歸:回來｜回家。❷答覆, 報復:回答｜回覆｜回擊。❸掉轉:回頭｜回顧｜回過身來。❹量詞, 指次數:我前後去過五回。❺舊小說的一章叫一回:且聽下回分解。

【回合】古代指作戰雙方的一次交鋒, 現在指比賽雙方的一次較量。

【回味】❶吃過東西後的餘味。❷事情過去, 從回憶裏細細體會其中的意味。

【回首】❶回過頭來。❷回想。

【回族】中國少數民族之一。主要分佈在寧夏、甘肅、新疆等省、自治區。

【回教】即伊斯蘭教。

【回憶錄】用文學形式記紀人物生平或歷史事物的作品。

【回心轉意】改變原來的主意、態度。

【回頭是岸】比喻做了壞事只要悔改, 就有出路。

◆回音　回信　回航　回條　回話　回稟　回應　回聲
◆折回　返回　挽回　追回　撤回　不堪回首　妙手回春　起死回生

囟｜xìn（信）
　｜粵 sên³（信）｜嬰兒頭頂骨未合縫的地方, 也叫「囟門」。

⊗跟「囪」不同。

囡｜nān（難陰）
　｜粵 nam⁴（南）｜方言。指女兒, 女孩:小囡｜阿囡。

团｜jiǎn（簡）
　｜粵 zei²（仔）｜方言。對小孩子的通稱。

四畫

困｜kùn（昆去）
　｜粵 kuen³（羣³）｜冂 冂 用 用 困 困

❶艱難, 貧苦:貧困｜窮困｜困苦。❷被包圍, 斷絕出路:困獸猶鬥｜把敵人困住。❸陷入痛苦、窘迫的境地:為病所困｜他被這個難題困住了。❹疲倦想睡, 同「睏」:困倦。

【困惑】被弄糊塗, 不知道該怎麼辦:困惑不解。

【困頓】❶極度的疲倦勞苦。❷生活或處境艱難窘迫。

【困難】❶事情複雜, 阻礙多。❷窮困, 日子不好過:生活困難。

【困擾】被苦惱或麻煩事所纏繞。

◆困守　困窘　困境　◆圍困　內外交困

囤｜㊀dùn（頓）　　｜冂 冂 冋 冋 两 囤
　｜　粵 dên⁶（頓）｜

用竹篾、荊條等編成, 用來存放糧食的器具:米囤｜糧囤。

㊁tún（吞陽）｜存儲東西:囤積｜囤貨。
　粵 tün⁴（團）｜【囤聚】儲存聚集（貨物）。

【囤積居奇】投機商搶購大量商品積存起來, 等待高價賣出去, 以牟取暴利。

囮｜é（俄）
　｜粵 yeo⁴（由）｜捉鳥的人把鳥拴住來招引旁的鳥, 這隻拴着的鳥叫「囮子」。

囱｜cōng（匆）
　｜粵 cung¹（沖）｜丿 冂 冋 勺 勺 囱

爐灶出煙的通道:煙囱。

⊗不要寫成「囪」。

囫｜hú（胡）
　｜粵 fed¹（忽）｜【囫圇】整個地, 完全不缺地:囫圇吞棗（比喻對事物不加分析、籠統接受）。

五至七畫

固｜gù（故）
　｜粵 gu³（故）｜冂 冂 用 固 固 固

❶結實, 牢靠:堅固｜穩固。❷堅硬, 成為一定的形體:固體｜凝固。❸堅持, 極力地:固執｜固守。❹原來, 原本:固有道德｜固所願也。

【固然】❶本來如此。❷表示先承認某個事實, 引起下文轉折:你提出的辦法固然很好, 但目前還實行不了。

【固執己見】頑固地堅持自己的意見。

◆固守　固定　◆鞏固　根深柢固

囷｜qūn（羣陰）
　｜粵 kuen¹（坤）｜古代一種圓形的穀倉。

囹｜líng（玲）
　｜粵 ling⁴（玲）｜【囹圄】古代稱監獄:身陷囹圄。

囿｜yòu（右）
　｜粵 yeo⁶（右）｜❶養動物的園子:鹿囿。❷局限, 被限制:囿於成見。

圃｜pǔ（普）　　｜冂 冋 冋 冊 甫 圃
　｜粵 pou²（普）｜

❶種植菜蔬、花卉或瓜果的園地:花圃｜苗圃。❷場所:學圃｜藝圃。

圄｜yǔ（語）
　｜粵 yu⁵（語）｜見「囹圄」條。

八畫以上

圈｜㊀quān（全陰）　｜冂 冋 罔 眷 圈 圈
　｜　粵 hün¹（喧）｜

❶環形或環形的東西:繞地球走了一圈｜鐵圈｜線圈｜救生圈。❷指一定的範圍:影視圈｜伏擊圈。❸用東西圍住:用柵欄把地圈起來。❹劃圓圈作記號:把重要的詞語圈出來。

【圈子】❶環形或環形的東西。❷指一定的範圍:生活圈

子; 在他們那個小圈子裏。
【圈套】比喻誘人上當的計策: 上了圈套。
　㊀ juàn（倦）　　　養家畜的柵欄: 羊圈｜豬圈。
　　粵 gün⁶（倦）
　㊁ juān（捐）關住: 圈小雞｜圈犯人。
　　粵 同㊀

國｜guó（鍋陽）｜門 同 同 國 國 國
　　粵 guog³（郭）
❶國家: 祖國｜外國｜國內｜國外。❷代表國家的: 國旗｜國歌｜國徽。❸屬於本國的: 國土｜國畫｜國產｜國貨。
【國情】一個國家的特有情況。
【國慶】開國紀念日。
【國際】國與國之間, 與世界各國有關的: 國際公約; 國際法。
【國寶】一個國家具有特殊價值的文物。
【國籍】個人具有的屬於某一國家的身分。
◆國王　國手　國君　國防　國都　國泰民安　國富民強　◆救國　異國　鄰國　富國強兵　禍國殃民　天姿國色　喪權辱國

圇｜lún（侖）　　　見「囫圇」條。
　　粵 lên⁴（侖）

圍｜wéi（維）｜門 門 周 圍 圍 圍
　　粵 wei⁴（維）
❶環繞, 四周圈起來: 圍牆｜圍觀｜團團圍住。❷四周: 周圍｜四圍｜外圍。❸指戰事的包圍陣地: 解圍｜突圍。❹兩臂合抱的長度叫一圍: 三圍粗的大樹。
【圍困】包圍敵人, 使其陷於困境。
【圍剿】包圍起來加以殲滅。
◆圍巾　圍攻　圍裙　圍棋　圍獵　圍爐　◆合圍　重圍　範圍
⊗中下作「牛」, 三筆。

園｜yuán（原）｜門 同 同 園 園 園
　　粵 yun⁴（原）
❶種植花木、蔬果的地方: 菜園｜花園｜果園。❷供人遊覽、參觀的地方: 海洋公園｜動物園。
【園丁】搞園藝的工人。
【園林】種植花草樹林、供人遊玩的風景區。
【園藝】種植花木、蔬果等的技藝。

圓｜yuán（元）｜門 門 同 圓 圓 圓
　　粵 yun⁴（元）
❶從中心到周圍每一點的距離都相等的圖形: 圓圈｜圓錐｜圓柱。❷完備, 周全: 圓滿。❸補足不周全的地方: 圓謊｜自圓其說。❹貨幣的單位, 也作「元」。
【圓滑】善於敷衍討好別人。
【圓潤】聲音宛轉好聽: 嗓子圓潤。

團｜tuán（屯）｜同 同 門 團 團 團
　　粵 tün⁴（屯）
❶圓形的: 團臉｜團扇。❷球形的: 線團｜飯團兒｜菜團子。❸會聚: 團圓｜團聚。❹由許多人組合而成的集體或組織: 旅行團｜訪問團｜團體｜主席團。❺軍隊的編制, 比營高一級。❻量詞: 一團毛線。
【團拜】團聚一起, 互相祝賀。
【團結】❶團聚結合。❷和睦、友好: 團結合作。

◆集團　疑團　劇團　一團糟　一團和氣

圖｜tú（途）｜門 四 同 同 圖 圖
　　粵 tou⁴（桃）
❶畫出來的形象: 圖畫｜圖案｜插圖。❷打算, 計謀: 企圖｜鴻圖。❸謀求, 希望得到: 圖謀｜圖名圖利｜發憤圖強｜唯利是圖。
【圖書】書籍、雜誌、畫冊、圖片的總稱: 圖書庫; 圖書館。
【圖解】利用圖形來解釋或演算。
【圖窮匕首見】比喻最後露出本意或真相。也作「圖窮匕見」。「見」讀如「現」。
◆圖紙　圖像　◆力圖　妄圖　版圖　掛圖　貪圖　試圖　意圖　藍圖　繪圖

圜｜huán（環）　　　圍繞。
　　粵 wan⁴（環）

土部

土｜tǔ（吐上）｜一 十 土
　　粵 tou²（討）
❶地面泥沙的混合物: 泥土｜土壤。❷土地地域: 國土｜領土｜寸土必爭。❸本地的: 土產｜土話｜土生土長。❹樸實的, 不合時宜的: 土氣｜土頭土腦。❺出自民間的: 土布｜土法。
【土星】太陽系九大行星之一, 按接近太陽的順序算是第六顆。
【土匪】舊時地方上搶劫民眾財物、破壞社會秩序的武裝匪徒。
【土族】中國少數民族之一, 主要分佈在青海省。
【土豪】舊時勾結官府或土匪、依靠或操縱地方政權的豪強富族。
【土家族】中國少數民族之一, 主要分佈在湖南省和湖北省。
【土崩瓦解】比喻徹底崩潰。
◆土方　土坑　土堆　土質　土木工程　◆水土　本土　鄉土　出土文物　風土人情

三畫

圩｜wéi（唯）｜❶低窪地區護田的堤。❷有圩圍
　　粵 wei⁴（唯）｜住的田地: 圩田｜鹽圩。

圬｜wū（污）｜一 十 土 圤 圬 圬
　　粵 wu¹（污）
❶泥瓦工塗牆用的抹子。❷塗刷牆壁。

圭｜guī（歸）｜一 十 土 圭 圭 圭
　　粵 guei¹（歸）
上尖下方的玉器, 古代遇有大典時, 帝王諸侯用兩手在胸前舉着。
【圭表】古人測日影的儀器。
【圭臬】指圭表。比喻準則或法度: 奉為圭臬。

在｜zài（再）｜一 ナ オ 右 在 在
　　粵 zoi⁶（再）
❶存在, 活着: 在職｜在世｜父母健在｜他老人家不在

了。❷表示正在進行: 時代在前進│他在踢球呢。❸表示動作的時間、地點、情形、範圍等: 在早晨鍛煉│在校讀書│在這種條件下│在全港推行。❹在於, 決定於: 貴在有恆│事在人為。
【在乎】❶在於, 決定於。❷在意, 介意: 滿不在乎。
【在在】各處, 處處: 在在都是。
【在行】對某一方面很熟悉, 有經驗: 他對電腦很在行。
【在望】❶從遠處就可以望見: 隱隱在望。❷比喻盼望的好事即將到來: 勝利在望。
【在野】指不擔任官職, 不當政的。
【在所不惜】決不吝惜。
【在所不辭】決不推辭。
◆在下　在先　在即　在座　在理　在場　在所難免
◆內在　外在　自在　好在　所在　實在　潛在

圳 | zhèn (振) 粵 zen³ (振) | 一 十 土 圹 圳 圳
❶方言。田邊水溝。❷用於地名: 深圳│圳口。

圮 | pǐ (匹) 粵 péi² (鄙) | 塌壞, 倒塌: 傾圮。

圯 | yí (疑) 粵 yi⁴ (而) | 一 十 土 圹 圯 圯
橋。
⊗跟「圮」不同。

地 | ㊀ dì (第) 粵 déi⁶ (多希⁶) | 一 十 土 圹 圹 地
❶地球, 太陽系九大行星之一: 地心│地層。❷土地, 田: 地大物博│下地幹活。❸區域, 地區: 華南各地│地方色彩。❹所處的位置或環境: 地步│境地│設身處地。❺意志或智力所及的: 心地│見地。
【地下】❶地面上: 書掉在地下了。❷地面下: 地下室│地下倉庫。❸秘密的, 不公開的: 地下活動。
【地方】❶區域: 飛機在甚麼地方飛? ❷部分: 這篇文章有的地方寫得不明確。❸指省、市、縣, 與「中央」相對而言: 地方官│地方服從中央。
【地道】❶地下挖成的隧道。❷真正的, 純粹的: 他的普通話說得真地道。
【地震】由地球內部的變動引起的地殼的震動。
◆地址　地位　地理　地窖　地圖　地獄　地平線　地頭蛇　地心吸力　◆基地　就地　場地　勝地　聖地
㊁ de (德輕) 粵 同㊀ | 作副詞詞尾: 慢慢地走│高高地飛│迅速地奔跑。

四畫

坊 | ㊀ fāng (方) 粵 fong¹ (方) | 十 土 圹 圹 坊 坊
❶從前城市的里巷或市街名。❷古時為表揚功德或作紀念用的建築物: 忠孝牌坊│節義牌坊。
【坊間】街市, 市肆。
㊁ fáng (房) 粵 同㊀ | 某些小手工業的工作場所: 作坊│磨坊│酒坊│油坊│粉坊。

坑 | kēng (鏗) 粵 hang¹ (夯) | 十 土 圹 圹 圻 坑
❶地面下陷的部分: 水坑│泥坑。❷設法使人受損害: 坑

害│坑人。❸把人活埋: 坑殺│焚書坑儒。

址 | zhǐ (止) 粵 ji² (止) | 十 土 圵 圵 址 址
地點, 地基: 地址│廠址│基址。

坏 | pī (批) 粵 pui¹ (胚) | 十 土 圹 圷 坏 坏
❶沒有燒過的磚瓦、陶器: 磚坏│瓦坏│坏子。❷待加工的半成品: 毛坏│夠坏兒。
⊗俗字「坯」。

坐 | zuò (座) 粵 zo⁶ (座) | 丿 人 从 丛 华 坐
❶把臀部依附在物體上, 以支持其軀體的動作: 坐在椅子上│坐下歇歇。❷搭乘: 坐車│坐船│坐飛機。❸基址所在: 坐北向南。
【坐視】坐在旁邊觀看。指對該管的事漠不關心。
【坐探】混進內部刺探情報的間諜。
【坐鎮】親自在某地鎮守、監督。
【坐井觀天】比喻目光狹小, 所見有限。
【坐立不安】形容心情煩燥、焦急的樣子。
【坐以待斃】比喻處在危急情況下不積極想辦法解救。
【坐享其成】自己不出力, 享受別人的勞動成果。
【坐山觀虎鬥】比喻在一旁看別人互相爭鬥, 等待兩敗俱傷, 從中取利。
◆坐牢　坐誤　坐墊　坐騎　坐立不安　坐失良機　坐吃山空　◆就坐　端坐　危坐　靜坐　席地而坐

坎 | kǎn (砍) 粵 hem² (砍) | 十 土 圵 圵 圮 坎
❶坑穴, 凹陷的地方。❷同「檻」: 門坎。
【坎肩】沒有袖子而有鈕扣的短褂。
【坎坷】❶道路高低不平。❷比喻不得志: 半生坎坷。

圾 | jī (機) 粵 sab³ (霎) | 十 土 圵 圹 圾 圾
見「垃圾」條。

均 | jūn (軍) 粵 guen¹ (軍) | 十 土 圹 圴 均 均
❶平, 勻: 平均│均勻│均衡│平均數│勢均力敵。❷全, 都: 老小均安│各項工作均已佈置就緒。

坍 | tān (貪) 粵 tan¹ (攤) | 十 土 圹 圻 坍 坍
倒塌: 坍方│坍塌│房子震坍了。
【坍台】比喻恥辱、丟臉: 不能在人前坍台。

五畫

坨 | tuó (駝) 粵 to⁴ (佗) | ❶成塊成堆的: 泥坨子。❷圓形的塊狀物: 秤坨。❸露天鹽堆。

垃 | lā (啦) 粵 lab⁶ (臘) | 十 土 圵 圹 圹 垃
【垃圾】塵土跟廢棄的髒東西的合稱。

坪 | píng (平) 粵 ping⁴ (平) | 十 土 圵 圹 坮 坪
平坦的場地: 草坪。

坩 | gān (甘) 粵 hem¹ (堪) | 十 圵 圵 坩 坩 坩

土器。

【坩堝】陶土或白金製成用來熔化金屬或其他物質的器皿。

坷 ｜kě（可）　　　｜十 土 圹 圹 坷 坷
　　｜粵 ho²（可）

見「坎坷」條。

坦 ｜tǎn（毯）　　　｜土 圠 圢 坦 坦 坦
　　｜粵 tan²（嘆²）

❶寬而平: 平坦｜坦途。❷開朗、直率: 舒坦｜坦率。

【坦白】❶直爽，沒有隱私: 他是個坦白的人。❷如實地說出（錯誤或罪行）。

【坦克】履帶式裝甲戰車。

坦克

坤 ｜kūn（昆）　　　｜土 圠 圢 坤 坤 坤
　　｜粵 kuen¹（昆）

❶八卦之一，代表「地」: 乾坤。❷指女性的: 坤鞋｜坤錶｜坤車。

坼 ｜chè（撤）　　　｜土 圠 圢 圻 坼 坼
　　｜粵 cag³（冊）

分開，裂開: 天崩地坼。

坻 ｜dī（底）　　　｜堾坻: 縣名，在天津市。
　　｜粵 dei²（底）

坡 ｜pō（潑）　　　｜土 圠 圢 坥 坡 坡
　　｜粵 bo¹（玻）

地形傾斜的地方: 山坡｜高坡｜上坡｜下坡。

【坡度】斜面與地平面所成的角度。

坳 ｜ào（奧）　　　｜低窪的平地: 山坳｜土坳。
　　｜粵 ao³（拗）

六畫

垞 ｜chá（茶）　　　｜小土堆。
　　｜粵 ca⁴（茶）

垓 ｜gāi（該）　　　｜❶古代數目。「億」叫「垓」。
　　｜粵 goi¹（該）　　❷界限。

型 ｜xíng（形）　　　｜二 开 刑 型 型 型
　　｜粵 ying⁴（形）

❶鑄造器物用的土模。❷樣式: 新型材料｜小型汽車。❸法式: 典型。

垚 ｜yáo（堯）　　　｜土堆高出來的樣子。
　　｜粵 yiu⁴（堯）

垣 ｜yuán（元）　　　｜土 圠 坧 垣 垣 垣
　　｜粵 wun⁴（桓）

牆，矮牆: 城垣｜斷瓦頹垣。

垮 ｜kuǎ（誇上）　　　｜土 圠 圤 垮 垮 垮
　　｜粵 kua¹（誇）

❶倒塌，崩潰: 房子震垮了｜堤壩沖垮了｜把敵人打垮了。❷壞: 事情給搞垮了｜別把身體累垮了。

【垮台】比喻瓦解或潰散。

城 ｜chéng（成）　　　｜土 圹 坊 城 城 城
　　｜粵 xing⁴（成）

❶都市: 城市｜京城。❷舊時防禦用的高大而厚實的建築物: 城牆｜萬里長城。

【城府】比喻待人處事的心機: 城府很深。

【城樓】建築在城門上頭的樓: 天安門城樓。

【城門失火，殃及池魚】比喻無故受到連累。

◆城池　城邑　城郭　城堡　城鎮　城關　◆山城　古城　江城　邊城

垤 ｜dié（碟）　　　｜小土堆: 丘垤｜蟻垤。
　　｜粵 did⁶（秩）

垡 ｜fá（乏）　　　｜把土翻起來。
　　｜粵 fed⁶（乏）

垂 ｜chuí（錘）　　　｜千 千 千 乖 垂 垂
　　｜粵 sêu⁴（誰）

❶掛下，低下來: 下垂｜低垂｜垂柳｜垂釣。❷流傳下去: 永垂不朽｜名垂千古。❸敬詞: 垂念｜垂詢。❹接近，快要: 垂死｜垂危｜功敗垂成。

【垂青】特別看重。

【垂直】兩條直線、兩個平面或一條直線與一個平面相交，如果交角成直角，叫做相互垂直。

【垂涎】比喻對某種事物很羨慕，很想得到: 垂涎三尺; 垂涎欲滴; 垂涎已久。

【垂手可得】形容不費力氣就容易得到。

【垂頭喪氣】形容失意時委靡不振的樣子。

垢 ｜gòu（夠）　　　｜土 圠 圬 圻 垢 垢
　　｜粵 geo³（救）

❶污穢，髒物: 油垢｜牙垢｜蓬頭垢面｜藏垢納污。❷恥辱: 含垢忍辱。

垛 ｜⊖duǒ（躲）　　　｜牆向上或向外突出的部分: 城垛
　　｜粵 do²（躲）　　｜門垛。
　　｜⊜duò（惰）　　｜❶成堆的東西: 草垛｜麥垛。❷堆
　　｜粵 同⊖　　　｜壘: 垛草｜垛麥子。

垠 ｜yín（銀）　　　｜土 圠 圬 圯 垠 垠
　　｜粵 ngen⁴（銀）

❶山邊，河岸。❷界限: 一望無垠。

七畫

埔 ｜⊖pǔ（普）　　　｜土 圠 圢 圳 埔 埔
　　｜粵 pou²（普）

❶用於國名: 柬埔寨（亞洲國家）。❷地名: 黃埔，在廣東省。[黃埔的「埔」粵音 bou³（布）]。

　　｜⊜bù（步）　　　｜大埔，縣名，在廣東省。
　　｜粵 bou³（布）

埂 ｜gěng（梗）　　　｜❶田間分界的小路: 田埂｜地埂。
　　｜粵 geng²（梗）　　❷土堤: 堤埂。

埋 ｜⊖mái（買陽）　　　｜土 圠 圢 坦 坤 埋
　　｜粵 mai⁴（買⁴）

❶藏在土裏: 掩埋｜埋藏｜埋地雷。❷隱藏: 隱姓埋名。

【埋伏】隱蔽佈置兵力，伺機殲滅敵人。

【埋沒】使人才、功績、作用等顯露不出來。

【埋葬】死人下葬。

【埋頭】專心努力: 埋頭讀書; 埋頭苦幹。

○mán（蠻）【埋怨】因事情不如意而責怪別人。
粵 同○

埕 chéng（呈）
粵 qing⁴（呈）
❶酒甕:一埕酒。❷閩粵一帶稱在海邊用人工飼養蟶類的田地:蟶埕。

埒 liè（劣）
粵 lüd³（劣）
❶矮牆。❷同等:相埒。

埃 āi（挨）
粵 ai¹（挨）
土 圠 圠 埃 埃 埃
灰塵:塵埃。
【埃及】非洲國家。

八畫

培 péi（陪）
粵 pui⁴（陪）
土 圠 坮 垃 培 培
❶往植物、堤岸等的根基上加土:培土。❷採取措施使生物更好地成長:栽培｜培育。
【培訓】培養和訓練:培訓駕駛員。
【培植】❶栽培管理:培植新品種。❷培養:培植人才。
【培養】❶養育,繁殖。❷教育,訓練。

埻 zhǔn（準）
粵 zên²（准）
箭靶上的中心。

執 zhí（值）
粵 zeb¹（汁）
土 圭 幸 幸丸 執 執
❶拿着:執筆｜手執長矛。❷掌管,掌握:執政｜執掌大權。❸實行:執行｜執法｜執勤。❹堅持:執意｜固執。❺憑證:回執｜執照。❻捉住:戰敗被執。
【執拗】固執倔強,不聽別人的意見:脾氣執拗。
【執法如山】嚴格執行法律條文,絲毫不予通融。
【執迷不悟】堅持錯誤而不覺悟。

堵 dǔ（賭）
粵 dou²（賭）
土 圠 圠 坊 堵 堵
❶阻塞,擋住:堵塞｜堵住門口｜堵老鼠洞。❷憋悶,不暢快:心裏堵得慌。❸量詞:一堵牆。

堊 è（惡）
粵 og³（惡）
❶白色的土。❷用白粉塗飾。

基 jī（機）
粵 géi¹（機）
一 廿 甘 其 其 基
❶建築物的底址:地基｜牆基。❷最底層的,根本的:基層｜基數。❸依據,根據:基準｜基於上述理由。
【基本】❶根本的,主要的:基本建設;基本功。❷大體上:基本達到要求。
【基金】機關團體爲某種目的集聚的款項:福利基金。
【基礎】❶建築物的地腳。❷事物的根基,根本:基礎理論;基礎知識。
◆基石 基地 基調 基點 ◆根基 奠基 路基

埴 zhí（直）
粵 jig⁶（直）
黏土。

域 yù（喻）
粵 wig⁶（華益⁶）
土 圠 垣 域 域 域
疆界,地盤:領域｜疆域｜區域。

堅 jiān（肩）
粵 gin¹（肩）
丆 圼 臣 臤 臤 堅
❶硬,結實,牢固:堅硬｜堅固｜堅冰。❷不鬆懈動搖:堅定｜堅決｜堅強。
【堅韌】堅固而有韌性,不容易折斷。
【堅毅】堅定而有毅力。
【堅不可摧】非常堅固,難以摧毀。
【堅如磐石】比喻非常牢固,不可動搖。
【堅忍不拔】意志堅定,毫不動搖。
【堅苦卓絕】堅忍刻苦的精神超乎尋常。也作「艱苦卓絕」。
【堅貞不屈】堅定有氣節,不向惡勢力屈服。
◆堅守 堅信 堅持不懈 ◆中堅 攻堅 無堅不摧

堂 táng（唐）
粵 tong⁴（唐）
丶 丷 严 岩 堂 堂
❶可以容納許多人的寬敞的屋子:課堂｜會堂｜禮堂。❷正房:堂屋｜廳堂。❸舊官府審案的地方:公堂｜過堂。❹同祖父的親屬:堂兄｜堂姊。❺尊稱對方的母親:令堂。❻量詞:一堂課。
【堂皇】氣勢盛大:富麗堂皇;冠冕堂皇。
【堂堂】❶形容容貌端莊:相貌堂堂。❷形容有志氣,有氣魄:堂堂男子漢;堂堂陣容。
◆天堂 客堂 草堂 講堂

場 yì（易）
粵 yig⁶（亦）
❶田界。❷邊境:疆場。

堆 duī（對陰）
粵 dêu¹（對¹）
土 圠 圠 坮 堆 堆
❶聚積起來的物質:土堆｜草堆｜柴堆。❷累積,聚集:堆積｜堆疊｜堆雪人。❸量詞:一堆草。
【堆砌】❶堆疊。❷比喻詩文中使用大量不必要的詞藻、典故或材料。

埤 pí（皮）
粵 péi⁴（皮）
增加:埤益。

埠 ○bù（步）
粵 bou⁶（步）
土 圠 圠 坮 埠 埠
停船的碼頭:埠頭｜船埠。
○同○
粵 feo⁶（浮⁵）
通商口岸:本埠｜外埠｜商埠。

埝 niàn（念）
粵 nim⁶（念）
用土築成的小堤或副堤。

堋 péng（朋）
粵 peng⁴（朋）
❶一種分水堤。❷作射靶的矮牆。

埭 dài（代）
粵 dei⁶（弟）
擋水的土壩。

九畫

報 bào（抱）
粵 bou³（布）
土 圭 幸 幸丸 幸報 報
❶傳達,告知:報告｜報到｜報信。❷音訊,消息:捷報｜喜報｜電報。❸定期出版的印刷品:報刊｜日報｜晚報。❹酬答:報答｜報恩｜報以熱烈的掌聲。
【報仇】採取行動打擊跟自己有仇恨的人。
【報復】用敵對的態度回擊對方。
【報導】也寫爲「報道」。❶通過大眾傳播工具把新聞告訴民眾。❷公開發表的新聞稿。
【報應】佛家語,指善有善報,惡有惡報。

◆報效　報捷　報喜　報酬　報廢　報銷　報曉　報償
報警　報仇雪恨　◆以德報怨　通風報信

堯 yáo（搖）粵 yiu⁴（搖）
傳說中上古帝王名。

堪 kān（勘）粵 hem¹（勘¹）
❶可以，能夠，足以：堪稱佳作｜堪以告慰｜堪當重任。
❷忍受：難堪｜狼狽不堪｜不堪一擊。

堞 dié（蝶）粵 dib⁶（蝶）
城上如齒狀的矮牆。

堰 yàn（雁）粵 yin²（言²）
較低的擋水堤壩：都江堰。

堙 yīn（因）粵 yen¹（因）
❶土山。❷堵塞。

堤 dī（低）粵 tei⁴（提）
用土、石等材料修築的擋水的高岸：堤岸｜河堤｜堤壩。

場 ㊀ cháng（常）粵 cêng⁴（詳）
❶平整的空地，多半用來收打莊稼：場院｜打場。❷集市：趕場。❸量詞：一場雨｜一場戲。
㊁ chǎng（廠）粵 同㊀
❶可供許多人聚會和活動的地方：廣場｜會場｜商場。❷舞台：上場｜下場。
【場合】指特定的時間、地點、情況：公開場合。
【場所】活動的地方、處所：公共場所。
【場面】一定場合下的情景：熱鬧場面。
【場地】空地，多指體育活動或施工的地方。
【場景】指戲劇、電影中的場面。
◆場址　◆市場　刑場　考場　收場　現場　捧場　開場　當場　劇場　操場　戰場

塌 guō（鍋）粵 wo¹（窩）
見「堝塌」條。

埵 duǒ（躲）粵 do²（躲）
堅硬的土。

堡 ㊀ bǎo（保）粵 bou²（保）
❶軍事上為防禦而設的建築物：碉堡｜地堡｜橋頭堡。
❷莊園式的建築羣：古堡。
【堡壘】防守用的工事。
㊁ bǔ（補）有圍牆的村鎮：馬家堡。
粵 同㊀
㊂ pù（瀑）地名用字：十里堡｜柳堡。
粵 同㊀

堡壘

堠 hòu（後）粵 heo⁶（後）
瞭望敵情的土堡。

十畫

塗 tú（途）粵 tou⁴（途）
❶往物體表面抹上一層覆蓋物：塗抹｜塗顏料｜塗藥水。
❷把不必要的字句抹掉：塗改。❸亂寫或亂畫：亂塗一氣。
【塗地】像泥土散在地上：一敗塗地；肝腦塗地。
【塗炭】比喻處境非常困苦：生靈塗炭。
【塗脂抹粉】比喻為掩蓋醜行、罪惡而進行粉飾。

塞 ㊀ sāi（腮）粵 seg¹（梳握¹）
❶堵，填滿空隙：堵塞｜塞住｜塞漏洞。❷用來堵住口子的東西：瓶塞子｜軟木塞兒。
㊁ sè（色）意義同㊀❶，用於若干書面詞語，如「閉
粵 同㊀ 塞」、「充塞」、「阻塞」、「搪塞」等。
㊂ sài（賽）邊界上險要的地方：邊塞｜要
粵 coi³（菜）塞｜塞外。
【塞翁失馬，安知非福】比喻暫時受損失，也許反而會帶來好處。

塘 táng（唐）粵 tong⁴（唐）
❶堤岸：河塘｜海塘。❷水池：池塘｜魚塘｜荷塘。

塑 sù（訴）粵 sou³（掃）
用泥土或石膏等做成人物的形象：塑造｜塑像｜雕塑。
【塑膠】泛指高分子有機化合物製造而成的固體原料及其製品。

塋 yíng（營）粵 ying⁴（形）
墳墓，葬地：墳塋｜塋地。

塚 zhǒng（腫）粵 cung²（寵）
同「冢」。

填 tián（田）粵 tin⁴（田）
❶把凹陷補滿，把空缺補足：填坑｜填溝｜填補空額。
❷在空白表格上按照項目寫：填寫｜填表｜填申請書。
【填充】測驗方式之一。題目故意留出位置，讓應考人去填補空白。

塔 tǎ（他上）粵 tab³（榻）
❶佛教特有的一種尖頂的分層建築物：尖塔｜寶塔。
❷塔形的建築物：水塔｜燈塔｜紀念塔。

寶蓮寺舍利塔

塌 tā（他）粵 tab³（塔）
❶倒下，下陷：坍塌｜倒塌。❷凹下：塌鼻梁｜人瘦了兩腮都塌下去。

塢 ㊀ wù（物）| 粵 wu²（滸）| 土 圹 圬 坞 塢 塢
❶小城堡。❷四周高而中央低的山地。
㊁同㊀ | 粵 ou²（奧²）| 修理船隻的長方形平底的大池子: 船塢。

塊 kuài（快）| 粵 fai³（快）| 圹 坍 垧 塊 塊 塊
❶結聚成團或成固體的東西: 土塊 | 冰塊。❷量詞: 一塊布 | 一塊地 | 一塊錢 | 一塊肥皂。

十一畫

境 jìng（鏡）| 粵 ging²（景）| 土 圹 圻 垃 培 境
❶邊界: 邊境 | 國境 | 入境。❷地方，處所: 漸入佳境 | 如入無人之境。❸遭遇到的情況: 境況 | 處境。
【境地】遭遇到的情況，地步。
【境界】❶邊界。❷事物達到的程度或表現的情況: 忘我境界; 精神境界。
【境遇】境況和遭遇。
◆心境　家境　逆境　順境　絕境　意境　夢境　環境　身臨其境　學無止境

塾 shú（熟）| 粵 sug⁶（屬）| 亨 享 享 孰 孰 塾
❶大門側面的廳堂。❷舊時私人設立的教書的地方: 私塾 | 家塾。

墉 yōng（庸）| 粵 yung⁴（容）| ❶城牆。❷高牆。

塵 chén（陳）| 粵 cen⁴（陳）| 一 广 户 库 鹿 塵
❶飛散的或浮面的灰土: 塵土 | 灰塵 | 塵埃。❷佛家、道家所指的現實的世界: 塵世 | 凡塵。❸蹤跡: 步其後塵。

墊 diàn（店）| 粵 din³（電³）| 查 幸 圉 執 執 墊
❶襯在下面加高或加厚: 墊高 | 墊平。❷鋪在上面: 墊桌子 | 墊褥褥。❸襯托的東西: 椅墊子 | 鞋墊兒 | 草墊子。❹暫時代付款項: 墊錢 | 墊款。

塹 qiàn（欠）| 粵 qim³（簽³）| 亘 車 斬 斬 斬 塹
❶做防禦用的或阻隔交通的壕溝: 塹壕 | 長江天塹。❷比喻挫折: 吃一塹，長一智。

墓 mù（目）| 粵 mou⁶（務）| 丶 艹 苗 苩 莫 墓
埋葬死人的地方: 墓地 | 墳墓 | 陵墓。

墅 shù（術）| 粵 sêu⁵（緒）| 日 甲 里 野 野 墅
在清靜的地方所建的供短期休息遊玩的房舍: 別墅。

墁 màn（慢）| 粵 man⁶（慢）| 用磚或石塊鋪地面: 花磚墁地。

十二至十四畫

墩 dūn（敦）| 粵 dên¹（敦）| ❶土堆: 土墩。❷厚而粗的石頭、木頭等: 石墩 | 木墩 | 橋墩。

墡 shàn（善）| 粵 xin⁶（善）| 白土。

增 zēng（憎）| 粵 zeng¹（憎）| 土 圹 圹 圬 圹 增
添，加多，跟「減」相反: 增加 | 增產。
【增光】增添光彩: 為國增光。
【增長】增加，提高: 增長才幹; 產值比去年有所增長。
【增添】加多: 增添設備; 增添麻煩。
【增援】增加人力、物力來支援。
【增進】增加並促進: 增進友誼。
◆增大　增高　增強　增廣見聞　◆倍增　遞增　劇增　與日俱增

墳 fén（焚）| 粵 fen⁴（焚）| 土 圹 圹 坆 墳 墳
埋葬死人後在上面堆起的土堆: 墳墓。
⊗右上作「中」，五筆。

墟 xū（虛）| 粵 hêu¹（虛）| 圹 圹 圹 墟 墟 墟
❶已經廢棄的村、城: 廢墟。❷南方所稱集市: 墟市 | 墟鎮 | 趕墟。

墜 zhuì（贅）| 粵 zêu⁶（罪）| 阝 阼 阼 陊 隊 墜
❶落，掉下: 墜落 | 墜馬 | 墜毀。❷往下垂着的裝飾品: 耳墜 | 扇墜子。

墮 duò（惰）| 粵 do⁶（惰）| 阝 阼 阼 陏 隋 墮
落、掉下: 墮地 | 墮馬 | 墮海。
【墮落】思想行為朝壞的方向發展: 腐化墮落。

墀 chí（池）| 粵 qi⁴（池）| 圹 圹 圹 圹 堀 墀
階上的平地。又指台階。

壅 yōng（雍）| 粵 yung¹（雍）| 亠 雍 雍 雍 壅 壅
❶堵塞: 壅塞。❷把土或肥料培在植物的根部: 壅土 | 壅肥。

壇 tán（檀）| 粵 tan⁴（坦⁴）| 圹 圹 坍 坛 壇 壇
❶古代舉行祭祀、講學、盟會、誓師等用的土石台: 天壇 | 道壇 | 講壇。❷用土堆成的平台: 花壇。❸指文藝界、體育界或輿論陣地: 文壇 | 影壇 | 論壇。

天壇

墼 jī（基）| 粵 gig¹（擊）| ❶未燒成的磚坯: 土墼。❷用炭渣做成的塊狀燃料: 炭墼。

墾 kěn（肯）| 粵 hen²（狠）| 夕 豸 豸 豤 貇 墾

❶耕種時翻起泥土: 墾地。❷開闢荒地: 開墾│墾荒│墾殖。

壁 bì（碧）
粵 big¹（碧）
｜丶 尸 居 辟 辟 壁

❶牆: 四壁│壁畫。❷陡峭的山崖: 絕壁│懸崖峭壁。
【壁虎】腳趾上有吸盤, 能在牆壁上爬行的動物, 以蚊、蠅、蛾等為食。
【壁壘】古時軍隊駐守的營壘: 壁壘森嚴。
【壁上觀】人家交戰, 自己站在營壘上觀看。比喻坐觀成敗, 不動手幫助。

壕 háo（毫）
粵 hou⁴（豪）
｜土 坮 埣 垮 壕 壕

❶溝: 壕溝│戰壕│防空壕。❷靠近城牆的護城河: 城壕。

壓 yā（押）
粵 ad³（押）
｜一 厂 厈 厭 厭 壓

❶從上面往下加力: 壓住│壓平。❷把事情擱置起來: 積壓資金│把公文都壓在手底。❸憑着威權禁阻或驅策別人: 鎮壓│壓迫。❹平抑: 壓驚。❺逼近: 大軍壓境。
【壓抑】壓制, 抑止: 壓抑不住心中怒火。
【壓榨】❶榨取液汁。❷比喻殘酷地剝削或搜刮。
【壓縮】盡量縮減: 壓縮開支。

壑 hè（賀）
粵 kog³（確）
｜丶 宀 宏 容 叡 壑

山溝, 坑谷: 溝壑│千山萬壑。

十五畫以上

壙 kuàng（曠）
粵 kong³（擴）
｜圹 圹 圹 塿 壙 壙

❶墓穴。❷原野。

壘 lěi（磊）
粵 lêu⁵（呂）
｜田 田 畾 畾 畾 壘

❶軍營的圍牆: 營壘│壁壘│深溝高壘。❷堆砌塊狀物: 壘一堵牆│把書壘起來。
【壘球】一種球類運動。

壟 lǒng（攏）
粵 lung⁵（攏）
｜育 育 育 龍 龍 壟

❶田地分界的埂子。❷農作物的行或行與行之間的空地: 壟溝│麥壟。❸像壟的東西: 瓦壟。
【壟斷】把持權柄, 操縱市場, 獨佔利益。

壞 huài（懷去）
粵 wai⁶（懷⁶）
｜坏 坏 坤 塜 壞 壞

❶惡劣, 不好, 跟「好」相反: 壞人│壞習慣│壞主意。❷毀損, 腐爛: 損壞│毀壞│水果壞了。❸表示程度深: 氣壞了│累壞了│餓壞了。
◆壞死　壞處　壞蛋　壞東西　◆破壞　敗壞

壚 lú（盧）
粵 lou⁴（盧）
❶黑色堅硬的土。❷舊時酒店放置酒甕的土台子。

壜 tán（壇）
粵 tam⁴（痰）
一種口小肚大的盛酒陶器。

壤 rǎng（嚷）
粵 yêng⁶（讓）
｜垆 垆 壇 壇 壤 壤

❶鬆軟不成塊狀的土: 土壤。❷大地: 天壤之別。❸地區: 接壤│窮鄉僻壤。

壩 bà（霸）
粵 ba³（霸）
｜圹 圩 堽 壩 壩 壩

擋水的堤堰: 水壩│大壩│攔河壩。

士部

士 shì（是）
粵 xi⁶（是）
｜一 十 士

❶軍人: 士卒│士兵│戰士。❷軍職的階級, 在尉以下: 上士│中士。❸對人的美稱: 志士│鬥士│女士│各界人士。❹某些學銜、職位或工作名稱: 學士│碩士│護士。❺舊時指讀書人: 學士│士農工商。❻舊時官職次於卿的一個階層。
【士氣】軍隊的戰鬥意志: 士氣旺盛。
【士大夫】封建時代泛指官僚階層。
◆壯士　勇士　烈士　將士　博士　醫士

壬 rén（仁）
粵 yem⁴（吟）
｜一 二 千 壬

天干的第九位, 用作順序的第九。參見「干支」條。

壯 zhuàng（狀）
粵 zong³（葬）
｜丬 丬 丬 丬 壯 壯

❶强健有力: 强壯│健壯│年輕力壯。❷雄偉, 有氣魄: 雄壯│壯舉│氣壯山河。❸增加勇氣或力量: 壯膽│壯聲勢。
【壯志】偉大的志向: 壯志凌雲。
【壯烈】勇敢而有氣節: 壯烈犧牲。
【壯麗】雄壯而美麗。
【壯觀】雄偉的景象, 也形容景象雄偉。
◆壯丁　壯大　壯年　壯實　壯闊　◆少壯　肥壯　粗壯　悲壯　精壯　雄心壯志　兵强馬壯　身强力壯　理直氣壯

壹 yī（一）
粵 yed¹（一）
｜士 吉 青 壴 壹

「一」字的大寫。

壺 hú（胡）
粵 wu⁴（胡）
｜士 吉 声 壶 壺 壺

一種有把有嘴的盛液體的器具: 茶壺│酒壺。
⊗下面不要寫成「亞」。

壻 同「婿」。

壽 shòu（受）
粵 seo⁶（受）
｜士 圭 圭 嘉 壽 壽

❶歲數, 歲數大: 長壽│高壽│人壽年豐。❷生日: 壽辰│祝壽。❸稱喪葬用的東西: 壽衣│壽材。
【壽命】❶年歲, 生命。❷比喻物品使用的期限: 延長機器的壽命。
【壽星】稱長壽的人或被祝壽的人。

夊部

夏 | xià（下）| 粵 ha^{6}（下）
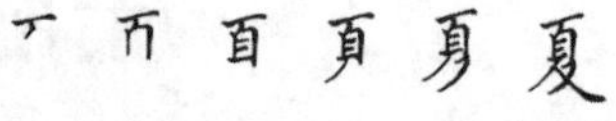
❶一年四季中的第二季。❷朝代名(公元前2205—1786年)。❸中國的古稱: 華夏。
【夏曆】中國的農曆, 又叫「陰曆」或「舊曆」。
【夏令營】夏季爲青少年舉辦的娛樂、度假營地。

夔 | kuí（魁）| 粵 kuei^{4}（葵）| 古代傳說中的一種像龍的獨腳怪獸。

夕部

夕 | xī（西）| 粵 jig^{6}（直）
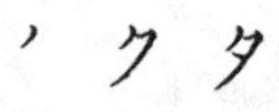
❶傍晚, 天快黑的時候, 跟「朝」相對: 夕陽｜夕照｜朝夕。❷晚上, 夜晚: 前夕｜除夕｜一夕長談。
⊗「、」在「ク」內。

外 | wài（歪去）| 粵 ngoi^{6}（礙）
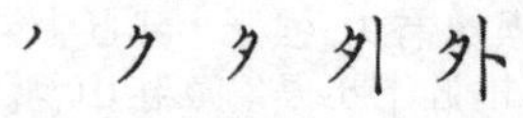
❶跟「內」、「裏」相對: 門外｜外表｜國外。❷指本處以外的: 外省｜外國｜外埠。❸特指外國: 外語｜對外貿易｜古今中外。❹稱母親、姊妹或女兒方面的親屬: 外婆｜外孫｜外甥。❺其餘的: 另外｜此外｜例外。❻陌生的、疏遠的: 外人｜不必見外。❼不正規的、非正式的: 外號｜儒林外史。
【外交】對外交往。指一國處理一切國際交涉和國際事務。
【外行】❶指對某種事情不熟悉、沒有經驗。❷指外行的人。
【外科】主要用手術來治療體內外疾病的一個醫學分科。
【外滙】用於國際結算的以外國貨幣表示的一種支付手段。
【外强中乾】表面好像强大, 實際上很空虛。
◆外在 外界 外套 外族 外圍 外賓 外觀 ◆局外 海外 格外 野外 意外

多 | duō（朵陰）| 粵 do^{1}（躲^{1}）
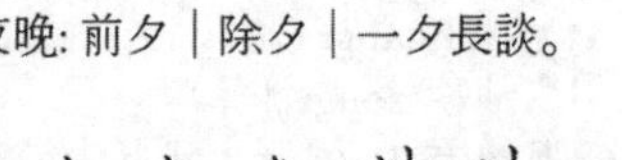
❶數量大, 跟「少」相反: 多讀多寫｜多才多藝。❷超出或有餘數: 日程比預計多出三天｜二十多人。❸數目在「二」以上的不確定數: 多邊形｜多年生草本植物。❹表示程度高: 好得多｜大得多。❺不必要的: 多餘｜多疑｜多管閒事。❻表示驚異、讚歎: 多美｜多妙。
【多心】疑心。
【多少】❶未定的數量: 你要多少拿多少。❷詢問數量、數目: 這個班有多少學生? 這本書多少錢? ❸許多: 剩下沒多少了。❹或多或少: 多少有些困難。
【多事】❶多管閒事: 你眞多事。❷事變多, 不安定: 多事之秋(動亂的年代)。
【多麼】❶感歎程度高: 這件發明多麼巧妙呀! ❷表示較深的程度: 不管天氣多麼冷, 他都堅持晨運。
【多虧】幸虧: 多虧他及時趕來幫忙。
【多多益善】越多越好。
【多此一舉】做多餘的事。
【多謀善斷】很有智謀, 又善於判斷。
◆多方 多情 多寡 多謝 多姿多采 多嘴多舌 ◆大多 居多 衆多 繁多

夙 | sù（宿）| 粵 sug^{1}（宿）
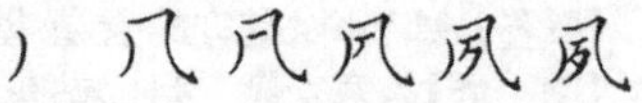
❶早: 夙夜(早晚)。❷素有的, 一向有的: 夙志｜夙願。

夜 | yè（頁）| 粵 yé^{6}（野^{6}）
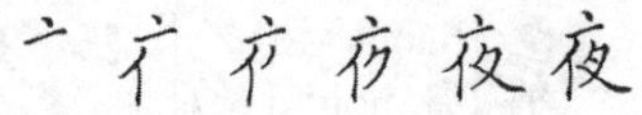
從天黑到天亮不見陽光的這段時間, 跟「日」或「晝」相對: 日夜｜晝夜｜夜色。
【夜市】晚上營業的集市。
【夜闌】夜深: 夜闌人靜。
【夜以繼日】形容日夜不停地工作。
【夜長夢多】比喻時間一長, 事情就可能發生不利的變化。
【夜郎自大】比喻不知自量, 妄自尊大。
◆夜盲 夜宵 夜幕 ◆子夜 午夜 月夜

夠 | gòu（購）| 粵 geo^{3}（救）
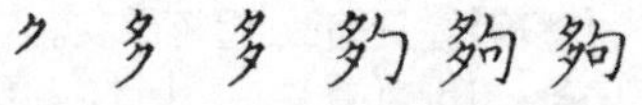
❶表示達到一定的數目: 夠數｜夠三十人。❷表示達到適當的程度: 夠用｜夠好｜夠條件。❸表示達到所能承受的程度: 冷得夠受｜這些事眞夠你辦的。❹表示厭煩, 膩了: 這話聽夠了｜這罪受夠了。
◆夠本 夠格 ◆不夠 足夠 能夠

夤 | yín（寅）| 粵 yen^{4}（仁）
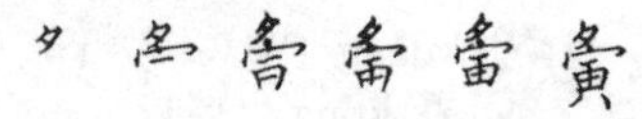
深: 夤夜。

夢 | mèng（孟）| 粵 mung^{6}（蒙^{6}）
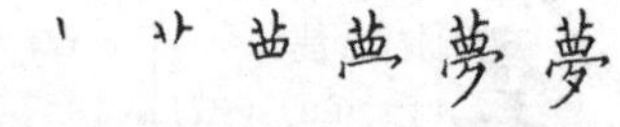
❶睡眠時因身體內外所受的刺激而引起的幻象活動: 做夢｜夢見。❷比喻不切實際、無法實現的: 夢想｜白日夢。
【夢寐以求】比喻急切希望得到或達到。
◆夢幻 夢鄉 夢話 夢境 夢囈 ◆美夢 迷夢 惡夢 噩夢 白日做夢

夥 | huǒ（火）| 粵 fo^{2}（火）
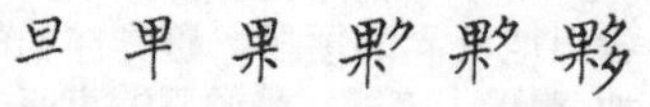
❶同伴, 合成一羣: 同夥｜夥伴｜大夥兒｜成羣搭夥。❷共同, 聯合起來: 夥同購買｜合夥經營。❸商店職員: 夥計｜店夥。

大部

大 ㊀ | dà（打去）| 粵 dai^{6}（帶^{6}）
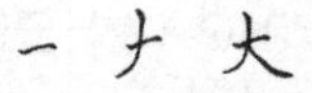
❶跟「小」相反: 大路｜大海｜大病。❷年長的, 排行第一的: 大哥｜大伯父。❸敬詞: 大作｜尊姓大名。❹約略, 估計: 大約｜大略｜大概。❺程度深: 大放異彩｜大吃一驚｜大開眼界。❻時間更遠些: 大前天｜大後天。❼很, 經常: 不大愛活動｜不大看電影。

【大方】❶不小氣，不拘束，不俗氣。❷專家，行家: 貽笑大方(被專家或行家譏笑)。
【大宗】大批，數量很大的: 大宗生意。
【大意】❶主要的意思: 段落大意。❷疏忽: 粗心大意。
【大肆】毫無顧忌地: 大肆搜索。
【大……大……】表示聲勢、規模大，程度深: 大喊大叫; 大搖大擺; 大手大腳; 大吃大喝; 大吵大鬧。
【大顯身手】充分顯露自己的才華、本領。
【大驚失色】形容十分驚懼。
◆大使　大家　大量　大廈　大不了　大自然　大雜燴　大失所望　大打出手　大喜若狂　大驚小怪　◆巨大　壯大　浩大　偉大　龐大

㊁ dài（代）粵 同㊀
【大夫】醫生
【大王】戲曲中稱國王或强盜頭子。

一至四畫

太 tài（泰）粵 tai^{3}（態）　一ナ大太

❶過於，極，很: 太多｜太累｜太不合適。❷尊稱高兩輩的人: 太老爺｜太夫人。
【太太】❶對已婚婦女的尊稱。❷丈夫稱妻子。
【太平】社會安定: 太平盛世。
【太古】最遠古的時代: 太古時期。
【太空】地球大氣層以外的空間。
【太極拳】一種動作柔和、緩慢的拳術。
【太陽系】包括太陽和圍繞它運行的九大行星(水星、金星、地球、火星、木星、土星、天王星、海王星、冥王星)以及一些衞星、小行星等。
◆太子　太守　太原　太歲　太監　太平門　太平洋　太平間　太空船

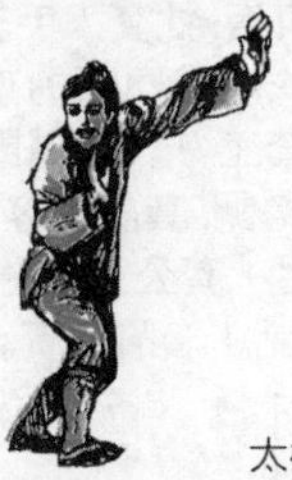
太極拳

天 tiān（添）粵 tin^{1}（田^{1}）　一二チ天

❶在地面以上的高空，跟「地」相對: 天空｜滿天星斗｜飛機在天上飛。❷在上的，架在空中的: 天窗｜天台｜天橋。❸日，一晝夜，或專指晝間: 今天｜一整天｜白天黑夜工作忙。❹自然的，生成的: 天險｜天資。❺氣候: 天氣｜天寒地凍。❻季節，時節: 春天｜熱天。❼宗教上說神住的地方或屬於神的: 天堂｜老天爺。
【天下】古代指全中國，現在指全世界。
【天才】❶高超的智慧和特殊的才能。❷指有高超的智慧和特殊的才能的人。
【天子】中國以前對皇帝的稱呼。
【天文】宇宙間日、月、星等的分佈和運行等現象。
【天眞】❶心地單純，性情直爽。❷幼稚，頭腦簡單。
【天然】自然存在的，自然生成的: 天然景色。
【天鵝】一種珍貴的鳥類。像鵝，比鵝大，會飛。
【天淵之別】比喻差別很大。也作「天壤之別」。
【天翻地覆】❶比喻變化極大。❷形容鬧得很厲害。
◆天井　天平　天仙　天災　天性　天職　天主教　天花板　天衣無縫　天花亂墜　天涯海角　◆航天　聊天　參天　談天　露天　花天酒地　雨過天青　人定勝天

夫 ㊀ fū（膚）粵 fu^{1}（呼）　一二ナ夫

❶丈夫: 夫妻｜夫婦｜妹夫。❷男子的通稱: 匹夫｜懦夫｜萬夫不當之勇。❸舊時稱體力勞動者: 農夫｜漁夫｜樵夫。
【夫人】對別人妻子的敬稱。
【夫子】❶舊時稱老師。❷舊時妻子稱丈夫。

㊁ fú（扶）粵 fu^{4}（乎）　❶文言發語詞: 夫戰，勇氣也。❷文言助詞，表示感嘆: 逝者如斯夫。

夭 yāo（妖）粵 yiu^{1}（腰）　ノ二チ夭

❶沒有成年就死去: 夭亡。❷疊用表示美麗而茂盛。
【夭折】❶早死。❷比喻事情中途失敗。

央 yāng（秧）粵 yêng^{1}（秧）　丶冂口中央

❶中心，當中: 中央｜水中央。❷懇求: 央求｜央告｜央人幫忙。❸完，終止: 夜未央。

失 shī（師）粵 sed^{1}（室）　ノ㇒二生失

❶丟掉: 失掉｜失去｜失物招領。❷錯過，放過: 機不可失｜失之交臂｜坐失良機。❸沒有把握住: 失手｜失言｜失神。❹找不着: 迷失方向｜失羣之雁。❺錯誤，差錯: 過失｜失誤｜言多必失。❻違背，不合: 失約｜失信｜失實。❼沒有達到目的: 失意｜失望。❽改變: 失常｜失態｜大驚失色。❾泄露: 失密。
【失足】❶走路不小心跌倒: 失足落水。❷比喻墮落或犯罪: 一失足成千古恨。
【失眞】走了樣，跟原來的不一樣。
【失策】計劃、決策上有錯誤。
【失職】沒有盡到職責。
【失道寡助】違背正義的人或事一定得不到多數人的支持和幫助。
【失魂落魄】形容心神不定，非常驚慌。
◆失守　失明　失和　失效　失措　失散　失業　失敬　失傳　失靈　失竊　◆冒失　消失　散失　損失　遺失

夯 hāng（杭陰）粵 hang^{1}（坑）　❶砸實地基的工具: 木夯｜鐵夯。❷用夯砸: 打夯。

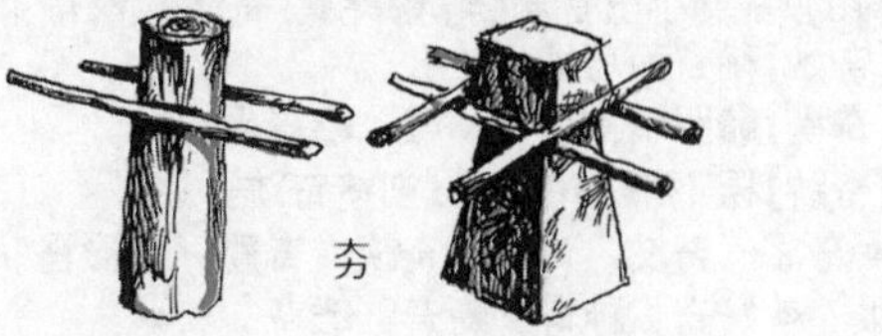
夯

夸 kuā（誇）粵 kua^{1}（跨）　一ナ大太夳夸

誇大，華言無實: 夸誕。

夷 yí（移）粵 yi^{4}（兒）　一ㄋㄋ弓弖夷

❶平坦，平安:化險爲夷。❷削平:夷爲平地。❸消滅:夷滅。❹中國古代對東方民族的稱呼:東夷。❺泛稱異族:夷狄。

夾 ㊀jiā（家）
粵 gab³（甲）

一 ノ ナ ㄕ 乄 夾

❶兩面鉗住:用筷子夾菜｜書裏夾着一張紙條。❷從兩面夾住:夾攻｜夾擊。❸兩旁有東西限制住:夾道｜夾縫｜兩山夾一水。❹攙雜，混合:夾雜｜夾七夾八。❺夾東西的器具:髮夾子｜講義夾。
【夾生】半生不熟:夾生飯。
㊁jiá（頰）　雙層的衣物:夾褲｜夾被｜夾大衣。
粵 同㊀

五至六畫

奉 fèng（鳳）
粵 fung⁶（鳳）

三 丯 夫 耒 秦 奉

❶表示恭敬、有禮貌的敬詞:奉告｜奉託｜奉還｜奉勸。❷獻給:奉獻｜奉送｜雙手奉上。❸尊重，遵守:奉公守法｜奉行。❹接受:奉命｜昨奉手書。❺擁戴，推重，信仰:崇奉｜信奉。❻供養，侍候:奉養｜侍奉。
【奉承】用好聽的話恭維人，向人討好。
【奉陪】陪伴的恭敬話。

奈 nài（耐）
粵 noi⁶（耐）

一 ナ 大 杏 李 奈

怎樣，如何:無奈｜怎奈｜無奈何。
【奈何】如何，怎麼辦才好(表示沒有辦法)。

奔 ㊀bēn（本陰）
粵 ben¹（賓）

一 ナ 大 本 杢 奔

❶急走，跑:奔跑｜狂奔｜飛奔。❷逃亡，逃跑:出奔｜私奔｜東奔西竄。
【奔波】不辭辛苦地往來奔走。
【奔放】思想感情毫無拘束地盡情流露:熱情奔放。
【奔命】❶奉命行事:疲於奔命。❷拼命地趕路或做事。(此用法也讀bèn。)
【奔騰】跳躍着奔跑:萬馬奔騰。
【奔襲】向距離較遠的敵人迅速襲擊。
【奔走相告】奔跑着互相轉告。
㊁bèn（本去）　直往:投奔｜各奔前程。
粵 同㊀

奇 ㊀qí（其）
粵 kéi⁴（其）

一 ナ 大 杏 奇 奇

❶特別，不平常的:奇特｜奇聞｜奇風異俗。❷出人意料的:奇襲｜出奇制勝。❸詫異:奇怪｜驚奇｜不足爲奇。
【奇妙】稀奇而巧妙。
【奇異】❶跟平常的不一樣。❷驚異。
【奇跡】極不平凡的事跡:創造奇跡。
◆奇才　奇文　奇遇　奇談　奇觀　奇形怪狀　奇裝異服　◆好奇　神奇　新奇　離奇
㊁jī（基）　數目不成雙的，跟「偶」相反:奇數。
粵 géi¹（基）

奄 yǎn（演）
粵 yim¹（淹）

一 ナ 大 杳 杳 奄

【奄奄】呼吸微弱，快要斷氣的樣子:奄奄一息。

奕 yì（翼）
粵 yig⁶（亦）

一 亣 亦 亦 弈 奕

【奕奕】精神煥發的樣子:神采奕奕。
⊗跟「弈」不同。

契 qì（器）
粵 kei³（卡翳³）

三 丰 邦 邦 契 契

❶合同，合約:地契｜房契｜契約。❷情意相投:契合｜默契｜契友。
⊗左上一豎上下穿頂，右上是「刀」，不是「刃」。

奏 zòu（揍）
粵 zeo³（縐）

三 丯 夫 表 奏 奏

❶依照曲調吹彈樂器:奏樂｜伴奏｜鋼琴獨奏。❷顯現，取得:奏效｜奏功｜奏凱。❸從前臣子對君主的陳詞:奏章｜奏事｜先斬後奏。
⊗下作「天」，不作「夭」。

奎 kuí（魁）
粵 fui¹（灰）

一 ナ 大 本 杢 奎

奎星，二十八宿之一，即古人所稱的「文曲星」。

耷 dā（搭）
粵 dab³（答）

大耳朵。【耷拉】向下垂:耷拉着腦袋。

奓 zhà（乍）
粵 za³（炸）

張開:這件衣服下面太奓了。

奐 huàn（換）
粵 wun⁶（換）

ノ ⺈ 冎 甪 奐 奐

❶文采鮮明。❷華美的樣子:美輪美奐(形容屋舍非常華麗)。

七畫以上

套 tào（討去）
粵 tou³（吐）

一 太 本 套 套 套

❶罩在物體外面的東西:枕套｜手套｜外套。❷罩上:把筆帽套上｜套上罩衣。❸同類的東西幾件合成一組:配套｜一套茶具｜全套工具。❹繩圈:雙套結｜牲口套。❺應酬話，陳舊的格調:套語｜客套｜不落俗套。❻照樣做，沒有創新:套用｜套公式｜生搬硬套。❼用計引出，騙取:套出他的眞心話｜套購物資。

奚 xī（西）
粵 hei⁴（兮）

ノ 爫 幺 丝 奚 奚

表示疑問的文言詞，相當於「什麼」、「哪裏」、「怎麼」、「爲什麼」。
【奚落】用刻薄的俏皮話取笑人。

奘 ㊀zhuǎng（狀上）
粵 zong⁶（狀）

丬 爿 爿 壯 壯 奘

粗大。
㊁zàng（葬）　玄奘，唐代著名的高僧。俗稱「唐僧」。
粵 zong¹（莊）

奢 shē（賒）
粵 cé¹（車）

一 ナ 大 杏 杢 奢

❶揮霍大量錢財，追求過分享受:奢侈｜奢華。❷過分的:奢求｜奢望。
【奢侈品】不是生活上所必需的裝飾或享用品。

奠 diàn（殿）
粵 din⁶（電）

⺊ 酋 酋 酋 奠 奠

❶祭獻: 奠儀｜奠酒｜祭奠。❷建立: 奠定基礎｜奠都北京。
【奠基】打下建築物的基礎: 奠基典禮。

奧｜ào (澳)
｜粵 ou³ (澳)　门 向 甸 甸 奥 奥
含義深, 不容易懂: 深奧｜奧妙。
【奧秘】精深秘密的。
【奧運會】即世界性的綜合運動會「奧林匹克運動會」的簡稱。
⊗中作「釆」, 不作「米」。

奧運會的旗幟

奩｜lián (簾)
｜粵 lim⁴ (簾)　大 太 夳 夳 奩 奩
女子梳妝用的鏡匣子: 妝奩。

奪｜duó (多陽)
｜粵 düd⁶ (多月⁶)　大 木 查 奮 奪 奪
❶強取, 搶: 掠奪｜搶奪。❷爭取得到: 奪錦標｜奪豐收。❸強行使失去: 剝奪｜褫奪。❹決定否: 定奪｜裁奪。❺衝: 奪門而入｜眼淚奪眶而出。❻文字有錯誤或脫漏: 訛奪。
【奪目】耀眼: 鮮豔奪目; 光彩奪目。
【奪取】❶搶奪: 奪取財產。❷爭取得到: 奪取冠軍。

奮｜fèn (憤)
｜粵 fen⁵ (憤)　大 木 査 奮 奮 奮
❶鼓勁, 振作: 奮鬥｜振奮｜奮發圖強。❷舉起, 搖動: 奮臂高呼｜奮筆疾書。
【奮勇】鼓起勇氣: 奮勇前進。
【奮勉】振作努力。
【奮不顧身】不顧個人安危, 勇往直前。
【奮起直追】振作起來迅速趕上去。
◆奮力　奮進　◆勤奮　激奮　興奮

女部

女｜nǚ
｜粵 nêu⁵ (挪去⁵)　く 女 女
❶跟「男」相對: 女子｜婦女｜女工。❷女兒: 長女｜生兒育女。
◆女士　女性　女眷　女神　女徒　女婿　女僕　◆少女　姪女　孫女　閨女

二至三畫

奶｜nǎi (乃)
｜粵 nai⁵ (乃)　く 女 女 妁 奶
❶乳房, 哺乳的器官: 奶頭。❷乳汁: 奶水｜牛奶。❸哺乳: 她正在奶孩子｜把孩子奶大了。❹乳製品: 奶粉｜奶酪｜奶油。
【奶牙】兒童原生的、沒有經過脫換的牙齒。
【奶奶】❶祖母。❷稱跟祖母同輩的婦女。

奴｜nú (努陽)
｜粵 nou⁴ (駑)　く 女 女 奴 奴
❶舊時賣身供人使喚的人: 奴隸｜奴僕｜農奴。❷舊時女子對自己的謙稱: 奴家。
【奴役】把人當奴隸使用。
【奴婢】男女僕人。
【奴顏婢膝】形容卑鄙無恥地向人諂媚討好的醜態。

妄｜wàng (忘)
｜粵 mong⁵ (網)　、 亠 七 亡 妄 妄
❶荒謬無知、越出常軌: 狂妄｜輕舉妄動｜膽大妄為。❷非分地: 妄求｜痴心妄想。
【妄圖】狂妄地謀求。
【妄自菲薄】過分地小看自己。
【妄自尊大】狂妄自大。
◆妄念　妄語　妄作主張　◆虛妄　姑妄言之

奸｜jiān (尖)
｜粵 gan¹ (艱)　く 女 女 妒 妒 奸
❶陰險, 詭詐: 奸笑｜奸詐｜老奸巨猾。❷在內部搗亂, 和敵人勾結通謀的壞人: 奸賊｜漢奸｜內奸。
【奸細】給敵人刺探消息的人。
【奸雄】指用奸詐手段取得權位的野心家。
【奸猾】奸詐狡猾。
◆奸臣　奸商　奸險　◆防奸　除奸　鋤奸

如｜rú (儒)
｜粵 yu⁴ (餘)　く 女 女 如 如 如
❶像, 同: 如同｜如此｜膽小如鼠。❷依照, 符合: 如約而來｜如願以償。❸及, 比得上: 遠親不如近鄰｜我不如他。❹假使, 若是: 假如｜如果｜如若。❺表示舉例: 例如｜比如。
【如今】現在, 現代。
【如何】怎麼樣: 近況如何?
【如故】❶跟原來一樣: 依然如故。❷跟老朋友一樣: 一見如故。
【如意】稱心, 滿意。
【如火如荼】形容氣勢旺盛、熱烈。
【如出一轍】比喻非常相似。
【如法炮製】照着現成樣子去做。
【如夢初醒】比喻從迷惘中醒悟過來。
【如膠似漆】形容極其親密, 難捨難分。
【如釋負重】形容卸去責任或負擔以後的輕鬆心情。
◆如下　如上　如次　如常　如期　如實　如數　如牛負重　如虎添翼　如魚得水　◆正如　自如　一如既往　瞭如指掌　守口如瓶　暴跳如雷

妁｜shuò (朔)
｜粵 zêg³ (雀)　媒人: 媒妁之言。

妃｜fēi (飛)
｜粵 féi¹ (飛)　く 女 女 妒 妃 妃
❶皇帝的妾: 皇妃。❷太子、王侯的妻: 貴妃｜王妃。

她｜tā (他)
｜粵 ta¹ (他)　く 女 女 妒 妒 她

稱你、我以外的女性第三人。

好 ㊀|hǎo（號上）粵 hou²（號²）　ㄑ ㄠ 女 妇 妇 好
❶優點多的，令人滿意的: 好學生｜好幫手｜好女兒。❷美的，善的: 好風光｜好時光｜好心好意。❸友愛，和睦: 相好｜友好｜好兄弟。❹辦妥，完成: 手續辦好了｜作業做好了。❺容易，便於: 這事好辦｜這話不好說。❻問候，病癒: 你好哇｜他的病完全好了。❼表示程度深的口氣: 好多｜好舒服｜好半天。❽表示贊同、肯定、結束等語氣: 好，就這麼辦吧。
【好不】很: 人山人海，好不熱鬧。
【好歹】❶好壞: 不知好歹。❷無論如何: 好歹你得去一趟。❸生命危險: 萬一有個好歹，這可怎麼辦?
【好手】技藝精、能力強的人。
【好容易】用作相反的意思，表示「不容易」: 他整天不在家，我好容易才找到他。
◆好處　好感　好漢　好像　好轉　好事多磨　◆叫好　幸好　恰好　討好
㊁|hào（耗）粵 hou³（耗）❶愛，喜歡: 愛好｜喜好｜好學。❷喜愛的事情: 嗜好｜各有所好。
【好惡】喜愛和厭惡。
【好逸惡勞】貪圖安逸，厭惡勞動。
◆好奇　好客　好強　好勝　好大喜功　好高騖遠

四畫

妨 ㊀|fáng（房）粵 fong⁴（房）　ㄑ 女 妒 妨 妨
❶阻礙: 妨礙。❷有害於: 妨害健康。
㊁|fāng（方）粵 同㊀　妨害: 你不妨試試｜你何妨去看看。

妒 |dù（肚）粵 dou³（到）　ㄑ ㄠ 女 女 妒 妒
因別人比自己好而忌恨: 嫉妒｜妒忌｜妒賢忌能。

妍 |yán（言）粵 yin⁴（言）　ㄑ ㄠ 女 女 妍 妍
美麗: 妍麗｜百花爭妍。

妊 |rèn（任）粵 yem⁴（吟）　ㄑ ㄠ 女 女 妊 妊
懷孕: 妊娠｜妊婦。

妓 |jì（寄）粵 géi⁶（技）　ㄑ ㄠ 女 女 妓 妓
賣淫的女子: 娼妓｜妓女。

妣 |bǐ（比）粵 béi²（比）　ㄑ ㄠ 女 女 妣 妣 妣
舊稱已死去的母親: 先妣｜考妣。

妙 |miào（廟）粵 miu⁶（廟）　ㄑ ㄠ 女 女 妙 妙
❶美好: 美妙｜妙不可言。❷奇巧: 妙訣｜妙計。❸玄奇: 奧妙｜莫名其妙。
【妙手回春】頌揚醫生的醫術高明，能治好重病。
【妙趣橫生】指語言、文章或藝術品洋溢着美妙的意趣。
◆妙用　妙法　妙境　妙語　妙論　妙齡　◆不妙　巧妙　神妙　高妙　絕妙　微妙　精妙　惟妙惟肖　神機

妙算　錦囊妙計　靈丹妙藥

妥 |tuǒ（橢）粵 to⁵（陀⁵）　ˊ ˇ ⺳ 乒 妥 妥
❶穩當，合適: 妥當｜穩妥｜這樣處理，恐怕不妥。❷周到，完備，停當: 妥為安排｜事情已經辦妥。
【妥帖】很合適，很恰當。也作「妥貼」。
【妥協】在發生爭執或鬥爭時，一方或彼此作出讓步。

妖 |yāo（腰）粵 yiu¹（腰）　ㄑ ㄠ 女 女 妖 妖
❶神話裏害人的怪物: 妖怪｜妖精｜妖魔鬼怪。❷裝束、神態不正派: 妖冶｜妖豔｜妖裏妖氣。❸豔麗: 妖嬈。
【妖言惑眾】散佈騙人的鬼話迷惑人。

妗 |jìn（禁）粵 kem⁵（琴⁵）❶舅母。❷妻兄、妻弟的妻子: 大妗子｜小妗子。

姊 |zǐ（子）粵 ji²（子）　女 女 姊 姊 姊 姊
姐姐: 大姊｜姊妹。

妤 |yú（愉）粵 yu⁴（如）　ㄑ ㄠ 女 女 妤 妤
見「婕妤」條。

妞 |niū（牛陰）粵 neo²（紐）　ㄑ ㄠ 女 妞 妞 妞 妞
女孩子: 小妞｜妞兒。

妝 |zhuāng（莊）粵 zong¹（莊）　丨 ㄐ ㄐ ㄐ 妝 妝
指婦女的修飾、打扮: 化妝｜梳妝。
【妝奩】❶女子梳妝用的鏡匣。❷即是「嫁妝」。

五畫

妾 |qiè（怯）粵 qib³（雌葉³）　ˊ ㄊ 立 产 妾 妾
❶男子在妻子以外又娶的女人，俗稱「姨太太」、「小老婆」: 納妾。❷舊時女子自稱的謙詞。

妹 |mèi（昧）粵 mui⁶（昧）　ㄑ ㄠ 女 女 妹 妹
❶後出生的同胞女子: 妹妹｜妹子。❷同輩女性中年紀比自己小的: 堂妹｜表妹。❸女子對同輩朋友的自稱或謙稱。
⊗右旁兩橫畫上短下長，直筆不鈎。

姑 |gū（孤）粵 gu¹（孤）　女 女 姑 姑 姑 姑
❶父親的姊妹: 姑姑｜姑媽。❷丈夫的姊妹: 姑嫂｜大姑子。❸丈夫的母親: 翁姑。❹未嫁的女子的通稱: 姑娘。❺特指出家的女子: 尼姑｜道姑。❻暫且: 姑且｜姑置勿論。
【姑息】暫求苟安，無原則地寬容: 姑息養奸。
【姑妄言之】姑且隨便說說。

妻 |qī（七）粵 cei¹（悽）　一 ㄱ ㅌ ㅌ 事 妻
男子的配偶，跟「夫」相對: 妻子。

姐 |jiě（解）粵 zé²（借²）　女 女 姐 姐 姐 姐
❶同「姊」: 姐妹。❷婦女的通稱: 小姐｜大姐。

妯｜zhóu（軸）｜�　ㄠ　妯　如　奻　妯
｜粵 zug⁶（逐）
兄弟的妻相互稱「妯娌」。

姍｜shān（山）｜ㄠ　女　奻　奻　姍　姍
｜粵 san¹（山）
形容走路緩慢從容的樣子: 姍姍來遲。

姓｜xìng（性）｜ㄟ　ㄠ　女　奵　姓　姓
｜粵 xing³（性）
表明家族系統的字: 姓名｜我姓劉。

委｜㊀wěi（尾）｜二　千　禾　禾　委　委
｜粵 wei²（毀）
❶把事情交給人辦: 委託｜委以重任。❷拋棄, 捨棄: 委棄｜委之於地。❸推託, 推卸: 推委｜委罪於人。
【委屈】❶含冤受屈或心裏苦悶: 心裏有委屈, 又不肯說。❷使人受屈: 這件事委屈你了。
【委婉】婉轉, 不生硬: 委婉動聽。
【委實】確實。
【委曲求全】勉強遷就, 以求事成。
【委靡不振】頹喪, 精神不振。
㊁wěi（威）｜【委蛇】敷衍應酬: 虛與委蛇。
｜粵 wei¹（威）

姒｜sì（似）｜ㄠ　女　奵　奵　奵　姒
｜粵 qi⁵（似）
❶丈夫的嫂子。❷兄弟的妻互稱「姒娣」或「娣姒」。

妳｜nǐ（你）｜ㄠ　女　女ˇ　奵　妳　妳
｜粵 néi⁵（你）
同「你」, 專指女性。

始｜shǐ（史）｜ㄟ　女　女´　奵　始　始
｜粵 qi²（齒）
❶開頭, 最初, 跟「終」或「末」相對: 開始｜原始｜有始有終。❷才: 屢經改進始告完成。
【始末】指一件事情從頭到尾的經過。
【始終】自始至終: 始終如一; 始終不懈。
【始料不及】起初並沒有預料到。
◆末始　起始　創始　周而復始

妮｜nī（尼陰）｜ㄠ　女　奵　妒　妮　妮
｜粵 néi⁴（尼）
女孩子: 妮子｜妮兒。

姆｜mǔ（母）｜ㄠ　奵　奵　姆　姆　姆
｜粵 mou⁵（母）
幫人家照管孩子或料理家務的婦女: 保姆。

六畫

姹｜chà（岔）｜美麗: 姹紫嫣紅。
｜粵 ca³（岔）
【姹紫嫣紅】形容各種好看的花: 花園裏, 姹紫嫣紅, 十分絢麗。

姣｜jiāo（交）｜ㄠ　女　女´　奻　奻　姣
｜粵 gao²（搞）
容貌好看。

姿｜zī（資）｜冫　氵　次　次　姿　姿
｜粵 ji¹（支）
❶容貌: 姿容｜姿色。❷體態, 形象: 姿勢｜姿態｜雄姿｜舞姿。

姜｜jiāng（江）｜兰　羊　羊　美　姜　姜
｜粵 gêng¹（疆）
姓。

姘｜pīn（拼）｜ㄑ　女　女´　姘　姘　姘
｜粵 ping¹（拼¹）
男女並非夫妻關係而同居: 姘居｜姘頭。

娃｜wá（瓦陽）｜ㄠ　女　女´　女十　娃　娃
｜粵 wa¹（蛙）
❶小孩子: 娃娃｜娃子。❷美女: 嬌娃。

姥｜㊀mǔ（母）｜ㄠ　女十　奵　姈　姥　姥
｜粵 mou⁵（母）
年老的婦女, 同「姆」。
㊁lǎo（老）｜外祖母: 姥姥。
｜粵 lou⁵（老）

威｜wēi（危）｜一　厂　厂　厈　威　威
｜粵 wei¹（為¹）
❶強大的聲勢, 使人敬畏的氣魄: 聲威｜示威｜威力。❷憑藉威力壓迫人: 威嚇｜威脅。
【威信】在羣眾中的聲望和信譽。
【威望】受到人們敬畏的聲望。
【威風凜凜】形容氣勢威武嚴肅的樣子。
【威逼利誘】用暴力逼迫, 用名利引誘。
◆威名　威嚴　威武不屈　威信掃地　◆助威　權威　作威作福　八面威風　狐假虎威

姪｜zhí（職）｜ㄠ　女´　奵　姪　姪　姪
｜粵 zed⁶（窒）
❶兄弟的子女: 姪兒｜姪女。❷同輩親友的子女: 內姪｜世姪。

姨｜yí（移）｜ㄠ　女´　奵　姎　姨　姨
｜粵 yi⁴（而）
❶母親的姊妹: 姨媽｜二姨。❷妻子的姊妹: 大姨子｜小姨子。

姻｜yīn（因）｜ㄠ　女　奻　奻　姻　姻
｜粵 yen¹（因）
婚姻: 聯姻。
【姻緣】男女成婚的緣分。
【姻親】由婚姻關係而成的親屬。

姚｜yáo（搖）｜ㄠ　女´　奵　姚　姚　姚
｜粵 yiu⁴（搖）
姓。

姝｜shū（書）｜❶美麗, 美好: 容色姝麗。❷美女。
｜粵 xu¹（書）
｜又 ju¹（朱）

姦｜jiān（艱）｜ㄠ　女　奻　姦　姦　姦
｜粵 gan¹（艱）
男女發生不正當的性關係: 強姦｜通姦｜姦污。

七畫

娑｜suō（梭）｜冫　氵　沙　沙　娑　娑
｜粵 so¹（梳）
見「婆娑」條。

娣｜dì（弟）｜ㄠ　女´　奵　娣　娣　娣
｜粵 tei⁵（梯⁵）

丈夫的弟婦。

【娣姒】即「妯娌」。

娘 | niáng（釀陽）
粵 nêng⁴（挪香） | 女 夊 妇 妒 娘 娘

❶母親: 爹娘｜娘兒倆。❷稱長輩婦女: 大娘、嬸娘。❸稱年輕女子: 姑娘。

【娘家】出嫁的女子稱母家。

【娘娘】❶稱皇后或貴妃。❷神話中稱女神: 王母娘娘。

娠 | shēn（身）
粵 sen¹（身） | 女 女 奵 妮 娠 娠

胎兒在母腹中微微地動。泛指懷孕。見「妊娠」條。

姬 | jī（基）
粵 géi¹（基） | 女 女 妒 姈 姬 姬

❶舊時對婦女的美稱。❷舊時稱以歌舞為職業的女子: 舞姬、歌姬。❸舊時稱「妾」: 姬妾。❹姓。

⊗右旁不要寫成「臣」。

娌 | lǐ（理）
粵 léi⁵（理） | 女 如 妲 娌 娌 娌

見「妯娌」條。

娉 | pīng（乒）
粵 ping¹（拼） | 【娉婷】形容女性姿態的優美。

娟 | juān（捐）
粵 gün¹（捐） | 女 女 妒 妒 娟 娟

秀麗, 美好: 娟秀。

娛 | yú（愉）
粵 yu⁴（余） | 女 奵 姁 娓 娛 娛

❶快樂: 歡娛｜娛樂。❷使人快樂: 自娛。

娥 | é（鵝）
粵 ngo⁴（鵝） | 女 奵 好 娍 娥 娥

指女子姿態美好。

【娥眉】舊指美女的眉毛, 也指美女。也作「蛾眉」。

娩 | miǎn（免）
粵 min⁵（免） | 女 女 姁 姁 娩 娩

婦女生孩子: 分娩。

娓 | wěi（尾）
粵 méi⁵（美） | 女 女 奵 奵 娓 娓

【娓娓】談話時言辭委婉、不知疲倦: 娓娓動聽。

娜 | ⊖nà（納）
粵 na⁴（拿） | 女 奵 奵 姍 娜 娜

用於人名或譯名。

⊖nuó（挪）
粵 no⁴（挪） | ❶草木柔軟細長: 裊娜。❷柔美的樣子: 婀娜多姿。

八畫

婆 | pó（頗陽）
粵 po⁴（破⁴） | 氵 沪 沪 波 波 婆

❶老年的婦女: 老太婆。❷以往對某些職業婦女的稱呼: 媒婆、接生婆。❸丈夫的母親: 婆媳、婆家。

【婆婆】❶丈夫的母親。❷祖母。❸尊稱老年的婦女。

【婆婆媽媽】泛指嘮叨不清、拖拉瑣屑、沒有丈夫氣概等情形。

婉 | wǎn（惋）
粵 yun²（阮） | 女 奵 妒 婉 婉 婉

❶說話, 態度柔和: 委婉｜婉謝｜婉言相勸。❷美好: 姿容婉麗。

【婉轉】❶說話溫和而曲折, 但不失本意: 措辭婉轉。❷聲音圓轉柔和: 歌聲婉轉。也作「宛轉」。

婞 | xìng（幸）
粵 heng⁶（幸） | 剛直、倔強: 婞直。

婊 | biǎo（表）
粵 biu²（標²） | 女 奵 妌 妌 婊 婊

指妓女、娼妓: 婊子。

婭 | yà（亞）
粵 a³（亞） | 姊妹的丈夫互稱為「婭」, 即是「連襟」。

娶 | qǔ（取）
粵 cêu²（取） | 一 取 耳 取 娶 娶

把女子接過來成親: 娶親｜娶妻。

婪 | lán（籃）
粵 lam⁴（籃） | 十 木 林 楚 婪 婪

貪心: 貪婪。

婕 | jié（捷）
粵 jid³（捷） | 【婕妤】漢代宮中女官名。

娼 | chāng（昌）
粵 cêng¹（昌） | 女 女 妈 妈 娼 娼

賣淫的女子: 娼妓｜私娼｜暗娼。

婁 | lóu（樓）
粵 leo⁴（流） | 口 ⺼ 日 吕 婁 婁

❶姓。❷星宿名, 二十八宿之一。

婢 | bì（壁）
粵 péi⁵（鄙⁵） | 女 奵 奵 姷 婢 婢

❶舊時稱年輕的女傭: 婢女｜奴婢。❷古時婦人自稱的謙詞。

婚 | hūn（昏）
粵 fen¹（昏） | 女 奵 奵 奵 婚 婚

男女結為夫婦: 結婚｜已婚｜未婚。

【婚姻】男娶女嫁的事。

婦 | fù（富）
粵 fu⁵（父⁵） | 女 奵 妛 妛 婦 婦

❶已婚的女子: 婦人｜少婦｜產婦。❷妻子: 夫婦。❸有關女性的: 婦科醫生｜婦女節。

婀 | ē（痾）
粵 o¹（柯） | 女 奵 奵 妸 婀 婀

【婀娜】柔順美麗的樣子: 舞姿婀娜｜楊柳婀娜。

九畫

婷 | tíng（亭）
粵 ting⁴（亭） | 女 女 奵 婷 婷 婷

形容女子或花木美好: 娉婷｜婷婷。

媯 | guī（歸）
粵 guei¹（歸） | 媯河, 水名, 在河北省。

媒 | méi（煤）
粵 mui⁴（煤） | 女 女 奵 姙 媒 媒

❶介紹婚姻: 媒人｜媒妁｜做媒。❷使雙方發生關係: 媒介。

媼 | ǎo（襖）
粵 ou²（襖） | 女 奵 妲 姐 媼 媼

老年的婦女: 老嫗。

媧 wā（蛙）｜粵 wo¹（窩）
女媧，神話中的女帝王，傳說她曾經煉五色石補天。

媛 yuàn（願）｜粵 yun⁶（願）
女 奻 媛 媛 媛 媛
❶美女。❷婦女的美稱: 淑媛｜名媛。

嫂 são（掃上）｜粵 sou²（素²）
奻 奻 奻 奻 嫂
❶稱哥哥(或丈夫的哥哥)的妻子: 嫂子｜嫂嫂。❷稱朋友的妻子: 大嫂｜嫂夫人。

婺 wù（務）｜粵 mou⁶（務）
❶婺水，水名，在江西省。❷星宿名，二十八宿之一，也稱爲「女宿」。

婿 xù（續）｜粵 sei³（細）
女 奻 奻 奻 婿 婿
❶丈夫: 夫婿。❷女兒的丈夫: 女婿。

媚 mèi（妹）｜粵 méi⁶（味）
女 奻 奻 奻 奻 媚
❶奉承，巴結; 諂媚。❷溫柔可愛: 嫵媚。❸景色美好: 春光明媚。

十畫

嫁 jià（架）｜粵 ga³（架）
女 奻 奻 婷 嫁 嫁
❶女子結婚: 出嫁｜嫁娶。❷把禍害推到別人身上: 嫁禍於人。

嫉 jí（疾）｜粵 zed⁶（疾）
奻 奻 奻 嫉 嫉 嫉
❶妒忌: 嫉忌｜妒嫉｜嫉賢。❷憎恨: 嫉惡如仇。

嫌 xián（閒）｜粵 yim⁴（鹽）
女 奻 奻 嫌 嫌 嫌
❶可疑: 涉嫌｜避嫌。❷厭惡: 嫌惡｜討人嫌。❸不滿意: 嫌這種布太厚｜嫌這湯太淡。❹怨恨: 嫌恨｜挾嫌誣告｜消釋前嫌。
【嫌棄】厭惡，不願接近。
【嫌隙】因猜疑而產生的怨恨。
【嫌疑】被懷疑跟某件事情有牽連: 不避嫌疑; 嫌疑犯。

媾 gòu（夠）｜粵 geo³（救）
女 奻 奻 媾 媾 媾
❶結婚: 婚媾。❷議和: 媾和。❸雌雄交配: 交媾。

媽 mā（麻陰）｜粵 ma¹（嗎）
女 奻 奻 奻 奻 媽
❶母親。❷對已婚長輩婦女的稱呼: 大媽｜姑媽。

媳 xí（席）｜粵 xig¹（息）
女 奻 奻 奻 媳 媳
❶兒子的妻子: 兒媳｜媳婦。❷弟弟或晚輩的妻子: 弟媳｜姪媳｜孫媳。

媲 pì（譬）｜粵 péi³（屁）
奻 奻 奻 媲 媲 媲
匹敵，比得上: 媲美。
⊗國音不要讀成bǐ（比）。

嫋 同「嬝」。

嬈 chī（癡）｜粵 qi¹（癡）
相貌醜，跟「妍」相反。

十一畫

嫡 dí（狄）｜粵 dig¹（的）
女 奻 奻 嫡 嫡 嫡
❶從前稱正妻: 嫡室。❷正妻所生的: 嫡子｜嫡嗣。❸至親，血統最近的: 嫡親兄弟｜嫡親叔伯。❹最親近的，正宗的: 嫡系｜嫡派。

嫣 yān（煙）｜粵 yin¹（煙）
女 奻 奻 嫣 嫣 嫣
❶鮮紅，嬌豔: 嫣紅紫翠。❷美好的樣子，指笑容: 嫣然一笑。

嫩 nèn（嫩）｜粵 nün⁶（暖⁶）
女 奻 妡 妡 嫩 嫩
❶初生而柔弱: 嫩芽｜嬌嫩。❷食物烹調的時間短，容易咀嚼: 嫩滑爽口｜肉片炒得嫩。❸顏色淺、淡: 嫩黃｜嫩綠。❹閱歷淺，經驗少: 資格嫩。

嫗 yù（玉）｜粵 yu²（雨²）
女 奻 奻 嫗 嫗 嫗
老年的婦女: 老嫗。

嫖 piáo（瓢）｜粵 piu⁴（瓢）
女 奻 奻 嫖 嫖 嫖
玩弄妓女: 嫖妓｜吃喝嫖賭。

嫦 cháng（常）｜粵 sêng⁴（常）
女 奻 奻 嫦 嫦 嫦
【嫦娥】神話中住在月亮裏的仙女。

嫦娥奔月

嫘 léi（雷）｜粵 lêu⁴（雷）
女 奻 奻 嫘 嫘 嫘
【嫘祖】傳說是黃帝的妃子，發明養蠶。

十二畫以上

嬈 ráo（饒）｜粵 yiu⁴（搖）
柔弱的樣子: 嬌嬈｜妖嬈。

嬉 xī（西）｜粵 héi¹（希）
女 奻 嬉 嬉 嬉 嬉
遊戲，玩耍: 嬉戲｜嬉笑怒罵。

嫻 xián（閒）｜粵 han⁴（閒）
奻 奻 奻 嫻 嫻 嫻
❶文雅: 嫻靜｜談吐嫻雅。❷熟練: 嫻熟｜嫻於繪畫。

嬋 chán（蟬）｜粵 xim⁴（蟬）
女 奻 奻 嬋 嬋 嬋
【嬋娟】❶從前指美人或姿態美好。❷古詩文裏也用來指月亮。

女部

嫵 wǔ（武）｜粵 mou⁵（武）
【嫵媚】形容女子或花木等姿態美好。

嬌 jiāo（驕）｜粵 giu¹（驕）
❶溫柔嫵媚、逗人喜愛的姿態:嬌小玲瓏｜嬌滴滴。❷愛憐過甚，過分珍惜:嬌養｜嬌貴。❸柔嫩，脆弱:嬌嫩｜嬌氣。
【嬌柔】嫵媚溫柔。
【嬌憨】柔媚而天真、率直。
【嬌生慣養】過分寵愛，不加管教。

嬴 yíng（營）｜粵 ying⁴（形）
姓。秦始皇姓嬴名政。
⊗跟「贏」不同。右下是「丸」，不是「凡」。

嬡 ài（愛）｜粵 oi³（愛）
令嬡，稱別人的女兒。也作「令愛」。

嫋 niǎo（鳥）｜粵 niu⁵（鳥）
柔軟細長的樣子。
【嫋娜】❶形容女子體態柔美。❷形容草木柔弱細長:嫋娜的柳絲。
【嫋嫋】❶形容煙氣上升:炊煙嫋嫋。❷形容細長柔軟的東西隨風擺動的樣子:垂楊嫋嫋。❸形容聲音綿延不絕:餘音嫋嫋。

嬪 pín（貧）｜粵 pen⁴（貧）
舊時指皇宮裏的女官。

嬤 mā（媽）｜粵 ma¹（媽）
【嬤嬤】舊時對奶媽的尊稱。

嬰 yīng（英）｜粵 ying¹（英）
剛生下不久的小孩:嬰兒｜男嬰｜女嬰。

嬸 shěn（審）｜粵 sem²（審）
❶叔叔的妻子:嬸子｜嬸嬸。❷尊稱長一輩而年紀較輕的已婚婦女:大嬸｜王二嬸。

孀 shuāng（霜）｜粵 sêng¹（雙）
死了丈夫的婦女:孀婦｜遺孀。

變 luán（巒）｜粵 lün⁵（聯⁵）
❶美好的樣子:婉變。❷古代指供人玩弄的美男子:變童。

子部

子 zǐ（籽）｜粵 ji²（止）
❶古代指兒女，現在專指兒子:母子｜獨生子。❷對人的通稱:女子｜男子。❸植物的果實或動物的卵:瓜子｜魚子。❹幼小的，嫩的:子雞｜子薑。❺古代指有學問的人:諸子百家｜夫子(老師)｜弟子(學生)。❻地支的第一位。參見「干支」條。❼五等爵位的第四等。❽作詞尾用:房子｜桌子｜胖子｜亂子。
【子夜】半夜或深夜。
【子時】夜裏十一時到一時。也叫「子夜」。
【子規】即是杜鵑鳥。
◆子女　子弟　子孫　子彈　◆才子　王子　公子　赤子　君子　男子漢　原子彈　敗家子　徒子徒孫　狼子野心　正人君子

孑 jié（結）｜粵 kid³（揭）
單獨，孤單:孑立｜孑然一身。
【孑孒】蚊子的幼蟲。
⊗跟「子」不同。

孒 jué（決）｜粵 küd³（決）
見「孑孒」條。
⊗跟「子」不同。

一至五畫

孔 kǒng（恐）｜粵 hung²（恐）
❶穴，窟窿:孔穴｜針孔。❷通達:交通孔道。❸孔子的簡稱:孔廟｜孔孟之道。
◆孔洞　孔隙　孔徑　◆毛孔　穿孔　面孔　氣孔　瞳孔　無孔不入　千瘡百孔

孕 yùn（韻）｜粵 yen⁶（刃）
懷胎:懷孕｜有孕｜孕婦。

字 zì（自）｜粵 ji⁶（治）
❶記錄語言的符號:文字｜漢字。❷指字音:咬字清楚｜字正腔圓。❸姓名或別名:簽字｜孫中山字逸仙。❹憑證，契約:字據｜立字為據。
【字母】表語音的符號:英文字母; 拉丁字母。
【字典】排列單字加以注音、釋義的工具書。
【字帖】供學習書法時臨摹的範本。
【字號】❶商店的招牌或指聲譽、名望:這是一家老字號。❷所編排的特用字跟所列的號碼:公文字號。
【字體】❶字的形體，如楷書、隸書、草書等。❷書法的派別，如歐體、柳體等。
【字裏行間】作品中的字句之間。
【字斟句酌】一字一句都經過仔細推敲。
◆字句　字面　字眼　字畫　字彙　字幕　字謎　◆正字　白字　別字　習字　題字　咬文嚼字

存 cún（村陽）｜粵 qun⁴（全）
❶在世，活着:存在｜生存。❷保留，留下:存疑｜去偽存真。❸寄放:寄存｜存放｜存車。❹積蓄:儲存｜存款｜存貨。
【存心】居心，懷着某種想法:存心不良。
【存根】給人憑據後，留存備查的底子。
◆存戶　存食　存案　存餘　存檔　◆庫存　貯存　惠存　結存

孝 xiào（效）粵 hao³（效³）
❶盡心侍奉父母:孝順｜孝敬。❷居喪:守孝。❸喪服:穿孝｜戴孝。

孚 fú（俘）粵 fu¹（夫）
使人信服:深孚眾望。

孜 zī（資）粵 ji¹（之）
勤謹，不懈怠:孜孜不倦。

孟 mèng（夢）粵 mang⁶（猛⁶）
❶農曆每季的第一個月:孟春(正月)｜孟夏(四月)｜孟秋(七月)｜孟冬(十月)。❷兄弟姊妹排行有時用「孟、仲、叔、季」做次序，「孟」是老大:孟兄｜孟孫。
【孟浪】做事不精細，太鹵莽。
⊗跟「盂」不同。

季 jì（寄）粵 guei³（桂）
❶一年的四分之一:四季。❷時期:季節｜雨季｜旺季。❸兄弟排行，有時用「伯、仲、叔、季」做次序，「季」是最小的:季弟｜季父(小叔叔)。❹末了的:季世｜季春。
【季度】以一季作為一個時間單位:第一季度；季度預算。

孤 gū（姑）粵 gu¹（姑）
❶幼年死去父親:孤兒｜孤子。❷單獨:孤獨｜孤單｜孤立。❸古代帝王的自稱:孤家｜稱孤道寡。
【孤寂】孤單、寂寞。
【孤傲】孤僻高傲。
【孤僻】性情怪僻，跟別人合不來。
【孤零零】孤單一個。
【孤注一擲】比喻在危急的時候，使出全部的力量作最後的冒險。
【孤苦伶仃】困苦孤單，無依無靠。
【孤陋寡聞】學識淺薄，見聞不廣。
【孤掌難鳴】比喻一個人力量單薄，難以成事。

孥 nú（奴）粵 nou⁴（奴）
兒子，或指妻和兒女:妻孥。

六畫以上

孩 hái（骸）粵 hai⁴（鞋）
兒童:小孩｜男孩。
【孩子】❶對未成年的人的通稱。❷也指子女:他有兩個孩子。

孫 sūn（損陰）粵 xun¹（酸）
❶兒子的子女:孫子｜孫女。❷孫子以後的各代:曾孫(孫子的兒子)｜玄孫(曾孫的兒子)。❸跟孫子同輩的親屬:外孫｜姪孫。

孰 shú（熟）粵 sug⁶（熟）
文言用字。❶相當於「誰」:孰是孰非。❷相當於「什麼」:是可忍，孰不可忍？

孳 zī（資）粵 ji¹（之）
滋生，繁殖:孳乳｜孳萌。

孵 fū（夫）粵 fu¹（夫）
鳥類伏在所生的蛋上，用體溫使胚胎在蛋內成長，也可用人工加溫:孵化｜孵小雞。

學 xué（穴）粵 hog⁶（鶴）
❶研習，探求知識:學習｜學科學｜學而不厭。❷模仿，效法:學鳥叫｜猴子學人戴帽子。❸所掌握的知識:學問｜博學多才。❹求學問的地方:學校｜大學｜小學。❺分門別類的有系統的知識:科學｜數學｜文學。
【學業】學生的一切學習活動，主要指功課、作業。
【學說】科學上的有系統的主張、見解和理論。
【學歷】學習的經歷。
【學識】學問、知識:學識淵博。
【學齡】兒童適合入學的年齡。
◆學友 學生 學年 學術 學期 ◆入學 上學 升學 失學 同學 求學 逃學 停學 開學

孺 rú（如）粵 yu⁴（余）
幼兒:婦孺。
【孺子】小孩子。

孽 niè（聶）粵 yib⁶（業）
❶惡因，惡事:造孽｜罪孽。❷妖怪，禍害:妖孽｜餘孽。

孿 luán（巒）粵 lün⁴（聯）
雙生，雙胞胎:孿子｜孿生兄弟。

宀部

二至四畫

宄 guǐ（鬼）粵 guei²（鬼）
壞人:姦宄。

宂 rǒng（榮上）粵 yung²（擁）
❶多餘，無用的:宂員｜文詞宂長。❷繁忙:事務繁宂｜撥宂參加。
【宂雜】事務繁雜。

它 tā（他）粵 ta¹（他）
專指事物的代名詞。

宇 yǔ（羽）粵 yu⁵（羽）
❶屋簷，房屋:屋宇｜廟宇。❷上下四方整個空間:宇內｜寰宇。❸指人的儀容:眉宇｜氣宇軒昂。
【宇宙】上下四方為「宇」，古往今來為「宙」。指整個客觀世界，通常專指空間。

【宇宙飛船】從地球上發射出去，能在宇宙空間航行的飛行器。

宇宙飛船

守 shǒu（手）｜粵 seo²（手）
丶丶宀宀守守

❶防衛，跟「攻」相對: 防守｜守城｜堅守陣地。❷看管，照看: 看守｜守護｜守候。❸遵照: 遵守｜守法｜守時。❹保持: 保守｜守舊｜墨守成規。
【守則】共同遵守的規則。
【守口如瓶】形容嚴格保守秘密。
【守株待兔】比喻不作努力，只想僥倖得到意外的好處。
【守望相助】為了防禦外來的侵害，鄰近的村落之間互相看守瞭望，遇警互相幫助。

宅 zhái（債陽）｜粵 zag⁶（澤）
丶丶宀宀宅宅

住所: 住宅｜深宅大院。

安 ān（鞍）｜粵 on¹（按¹）
丶丶宀宀安安

❶平靜，穩定，跟「危」相反: 平安｜安靜｜安全。❷身體健康: 安康｜安好｜問安。❸裝配: 安裝｜安電燈｜安機器。❹放置: 安放｜安置｜安插。❺使平靜、穩定: 安神｜安慰。❻文言疑問詞，相當於「怎麼」、「哪裏」: 安能如此｜而今安在? ❼姓。
【安心】心情安定。
【安息】❶安歇，睡眠。❷對死者表示悼念的話。
【安逸】安閒舒適。
【安頓】❶安排停當。❷安穩。
【安寧】平靜，沒有動亂。
【安之若素】面對異常情況毫不在意。
【安分守己】安守本分，規矩老實。
【安居樂業】安定地生活，愉快地工作。
◆安危 安身 安定 安然 安撫 安樂 安步當車
◆不安 早安 治安 晚安 請安 心安理得

完 wán（玩）｜粵 yun⁴（原）
丶丶宀宀完完

❶齊全: 完備｜完全｜完美無缺。❷做成，了結: 完成｜完工｜完婚。❸盡，沒有了: 用完了｜賣完了。❹交納: 完稅。
【完竣】指工程完工。
【完善】齊全而良好: 設備完善。
【完整】齊全，沒有缺損。
【完璧歸趙】比喻把原物完好無缺地歸還原主。
◆完畢 完滿 完稿 完完全全

宏 hóng（洪）｜粵 weng⁴（泓）
丶宀宀宀宏宏

廣大: 宏偉｜規模宏大。

【宏圖】遠大的計劃。
【宏願】崇高遠大的心願。
◆宏量 宏達 ◆寬宏大量

宋 sòng（送）｜粵 sung³（送）
丶宀宀守守宋

❶周代國名。❷朝代名。❸姓。

牢 láo（勞）｜粵 lou⁴（勞）
丶宀宀宀宀牢

❶堅固，結實，經久: 牢固｜牢靠｜牢記。❷監獄: 牢獄｜監牢｜坐牢。❸養牲畜的圈: 羊牢｜亡羊補牢。
【牢騷】抱怨，不滿: 發牢騷。
【牢籠】關鳥獸的籠子。比喻束縛、限制人的東西。
【牢不可破】穩固的，不可破壞的: 牢不可破的友誼。

五至六畫

宓 mì（密）｜粵 med⁶（勿）
安靜。

宗 zōng（踪）｜粵 zung¹（忠）
丶宀宀宀宗宗

❶祖先: 祖宗｜列祖列宗。❷同族: 宗族｜同宗｜宗兄。❸派別: 宗派｜北宗山水畫。❹主要的，根本的: 宗旨｜萬變不離其宗。❺量詞: 一宗事｜大宗貨物。
◆宗法 宗師 宗教 宗主權 ◆開宗明義

定 dìng（訂）｜粵 ding⁶（丁⁶）
丶宀宀宀定定

❶平靜，安穩: 安定｜穩定｜心神不定。❷決計，議決: 決定｜商定｜議定。❸不可變更的: 定律｜定論｜定期。❹預先約妥: 定貨｜定報｜定單。
【定見】確定的見解或主意。
【定局】❶作出最後的決定。❷局勢已定，不可改變。
【定評】確定的評價。
【定義】對於一種事的本質或一個概念的內容及範圍作出的確切說明。
【定奪】對事情做可否或取捨的決定。
◆定居 定案 定理 定價 ◆平定 判定 否定 注定 肯定 固定 約定 堅定 假定 鎮定

宕 dàng（蕩）｜粵 dong⁶（蕩）
拖延，擱置起來不解決: 延宕｜懸宕｜拖宕。

宜 yí（移）｜粵 yi⁴（而）
丶丶宀宀宜宜

❶適合: 適宜｜相宜｜兒童不宜。❷應當: 不宜操之過急。

宙 zhòu（咒）｜粵 zeo⁶（就）
丶宀宀宀宙宙

從古到今的時間: 宇宙。

官 guān（觀）｜粵 gun¹（觀）
宀宀宀官官官

❶替國家理事的人: 官吏｜官僚｜縣官。❷指屬於國家的: 官辦｜官費。❸人身的感覺器官: 感官｜五官。
【官司】訴訟: 打官司。
【官員】政府工作人員: 政府官員。
【官氣】官僚主義作風。
【官能】器官的功能。
◆官話 官銜 官職 官樣文章 ◆文官 武官 清官

將官　貪官污吏

宛
wǎn（晚）
粵 yun²（院）

宀 宀 宀 宛 宛 宛

❶曲折: 宛曲｜宛宛長河。❷好像: 音容宛在｜蠟像宛似眞人。
【宛然】極其相似，像眞的一樣: 宛然在目。
【宛轉】同「婉轉」。

宣
xuān（軒）
粵 xun¹（孫）

宀 宀 宁 宫 宣 宣

公開說明，散播出去: 宣告｜宣佈｜宣傳。
【宣言】國家、政黨或團體對重大問題表示立場、態度所發表的聲明。
【宣判】法院對案件當事人宣佈判決。
【宣誓】當衆逑說表示決心的誓言。
【宣戰】公開宣佈同對方(國家或集團)處於戰爭狀態。
◆宣示　宣揚　宣稱　宣講　宣讀　◆心照不宣

宦
huàn（換）
粵 wan⁶（幻）

宀 宀 宁 宦 宦 宦

❶封建官吏的統稱: 仕宦｜宦海。❷太監: 宦官。
【宦途】做官的生涯、遭遇。

宥
yòu（右）
粵 yeo⁶（又）

宀 宀 宁 宁 宥 宥

原諒，寬恕: 原宥｜宥恕。
【宥免】赦免。

室
shì（試）
粵 sed¹（失）

宀 宀 宏 宏 室 室

屋子: 室內｜教室｜寢室。

客
kè（課）
粵 hag³（嚇）

宀 宀 宁 客 客 客

❶來賓，跟「主」相對: 請客｜客人｜貴客。❷寄住在外地: 客居｜作客他鄉。❸一些行業對主顧的稱呼: 顧客｜旅客｜客戶。❹往來各地運貨販賣的商人: 客商｜珠寶客｜絲綢客。❺稱從事某種活動的人: 政客｜掮客｜刺客。
【客串】非職業的臨時性工作。
【客家】古代移住福建、江西、廣東等地的中原人的後裔。
【客套】應酬的客氣話。
【客氣】謙遜而有禮貌。
【客觀】哲學用語。指獨立於人的意識以外的物質世界。與「主觀」相對。
◆客座　客棧　客輪　客機　客體　客廳　◆生客　房客　乘客　逐客令　座上客　不速之客

七畫

宰
zǎi（災上）
粵 zoi²（載）

宀 宀 宀 宰 宰 宰

❶屠殺，分割: 宰殺｜屠宰｜宰割。❷主持，主管: 主宰｜宰制。❸古代官名: 太宰｜宰相。

宸
chén（辰）
粵 sen⁴（神）

❶又大又深的房屋。❷帝王住的地方。

家
jiā（加）
粵 ga¹（加）

宀 宀 宁 宇 家 家

❶眷屬共同生活的處所: 家庭｜回家。❷屬於家庭的: 家務｜閒話家常。❸謙稱自己的尊長: 家父｜家兄。❹自稱或稱別人: 自家｜人家。❺鋪戶: 商家｜只此一家，別無分店。❻尊稱學有專長或有專門技術的人: 專家｜科學家｜教育家。❼家裏餵養的動物: 家禽｜家畜｜家兔。
【家小】指妻子兒女。
【家伙】❶工具、用具等的俗稱。❷指牲畜或人(表示輕視或開玩笑)。
【家具】家庭用具，主要指木器。
【家家】每一家: 家家戶戶。
【家道】家境，家庭的經濟狀況: 家道中落。
【家常事】家庭的日常生活。比喩普普通通、經常發生的小事。
【家喩戶曉】家家戶戶都知道。
◆家長　家信　家族　家鄉　家徒四壁　◆世家　行家　作家　冤家　國家　發家　當家　親家　百家爭鳴　白手起家

宵
xiāo（消）
粵 xiu¹（燒）

丶 宀 宀 宀 宵 宵

夜: 春宵｜元宵｜今宵｜通宵達旦。
【宵小】夜間行竊的盜賊。泛指壞人。
【宵禁】夜間戒嚴。

宴
yàn（燕）
粵 yin³（燕）

宀 宀 宁 宴 宴 宴

❶擺酒席招待客人: 宴客｜宴會｜宴請賓客。❷酒席: 設宴｜盛宴。

宮
gōng（工）
粵 gung¹（工）

丶 宀 宀 宁 宮 宮

❶帝王的住所: 故宮｜皇宮｜宮殿｜宮廷。❷神仙的住所: 天宮｜月宮｜龍宮。
【宮女】在皇宮中供人使喚的女子。
【宮刑】古代五刑之一，閹割男子生殖器。

害
hài（亥）
粵 hoi⁶（亥）

宀 宀 宝 宝 害 害

❶災，禍患: 災害｜禍害｜蟲害。❷有壞處: 害蟲｜害處｜吸煙對人體有害。❸殺傷: 傷害｜殺害｜遇害。❹使受損傷: 損害｜危害｜害人不淺。❺發生疾病: 害病｜害眼。❻心理上產生不安的情緒: 害怕｜害羞｜害臊。
【害羣之馬】比喩危害集體的壞人。
◆害人蟲　◆坑害　利害　妨害　毒害　受害　要害　迫害　陷害　殘害　貽害無窮　傷天害理

容
róng（溶）
粵 yung⁴（溶）

宀 宀 宀 宀 容 容

❶裝，包含: 容納｜包容｜這個戲院能容三千觀衆。❷寬恕，忍讓: 寬容｜容忍。❸允許，許可: 容許｜不容分說。❹相貌，外表形態: 容貌｜容顏｜笑容。
【容或】也許，或許: 容或有之。
【容易】❶便當，不難: 這事容易辦到。❷發生某種變化的可能性大: 鐵器容易生銹。
【容量】容積的大小。公制容量的主單位是「升」。
【容積】器皿所能容納的物質的體積。
【容光煥發】臉上發出光彩，形容健康有精神。
◆形容　美容　從容　愁容　遺容　不容置疑　音容笑貌　刻不容緩　談何容易　無地自容

八畫

密 mì（秘）
粵 med⁶（勿）
宀 宀 宓 宓 宻 密

❶稠，不稀疏:稠密｜密植。❷挨得近，感情好:緊密｜親密｜密友。❸仔細，周到:細密｜精密｜周密。❹不公開:秘密｜保密｜密碼。
【密切】❶親近:關係密切。❷仔細:密切注意。
【密約】❶秘密約定。❷秘密的條約。
【密集】數量很多，聚集在一起。
◆密令　密件　密佈　密度　密封　密談　密謀　◆告密　泄密　嚴密

寇 kòu（扣）
粵 keo³（扣）
宀 宀 完 完 冦 寇

❶盜匪:匪寇｜流寇。❷敵人:賊寇｜敵寇。❸指敵人入侵國境:入寇。

寅 yín（吟）
粵 yen⁴（仁）
宀 宀 宁 审 审 寅

地支的第三位。參見「干支」條。
【寅時】指夜裏三點到五點。
【寅吃卯糧】比喻入不敷出，預先借支。

寄 jì（記）
粵 géi³（記）
宀 宀 宊 宆 宇 寄

❶通過郵局或託人傳遞:郵寄｜寄信｜寄錢。❷委託，託付:寄售｜寄存｜寄託。❸依靠，依附:寄居｜寄宿｜寄生。
【寄予】寄託，給予。
【寄人籬下】比喻依附別人過活。
◆寄寓　寄銷　寄生蟲

寂 jì（記）
粵 jig⁶（直）
宀 宀 宋 宋 宋 寂

❶安靜沒有聲音:寂靜｜沈寂。❷孤單，冷清無聊:孤寂｜寂寞。

宿 ㊀ sù（訴）
粵 sug¹（叔）
宀 宀 宁 宿 宿 宿

❶住，過夜:住宿｜歇宿｜露宿。❷歇夜的地方:宿舍。❸老練的、博學的:宿將｜宿儒。❹平素的、素有的:宿願｜宿怨。
㊁ xiǔ（朽）夜:住了一宿｜談了半宿。
粵 同㊀
㊂ xiù（秀）中國古代天文學家稱某些星的集合體:星宿｜二十八宿。
粵 seo³（秀）

九至十一畫

寃 同「冤」。

寒 hán（含）
粵 hon⁴（韓）
宀 审 宝 宝 寒 寒

❶冷，跟「暑」、「熱」相反:天寒｜寒冬｜寒風。❷貧窮:貧寒｜寒苦。❸害怕:心寒｜膽寒。
【寒心】❶心灰意冷。❷害怕。
【寒流】由寒冷地帶侵入的冷空氣。也叫「寒潮」。

【寒慄】因受冷或受驚引起身體顫動。也作「寒噤」。
【寒暄】指見面時隨便拉扯的客套話。
【寒酸】讀書人的窮相（帶輕蔑含義）。
【寒來暑往】形容歲月過得快。
◆寒士　寒衣　寒假　◆耐寒　風寒　清寒　嚴寒

富 fù（副）
粵 fu³（副）
宀 宀 官 宫 富 富

❶有錢，財產多，跟「貧」或「窮」相反:富裕｜富戶｜富翁。❷豐裕，充足:富庶｜豐富｜富於想像力。❸財產，資源:財富｜富源。
【富麗】宏偉美麗:富麗堂皇。

寓 yù（預）
粵 yu⁶（預）
宀 宀 寫 寓 寓 寓

❶住所:寓所｜公寓。❷居住:寓居｜寄寓。❸寄託，隱含:寓意。
【寓言】文學作品的一種體裁。以淺近假託的帶諷刺性的故事去表述抽象觀念或道德教訓。

寐 mèi（妹）
粵 méi⁶（味）
宀 宀 穼 寐 寐 寐

睡覺:假寐｜夜不成寐｜夢寐以求。

寡 guǎ（剮）
粵 gua²（瓜²）
宀 宀 宜 寡 寡 寡

❶少:寡言少語｜寡不敵眾｜優柔寡斷。❷婦女死了丈夫:守寡｜寡婦｜寡居。
【寡廉鮮恥】不廉潔，不知羞恥。

寞 mò（莫）
粵 mog⁶（莫）
宀 宀 宲 寞 寞 寞

清靜，冷落:寂寞｜落寞。

寧 ㊀ níng（凝）
粵 ning⁴（擰⁴）
宀 宀 忿 寍 寧 寧

安定，安靜:安寧｜康寧｜寧靜。
㊁ nìng（佞）❶情願:寧可｜寧願。❷難道:天下寧有此事?
粵 ning⁶（擰⁶）
【寧死不屈】寧可死去，也不屈服。
【寧缺毋濫】寧可不足，不要隨意湊數。

寨 zhài（債）
粵 zai⁶（債⁶）
宀 审 宲 寒 寨 寨

❶防守用的柵欄:營寨｜安營紮寨。❷山寇的聚集處:山寨。❸村莊的地名:張家寨。

察 chá（查）
粵 cad³（刷）
宀 宊 宊 究 察 察

仔細觀看，調查研究:考察｜觀察｜視察。
【察覺】發覺，看出來。
【察言觀色】觀察別人的言語和臉色來揣摩其心意。

寥 liáo（遼）
粵 liu⁴（遼）
宀 宀 宀 宮 寥 寥

❶空虛，廣闊:寥廓。❷稀少:寥若晨星（好像天亮時候的星星一樣稀少）。
【寥寥】❶稀少的樣子:寥寥無幾。❷空虛的樣子。

寤 wù（誤）
粵 ng⁶（誤）
宀 宀 宲 寤 寤 寤

睡醒。

寢 qǐn（侵上）
粵 cem²（侵²）
宀 宀 宲 寢 寢 寢

❶睡覺: 寢食不安｜廢寢忘食。❷睡覺用的: 寢具｜寢室。

實 | shí（石）| 粵 sed⁶（失⁶）| 宀 宀 宀 宩 實 實

❶滿: 充實｜實足｜實心球。❷確切, 客觀存在的: 事實｜實有其人｜如實報告。❸眞誠, 不虛假: 眞實｜誠實｜老實。❹眞正地去做: 實行｜實施｜實驗。❺種子, 果子: 果實｜開花結實。

【實在】❶的確, 實際: 實在好; 實在他並沒有來。❷誠實: 他這個人很實在, 不喜歡說人家壞話。

【實地】❶現場: 實地試驗。❷比喻眞實的行爲: 腳踏實地。

【實惠】實在的好處。

【實際】客觀存在的事實或情況。

【實數】❶數學中有理數、無理數的統稱。❷實在的數目。

【實踐】❶實行, 履行: 實踐諾言。❷改造自然和社會的活動。

【實事求是】從實際情況出發去對待和處理事情。

◆實力　實用　實物　實例　實現　實習　實話　實質
◆切實　其實　忠實　紮實　虛實　樸實　踏實　嚴實

十二畫以上

寮 | liáo（遼）| 粵 liu⁴（遼）| 宀 宊 宊 宛 寮 寮

小屋: 茶寮｜茅寮。

寬 | kuān（款陰）| 粵 fun¹（歡）| 宀 宀 宁 寬 寬 寬

❶闊大, 跟「狹」相反: 寬廣｜寬闊｜馬路很寬。❷放鬆, 使鬆緩: 放寬｜寬解｜寬限。❸不嚴苛, 從輕: 寬容｜寬恕。❹橫的距離: 寬度｜這條河有兩丈寬。❺有餘: 寬裕｜他手頭很寬。

【寬心】❶放心, 不着急。❷解除心中的焦慮。

【寬綽】❶寬闊: 廳堂寬綽。❷富裕。

【寬大爲懷】心胸開闊, 不斤斤計較。

【寬宏大量】氣量大, 胸懷廣。

◆寬大　寬厚　寬敞　寬暢　寬餘　寬慰　◆心寬　放寬　從寬

審 | shěn（嬸）| 粵 sem²（沈）| 宀 宀 宷 宷 審 審

❶詳細, 周密: 審愼｜精審。❷仔細思考, 反覆分析: 審查｜審核｜審稿。❸訊問案情: 審問｜審案｜審判。

【審定】對文字著作、藝術創造、學術發明等詳細考究、評定。

【審察】❶仔細觀察。❷審查。

【審時度勢】觀察時機, 估量形勢。

◆審美　審訂　審訊　審理　審閱　◆公審　候審　陪審　提審　編審

寫 | xiě（些陰上）| 粵 sé²（些²）| 宀 宀 宀 宛 穻 寫

❶用筆作字: 寫字｜寫信。❷描摹、繪畫: 寫生｜寫眞。❸用文字敍述或紀錄: 寫作｜寫詩｜描寫。

【寫眞】❶畫人像。❷畫的人像。❸對事物的如實描繪。

【寫照】❶畫像。❷文字的描繪: 現實生活的寫照。

寰 | huán（環）| 粵 wan⁴（環）| 廣大的地域: 人寰｜塵寰。【寰宇】【寰球】指全世界。也作「環宇」、「環球」。

寵 | chǒng（衝上）| 粵 cung²（充²）| 宀 宀 宭 宭 寵 寵

偏愛, 過分的愛: 寵愛｜受寵｜別把孩子寵壞了。

【寵物】心愛的物品。

◆寵兒　寵幸　寵信　◆失寵　恩寵　得寵　愛寵　受寵若驚　嘩衆取寵

寶 | bǎo（保）| 粵 bou²（保）| 宀 宀 宲 寳 寶 寶

❶珍貴的: 寶刀｜寶石｜寶貴。❷珍貴的東西: 珠寶｜國寶。❸舊時錢幣: 元寶｜通寶。❹敬詞: 寶眷｜寶號。

【寶貝】❶珍貴的東西。❷對小孩子的愛稱。

【寶藏】❶地下礦產。❷珍藏的寶物。

【寶寶】對小孩子的愛稱。

◆寶物　寶庫　寶座　寶塔　寶劍　◆法寶　珍寶　財寶　國寶　瑰寶　文房四寶　如獲至寶　無價之寶

寸部

寸 | cùn（村去）| 粵 qun³（串）| 一 十 寸

❶長度單位, 一尺的十分之一。❷比喻短、小: 手無寸鐵｜鼠目寸光。

【寸心】❶心中, 心裏。❷微小的心意: 略表寸心。

【寸陰】很短的時間: 惜寸陰。

【寸步難行】形容走路困難。也比喻處境艱難。

◆寸步不離　寸草不留　寸草春暉　◆尺寸　得寸進尺　尺短寸長

三至七畫

寺 | sì（似）| 粵 ji⁶（治）| 一 十 土 丰 寺 寺

❶佛教的廟宇: 寺院｜靈隱寺。❷伊斯蘭教禮拜的處所: 清眞寺。

封 | fēng（風）| 粵 fung¹（風）| 一 十 土 圭 封 封

❶密閉: 密封｜封閉。❷限制: 故步自封。❸量詞: 一封信｜一封電報。❹帝王把土地、爵位給有功的人或王族: 封地｜封官｜封侯。

【封存】把東西封好存放起來。

【封建】❶帝王把土地、爵位給有功的人或王族。❷指封建社會: 反封建。❸帶有封建社會的色彩: 頭腦封建。

【封鎖】採取強制措施使與外界隔絕: 經濟封鎖; 軍事封鎖; 封鎖消息。

◆封皮　封面　封套　封條　封官許願　◆加封　查封　信封　啟封　護封　故步自封

尅 同「剋」。

射 | shè（設）| 粵 sé⁶（社⁶）| 丿 亻 丬 身 身 射 射

❶用彈力或推力使達到遠處: 射箭｜射擊｜掃射。❷液

體受到壓力迅速噴出:噴射｜注射。❸放出光或熱:光芒四射｜反射。❹用語言或文字暗示:影射。

◆射手 射門 射線 射獵 ◆折射 投射 放射 發射 照射 含沙射影

八畫以上

專 |zhuān（磚）
粵 jun¹（尊） ｜白 車 亘 勇 專 專

❶單一，集中在一件事情上:專一｜專心｜專修科。❷獨自掌握或享有:專車｜專賣｜專利。❸特別的:專電｜專款｜專用。
【專長】專門的知識、技能或特長。
【專家】對某一門知識有專門研究或擅長某項技術的人。
【專程】專為某事到某地去。
【專橫】專斷強橫，恣意妄為。
【專欄】報刊上專門刊登某一問題的版面。
【專心致志】一心一意，全神貫注。
◆專刊 專制 專美 專科 專案 專著 專職 專題
◆中專 美專

尉 ㊀|wèi（畏）
粵 wei³（畏） ｜ㄇ 尸 尼 尿 尉 尉

❶軍階名，在校官之下:上尉｜中尉。❷古代官名:太尉｜縣尉。
㊁|yù（育）
粵 wed¹（屈） 【尉遲】複姓。

將 ㊀|jiāng（江）
粵 zêng¹（張） ｜丬 爿 丬 丬 將 將

❶快要，就要:天將下雨｜將要吃飯。❷把:將書拿來｜將他請來。❸調養:將養｜將息。
【將來】未來的時間。
【將軍】❶軍銜，次於元帥級。❷泛指高級將領。❸下象棋時攻擊對方的「將」或「帥」。亦比喻給人出難題。
【將就】勉強，湊合:將就着用。
【將計就計】利用對方的計策來向對方施計。
【將信將疑】半信半疑。
【將錯就錯】事情已經做錯，索性就順着它做下去。
◆將近 將功贖罪 ◆行將 即將 恩將仇報
㊁|jiàng（醬）
粵 zêng³（帳） ❶軍銜名，高於校官，低於元帥:中將｜少將。❷高級軍官:將帥｜將領。❸統領:韓信將兵，多多益善。
【將士】軍官士兵的合稱。

尊 |zūn
粵 jun¹（磚） ｜丷 酋 酋 酋 尊 尊

❶地位或輩分高:尊貴｜尊卑｜尊長。❷敬重:尊重｜尊敬師長。❸對人的敬稱:尊府｜尊駕｜尊姓大名。❹量詞:一尊佛像｜三尊大炮。
【尊崇】尊敬推崇。
【尊嚴】❶尊貴而莊嚴。❷可尊敬的身分或地位:民族尊嚴。
◆尊容 尊稱 ◆令尊 自尊 自尊心 養尊處優

尋 ㊀|xún（旬）
粵 cem⁴（沈） ｜ㄱ �彐 ㄓ 君 尋 尋

❶找，搜求:尋找｜尋求｜搜尋。❷古長度單位，八尺為一尋。
【尋味】仔細體味:耐人尋味。
【尋常】平常，素常:這可不是尋常的事情。
【尋短見】自殺。
【尋根究底】尋找根源，追究底細。也作「追根究柢」。
◆尋訪 尋覓 尋隙 尋章摘句
㊁|xín（心陽） 意義同㊀，用於口語「尋思」、「尋死」
粵 同㊀ 等詞。

對 |duì（隊）
粵 dêu³（堆³） ｜ㄐ ㄓ 丵 丵 堇 對

❶正確，跟「錯」相反:數字不對｜你說得對。❷正常:神色不對｜味道不對。❸回答:對答如流｜無言以對。❹向，朝着:我對你說｜面對太陽。❺彼此相向:對面｜對岸｜相對無言。❻互相:對看｜對調｜對流。❼兩相矛盾:對立｜對手｜敵對。❽成雙的:對偶｜對聯｜成雙成對。❾檢查，核實:校對｜查對｜對筆跡。❿平均分成兩半:對折｜對開｜對半分。⓫量詞:一對花瓶｜一對石獅子。
【對付】❶應付，處理。❷將就，湊合。
【對峙】兩相對立，相持不下:兩山對峙;兩軍對峙。
【對證】為證明是否真實而加以核對。
【對等】彼此的等級、地位相等。
【對策】對付的策略或辦法。
【對象】❶行動或思考時作為目標的事物。❷特指戀愛對象。
【對照】相互對比參照。
【對牛彈琴】比喻對不懂事的人講道理或對外行的人講內行話。含有輕視的意思。
【對症下藥】比喻針對具體問題決定解決辦法。
◆對方 對付 對抗 對於 對話 對頭 對不起 對台戲 ◆反對 作對 相對 核對 針對 絕對 應對如流 文不對題 棋逢對手

導 |dǎo（島）
粵 dou⁶（杜） ｜丷 首 渞 道 道 導

❶帶領，指引:指導｜引導｜導遊。❷傳:導電｜導熱。❸啟發:開導。
【導言】書籍或論文開頭的序言。
【導演】排演戲劇或電影的指導人。
【導彈】裝有彈頭和動力裝置並能制導的高速飛行武器。
◆導師 導體 ◆主導 先導 倡導 教導 輔導 嚮導 勸導

小部

小 |xiǎo（曉）
粵 xiu²（笑²） ｜亅 刂 小

❶跟「大」相反，表示規模、體積、面積、容量、數量不大的:小廠｜小山｜小船｜小杯子｜一小半;程度淺的:小學｜學問小;年幼的、排行最末的:小朋友｜小弟弟;不重要的:小事｜小節。❷時間短:小住｜小坐｜小別。❸輕視，看不起:小看｜小視。
【小卒】❶兵卒。❷不起眼的人。

【小氣】氣量小，慳嗇。
【小康】家庭經濟狀況維持在中等水平：小康之家。
【小販】沿街叫賣或擺小攤的小商販。
【小說】一種文學體裁，有短篇小說、中篇小說、長篇小說之分。
【小心翼翼】形容小心謹慎、不敢疏忽大意的樣子。
【小題大做】比喻把小事當作大事來處理。
◆小聰明　小巧玲瓏　◆狹小　弱小　渺小　矮小

少 ㊀ | shǎo（稍上）| 丿 小 小 少
　　 | 粵 xiu²（小）

❶數量小，跟「多」相反：少數｜少量｜多作事少說話。❷缺，不足：缺少｜少了一個。❸不經常的：少有｜少見。❹稍微：少等｜少候｜少待。
【少頃】片刻，一會兒。
【少見多怪】見識少，看到沒見過的東西就覺得奇怪。
◆少陪　少不了　◆不少　至少　短少　減少　稀少
　　 ㊁ | shào（哨）| ❶年紀輕，跟「老」相反：少年｜少女｜男女老少。❷稱富貴人家的兒子：少爺｜闊少｜惡少。❸軍銜中的一級：少將｜少校｜少尉。
【少壯】年輕力壯：少壯不努力，老大徒傷悲。
【少年老成】年紀雖輕，卻很老練。也指年輕人缺乏朝氣。

尖 | jiān（肩）| 丨 刂 小 少 少 尖
　 | 粵 jim¹（沾）

❶物體細小而銳利的部分：針尖｜筆尖｜刀尖。❷突出的部分：尖端｜山尖｜鼻尖。❸感覺敏銳：耳朵尖｜眼睛尖。❹聲音高而細：尖嗓子｜尖聲尖氣。❺起先鋒作用的，特別突出的：尖兵｜拔尖｜頂尖兒的人物。
【尖刻】尖酸刻薄。
【尖銳】❶物體尖細鋒利。❷聲音高而刺耳。❸看問題深刻。❹激烈：矛盾尖銳。
◆尖子　尖利　尖峯　尖頂　◆舌尖　冒尖

肖 | xiào（笑）| 丨 丷 丬 肖 肖 肖
　 | 粵 qiu³（俏）

像，相似：惟妙惟肖｜不肖子孫。
【肖像】畫像，相片。

尚 | shàng（上）| 丨 刂 刂 冋 尚 尚
　 | 粵 sêng⁶（上⁶）

❶尊崇，重視：崇尚｜尚武。❷還：尚未｜尚好｜尚待研究｜爲時尚早。
【尚且】與「何況」、「別說」呼應，表示進一層的意思：說話句句留心，尚且不免有錯，何況信口開河。

尢部

尤 | yóu（由）| 一 ナ 尢 尤
　 | 粵 yeo⁴（由）

❶特異的，突出的：無恥之尤。❷格外，更加：尤其｜尤甚｜尤爲重要。❸怨恨，責怪：怨天尤人。❹罪惡、過失：效尤（學着做壞事）。

尥 | liào（料）| 【尥蹶子】騾馬等跳起來用後腿向後踢。
　 | 粵 liu⁶（料）

尬 | gà（嘎去）| 一 ナ 尢 尬 尬 尬
　 | 粵 gai³（介）

見「尷尬」條。

就 | jiù（舊）| 亠 宁 京 京 就 就
　 | 粵 zeo⁶（袖）

❶靠近，湊近：就近｜就着燈光看書。❷進入，開始從事：就位｜就職。❸趁着，依照：就便｜就手｜就事論事。❹立刻，馬上：我就來｜我姊姊就要畢業了。❺成功，完成：成就｜造就。❻單單，只：他就愛看卡通片｜就剩他一個人了。❼表示推斷、假設，相當於「即使」、「即或」、「縱然」：你就不說，我也知道｜他就是送來，我也不要。
【就地】在當地、原地。
【就義】爲正義的事業而英勇獻身。
【就緒】事情安排好了。
【就範】聽從支配和約束：迫使就範。
【就醫】有病去求醫治療。
◆就業　就學　◆屈就　高就　俯就　將就　遷就　因陋就簡　按部就班　駕輕就熟　避重就輕

尷 | gān（甘）| 尢 尣 尩 尩 尷 尷
　 | 粵 gam¹（監）

【尷尬】❶處境困難，不好處理。❷神態不自然。

尸部

尸 | shī（失）| 乛 コ 尸
　 | 粵 xi¹（詩）

❶同「屍」。❷在位不做事情：尸位素餐。

一至三畫

尺 | chǐ（恥）| 乛 コ 尸 尺
　 | 粵 cêg³（赤）

❶長度單位，十寸是一尺，十尺是一丈。❷量長短或作圖用的工具：尺子｜皮尺｜放大尺。❸像尺的東西：鐵尺｜鎮尺。
【尺寸】指長度，也指衣物的大小長短。
【尺牘】書信的別稱。
◆百尺竿頭　得寸進尺

尻 | kāo（考陰）| 即「屁股」。
　 | 粵 hao¹（敲）

尼 | ní（泥）| 乛 コ 尸 尸 尼
　 | 粵 nei⁴（妮）

信佛出家的女子，俗稱「尼姑」。
【尼龍】音譯名。是重要的合成纖維和工業塑料。

四至六畫

屁 | pì（譬）| 乛 尸 尸 尼 屁 屁
　 | 粵 péi³（譬）

從肛門排出的臭氣。
【屁股】臀部。

尾 | wěi（偉）
粵 méi⁵（美）| コ 尸 尸 尸 屋 尾

❶鳥獸蟲魚脊後梢突出的部分，俗稱「尾巴」。❷末端，最後:排尾│末尾。❸緊隨後邊:尾隨│尾追。❹量詞:一千尾魚。

【尾數】❶小數點後面的數。❷賬上大數目以外的零頭兒。

【尾聲】❶戲曲、音樂、文學作品的結尾部分。❷指事情接近結束的階段。

◆收尾 掃尾 首尾相接 招頭去尾

尿 | ㊀niào（鳥去）
粵 niu⁶（鳥⁶）| コ 尸 尸 尽 屏 尿

❶小便。❷排泄小便:嬰兒尿牀。

　　㊁suī（雖）│小便(只作名詞用):一泡尿│溺尿。
　　粵 同㊀

局 | jú（菊）
粵 gug⁶（谷⁶）| コ コ 尸 吊 局 局

❶政府機構分工辦事的單位:郵局│教育局。❷部分:局部。❸事勢、情況、結構、組織等:時局│結局│佈局。❹棋盤，也指一盤棋或別的比賽:棋局│平局│勝了一局。❺圈套:騙局│美人局。

【局外】處於範圍之外，與某事不相關:局外人。

【局面】❶一個時期內事情發展的狀態。❷格局，規模。

【局限】限制在某個狹小的範圍內。

【局勢】一個時期內政治、軍事的發展情況。

◆大局 全局 定局 政局 敗局 殘局 僵局 戰局 當局者迷

屆 | jiè（介）
粵 gai³（介）| コ 尸 尸 屈 居 屆

❶到，至:屆時。❷次，期:本屆│第一屆。

居 | jū（拘）
粵 gêu¹（舉¹）| コ 尸 尸 尸 居 居

❶住:居住│分居│旅居。❷住處:故居│新居│遷居。❸在某種位置:居中│居高臨下。❹積蓄，儲存:奇貨可居│囤積居奇。❺任，當:以功臣自居。

【居心】存心，懷着某種念頭。用於貶義:居心何在?

【居功】自以為有功勞。

【居然】竟然，出乎意料地:事隔多年，他居然還記得。

【居間】在雙方之間:居間調停。

【居心叵測】存心險惡，難以推測。

【居安思危】處在安穩的環境，要想到可能發生的危險災難。指時時要提高警惕，預防禍患。

◆居民 居留 居喪 ◆同居 定居 家居 起居 鄰居 隱居 安居樂業 後來居上

屈 | qū（驅）
粵 wed¹（華不¹）| コ 尸 尸 尸 屈 屈

❶彎曲，跟「伸」相反:屈曲│屈膝。❷低頭，認輸，妥協:屈服│屈從│寧死不屈。❸受冤枉:委屈│冤屈│叫屈。❹虧:理屈詞窮。❺表示「降低了身分」:屈才│屈駕。

【屈辱】受到的委屈和侮辱。

【屈就】降格以就。用作請人擔任職務的客套話。

【屈節】放棄原則，改變志節。

【屈指可數】彎着指頭就可以計算出來。形容數量極為有限。

◆屈打成招 ◆不屈不撓 首屈一指 能屈能伸 卑躬屈膝 威武不屈 寧死不屈

屏 | ㊀píng（平）
粵 ping⁴（評）| コ 尸 尸 屏 屏 屏

❶遮擋:屏蔽。❷分隔、遮擋用的器具:屏風│圍屏。

【屏障】❶起遮擋作用的東西:天然屏障。❷保護，防衛。

　　㊁bǐng（丙）│❶排除，斥退:屏除│屏棄│屏退
　　粵 bing²（丙）│左右。❷抑止:屏氣│屏息。

屎 | shǐ（史）
粵 xi²（史）| コ 尸 尸 屏 屏 屎

❶糞，大便。❷眼、耳所分泌的東西:眼屎│耳屎。

屍 | shī（詩）
粵 xi¹（詩）| 尸 尸 尸 尸 屍 屍

死人的身體:屍體│屍首│死屍。

屋 | wū（烏）
粵 ug¹| コ 尸 尸 层 屋 屋

❶房子:房屋│屋簷。❷房間:裏屋。

◆屋子 屋頂 ◆正屋 茅屋 堂屋 愛屋及烏

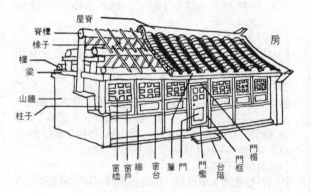

七畫以上

展 | zhǎn（斬）
粵 jin²（剪）| 尸 尸 屏 屏 展 展

❶張開，舒放:展翅│舒展│愁眉不展。❷擴大，發揮:擴展│發展│施展。❸放寬，延遲:展期│展緩。❹陳列:展覽│展銷│畫展。

【展示】清楚地擺出來，明顯地表現出來。

【展望】❶往遠處看，往將來看。❷對事物的發展前途的預測:國際形勢展望。

【展開】❶張開，鋪開:展開畫面。❷大規模地進行:展開辯論。

◆展出 展品 展現 展眼舒眉 ◆伸展 招展 開展 舒展 進展 一籌莫展

屑 | xiè（謝）
粵 xid³（泄）| 尸 尸 尸 尸 屑 屑

❶碎末:木屑│炭屑。❷細碎的:瑣屑。❸認為值得去做:不屑一顧。

屐 | jī（雞）
粵 kég⁶（劇）| 尸 尸 尸 屏 屐 屐

❶木底鞋:木屐。❷泛指鞋:屐履。

屠 | tú（途）
粵 tou⁴（桃）| コ 尸 尸 戽 屏 屠

❶殺:屠殺｜屠戮。❷宰殺牲畜:屠宰。

屜 tì（替）｜粵 tei³（替）｜尸 屏 屏 屏 屏 屜
器物中呈匣形或分層的格架:抽屜｜籠屜。

屙 ē（俄陰）｜粵 o¹（柯）
排泄大小便:屙屎｜屙尿。

孱 chán（纏）｜粵 san⁴（山⁴）｜コ 尸 尸 孱 孱 孱
懦弱,弱小:孱弱。

屢 lǚ（呂）｜粵 lêu⁵（呂）｜コ 尸 屄 屄 屢 屢
不止一次:屢次｜屢見不鮮｜屢戰屢敗。

屣 xǐ（洗）｜粵 sai²（徙）
鞋:敝屣。

層 céng｜粵 ceng⁴（初鶯⁴）｜尸 尼 屆 屆 屇 層
❶量詞:四層樓｜好厚的一層霜。❷重疊:層出不窮。
【層次】事物的次序:層次分明。
◆上層　夾層　底層　表層　雲層　階層

履 lǚ（呂）｜粵 léi⁵（理）｜尸 尸 尸 屠 屠 履
❶鞋:革履｜草履。❷踩,踐踏:如履薄冰。❸實行:履行。
【履約】實踐約定的事。
【履歷】個人的生平經歷及歷任的職務。

屨 jù（句）｜粵 gêu³（句）
古代用麻葛等製成的一種鞋。

羼 chàn（產去）｜粵 can³（燦）
攙和:羼入｜羼雜。

屬 ⊖shǔ（暑）｜粵 sug⁶（熟）｜尸 尸 尼 屆 屙 屬
❶有血緣關係的:家屬｜親屬｜眷屬。❷有同類關係的:金屬｜非金屬。❸有管轄關係的:部屬｜下屬｜直屬。❹有歸附關係的:附屬｜歸屬｜屬於。❺符合:情況屬實。
◆所屬　從屬　領屬　隸屬
⊜zhǔ（主）｜粵 zug¹（足）
❶連綴:前後相屬。❷（意念）集中在一點上:屬意｜屬望。

屮部

屯 tún（臀）｜粵 tün⁴（團）｜一 亡 屯 屯
❶聚集,儲存:屯糧｜屯積。❷軍隊駐守:屯兵｜屯墾。❸村莊:屯子｜皇姑屯。

山部

山 shān（衫）｜粵 san¹（閂）｜丨 山 山
地面上隆起的部分。
【山河】山岳河流,泛指國土、疆域:錦繡山河。

【山歌】民歌的一種,多在山野勞動時歌唱。
【山雞】亦稱「野雞」,學名叫「雉」。喜棲於蔓生草莽的丘陵中。以穀類、漿果、種籽和昆蟲為食。
【山麓】山腳。
【山水畫】描寫山川自然景色為主體的繪畫。
【山明水秀】形容山水秀麗,風景優美。
【山珍海味】山中和海裏出產的珍貴食品。
【山窮水盡】比喻到了無路可走的絕境。
◆山谷　山林　山洞　山脊　山徑　山頂　山崗　山腰　山巒　山巔　山川文物　山崩地裂　◆人山人海　翻山越嶺　萬水千山

三至四畫

屹 yì（亦）｜粵 nged⁶（兀）｜丨 山 山 山 屹 屹
山勢直立高聳的樣子,亦比喻堅定不可動搖:屹立｜屹然。

岐 qí（歧）｜粵 kéi⁴（其）｜丨 山 山 屾 屾 岐 岐
【岐山】山名,在陝西省。
⊗跟「歧」不同。

岑 cén｜粵 sem⁴（心⁴）｜丨 山 少 尖 岑 岑
❶小而高的山。❷姓。
【岑寂】寂靜。

岔 chà（詫）｜粵 ca³（杈）｜丿 八 分 分 岔 岔
❶分歧的地方:岔路｜岔口｜三岔路。❷亂子,意外的事故:岔子｜岔兒。❸轉移話題:打岔｜拿話岔開。❹互相錯開:把這兩個會的時間岔開。

岌 jí（及）｜粵 keb¹（級）｜丨 山 屮 岁 岌 岌
【岌岌】❶高峻的樣子。❷危險的樣子:岌岌可危。

五畫

岢 kě（可）｜粵 ho²（可）
【岢嵐】縣名,在山西省。

岸 àn（按）｜粵 ngon⁶（我安⁶）｜丨 山 屮 屵 岸 岸
❶江、河、湖、海等水邊的陸地:河岸｜海岸。❷高大、莊嚴的樣子:偉岸｜傲岸｜道貌岸然。

岩 yán（言）｜粵 ngam⁴（我監⁴）｜丨 山 屮 户 岩 岩
❶高峻的山崖:嵩岩。❷山洞:七星岩。

岡 gāng（剛）｜粵 gong¹（剛）｜丨 冂 冂 冈 冈 岡
高起的土坡:山岡｜景陽岡｜岡巒起伏。

岬 jiǎ（甲）｜粵 gab³（甲）
❶伸入海裏的陸地前端:岬角。❷兩山之間:山岬。

岫 xiù（袖）｜粵 zeo⁶（就）｜丨 山 屾 岫 岫 岫
❶山洞。❷山峯:重巒疊岫。

岳　yuè（月）
粵 ngog⁶（腭）
丿 ㄠ ㅌ 岳 岳 岳
❶稱妻的父母: 岳父｜岳母。❷同「嶽」。

岱　dài（代）
粵 doi⁶（代）
亻 亻 代 代 代 岱
泰山的別稱，也叫「岱宗」、「岱嶽」。

岣　gǒu（狗）
粵 geo²（狗）
【岣嶁】山名，在湖南省。

岷　mín（民）
粵 men⁴（文）
丨 山 屵 屵 屵 岷
【岷山】山名，在四川省北部，是岷江發源的地方。

六至七畫

峙　zhì（智）
粵 xi⁶（是）
丨 山 山⼗ 屿 峙 峙
直立，聳立: 兩峯對峙。

峒　㊀dòng（洞）
粵 dung⁶（棟）
山洞，石洞。
㊁tóng（同）
粵 tung⁴（同）
見「崆峒」條。

峋　xún（旬）
粵 sên¹（荀）
見「嶙峋」條。

峽　xiá（俠）
粵 hab⁶（俠）
丨 山 山一 峽 峽 峽
❶兩山夾水的地方: 三門峽｜長江三峽。❷夾在陸地中間而溝通兩海的水道: 台灣海峽。❸兩山之間狹而深的谷地: 峽谷。

長江三峽

峭　qiào（俏）
粵 qiu³（俏）
丨 山 山丨 屿 峭 峭
❶山勢又高又陡: 峭立｜陡峭｜峭壁。❷嚴厲: 峭直(個性剛直嚴峻)。

峨　é（俄）
粵 ngo⁴（鵝）
屵 屸 峨 峨 峨 峨
高峻: 山勢巍峨。
【峨嵋】山名，在四川省。也作「峨眉」。

島　dǎo（倒）
粵 dou²（搗）
亻 臼 臼 鳥 島 島
海洋、河、湖中露出水面的陸地。
【島嶼】大大小小的海島。
◇半島 列島 孤島 海島 荒島 羣島 珊瑚島

峪　yù（預）
粵 yug⁶（浴）
丨 山 山丷 峪 峪 峪
山谷。多用於地名: 嘉峪關(在甘肅省)。

峯　fēng（風）
粵 fung¹（風）
丨 山 岁 炭 峇 峯
❶高而尖的山頭: 山峯｜頂峯｜峯巒。❷類似山峯高起的部分: 浪峯｜駝峯。❸比喻極高的境界: 登峯造極。
◇上峯　高峯　險峯

峻　jùn（俊）
粵 zên³（進）
丨 山 山 山夊 峻 峻
❶山勢高而陡: 峻峭｜險峻｜崇山峻嶺。❷嚴厲苛刻: 嚴峻｜嚴刑峻法。

八畫

崇　chóng（蟲）
粵 sung⁴（送⁴）
丨 山 屮 屶 崇 崇
❶高: 崇高｜崇山峻嶺。❷尊敬，尊重: 崇敬｜崇拜｜尊崇。
【崇尚】尊重，推崇。
【崇奉】信仰，崇拜。

崆　kōng（空）
粵 hung¹（空）
丨 山 山丶 屺 屸 崆
【崆峒】山名，在甘肅、河南、四川、江西等地，有六座山都叫崆峒。

崚　líng（玲）
粵 ling⁴（玲）
【崚嶒】❶山高峻的樣子。❷比喻人性情剛直: 風骨崚嶒。

崧　同「嵩」。

崖　yá（牙）
粵 ngai⁴（挨）
丿 山 屮 户 崖 崖
山邊，高地的邊沿: 山崖｜懸崖。
◇崖岸　崖壁　◇懸崖勒馬

崎　qí（奇）
粵 kéi¹（敧）
丨 山 山大 屺 崎 崎
【崎嶇】❶山路或地面不平的樣子。❷比喻事情艱難曲折。

崦　yān（煙）
粵 yim¹（淹）
【崦嵫】山名，在甘肅省。

崗　㊀gǎng（港）
粵 gong¹（剛）
值勤，守衛的地方: 站崗｜門崗｜崗哨。
【崗位】守衛的位置。
㊁gāng（剛）
粵 同㊀
同「岡」。

崑　kūn（坤）
粵 kuen¹（坤）
丨 山 屵 屵 屵 崑
【崑崙】中國的最大山脈，西從帕米爾高原起，分三支向東伸延。也作「昆侖」。

崢　zhēng（爭）
粵 zeng¹（爭）
丨 山 屸 崢 崢 崢
【崢嶸】❶山勢高峻。❷突出，不平常: 頭角崢嶸｜崢嶸歲月。

崔　cuī（催）
粵 cêu¹（吹）
丿 山 屮 崒 崔 崔
❶高大的樣子: 崔巍。❷姓。

崙　lún（倫）
粵 lên⁴（侖）
丿 山 尖 岺 峇 崙
見「崑崙」條。

崩　bēng（繃）
粵 beng¹（波鷹¹）
丨 山 屶 屶 崩 崩

❶倒塌: 崩塌│山崩地裂。❷破裂, 弄傷: 談崩了│放鞭炮把手崩了。❸舊稱帝王死亡: 駕崩。
【崩潰】毀壞, 垮台。

崛 jué (決) 粵 gued⁶ (掘) ｜ 屵 屵 屵 屵 崛
高起, 突出: 崛起。

九畫

嵫 zī (孜) 粵 ji¹ (之) 見「崦嵫」條。

嵌 qiàn (欠) 粵 hem⁶ (勘⁶) 一 廿 廿 甘 嵌
把小件東西卡入空隙裏: 鑲嵌│嵌寶石戒指。

崴 wēi (威) 粵 wei¹ (威) 【崴嵬】形容山高。

崽 zǎi (宰) 粵 zoi² (宰) 【崽子】❶小孩子。❷幼小的動物。

嵐 lán (藍) 粵 lam⁴ (藍) ｜ 屵 片 嵐 嵐 嵐
山裏像霧的水蒸氣: 山嵐│曉嵐。

嵋 méi (眉) 粵 méi⁴ (眉) 見「峨嵋」條。

十至十二畫

嵩 sōng (鬆) 粵 sung¹ (淞) ｜ 屵 屵 峇 嵩 嵩
高聳的樣子。
【嵩山】是五嶽中的中嶽, 在河南登封縣北。

嵯 cuó (搓陽) 粵 co¹ (初) 【嵯峨】山勢高峻的樣子。

嵊 shèng (剩) 粵 xing⁶ (剩) 縣名, 在浙江省。

嵬 wéi (為) 粵 ngei⁴ (危) 高大聳立。

嶂 zhàng (障) 粵 zêng³ (漲) 形勢高險像屏障的山峯。

嶄 zhǎn (斬) 粵 zam² (斬) ｜ 屵 峇 宣 嶄 嶄
高峻的樣子: 嶄然。
【嶄新】極新。
【嶄露頭角】比喻突出地顯示出本領和才能。

嶇 qū (驅) 粵 kêu¹ (驅) ｜ 屵 岖 嶇 嶇 嶇
見「崎嶇」條。

嶁 lǒu (摟) 粵 leo⁵ (柳) 見「岣嶁」條。

嶙 lín (鄰) 粵 lên⁴ (鄰) 【嶙峋】❶山石一層層的重疊不平。❷形容身體瘦削: 瘦骨嶙峋。

嶒 céng (層) 粵 ceng⁴ (層) 見「崚嶒」條。

嶗 láo (勞) 粵 lou⁴ (勞) 【嶗山】山名, 在山東省, 原作「勞山」。

嶠 jiào (轎) 粵 giu⁶ (叫⁶) 山尖而高。

嶝 dèng (凳) 粵 deng³ (凳) 山上可以攀登的道。

十三畫以上

嶧 yì (亦) 粵 yig⁶ (亦) 山名, 在山東省。

嶮 xiǎn (險) 粵 him² (險) 形容高峻的樣子。

嶸 róng (榮) 粵 wing⁴ (榮) 見「崢嶸」條。

嶼 yǔ (雨) 粵 zêu⁶ (罪) ｜ 峠 峡 峢 峢 嶼 嶼
❶小島。❷大嶼山, 香港最大的離島。[大嶼山的「嶼」粵音讀yu⁴ (如)]。

嶺 lǐng (領) 粵 ling⁵ (領) ｜ 屵 岆 岭 嶺 嶺
❶頂上可通道路的山: 山嶺│崇山峻嶺│爬山越嶺。❷高大的山脈: 南嶺│秦嶺│大小興安嶺。
【嶺南】泛指五嶺以南的地區, 常指廣東, 有時也包括廣西。

嶽 yuè (岳) 粵 ngog⁶ (腭) ｜ 屵 屵 崖 嶽 嶽 嶽
同「岳」。高大的山: 五嶽(即東嶽泰山、西嶽華山、南嶽衡山、北嶽恒山、中嶽嵩山)。

嶷 yí (移) 粵 yi⁴ (而) 九嶷, 山名, 在湖南省。

巉 chán (蟬) 粵 cam⁴ (蠶) 【巉岩】山勢險峻, 像是鏤刻過的樣子。

巍 wēi (危) 粵 ngei⁴ (危) 屵 屵 巍 巍 巍 巍
高大: 巍峨│巍巍│巍然屹立。

巋 kuī (虧) 粵 kuei¹ (虧) 高大: 巋然不動│巋然獨存。

巔 diān (顛) 粵 din¹ (顛) ｜ 屵 肖 真 巔 巔
山頂: 山巔│巔峯。

巒 luán (孿) 粵 lün⁴ (聯) 言 结 结 结 结 巒
❶小而尖的山: 岡巒│峯巒。❷連着的山: 山巒起伏│重巒疊嶂。

巖 yán (言) ngam⁴ (癌) 峇 峇 峇 巖 巖
同「岩」。❶巖石: 花崗巖。❷巖洞: 七星巖(在廣東肇慶)。

巛部

川 chuān (穿) 粵 qun¹ (村) 丿 丿丿 川

❶河流: 高山大川。❷平地，平原: 平川｜米糧川。
【川資】旅費。
【川流不息】形容行人或車、船來往不斷。
◆山川　四川　冰川　百川歸海　一馬平川

州 │zhōu（舟）│　、丿丬州州州
　　│粵 zeo¹（周）│

❶從前的一種行政區域，現還保留在地名裏: 廣州｜蘇州｜杭州。❷少數民族的自治區域: 自治州。

巢 │cháo（潮）│　巛 屵 甾 臼 單 巢
　　│粵 cao⁴（抄⁴）│

❶樹上的鳥窩: 鵲巢｜百鳥歸巢。❷盜賊藏身的地方: 匪巢｜老巢｜巢穴。

工部

工 │gōng（公）│　一丁工
　　│粵 gung¹（弓）│

❶從事生產勞動的人: 工人｜礦工｜技工。❷生產勞動: 工作｜做工｜上工。❸精巧，精細: 工整｜工細｜工筆畫。❹長於，善於: 工書善畫。
【工夫】❶時間: 我今天抽不出工夫。❷致力的程度，造詣，也作「功夫」: 下工夫｜他的字寫得很有工夫。
【工本】製造品所費的工事和成本: 工本費｜不惜工本。
【工具書】字典、辭典、索引、年鑑、百科全書等的統稱。
【工藝品】手工製作的藝術品。
◆工匠　工科　工場　工程　工會　工資　工廠　工藝　工齡　◆分工　加工　完工　動工　竣工　罷工　神工鬼斧　能工巧匠　巧奪天工　異曲同工

左 │zuǒ（佐）│　一ナ左左左
　　│粵 zo²（阻）│

❶方位名，跟「右」相對: 左手｜左邊｜向左轉。❷政治思想屬於激進派系的: 左派｜左傾。❸面向南時，東邊叫左: 山左｜江左。❹偏，斜，差錯，不一致: 左道旁門｜意見相左。
【左右】❶表示約數: 二十歲左右。❷支配，操縱: 左右整個局面。❸身邊隨從: 喝退左右。❹左和右兩個方面: 左右為難。❺橫豎，反正: 左右是要去的，你還是早點去吧。
【左近】附近。
【左右手】比喻得力的助手。
【左右逢源】比喻做事得心應手，非常順利。
【左右開弓】比喻雙手做同一動作，或幾方面工作同時進行。
【左顧右盼】❶形容得意的神態。❷向左右兩邊看。

巧 │qiǎo（蔽上）│　一丁工 巧巧
　　│粵 hao²（考）│

❶靈敏，精細: 巧妙｜心靈手巧。❷技術、手藝好: 技巧｜巧手。❸虛浮，欺詐: 花言巧語｜巧取豪奪。❹恰好，正碰上: 恰巧｜湊巧｜你來得正巧。
【巧合】恰好相符合。
【巧立名目】編造理由定出各種名義條目以達到某種不正當的目的。
【巧奪天工】精巧的人工勝過天然形成的。形容技巧的高

超。
◆巧言　巧計　巧辯　◆小巧　乖巧　輕巧　剛巧　偏巧　碰巧　精巧　小巧玲瓏　弄巧成拙　花言巧語　投機取巧　熟能生巧

巨 │jù（具）│　一 丆 丆 巨 巨
　　│粵 gêu⁶（具）│

大: 巨大｜巨型｜巨款。
【巨頭】重要的領袖人物。
【巨擘】❶大拇指。❷比喻在某一方面成就特別顯著的人。
◆巨人　巨匠　巨著　巨響　◆艱巨　老奸巨猾

巫 │wū（汚）│　一 丆 丌 丞 巫 巫
　　│粵 mou⁴（無）│

替迷信神鬼的人求神祈福，或是爲神鬼代言的人: 巫術｜巫師｜巫婆。

差 │㊀chà（叉去）│　丷 丬 羊 羊 差 差
　　│粵 ca¹（叉）│

❶錯: 記差了｜算差了。❷不相合，不相同: 差不多｜差得遠。❸缺欠: 差一道題沒做完。❹不好，不行: 成績太差｜這個人差勁。
㊁chā（叉陰）│粵 同㊀│　❶不同: 差別｜差異｜差距。❷兩數相減的餘數: 差數｜差額。❸錯誤: 差錯｜一念之差。
【差強人意】大體上還能讓人滿意。
【差之毫釐，失之千里】稍有半點失誤，就會釀成大錯。
◆逆差　時差　偏差　誤差
㊂chāi（柴陰）│粵 cai¹（猜）│　❶派遣: 差遣｜差使。❷公事，職務: 差事｜出差｜當差。
◆差役　◆公差　交差　專差　開小差
㊃cī（詞陰）│粵 qi¹（雌）│　見「參差」條。

己部

己 │jǐ（幾）│　コ コ 己
　　│粵 géi²（紀）│

❶對人稱自身: 自己｜先人後己｜固執己見。❷天干的第六位，參見「干支」條。
◆己方　己任　◆克己　利己　知己　異己　以己度人　推己及人　捨己爲人　安分守己　損人利己
⊗末筆不過橫畫，跟「已」、「巳」不同。

已 │yǐ（以）│　コ コ 已
　　│粵 yi⁵（以）│

❶表示過去的詞: 已經｜時間已過。❷停止: 讚歎不已｜雞鳴不已。❸罷了: 如此而已。
⊗末筆過橫畫，但不封口，跟「己」、「巳」不同。

巳 │sì（四）│　コ コ 巳
　　│粵 ji⁶（治）│

地支的第六位，參見「干支」條。
【巳時】上午九時到十一時。
⊗末筆封口，跟「己」、「已」不同。

巴 │bā（八）│　コ 丆 巴 巴
　　│粵 ba¹（爸）│

❶盼望: 巴望｜巴不得。❷黏貼, 附着: 鍋巴｜粥巴鍋了。❸接近, 靠着: 前不巴村, 後不着店。❹作詞尾用(讀輕聲): 尾巴｜泥巴｜鹽巴。
【巴掌】❶手掌: 拍巴掌。❷用手掌打人: 狠狠地給他一巴掌。
【巴結】討好, 奉承。
◆啞巴 結巴 嘴巴 乾巴巴 眼巴巴

巷 xiàng (項) 粵 hong⁶ (項)　一 廿 廿 共 巷 巷
胡同, 里弄: 大街小巷｜街頭巷尾。

巽 xùn (訓) 粵 sên³ (信)　⁊ 巳 巴 巴 巽 巽
八卦之一。

巾部

巾 jīn (斤) 粵 gen¹ (斤)　丶 冂 巾
擦東西或包裹, 覆蓋東西用的紡織品: 毛巾｜浴巾｜頭巾｜圍巾。
【巾幗】婦女的首飾, 後來用來代表婦女: 巾幗英雄。

二至五畫

市 shì (仕) 粵 xi⁵ (時)　丶 亠 冇 市
❶做買賣的地方: 市場｜街市｜夜市。❷人口集中、工商業和文化發達的地方: 城市｜都市。❸行政區域的劃分: 上海市｜直轄市。
【市儈】指居間買賣的人。現稱巧詐奸猾、唯利是圖的人為「市儈」。
◆市民 市區 市容 市鎮 ◆上市 黑市 開市 街市 鬧市 招搖過市 門庭若市

布 bù (步) 粵 bou³ (報)　一 ナ ナ 右 布
❶紡織品: 布疋｜棉布｜紗布。❷安排, 整置: 布置｜布列｜布局。❸宣告, 陳述, 也作「佈」: 公布｜宣布。
【布穀】即布穀鳥, 也叫大杜鵑。吃蟲。初夏時常不停地發出「布穀、布穀」的叫聲。
【布依族】中國少數民族。主要分佈在貴州省。
【布朗族】中國少數民族。主要分佈在雲南省。
◆布丁 布料 ◆毛布 帆布 抹布 花布 瀑布

帆 fān (翻) 粵 fān⁴ (凡)　丶 冂 巾 巾 帆 帆
❶掛在桅杆上, 藉風力使船前進的布篷: 船帆｜一帆風順。❷指有帆的船: 帆船｜千帆競發。

風帆

希 xī (西) 粵 héi¹ (欺)　ノ メ 亠 产 希 希
❶盼望, 期望: 希望｜希冀。❷同「稀」: 希罕｜希奇。

帘 lián (連) 粵 lim⁴ (廉)　丶 宀 宀 宎 帘 帘
用布、竹、葦等做的遮蔽門窗的東西: 窗帘｜門帘。

帖 ㊀ tiè (貼去) 粵 tib³ (貼)　丶 冂 巾 巾 帖 帖
供臨寫摹仿用的字、畫樣本: 字帖｜書帖｜碑帖。
㊁ tiě (鐵) 粵 同㊀　邀請客人的書面通知: 請帖｜喜帖。
㊂ tiē (貼) 粵 同㊀　❶妥當: 妥帖。❷順從: 服帖｜俯首帖耳。

帕 pà (怕) 粵 pag³ (拍)　包頭或擦手、擦臉的小塊紡織物: 頭帕｜手帕。

帛 bó (博) 粵 bag⁶ (白)　ノ 冂 白 白 帛 帛
絲織物的總稱。
【帛書】古人用帛寫成的書。
【帛畫】繪織在帛上的圖畫。

帔 pèi (配) 粵 péi³ (屁)　古代披在肩背上的衣飾。

帚 zhǒu (肘) 粵 zeo² (走)　ᄀ ⼘ ⼛ 扂 帚 帚
掃除的用具: 掃帚。

帑 tǎng (躺) 粵 tong² (躺)　⼁ ⼂ ⼥ 奴 帑 帑
❶古時指收藏錢財的府庫: 帑藏。❷府庫收藏的錢財: 公帑｜國帑。

六至九畫

帝 dì (第) 粵 dei³ (締)　丶 亠 亠 产 帝 帝
❶封建君主: 帝王｜皇帝。❷宗教或神話中指天神: 上帝｜天帝｜玉皇大帝。
【帝制】君主專制的政體。
【帝國】版圖很大或有殖民地的君主國家: 大英帝國。
【帝王將相】封建社會的最高統治者及他們的文臣武將。

帥 shuài (率) 粵 sêu³ (稅)　亻 ⼔ ⼔ 启 帥 帥
軍隊的最高指揮官: 統帥｜大元帥。

席 xí (習) 粵 jig⁶ (值)　亠 广 广 庐 席 席
❶用草、葦、竹等編成的供坐卧用的東西, 又作「蓆」: 草席｜竹席｜涼席。❷座位: 席位｜硬席｜軟席。❸職位: 主席｜首席秘書。❹酒筵: 筵席｜酒席。❺量詞: 一席話｜一席酒。
【席次】座位的次序。
【席地】坐或躺在地上: 席地而坐。
【席卷】像捲席子一樣把東西都捲進去。比喻聲威大, 來勢兇: 席卷而去; 席卷全球。
【席不暇暖】比喻事忙不能久坐。
◆入席 列席 客席 缺席 退席

師 shī（失）｜粵 xi¹（思）｜ㄧ ㄕ ㄕ 乍 師 師

❶教授知識或技術的人：教師｜老師｜師傅。❷擅長一種專門技藝的人：醫師｜技師｜工程師。❸榜樣：前事不忘，後事之師。❹軍隊的一種編制，在軍以下，旅以上。❺泛指軍隊：誓師｜出師｜百萬雄師。

【師長】❶教師。❷統率一師人的軍官。

【師表】指可以讓人效法做人表率的人：為人師表。

◆師父　師生　師徒　師範　◆牧師　律師　講師　良師益友　興師動眾　好為人師

帳 zhàng（障）｜粵 zêng³（漲）｜巾 巾' 巾' 巾戶 帳 帳

❶用紗羅或尼龍等材料做成的帷幕：蚊帳。❷在野外臨時搭建作住宿用的營幕：營帳｜帳棚｜帳篷。❸同「賬」：帳目｜帳簿｜欠帳｜還帳。

帳篷

帶 dài（戴）｜粵 dai³（戴）｜一 卅 卅 卅 帶 帶

❶繫衣服或紮東西的條狀物：衣帶｜鞋帶｜皮帶。❷佩掛，隨身拿着：佩帶｜攜帶｜自帶乾糧。❸引導，率領：帶路｜帶領｜帶動。❹順便捎着：帶個口信去｜託人帶東西來。❺連着，含着：帶蓋的茶杯｜面帶笑容｜說話帶刺。❻地區：地帶｜熱帶｜沿海一帶。

【帶累】連累，使（別人）受損失。

【帶魚】魚名，形似帶子，銀白色，無鱗。

◆帶子　帶孝　◆光帶　夾帶　順帶　絲帶　腰帶　領帶　聲帶　沾親帶故　拖泥帶水

常 cháng（嘗）｜粵 sêng⁴（嘗）｜丶 ⺍ ⺍ 尚 常 常 常

❶長久，經久：常年｜常綠樹｜冬夏常青。❷一次又一次：時常｜經常｜常常。❸普通的，一般的：常人｜常理｜正常。❹姓。

【常情】一般的情理：人之常情。

【常規】歷來沿用的規矩。

【常態】正常的狀態：一反常態。

【常識】普通應用的基本知識。

◆常言　常見　◆反常　如常　非常　往常　家常　通常　照常　家常便飯　老生常談　習以為常

帷 wéi（維）｜粵 wei⁴（維）｜巾 巾' 巾' 帆 帷 帷

圍起來作遮擋用的布：車帷｜牀帷｜帷幕。

【帷幄】古代軍中帳幕：運籌帷幄（在軍帳裏謀劃、指揮）。

幅 fú（福）｜粵 fug¹（福）｜冂 巾 巾⁻ 巾戶 幅 幅

❶織物或紙張的寬度：幅面｜單幅｜雙幅。❷量詞：一幅畫｜一幅被面。

幀 zhèng（證）｜粵 jing³（證）｜巾 巾' 巾⁻ 帖 幀 幀

量詞。一幅字畫叫一幀：一幀水彩畫。

帽 mào（冒）｜粵 mou⁶（冒）｜冂 巾 巾⁻ 帽 帽

戴在頭上用來遮陽、擋雨、防寒或保護頭部的東西：草帽｜竹帽｜呢帽。

◆帽子　帽徽　◆便帽　睡帽　禮帽　烏紗帽　鴨舌帽

幄 wò（握）｜粵 eg¹（握）｜見「帷幄」條。

幃 wéi（維）｜粵 wei⁴（圍）｜帳子，幔幕。

十畫以上

幌 huǎng（晃）｜粵 fong²（晃）｜巾 巾⁻ 巾⁻ 幌 幌 幌

帷幔。

【幌子】❶商店門外的招牌或標誌物。❷用來蒙騙人家的話或行為。

幛 zhàng（障）｜粵 zêng³（障）｜巾 巾⁻ 帐 幛 幛 幛

上面題有詞句的布帛，用作慶賀或弔唁的禮物：喜幛｜壽幛。

幘 zé（責）｜粵 jig¹（即）｜裹頭髮用的巾。

幕 mù（慕）｜粵 mog⁶（莫）｜丶 十 艹 苩 莫 幕

❶張掛的大幅布帛：幕布｜銀幕｜揭幕。❷戲劇的段落：第一幕｜獨幕劇。❸外間不知道或見不得人的秘密：內幕｜黑幕。

【幕後】比喻不公開露面或暗中活動：退居幕後；幕後操縱。

【幕僚】❶在機關主管處理文書等日常事務的官員。❷在軍中協助制定作戰計劃的參謀人員。

◆天幕　夜幕　閉幕　煙幕　報幕　開幕　謝幕

幣 bì（弊）｜粵 bei⁶（弊）｜丶 十 尚 尚 敝 幣

用來購物的錢：貨幣｜紙幣｜硬幣｜外幣。

幔 màn（慢）｜粵 man⁶（慢）｜冂 巾 巾⁻ 幔 幔

張在屋內的布幕：布幔｜帳幔。

幗 guó（國）｜粵 guog³（國）｜巾 巾⁻ 帆 帽 幗 幗

婦女的首飾。見「巾幗」條。

幢 ㊀ zhuàng（狀）｜粵 zong⁶（狀）｜巾 帐 帽 幢 幢 幢

量詞：一幢樓房。

㊁ chuáng（牀）｜粵 cong⁴（牀）｜古時候旗子一類的東西：幢幡。【幢幢】搖搖晃晃的樣子：人影幢幢。

幟 zhì（智）｜粵 qi³（次）｜巾 帐 帽 幟 幟 幟

❶旗子：旗幟。❷派別：獨樹一幟。

幞 fú（服）｜粵 fug⁶（伏）｜古代男子用的一種頭巾。

幡
幡｜fān（翻）
粵 fan¹（翻）　　長條形下垂的旗子。

幫
幫｜bāng（邦）
粵 bong¹（邦）　　土 圭 封 尌 幇 幫

❶相助，替人家出力: 幫助｜幫手。❷從旁邊豎起的部分: 船幫｜鞋幫。❸伙: 大幫人馬。
【幫兇】幫助壞人行兇作惡。
【幫忙】替人分擔工作: 請大家來幫忙。
【幫腔】附和別人做事或發言。
【幫辦】❶幫忙辦理。❷督察的俗稱。
◆ 幫工　幫派　幫會　幫倒忙　◆ 行幫　青幫　黑幫　單幫　腮幫子

干部

干
干｜gān（肝）
粵 gon¹（肝）　　一 二 干

❶關連，牽涉: 不相干｜這事與你何干?❷冒犯，觸犯: 干擾｜干犯。❸水邊: 江干｜河干。
【干支】天干和地支的合稱。「甲、乙、丙、丁、戊、己、庚、辛、壬、癸」十個字叫天干。「子、丑、寅、卯、辰、巳、午、未、申、酉、戌、亥」十二個字叫地支。古代把這兩組字交錯配合起來表示年、月、日、時。
【干戈】干、戈都是武器，作為戰具的通稱，引申指戰亂: 大動干戈｜干戈四起。
【干休】罷手，解決了事: 善罷干休(也作「善罷甘休」)。
【干涉】强行過問或阻撓別人的事情: 互不干涉內政。

平
平｜píng（評）
粵 ping⁴（評）　　一 一 冖 平 平

❶沒有高低，也不傾斜: 平坦｜平地｜像水面一樣平。❷均等，公正: 平分｜平均｜公平合理。❸高低相等，不相上下: 平列｜平等｜平局｜平輩。❹安定，安靜: 平心靜氣｜風平浪靜。❺征服，鎮壓: 平定匪亂｜平息叛亂。❻經常的: 平日｜平常｜平時。❼一般的，普通的: 平淡｜平凡｜平民百姓。
【平行】❶兩個平面或平面上兩條直線永不相交。❷地位相等，互不隸屬: 平行機構。
【平素】平常的時候。
【平衡】❶衡器兩頭承受的重量相等。❷對立的兩方數量、質量或力量相等或相抵: 收支平衡。
【平心而論】公平地說。
【平分秋色】比喻雙方各佔一半。
【平地風波】比喻突然發生的、意想不到的事故。
【平易近人】態度和藹，使人容易接近。
【平鋪直敍】說話或寫文章時不講究修辭，只把意思簡單、直接地敍述出來。
◆ 平生　平白　平安　平原　平靜　平穩　平均　◆ 天平　太平　水平　和平　持平　填平　太平門　打抱不平

并
并｜bìng（病）
粵 bing³（兵³）　　丶 丷 亠 并 并 并

❶合在一起: 合并｜歸并｜兼并｜并吞。❷同「並」。

年
年｜nián（念陽）
粵 nin⁴（捻⁴）　　丿 亇 仁 仨 年 年

❶地球繞太陽一周的時間為一年。❷年節: 新年｜過年｜拜年｜年糕。❸歲數: 年歲｜年紀｜年輕力壯。❹人的一生按年齡劃分的階段: 少年｜青年｜老年。❺時期，時代: 近年｜年代｜清朝末年。❻一年中莊稼的收成: 年成｜豐年｜荒年。
【年代】❶一定的時期: 戰爭年代。❷一個世紀的十分之一，每十年為一個年代: 二十世紀八十年代。
【年年】每年。
【年級】學校裏照學習年限而分的班級。
【年華】時光，年歲: 青春年華。
【年號】封建帝王紀年的名稱。如「貞觀」是唐太宗李世民的年號。
【年鑑】彙錄一年中的大事和各種統計的書: 世界年鑑。
【年久失修】指建築物建造年代久遠而又缺乏維修。
【年事已高】指年歲已大。
◆ 年份　年初　年限　年貨　年終　年富力強　◆ 去年　來年　往年　賀年　當年　暮年　百年大計　延年益壽　長年累月

幸
幸｜xìng（杏）
粵 heng⁶（杏）　　一 十 土 圡 幸 幸

❶福分，受到的好處: 幸福｜榮幸。❷高興: 欣幸｜慶幸｜幸事。❸希望: 幸勿推辭。❹意外地得到了或躲開了: 萬幸｜僥幸｜幸存。❺寵愛: 幸臨｜幸好｜幸而。
【幸免】僥幸地避免。
【幸運】❶碰巧得到好處。❷稱心如意。
【幸災樂禍】在別人遭遇災禍時感到高興。
◆ 幸甚　幸得　幸喜　◆ 不幸　喜幸

幹
幹｜gàn（贛）
粵 gon³（肝³）　　十 古 卓 倝 幹 幹

❶事物的主體或重要部分: 樹幹｜軀幹｜主幹｜骨幹｜幹線｜幹道。❷辦事，做: 公幹｜幹活｜埋頭苦幹。❸辦事的能力: 才幹｜能幹｜幹練。
◆ 幹事　幹部　幹將　◆ 基幹　精幹　精明強幹

幺部

幺
幺｜yāo（腰）
粵 yiu¹（腰）　　幺 幺 幺

❶數目「一」的另一種說法，常作電訊傳遞的用語。❷骨牌和骰子上的一點。❸西南各地稱排行最小的: 幺叔｜幺妹｜幺兒。

幻
幻｜huàn（患）
粵 wan⁶（患）　　幺 幺 幺 幻

❶空虛不實在: 空幻｜虛幻｜夢幻。❷不真實的: 幻景｜幻影｜幻像。❸變化: 變幻｜幻術｜幻化。
【幻滅】希望落空，幻想破滅。
【幻想】憑空而不真實的思想。
【幻燈】燈光通過凸透鏡，將玻璃片或膠片上的字畫放大映射在白幕上。
◆ 幻象　幻境　幻夢　幻覺　幻想曲　◆ 變幻莫測　變

幻無常

幼 | yòu（右）
粤 yeo³（優³）　ㄥ ㄥ 幺 幻 幼

❶年紀小: 幼兒｜幼童｜年幼無知。❷初出生不久的: 幼苗｜幼蟲。
【幼稚】❶年紀小。❷知識淺薄，頭腦簡單。

幽 | yōu（優）
粤 yeo¹（休）　丨 纟 纟 纵 幽 幽

❶形容地方僻靜、陰暗: 幽谷｜幽靜｜幽暗。❷隱蔽的、秘密的: 幽居｜幽會。❸使人感覺沈靜、安閒: 幽香｜幽美｜幽雅。❹迷信的人指陰間或鬼魂: 幽冥｜幽靈。
【幽禁】把人關起來不讓與外人接觸。
【幽默】言語舉動含蓄有趣而具深意的諷刺。

幾 | ㊀jǐ（己）
粤 géi²（紀）　纟 纟 纟 幾 幾 幾

❶問數目多少的疑問詞: 來了幾個人｜現在幾點鐘? ❷表示大概的數目: 十幾歲｜相差無幾。
㊁ jī（機）　【幾乎】差一點: 我幾乎忘了明天是
粤 géi¹（機）　公眾假期。

广部

四至五畫

床 同「牀」。

庇 | bì（必）
粤 béi³（秘）　丶 广 广 庀 庀 庇

❶遮蔽: 庇蔭。❷保護: 庇佑｜庇護｜包庇。

序 | xù（叙）
粤 zêu⁶（罪）　丶 广 广 庐 庐 序

❶排列的先後: 次序｜順序｜秩序。❷在正式內容之前的部分: 序文｜序言｜序曲。
【序列】按次序排好的行列。
【序幕】❶多幕劇的第一幕之前的一場戲。❷比喻重大事件的開端。
◆序目 序跋 序數 ◆工序 自序 程序 循序漸進

店 | diàn（奠）
粤 dim³（惦）　丶 广 广 庁 店 店

❶賣東西的鋪子: 商店｜書店｜雜貨店。❷旅館: 客店｜旅店｜飯店。

府 | fǔ（俯）
粤 fu²（苦）　丶 广 庁 庁 府 府

❶國家的各級政權機構: 官府｜縣政府｜省政府。❷從前官宦人家的住宅，現某些國家元首辦公或居住的地方: 王府｜相府｜總統府。❸舊時的行政區域，等級在縣和省之間: 開封府｜大名府。
【府上】尊稱別人的家宅或家屬。
◆天府 官府 首府 城府 樂府 學府

庖 | páo（袍）
粤 pao⁴（刨）　丶 广 庁 庁 庖 庖

廚房: 庖廚。

【庖丁】人名，擅長解牛的廚師。
【庖人】古時稱廚師。
【庖代】也作「代庖」，指替別人處理事情。

底 | dǐ（抵）
粤 dei²（抵）　丶 广 广 庄 底 底

❶最下面的部分: 瓶底｜鞋底。❷事情的內情或根源: 家底｜刨根問底。❸原樣或草稿: 底冊｜底片｜底稿。❹末了，盡頭: 月底｜年底｜堅持到底。
【底細】根源，內情。
◆底座 底蘊 底邊 ◆徹底 根底 井底之蛙 海底撈月 海底撈針

庚 | gēng（耕）
粤 geng¹（耕）　丶 广 庐 庐 庚 庚

❶天干的第七位，參見「干支」條。❷年齡: 年庚｜同庚｜貴庚。

六至八畫

庠 | xiáng（詳）
粤 cêng⁴（詳）　丶 广 广 庍 庠 庠

古代稱府學、縣學為「郡庠」、「邑庠」，其生員稱「庠生」。

度 | ㊀dù（杜）
粤 dou⁶（杜）　丶 广 广 庐 庐 度

❶計量長短的器具或單位: 度量衡。❷按照計算的標準劃分的單位: 溫度｜濕度。❸事物所達到的境界: 程度｜高度｜深度｜極度恐慌。❹法式、體制: 法度｜制度。❺人的外貌，儀表: 風度｜態度。❻人的器量: 度量｜氣度｜大度容人。❼過: 度假｜度日如年｜虛度此生。❽次: 一年一度｜再度公演。
◆尺度 年度 長度 限度 速度 寬度 調度
㊁ duó（奪）　推測，盤算: 忖度｜揣度｜以己度
粤 dog⁶（鐸）　人。

庫 | kù（褲）
粤 fu³（富）　丶 广 广 启 盲 庫

貯存物品的房屋或地方: 倉庫｜車庫｜水庫。
◆庫存 庫房 庫藏 ◆文庫 金庫 書庫 寶庫

庭 | tíng（停）
粤 ting⁴（停）　广 庁 庄 庄 庭 庭

❶台階前面的空地、院子: 前庭｜庭院。❷法院審理案件的場所: 法庭｜開庭。

座 | zuò（坐）
粤 zo⁶（助）　广 庁 庀 庐 座 座

❶位子: 座位｜入座｜滿座。❷器物底部的墊架: 鐘座兒｜花瓶座子。❸量詞: 一座山｜一座橋｜一座樓。❹星座的簡稱: 水瓶座｜雙魚座。
【座右銘】列在座位旁邊，好隨時警惕自己的格言或警句。
◆座次 座談 座上客 座無虛席 ◆叫座 在座 茶座 雅座 賣座 講座 寶座 讓座

庶 | shù（恕）
粤 xu³（恕）　广 庁 庁 庀 庶 庶

❶多，種種: 富庶｜庶務。❷舊時稱平民百姓: 庶民｜黎庶。❸旁支的，跟「嫡」相對: 庶子(妾所生的子女)。

庵 | ān（安）
粤 em¹（暗）　广 庁 庀 庀 庿 庵

❶圓形的小草屋。❷小寺廟:庵堂│尼姑庵。

庾 yǔ(羽)
粵 yu⁵(羽)
广 广 广 府 府 庾

❶舊指露天的糧倉。❷姓。

庸 yōng(佣)
粵 yung⁴(容)
广 户 户 肩 肩 庸

❶平常的,不高明的:平庸│庸才│庸醫。❷須,用,用在否定方面:無庸細說│毋庸諱言。

【庸俗】平庸卑陋,不高尚。

【庸碌】平庸,沒有志氣,沒有作為:庸庸碌碌。

【庸人自擾】比喻沒事自找麻煩、瞎焦急。

◆中庸　毋庸　昏庸　附庸風雅

康 kāng(慷)
粵 hong¹(糠)
广 户 户 庚 康 康

❶身體好,沒病:健康│安康。❷姓。

【康復】病好了,恢復健康。

◆康健　康強　康寧　康樂　康莊大道　◆小康

九至十一畫

廊 láng(狼)
粵 long⁴(狼)
广 户 庐 盾 廊 廊

❶屋簷下的部分:廊簷│走廊。❷上面有頂、兩旁沒牆的通道:長廊│迴廊│畫廊。

廂 xiāng(香)
粵 sêng¹(湘)
广 广 庁 床 庙 廂

❶正房前面兩旁的房屋:東廂│西廂。❷像房子那樣隔開的地方:車廂│包廂。❸靠近城區的地方:城廂。❹邊,方面:這廂│兩廂情願。

廁 cè(側)
粵 qi³(次)
广 户 盾 盾 廁 廁

❶大小便的地方:廁所│男廁│女廁。❷置身,加入:廁身文壇。

廐 jiù(救)
粵 geo³(救)
馬棚。也泛指牲口棚:廐肥。

廉 lián(連)
粵 lim⁴(鐮)
广 户 庐 庐 庫 廉

❶不貪污:廉潔│清廉。❷價錢低:廉價│低廉。

【廉正】廉潔正直。

【廉恥】廉潔的品德和羞恥的感覺。

廈 ⊖ shà(霎)
粵 ha⁶(夏)
广 广 户 盾 厦 廈

高大的房子:大廈│廣廈。

⊜ xià(下)【廈門】福建省的市名,重要的商港。
粵 同⊖

中環大廈羣

廓 kuò(闊)
粵 kuog³(郭)
广 广 庐 庨 庨 廓

❶物體的外形:輪廓│耳廓。❷寬大,廣闊:寥廓│開廓。

廕 yìn(印)
粵 yem³(音³)
❶不見陽光,又涼又潮:廕涼。❷舊稱先世的官爵或持權傳給子孫:祖澤餘廕。

廖 liào(料)
粵 liu⁶(料)
广 广 户 庙 庮 廖

姓。

十二畫以上

廝 sī(斯)
粵 xi¹(斯)
广 庁 盾 庙 庙 廝

❶舊時指受人役使的人:廝役│小廝。❷對人輕侮的稱呼:這廝│那廝。❸互相:廝殺│廝打│廝守。

廣 guǎng(光上)
粵 guong²(光²)
广 庐 庐 庿 庿 廣

❶寬闊:廣闊│寬廣。❷眾多:大庭廣眾。❸擴大:推廣。❹廣東或廣州的簡稱。「兩廣」則指廣東、廣西。

【廣泛】方面多,範圍大:廣泛宣傳。

【廣義】範圍較寬的含義,跟「狹義」相對。

【廣東省】中國南方的省份,簡稱「粵」,省會是廣州。

◆廣告　廣博　廣播　廣開言路　◆深廣　地廣人稀　神通廣大　集思廣益　見多識廣

廟 miào(妙)
粵 miu⁶(妙)
广 户 店 庙 廟 廟

❶供奉祖先的處所:家廟│宗廟│孔廟。❷供神佛的地方:土地廟│龍王廟。

【廟會】定期設在寺廟內外的集市:趕廟會。

廚 chú(除)
粵 cêu⁴(徐)
广 户 店 庐 廚 廚

❶做飯做菜的地方:廚房。❷專管做飯做菜的人:廚子│廚師│名廚。

廠 chǎng(敞)
粵 cong²(敞)
广 户 庐 庙 廞 廠

❶製造或修理器物的工作場所:工廠│紡織廠│印刷廠│修配廠。❷有空地可以存貨的商店:木廠│煤廠│花廠。

廢 fèi(費)
粵 fei³(肺)
户 户 庆 廖 廢 廢

❶停止,捨棄:廢止│廢除。❷多餘的,沒用的:廢話│廢紙│廢料。

【廢物】❶無用的物品。❷比喻不中用的人。

【廢置】拋棄擱置。

【廢墟】城市或村莊遭受嚴重破壞後變成的荒涼地方。

【廢寢忘餐】顧不得睡覺,忘記了吃飯。形容做事學習非常專心。也作「廢寢忘食」。

◆廢水　廢品　廢氣　廢票　◆作廢　荒廢　偏廢

龐 páng(旁)
粵 pong⁴(旁)
庐 庐 庐 庨 龐 龐

❶大:龐大│龐然大物。❷雜亂:龐雜。❸臉:面龐。

廬 lú(盧)
粵 lou⁴(盧)
广 广 庐 庐 庿 廬

房舍: 茅廬。
【廬山】山名，在江西省，是著名的風景區。
【廬山眞面目】比喻事物的眞相。

廳 | tīng (聽) | 粤 téng¹ (他英)
户 斤 斤 斤 廟 廳 廳
❶聚會或招待客人的大房間: 大廳｜客廳｜會議廳。
❷行政辦事單位: 辦公廳｜教育廳。❸營業處所: 餐廳｜理髮廳。
⊗「耳」下作「王」。

廴部

廷 | tíng (庭) | 粤 ting⁴ (庭)
ノ 二 壬 壬 廷 廷
朝廷，君王接受朝見和發布政令的處所。也指帝王及其大臣構成的統治集團: 宮廷｜清廷(清朝政府)。

延 | yán (言) | 粤 yin⁴ (言)
ノ イ 千 千 延 延
❶伸長，拉長: 延長｜蔓延｜延年益壽。❷展緩，推遲: 延期｜延遲。❸請，招納: 延醫｜延聘。
【延誤】遲延耽誤。
【延續】照原樣子繼續或延長下去。
◆延伸　延宕　延緩　延擱　◆拖延　推延　綿延

建 | jiàn (見) | 粤 gin³ (見)
フ ヲ ヨ 聿 律 建
❶設立，成立: 建校｜建國。❷修築: 建造｜新建｜擴建｜修建。
【建交】兩國之間建立正式外交關係。
【建設】創立新事業，增加新設施。
【建樹】做出貢獻，建立功勛。
【建議】提出主張或具體的意見。
◆建立　建築　◆封建　創建　興建

廾部

廿 | niàn (念) | 粤 nim⁶ (念) | 又 ya⁶ (也⁶)
一 十 廿 廿
數名，即二十。

弁 | biàn (辨) | 粤 bin⁶ (辨)
ㄥ ㄥ ㄙ 弁 弁
❶舊時稱低級的武官: 馬弁。❷古代的一種帽子。

弄 | ㊀ nòng (農去) | 粤 lung⁶ (龍⁶)
一 二 干 王 王 弄
❶玩，逗引，戲耍: 不要弄火｜別把妹妹弄哭了｜戲弄｜玩弄。❷做，搞: 弄飯｜把問題弄明白｜把身上弄乾淨。
【弄巧成拙】本想賣弄聰明，結果做了蠢事。
【弄虛作假】耍花招，欺騙人。
【弄假成眞】本來是假意做作，結果變成了眞事。

◆耍弄　捉弄　搬弄　愚弄　嘲弄　擺弄
㊁ lòng (龍去) 小巷，胡同: 里弄｜弄堂。
粤 同㊀

弈 | yì (亦) | 粤 yig⁶ (亦)
一 亠 方 亦 弈 弈
❶古代稱圍棋。❷下棋: 弈棋。

弊 | bì (避) | 粤 bei⁶ (幣)
丨 屮 尚 尚 做 弊
❶害處，跟「利」相反: 弊病｜弊端。❷作假或非法的事: 作弊｜舞弊。

弋部

弋 | yì (亦) | 粤 yig⁶ (亦)
古時候用帶着繩子的箭來射鳥。

式 | èr (二) | 粤 yi⁶ (二)
「二」字的大寫。同「貳」。

式 | shì (試) | 粤 xig¹ (色)
一 二 干 王 式 式
❶規格，標準: 格式｜程式｜法式｜公式。❷樣子: 式樣｜新式傢具｜中國式建築。❸典禮: 畢業式｜閱兵式｜開幕式。❹把數字或符號排列起來，表明某些關係或規律: 算式｜方程式｜分子式。
◆西式　老式　形式　架式　模式　舊式　款式

弒 | shì (試) | 粤 xi³ (試)
ノ メ 杀 杀 杀 弒
古時候稱地位低的人殺死地位高的人: 弒君｜弒父。

弓部

弓 | gōng (工) | 粤 gung¹ (工)
フ コ 弓
❶射箭或彈射用的器具: 弓箭｜彈弓。❷像弓的用具: 弓弦｜琴弓。❸彎曲: 弓腰｜弓着身子。

弓

一至五畫

弔 | diào (釣) | 粤 diu³ (釣)
フ コ 弓 弔
❶懸掛: 弔燈｜弔環｜弔橋。❷提取，收回: 弔水｜弔銷執照。❸慰問喪家或遭遇不幸的人: 弔喪｜弔唁｜弔祭。

引 | yǐn (隱) | 粤 yen⁵ (忍)
フ コ 弓 引
❶帶領: 引路｜引港｜引導。❷招來，惹: 逗引｜拋磚引玉｜引人發笑。❸拉，牽: 引弓｜引身。❹離開，退: 引避｜引退。❺用來作憑信或根據: 引證｜引述。

【引申】字、詞由原義推演、發展而產生的新義。

【引渡】甲國罪犯逃亡乙國，乙國政府根據甲國的要求和國際公法，把罪犯解送回甲國受審。

【引號】標點符號的一種，表示文中引用的或需要注意的部分。

【引誘】誘惑別人上當或做壞事。

【引人入勝】引人進入美好的境地。現多指風景或文學作品特別吸引人。

【引狼入室】比喻把壞人引進內部。

◆引咎　引荐　引進　引擎　引人注目　引火燒身　引以為榮　◆吸引　招引　牽引　穿針引線

弗　fú（服）　粵 fed¹（忽）　一ㄇ弓弗弗

不: 弗用｜弗許｜弗去。

弘　hóng（宏）　粵 weng⁴（宏）　一ㄇ弓弘弘

大: 弘願｜弘圖。

【弘量】❶度量大。❷酒量大。

弛　chí（池）　粵 qi⁴（池）　一ㄇ弓引弘弛

放鬆，鬆懈，解除: 鬆弛｜廢弛｜弛禁。

弟　dì（第）　粵 dei⁶（第）　丷ㄥㄥ弟弟弟

❶同胞而年紀小的男子: 弟弟。❷親族之間輩分相同而年紀較小的: 表弟｜堂弟。❸對同輩朋友的自稱。❹稱同輩比自己年紀小的男性: 老弟｜師弟。

【弟子】學生或徒弟。

【弟兄】所有的哥哥和弟弟: 我們弟兄三個。

【弟婦】弟弟的妻子。

弦　xián（閒）　粵 yin⁴（言）　一ㄇ弓弘弦弦

❶張在弓上發箭用的繩子: 弓弦｜箭在弦上。❷月亮半圓的時候: 上弦｜下弦。❸樂器上可以彈奏出聲音的線: 弦兒｜琴弦。❹幾何學上指直角三角形的斜邊及聯結圓周上兩點的直線。

【弦外之音】比喻言外之意，即不直接說出來的話。

弢　tāo（滔）　粵 tou¹（滔）　裝弓或劍的套子。

弧　hú（胡）　粵 wu⁴（胡）　ㄇ弓弓弧弧弧

❶木製的弓。❷圓周的一段: 弧線。❸彎的: 弧形。

弩　nǔ（努）　粵 nou⁵（腦）　ㄑㄈ女奴弩弩

一種安裝機關利用機械的力量來射箭的弓。

弭　mǐ（米）　粵 mei⁵（米）　ㄇ弓弘弘弭弭

停止，消除: 弭戰｜弭患。

弱　ruò（若）　粵 yêg⁶（若）　ㄇ弓弓弱弱弱

❶力氣小，不健壯，跟「強」相反: 弱小｜虛弱｜體弱多病。❷不足，稍微少一點: 百分之五弱。

【弱點】❶缺點。❷力量薄弱的地方。

【弱不禁風】形容身體虛弱或嬌嫩，禁不住一點點風寒。

【弱肉強食】比喻弱者被強者欺壓，吞并。

◆弱智　◆怯弱　脆弱　軟弱　瘦弱　微弱　懦弱　薄弱　不甘示弱

張　zhāng（章）　粵 zêng¹（章）　弓弓弘弘張張張

❶開，展開: 張嘴｜張開｜張網捕魚。❷擴大，誇大: 擴張｜誇張｜虛張聲勢｜明目張膽。❸看，望: 張望｜東張西望。❹陳設，鋪排: 張燈結彩｜鋪張浪費。❺量詞: 一張紙｜一張嘴｜一張弓｜一張桌子。

【張目】❶睜大眼睛。❷替某人助長聲勢: 為人張目。

【張皇】慌張: 張皇失措。

【張揚】有意把秘密的事情傳出去: 四處張揚。

【張羅】❶料理，應酬: 張羅家務｜張羅客人。❷籌劃: 張羅經費。

【張口結舌】張大嘴巴說不出話來。形容理屈詞窮，無以作答。

【張牙舞爪】比喻氣燄囂張，凶相畢露。

【張冠李戴】比喻認錯了人或搞錯了事實。

◆張三李四　張皇失措　◆主張　伸張　乖張　紙張　開張　緊張　聲張　囂張　大張旗鼓　劍拔弩張

強　㊀qiáng（牆）　粵 kêng⁴（卡香⁴）　弘弘弦強強強

❶健壯，有力，跟「弱」相反: 強壯｜強大。❷程度高: 強烈｜記憶力強｜責任心強。❸粗暴，橫蠻: 強暴｜強橫。❹努力地，竭力地: 強襲｜強忍。❺勝過，比較好: 你比我強｜光景一天比一天強。❻有餘，稍多一點: 百分之二十強。

【強制】用法律或力量來約束: 強制執行，醫生強制病人靜臥。

【強盜】以暴力劫奪他人財物的人。

【強硬】強有力的，不肯退讓的: 強硬的對手；態度強硬。

【強調】特別着重指出。

◆強加　強佔　強度　強勁　強悍　強盛　◆剛強　堅強　頑強　增強　自強不息　身強力壯

　　㊁qiǎng（搶）　粵 kêng⁵（卡香⁵）　硬要，迫使: 強要｜強迫。

【強人所難】勉強別人去做不願意做或不能夠做的事。

【強詞奪理】明明沒理硬說有理。

　　㊂jiàng（醬）　粵 gêng⁶（姜⁶）　固執，任性: 倔強｜脾氣強。

弼　bì（必）　粵 bed⁶（拔）　弓弓弓弓弼弼

輔助: 輔弼。

彀　gòu（夠）　粵 geo³（夠）　❶圈套: 彀中｜入彀。❷同「夠」。

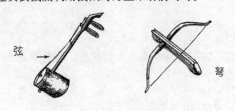

弦 →　　弩

六至十畫

十一畫以上

彆 | biè（別去）
粵 bid⁶（必⁶）｜丨 屮 崀 崀 龄 彆

【彆扭】❶不順，不正常，不合適：他的脾氣彆扭｜這天氣真彆扭。❷矛盾，牴觸，意見不合：他們倆又鬧彆扭了。

彈 | ㊀dàn（淡）
粵 dan⁶（蛋）｜弓 弖 弾 弶 彈

❶可用彈弓彈(tán)射的小圓球：彈子｜泥彈｜鐵彈。❷有殺傷、破壞作用的金屬爆炸物：槍彈｜炮彈｜炸彈｜手榴彈｜原子彈。

【彈丸】❶彈弓所用的鐵丸。❷比喻地方狹小：彈丸之地。

㊁tán（檀）｜❶用手指頭彈擊：彈球｜把香煙灰
粵 tan⁴（壇）｜彈掉。❷用手指頭撥弄：彈琵琶｜彈弦子。❸把壓縮或緊縮的東西突然放開：彈射｜彈性｜彈力。

【彈劾】檢舉違法失職的官吏。

【彈指】比喻時間很短：彈指之間。

彌 | mí（謎）
粵 néi⁴（尼）｜弓 弓 弥 彌 彌 彌

❶滿，遍：彌漫(到處佈滿)。❷補足，填補：彌補｜彌縫。❸更加：老而彌勇｜欲蓋彌彰。

【彌天】滿天。形容極大的程度：彌天大罪。

【彌月】嬰兒滿月。

【彌留】病重將死：彌留之際。

彎 | wān（灣）
粵 wan¹（灣）｜言 言 婞 結 㜅 彎

❶曲，跟「直」相反：彎曲｜彎路。❷曲折的部分：轉彎抹角｜拐個彎兒。❸把直的弄曲：彎弓｜彎腰｜把鐵絲彎一下。

彐部

彗 | huì（惠）
粵 wei⁶（惠）｜彐 彗 彗 彗 彗 彗

掃帚。粵音舊讀遂(sêu⁶)。

【彗星】俗稱「掃帚星」。一種行星，後面拖着長長的、像掃帚樣的光芒。

彘 | zhì（治）｜豬。
粵 ji⁶（治）

彙 | huì（會）
粵 wui⁶（會⁶）｜彐 彔 彖 彙 彙 彙

聚集，綜合：彙集｜字彙。

【彙報】把許多事情彙集起來做成報告。

【彙萃】聚集。

彝 | yí（宜）
粵 yi⁴（而）｜彑 彐 彙 彝 彝 彝

古代盛酒的器具，泛指祭器：彝器｜鼎彝。

【彝族】中國少數民族名。主要分佈在雲南省、四川省、貴州省。

彡部

形 | xíng（型）
粵 ying⁴（仍）｜一 二 于 开 形 形

❶樣子：形狀｜圓形｜三角形｜形似長蛇。❷體，實體：形體｜有形｜形影不離。❸顯露，表現：形之於外｜喜形於色。❹對照，比較：相形之下｜相形見絀。

【形容】❶形體和容顏：形容枯槁。❷對事物的特徵加以描述。

【形跡】舉動和神色：形跡可疑。

【形象】❶形狀、相貌。❷指文學藝術中創造出來的具體生動的生活圖景，通常指人物形象。

【形勢】❶地勢：形勢險要。❷事物發展的狀況：形勢喜人。

【形態】事物的形狀或表現形式。

【形容詞】表示事物的性質或狀態的詞，如「大」、「紅」、「高尚」、「迅速」等。

【形形色色】各種各樣。

◆形式 形成 形影相隨 ◆原形 無形 整形 奇形怪狀 象形文字 得意忘形

彤 | tóng（童）
粵 tung⁴（同）｜丿 刀 开 丹 彤 彤

❶紅色：紅彤彤。❷姓。

彥 | yàn（雁）
粵 yin⁶（現）｜亠 亠 文 立 产 彥

舊指德才兼備的人：英彥｜俊彥。

彧 | yù（喻）｜有文采。
粵 yug¹（沃）

彬 | bīn（賓）
粵 ben¹（賓）｜一 十 才 木 林 彬

彬彬，文雅的樣子：彬彬有禮｜文質彬彬。

彩 | cǎi（采）
粵 coi²（采）｜ノ 爫 壶 平 采 彩

❶多種顏色：彩色｜彩旗｜彩霞。❷光榮：光彩。❸精妙，多樣：精彩｜豐富多彩。❹讚美的叫好聲：喝彩。❺軍人作戰負傷：掛彩。❻憑運氣得來的財物：摸彩｜彩票。

【彩排】演出前所作的服裝、道具俱全的總排練。

彫 | diāo（刁）
粵 diu¹（刁）｜刀 月 用 周 周 彫

❶用彩畫裝飾：彫弓｜彫牆。❷同「雕」。❸同「凋」。

彭 | péng（朋）｜姓。
粵 pang⁴（棚）｜十 士 吉 喜 壴 彭

彰 | zhāng（章）
粵 zêng¹（章）｜亠 立 音 章 章 彰

❶明顯，顯著：功績昭彰｜彰明較著。❷表揚：表彰｜彰善懲惡｜以彰其功。

影 | yǐng（穎）
粵 ying²（映）｜日 旦 昌 景 景 影

❶光線被遮擋住而造成的陰暗的形象：人影｜樹影。❷照片形象：攝影｜剪影。❸描摹：影印｜影宋本《楚辭》。❹電影的簡稱：影片｜影院｜影壇。

【影射】借甲說乙或暗指某人某事。

【影響】對別人的思想行爲或周圍的事物起作用。

◆ 影評　影響　◇ 泡影　背影　留影　縮影　無影無蹤

彳部

彳｜chì（赤）
　｜粵 qig¹（斥）　【彳亍】慢慢走路的樣子：彳亍街頭。

四畫

彷｜㊀｜páng（旁）
　｜　｜粵 pong⁴（旁）　彳彳彳彳行彷

【彷徨】游移不定，不知道往哪裏走好。也作「旁皇」。

　｜㊁｜fǎng（訪）
　｜　｜粵 fong²（紡）　【彷彿】❶好像：這幅畫我彷彿在哪裏見過。❷類似：弟兄倆長得相彷彿。

役｜yì（亦）
　｜粵 yig⁶（亦）　彳彳彳彳役役

❶戰事：戰役｜中日甲午之役。❷勞力的事：勞役｜苦役。❸當兵的義務：兵役｜現役｜預備役。❹使喚，差遣：役使｜奴役。❺供差遣的人：僕役｜差役。

五畫

往｜㊀｜wǎng（枉）
　｜　｜粵 wong⁵（王⁵）　彳彳彳行往往

❶去，到：前往｜往返。❷指過去的，從前的：往昔｜往日｜往年｜往事。

【往來】同「來往」：❶去跟來。❷此來彼往的友誼、交際。

【往往】每每，常常：這些小事往往被人忽略。

【往後】❶從今以後。❷向後。

【往常】平素，平常：他往常很少遲到。

◆ 往時　往復　往還　◇ 已往　以往　交往　飛往　通往　嚮往　古往今來　一如既往　心馳神往

　｜㊁｜wàng（望）　朝，向：往前看｜往東走。
　｜　｜粵 同㊀

◆ 往上　往右　往北

征｜zhēng（爭）
　｜粵 jing¹（蒸）　彳彳彳彳征征

❶遠行：征帆｜征途。❷討伐：征討｜南征北戰。

【征服】用力制服：征服世界，征服自然。

◆ 出征　長征　遠征

彼｜bǐ（比）
　｜粵 béi（比）　彳彳彳彳彼彼

❶那，那個，跟「此」相反：彼時｜彼處｜彼岸｜顧此失彼。❷他，對方：彼等｜知己知彼。

【彼此】那個和這個，雙方，特指人的相互間：彼此了解；不分彼此。

彿｜fú（服）
　｜粵 fed¹（忽）　彳彳彳彿彿彿

見「彷彿」條。

六至七畫

徉｜yáng（羊）
　｜粵 yêng⁴（羊）　見「徜徉」條。

待｜㊀｜dài（代）
　｜　｜粵 doi⁶（代）　彳彳彳彳待待

❶等，等候：等待｜待查｜待命｜急不及待。❷照顧，對付：招待｜優待｜對待。❸正要，將，打算：正待出門，有人來了。

【待遇】❶指享有某種報酬或權利。❷對待人的態度、情形。

【待人接物】跟別人往來或相處。

【待價而沽】等待有好價錢才賣出去。比喻有合適的職位才樂意接受。

◆ 厚待　虐待　看待　款待　期待　虧待　以禮相待

　｜㊁｜dāi（呆）　❶停留：在國外待了三年｜待了半天才走。❷稍候，遲延：待一會兒再說。
　｜　｜粵 同㊀

徊｜huái（懷）
　｜粵 wui⁴（回）　彳彳彳徊徊徊

見「徘徊」條。

徇｜xùn（訓）
　｜粵 sên（荀）　彳彳彳彳徇徇

從，曲從：徇情。

【徇私】爲了私利而放棄原則，違法亂紀：徇私舞弊。

律｜lǜ（綠）
　｜粵 lêd⁶（栗）　彳彳彳彳律律

❶規章，法則：法律｜紀律｜定律｜規律。❷約束，要求：律己甚嚴。❸音樂的節拍、高低的標準：音律｜旋律。

【律師】受當事人委託或法院指定，在法院爲訴訟當事人辯護的專業人員。

【律詩】舊詩的一種體裁，講求平仄對偶，有五言律詩和七言律詩兩種。

◆ 一律　刑律　戒律　韻律　節律　樂律

很｜hěn（狠）
　｜粵 hen²（狠）　彳彳彳很很很

極，甚，非常：很好｜好得很。

後｜hòu（候）
　｜粵 heo⁶（候）　彳彳彳後後後

❶表示方位，跟「前」相反：背後｜向後轉。❷表示時間或次序，跟「先」相反：先後｜以後｜後來｜後十名。❸指下代子孫：後代｜後輩。

【後人】❶身後的子孫。❷泛稱後世的人。

【後天】❶明天的明天。❷人出生以後成長的時期，跟「先天」相對。

【後事】❶以後的事情。❷喪事。

【後果】最後的結果。

【後悔】事後懊悔。

【後患】以後出現的麻煩、禍患。

【後備】準備運用的：後備力量。

【後來居上】後來的超過先前的。

【後起之秀】新成長起來的優秀人物。

【後顧之憂】來自後方的憂患。

◆ 後方　後盾　後堂　後援　後生可畏　後繼有人　◆

事後　然後　落後　幕後　隨後　前因後果　爭先恐後
承先啓後　瞻前顧後

徒 tú（途）
粵 tou⁴（圖）｜彳　彳　彳　彳　徏　徒
❶步行:徒步旅行。❷空:徒手｜徒有虛名。❸白白地:徒然｜徒勞｜少壯不努力,老大徒傷悲。❹跟師傅學藝的人:徒弟｜徒工｜學徒。❺信仰宗教的人:教徒｜信徒｜基督徒。❻壞人:暴徒｜匪徒｜叛徒｜亡命之徒。❼只,但:家徒四壁。
【徒刑】監禁罪犯的刑罰:有期徒刑;無期徒刑。
【徒託空言】只說空話,不幹實事。
◆徒勞無益　◆囚徒　門徒　酒徒　師徒

徑 jìng（勁）
粵 ging³（敬）｜彳　彳　彳　徑　徑　徑
❶小路:小徑｜曲徑。❷圓周中通過圓心的直線:直徑｜半徑｜大炮口徑。❸直接:徑直｜徑行｜徑寄。❹比喻達到目的的方法或過程:門徑｜途徑。
【徑賽】體育競賽項目之一,包括各種賽跑和競走。
◆行徑　捷徑　路徑

徐 xú（須陽）
粵 cêu⁴（隨）｜彳　彳　彳　彳　徐　徐
❶緩,慢慢地:徐步｜徐徐升起｜清風徐來。❷姓。

八畫

徠 lái（來）
粵 loi⁴（來）｜【招徠】商人設法招攬顧客:以廣招徠。

徜 cháng（嫦）
粵 sêng⁴（常）｜【徜徉】安閒自在地來回走:在湖邊徜徉。

徙 xǐ（喜）
粵 sai²（晒²）｜彳　彳　徏　徏　徙　徙
遷移:遷徙。
⊗跟「徒」不同。

得 ㊀ dé（德）
粵 deg¹（德）｜彳　彳　彳　徍　得　得
❶拿到,獲取,跟「失」相反:得到｜取得｜得勝｜得獎。❷適合,對路:得法｜得當｜得體｜得用。❸滿意,高興:面有得色｜洋洋自得。❹遇到:得空｜得便｜得閒。❺允許,可能:不得隨地吐痰。❻計算產生的結果:二加二得四｜三乘三得九。
【得手】❶辦事順利。❷順利地達到目的。
【得逞】不良的圖謀得以實現:決不叫敵人的陰謀得逞。
【得意】稱心如意:得意洋洋。
【得罪】冒犯了人家,使人家生氣。
【得寵】受寵愛。
【得寸進尺】比喻貪得無厭,不知足。
【得心應手】形容技藝純熟高超。也指做事順利。
【得不償失】得到的抵不上失去的。
【得過且過】過一天算一天,馬馬虎虎混日子。
◆得力　得失　得計　得勢　得天獨厚　得意忘形　◆心得　免得　值得　樂得　難得　贏得

㊁ de（德輕）
粵 同㊀｜用在動詞或形容詞後面,表示可能、效果或程度:拿得動｜跑得快｜好得很。

㊁ děi
粵 同㊀｜應該,必須:你得好好學習｜他病了,我得去看看。

徘 pái（牌）
粵 pai⁴（培）｜彳　彳　徘　徘　徘　徘
【徘徊】❶來回行走。❷猶豫不決:左右徘徊。

御 yù（愈）
粵 yu⁶（預）｜彳　彳　徍　徍　御　御
❶駕駛車馬:御車｜御者(駕車的人)。❷與帝王有關的事物、行動:御用｜御筆(皇帝寫的字)｜御花園｜御駕親征。
⊗中間作「缶」六畫。

從 ㊀ cóng（叢）
粵 cung⁴（蟲）｜彳　彳　彳　彳　彳　從
❶由,自:從古到今｜從南到北｜從頭再起。❷隨:隨從｜僕從｜從師學藝。❸依順,聽信:服從｜遵從｜言聽計從。❹參與,辦理:從公｜從軍｜從事。❺採取某種原則或辦法:從速｜從嚴｜從優。❻指同謀的,附和的:從犯｜主從｜從屬。❼一向,向來:從來｜從不遲到。
【從而】因此才:經過努力,從而得到解決。
【從此】此後:從此他不再貪玩了。
【從長計議】多用些時間來考慮商量,不急於作決定。
【從善如流】形容能很快地接受別人的勸告。
◆從小　從旁　從商　從新　從寬　◆盲從　依從　侍從　屈從　順從

㊁ cōng（聰）
粵 sung¹（送¹）｜【從容】❶不慌不忙:從容不迫;舉止從容。❷寬綽,充裕:手頭從容｜時間很從容。

九至十畫

復 fù（婦）
粵 fug⁶（服）｜彳　彳　徝　復　復　復
❶又,再:故態復萌｜舊病復發。❷還原:恢復｜復原。❸回,返:循環往復。❹回答,回報:復仇｜報復。
【復仇】報復仇恨。
【復原】❶恢復健康。❷恢復原狀。
【復辟】被趕下台的君主復位。
【復興】破敗之後重新興旺起來。
【復活節】基督教傳說耶穌被釘死在十字架以後第三日復活。公元325年,該教規定每年過春分月圓後第一個星期日為耶穌復活節。
◆復工　復古　復職　◆平復　光復　收復　修復　康復　死灰復燃

徨 huáng（皇）
粵 wong⁴（皇）｜彳　彳　彳　徨　徨　徨
【徨徨】無所適從,拿不定主意:徨徨不安。

循 xún（尋）
粵 cên⁴（巡）｜彳　彳　彳　循　循　循
遵守,依照:遵循｜循例｜因循守舊。
【循環】指事物運動的周而復始:血液循環。
【循序漸進】按照一定的步驟逐漸深入或提高。
【循規蹈矩】原指遵守規矩。現多形容拘守舊框框,不敢稍有變動。
【循循善誘】善於有步驟地進行引導。

徬|páng（旁）彳 彳' 彳' 彳' 彷 徬
|粵 pong⁴（旁）
【徬徨】同「彷徨」。

微|wēi（危）彳 彳' 彳' 微 微 微
|粵 méi⁴（眉）
❶細，小:細微｜微風｜微小。❷稍稍，不大，不多:微笑｜微火｜略微。❸衰落:衰微｜低微。❹精深奧妙:精微｜微妙。
【微末】細節小事，不佔重要地位的。
【微薄】細小單薄:力量微薄。
【微辭】隱含不滿或批評的話。
【微生物】個體微小，結構簡單的生物，包括細菌、病毒等。
【微不足道】十分渺小，不值一提。
【微乎其微】形容非常少或非常小。
◆微型 微弱 微言大義 ◆些微 卑微 輕微 無微不至 體貼入微

徭|yáo（搖）【徭役】舊時官府規定老百姓服勞
|粵 yiu⁴（搖）役。

十二畫以上

徹|chè（撤）彳 彳' 彳' 徹 徹 徹
|粵 qid³（撤）
通，透:貫徹｜寒風徹骨。
【徹夜】一整夜，通宵。
【徹底】根本的，沒有保留:問題徹底解決。
【徹頭徹尾】從頭到尾，自始至終。

德|dé（得）彳 彳' 彳' 德 德 德
|粵 deg¹（得）
❶品質，品行:品德｜美德｜道德。❷恩惠，情義:報德｜感恩戴德。❸信念，意志:同心同德。
【德行】❶道德跟品行。❷態度、模樣使人看了不順眼:瞧他那種自負的德行。
【德育】養成道德的教育。
【德望】德行聲望。
◆德才兼備 德高望重 ◆公德 功德 缺德 積德 以德報怨 年高德劭

徵|zhēng（蒸）彳 彳' 徨 徨 徵 徵
|粵 jing¹（貞）
❶召集:徵兵｜徵集。❷收取:徵收｜徵稅。❸尋求:徵求｜徵稿｜徵聘。❹跡象:特徵｜徵兆｜徵象。
【徵文】公開徵求文章:有獎徵文。

徽|huī（揮）彳 彳' 徨 徺 徽 徽
|粵 fei¹（揮）
❶標識，記號:國徽｜校徽｜徽章。❷安徽省舊徽州府的簡稱:徽劇｜徽墨。

心部

心|xīn（新）丶 心 心 心
|粵 sem¹（森）

❶心臟，身體裏管血液循環的器官:心房｜心窩。❷指大腦:用心｜勞心。❸情緒，情感:心情｜心煩｜心意｜心平氣和。❹意念:心思｜良心｜存心。❺志向:有心人｜一心一意。❻平面的中央，物體的內部或主要部分:中心｜空心｜湖心。
【心目】心裏所想，眼中所見:在他的心目中……。
【心弦】指受感動而引起共鳴的心:動人心弦。
【心胸】❶器量:心胸開闊。❷志向:心胸遠大。
【心得】在工作和學習中的體會和收穫。
【心境】心情，心緒。
【心醉】形容極其愛慕傾倒。
【心安理得】自以為道理上過得去，心裏很坦然。
【心花怒放】形容十分喜悅興奮。
【心曠神怡】心境開闊，精神愉快。
【心驚膽裂】形容害怕到了極點。
◆心事 心病 心理 心腹 心靈 心灰意冷 心滿意足 ◆決心 信心 耐心 粗心 傷心 熱心 誠心 小心翼翼 同心協力 人心所向 有口無心

一至四畫

必|bì（閉）丶 心 心 必 必
|粵 bid¹（別¹）
一定，肯定:必定｜必不可少｜驕兵必敗。
【必須】一定要，應該:學習必須刻苦努力。
【必然】❶必定如此。❷指事物發展的變化依照一定不變的規律。
【必需】一定要有的，不可缺少的:生活必需品。
◆必要 必修 必勝 ◆未必 何必 務必 勢必

忙|máng（盲）丶 忄 忄 忙 忙
|粵 mong⁴（亡）
❶事情多，沒空暇，跟「閒」相反:忙碌｜繁忙。❷急迫:慌忙｜急忙｜勿忙。
◆忙於 忙亂 忙忙碌碌 忙裏偷閒 ◆奔忙 連忙 趕忙 幫忙

忘|wàng（望）丶 亠 七 忘 忘 忘
|粵 mong⁴（亡）
不記得，想不起來:忘記｜忘卻｜忘不了。
【忘本】忘記了自己的根本。
【忘形】失去禮貌或言行的分寸:得意忘形。
【忘懷】忽略，不注意:難以忘懷。
【忘乎所以】在興奮或得意的時候，忘掉了一切。
【忘恩負義】忘掉別人對自己的恩德，做出對不起別人的事。
◆忘我 忘掉 忘情 忘年交 ◆淡忘 健忘 遺忘 備忘錄 得意忘形 廢寢忘食 沒齒難忘

忒|tè（特）見「忐忑」條。
|粵 tig¹（惕）

志|zhì（致）一 十 士 志 志 志
|粵 ji³（致）
❶心意的趨向，想有所作為的決定:志向｜志願｜有志者事竟成。❷記載，通「誌」:「三國志」。
【志士】有志向和節操的人:愛國志士。
【志氣】指實現崇高理想、宏偉願望的氣概。

【志士仁人】指有高尚志向和道德的人。
【志同道合】志向相同，道路一致。
◆志趣　志大才疏　◆心志　矢志　立志　壯志　神志　鬥志　得志　意志　遺志　專心致志　雄心壯志

忑 tè（特）｜粵 tig¹（惕）
❶差錯：差忑。❷過甚：欺人忑甚。

忖 cǔn（寸上）｜粵 qun²（喘）　　丶丶忄忄忖
揣度，思量：忖度｜忖量。

忐 tǎn（坦）｜粵 tan²（坦）｜【忐忑】心虛，心神不定：忐忑不安。

忌 jì（技）｜粵 géi⁶（技）　　フコ己己忌忌
❶嫉妒，憎恨：猜忌｜忌才。❷害怕，顧慮：顧忌｜忌憚。❸禁戒：忌煙｜忌生冷。
【忌辰】父母或先輩去世的日子。也叫「忌日」。
【忌諱】有所顧忌，迴避着不說或不做。
◆忌恨　忌酒　◆切忌　妒忌　禁忌　避忌　肆無忌憚　諱疾忌醫　百無禁忌

忍 rěn（人上）｜粵 yen²（隱）　　フコヌ刃忍忍
❶容讓，耐住：容忍｜忍受｜忍痛。❷殘酷，狠心：殘忍｜忍心。
【忍耐】把情緒控制住，不使表現出來。
【忍氣吞聲】受了氣，勉強忍住，不吭聲。
【忍無可忍】再也忍耐不下去了。
◆忍讓　忍俊不禁　忍辱負重　◆不忍　堅忍　含垢忍辱　慘不忍睹

忭 biàn（辯）｜粵 bin⁶（辯）｜高興，歡喜：歡忭。

忼 同「慷」。

忱 chén（晨）｜粵 sem⁴（岑）　　丶丶忄忄忱忱
眞實的情意：熱忱｜謝忱。

忝 tiǎn（舔）｜粵 tim²（舔）　　一二于天忝忝
辱，常作謙詞：忝爲知己｜忝在至交。

忡 chōng（充）｜粵 cung¹（充）｜憂慮不安：憂心忡忡。

忠 zhōng（鐘）｜粵 zung¹（鐘）　　口口中中忠忠
❶誠心盡力：盡忠｜忠心耿耿。❷赤誠無私：忠誠｜忠臣｜忠言。
【忠告】誠懇地勸告。
【忠厚】忠實厚道：爲人忠厚。
【忠貞】忠誠而堅定：忠貞不屈。
【忠實】❶忠誠而可靠。❷眞實：忠實的記錄。
【忠言逆耳】誠懇直率的話聽起來往往不大舒服。
◆忠心　忠良　忠孝　忠直　忠信　◆效忠　赤膽忠心

忤 wǔ（午）｜粵 ng⁵（午）｜不順從：忤逆。

念 niàn（年去）｜粵 nim⁶（黏⁶）　　ノ人今今念念
❶惦記，常想：惦念｜懷念｜念舊。❷誦讀，同「唸」：念詩｜念書。
【念念】不斷地想：念念不忘。
【念頭】心思，想法。
◆念叨　念珠　◆思念　信念　留念　悼念　掛念　概念　觀念

忿 fèn（憤）｜粵 fen⁵（憤）　　ノ八今分忿忿
❶生氣，發怒：忿怒｜忿恨｜忿忿不平。❷甘願，服氣：不忿。

忪 ⊖ sōng（鬆）｜粵 sung¹（嵩）｜見「惺忪」條。
⊜ zhōng（忠）｜粵 zung¹（忠）｜見「怔忪」條。

忽 hū（乎）｜粵 fed¹（拂）　　ノク勿勿忽忽
❶粗心，不在意：忽略｜忽視｜疏忽。❷突然，時而：忽然｜忽明忽暗｜忽冷忽熱。
◆忽而　忽地　忽閃　◆倏忽　飄忽　一忽兒

快 kuài（塊）｜粵 fai³（塊）　　丶丶忄忄快快
❶速度高，跟「慢」相反：快車｜進步很快。❷趕緊，趕快：快回去吧!❸將要：快畢業了｜快到家了。❹稱心，歡喜：快活｜快事｜大快人心。❺舒適，愜意：快感｜快意｜身子不快。❻爽直：快人快語｜心直口快。❼鋒利：這把刀很快。
【快慰】愉快且感到安慰。
【快刀斬亂麻】比喻處理複雜問題果斷、乾脆。
◆快手　快門　快速　快嘴　快馬加鞭　◆明快　飛快　涼快　爽快　勤快　暢快　輕快　拍手稱快

忸 niǔ（扭）｜粵 neo²（扭）｜【忸怩】慚愧，不好意思。

五畫

怦 pēng（抨）｜粵 ping¹（拼）｜形容心跳：怦然心動｜心怦怦地跳。

怔 zhēng（征）｜粵 jing¹（征）　　丶丶忄忄忉怔怔
驚懼：怔忪。
【怔忡】中醫所稱的一種虛弱病，患者有心跳、憂鬱等症狀。
【怔忪】驚懼的樣子。

怯 qiè（挈）｜粵 hib³（協）　　丶丶忄忄怯怯
膽子小，沒勇氣：膽怯｜怯場。
【怯弱】❶膽小怕事。❷人的身體瘦弱。

怙 hù（互）｜粵 wu⁶（戶）｜依靠，仗恃：怙恃｜無所依怙。
【怙惡不悛】做了壞事而不肯悔改。

怵 chù（觸）｜粵 zêd¹（卒）　　丶丶忄忄怵怵
恐懼，膽怯：發怵。

怖 bù（布）｜粵 bou³（布）　　丶丶忄忄怖怖

懼怕:恐怖｜情景可怖。

怛 dá (達)｜粵 dad³ (達³)
❶悲悼:惻怛。❷驚愕。

思 ㊀ sī (司)｜粵 xi¹ (屍)｜丶口田田思思
❶想,動腦筋:思考｜思索｜思前想後。❷惦念:思念｜思親。❸情緒,想法:情思｜文思｜思路。
【思量】❶心裏打算。❷想念,記掛。
【思想】❶念頭,想法。❷考慮。
【思潮】❶某一時期內有較大影響的思想傾向:文藝思潮。❷不斷湧現的思想活動:思潮起伏。
◆思忖 思緒 思維 思慕 思慮 思想家 ◆心思 沈思 尋思 意思 構思 三思而行 左思右想 深思熟慮
㊁ sāi (腮)｜粵 soi¹ (腮)｜于思:形容鬍鬚很多。

快 yàng (樣)｜粵 yêng² (央²)｜忄忄忆快快
不滿意,不高興:快快不樂。

怍 zuò (做)｜粵 zog⁶ (昨)｜文言用字。慚愧:愧怍。

怎 zěn (浸²)｜粵 zem²｜ヘ个乍乍怎怎
疑問詞。如何:怎麼｜怎樣｜怎辦｜怎不早說?

性 xìng (姓)｜粵 xing³ (姓)｜忄忄忄忄性性
❶人或事物所自然具有的特質:性質｜彈性｜藥性。❷功能,效力:放射性｜毒性。❸生物雌雄的生理上的特質:性別｜男性｜女性｜異性。❹情慾,有關生殖的:性慾｜性生理｜性器官。❺脾氣:性格｜性情｜任性｜性急。❻範圍,方式:全國性｜綜合性｜依賴性。
【性子】❶稟性:這個人性子很急。❷脾氣:使性子。
【性命】生命:性命交關。
【性能】器材、物品所具有的性質和功能:這種機器性能良好。
【性質】事物本身所具有的、區別於其他事物的特徵。
◆本性 共性 耐性 索性 急性 記性 烈性 個性 理性 習性 惡性 感性 慢性病 片面性 藝術性

怕 pà (帕)｜粵 pa³ (爬³)｜忄忄忄怕怕
❶畏懼:害怕｜不怕死｜老鼠怕貓。❷表示猜測或疑慮:恐怕他別有用意｜他怕不來了。
◆怕人 怕苦 怕羞 怕累 ◆可怕 生怕 哪怕

怨 yuàn (願)｜粵 yun³ (遠)｜ノ勹夕夗怨怨
❶仇恨:怨恨｜怨仇｜結怨。❷不滿,責怪:埋怨｜抱怨｜怨言。
【怨天尤人】形容遇到不逐心的事,怪天怪地恨別人。
【怨聲載道】怨聲充滿道路。形容羣眾普遍不滿。
◆怨氣 怨憤 ◆仇怨 哀怨 恩怨 積怨 任勞任怨

忽 同「勿」。

急 jí (疾)｜粵 geb¹ (芨)｜ク久刍刍急急
❶迅速,猛烈,跟「緩」相反:急促｜急遽｜急轉直下。❷緊要,迫切:急事｜緊急｜急迫。❸危險,情形嚴重:告急｜救急。❹焦躁:急躁｜着急｜性急。❺熱心:急人之難｜急公好義。
【急切】非常迫切。
【急救】對患急性病或受重傷的人進行緊急的救治。
【急中生智】在危急的情形中想出應付的辦法。
【急如星火】像流星的光一樣極快地閃過。比喻情勢緊迫。
◆急忙 急件 急性 急速 急診 急智 急電 急需 急不可待 急起直追 ◆火急 危急 性急 焦急 心急火燎 狗急跳牆 氣急敗壞 十萬火急

怪 guài (乖去)｜粵 guai³ (乖³)｜忄忄忄怪怪
❶奇異,不正常:奇怪｜怪人怪事。❷驚異:大驚小怪｜少見多怪。❸埋怨,責備:責怪｜怪罪。❹很,非常:怪難看｜怪不錯的。❺妖魔:鬼怪｜妖怪｜怪物。
【怪誕】離奇古怪,不合情理。
【怪僻】脾氣古怪,跟一般人不一樣。
【怪癖】古怪的嗜好。
◆怪氣 怪異 怪話 ◆見怪 作怪 神怪 精怪

怩 ní (尼)｜粵 néi⁴ (尼)｜見「忸怩」條。

怫 fú (扶)｜粵 fed⁶ (乏)｜忿怒的樣子:怫然作色。

怡 yí (移)｜粵 yi⁴ (而)｜忄忄忄怡怡怡
和悅,愉快:心曠神怡｜怡然自得。

怠 dài (待)｜粵 toi⁵ (殆)｜厶厶台台台怠
懶惰,鬆懈:怠惰｜怠慢｜懈怠。
【怠工】指在工作時間內不工作或故意降低工作效率。

怒 nù (奴去)｜粵 nou⁶ (奴⁶)｜く夕女奴奴怒
❶生氣:發怒｜惱怒｜怒容滿面｜怒氣沖天。❷聲勢大:怒潮｜怒海狂濤。
【怒目】睜大眼睛表示發怒:怒目而視。
【怒號】形容聲音很大:狂風怒號。
【怒髮衝冠】形容非常憤怒的樣子。
◆怒火 怒氣 怒不可遏 怒形於色 ◆息怒 動怒 憤怒 激怒 觸怒 喜怒哀樂 喜怒無常 心花怒放

六畫

恣 zì (字)｜粵 ji³ (志)｜丶冫沙次恣恣
放縱,無拘束:恣意｜恣情作樂。
【恣意妄為】由着性子胡鬧。

恙 yàng (樣)｜粵 yêng⁶ (讓)｜丷兰羊羔恙
病:微恙｜無恙。

恚 huì (惠)｜粵 wei⁶ (位)｜文言用字。怨恨:恚憤。

恃 shì (侍)｜粵 qi⁵ (似)｜忄忄怯恃恃

依賴，仗着：恃強｜有恃無恐｜恃勢凌人。

恥 chǐ（尺）
粵 qi²（齒）
一 Π 月 耳 耳 耻 恥
羞愧，羞辱：羞恥｜可恥｜恥辱｜雪恥。

恭 gōng（工）
粵 gung¹（工）
一 艹 艹 芣 苃 恭
表示謙遜有禮的樣子：恭敬｜恭順｜恭賀｜謙恭。

恐 kǒng（孔）
粵 hung²（孔）
工 工 巩 巩 恐 恐
❶害怕：恐懼｜恐怖｜驚恐。❷恫嚇：恐嚇。❸表示猜想，估計：恐怕不能來｜恐怕要下雨。
【恐慌】❶慌張害怕。❷危機：經濟恐慌。
【恐龍】中生代的爬行動物，體型很大，頸長尾長。早已滅絕。
◆深恐　惶恐　爭先恐後　誠惶誠恐

恓 xī（西）
粵 sei¹（西）
文言用字。【恓恓】忙碌不安的樣子。
【恓惶】驚慌煩惱的樣子。

恢 huī（灰）
粵 fui¹（灰）
忄 忄 忄 忚 恢 恢
大，廣：恢弘｜天網恢恢。
【恢復】❶失去以後又得到。❷使變成原來的樣子。

恒 同「恆」。

恆 héng（衡）
粵 heng⁴（衡）
忄 忄 忄 恒 恆 恆
❶持久：恆久｜永恆｜持之以恆。❷經常的，不變的：恆言｜恆心。
【恒星】能夠發出光和熱的天體，如太陽。過去認為它的位置不變，故名；實際上，恒星也在運動。

恍 huǎng（謊）
粵 fong²（訪）
忄 忄 忄 忄 怳 恍
❶忽然：恍然。❷好像：恍如隔世。
【恍惚】❶神志不清：精神恍惚。❷模模糊糊，不十分真切：我恍惚聽見他回來了。
【恍然大悟】一下子明白過來。

恫 dòng（洞）
粵 dung⁶（動）
忄 忄 忄 恫 恫 恫
威嚇，嚇唬：恫嚇。

恩 ēn（摁陰）
粵 yen¹（因）
冂 冃 因 因 恩 恩
好處，情義，跟「怨」或「仇」相反：恩惠｜恩愛。
【恩情】深厚的情誼。
【恩賜】舊指封建帝王的賞賜。現指出於憐憫而給予的施捨。含貶義。
【恩將仇報】用仇恨回報別人給自己的恩惠。
◆恩仇　恩典　恩怨　恩澤　◆感恩戴德

恬 tián（田）
粵 tim⁴（甜）
忄 忄 忄 忄 恬 恬
❶安靜：恬靜。❷坦然：恬不知恥｜恬不為怪。

恁 nèn（嫩）
粵 yem⁶（任）
❶那麼，什麼，怎麼：恁大｜恁事如此煩惱？❷那：恁時。

息 xī（西）
粵 xig¹（色）
丿 亻 亻 自 息 息
❶呼吸：氣息｜喘息｜一息尚存。❷停，歇：息怒｜休息｜歇息｜安息。❸利錢：利息｜年息｜月息。❹音信：消息｜信息。❺兒子：子息。
【息事寧人】平息糾紛，使大家和睦相處。
【息息相關】比喻關係十分密切。也作「息息相通」。
◆作息　姑息　氣息　窒息　歎息　鼻息　一息尚存　瞬息萬變　川流不息　休養生息　自強不息

恤 同「卹」。

恰 qià（洽）
粵 heb¹（合¹）
忄 忄 忄 忄 恰 恰
❶正巧，剛剛：恰巧｜恰到好處。❷合適，適當：恰當｜恰如其分。

恪 kè（克）
粵 kog³（確）
忄 忄 忄 忄 恪 恪
恭敬，謹慎：恪守諾言。

恂 xún（旬）
粵 sên¹（荀）
文言用字。信心，信實。

恨 hèn（很去）
粵 hen⁶（很⁶）
忄 忄 忄 忄 恨 恨
❶怨，仇視：怨恨｜仇恨。❷懊悔，不滿意：悔恨｜遺恨｜恨事。
【恨之入骨】形容非常痛恨。
◆可恨　記恨　憎恨　憤恨　懷恨　報仇雪恨　新仇舊恨

恕 shù（樹）
粵 xu³（庶）
く 夕 女 如 如 恕
❶原諒，寬宥：饒恕｜寬恕｜恕罪。❷請人原諒的謙詞：恕不招待｜恕難從命。

七畫

悌 tì（涕）
粵 dei⁶（弟）
忄 忄 忄 悌 悌 悌
文言用字。敬愛兄長或兄弟友愛。

悅 yuè（月）
粵 yud⁶（月）
忄 忄 忄 悦 悦 悅
❶高興，愉快：喜悅｜愉悅｜和顏悅色｜心悅誠服。❷使覺得愉快：悅目｜悅耳。
◆取悅　和悅　欣悅　賞心悅目

悖 bèi（焙）
粵 bui⁶（焙）
忄 忄 忄 怅 悖 悖
違反，牴觸，衝突：悖逆｜悖謬｜並行不悖。

悟 wù（誤）
粵 ng⁶（誤）
忄 忄 忄 怄 悟 悟
❶領會，明白：悟出這個道理來。❷覺醒：覺悟｜醒悟｜恍然大悟｜執迷不悟。

悚 sǒng（聳）
粵 sung²（聳）
忄 忄 忄 悚 悚 悚
害怕的樣子：悚慄｜毛骨悚然。

悄 ⊖ qiāo（巧）
粵 qiu²（鍬²）
忄 忄 忄 怕 悄 悄
❶靜寂，聲音很低：悄然無聲｜低聲悄語。❷憂愁：憂心悄悄｜悄然落淚。

㊀ qiāo（敲）│沒有聲音或聲音很低: 靜悄悄│悄悄
粵 同㊀ 地。

【悄悄話】輕聲說的知心話。

悍 │hàn（旱）│忄 忄 忄 忄 忄 悍
粵 hon⁵（旱）

❶勇猛: 強悍│悍將│短小精悍。 ❷兇暴, 蠻橫: 兇
悍│悍婦。

【悍然不顧】不顧勸告, 自行其是。

悃 │kǔn（捆）│文言用字。誠實的心意: 悃
粵 kuen²（菌）│誠│謝悃。

患 │huàn（幻）│口 口 吕 串 患 患
粵 wan⁶（幻）

❶禍害, 災難: 水患│禍患│災患│有備無患。 ❷得
病: 患病│患者│患處。 ❸憂慮: 憂患。

【患難】困難危險的處境: 患難之交│患難與共。

【患得患失】對得失看得過重而惴惴不安。

◆ 後患　隱患　防患未然　心腹之患　內憂外患

悒 │yì（抑）│愁悶, 不安: 憂悒│鬱悒│悒悒不
粵 yeb¹（泣）│樂。

悉 │xī（息）│丷 立 平 釆 悉 悉
粵 xig¹（色）

❶知道: 知悉│得悉一切│熟悉此事。 ❷盡、全: 悉心照
料│悉數捐贈。

悔 │huǐ（毀）│忄 忄 忄 悔 悔 悔
粵 fui³（誨）

❶追恨: 後悔│懊悔│悔恨。 ❷說話不算數: 反悔。

【悔過】悔恨自己的過錯, 決心改正: 悔過自新。

【悔之不及】後悔也來不及了。

【悔不當初】後悔當時沒有採取另一種行動: 早知如此,
悔不當初。

◆ 悔改　悔悟　悔罪　◆ 追悔　翻悔　懺悔

悠 │yōu（幽）│亻 亻 佟 攸 悠 悠
粵 yeo⁴（由）

❶長久, 長遠: 歷史悠久│歌聲悠揚。 ❷閒適: 悠閒。 ❸
懸空搖盪: 秋千悠過來悠過去。 ❹穩住, 控制住: 悠着點
勁兒。

【悠悠】❶形容安閒自在。 ❷形容緩慢: 慢悠悠。

【悠閒】形容閒暇安適: 態度悠閒。

【悠然】悠閒的樣子: 悠然自得。

【悠遠】長久, 遙遠: 山川悠遠。

您 │nín（你）│亻 你 你 您 您 您
粵 néi⁵（你）

「你」的敬稱。

恿 │yǒng（勇）│マ 丹 甬 甬 恿 恿
粵 yung²（擁）

見「慫恿」條。

悛 │quān（圈）│改過: 怙惡不悛(一貫作惡, 不肯
粵 xun¹（宣）│悔改)。

八畫

惋 │wǎn（碗）│忄 忄 忄 忄 惋 惋
粵 wun²（碗）

【惋惜】對別人的不幸遭遇表示同情和可惜。

惇 │dūn（敦）│文言用字。敦厚。
粵 dēn¹（敦）

悴 │cuì（翠）│忄 忄 忄 忄 忄 悴
粵 sêu⁶（睡）

見「憔悴」條。

惦 │diàn（店）│忄 忄 忄 忄 忄 惦
粵 dim³（店）

心裏老想着: 惦念│惦記。

惓 │quán（拳）│「惓惓」同「拳拳」: 誠懇深切
粵 kün⁴（拳）│的意思: 惓惓之忱。

情 │qíng（晴）│忄 忄 忄 忄 情 情
粵 qing⁴（晴）

❶人受了外界事物刺激而引起的心理狀態: 感情│熱
情│情緒。 ❷兩性交好: 愛情│情愛│談情說愛。 ❸友誼,
好意: 友情│交情│求情│說情。 ❹狀況: 眞情│病
情│情形│情況。

【情報】關於各種情況的報告, 尤指以偵察或其他手段獲
得的有關對方政治、軍事、經濟、文化、科學技術等方
面的情況報告。

【情景】情況和景象。

【情勢】事物的情況和趨勢。

【情誼】互相間的感情和友誼。

【情調】基於一定的思想意識而表現出來的感情色彩。

【情趣】感情趣味。

【情操】由思想信念所形成的高尚情緒。

【情同手足】情誼很深, 如同兄弟。

【情投意合】形容雙方思想感情融洽, 彼此很合得來。

◆ 情分　情由　情味　情面　情理　情義　情節　情懷
情願　情不自禁　情景交融　◆ 人情　心情　內情　災
情　國情　敵情　深情厚誼

悻 │xìng（幸）│忄 忄 忄 忄 悻 悻
粵 heng⁶（幸）

【悻悻】怨恨發怒的樣子: 悻悻而去。

悵 │chàng（暢）│忄 忄 忄 忄 悵 悵
粵 cēng³（唱）

失意, 不痛快: 悵然│來訪未遇, 悵甚。

惡 │㊀ è（餓）│一 了 亏 亞 亞 惡
粵 og³（岳³）

❶壞的, 不好的: 惡劣│惡習│惡夢│惡人必有惡報。
❷犯罪的事: 罪惡│作惡多端。 ❸兇狠, 兇猛: 兇惡│惡
毒│惡狗│惡戰。

【惡化】情況向壞的方面轉化。

【惡作劇】使人難堪並產生反感的玩笑、行為。

【惡貫滿盈】指作惡極多。

◆ 惡性　惡意　惡魔　惡霸　惡狠狠　◆ 善惡　萬惡
醜惡

㊁ wù（務）│討厭, 憎恨: 可惡│厭惡│深惡痛
粵 wu³（戶³）│絕。

㊂ ě（俄上）│【惡心】同「噁心」。作嘔要吐, 也表示
粵 同㊀ 討厭得難以忍受。

惜 │xī（西）│忄 忄 忄 忄 惜 惜
粵 xig¹（色）

❶覺得寶貴, 珍愛: 珍惜│愛惜。 ❷捨不得: 吝惜│惜
別│不惜代價。 ❸感到遺憾: 可惜│痛惜│憐惜│惋惜。

惠 | huì（諱）
粤 wei⁶（胃）| 一 百 申 叀 惠 惠

❶好處，利益:恩惠｜受惠｜互惠。❷敬詞:惠贈｜惠臨｜惠顧。
【惠存】請保存。在饋送別人的書籍、照片等紀念品上寫的敬詞。

惑 | huò（或）
粤 wag⁶（或）| 匚 或 或 或 惑 惑

❶迷亂，欺騙:迷惑｜造謠惑衆｜受了蠱惑。❷疑慮:疑惑｜大惑不解。

悽 | qī（妻）
粤 cei¹（妻）| ㆆ 忄 忙 恓 悟 悽

悲傷:悽愴｜悽慘。

悼 | dào（盜）
粤 dou⁶（杜）| 忄 忄 忄 忄 悼 悼 悼

悲傷地追念死者:哀悼｜追悼｜悼念｜悼詞。

惘 | wǎng（往）
粤 mong⁵（妄）| 忄 忄 忄 忄 惘 惘

失意的樣子:悵惘｜惘然。

悶 | ㈠ mèn（門去）
粤 mun⁶（門⁶）| 丨 丬 丬 門 悶 悶

心情不舒暢:煩悶｜愁悶｜悶悶不樂｜心裏悶得慌。

㈡ mēn（門陰）
粤 同 | ❶因空氣不流通而起的感覺:悶熱｜天氣好悶哪!｜屋裏實在太悶。
❷不聲不響:悶聲悶氣｜悶聲不響。

惕 | tì（替）
粤 tig¹（倜）| 忄 忄 忄 悍 惕 惕

小心謹慎，提防:警惕。

悲 | bēi（碑）
粤 béi¹（碑）| 丨 扌 非 非 悲 悲

❶傷心，哀痛:悲傷｜悲哀｜悲喜交集。❷憐憫:慈悲｜悲天憫人。
【悲壯】悲憤而壯烈。
【悲劇】結局悲慘或悲壯的戲劇。也比喻不幸的遭遇。
【悲觀】跟「樂觀」相反，對世事採取消極或失望的態度。
【悲歡離合】指生活中悲哀、喜悅、分離、團聚種種不同的境遇和心情。
◆悲切　悲苦　悲涼　悲痛　悲歌　悲慘　悲酸　悲鳴　悲憤　悲歎　◆可悲　大慈大悲　兔死狐悲

悱 | fěi（翡）
粤 féi²（翡）| 【悱惻】形容內心悲苦。

悸 | jì（季）
粤 guei³（季）| 忄 忄 忄 忴 悸 悸

因害怕而心跳:悸悸｜驚悸｜心有餘悸。

惟 | wéi（唯）
粤 wei⁴（唯）| 忄 忄 忄 忙 惟 惟

❶單，只:惟一｜惟恐｜惟獨。❷但是，不過:病已治好，惟身體仍很虛弱。❸想，考慮:思惟(也作「思維」)。
【惟妙惟肖】形容描寫、模仿得十分精妙。也作「維妙維肖」。

惛 | hūn（昏）
粤 fen¹（昏）| 文言用字。迷糊，糊塗:惛惛｜心惛意亂。

惆 | chóu（籌）
粤 ceo⁴（籌）| 忄 忄 忄 惆 惆

【惆悵】失意，傷感，悲愁。

惚 | hū（忽）
粤 fed¹（忽）| 忄 忄 忄 惚 惚 惚

見「恍惚」條。

九畫

意 | yì（翼）
粤 yi³（衣³）| 亠 立 咅 音 意 意

❶心裏所想的:意思｜心意｜意念。❷心願，願望:合意｜好意｜隨意。❸料想:意料｜意外｜出其不意。❹人或事物流露的情態:醉意｜春意｜詩意。
【意志】為達到某種目的而產生的決心和毅力:意志堅強｜意志消沈。
【意見】見解，對事物的看法:交換意見。
【意氣】❶意志和氣概:意氣風發。❷偏激、任性的情緒:意氣用事。❸志趣和性格:意氣相投。
【意義】❶含義:我不了解這個詞的意義。❷價值，作用:這樣做意義不大。
【意圖】想達到某種目的的打算:公司意圖。
【意在言外】語言的真正意思是暗含着的，沒有明白地說出來。
◆意向　意旨　意味　意境　意趣　意識　◆大意　立意　主意　用意　在意　原意　得意　寓意　心滿意足　一心一意　真心實意

慈 | cí（磁）
粤 qi⁴（遲）| 亠 ㇇ 兹 兹 慈 慈

❶和善，憐愛:慈愛｜慈祥｜慈母。❷指母親:家慈。
【慈祥】和善安詳(多用於老年人)。
【慈善】仁慈善良，有同情心。
◆慈悲　慈眉善目　◆仁慈　大慈大悲

惲 | yùn（韻）
粤 wen⁶（運）| 姓。

愜 | qiè（怯）
粤 hib⁶（協）| 忄 忄 忄 恢 愜 愜

❶滿足，暢快:愜意｜愜心。❷滿意，合理:愜當。

想 | xiǎng（享）
粤 sêng²（賞）| 一 十 木 相 想 想

❶動腦筋，思索:想一想｜想辦法。❷希望，打算:弟弟想去逛動物園。❸推測，認為:猜想｜料想｜我想他不來了。❹掛念，惦記:懷想｜朝思暮想。
【想法】心思，念頭。
【想念】惦記，掛念。
【想像】❶以既知的事實或觀念作材料，而構成新事實、新意念的心理作用。❷設想:不難想像。
【想當然】只憑主觀推測，認為事情可能是或應該是這樣。
【想入非非】脫離實際地胡思亂想。
◆想必　想見　想像力　想方設法　◆幻想　妄想　回想　空想　思想　理想　暗想　夢想　左思右想　胡思亂想

感 | gǎn（敢）
粤 gem²（敢）| 一 厂 咸 感 感 感

❶受到外來刺激引起的情緒反應:感受｜感慨｜感動。❷覺得:感到｜感覺。❸對別人給的好處表示謝意:感

謝｜感激｜感恩圖報。❹表示某種自覺的情緒:幽默感
｜自豪感｜親切感。

【感化】通過有意識的勸導和行動，影響別人向好的方面
轉化。

【感冒】又稱傷風。是由病毒引起的傳染病，有鼻塞、頭
痛、發燒、咳嗽、打噴嚏等症狀。

【感染】❶受到傳染。❷通過作品、說話或行動，使人引
起相同的思想感情。

【感情】對事物所產生的愛、憎、喜、怒、悲、歡等的心
情。

【感想】接觸外界事物引起的想法。

【感戴】因感激而表示擁護。

【感人肺腑】使人內心受到極大的感動。

【感情用事】憑一時的感情衝動處理事情。

【感激涕零】對別人的幫助非常感激，以至流下眼淚。

◆感召　感光　感官　感性　感悟　感傷　感歎　感應
感懷　感同身受　感恩戴德　◆反感　好感　美感　情
感　敏感　觀感

惰 duò（墮）
粵 do⁶（墮）　　丨忄忄忙忰惰惰

懶，懈怠，跟「勤」相反:懶惰｜怠惰。

惹 rě（熱上）
粵 yé⁵（野）　　丶丑丑丑若惹

招引，挑逗:招惹｜惹禍上身｜惹人注意。

【惹是生非】招引是非或禍端。

◆惹事　惹眼　惹火燒身　◆好惹

惻 cè（測）
粵 ceg¹（測）　　丨忄忄惧惧惻惻

悲痛:惻然｜悽惻。

【惻隱】看到人家遭遇不幸，心裏難過並產生同情。

愠 yùn（韻）
粵 wen³（縕）　　丨忄忄惧愠愠

含怒:愠怒｜面有愠色。

愚 yú（餘）
粵 yu⁴（餘）　　口日禺禺愚愚

❶傻，笨:愚蠢｜愚笨。❷欺騙，蒙蔽:愚弄｜受愚。
❸自稱的謙詞:愚兄｜愚見。

【愚昧】文化落後，知識貧乏:愚昧無知。

◆愚人　愚妄　愚公移山　愚民政策　愚者一得　◆大
智若愚

惺 xīng（星）
粵 xing¹（星）　　丨忄忄惺惺惺

【惺忪】剛睡醒，看東西模糊不清的樣子:睡眼惺忪。

【惺惺】❶聰明，也指聰明的人:惺惺惜惺惺。❷虛情假
意:假惺惺。

愕 è（餓）
粵 ngog⁶（岳）　　丨忄忄愕愕愕

驚訝:驚愕｜愕然。

愣 lèng（冷去）
粵 ling⁶（另）　　丨忄忄愣愣愣

❶失神，發呆:兩眼發愣｜嚇得他一愣。❷鹵莽，冒
失:愣頭愣腦｜愣幹｜愣說。

惴 zhuì（墜）
粵 zêu³（最）　　丨忄忄惴惴惴

憂愁，恐懼:惴慄｜惴惴不安。

愛 ài（礙）
粵 oi³（媛）　　爫爫悉恶爱愛

❶對人或事物有親密的感情:愛國｜愛民｜媽媽愛寶寶。
❷喜歡:愛好｜愛管閒事｜弟弟愛吃糖。❸兩性親近傾
慕:愛情｜愛意｜愛慕。❹容易:愛發脾氣｜吃生冷的東
西愛拉肚子。❺珍視，保護:愛惜｜愛護｜愛公物。

【愛憐】喜愛並同情。

【愛撫】愛憐撫慰。

【愛戴】敬愛並擁護。

【愛不釋手】因喜愛某物而捨不得放手。

【愛屋及烏】比喻因愛一個人而連帶喜愛跟他有關的事物。

【愛莫能助】雖同情想給予幫助，但因力量不夠或條件所
限而做不到。

◆愛稱　愛面子　愛憎分明　◆心愛　友愛　仁愛　可
愛　自愛　珍愛　恩愛　慈愛　熱愛　親愛　戀愛

愀 qiǎo（悄）
粵 qiu²（悄）　　丨忄忄愀愀愀

臉色改變:愀然作色。

愁 chóu（仇）
粵 seo⁴（仇）　　一千禾私秋愁

❶憂慮:憂愁｜發愁｜不愁吃不愁穿。❷慘淡的樣子:愁
雲慘霧。

【愁眉】發愁時緊皺的眉頭:愁眉不展，愁眉苦臉。

【愁悶】憂愁煩悶。

◆愁苦　愁容　愁腸　愁緒　◆犯愁　多愁善感

愎 bì（碧）
粵 big¹（逼）　　丨忄忄愎愎愎

任性:剛愎自用（為人固執、任性、自以為是而獨斷獨行）。

惶 huáng（皇）
粵 wong⁴（皇）　　丨忄忄悍悍惶

恐懼，不安:惶恐｜惶惑｜惶惶不安｜人心惶惶。

愆 qiān（千）
粵 hin¹（牽）　　❶罪過:罪愆。❷差錯，誤失:愆期。

愉 yú（餘）
粵 yu⁴（餘）　　丨忄忄恰愉愉

高興，快樂:愉快｜愉悅｜歡愉。

愈 yù（預）
粵 yu⁶（預）　　人今俞愈愈愈

❶與「癒」通。病好了:病愈｜痊愈。❷更加:愈加｜愈
快愈好。

慨 kǎi（楷）
粵 koi³（鈣）　　丨忄恨恨慨慨

❶感歎:感慨｜慨歎。❷憤激:憤慨。❸大方:慷慨｜慨
允｜慨諾。

惱 nǎo（腦）
粵 nou⁵（腦）　　丨忄惱惱惱惱

❶發怒:惱怒｜惱火｜惱恨。❷煩悶，苦悶:煩惱｜苦
惱｜懊惱。

十畫

愬 同「訴」。

愫 | sù（訴）粵 sou³（素）｜ 眞實的情意:情愫。

慎 | shèn（滲）粵 sen⁶（身⁶）｜ 忄 忄 忄 愃 愃 愃 愃 愃
小心,仔細:愃重｜謹愃｜不愃丟失｜愃勿接近。

慄 | lì（利）粵 lêd⁶（律）｜ 忄 忄 忄 忄 忄 慄
因寒冷或恐懼而肢體抖動:戰慄｜不寒而慄。

愿 | yuàn（院）粵 yun⁶（院）｜ 一 厂 盾 原 原 愿
恭謹:謹愿｜誠愿。

慌 | huāng（荒）粵 fong¹（荒）｜ 忄 忄 忄 忄 忄 慌
❶忙亂,急忙:慌亂｜慌忙｜慌張。❷害怕,不安:驚慌｜恐慌｜發慌。❸難受:悶得慌｜累得慌。
◆慌神　慌恐　慌作一團　慌裏慌張　◆着慌　心慌意亂

愾 | kài（開去）粵 koi³（概）｜ 忄 忾 忾 愾 愾 愾
怒,恨:同仇敵愾。

愧 | kuì（潰）粵 kuei³（規³）｜ 忄 忄 愧 愧 愧 愧
羞慚:羞愧｜慚愧。
【愧疚】慚愧、內疚。
◆愧色　愧恨　愧悔　◆不愧　抱愧　無愧　問心無愧

慇 | yīn（因）粵 yen¹（因）｜ 厂 户 身 骬 殷 慇
【慇懃】也作「殷勤」,指待人接物親切周到:招待慇懃。

愴 | chuàng（創）粵 cong³（創）｜ 忄 忄 怆 怆 愴 愴
悲傷:悽愴｜愴然淚下。

態 | tài（太）粵 tai³（太）｜ 厶 育 肯 能 能 態
❶模樣,形狀:姿態｜神態｜形態。❷情況:狀態｜事態｜動態。
【態度】❶人的舉止、神情:態度從容。❷對事情的看法及其表現:態度堅決｜學習態度。
◆生態　失態　世態　表態　病態　常態　情態　醜態　體態　變態　老態龍鍾　一反常態

十一畫

慵 | yōng（庸）粵 yung⁴（容）｜ 文言用字。困倦,懶:慵懶。

慷 | kāng（康）粵 hong²（康²）｜ 忄 忄 忄 忷 忷 慷
【慷慨】❶情緒激昂:慷慨陳詞。❷度量大,不吝嗇:他待人很慷慨。

慶 | qìng（罄）粵 hing³（兄³）｜ 一 广 户 府 廣 慶
❶祝賀:慶祝｜慶賀｜慶壽。❷值得慶祝的日子:國慶｜校慶｜三十週年大慶。
【慶幸】為事情意外地得到好的結局而感到高興。
【慶典】隆重的慶祝儀式。

◆喜慶　歡慶　普天同慶　彈冠相慶

慧 | huì（惠）粵 wei⁶（胃）｜ 三 丰 扗 彗 彗 慧
聰敏,有才智:智慧｜敏慧。
【慧眼】眼光特別敏銳:慧眼識英雄。
◆聰慧　拾人牙慧

憩 | 同「憩」。

慝 | tè（特）粵 tig¹（惕）｜ 匚 亞 要 匿 匿 慝
文言用字。邪惡:邪慝。

慚 | cán（蠶）粵 cam⁴（蠶）｜ 忄 怕 怖 惭 惭 慚
羞愧:慚愧｜大言不慚。

慪 | òu（漚）粵 eo³（漚）｜ 故意惹人生氣或發笑:你別慪人了。
【慪氣】鬧彆扭,生悶氣:不要慪氣。

慳 | qiān（千）粵 han¹（閒¹）｜ 吝嗇:慳吝｜慳儉。

慼 | qī（戚）粵 qig¹（斥）｜ 一 厂 乐 戚 戚 慼
文言用字。憂愁,悲哀。

憂 | yōu（優）粵 yeo¹（優）｜ 丂 百 百 惪 惪 憂
❶發愁:憂愁｜憂慮｜憂鬱。❷發愁的事:憂患｜高枕無憂。
【憂心如焚】憂愁的心情像火燒一樣。
【憂心忡忡】形容心裏憂愁不安。
◆憂悒　憂戚　憂煩　憂傷　憂憤　◆分憂　擔憂

憋 | biē（驚）粵 bid³（別³）｜ ❶氣不通,不舒暢:憋悶｜憋氣。❷强忍住:把嘴一閉,憋足了氣｜心裏憋了許多話要說。
⊗左上是「尚」,七筆。

慕 | mù（目）粵 mou⁶（務）｜ 丶 艹 苗 莫 慕 慕
❶思念,戀念:思慕。❷嚮往,敬仰:羨慕｜仰慕｜慕名。
◆愛慕　傾慕　敬慕
⊗下邊是「小」,不要寫成「小」或「氺」。

慮 | lù（綠）粵 lêu⁶（淚）｜ 一 广 虍 虘 慮 慮
❶思考,謀算:思慮｜考慮｜深思熟慮。❷憂心,疑忌:憂慮｜顧慮｜無憂無慮。
◆掛慮　焦慮　過慮　遠慮　疑慮　千慮一失　千謀遠慮　深謀遠慮

慢 | màn（漫）粵 man⁶（萬）｜ 丷 忄 忄 恒 慢 慢
❶遲,緩,跟「快」相反:跑得慢｜慢車道。❷不熱情,沒禮貌:慢待｜輕慢｜簡慢。
【慢條斯理】說話、行動不慌不忙。
◆慢吞吞　慢悠悠　◆且慢　怠慢　傲慢　緩慢

慟 | tòng（痛）粵 dung⁶（動）｜ 忄 忄 怕 愘 愅 慟
極度悲傷:悲慟｜哀慟｜慟哭。

慫 | sǒng（聳）粵 sung²（聳）｜ 彳 彸 從 從 從 慫

驚懼。

【慫恿】勸說或鼓動別人去做某一件事。

慾 yù（浴）｜粵 yug⁶（玉） 八 父 谷 谷 欲 慾

內心喜歡而急着想滿足的願望：慾望｜食慾｜求知慾。
◆慾念 ◆私慾 性慾 情慾 禁慾 利慾熏心

慰 wèi（畏）｜粵 wei³（畏） 尸 尿 尉 尉 慰

❶使人心裏安適：安慰｜慰問｜慰勞。❷心安：欣慰。
◆慰勉 慰藉 ◆自慰 快慰 告慰 寬慰 勸慰 聊以自慰

慘 cǎn（參上）｜粵 cam²（蠶²） 忄 忄 忬 恔 惨 慘

❶悲傷，使人難受：悲慘｜淒慘｜慘痛。❷殘酷，惡毒：慘酷｜慘殺。❸程度嚴重：損失慘重｜遭到慘敗。

【慘澹】也作「慘淡」。❶暗淡無光：天色慘澹。❷在困難的景況下竭盡心力去作：慘澹經營。

【慘不忍覩】淒慘得不忍心去看。

【慘無人道】形容極其兇殘。

【慘絕人寰】形容悲慘到了極點。

◆慘狀 慘案 慘禍 慘境 慘劇

慣 guàn（灌）｜粵 guan³（關³） 忄 忄 忚 慣 慣 慣

❶習以為常的，積久成性的：習慣｜慣例｜慣用。❷縱容，放任：嬌生慣養｜把孩子慣壞了。

【慣犯】經常犯罪、屢教不改的罪犯。

【慣技】經常使用的手段或花招。

【慣性】物體在沒有受到外力時總是保持原有的狀態，這種性質叫「慣性」。

◆慣常 ◆司空見慣

十二畫

憲 xiàn（獻）｜粵 hin³（獻） 宀 宝 宇 富 憲 憲

❶法令：憲法｜憲令。❷憲法的簡稱：立憲｜行憲。

憑 píng（評）｜粵 peng⁴（朋） 冫 汀 泜 馮 馮 憑

❶身子靠在東西上：憑欄遠眺｜憑几坐着。❷依靠，仗恃：憑仗｜憑藉。❸證據：憑證｜憑單｜空口無憑。❹根據：憑票進場｜憑大家的意見作出決定。❺隨，任：聽憑｜任憑。

【憑弔】對着遺留下來的景物，追念從前發生的事蹟。

【憑空】沒有依據地：憑空捏造，憑空設想。

【憑信】信賴，相信。

憧 chōng（充）｜粵 cung¹（充） 忄 忙 忙 惜 憧 憧

搖晃不定或往來不絕：燭影憧憧｜人影憧憧。

【憧憬】嚮往：憧憬着更美好的明天。

憐 lián（連）｜粵 lin⁴（連） 忄 忄 忰 怢 憐 憐

❶對別人的不幸表示同情：可憐｜憐憫｜同病相憐。❷愛，惜：憐愛｜憐惜。

⊗右下作「㐄」，三筆。

憎 zēng（增）｜粵 zeng¹（增） 忄 忄 怊 怡 憎 憎

厭惡，嫌，跟「愛」相反：憎惡｜憎恨｜愛憎分明｜面目可憎。

憤 fèn（奮）｜粵 fen⁵（奮） 忄 忙 忭 惜 憤 憤

❶因不滿意而感情激動：氣憤不平｜惹起公憤。❷怨恨：憤恨｜泄私憤。

【憤慨】氣憤不平。

【憤懣】因氣憤而心裏鬱悶。

【憤世嫉俗】對社會現實和習俗表示憤恨、憎惡。

◆憤然 憤激 ◆民憤 怨憤 悲憤 感憤 義憤 憂憤

憨 hān（鼾）｜粵 hem¹（堪） ❶癡傻：憨子｜憨笑｜憨態。❷天真，純潔：嬌憨｜憨直。

【憨厚】樸實厚道。

【憨直】樸實直爽。

憫 mǐn（敏）｜粵 men⁵（敏） 忄 忄 忻 忛 憫 憫

哀憐：憐憫｜悲天憫人。

憬 jǐng（景）｜粵 ging²（景） 忄 忉 悍 悍 憬 憬

覺悟：憬悟。

憒 kuì（潰）｜粵 kui³（潰³） 昏亂，糊塗：昏憒。

憚 dàn（但）｜粵 dan⁶（但） 忄 忄 忢 惲 憚 憚

怕，畏懼：不憚煩｜肆無忌憚。

憩 qì（氣）｜粵 héi³（氣） 二 舌 刮 甜 憩 憩

休息：休憩｜憩息｜少憩片刻。

憔 qiáo（僑）｜粵 qiu⁴（潮） 忄 忄 忭 恇 惟 憔

【憔悴】面黃肌瘦的樣子：面色憔悴。

憊 bèi（備）｜粵 béi⁶（備） 亻 俨 供 借 備 憊

極度疲乏：疲憊。

十三畫

憶 yì（億）｜粵 yig¹（億） 忄 忄 忰 憶 憶 憶

❶想念：回憶｜憶故鄉。❷記得：記憶｜記憶力。

懍 lǐn（凜）｜粵 lem⁵（林⁵） 忄 忄 愐 憻 憻 懍

畏懼。

應 ⊖ yīng（英）｜粵 ying¹（英） 亠 广 庁 庵 雁 應

該，當：應該｜應當｜理應如此。

【應有盡有】該有的全有了，形容十分齊備。

⊜ yìng（硬）｜粵 ying³（英³） ❶回答或隨聲附和：答應｜呼應。❷對付：應付｜隨機應變。❸適合：應用｜得心應手。❹接受：應邀｜應聘。

【應允】答應，允許。

【應承】答應下來。
【應屆】本期的: 應屆畢業生。
【應景】❶在某種場合下聊為敷衍: 應景文章。❷適合當時的節令。
【應運】順應時機: 應運而生。
【應酬】交際往來: 應酬話; 善於應酬。
【應對】答對: 善於應對。
【應諾】答應, 應承。
【應驗】事後發生的情況符合或證實事前的預言或估計。
【應接不暇】指來人或事情多, 應付不過來。
◆應卯 應考 應徵 應變 ◆反應 供應 相應 效應 接應 報應 感應 得心應手 一呼百應

懃 | qín (芹) 粵 ken⁴ (芹) | 見「慇懃」條。

憾 | hàn (漢) 粵 hem⁶ (含⁶) | 忄 忄 忔 恼 憾 憾
令人失望, 悔恨, 不美滿: 憾事 | 遺憾 | 缺憾。

懋 | mào (茂) 粵 meo⁶ (茂) | 盛大的意思。

懂 | dǒng (董) 粵 dung² (董) | 忄 忄 恤 惜 懂 懂
明白, 了解: 懂事 | 懂得 | 不懂裝懂。

懌 | yì (意) 粵 yig⁶ (亦) | 歡喜, 快樂。

懇 | kěn (肯) 粵 hen² (狠) | 夕 歺 豸 豸 貇 懇
❶真誠, 親切: 懇摯 | 懇切 | 誠懇。❷請求: 轉懇 | 敬懇。

懊 | ào (奧) 粵 ou³ (奧) | 忄 忄 恼 恼 懊
煩惱, 悔恨: 懊惱 | 懊悔 | 懊恨。
【懊喪】因失意而鬱悶不樂。
⊗右上的裏面部分作「釆」, 七筆。

懈 | xiè (械) 粵 hai⁶ (械) | 忄 忄 忻 懈 懈 懈
怠惰, 鬆勁: 懈怠 | 堅持不懈。

十四畫以上

懣 | mèn (悶) 粵 mun⁶ (悶) | 氵 泩 淅 滿 滿 懣
煩悶: 憤懣。

懦 | nuò (糯) 粵 no⁶ (糯) | 忄 忄 忡 愞 懦 懦
軟弱無能: 懦弱 | 怯懦 | 懦夫。

懟 | duì (對) 粵 dêu⁶ (隊) | 怨恨: 怨懟。

懲 | chéng (呈) 粵 qing⁴ (呈) | 彳 徏 徺 徴 懲 懲
❶警戒: 懲戒 | 懲前毖後。❷責罰: 嚴懲慣犯 | 懲一儆百。

懷 | huái (淮) 粵 wai⁴ (淮) | 忄 忄 恼 悔 懷 懷
❶胸腹之間: 敞胸露懷 | 抱在懷裏。❷心胸, 心意: 胸懷廣闊 | 襟懷坦白 | 正中下懷(正合我的心意)。❸思念: 懷念 | 懷舊。❹心中存有: 懷疑 | 懷恨在心 | 不懷好

意。❺身上藏有: 身懷利器 | 懷胎 | 懷孕。
◆懷古 懷抱 懷鄉 懷想 ◆忘懷 情懷 開懷 關懷

懶 | lǎn (覽) 粵 lan⁵ (蘭⁵) | 忄 忄 悚 悚 悚 懶
❶怠惰, 不努力, 跟「勤」相對: 懶惰 | 懶蟲 | 懶漢。❷疲乏, 沒氣力: 懶洋洋 | 伸懶腰。
【懶散】不振作, 鬆懈散漫。
【懶得】不願意, 厭煩: 懶得動。
◆懶怠 ◆偷懶 心灰意懶

懵 | měng (猛) 粵 mung² (夢²) | 忄 忄 忚 懵 懵 懵
糊塗, 無知, 不明事理: 懵然 | 懵懂。

懸 | xuán (旋) 粵 yun⁴ (元) | 目 且 県 県 縣 懸
❶繫在空中: 懸掛 | 懸燈結綵。❷沒着落, 沒結果: 懸案 | 這件事只好讓它懸着。❸距離遠, 差別大: 懸隔 | 懸殊。
【懸河】形容口才好, 說話滔滔不絕: 口若懸河。
【懸念】掛念, 不放心。

懺 | chàn (顫) 粵 cam³ (杉) | 忄 忄 忏 懺 懺 懺
自己知道悔過: 懺悔。

懿 | yì (意) 粵 yi³ (意) | 吉 壹 壹 懿 懿 懿
美, 好: 懿行 | 懿德。

懾 | shè (攝) 粵 xib³ (攝) | 恐懼, 害怕: 懾服 | 威懾。

懼 | jù (巨) 粵 gêu⁶ (巨) | 害怕: 恐懼 | 臨危不懼。

戀 | liàn (練) 粵 lün² (聯²) | 言 娈 結 綿 戀
思念不忘, 不忍分離: 戀慕 | 思戀 | 留戀。
【戀棧】比喻人貪戀職位, 好像馬捨不得離開馬棚。
【戀愛】男女相愛。
【戀戀】顧念: 戀戀不捨。
◆戀人 戀情 戀歌 ◆失戀 初戀 依戀 迷戀 眷戀 貪戀 愛戀 熱戀

戇 | ㊀ zhuàng(壯) 粵 zong³(壯) | 剛直: 性情戇直。
㊁ gàng (槓) 粵 ngong⁶ (昂⁶) | 方言: 愣, 冒失: 戇頭戇腦。

戈部

戈 | gē (鴿) 粵 guo¹ (果¹) | 一 弋 戈 戈
古代兵器, 橫刃, 有長柄。
【戈壁】沙漠的另一種說法。

一至二畫

戊 | wù（務）| 粵 mou⁶（務）| 一 厂 戊 戊 戊

天干的第五位，也常作第五的代稱。參見「干支」條。
⊗跟「戍」、「戌」不同。

戍 | shù（恕）| 粵 xu³（恕）| 一 厂 戸 戍 戍 戍

駐兵防守：戍守｜戍邊｜衞戍。
⊗裏面是一點，跟「戊」不同。

戎 | róng（容）| 粵 yung⁴（容）| 一 二 于 戎 戎 戎

軍隊，軍事：從戎（參軍）｜戎裝（軍裝）｜戎馬生涯（軍事生活）。
⊗跟「戊」、「戒」不同。

戌 | xū（須）| 粵 sêd¹（摔）| 一 厂 戸 戊 戌 戌

地支的第十一位。參見「干支」條。
【戌時】指晚上七點到九點。
⊗跟「戎」、「戍」不同。

成 | chéng（城）| 粵 xing⁴（城）| 一 厂 厄 成 成 成

❶事情完畢：完成｜成事｜成功。❷勞動的收穫，業績：成果｜成績｜成就。❸變爲：成爲｜雪化成水｜百煉成鋼。❹可以，能行：你這樣不成｜成，就那麼辦吧。❺發展到有效、完備的階段：成熟｜成年｜成材。❻固有的，定型的：成見｜成規｜成例。❼加工好的，配齊的：成品｜成藥｜成套設備。❽表示整數或數量多：成天｜成批｜成千上萬。❾量詞，十分之一叫一成：有八成希望｜這輛車有七、八成新。
【成心】故意。
【成交】買賣雙方就貨物的成色、價格取得一致意見。
【成效】效果：成效卓著。
【成語】指長期習用的約定俗成的詞組或短句。如「守株待兔」、「畫蛇添足」等。
【成器】比喻成爲有用的人才。
【成事不足，敗事有餘】辦不好事情，反而把事情弄糟。
◆成交 成分 成本 成員 成家立業 ◆收成 形成 促成 速成 造成 落成 構成

三至七畫

戒 | jiè（介）| 粵 gai³（介）| 一 二 开 戒 戒 戒

❶警告：勸戒。❷防備：戒備｜戒心｜戒驕戒躁。❸去掉某種嗜好：戒煙｜戒酒。
【戒律】教徒所守的法規。
【戒嚴】在戰時或緊急情況下採取嚴格的警戒措施。

我 | wǒ（臥上）| 粵 ngo⁵（臥⁵）| 丿 二 于 手 我 我

自稱，自己：我國｜我校｜我們｜忘我。

戔 | jiān（煎）| 粵 jin¹（煎）| 細微，極少：爲數戔戔。

戕 | qiāng（槍）| 粵 cêng⁴（詳）| 丨 丬 爿 戕 戕 戕

殘害：自戕｜戕害。

或 | huò（貨）| 粵 wag⁶（惑）| 一 口 豆 或 或 或

❶也許，不一定：或許｜或者。❷某人，有人：或曰（有人說）｜人固有一死，或重於泰山，或輕於鴻毛。

戛 | jiá（頰）| 粵 gad³（哥壓³）| 一 厅 百 百 戛 戛

❶打擊。❷擬聲詞：戛然而止。

戚 | qī（七）| 粵 qig¹（斥）| 一 厂 厂 床 戚 戚

❶親屬：親戚。❷憂愁，悲傷：悲戚｜休戚相關。

八至九畫

戟 | jǐ（己）| 粵 gig¹（擊）| 一 十 古 卓 戟 戟

古代兵器，長柄的一端有枝狀的利刃。

戡 | kān（堪）| 粵 hem¹（堪）| 一 廿 其 甚 戡 戡

文言用字。平定：戡亂。

戞 | 同「戛」。

戢 | jí（急）| 粵 ceb¹（緝）| 口 咠 咠 咠 戢 戢

❶收藏：載戢干戈（把兵器收藏起來）。❷止息：戢怒。

戥 | děng（等）| 粵 deng²（等）| 一種小型的秤，多用來稱金銀、珠寶或藥品等分量小的東西。

十畫以上

截 | jié（捷）| 粵 jid⁶（捷）| 土 圭 產 產 截 截

❶割斷：截斷｜截肢。❷阻攔，停止：攔截｜截止。❸量詞，表示節、段：半截鉛筆｜斷成好幾截兒。
【截至】截止到某個期限。
【截然】界限分明的樣子：截然不同。
◆截取 截留 截擊 截獲 ◆阻截 堵截 直截了當

戩 | jiǎn（儉）| 粵 jin²（展）| ❶剪除，剪滅。❷福。

戧 | ㊀ qiàng（槍去）| 粵 cêng³（唱）| ❶支撐：牆歪了，快戧根木頭。❷在器物上飾金：戧金。
㊁ qiāng（槍）| 粵 cêng¹（槍）| ❶逆着：戧風。❷言語衝突：他們倆說戧了。

戮 | lù（露）| 粵 lug⁶（六）| 𠃌 彐 羽 䝿 戮 戮

❶殺：殺戮。❷共同努力：戮力同心｜齊心戮力。

戰 | zhàn（站）| 粵 jin³（賤³）| 丷 吅 單 單 戰 戰

❶打仗：戰爭｜戰鬥｜戰時。❷競賽，爭勝負，比高低：球戰｜舌戰｜筆戰｜挑戰。❸發抖，哆嗦：寒戰｜打冷戰。
【戰火】戰爭的炮火，指戰爭。
【戰國】指中國歷史上從公元前475年到公元前221年這一段時期。
【戰雲】比喻戰爭爆發前的緊張氣氛：戰雲密佈。

郵政總局

大會堂

立法局

滙豐銀行

皇后像廣場

太空館

機場

維多利亞港

東區走廊

【戰戰兢兢】形容恐懼得發抖或小心謹慎的樣子。
◆戰士　戰友　戰功　戰役　戰局　戰果　戰後　戰略　戰術　戰勝　戰艦　◆作戰　宣戰　巷戰　混戰　應戰

戴 dài（待）｜粵 dai³（帶）｜土　查　查　真　戴　戴
❶把東西加在頭上或身體別的部位: 戴帽子｜戴手套｜戴眼鏡｜戴花。❷尊敬, 擁護: 愛戴｜擁戴。
◆穿戴　披星戴月　感恩戴德　張冠李戴

戲 xì（細）｜粵 héi³（氣）｜上　广　卢　虘　戲　戲
❶玩耍: 遊戲｜不要當作兒戲。❷開玩笑: 戲言。❸化裝扮演故事: 演戲｜看戲｜皮影戲。❹雜技: 馬戲｜變戲法。
【戲弄】要笑玩弄, 拿人開心。
【戲謔】用逗趣的話開別人的玩笑。
◆戲曲　戲劇　◆把戲　嬉戲　對台戲　逢場作戲

戳 chuō（輟陰）｜粵 cêg³（卓）｜ヲ　翟　翟　翟　戳　戳
❶用尖端觸擊: 用手指頭戳了他一下。❷圖章: 木戳｜郵戳｜蓋戳子。

戶部

戶 hù（互）｜粵 wu⁶（互）｜丶　ヮ　ヨ　戶
❶單扇的門: 門戶｜夜不閉戶。❷人家: 住戶｜千家萬戶。
【戶口】住戶和人口: 報戶口。
【戶籍】政府登記各戶人口資料的簿册。
【戶樞不蠹】比喻經常運動的東西不容易受侵蝕。
◆訂戶　帳戶　窗戶　富戶　門戶之見　門當戶對

戽 hù（互）｜粵 fu³（富）｜❶引水灌田的農具: 戽斗。❷用這種農具把水引進來: 戽水。

房 fáng（防）｜粵 fong⁴（防）｜丶　ヮ　ヨ　戶　房　房
❶住人或放東西的建築物: 房屋｜樓房｜庫房。❷居室中的一間: 房間｜臥房｜書房。❸形狀像房間的: 心房｜蜂房。❹舊稱家族的一支: 長房｜二房｜遠房親戚。
◆房子　房東　房客　房租　房產　房艙　◆住房　花房　門房　客房　班房　書房　暖房　廠房　藥房

戾 lì（利）｜粵 lêu⁶（類）｜ヮ　ヨ　戶　戶　戾　戾
文言用字。❶乖張, 橫暴: 乖戾｜暴戾。❷罪過: 罪戾。

所 suǒ（鎖）｜粵 so²（鎖）｜ノ　ゝ　戶　厇　所　所
❶地方: 住所｜場所｜處所。❷機關團體的名稱: 研究所｜醫務所｜律師事務所。❸指房屋的量詞: 一所房子｜一所學校。❹和「為」字或「被」字前後結合, 表示被動: 他的作品為一般讀者所喜愛。❺表示事物的代名詞: 所愛｜所居｜無所不知。
【所以】❶表示因果關係的連詞: 因為他勤學苦練, 所以演奏技巧進步很大。❷指實在的情由或適宜的舉動: 不知所以, 忘其所以。
【所在】❶地方: 選擇風景秀麗的所在修建療養院。❷存

在的地方: 原因所在, 不得而知。❸到處: 所在多有。
【所謂】❶通常所說的: 所謂誠實, 就是老老實實, 不弄虛作假。❷別人所說的, 含有不承認的意思: 他們的所謂「援助」, 實際上是「掠奪」。
【所屬】統屬或隸屬的。
【所以然】指原因、道理或結果: 知其然, 不知其所以然。
【所向披靡】比喻力量所到之處一切障礙全被掃除。
◆所有　所長　所得稅　所向無敵　所見所聞　所作所為　◆衆所周知　聞所未聞　各得其所

扁 （一）biǎn（貶）｜粵 bin²（貶）｜ヲ　ㅋ　戶　启　启　扁
物體寬而薄: 扁圓形｜扁盒子｜壓扁了。
（二）piān（偏）｜粵 pin¹（偏）｜小船: 一葉扁舟。

扇 （一）shàn（善）｜粵 xin³（線）｜ヲ　ㅋ　戶　戶　肩　扇
❶搖動生風的器具: 扇子｜摺扇｜電扇。❷量詞: 一扇門｜兩扇窗子。❸可以開合的板狀或片狀的器物: 門扇｜隔扇。
（二）shān（山）｜粵 同（一）｜❶同「搧」: 扇風。❷同「煽」: 扇動｜扇惑。

扇

扈 hù（戶）｜粵 wu⁶（戶）｜ヮ　ヨ　戶　宧　启　扈
❶隨從: 扈從。❷強橫: 驕橫跋扈。

扉 fēi（非）｜粵 féi¹（非）｜ヮ　戶　戶　肩　肩　扉
❶門扇: 柴扉。❷書本封面後印着書名、著者等項的一頁: 扉頁。

手部

才 cái（財）｜粵 coi⁴（財）｜一　十　才
❶做事的能力: 才能｜才幹｜德才兼備｜多才多藝。
❷從才能方面指某一類人: 人才｜天才｜奴才｜蠢才。
❸表示時間緊接: 剛才｜方才。❹僅僅, 只有: 來了才十天｜才用了十元。❺用於必要的條件和所產生的結果之間: 這樣說才對｜刻苦用功才能取得好成績。
【才子】指聰明而有文采的男子。
【才能】指一個人的知識和能力。
【才華】在文藝、寫作等方面表現出來的才能: 才華橫溢。
【才疏學淺】才能少, 學問淺。多用來表示自謙。
◆才力　才思　才略　才智　才識　◆口才　文才　奇才　庸才　將才　人才輩出　雄才大略　博學多才

手 shǒu（首）｜粵 seo²（首）｜ノ　二　三　手

❶人體的上肢的總稱: 左右手。❷上肢末端能拿東西的部分: 手指｜手掌｜伸手。❸跟手有關係的: 手杖｜手套。❹從事某種職業或有特殊技能的人: 鼓手｜歌手。❺技能高超的人: 能手｜國手。❻親自做的: 手書｜手稿。❼表示動作的開始或結果: 人手｜着手｜得手。❽拿着: 人手一冊。
【手法】❶文藝創作的技巧: 表現手法。❷指不正當的方法: 兩面手法。
【手段】❶爲達到某種目的而使用的具體方法: 實驗手段。❷待人處事所採用的不正當的方法: 耍手段。
【手術】外科大夫用醫療器械在病人身上施行的切除、縫合等治療: 動手術。
【手勢】爲表示意思, 用手作的各種姿勢: 打手勢。
【手續】辦事的程序或步驟: 報名手續。
【手不釋卷】釋: 放開。卷: 書本。書本不離手。形容讀書勤奮。
【手足無措】措: 安放。形容手忙腳亂, 不知道該怎麼辦才好。
【手舞足蹈】形容高興到了極點。
◆手冊　手帕　手跡　手球　手筆　手語　手槍　◆助手　高手　副手　對手　選手　袖手旁觀　大顯身手

一至二畫

扎　㊀ zhā（渣）｜粵 zad³（札）　一　十　扌　扎
❶刺: 扎針｜扎花。❷鑽入, 投進去: 一頭扎進河裏｜扎到媽媽懷裏。
　㊁ zhá（札）見「掙扎」條。
　粵 同㊀

打　㊀ dǎ（大上）｜粵 da²（多呀²）　一　十　扌　扌　打
❶敲, 擊, 拍, 捶: 打鼓｜打球｜打人。❷表示某些動作或行爲: 打魚｜打鐵｜打主意｜打瞌睡。❸從, 由: 打去年開始｜打澳門來。
【打扮】修飾容貌, 使衣着好看。
【打岔】借故打斷別人的思路、說話或工作。
【打量】❶觀察: 把他全身上下打量了一番。❷以爲, 估計: 你打量我眞不知道嗎?
【打發】❶派遣: 打發他去跑一趟。❷消磨時光: 打發日子。
【打算】❶考慮, 計劃: 打算去度假。❷想法, 念頭: 暑假快到了, 你有什麼打算?
【打趣】說俏皮話, 開玩笑。
【打擾】指驚動、麻煩或擾亂人家。也作「打擾」。
【打抱不平】遇到不公平的事, 支持受欺壓的一方。
【打草驚蛇】比喻採取機密行動前走漏風聲, 驚動對方。
◆打仗　打盹　打架　打氣　打倒　打滾　打賭　打擊　打聽　打獵　打秋千　打格子　◆拍打　單打　敲打
　㊁ dá（達）｜量詞。十二個叫一打: 一打鉛筆。粵 da¹（多呀¹）

扑　pū（撲）｜粵 pog³（璞）　❶戒尺。❷打, 拍。

扒　㊀ bā（巴）｜粵 pa⁴（爬）　一　十　扌　扒　扒
❶攀住, 把着: 扒着欄杆。❷剝, 脫: 扒皮｜扒下衣裳。❸刨開, 挖: 扒個口子。
【扒拉】撥動: 扒拉算盤。
　㊁ pá（爬）❶由下攀援而上: 扒牆。❷抓, 撓: 扒癢。粵 同㊀　❸燉爛, 煨爛: 扒白菜｜扒羊肉。❹西餐的菜肴, 將肉塊搥扁然後下鍋油炸: 牛扒｜豬扒。
【扒手】偷人衣袋裏財物的小偷。
【扒竊】偷別人身上的東西。

扔　rēng（仍陰）｜粵 ying⁴（仍）　一　十　扌　扔　扔
❶拋, 擲: 扔球｜往上一扔。❷丟掉, 拋棄: 扔掉｜不要隨地扔果皮、廢紙。

三畫

扞　hàn（旱）｜粵 hon⁶（汗）　抵禦, 保衛: 扞拒｜扞衞。

扛　㊀ káng（康陽）｜粵 gong¹（江）　一　十　扌　扌　打　扛
用肩膀承擔: 扛槍｜扛鋤。
　㊁ gāng（剛）用兩手舉: 力能扛鼎。粵 同㊀

扣　kòu（叩）｜粵 keo³（叩）　一　十　扌　扌　扣　扣
❶結子: 繩扣｜死扣｜活扣。❷用鈎、環等套住: 扣上門｜扣衣領｜一環扣一環。❸蓋上, 罩住: 拿碗把菜扣上｜上面扣着紗罩。❹強留下來: 扣留｜扣押。❺從中減去: 扣除｜七折八扣。
【扣題】切合主題, 述說的話不離題。
【扣人心弦】形容事物深深感動人。
◆回扣　折扣　鈕扣　不折不扣　絲絲入扣

扦　qiān（千）｜粵 qin¹（千）　❶用金屬或竹、木製成的長而尖的器具: 鐵扦｜竹扦兒。❷把植物的根、莖或枝的一部切下插在土中繁殖新株: 扦枝｜扦插。

托　tuō（拖）｜粵 tog³（柝）　一　十　扌　扌　扦　托
❶用手掌承物: 托舉｜托球｜托茶盤。❷墊在下面的器具: 茶托｜花托。❸襯, 墊: 襯托｜烘雲托月。
◆烘托　和盤托出

扠　chā（叉）｜粵 ca¹（差）　用叉子扎取: 扠魚。
【扠腰】大指和其餘四指分開, 緊按在腰旁。

四畫

抖　dǒu（陡）｜粵 deo²（陡）　一　十　扌　扌　扑　抖
❶顫動, 打哆嗦: 發抖｜顫抖｜渾身亂抖。❷振動, 甩開: 抖動｜抖開毛巾。❸振動: 抖起精神。
【抖擻】奮發振作: 抖擻精神。

抗　kàng（炕）｜粵 kong³（亢）　一　十　扌　扌　扩　扩　抗
❶抵禦: 抵抗｜對抗｜抗敵。❷拒絕, 不接受: 抗拒｜抗

命。❸對等，不相上下: 抗衡｜分庭抗禮。
【抗戰】❶抵抗外國侵略的戰爭。❷特指中國的抗日戰爭 (1937～1945)。
【抗議】針對對方的言論、行動提出強烈的反對意見。
【抗體】機體產生的一種能免疫的特異的蛋白質。
【抗生素】有高度抑制細菌和微生物生長的功能的化學物質，如青霉素、鏈霉素等。
◆抗災　抗爭　抗暴　抗擊　抗辯　◆反抗　頑抗

扶 | fú (符)　粵 fu⁴ (符) | 一　十　扌　扩　扶　扶
❶用手按着或把持着: 扶牆｜扶欄杆｜扶杖。❷用手支持着: 攙扶｜扶住梯子。❸幫助，照顧: 救死扶傷｜扶危濟困｜扶老攜幼。
【扶手】可以當作倚靠的東西，如拐杖、欄杆等。
【扶持】攙，照顧。
【扶植】扶助培植: 扶植新興企業。
【扶搖直上】扶搖: 自下而上的旋風。形容事業發展迅速或地位升得很快。

技 | jì (忌)　粵 géi⁶ (忌) | 一　十　扌　才　扚　抁　技
專門的本領，手藝: 口技｜絕技｜一技之長。
【技巧】巧妙的技術或熟練地運用技術的能力。
【技能】掌握和運用技術的能力。
【技術】❶專門的技能。❷專指應用技術而言，如電工技術、紡織技術等。
【技藝】❶技巧性表演的才能。❷手藝。
◆技工　技法　技師　◆科技　特技　演技　慣技　雜技　競技　雕蟲小技

抔 | póu (剖陽)　粵 peo¹ (婆歐¹) | 用手捧東西: 抔水而飲｜一抔土。
⊗跟「杯」不同。

扼 | è (厄)　粵 eg¹ (握) | 一　扌　扩　扩　折　扼
❶用力掐住，抓住: 扼緊咽喉｜扼住手腕。❷把守，控制: 扼守｜扼關。
【扼要】❶抓住要點: 簡明扼要。❷據守緊要的地方。
【扼殺】❶掐住脖子弄死。❷比喻摧殘發展中的事物。

找 | zhǎo (沼)　粵 zao² (爪) | 一　十　扌　找　找　找
❶尋覓: 尋找｜找人｜找東西。❷補不足，或把多餘的退還: 找補｜找錢。❸惹出: 找麻煩｜找苦吃。

批 | pī (披)　粵 pei¹ (婆翳¹) | 一　十　扌　扌　扎　批　批
❶用文字分析是非好壞: 批改｜批判。❷附注的意見或注意之點: 批注｜眉批。❸大宗買賣貨物: 批發｜批購。❹量詞: 一批旅客｜兩批貨。
【批示】上級對下級請示的公文用書面表示意見。
【批准】上級對下級的請示報告口頭或書面表示認可。
【批評】❶指出優缺點: 文學批評。❷專指對缺點、錯誤提出意見。
【批閱】閱讀並加批語。
◆批駁　批點　批覆　◆大批　分批　成批　總批

扯 | chě (車上)　粵 cé² (且)

❶拉，拽: 拉扯｜扯住。❷撕: 扯破｜扯碎。❸隨便閒談: 閒扯｜東拉西扯。❹展開: 扯旗｜扯篷。
【扯皮】無原則地爭吵或互相推諉責任。
【扯淡】沒有中心話題的閒聊。
【扯後腿】比喻利用感情牽制、阻撓別人的行動。

抄 | chāo (超)　粵 cao¹ (鈔) | 十　才　扌　扑　抄　抄
❶謄寫: 抄寫｜抄卡片。❷走近路: 抄小路。❸搜查並沒收: 抄家｜抄獲。❹繞道攻擊: 包抄｜抄擊。❺匆忙地抓起: 抄起一根棍子。
【抄本】照原稿抄寫的書本。
【抄襲】❶照抄別人的文章當作自己的拿去發表。❷軍隊繞到敵人背後或旁邊進行襲擊。
◆詩抄　傳抄　摘抄

折 | zhé (哲)　粵 jid³ (節) | 十　才　扌　扩　折　折
❶弄斷: 折斷｜不要攀折花木。❷彎，曲: 曲折｜轉折。❸損失，喪失: 夭折｜損兵折將。❹受阻撓，受打擊: 挫折｜百折不撓。❺按成數減算: 打八折｜不折不扣。❻相抵，對換: 折價｜用東西折錢。
【折中】兩邊兼顧: 折中辦法。也作「折衷」。
【折回】半途轉回。
【折服】❶說服，使屈服。❷信服，佩服。
【折磨】使人在肉體上、精神上受痛苦。
◆折半　折光　折射　折算　折舊　◆波折　周折　對折

抓 | zhuā (渣)　粵 za¹ (渣) | 十　才　扌　扩　折　抓
❶撓，搔: 抓癢｜手被貓抓破了。❷用手握取: 抓米｜抓鍋鏟。❸捉，捕: 抓賭｜抓小偷。❹把握住: 抓緊時間｜抓住要點。
【抓耳撓腮】形容焦急得沒有辦法的樣子。

扳 | bān (班)　粵 pan¹ (攀) | 十　才　扌　扩　折　扳
❶拉，扯: 扳閘｜扳倒｜扳機槍。❷扭轉: 扳回一局。
【扳手】一種用來轉動螺絲帽的工具。也作「扳子」。
⊗跟「板」不同。

扮 | bàn (伴)　粵 ban⁶ (辦) | 十　才　扌　扑　扮　扮
裝飾，化裝: 打扮｜扮戲｜女扮男裝。
【扮相】裝出某種臉孔。
【扮演】擔任戲中的角色。
◆扮鬼臉　◆改扮　假扮　裝扮

投 | tóu (頭)　粵 teo⁴ (頭) | 十　才　扌　扒　扮　投
❶扔，擲: 投彈｜投籃｜空投。❷放進去: 投票｜投放｜投資。❸跳進去: 投河｜投井。❹遞送: 投遞｜投稿。❺參加: 投考｜投入戰鬥。❻合得來，契合: 投合｜意氣相投。❼歸依: 投靠｜投奔｜棄暗投明。
【投機】❶談得來: 話不投機。❷利用機會謀取私利: 投機取巧。
◆投生　投身　投降　投親靠友　◆走投無路

抵 | zhǐ (紙)　粵 ji² (紙) | 拍打: 抵掌。

⊗跟「抵」不同，右旁底下沒有一畫。

抑 yì（益）
粵 yig¹（億） ｜ 一 扌 扌 扣 抑 抑

強壓下去，遏止:壓抑｜抑制｜抑止。

【抑鬱】心裏不舒暢，憂悶。

【抑揚頓挫】指聲音的高低起伏和停頓轉折。

⊗右邊是「卬」，不是「卯」。

抒 shū（書）
粵 xu¹（書） ｜ 一 扌 扌 扣 扣 抒

表達，發表:抒發｜抒寫｜抒情｜各抒己見。

承 chéng（成）
粵 xing⁴（成） ｜ 一 了 手 承 承 承

❶擔當，負責:承擔｜承當｜承包。❷受。常用作客氣的謙詞:承蒙照料｜承您盛情招待。❸繼續，連接:繼承｜承前頁。

【承認】表示肯定，同意，認可。

【承辦】接受辦理。

【承諾】答應允許。

【承上啓下】接續上面的並引起下面的(多指文章結構的關係等)。

【承前啓後】承接前人的，開創後來的。也作「承先啓後」。

◆承接　承攬　◆奉承　師承　應承　一脈相承　阿諛奉承

⊗中間是三短橫。

抉 jué（決）
粵 küd³（決） ｜ 一 十 扌 扫 抉 抉

挑揀:抉擇。

扭 niǔ（紐）
粵 neo²（紐） ｜ 一 十 扌 扫 扭 扭

❶掉轉:扭頭就走｜扭過臉來。❷用力擰:扭斷。❸因用力過猛，使筋骨受傷:扭折｜扭傷｜扭了腰。❹走路時身體搖擺:一扭一扭地走。

【扭捏】舉動不自然，不爽快。也作「扭扭捏捏」。

【扭轉】❶掉轉:扭轉身子。❷轉變:扭轉局面。

把 bǎ（靶）
粵 ba²（靶） ｜ 一 十 扌 扣 扣 把

❶握持:把舵｜把住方向盤。❷看守，守衞:把守｜把門｜把關。❸將:把作業做完｜把話說明白。❹量詞:一把米｜一把葱｜加一把勁。❺表示約計:個把月｜百把里路｜約有千把人。

【把柄】器物上的柄。比喻可以被人用來進行攻擊或要挾的短處。

【把持】一手獨攬，不讓他人參預:把持包辦。

【把脈】中醫診病時的按脈。

【把握】❶掌握，控制:把握時機。❷事情成功的可靠性:他對這件事情很有把握。

【把戲】❶賣藝者所表演的戲法或雜技:耍把戲。❷比喻蒙騙人的手段或計策。

【把兄弟】結拜兄弟。

㊀ bà（爸）器物上的柄:刀把兒｜茶壺把兒。
粵 同㊀

五畫

拉 ㊀ lā（垃）
粵 lai¹（賴¹） ｜ 一 十 扌 扩 拉 拉

❶牽，扯，拽:拉車｜手拉手。❷用手段攏絡:拉攏｜拉關係｜拉生意。❸扯開，變長:拉長聲音｜拉開距離｜拉下臉來。❹演奏樂器的一種方法:拉胡琴｜拉小提琴。❺糞便的排泄:拉屎｜拉肚子。

【拉倒】算了，作罷:他不願意就拉倒。

【拉雜】雜亂，沒有條理。

◆拉力　拉扯　拉鏈　拉後腿　拉拉扯扯　拉拉雜雜
◆扒拉　拖拉　馬拉松　東拉西扯

㊁ lá（喇陽）用刀劃破或割開:拉了一個口子。
粵 lad⁶（辣）

拄 zhǔ（主）
粵 ju²（主） ｜ 一 十 扌 扩 拄 拄

支撐:拄拐棍兒。

拌 bàn（伴）
粵 bun⁶（伴） ｜ 一 十 扌 扩 扮 拌

❶攪和:攪拌｜拌和。❷爭吵:拌嘴。

抨 pēng（烹）
粵 ping¹（評¹） ｜ 一 十 扌 扣 扛 抨

用言語文字指責、攻擊:抨擊。

⊗國音不要讀成píng（平）。

拜 bài（敗）
粵 bai³（敗³） ｜ ' 二 三 手 手 拜

❶低頭拱手行禮或兩手扶地跪下磕頭:下拜｜跪拜。❷表示敬意或客氣:拜訪｜拜讀｜拜托。❸傾倒:崇拜｜拜服。❹用一定的禮節授予官職或結成某種關係:拜相｜拜將｜結拜兄弟。

◆拜年　拜望　拜壽　拜會　拜謝　◆回拜　朝拜　團拜　禮拜

抹 ㊀ mǒ（磨上）
粵 mud³（沫³） ｜ 一 十 扌 扛 抹 抹

❶塗，擦:塗抹｜抹眼淚｜塗脂抹粉。❷去掉:把零頭抹了。

【抹殺】勾銷、完全不顧:一筆抹殺;抹殺事實。也作「抹煞」。

【抹黑】塗抹黑色，比喻醜化。

㊁ mò（末）❶塗上泥灰再弄平:用泥抹牆。❷繞:轉
粵 同㊀　彎抹角。

㊂ mā（媽）❶擦，揩:抹布｜抹桌子。❷用手按着
粵 同㊀　向下移動:把帽子抹下來。

拒 jù（巨）
粵 kêu⁵（距） ｜ 一 十 扌 扫 护 拒

❶抵抗，抵擋:抗拒｜拒敵｜拒捕。❷不接受:拒不受賄｜來者不拒。

【拒絕】不答應，不允許。

【拒人於千里之外】形容態度傲慢，毫無商量餘地。

拓 ㊀ tuò（唾）
粵 tog³（托） ｜ 一 十 扌 扩 拓 拓

開闢，擴充:開拓｜拓展｜拓荒。

㊁ tà（榻）與「搨」通。把碑刻等上面的文字、
粵 tab³（塔）　圖形印下來:拓印｜拓片｜拓本。

拔 bá（跋）
粵 bed⁶（不⁶） ｜ 一 十 扌 扩 拔 拔

❶揪掉，拽出：拔掉｜拔草｜拔牙。❷抽出來：拔刀｜不能自拔。❸挑選：選拔。❹突出的：出類拔萃。❺攻取：連拔五城｜拔下一個據點。
【拔尖】特別優秀的，超出一般的。
◆拔河　拔除　拔腿便跑　◆海拔　提拔

拋 pāo（泡陰）粵 pao¹（炮¹）｜十 扌 扌 扐 挓 拋
❶扔，投：拋球｜拋錨。❷捨棄：拋棄｜拋頭顱，灑熱血。
【拋售】大批賣出商品，廉價傾銷貨物。
【拋磚引玉】把自己的粗淺意見說出來，引出人家的高明意見。常作自謙的用語。

拈 niān（年陰）粵 nim¹（念¹）｜十 扌 扌 扑 拈 拈
用手指取物：拈花｜信手拈來。
【拈輕怕重】接受工作時挑揀輕易的，害怕繁重的。

担 同「擔」。

押 yā（壓）粵 ad³（壓）｜十 扌 扣 扣 担 押
❶拘留：拘押｜扣押｜在押。❷跟隨，看管：押車｜押送。❸用錢或物作保證：抵押｜押金。❹在公文、契約上簽名：簽押｜畫押。
【押韻】詩詞、歌曲等句末用韻母相同或相近的字，使音調和諧好聽。

抽 chōu（醜陰）粵 ceo¹（秋）｜十 扌 扣 扣 抽 抽
❶拔出，拉出：抽刀｜抽籤。❷長出來：抽芽｜抽穗。❸吸進或引出：抽煙｜抽水｜抽氣。❹收縮：抽筋｜這種布料過水不抽。❺用鞭子打：抽打｜抽了一鞭子。
【抽身】脫身離開。
【抽泣】抽抽搭搭地哭，形容十分悲傷。也作「抽噎」。
【抽屜】桌或櫃中可以抽出推進的盛東西的部分。
【抽象】籠統，不具體。
【抽調】把人或物從某單位抽出調往別處。

拐 guǎi（怪上）粵 guai²（乖²）｜十 扌 扚 扚 拐 拐
❶改變方向走：拐彎｜往右拐。❷把人或財物騙走：拐帶｜拐騙｜拐款潛逃。❸腿腳有毛病，走路不平衡：走路一拐一拐的。❹走路拄的棍子：拐棍｜拐杖。
【拐彎抹角】❶形容走路曲折很多。❷比喻說話繞彎子，不直截了當。

拖 tuō（托）粵 tō¹（妥¹）｜十 扌 扝 拕 拕 拖
❶牽引，拉拽：拖車｜拖船｜拖拉機。❷垂在後面：長裙拖在身後｜拖着兩條大辮子。❸延誤，拉長時間：拖延｜拖日子。
【拖拉】行動緩慢，不及時。
【拖沓】❶做事拖延不爽快。❷言詞累贅煩雜。
【拖累】受牽累：孩子多，父母受拖累。
【拖泥帶水】比喻說話、做事不爽快、不簡潔。

拊 fǔ（撫）粵 fu²（苦）｜拍打：拊掌。

拍 pāi（派陰）粵 pag³（帕）｜十 扌 扌 扪 拍 拍
❶用手掌或片狀的東西打：拍掌｜拍球｜拍門。❷拍打的用具：球拍｜蒼蠅拍。❸音樂的節奏：節拍｜打拍子。❹攝影：拍照｜拍攝｜拍電影。
【拍賣】貨物當眾估價或喊價出售。
【拍手稱快】拍手表示痛快。
【拍案叫絕】拍着桌子叫好。形容非常讚賞。
◆拍手　拍板　拍馬屁　拍紙簿　◆一拍即合

拆 chāi（釵）粵 cag³（冊）｜扌 扌 扌 扩 折 拆
❶把黏住、縫住的東西弄開：拆信｜拆被褥。❷破壞，毀壞：拆房子｜拆毀｜拆除。
【拆卸】把機器等拆開並卸下部件。
【拆穿】揭露，揭穿：拆穿敵人的陰謀。
【拆散】❶使成套的物件分散。❷使家庭、集體等的成員分散。

拎 līng（令陰）粵 ling¹（令¹）｜提：拎着手提包。

抵 dǐ（底）粵 dei²（底）｜扌 扌 扌 扺 抵 抵
❶擋，抗拒，頂住：抵擋｜抵抗｜把門抵住。❷相當，頂替：收支相抵｜一個抵兩個用。❸賠償，償還：抵償｜抵債｜抵罪。❹到達：抵達｜平安抵家。❺大概：大抵。
【抵押】以財產抵借金錢，或作爲償債的保證。
【抵制】抵抗、阻止、不讓侵入：抵制外貨，抵制不良影響。
【抵消】因作用相反而互相消除。
【抵賴】硬不承認說過的話或做過的事。
【抵觸】矛盾衝突。
◆抵命　抵補　抵禦　抵換　抵賬　抵抗力
⊗不要漏寫右旁下面的一畫。

拘 jū（居）粵 kēu¹（驅）｜十 扌 扌 扚 拘 拘
❶逮捕，扣押：拘捕｜拘留｜拘禁。❷限制，限定：拘束｜不拘多少。❸顧忌，固執：拘謹｜拘泥成法。

抱 bào（報）粵 pou⁵（普⁵）｜扌 扌 扚 扚 拘 抱
❶用手臂摟住：擁抱｜抱孩子。❷心裏存着：抱怨｜抱歉｜抱不平。❸環繞：環抱｜山環水抱。
【抱負】志向，理想。
【抱殘守缺】抱着殘缺陳舊的東西不放。形容保守，不肯接受新事物。
【抱頭鼠竄】形容倉皇逃跑的狼狽相。
【抱薪救火】比喻方法不對，反而使災害擴大。
◆抱屈　抱恨　抱病　抱憾　◆合抱　摟抱　懷抱　打抱不平

披 pī（批）粵 péi¹（丕）｜扌 扌 扩 扩 披 披
❶覆蓋在肩背上：披着大衣｜披紅戴綠。❷散開，打開：披頭散髮。❸無袖的衣物：披肩｜披風。
【披靡】草木隨風散倒。比喻軍隊潰散：敵人望風披靡。
【披露】公佈，發表。
【披覽】打開書看。
【披肝瀝膽】比喻開誠相見。
【披荊斬棘】比喻清除前進道路上的障礙。

◆披甲　披掛　披閱　披星戴月

抿 mǐn（敏）｜粵 men⁵（敏）　｜十 扌 扩 护 抿 抿
❶輕輕地合上嘴：抿着嘴兒笑。❷收歛嘴脣，稍微吸一點：抿了一點酒。❸刷，抹：抿頭髮。

拂 fú（伏）｜粵 fed¹（忽）　｜十 扌 扩 扴 拂 拂
❶揮，輕掃：拂拭｜拂去灰塵。❷輕輕地擦過：清風拂面。❸違背，不順從：不忍拂其意。
【拂袖】甩袖子，表示不高興或憤怒：拂袖而去。
【拂曉】天將亮的時候。

拙 zhuō（卓）｜粵 jud³（茁）　｜十 扌 扩 扣 抽 拙
❶笨，跟「巧」相反：笨拙｜拙嘴笨舌｜弄巧反拙。❷謙詞：拙見｜拙作。

拇 mǔ（母）｜粵 mou⁵（母）　｜十 扌 扒 扣 拇 拇
拇指，手腳的大指。

拚 pàn（判）｜粵 pun³（判）　｜扌 扩 扩 扚 扚 拚
捨棄，犧牲：拚棄一切。
【拚命】不顧性命。

抬 tái（台）｜粵 toi⁴（台）　｜十 扌 扒 扲 抬 抬
❶向上舉，仰起：抬高｜抬頭。❷兩人以上共同搬運東西：抬土｜抬桌子。❸提高：抬價｜哄抬價格。
【抬槓】毫無道理地爭辯。
【抬舉】獎勵，提拔：不識抬舉。

拗 ㊀ǎo（襖）｜粵 ao²（坳²）　｜扌 扒 扮 扮 拗 拗
弄彎，折斷：拗斷｜拗花。
㊁ào（奧）｜粵 ao³（坳）｜不順口，不順從：拗口｜違拗。
㊂niù（扭去）｜粵 同㊀　｜固執，不順從：執拗｜脾氣拗。

招 zhāo（昭）｜粵 jiu¹（焦）　｜十 扌 扌 扣 招 招
❶用手勢叫人來或向人致意：招手｜招呼。❷用公開的方式使人來：招收｜招聘｜招募。❸惹起：招笑｜招禍。❹承認自己的罪：招供｜招認｜不打自招。❺明顯的標識：招牌。❻辦法：招數｜絕招。
【招架】抵擋：招架不住。
【招展】飄蕩的樣子：迎風招展。
【招搖】虛張炫耀：招搖撞騙。
【招兵買馬】招集人馬，擴充力量。
◆招工　招生　招考　招待　招致　招徠　招貼　招攬
◆花招　高招　花枝招展　屈打成招

六畫

挖 wā（蛙）｜粵 wad³（華壓³）　｜十 扌 扩 护 挖 挖
掏，掘：挖掘｜挖土｜挖坑｜挖潛力。
【挖苦】用尖刻的話來譏笑人：挖苦人。

【挖牆腳】暗中拆台、破壞。
【挖空心思】費盡心機。多用於貶義。

按 àn（岸）｜粵 on³（案）　｜十 扌 扩 抡 按 按
❶用手壓或摁：按脈｜按電鈴。❷抑制：按下心頭怒火｜按捺不住。❸止住，擱置：按兵不動｜按下不提。❹依照：按照｜按時上學。❺作者或編者對作品作出的說明或評論：按語｜編者按。
【按摩】用手按揉身體，是一種治療、健身方法。
【按部就班】按正常的條理、步驟去做。
【按圖索驥】驥：好馬。按照圖象尋找好馬。比喻根據線索去尋找或追究，也比喻拘泥不知變通。

拼 pīn（貧陰）｜粵 ping¹（聘¹）　｜十 扌 扩 扞 扞 拼
❶湊合，連合：拼湊｜拼砌｜拼盤｜東拼西湊。❷不顧一切地幹：拼命｜跟敵人拼了。
【拼音】把兩個或兩個以上的音素結合起來成為一個複合的音，如b 和iāo 拼成biāo。
【拼音字母】❶拼音文字所用的字母。❷指漢語拼音方案採用的二十六個拉丁字母。

拳 quán（全）｜粵 kün⁴（權）　｜丷 � 半 关 叁 拳
❶屈指向掌心握攏：拳頭｜握拳。❷一種徒手的武術：拳術｜打拳。❸彎曲，卷曲：拳曲｜拳着身子。
【拳拳】懇摯忠誠的樣子。
◆拳王　拳師　拳腳　拳擊　◆練拳　賽拳　雙拳　太極拳

挈 qiè（怯）｜粵 kid³（揭）　｜三 丰 刧 韧 挈 挈
❶舉，提：提綱挈領。❷帶，領：扶老挈幼。

拭 shì（是）｜粵 xig¹（式）　｜十 扌 扌 拝 拭 拭
擦：揩拭｜拭淚。
【拭目】擦眼睛，比喻期待：拭目以待｜拭目而觀。

持 chí（池）｜粵 qi⁴（池）　｜十 扌 扌 扗 持 持
❶手拿：持筆｜持槍。❷維護，扶助：支持｜扶持。❸堅守不變：堅持｜保持｜維持。❹掌管：主持｜操持。❺對抗：爭持｜相持不下。
【持久】經久不變，繼續下去。
【持平】主持公平。
【持重】謹慎，穩重，不輕浮。
【持之以恆】堅持到底，不半途而廢。
◆持家　持續　◆把持　劫持　各持己見　曠日持久
⊗跟「特」不同。

拮 jié（結）｜粵 gid³（結）　｜十 扌 扌 扗 拮 拮
【拮据】困窘，手頭緊，經濟境況不好。

拷 kǎo（考）｜粵 hao²（考）　｜扌 扌 扗 扷 拷 拷
打，特指用刑具來打：拷打｜拷問。

拱 gǒng（鞏）｜粵 gung²（鞏）　｜十 扌 扌 扗 拱 拱
❶兩手抱拳放在胸前的一種致敬動作：拱手｜打拱。

❷兩手合圍:拱抱│拱木。❸圍繞,環抱:拱衞│眾星拱月。❹頂起,向上或向前推動:拱芽│豬拱土│貓拱腰。❺弧形建築:拱門│拱橋│拱形結構。

指 zhǐ（止）／粵 ji²（紙）　十 扌 扩 扩 指 指

❶手指頭:食指│指紋。❷用手指頭指點:往東一指。❸對着,向着:時針正指十二點。❹點明,告知:指點│指導│指正。❺希望,仰仗:指靠│指望。❻斥責:指責│指摘。❼直立起來:令人髮指。❽一個指頭的寬度叫一指:三指寬。
【指示】上級對下級做有關原則和方法的說明。
【指使】出主意讓別人去做。
【指標】計劃中規定的目標。
【指數】反映各個時期某一社會現象變動的統計數字:物價指數;工資指數。
【指日可待】不久就可實現。
【指手畫腳】❶說話時用手比畫示意。❷指不了解情況瞎指點、亂批評。
【指桑罵槐】比喻表面上罵甲而實際上罵乙。
【指鹿為馬】比喻故意顛倒事實,混淆是非。
◆指引　指令　指名　指定　指明　指派　指教　指控　指揮　指南針　指揮員　指揮棒　◆泛指　屈指

拽 zhuài／粵 yei⁶（也翳⁶）　十 才 扌 扫 拽 拽

拉,拖,牽引:把門拽上│生拉硬拽│拽不動。

挑 ㊀ tiāo（跳陰）／粵 tiu¹（條¹）　十 才 扌 扒 挑 挑

❶用肩膀擔:挑水│挑重擔。❷選擇,揀出:挑選│挑揀│百裏挑一。❸量詞:一挑水│一挑兒土。
【挑剔】故意在細節上找毛病。
【挑肥揀瘦】反覆挑選對自己有利的。含貶義。
㊁ tiǎo（跳上）❶用東西支起:挑帘子。❷用尖細的東西撥:挑刺。❸惹起,煽動:挑戰│挑動。
【挑撥】搬弄是非,引起糾紛:挑撥離間。
【挑釁】故意製造事端,挑起衝突。

括 ㊀ kuò（闊）／粵 kud³（卡活³）　扌 扩 扩 托 括

❶包含:包括│概括。❷束,結:總括。
【括號】標點符號的一種。
㊁ guā（瓜）／粵 guad³（刮）「搜括」同「搜刮」,見「搜刮」條。

拴 shuān（閂）／粵 san¹（山）　扌 扌 扒 扲 拴 拴

用繩子繫上:拴馬│拴船。
⊗跟「栓」不同。

拾 shí（十）／粵 seb⁶（十）　十 扌 扌 扒 扲 拾

❶從地上撿起來:拾金不昧│拾了一枝筆。❷整理:收拾│拾掇。❸「十」的大寫。

拿 ná（那陽）／粵 na⁴（哪⁴）　人 个 合 合 盒 拿

❶取,握:拿信去│拿筷子。❷掌握,把握:拿主意│十拿九穩。❸用強力捉或取:拿捕│拿獲│拿下敵人一個

據點。❹用:拿刀子削│拿話鼓勵他。❺把:拿他當小孩看。
【拿手】擅長,有把握:拿手好戲。

拯 zhěng（整）／粵 qing²（請）　扌 扩 扔 扙 拯 拯

援救:拯救。

拶 zǎn（攢）／粵 zad³（扎）　舊時夾手指的刑具:拶子。
【拶指】舊時用拶子夾手指頭的酷刑。

七畫

振 zhèn（震）／粵 zen³（震）　扌 扩 扩 振 振 振

❶搖動,揮動:振衣│振筆直書。❷奮發:振奮│振作│振興。
【振振有詞】自以為有道理,說個沒完。
◆振動　振臂　◆共振　發聾振聵　委靡不振

捕 bǔ（補）／粵 bou⁶（步）　扌 扩 扪 捐 捕 捕

捉拿,擒住:捕捉│捕獲│捕魚。
【捕風捉影】比喻說話不確實,毫無根據。
◆拒捕　追捕　搜捕　逮捕

捂 wǔ（伍）／粵 wu²（滸）　扌 扩 扩 托 捂 捂

❶遮蓋:捂着耳朶。❷封閉:放在壜子裏捂幾天。

挾 xié（斜）／粵 hib⁶（協）　扌 扩 扩 扻 挾 挾

❶夾在腋下:挾了幾本書。❷倚仗勢力或拿住把柄來脅迫人:要挾│挾持│挾制。❸心裏懷着:挾恨│挾嫌。

捎 shāo（燒）／粵 sao¹（梢）　扌 扌 扩 扪 捎 捎

順便帶:捎帶│捎口信│捎來一個包裹。

捍 同「扞」。

捏 niē（鑷陰）／粵 nib⁶（聶）　扌 扌 扣 扣 捏 捏

❶用手指頭拈緊:捏住筆桿│捏着鼻子。❷用手指頭搓揉:捏泥人│捏餃子。❸假造,虛構:捏造│捏報。

捉 zhuō（卓）／粵 zug¹（足）　扌 扌 扣 护 护 捉

❶抓,逮:捉老鼠│捕捉。❷拿,握:捉筆作畫。
【捉弄】開玩笑,戲弄:不要捉弄人。
【捉摸】❶猜測,預料:他這個人真是不可捉摸。❷揣度,尋思:這件事要仔細捉摸一下。
【捉襟見肘】拉一下衣襟,胳膊肘就露了出來。形容衣服破爛,生活貧困。比喻顧此失彼,各方面應付不過來。
◆捉拿　◆活捉　甕中捉鱉　捕風捉影　賊喊捉賊

捆 kǔn（困上）／粵 kuen²（菌）　扌 扣 扪 捆 捆 捆

❶用繩子等綁起來:捆綁│捆紮│捆行李。❷量詞,東西一束叫「一捆」:一捆柴│一捆舊報紙。

捐 juān（鵑）／粵 gün¹（娟）　扌 扌 扪 捐 捐 捐

❶用財物幫助:捐助｜捐獻｜捐款｜募捐。❷捨棄:捐棄｜為國捐軀。❸稅法的一種名稱:房捐｜苛捐雜稅。
◆捐血　捐稅　捐錢　捐贈

捌｜bā（八）
｜粵 bad³（八）｜「八」的大寫。

捋｜㊀ lǔ（呂）
｜粵 lüd³（劣）｜用手順着抹:捋鬍子。

㊁ luō（羅陰）
粵 同㊀｜把東西握住，順勢往上或往下移動:捋袖子。

【捋虎鬚】捋老虎的鬍鬚，比喻冒險。
【捋胳膊】把袖子往上推，露出胳膊。

挺｜tǐng（艇）
｜粵 ting⁵（鋌）
❶又硬又直:挺立｜筆挺。❷撐直:挺直｜挺起脊骨。❸向前凸出:昂首挺胸。❹勉強支持:有病可別硬挺。❺很:挺好｜挺高興。
【挺拔】❶直立而高聳。❷強勁有力:筆力挺拔。
【挺進】直向前進:向敵後挺進。
【挺身而出】在危難時刻勇敢地站出來。

挫｜cuò（措）
｜粵 co³（錯）
❶不順利｜受阻礙:挫折｜受挫。❷壓抑:挫了銳氣｜抑揚頓挫。
【挫敗】❶受挫失敗。❷擊敗:挫敗對手。
【挫傷】❶身體因擠壓受傷。❷情緒、情感等受損傷。

挽｜wǎn（宛）
｜粵 wan⁵（皖）
❶拉:牽挽｜挽手。❷設法使局勢好轉或恢復原狀:挽救｜挽回｜力挽狂瀾。❸捲起:挽袖子。❹悼念死者，同「輓」。
【挽留】懇請要走的人留下。

捅｜tǒng（筒）
｜粵 tung²（統）｜❶戳穿:捅馬蜂窩｜把紙捅破了。❷揭露:把問題全捅出來。

捃｜jùn（郡）
｜粵 kuen²（菌）｜【捃摭】採集。

挨｜㊀ āi（埃）
｜粵 ai¹（哎）
❶靠近，接觸:挨靠｜兩個人挨着坐。❷依照次序:挨戶通知。

㊁ ái（癌）
粵 ngai⁴（涯）｜通「捱」。❶遭受:挨罵｜挨餓。❷拖延，熬:挨時間｜挨了一天又一天。

挪｜nuó（懦陽）
｜粵 no⁴（糯⁴）
❶移動:挪動｜把桌子挪開。❷移用或移借款項:挪用｜挪借。

八畫

控｜kòng（空去）
｜粵 hung³（空³）
❶操縱，掌握:遙控｜控制。❷告發，告狀:控告｜控訴。

掊｜pǒu（剖上）
｜粵 peo²（婆歐²）｜抨擊:掊擊。

接｜jiē（街）
｜粵 jib³（知葉³）
❶連到一起:連接｜接線路｜接關係。❷連續，繼續:接續｜接二連三｜上下集接着演。❸輪替:接替｜接班。❹收，受:接收｜接受｜接到來信。❺迎:迎接｜接新生｜到車站接人。❻挨着，靠近:交頭接耳｜接近。
【接洽】為解決某事而跟有關方面聯繫。
【接待】迎接招待:接待來訪者。
【接風】宴請遠道來的親友。
【接濟】在物質上的支援。
【接應】戰鬥時配合自己一方的人行動。
【接壤】地區交界，邊境相接。
【接觸】❶挨着，碰着。❷接近，交往。❸指軍事衝突。
【接踵而來】踵:腳跟。形容人接連不斷地來。
◆接力　接手　接生　接納　接管　接種　◆交接　直接　承接　剪接　間接　銜接　待人接物

掠｜lüè（略）
｜粵 lêg⁶（略）
❶奪取:掠奪｜劫掠。❷擦過，拂過:鳥兒從頭上掠過｜涼風掠面。
【掠美】奪取他人的美名:這是他的手筆，我不敢掠美。
◆剽掠　搶掠　擄掠

捽｜zuó（昨）
｜粵 zêd¹（卒）｜揪:捽他的頭髮。

掂｜diān（顛）
｜粵 dim¹（點¹）｜用手托着東西試試輕重:掂量｜掂掂這包東西有多重。

掖｜yè（液）
｜粵 yig⁶（亦）
❶用手扶着別人的胳膊:扶掖。❷獎勵，提拔:獎掖｜提掖。

捲｜juǎn（捐上）
｜粵 gün²（捐²）
❶把物體裹成圓筒狀:捲行李｜把掛圖捲起來。❷裹成圓筒狀的東西:膠捲｜煙捲。❸一種大的力量把東西撮起或裹住:捲起塵土｜風把帽子捲走。
【捲土重來】比喻失敗後重新積聚力量再攻過來。
◆捲入　捲逃　捲進　◆席捲　漫捲　風捲殘雲

探｜tàn（炭）
｜粵 tam³（談³）
❶找，尋求:探求｜探奇覓勝。❷偵察，打聽:偵探｜探消息。❸看望:探病｜探親。❹測，試:探探他的口氣｜探探河水有多深。❺頭或上身伸出:探頭｜探身。
【探討】深入地探求、討論:這個問題值得認真探討。
【探索】深入地考察、尋求。
【探測】用儀器進行考察和測量。
【探險】到人跡罕至的地方考察:探險家。
【探囊取物】比喻事情極容易辦到。
◆探究　探訪　探望　探悉　探源　探詢　探熱　探聽　◆刺探　勘探　試探　暗探　鑽探

捩｜liè（列）
｜粵 lid⁶（列）｜扭轉:轉捩點。

捐｜qián（前）
｜粵 kin⁴（虔）｜用肩膀扛東西:捐行李。【捐客】代客買賣，從中抽取佣金

的人。

捧 | pěng（朋上）| 扌 扨 捗 挟 捧 捧
粵 pung²（碰²）

❶用雙手托着: 捧着碗。❷從旁讚美或當面奉承: 捧場│吹捧。❸兩隻手合在一起所拿的數量: 一捧花生。
【捧腹】大笑時捂着肚子: 捧腹大笑、令人捧腹。

掛 | guà（卦）| 扌 扌 拌 挂 掛 掛
粵 gua³（卦）

❶弔起，懸在高處: 懸掛│掛地圖。❷懸着的: 掛屏│掛鐘。❸鈎住: 掛衣│掛車。❹惦記: 掛念│牽掛。❺登記: 掛號│支票掛失。❻量詞: 一掛珠子│一掛鞭炮。
【掛名】只有名位，不做實際工作。
【掛彩】❶遇喜慶事時門前懸掛紅綠彩綢。❷作戰負傷流血。也叫「掛花」。
【掛零】整數以外還有零數。
【掛齒】掛在嘴邊，經常提起: 何足掛齒。
【掛號信】在郵局登記，發有收據的信件。
【掛一漏萬】形容說得不全，遺漏很多。
【掛羊頭賣狗肉】用質量差的冒充質量好的。比喻表裏不一。
◆掛孝 掛累 掛牌 掛圖 掛懷 掛礙 ◆披掛 記掛 張掛 一絲不掛 無牽無掛

措 | cuò（挫）| 扌 扌 拃 拱 措 措
粵 cou³（醋）

❶安排，安放，處置: 措置得當│手足無措│措手不及。❷事先計劃辦理: 籌措款項。
【措施】針對問題採取具體辦法: 安全措施。
【措辦】籌備辦理。
【措辭】說話或寫文章時選擇適當的詞句。
【措置裕如】處理事情從容、不緊張。

捱 | ái（哀陽）| 扌 扩 扩 护 捱 捱
粵 ngai⁴（崖）

❶遭受，親身受到: 捱餓│捱凍│捱打。❷等待，拖延: 捱日子│別捱時間了。

捺 | nà（那）| ❶用手按: 捺印（蓋指模）。
粵 nad⁶（挪壓⁶）| ❷抑制，忍耐: 捺着性子│捺着氣兒。❸漢字的筆畫，向右斜下，形狀是「㇏」。

掩 | yǎn（眼）| 扌 扩 扵 掩 掩 掩
粵 yim²（淹²）

❶遮，蓋: 掩耳│掩蓋。❷關上，合上: 掩門│掩卷。
【掩映】彼此遮掩而互相映照、襯托: 綠樹掩映。
【掩飾】掩蓋、粉飾（缺點錯誤）。
【掩人耳目】比喻用假象欺騙別人。
【掩耳盜鈴】捂住耳朵去偷鈴，以為別人也聽不見。比喻自己欺騙自己。

捷 | jié（劫）| 扌 扪 拐 捗 捗 捷
粵 jid⁶（截）

❶迅速: 快捷│迅捷│敏捷。❷勝利: 報捷│大捷。
【捷徑】❶近便的道路。❷比喻速成的辦法。
【捷報】勝利的消息。
【捷足先登】腳步快的先登上去。比喻行動快的人先達到目的。

掌 | zhǎng（張上）| 丷 ⺌ 兯 兯 堂 掌
粵 zêng²（蔣）

❶手心: 巴掌│鼓掌。❷某些動物的腳: 鵝掌│熊掌。❸主持，管理: 掌管│掌舵│掌權。❹用手掌打: 掌嘴│掌頰。❺鞋底打的補釘: 前掌│後掌│打兩塊掌兒。
【掌故】歷史上有關人物事跡、典章制度的故事和傳說。
【掌握】❶把握，主持。❷熟悉並能充分地運用: 掌握技能; 掌握規律。
【掌櫃】舊稱經營店舖的老闆。
【掌上明珠】比喻父母特別疼愛的女兒。也比喻受珍愛的物品。
◆手掌 巨掌 合掌 孤掌難鳴 易如反掌

掉 | diào（調）| 扌 扣 扩 拍 捠 掉
粵 diu⁶（刁⁶）

❶落: 掉入│掉進│掉眼淚。❷褪，脫落，消減: 掉色│掉毛│掉價。❸轉，換: 掉頭│掉換│掉座位。❹遺失，遺漏: 錢包掉了│這句話掉了三個字。❺附在動詞後表示動作完成: 忘掉│賣掉│改掉壞習慣。
【掉包】暗中換取他人財物。
【掉以輕心】對事情漫不經心，不夠重視。

捫 | mén（門）| 扌 扌 护 挧 挧 捫
粵 mun⁴（門）

用手摸。
【捫心自問】摸着胸口自己問自己，表示反省。

授 | shòu（受）| 扌 扩 护 护 抧 授
粵 seo⁶（受）

❶給予，交付: 授予│授權│授旗│授獎。❷教: 教授│傳授│講授。❸委任官職: 授官。
【授受】給予和接受: 私相授受。
【授粉】植物雄蕊的花粉傳到雌蕊的柱頭上的過程。
【授意】把自己的意圖告訴別人，讓別人照着辦。
◆授命 授勛 授銜 授課 ◆口授 函授 面授

採 | cǎi（彩）| 扌 扩 护 抧 捽 採
粵 coi²（彩）

❶摘取: 採花│採蓮。❷選擇，選取: 採取│採納。❸尋找，搜集: 採訪│採集。❹開發，挖掘: 開採│採礦│採掘。
【採伐】砍伐森林中的樹木。
【採風】搜集民歌。
◆採用 採折 採蜜 採摘 採購

排 | pái（牌）| 扌 扌 扛 扗 排 排
粵 pai⁴（牌）

❶擺成行列: 排列│排隊。❷行列: 前排│後排。❸陸軍編制的單位，「班」的上一級。❹除去，推開: 排除│排難。❺練習演戲: 排練│排演。❻量詞: 一排桌子│兩排樓房。
【排斥】不相容而使離開自己這方: 排斥異己。
【排行】兄弟姊妹的長幼次序。
【排場】鋪張、擺闊氣的場面或形式: 講究排場。
【排解】調解: 排解糾紛。
【排遣】解除: 排遣寂寞。
【排擠】利用勢力或手段使不利於自己的人失去地位或利益。
【排山倒海】形容聲勢巨大，不可阻擋。
◆排比 排外 排字 排骨 排球 排氣管 排難解紛
◆安排 並排 編排

掙 ⊖ zhèng（正）粵 zang⁶（爭⁶）｜扌 扚 抝 捊 掙
❶用力擺脫:掙脫｜掙開。❷出力謀取:掙錢。
【掙命】爲保全性命而掙扎。
⊖ zhēng（爭）粵 zang¹（爭）
【掙扎】用力支撐或擺脫:垂死掙扎。

掣 chè（撤）粵 qid³（徹）又 zei³（制）｜⺊ 与 朱 制 掣 掣
❶拉,拽:牽掣｜掣曳。❷拔出,抽出:掣籤｜掣劍。
【掣肘】拉住胳臂肘兒。比喻阻撓別人做事或做事受人牽制。

鞏 pá（扒）粵 pa⁴（爬）｜「鞏手」同「扒手」。

捶 chuí（垂）粵 cêu⁴（徐）｜扌 扗 扚 捧 捶 捶
敲,打:捶鼓｜頓足捶胸。

推 tuī（退陰）粵 têu¹（退¹）｜十 扌 扩 排 推 推
❶用力使物體向前移動:推車｜推門。❷用力使事情展開:推行｜推廣。❸選擇,薦舉:推選｜推荐。❹據已知的情況進行預測或判斷:推想｜推斷。❺往後延:推遲｜推延。❻謙讓:推辭｜推讓。❼找藉口來躲避:推病不到｜推故不去。
【推委】把事情或責任推給別人。也作「推諉」。
【推託】藉故拒絕。
【推測】根據已知的事情推想未知的事情。
【推崇】非常看重和尊敬。
【推敲】反覆斟酌字句。
【推銷】推廣貨物的銷路。
【推舉】❶推選,舉荐。❷一種舉重的方法。
【推三阻四】用種種方法推託。
【推心置腹】比喻開誠相見,眞心待人。
【推本溯源】找出事情發生的根本原因。
【推波助瀾】比喻從旁鼓動,使擴大聲勢或影響。
◆推究 推求 推重 推拿 推理 推移 推脫 推進 推算 推論 推翻 推陳出新 推誠相見 ◆公推 首推 類推 順手推舟

捭 bǎi（百）粵 bai²（擺）｜開。
【捭闔】開叫捭,閉叫闔。比喻游說之術:縱橫捭闔。

掀 xiān（先）粵 hin¹（牽）｜扌 扩 扚 折 抋 掀
❶向上揭:掀簾子｜掀鍋蓋｜掀開書本。❷翻騰,翻動:白浪掀天｜掀起大風波。

捨 shě（社上）粵 sé²（寫）｜扌 扒 拎 拎 捨 捨
❶放棄,拋開:捨棄｜捨身｜捨己救人｜捨生忘死。❷布施:施捨。

掄 lūn（輪）粵 lên⁴（倫）｜扌 扒 扒 拎 拎 掄
手臂用力旋動:掄拳｜掄大錘｜掄槍使棒。

捻 niǎn（年上）粵 nin²（年²）｜扌 扒 扒 拎 捻 捻
❶用手指頭搓:捻線。❷用手指捻成的東西:紙捻兒。

掰 bāi（擺陰）粵 bai¹（擺¹）｜用手把東西分開或折斷:掰開｜一掰兩半。

掐 qiā（恰陰）粵 hab³（峽³）｜❶用手指或指甲使勁夾住或按住:緊掐脖子｜在蘋果上掐了個指甲印子。❷用指甲切斷:掐花。❸割斷,截去:掐電線。
【掐算】❶點着指頭算數目。❷猜度,預料。
【掐頭去尾】除去頭尾兩部分。也比喻去掉不重要的部分。

掬 jū（居）粵 gug¹（菊）｜扌 扚 抅 抅 掬 掬
❶捧起:掬水而飲。❷形容情態好像可以用手捧起:笑容可掬。

掏 tāo（濤）粵 tou⁴（陶）｜扌 扚 抅 抅 掏 掏
❶把手或工具伸進去取:掏出｜掏糞。❷挖:掏窟窿。
【掏腰包】拿出錢來。

掇 duō（多）粵 jud³（拙）｜拾取:拾掇。

掃 ⊖ sǎo（嫂）粵 sou³（素）｜扌 扫 扫 扫 掃 掃
❶用笤帚等器具除去塵土:掃地｜打掃。❷消除,清除:掃除｜掃雷。❸迅速橫掠而過:掃射｜掃視。
【掃墓】祭掃墳墓。
【掃蕩】用武力清除。
【掃興】因遇到不愉快的事而興致消失。
⊖ sào（嫂去）粵 同⊖｜【掃帚】掃地的器具。
【掃帚星】彗星的俗稱。

据 jū（居）粵 gêu¹（居）｜見「拮据」條。

掘 jué（絕）粵 gued⁶（骨⁶）｜扌 扪 护 护 掘 掘
挖:掘井｜發掘。

九畫

揮 huī（灰）粵 fei¹（輝）｜扌 扩 护 挥 挥 揮
❶搖動:揮手｜揮扇｜大筆一揮。❷發號令,做指示:指揮｜揮師北伐。❸散,落:揮發｜揮淚｜揮汗如雨。
【揮毫】用毛筆寫字作畫。
【揮舞】搖擺,舞動:揮舞大刀。
【揮霍】任意浪費錢財。
【揮灑】揮筆灑墨,多指寫字作畫筆墨不拘束:揮灑自如。
【揮金如土】形容極端奢侈浪費。
◆發揮 一揮而就 借題發揮

揍 zòu（奏）粵 zeo³（奏）｜扌 拦 拌 抶 揍 揍
打:挨揍。

揶 yé（爺）粵 yé⁴（爺）｜要笑,戲弄:揶揄。

揸 zhā（渣）粵 za¹（渣）｜用手指撮東西:揸牢。

揀 jiǎn（簡）粵 gan²（柬）｜扌 扚 挌 挌 挿 揀

❶選擇:挑揀│揀選。❷拾取,同「撿」。
⊗右偏旁直筆不鈎。

揠 yà（亞）拔
粵 ad³（壓）【揠苗助長】古時有個人嫌秧苗長得慢,就一棵棵拔高一些,結果都枯死了,比喻急於求成,而方法不當,反倒把事情弄壞。現在也作「拔苗助長」。

揩 kāi（開）　扌扌扎扑揩揩
粵 hai¹（鞋¹）
擦,抹:揩桌子。
【揩油】比喻從中佔便宜。

描 miáo（苗）　扌扌抄描描描
粵 miu⁴（苗）
依照原樣摹畫或反覆地畫:描摹│描花│描繪。
【描金】塗金銀粉在器物上作為裝飾。
【描寫】用文字摹畫人物的動作情態、狀貌、背景等。
◆描述　描紅　描圖　◆白描　素描　掃描

提 ㊀ tí（啼）　扌担担揥揥提
粵 tei⁴（題）
❶垂手拿着:提水│提籃子。❷使向前或向上:提早│提前│提高。❸舉出:提出│提名。❹說起,提及:舊事重提。❺取出來:提取│提款│提貨。❻振作:提起精神。
【提拔】挑選或提升人才。
【提要】從全書或全文中摘錄出來的要點。
【提案】提出供討論、決定的議案。
【提倡】鼓勵或號召做某事:提倡以禮待人。
【提煉】❶用化學或物理方法從化合物或混合物中提取所需物質。❷使純淨。❸比喻對語言、文字的加工、提高。
【提綱】寫作、發言等的內容要點。
【提醒】從旁指點,促使注意。
【提議】提出意見供討論。也指所提出的意見。
【提心吊膽】形容十分擔心、害怕。
【提綱挈領】比喻簡明扼要,抓住要點。
◆提升　提示　提供　提問　提琴　提審　提攜
　㊁ dī（低）【提防】小心防備:提防小偷。
　粵 同㊀

揹 同「背」㊁。

揚 yáng（陽）　扌扝担揥揚揚
粵 yêng⁴（陽）
❶舉起,抬高:揚手│揚帆。❷在空中飄動:飄揚│塵土飛揚。❸稱讚,表揚:表揚│讚揚。❹傳播:宣揚│張揚。
【揚言】誇大其辭,當眾故意說出。
【揚揚】得意的樣子:揚揚得意(也作「洋洋得意」)。
【揚長而去】大模大樣地一走了之。
【揚眉吐氣】形容擺脫了長期受壓的困境後,高興、暢快的樣子。
◆揚名　揚棄　揚長避短　◆抑揚　昂揚　悠揚　發揚　頌揚　傳揚　發揚光大　分道揚鑣　趾高氣揚

揖 yī（依）　扌担担揖揖揖
粵 yeb¹（泣）
舊時拱手禮:作揖。
【揖讓】以禮相讓。

揭 jiē（接）　扌担担揥揭揭
粵 kid³（子）
❶掀開,掀去:揭開│揭被子│揭鍋蓋。❷公開表露出來:揭發│揭露。❸高舉:揭竿而起。
【揭示】❶公佈。❷把隱蔽的事物給人指出來。
【揭短】揭露人家的短處。
【揭曉】公佈結果,讓大家知道。
◆揭底　揭穿　揭幕　◆昭然若揭
⊗右下是「匈」,不是「匃」。

揣 chuǎi（踹上）　扌扡拙护揣揣
粵 cêu²（取）
❶猜測,估量:揣度。❷(國語讀chuāi)藏在衣服裏:母親把孩子揣在懷裏。

援 yuán（圓）　扌扌抒担揺援
粵 wun⁴（垣）
❶幫助,救助:援助│支援│援軍。❷用來作為依據:援用│援例。❸用手牽引:攀援。
【援引】❶引用。❷推荐或提拔跟自己有關係的人。
【援救】支援解救,使脫離危難。
◆外援　求援　後援　救援　增援　聲援　孤立無援

揪 jiū（究）　扌扛扛抹抹揪
粵 zeo¹（周）
❶用手拉着:揪出來│揪住不放。❷擔憂,放不下心:揪心。

插 chā（岔）　扩折指指插插
粵 cab³（初鴨³）
❶刺入,放進去:插入│插秧│插花。❷加進去:插圖│插班生。
【插手】參預進去,介入進去。
【插曲】❶電影或戲劇的主題歌以外的歌曲。❷比喻事情進行中另外插入的片斷。
【插足】❶把腳插進去:人山人海,沒有插足的地方。❷比喻介入某種事情。
【插敍】在敍述中插入不合時間順序的其他情節。
【插嘴】指不適宜地加入別人的談話。也作「插口」。
【插科打諢】劇中人表演時穿插使人發笑的談話或動作。
◆插座　插畫　插話　插頭　◆安插　穿插　見縫插針

捏 同「捏」。

搜 sōu（餿）　扌扣扣抻抻搜
粵 seo²（首）
仔細查找:搜尋│搜索│搜捕│搜查。
【搜括】用種種方法或假借名目聚斂財物。也作「搜刮」。
【搜集】到處尋找並把尋找來的東西聚集在一起:搜集植物標本。
【搜羅】多方面搜求羅致。

揄 yú（餘）　見「揶揄」條。
粵 yu⁴（餘）

換 huàn（喚）　扌扩换换换
粵 wun⁶（喚）
❶對調,互易:交換│對換│互換。❷改變,更改:換牙│換衣服│改頭換面。
【換算】把某種單位的數量折合成另一種單位的數量。
【換湯不換藥】比喻形式雖然改變,但內容還是老一套。
◆換工　換班　◆兌換　更換　退換　替換　偷換　調換　輪換　撤換　變換　改朝換代　改頭換面

揆 kuí（葵）｜粵 kuei⁴（葵）｜扌 扩 扩 扩 扶 揆
❶揣測，審度：揆情度理。❷稱總理國政的長官：首揆｜日揆｜英揆。

揉 róu（柔）｜粵 yeo⁴（由）｜扌 扌 扩 扩 揉 揉
❶擦，按摩：揉眼睛｜揉一揉腿。❷用力來回搓：揉麵。

摒 bìng（病）｜粵 bing³（併）｜扌 扩 扩 扩 摒 摒
❶排除，除去：摒除妄念。❷收拾，整理：摒擋行裝。

握 wò（卧）｜粵 eg¹（厄）｜扌 扩 扩 扩 握 握
❶用手攥住：握手｜握筆。❷控制：掌握｜把握。
【握別】握手道別。

十畫

榨 zhà（乍）｜粵 za³（炸）｜扌 扩 扩 挓 榨 榨
壓擠出汁液：榨油。
【榨取】❶搜括。❷從中取利。

搞 gǎo（稿）｜粵 gao²（狡）｜扌 扩 拉 拉 搞 搞
❶做，幹：搞好工作。❷弄：把問題搞清楚。
【搞鬼】暗中使用詭計。

搪 táng（堂）｜粵 tong⁴（唐）｜扩 扩 护 护 搀 搪
❶抵擋：搪風｜水來土搪。❷敷衍，應付：搪塞｜搪賬。
【搪瓷】金屬器物上塗上琺瑯漿後燒成的製品。

搐 chù（觸）｜粵 cug¹（畜）｜抽搐，肌肉不由自主地收縮、抖動。

搓 cuō（磋）｜粵 co¹（初）｜扌 扌 搓 搓 搓 搓
用手掌揉擦：搓手｜搓洗｜搓衣服。

搧 shān（扇）｜粵 xin³（線）｜❶搖動扇子或其他東西，振動空氣生風：用扇子搧。❷用手摑臉：搧一巴掌。

搏 bó（勃）｜粵 bog³（博）｜扌 扪 捕 捕 搏 搏
❶對打，相撲：搏鬥｜肉搏。❷跳動：搏動｜脈搏。

搭 dā（大陰）｜粵 dab³（答）｜扌 扌 扌 扚 扸 搭
❶架起：搭棚｜搭橋。❷乘坐：搭車｜搭船。❸配合，連接：搭配｜搭夥｜前言不搭後語。❹披，蓋：把圍巾搭在肩上｜身上搭着一條毛毯。❺抬：搭桌子｜搭擔架。
【搭訕】爲了想跟人接近或打開尷尬局面而找話說。
【搭救】幫助人脫離危險或災難。

搽 chá（茶）｜粵 ca⁴（茶）｜扌 扌 扩 扩 挦 搽
塗敷：搽藥膏｜頭髮搽油｜臉上搽粉。

搨 tà（榻）｜粵 tab³（塌）｜用紙墨摹印碑帖：搨本（亦作「拓本」）。

損 sǔn（笋）｜粵 xun²（選）｜扌 护 护 捐 捐 損
❶減少：減損｜損益。❷傷害：損害｜損壞。❸說話刻薄：嘴損｜你別損人啦。
【損失】❶無代價地消耗或失去。❷損失的東西。
【損人利己】損害別人使自己得到好處。
◆損耗　損傷　◆破損　缺損　毀損　磨損　虧損

摁 èn（恩去）｜粵 on³（按）｜用手按：摁電鈴｜摁圖釘。

攜 同「攜」。

搗 dǎo（禱）｜粵 dou²（島）｜扚 护 护 捣 搗 搗
❶砸，舂，捶：搗蒜｜搗米｜搗衣。❷打攪，擾亂：搗蛋｜搗亂。❸攻打：直搗敵人的巢穴。
【搗鬼】無中生有，搬弄是非，挑起糾紛。
【搗毀】摧毀，徹底破壞。

搬 bān（班）｜粵 bun¹（般）｜扌 扔 拼 捔 搬 搬
❶挪動遷移：搬動｜搬家。❷移用：搬用｜生搬硬套。
【搬弄】挑撥：搬弄是非。

搿 gé（格）｜粵 gab³（甲）｜兩手合抱：搿腰搿住。

搶 ㊀qiǎng（槍上）｜粵 cêng²（槍²）｜扌 扚 拎 拎 搶 搶
❶爭奪，奪取：搶球｜搶劫｜搶掠。❷趕緊：搶修｜搶救｜搶險。❸爭取：搶先｜搶着幹。❹擦掉或刮掉物體表面的一層：搶破了一層皮｜刀口鈍了，搶一搶吧。
【搶白】當面譏笑或責備。
㊁qiāng（槍）｜撞：呼天搶地。粵同㊀

搖 yáo（遙）｜粵 yiu⁴（姚）｜扌 扌 扲 拦 摇 搖
擺動：搖擺｜搖鈴｜動搖。
【搖曳】搖蕩：燈光搖曳。
【搖籃】可以搖動的嬰兒卧具。
【搖尾乞憐】狗搖着尾巴乞求主人的愛憐。比喻裝出一副媚態，求取別人的歡心。
【搖脣鼓舌】用花言巧語，撥弄是非。
【搖搖欲墜】形容極不穩固，就要垮台。
◆搖晃　搖落　搖頭　搖撼　搖身一變　搖旗吶喊　搖頭晃腦　◆飄搖　招搖過市　招搖撞騙　風雨飄搖

搔 sāo（騷）｜粵 sou¹（蘇）｜扚 扚 扚 搔 搔 搔
用指尖撓：搔背｜搔癢｜搔頭皮。

擻 sǎng（嗓）｜粵 song²（爽）｜推，擠：推擻。

十一畫

摘 zhāi（齋）｜粵 zag⁶（澤）｜扌 护 挦 挦 摘 摘
❶採，取，拿下：摘花｜摘帽｜摘燈泡。❷選取：摘要｜摘錄。
◆摘引　摘抄　摘記　摘除　摘編　◆文摘　指摘　採摘　尋章摘句

⊗右偏旁是「商」，不是「商」。

摭 zhí（直）｜粵 zég³（脊）　拾取，收集：摭拾｜摭取。

摩 mó（膜）｜粵 mo¹（麼）　一　广　广　庐　庐　麾　摩

❶擦：摩擦｜摩肩擦背。❷摸：撫摩｜按摩。❸切磋，探求：觀摩｜揣摩。

【摩托】英文motor的音譯，即發動機，也稱「馬達」。

【摩登】英文modern的音譯，指新式的、迎合時尚的。

【摩天大廈】形容大樓極高。

【摩肩接踵】踵：腳跟。肩碰肩，腳碰腳。形容來往的人很多很擠：大街上行人摩肩接踵，來往不絕。

摔 shuāi（衰）｜粵 sêd¹（恤）　扌　拎　拎　挼　摔　摔

❶用力扔：摔球｜把帽子往牀上一摔。❷東西掉下來碰壞、碰碎：茶杯摔了。❸跌：摔倒｜摔了一跤。❹擺脫開：把這件事摔下不管。

【摔跤】❶跌倒在地上。❷二人角力的遊戲，用力氣和技巧把對方摔倒算勝。

摯 zhì（治）｜粵 ji³（置）　幸　幸　執　執　摯

眞誠懇切：眞摯｜誠摯｜懇摯｜摯友。

摶 tuán（團）｜粵 tün⁴（團）　把東西揉弄成球形：摶泥球｜摶紙團。

摳 kōu（口陰）｜粵 keo¹（扣¹）　❶用手指或細小的東西挖：摳鼻子｜在牆上摳了個窟窿。❷向深處或狹窄的方面鑽研：摳書本｜死摳字面兒。

摽 biào（鰾）｜粵 piu¹（飄）　緊緊地鉤連在一起：兩人摽着胳膊走。

撇 ⊖piē（瞥）｜粵 pid³（婆熱³）　扌　抈　拊　撇　撇

❶扔，丟：撇開｜撇下｜撇棄。❷舀去浮在液體面上的東西：撇油。

⊜piě（瞥上）｜粵 同⊖　❶漢字裏從上向下斜的一種筆畫，即「丿」。❷平扔出去：撇球。❸量詞，用於像「撇」的東西：兩撇鬍子｜兩撇眉毛。

【撇嘴】❶下唇前伸，嘴角向下，是表示輕視的一種動作。❷小孩要哭時嘴的動作。

摸 mō（磨陰）｜粵 mo²（魔²）　扌　扌　抈　描　摸　摸

❶用手接觸或撫摩：撫摸｜盲人摸象。❷用手探取：摸魚摸蝦｜從口袋裏摸出一張鈔票來。❸試探尋求：摸底｜摸清情況。❹黑暗中行進：摸黑。

【摸索】多方面探求：尋找。

摹 mó（魔）｜粵 mou⁴（毛）　丶　十　艹　苜　莫　摹

照着樣子做：摹仿｜臨摹｜摹畫。

【摹本】摹仿翻刻的書畫本。

【摹寫】❶照着樣子寫。❷泛指描寫。

摟 ⊖lǒu（樓上）｜粵 leo⁵（柳）　扌　抴　招　捵　摟　摟

抱住：摟抱。

⊜lōu（樓陰）｜粵 leo¹（留¹）　❶把東西攏過來，湊到一塊兒：摟草｜摟柴火。❷搜刮：摟錢。

摺 liào（料）｜粵 liu¹（了¹）　❶放下：摺下飯碗。❷摔，打：摺倒。

摑 guó（國）｜粵 guag³（姑客³）　扌　扪　捆　摑　摑　摑

用手掌打：摑臉｜摑耳光。

摧 cuī（崔）｜粵 cêu¹（吹）　扌　扌　扩　榷　摧　摧

折斷，破壞：摧折｜無堅不摧。

【摧毀】用強力毀壞。

【摧殘】損害，殘害。

摺 zhé（折）｜粵 jib³（接）　扌　扪　挏　挏　摺　摺

❶疊起來：摺疊｜摺紙。❷疊起的：摺扇｜摺椅。❸摺子：銀行存摺。

摜 guàn（灌）｜粵 guan³（慣）　扔下，拋擲：往地上一摜。

摻 chān（攙）｜粵 cem¹（侵）　混入，加進去，同「攙」：摻雜。

十二畫

撞 zhuàng（狀）｜粵 zong⁶（狀）　扌　拧　撞　撞　撞　撞

❶敲打：撞鐘｜撞擊。❷碰：撞車｜撞倒｜撞死。❸衝突：衝撞。

【撞見】無意中碰見。

【撞騙】到處找機會行騙：招搖撞騙。

撤 chè（徹）｜粵 qid³（徹）　扌　扩　护　捎　撬　撤

❶免去，除去：撤職｜撤銷。❷退離，收回：撤退｜撤離｜撤回。

◆撤防　撤除　撤崗　撤換

撈 lāo（勞陰）｜粵 lao¹（羅拗¹）　扩　扤　扐　扐　撈　撈

❶從液體裏取出東西：打撈｜撈魚｜大海撈針。❷用不正當的手段取得：撈錢｜撈一把。

撓 náo（鬧陽）｜粵 nao⁴（鬧⁴）　扌　拌　挵　挵　捧　撓

❶用手輕輕抓：撓癢｜抓耳撓腮。❷擾亂，阻止：阻撓。❸彎曲，比喻屈服：不屈不撓｜百折不撓。

⊗右上作三「土」。

撕 sī（斯）｜粵 xi¹（斯）　扌　扌　扪　捸　撕　撕

扯開：撕扯｜撕碎｜撕破。

【撕毀】❶撕掉。❷破壞、背棄共同簽訂的協議：撕毀協定。

撒 ⊖sā（灑陰）｜粵 sad³（殺）　扌　扌　扪　拱　揩　撒

❶放開：撒網｜撒手不管｜撒腿就跑。❷盡量施展，故意表現：撒嬌｜撒酒瘋。

【撒野】對人粗野放肆，蠻不講理。

【撒潑】胡攪蠻纏，大吵大鬧。

【撒賴】胡鬧，耍無賴。

【撒歡】連跑帶跳，表示高興。多指動物。

◆撒丫　撒開　撒謊

㊁ sǎ（灑）粵 同㊀ 散佈，散落：撒種｜撒播｜別把米弄撒了。

撢 dǎn（膽）粵 dan6（但）❶拂去塵土等：撢灰塵｜撢桌子。❷拂去灰塵的器具：布撢子｜雞毛撢子。

撩 ㊀ liáo（聊）粵 liu4（聊）
挑逗，招惹：撩撥｜撩弄｜春色撩人。
㊁ liāo（聊陰）粵 liu1（了1）❶提起，掀起：撩衣服｜撩開門簾｜把頭髮撩上去。❷用手灑水：先撩些水然後再掃地。
⊗右上是「夯」，不是「大」。

撅 juē（決陰）粵 küd3（決）翹起：撅嘴｜撅尾巴。

撐 chēng（成陰）粵 cang1（橙1）
❶支持：支撐｜撐竿跳高。❷用篙使船行進：撐船。❸張開，綳緊：撐傘｜撐線。❹裝滿：口袋撐破｜吃撐了。
【撐持】勉強支持。
【撐腰】比喻給人以有力的支持。
【撐門面】勉強維持表面的聲勢。也作「撐場面」。

撲 pū（鋪陰）粵 pog3（璞）
❶衝：直撲敵巢｜燈蛾撲火｜香氣撲鼻。❷輕打，拍：撲掉衣服上的灰｜撲粉｜撲蝴蝶。❸擬聲詞：撲通｜撲撲跳。
【撲克】一種供娛樂用的紙牌，共五十二張。
【撲空】沒有在目的地找到要找的對象。
【撲滅】撲打消滅：撲滅大火、撲滅蚊蠅。
【撲滿】一種兒童用的貯錢器，要打破以後才能取出錢幣。
【撲朔迷離】比喻錯綜複雜，不易識別。

撮 ㊀ cuō（搓）粵 qud3（雌月3）
❶聚攏：撮合｜撮聚。❷取，摘取：撮其要點。❸量詞。一撮米｜一小撮壞蛋。❹容量單位。一撮等於一毫升。
㊁ zuǒ（左）粵 同㊀ 量詞。用於成叢的毛髮：一撮毛｜一撮頭髮。

撣 同「撢」。

播 bō（玻）粵 bo3（波3）
❶散佈，傳佈：傳播｜廣播。❷撒種子：播種｜春播。
【播弄】❶挑撥是非。❷擺佈，玩弄。
◆播放　播音　播送　播散　播揚　播發　播音機

撫 fǔ（府）粵 fu2（苦）
❶輕輕地按，摸：撫摩｜以手撫之。❷愛護，照料：撫養｜撫育。❸安慰，慰問：安撫｜愛撫｜撫慰。
【撫恤】對有功勞的死者的家屬給予安慰和救濟。

撬 qiào（俏）粵 giu6（轎6）
用刀錐棍棒等撥開或挑起：撬門｜撬開箱蓋。

撚 同「捻」。

撥 bō（玻）粵 bud6（脖）
❶推轉，挑動：撥鐘｜撥燈。❷分發，調配：撥款｜調撥。❸量詞：一撥子｜分兩撥入場。
【撥亂反正】除去禍亂，復歸正道。
◆撥冗　撥弄　撥雲見日

撰 zhuàn（轉去）粵 zan6（棧）
寫作文章：撰寫｜撰述｜撰著。

十三畫

擅 shàn（善）粵 xin6（善）
❶專權獨斷：擅權｜擅自作主｜擅離職守。❷有特長：擅長｜擅書畫。

擁 yōng（庸）粵 yung2（踴）
❶抱：擁抱。❷圍着：前呼後擁｜擁被而眠。❸聚，擠：擁在一起｜擁擠。❹愛護，支持：擁護｜擁戴。

擂 ㊀ léi（雷）粵 lêu4（雷）
研磨：擂藥｜擂鉢。
㊁ lèi（類）粵 同㊀ ❶打：擂鼓。❷舊時武術家比武的台：擂台。

撻 tà（榻）粵 tad3（拖壓3）
用鞭子或棍子等打人：鞭撻。
【撻伐】討伐。

擀 gǎn（趕）粵 gon2（趕）用棍棒碾軋：擀麪條。

擊 jī（機）粵 gig1（激）
❶敲，打：擊鼓｜擊掌。❷攻打：攻擊｜襲擊。❸碰撞，接觸：撞擊｜衝擊｜目擊。
◆擊球　擊敗　擊潰　擊劍　◆反擊　打擊　伏擊　抨擊　突擊　射擊　追擊　游擊　聲東擊西　不堪一擊

撼 hàn（憾）粵 hem6（憾）
搖動：震撼｜不爲權勢所撼。

擋 dǎng（黨）粵 dong2（黨）
❶攔阻：阻擋｜擋住去路。❷遮蔽：擋雨｜擋太陽。❸用來遮蔽的器具：爐擋｜火擋。❹抗拒，對敵：擋頭陣｜兵來將擋。
【擋駕】拒客來訪。
【擋箭牌】盾牌。比喻推託的藉口。

擎 qíng（晴）粵 king4（瓊）
舉，往上托：衆擎易舉｜一柱擎天。

據 jù（句）粵 gêu3（句）
❶按照：依據｜根據｜據理力爭。❷憑借，依靠：據險固守｜據點。❸憑證，可做證明的事物：憑據｜字據。

④佔有:佔據｜據為己有。
【據說】未經過實際調查，只聽別人說。
◆ 收據　票據　論據　數據　盤據　證據　真憑實據

攄 lǔ（魯）粵 lou⁵（老）｜扩 扩 扩 护 攄 攄
把人搶走。
【攄掠】抓人搶東西:燒殺攄掠。

撾 ⊖ zhuā（抓）粵 za¹（抓）敲，打:撾鼓。
⊜ wō（窩）粵 wo¹（窩）老撾，國名，在中南半島。

操 cāo（糙）粵 cou¹（粗）｜护 抈 揚 搖 撐 操
❶持，拿:操刀｜操戈。❷掌握，運用:操縱｜操琴。❸訓練，鍛煉:操演｜操練。❹做，從事:操作｜操持。❺用某種語言或口音說話:操英語｜操北方口音。
【操心】費心思考或照料。
【操守】指品德、氣節。
【操行】品行。
【操之過急】做事過於心急。
◆操切　操勞　操場　◆情操　節操　體操　課間操

擇 zé（責）粵 zag⁶（澤）｜才 扩 把 捽 擇 擇
揀選:選擇｜擇婿｜不擇手段｜飢不擇食。

擒 qín（禽）粵 kem⁴（琴）｜扲 拎 捡 捡 擒 擒
捕捉:擒拿｜生擒｜擒賊先擒王。

撿 jiǎn（揀）粵 gim²（檢）｜扌 扲 拾 拾 撿 撿
拾取:撿柴｜把筆撿起來｜撿了一張畫片。

擔 ⊖ dān（耽）粵 dam¹（耽）｜才 扩 护 护 擔 擔
❶用肩挑:擔水。❷負責:擔當｜擔負。❸緊張地牽掛着:擔心｜擔憂。
【擔保】表示負責，保證不出問題或一定辦到。
【擔待】❶擔當。❷請人包涵和原諒:請您擔待點兒吧!
⊜ dàn（旦）粵 dam³（耽³）❶挑子:擔子。❷挑東西的器具:扁擔。❸量詞:一擔水。❹重量單位:一百斤為一擔。

擘 bò（菠去）粵 mag³（摸客³）｜尸 咠 臂 臂 擘
大拇指，常用來比喻出人頭地的人:工業巨擘。

十四畫

擰 ⊖ níng（寧）粵 ning⁴（寧）｜抩 搾 擔 擰 擰
用手抓住扭絞:擰毛巾｜擰繩子。
⊜ nǐng（寧上）粵 ning⁶（寧⁶）向一個方向扭轉:擰螺絲。
⊜ nìng（濘）粵 同⊜ 脾氣倔強:擰性｜脾氣太擰。

擯 bìn（殯）粵 ben³（殯）排斥，拋棄:擯除｜擯棄。

擦 cā（嚓）粵 cad³（察）｜扩 抈 抄 抻 擦 擦
❶抹，揩拭:擦臉｜擦皮鞋｜擦黑板。❷用力急摩:摩擦｜擦火柴｜擦蘿蔔絲。❸貼近:擦着水面飛｜擦肩而過。
【擦黑】傍晚，天快黑的時候。

擠 jǐ（己）粵 zei¹（劑）｜扩 扩 挤 挤 擠 擠
❶緊緊挨着或前推後擁:擠滿一屋子｜擁擠。❷排斥:排擠。❸用力壓:擠牛奶｜擠牙膏。
【擠眉弄眼】用眉眼的神態作出暗示。

擬 nǐ（你）粵 yi⁵（耳）｜扌 扸 挨 擬 擬 擬
❶起草:草擬｜擬稿｜擬訂。❷模仿:模擬｜擬作。❸打算:擬往澳門。

擱 ⊖ gē（哥）粵 gog³（各）｜扌 挌 捫 擱 擱
❶放，置:擱點鹽｜書擱在書架上。❷停止:耽擱｜延擱。
【擱淺】❶船因水淺擱住不能行動。❷比喻事務受阻停頓。
【擱置】放在一邊，不加理會。
⊜ gé（哥陽）粵 同⊖ 承受:擱不住這麼沈。

擤 xǐng（醒）粵 seng³（梳鶯³）捏住鼻子排出鼻涕:擤鼻涕。

擢 zhuó（酌）粵 zog⁶（昨）提升:擢升｜擢用｜選擢。

十五至十七畫

擴 kuò（括）粵 kuog³（廓）｜扩 扩 护 撞 擴 擴
放大，伸展，推廣:擴大｜擴展｜擴充｜擴散。

擲 zhì（志）粵 zag⁶（澤）｜拼 拼 捭 掷 摡 擲
❶投，拋:投擲｜擲鐵餅。❷請人把東西交還自己的客氣話:擲下｜擲還。

擾 rǎo（饒上）粵 yiu⁵（繞）｜才 拐 撜 撄 搔 擾
❶打擾，破壞秩序:擾亂｜騷擾。❷感謝別人招待時說的客氣話:叨擾｜打擾。

攆 niǎn（碾）粵 lin⁵（連⁵）｜才 护 扶 捧 攆 攆
❶驅逐:攆出去。❷追趕:攆不上他。

攀 pān（潘）粵 pan¹（扳）｜杉 枝 樹 樊 攀 攀
❶抓住東西向上爬:攀登｜攀山越嶺。❷拉扯，結交:攀扯｜攀親｜高攀。
【攀供】犯人誣供牽扯別人。
【攀附】巴結投靠權貴。

攉 sǒu（叟）粵 seo²（手）｜才 护 捏 摨 攉 攉
見「抖攉」條。

擺 bǎi（敗上）粵 bai²（敗²）｜才 扠 撝 摆 擺 擺

❶陳列，放置:擺整齊│擺在桌上。❷來回搖動:擺動│搖頭擺腦。❸擺動的東西:鐘擺。❹故意顯示，炫耀:擺闊│擺架子│擺威風。
【擺佈】❶佈置，安排。❷捉弄:受人擺佈。
【擺設】❶指桌椅傢具等。❷指各種陳設品。
【擺脫】掙扎，甩掉。
◈擺弄　擺渡　擺樣子

擷│xié（邪）│摘取:採擷│擷取。
　　│粵 kid³（揭）│

攏│lǒng（壟）│扌 拧 捛 捛 攏 攏
　　│粵 lung⁵（壟）│
❶湊合在一起:合攏│收攏。❷靠近，接近:靠攏│船攏了岸。❸梳，整理:攏頭髮。
【攏共】總計。也作「攏總」。

攘│rǎng（嚷）│扌 挬 挬 攮 攮 攘
　　│粵 yêng⁴（羊）│
❶侵奪:攘奪│攘為己有。❷排斥，除去:攘外│攘除。

攖│yīng（鷹）│接觸，觸犯:攖其鋒│攖怒。
　　│粵 ying¹（英）│

攔│lán（籃）│扌 扚 扚 押 攔 攔
　　│粵 lan⁴（蘭）│
遮擋，阻止:遮攔│阻攔│攔路。
【攔劫】攔路搶劫。
【攔路虎】❶舊指攔路搶劫的盜匪。❷比喻前進中的障礙或文章中不認識的字。
◈攔腰　攔截

攙│chān（摻）│扲 扲 捁 捁 攙 攙
　　│粵 cam¹（慘¹）│
❶挽，扶:攙扶。❷混合:攙和│攙雜。
【攙假】其中攙雜虛假的成分。
⊗右旁很難寫，要多留意。右下作兔，九畫。不要漏寫最後一點。

十八畫以上

攛│cuān（竄陰）│❶扔，擲。❷匆匆忙忙地做:臨時現攛。
　　│粵 qun³（串）│
【攛掇】慫恿，鼓動。

攝│shè（社）│扩 打 捏 捏 揖 攝
　　│粵 xib³（涉）│
❶吸取:攝取養分。❷保養:攝生│珍攝（重視保養）。❸照相:攝影│拍攝。❹代理:攝行│攝理。
【攝氏】表示溫度的單位制。以水的冰點為零度，沸點為一百度，用符號℃來表示。如15℃，就是攝氏十五度。
【攝政】代君王處理國家政務。

攜│xié（鞋）│扩 扪 撙 撙 攜 攜
　　│粵 kuei⁴（葵）│
❶提，帶:提攜│攜帶│攜款。❷牽，拉:攜手│扶老攜幼。

攤│tān（灘）│扌 扪 搗 模 攤 攤
　　│粵 tan¹（灘）│
❶鋪開，展開:把糧食攤開曬│把書攤開。❷分擔，分配:分攤│均攤。❸路旁的售貨處:攤子│地攤。❹量詞:一攤血│一攤稀泥。

【攤派】分配給眾人負擔。
【攤販】擺攤子做小買賣的商販。
【攤牌】❶玩牌時把底牌掀開給大家看。❷坦白表示。❸採取最後的步驟。

攢│㊀zǎn（贊上）│積聚，儲蓄:攢錢│積攢。
　　│粵 zan²（盞）│
　　㊁cuán（竄陽）│聚攏，集中:攢聚│攢土。
　　│粵 qun⁴（全）│【攢眉】緊蹙眉頭。

攣│luán（欒）│言 妶 妶 瘒 攣 攣
　　│粵 lün⁴（聯）│
手腳蜷曲不能伸直:痙攣│拘攣│攣縮。

攫│jué（絕）│扌 扪 扪 攫 攫 攫
　　│粵 fog³（霍）│
❶用爪抓:老鷹攫小雞。❷掠奪:攫取財富│攫奪權力。

攥│zuàn（鑽去）│握:攥緊拳頭。
　　│粵 zan⁶（賺）│

攪│jiǎo（狡）│扪 扪 撊 攪 撸 攪
　　│粵 gao²（搞）│
❶攪亂:攪亂│打攪│胡攪。❷翻拌:攪動│攪拌。
◈攪勻　攪和　攪渾　攪擾

攬│lǎn（懶）│扌 扚 扣 攬 攬 攬
　　│粵 lam⁵（覽）│
❶掌握，包辦:攬權│包攬│總攬。❷招徠:兜攬│攬生意。❸摟在懷裏:攬着孩子睡覺。

攮│nǎng（囊上）│❶用刀刺:。❷推:推推攮攮。
　　│粵 nong⁵（囊⁵）│

支（攴）部

支│zhī（知）│一 十 岁 支
　　│粵 ji¹（知）│
❶撐持:支撐│支持。❷受得住:樂不可支│體力不支。❸調度，指使:支配│支使。❹付出或領取:支出│支付│支取。❺由主體分出的:支流│支店。❻量詞:一支軍隊│六十四支紗。❼地支的簡稱:干支，見「干支」條。
【支吾】用含混的言詞來搪塞應付:支吾其詞。
【支票】存戶對銀行發出的一種付款通知書。
【支離破碎】❶殘缺不完整。❷雜亂而沒條理。
◈支派　支柱　支援　支線　◈收支　借支　超支　開支　預支　透支　獨木難支

敍│xù（序）│今 余 刹 刹 敍 敍
　　│粵 zêu⁶（罪）│
❶說，談:面敍│敍談│敍別。❷用文字記述:敍事詩│記敍文。
【敍述】說出或寫出事情的前後經過。
【敍舊】親友間談論跟彼此有關的舊事。

敲│qiāo（鍬）│亠 言 高 高 高 敲
　　│粵 hao¹（哮）│
叩，打:敲門│敲鑼。
【敲詐】假借事端，勒索他人財物:敲詐勒索。
【敲竹槓】借事欺人，訛詐財物。
【敲門磚】拿磚敲門，門一敲開就把磚扔掉。比喻借用來

謀取名利的工具或手段。

【敲骨吸髓】比喻殘酷地壓榨和剝削。

攵部

二至五畫

收 shōu（手陰）｜粵 seo¹（修） ｜ 丨 屮 屮 屮 收

❶接到，接受：收發｜收信。❷取，拿進來：收取｜收稅｜收費。❸錢財的進項：收支相抵。❹採割農作物：收穫｜收成｜豐收。❺結束：收工｜收場。❻聚集，歸攏：收集｜收攏。❼召回，撤銷：收兵｜收回成命。

【收拾】❶整理：收拾行李。❷修理：收拾舊皮鞋。

【收容】收留，容納：收容傷員。

【收效】收到效果：收效甚微。

【收場】❶結束，停止。❷結局，下場。

【收買】❶收購。❷用錢財籠絡、買通人，使之爲自己所利用：收買人心。

【收復】重新奪回失去的領土或陣地：收復失地。

【收養】把別人的子女收下作爲自己的子女撫養。

【收斂】❶約束：傲慢的態度有所收斂。❷消失：收斂笑容。

【收藏】收集保藏。

【收羅】把人或事物聚集在一起：收羅人才。

◆收看 收益 收錄 收據 收購 收縮 收視率 ◆沒收 招收 接收 稅收 徵收 驗收 坐收漁利 兼收並蓄 美不勝收

攻 gōng（工）｜粵 gung¹（工） ｜ 一 工 工 攻 攻 攻

❶打擊敵人，跟「守」相反：進攻｜攻打｜圍攻。❷勤奮學習，專精鑽研：攻讀碩士學位｜專攻理科。

【攻克】❶打下敵方的城鎮、據點。❷比喻克服重大困難，攻克難關。

【攻訐】揭發、攻擊別人的陰私、醜事。

【攻堅】攻打敵人堅固的據點或陣地。

【攻擊】❶進攻。❷惡意指摘、誹謗。

【攻其不備】趁對方沒有準備的時候進行攻擊。

◆攻佔 攻取 攻破 攻勢 攻陷 ◆主攻 反攻 猛攻 強攻 不攻自破

攸 yōu（幽）｜粵 yeo⁴（由） 相當於「所」：福有攸歸｜生死攸關。

改 gǎi（該上）｜粵 goi²（該²） ｜ 一 ㄱ 己 攺 攺 改

❶變更：改變｜更改｜改天再見。❷糾正：改過｜改進。

【改革】改掉事物中陳舊的、不合理的部分，使之逐步完善：文字改革。

【改悔】追悔錯誤，加以改正。

【改造】改變舊的，建立新的。

【改編】根據原著改寫，如把小說改編成電影。

【改觀】經過改變以後，面目一新。

【改邪歸正】從邪路回到正路上來，不再做壞事。

【改弦更張】換掉舊的琴弦，安上新的。比喻變更策略或方法。

【改頭換面】比喻只在表面上改變一下。

◆改建 改組 改期 改過 改選 改天換地 改弦易轍 改朝換代 ◆批改 刪改 塗改 竄改 痛改前非 屢教不改

放 fàng（方去）｜粵 fong³（況） ｜ 一 亠 方 扩 扩 放

❶解除束縛：解放｜釋放。❷不加管束：放任｜放縱。❸擴展：放大｜放寬。❹結束，暫停：放學｜放工｜放一放再辦。❺安置，擱：安放｜存放。❻發，射：放光｜放槍。❼加進去：酒裏放水｜菜裏放點醬油。❽把牲畜趕出野外吃草：放牧｜放羊。❾捨棄，拋開：放棄｜放着活兒不做。❿把人驅逐到遠方去：放逐｜流放。⓫把錢借給人收取利息：放債｜放高利貸。

【放心】安心，無須掛慮。

【放手】❶撒手，鬆開手。❷解除顧慮，大膽去做：放手去做。

【放晴】雨後天晴。

【放肆】言行輕率，毫無顧忌。

【放蕩】行爲不檢點或不受約束：放蕩不羈。

【放任自流】聽憑自然發展，不聞不問。

【放虎歸山】比喻放走已經落網的敵人，留下後患。

◆放行 放浪 放哨 放射 放假 放縱 放膽 放鬆 ◆寄放 開放 發放 豪放 燃放 心花怒放 百花齊放

政 zhèng（證）｜粵 jing³（正） ｜ 丁 下 正 正 政 政

❶國家的公事：政治｜政務。❷衆人的事情：家政｜校政。❸國家某一部門主管的業務：民政｜郵政｜財政。

【政府】國家行政機關。

【政制】政治制度。

【政策】爲實現某一目標而制定的具體的行動準則。

◆政見 政局 政客 政論 政敵 政黨 政權 政變 ◆內政 仁政 市政 行政 施政 執政 當政 參政

故 gù（固）｜粵 gu³（固） ｜ 一 十 古 古 故 故

❶意外的事情：事故｜變故。❷原因：緣故｜不知何故。❸所以：故此｜因有信心，故能戰勝困難。❹存心，有意：故意｜明知故犯。❺死亡：病故｜身故。❻以前的，原來的：故交｜故鄉。

【故人】舊友，老朋友。

【故技】老花招：故技重演。

【故事】❶舊事：故事重提。❷可做講述對象的有吸引力、能感染人、前後連貫的事情。

【故宮】過去帝王的宮殿。特指北京故宮。

【故障】機器等發生的障礙、毛病。

【故弄玄虛】故意耍弄花招，讓人摸不透。

【故步自封】故步：舊的步子。封：限制住。自己停留在原地。比喻保守，不求進步。也作「固步自封」。

【故態復萌】故態：老樣子。復：又。萌：發生。指舊的習氣或老毛病又出現了。

◆故土 故友 故址 故里 故居 故園 故舊 ◆亡故 世故 典故 掌故 藉故 依然故我 一見如故 人情世故 平白無故 沾親帶故 無緣無故

六至七畫

效 | xiào（笑）| 粵 hao⁶（孝⁶）| 亠 六 亣 交 効 效
❶模仿: 仿效｜效法。❷出力, 盡力: 效力｜效勞。❸功用, 成果: 效能｜效果｜成效。
【效力】❶出力。❷事物所產生的有利作用: 這藥物的效力很大。
【效尤】尤: 錯誤。學壞樣子。
【效率】單位時間內完成的工作量的大小: 工作效率。
◆效用 效忠 效命 效益 效應 效驗 ◆失效 功效 成效 見效 上行下效 行之有效

敉 | mǐ（米）| 粵 mei⁵（米）| 安定, 安撫: 敉平｜敉亂。

啟 | qǐ（起）| 粵 kei²（溪²）| 亠 戶 启 启 啟 啟
❶打開, 開: 開啟｜啟封｜啟齒（開口）。❷開始: 啟用｜啟航｜啟程。❸開導: 啟示｜啟發。❹說明: 啟事。
【啟事】為了公開聲明某事而登在報刊上或貼在牆壁上的文字: 招領啟事｜徵稿啟事。
【啟齒】開口。
【啟蒙】使初學者得到基本的初步的知識。
【啟明星】即「金星」, 黎明前在東方天空出現。
◆啟行 啟迪 啟運 ◆小啟 敬啟 謝啟 承上啟下

敖 | áo（遨）| 粵 ngou⁴（熬）| 土 耂 寺 寿 敖 敖
姓。

教 | ㊀jiào（較）| 粵 gao³（較）| 土 耂 耂 孝 敎 教
❶指導, 培養: 教導｜教育。❷使, 讓, 叫: 誰教你去｜教他出去。❸宗教: 佛教｜基督教。
【教化】教育感化。
【教訓】❶教育訓戒。❷從錯誤或失敗中得到的經驗。
【教唆】指使、慫恿他人做壞事。
【教授】❶講解傳授知識。❷學銜的一種稱號。
【教誨】教育和勸導。
【教養】❶教育、培養。❷指受過良好的教育: 有教養。
◆教材 教法 教官 教具 教益 教師 教會 教練 教學 ◆主教 任教 助教 管教 領教 禮教 三教九流 因材施教
㊁jiāo（交）傳授: 教書｜教唱歌｜師傅教徒弟。粵 同㊀

敕 | chì（斥）| 粵 qig¹（斥）| 帝王的詔書、命令: 敕封｜敕令。

救 | jiù（舅）| 粵 geo³（夠）| 十 寸 求 求 求 救 救
幫助脫離災難或危險: 挽救｜營救｜救災｜救死扶傷。
【救星】比喻援救別人脫離苦難的人。
【救濟】用錢或物質幫助生活困難的人。
【救護】搶救傷病人員, 使得到及時的醫療。
◆救人 救亡 救火 救命 救國 救世主 救生圈 ◆求救 急救 得救 搭救 不可救藥

敝 | bì（避）| 粵 bei⁶（幣）| 丨 丷 芇 芇 敝 敝
❶破舊的。❷謙詞: 敝處｜敝校｜敝姓王。
【敝帚自珍】破舊的掃帚, 自己當寶貝愛惜, 比喻東西雖然不好, 可是自己珍視。也作「敝帚千金」。

敗 | bài（拜）| 粵 bai⁶（唄）| 丬 月 目 貝 貯 敗
❶輸, 負, 跟「勝」相反: 勝敗｜打敗仗。❷失利, 不成功: 失敗｜成敗。❸毀壞, 腐爛: 敗壞｜腐敗。❹衰落: 衰敗｜家敗人亡。❺凋謝: 枯枝敗葉。
【敗筆】書畫中筆法用得不當的地方或文章中寫得不好的詞句。
【敗興】掃興, 興致低落。
【敗類】集體中的變節分子或道德極端敗壞的人。
【敗露】壞事或陰謀被人發覺。
◆敗北 敗局 敗落 ◆挫敗 破敗 潰敗 慘敗 腐敗 一敗塗地 兩敗俱傷 殘兵敗將 傷風敗俗 驕兵必敗

敏 | mǐn（抿）| 粵 men⁵（聞）| 亠 勻 每 每 敏 敏
聰明, 靈活, 迅速: 聰敏｜敏捷。
【敏感】對事物的變化反應快。
【敏銳】指感覺靈敏或眼光銳利。

八畫以上

敦 | dūn（噸）| 粵 dên¹（噸）| 亠 亩 亨 享 享 敦
❶誠心誠意: 敦請｜敦聘。❷忠實厚道: 敦厚。

敢 | gǎn（趕）| 粵 gem²（感）| 工 开 耳 耳 耵 敢
❶有膽量, 不怕: 勇敢｜敢做敢當。❷對人說話時表示冒昧的詞: 敢問｜敢請。
【敢情】❶原來: 敢情他是個騙子。❷當然: 那敢情好。
◆不敢 果敢 豈敢 竟敢

散 | ㊀sàn（傘去）| 粵 san³（汕）| 一 卄 卅 昔 背 散
❶分開, 跟「聚」相反: 分散｜散開｜解散。❷分佈, 傳開: 散佈｜散播。❸消除, 排遣: 散悶｜散心。
【散失】分散遺失或消散失去。
【散步】隨便走走。
【散夥】團體或組織解散。
◆拆散 疏散 遣散 擴散
㊁sǎn（傘）❶鬆開, 沒有約束: 鬆散｜閒散。粵 san²（山²）❷零碎, 不集中: 零散｜散居｜散裝。❸藥末: 消暑散｜丸散膏丹。
【散文】❶古代指不講究韻律的文章。❷現代文學的一種體裁, 亦泛稱詩歌、戲劇、小說以外的文學作品, 如雜文、隨筆、特寫等。
【散光】一種視力上的缺陷, 看東西模糊不清。
【散漫】隨隨便便, 不受紀律約束。
【散兵游勇】指逃散沒有統屬的士兵。

敞 | chǎng（廠）| 粵 cong²（廠）| 丨 丷 屵 尚 尚 敞 敞

❶地方寬綽，沒有遮擋: 寬敞｜敞亮。❷打開，張開: 敞開｜敞胸露懷。

⊗跟「敝」不同。

敬 jìng（靜）｜粵 ging³（徑）　丶 ⺊ 芍 苟 敬 敬

❶尊重而佩服: 尊敬｜敬愛｜敬佩。❷以禮致意: 敬茶｜敬酒｜回敬。
【敬奉】恭敬地奉上。
【敬畏】尊敬佩服而又有些畏懼。
【敬意】尊敬的心意。
【敬辭】含有恭敬口氣的用語，如「請教」、「勞駕」等。
【敬而遠之】表示尊敬而又不願接近。
◆敬仰　敬慕　敬贈　敬獻　◆失敬　孝敬　致敬　崇敬

敵 dí（笛）｜粵 dig⁶（迪）　一 ⼍ 咅 啇 啇 敵

❶有根本利害衝突不能相容的對立方面: 敵人｜仇敵。
❷抵擋: 寡不敵眾｜所向無敵。❸相當: 匹敵｜勢均力敵。
【敵手】❶能力相當的對手: 棋逢敵手。❷敵人的手裏: 落入敵手。
【敵視】以敵對的態度看待，仇視。
【敵對】敵視，對抗。
◆敵軍　敵情　敵意　◆天敵　公敵　死敵　投敵　政敵　輕敵　樹敵　克敵制勝　同仇敵愾　如臨大敵

敷 fū（夫）｜粵 fu¹（夫）　⺩ 甫 甫 専 尃 敷

❶佈置: 敷設水管。❷塗，抹: 敷藥｜外敷。❸足夠: 入不敷出。
【敷衍】做事不認真，馬虎應付: 敷衍了事；敷衍塞責。

數 ㊀ shù（恕）｜粵 sou³（掃）　⼝ 咢 串 婁 婁 數

❶數目: 人數｜次數｜不計其數。❷幾，幾個: 數十種｜數月。❸指命運、定命而言: 氣數｜劫數。
◆數目　數字　數量　數碼　數據　數學　數額　◆充數　如數　計數　湊數　算數　心中有數

㊁ shǔ（鼠）｜粵 sou²（嫂）　❶點算: 點數｜數錢｜數不清。❷指責，列舉過錯: 數說｜數落。
❸比較起來最突出的: 數他最能幹。
【數一數二】形容非常突出，數得上第一或第二。
【數典忘祖】比喻忘了事物的本源。
◆數九寒天　◆如數家珍　屈指可數

整 zhěng（拯）｜粵 jing²（徵²）　⼞ 束 敕 整 整 整

❶完全的，沒有殘缺的: 完整｜整體。❷有秩序，不紊亂: 整齊｜整潔。❸收拾，使有秩序: 整理｜整治。❹修理，修飾: 整修｜整容。
◆整形　整套　整裝待發　整舊如新　◆休整　修整　齊整　調整　衣冠不整

⊗左上是「束」，不是「束」。

斃 bì（閉）｜粵 bei⁶（幣）　丨 尚 尚 敝 斃 斃

死: 斃命｜倒斃｜槍斃｜作法自斃(比喻自作自受)。

斂 liǎn（臉）｜粵 lim⁶（簾⁶）　⼃ 合 佥 佥 僉 斂

❶收集，徵收: 斂財｜橫徵暴斂。❷約束: 收斂。
【斂跡】壞人有所顧忌，不敢猖狂活動。

文部

文 wén（紋）｜粵 men⁴（聞）　丶 ⼇ 宀 文

❶記錄語言的符號: 文字｜國文｜外文。❷貫串字句，成為有意思的篇章: 文章｜古文｜議論文。❸文言的簡稱: 半文半白｜文白雜糅。❹非軍事的，跟「武」相對: 文人｜文武全才。❺柔和的，緩慢的: 文雅｜文靜｜文火。❻禮節儀式: 虛文俗套｜繁文縟節。❼某些學科: 天文｜水文。❽量詞。用於舊時的銅錢: 十文錢｜一文不值。
【文化】❶指人類在社會歷史過程中所創造的物質財富和精神財富的總和，特指精神財富，如文學、藝術、教育、科學等。❷指語文、科學的一般知識: 有文化。
【文明】❶文化。❷跟「野蠻」相對，指人類社會已進入開化狀態。
【文物】過去遺留下來的對研究社會發展有價值的東西。
【文藝】文學和藝術的總稱。
【文不對題】文章的內容和題目不相干，對不上。
【文房四寶】指筆、墨、紙、硯四種文具。
【文過飾非】用虛偽、漂亮的言詞掩飾錯誤和缺點。
◆文告　文法　文采　文思　文風　文庫　文書　文筆　文集　文稿　文學　文質彬彬　◆中文　公文　引文　作文　條文　譯文　小品文　甲骨文

斌 同「彬」。

斑 bān（班）｜粵 ban¹（班）　二 干 王 玟 玵 斑

❶雜色: 斑點｜斑紋。❷臉上的褐色的細點: 雀斑。
【斑馬】哺乳動物，全身有黑色條紋，產於非洲。
【斑斑】形容斑點多: 血迹斑斑。
【斑鳩】鳥名。身體灰褐色，頸後有白色或黃褐色斑點。
【斑駁】多種顏色雜在一起: 顏色斑駁。
【斑斕】顏色鮮明多彩: 五色斑斕。
◆斑駁陸離　◆略見一斑

斐 fěi（匪）｜粵 féi²（匪）　丨 彐 彐 非 非 斐

【斐然】有文采的樣子，顯著: 斐然成章｜成績斐然。

斕 lán（籃）｜粵 lan⁴（蘭）　見「斑斕」條。

斗部

斗 dǒu（陡）｜粵 deo²（陡）　丶 丶 ⼆ 斗

❶容量單位，十升為一斗。❷口大底小的方形量器: 米斗。❸形狀似斗的東西: 漏斗｜熨斗｜煙斗。❹形容小: 斗室。

❺旋轉成圓形的指紋。

【斗膽】膽如斗大，形容大膽。多用作謙詞。

【斗篷】一種披身用的無袖大衣。

◆北斗　星斗　泰斗　星移斗轉　泰山北斗

料　liào（廖）　粵 liu⁶（廖）　丷 丷 半 米 料 料

❶可供加工製造的物資：材料｜原料｜衣料。❷可供調味或飲用的食品：調料｜作料｜飲料。❸餵牲口的食物：草料｜飼料。❹猜測，估量：料想｜意料｜不出所料。❺處理，照顧：料理｜照料。

【料峭】風吹在身上，覺得冷：春寒料峭。

【料事如神】形容預料事情非常準確。

◆史料　肥料　油料　香料　資料　養料　出乎意料

斜　xié（邪）　粵 cé⁴（邪）　人 公 午 余 斜 斜

不正，不直：歪斜｜傾斜｜斜坡｜斜對面。

斛　hú（胡）　粵 hug⁶（酷）　容量單位。五斗爲一斛。

斟　zhēn（眞）　粵 zem¹（針）　一 廿 其 甚 甚 斟

往酒杯裏倒酒：斟酒。

【斟酌】仔細考慮：斟酌字句。

斡　wò（握）　粵 wad³（挖）　十 吉 卓 卓 斡 斡

轉，旋。

【斡旋】居中調停，打開僵局：從中斡旋。

斤部

斤　jīn（巾）　粵 gen¹（巾）　丿 厂 斤 斤

重量單位。市制一斤爲十兩，合二分之一公斤。

【斤斤計較】形容一絲一毫也要計算比較。含貶義。

斥　chì（赤）　粵 qig¹（戚）　丿 厂 斥 斥 斥

❶責罵：申斥｜指斥｜斥責。❷排除，拒絕：排斥｜斥退｜同性相斥。❸形容多而普遍：充斥。❹辯駁：駁斥。

◆斥罵　◆呵斥　怒斥　訓斥　痛斥　貶斥

斧　fǔ（府）　粵 fu²（苦）　丷 丷 父 父 斧 斧

❶砍木頭的工具：斧子。❷古代的一種兵器：斧鉞。

【斧正】請人修改文章的謙詞。

斫　zhuó（琢）　粵 zêg³（雀）　一 厂 石 石 矿 斫

用刀或斧子砍：斫木｜斫爲兩截。

斬　zhǎn（展）　粵 zam²（站²）　一 百 亘 車 斬 斬

砍斷：斬首｜披荊斬棘（比喻開創事業克服種種困難）。

【斬草除根】比喻徹底除掉禍根。

【斬釘截鐵】比喻說話做事堅決果斷，不含糊。

斯　sī（思）　粵 xi¹（思）　一 廿 甘 其 斯 斯

這個，這裏：斯人｜生於斯，長於斯。

【斯文】❶文雅有禮貌：舉止斯文。❷指文化或文人。

新　xīn（心）　粵 sen¹（申）　丶 立 辛 亲 新 新

❶沒用過的，跟「舊」相反：新教室｜新課本。❷剛出現的，跟「老」相反：新辦法｜新事物。❸最近，剛不久：新近｜新買的房子。❹革除舊的：改過自新｜面目一新。❺稱結婚時的人或物：新娘｜新郎｜新房。

【新秀】新出現的人才：歌壇新秀。

【新興】剛興起的：新興工業。

【新穎】新奇，別致：題材新穎。

【新陳代謝】指新生的事物不斷代替舊的事物。

◆新手　新生　新年　新春　新星　新型　新聞　新鮮

◆更新　迎新　重新　清新　創新　標新立異

斲　zhuó（琢）　粵 dêg³（啄）　砍，砍斷。

斷　duàn（段）　粵 dun⁶（段）　幺 絲 絲 鍪 斷 斷

❶截開：割斷｜剪斷｜一刀兩斷。❷隔絕，中止：斷絕｜斷奶｜中斷。❸裁定，決定：判斷｜診斷｜斷定。❹決，一定：斷無此理｜斷不可行。❺戒絕，戒除：斷酒｜斷癮。

【斷乎】絕對地：此事斷乎不行。

【斷送】毀棄，喪失而無可挽回：斷送了前程。

【斷然】堅決果斷：斷然拒絕。

【斷腸】形容悲傷到了極點。

【斷魂】形容哀傷、愁苦。有時也形容情深。

【斷章取義】不顧文章或講話的原意，孤立地截取其中的片斷來適應自己的需要。

◆斷交　斷言　斷炊　斷案　◆片斷　果斷　武斷　間斷　論斷　當機立斷　優柔寡斷

方部

方　fāng（芳）　粵 fong¹（荒）　丶 亠 亓 方

❶四邊相等、四角成直角的平面或六面全等的立體：正方形｜立方體。❷位置的一邊或一面：對方｜北方｜四面八方。❸指某一地區：地方｜方言。❹辦法：方法｜方案｜指導有方。❺正在，才：方今｜方興未艾｜書到用時方恨少。❻配藥單：藥方｜處方｜秘方。❼數學上指一個數自乘：平方（自乘兩次）｜立方（自乘三次）。❽量詞：一方里｜一方圖章。

【方寸】❶平方寸。❷心：方寸已亂。

【方丈】❶平方丈。❷僧寺的主持。

【方正】❶正直。❷不歪斜。

【方式】方法和形式：工作方式。

【方位】方向位置，如東、南、西、北、上、下、前、後。

【方便】❶便利。❷有益於人的事。

【方家】尊稱精通某種學問或藝術的人。

【方圓】周圍：方圓數十里。

◆方向　方面　方始　方針　方塊　方程式　◆大方

比方　北方　西方　官方　東方　南方　乘方　偏方
千方百計　來日方長　貽笑大方

於 yú（余）　粵 yu¹（迂）　｀　一　亠　方　扵　於

❶在: 生於某年。❷對: 對於｜於我無益。❸到: 於今十年。❹從，由: 取之於民｜青出於藍。❺在形容詞後面，表示比較而有超過的意思: 重於泰山｜苛政猛於虎。❻在動詞後面，表示被動: 淪於敵手｜見笑於人。
【於是】表順序承接的連詞: 他聽了勸告，於是改變做法。
◆由於　至於　便於　急於　限於　善於　等於　樂於　關於

施 shī（失）　粵 xi¹（詩）　亠　亍　方　扵　斺　施

❶實行: 施行｜實施。❷發揮能力，使出來: 施展｜無計可施。❸發佈: 發號施令。❹加上: 施肥｜施加壓力。❺給人好處而不收取代價: 佈施｜施捨｜樂善好施。
◆施工　施主　施政　施禮　◆設施　措施　因材施教　倒行逆施　軟硬兼施

旁 páng（龐）　粵 pong⁴（龐）　丶　亠　产　产　旁　旁

❶邊，側: 身旁｜旁門。❷其他，另外的: 旁人｜旁的事情。
【旁證】來自當事人以外的、能直接或間接證明案情的證據。
【旁觀】置身局外，從旁觀察: 冷眼旁觀; 袖手旁觀。
【旁若無人】好像旁邊沒有人一樣。形容態度傲慢。
【旁敲側擊】比喻說話、寫文章不從正面表達，而用反語、隱語或諷刺等拐彎抹角地表示自己的意思。
【旁徵博引】廣泛大量地引用材料做依據。
◆旁白　旁聽　◆形旁　偏旁　聲旁　左道旁門　責無旁貸　觸類旁通

旅 lǚ（呂）　粵 lêu⁵（呂）　亠　方　扚　斺　斿　旅

❶去外地作客: 旅行｜旅客。❷軍隊編制，古時以五百人為一旅，現行軍制的旅在團以上、師以下。❸軍隊的通稱: 軍旅｜勁旅。
【旅次】旅客暫住的地方。
◆旅伴　旅店　旅居　旅途　旅程　旅遊　旅館

旌 jīng（京）　粵 jing¹（精）　亠　方　扚　斺　斺　旌

古代有羽飾的旗子，又指普通的旗子: 旌旗。

族 zú（足）　粵 zug⁶（濁）　亠　方　扚　斺　旂　族

❶有血統關係的人羣: 家族｜宗族｜氏族。❷民族: 漢族｜回族。❸東西的種類: 水族（水中的生物）｜芳香族。
◆外族　同族　異族　貴族　種族

旋 ⊖ xuán（玄）　粵 xun⁴（船）　亠　方　扚　斺　斺　旋

❶轉動: 旋轉｜回旋｜盤旋。❷指旋轉的現象或形狀: 螺旋｜打旋。❸回，歸: 旋里｜凱旋。❹不久: 旋即南返。
【旋律】音樂的曲調。由各種高低、長短、強弱不同的樂音按一定的調式和節奏連續奏出的音的系列。
【旋渦】❶流體旋轉時形成的螺旋形。❷比喻紛亂的中心。也作「漩渦」。

⊜ xuàn（泫）　粵 同⊖　❶轉圈的: 旋風。❷轉着圈切削: 旋蘋果｜旋零件。

旎 nǐ（擬）　粵 néi⁵（尼⁵）　見「旖旎」條。

旗 qí（其）　粵 kéi⁴（歧）　亠　方　扚　斺　斺　旗

❶用布帛或紙做成，作為某種標誌或號令用: 國旗｜軍旗｜令旗｜彩旗。❷特指屬於滿族的: 旗人｜旗袍。❸內蒙古自治區行政區域，相當於縣。
【旗開得勝】比喻事情一開始就取得成功。
【旗鼓相當】比喻雙方勢均力敵，不分高低。
◆旗子　旗手　旗杆　旗號　旗幟　旗艦　◆升旗　降旗　義旗　錦旗　大張旗鼓

旖 yǐ（已）　粵 yi²（椅）　亠　方　扚　斺　斻　旖

【旖旎】柔美的樣子: 旖旎風光。

旡部

既 jì（寄）　粵 géi³（寄）　ㄱ　ㄱ　ㅌ　且　旣　既

❶已經: 既成事實｜既得利益。❷連詞。常跟「就」或「則」連用: 既然說了就要算數｜既來之，則安之。❸連詞。常跟「且」、「又」、「也」等連用: 既高且大｜既不肯吃，又不肯睡｜既利於集體，也利於個人。
【既往不咎】對以往做錯的事情不再追究責備。

日部

日 rì（日）　粵 yed⁶（逸）　丨　冂　冃　日

❶太陽: 日出｜旭日東昇。❷白天，跟「夜」相對: 日間｜日班。❸一天，一晝夜: 今日｜昨日。❹特定的一天: 生日｜紀念日｜國慶日。❺每天: 日記｜日積月累。❻指一段時間: 往日｜來日方長。❼季節: 冬日｜秋日。❽日本的簡稱: 日元｜抗日戰爭。
【日子】❶時間: 日子還長。❷生活: 過着快樂的日子。
【日後】今後，將來。
【日益】一天比一天: 日益富強。
【日常】平時: 日常生活。
【日蝕】月球運行到太陽跟地球中間，把射向地球的太陽光全部或部分遮住，這種現象叫「日蝕」。
【日月潭】湖名，在中國的台灣，以風景優美著名。
【日光浴】裸露身體讓日光照射以增進健康的方法。
【日上三竿】形容時間已經不早。
【日新月異】形容發展、變化很快。
【日暮途窮】天快黑了，路已走到盡頭。比喻處境困難，接近滅亡。
【日薄西山】薄: 迫近。太陽已快要落山了。比喻事物已到了腐朽、沒落的階段。

◆日內 日期 日程 日曆 ◆不日 吉日 度日 逐
日 假日 終日 一日千里 光天化日

一至三畫

旦 dàn（但） 粵 dan³（丹³）　丶 ⺆ 日 旦
❶天亮，早晨:通宵達旦│枕戈待旦。❷天、日:元
旦│一旦。❸戲曲裏的女角:花旦│武旦。
【旦夕】早晨和晚上。比喻時間很短:危在旦夕。

旨 zhǐ（止） 粵 ji²（止）　一 ⺊ ヒ 匕 旨 旨
❶意思，目的:要旨│旨趣│主旨│宗旨。❷封建時代
君王的命令:聖旨│遵旨。❸美味:旨酒。

早 zǎo（棗） 粵 zou²（祖）　丶 口 日 日 旦 早
❶清晨，跟「晚」相對:早上│早起│早餐│早操。
❷時間靠前:早睡早起│早退│早期。❸早晨的問候
話:早安│您早。
◆早已 早先 早年 早泳 早春 早晚 早歲 早熟
◆一早 及早 老早 清早 趁早 提早 遲早

旬 xún（巡） 粵 cên⁴（巡）　丿 勹 勹 旬 旬 旬
❶十天爲一旬，一個月分上、中、下三旬:旬刊。❷十
年爲一旬:八旬老翁。

旭 xù（煦） 粵 yug¹（沃）　丿 九 九 旭 旭 旭
❶日出光明的樣子:朝旭。❷初升的太陽:旭日東昇。

旱 hàn（漢） 粵 hon⁵（漢⁵）　丶 口 日 旦 旱 旱
❶缺雨:旱災│天旱。❷陸地上的:旱路│旱橋。❸沒有
水的:旱田│旱地。

四畫

昌 chāng（猖） 粵 cêng¹（窗）　口 日 日 昌 昌 昌
興旺發達:昌盛│昌明。

昇 shēng（聲） 粵 xing¹（星）　上升:旭日初昇。

旺 wàng（望） 粵 wong⁶（王⁶）　⺆ 月 日 旺 旺 旺
❶興盛:興旺│旺盛。❷熾烈:火燒得正旺。
【旺月】商品銷售量大的月份。跟「淡月」相對。
【旺季】指商品銷售或產品生產很多的季節。跟「淡季」
相對。

昔 xī（息） 粵 xig¹（息）　一 ⺾ 世 芒 芒 昔
從前，古時候:昔日│昔年│往昔│今昔。

昃 zè（仄） 粵 zeg¹（則）　太陽偏西:日中則昃。

昆 kūn（崑） 粵 kuen¹（坤）　口 日 日 旦 昆 昆
❶哥哥:昆仲。❷眾多:昆蟲(各種蟲類的總稱)。

昏 hūn（婚） 粵 fen¹（婚）　丿 ⺄ ⺹ 氏 昏 昏
❶天將黑的時候:黃昏│晨昏。❷黑暗:昏暗│昏黑│天
昏地暗。❸神志不清或失去知覺:頭昏│昏迷│昏厥。
【昏庸】糊塗，愚蠢:昏庸無能。
【昏聵】眼花耳聾。比喻糊塗，不明事理。
◆昏花 昏黃 昏睡 昏天黑地 昏昏沈沈 ◆發昏

昂 áng（航陽） 粵 ngong⁴（我康⁴）　日 日 日 昂 昂
❶上仰，高舉:昂首挺胸。❷情緒高，不卑下:慷慨激
昂│氣宇軒昂。❸高，貴:價格昂貴。
【昂揚】情緒高漲、振奮:鬥志昂揚。
【昂然】高傲，不卑屈，無所畏懼的樣子。
⊗下邊是「卬」，不是「卯」。

明 míng（名） 粵 ming⁴（名）　⺆ 日 日) 明 明 明
❶亮，跟「暗」相反:明亮│明月│天色未明。❷通曉，
懂得:明白│明瞭│深明大義。❸清楚，清晰:說明│黑
白分明。❹視力:失明。❺智慧:聰明。❻公開，不隱
蔽:明講│有話明說│明碼實價。❼次，第二:明日│明
年。❽朝代名，朱元璋所建立(公元1368-1644年)。
【明文】公開見於文字的:明文規定。
【明快】❶語言、文字明白通暢。❷辦事乾脆、俐落。
【明朗】❶光線充足明亮。❷明確，清晰:態度明朗。
【明媚】形容景色鮮明可愛:春光明媚。
【明火執仗】比喻明目張膽地做壞事。
【明日黃花】比喻過時的事物。
【明知故犯】明明知道不該去做，卻故意去違犯。
【明哲保身】明智的人善於保全自己的聲譽、地位。
【明察秋毫】秋毫:鳥獸在秋天新長出的細毛。比喻目光
敏銳，觀察入微。
【明槍暗箭】比喻公開的或隱蔽的攻擊和破壞。
【明辨是非】明確地辨別是與非、正確和謬誤。
◆明天 明星 明智 明淨 明燈 明證 明顯 明豔
◆文明 分明 光明 表明 高明 清明 發明 開明
鮮明 聲明 簡明

易 ㊀yì（義） 粵 yi⁶（義）　⺆ 日 日 爲 易 易
❶不費力，跟「難」相對:容易│輕而易舉。❷平和:平
易近人。
【易如反掌】比喻事情十分容易辦到。
◆輕易 簡易 變易 通俗易懂
㊁同㊀ 粵 yig⁶（亦）　❶改變:移風易俗│改弦易轍。❷
交換:交易│以貨易貨。❸姓。

五畫

春 chūn（椿） 粵 cên¹（旬¹）　一 三 ≡ 夫 春 春
❶一年四季的第一季:春季。❷指一年:三十春。❸青年
時代:青春。❹男女間的情慾:春情│少女懷春。❺比喻
生機:妙手回春。
【春分】二十四節氣之一，在陽曆三月二十一日前後。
【春秋】❶春季和秋季。常用來表示整個一年，也指人的

年歲。❷中國歷史上的一個時期（公元前722～公元前481年）。

【春節】農曆正月初一，是中國傳統的節日，也兼指正月初一以後的幾天。

【春暉】春天的太陽。比喻父母的恩惠。

◆春天　春光　春暖　春夢　春色滿園　春秋戰國　春風化雨　春風滿臉　春華秋實　◆早春　迎春　陽春　新春　大地回春　枯木逢春

昧 | mèi（妹）| 丿 日 旷 昧 昧 昧
粵 mui⁶（妹）

❶糊塗，不明事理：愚昧。❷隱藏：拾金不昧。

【昧心】違背良心。

◆冒昧　暗昧　曖昧不明　蒙昧無知

是 | shì（事）| 日 旦 早 早 是
粵 xi⁶（事）

❶表示判斷、肯定或解釋：他是一個好學生。｜這是一本新字典。❷對的，合理的：分清是非｜實事求是。❸表示答應：是，我就去。❹合適，得當：來得是時候｜放得是地方。❺凡是，任何：是中國人就應當愛中國｜是書他都愛看。❻這，此：是日｜是年。❼加重語氣：是誰告訴你的?｜這間屋子是小了一點。

【是否】是不是。

◆可是　但是　於是　要是　還是　口是心非　似是而非　自以為是

映 | yìng（硬）| 丿 日 旷 旷 映 映
粵 ying²（影）

因光線照射而顯出：映射｜映照｜反映｜倒映。

【映襯】映照，襯托。

◆上映　放映　相映　輝映

星 | xīng（猩）| 口 日 尸 旦 星 星
粵 xing¹（升）

❶宇宙間能發光或反射光的天體：恒星｜行星｜衛星｜彗星。❷微細的小東西：零星｜火星兒｜一星半點。❸形狀像星的：五角星。❹藝術界的著名人物：歌星｜電影明星。

【星火】❶比喻急迫：急如星火。❷微小的火：星火燎原。

【星河】天河，銀河。也作「星漢」。

【星星點點】形容數量少或零碎的樣子。

【星羅棋佈】形容數量多分佈廣。

◆星斗　星辰　星夜　星座　星球　星期　星移斗轉　◆流星　彗星　新星　福星　壽星　寥若晨星

昨 | zuó（作陽）| 丿 日 旷 旷 昨 昨
粵 zog⁶（鑿）

❶今天的前一天：昨天。❷以往，過去：覺今是而昨非。

昭 | zhāo（招）| 丿 日 旷 旷 昭 昭
粵 jiu¹（招）

光明，顯著：昭著｜昭彰。

【昭示】明顯地表示或宣佈。

【昭雪】洗清冤枉：平反昭雪。

【昭然若揭】形容真相完全暴露。

昵 同「暱」。

六至七畫

晏 | yàn（雁）| 口 日 旦 㫄 晏 晏
粵 an³（雁³）

❶遲，晚：晏起。❷安逸：晏居｜晏樂。❸姓。

時 | shí（實）| 丿 日 旷 旷 時 時
粵 xi⁴（思⁴）

❶年代，時期：現時｜古時。❷季節：時令｜時節。❸時間的簡語：計時｜歷時三十分鐘。❹鐘點：小時｜上午九時。❺當前的，流行的：時事｜時興｜時髦。❻機會：及時｜時機。❼常常：時時｜時常。❽有時候：時冷時熱。❾規定的時候：按時｜準時。

【時辰】從前計時的單位。一天分十二個時辰，用地支作名字，如子時、辰時。

【時局】當前的政治形勢。

【時宜】合乎當時的需要、潮流或風俗、習慣的：不合時宜。

【時務】當前的世事：識時務者為俊傑。

【時勢】時代的趨勢：時勢造英雄。

【時不我待】時間不會等待我們。指要抓緊時間。

◆時日　時光　時刻　時尚　時限　時效　時期　時裝　時鮮　◆同時　定時　往時　費時　當時　適時　暫時　隨時

晉 | jìn（進）| 一 厶 亚 亚 晉 晉
粵 zên³（進）

❶進：晉見。❷升：晉升｜晉級。❸山西省的別稱。❹中國的朝代名。

晃 | ㊀ huǎng（謊）| 口 日 早 旱 显 晃
粵 fong²（訪）

❶明亮：明晃晃｜亮晃晃。❷耀眼，刺目：太陽光晃眼。❸形影閃動：一晃而過。

㊁ huàng（謊去）｜搖動，擺動：搖頭晃腦。
粵 同㊀　【晃晃悠悠】搖蕩不定的樣子。

◆晃悠　晃動　晃蕩

晁 | cháo（朝）| 姓。
粵 qiu⁴（朝）

晌 | shǎng（賞）| 丿 日 旷 晌 晌 晌
粵 hêng²（享）

❶正午：晌午｜睡晌覺。❷一會兒：停了一晌。

【半晌】一天裏的一段時間：前半晌，指午前。後半晌，指午後較晚的時候。晚半晌，指天剛黑的時候。

晨 | chén（辰）| 日 旦 尸 㫳 㫳 晨
粵 sen⁴（神）

❶清早，太陽剛出的時候：早晨｜清晨｜晨運。❷指上半天：凌晨一時｜早晨九時。

晤 | wù（悟）| 丿 日 旷 晤 晤 晤
粵 ng⁶（悟）

見面：晤面｜會晤｜晤談。

晦 | huì（誨）| 丿 日 旷 晦 晦 晦
粵 fui³（悔）

❶昏暗，不明顯：晦暗｜隱晦。❷夜晚：風雨如晦。❸農曆每月最末的一天。

晞 | xī（希）| ❶天亮時的日光。❷乾燥：白露未晞。
粵 héi¹（希）

晚 | wǎn（碗）
粵 man⁵（萬⁵） | ㄇ 日 旷 昭 睁 晚
❶日落以後，夜裏，跟「早」相對:晚上｜夜晚。
❷遲:來晚了｜大器晚成。❸末期，後一段時間:歲晚｜晚期。❹後來的，小輩:晚輩。
【晚年】老年時期。
【晚近】最近一段時期。
【晚景】❶傍晚時的景色。❷比喻老年時的景況。
【晚節】晚年的節操。
◆晚安 晚班 晚間 晚會 晚霞 ◆早晚 傍晚 當晚 一天到晚

晝 | zhòu（咒）
粵 zeo³（奏） | ㄱ ㄱ 申 書 書 書
白天:白晝｜燈光如晝。

八至九畫

晾 | liàng（亮）
粵 long⁶（浪） | 把衣物放在太陽下面曬乾，或放在通風處吹乾:晾衣服。

景 | jǐng（警）
粵 ging²（警） | ㄇ 日 旦 晃 景 景
❶風光:風景｜景物。❷情況:光景｜景況｜情景。❸電影和戲劇的佈景的簡稱:內景｜拍外景。❹尊敬仰慕:景仰｜景慕。
◆景色 景致 景氣 景遇 景象 ◆幻景 年景 即景 美景 前景 盆景 晚景 應景 觸景生情

普 | pǔ（浦）
粵 pou²（浦） | ㆍ ㅛ ㅛ 並 並 普
廣泛，全面:普通｜普遍｜普選｜陽光普照。
【普及】全面傳播、推廣，使達到大眾化:普及教育。
【普天同慶】天下的人共同慶祝。

晴 | qíng（情）
粵 qing⁴（情） | 日 旷 旷 晴 晴 晴
沒有雲霧的天氣，跟「陰」相對:晴天｜晴空｜晴朗。
【晴天霹靂】霹靂:響雷。比喻突然發生的令人震驚的事件。

暑 | shǔ（鼠）
粵 xu²（鼠） | ㄇ 日 早 昇 롯 暑
熱，跟「寒」相對:暑天｜暑假。
◆大暑 小暑 中暑 防暑 受暑 消暑 處暑 盛暑 酷暑 避暑

晰 | xī（析）
粵 xig¹（色） | ㄇ 日 盯 昕 晰 晰
❶明白:明晰。❷清楚:清晰。

晶 | jīng（精）
粵 jing¹（精） | ㄇ 日 日 晶 晶 晶
❶光亮:晶瑩｜亮晶晶。❷水晶:茶晶｜墨晶。❸晶體:結晶。
【晶體】液態或氣態變成的小顆粒，又叫「結晶」或「結晶體」。
【晶體管】用晶體鍺、硅等製成的電子管，是重要的無線電器材。

智 | zhì（志）
粵 ji³（志） | ㇉ ㆒ ㄒ 矢 知 智
❶聰明，有見識，跟「愚」相反:智慧｜機智｜明智。
❷才識，謀略:鬥智｜足智多謀。
【智謀】智慧和計謀。
【智囊】比喻足智多謀的人。多指善於為別人出謀劃策的人。
【智者千慮，必有一失】不管多聰明的人，在很多次的考慮中，一定會有疏漏的地方。也作「千慮一失」。
◆智力 智育 智能 智勇雙全 ◆才智 神智 急智 理智 大智若愚 利令智昏 見仁見智 急中生智

晷 | guǐ（鬼）
粵 guei²（鬼） | ❶太陽的影子，也指時間。❷測日影以定時刻的儀器:日晷。

日晷

暄 | xuān（宣）
粵 hün¹（圈） | 太陽的溫暖:寒暄（原意指天氣冷暖，現指見面時的客套話）。
⊗跟「喧」不同。

暗 | àn（按）
粵 em³（庵³） | ㄇ 日 旷 旷 暗 暗
❶不亮，昏黑，跟「明」相反:黑暗｜暗影。❷隱蔽的，不明顯的:暗號｜暗中。
【暗示】以含蓄的方法給人以啟示。
【暗淡】❶不明亮:光線暗淡。❷沒有希望:前途暗淡。
【暗算】暗中謀劃傷害人。
【暗礁】江河海洋裏沒有露出水面的岩石。
◆暗殺 暗算 暗藏 暗無天日 暗箭傷人 ◆昏暗 陰暗 天昏地暗 若明若暗

暉 | huī（揮）
粵 fei¹（揮） | ㄇ 日 旷 旷 暐 暉
太陽光:春暉｜夕暉｜餘暉。

暈 | ⊖ yūn（雲陰）
粵 wen⁶（運） | ㄇ 日 旦 暠 暈 暈
❶昏迷，失去知覺:暈倒｜暈過去。❷頭腦昏亂:頭暈｜暈頭轉向。
⊜ yùn（運）
粵 同⊖ | ❶太陽和月亮周圍的光圈:日暈｜月暈。❷頭腦昏亂，用於「暈車、暈船、眼暈」等詞。

暖 | nuǎn
粵 nün⁵（嫩⁵） | ㄇ 日 旷 旷 暖 暖
❶天氣不冷不熱:溫暖｜暖和。❷使溫熱:暖酒｜暖一暖手。
◆暖房 暖流 暖氣 ◆春暖花開 風和日暖

暌 | kuí（葵）
粵 kuei⁴（葵） | 別離:暌離｜暌違。

暇 | xiá（霞）
粵 ha⁶（下） | ㄇ 日 旷 旷 暇 暇
空閒:閒暇｜暇日｜無暇顧及。

十至十二畫

暝 | míng（明）| 光線昏暗。
粵 ming⁴（名）

暢 | chàng（唱）| 日 申 申 申 暢 暢
粵 cêng³（唱）

❶沒有阻礙:暢銷｜暢行｜暢通無阻。❷痛快，盡興:暢談｜暢遊。
【暢所欲言】把想說的話痛痛快快地說出來。
◆暢快 暢飲 暢達 暢想 ◆和暢 流暢 舒暢

暨 | jì（冀）| ⺕ 目 旣 旣 暨 暨
粵 kéi³（其³）

作連詞用，相當於「和」、「與」、「及」:校長暨各位老師。

暱 | nì（匿）| 親，近:親暱。
粵 nig¹（挪益¹）

暫 | zàn（讚）| 日 旦 車 斬 斬 暫
粵 zam⁶（站）

❶時間短，跟「久」相對:短暫。❷短時間內:暫時｜暫停｜暫代。
【暫且】姑且，表示臨時變通將就:暫且先這麼辦。

曄 | yè（葉）| 光明的樣子。
粵 yib⁶（業）

暮 | mù（墓）| 丶 艹 苩 苩 莫 暮
粵 mou⁶（務）

❶傍晚，跟「朝zhāo」相對:日暮｜暮色。❷比喻晚、末期:暮春｜歲暮。
【暮年】老年，晚年。
【暮氣】形容精神委靡，不振作:暮氣沈沈。
【暮靄】傍晚的雲霧。

暴 | ㊀bào（報）| 旦 旱 星 昊 暴 暴
粵 bou⁶（步）

❶兇惡，殘酷:暴虐｜暴徒｜殘暴。❷忽然，意外:暴斃｜暴富｜暴發戶。❸急躁，猛烈:暴躁｜暴跳如雷｜暴風驟雨。❹不自愛:自暴自棄。❺顯露:暴露。
【暴力】武力。
【暴動】❶武裝起義。❷叛變暴亂。
【暴露無遺】全部暴露出來。
◆暴行 暴利 暴君 ◆兇暴 風暴 粗暴 強暴
㊁pù（瀑）| 同「曝」，曬:一暴十寒（比喻做事沒有恒心）。
粵bug⁶（瀑）

曈 | tóng（同）| 【曈曨】太陽剛出還不十分明亮的樣子。
粵 tung⁴（同）

暾 | tūn（吞）| 剛出來的太陽:朝暾始上。
粵 ten¹（吞）

曇 | tán（談）| 多雲而日光暗淡。
粵 tam⁴（譚）| 【曇花一現】曇花開放後很快就凋謝。比喻事物一出現很快就消失。

曉 | xiǎo（小）| 日 旪 旪 晓 曉 曉
粵 hiu²（僥）

❶天剛亮:破曉｜拂曉。❷知道:曉得｜通曉｜家喻戶曉。❸把道理告訴人:曉之以理｜曉以大義。

曆 | lì（力）| 一 厂 厃 厤 麻 曆
粵 lig⁶（力）

推算日、月、星辰以定歲時節氣的方法和記載:曆法｜農曆｜陽曆｜曆書。
◆日曆 月曆

暹 | xiān（先）| 日 日 㫒 㫒 㫒 暹
粵 qim³（暫）

【暹羅】泰國的舊稱。

十三畫以上

曙 | shǔ（恕）| ⺀ 日 日⺍ 曙 曙 曙
粵 xu⁵（暑⁵）

天剛亮:曙色。
【曙光】天亮時的光明。

曖 | ài（愛）| 日 日⺈ 昄 暖 曖 曖
粵 oi³（愛）

曖曖，形容天色昏暗:暮雲曖曖。
【曖昧】❶態度含糊，不明朗:態度曖昧。❷行為不光明正大:關係曖昧。

矇 | méng（朦）| 【矇曨】日光暗淡不明。
粵 mung⁴（蒙）

曛 | xūn（熏）| ❶太陽下山以後的餘光:夕曛。
粵 fen¹（芬）| ❷昏暗:曛黃。

曜 | yào（耀）| 文言用字。❶日光。❷光明的樣子。
粵 yiu⁶（耀）| ❸舊時用來稱一個星期的七天:日曜日｜月曜日｜火曜日｜水曜日｜木曜日｜金曜日｜土曜日，即是星期日跟星期一至星期六。

曠 | kuàng（況）| 旷 旷 旷 曠 曠 曠
粵 kong³（抗）

❶地方開闊:曠野｜空曠。❷心胸開闊:心曠神怡。❸缺，荒廢:曠工｜曠課｜曠職。
【曠古】空前，自古以來:曠古未聞。
【曠達】心胸開朗，遇事想得開。
【曠日持久】荒廢時日，拖延很久。

曝 | pù（瀑）| 日 日⺀ 暒 曝 曝 曝
粵 bug⁶（瀑）

在陽光底下曬:一曝十寒（比喻沒有恒心）。

曨 | lóng（龍）| 見「曈曨」、「矇曨」條。
粵 lung⁴（龍）

曦 | xī（希）| 日⺍ 日⺀ 昽 曦 曦 曦
粵 héi¹（希）

天明時太陽向上升的光:晨曦。

曩 | nǎng（囊上）| 從前:曩昔。
粵 nong⁵（囊⁵）

曬 | shài（篩去）| 晒 晒 曬 曬 曬 曬
粵 sai³（徙³）

在陽光下吸收光和熱:曬太陽｜曬衣服｜風吹日曬。
【曬相】使照相底片浸過藥水，放在有光的地方讓它顯影。

曰部

曰｜yuē（約）｜丶 冂 曰 曰
｜粵 yud⁶（月）

❶說：子曰(孔子說)｜或曰(有人說)。❷叫做：春夏秋冬曰四季。

⊗不要寫成「日」。

曲｜㊀ qū（趨）｜冂 日 由 曲 曲
｜粵 kug¹（卡屋¹）

❶彎的，跟「直」相反：彎曲｜曲線｜曲徑。❷不正確，沒有道理：歪曲｜是非曲直。❸拐彎的地方：山曲｜河曲。

【曲折】❶彎曲。❷比喻事情複雜，有阻礙和反覆。

【曲解】作歪曲、錯誤的解釋或理解。

【曲意逢迎】違反自己的本意去迎合、討好別人。

㊁｜qǔ（取）｜❶歌，歌調：歌曲｜曲調｜曲譜｜作曲。
　｜粵 同㊀｜❷古代韻文的一種：戲曲｜元曲｜散曲。

【曲藝】一種民間的說唱藝術，如相聲、快板、彈詞等。

【曲高和寡】曲調高深，能跟着唱的人很少。比喻文藝作品或言論不通俗，大眾不容易欣賞和理解。

◆小曲　粵曲　樂曲　譜曲

曳｜yè（夜）｜丶 冂 曰 曰 曳 曳
｜粵 yei⁶（也矮⁶）

牽引，拉：牽曳｜棄甲曳兵(丟掉鎧甲，拖着武器，形容打敗仗狼狽逃跑的樣子)。

更｜㊀ gēng（庚）｜一 冂 百 百 更 更
｜粵 geng¹（庚）

❶改變，改換：更改｜更換｜更正｜變更。❷舊時把一夜分成五更，每更約兩小時：打更｜半夜三更。

【更生】獲得新的生命，比喻振興：自力更生。

【更衣】換衣服：更衣室。

【更始】除舊布新，重新開始。

【更迭】輪流替換：政權更迭。

【更替】更換代替。

【更新】革除舊的，變為新的：萬象更新。

【更深人靜】深夜沒有人聲，十分寂靜。

㊁｜gèng（庚去）｜❶愈發，愈加：更加美好｜學習
　｜粵 geng³（庚³）｜更用功了。❷再：更進一步。

曷｜hé（何）｜口 日 日 昌 昜 曷
｜粵 hod³（喝）

表示疑問，相當於「什麼」、「為什麼」。

書｜shū（舒）｜フ ヨ 申 聿 書 書
｜粵 xu¹（輸）

❶有文字或圖畫的裝訂成本的冊子：書籍｜圖書。❷信札：書信｜家書。❸寫：書寫｜書法。❹字體：楷書｜行書｜草書。❺文件：證書｜申請書。

【書面】用文字寫出的，區別於口頭的：書面報告。

書 篆書　書 隸書　書 楷書　書 行書　書 草書

【書記】辦理文書及繕寫工作的人。

【書評】對書刊所作的介紹或評論。

◆書目　書店　書房　書架　書院　書畫　書齋　◆古書　秘書　聘書　篆書　隸書　藏書　辭書

曹｜cáo（槽）｜一 戸 戸 曲 曲 曹
｜粵 cou⁴（嘈）

❶等，輩：爾曹(你們、你輩)｜吾曹(我們、我輩)｜兒曹(兒輩)。❷姓。

勗｜xù（絮）｜口 日 日 甼 曼 勗
｜粵 yug¹（沃）

勉勵：勗勉。

曾｜㊀ zēng（增）｜丷 丷 丷 甶 曾 曾
｜粵 zeng¹（增）

❶中間隔兩代的親屬：曾孫｜曾祖父。❷姓。

㊁｜céng（層）｜從前經歷過的：曾經｜未曾｜不
　｜粵 ceng⁴（層）｜曾。

【曾幾何時】過了沒多少時間。表示感慨。

替｜tì（剃）｜二 夫 丟 扶 替 替
｜粵 tei³（剃）

❶代換：代替｜替換｜替班。❷為：我真替你高興。

【替身】替代的人，多指代替他人擔負責任或受罪的人。

【替死鬼】比喻代人受過或受害的人。

【替罪羊】古代猶太教祭禮中替人承擔罪過的羊。比喻代人受過的人。

◆替工　替代　◆交替　更替　頂替　接替

會｜㊀ huì（匯）｜人 合 命 命 侖 會
｜粵 wui⁶（匯）

❶集合在一起：聚會｜會合｜會演。❷見面：會面｜相會。❸團體和組織：工會｜班會｜會議｜研討會。❹大城市：省會｜都會。❺領悟，了解：領會｜會意｜心領神會。❻時機：機會｜適逢其會。❼知道怎麼做：會跳舞｜能寫會算。❽有可能：不會忘記｜他會來嗎? ❾付錢：會鈔｜會賬。

【會心】明白了別人沒有明說的意思：發出會心的微笑。

◆會同　會見　會客　會章　會商　會場　會診　會試
◆社會　協會　約會　宴會　商會　誤會　社會關係

㊁｜kuài（快）｜【會計】管理財務賬目和收支的工作或
　｜粵 同㊀｜負責這方面工作的人員。

月部

月｜yuè（粵）｜丿 刀 月 月
｜粵 yud⁶（閱）

❶月球，也叫「月亮」，是地球的衛星：月牙｜月光｜月色｜殘月。❷計算時間的單位，每年十二個月：月份｜一月｜正月｜閏月。❸指按月定期的：月刊｜月息。❹形狀像月的：月餅｜月琴。

【月台】火車站裏軌道旁邊供乘客上下車的平台。

【月蝕】地球運行到月亮和太陽之間成一直線時，正好把太陽射往月亮的光擋住，這時月亮上就出現黑影，這種現象叫「月蝕」。

◆月票　月報　月曆　月薪　月季花　◆元月　日月

年月　逐月　滿月　蜜月　歲月　閉月羞花　日積月累
花好月圓

二至五畫

有 ⊖ yǒu（友）
粵 yeo⁵（友）
一 ナ ナ 冇 有 有

❶跟「無」相對: 有時間｜有希望。❷表示高、大、多: 有志氣｜有力量｜有辦法。❸表示不確定或一部分: 有一天｜有個人｜有時候｜有的地方。❹表示客氣: 有勞大駕｜有請王先生。
【有方】得法: 敎子有方。
【有關】❶有關係的: 有關部門。❷涉及: 有關賠償問題。
【有口皆碑】比喻人人稱讚。
【有目共睹】人人都可以看見, 極其明顯。
【有名無實】只有空名, 沒有實際。
【有的放矢】對準靶子射箭。比喻說話做事有明確的目標。
【有恃無恐】因為有所依仗而毫不害怕。
【有條不紊】有條理有次序, 一點不亂。
【有聲有色】形容說話、寫作或表演等生動、精采。
【有…有…】表示兩方面都有: 有始有終; 有利有弊。
【有…無…】表示只有前者沒有後者: 有口無心; 有勇無謀。
◇有成　有恒　有為　有限　有益　有效　有求必應
◇公有　私有　佔有　享有　所有　固有　稀有　富有

⊖ yòu（又）
粵 yeo⁶（又）
又: 二十有一年。

服 fú（伏）
粵 fug⁶（伏）
几 月 月″ 肌 服 服

❶衣裳: 服裝｜衣服｜禮服｜便服。❷聽從: 服從｜心悅誠服｜不服指揮。❸順從: 降服｜服帖｜服氣。❹擔任, 作事: 服兵役｜為人民服務。❺吃: 服藥｜服毒自殺。❻習慣, 適應: 水土不服。
◇服用　服式　服侍　服喪　◇克服　佩服　屈服　信服　征服　舒服　說服　歎服　以理服人　奇裝異服

朋 péng（彭）
粵 peng⁴（憑）
丿 刀 月 月) 朋 朋

❶彼此友好或熟悉的人: 朋友｜良朋｜高朋滿座。❷結黨: 朋比｜朋黨。
【朋比為奸】互相勾結幹壞事。
◇小朋友　酒肉朋友　碩大無朋

六至七畫

朕 zhèn（鎮）
粵 zem⁶（浸⁶）
丿 几 月 月″ 肕 朕

秦始皇後專用作皇帝的自稱。
【朕兆】預兆, 將要發生某事的跡象。

朔 shuò（爍）
粵 sog³（索）
丷 丷 屮 屰 朔 朔

❶指農曆每月初一: 朔日。❷北方: 朔方｜朔風。
【朔望】朔日和望日, 即農曆初一和十五。

朗 lǎng（狼上）
粵 long⁵（郎⁵）
亠 亠 亖 良 朗 朗

❶明亮: 明朗｜晴朗｜開朗。❷聲音響亮: 朗誦｜朗讀。

望 wàng（旺）
粵 mong⁶（亡⁶）
亠 亠 坧 坧 望 望

❶看, 往遠處、高處看: 瞭望｜一望無邊。❷拜訪, 慰問: 看望｜拜望｜探望。❸希圖, 期待: 希望｜盼望｜指望。❹好名聲: 名望｜聲望。❺向, 朝: 望前走｜他望我笑了笑。❻農曆每月十五日: 望日。
【望文生義】不了解詞句的確切含義, 只從字面上作牽強附會的解釋。
【望而生畏】看到就害怕。
【望而卻步】看到困難和危險就退縮不前。
【望洋興歎】比喻做一件事力量不夠, 或條件不具備, 感到無可奈何。
【望穿秋水】秋水: 比喻眼睛。比喻盼望得十分殷切。
【望梅止渴】比喻用空想來安慰自己。
【望眼欲穿】形容盼望、想念十分迫切。
【望塵莫及】只看見走在前面的人帶起的塵土而趕不上。比喻遠遠落在後面。
◇失望　巴望　仰望　威望　展望　張望　期望　絕望　慾望　願望　觀望

朝 ⊖ cháo（潮）
粵 qiu⁴（潮）
一 十 古 直 卓 朝

❶向着: 朝東｜朝陽｜坐北朝南。❷舊時君主治事的地方: 朝廷｜上朝｜坐朝。❸稱一姓帝王的世代: 朝代｜唐朝｜漢朝。❹舊時進見君主: 朝見｜來朝。❺宗教教徒到遠處參拜神佛: 朝聖｜朝山進香。
◇改朝換代　得勝回朝

⊖ zhāo（招）
粵 jiu¹（招）
❶早晨, 跟「夕、暮」相對: 朝陽｜朝霞。❷日, 天: 今朝｜有朝一日。
【朝夕】❶一天到晚, 時時: 朝夕相處。❷形容時間極其短促: 危在朝夕之間。
【朝暉】早晨的陽光。
【朝露】早晨的露水。比喻生命短促。
【朝三暮四】比喻對人耍弄手段, 反覆無常。
【朝不保夕】形容情勢十分危急。也作「朝不慮夕」。
【朝令夕改】比喻經常改變主張、辦法, 使人無所適從。
【朝思暮想】日夜思念。

八畫以上

期 qī（七）
粵 kéi⁴（其）
一 卄 甘 甘 其 期

❶規定的時間: 定期｜按期｜如期舉行。❷一段時間: 假期｜潛伏期。❸希望: 預期｜期望｜期待。
【期刊】定期連續出版的刊物, 如週刊、月刊、季刊等。
◇期考　期限　期票　期貨　期間　期滿　◇日期　中期　末期　分期　任期　初期　延期　暑期

朦 méng（萌）
粵 mung⁴（蒙）
月 月″ 肳 胯 朦 朦

【朦朧】❶月光暗淡。❷模糊不清。

朧 lóng（龍）
粵 lung⁴（龍）
肽 脂 脂′ 脂 朧 朧

見「朦朧」條。

木部

木 | mù（暮）
粵 mug⁶（目）　｜ 一 十 才 木

❶樹: 林木｜果木。❷木材, 木料: 松木｜柚木。❸木製的: 木屋｜木箱。❹棺材: 棺木｜行將就木。❺感覺不靈敏, 失去了知覺: 麻木｜腳凍木了。❻樸實, 不善於說話: 木訥。❼反應遲鈍, 不機靈: 木頭木腦。

【木刻】版畫的一種, 用刀在木板上刻成圖形, 再印在紙上。

【木偶】❶用木頭雕刻的人像。❷形容癡呆的神情: 他像木偶似的靠在門上出神。

【木魚】打擊樂器, 原為僧尼誦經、化緣時敲打的響器, 用木頭做成, 中間鏤空。

【木雞】比喻呆笨的人: 呆若木雞。

【木乃伊】❶古埃及用香料保存的屍體。❷比喻僵化的事物。

【木馬計】比喻潛伏到敵人內部進行破壞和顛覆活動的辦法。

【木已成舟】比喻事情已成定局, 不能改變。

◆木工　木瓜　木匠　木星　木棍　木橋　木雕　木椿　木棉樹　◆花木　果木　喬木　積木　灌木　獨木橋　入木三分　枯木逢春　草木皆兵　大興土木　移花接木

一至二畫

朮 | zhú（竹）
粵 sêd⁶（述）　｜ 一 十 才 木 朮

多年生草本植物, 莖高三尺左右, 秋天開紫紅色花, 長有塊根。塊根白色的叫「白朮」, 皮蒼黑而肉白的叫「蒼朮」, 均可入藥。

本 | běn（奔上）
粵 bun²（般²）　｜ 一 十 才 木 本

❶事物的根源, 跟「末」相對: 根本。❷自己方面的: 本校｜本國。❸主要的, 中心的: 本部｜大學本科。❹原來, 本來: 本性｜本意。❺現今的: 本星期｜本學期。❻冊子: 書本｜賬本。❼原有的資金: 本錢｜成本。❽根據, 按照: 本着良心辦事。❾量詞: 三本書｜一百本練習冊。

【本末】❶比喻事物的從頭到尾。❷比喻主要的和次要的: 本末倒置（把主要的和次要的弄顛倒了）。

【本分】❶自己應盡的責任和義務。❷老實, 規矩, 不超越規定範圍: 守本分。

【本行】❶自己一貫從事或已經熟習了的行業。❷現在自己從事的工作。

【本色】❶物品原來的顏色。❷本來面貌: 英雄本色。

【本相】本來面目, 原形: 他露出了貪婪的本相。

【本能】人類和動物不學就會的性能。

【本領】技能, 能力: 本領高強。

【本題】談話或文章的主題或主要論點: 這段文字跟本題無關, 應該刪去。

◆本文　本位　本事　本職　◆基本　資本　樣本

未 | wèi（味）
粵 méi⁶（味）　｜ 一 二 十 キ 未

❶沒有, 不曾, 跟「已」相對: 未見｜未曾。❷不: 未可｜未便。❸地支的第八位。參見「干支」條。

【未了】沒有完結, 沒有了結: 此事未了; 手續未了。

【未必】不一定: 他未必能來。

【未免】實在是: 要求未免太高。

【未來】以後的時間。

【未時】即午後一時至三時。

【未然】還沒有成為事實: 防患於未然。

【未遂】沒有達到目的, 沒有滿足願望。

【未詳】不知道或沒有了解清楚。

【未嘗】❶未曾。❷在否定詞前, 表示委婉的肯定: 這未嘗不是個好辦法。

【未卜先知】事情發生前不用占卜就知道, 形容有預見。

【未可厚非】不可過分指責。表示雖有缺點, 但可原諒。

【未雨綢繆】下雨前趕緊修房補屋。比喻事先做好準備。

◆未可　未央　未決　未定　未始　未老先衰　◆從未　亙古未有　羽毛未豐　前所未有　聞所未聞　方興未艾

⊗跟「末」不同。

末 | mò（莫）
粵 mud⁶（沒）　｜ 一 二 十 才 末

❶不是根本的、重要的事物, 跟「本」相對: 本末倒置｜細枝末節。❷最後, 結尾, 跟「始」相對: 末了｜秋末。❸碎屑: 粉末｜碎末。❹物的尖梢: 末梢。

【末日】死亡或滅亡的日子。

【末路】路途的終點, 比喻沒落衰亡的境地: 窮途末路。

【末流】已經衰落和失去原有的精神實質的學術、文藝等流派。

【末世】一個歷史階段的末尾的時代: 封建末世。

【末葉】一個世紀或一個朝代的最後一段時期: 十九世紀末葉。

【末期】最後一段時期。

◆末了　末座　末後　末節　末藥　◆芥末　鋸末　微末　捨本逐末　強弩之末

⊗跟「未」不同。

札 | zhá（炸）
粵 zad³（扎）　｜ 一 十 才 木 札

書信: 書札｜信札。

【札記】讀書時記下的要點和心得。

朽 | xiǔ（休上）
粵 neo²（紐）　｜ 一 十 才 木 朽 朽

❶腐爛, 壞了: 腐朽｜朽爛。❷衰老: 老朽。

【朽木】爛木頭。比喻不可造就的人: 朽木不可雕。

◆枯木朽株　永垂不朽　摧枯拉朽

朴 ⊖ | pò（破）
粵 pog³（撲）　｜ 一 十 才 木 朴 朴

厚朴, 落葉喬木, 樹皮和花都可以入藥。

⊜ | pō（坡）
粵 同⊖　｜朴刀, 古代一種窄長柄短的刀。

⊜ | piáo（瓢）
粵 piu⁴（瓢）　｜姓。

朱 | zhū（豬）
粵 ju¹（豬）　｜ ノ レ レ 一 牛 牛 朱

❶大紅色: 朱紅｜朱筆。❷姓。

朵 │duǒ（躲）
　　│粵 do²（躲）　　丿 几 几 朵 朵 朵

❶花朵: 鮮花朵朵。❷量詞: 一朵花｜紅霞萬朵。

三畫

杆 │gān（肝）
　　│粵 gon¹（肝）　較長的木棍: 旗杆｜電線杆。

◆杆子　◆吊杆　拉杆　桅杆　標杆　欄杆

杜 │dù（渡）
　　│粵 dou⁶（渡）　一 十 木 杧 杜 杜

❶堵塞, 制止: 杜絕交通事故｜防微杜漸(在錯誤或壞事剛開始的時候, 就加以制止)。❷姓。
【杜撰】憑空編造, 虛構, 不確實: 這個故事寫的是真人真事, 不是杜撰出來的。
【杜鵑】❶常綠灌木, 夏天開紫紅色花, 十分美麗, 也叫「映山紅」。❷益鳥, 俗稱「布穀鳥」, 也叫「杜宇」和「子規」。體黑灰色, 尾巴有白色斑點, 愛捕食毛蟲。

杖 │zhàng（丈）
　　│粵 zêng⁶（丈）　一 十 木 杧 杙 杖

❶用來扶着走路的棍子: 枴杖｜手杖。❷一般的棍棒: 擀麵杖｜拿刀動杖。

村 │cūn（寸陰）
　　│粵 qun¹（穿）　一 十 木 村 村 村

鄉下許多人聚居的地方: 鄉村｜漁村。

◆村莊　村野　村落　村鎮　◆山村　新村

材 │cái（才）
　　│粵 coi⁴（才）　一 十 木 村 村 材

❶木料: 木材｜美木良材。❷物料的通稱: 鋼材｜藥材。❸質素, 能力: 材幹｜因材施教。❹有能力的人: 人材｜成材。❺資料: 教材｜素材。
【材料】❶可以直接造成成品的東西, 如建築用的磚瓦, 紡織用的棉紗等。❷提供寫作內容的事物: 他搜集了很多寫小說的材料。

◆取材　身材　棺材　壽材　器材　題材

杏 │xìng（幸）
　　│粵 heng⁶（幸）　一 十 木 木 杏 杏

落葉喬木, 春天開白色或淡紅色花, 果實酸甜可吃, 種子叫「杏仁」, 可吃, 也可榨油或入藥。
【杏黃】黃而微紅的顏色。
【杏紅】黃中帶紅, 比杏黃稍紅的顏色。

束 │shù（樹）
　　│粵 cug¹（速）　一 ㄗ 亩 市 束 束

❶捆, 紮: 束腰帶｜束裝就道。❷控制, 限制: 拘束｜束手束腳。❸量詞: 一束鮮花。❹紮在一起或聚集成條的東西: 花束｜光束。
【束縛】使受到約束限制, 使停留在狹窄的範圍內。
【束手無策】比喻毫無辦法。
【束手待斃】比喻遇到危險或困難, 不積極想辦法解決, 卻坐着等死或等待失敗。

◆束之高閣　束手就擒　◆約束　結束　管束　無拘無束

⊗中間是「口」, 不是「ㄇ」。

杉 │shā（沙）
　　│又 shān（山）　一 十 木 木 杉 杉
　　│粵 cam³（懺）

常綠針葉喬木, 樹幹高且直, 木材可供建築房屋、製造器具, 用途甚廣。

杓 │⊖ sháo（勺）│同「勺」, 舀汁的器具。
　　│　 粵 sêg³（勺）
　　│⊜ biāo（標）│星宿名, 北斗七星柄部的那三顆
　　│　 粵 biu¹（標）│星: 北杓。

杈 │⊖ chā（叉）│用來挑禾草、稭稈等的農具,
　　│　 粵 ca¹（叉）│頭上有兩個或三個較長的彎齒。
　　│⊜ chà（詫）│樹枝的分叉: 椏杈｜樹杈。
　　│　 粵 ca³（岔）

李 │lǐ（理）
　　│粵 léi⁵（理）　一 十 木 木 李 李

❶落葉喬木, 春天開白花, 果實叫李子, 夏季成熟, 酸甜可吃, 果仁和根皮都可入藥。❷姓。

◆行李　瓜田李下　張冠李戴

杞 │qǐ（起）
　　│粵 géi²（己）　一 十 木 村 村 杞

【杞柳】落葉灌木, 生長在水邊, 枝條可編織箱、筐、籃、籠等, 也叫「紅皮柳」。
【杞人憂天】比喻不必要的憂慮和擔心。
⊗右邊是「己」, 不是「巳」或「已」。

四畫

杰 同「傑」。

杭 │háng（航）
　　│粵 hong⁴（航）　一 十 木 杧 杬 杭

杭州市的簡稱。
⊗跟「抗」不同。

枋 │fāng（方）│方柱形的木材。
　　│粵 fong¹（方）

枕 │zhěn（診）
　　│粵 zem²（怎）　十 木 木 村 杪 枕

❶睡覺時墊頭用的東西: 枕頭。❷把頭放在枕頭或別的東西上: 枕着胳膊睡。
【枕木】墊在鐵軌下的橫木。
【枕戈待旦】枕着兵器等待天明。形容高度警惕, 時刻準備作戰。

枉 │wǎng（往）
　　│粵 wong²（往²）　一 十 木 杧 杆 枉

❶彎曲, 不正直: 矯枉過正。❷白白地, 徒然: 枉然｜枉費心機。❸冤屈: 枉死｜冤枉。
【枉法】歪曲和違反法律。
【枉駕】敬辭。❶稱對方來訪自己。❷請對方往訪別人。

林 │lín（淋）
　　│粵 lem⁴（淋）　一 十 木 村 村 林

❶成片的樹木或竹子: 竹林｜樹林｜防護林。❷聚集在一起的同類的事物或人: 詞林｜碑林｜民族之林。❸姓。
【林立】像林木一樣密集地豎立着, 比喻數目很多: 高樓林立。

【林海】形容森林像海洋一樣，一望無邊。

【林帶】為了防風、防沙而培植的帶狀的樹林:防沙林帶;防風林帶。

【林濤】森林被風吹動發出的像波濤一樣的聲音。

◆林木　林區　林業　林蔭道　◆山林　老林　造林　綠林　槍林彈雨

枝 | zhī（支）
粵 ji¹（支） | 十 才 木 杧 杙 枝

❶植物主幹上分出的杈:樹枝｜分枝。❷量詞:一枝花｜三枝筆。

【枝節】❶比喻次要的事情:枝節問題。❷比喻處理事情當中發生的意外問題:橫生枝節。

◆枝幹　枝葉　◆枯枝　槍枝　花枝招展　金枝玉葉　粗枝大葉　節外生枝

杯 | bēi（碑）
粵 bui¹（貝¹） | 一 十 才 杯 杯 杯

盛酒、水、茶等的器皿:茶杯｜酒杯｜漱口杯。

【杯弓蛇影】比喻疑神疑鬼，枉自驚擾。

【杯水車薪】用一杯水去救一車着火的柴草。比喻力量太小，解決不了問題。

枇 | pí（皮）
粵 péi⁴（皮） | 十 才 木 杜 杜 枇

【枇杷】常綠喬木，果實橢圓形，色黃，有細毛，味甜可吃，也可供藥用。

枒 | yā（鴉）
粵 a¹（丫） | 樹的分叉:枒杈。

杪 | miǎo（秒）
粵 miu⁵（秒） | ❶樹梢。❷年、月、季的末尾:歲杪｜月杪｜春杪。

東 | dōng（冬）
粵 dung¹（冬） | 一 厂 亓 百 亘 車 東

❶方向，太陽出來的那一邊，跟「西」相對:東門｜東海｜河東。❷主人:房東｜股東。

【東方】❶太陽出來的那一邊。❷指亞洲(習慣上也包括埃及)。

【東西】物件。

【東……西……】表示「這裏……那裏……」的意思:東奔西跑;東張西望;東拉西扯。

【東洋】指日本:東洋人;東洋貨。

【東家】受人僱用或聘請的人稱他的主人。

【東道】請客的主人:略盡東道之誼。

【東風】指春風。

【東山再起】比喻失勢之後，重新恢復地位。

【東鱗西爪】比喻零星片斷，不成系統。

杳 | yǎo（咬）
粵 miu⁵（秒） | 一 十 才 木 杏 杳

無影無聲。

【杳如黃鶴】比喻人或事物一去之後，永無蹤影。

【杳無音信】沒有一點消息。

⊗跟「查」不同。

杲 | gǎo（稿）
粵 gou²（稿） | 明亮:杲杲日出。

⊗跟「呆」不同。

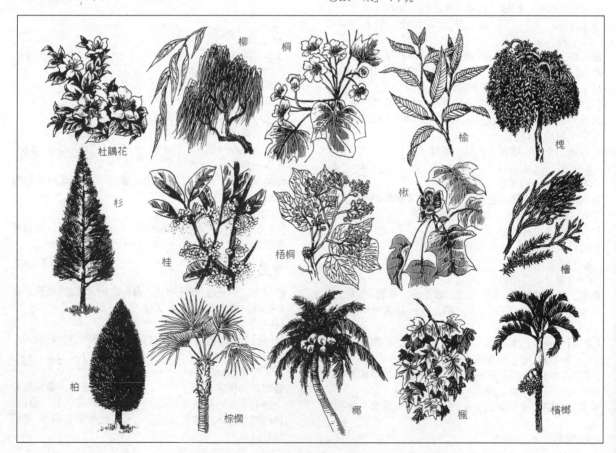

杜鵑花　柳　桐　榆　槐　杉　桂　梧桐　楸　檜　柏　棕櫚　椰　楓　檳榔

果 | guǒ（裹）粵 guo²（裹） | 丶 冂 日 旦 里 果

❶植物所結的實: 果實｜水果｜開花結果。❷事情的結局或成效: 結果｜成果｜前因後果。❸堅決: 果敢｜果斷。❹眞的，確實: 果眞。
【果決】果敢，堅決: 他辦事眞果決。
【果然】事實跟料想的相吻合: 他果然不來。
【果腹】吃飽肚子: 食不果腹。
【果子狸】哺乳動物，身體比家貓細長，全身灰色，臉部和耳部有白紋，故又稱「花面狸」。生活在山林中，吃果實、穀物、小鳥等。肉質鮮美，毛皮供製衣帽。
◆ 果木　果品　果菜　果子露　◆苦果　碩果　戰果

枘 | ruì（銳）粵 yêu⁶（銳） | 用短木頭削成的榫頭。

【枘鑿】亦作「方枘圓鑿」。方榫頭插不進圓卯眼。比喻雙方格格不入，合不到一塊。

松 | sōng（鬆）粵 cung⁴（蟲） | 十 木 朴 朴 松 松

常綠喬木，樹幹挺直，皮粗厚，葉子像針，種類很多，木材堅硬，可供建築及製造器具用。
【松明】點燃起來供照明用的松樹枝。
【松香】松與柏樹類的樹分泌出來的膠狀液體，黏而容易燃燒，用途很廣，是油漆、肥皂、造紙、火柴等工業的原料。又叫「松脂」、「松膠」。
【松鼠】哺乳動物，外形像鼠，比鼠大，尾巴蓬鬆而長大，生活在松樹林中，吃松子、果實和嫩葉等，善跳躍。

杵 | chǔ（楚）粵 qu⁵（柱） | 十 木 朴 朴 杵 杵

❶舂米用的器具: 舂杵｜杵臼。❷洗衣服時搗衣服用的棒槌: 砧杵｜磨杵成針。❸戳、捅: 窗戶紙一杵就破。

枚 | méi（梅）粵 mui⁴（梅） | 十 木 朴 朴 朸 枚

❶量詞，相當於「個」，用於小物件: 一枚郵票｜三枚勳章。❷姓。
【枚舉】一個一個地舉出來: 不勝枚舉（形容數量很多）。
⊗跟「牧」不同。

析 | xī（息）粵 xig¹（息） | 十 木 朴 朴 析 析

❶分開: 分崩離析。❷解釋，辨別: 分析｜析義｜辨析。
【析疑】解釋有疑惑的地方。
⊗跟「折」、「拆」不同。

板 | bǎn（版）粵 ban²（版） | 一 十 木 朾 板 板

❶成片的硬物體: 木板｜黑板。❷少變化，不靈活: 呆板｜死板｜板着臉。❸不疏鬆，硬化: 板結。❹同「闆」: 老板。
【板眼】❶民族音樂和戲曲的節拍，強的拍子叫「板」，弱的拍子叫「眼」。❷比喻條理、辦法: 他做起事來有板有眼; 他的板眼多。
【板鴨】用鹽漬並壓成板狀後風乾的鴨子。

杷 | pá（爬）粵 pa⁴（爬） | 十 木 朴 朾 杷 杷

見「枇杷」條。

杼 | zhù（柱）粵 qu⁵（柱） | 織布機上用來管經線，並把緯線打緊的器件。古代也指梭。

五畫

柒 | qī（七）粵 ced¹（七） | 「七」字的大寫。

染 | rǎn（冉）粵 yim⁵（冉） | 氵 氵 氿 氿 染 染

❶把東西放在顏料裏上色: 染布｜染顏色。❷感受疾病或沾上壞習慣: 沾染｜感染｜一塵不染。
【染指】比喻分取不應得的利益。
◆污染　洗染　渲染　傳染　耳濡目染
⊗右上角是「九」，不是「丸」。

柁 | tuó（駝）粵 to⁵（駝） | 房架前後兩個柱子上的大橫樑: 房柁。

柱 | zhù（住）粵 qu⁵（儲） | 十 木 朴 朴 柱 柱

❶支撐屋頂的直立粗木: 柱子。❷比喻組織中的骨幹力量: 支柱｜台柱｜頂樑柱。❸像柱子的東西: 水柱｜冰柱｜水銀柱。
【柱石】比喻擔負重任的人或力量。
◆柱子　柱頭　◆煙柱　脊柱　圓柱體　中流砥柱　偷樑換柱

柿 | shì（恃）粵 qi⁵（恃） | 十 木 朴 朴 杮 柿

落葉喬木，開黃白色花，果實叫「柿子」，秋季成熟，味甜可吃。柿蒂可入藥，木材可製器具。

枰 | píng（平）粵 ping⁴（平） | 棋盤: 棋枰。

奈 | nài（耐）粵 noi⁶（耐） | 蘋果的一種，俗名「沙紅」，也叫「沙果」。

某 | mǒu（謀上）粵 meo⁵（畝） | 一 廿 甘 甘 甚 某

代替不明確指出的人、時、地或事物等: 某人｜某年｜某村｜李某。

柑 | gān（甘）粵 gem¹（甘） | 十 木 朴 柑 柑 柑

常綠灌木或小喬木，初夏開白色花，果實圓形，比橘子大，赤黃色，味甜，種類很多。

枯 | kū（哭）粵 fu¹（夫） | 十 木 朴 朴 枯 枯

❶草木焦黃，沒有生氣: 枯黃｜禾枯了。❷沒有水，乾了: 枯井｜海枯石爛。❸單調，沒有趣味: 枯燥｜枯寂｜枯坐。
【枯朽】乾枯腐爛。
【枯萎】乾枯萎縮: 花兒枯萎了。
【枯澀】枯燥，呆板: 文字枯澀。
【枯腸】比喻寫詩作文時貧乏的思路: 我搜索枯腸才寫了

板

這幾百字。

【枯竭】乾涸，沒有來源：水源枯竭；財力枯竭；精力枯竭。

【枯木逢春】比喻重新獲得了生機。

柯 kē（軻）｜粵 o¹（軻）｜木 朾 柯 柯 柯 柯
❶草木的枝莖。❷斧子的柄。❸姓。

【柯爾克孜族】中國少數民族，主要分佈在新疆維吾爾自治區。

柄 bǐng（丙）｜粵 bing³（並）｜十 木 杧 柄 柄 柄
❶器物的把兒：刀柄｜勺柄｜傘柄。❷比喻被人抓住作爲要挾或攻擊的短處：把柄｜笑柄｜話柄。

柘 zhè（蔗）｜粵 zé³（蔗）｜【柘樹】落葉灌木或小喬木，葉子卵形，可餵蠶，樹皮可做黃色染料，根皮可入藥。
⊗跟「拓」不同。

柜 同「櫃」。

柩 jiù（舊）｜粵 geo⁶（舊）｜木 朾 朾 杯 板 柩
裝着屍體的棺材：靈柩。

柬 jiǎn（簡）｜粵 gan²（簡）｜一 丆 丙 西 東 柬
❶信件、帖子等的泛稱：書柬｜請柬。❷柬埔寨的簡稱。
⊗跟「東」不同。

查 ㈠ chá（茶）｜粵 ca⁴（茶）｜一 十 木 杏 杳 查
❶檢查：查賬｜查對。❷調查，考察：查究｜查問。❸翻檢着看：查字典｜查地圖。

【查點】檢查數目：查點人數。

【查辦】查明犯罪事實或錯誤情節，加以處理。

【查證】調查證明。
◆查收　查訪　查禁　查詢　查閱　查獲　◆考查　巡查　清查　追查　審查

㈡ zhā（渣）｜粵 za¹（渣）｜姓。

柚 ㈠ yóu（游）｜粵 yeo²（黝）｜木 木 朾 柏 柚 柚
【柚木】落葉喬木，木材堅硬耐用，可用來製造車、船和高級傢具。

㈡ yòu（右）｜粵 同㈠｜柑橘類果樹，常綠喬木，初夏開小白花，果實叫柚子，也叫「文旦」，味酸甜多汁。

榫 xiāo（消）｜粵 hiu¹（囂）｜空：榫腹從公（餓着肚子辦公家的事）。

枳 zhǐ（指）｜粵 ji²（指）｜常綠灌木，枝多刺，春天開白花，果實可做藥。也叫「枸橘」。

枴 guǎi（拐）｜粵 guai²（拐）｜十 木 木 枴 枴 枴
走路時扶着用來支持身體的棍子：枴杖｜枴棍兒。
⊗跟「拐」不同。

柵 ㈠ zhà（榨）｜粵 cag³（冊）｜十 木 朾 杤 柵 柵
用竹、木、鐵條等做成的阻攔物：木柵欄｜鐵柵欄｜籬笆柵欄。

㈡ shān（山）｜粵 san¹（山）｜柵極，電子管靠陰極的一個電極。

柏 ㈠ bǎi（百）｜粵 pag³（拍）｜十 木 杧 柏 柏 柏
❶常綠喬木。木材堅硬，可用來蓋房了，做器具。有刺柏、側柏、羅漢柏等多種。❷姓。

【柏油】提煉石油、煤焦油剩下的東西，可用來鋪路面，做防腐防水材料。也叫「瀝青」。

㈡ bó（伯）｜粵 同㈠｜【柏林】德意志民主共和國的首都。

柞 zuò（坐）｜粵 zog⁶（作）｜【柞樹】落葉喬木，葉子可餵柞蠶。木材可做建築材料和傢具。

柝 tuò（唾）｜粵 tog³（托）｜古時打更用的梆子。

梔 zhī（支）｜粵 ji¹（支）｜常綠灌木，葉橢圓形，夏天開白花，味香，果實色黃，叫「梔子」，可入藥，也可做染料。

枱 tái（抬）｜粵 toi⁴（抬）｜桌子：寫字枱｜梳妝枱。

枸 ㈠ gōu（狗）｜粵 geo²（狗）｜十 木 朾 杓 枸 枸
【枸杞】落葉小灌木，嫩莖和葉可做蔬菜，果實紅色，叫「枸杞子」，根皮叫「地骨皮」，都可做藥。

㈡ jǔ（舉）｜粵 gêu²（舉）｜【枸櫞】常綠小喬木，開白花，果實味酸，果皮粗厚，很香，可入藥。又叫「香櫞」。

柳 liǔ（綹）｜粵 leo⁵（摟）｜十 木 朾 杤 柳 柳
落葉喬木或灌木，種類很多。種子帶有白色絨毛，成熟後隨風飛散，叫「柳絮」。枝條可編織器物。

【柳眉】指女子細長的眉毛，也叫柳葉眉。

【柳體】唐代著名書法家柳公權所寫的字體，筆畫蒼勁，較顏體爲瘦。

【柳暗花明】形容綠柳成蔭，鮮花盛開的景象。常用來比喻由困難轉入順利的形勢。

柢 dǐ（抵）｜粵 dei²（底）｜樹根：根深柢固（比喻牢固，不可動搖）。

柔 róu（揉）｜粵 yeo⁴（由）｜乛 ⼛ 予 矛 圣 柔
❶軟和，不堅硬：柔軟｜柔嫩。❷軟弱，跟「剛」相對：柔弱｜溫柔。❸溫和，不猛烈：柔風細雨｜光線柔和。

【柔道】日本的一種武術，徒手搏擊，近於摔跤。

【柔軟體操】使身體柔軟靈活的各種徒手體操。
◆柔情　柔順　◆嬌柔　以柔克剛　優柔寡斷

枷 jiā（加）｜粵 ga¹（加）｜古時一種套在罪犯頸上的刑具，用木板製成。

【枷鎖】枷和鎖，古代的兩種刑具。也比喻壓迫和束縛。

架 jià（嫁）｜粵 ga³（嫁）｜乛 力 力 加 架 架
❶擱放東西的器具，支承東西的結構：書架｜葡萄架。❷搭，支起：架橋｜架電線。❸攙扶：架着病人走。❹支

持，承受，抵擋: 招架｜架不住。❺互相毆打，爭吵: 打架｜吵架。❻把人劫走: 架走｜綁架。❼量詞: 一架收音機｜三架飛機。

【架設】支起並安設凌空的物體: 架設橋梁。

【架勢】姿勢，姿態。

◆架子　架空　架構　◆支架　打架　筆架　骨架　絞架　擔架　空架子　擺架子

六畫

桉 | ān（安） 粵 on¹（安） ‖ 【桉樹】常綠喬木，樹幹高而直，是建築材料，枝葉能提取桉油。

案 | àn（按） 粵 on³（按） ‖ 宀宊安安案案 ❶長條的桌子: 條案｜書案。❷事件: 血案｜破案。❸提供討論研究的建議、計劃等文件: 提案｜議案。❹分類保存的文件和資料: 備案｜檔案｜有案可查。

【案件】有關法律問題的事件: 刑事案件｜搶劫案件。

【案板】做麫食、切菜用的木板，多為長方形。

【案卷】機關或企業等分類保存以備查考的文件。

◆案子　案由　案情　案頭　◆方案　作案　定案　草案　疑案　錯案　懸案　斷案

校 | ㊀xiào（效） 粵 hao⁶（效） ‖ 十木杧杧栌校 教學的地方: 學校｜財經學校｜大專院校。

【校友】在本校學習過的人。

【校風】學校的風氣。

◆校址　校長　校舍　校規　校園　校慶

㊁ | 同㊀ 粵 gao³（較） ‖ 軍銜名，在「將」以下，「尉」以上: 上校｜中校｜少校。

㊂ | jiào（較） 粵 同㊁ ‖ 訂正: 校訂｜校對。

【校場】舊時演習武藝的場所。

核 | ㊀hé（盒） 粵 hed⁶（瞎） ‖ 十木杧杧杧核 ❶果實中心的堅硬部分，裏面有果仁。❷身體內因病而結成的硬塊: 肺結核｜腸結核。❸指原子核: 核武器｜核潛艇。❹仔細地對照，考察: 核實｜核對。

【核心】中心。

【核桃】核桃樹，落葉喬木，木質優良，可做器物。果實球形，果仁營養豐富，可吃，也可榨油、入藥。又叫「胡桃」。

【核算】企業經營管理上的考核，計算: 核算成本; 核算資金。

◆核子　核定　核准　核試驗　核電站　◆覆核　審核

㊁ | hú（胡） 粵 wed⁶（屈⁶） ‖ 用於某些口語詞，專指果核: 杏核兒｜李核兒。

桂 | guì（貴） 粵 guei³（貴） ‖ 木杧杧杜桂桂 ❶樹名: 分肉桂、岩桂兩種。肉桂作藥用，岩桂就是「木樨」，俗稱「桂花樹」。❷廣西的別稱。❸姓。

【桂皮】肉桂的樹皮，乾製後呈黃褐色，有香氣，可以做藥品，也可以做調味品。

【桂冠】月桂樹葉編的帽子。古代希臘用作榮譽的標誌，後來用作光榮的稱號。

【桂圓】一種水果，俗稱「龍眼」，果實球形，皮黃褐色，肉白色，味鮮甜，可入藥，是滋養強壯劑。

桔 | jié（潔） 粵 ged¹（吉） ‖ 十木杧杜桔桔

【桔梗】草名，夏秋開青紫色或白色的花，莖梗可以做藥。

【桔槔】一種利用槓桿原理從井裏汲水的設備。

栳 | lǎo（老） 粵 lou⁵（老） ‖ 見「栲栳」條。

栽 | zāi（災） 粵 zoi¹（災） ‖ 土圭未栽栽栽 ❶移植: 栽花｜栽樹。❷可以移種的植物幼苗: 桃栽子｜稻栽子。❸跌倒: 栽倒｜栽跤。❹裝上，插上: 栽絨｜栽毛刷子。❺無中生有地加上罪名: 誣栽｜栽贓（把贓物或違禁物放在某人處，誣告他犯法）。

【栽培】❶種植，培養: 栽培果樹。❷比喻培養，提拔人才: 感謝先生的栽培。

【栽跟頭】❶跌跤。❷比喻失敗或犯了錯誤。

◆栽秧　栽植　栽種　◆盆栽　移栽　輪栽

⊗跟「裁」不同。

栲 | kǎo（考） 粵 hao²（考） ‖ 常綠喬木。木質堅硬，可做輪軸等。樹皮可製栲膠和染料。

【栲栳】用竹篾或柳條編成的裝東西的器具。

栗 | lì（力） 粵 lêd⁶（律） ‖ 一冖西西覀栗 【栗子樹】落葉喬木，果實叫「栗子」，也叫「板栗」，味甜，可以吃，木材可做器具和建築材料。

⊗跟「粟」不同。

桓 | huán（環） 粵 wun⁴（垣） ‖ 十木杧杧桓桓 姓。

框 | ㊀kuàng（況） 粵 hong¹（匡） ‖ 木杧杧杧框框 ❶安門的架子: 門框。❷鑲在器物周圍，起支撐或保護作用的東西: 鏡框兒｜眼鏡框子。

㊁ | kuāng（匡） 粵 同㊀ ‖ ❶在文字或圖片的周圍加上線條: 把這幾個字框起來。❷約束，限制: 不能框得太死。

【框框】周圍的圈兒: 他用鉛筆在圖片周圍畫了一個框框。

桎 | zhì（至） 粵 zed⁶（窒） ‖ 古時用來拘住犯人兩腳的刑具。【桎梏】比喻束縛或事物的東西。

桄 | ㊀guāng（光） 粵 guong¹（光） ‖ 【桄榔】常綠喬木，生長在熱帶和亞熱帶，花的液汁可製糖，莖髓可製澱粉，葉柄的纖維可以製繩。

㊁ | guàng（逛） 粵 同㊀ ‖ ❶繞線的器具: 桄子。❷量詞，用於線: 六桄線。

柴 | chái（豺） 粵 cai⁴（豺） ‖ 丨卜此此柴 ❶燒火用的草木: 柴火｜柴草。❷形容乾瘦: 骨瘦如柴。❸姓。

【柴油】從石油中分餾出來的燃料。

桌 | zhuō（捉） 粵 zêg³（雀） ‖ 丨卜占卣点桌 ❶桌子，一種可以放東西、吃飯、讀書、寫字的傢具，古時叫「几」、「案」: 飯桌｜書桌｜八仙桌。❷量詞，

專用於酒席飯菜方面的: 一桌菜｜三桌酒席。

桐 tóng（同）粤 tung⁴（同）｜十　末　札　桐　桐　桐

❶落葉喬木，花白色的叫「白桐」，紫色的叫「紫桐」，木質細密，不生蟲，可造船、琴、箱等物。❷油桐樹，也叫「油桐」，早春開淡紅色花，果實大而圓，榨出來的桐油，是油漆、油墨、油布和防腐劑等的原料。

株 zhū（朱）粤 ju¹（朱）｜十　末　柠　柠　栟　株

❶露出地面的樹根: 守株待兔（比喻妄想不勞而獲、坐享其成）。❷棵兒: 幼株｜植株。❸量詞，指植物: 一株桃樹｜五株棗樹。
【株連】連累，指一人有罪，牽連他人。

柏 jiù（舅）粤 keo⁵（舅）｜烏柏。落葉喬木，子可以榨油做肥皂、蠟燭。

栓 shuān（閂）粤 san¹（山）｜木　杉　杉　栓　栓　栓

❶器物上可以開關的機件: 槍栓｜消防栓。❷塞子，像塞子的東西: 瓶栓｜栓子。
⊗跟「拴」不同。

桃 táo（逃）粤 tou⁴（逃）｜十　末　札　材　机　桃

❶落葉喬木，春天開花，花色紅或白，果實圓形，叫「桃子」，味甜可口，核仁可入藥。❷形狀像桃子的東西: 棉花桃兒。❸姓。
【桃李】比喻所教的學生: 桃李滿天下。
【桃紅】像桃花的顏色，粉紅。
【桃花汛】桃花盛開時發生的河水暴漲，也叫「桃汛」或「春汛」。

桁 héng（恒）粤 heng⁴（恒）｜❶屋上托住椽子的橫木，即是檩: 桁條。❷建築物的骨架: 橋桁。

桅 wéi（圍）粤 wei⁴（圍）｜木　杉　杉　桁　桁　桅

船上掛帆篷用的杆子或懸掛旗幟、航行燈和裝設天線等用的杆子: 桅杆。
【桅燈】裝在船上前後桅杆上的航行信號燈。

桀 jié（傑）粤 gid⁶（傑）｜ク　夕　死　舛　牮　桀

❶夏朝末代君主，相傳是個暴君。❷兇暴: 桀黠。
【桀紂】桀和紂，相傳兩人都是古代的暴君。泛指暴君。
【桀犬吠堯】桀的狗向堯狂吠，比喻走狗一心為牠的主子效勞。
【桀驁不馴】性情倔強不馴順。

格 gé（隔）粤 gag³（隔）｜木　杉　杉　权　格　格

❶劃分出來的方形的空框或條紋: 方格兒｜打格子。❷標準、式樣: 規格｜合格。❸人的品德: 人格｜性格｜品格。❹常例: 出格｜破格錄用。❺打鬥: 格鬥｜格殺。❻隔閡: 格格不入。❼姓。
【格外】特別的: 格外親熱。
【格言】可作日常生活行為標準的話。
【格局】結構、格式和規模: 這個劇院的格局不同一般。
◆格式　格律　格調　◆升格　表格　品格　降格　資格　價格　體格　嚴格　別具一格

根 gēn（跟）粤 gen¹（斤）｜一　末　杆　杆　根　根

❶植物莖幹下部長在土裏的部分: 草根｜樹根｜主根。❷物體的基部: 舌根｜牆根。❸事物的本源: 病根｜窮根。❹依據: 根據｜無根之談。❺徹底的: 根治｜根絕。❻量詞，指長條的東西: 一根竹子｜兩根麻繩。
【根本】❶事物的根源或最重要部分: 根本問題。❷本來，從來: 他根本沒來過。❸完全，徹底: 問題已根本解決。
【根由】來歷，緣故。
【根底】❶基礎。❷底細: 追問根底。
【根究】徹底追究: 根究真相。
【根基】❶基礎。❷比喻家底。
【根除】徹底鏟除: 根除水患。
【根源】根本原因: 管理混亂，是這家工廠倒閉的根源。
【根深柢固】比喻基礎穩固，不容易動搖。也作「根深蒂固」。
◆根苗　根據地　◆生根　幼根　命根　禍根　追根究底　盤根錯節　斬草除根

栩 xǔ（許）粤 hêu²（許）｜十　末　杉　杉　栩　栩

【栩栩】形容生動活潑的樣子: 栩栩如生。

桑 sāng（喪）粤 song¹（喪¹）｜フ　ヌ　ヌ　ヌ　ヌ　桑

❶桑樹，落葉喬木，葉可以養蠶，樹皮可造紙。❷姓。
【桑梓】原指父母在家宅附近所種的桑樹和梓樹，現在用來比喻故鄉。
【桑寄生】常綠灌木，多寄生在桑樹、柿樹等樹木上，莖葉可入藥，是強壯劑。

七畫

梁 liáng（良）粤 lêng⁴（良）｜氵　汀　汈　汊　汢　梁

❶橋: 石梁｜津梁｜橋梁。❷通「樑」，架在柱子上面用來承受屋頂的大橫木: 棟梁｜橫梁｜雕梁畫棟。❸物體成條狀隆起的部分: 脊梁｜鼻梁。❹國名或朝代名: 梁國｜梁朝｜後梁。❺姓。
【梁上君子】比喻竊賊。也作「樑上君子」。
◆山梁　強梁　頂梁柱　跳梁小丑　逼上梁山

梯 tī（銻）粤 tei¹（銻）｜木　杉　杉　桳　梯　梯

❶便利人上下的用具或設備: 梯子｜電梯。❷像梯子的: 梯田。
【梯形】只有一組對邊平行的四邊形，平行的兩邊叫底，不平行的兩邊叫腰，兩底之間的距離叫高。

梯　　　　　自動電梯

梳 shū（疏）｜粵 so¹（疏）｜木 杧 杧 杧 梳 梳
❶梳子，整理頭髮的用具。❷用梳子整理頭髮:梳頭｜梳妝。

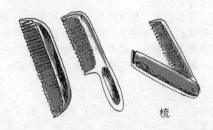

梳

梓 zǐ（子）｜粵 ji²（子）｜才 木 杧 杧 栌 梓
❶落葉喬木。木材可做建築材料或器具，樹皮可入藥。❷故鄉:桑梓｜梓里。❸把文字雕刻在木板上:梓板｜付梓。

梧 wú（吳）｜粵 ng⁴（吳）｜十 木 杧 栝 栢 梧
【梧桐】落葉喬木，樹幹很直，木材堅硬，可做樂器和器具。種子炒熟可吃，樹皮可榨油，葉子可入藥。

械 xiè（謝）｜粵 hai⁶（鞋⁶）｜木 杧 杧 栺 械 械
❶器具:器械｜機械。❷武器:軍械｜繳械不殺。❸枷和鐐銬之類的刑具。
【械鬥】用刀槍打羣架。
◆槍械　農械　機械

梵 fàn（飯）｜粵 fan⁴（凡）｜十 木 林 林 梵 梵
梵語「梵摩」的省稱，意思是「清靜」，常指關於佛教的:梵宮｜梵刹。
【梵語】古印度的一種語言。

梗 gěng（耿）｜粵 geng²（耿）｜十 木 栖 栢 梗 梗
❶植物的枝或莖:花梗｜菜梗。❷挺直:梗着脖子。❸正派，爽直:梗直。❹塞，阻礙:梗塞｜從中作梗。
【梗概】大略的內容:故事梗概。

梆 bāng（邦）｜粵 bong¹（邦）｜十 木 杉 梽 梆 梆
❶從前打更用的響器，用木頭或竹筒做成。❷象聲詞，敲打木頭的聲音:梆梆響。

桿 gǎn（趕）｜粵 gon¹（肝）｜十 木 栏 栏 桿 桿
❶細長的圓木或像圓木的東西:筆桿｜槍桿。❷量詞:一桿秤｜三桿槍。

梢 shāo（捎）｜粵 sao¹（捎）｜木 杧 杧 杧 梢 梢
❶樹木的末端:樹梢。❷泛指細長形東西的末端:眉梢｜鞭梢｜頭髮梢。
【梢頭】樹枝的頂端。
⊗跟「捎」不同。

桴 fú（浮）｜粵 fu¹（夫）｜小筏子。

梃 tǐng（艇）｜粵 ting⁵（挺）｜才 木 杧 杧 梃 梃
棍子。

梏 gù（故）｜粵 gug¹（谷）｜古時給犯人戴的木製的手銬:桎梏。

梨 lí（離）｜粵 léi⁴（離）｜二 千 禾 利 犁 梨
【梨樹】落葉喬木，花白色，果實呈圓形或橢圓形，汁多而甘甜，種類很多。

梅 méi（媒）｜粵 mui⁴（媒）｜才 杧 杧 梅 梅 梅
❶落葉小喬木，耐寒，早春開花，白色或淡紅色，香味很濃。可供觀賞。果實叫「梅子」，味酸可吃。❷姓。
【梅雨】春末夏初梅子黃熟時，雨水特多。也叫「黃梅雨」。

條 tiáo（迢）｜粵 tiu⁴（迢）｜亻 彳 佟 俗 條 條
❶細長的樹枝:荊條｜柳條。❷細長的東西:線條｜荊條。❸項目、分項目的:條目｜條例。❹層次，秩序:井井有條｜有條不紊。❺簡短的信:字條｜便條。❻量詞:一條魚｜三條意見。
【條件】❶影響事物發生、存在或發展的因素:自然條件;客觀條件。❷為某事而提出的要求或定出的標準:講條件;他的條件太高。
【條約】國家和國家間簽訂的有關政治、經濟或文化等方面的權利和義務的文書。
【條紋】條狀的花紋。
【條理】❶思想、語言、文字的層次:這篇文章條理分明。❷生活、工作的秩序:他的生活安排得很有條理。
【條款】文件或契約上的條目:法律條款。
【條幅】直掛的長條的字畫。
◆條文　條令　條例　條痕　◆欠條　收條　回條　借條　封條　金條　藤條　蕭條　有條不紊　慢條斯理

梟 xiāo（囂）｜粵 hiu¹（囂）｜亻 户 自 鸟 枭 梟
❶鳥名，即是「貓頭鷹」。羽毛灰色，有褐色條紋，性兇猛，常在夜間出動，捕食鼠類小動物。❷勇猛，兇悍:梟將｜梟勇。
【梟首】舊時的一種酷刑，把人頭砍下並懸掛起來示眾。
【梟雄】強悍而有野心的人物。

梟

梔 同「梔」。

桶 tǒng（統）｜粵 tung²（統）｜十 木 杧 栖 桶 桶
❶盛水或其他東西的器具，多為圓筒形:水桶｜油桶。❷量詞:一桶水。

梭 suō（簑）｜粵 so¹（簑）｜木 杧 杦 松 柃 梭
❶從前織布機上牽引緯線的橄欖形的工具: 梭子。❷形容往來快速: 日月如梭｜穿梭而過。

梣 chén（晨）｜粵 cem⁴（沈）｜野生落葉喬木, 樹皮可做藥, 俗稱「秦皮」。

八畫

棕 zōng（宗）｜粵 zung¹（宗）｜十 木 柠 棕 棕 棕
❶棕櫚樹, 常綠喬木, 樹幹高直, 外有棕毛。葉子可以做扇, 棕毛可做蓑衣、繩子、刷子等。❷像棕毛一樣的顏色: 棕色。

棺 guān（官）｜粵 gun¹（官）｜十 木 木' 柠 柠 棺
【棺材】裝殮死人的器具。

棄 qì（氣）｜粵 héi³（氣）｜厶 ㄊ 弃 吞 杢 棄
扔掉、捨去: 捨棄｜拋棄。
【棄世】去世, 死亡。
【棄置】扔在一旁: 棄置不用。
【棄權】放棄權利。
【棄暗投明】比喻與黑暗勢力斷絕關係, 走向光明的道路。
◆放棄　唾棄　嫌棄　遺棄　鄙棄

棒 bàng（傍）｜粵 pang⁵（彭⁵）｜木 杠 栌 栱 棒 棒
❶棍子: 木棒。❷強壯, 好: 身體棒｜字寫得真棒。

稜 同「稜」。

棋 qí（其）｜粵 kéi⁴（其）｜木 杧 枏 枏 棋 棋
文娛體育用品: 圍棋｜象棋｜棋子。
【棋逢對手】比喻雙方勢均力敵。也作「棋逢敵手」。
◆棋賽　棋譜　棋盤　棋藝　◆弈棋　星羅棋布

棟 dòng（凍）｜粵 dung³（凍）｜又 dung⁶（動）｜木 杧 杔 柏 柛 棟
❶房子的大樑, 也叫正樑: 畫棟雕樑。❷量詞, 用於房屋: 一棟房子。
【棟樑】比喻擔負國家重任的人: 國家的棟樑。
⊗跟「揀」不同。

植 zhí（直）｜粵 jig⁶（直）｜木 杧 杧 柏 植 植
❶栽種: 種植｜植樹。❷樹立: 扶植。
【植物】穀類、花草、樹木等的總稱。
◆植皮　植苗　植株　植被　◆栽植　培植　移植

椒 jiāo（焦）｜粵 jiu¹（焦）｜木 村 杤 杜 林 椒
❶花椒, 落葉灌木, 果實紅色, 種子黑色, 可供藥用或調味。❷胡椒, 常綠灌木, 莖蔓生。種子紅黑色, 味辛香, 可供藥用或調味。❸番椒, 辣椒, 秦椒, 一年生草本植物, 開白花。果實味辣, 可做菜吃或供調味。

棹 同「櫂」。

森 sēn｜粵 sem¹（深）｜一 十 才 木 杰 森
❶樹木眾多: 森林。❷幽暗的樣子: 陰森。
【森森】❶形容樹木茂盛繁密: 松柏森森。❷形容很冷或幽暗: 冷森森; 幽森森。
【森嚴】整齊嚴肅的樣子: 戒備森嚴。

椏 yā（鴉）｜粵 a¹（鴉）｜樹枒。

棗 zǎo（早）｜粵 zou²（早）｜一 ㄅ ㄱ 市 束 棗
落葉喬木, 開小黃花, 果實橢圓形, 味甜, 可吃, 也可入藥。木材堅硬, 可製車、船、器具。
【棗紅】像紅棗的顏色: 棗紅馬。
⊗上下同是「朿」, 不是「束」。

椅 yǐ（以）｜粵 yi²（倚）｜木 杧 枏 柞 椅 椅
有靠背的坐具: 椅子｜竹椅｜藤椅。

棘 jí（集）｜粵 gig¹（擊）｜一 ㄅ ㄱ 市 束 棘
❶落葉灌木, 也叫「酸棗樹」。開綠黃色小花, 莖上多刺。果實小, 味酸, 可入藥。❷泛指有刺的草木: 荊棘。
【棘手】刺手, 比喻事情不順手, 難辦。

棧 zhàn（綻）｜粵 zan⁶（綻）｜木 木 杈 栈 栈 棧
❶存放貨物的地方: 貨棧｜糧棧。❷旅館: 客棧。❸養牲畜的竹、木柵欄: 羊棧｜馬棧。
【棧道】在懸崖峭壁上支架木樁, 鋪上木板而成的窄路。

棲 qī（妻）｜粵 cei¹（妻）｜木 杧 杧 柄 柄 棲
❶鳥歇宿在樹上: 棲息。❷動物生活在某種環境中: 水棲｜陸棲｜兩棲（有時在水中生活, 有時在陸地上生活）。
❸居住或停留: 棲止。
【棲身】指人暫時找個住處。

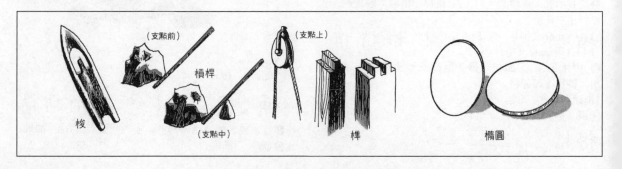

（支點前）　　　（支點上）

槓桿

梭　　（支點中）　　榫　　橢圓

棠 | táng（堂）
粵 tong⁴（堂） | 〱 丷 ⺌ 告 告 棠
❶棠梨，也叫「甘棠」，落葉喬木，開白花，果實味酸。
❷海棠，落葉小喬木，春天開淡紅色花，果實可吃。

棵 | kē（科）
粵 fo²（火）
又 po¹（破¹） | 十 木 朴 相 相 棵
量詞:一棵大樹｜三棵白菜。

棍 | gùn（滾去）
粵 guen³（君³） | 木 相 相 棍 棍 棍
❶棒:木棍｜鐵棍。❷指壞人:惡棍｜賭棍。
◆棍子　棍棒　◇冰棍　光棍　夾棍　拐棍　警棍　打悶棍

椎 | ㊀zhuī（追）
粵 zêu¹（追） | 木 木 朴 桁 椎 椎
椎骨，脊椎動物背部中央骨柱的短骨:尾椎｜胸椎｜腰椎。
㊁chuí（槌）
粵 cêu⁴（槌） | ❶敲打東西的器具:木椎｜鐵椎。❷敲打:椎胸｜椎鼓。❸擊殺:椎牛。

棉 | mián（眠）
粵 min⁴（眠） | 木 木 朴 柏 棉 棉
❶草棉，果實像桃，叫「棉桃」或「棉鈴」。種子外有白色的絮，通稱「棉花」，可以紡紗、做棉絮;種子可以榨油。❷木棉，落葉喬木，生長在熱帶、亞熱帶，種子外有白色的絮，可以做枕芯、墊褥等。
◆棉布　棉田　棉被　棉蚜　棉紡　棉農　棉絨　棉線

棚 | péng（彭）
粵 pang⁴（彭） | 木 木 机 棚 棚 棚
用竹、木、茅草等搭成，用來遮太陽、擋雨的架子:竹棚｜涼棚。

棣 | dì（第）
粵 dei⁶（第） | 木 木 杧 桿 棣 棣
❶棣棠，落葉灌木。花黃色，供觀賞和藥用。❷唐棣，落葉喬木。也作「棠棣」。樹皮可入藥。

九畫

楦 | xuàn（渲）
粵 hün³（勸） | ❶做鞋或帽子用的木頭模型:楦頭｜楦子。❷把楦頭放在鞋帽裏撐大一點兒:新做的鞋要楦一楦。

榔 | láng（郎）
粵 long⁴（郎） | 木 朴 朴 柚 榔 榔
❶見「檳榔、桃榔」條。❷榔頭，比較大的錘子。

楔 | xiē（歇）
粵 xid³（屑） | 杉 林 柮 楔 楔 楔
❶門兩旁所立的木柱。❷往榫頭縫裏敲入木橛、木片等。
【楔子】❶指塞在木器的榫子縫裏以牢固榫頭的木橛、木片等。❷指舊小說、戲曲的引子或開場白。

椿 | chūn（春）
粵 cên¹（春） | ❶香椿，落葉喬木，嫩葉有香氣，可做菜吃。❷臭椿，也叫「樗」，葉有臭味，木材不堅固。

椰 | yē（爺陰）
粵 yé⁴（爺） | 木 柳 柳 相 椰 椰
【椰子樹】常綠喬木，產於熱帶，樹幹直而高。果實叫「椰子」，中有汁，可做飲料，果肉可吃，也可榨油。果皮纖維可以結網，樹液可以釀酒。

楠 | nán（南）
粵 nam⁴（南） | 木 朴 朴 柿 楠 楠
【楠木】常綠喬木，木材堅固，有香氣，是供建築、造船和傢具的優良木材。

楂 | zhā（渣）
粵 za¹（渣） | 山楂樹，落葉喬木，開白花，果實呈球形，深紅色，味酸，可吃，也可入藥。

楚 | chǔ（礎）
粵 co²（礎） | 木 林 梺 梺 梺 楚
❶痛苦:痛楚｜苦楚。❷清晰:清楚｜一清二楚。❸春秋戰國時國名。❹湖南、湖北的代稱:楚地｜楚劇。
【楚楚】整潔、漂亮:衣冠楚楚。

楝 | liàn（練）
粵 lin⁶（練） | 【楝樹】也叫「苦楝樹」。落葉喬木，春末開淡紫色花，果實橢圓形，種子、根皮都可入藥。
⊗跟「棟」、「揀」不同。

極 | jí（及）
粵 gig⁶（擊⁶） | 木 朴 杨 栖 極 極
❶頂點，最高境地:極品｜登峯造極。❷非常，最大限度:極好｜窮兇極惡。❸用盡:極力｜極目(用盡眼力)。❹地球的南北兩端或電流的正負兩端:南極｜北極｜陽極｜陰極。
【極口】極力(讚揚或抨擊):極口稱讚。
【極刑】最重的刑罰，即死刑。
【極光】經常出現在南北兩極地區高空的彩色光象。靠近北極圈的叫北極光，靠近南極圈的叫南極光。
【極度】最高的程度:極度興奮。
【極限】最高的限度。
【極端】❶非常，十分:極端負責。❷偏向一邊:各走極端。
【極點】最高點，不能再超過的。
【極權】獨裁政權。
◆極大　極妙　極其　極樂世界　◇兩極　消極　終極　積極　物極必反　盛極一時　樂極生悲　罪大惡極

楷 | kǎi（凱）
粵 kai²（卡挨²） | 木 朴 朴 杪 桴 楷
❶法式，榜樣:楷模。❷書法體式之一:楷書｜大楷｜小楷。

業 | yè（葉）
粵 yib⁶（葉） | 〡 丷 业 丵 丵 業
❶行業:工業｜農業。❷事業:創業｜守業。❸職業:就業｜轉業。❹學業:肄業｜畢業。❺財產:家業｜祖業。❻營業:開業｜停業。❼從事某種行業:業商｜業農。❽已經:業已竣工。❾姓。
【業主】企業或財產的所有者。
【業績】完成的事業和建立的功勞。
【業精於勤】業:學業。精:精通，熟練。學業優良在於勤奮學習。
◆業務　業餘　◇正業　企業　副業　結業　實業　安居落業　成家立業　兢兢業業

楨 | zhēn（貞）
粵 jing¹（貞） | 木 朴 朴 杭 楨 楨
堅硬的木頭。

楞 ㊀ léng（稜）粵 ling⁴（玲）｜ 木 杧 杧 杪 楞 楞
同「稜」。
㊁ lèng（冷去）粵 ling⁶（令）｜ 同「愣」。

楊 yáng（羊）粵 yêng⁴（羊）｜ 木 机 村 相 楊 楊
❶落葉喬木，種類很多，主要的有白楊、大葉楊、小葉楊等。木材可供建築、做器具、造紙等用。❷姓。
【楊梅】常綠小喬木，花褐色，果實紅紫色，有粒狀突起，甘酸可吃，樹皮可做染料。
【楊柳】❶楊樹和柳樹。❷泛指柳樹。

楫 jí（輯）粵 jib³（接）｜ 木 杧 杧 杤 楫 楫
划船用的槳：舟楫。

楸 qiū（秋）粵 ceo¹（秋）｜ 落葉喬木，樹幹高而且直，葉子很大，開黃綠色小花，木材堅實，可做器具。

椴 duàn（段）粵 dün⁶（段）｜ 落葉喬木，木質細致，可供製造鉛筆、火柴、傢具及造紙等。

榆 yú（餘）粵 yu⁴（餘）｜ 木 杧 杧 柃 柃 榆
【榆樹】落葉喬木，三四月開小花，果實叫「榆錢」，可做飼料。木質堅固，可製器具。

楓 fēng（風）粵 fung¹（風）｜ 木 机 机 楓 楓 楓
落葉喬木，春天開黃褐色小花，到秋天樹葉變紅色，所以又稱「丹楓」。

楣 méi（眉）粵 méi⁴（眉）｜ 門框上的橫木。

楹 yíng（盈）粵 ying⁴（形）｜ 木 朴 机 杨 楹 楹
堂屋前面的兩根柱子。
【楹聯】楹上的對聯。

椽 chuán（船）粵 qun⁴（全）｜ 安放在檁上支架屋面瓦片的木條：椽子。

概 gài（鈣）粵 koi³（慨）｜ 木 杧 根 柑 概 概
❶大致，大略，總括：大概｜概述。❷氣度，氣派：氣概。❸一律：一概｜概不負責。❹景象：勝概。
【概括】❶把事物的共同特點往一起歸結總括。❷簡單扼要：他把情況概括地說了一下。
【概要】重要內容的大概。
【概貌】大概的狀況、面貌。

十畫

榕 róng（容）粵 yung⁴（容）｜ 木 杧 杧 柊 榕 榕
❶常綠大喬木，生長在熱帶和亞熱帶，樹幹多分枝，有氣根，木材可製器具。❷福州市的別稱。

榨 zhà（詐）粵 za³（詐）｜ 木 杧 杧 柞 榨 榨
❶用力壓出：壓榨｜榨油。❷壓出物體裏汁液的器具：油

榨｜酒榨。
【榨取】❶壓榨而取得：榨取液汁。❷比喻用強迫方法掠取他人財物。

榜 bǎng（綁）粵 bong²（綁）｜ 木 杧 杧 柠 榜 榜
張貼出來的文告或名單：放榜｜榜上無名。
【榜樣】有模範作用的好樣子。

槁 gǎo（稿）粵 gou²（稿）｜ 木 杧 柠 柠 槁 槁
草木枯死：枯槁｜槁木。
【槁木死灰】枯槁的樹木和火滅後的冷灰，比喻心情冷淡，對一切事情都無動於衷。

槎 chá（查）粵 ca⁴（查）｜ 木筏：乘槎｜浮槎。

槊 shuò（朔）粵 sog³（朔）｜ 古代的一種兵器，即是長矛。

榮 róng（容）粵 wing⁴（嶸）｜ ⺌ 火 炏 炏 茔 榮
❶茂盛，興旺：繁榮｜欣欣向榮。❷有好名譽，受人稱讚和尊敬，跟「辱」相對：榮耀｜光榮。❸姓。
【榮幸】光榮而幸運：能見到您，感到十分榮幸。
【榮辱】光榮和恥辱。
【榮華】草木開花。比喻興盛或顯達：榮華富貴。
【榮譽】光榮的名譽。
【榮膺】光榮地接受或承當：榮膺冠軍稱號。

榷 què（確）粵 kog³（確）｜ 木 朷 朷 榷 榷 榷
商量，討論：商榷。

榛 zhēn（眞）粵 zên¹（津）｜ 木 杧 林 柈 榛 榛
落葉喬木，果實叫「榛子」，有硬殼，果仁可吃，又可榨油。

構 gòu（購）粵 keo³（購）｜ 木³ 杧 棤 構 構 構
❶建造：構築。❷製作，組合：構圖｜虛構（憑空想像編造）。❸結成：構怨。
【構思】寫文章或藝術創作時考慮怎樣寫或怎樣畫等。
【構造】物體各組成部分的安排和相互關係：人體構造；構造原理。

榧 fěi（匪）粵 féi²（匪）｜ 常綠喬木，形態像杉，種子叫「榧子」，也叫「香榧」，果仁可供吃、榨油和做藥。

槓 gàng（缸去）粵 gong³（絳）｜ 木 杧 杧 柑 槓 槓
❶比較粗的棍子：木槓｜鐵槓。❷體育器械：單槓｜雙槓｜高低槓。❸批改文章或在閱讀時畫的粗直線。
【槓桿】一種簡單的機械。剪刀、秤、起重機等都是應用槓桿原理的器械。
【槓鈴】舉重用的器械。一根鐵槓的兩頭裝着一些圓盤形的鐵塊。

榦 同「幹」。

榻 tà（踏）粵 tab³（塔）｜ 木 杧 柑 柑 榻 榻

低而窄的牀，泛指牀:竹榻│病榻│下榻(指住宿)。

榴 │liú（留）│粵 leo⁴（留）　木 杉 枦 枦 榴 榴

石榴，落葉灌木，夏天開紅花，果實球形，種子的外皮多汁，酸甜可吃，根皮可做驅蟲藥。

榡 │gāo（高）│粵 gou¹（高）　見「桔榡」條。

榫 │sǔn（筍）│粵 sên²（筍）　器物接合處的凸凹部分。凸出的部分叫「榫頭」，也叫「榫子」；凹進的部分叫「榫眼」，也叫「卯眼」。

槃 │pán（盤）│粵 pun⁴（盆）　木頭做的托盤。

榭 │xiè（謝）│粵 zé⁶（謝）　杍 杍 杍 榭 榭 榭

台上的房屋:水榭│歌台舞榭。

槐 │huái（懷）│粵 wai⁴（懷）　木 杍 枡 柙 槐 槐

落葉喬木，初夏開黃白花，果實長形，中有黑子。花、果、根都可做藥;木材可供建築及製傢具;花蕾可以做染料。

槌 │chuí（捶）│粵 cêu⁴（捶）　木 木′ 杍 栢 槌 槌

敲打東西用的棒:棒槌│鼓槌。

槍 │qiāng（鏘）│粵 cêng¹（昌）　木 朴 枱 枱 槍 槍

❶發射子彈的武器:手槍│機關槍。❷刺擊用的長矛:長槍短棒。❸性能或形狀像槍的器械:焊槍│電子槍。
【槍手】指射擊手。
【槍械】槍的總稱。
【槍林彈雨】形容激戰的戰場。
◆槍口　槍決　槍法　槍桿　槍斃 ◆冷槍　標槍　回馬槍　明槍暗箭　脣槍舌劍　單槍匹馬　臨陣磨槍

十一畫

樑 同「梁」❷。

樟 │zhāng（章）│粵 zêng¹（章）　木 杍 栌 栌 樟 樟

常綠喬木，木材堅固，有香氣，做傢具能防蟲蛀，枝葉可提取樟腦和樟油。

槨 │guǒ（果）│粵 guog³（郭）　木 杍 杍 栌 槨 槨

古時棺材外面的套棺:棺槨。

樣 │yàng（恙）│粵 yêng⁶（讓）　杙 杆 样 样 样 樣

❶形式，形狀:式樣│模樣。❷用來作標準的:樣本│樣品│貨樣。❸種類:各種各樣│樣樣都好。
◆樣子　樣式　樣品　樣板 ◆字樣　走樣　同樣　花樣　異樣　照樣　像樣　一模一樣　大模大樣　怪模怪樣　裝模作樣

樗 │chū（初）│粵 xu¹（舒）　即是「臭椿樹」。見「椿」字。

椿 │zhuāng（莊）│粵 zong¹（莊）　杙 枺 棒 棒 椿 椿

❶一頭打進地下的木頭:橋椿│打椿。❷量詞:事情一件叫一椿:這三椿事明天都要辦好。
⊗跟「椿」不同。

槿 │jǐn（謹）│粵 gen²（謹）　落葉灌木，即是「木槿」。花有紅、紫、白各種顏色。

槽 │cáo（曹）│粵 cou⁴（曹）　木 杍 柏 槽 槽 槽

❶用來放飼料餵牲畜的器具:馬槽│豬食槽。❷盛飲料或其他液體的器具:水槽│酒槽。❸兩邊高起，中間凹下，形狀像槽的東西:河槽│在門框上挖一條槽。

樞 │shū（舒）│粵 xu¹（舒）　木 杍 柜 梧 樞 樞

❶門的轉軸:戶樞。❷事物的中心部分或關鍵部分:神經中樞│交通樞紐。
◆樞要　樞密　樞機 ◆戶樞不蠹

標 │biāo（彪）│粵 biu¹（彪）　木 杍 栌 栖 標 標

❶表露，寫明:標價│標明。❷表記，符號:商標│路標。❸表面的、非本質的:治標不治本。❹目的物:目標│奪標。❺給競賽優勝者的獎品:錦標。❻範式，規格:標準。
【標本】經過整理，保存原樣，供觀賞或研究用的動物、植物、礦物樣品。
【標誌】❶表明特徵的記號:綠燈是通行的標誌。❷顯示或表明某種特徵:人類登上月球，標誌着人類歷史進入了新的紀元。
【標致】相貌、姿態優美，多用於女性。
【標題】標明文章、作品內容的簡短語句。
【標榜】宣揚，吹噓，含有貶義:標榜民主;標榜自由。
【標新立異】提出新奇的主張，表示與眾不同。
【標點符號】書面語言裏用來表明停頓、語氣和專名等的符號。(參見附錄一)
◆標明　標記　標杆　標語　標號　標簽 ◆投標　音標　座標

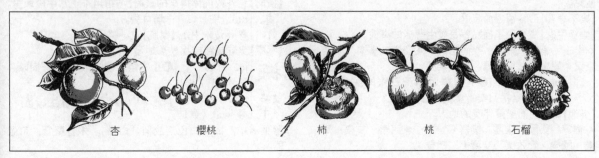

杏　　　　櫻桃　　　　柿　　　　桃　　　　石榴

樹 | máng（忙）
粵 mong⁴（忙）
常綠喬木，產於熱帶、亞熱帶地方，果實叫「芒果」，鵝蛋形，香甜可口。

模 ㈠ mó（摹）
粵 mou⁴（無）
❶榜樣，標準，法式:模範│楷模。❷通「摹」。仿照:模仿│模寫。
【模型】❶依照實物做的樣品。❷鑄造機器零件用的模子。
【模糊】不清楚:字跡模糊。
【模特兒】供藝術家作圖、攝影的對象，或穿着及展示新樣服裝的人。
【模稜兩可】態度不明確，意見不肯定。
　㈡ mú（母陽）
粵 同㈠
❶模子:字模│模板。❷形狀:模樣│一模一樣│大模大樣。

槭 | qī（戚）
粵 qig¹（戚）
落葉喬木，葉子成掌狀分裂，秋天變紅色。木材堅實，可做傢具。

樓 | lóu（婁）
粵 leo⁴（留）
❶兩層以上的房子:樓房│高樓大廈。❷樓房的一層:一樓│四樓。❸一種高起的建築物:城樓│炮樓。❹姓。
◆樓上　樓下　樓台　樓梯　樓頂　◆洋樓　茶樓　鼓樓　鐘樓

樅 | cōng（聰）
粵 cung¹（聰）
常綠喬木，葉子細長，果實橢圓形，木材輕軟，可做建築材料及製造器具、紙張。又叫「冷杉」。

樊 | fán（凡）
粵 fan⁴（凡）
❶籬笆:樊籬。❷鳥籠:樊籠。❸姓。

槲 | hú（胡）
粵 hug⁶（酷）
落葉喬木，花黃褐色，果實球形，葉子可以餵蠶，樹皮可做染料，果實可入藥。

槳 | jiǎng（蔣）
粵 zêng²（蔣）
划船用的用具，直的叫「櫓」，橫的叫「槳」。
⊗跟「獎」、「漿」不同。

樂 ㈠ lè（勒）
粵 log⁶（落）
❶高興，快活; 跟「悲」相對:快樂│歡樂。❷笑:逗樂│樂得合不上嘴。❸喜歡，願意:樂意│樂於。
【樂天】安於自己的處境，無憂無慮。
【樂趣】覺得有意思，有趣味。
【樂觀】心胸開闊，充滿信心和希望，跟「悲觀」相對。
【樂滋滋】因為滿意而喜悅的樣子。
【樂不可支】快樂到幾乎不能支持的地步，形容快樂到了極點。
【樂不思蜀】形容留戀而忘返。
【樂極生悲】快樂到了極點每每發生悲痛的事情。
◆樂土　樂事　樂園　樂而忘返　◆安樂　享樂　取樂　康樂　娛樂　幸災樂禍　喜聞樂見
　㈡ yuè（岳）
粵 ngog⁶（岳）
❶有規律而和諧動人的聲音:音樂│奏樂。❷姓。
【樂池】舞台前面樂隊伴奏的地方。
◆樂章　樂隊　樂團　樂器　樂譜　◆西樂　哀樂　軍樂　國樂　管弦樂　交響樂　輕音樂

十二畫

樽 | zūn（尊）
粵 zên¹（津）
古代的盛酒器具。

橈 | ráo（饒）
粵 nao⁴（撓）
❶划船的槳。❷上肢骨的一部分:橈骨。

樾 | yuè（越）
粵 yud⁶（月）
兩棵樹交會成的樹蔭。

橄 | gǎn（敢）
粵 gem²（敢）
【橄欖樹】常綠喬木，開白花，果實長圓形，青色，叫「橄欖」，又叫「青果」或「諫果」，可以生吃，也可以蜜漬。種子可以榨油，樹脂可供藥用。

樹 | shù（數）
粵 xu⁶（豎）
❶木本植物的總稱:樹木│松樹│柳樹。❷種植，栽培:十年樹木│百年樹人。❸建立:建樹│獨樹一幟。
【樹立】建立。
【樹敵】使別人跟自己為敵。
【樹大招風】比喻名氣大了，就容易惹人注意、反對。
【樹碑立傳】比喻通過某種途徑樹立個人威信，提高個人聲望，含貶義。
◆樹苗　樹根　樹梢　樹幹　樹蔭　◆果樹　高樹　矮樹　橘樹　鐵樹開花

橫 ㈠ héng（恒）
粵 wang⁴（華罌⁴）
❶跟地面平行的，跟「豎」、「直」、「縱」相對:橫樑│橫寫│縱橫。❷從中間穿過:橫渡長江│橫過馬路。❸把直立的或長形的東西平放:橫刀│木頭橫在地上。❹雜亂:蔓草橫生。❺不順情理的:橫行│橫加阻攔。❻漢字的筆畫，平着由左向右，形狀是「一」。
【橫豎】反正，無論如何，表示肯定:我橫豎要去。
【橫七豎八】形容雜亂的樣子。
【橫生枝節】比喻意外地插進一些問題，影響主要問題的解決。
【橫行霸道】仗勢胡作非為，蠻不講理。
【橫徵暴斂】指濫徵捐稅，搜刮民眾財富。
◆橫目　橫眉　橫貫　橫衝直撞　◆老氣橫秋　妙趣橫生
　㈡ hèng（哼去）
粵 wang⁶（華罌⁶）
❶粗暴、兇狠:強橫│蠻橫。❷意外的:橫死│橫禍。
【橫暴】強橫兇暴。
【橫財】意外或僥倖得來的錢財，多指用不正當手段取得。

橐 | tuó（駝）
粵 tog³（托）
一種口袋。
【橐駝】見「駱駝」條。
【橐橐】穿鞋走路或拐杖着地發出的聲音。

橛 | jué（決）
粵 küd³（決）
❶小木樁。❷樹木的殘根:樹橛。

樺 | huà（話）
粵 wa⁴（華）
落葉喬木，樹皮白色，故稱「白樺」。木材堅實，可做器具。

樸 | pǔ（普）
粵 pog³（撲） | 木 朾 杧 杧 榉 樸

❶不華麗，不奢侈: 樸素│樸陋│儉樸。❷不浮誇，不虛偽: 樸實│純樸。

橇 | qiāo（敲）
粵 hiu¹（囂） | 木 杧 杧 桽 桽 橇

用狗、鹿、馬或牛等拖拉的在冰雪上滑行的交通工具，可以坐人和載東西: 雪橇。

⊗跟「撬」不同。

雪橇

橋 | qiáo（喬）
粵 kiu⁴（喬） | 木 杧 秋 桥 橋 橋

❶架在河面上便於通行的建築物: 橋梁│鐵橋│獨木橋。❷姓。

香港青衣大橋

樵 | qiáo（憔）
粵 qiu⁴（憔） | 木 朾 桗 椑 椎 樵

❶柴: 採樵(砍柴)。❷砍柴: 樵夫(砍柴的人)。

樿 同「橝」。

橡 | xiàng（象）
粵 zêng⁶（象） | 木 杧 枱 橪 椽 橡

【橡樹】落葉喬木，果實叫「橡子」。
【橡膠樹】常綠喬木，生長在熱帶地方，樹幹有乳狀漿液，可製橡膠，用途很廣。
◆橡皮　橡皮泥　橡皮圈　橡皮膏

橙 | chéng（成）
粵 cang⁴（撐⁴） | 木 杧 杧 柊 柊 橙

常綠喬木，開白花，果實圓形，叫橙子，酸甜多汁，可吃。
【橙色】黃而微紅的顏色。

橘 | jú（菊）
粵 gued¹（骨） | 杧 杧 杧 杨 橘 橘

常綠灌木，高一丈左右，莖有刺，初夏開白花，果實叫橘子，紅色或黃色，甜酸可吃。

橢 | tuǒ（妥）
粵 to⁵（妥） | 木 杧 杧 椻 椻 橢

長圓形: 橢圓。

樨 | xī（西）
粵 sei¹（西） | 木樨，即是「岩桂」。秋天開花，叫「桂花」，色有黃有白，香氣甚濃。

機 | jī（基）
粵 géi¹（基） | 杧 杧 杧 樕 機 機

❶機器: 拖拉機│發電機│電視機。❷飛機的簡稱: 機場│客機│戰鬥機。❸合適的時候: 機會│機遇│勿失良機。❹事情變化的關鍵: 生機│危機│轉機。❺秘密而重要的: 機要│機密。❻聰明，靈巧: 機智│機靈。
【機宜】適合時機的策略、辦法: 面授機宜。
【機能】生物體組織細胞或器官的作用和活動能力。
【機械】❶各種機器和設備的總稱。❷比喻呆板，不靈活。
【機警】對情況的變化覺察得快。
【機體】具有生命的個體的統稱，包括人和一切動植物。也叫有機體。
【機不可失，時不再來】時機難得，必須抓緊，不可放過。
◆機件　機牀　機敏　機關　機械人　◆天機　心機　投機　時機　殺機　見機行事　當機立斷

十三畫

檁 | lǐn（凜）
粵 lem⁵（凜） | 橫在柱子上托住椽子的橫木。

檀 | tán（壇）
粵 tan⁴（壇） | 木 杧 柎 柏 檀 檀

❶常綠喬木，生在熱帶地方，有黃檀、白檀、紫檀等幾種。木材堅硬而有香氣的叫「檀香」，既可造器具，又可做香料和入藥。沒有香氣的檀木，供造器具用。❷姓。

檑 | léi（雷）
粵 lêu⁴（雷） | 古代守城用的工具。用木頭做成圓柱形，從城上推下來打擊攻城的敵人。也叫「滾木」。

檉 | chēng（稱）
粵 qing¹（青） | 【檉柳】又叫「紅柳」、「觀音柳」。落葉喬木，枝細長，葉密，花淡紅色，枝葉可入藥。

檣 | qiáng（牆）
粵 cêng⁴（詳） | 船上掛帆用的木杆，俗稱「桅杆」。

檔 | dàng（蕩）
粵 dong²（擋） | 木 杧 杧 档 椚 檔

❶存放公文案卷的櫥架: 歸檔。❷分類保存的文件、材料: 檔案│查檔。❸器具上起支撐作用的木條: 橫檔。

櫛 | zhì（至）
粵 jid³（節） | 木 杧 桲 桲 椙 櫛

❶梳子和篦子的總稱。❷梳頭。
【櫛比鱗次】比喻房屋等排列密集。也作「鱗次櫛比」。
【櫛風沐雨】風梳頭，雨洗澡。形容在外奔波勞碌。

檇 | zuì（最）
粵 zèu³（最） | 【檇李】水果名，皮色艷紅，肉多味美。

檄 | xí（習）
粵 hed⁶（瞎） | 木 柏 棉 栺 栺 檄

古代用於徵兵、聲討、通告等的文書: 檄文。

檎 | qín（禽）
粵 kem⁴（禽） | 林檎，落葉亞喬木，花白色而帶紅暈，果實圓而小，甜酸可吃，俗稱「沙果」，又叫「花紅」。

檢 | jiǎn（撿）
粵 gim²（撿） | 木 杧 杧 栓 檢 檢

❶查看: 檢查│檢閱。❷約束: 行為不檢│語言失檢。
【檢討】❶從根源上檢查自己的缺點和錯誤。❷檢查、研

究。

【檢舉】向司法機關或其他有關部門揭發違法者、犯罪者。

【檢點】❶查看、清點: 檢點行李。❷注意約束自己的言語行爲: 在公共場合說話要多加檢點。

【檢驗】按一定標準檢查驗看。

檜 ⊖ guì（桂）｜粵 guei³（桂）｜松栓栓栓檜檜

常綠喬木, 樹幹像松, 木材桃紅色, 有香氣, 可供建築及製鉛筆桿等用。

⊜ huì（滙）｜粵 kui³（潰）｜秦檜, 人名, 南宋奸臣。

櫅 同「簷」。

檗 bò（柏去）｜粵 pag³（柏）｜即是「黄蘗」, 俗稱「黄柏」。落葉喬木, 果實可做藥, 莖皮可作染料。

十四畫

檸 níng（寧）｜粵 ning⁴（寧）｜木 杧 栌 椊 檸 檸

【檸檬】常綠灌木, 生長在熱帶、亞熱帶, 果實橢圓, 淡黄色, 味酸, 可製飲料, 又入藥。果皮可提取檸檬油。

檳 bīng（兵）｜粵 ben¹（賓）｜木 杧 柠 栦 槟 檳

【檳榔】常綠喬木, 生長在熱帶。果實堅硬味澀, 可吃, 也可入藥。

檴 同「柏」。

櫃 guì（貴）｜粵 guei⁶（跪）｜木 柜 柜 柜 櫃 櫃

❶收藏東西的傢具: 櫃子｜衣櫃｜書櫃。❷商店的售貨台: 櫃台。

檻 ⊖ kǎn（砍）｜粵 ham⁵（菡）｜木 柞 柞 柞 檻 檻

門下面的横木: 門檻。

⊜ jiàn（艦）｜粵 lam⁶（艦）｜❶欄杆。❷關獸類的柵欄: 獸檻。

檬 méng（蒙陽）｜粵 mung¹（蒙¹）｜木 柞 桿 桿 檬 檬

見「檸檬」條。

櫂 zhào（照）｜粵 zao⁶（爪⁶）｜木 柜 栒 櫂 櫂 櫂

❶船槳。❷泛指船: 歸櫂。

櫈 dèng（瞪）｜粵 deng³（等³）｜杞 杞 栒 梆 橙 櫈

有腿沒有靠背的坐具: 板櫈｜長櫈｜方櫈。

十五至十六畫

櫥 chú（廚）｜粵 qu⁴（廚）｜扩 扩 栌 椑 櫥 櫥

櫃子一類的傢具, 前面有門: 衣櫥｜碗櫥。

【櫥窗】商店臨街展覽樣品的玻璃窗。

櫝 dú（讀）｜粵 dug⁶（讀）｜木 杧 椖 椟 櫝 櫝

櫃子、匣子。

櫚 lú（驢）｜粵 lêu⁵（呂）｜栌 杞 杞 櫚 櫚 櫚

見「棕櫚」條。

櫫 zhū（朱）｜粵 ju¹（朱）｜小木樁。

揭櫫: 標明, 揭示。

櫓 lǔ（魯）｜粵 lou⁵（老）｜木 杧 栌 椖 橹 櫓

比槳大、安裝在船尾或船旁、用人搖動使船前進的工具: 搖櫓。

櫟 lì（力）｜粵 lig¹（礫）｜落葉喬木, 幹葉都有針刺, 木材堅硬, 可做枕木和傢具, 樹皮可做染料。

櫞 yuán（緣）｜粵 yun⁴（緣）｜見「枸櫞」條。

櫬 chèn（趁）｜粵 cen³（趁）｜棺材: 靈櫬。

欅 jǔ（舉）｜粵 gêu²（舉）｜【欅樹】樹皮有粗紋, 像鱗片, 木材很堅硬。

櫪 lì（力）｜粵 lig¹（礫）｜馬棚, 馬槽。

櫨 lú（盧）｜粵 lou⁴（盧）｜黄櫨樹, 落葉喬木, 果實扁圓, 可以製蠟。

十七畫以上

欞 líng（靈）｜粵 ling⁴（靈）｜舊式房屋的窗格: 窗欞。

櫱 niè（聶）｜粵 yib⁶（業）｜樹木砍去以後又長出來的新芽: 萌櫱。

櫻 yīng（英）｜粵 ying¹（英）｜木 柙 柙 櫻 櫻 櫻

【櫻桃】落葉喬木, 春夏開淡紅色花, 果實近似球形, 紅色, 甜美可吃。

【櫻花樹】落葉喬木, 葉橢圓形, 春天開白色或粉紅色花, 豔麗奪目, 微香, 供觀賞。原產日本。

欄 lán（蘭）｜粵 lan⁴（蘭）｜栅 栅 栅 欄 欄 欄

❶阻隔、遮擋的東西: 欄杆｜木欄。❷養牲畜的圈: 牛欄｜豬欄。❸報刊按內容或排版劃分的部分: 專欄｜小說欄。❹表格中區分項目的格: 籍貫欄｜備註欄。

權 quán（全）｜粵 kün⁴（拳）｜权 权 椛 權 權 權

❶支配事物或指揮人員的力量: 權力｜權勢｜掌權。❷應當享受的利益: 權利｜公民權。❸應變、變通的辦法: 權略｜權謀。❹衡量, 考慮: 權衡。❺暫且, 姑且: 權宜｜權借一宿。

【權威】使人信服的力量和威望。比喻事業或學術中的領袖。

【權限】權力的範圍。

【權術】憑着權勢而玩弄的計謀、手段, 含貶義。

【權貴】有權有勢的官僚貴族。

【權宜之計】爲了應付情況變化而暫時採取的變通辦法。
◆權柄　權要　權益　◆人權　主權　政權　强權　棄權　越權　奪權　霸權

欒 | luán（攣）
粤 lün⁴（聯）
【欒樹】落葉喬木，葉可作靑色染料。夏天開黃花，可入藥，又可作黃色染料。木材可製器具。

欖 | lǎn（覽）
粤 lam⁵（覽⁵）　木 杆 柜 槌 檔 欖
見「橄欖樹」條。

欠部

欠 | qiàn（歉）
粤 him³（何淹³）　丿 宀 勹 欠
❶借了沒還，該給的沒給：欠款｜欠賬｜拖欠。❷不夠，缺少：欠妥｜文字欠通。❸困倦時張口呼氣：呵欠。❹身體稍微向前傾動：欠身。
【欠伸】疲倦時打呵欠，伸懶腰。
【欠缺】❶不夠：欠缺周到。❷缺少：沒有什麼欠缺。

二至七畫

次 | cì（刺）
粤 qi³（刺）　丶 冫 丬 冲 沙 次
❶順序，先後：次序｜名次｜依次前進。❷第二：次子｜次日｜其次。❸質量差的：次品｜次貨。❹量詞：初次｜三番五次。❺旅途中停留的處所：旅次｜舟次｜客次。
【次第】次序，一個挨一個地。
【次等】第二等：次等貨。
【次大陸】面積較小但有某種獨立性的陸地，如喜馬拉雅山以南的地區稱爲「南亞次大陸」。
◆次要　次數　◆主次　再次　班次　層次　歷次

欣 | xīn（辛）
粤 yen¹（因）　丿 冫 千 斤 釛 欣
高興，喜歡：欣喜｜歡欣。
【欣賞】❶用喜愛的心情領略美好事物的意味：欣賞音樂。❷認爲美好而喜歡：他非常欣賞這幅油畫。
【欣慰】高興而感到安慰。
【欣欣向榮】草木生長茂盛。比喻事業蓬勃發展。
【欣喜若狂】高興得像發狂似的。
◆欣幸　欣然　欣羨　◆歡欣鼓舞

歍 | xī（希）
粤 héi¹（希）　【歍歍】哭泣後抽噎的聲音。

欲 | yù（育）
粤 yug⁶（玉）　八 夕 公 谷 谷 欲
❶想要，希望：暢所欲言｜從心所欲。❷快要：望眼欲穿｜搖搖欲墜。❸需要：膽欲大而心欲細。❹通「慾」：欲望｜求知欲。
【欲速不達】性急求快，反而達不到目的。
【欲蓋彌彰】想要掩蓋事實的眞相，反而暴露得更加明顯。
【欲罷不能】想要中途停止而又不可能。

【欲擒故縱】比喻爲了控制得更牢，故意先放鬆一步。
◆呼之欲出　垂涎欲滴　震耳欲聾　蠢蠢欲動

欵 | ㊀ è，又讀éi
粤 è｜感歎詞。表示應允：欵，我就來。
㊁ ǎi（矮）
粤 ai²（矮）｜表示否定或不贊成：欵，你這話可不對呀！
【欵乃】象聲詞，行船搖櫓的聲音。

八畫以上

款 | kuǎn（寬上）
粤 fun²（寬²）　土 圭 寺 素 款 款
❶錢，經費：存款｜滙款。❷殷勤，誠懇：款待｜款留。❸法令或規章條文裏的分項：條款｜第二條第三款。❹樣式：款式｜新款。❺字畫上的題名：落款｜題款。
◆欠款　公款　付款　捐款　借款　現款　貸款　贈款　贓款

欺 | qī（七）
粤 héi¹（希）　一 卄 甘 其 欺 欺
❶詐騙：欺騙｜自欺欺人。❷壓迫、凌辱別人：欺負｜仗勢欺人。
【欺凌】欺負、凌辱。
【欺詐】用狡猾奸詐的手段騙人。
【欺人之談】騙人的話。
【欺世盜名】欺騙世人，竊取名譽。
◆欺生　欺哄　欺侮　欺壓　欺人太甚　欺軟怕硬

欽 | qīn（侵）
粤 yem¹（音）　亼 乍 釒 金 釢 欽
❶敬重，佩服：欽佩｜欽敬。❷封建時代對皇帝的敬語：欽定｜欽賜。
【欽差大臣】皇帝特派出外辦事的官員。

歇 | xiē（蝎）
粤 hid³（蝎）　尸 舄 昜 曷 歇 歇
❶休息：歇歇腳｜歇會兒。❷住宿，睡覺：歇宿。❸停止：歇手｜歇業(停止營業)。
【歇息】❶休息。❷睡覺、住宿。
【歇後語】類似謎語的一種語句，由兩部分組成，前一部分多爲比喻，後一部分多爲本意。如「十五個吊桶打水——七上八下」。
【歇斯底里】一種精神失常的病態，患者憂鬱暴躁。常用來形容情緒激動，神經過敏，舉止失常。
◆歇工　歇涼　歇班　歇腿　◆安歇　停歇　間歇

歃 | shà（霎）
粤 sab³（霎）　【歃血】古時候諸侯盟誓時，把牲畜的血塗在口脣上，表示誠意：歃血爲盟。

歉 | qiàn（欠）
粤 hib³（脅）　屮 屮 丱 𡶤 兼 歉
❶作物收成不好：歉收｜歉年。❷感到對不起人：抱歉｜道歉｜歉意。
【歉疚】覺得對不起人，心裏感到不安。

歌 | gē（哥）
粤 go¹（哥）　可 可 哥 哥 哥 歌
❶可唱的詞曲：山歌｜民歌｜詩歌。❷唱：歌唱｜高歌猛進。❸頌揚：歌頌｜可歌可泣。

【歌功頌德】頌揚功績和恩德。多含貶義。
◆歌手　歌曲　歌星　歌詞　歌舞　歌劇　歌謠　◆兒
歌　哀歌　國歌　凱歌　輓歌　謳歌　戀歌　讚歌　引
吭高歌　四面楚歌

歎 | tàn（炭）粵 tan³（炭） | 一 廿 莒 茣 歎 歎

❶心裏苦悶時呼氣發出的聲音:歎氣│長吁短歎。❷讚
美:歎賞│讚歎│歎爲奇觀。
【歎服】稱讚並且佩服。
【歎爲觀止】讚歎看到的事物好到極點。
◆歎息　歎詞　◆長歎　哀歎　悲歎　感歎　驚歎　望
洋興歎

歐 | ōu（毆）粵 eo¹（毆） | 〒 丂 品 區 歐 歐

❶歐羅巴洲的簡稱,世界七大洲之一:歐洲│東歐│西
歐。❷姓。❸歐陽,複姓。
⊗右邊是「欠」,不是「攵」或「殳」。

歔 | xū（虛）粵 hêu¹（虛） | 見「歔欷」條。

歙 | ㊀xī（希）粵 keb¹（吸） | 縮鼻子吸氣。
　㊁shè（攝）粵 xib³（攝） | 縣名,在安徽省。

歟 | yú（魚）粵 yu⁴（如） | 𠂉 𠂉 𠂉 𠂉 𠂉 歟

文言用字。❶表示疑問、反詰的語助詞,相當於「嗎、
呢、吧」等:然歟否歟?❷表示讚美的語助詞,相當於「呀、
啊」等:猗歟盛哉!

歡 | huān（貛）粵 fun¹（寬） | 𠂉 𠂉 𠂉 雚 雚 歡

❶高興,快樂,與「悲」相對:歡樂│歡天喜地。❷活躍,
興奮:幹得歡。
【歡暢】高興,痛快:心情歡暢。
【歡騰】高興得歡呼跳躍:萬衆歡騰。
【歡欣鼓舞】非常快樂和高興。
【歡聲雷動】歡呼的聲音像雷聲一樣響徹大地。形容熱烈
歡迎的動人場面。
◆歡呼　歡快　歡送　歡笑　歡喜　歡聚　歡躍　◆合
歡　狂歡　喜歡　悲歡離合　不歡而散　皆大歡喜

止部

止 | zhǐ（旨）粵 ji²（子） | 丨 ⺊ 止 止

❶停住:停止│止步。❷阻擋,使停止:止咳│止痛│制
止。❸只,僅有:止此一家│不止這樣。
【止境】終止的地方,盡頭:學無止境。
◆止息　止渴　止瀉　◆中止　行止　何止　禁止　靜
止　截止　舉止　勸止　望梅止渴　飲鴆止渴　適可而
止

正 | ㊀zhèng（政）粵 jing³（政） | 一 丁 下 正 正

❶不偏不斜,在中間,跟「歪、側、偏」相對:正
中│正門│端正。❷表示相對的兩面中積極一面,跟「反」
相對:正面│正常。❸基本的、主要的,跟「副」相
對:正職│正題。❹數學上指大於零的數,物理學上指
電流的陽極:正數│正極。❺合於法則、規矩的,跟「邪」
相對:正路│正當│正規。❻純淨,不雜:正黃│味道不
正。❼修改差錯,使準確:改正│修正│正音。❽表示
動作在進行中:正在上課。❾恰好:正巧│正好。❿圖形
的各邊長度和各角的大小都等:正方形│正三角形。
【正法】依法執行死刑:就地正法。
【正氣】❶正直的氣節。❷純正的健康的風氣。
【正義】公正合理、符合大衆利益的道理或事情:伸張正
義。
【正人君子】指品行端正的人,有時也用於諷刺假裝正經
的人。
【正大光明】言行正派,心地坦白。
◆正式　正軌　正理　正業　正確　◆公正　立正　指
正　眞正　剛正　辨正　矯正　嚴正
　㊁zhēng（征）粵 jing¹（征） | 指農曆一月:正月。

此 | cǐ（次上）粵 qi²（始） | 丨 ⺊ ⺊ 止 此 此

❶這,這個:此事│此人│豈有此理。❷這時候,這
裏:此後│到此一遊。❸這樣:如此這般│就此辦理。
【此起彼伏】這裏起來,那裏落去。比喻接連不斷。
◆此外　此地　此刻　此岸　此間　此時此地　此情此
景　◆由此　至此　因此　故此　彼此　特此　由此及
彼　由此可見　多此一舉　長此以往　顧此失彼

步 | bù（布）粵 bou⁶（部） | 丨 ⺊ ⺊ 止 ⺌ 步

❶腳步,行走時兩腳之間的距離:步伐│大步│穩步。
❷行,走:步行│信步│步入劇場。❸踏,追隨:步人後
塵(跟在別人的後頭走。比喻追隨、模仿別人的樣子)。
❹境地:事情到了無可挽回的地步。❺進行的程序或階
段:步驟│初步│逐步。
【步調】步子的大小快慢。比喻事情進行的方式、步驟和
速度等:步調一致。
【步履】行走:步履艱難。
【步步爲營】軍隊前進一步,就修築一道營壘。比喻做事
情一步一步地來,行動謹愼,防備嚴密。
◆步兵　步槍　步話機　◆卻步　逐步　散步　進步
漫步　邁步　讓步　一步登天　寸步難行　平步青雲
故步自封
⊗下面是「少」,不是「少」。

武 | wǔ（舞）粵 mou⁵（舞） | 二 千 千 千 正 武

❶關於軍事的,跟「文」相對:武力│武器。❷關於搏
鬥技術的:武術│武藝│比武。❸勇猛:威武│勇武。
❹姓。
【武士】古代守衞宮廷的士兵。
【武庫】藏兵器的倉庫。
【武裝】❶軍事裝備:武裝力量。❷用武器來裝備。
【武斷】沒有充分依據,單憑主觀臆測來作判斷。
◆武功　武打　武將　◆英武　動武　練武　核武器

歧 | qí (祈)
粵 kéi⁴ (奇)

丨 卜 屮 止 歧 歧

❶岔路，從大路分出來的小路：歧路。❷不一致，不相同：分歧｜歧見｜歧異。
【歧視】不平等地看待。
【歧途】岔路，比喻錯誤的道路。
⊗跟「岐」不同。

歪 | wāi (外陰)
粵 wai¹ (懷¹)

ア不歪歪歪歪

❶不正，偏斜：歪斜｜帽子戴歪了。❷不正當的：歪風｜歪理。❸粗劣的：歪詩｜歪文章。
【歪曲】故意改變事實，顛倒是非：歪曲事實。
【歪門邪道】不正當的途徑，壞點子。
【歪風邪氣】指壞作風，壞習氣。

歲 | suì (碎)
粵 sêu³ (碎)

屮 屵 岁 岁 歲 歲

❶年，每年：去歲｜歲歲平安。❷計算年齡的量詞：三歲｜歲數。❸一年的農業收成：豐歲｜歉歲。
【歲月】年月，泛指時間：艱苦的歲月；歲月如流。
【歲寒三友】松、竹、梅在天寒時不凋謝，被稱爲「歲寒三友」。
◆歲末　歲暮　◆守歲　年歲　周歲　虛歲　壓歲錢

歷 | lì (力)
粵 lig⁶ (力)

一厂厤厤歷歷

❶經過：經歷｜歷時五年｜歷盡千辛萬苦。❷已經過去的：歷年｜歷程。❸遍，一個個地：歷訪名山。
【歷代】過去各個朝代：歷代名畫。
【歷史】❶記載過去的事跡的書籍。❷國家大事的記載。❸事物發展變化的歷程的記載。
【歷來】從來，一向：他歷來辦事謹慎。
【歷程】經歷的過程：光輝的歷程。
【歷歷】一個一個非常清楚、分明：歷歷可數；歷歷在目。
◆歷久　歷任　歷時　歷朝　歷覽　◆病歷　遊歷　資歷　閱歷　學歷　履歷　簡歷

歸 | guī (規)
粵 guei¹ (龜)

自 皀 皈 皈 歸 歸

❶返回：外出未歸｜歸心似箭。❷還給：歸還｜完璧歸趙。❸由，屬於：這事不歸我管｜這份歸他。❹聚攏、合併：歸併｜歸結｜條條江河歸大海。❺依附，趨向：衆望所歸｜萬衆歸心。❻珠算中一位的除法：九歸。
【歸西】指人死：一命歸西。
【歸田】退職回鄉：解甲歸田。
【歸納】從一系列個別事實中推出一般結論的推理方法。
【歸宿】最後的着落和結局。
【歸順】歸附、順從，投降。
【歸程】返回的路程。
【歸根結蒂】歸結到根本上。「蒂」也作「柢」或「底」。
◆歸公　歸功　歸咎　歸航　歸國　歸類　◆回歸　終歸　當歸　榮歸　同歸於盡　言歸於好

歹部

歹 | dǎi (呆上)
粵 dai² (帶²)

一 丆 歹 歹

壞的，惡的，跟「好」相對：歹毒｜不知好歹｜爲非作歹。

二至七畫

死 | sǐ (司上)
粵 séi² (四²)

一 厂 歹 歹 死 死

❶失去了生命，跟「生」、「活」相反：死亡｜生死。❷拼命，頑強，堅決：死戰｜死守。❸勢不兩立的，不可調和的：死敵｜死對頭。❹非常，極端：氣死人｜高興死了。❺不流動，不靈活，沒有生氣：死水｜死板｜死寂。❻不通的：死路｜死胡同。❼失去作用或效力的，沒有希望的：死信｜死棋｜死症。❽被判處死刑的：死囚｜死罪。
【死角】指射擊不到、看不到、影響不到的地方。
【死難】遭難而死。
【死黨】死心塌地替某人或某集團出力賣命的一伙人。
【死灰復燃】比喻已經停息的事物又重新活動起來(多指壞事)。
【死有餘辜】形容罪大惡極，即使處死他，也抵償不了他的罪過。
【死氣沈沈】形容氣氛不活躍或情緒消沈、意志衰退。
【死得其所】比喻死得有價值、有意義。
◆死力　死記　死結　死傷　死心塌地　死裏逃生　◆伴死　垂死　慘死　寧死不屈　出生入死

歿 | mò (末)
粵 mud⁶ (末)

一 歹 歹 歿 歿

死亡：病歿。

殃 | yāng (央)
粵 yêng¹ (央)

一 歹 歹 歼 殃 殃

❶禍害：災殃｜遭殃。❷使受禍害：禍國殃民(損害國家，傷害人民)。
【殃及池魚】比喻無端受禍。

殄 | tiǎn (舔)
粵 tin⁵ (田⁵)

盡，絕：暴殄天物(任意糟蹋東西)。

殆 | dài (代)
粵 toi⁵ (怠)

一 歹 歹 殆 殆 殆

❶危險：病殆。❷差不多，將近：傷亡殆盡。

殊 | shū (淑)
粵 xu⁴ (薯)

一 歹 歹 殊 殊 殊

❶不同：懸殊。❷特別的：特殊｜殊勳。❸很，非常：殊爲不安。
【殊死】拼命，竭盡全力：殊死搏鬥。
【殊途同歸】比喻採取不同的方法而得到相同的結果。

殉 | xùn (迅)
粵 sên¹ (詢)

一 歹 歹 歹 殉 殉

❶爲了某種目的而犧牲自己的生命：殉國｜殉職。❷陪葬：殉葬。

殍 piǎo（縹）粵 piu⁵（漂⁵）｜餓死的人。

八至十七畫

殖 zhí（直）粵 jig⁶（直）｜歹 歹 殅 殅 殖 殖
❶生育，生長:生殖｜繁殖。❷種植:墾殖。❸生財興利:殖財｜殖貨。

殘 cán（蠶）粵 can⁴（燦⁴）｜歹 歹 殘 殘 殘 殘
❶傷害，毀壞:殘殺｜摧殘。❷兇狠，暴虐:殘忍｜殘暴｜殘酷。❸不完整的:殘缺｜殘破。❹將盡或剩餘的:殘敵｜殘冬。
【殘生】指晚年。
【殘局】下棋的最後階段，比喻經過動亂或失敗後的殘破局面。
【殘喘】臨死時的喘息:苟延殘喘。
【殘廢】肢體有部分損毀或失去作用。
【殘餘】在消滅或淘汰過程中所剩餘下來的人或事物。
【殘骸】人或動物不完整的屍體。
【殘渣餘孽】比喻殘存的壞人。
◆殘月　殘疾　殘留　殘陽　殘兵敗將　◆抱殘守缺　自相殘殺　苟延殘喘　風捲殘雲　斷垣殘壁

殛 jí（及）粵 gig¹（激）｜雷電打壞東西或打死人:雷殛。

殞 yǔn（允）粵 wen⁵（允）｜死亡:殞命。

殤 shāng（傷）粵 sêng¹（商）｜歹 歹 殖 殖 殤 殤
❶幼年死亡:夭殤。❷指死難者:國殤。

殫 dān（丹）粵 dan¹（丹）｜盡，竭盡:殫力｜殫思極慮（用盡心思）。
【殫精竭慮】用盡了精力和心思。

殭 jiāng（姜）粵 gêng¹（姜）｜動物死了以後屍體變硬而不腐朽:殭屍｜殭蠶。

殮 liàn（煉）粵 lim⁵（臉）｜歹 歹 殮 殮 殮 殮
把死屍安放在棺材裏:大殮｜殯殮。

殯 bìn（鬢）粵 ben³（鬢）｜歹 殯 殯 殯 殯 殯
把死人送去火化或安葬:出殯｜殯葬｜殯儀館。
【殯殮】入殮和出殯。

殲 jiān（尖）粵 qim¹（簽）｜殲 殲 殲 殲 殲 殲
消滅:殲滅｜殲擊｜殲敵。

殳部

段 duàn（斷）粵 dün⁶（斷）｜亻 厂 丰 卧 段 段
❶量詞。事物、時間的一節或一部分:片段｜一段話｜三個地段。❷作事的方法、技術:手段。❸姓。
【段落】文章、事情等根據內容劃成的部分:告一段落。
◆工段　身段　階段　線段　不擇手段

殷 ㊀ yīn（因）粵 yen¹（因）｜亻 户 户 身 胪 殷
❶富足:殷商｜殷實。❷深厚:殷切｜情意甚殷。❸朝代名。❹姓。
【殷勤】熱情周到:殷勤接待。
【殷鑑】借前事來做鑑戒。
㊁ yān（煙）粵 yin¹（煙）｜【殷紅】黑紅色:殷紅的血色。

殺 shā（紗）粵 sad³（煞）｜丿 乄 杀 杀 殺 殺
❶使人或動物喪失生命:殺人｜殺雞。❷戰鬥:殺出重圍｜殺奔前線。❸消除，減弱:殺癢｜殺價｜殺威風。❹收束，結尾:殺尾｜殺帳。❺用在動詞後面，表示程度深:恨殺人｜笑殺人。
【殺生】舊時指宰殺牲畜、家禽等生物。
【殺氣】兇惡的氣勢:殺氣騰騰。
【殺戮】大量地殺害。
【殺機】殺人的念頭。
【殺風景】損壞美好的景色。比喻在興高采烈的場合使人掃興。
【殺一儆百】殺一個人警戒許多人。
【殺身成仁】為正義而犧牲生命。
【殺雞取卵】比喻只圖眼前的好處而損害長遠的利益。
【殺雞嚇猴】比喻懲罰一個人來嚇唬另外的人。
【殺人不眨眼】形容極其兇狠殘暴。
◆殺害　殺菌　殺傷　殺敵　殺頭　殺人如麻　殺人越貨　◆仇殺　自殺　扼殺　抹殺　刺殺　暗殺　廝殺　謀殺　借刀殺人　趕盡殺絕　自相殘殺

殻 ㊀ qiào（俏）粵 hog³（學³）｜壴 壴 壳 壳 殻
物體的硬皮:地殼｜軀殼｜金蟬脫殼。
㊁ ké（咳）較小物體外面的硬皮:蛋殼｜蚌殼｜子彈殼。粵 同㊀。

毀 huǐ（悔）粵 wei²（委）｜亻 亻 臼 臼 臼 毀
❶破壞，損壞:毀壞｜燒毀｜炸毀。❷誹謗，說別人壞話:毀謗。
【毀滅】徹底地破壞、消滅。
【毀譽】誹謗和讚譽。
【毀於一旦】在一天之內毀滅掉。多形容得來不易的東西一下子毀掉了。
◆毀約　毀棄　毀傷　毀壞　◆拆毀　詆毀　焚毀　摧毀　銷毀　撕毀　墜毀

殿 | diàn（電）
粵 din⁶（電） | ⼀ ⼫ ⼫ ⼫ ⼫ 殿

❶高大的房屋，特指供奉神佛的大屋或帝王的居室: 神殿｜宮殿。❷在最後的: 殿後｜殿軍。
【殿下】對太子或親王的尊稱。

毅 | yì（藝）
粵 ngei⁶（藝） | ⽴ ⾚ ⾚ ⾚ 毅 毅

意志剛強，做事堅決、果斷: 剛毅｜堅毅。
【毅力】堅強持久的意志。
【毅然】堅決、果斷，毫不動搖。

毆 | ōu（歐）
粵 ngeo¹（歐） | ⼀ ⼫ ⼫ ⼫ ⼫ 毆

打人: 毆打｜毆傷｜鬥毆。

毋部

毋 | wú（無）
粵 mou⁴（無） | ⼂ ⼓ 毋 毋

不要，不可以: 毋忘此仇｜寧缺毋濫。
【毋寧】不如，寧可，常跟「與其」連用，表示經過比較然後取捨: 與其強攻，毋寧智取。
【毋庸】用不着，不必: 毋庸多說｜毋庸諱言。
⊗跟「母」不同。

母 | mǔ（牡）
粵 mou⁵（武） | ⼂ ⼓ 母 母 母

❶母親，媽媽。❷對女性長輩的稱呼: 祖母｜舅母。❸動物中雌性的: 母牛｜母豬。❹有產生其他事物或能力的: 酵母｜字母｜工作母機。
【母校】稱自己曾經讀過書的學校。
【母愛】母親對兒女的愛。

每 | měi（美）
粵 mui⁵（妹⁵） | ⼃ ⼂ ⼂ ⼓ 每 每

❶各: 每個｜每人｜每組。❷凡是: 每戰必勝｜每逢佳節倍思親。
【每每】常常，往往: 假日他每每到海邊游泳。
【每況愈下】指情況愈來愈壞: 這個廠管理混亂，生產每況愈下。也作「每下愈況」。

毒 | dú（獨）
粵 dug⁶（獨） | ⼆ ⽣ ⽣ ⽣ 毒 毒 毒

❶對生物體有害的東西: 毒品｜毒藥｜病毒。❷兇狠、殘暴的: 毒打｜毒計｜惡毒。❸用毒物殺害: 毒害｜毒老鼠。
【毒手】殺人或傷害人的惡毒手段: 險遭毒手。
【毒辣】狠毒，多形容手段: 手段毒辣。
◆毒刑 毒性 毒物 毒草 毒氣 毒蛇 毒液 毒箭 ◆中毒 歹毒 放毒 刻毒 流毒 解毒 以毒攻毒

毓 | yù（郁）
粵 yug¹（郁） | ⼂ ⼓ 每 每 每 毓 毓

❶養育，孕育。❷生長。

比部

比 | bǐ（彼）
粵 béi²（彼） | ⼀ ⼂ ⼂ 比

❶較量，競賽: 比較｜比武｜比賽。❷譬如: 比方。❸模仿: 比畫｜連說帶比。❹兩數對比: 三比一。❺接連的，靠近的: 比肩｜比鄰。❻勾結: 朋比為奸。❼數學名詞: 比例｜比值｜百分比。
【比喻】打比方，用有類似點的事物來比擬想要說的事物。
【比擬】❶比較: 無可比擬。❷修辭手法之一，把物擬作人或把人擬作物。
【比目魚】魚名。身體扁平，兩眼生在身體的同一側，常平臥於海底。也叫「偏口魚」。
【比比皆是】到處都是。
◆比分 比如 比重 比率 比試 比肩繼踵 比翼齊飛 ◆反比 正比 相比 排比 評比 無與倫比

毖 | bì（畢）
粵 béi³（秘） | 小心，謹慎: 懲前毖後（吸取過去失敗的教訓，以後小心，不致重犯錯誤）。

毗 | pí（皮）
粵 béi²（比） | ⽥ ⽥ ⽥ 毗 毗 毗

接連: 毗連｜毗鄰。

毛部

毛 | máo（矛）
粵 mou⁴（無） | ⼃ ⼂ ⼆ 毛

❶動物表皮上所生的細柔的絲狀物或絨狀物: 羊毛｜鴨毛。❷沒有加工的、粗糙的: 毛坯｜毛貨。❸粗心，不穩重: 毛手毛腳。❹細小: 毛毛雨｜毛孩子。❺差錯、缺點: 毛病。❻不純淨的: 毛重。❼驚慌失措: 嚇毛了｜心裏發毛。❽草木: 不毛之地。❾貨幣單位，一角錢叫一毛。❿姓。
【毛利】除去了成本，但沒有除去其他費用的利潤。
【毛茸茸】形容細毛叢生的樣子: 毛茸茸的小白兔。
【毛難族】中國少數民族，主要分佈在廣西。
【毛骨悚然】形容十分害怕的樣子。
【毛遂自荐】比喻自告奮勇、自己推荐自己。
◆毛巾 毛孔 毛布 毛筆 毛髮 毛躁 ◆羽毛 毫毛 脫毛 鴻毛 一毛不拔 羽毛未豐 吹毛求疵 雞毛蒜皮

毫 | háo（豪）
粵 hou⁴（豪） | ⼂ ⼝ ⾼ ⾼ ⾼ 毫

❶動物身上的細毛: 毫毛。❷毛筆: 狼毫｜揮毫。❸極少，一點兒: 毫不相干｜毫無道理。❹重量和長度單位，「釐」的十分之一。❺貨幣單位，一角錢也叫一毫。❻秤或戥子桿上的提繩: 頭毫｜二毫。
【毫釐】比喻極微小的數量: 不差毫釐。
【毫無二致】絲毫沒有兩樣，完全一樣。

◆毫升 毫末 毫米 ◇絲毫 一絲一毫 明察秋毫

毯 tǎn（坦）
粵 tan² (坦)　　三毛毛毛毯毯毯

厚實的毛、棉織品: 毛毯 | 棉毯 | 地毯。

毽 jiàn（建）
粵 gin³（建）　　毛毛毛毛毽毽

【毽子】一種文娛體育用品。玩的時候用腳連續把它向上踢，不使落地。

毽

氅 chǎng（廠）
粵 cong²（廠）　❶用鳥毛做成的皮衣: 鶴氅。❷大衣，外套: 大氅。

氈 zhān（沾）
粵 jin¹（煎）　用獸毛或人造纖維壓成的、比呢子厚的東西，可做墊子、褥子、帽等。

氏部

氏 ㊀ shì（示）
粵 xi⁶（示）　　ノ 匸 乇 氏

❶姓: 李氏兄弟。❷舊時稱已婚婦女常在她娘家姓之後或夫姓與娘家姓之後加「氏」: 夫人李氏 | 張黃氏。❸對名人、專家的稱呼: 馬氏文通 | 攝氏溫度計。
【氏族】人類社會最原始的血緣集團。
　㊁ zhī（之）
粵 ji¹（之）　　月氏，漢朝時西域國名。

氐 ㊀ dǐ（底）
粵 dei²（底）　　ノ 匸 乇 氏 氐

根本。
　㊁ dī（低）
粵 dei¹（低）　　中國古代西部的少數民族。
⊗跟「氏」不同。

民 mín（敏陽）
粵 men⁴（文）　　コ コ ア 民 民

❶組成國家的人: 人民 | 民眾。❷從事某種職業或從屬某個民族的人: 農民 | 牧民 | 回民。❸出於民間的: 民歌 | 民謠。❹非軍事的: 民用 | 民航。
【民不聊生】老百姓沒法活下去。
【民脂民膏】比喻民眾用血汗換來的財富。
◆民心 民主 民法 民事 民族 民間 民意 民權
◇市民 平民 良民 災民 居民 軍民 國民 貧民
僑民 難民 殖民地 勞民傷財 國計民生

氓 ㊀ máng（忙）
粵 mong⁴（亡）　　亡 亡 印 印 氓

流氓，原指無業遊民，後指不務正業、爲非作歹的人。
　㊁ méng（盟）
粵 men⁴（民）　　古代指外來的百姓。

气部

氖 nǎi（乃）
粵 nai⁵（乃）　　ノ ┌ ヒ 气 气 氖

化學元素，符號Ne，無色無臭氣體。通過電流，會顯出橙色。是製造霓虹燈的原料。

氛 fēn（分）
粵 fen¹（分）　　ノ ┌ ヒ 气 气 氙 氛

氣，情景: 氣氛熱烈。

氟 fú（拂）
粵 fed¹（拂）　　ヒ 气 气 氕 氟 氟

化學元素，符號F，淡綠色，有奇臭氣體，容易跟別的物質化合。

氨 ān（安）
粵 on¹（安）　　ヒ 气 气 氙 氨 氨

無機化合物，分子式是NH_3，無色，臭氣很大，可製炸藥及肥料等。

氦 hài（亥）
粵 hoi³（亥）　　ヒ 气 气 氕 氦 氦

化學元素，符號He，是無色無臭很輕的氣體，不跟別的元素化合，容易傳電，可用來充入氣球或電燈泡裏。

氧 yǎng（養）
粵 yêng⁵（養）　　ヒ 气 气 氕 氫 氧

一種非金屬元素，符號O_2無色無臭的氣體，是動植物呼吸及燃燒所必需的物質。可用於煉鋼、焊接和醫療等方面。通稱「氧氣」。
【氧化物】氧和別的元素化合而成的化合物。

氣 qì（器）
粵 héi³（器）　　ヒ 气 气 氕 氣 氣

❶物體三態——固體、液體、氣體——之一，沒有固定形狀和體積，能流動散佈的物體: 氣體 | 空氣 | 水蒸氣。❷氣息，呼吸: 喘氣 | 氣息奄奄。❸自然界晴陰、寒暖的現象: 氣候 | 天氣 | 秋高氣爽。❹氣味: 香氣 | 臭氣。❺發怒或使人發怒: 生氣 | 氣人。❻精神狀態: 志氣 | 朝氣 | 氣息。❼思想作風: 官氣 | 暮氣。❽事物的狀態: 氣勢浩大 | 氣勢磅礴。❾命運: 氣數 | 氣運。❿中醫稱病象或病名: 濕氣 | 腳氣。
【氣氛】能給人某種強烈感覺的景象: 熱烈氣氛。
【氣燄】比喻驕傲自大瞧不起人的神氣: 氣燄萬丈。
【氣概】在重大問題上所表現出來的嚴正態度和氣量。
【氣魄】做事的能力、膽量。也指事物的氣勢。
【氣餒】灰心失望，情緒低落、沮喪。
【氣壯山河】形容氣概雄偉豪邁，可以使山河壯麗生色。
【氣象萬千】景象、事物壯麗而多變化。
◆氣度 氣派 氣惱 氣餒 氣質 氣呼呼 氣宇軒昂
◇小氣 火氣 爭氣 悶氣 福氣 銳氣 揚眉吐氣

氤 yīn（因）
粵 yen¹（因）　　ヒ 气 气 氙 氤 氤

【氤氳】霧或煙氣彌漫的樣子: 雲煙氤氳。

氫 qīng（輕）
粵 hing¹（輕）　　ヒ 气 气 氕 氫 氫

最輕的非金屬元素，符號H。無色無臭氣體，能燃燒，工業用途很廣。液態氫可做火箭的高能原料。

氮 | dàn（淡）
粵 dam⁶（啖） | ⸝ 气 気 氖 氖 氮

化學元素，符號N，無色無臭氣體，佔空氣成分五分之四，不能燃燒，可用來製造氨、硝酸和氮肥。

氯 | lǜ（律）
粵 lug⁶（綠） | ⸝ 气 気 氖 氧 氯

非金屬元素，符號Cl。黃綠色氣體，有刺激性臭味，有毒。主要用來製漂白劑、消毒劑、染料、塑料、農藥等。

氲 | yūn（雲陰）
粵 wen¹（溫） | ⸝ 气 氖 氲 氲 氲

見「氤氲」條。

水部

水 | shuǐ（稅上）
粵 sêu²（沙許） | ⎮ 刂 水 水

❶一種無色無臭無味的透明液體。0℃以下凝結成冰，100℃時沸騰。❷江、河、湖、海的統稱，跟「陸」相對：水路｜水運。❸一切汁液的通稱：汽水｜湯水｜淚水。❹河流：汾水。
【水土】❶水分和土壤：水土流失。❷泛指自然環境和氣候：水土不服。
【水手】船舶上負責艙面工作的船員。
【水平】❶跟水面平行的。❷程度：文化水平。
【水仙】草本植物，葉條形，花白色芬香。供觀賞，莖花可做藥。
【水位】江河湖海等水面的高度。
【水準】❶地球各部分的水平面。❷程度。
【水中撈月】比喻白費勁，什麼也得不到。
【水落石出】水落下去，水中石頭顯露出來。比喻真相大白。
【水滴石穿】比喻只要不斷努力，事情就會成功。
◆水兵 水災 水庫 水源 水雷 水晶宮 水乳交融 水泄不通 ◆死水 洪水 流水 千山萬水 依山傍水

一至三畫

氹 | dàng（蕩）
粵 tem⁵（拖庵⁵） | 塘：水氹。

永 | yǒng（勇）
粵 wing⁵（榮⁵） | ⸝ ㇌ 汁 永 永

❶長，長久：永久｜永夜。❷久，久遠：永遠｜一勞永逸。
【永別】永遠分別，多指死別。也作「永訣」。
【永恒】長久不變：永恒的友誼。
【永垂不朽】人雖死了，但他的事跡、精神永遠流傳。
◆永世 永生 永樂 永志不忘

汁 | zhī（知）
粵 zeb¹（執） | ⸝ ⸝ 氵 汀 汁

含有某種物質的液體：果汁｜肉汁｜墨汁。

汀 | tīng（聽）
粵 ding¹（丁） | ⸝ ⸝ 氵 汀 汀

水邊或水中的平地，小洲：沙汀｜綠汀。

求 | qiú（球）
粵 keo⁴（球） | ⼗ ㇀ 扌 求 求 求

❶尋找，探索：徵求｜尋求｜實事求是。❷懇請：懇求｜請求｜求助。❸要求：苛求｜期求。❹需要：需求｜供不應求。
【求知】探求知識。
【求實】請求實際。
【求全責備】事事要求做到完美無缺。
【求同存異】謀求共同的觀點，保留不同意見。
◆求生 求見 求和 求救 求情 求教 求援 求饒 ◆妄求 央求 苦求 哀求 探求 強求 搜求 謀求 有求必應 吹毛求疵 委曲求全 刻舟求劍 精益求精

氾 | fàn（販）
粵 fan³（販） | ⸝ ⸝ 氵 汀 氾

❶水勢漫溢：氾濫（也作「泛濫」）。❷普遍：氾愛。

汗 | ㊀hàn（翰）
粵 hon⁶（翰） | ⸝ ⸝ 氵 汀 汗

由皮膚汗腺排泄出來的液體：汗液｜汗珠。
【汗青】指歷史記載，史書。
【汗顏】羞得臉上出汗。比喻慚愧。
【汗牛充棟】形容書籍非常多。
【汗馬功勞】指在戰鬥或工作中立下的功勞。
【汗流浹背】汗水流濕了脊背。形容汗出得多。也形容慚愧或驚恐不安。
㊁hán（寒）
粵 hon⁴（韓） | 可汗，古時突厥的君主。

污 | wū（烏）
粵 wu¹（烏） | ⸝ ⸝ 氵 氵 汚 污

❶不乾淨，骯髒：污垢｜污濁｜污穢。❷沾有髒東西：污染｜玷污。❸不廉潔：貪污｜貪官污吏。❹誣衊，使受恥辱：污辱｜污衊｜姦污。
【污點】❶物品上弄髒了的痕跡。❷比喻不光彩的事情。
【污泥濁水】爛泥和髒水。比喻腐朽、沒落的東西。

江 | jiāng（姜）
粵 gong¹（剛） | ⸝ ⸝ 氵 汀 汀 江

❶指大河流：珠江｜黑龍江。❷長江的簡稱：江南｜江北｜大江東去。❸姓。
【江山】江河和山嶺，常比喻國家或政權。
【江米】糯米。
【江湖】指四方各地：流落江湖。
【江河日下】比喻情況一天比一天壞下去。

汞 | gǒng（拱）
粵 hung⁶（哄⁶） | ⼀ ㇀ 工 干 牙 汞

金屬元素，符號Hg，俗稱「水銀」。銀白色液體，有毒。可製溫度計、氣壓計、熒光燈等。

汕 | shàn（善）
粵 san³（傘） | ⸝ ⸝ 氵 汩 汕 汕

汕頭，市名，在廣東省。

汐 | xī（夕）
粵 jig⁶（夕） | ⸝ ⸝ 氵 汐 汐 汐

夜裏漲的海潮。早潮叫「潮」，晚潮叫「汐」：潮汐。

汎 | fàn（販）　❶浮在水面：汎舟。❷通「氾」，
粵 fan³（販） | 河水漲起來，從河裏溢出：汎濫。

汛 | xùn（迅）　❶江河在一定季節的漲水：潮
粵 sên³（迅） | 汛｜春汛。❷指一定的季節：漁汛。
⊗跟「汛」不同。

汊 | chà（詫）　水流的分支：河汊｜湖汊。
粵 ca³（詫）

汜 | sì（似）　水名，地名，在河南省。
粵 qi⁵（似）
⊗跟「氾」不同。

池 | chí（持）　丶丶氵汀沖池
粵 qi⁴（持）
❶水塘：池塘｜浴池｜游泳池。❷旁邊高、中間窪的地方：花池｜樂池。❸護城河：城池。❹姓。
【池沼】天然的較大水池。
【池鹽】從鹹水湖裏採取的鹽。
【池中物】比喻沒有遠大抱負的人。

汝 | rǔ（乳）　丶丶氵汁汝汝
粵 yu⁵（雨）
❶你：汝等｜汝輩。❷姓。
【汝曹】你們。

四畫

汴 | biàn（辨）　❶河南省開封市的別稱。❷水名，
粵 bin⁶（辨） | 在河南省。

沆 | hàng（杭去）　形容大水。
粵 hong⁴（杭）｜【沆瀣一氣】比喻志氣相投的人
聯合在一起。多用於貶義。

沁 | qìn（撳）　丶丶氵氻沁沁
粵 sem³（滲）
❶滲入：沁人肺腑。❷透出：傷口沁出血來｜額上沁出了汗珠。
【沁人心脾】吸入芳香、涼爽的空氣、飲料，使人感到心神舒暢。常用來比喻美好的詩文給人清新、爽朗的感覺。

沉 | 同「沈」。

沈 | ⊖chén（陳）　氵氵汀沙沈
粵 cem⁴（尋）
❶沒入水中，跟「浮」相對：沈沒｜浮沈。❷往下落，往下放：下沈｜太陽西沈｜沈下心來。❸程度深：沈睡｜沈痛｜沈思。❹分量重：沈重｜沈甸甸。❺心情重，不舒服：沈悶｜沈鬱。❻謹慎，鎮靜：沈着｜沈住氣。❼過分嗜好：沈迷｜沈溺。❽作色發怒：沈下臉來。
【沈浸】浸在水中。比喻處於某種境界或思想活動中。
【沈淪】陷入罪惡的、痛苦的境界。
【沈寂】❶非常寂靜。❷沒有音信：消息沈寂。
【沈冤】久未昭雪或難以辯白的冤屈。
【沈湎】沈迷於某種不良生活習慣而不能自拔。
【沈默】不說話，不愛說笑。
【沈澱】❶液體中難溶解的物質沈到底層。❷沈到液體底層的東西。
◆沈香　沈浮　沈疴　沈渣　沈痼　沈醉　沈毅　沈積
◆耳沈　昏沈　消沈　陰沈　石沈大海　死氣沈沈

沈 | ⊖shěn（審）　姓。
粵 sem²（審）

汪 | wāng（王陰）　丶丶氵汀汪汪
粵 wong¹（王¹）
❶水很深很廣：汪洋大海。❷液體聚集在一個地方：地上汪着水。❸量詞：一汪水｜一汪血。❹姓。
【汪汪】❶形容眼裏充滿淚水：淚水汪汪。❷形容狗叫的聲音。

沅 | yuán（元）　丶丶氵汀沅沅
粵 yun⁴（元）
水名，在湖南省。

沐 | mù（木）　丶丶氵汀汁沐沐
粵 mug⁶（木）
洗頭：櫛風沐雨。
【沐浴】❶洗澡。❷比喻身受潤澤或沈浸在某種環境中：沐浴在陽光雨露裏。
【沐猴而冠】猴子穿衣戴帽。比喻裝扮得像個人，而實際並不像。

沛 | pèi（佩）　丶丶氵汀沔沛
粵 pui³（佩）
充足，旺盛：精力充沛。

沔 | miǎn（免）　水名，在陝西省，即漢水的上游。
粵 min⁵（免）

汰 | tài（太）　丶丶氵汁汏汰
粵 tai³（太）
見「淘汰」條。

沏 | qī（七）　用開水沖泡：沏茶。
粵 cei³（砌）

沌 | dùn（鈍）　丶丶氵汀沪沌
粵 dên⁶（鈍）
見「混沌」條。

汩 | gǔ（古）　水流動的聲音或樣子，重疊使
粵 gued¹（骨）｜用：河水汩汩地流進秧田。
⊗跟「汨」不同。

汨 | mì（蜜）　丶丶氵汩汨汨
粵 mig⁶（覓）
【汨羅江】在湖南省湘陰縣北，是屈原投江自盡的地方。
⊗跟「汩」不同。

沓 | ⊖tà（踏）　❶重複，多：重沓｜雜沓｜紛
粵 dab⁶（踏）｜至沓來。❷鬆懈，懶散：拖沓｜疲疲沓沓。
⊜dá（達）　量詞：一沓紙｜一沓鈔票。
粵 同⊖

冲 | chōng（充）　丶丶氵氵汋冲冲
粵 cung¹（充）
❶水流猛烈向前撞擊：沖洗｜沖刷｜沖決隄岸。❷用開水澆：沖茶。❸激動的樣子：喜沖沖｜興沖沖｜怒氣沖沖。❹直向上飛：一飛沖天。❺相互抵銷：沖賬。
【沖犯】沖撞冒犯。
◆沖垮　沖陷　沖淡　沖塌　沖劑　沖積

汽 | qì（氣）　丶丶氵氵汽汽汽
粵 héi³（氣）
❶液體或固體變成的氣體。❷特指水蒸氣：汽笛｜汽船。
◆汽化　汽水　汽車　汽油　汽艇　汽輪機

沃 | wò（臥）
粵 yug¹（郁）

❶土地肥美: 肥沃｜沃土。❷引水灌田，澆: 沃田。
【沃野】肥沃的田野: 沃野千里。

沂 | yí（移）
粵 yi⁴（而）

水名，在山東省。

汾 | fén（焚）
粵 fen⁴（焚）

水名，在山西省: 汾河。

沒 | ㊀mò（莫）
粵 mud⁶（末）

❶沈入水中: 沒頂｜沈沒。❷隱藏: 出沒｜隱沒。❸浸過，蓋過: 沒頂｜沒膝。❹把財物扣下或收歸公有: 吞沒｜抄沒｜沒收。❺盡，終: 沒世。❻消滅: 埋沒｜泯沒。
【沒落】衰敗，趨向滅亡: 日趨沒落。
【沒奈何】實在沒有辦法。
【沒齒不忘】一輩子也忘不了。又作「沒世不忘」。
◆吞沒 埋沒 淹沒 湮沒 覆沒 神出鬼沒

㊁méi（梅）
粵 同㊀

❶無: 沒有｜沒出息。❷未曾: 沒去｜沒完。❸不及: 他沒你高。
【沒命】❶不顧性命: 沒命地跑。❷死了。❸無福氣: 沒命享受。
【沒趣】沒有面子，難堪: 自討沒趣。
【沒精打采】形容不高興，精神不振作。也作「無精打采」。
【沒頭沒腦】❶形容沒有頭緒。❷形容沒有頭腦。
◆沒用 沒門 沒羞 沒臉 沒事兒 沒譜兒

汲 | jí（基）
粵 keb¹（級）

從井裏打水: 汲水。
【汲引】比喻提拔、推荐人材。
【汲汲】不停的樣子，常指忙碌。
【汲取】吸收，攝取: 汲取營養｜汲取經驗教訓。

沙 | shā（紗）
粵 sa¹（紗）

❶細小的石粒: 泥沙｜沙灘｜飛沙走石。❷細碎成顆粒形狀，像沙的東西: 豆沙｜沙糖｜沙金。❸聲音嘶啞: 沙啞。❹姓。
【沙眼】由病毒引起的一種眼病。
【沙場】廣闊的沙地，古代多指戰場。
【沙發】英語譯音。有靠背和軟墊的西式椅子。
【沙漠】整個地面全是沙子，乾燥缺水，植物稀少的地區。
【沙裏淘金】比喻從大量的材料中選擇精華。也比喻費力大而收效少。
◆沙土 沙田 沙丘 沙洲 ◆風沙 流沙 塵沙 黃沙 防沙林 含沙射影 泥沙俱下

決 | jué（絕）
粵 küd³（缺）

❶水沖破岸: 決口｜決堤｜潰決。❷拿定主意: 決定｜決心｜猶豫不決。❸一定: 決不後悔｜決無此理。❹進行分判勝負的競爭: 決賽｜決戰。❺判斷、確定: 判決｜表決。❻執行死刑: 處決｜槍決。
【決裂】談判、關係或感情破裂。
【決然】❶很堅決: 毅然決然。❷必然，一定: 不經過長期刻苦的練習，決然寫不出這樣一手好字。

【決絕】斷絕關係。
【決意】拿定主意: 他決意明天一早就動身。
【決斷】❶處理問題堅決果斷。❷拿定主意，做決定。
◆決死 決勝 決算 決議 決一死戰 ◆未決 先決 自決 沖決 速決 裁決 解決 議決 懸而未決

五畫

沱 | tuó（駝）
粵 to⁴（駝）

江名，長江的支流，在四川省。

泣 | qì（汽）
粵 yeb¹（邑）

❶低聲地哭: 哭泣｜泣不成聲。❷眼淚: 泣下如雨。
【泣訴】哭着控訴。
【泣血】眼裏哭出血來。形容極其悲慟。
【泣鬼神】文辭或事跡極其悲壯感人。
◆抽泣 哀泣 涕泣 悲泣 可歌可泣 向隅而泣

注 | zhù（蛀）
粵 ju³（蛀）

❶灌入，倒: 注入｜注射｜大雨如注。❷集中在一點上: 注目｜注意｜全神貫注。❸解釋文辭: 注釋｜附注。❹賭博的財物: 下注｜孤注一擲。
【注定】預先決定的，必然的: 命中注定。
【注重】重視: 注重身體健康。
【注視】注意地看: 他目不轉睛地注視着窗外。
◆注文 注音 注腳 ◆傾注 關注 灌注

泫 | xuàn（炫）
粵 yun⁵（遠）

流淚的樣子: 泫然流涕。

泮 | pàn（判）
粵 bun⁶（拌）

❶古時學宮前的水池叫「泮池」，學宮叫「泮宮」。❷古時稱考中秀才為「入泮」。

泌 | mì（密）
粵 béi³（庇）

液體從細孔排出來: 分泌｜泌尿。

泳 | yǒng（詠）
粵 wing⁶（詠）

在水裏游動: 游泳｜冬泳。

泰 | tài（太）
粵 tai³（太）

❶治安太平: 國泰民安。❷舒適: 舒泰｜康泰。❸泰國的簡稱。❹姓。
【泰山】❶中國著名的高山，五岳中的東岳，在山東省。❷比喻重要的人和有價值的事物。❸舊稱岳父為「泰山」。
【泰斗】比喻德高望重或卓有成就的人: 文壇泰斗。
【泰然】安定，鎮靜的樣子: 泰然自若; 處之泰然。
【泰山壓卵】比喻力量懸殊，強大的必然摧毀弱小的。
【泰山壓頂】像泰山壓在頭上。比喻壓力極大。

沫 | mò（末）
粵 mud⁶（沒）

❶液體形成的小泡: 水沫｜泡沫｜肥皂沫。❷口水: 唾沫｜口吐白沫。

法 | fǎ（髮上）
粵 fad³（髮）

❶制度: 法則｜法規。❷有一定規則可守的: 法律｜刑法｜憲法。❸處理問題的手段、方式: 手法｜方法｜辦法。❹依照着做: 取法｜效法。❺標準, 典範: 法式｜不足爲法。❻有一定的技巧可以模倣的: 文法｜章法｜書法。❼道士、巫婆等畫符念咒的騙人手段: 法術｜作法。
【法力】泛指神奇力量。
【法定】由法律、法令所規定的: 按法定的手續辦理。
【法場】執行死刑的地方, 刑場。
【法網】比喻嚴密的法律制度。
【法寶】❶神話中說的能制伏或殺傷妖魔的寶物。❷比喻用起來特別有效的工具、方法或經驗。
◆法令　法官　法制　法紀　法院　法辦　◆不法　立法　司法　守法　兵法　合法　犯法　非法　書法　章法　違法　魔法　無法無天　違法亂紀　奉公守法　貪贓枉法

沽 gū (姑)／粵 gu¹ (姑)｜丶 氵 氵 沪 汁 沽 沽
❶買: 沽酒。❷賣: 待價而沽。
【沽名釣譽】故意做引人讚揚的事, 撈取名譽。

泳 shù (術)／粵 sêd⁶ (術)｜河名, 在江蘇省。

河 hé (何)／粵 ho⁴ (何)｜丶 氵 氵 沪 沪 河 河
❶水道的通稱: 江河｜河流｜運河。❷特指黃河: 河套。
【河山】指國家的疆土, 也作「山河」: 錦繡河山。
【河牀】河流兩岸之間過水的部分, 也叫河槽。
【河馬】哺乳動物, 身體肥大, 嘴寬而大, 尾短, 皮厚無毛, 體黑色。大部分時間生活在水中。產於非洲。
【河漢】銀河, 也叫「天河」: 河漢燦爛。
◆河水　河畔　河隄　◆內河　先河　星河　黃河　江河日下　過河拆橋　口若懸河　信口開河　氣壯山河

泔 gān (甘)／粵 gem¹ (甘)｜淘米的水。

泵 bèng (蹦)／粵 bem¹ (乓)｜一種把液體或氣體抽出或壓入的機械: 水泵｜油泵｜氣泵。

泄 xiè (謝)／粵 xid³ (屑)｜丶 氵 氵 汇 泄 泄 泄
❶排出: 排泄｜水泄不通。❷走漏, 鬆懈: 泄密｜泄氣。❸發散: 泄憤｜發泄。

沾 zhān (占)／粵 jim¹ (尖)｜丶 氵 氵 汁 沾 沾 沾
❶浸濕: 沾衣｜沾襟｜汗出沾背。❷微微觸到, 挨上: 沾水｜沾脣。❸憑藉某種關係而得到好處: 沾光。
【沾染】因接觸而染上(不好的習慣或風氣): 沾染惡習。
【沾沾自喜】形容自以爲很好而得意洋洋的樣子。
【沾親帶故】有親戚朋友的關係。

沮 jǔ (舉)／粵 zêu² (咀)｜丶 氵 氵 沪 泪 沮
❶阻止。❷敗壞: 沮敗｜沮壞。
【沮喪】灰心失望而頹喪: 神情沮喪。

況 kuàng (礦)／粵 fong³ (放)｜丶 氵 氵 沪 沪 況
❶情形, 情況: 狀況｜近況｜戰況。❷比方: 比況｜以古況今。❸連詞, 表示更進一層的意思: 況且｜何況。

油 yóu (由)／粵 yeo⁴ (由)｜丶 氵 氵 汩 油 油 油
❶動植物體內所含的脂肪: 豆油｜花生油｜牛油。❷從地下開採出來或由礦物提煉出來的液體燃料: 石油｜煤油｜汽油。❸用桐油、油漆等塗抹器具: 油衣櫃｜油窗門。❹被油弄髒: 衣服油了。❺輕浮, 圓滑: 油腔滑調｜油頭滑腦。
【油然】自然而然地: 敬意油然而生。
【油畫】西洋畫的一種, 用油質顏料在布或木板上繪成。
【油滑】圓滑, 世故, 不誠實。
◆油井　油水　油印　油菜　油漬　油墨　油膩　油腔滑舌　◆加油　走油　揩油　綠油油　添油加醋　火上加油

泱 yāng (央)／粵 yêng¹ (央)｜丶 氵 氵 沪 泱 泱
水大的樣子。
【泱泱】廣闊, 宏大: 江水泱泱｜泱泱大國。

泅 qiú (求)／粵 ceo⁴ (囚)｜丶 氵 氵 汩 汩 泅 泅
游水: 泅水過河。

泗 sì (四)／粵 xi³ (試)｜丶 氵 氵 汩 泗 泗 泗
❶鼻涕: 涕泗。❷水名, 在山東省。

泛 fàn (販)／粵 fan³ (販)｜丶 氵 氵 汗 汐 泛 泛
❶漂浮在水面上: 泛舟。❷水漲溢, 向四處漫流: 泛濫。❸顯出, 透出: 他臉色白裏泛紅。❹不切實際: 空泛｜浮泛。❺普遍, 不專指一事: 廣泛｜泛指。
【泛泛】淺薄, 不深入: 泛泛而談；泛泛之交。

泊 ㊀ bó (伯)／粵 bog⁶ (薄)｜丶 氵 氵 汩 汩 泊 泊
❶船靠岸: 泊岸｜停泊。❷停留, 暫住: 漂泊。
㊁ pō (坡)／湖澤: 湖泊｜水泊｜梁山泊。
粵 同㊀

泉 quán (全)／粵 qun⁴ (全)｜丿 白 白 皁 皀 泉 泉
❶從地下湧出來的水: 泉水｜溫泉｜礦泉。❷指地下, 陰間: 黃泉｜九泉。
【泉源】❶水源。❷比喻知識、力量等產生的原因或來源。也作「源泉」。

泠 líng (零)／粵 ling⁴ (零)｜❶形容清涼: 清泠。❷形容聲音清脆悠揚。
【泠泠】形容水聲: 水聲泠泠。

沿 yán (言)／粵 yun⁴ (元)｜丶 氵 氵 氿 汨 沿 沿
❶靠近: 沿海｜沿岸。❷順着: 沿途｜沿路｜沿着河邊走。❸相傳, 照着老樣子: 相沿｜沿用。❹邊: 邊沿｜牀沿。❺縫合衣鞋的邊緣: 沿鞋口｜沿邊兒。
【沿革】事物發展變化的過程。
【沿襲】依照着老樣子繼續下去。
【沿門托缽】逐家乞討。比喻到處求人。

泡 ㊀ pào (炮去)／粵 pou⁵ (抱)｜丶 氵 氵 汋 泡 泡 泡
在水面上浮着的、包有空氣的球狀物: 氣泡｜泡沫。

（一）同（一）
粵 pao³（炮）

❶表皮受燙傷或內部鼓膿而起的圓凸狀: 燎漿泡｜腳底起泡。❷用水沖浸: 泡茶｜泡飯。
【泡影】比喻落空的事情或希望。

（二）pāo（拋）
粵 pao¹（拋）

❶不堅實, 虛而鬆軟: 這夿包很泡, 不好吃。❷量詞: 一泡尿｜一泡屎。

波
bō（玻）
粵 bo¹（玻）

丶 氵 汀 沪 波

❶水一起一伏的現象: 波浪｜波濤。❷比喻事情發生意外變化: 一波未平, 一波又起。❸物理學上指由振動產生的像波浪一樣傳播的現象: 光波｜音波｜電波。
【波及】影響到, 涉及到: 火災波及鄰居。
【波折】事情進行中遇到的曲折。
【波動】起伏不定: 情緒波動。
【波瀾壯闊】比喻聲勢雄壯, 規模巨大。
◆波長　波段　波紋　◆奔波　秋波　風波　煙波　微波　餘波　推波助瀾　隨波逐流　平地風波　軒然大波

治
zhì（志）
粵 ji⁶（自）

丶 氵 汁 汾 治 治

❶管理: 治理｜治國。❷醫病: 治病｜治療｜診治。❸懲罰: 治罪｜處治｜懲治。❹修整: 治水｜治河｜根治黃河。❺消滅: 治蟲｜治蝗。❻辦理: 治喪(辦理喪事)｜治裝(辦理行裝)。❼國家社會安定、太平: 治世｜天下大治。❽研究: 治學。
【治安】社會的安定秩序。
【治病救人】比喻像醫生給人治病一樣, 幫助別人改正缺點和錯誤。
◆治本　治標　◆防治　法治　政治　根治　整治

泥
（一）ní（尼）
粵 nei⁴（坭）

丶 氵 汀 沪 沪 泥

❶土和水的混合物: 泥水｜泥沙｜爛泥。❷搗碎調勻像泥的東西: 印泥｜棗泥｜肉泥。
【泥淖】爛泥, 泥坑。常用來比喻困難的處境。
【泥濘】❶淤積的爛泥: 陷入泥濘。❷因有爛泥而難走: 道路泥濘。
【泥牛入海】比喻一去不返或沒有下文。
【泥沙俱下】比喻好的和壞的人或事物混雜在一起。
【泥塑木雕】形容人表情、舉動呆板。

（二）nì（膩）
粵 néi⁶（膩）

固執, 不知變通: 拘泥。
【泥古】守着舊法, 不知變通。

泯
mǐn（閔）
粵 men⁵（敏）

喪失, 消失: 泯沒｜泯滅。

沸
fèi（肺）
粵 fei³（肺）

丶 氵 汀 沪 沸 沸

水燒開了, 油燒滾了: 沸水｜沸油。
【沸騰】❶液體受熱到一定程度時, 從內部產生氣泡而翻騰。❷比喻情緒高漲: 熱血沸騰。
【沸沸揚揚】像沸騰的水一樣喧鬧翻騰。

泓
hóng（宏）
粵 weng⁴（宏）

丶 氵 汀 汀 泓 泓

❶形容水深而廣。❷量詞, 清水一道或一片叫「一泓」: 一泓清水。

沼
zhǎo（爪）
粵 jiu²（剿）

丶 氵 汀 沼 沼 沼

天然的水池子: 池沼｜沼地。
【沼氣】池沼中植物體或其他有機物質如糞便、雜草、垃圾、污泥等發酵腐爛生成的氣體, 其主要成份是甲烷, 可用作燃料或化工原料。
【沼澤】因湖泊淤淺而形成的水草茂盛的泥濘地帶。

六畫

洲
zhōu（州）
粵 zeo¹（州）

丶 氵 氵 汾 洲 洲

❶劃分地球上大塊陸地及其附屬島嶼的名稱: 地球上共分七大洲: 亞洲、歐洲、非洲、南美洲、北美洲、大洋洲、南極洲。❷河流中的陸地: 沙洲。
【洲際導彈】射程超過八千公里的導彈, 可以從一個大洲襲擊另一個大洲的目標。

洋
yáng（羊）
粵 yêng⁴（羊）

丶 氵 汀 汴 洋 洋

❶比海大的水域: 海洋｜太平洋｜大西洋。❷外國的: 洋人｜洋貨。❸銀元, 洋錢: 現洋｜大洋。
【洋洋】❶水盛大的樣子: 河水洋洋。❷眾多的樣子: 洋洋萬言｜洋洋大觀。❸得意的樣子: 洋洋得意。
【洋溢】形容情緒、氣氛等飽滿或充分流露: 熱情洋溢。
【洋洋灑灑】灑灑: 明白、流暢。形容文章或講話豐富明快, 連續不斷。
◆洋行　洋奴　洋相　洋氣　洋場　◆喜洋洋　懶洋洋

洱
ěr（耳）
粵 yi⁵（耳）

丶 氵 汀 洱 洱 洱

【洱海】即昆明池, 是一個湖。在雲南省大理縣城東, 風景極美麗。

洪
hóng（紅）
粵 hung⁴（紅）

丶 氵 汀 洪 洪 洪

❶大: 洪水｜洪爐｜洪亮。❷大水: 山洪｜防洪｜排洪。❸姓。
【洪流】巨大的水流。常比喻強大的社會潮流。
【洪荒】人類還沒有開化的古老時代: 洪荒時代。
【洪福】大福: 洪福齊天。
【洪鐘】大鐘: 聲如洪鐘。
【洪水猛獸】比喻極大的禍害。
◆洪水　洪災　洪峯　洪量　洪福　洪鐘　◆分洪　抗洪　泄洪　蓄洪　攔洪壩

洒
sǎ（灑）
粵 sa²（耍）

❶自稱。❷同「灑」。
【洒家】我。舊小說、戲劇中男人的自稱。

冽
liè（列）
粵 lid⁶（列）

指水清澈: 清冽｜泉香而酒冽。

洩
同「泄」。

洞
dòng（動）
粵 dung⁶（動）

丶 氵 汋 汋 洞 洞

❶窟窿, 孔: 洞穴｜山洞。❷說話、做事不周密的地方: 漏洞百出。❸清楚, 深刻, 透澈: 洞悉｜洞見｜洞曉。
【洞房】新婚夫婦的臥室。
【洞察】非常清楚透澈地觀察到。
【洞若觀火】形容看得非常清楚、明白。

【洞燭其奸】形容看清楚對方的陰謀詭計。又作「洞察其奸」。

◆孔洞　地洞　空洞　風洞　黑洞　窰洞　橋洞

洄 huí（回）　粵 wui⁴（回）
❶水流盤旋的樣子。❷逆流向上：溯洄。

【洄游】某些水生動物，如海洋中的魚蝦等，由於產卵、尋食或受季節性的影響，沿一定的路線有規律地在江河、海洋中往返遷移。

洗 xǐ（喜）　粵 sei²（駛）
❶用水或汽油等去髒：洗澡｜洗衣服｜洗汽車。❷把冤屈或恥辱清除掉：洗雪｜洗冤。❸殺光，搶光：血洗｜洗劫。

【洗塵】宴請剛從遠道來的客人。
【洗練】形容語言或技藝簡練利落。
【洗禮】❶參加基督教時舉行的一種儀式。❷比喻重大的考驗或鍛煉：戰火的洗禮。
【洗心革面】清除壞思想，改變舊面貌。比喻重新做人。
【洗耳恭聽】專心、恭敬地聽別人講話。

◆洗手　洗刷　洗滌　◆梳洗　一貧如洗　囊空如洗

活 huó（豁陽）　粵 wud⁶
❶生存，有生命，跟「死」相對：活着｜活到九十歲。❷活動的，可移動的：活頁｜活期存款。❸生動，不死板：活潑｜靈活。❹真正，簡直：活像｜神氣活現。❺工作：活兒｜活計｜重活。

【活力】旺盛的生命力：充滿活力。
【活該】表示應該這樣：活該如此。
【活躍】❶行動積極活潑：活躍分子。❷氣氛活潑、熱烈。
【活靈活現】形容神情逼真。

◆活埋　活捉　活動　活脫　活塞　活路　活寶

派 pài（拍去）　粵 pai³（排³）
❶調遣，委用：派遣｜調派｜派出。❷思想、作風：正派｜新派。❸集團組織或學術別流：黨派｜學派｜流派。❹量詞：兩派學者｜一派新氣象。

【派頭】排場，氣派（多含貶義）。

洽 qià（恰）　粵 heb¹（恰）
❶和睦，沒有矛盾：感情融洽。❷商量，討論：接洽｜洽談｜洽商。

洛 luò（駱）　粵 log³（駱）
水名。發源於陝西省，流入河南省。

洶 xiōng（兇）　粵 hung¹（兇）
❶水勢盛大的樣子：波濤洶湧。❷不安寧：洶動。

【洶洶】❶形容水流盛大的聲勢。❷形容氣勢兇猛，來勢洶洶；氣勢洶洶。
【洶湧澎湃】形容水流猛烈上湧，波浪相擊的樣子。常比喻聲勢浩大，不可阻擋。
⊗右偏旁是「匈」，六筆。

津 jīn（巾）　粵 zên¹（樽）
❶口水，唾液：津液｜止渴生津。❷渡口：要津｜津渡｜問津。❸天津市的簡稱。

【津津】❶形容有滋味，有趣味：津津有味；津津樂道。❷濕潤：汗津津；水津津。
【津貼】工資以外的補助金。也指用錢補助他人。

七畫

浣 huàn（幻）　粵 wun⁵（皖）
洗：浣衣｜浣紗。

流 liú（留）　粵 leo⁴（留）
❶液體移動：流汗｜流淚｜細水長流。❷江河的流水，水道：河流｜洪流｜急流。❸像水流的東西：氣流｜寒流｜電流。❹移動不定：流通｜流轉｜流竄。❺傳播：流行｜流毒｜流芳。❻向壞的方面轉變：流於形式。❼古時的一種刑罰，把犯人放逐到邊疆：流放。❽品類，等級：第一流產品。❾派別：流派｜三教九流。❿沒有根據的：流言。

【流亡】因政治或災害原因，被迫離開家鄉或祖國。
【流利】流暢、熟練：說話流利。
【流域】大江大河和它的支流所流經的整個地區：長江流域；黃河流域。
【流連】也作「留連」。留戀，捨不得離開：流連忘返。
【流弊】長期以來形成的弊病。
【流離失所】因災荒或戰亂而到處流浪，沒有安身的地方。

◆流行　流星　流落　流暢　◆名流　風流　暗流　潮流　激流　川流不息　中流砥柱

涕 tì（替）　粵 tei³（替）
❶鼻涕。❷眼淚：痛哭流涕。

【涕零】落淚：感激涕零。
【涕泗滂沱】眼淚鼻涕如大雨似的落下。形容哭得很傷心。

浪 ㊀ làng（郎去）　粵 long⁶（晾）
❶水波：波浪｜海浪｜乘風破浪。❷像浪的東西：麥浪｜稻浪｜聲浪。❸沒有節制，放縱：放浪｜浪費。❹魯莽：孟浪。

【浪子】遊手好閒，不務正業的年輕人，二流子。
【浪遊】漫無目標地到處遊逛。
【浪漫】❶富有詩意，充滿幻想。❷行為輕浮放蕩。
【浪潮】比喻某種聲勢浩大的運動：工業浪潮。
【浪蕩】不務正業，到處遊逛。也指輕浮放蕩。
【浪頭】❶波浪：浪頭高。❷比喻潮流：趕浪頭。

◆浪人　浪花　浪跡　浪船　◆巨浪　白浪　風浪　流浪　惡浪　熱浪　激浪　風平浪靜　興風作浪　驚濤駭浪

㊁ láng（郎）　粵 long⁴（郎）
【浪浪】水流的聲音。

浦 pǔ（普）　粵 pou²（普）
❶水邊。❷姓。

浙 zhè（蔗）　粵 jid³（折）

❶浙江省的簡稱。❷江名，是錢塘江及其上游的總稱。⊗跟「淅」不同。

浹 jiā（佳）粵 jib³（接）｜濕透: 汗流浹背。

涇 jīng（經）粵 ging¹（經）｜氵汀沤泾浮涇
水名，發源於甘肅，流入陝西與渭水相會合。
【涇渭分明】涇河清，渭河濁，涇河的水流入渭河時，清濁不混，比喻界限清楚，是非、善惡分明。

消 xiāo（霄）粵 xiu¹（霄）｜氵氵沙沙消消
❶除去，滅掉:消除｜消滅｜消毒。❷融化，散失:消失｜消融｜煙消雲散。❸花費:消費｜消耗。❹排遣，度過:消閒｜消夏。❺需要:不消說｜只消一天就能做完。
【消化】❶腸胃等器官把食物變爲身體養料的過程。❷比喻理解吸收所學的知識。
【消沈】情緒低落:意志消沈。
【消防】救火和防火:消防隊;消防車。
【消息】信息，新聞。
【消極】起反面作用的，不求進取的:消極因素;消極情緒。
【消遣】做一些事來解悶或度過空閒的時間。
【消磨】❶使意志精力等逐漸消失:消磨志氣。❷虛度時光:消磨歲月。
◆消亡　消災　消炎　消退　消逝　消散　消暑　消瘦
◆打消　取消

涉 shè（社）粵 xib³（攝）｜氵汁沙沙涉涉
❶從水裏走過，泛指從水上經過:跋山涉水｜遠涉重洋。❷牽連:牽涉｜涉及。❸經歷:涉險｜涉世。
【涉足】進入某種環境或領域:這地方遊人很少涉足。
【涉嫌】有牽連某件事情的嫌疑。
【涉獵】粗略地閱讀。
⊗右下是「少」，不是「少」。

涅 niè（捏去）粵 nib⁶（捏）｜染成黑色。
【涅槃】也叫圓寂，佛家語稱死。

浬 lǐ（里）粵 léi⁵（里）｜氵氵汩汩浬浬
計量海洋上距離的長度單位。一海浬等於1,852米。

涓 juān（捐）粵 gün¹（捐）｜氵汩汩汩涓涓
細小的流水。
【涓滴】極小量的水。比喻極少的、極微的:涓滴歸公。
【涓涓】細水慢慢流的樣子。

涔 cén（岑）粵 sem⁴（岑）｜雨水，積水。
【涔涔】形容雨水或汗水、淚水不停地流下:汗水涔涔。
⊗右下不要寫成「令」。

浮 fú（蜉）粵 feo⁴（蜉）｜氵氵沪泙浮浮
❶漂在水面上，跟「沈」相對:漂浮｜浮橋｜浮萍。❷在表面上的:浮土｜浮面｜浮皮。❸暫時的，不固定的:浮記｜浮財｜浮產。❹不踏實，不沈着:浮誇｜輕浮｜虛浮。❺空虛，不切實:浮名｜浮華｜浮豔。❻超出，多餘:人浮於事｜浮額。❼飄在空中:浮雲｜浮塵｜浮蕩。

【浮力】氣體或液體將物體向上托的力。
【浮沈】在水中忽上忽下。。
【浮泛】❶空洞的，不切實際的:言詞浮泛。❷在水上漂浮:輕舟浮泛。❸流露:他臉上浮泛着天眞的表情。
【浮屠】也作「浮圖」。❶指佛敎徒。❷指佛塔。
【浮標】設置在水面上的標誌，用來指示航道、航行的障礙物和危險地區。
【浮雕】雕塑的一種，在平面上雕出凸起的形象。
【浮躁】輕浮急躁，沒有耐性:性情浮躁。
【浮光掠影】比喻印象不深，一晃而逝。

涎 xián（閒）粵 yin⁴（言）｜氵汀汀泟涎涎
唾沫，口水:流涎｜垂涎三尺。

浩 hào（號）粵 hou⁶（號）｜氵氵汇汇浩浩
❶非常大:浩大｜浩蕩。❷非常多:浩繁｜浩如煙海。
【浩劫】大災難。
【浩氣】剛直正大的精神:浩氣長存。
【浩渺】也作「浩淼」。形容水面遼闊:煙波浩渺。
【浩瀚】廣大，漫無邊際:浩瀚的沙漠。
【浩浩蕩蕩】❶水勢盛大的樣子。❷聲勢陣容壯盛的樣子。

海 hǎi（孩上）粵 hoi²（凱）｜氵汗汯海海海
❶接連大洋，靠近陸地的水域:東海｜南海｜渤海。❷大的湖:青海｜裏海。❸許多同類事物連成一大片:林海｜火海｜人山人海。❹形容大:海碗｜海量｜誇下海口。
【海內】四海之內。古人認爲中國疆土四面環海，因此稱中國爲「海內」，稱中國以外爲「海外」。
【海拔】陸地高出平均海面的高度。也作「拔海」。
【海峽】兩塊陸地間連接兩片海洋的狹窄通道。
【海嘯】由海底地震或風暴引起的海水巨大漲落現象。
【海鮮】供食用的新鮮的海生動物。
【海濱】海邊，近海的地方:海濱城市。
【海市蜃樓】光線在大氣中折射，把遠處景物反射在空中或地面的奇異景象，常發生在沙漠或海邊。比喻虛幻的東西。
【海闊天空】形容大自然廣闊，比喻說話或想像無邊際。
◆海岸　海島　海浪　海盜　海域　海景　海濤　海關
海底撈月　海枯石爛

浜 bāng（幫）粵 bong¹（幫）｜不通江河的小水道。

涂 tú（圖）粵 tou⁴（圖）｜❶姓。❷通「塗」。

浴 yù（欲）粵 yug⁶（欲）｜氵氵浴浴浴浴
洗澡:沐浴｜淋浴。
【浴血奮戰】形容戰鬥激烈、艱苦。

浸 jìn（近）粵 zem³（針³）｜氵氵汩汩浸浸
❶把東西泡在液體裏:浸濕｜浸透｜浸種。❷逐漸:浸漸｜浸染。

涌 chōng（充）粵 cung¹（沖）｜河汊（多用於地名）:鯽魚涌。

浚 jùn（俊）｜粵 zên³（俊）　丶 冫 氵 沪 沪 浚 浚
疏通，挖深:浚河｜浚井。

八畫

淙 cóng（從）｜粵 cung⁴（松）　丶 冫 氵 沪 泸 淙 淙
【淙淙】形容水流的聲音:流水淙淙。

淀 diàn（殿）｜粵 din⁶（殿）　淺的湖泊:白洋淀。

涼 liáng（良）｜粵 lêng⁴（良）　丶 冫 氵 沪 泸 涼 涼
❶微冷:涼風｜涼爽｜涼快。❷感冒:受涼｜着涼。❸避熱用的:涼棚｜涼蓆｜涼傘。❹比喻灰心或失望:心裏涼了半截。❺悲苦:悲涼｜凄涼。
【涼絲絲】形容有點兒涼:早晨的氣候涼絲絲的。
【涼颼颼】形容風很涼:風兒涼颼颼的。
◆涼亭　涼茶　涼意　涼藥　◆冰涼　秋涼　風涼　荒涼　乘涼　納涼　清涼　歇涼　世態炎涼

淳 chún（純）｜粵 sên⁴（純）　丶 冫 氵 沪 泸 淳 淳
❶誠實樸素:淳樸｜淳厚。❷淳于，複姓。

淬 cuì（粹）｜粵 cêu³（翠）　【淬火】把燒紅的金屬材料放進水中急劇冷卻，加強材料的硬度和彈性。
【淬礪】淬火和磨礪。比喻刻苦磨練。

液 yè（夜）｜粵 yig⁶（役）　丶 冫 氵 沪 沪 液 液
有一定體積而沒有一定形狀的流動物質:液體｜液汁｜血液。
【液化】氣體化爲液體的過程。

淤 yū（迂）｜粵 yu¹（迂）　丶 冫 氵 沪 汸 淤 淤
❶阻塞，不流通:淤積｜淤塞｜淤滯。❷沈積的泥沙:淤泥｜河淤｜淤地。

淡 dàn（但）｜粵 tam⁵（談⁵）　丶 冫 氵 沪 泼 淡 淡
❶味道不鹹或不濃:菜太淡了｜淡酒。❷稀薄，跟「濃」相反:淡墨｜雲淡風輕。❸顏色淺，跟「深」相對:淡紅｜淡綠。❹不熱情，不熱心:反應冷淡｜淡淡地應了一聲。❺生意不興旺或出產少:淡月｜淡季。
【淡忘】時間久了，漸漸忘記了。
【淡然】形容不經心，不在意:淡然置之;淡然地回答。
【淡漠】❶冷淡，沒有熱情。❷記憶不清楚，印象模糊。
【淡薄】❶稀薄，不濃:朝霧漸漸地淡薄了。❷記憶模糊:印象淡薄。❸冷淡，不親密:感情淡薄。
◆淡雅　淡水湖　◆沖淡　恬淡　清淡　慘淡　濃淡　黯淡　慘淡經營

淚 lèi（類）｜粵 lêu⁶（類）　丶 冫 氵 汀 沪 淚 淚
眼淚。
【淚花】含在眼裏要流還沒流下來的淚珠。
【淚人兒】形容哭得很厲害的人。

【淚汪汪】形容眼裏充滿了淚水。
【淚下沾襟】眼淚流得多，把衣襟都沾濕了。
◆淚水　淚珠　淚痕　◆血淚　含淚　揮淚　落淚　熱淚　灑淚　聲淚俱下

深 shēn（申）｜粵 sem¹（心）　丶 冫 氵 沪 浮 深 深
❶從上到下或從外到裏的距離大，跟「淺」相對:深山｜深潭｜深巷。❷顏色濃:深紅｜深綠｜深灰。❸道理難懂:這本書太深｜含義很深。❹程度高，很:深信｜深知｜影響極深。❺感情厚，關係密切:深交｜深情。❻時間長久或時間晚:年深日久｜深夜｜深秋。
【深沈】❶形容程度很深:暮色深沈。❷形容聲音低沈。❸思想感情不外露，令人難以捉摸:深沈的微笑。
【深究】往裏邊認眞追究。
【深刻】❶深入透徹:分析深刻。❷感受體會深:印象深刻。
【深造】進一步學習和鑽研，以達到更高的水平。
【深淵】很深的水潭。常比喻某種不幸的處境:苦難深淵。
【深奧】道理、含義高深不易理解。
【深邃】❶幽深:深邃的山谷。❷深奧:寓意深邃。
【深入淺出】用通俗淺顯的語言、文字，表達深奧的道理。
【深謀遠慮】周密的計劃，長遠的考慮。
【深惡痛絕】討厭、痛恨到了極點。
◆深切　深長　深思　深重　深厚　深透　◆幽深　精深　艱深　縱深　根深葉茂

清 qīng（青）｜粵 qing¹（青）　丶 冫 氵 沪 洼 清 清
❶純淨，不渾濁:清潔｜清淨｜清冽。❷涼爽:清涼｜清風。❸寂靜:清靜｜清夜｜冷清清。❹明白，不混亂:清楚｜清醒｜認清。❺廉潔，沒有污點:清廉｜清官｜清白。❻查點，了結:清理｜清賬｜清算。❼淨盡，一點不留:還清｜肅清｜清除。❽朝代名。
【清秀】美麗而不俗氣:面貌清秀。
【清高】品質純潔高尚。不同流合污。
【清貧】貧窮而有志氣。
【清脆】聲音清亮悅耳。
【清晰】清楚。發音清晰。
【清越】聲音清脆悠揚。
【清澈】水清淨而透明。
【清一色】比喻全部由單一個成分構成，全是一個樣子。
【清規戒律】比喻束縛人的規章條例。
◆清冷　清明　清查　清茶　清洗　清香　清幽　清淡　清雅　清閒　清新　清醒　◆凄清　膽清　劃清　澄清　眉清目秀

渚 | zhǔ（主）| 粵 ju²（主）| 氵 氵 沣 浐 渚 渚
小洲，江河裏的小塊陸地。

淇 | qí（其）| 粵 kéi⁴（其）| 氵 氵 沘 淇 淇 淇
水名，在河南省。

淋 | lín（林）| 粵 lem⁴（林）| 氵 氵 汁 沐 淋 淋
水向下澆：淋浴｜日曬雨淋。
【淋漓】❶濕淋淋往下滴：大汗淋漓。❷比喻暢快、盡情：痛快淋漓。
【淋漓盡致】形容文章或談話詳盡透徹。

淅 | xī（析）| 粵 xig¹（析）| 氵 汁 沐 淅 淅 淅
【淅瀝】擬聲詞，形容風聲、雨聲、落葉聲。

淞 | sōng（鬆）| 粵 sung¹（嵩）| 氵 汁 沐 淞 淞 淞
江名，即「吳淞江」，發源於江蘇太湖，流經上海，與黃浦江合流入海。

涿 | zhuō（捉）| 粵 dêg³（啄）| 縣名，在河北省。

涯 | yá（牙）| 粵 ngai⁴（崖）| 氵 氵 沪 浐 涯 涯
❶水邊：水涯｜涯岸。❷邊際：一望無涯｜海角天涯。

淹 | yān（閹）| 粵 yim¹（閹）| 氵 氵 沋 洈 淹 淹
❶被水浸沒：淹沒｜淹死。❷久留，停滯：淹留。

淒 | qī（妻）| 粵 cei¹（妻）| 氵 氵 沣 沣 淒 淒
❶寒冷：風雨淒淒。❷悲傷難過：淒慘｜淒愴｜淒楚。❸冷落蕭條：淒涼｜淒清。

淺 | qiǎn（遣）| 粵 qin²（千²）| 氵 氵 沈 浅 淺 淺
❶從上到下或從外到裏的距離近，跟「深」相對：淺海｜河水淺｜淺碟子。❷顏色淡：淺紅｜淺藍。❸程度不深，簡明容易理解：淺顯｜由淺入深。❹時間短，關係不深：年代淺｜交情淺。
【淺見】不深刻的見解，膚淺的意見。一般作為謙辭。
【淺陋】見識貧乏。
【淺薄】學識或見解膚淺，水平低。
【淺嘗輒止】剛試一試就停止了。比喻不願意深入鑽研。
◆淺近 淺明 淺易 淺淡 淺說 淺灘 ◆浮淺 深淺 粗淺 短淺 擱淺

淌 | tǎng（躺）| 粵 tong²（倘）| 氵 氵 沙 沙 淌 淌
流：淌眼淚。

淑 | shū（叔）| 粵 sug⁶（熟）| 氵 氵 沣 沐 沐 淑
善良，美好，多指婦女的美德：淑媛｜賢淑。
【淑女】美好的女子：窈窕淑女。

淖 | nào（鬧）| 粵 nao⁶（鬧）| 爛污泥：陷入泥淖。

混 | ㊀ hùn（昏去）| 粵 wen⁶（運）| 氵 沍 泥 混 混 混

❶攙雜在一起：混雜｜混合｜混亂。❷冒充：混充｜蒙混｜魚目混珠。❸苟且地生活：混日子。❹胡亂：混說｜混出主意。❺不分明：含混｜混戰。
【混同】把本質上有區別的東西等同看待。
【混沌】❶傳說中指宇宙形成以前模糊一團的景象。❷形容人糊塗，沒有知識。
【混跡】隱蔽本來面目混雜在某種場合。
【混淆】混雜，使界限不清，真相不明：混淆黑白。
【混世魔王】比喻擾亂世界，給人們帶來災難的人。
【混為一談】把不同的事物混在一起，說成是同樣的事物。
◆混入 混進 混血兒 混凝土 ◆鬼混 廝混 魚龍混雜

㊁ hún（魂）| 粵 wen⁴（魂）| ❶同「渾」，水不清：混濁。❷罵人不明事理：混蛋｜混賬。
【混水摸魚】比喻趁混亂的時機從中撈取好處。也作「渾水摸魚」。

涸 | hé（合）| 粵 kog³（確）| 氵 汩 汩 洞 洞 涸
水乾了：乾涸。

淫 | yín（吟）| 粵 yem⁴（吟）| 氵 氵 浐 涇 淫 淫
❶過多或過甚：淫雨｜淫威。❷放縱：荒淫無恥｜驕奢淫逸。❸不正當的性行為：姦淫｜淫亂。❹迷惑：富貴不能淫。
⊗右下是「壬」，不是「缶」。

淨 | jìng（靜）| 粵 jing⁶（靜）| 氵 沪 浐 浄 浄 淨
❶清潔：潔淨｜窗明几淨。❷洗：淨手｜淨面。❸純，全：純淨｜淨重｜路上淨是落葉。❹只，單：不要淨說不做。❺一點兒不剩：細收淨打｜消滅淨盡。

添 | tiān（天）| 粵 tim¹（甜¹）| 氵 氵 沃 添 添 添
❶增加：添補｜添置｜添貨。❷生育：添子｜添丁。
【添油加醋】傳述某事時故意增加內容，加以誇大。
◆添枝加葉 ◆增添 如虎添翼 畫蛇添足 錦上添花
⊗右下是「小」，不是「少」或「水」。

淮 | huái（懷）| 粵 wai⁴（懷）| 氵 氵 汴 泮 淮 淮
河名，發源於河南省，經安徽到江蘇入海。

淵 | yuān（冤）| 粵 yun¹（冤）| 氵 汌 洲 淵 淵 淵
❶深水：深淵。❷深，廣：學識淵博。
【淵源】❶指水源。❷比喻事物的根源。

淦 | gàn（贛）| 粵 gem³（禁）| ❶水名，在江西省。❷姓。

淪 | lún（倫）| 粵 lên⁴（倫）| 氵 沧 沧 洽 洽 淪
❶沈沒：沈淪｜淪於海底。❷滅亡，喪失：淪亡｜淪喪。❸流落：淪落｜淪為乞丐。
【淪陷】國家領土被敵人佔領。

淆 | xiáo（小陽）| 粵 ngao⁴（看）| 氵 氵 沟 泽 洧 淆
混雜，搞亂：淆亂｜混淆。
⊗國音不要讀成 yáo（看）。

淝 féi（肥）粵 féi⁴（肥）　水名，在安徽省。

淘 táo（陶）粵 tou⁴（陶）　氵 氵 沟 沟 淘 淘
❶洗去雜質：淘米｜淘金。❷從深的地方舀出泥沙、髒物等：淘井｜淘缸。
【淘汰】把差的或壞的去掉。
【淘氣】頑皮。

涵 hán（函）粵 ham⁴（函）　氵 氵 汵 涿 涵 涵
❶包含，包容：包涵｜海涵。❷通「含」：涵蓄｜涵義。
【涵洞】鐵路、公路下面排水的洞。
【涵容】包容，包涵。
【涵養】身心的修養。

涮 shuàn（閂去）粵 san³（汕）　氵 氵 沪 泥 浀 涮
❶沖洗：洗洗涮涮。❷把生肉片放在沸湯裏一滾就取出來蘸佐料吃：涮羊肉。
⊗國音不要讀成 shuā（刷）。

淥 lù（祿）粵 lug⁶（祿）　❶水清的樣子。❷水名，在湖南省，是湘水的支流。

淄 zī（姿）粵 ji¹（之）　氵 氵 災 泐 淄 淄
水名，在山東省。

淼 miǎo（秒）粵 miu⁵（秒）　形容水盛大：煙波浩淼。
【淼茫】也作「渺茫」，水面遼闊而無邊際。

九畫

渲 xuàn（炫）粵 xun¹（宣）　氵 氵 汵 渻 渲 渲
用淡墨塗在紙上的作畫方法：渲彩。
【渲染】❶用顏料染成各種顏色。❷比喻誇大的形容：一件小事情，用不着這麼渲染。
⊗國音不要讀成「宣」。

渾 hún（魂）粵 wen⁴（魂）　氵 氵 沪 渭 渾 渾
❶水濁：渾濁｜河水很渾。❷糊塗，不明事理：渾人｜渾話｜渾頭渾腦。❸全，滿：渾身汗水｜渾身是膽。
【渾厚】❶形容人質樸老實：天性渾厚。❷形容詩、文、書、畫的筆力樸實厚重：筆力渾厚。
【渾然】形容完整不可分割：渾然一體。
【渾樸】渾厚樸實。
【渾天儀】中國古代測量天體運行的天文儀器。
【渾水摸魚】比喻趁混亂時機撈取利益。「渾」又作「混」。
【渾渾噩噩】形容人糊里糊塗，愚昧無知的樣子。

渡 dù（杜）粵 dou⁶（杜）　氵 氵 泸 沪 渡 渡
❶橫過江、河、湖、海：渡河｜渡海｜遠渡重洋。❷通過：渡過難關。❸過河或過海的碼頭：渡口｜渡頭。❹交付：引渡。
◆渡船　渡輪　渡槽　◆飛渡　強渡　過渡　搶渡　輪渡　橫渡　擺渡　競渡

游 yóu（由）粵 yeo⁴（由）　氵 氵 汸 汸 游 游
❶人或動物在水裏行動：游泳｜魚在水裏游。❷江河的段落：上游｜中游｜下游。❸流動，不固定：游牧｜游擊戰。❹姓。❺通「遊」字。
【游弋】艦艇在水面上巡邏。
【游子】離家在外或久居外鄉的人。
【游豫】拿不定主意，搖擺不定。也作「猶豫」。

滋 zī（姿）粵 ji¹（姿）　氵 氵 沙 淤 滋 滋
❶生長，生出：滋生｜滋芽。❷繁殖，增多：繁滋｜滋益。❸潤澤：滋潤。❹惹起，發生：滋事。❺補養：滋補｜滋養。❻味道：滋味。❼噴射：水管往外滋水。
【滋長】生長，產生，多用於抽象事物：要防止滋長自滿情緒。
【滋蔓】❶藤、草蔓延生長。❷比喻當權的人勢力滋長擴大。
【滋擾】擾亂，騷擾。

湛 zhàn（站）粵 zam³（站³）　氵 氵 洰 湛 湛 湛
❶深：精湛｜湛藍。❷水清：湖水湛清。❸姓。

湊 còu（臭）粵 ceo³（臭）　氵 氵 泸 湀 湊 湊
❶聚攏：湊數｜湊錢｜湊在一起。❷碰上，趕上：湊巧｜湊熱鬧。❸湊攏。
【湊手】❶順手。❷手頭方便（常指金錢方面）。
【湊合】❶聚集：我們常湊合在一起練習唱歌。❷勉強，將就：雖然質量不好，但還可湊合着使用。
◆湊足　湊近　湊集　湊齊　◆生湊　拼湊　硬湊　緊湊　雜湊　東拼西湊

渤 bó（勃）粵 bud⁶（勃）　氵 氵 沪 淳 渤 渤
【渤海】中國山東半島和遼東半島中間的內海。

港 gǎng（崗）粵 gong²（講）　氵 氵 洪 洪 港 港
❶海灣，可以停船的口岸：商港｜軍港｜港灣。❷大河的支流：港汊。❸香港的簡稱：港幣｜港澳。

湖 hú（胡）粵 wu⁴（胡）　氵 氵 洁 洵 湖 湖
陸地上大面積蓄水的地方：西湖｜洞庭湖｜鄱陽湖。
【湖色】淡綠色。
【湖泊】湖的總稱。
【湖澤】湖泊和沼澤。

湘 xiāng（香）粵 sêng¹（商）　氵 氵 汁 沐 湘 湘
湖南省的簡稱。

渣 zhā（楂）粵 za¹（楂）　氵 氵 沐 活 渣 渣
❶物質經提取精華或使用後的剩餘部分：渣子｜豆渣｜煤渣。❷碎屑：點心渣。
【渣滓】❶物品提取精華後剩下的東西。❷比喻品質惡劣，對社會起破壞作用的人，如盜賊、騙子、流氓等：社會渣滓。
◆沈渣　油渣　礦渣　廢渣　爐渣　殘渣餘孽

渠 | qú（瞿）｜粵 kêu⁴（瞿）｜氵 汇 汋 渠 渠 渠

人工開挖的水道：溝渠｜渠道｜水到渠成（比喻條件成熟，事情就會成功）。

湮 | yān（煙）｜粵 yen¹（因）｜氵 汇 汋 洒 洒 湮

❶埋沒、消滅：湮沒｜湮滅。❷堵塞：河道湮塞。
【湮沒無聞】埋沒了沒有人知道。

湎 | miǎn（免）｜粵 min⁵（免）

沈迷，貪戀：沈湎酒色。

減 | jiǎn（剪）｜粵 gam²（監²）｜氵 汇 汇 沽 減 減

❶從原有數量去掉一部分，跟「加」相反：減少｜削減。❷降低，衰退：減色｜不減當年。
【減色】色彩消退，比喻不如以前優美、精彩：樂隊不來，晚會減色不少。
【減退】指程度下降。
◆ 減低　減免　減省　減弱　減產　減損　減慢　減輕
◆ 加減　削減　酌減　裁減　增減　銳減　縮減

測 | cè（側）｜粵 ceg¹（側）｜氵 汌 汨 淜 測 測

❶度量、考查：測驗｜測繪｜測試。❷猜想，估計：預測｜猜測｜變化莫測。
【測度】推測猜度。
【測量】用儀器測算地面的位置、距離、面積等。
◆ 目測　勘測　推測　探測　揣測　遙測　窺測　觀測　居心叵測　變幻莫測

渺 | miǎo（秒）｜粵 miu⁵（秒）｜氵 汨 泪 測 渺 渺

❶微小：渺小｜微渺｜渺不足道。❷水勢大：煙波浩渺。
【渺茫】❶離得太遠，模糊不清：音信渺茫｜煙霧渺茫。❷沒有把握，難以預料：前途渺茫。❸同「淼茫」。
【渺渺】極微、極遠的樣子。

湜 | shí（石）｜粵 sed⁶（實）

水清見底。

湯 | tāng（唐陰）｜粵 tong¹（劏）｜氵 汌 湢 湢 湯 湯

❶食物加水煮熟後的液汁：米湯｜肉湯。❷熱水，滾水：赴湯蹈火。❸中藥的湯劑：四物湯｜柴胡湯。❹姓。
【湯池】❶溫泉。❷比喻堅固的城池。
【湯泉】極熱的溫泉。

溫 | wēn（瘟）｜粵 wen¹（瘟）｜氵 汌 汨 溫 溫 溫

❶復習：溫課｜溫習。❷冷熱的程度：氣溫｜體溫｜溫度。❸不冷不熱，暖和：溫水｜溫暖。❹把冷的東西稍微加熱：溫酒｜把菜溫一溫再吃。❺性情柔和：溫柔｜溫和。❻姓。
【溫泉】天然溫暖的泉水，含有各種礦物質，用來洗澡可治病。
【溫室】用玻璃等構造的房子，以增高室內溫度，供培養植物之用。
【溫帶】南、北半球各自回歸線和極圈之間的緯度帶，氣候溫和。
【溫飽】穿得暖，吃得飽。

【溫文爾雅】態度溫和，舉動文雅。
【溫故知新】溫習學過的知識，可以得到新的理解與體會。
◆ 溫存　溫煦　溫厚　溫情　溫婉　溫馴　溫馨　◆ 恒溫　高溫

渴 | kě（可）｜粵 hod³（喝）｜氵 汌 汩 渴 渴 渴

❶口乾想喝水：口渴｜解渴｜望梅止渴。❷迫切：渴望｜渴念｜如飢似渴。

渭 | wèi（胃）｜粵 wei⁶（胃）｜氵 汌 汩 渭 渭 渭

【渭河】黃河的最大支流，發源於甘肅省，向東南流入陝西，注入黃河。

渦 | wō（窩）｜粵 wo¹（窩）｜氵 汌 泂 渦 渦 渦

❶旋轉的流水：旋渦｜渦流。❷人笑時面頰微微凹下的部分：酒渦｜梨渦。

湍 | tuān（團陰）｜粵 tên¹（盾¹）｜氵 汋 沏 湍 湍 湍

水流急而旋轉：湍流｜湍急。

湃 | pài（排去）｜粵 bai³（拜）｜氵 沄 浐 湃 湃 湃

❶水勢洶湧的樣子：澎湃。❷水相擊的聲音：湃湃。

渝 | yú（俞）｜粵 yu⁴（俞）｜氵 汸 泠 渝 渝 渝

❶改變：此志不渝。❷重慶市的別稱：成渝鐵路。

渙 | huàn（換）｜粵 wun⁶（換）｜氵 汋 泸 沵 渔 渙

❶離散、鬆懈：渙散。❷水勢盛大的樣子：河水渙渙。
【渙然冰釋】疑慮、誤會、怨恨等像冰一樣化解而消除了。

湧 | yǒng（勇）｜粵 yung²（擁）｜氵 汋 渴 涌 湧 湧

❶泉水向上冒：湧泉｜淚如泉湧。❷像泉水一樣地向外溢出：湧現｜風起雲湧。

溉 | gài（概）｜粵 koi³（概）｜氵 汩 泿 溉 溉 溉

澆灌：灌溉。

渥 | wò（握）｜粵 eg¹（握）｜氵 汩 沪 渥 渥 渥

❶深厚：優渥（優厚）。❷浸潤，塗抹。

湄 | méi（眉）｜粵 méi⁴（眉）

水邊，岸旁。

十畫

滓 | zǐ（子）｜粵 ji²（子）｜氵 汢 泟 滓 滓 滓

❶水底的沈澱物，渣子。❷物品提取精華後剩下來的東西：渣滓。

溶 | róng（容）｜粵 yung⁴（容）｜氵 汇 泠 浗 浗 溶

物質在水中化開：溶解｜溶化｜溶液。
【溶溶】水多的樣子：河水溶溶。

滂 | pāng（乓）｜粵 pong⁴（旁）｜氵 汇 泸 淎 滂 滂

❶水湧出的樣子: 滂湃。❷大雨的樣子: 山雨滂湃。
【滂沱】❶大雨的樣子: 大雨滂沱。❷眼淚多的樣子: 涕泗滂沱。

溢 yì（益）
粵 yed⁶（逸）
氵 氵 汁 洪 溢 溢
❶充滿而流出來: 溢出｜洋溢｜河水四溢。❷過分, 超過: 溢美（過分讚美）。

溯 sù（塑）
粵 sou³（塑）
氵 氵 泹 泝 溯 溯
❶逆着水流而上: 溯江而上。❷探求本源: 溯源。❸追念前事: 回溯｜追溯。

溟 míng（明）
粵 ming⁴（明）
古人稱大海: 北溟有魚。
【溟溟】❶昏暗無光的樣子。❷昏暗潮濕的樣子。
【溟濛】❶細雨迷濛的樣子。❷模糊不清的樣子。

溝 gōu（勾）
粵 keo¹（摳）
氵 沟 泩 溝 溝 溝
❶水道: 溝渠｜陰溝｜排水溝。❷凹下去像溝一樣的: 瓦溝｜壕溝｜壟溝。
【溝通】使雙方連結、通達: 溝通感情; 溝通南北交通。
【溝壑】山溝、溪谷。
◆山溝　水溝　河溝　鴻溝　深溝高壘

溘 kè（嗑）
粵 heb³（合）
氵 汁 泣 法 淁 溘
忽然, 突然: 溘然長逝。

滇 diān（顛）
粵 tin⁴（填）
氵 氵 汸 淔 滇 滇
雲南省的別稱: 川滇鐵路。

溥 pǔ（普）
粵 pou²（普）
氵 洦 浦 浦 溥 溥
❶普遍: 溥天之下。❷姓。

溧 lì（栗）
粵 lêd⁶（栗）
溧水、溧陽, 縣名, 都在江蘇省。

滅 miè（蔑）
粵 mid⁶（蔑）
氵 氵 沥 泍 滅 滅
❶熄火: 熄滅｜撲滅。❷破壞, 消除: 毀滅｜消滅。❸沈沒: 滅頂。
【滅亡】國家被敵國打敗、佔領。
【滅口】將知情人殺死, 防止他泄露真情。
【滅絕】❶完全消滅。❷完全喪失: 滅絕人性。
【滅頂之災】比喻毀滅性的災難。
◆滅跡　滅門　滅族　滅種　◆幻滅　泯滅　破滅　堙滅　潰滅　覆滅　殲滅

溽 rù（入）
粵 yug⁶（辱）
❶潮濕: 溽暑。❷濃厚。

源 yuán（原）
粵 yun⁴（原）
氵 氵 沪 沔 源 源
❶水流的出處: 水源｜河源。❷事物的由來: 根源｜財源｜資源。
【源泉】❶泉源。❷比喻事物產生的根源。
【源流】事物的起源和發展。
【源源】❶水流的樣子。❷比喻事物連續不斷: 源源不斷。
【源頭】❶水流的發源處。❷比喻事物最初來源的地方。
【源遠流長】比喻歷史悠久。

◆光源　起源　能源　發源　資源　電源　淵源　世外桃源　正本清源　飲水思源　推本溯源

溼 shī（失）
粵 seb¹（十¹）
氵 氵 泜 溼 溼 溼
同「濕」。❶水分多, 與「乾」相反「潮溼｜溼潤」。❷沾上水: 手弄溼了｜衣服淋溼了。

滑 huá（猾）
粵 wad⁶（猾）
氵 氵 汨 汩 滑 滑
❶光溜, 不凝滯: 光滑｜潤滑｜路很滑。❷溜着走: 滑冰｜滑雪｜滑了一跤。❸狡詐, 不老實: 油滑｜滑頭｜圓滑。
【滑稽】言語、舉動逗人發笑: 他的動作很滑稽。
【滑輪】一種用輪子做的簡單機械, 輪子周緣有槽, 能穿上繩子或鏈條, 裝在架子上用來提放重物。
◆滑車　滑坡　滑梯　滑動　◆刁滑　平滑　打滑　油腔滑調　油頭滑腦　油嘴滑舌

滙 同「匯」。

滔 tāo（韜）
粵 tou¹（韜）
氵 氵 汊 沼 滔 滔
瀰漫, 水勢盛大的樣子。
【滔天】❶形容波濤洶湧, 水勢極大的樣子: 白浪滔天。❷比喻災禍或罪惡大: 滔天大禍; 罪惡滔天。
【滔滔】形容水流盛大, 滾滾向前的樣子: 江水滔滔。
【滔滔不絕】比喻話多, 接連不斷地講。

溪 xī（希）
粵 kei¹（稽）
氵 氵 泙 溪 溪 溪
山間的水流: 山溪｜溪水｜溪澗。

準 zhǔn（准）
粵 zên²（准）
氵 氵 泮 淮 準 準
❶可以作為依據的法則: 標準｜準則。❷正確, 精確: 準確｜這個鐘走得很準。❸程度, 水平: 水準。❹一定: 我準來｜他說話沒準。❺預備: 準備。
【準繩】測定平直的器具, 比喻言論行動等所依據的原則或標準。
◆準保　準時　◆定準　校準　核準　對準　瞄準　水準儀

溴 xiù（秀）
粵 ceo³（臭）
非金屬元素, 符號Br。深棕紅色液體, 有臭味, 有毒, 能侵蝕皮膚, 可製成染料。

滄 cāng（倉）
粵 cong¹（倉）
氵 氵 冷 冷 滄 滄
暗綠色: 滄海。
【滄桑】是「滄海桑田」的簡語, 比喻經歷了許多世事變化: 飽經滄桑。
【滄海一粟】大海裏的一顆穀粒, 形容非常渺小。
【滄海桑田】比喻世事無常, 變化很大, 很快。

溲 sōu（搜）
粵 seo¹（收）
小便: 解溲｜溲溺。

溜 ㊀liū（留陰）
粵 leo⁶（漏）
氵 氵 沑 泅 溜 溜
❶滑行, 下墜: 溜冰｜順着斜坡溜下來。❷偷偷地走開: 他一個人溜出去了。❸光滑的樣子: 光溜｜滑溜溜。
❹很快地看一眼: 溜了他一眼。

【溜達】指散步或閒遊。也作「蹓躂」。
　㊀liù（六）　❶向下急流的水:急溜|大溜。
　　粵 liu¹（料¹）　❷行列，排:一溜瓦房|一溜果樹。

滁 chú（除）　縣名，在安徽省。
　粵 qu⁴（除）

溺 ㊀nì（膩）　氵汋泻溺溺
　粵 nig⁶（挪益⁶）
❶沒入水裏:溺水|溺死。❷過分喜好，沈迷不悟:沈溺|溺於酒色。
【溺愛】父母對子女過分遷就、寵愛。
【溺職】不盡職，失職。
　㊁niào（尿）　同「尿」，小便或解小便:溲溺。
　粵 niu⁶（尿）

十一畫

演 yǎn（眼）　氵汀洐涫演演
　粵 yin²（煙²）
❶當眾表現技藝:表演|演戲|演奏。❷按一定程式練習或計算:演習|演算|操演。❸對聽眾發表見解:演說|演講。❹逐漸地發展變化:演化。
【演義】根據歷史事實和傳說編寫的章回小說:三國演義;封神演義。
【演變】指歷時長久的發展變化。
◆演出　演技　演員　演唱　演練　◆上演　公演　主演　合演　扮演　排演　開演　試演　義演　導演

漳 zhāng（章）　氵汀泸漳漳漳
　粵 zêng¹（章）
❶漳州，市名，在福建省。❷河名，發源於山西，經河南、河北流入衛河。

滸 hǔ（虎）　水邊的地方。
　粵 wu²（塢）

滴 dī（低）　氵汁泣泻滴滴
　粵 dig¹（的）
❶液體一點一點地落下，使液體一點一點地落下:屋簷滴雨|滴眼藥水。❷落下的水點或像水點的東西:水滴|汗滴|淚滴。❸量詞:一滴眼淚|二滴露珠。
【滴答】擬聲詞，形容水滴落下或鐘錶擺動的聲音。
【滴溜】形容很圓，也指很快地旋轉。

滾 gǔn（棍上）　氵汵洛泻滾滾
　粵 guen²（君²）
❶旋轉翻動:翻滾|打滾|滾雪球。❷水沸:滾湯|水滾了。❸極，很:滾熱|滾燙|滾圓。❹輾轉:利上滾利。❺罵人，趕人離去:滾蛋|滾開|滾出去。
【滾滾】形容急速地翻騰、轉動:波濤滾滾;車輪滾滾。
【滾瓜爛熟】形容讀書、背書流利、熟練。

漓 lí（離）　氵汀波滴漓漓
　粵 léi⁴（離）
濕透的樣子:大汗淋漓。
【漓江】在廣西桂林，風景秀麗，是著名風景區。

漉 lù（鹿）　濕淋淋的樣子:濕漉漉。
　粵 lug⁶（鹿）

漩 xuán（旋）　氵汸汸浐游漩
　粵 xun⁴（旋）

迴環旋轉的水流。
【漩渦】❶水流旋轉形成的螺旋形。❷比喻牽入糾紛事件的關係中:捲入漩渦。

漾 yàng（樣）　氵汫洋洋漾漾
　粵 yêng⁶（樣）
❶水面微微動蕩:蕩漾。❷液體太滿向外流:缸裏的水漾出來了。❸吐出來:漾酸水|孩子漾奶。
⊗右下是「永」，不是「水」。

滬 hù（戶）　氵沪泸滬滬滬
　粵 wu⁶（戶）
❶上海市的別稱:滬寧鐵路。❷江名，是吳淞江的下游。

漬 zì（字）　氵汁洼洼漬漬
　粵 ji³（志）
❶東西在水裏浸、漚:浸漬|鹽漬。❷油、泥等積在物品上:油漬|泥漬|茶漬。

滿 mǎn（瞞上）　氵洪洪滿滿滿滿
　粵 mun⁵（門⁵）
❶全部充實，沒有餘地:充滿|滿座|滿園花開。❷全、十分:滿頭大汗|滿不在乎。❸達到一定期限或一定數額:期滿|額滿|客滿。❹感到足夠，符合心意:滿足|滿意|不滿。❺驕傲，不虛心:自滿。❻滿族，中國少數民族，主要分佈在中國東北一帶。
【滿門】全家。
【滿城風雨】比喻一件事發生後，很快便傳遍各處，到處都在議論紛紛。
【滿面春風】形容愉快和藹的面容。也說「春風滿面」。
【滿紙空言】滿紙都是廢話。形容文章空洞，毫無內容。
【滿園春色】比喻欣欣向榮的景色。
【滿載而歸】裝滿了東西回來，形容收穫極豐富。
◆滿天　滿月　滿目　滿員　滿眼　滿腔　滿額　◆自滿　完滿　美滿　飽滿　豐滿　心滿意足　惡貫滿盈　琳琅滿目

漢 hàn（汗）　氵汒洪漢漢漢
　粵 hon³（看³）
❶中國人數最多的民族:漢族|漢人|漢語|漢字。❷成年男子的通稱:漢子|老漢|英雄好漢。❸指銀河:河漢|銀漢|霄漢。❹朝代名。
【漢奸】指投靠侵略者充當走狗，出賣中華民族利益的敗類。
◆大漢　硬漢　醉漢　懶漢　羅漢　鐵漢　門外漢　單身漢　彪形大漢

漣 lián（連）　氵汇洹湅漣漣
　粵 lin⁴（連）
❶風吹水面所起的波紋:漣漪。❷哭泣流淚的樣子:涕泣漣漣。

漸 ㊀jiàn（劍）　洰洰湮漸漸
　粵 jim⁶（尖⁶）
慢慢地、一步一步地:逐漸|漸漸。
【漸次】逐漸:情況漸次好轉。
【漸進】逐漸地前進發展:循序漸進。
【漸變】逐漸的變化。
【漸入佳境】情況逐漸向好的方向變化發展。
　㊁jiān（尖）　❶流入:東方文化西漸|東漸於海。
　粵 jim¹（尖）　❷浸染:漸漬。

【漸染】因接觸多而逐漸受到感染、影響。

漕 cáo (曹)　粵 cou⁴ (曹)　氵氵沪沪満沺漕
從水道運糧:漕運│漕船。

漱 shù (束)　粵 seo³ (秀)　氵沪沪涑漱漱
❶含水盪洗口腔:漱口│盥漱。❷刷洗:漱洗。
⊗中間是「束」，右邊是「欠」。

漚 ㊀ òu (歐去)　粵 eo³ (慪)　長時間地在水裏浸泡:漚蘇│漚糞。
　㊁ ōu (歐)　粵 同㊀　水泡:浮漚。

漂 ㊀ piāo (飄)　粵 piu¹ (飄)　氵沪沪洒漂漂
浮在水面上移動不定:漂浮│漂流。
【漂泊】比喻東奔西走，生活不安定。
　㊁ piǎo (瓢上)　粵 piu³ (票)　❶用水加藥物使東西變白或褪去顏色:漂白。❷用水淘去雜質:用水漂一漂。
　㊂ piào (票)　粵 同㊁　【漂亮】❶美麗，好看。❷出色，不一般:他英語說得很漂亮;這篇文章寫得很漂亮。

滯 zhì (制)　粵 zei⁶ (劑⁶)　氵氵泄洲滯滯
❶不流通:凝滯│滯塞│停滯。❷貨物銷不出去:滯銷│滯貨。❸旅途中停留:滯留│滯客。
【滯悶】胸中鬱悶。
【滯積】貨物等阻塞而不流通。

漆 qī (七)　粵 ced¹ (七)　氵沐沐漆漆漆
❶落葉喬木，樹皮含有液汁，就是「生漆」，可作塗料。❷用漆料塗飾器物:把大門漆成紅色。
【漆黑】形容很黑:漆黑的頭髮;屋裏漆黑一片。
【漆器】一種手工藝品，表面塗上一層厚漆，非常光潔。
【漆黑一團】形容非常黑暗。
◆漆匠　漆雕　◆油漆　瓷漆　清漆　噴漆　如膠似漆

漠 mò (莫)　粵 mog⁶ (莫)　氵氵沙漠漠漠
❶北方廣大的流沙:沙漠│荒漠│大漠。❷冷淡，不關心:冷漠│漠不關心。
【漠視】冷淡地對待。
【漠然】❶茫然不知。❷漫不經心的樣子。
【漠漠】❶雲煙密佈的樣子。❷廣漠而沉寂:漠漠平川。

滷 lǔ (魯)　粵 lou⁵ (魯)　❶濃厚的湯汁:打滷麪。❷用滷汁調治的食物:滷鴨│滷肉│滷雞蛋。❸鹹水:滷湖。

滹 hū (呼)　粵 fu¹ (呼)　【滹沱河】發源於山西，流經河北到天津入海。

漫 màn (慢)　粵 man⁶ (慢)　氵沪沪渦漫
❶水過滿，漾出來:河水漫出來了。❷淹沒:水不深，只漫到腳面。❸滿，遍:漫山遍野│山霧漫天。❹沒有限制，沒有約束:漫談│漫不經心│漫無邊際。
【漫長】時間長或行程遠:漫長的歲月;漫長的道路。

【漫畫】簡單而誇張事物特徵的繪畫，多含諷刺意義。

滌 dí (敵)　粵 dig⁶ (敵)　氵氵浐淧滌滌
洗:洗滌│滌除│蕩滌。

漁 yú (魚)　粵 yu⁴ (魚)　氵氵沪渔漁漁
❶捕魚:漁業│漁民│漁船。❷謀取，侵奪:漁利│漁食。
◆漁夫　漁汛　漁港　漁場　漁歌　漁網　漁輪

漪 yī (衣)　粵 yi¹ (衣)　氵氵氵浒漪漪
水波紋:漣漪│清漪。

漏 lòu (陋)　粵 leo⁶ (陋)　氵沪渭漏漏漏
❶東西從孔或縫中滴落或滲透出來:漏水│漏氣│漏光。❷物體有小孔或縫隙:漏子│鍋漏了。❸保密不嚴，讓人知道:泄漏│漏底│走漏風聲。❹遺落:漏抄三道題│漏了三個字。
【漏洞】❶漏下東西的小孔或縫隙。❷說話、辦事不周密，有破綻:他的話漏洞百出。
【漏風】比喻走漏消息。
【漏壺】古代利用滴水計算時間的器具。
【漏網】比喻罪犯、敵人等沒有被捉住或消滅。
⊗右下是「雨」不是「兩」。

漲 ㊀ zhǎng (掌)　粵 zêng³ (脹)　汧汧沉洮漲
❶水位升高:漲潮│水漲船高。❷物價上升:漲價│物價飛漲。
◆漲落　◆上漲　高漲　猛漲　暴漲
　㊁ zhàng (脹)　粵 同㊀　❶物體擴張，體積變大:豆子泡漲了。❷充血:臉漲得通紅。
⊗留意與「脹」用法上的不同。

漿 jiāng (江)　粵 zêng¹ (章)　丬丬水丬丬將漿
❶較濃的液體:豆漿│泥漿│紙漿。❷用米湯、粉漿等浸紗、布或衣服，使乾後平挺:漿洗│漿衣服。

滲 shèn (慎)　粵 sem³ (沁)　氵氵氵海淺滲
液體慢慢地從小孔透入或滲出:滲漏│缸滲水了。
【滲透】比喻某種思想、勢力逐漸侵入:防止敵人滲透。

潁 yǐng (影)　粵 wing⁶ (泳)　潁河，發源於河南省，流經安徽北部入淮河。

十二畫

潼 tóng (同)　粵 tung⁴ (同)　氵江沪渲潼潼
【潼關】縣名，在陝西省。

澈 chè (撤)　粵 qid³ (撤)　氵法清清澈澈
❶水清見底:清澈│澄澈。❷明瞭:透澈│洞澈。

澇 lào (烙)　粵 lou⁶ (路)　雨水過多，莊稼被淹，跟「旱」相反:防澇│抗澇│排澇。

潔 jié (結)　粵 gid³ (結)　氵洁浐潔潔潔

❶乾淨，明亮:清潔│整潔│潔白。❷比喻單純、清白，作風正派:純潔│廉潔│高潔。
【潔身自好】保持自身純潔，不同流合污。
◆潔淨　潔癖　◆皎潔　聖潔　玉潔冰清

澆 jiāo（嬌）｜粵 giu¹（嬌）　氵汁澆澆澆澆澆
❶由上往下淋，灑:澆地│澆花。❷把金屬鎔液倒進模型裏:澆鑄│澆版。

澎 ⊖ pēng（烹）｜粵 pang⁴（彭）　氵浐澎澎澎澎
【澎湃】❶波浪互相撞擊:江濤澎湃。❷比喻聲勢浩大:洶湧澎湃。
⊖ péng（朋）【澎湖列島】中國的羣島名，在福建、台灣兩省之間，屬台灣省。｜粵 同⊖

潢 huáng（黃）｜粵 wong⁴（黃）
❶蓄水的池:潢池(池塘)。❷裝裱字畫，室內裝飾:裝潢。

潮 cháo（晁）｜粵 qiu⁴（晁）　氵汁沽淖潮潮
❶海水受日月引力的影響，在一定時間發生漲落的現象:海潮│落潮│漲潮。❷像潮水一樣洶湧起伏的現象:思潮│風潮│學潮。❸濕潤:潮濕│受潮│陰天反潮。
【潮汐】早晚的潮水。早潮叫「潮」，晚潮叫「汐」。
【潮汛】一年中定期出現的大潮。
【潮流】❶海水由於潮汐現象而引起的水流運動。❷比喻社會發展趨勢或風氣傾向:歷史潮流;思想潮流。
◆潮水　潮位　潮紅　潮氣　潮劇　◆低潮　防潮　怒潮　浪潮　高潮　黑潮　熱潮　心血來潮

潸 shān（山）｜粵 san¹（山）　氵汁沭淋潸潸
流淚的樣子:潸然淚下。
【潸潸】流淚不止的樣子。

潭 tán（談）｜粵 tam⁴（談）　氵沔酒酒潭潭
深水坑:深潭│積水潭。

潦 liǎo（料上）｜粵 liu⁴（僚）　氵冫氷汰潦潦
【潦草】指工作馬虎、草率或字寫得不工整、難以辨認。
【潦倒】指頹廢不得意的樣子:生活潦倒。

潛 qián（錢）｜粵 qim⁴（簽⁴）　氵江浃淺潛潛
❶沈入水中活動:潛水│潛泳。❷深藏，不露頭:潛伏│潛藏。❸秘密地，偷偷地:潛行│潛逃。
【潛力】潛在的力量:發揮潛力。
【潛心】靜下心來，一心一意地:潛心學習。
【潛艇】能在水下航行和進行戰鬥的艦艇。也叫「潛水艇」。
【潛移默化】思想或性格在不知不覺中受到外來的影響而發生變化。

潰 kuì（愧）｜粵 kui³（繪）　氵汩冲洪潰潰
❶大水沖破堤壩:潰隄│潰決。❷兵敗，散亂:潰敗│潰逃│潰不成軍│經濟崩潰。❸皮肉腐爛:潰爛│潰瘍。
【潰圍】突破包圍。

潤 rùn（閏）｜粵 yên⁶（閏）　氵氵沪油潤潤
❶含水分多，不乾燥:濕潤│滋潤│豐潤。❷使不乾燥:潤口│潤肺│潤嗓子。❸細膩，有光彩:潤澤│光潤│滑潤。❹利益:利潤。
【潤色】也作「潤飾」，指修飾文章的詞句。
◆紅潤　細潤　溫潤　圓潤　珠圓玉潤

澗 jiàn（諫）｜粵 gan³（諫）　氵氵沪澗澗澗
山谷中的流水:山澗│溪澗。

潘 pān（攀）｜粵 pun¹（判¹）　氵氵汩浱潘潘
姓。

澄 ⊖ chéng（乘）｜粵 qing⁴（程）　氵氵沈溶澄
水清而靜:澄澈。
【澄清】❶水清澈明淨:湖水碧綠澄清。❷比喻弄清楚是非:澄清問題;澄清事實。
⊖ dèng（鄧）｜粵 deng⁶（鄧）　使液體裏的雜質沈澱:水澄清了再用。

潑 pō（坡）｜粵 pud³（葡末）　氵氵沴溌潑潑
❶把水灑開:潑水。❷蠻橫:潑婦│潑皮。❸靈活:活潑。
【潑剌】擬聲詞。形容魚在水裏跳躍的聲音。
【潑辣】❶膽大、敢幹、做事有魄力:大膽潑辣。❷蠻橫，不講道理。
【潑冷水】比喻打擊別人的熱情。

潯 xún（巡）｜粵 cem⁴（尋）　❶水邊:江潯。❷江西省九江市的別稱。

潺 chán（孱）｜粵 san⁴（孱）　氵江沪潺潺潺
【潺潺】擬聲詞。形容水流聲或下雨聲:潺潺流水。

十三畫

濂 lián（廉）｜粵 lim⁴（廉）　氵沪泸溏濂濂
江名，在江西省。

濉 suī（雖）｜粵 sêu¹（雖）　【濉溪】縣名，在安徽省。

澠 ⊖ miǎn（免）｜粵 men⁵（敏）　【澠池】池名，縣名，在河南省。【澠河】水名，在河南省。
⊖ shéng（繩）｜粵 xing⁴（成）　水名，在山東省臨淄縣西北。

澡 zǎo（早）｜粵 cou³（燥）　氵氵沿涅澡澡
洗身:洗澡│澡盆│澡堂。

澧 lǐ（禮）｜粵 lei⁵（禮）　氵氵沺沺澧澧
水名，發源於湖南省桑植縣西北，東流入洞庭湖。

濃 nóng（農）｜粵 nung⁴（農）　氵油油沪濃濃
❶液體或氣體中所含的某種成分多;稠密(跟「淡」相對):濃墨│濃雲│濃茶。❷程度深:濃情厚意。
【濃度】一定量的溶液(或溶劑)裏所含溶質的量。
【濃縮】指用一定的方法使溶劑減少，濃度增高的一種操

作。

澤 zé（擇）｜粵 zag⁶（擇）　氵 氵 氵 浬 澤 澤
❶水積聚的地方:沼澤｜湖澤。❷濕潤，有光彩:潤澤｜光澤｜色澤。
【澤國】❶河流湖泊多的地方:水鄉澤國。❷被水淹的地區:淪爲澤國。
⊗右下是「幸」，不是「辛」。

濁 zhuó（酌）｜粵 zug⁶（俗）　氵 氵 氵 浔 濁 濁
❶水渾，不乾淨，跟「清」相對:濁水｜渾濁｜污濁。❷聲音低沈粗重:濁聲濁氣。❸混亂:濁世。
【濁世】黑暗或混亂的時代。

激 jī（擊）｜粵 gig¹（擊）　氵 泊 淳 漟 激 激
❶水勢被阻而濺起來:激起浪花｜波濤相激。❷急劇、強烈:激烈｜激流｜激戰。❸言論率直、過火:偏激｜過激。❹感動奮發:感激｜激勵。❺挑動，使感情發生變化:刺激｜拿話激他。
【激光】一種顏色很純、方向性很強的極亮光束，在工業、軍事、醫學、測量、通訊等方面廣泛應用。
【激昂】情緒激動、高昂:慷慨激昂。
【激情】強烈的、難以抑制的感情。
【激越】聲音、情緒等高亢、強烈。
【激揚】激烈昂揚:人心激揚。
【激蕩】動蕩、不平靜:心潮激蕩。
【激奮】激動振奮。
【激將法】用反話激動別人去做某件事情。
【激濁揚清】比喻去惡揚善。
◆激化 激怒 激浪 激發 激進 激增 激賞 激憤

澳 ào（奧）｜粵 ou³（奧）　氵 氵 洌 澳 漁 澳
❶岸邊水流彎曲處。❷海船可以停泊的地方:大澳｜三都澳。❸澳大利亞的簡稱。❹澳門的簡稱。

澹 dàn（淡）｜粵 dam⁶（淡）　氵 氵 氵 氵 澹 澹
心情恬靜:澹然。

澱 diàn（殿）｜粵 din⁶（殿）　氵 氵 氵 浬 澱 澱
液體裏沈下的渣滓或粉末:沈澱。
【澱粉】米、麥、薯類的主要成分，可以製糖和酒精等。

潏 yù（預）｜粵 yu⁶（預）　見「潏潏堆」條。

十四畫

濘 nìng（佞）｜粵 ning⁶（佞）　氵 氵 氵 濘 濘
路上有水和爛泥:泥濘。

濱 bīn（賓）｜粵 ben¹（賓）　氵 氵 氵 濱 濱
❶水邊:湖濱｜河濱｜海濱。❷靠近水邊:濱海｜濱江。

濟 ㊀jì（祭）｜粵 zei³（祭）　氵 氵 氵 濟 濟
❶用錢或物幫助有困難的人:救濟｜周濟。❷渡河，過河:濟河｜同舟共濟。❸有益處，頂用:濟事｜無濟於事。❹姓。
【濟世】救濟世人。
【濟急】應急，救急。
【濟困扶危】救濟窮人，扶助有危難的人。
㊁jǐ（己）｜粵 同㊀　❶濟南，市名，在山東省。❷水名，發源於河南濟源縣，向南流入黃河。
【濟濟】形容衆多:人才濟濟;濟濟一堂。

濠 háo（豪）｜粵 hou⁴（豪）　氵 氵 氵 濠 濠
❶古時護城的河溝:城濠。❷濠江，澳門的別稱。

濡 rú（如）｜粵 yu⁴（如）　氵 氵 濡 濡 濡
❶沾濕，潤澤:沾濡｜濡筆｜耳濡目染。❷滯留:濡滯。

濤 tāo（滔）｜粵 tou⁴（桃）　氵 氵 氵 濤 濤
❶大波浪:波濤｜海濤｜驚濤駭浪。❷風吹松林或樹林的聲音:松濤｜林濤。

濫 làn（爛）｜粵 lam⁶（纜）　氵 氵 氵 濫 濫
❶河水漫出河岸:氾濫。❷過度，不加選擇或節制:濫用｜粗製濫造｜寧缺毋濫。
【濫調】內容空洞，人們聽膩了的言論:陳詞濫調。
【濫竽充數】比喻沒有眞才實學的人混在行家裏充數，也指拿次貨冒充好貨。

濬 jùn（俊）｜粵 zên³（俊）　氵 氵 氵 濬 濬
疏通，挖深水道:濬河｜疏濬。

濛 méng（蒙）｜粵 mung⁴（蒙）　氵 氵 濛 濛 濛
下小雨的樣子:濛濛細雨。

濕 shī（失）｜粵 seb¹（十¹）　氵 氵 氵 濕 濕
❶水分多，跟「乾」相反:潮濕｜濕潤。❷沾上水:手弄濕了｜衣服淋濕了。

濮 pú（僕）｜粵 bug⁶（僕）　【濮陽】縣名，在河南省。

濰 wéi（維）｜粵 wei⁴（維）　水名，縣名，均在山東省。

濯 zhuó（濁）｜粵 zog⁶（昨）　氵 氵 濯 濯 濯
❶洗:洗濯｜濯足。❷姓。
【濯濯】形容山上光禿禿的沒有草木:童山濯濯。

澀 sè（色）｜粵 sab³（雪）　氵 氵 澀 澀 澀
❶不光滑，不滑溜:粗澀｜鍊條發澀，該上油了。❷使舌頭感到麻木不好受的滋味:這柿子很澀。❸文字不流暢，意思難懂:艱澀｜晦澀。

十五畫

瀋 shěn（審）｜粵 sem²（審）　氵 氵 瀋 瀋 瀋

❶瀋陽, 市名, 在遼寧省。❷汁: 墨瀋未乾。

瀉 xiè (卸) 粵 sé³ (卸) 泻泻泻泻瀉瀉
❶水往下急流: 傾瀉｜一瀉千里。❷拉肚子: 腹瀉｜瀉肚子｜止瀉。

瀅 yíng (營) 粵 ying⁴ (營) 水澄清。

瀆 dú (讀) 粵 dug⁶ (讀) 汁汁沽涜瀆瀆
❶水溝: 溝瀆。❷對人輕漫, 不尊敬: 冒瀆｜瀆犯｜褻瀆。
【瀆職】不盡職守。

瀦 zhū (豬) 粵 ju¹ (豬) 水停聚的地方。

濾 lǜ (慮) 粵 lêu⁶ (慮) 汇汁汃沪濾濾
使液體通過沙子、紗布或木炭等除去雜質, 變為純淨: 過濾｜濾紙｜濾器。

瀑 pù (曝) 粵 bug⁶ (曝) 浧浧渥渫瀑瀑
從高山上急流而下的泉水。
【瀑布】從高山陡坡或懸崖上連綿傾瀉下來的水流, 遠看像掛着的白布。

瀑布

瀺 ㊀jiàn (箭) 粵 jin⁶ (踐) 浈浈溅溅溅濺
水花或水點向上飛起: 飛濺｜水花四濺｜濺了一身泥。
㊁jiān (堅) 粵 jin¹ (煎) 【濺濺】象聲詞, 流水聲。

瀏 liú (劉) 粵 leo⁴ (劉) 浏浏浏浏瀏瀏
水流清澈的樣子。
【瀏覽】隨意翻閱, 粗略地看: 這兩本書我已瀏覽了一遍。

十六畫以上

瀛 yíng (營) 粵 ying⁴ (營) 氵浐瀛瀛瀛瀛
大海: 瀛海｜東瀛。
【瀛寰】地球上水陸的總稱。

瀠 yíng (營) 粵 ying⁴ (營) 【瀠洄】水流迴旋的樣子。

瀚 hàn (翰) 粵 hon⁶ (翰) 汁淖淖瀚瀚瀚
廣大的樣子: 浩瀚｜瀚海。

瀨 lài (賴) 粵 lai⁶ (賴) 氵沪涑涑瀨瀨
湍急的水。

瀝 lì (歷) 粵 lig⁶ (歷) 氵沥沥涿瀝瀝
❶液體滴下: 瀝血。❷液體的點滴。
【瀝青】油狀或固體的礦物, 呈黑色或棕黑色, 與細砂混合, 可以鋪馬路。俗稱「柏油」。
【瀝膽】以肝膽相見, 比喻傾吐心裏話: 披肝瀝膽。

瀕 bīn (賓) 粵 pen⁴ (貧) 氵汁汫洴涉瀕
❶接近, 靠近: 瀕危｜瀕死｜瀕行。❷緊靠水邊: 瀕湖｜東瀕大海。
【瀕於】臨於, 接近壞的境遇: 瀕於危機; 瀕於破產。

瀣 xiè (械) 粵 hai⁶ (械) 見「沆瀣」條。

瀘 lú (盧) 粵 lou⁴ (勞) 水名, 在四川省。

瀟 xiāo (消) 粵 xiu¹ (消) 潇潇潇瀟瀟瀟
水深而清。
【瀟瀟】形容風雨驟急的樣子: 風雨瀟瀟。
【瀟灑】神情舉止自然大方, 不拘束: 瀟灑自然。

瀾 lán (蘭) 粵 lan⁴ (蘭) 氵沪沜澗澗瀾
大波浪: 波瀾｜巨瀾。
◆ 波瀾壯闊　力挽狂瀾　推波助瀾

瀲 liàn (煉) 粵 lim⁶ (斂) 水流動的樣子。【瀲灩】水波搖動的樣子: 波光瀲灩。

瀰 mí (彌) 粵 néi⁴ (彌) 氵浐浉瀰瀰瀰
【瀰漫】充滿或遍布: 煙霧瀰漫; 戰雲瀰漫。

灌 guàn (貫) 粵 gun³ (貫) 氵汢沽灌灌灌
❶澆水: 澆灌｜灌溉｜灌田。❷注入, 倒進去: 灌水｜灌藥｜灌注。
【灌木】叢生而枝幹低矮的木本植物, 如玫瑰、茉莉等。
【灌輸】把某種思想或知識輸送給別人: 灌輸科學知識。

灑 sǎ (撒上) 粵 sa² (耍) 洒洒洒洒灑灑
❶使水散開落下: 灑水｜灑掃庭院。❷東西散落: 糧食灑了一地。❸言談舉止自然、大方, 不拘束: 瀟灑｜灑脫。
【灑淚】傷心落淚。
【灑灑】形容眾多、連綿不絕: 洋洋灑灑; 灑灑萬言。

灘 tān (攤) 粵 tan¹ (攤) 氵泩灘漢灘灘
❶水邊泥沙淤積成的平地, 也指水中的沙洲: 河灘｜海灘｜沙灘。❷水淺多石而水流很急的地方: 險灘｜急灘。

灞 bà (霸) 粵 ba³ (霸) 水名, 發源於陝西省藍田縣, 注入渭水。

灝 hào (浩) 粵 hou⁶ (浩) 水勢遠大。

灣 wān (彎) 粵 wan¹ (彎) 氵浐浂灣灣灣
❶水流彎曲的地方: 水灣｜河灣。❷海洋伸入陸地的部分: 海灣｜港灣｜渤海灣。

灤 luán (鑾) 粵 lün⁴ (鑾) 水名, 在河北省。

灨 | gàn（淦）　粵 gem³（禁）｜江名，在江西省。

灩 | yàn（驗）　粵 yim⁶（驗）｜見「灩澦」條。【灩澦堆】原是長江瞿塘峽口的江心巨石，1958年整治航道時已炸平。

⊗跟「炙」不同。

災 | zāi（栽）　粵 zoi¹（栽）｜丶 ⺌ 巛 巛 巛 災

水、火、旱、蟲、荒、戰爭等所造成的禍害: 水災｜旱災｜火災｜兵災｜天災人禍。
◆災害　災荒　災情　災區　災禍　災難　◆救災　幸災樂禍　泛濫成災　無妄之災

火部

火 | huǒ（夥）　粵 fo²（顆）｜丶 ⺀ ⺌ 火

❶物體燃燒所產生的光和燄: 火把｜火花｜燈火。❷指槍炮彈藥: 軍火｜開火｜火力。❸形容緊急: 火急｜火速。❹比喻急躁或憤怒: 怒火｜火性｜火冒三丈。❺紅色: 火紅。❻中醫指熱症: 虛火｜上火｜退火。
【火山】由地下岩漿噴出地面而堆成的山。經常噴發的叫「活火山」，已不再噴發的叫「死火山」。
【火坑】比喻極悲慘的生活環境。
【火併】指同伙決裂，自相殘殺吞併。
【火上加油】比喻使人更加憤怒或使事情更加嚴重的做法。
【火中取栗】比喻受別人利用去幹冒險的事，白吃苦頭。
【火燒眉毛】比喻情況非常緊急。
【火燒火燎】比喻身上得難受或心中十分焦急、不安。
◆火舌　火車　火災　火炬　火勢　火熱　火箭　火藥　火雞　火警　火辣辣　◆烈火　起火　野火　惱火　滅火　漁火　篝火　戰火　如火如荼　熱火朝天

二至三畫

灰 | huī（恢）　粵 fui¹（恢）｜一 ナ 大 太 灰 灰

❶物體燃燒後剩下的粉末: 爐灰｜煙灰｜草木灰。❷塵土: 灰塵｜蒙了一層灰。❸石灰的簡稱: 生灰｜熟灰｜灰水。❹黑白之間的顏色: 灰色｜銀灰色｜鐵灰色。❺情緒低落，失望: 灰心｜心灰意懶。
【灰溜溜】❶形容顏色黯淡(含厭惡意): 房子多年沒粉刷，灰溜溜的。❷形容灰心喪氣、不得意的神態。
【灰濛濛】形容景色暗淡模糊。
【灰心喪氣】因遭到困難或失敗而喪失信心，意志消沈。
◆灰白　灰泥　灰暗　灰鼠　灰漿　灰燼　◆死灰　炮灰　骨灰　死灰復燃　吹灰之力　槁木死灰

灶 | zào　粵 zou³（做³）｜丶 ⺀ ⺌ 火 灯 灶

❶生火做飯的設備。❷借指廚房。

灼 | zhuó（酌）　粵 zêg³（雀）｜丶 ⺀ ⺌ 火 灼 灼

❶燒，燙: 灼傷｜灼熱。❷明白，透徹: 真知灼見。
【灼灼】明亮鮮明的樣子: 目光灼灼。

灸 | jiǔ（久）　粵 geo³（救）｜丿 ⺅ 久 久 灸 灸

中醫的一種治病方法，用燒着的艾絨熏、灼穴位; 跟扎針合稱「針灸」。

四畫

炕 | kàng（抗）　粵 kong³（抗）｜丶 ⺀ 火 炸 炻 炕

北方用磚或土坯在屋裏砌的當牀鋪的台子。

炎 | yán（嚴）　粵 yim⁴（嚴）｜丶 ⺀ 火 火 炎 炎

❶天氣熱: 炎熱｜炎夏。❷細菌侵入身體某一部分引起紅、腫、熱、痛、癢等現象: 發炎｜肺炎｜皮炎｜消炎。
【炎涼】比喻人情變化無常: 世態炎涼。
【炎黃子孫】炎帝和黃帝相傳是中華民族的共同祖先，後中國人就稱自己為「炎黃子孫」。

炒 | chǎo（吵）　粵 cao²（吵）｜丶 ⺀ 火 炒 炒 炒

❶把食物放在熱鍋裏，用鍋鏟不斷翻動使熱: 炒菜｜炒飯。❷做投機生意: 炒地皮｜炒股票。
【炒冷飯】比喻重複說過的話或做過的事，沒有新的內容。

炙 | zhì（志）　粵 zég³（脊）｜丿 ⺅ 夕 夕 炙 炙

❶烤: 炙肉。❷烤熟的肉。
【炙手可熱】手一挨近就覺得燙。比喻氣燄很盛，權勢很大。
⊗跟「灸」不同。

炊 | chuī（吹）　粵 cêu¹（吹）｜丶 ⺀ 火 火 炊 炊

用火煮熟食物: 炊事｜炊煙。

五畫

炷 | zhù（注）　粵 ju³（注）｜❶燈心: 燈炷。❷燒香: 炷香。❸量詞: 一炷香。

炫 | xuàn（眩）　粵 yun⁶（願）｜丶 ⺀ 火 炉 炫 炫

❶光彩照人: 光彩奪目。❷誇耀，故意顯示: 炫示｜自炫。
【炫耀】❶照耀: 陽光炫耀。❷誇耀: 炫耀武力。

炬 | jù（巨）　粵 gêu⁶（巨）｜丶 ⺀ 火 炉 炬 炬

火把，也指用火燒: 火炬｜目光如炬｜付之一炬。

炳 | bǐng（丙）　粵 bing²（丙）｜丶 ⺀ 火 炉 炳 炳

光明，顯著: 彪炳。

為 | ㊀ wéi（圍）　粵 wei⁴（圍）｜丶 ⺌ 为 为 為 為

❶做，幹: 事在人為｜所作所為。❷當作，充當: 認為｜四海為家。❸是: 失敗為成功之母｜北京為中國的首都。❹有才幹，有前途: 年輕有為｜大有作為。❺變

成: 化整爲零│一分爲二。❻被: 爲人所不齒。

【爲生】以某種技藝、職業謀生: 無以爲生。

【爲伍】做伙伴: 不能與壞人爲伍。

【爲難】❶刁難: 別爲難他。❷感到難辦: 爲難事。

【爲非作歹】處處做壞事。

【爲所欲爲】想幹什麼就幹什麼(多指幹壞事)。

【爲富不仁】有錢但是心腸不好。

◆爲止　爲首　爲期　人爲　以爲　妄爲　成爲　行爲　轉危爲安　胡作非爲

〇｜wèi（位）
　｜粵 wei⁶（位）　❶替, 給: 爲國爭光。❷表示目的: 爲自由而戰。❸因爲: 爲何│爲什麼。

【爲人】做人處世的態度: 爲人正直。

【爲人作嫁】比喻空爲別人辛苦忙碌。

【爲虎作倀】比喻做惡人的幫兇, 幫助惡人做壞事。

【爲虎添翼】給老虎加上翅膀。比喻幫助惡人, 增長惡人勢力。

◆爲此　爲着　◆捨己爲公　捨身爲國

炯｜jiǒng（迥）
　｜粵 guing²（迥）　、 ⺍ 火 灯 炯 炯
明亮: 目光炯炯。

炭｜tàn（歎）
　｜粵 tan³（歎）　丨 山 屵 屵 炭 炭
❶木頭燒成的黑色燃料: 木炭│炭火。❷煤: 煤炭│焦炭。❸燒焦了的東西: 骨炭。❹同「碳」。

炸〇｜zhà（詐）
　｜粵 za³（詐）　、 ⺍ 火 灯 灯 炸
❶突然破裂: 爆炸│炸彈│玻璃杯炸了。❷用炸彈、炸藥爆破: 轟炸│炸碉堡。❸發怒: 他一聽就炸了。

〇｜zhá（閘）把食物放在沸油裏燒熟: 炸魚│炸油條。
　｜粵 同〇

炮〇｜pào（疱）
　｜粵 pao³（豹）　、 ⺍ 火 灯 炆 炮
❶重型遠程射擊武器: 大炮│火箭炮│迫擊炮。❷爆竹: 鞭炮│炮仗。

【炮灰】比喻被強迫爲非正義戰爭去送命的士兵。

【炮筒子】比喻心直口快, 好發議論的急性人。

◆炮火　炮手　炮兵　炮艇　炮彈　炮聲　炮擊　炮艦　炮轟　◆打炮　放炮　重炮　野炮　啞炮　開炮　發炮

〇｜páo（袍）製作中藥的一種方法: 炮薑。
　｜粵 同〇　【炮烙】古代的一種酷刑, 將犯人在燒熱的銅柱上烙死。也稱「炮格」。

【炮製】❶用烘、炮、洗、漂、蒸等方法把中藥原料製成藥物。❷比喻胡亂編造。

〇｜bāo（包）　❶一種烹飪方法, 用猛火快炒: 炮羊肉。❷把物品放在器物上烘烤或
　｜粵 bao³（爆）　焙: 把濕衣服攤在熱炕上炮乾。

炱｜tái（台）　煙火凝積起來的黑灰: 煤炱│松炱。
　｜粵 toi⁴（台）

六畫

烊〇｜yáng（羊）　、 ⺍ 火 灯 烊 烊
　｜粵 yêng⁴（羊）

❶鎔化金屬: 烊銅│烊錫。❷溶化: 糖烊了│冰烊了。

〇｜yàng（漾）　商店晚上關門停止營業: 打烊。
　｜粵 yêng²（快）

烤｜kǎo（考）　、 ⺍ 火 灶 烄 烤
　｜粵 hao²（考）
❶把食物放在火的周圍燒熟: 燒烤│烤鴨│烤肉。❷用火把東西烘乾: 烘烤│烤乾│把濕衣服烤一烤。❸向火取暖: 烤火│烤手。

烘｜hōng（哄）　、 ⺍ 火 灯 烘 烘
　｜粵 hung³（控）
❶用火烤乾濕物: 烘乾│烘衣服。❷近火取暖: 烘手│烘屋子。

【烘托】用某種事物作陪襯, 使主要事物更加明顯突出: 綠葉把紅花烘托得更加美麗可愛。

【烘烘】❶火燒得旺的聲音。❷暖和: 暖烘烘。

【烘雲托月】比喻從側面渲染、描寫, 以突出主體。

烜｜xuǎn（選）　❶火勢盛。❷光明。
　｜粵 hün²（圈）　【烜赫】形容名聲很大: 名聲烜赫; 烜赫一時。

烈｜liè（列）　一 厂 歹 歹 列 烈
　｜粵 lid⁶（列）
❶很強的, 很猛的: 強烈│猛烈│烈火。❷爲正義而犧牲性命的人: 烈士│先烈。❸正直, 剛毅: 忠烈│剛烈。❹聲勢盛大: 熱烈│轟轟烈烈。

【烈性】❶性格剛直: 烈性漢子。❷性質猛烈: 烈性毒藥。

◆烈酒　烈燄　◆英烈　壯烈　慘烈　暴烈　劇烈　激烈　興高采烈

烟　同「煙」。

烏｜wū（汚）　丿 亻 户 臼 烏 烏
　｜粵 wu¹（汚）
❶黑色: 烏雲│烏黑│烏天黑地。❷烏鴉: 愛屋及烏。

【烏有】沒有, 不存在: 化爲烏有。

【烏合】比喻臨時倉卒集合起來, 沒有組織紀律的人羣: 烏合之衆。

【烏賊】軟體動物, 遇敵時能放出墨汁逃跑, 肉可吃。俗稱「墨魚」或「墨斗魚」。

【烏紗帽】古代文官戴的紗帽, 比喻官位。也叫「烏紗」。

【烏七八糟】形容亂七八糟, 十分雜亂。

【烏煙瘴氣】比喻環境嘈雜, 空氣汚濁, 秩序混亂。

烙〇｜lào（酪）　、 ⺍ 火 灯 炆 烙
　｜粵 log³（洛）
❶燙, 熨: 用熨斗把衣服烙平。❷做麪食的一種方法, 把餅放在鍋上烤熟: 烙餅│烙熟。

【烙印】❶在器物或牲口身上燙的作爲標記的火印。❷比喻不易磨滅的痕跡。

〇｜luò（洛）見「炮烙」條。
　｜粵 同〇

七至八畫

烹｜pēng（澎）　、 一 古 亨 亨 烹
　｜粵 pang¹（棚）
燒煮食物: 烹飪│烹調│烹茶。

⊗上部是「亨」，不是「享」。

焉 ⊖ yān（煙）｜丆下正正正焉
粵 yin¹（煙）

❶文言疑問詞，相當於「怎麼」或「哪裏」：焉能不去｜不入虎穴，焉得虎子? ❷文言連詞，相當於「乃」、「才」：必知亂之所起，焉能治之。

⊜同⊖ ❶文言代詞，相當於「這裏」、「這
粵 yin⁴（言） 個」：心不在焉。❷文言助詞，用在句末，相當於「呢」、「啊」：有厚望焉。

烽 fēng（風）｜丶火灺炇烽烽
粵 fung¹（風）

【烽火】古代邊防報警的煙火。也指戰火：烽火連天。

【烽煙】烽火，也叫「狼煙」，常比喻戰火：烽煙四起。

【烽燧】古代邊防遇敵來犯時點火報警的信號。夜裏點的火叫「烽」，白天焚的煙叫「燧」。

【烽火台】古代在邊境上築的點烽火報警的高台，也叫「狼煙台」。

焙 bèi（貝）｜丶火灯炶㷂焙
粵 bui⁶（悖）

把東西放在器皿裏用微火烘、烤：焙乾｜焙茶。

焠 cuì（粹）｜❶燒。❷同「淬」。
粵 cêu³（脆）

煮 zhǔ（主）｜十土耂者者煮
粵 ju²（主）

把食物或東西放在有水的鍋裏燒：煮飯｜煮菜｜煮酒。

【煮豆燃萁】比喻兄弟間自相殘殺。

焚 fén（墳）｜十木朴林林焚
粵 fen⁴（墳）

燒：焚燒｜焚燬｜憂心如焚。

焊 hàn（汗）｜丶火灯焊焊焊
粵 hon⁶（汗）

用鎔化的金屬連接或修補金屬器物：焊接｜電焊。

無 wú（吾）｜ʼ⼆无无無無
粵 mou⁴（誣）

❶沒有，跟「有」相反：無敵｜無中生有｜互通有無。❷不：無論｜無須。❸不論：事無大小，都由他決定。

【無比】沒有別的能夠相比：無比高興。

【無知】缺乏知識，不明事理：年幼無知。

【無畏】沒有畏懼，不知害怕：無私無畏。

【無辜】沒有罪，也指沒有罪的人：清白無辜; 殃及無辜。

【無窮】沒有窮盡，沒有限度：力大無窮。

【無可奈何】沒有辦法，無法可想。

【無足輕重】無關緊要，不值得重視。

【無的放矢】比喻說話做事沒有明確目標或不結合實際。

【無微不至】形容關懷、照顧得非常周到。

【無動於衷】比喻對應該關心的事一點也不動心。

【無風不起浪】比喻事情的發生一定有原因。

◆無非 無法 無故 無限 無益 無能 無視 無情 無理 無聊 無常 無從 無意 無疑 無孔不入 無法無天 無懈可擊 無價之寶 ◆一無所有 手無寸鐵 史無前例 攻無不克 忍無可忍 萬無一失

焦 jiāo（驕）｜ノイ仢佳佳焦
粵 jiu¹（招）

❶東西經火燒、烤而變成黃黑色並發硬、發脆：焦

黃｜焦黑｜飯焦了。❷着急：焦急｜心焦｜焦灼。❸指焦炭：煤焦｜煉焦。

【焦土】形容建築物、莊稼毀於炮火之後的情景。

【焦慮】着急，憂慮。

【焦點】❶光線通過透鏡的聚合點。❷比喻問題的關鍵或爭論的集中點。

【焦躁】焦急而煩躁。

【焦頭爛額】❶被火燒傷了頭額的樣子。❷比喻處境十分狼狽。❸形容工作忙亂，頭緒多，難以應付。

焰 yàn（厭）｜丶火灯炐焰焰
粵 yim⁶（驗）

同「燄」。❶火苗：火焰｜烈焰。❷比喻氣勢：囂張 氣焰。

【焰火】即「煙火」，粵語叫「煙花」。

然 rán（燃）｜ク夕夕狄狄然
粵 yin⁴（燃）

❶對，不錯：不以爲然。❷如此，這樣：不盡然(不盡是這樣)｜到處皆然。❸表示轉折，相當於「但是」，「可是」：然而｜此事雖小，然亦不可忽視。❹表示狀態的詞尾：忽然｜欣然｜突然。

【然後】表示接着某種動作或情況之後：先商量一下，然後再作決定。

◆不然 公然 必然 天然 仍然 自然 全然 果然 固然 居然 悄然 偶然 既然 竟然 悠然 猛然 毅然 想當然 飄飄然 迥然不同 煥然一新 一目了然

九畫

煎 jiān（兼）｜丶⺌前首前煎
粵 jin¹（箋）

❶用少量的油炸食物：煎蛋｜煎魚。❷熬：煎藥。❸內心焦急、不安：煎心｜憂心如煎。

【煎熬】比喻受折磨：他忍受着疾病的煎熬。也作「熬煎」。

煢 qióng（瓊）｜孤獨，沒有依靠：煢獨。
粵 king⁴（瓊）【煢煢】孤獨無依的樣子。

煉 liàn（練）｜丶火灯炶炼煉
粵 lin⁶（練）

❶用火鎔製金屬，使純淨或堅韌：煉鐵｜煉鋼｜煉油。❷用心琢磨，使文句精美、簡潔：煉字｜煉句。

◆煉乳 煉焦 煉製 ◆冶煉 修煉 提煉 精煉 錘煉 鍛煉 鎔煉 百煉成鋼

煙 yān（胭）｜丶火灯烟烟煙
粵 yin¹（胭）

❶物質燃燒時產生的氣體：冒煙｜炊煙｜濃煙滾滾。❷雲霧等氣：煙霞｜煙靄｜過眼雲煙(比喻很快就消失的事物)。❸煙氣所凝結的黑灰：松煙｜鍋煙子。❹煙草或它的製成品的簡稱：香煙｜煙絲。❺鴉片煙的簡稱：煙土｜禁煙。

【煙火】舉行慶祝典禮時燃放的彩色火花，也叫「燄火」或「禮花」。

【煙消雲散】比喻事物完全消失淨盡。也說「雲消霧散」。

◆煙囱 煙柱 煙癮 ◆夕煙 戒煙 吸煙 紙煙 烤煙 烽煙 硝煙 濃煙 一溜煙 烏煙瘴氣 狼煙四起 七竅生煙 荒無人煙

煤 | méi（梅）| 粵 mui⁴（梅）| ⺣ 火 灯 炒 炒 煤
一種礦物，是古代植物久埋地下，漸漸變化而成。黑褐色，俗稱「煤炭」，是重要的燃料和化工原料。

煩 | fán（凡）| 粵 fan⁴（凡）| ⺣ 火 灯 炉 煩 煩
❶苦悶，不痛快:煩悶│煩惱│心煩。❷討厭:厭煩│這些話都聽煩了。❸多而雜亂:煩雜│煩瑣。❹敬詞，表示「請」、「托」:相煩│煩勞│煩您幫幫忙。
【煩躁】煩悶，急躁:心情煩躁。
【煩囂】聲音嘈雜擾人。
◆煩言 煩難 煩擾 ◆耐煩 麻煩 絮煩 膩煩 不勝其煩 不厭其煩

煜 | yù（郁）| 粵 yug¹（郁）| ⺣ 火 炉 炉 焆 煜
光明，照耀。

煬 | yáng（羊）| 粵 yêng⁴（羊）| ⺣ 火 炟 煂 煂 煬
❶鎔化金屬:煬銅│煬錫。❷火旺。

煨 | wēi（偎）| 粵 wui¹（偎）| ❶把食物埋在帶火的灰裏燒熟:煨白薯│煨栗子。❷一種烹飪法，用微火慢慢地煮:煨雞│煨羊肉。

煦 | xù（絮）| 粵 hêu²（許）| ⺆ 日 旷 昫 煦
暖和:春光和煦│煦日初升。

照 | zhào（詔）| 粵 jiu³（詔）| ⺆ 日 旷 昭 昭 照 照
❶光線射在物體上:照明│陽光普照。❷日光:夕照│殘照│晚照。❸對着鏡子看自己:照鏡子。❹拍攝，相片:照相│照片│近照。❺關心，看顧:關照│照看│照顧。❻按着，對着:按照│依照│照章辦事。❼憑證:牌照│執照│護照。❽查看，對比:查照│對照│比照。
【照會】國與國之間外交往來的一種文書，用於表明立場、態度或通知重大事項。
【照應】❶呼應，配合:前後照應。❷照顧:請幫我照應一下。
【照耀】光芒四射:陽光照耀着大地。
【照本宣科】照着本子念。比喻不會靈活運用。
【照葫蘆畫瓢】比喻照着樣子模仿。
◆照抄 照例 照准 照射 照料 照常 照樣 照舊 照貓畫虎 ◆光照 仿照 寫照 遵照 心照不宣 回光返照 肝膽相照

煲 | bāo（包）| 粵 bou¹（褒）| ❶鍋:瓦煲│沙煲│銅煲。❷用煲煮或熬:煲飯│煲粥。

煌 | huáng（黃）| 粵 wong⁴（黃）| ⺣ 火 炉 焯 焯 煌
明亮:輝煌。

煥 | huàn（換）| 粵 wun⁶（換）| ⺣ 火 炉 炉 焕 煥
光彩顯露出來的樣子。
【煥發】光彩四射:精神煥發;容光煥發;英姿煥發。
【煥然一新】光彩耀眼，給人以全新的感覺，形容出現嶄新的面貌。

煞 | ㊀shā（沙）| 粵 sad³（殺）| ⺅ 冬 夅 夅 敓 煞
❶結束，止住:煞尾│煞帳│收煞。❷勒緊，扣緊:煞一煞腰帶。❸減弱，消除:風勢稍煞。❹用在動詞後，表示程度深:氣煞│笑煞│恨煞。
㊁shà（霎）❶極，很:煞白│煞費心機。❷迷信的人指兇神:煞氣騰騰│兇神惡煞。
粵 同㊀
【煞有介事】指裝模作樣，像眞有那麼回事一樣。
【煞費苦心】辛苦地費盡心思。

煒 | wěi（偉）| 粵 wei⁵（偉）| 光明。

十畫

熒 | yíng（營）| 粵 ying⁴（營）| ❶光亮微弱的樣子。❷眼光迷亂，疑惑:五光十色，使人目熒│熒惑。

熔 | 同「鎔」。

煽 | shān（山）| 粵 xin³（扇）| 火 炉 炉 炉 煽 煽
❶用扇子扇火，使火勢旺盛。❷鼓動別人做壞事:煽動│煽惑│煽風點火。

熙 | xī（希）| 粵 héi¹（希）| ⺋ 厃 叐 臣 配 熙
❶光明、興盛。❷和樂、高興。
【熙熙攘攘】熙熙，和樂的樣子;攘攘，紛亂的樣子。形容人來人往，非常熱鬧。也作「熙來攘往」。
⊗左上是「叵」，不是「臣」。

熏 | xūn（薰）| 粵 fen¹（薰）| ⺈ 台 台 車 重 熏
❶煙、氣等向上冒:牆熏黑了│熏蚊子│臭氣熏天。❷用煙火烤製食物:熏魚│熏肉。❸氣味襲人:臭氣熏人。
【熏染】因長期接觸，生活習慣逐漸受到壞的影響。
【熏風】和暖的風。
【熏陶】因長期接觸，生活習慣、思想品德、愛好及學問等逐漸受到好的影響。

熄 | xī（息）| 粵 xig¹（息）| ⺣ 火 炉 炉 熄 熄
滅掉燈火，停止燃燒:熄燈│熄火│熄滅。

熊 | xióng（雄）| 粵 hung⁴（雄）| 育 育 能 能 能 熊
❶哺乳動物，俗稱「狗熊」。頭大尾短，身體肥大，能直立行走，也能爬樹，種類很多，如黑熊、棕熊、白熊等。脂、膽、肉都可做藥，熊掌是名貴食品。❷姓。
【熊熊】火光旺盛的樣子:爐火熊熊。
【熊貓】哺乳動物。樣子像熊而比熊小，四肢、兩耳、眼圈爲黑色，別的部分爲白色，生活在中國西南高山中，吃竹葉、竹筍，是中國特有的珍貴動物。

狗熊　　　　熊貓

十一畫

熟 shú（孰）｜粵 sug⁶（孰）　古 享 臭 孰 孰 熟

❶食物加熱到可吃的程度，跟「生」相反：煮熟｜熟食｜飯熟了。❷植物的果實等長到可收成的程度：成熟｜荔枝熟了。❸認識的，了解的：熟識｜熟人｜熟路。❹精通，有經驗：熟悉｜熟練。❺製煉過的：熟鐵｜熟鹽｜熟石灰。❻程度深：熟睡｜深思熟慮。
【熟習】對某種技術、學問掌握得很熟練，了解得很深刻。
【熟能生巧】熟練了就能產生巧辦法或找出竅門。
【熟視無睹】雖然經常看到，卻像沒有看見一樣。形容對眼前的事物漠不關心。
◆熟人　熟知　熟稔　熟讀　◆早熟　純熟　晚熟　嫻熟　瓜熟蒂落　輕車熟道　駕輕就熟

熬 ㊀ áo（遨）｜粵 ngou⁴（遨）　土 耂 耂 敖 敖 熬

❶久煮：熬粥｜熬藥。❷乾煎：熬豬油。❸忍受，勉強支持：熬夜｜苦熬｜熬不住。
【熬煎】比喻受折磨：他忍受着疾病的熬煎。也說「煎熬」。
㊁ āo（凹）｜煮：熬白菜。
粵 同㊀
⊗左上是「耂」，七筆。

熱 rè（惹去）｜粵 yid⁶（薛）　夫 坴 執 執 執 熱

❶溫度高，跟「冷」相反：天熱｜炎熱。❷加熱，使溫度升高：把菜熱一熱。❸生病引起體溫增高：發熱｜退熱。❹情意深厚：熱情｜熱愛｜熱忱。❺應時，受人歡迎喜愛：熱銷｜熱門貨。
【熱切】熱烈而懇切：熱切的希望。
【熱中】❶急切盼望得到個人的地位或利益：熱中名利。❷十分愛好某種活動：熱中於足球運動。也作「熱衷」。
【熱血】❶形容人感情強烈、剛強正直，富於正義感。❷比喻為正義事業而獻身的熱情：熱血男兒｜滿腔熱血。
【熱潮】形容蓬勃、熱烈的形勢。
【熱鬧】❶指景象繁榮喧鬧：街上很熱鬧。❷指喧鬧的景象：看熱鬧。
【熱辣辣】形容熱得像被火燙着一樣：臉上熱辣辣的。
◆熱心　熱度　熱浪　熱流　熱烈　熱淚　熱望　熱誠　熱騰騰　◆火熱　冷熱　狂熱　寒熱　眼熱　悶熱　酷熱　親熱　熾熱　燥熱　冷嘲熱諷

熠 yì（邑）｜粵 yeb¹（邑）　光耀，鮮明：熠耀。【熠熠】光彩閃爍的樣子：星光熠熠；熠熠生輝。

熨 ㊀ yùn（運）｜粵 wen⁶（運）　コ 尸 屍 尉 尉 熨

用燒熱的烙鐵或熨斗把衣服燙平：把衣服熨一熨。
【熨斗】熨平衣服的金屬器具：電熨斗。
㊁ yù（郁）｜粵 wed¹（屈）　【熨貼】❶心裏平靜、舒暢。❷指用詞貼切。

十二畫

熾 chì（翅）｜粵 qi³（翅）　火 炶 焟 焟 熾 熾

形容旺盛，熱烈：熾欲｜熾盛。
【熾烈】形容火勢旺盛猛烈，比喻情勢熱烈。
【熾熱】形容極熱。

燉 dùn（頓）｜粵 den⁶（墩⁶）　火 炖 炖 焞 焞 燉

❶煨煮帶湯的食品，使爛熟：燉雞｜燉牛肉。❷把茶、酒或液汁盛在器具裏，再放在有水的鍋裏加熱：燉酒｜燉藥。

燐 lín（鄰）｜粵 lên⁴（鄰）　火 炏 炢 燅 燅 燐

化學上的「磷」，也寫作「燐」。
【燐火】夜間在野地裏忽隱忽現的青光，迷信的人稱為「鬼火」，其實是燐質遇空氣燃燒發出來的光。

燊 shēn（申）｜粵 sen¹（申）　旺盛，熾盛。

燒 shāo（稍）｜粵 xiu¹（消）　灬 火 灶 炷 焠 燒

❶使東西着火：燒火｜燃燒。❷用火加熱使物體起變化：燒飯｜燒磚。❸烤：燒鴨｜燒餅。❹生病體溫升高：發燒｜高燒｜退燒。
【燒酒】用高粱、大麥、甘薯等製成的酒，性烈味香，也叫「白酒」。
◆燒香　燒灼　燒焊　燒傷　燒燬　◆焚燒　煆燒　火燒眉毛　引火燒身

熹 xī（嬉）｜粵 héi¹（嬉）　土 吉 吉 壴 喜 熹

❶微弱的陽光：晨熹。❷天微明的樣子。
【熹微】形容陽光微弱：晨光熹微。

燕 ㊀ yàn（宴）｜粵 yin³（宴）　一 苄 莊 莊 燕 燕

候鳥名。嘴大腳短，尾巴像剪刀樣張開，翅膀尖長，背黑，腹白，春天飛到北方，秋季以後飛回南方，常在房樑上或屋簷下做窩。捕食害蟲，是益鳥。
【燕窩】金絲燕用胃中分泌液築成的巢，是珍貴食品。
◆燕雀　燕雛　燕尾服　◆土燕　家燕　海燕　鶯歌燕舞
㊁ yān（煙）｜粵 yin¹（煙）　春秋戰國時諸侯國名，在今河北北部和遼寧南部。
【燕京】北京的舊稱。
⊗上部是「廿」，不是「艹」。

燎 ㊀ liáo（遼）｜粵 liu⁴（遼）　火 灯 炝 焌 焣 燎

燒，越燒越大：星火燎原。
㊁ liǎo（遼上）｜粵 liu⁶（料）　毛髮等挨近火而燒焦：火燎眉毛。
⊗右上是「大」，不是「大」。

燙 tàng（趟）｜粵 tong³（趟）　氵 氻 渇 湯 湯 燙

❶溫度高，極熱：滾燙｜水太燙。❷被熱的東西弄痛或弄傷：燙嘴｜燙傷。❸用火或熱水溫東西：燙酒。❹用熱力改變物體的樣子：燙衣服｜燙頭髮。
【燙手】❶東西摸着太熱，不好拿。❷指事情難辦，跟「棘

手」的意思差不多。

燜 mèn (悶) 粵 mun⁶(悶) 灯 炉ˇ 炉ˇ 炉門 燜 燜
一種烹飪方法。把食物調了味,放在鍋中蓋嚴,用微火慢慢地煮: 燜魚 | 紅燜鴨。

燄 yàn (厭) 粵 yim⁶(驗) ク 名 名 臽 燄 燄
❶火苗: 火燄 | 烈燄。 ❷比喻氣勢旺盛: 氣燄萬丈。
【燄火】即「煙火」。
⊗左邊是「臽」不是「臽」。

燃 rán (然) 粵 yin⁴(然) 火 炉 炉 燃 燃 燃
❶燒: 燃燒 | 燃料 | 助燃。 ❷引火點着: 點燃 | 燃燈 | 燃放鞭炮。
【燃眉之急】比喻事情像火燒眉毛那樣緊急。

燈 dēng (登) 粵 deng¹(登) 火 炉 炉 炉 燈 燈
用來照明或做其他用途的發光器具: 油燈 | 電燈 | 霓虹燈。
【燈塔】夜間發出强烈燈光指引船隻航行的高塔。多設在海岸或島上。
【燈謎】貼在燈上、牆上或掛在繩子上供人猜測的謎語。
【燈紅酒綠】形容尋歡作樂、花天酒地的生活。
◆燈市 燈花 燈節 燈籠 ◆幻燈 花燈 明燈 街燈 走馬燈 紅綠燈 探照燈

十三畫

燮 xiè (泄) 粵 xid³(泄) 言 言 燖 燖 燮 燮
調和: 燮理。

燧 suì (碎) 粵 sêu⁶(睡) 火 炉 炒 燧 燧 燧
❶古代取火的器具,如木鑽、火石等。 ❷古代邊防報警放的烽火: 烽燧。
【燧人氏】傳說是中國古代鑽木取火和熟食的發明者。

營 yíng (螢) 粵 yíng⁴(螢) 丷 火 炊 燃 營 營
❶軍隊駐紮的地方: 營房 | 軍營 | 安營。 ❷軍隊的編制單位,團與連中間的一級。 ❸從事辦理: 營業 | 經營。 ❹建造: 營建 | 營造。 ❺謀求: 營利 | 營救。
【營養】❶吸收養料滋補身體。 ❷食物所含的養料。
【營私舞弊】為謀私利而作弊。
◆營火 營生 營地 ◆宿營 野營 露營 鑽營 夏令營 結黨營私 步步為營 慘淡經營

燦 càn (粲) 粵 can³(粲) 火ˇ 炒 炒 燦 燦 燦
光彩鮮明耀眼: 星光燦爛。

燥 zào (噪) 粵 cou³(噪) 火 炉 烜 燸 燥 燥
乾,水分少: 乾燥 | 燥熱。

燭 zhú (竹) 粵 zug¹(竹) 火 炉 炉 燭 燭 燭
❶用蠟油和脂膏製成點着照明的東西: 蠟燭。 ❷照耀: 火

光燭天。 ❸看透: 洞燭其奸。 ❹姓。
◆火燭 花燭 香燭 風燭殘年

燬 huǐ (毀) 粵 wei²(毀) 炉 炉 燀 煋 燬 燬
燒毀東西: 焚燬。

燠 yù (郁) 粵 yug¹(沃) 暖,熱: 燠熱。

燴 huì (會) 粵 wui⁶(會) 火 灯 焓 焓 燴 燴
烹調法之一,將多種食物混在一起煮: 雜燴 | 燴豆腐。

十四畫以上

燹 xiǎn (險) 粵 xin²(癬) ❶野火。 ❷戰禍: 兵燹。

燾 ㊀ dào (道) 粵 dou⁶(道) 遮蓋。
㊁ tāo (滔) 粵 tou⁴(逃) 用於人名。

燼 jìn (盡) 粵 zên⁶(盡) 物體燃燒後剩下的東西: 餘燼 | 灰燼。

爆 bào (豹) 粵 bao³(包³) 炉 炉 焊 煜 煥 爆
❶猛然炸開: 爆炸 | 爆破 | 爆裂。 ❷一種烹調法,在滾水或滾油裏稍微一煮、一炸: 爆肚兒。
【爆竹】用多層紙捲成,內裝火藥,點燃引線即爆裂,發出很大的響聲。也叫「炮仗」。
【爆發】事變等突然發生或情緒、力量等忽然發作: 火山爆發;感情爆發。

燻 同「熏」。

爍 shuò (碩) 粵 sêg³(削) 火 炉 烟 燡 燡 爍
光閃動的樣子: 閃爍。

爐 lú (盧) 粵 lou⁴(盧) 火 火 炉 炉 炉 爐
煮飯、取暖或冶煉用的器具: 爐灶 | 電爐 | 煉鋼爐。
【爐火純青】比喻學問或技術達到極高的水平。

爛 làn (濫) 粵 lan⁶(欄⁶) 灯 炉ˇ 炉ˇ 燗 燗 爛
❶食物煮得過熟而變得鬆軟: 肉燜爛了。 ❷東西腐壞: 腐爛 | 潰爛 | 霉爛。 ❸東西破碎或稀軟: 破爛 | 爛布 | 爛泥。 ❹光明,華麗: 燦爛 | 絢爛。 ❺極,很: 爛醉 | 爛熟。
【爛漫】❶色彩鮮麗: 山花爛漫。 ❷坦率自然,不做作: 天真爛漫。
【爛攤子】❶東西散亂沒有秩序。 ❷比喻事情或局面紊亂,難以收拾整頓。
◆朽爛 稀爛 糜爛 焦頭爛額 海枯石爛

爨 cuàn (竄) 粵 qun³(寸) 手 銅 銅 爩 爨 爨
❶灶。 ❷生火做飯。

爪部

爪 ㊀ zhǎo（找）｜ 粤 zao²（找）｜㇀ 厂 爪 爪
❶手足的甲。❷鳥獸的腳指: 鷹爪｜張牙舞爪。
【爪牙】❶猛禽、猛獸的爪和牙。❷比喻壞人的黨羽或狗腿子。
㊁ zhuǎ（抓上）｜意義同㊀，用於「爪子，爪兒」等。
粤 同㊀

爬 pá（杷）｜ 粤 pa⁴（杷）｜㇀ ㇀ 爪 爬 爬 爬
❶手和腳一齊着地行走: 爬行｜孩子會爬了。❷由下往上攀: 爬山｜爬樹。
【爬山虎】落葉藤本植物，夏季開黃綠色花，結漿果，莖上有捲鬚，能附在牆壁或岩石上。

爭 zhēng（箏）｜ 粤 zeng¹（箏）｜㇀ ㇀ ㇀ 乌 乌 爭
❶努力求取: 競爭｜爭奪｜爭取。❷搶着，唯恐落後: 爭先恐後｜爭着發言。❸吵嘴，辯論: 爭吵｜爭論｜意氣之爭｜是非之爭。
【爭氣】不甘心落後，下決心趕上去。
【爭端】引起爭執的事由: 排除爭端。
【爭辯】各自堅持自己的觀點和看法，辯論是非。
◆爭光　爭持　爭鳴　爭議　爭霸　◆力爭　抗爭　相爭　鬥爭　戰爭　分秒必爭

爰 yuán（袁）｜ 粤 yun⁴（袁）｜㇀ ㇀ 旦 孚 旁 爰
文言虛字。❶於是。❷哪裏。

為 同「為」。

爵 jué（決）｜ 粤 zêg³（雀）｜ 皿 皿 爭 爵 爵 爵
古代盛酒的器具: 爵杯。
【爵位】君主國家貴族的等級，分公爵、侯爵、伯爵、子爵、男爵五等。

父部

父 ㊀ fù（付）｜ 粤 fu⁶（付）｜㇀ 八 少 父
❶爸爸，爹: 父親｜父母。❷用在對男性長輩的稱呼上: 父老｜伯父｜舅父。
㊁ fǔ（斧）｜對老年人的通稱: 漁父｜田父。
粤 fu²（苦）

爸 bà（霸）｜ 粤 ba¹（巴）｜㇀ 少 父 谷 谷 爸
【爸爸】即是父親。

爹 diē（跌）｜ 粤 dé¹｜㇀ 少 父 爹 爹 爹
❶父親: 爹媽｜爹娘。❷對老人或長輩的尊稱: 老爹。

爺 yé（耶嗚）｜ 粤 yé⁴（耶）｜八 父 爷 爷 爺 爺
❶祖父: 爺爺｜阿爺。❷古代稱父親: 爺娘。❸對長輩或年長男子的敬稱: 老爺｜老太爺。❹迷信的人對神的稱呼: 土地爺｜財神爺。

爻部

爻 yáo（肴）｜ 粤 ngao⁴（肴）｜ノ メ 丬 爻
組成八卦的長短橫道，「—」為陽爻，「--」為陰爻。

爽 shuǎng（霜上）｜ 粤 song²（嗓）｜厂 ㇋ 爻 爽 爽 爽
❶清亮，明朗: 秋高氣爽｜神清目爽。❷輕鬆，舒服: 涼爽｜身體不爽。❸直率，痛快: 直爽｜豪爽。❹違背，差錯: 爽約｜屢試不爽｜絲毫不爽。
【爽口】適合口味，清脆可口。
【爽快】❶舒適愉快。❷性情率直、痛快。
【爽利】爽快，利落: 辦事爽利。
【爽朗】❶天氣晴朗: 爽朗的天空。❷開朗，直率: 性格爽朗。
◆爽直　爽氣　爽然　爽身粉　◆颯爽　英姿颯爽

爾 ěr（耳）｜ 粤 yi⁵（耳）｜八 ㇅ 爾 爾 爾 爾
❶你，你的: 爾我｜爾等。❷那（指時間）: 爾時｜爾後。❸這樣，如此: 果爾｜乃爾｜不過爾爾。❹形容詞或副詞的詞尾，跟「然」字的用法相同: 偶爾｜莞爾而笑。
【爾曹】你們這些人。
【爾虞我詐】互相欺騙。也作「爾詐我虞」。

爿部

爿 pán（盤）｜ 粤 ban⁶（辦）｜❶量詞，商店一家叫「一爿」: 一爿水果店。❷劈成片的木柴: 柴爿。
⊗跟「片」不同。

牀 chuáng（窗陽）｜ 粤 cong⁴（廠⁴）｜㇀ ㇉ ㇉ 爿 牁 牀
❶牀鋪: 牀板｜牀單。❷像牀的東西: 車牀｜琴牀。

牆 qiáng（薔）｜ 粤 cêng⁴（薔）｜㇀ ㇉ 爿 牁 牆 牆
房屋周圍的壁: 牆壁｜圍牆。

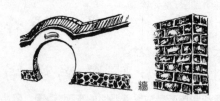
牆

片部

片 ⊖ piàn（騙）　粵 pin³（騙）｜ノ ′ ′ 片

❶又平又薄的東西: 紙片｜肉片｜明信片。❷少, 零星: 片刻｜片言隻語。❸量詞: 指面積、範圍或成片的東西: 兩片藥｜一片汪洋｜一片草地。
【片面】單方面的, 偏於一面的: 片面之詞。
【片段】指文藝作品或生活經歷中的一段。也作「片斷」。
【片時】即片刻, 指極短的時間, 一會兒。
【片甲不留】形容全軍被消滅。也說「片甲不存」。
【片瓦無存】一片完整的瓦也沒有了。形容房屋全部毀壞。
⊖ piān（偏）　粵 pin²（騙²）

意義同⊖❶, 用於「相片」、「影片」、「畫片」、「唱片」等詞。

版 bǎn（板）　粵 ban²（板）｜ノ 广 片 片 片 版

❶上面有文字或圖形, 用木板或金屬等製成供印刷用的東西: 鉛版｜銅版｜排版。❷指書籍排印的次數: 初版｜再版｜第三版。❸報紙的一面叫一版: 版面｜頭版｜二版。
【版畫】用刀子或化學藥品等在銅版、鋅版、木版、石版等上面雕刻或蝕刻後印刷出來的圖畫。
【版圖】指國家的領土疆域: 中國版圖遼闊。

牌 pái（排）　粵 pai⁴（排）｜ノ 广 片 牌 牌 牌

❶用木板或其他材料做的標誌或憑信物: 門牌｜招牌｜牌照。❷商標: 英雄牌金筆｜天鵝牌地毯。❸古代兵士作戰時用來遮護身體的東西: 藤牌｜擋箭牌。❹玩具或賭具: 骨牌｜撲克牌。
【牌匾】掛在門楣或牆上, 題着字的木版。
【牌樓】從前建在路口、要道或名勝處的裝飾性建築物, 由兩個或四個並列的柱子構成, 上面有簷。現在為慶祝而建的牌樓, 是臨時用竹、木等紮彩搭成的。

牌樓

牒 dié（碟）　粵 dib⁶（碟）｜ノ 片 片 片 牃 牒 牒

官方的文件: 通牒。一國通知另一國並要求答覆的文書。

牖 yǒu（友）　粵 yeo⁵（友）｜ノ 片 牗 牖 牖 牖

❶窗戶: 戶牖。❷開導。

牘 dú（讀）　粵 dug⁶（讀）｜ノ 片 片 牘 牘 牘

古代寫字用的木簡, 後來泛指公文、書信等: 尺牘｜文牘｜案牘。

牙部

牙 yá（芽）　粵 nga⁴（芽）｜一 二 于 牙

❶牙齒: 門牙｜大牙｜青面獠牙。❷跟牙齒有關的: 牙刷｜牙膏｜牙醫。❸特指象牙: 牙筷｜牙雕｜牙章。
【牙牙】象聲詞, 嬰兒學話的聲音: 牙牙學語。
【牙慧】別人說過的話: 拾人牙慧（襲用別人說過的話）。
◆ 犬牙交錯　咬牙切齒　張牙舞爪　咬緊牙關

牛部

牛 niú（妞陽）　粵 ngeo⁴（偶⁴）｜ノ ′ ′ 牛

❶反芻類家畜, 頭上有角, 腳有蹄, 能耕田、拉車或馱運東西。肉和奶可吃, 皮可製革, 角和骨可做器物。種類很多, 有黃牛、水牛、犛牛等。❷比喻性格固執、倔強: 牛脾氣｜牛性子。❸姓。
【牛角尖】比喻無法解決的問題或不值得研究的小問題: 鑽牛角尖。
【牛馬不如】比喻人民生活困難, 日子過得比牛、馬都還不如。
【牛頭馬面】鬼卒名。傳說是閻羅王的兩名獄卒。比喻壞人。
【牛頭不對馬嘴】比喻兩種說法對不上或答非所問。
◆ 牛馬不如　牛鬼蛇神　◆ 吹牛　頂牛　九牛一毛　對牛彈琴

黃牛　　水牛

二至三畫

牝 pìn（聘）　粵 pen⁵（貧⁵）｜ノ ′ 牛 牛 牛′ 牝

雌性的鳥獸, 跟「牡」相對: 牝雞｜牝牛。

牟 móu（謀）　粵 meo⁴（謀）｜ノ ム ㇒ 亠 牟

獲取: 牟取｜牟利。

牡 mǔ（母）　粵 mao⁵（卯）｜ノ ′ 牛 牛 牡 牡

雄性的鳥獸, 跟「牝」相對: 牡牛｜牡騾。
【牡丹】落葉小灌木, 夏初開花, 色有紅、白、黃、紫等種, 花大而美麗, 是著名的觀賞植物。根皮可入藥。

【牡蠣】軟體動物,產在淺海泥沙中,肉鮮美可吃,殼可入藥。也叫「蠔」或「海蠣子」。

牠 | tā（他）
粵 ta¹（他） | ノ 牛 牛 牜 物 牠

專指事物的代詞: 牠 | 牠們。

四至五畫

牦 | máo（矛）
粵 mou⁴（無） | 犛牛。

牧 | mù（木）
粵 mug⁶（木） | ノ 牛 牛 牜 牜 牧

放養牲畜:牧羊 | 牧牛 | 放牧。
【牧師】指基督教裏主持宗教儀式、管理宗教事務的人。
◆牧人　牧民　牧草　牧區　牧童　牧場　◆畜牧　遊牧

物 | wù（勿）
粵 med⁶（勿） | ノ 牛 牛 牜 牜 物

❶一切有形體的東西:物品 | 動物 | 事物。❷具體內容:言之有物 | 空洞無物。❸自己以外的人或環境,多指眾人:待人接物。
【物力】可供使用的物資:愛惜人力物力。
【物色】尋求、選擇人才或東西:物色人才。
【物產】出產的物品:物產豐富。
【物慾】想得到物質享受的慾望。
【物以類聚】同類的東西常聚在一起。比喻壞人總是與壞人混在一起:物以類聚,人以羣分。
【物極必反】事物發展到極端,就會向相反的方向轉化。
◆物主　物種　物價　物質　物證　物體　物盡其用　物美價廉　◆人物　生物　怪物　風物　食物　財物　植物　景物　萬物　礦物　寶物　讀物　贓物　玩物喪志　地大物博

牯 | gǔ（古）
粵 gu²（古） | ノ 牛 牛 牜 牛 牯

❶母牛。❷閹割過的公牛。

牲 | shēng（生）
粵 seng¹（生） | ノ 牛 牛 牜 牜 牲

❶指牛、馬、羊、豬、驢、騾等家畜:牲口 | 牲畜。❷古代祭神用的牛、羊、豬等:三牲。

牴 | dǐ（底）
粵 dei²（底） | ノ 牛 牜 牜 牴 牴

牛羊用角相撞。
【牴牾】事物相牴觸或有矛盾。
【牴觸】事物相互衝突,發生矛盾,也作「抵觸」。

六至九畫

特 | tè（忒）
粵 deg⁶（得⁶） | ノ 牛 牜 牡 特 特

❶不同一般的:特別 | 特出 | 奇特。❷獨有的:特有 | 特產 | 獨特。❸專,專為:特地 | 特派 | 特意拜訪。❹但,只:不特 | 非特。
【特色】獨特的色彩和風格。
【特定】❶特別指定的:特定人員。❷具有一定特點的:特定環境;特定條件。
【特性】事物特有的性質。
【特長】特有的技能或專長。
【特殊】與眾不同的,或跟平常的情況不同的:特殊照顧;情況特殊。
【特異】❶特別優秀:成績特異。❷獨有的,不同於一般的:特異功能;特異風格。
【特徵】可以作為標誌的顯著特點:他的外貌特徵是又胖又矮。
【特寫】❶一種描寫真人真事的文學作品。❷電影裏把人或物特別放大的鏡頭。
◆特此　特技　特使　特急　特指　特約　特效　特許　特赦　特等　特價　特務　特權　◆模特兒

牽 | qiān（千）
粵 hin¹（軒） | 一 亠 玄 杏 牽 牽

❶拉:牽牛 | 手牽着手。❷連帶,連累:牽累 | 牽動 | 牽涉。
【牽制】拖拉住對方,使不能自由活動。
【牽牛花】草本植物。秋天開花,花冠像漏斗,供觀賞,種子有毒,可做藥。也叫「喇叭花」。
【牽強附會】把沒有關係或關係不大的事物或問題勉強、生硬地拉扯在一起。
【牽腸掛肚】形容非常掛念,極不放心。
◆牽引　牽扯　牽念　牽掛　牽連　牽掣　牽線　牽纏　◆順手牽羊

牾 | wǔ（五）
粵 ng⁵（五） | 見「牴牾」條。

犁 | lí（黎）
粵 lei⁴（黎） | 一 千 禾 利 刏 犁

❶翻地鬆土的農具。❷用犁耕田:犁田。

犄 | jī（基）
粵 géi¹（基） | ノ 牛 牜 牦 犄 犄

【犄角】❶獸角:羊犄角 | 牛犄角。❷角落:牆犄角。❸棱角:桌子犄角。

犀 | xī（西）
粵 sei¹（西） | 一 尸 尸 屈 屍 犀

【犀牛】哺乳動物,生活在熱帶。體粗大如牛,皮厚無毛,角生在鼻子上,印度產的一隻角,非洲產的兩隻角,角堅硬,可製器物,也可入藥。
【犀利】❶指刀劍等尖銳、鋒利。❷指言辭、眼光尖銳:文筆犀利;目光犀利。

犍 | jiān（堅）
粵 gin¹（堅） | 閹割過的公牛。

十畫以上

犒 | kào（靠）
粵 hou³（耗） | ノ 牛 牜 牰 犒 犒

用酒食錢物慰勞:犒軍 | 犒勞 | 犒賞。

犖 | luò（駱）
粵 log³（烙） | 丷 炏 炏 燄 犖 犖

明顯:卓犖。
【犖犖】事理分明的樣子:犖犖大端(明顯的要點或主要的項目)。

犀牛

犁

犛

犛｜lí（離）
粵 léi⁴（離）　一 二 丰 耒 耘 耘 耘 犛

【犛牛】牛的一種，產於西藏、青海，密生長毛，色有黑有白，角長而尖，可用來拉犁耕田和馱運貨物。肉、乳可供食用。

犢｜dú（讀）
粵 dug⁶（讀）　亻 牛 牛 牪 牪 犢 犢

小牛：牛犢｜初生之犢不怕虎。

犧｜xī（希）
粵 héi¹（希）　牜 牜 牪 牪 犧 犧

古代做祭品用的毛色純一的牲畜：犧牛。

【犧牲】❶捨棄自己的利益或生命：為國犧牲｜犧牲財產。❷為了某種目的而捨棄或損害另一方的利益。❸古代為祭祀宰殺的牲畜。

犬部

犬｜quǎn（圈上）
粵 hün²（勸²）　一 ナ 大 犬

狗：警犬｜牧羊犬｜雞犬不寧。

【犬齒】長在門牙兩側，上下各兩顆，較銳利。俗稱「虎牙」。

【犬牙交錯】像狗牙那樣上下交錯。比喻交界很曲折，也比喻形勢錯綜複雜。

【犬馬之勞】謙詞。表示心甘情願為別人奔走效勞。

二至四畫

犯｜fàn（飯）
粵 fan⁶（飯）　亻 ｊ ｊ 犭 犯

❶牴觸，違反：犯法｜犯規｜明知故犯。❷侵害：侵犯｜進犯｜眾怒難犯。❸有罪的人：犯人｜囚犯｜罪犯。❹發作，發生（多指不好的事）：犯病｜犯錯誤｜犯愁。❺值得，划得來：犯得着。

【犯疑】起疑心。

【犯諱】觸犯了忌諱。

【犯難】❶為難：這事他很犯難。❷冒險做某事。

【犯不上】不值得。也作「犯不着」。

◆ 犯案　犯禁　◆ 主犯　兇犯　要犯　冒犯　重犯　逃犯　從犯　違犯　慣犯　觸犯　刑事犯　嫌疑犯　秋毫無犯

⊗右旁是「㔾」不是「已」。

狄｜dí（敵）
粵 dig⁶（敵）　亻 ｊ ｊ 犭 犭ˊ 狄

❶中國古代北方的一個民族。❷姓。

狂｜kuáng（誑）
粵 kong⁴（抗⁴）　亻 ｊ ｊ 犭 犴 狂

❶精神失常，瘋癲：發狂｜瘋狂｜癲狂。❷猛、暴：狂風｜狂潮。❸自高自大：狂妄｜狂言。❹縱情地，無拘束地：狂笑｜狂歡。❺快速：狂奔｜狂跑。

【狂人】❶瘋狂的人。❷極端狂妄自大的人。

【狂瀾】洶湧的波濤。比喻動蕩不定的、危險的局勢：力挽狂瀾。

【狂飆】急驟的暴風。比喻猛烈的潮流或力量。

◆ 狂放　狂呼　狂喜　狂暴　狂犬病　◆ 兇狂　猖狂　輕狂　喪心病狂

狀｜zhuàng（撞）
粵 zong⁶（撞）　丨 丬 丬 爿 狀 狀

❶樣子：形狀｜狀態｜奇形怪狀。❷情形：狀況｜病狀｜罪狀。❸陳述事實的文字，也指打官司，控告：行狀｜告狀｜訴狀。❹形容、描摹：不堪言狀。❺一種證明書：獎狀｜委任狀。

【狀元】❶從前科舉制度中最高一級考試的第一名。❷比喻在本行業中成績最好的人：行行出狀元。

【狀語】動詞、形容詞前面的修飾成分，表示狀態、程度、時間、處所等。如「慢慢走」的「慢慢」、「非常好」的「非常」、「剛走」的「剛」、「這兒坐」的「這兒」等，都是狀語。

◆ 狀子　狀貌　◆ 供狀　情狀　現狀　慘狀　軍令狀　不可名狀

五畫

狙｜jū（居）
粵 zêu¹（追）　亻 ｊ ｊ 犭 狙 狙

【狙擊】暗中埋伏，乘人不備突然襲擊。

狎｜xiá（匣）
粵 hab⁶（峽）　亻 ｊ ｊ 犭 狎 狎

❶過於親近而不莊重：狎昵｜親狎。❷輕慢而不莊重地待人：狎弄｜狎侮。

狐｜hú（胡）
粵 wu⁴（胡）　ｊ 犭 犭 狐 狐 狐

【狐狸】哺乳動物，形狀像狗而小，嘴尖尾長，性情狡猾多疑。喜歡在夜間活動。毛皮珍貴，可做高級皮大衣。

【狐疑】比喻多疑。

【狐假虎威】比喻仗着別人的威風或權勢來恐嚇人。

【狐羣狗黨】比喻勾結在一起的壞人。

狗｜gǒu（苟）
粵 geo²（苟）　亻 ｊ ｊ 犭 狗 狗

會看門的家畜，也叫「犬」，哺乳動物。嗅覺、聽覺很

靈敏，性機警，有的可以訓練成獵犬或警犬。
【狗腿子】走狗，為有權勢的人奔走做壞事的人。
【狗仗人勢】比喻仗勢欺負人。
【狗皮膏藥】比喻騙人的貨色。
【狗血噴頭】形容罵得很兇。
【狗急跳牆】比喻走投無路時不顧一切地行動。
【狗頭軍師】比喻愛給人出主意而主意並不高明的人。
◆狗洞　狗窩　狗熊　狗咬狗　狗屁不通　◆狼狗　野狗　瘋狗　落水狗　狐羣狗黨　狼心狗肺

狒 fèi（肺）粵 féi⁶（翡）
【狒狒】哺乳動物，面形像狗，身體像猴，雄的從頭部兩側到肩部披灰色長毛，性情兇惡，成羣生活，多產在非洲。

六至七畫

狩 shòu（瘦）粵 seo³（瘦）
打獵：狩獵。

狡 jiǎo（餃）粵 gao²（餃）
奸猾，不老實，耍花招：狡猾｜狡詐｜狡賴。
【狡黠】狡猾奸詐。
【狡辯】毫無道理地強辯。
【狡兔三窟】狡猾的兔子有三個窟。比喻藏身的地方多，便於躲避災禍。

狠 hěn（很）粵 hen²（很）
❶兇惡，殘忍：狠毒｜兇狠｜心狠手辣。❷嚴厲地，重重地：狠狠地打擊入侵者。❸控制感情，下定決心：發狠｜狠了心。
【狠心】❶心腸殘忍。❷決心不顧一切。
【狠命】用盡全力。

狺 yín（銀）粵 ngen⁴（銀）
【狺狺】狗叫聲。

狼 láng（郎）粵 long⁴（郎）
哺乳動物，樣子似狗，耳朵直立，尾巴下垂，毛黃灰色，晝伏夜出，性兇殘，傷害人畜。毛皮可做衣褥。
【狽狽】傳說狽是一種像狼的獸，前腿特別短，走路時要爬在狼身上，沒有狼，牠就不能行動，所以用「狼狽」形容困苦或受窘的樣子：十分狼狽；狼狽不堪。
【狼煙】古代邊防報警的烽火。
【狼藉】亂七八糟：杯盤狼藉，聲名狼藉。
【狼子野心】比喻貪心狠毒，野心勃勃。
【狼吞虎嚥】形容吃東西又猛又急。
【狼狽為奸】比喻互相勾結做壞事。
◆狼狗　狼煙四起　◆豺狼　引狼入室　豺狼當道　鬼哭狼嚎

狹 xiá（峽）粵 hab⁶（峽）
窄，不寬廣，跟「廣」相對：狹窄｜狹小｜狹長。
【狹隘】狹窄。多形容心胸、氣量、見識等不寬廣。
【狹義】範圍狹小的定義，與廣義相對。
【狹路相逢】比喻仇人相遇，難以相容。

狸 lí（離）粵 léi⁴（離）
【狸貓】哺乳動物，性兇猛，捕吃鳥鼠蛙等小動物。毛皮可做衣料。

狽 bèi（貝）粵 bui³（貝）
見「狼狽」條。

狷 juàn（眷）粵 gün³（眷）
❶性情急躁：狷急。❷正直：狷介。

猁 lì（利）粵 léi⁶（利）
見「猞猁」條。

八畫

猝 cù（醋）粵 qud³（撮）
突然，出乎意料：倉猝｜猝然｜猝不及防。

猜 cāi（才陰）粵 cai¹（釵）
❶疑心，懷疑：猜疑｜猜忌。❷推測，推想：猜想｜猜測｜猜謎。
◆猜中　猜枚　猜拳　猜嫌　◆兩小無猜

猖 chāng（昌）粵 cêng¹（昌）
兇猛。
【猖狂】狂妄而放肆。
【猖獗】鬧得很兇，很難平定或遏止：猖獗一時；盜賊猖獗。

猙 zhēng（爭）粵 zeng¹（爭）
【猙獰】形容兇惡的樣子：面目猙獰。

猞 shē（奢）粵 sé³（赦）
【猞猁】一種像狸貓的野獸，產於寒帶。耳大毛長，能爬樹，皮毛可製皮衣，很珍貴。

猛 měng（蜢）粵 mang⁵（蜢）
❶氣勢壯，力量大：猛將｜猛烈。❷兇惡的：兇猛｜猛虎｜猛獸。❸急速，劇烈：迅猛｜猛漲｜猛衝。❹突然：猛然｜猛地。
【猛醒】突然明白過來。也作「猛省」。
【猛進】❶進步飛快：學業猛進。❷奮發前進：高歌猛進。
◆猛火　猛打　猛攻　猛追　猛殺　猛撲　猛增　◆勇猛　洪水猛獸　突飛猛進

九畫

猶 yóu（由）粵 yeo⁴（由）
❶好像，如同：猶如｜雖死猶生｜過猶不及（事情辦得過火了，就跟做得不夠一樣，都是不好的）。❷還，尚且：困獸猶鬥｜記憶猶新。
【猶太】種族名，也叫希伯來人，即以色列民族。
【猶豫】遲疑不決，拿不定主意。

猷 yóu（由）粵 yeo⁴（由）

謀略，計劃: 鴻猷｜謀猷。

猢 hú（胡）｜粵 wu⁴（胡）

【猢猻】猴類動物的通稱。

猩 xīng（星）｜粵 xing¹（星）
犭 犭 犭 狎 狎 猩 猩

【猩猩】猿類，形狀像人，毛赤褐色，前肢很長，沒有尾巴，能直立行走，性兇猛有力，喜攀援樹木。

猥 wěi（委）｜粵 wei²（委）
犭 犭 狎 狎 狎 猥 猥

❶鄙陋，下流: 猥瑣｜猥語。❷多，雜: 猥雜。

【猥褻】指色情、下流的言語或行為動作。

猬 wèi（胃）｜粵 wei⁶（胃）

刺猬，哺乳動物，身上長着硬刺，嘴很尖，捕食昆蟲和小動物。

猴 hóu（喉）｜粵 heo⁴（喉）
犭 犭 犭 犷 猴 猴 猴

哺乳動物。形狀像人，能用後腿直立走路，行動敏捷，種類很多，成羣地生活在山林裏，吃野果、野菜等。也叫「猢猻」。俗稱「猴子」。

【猴急】笑人躁急: 瞧他那猴急的樣子。

【猴戲】用猴子耍的把戲。

◆猴王　猴相　◆猿猴　獼猴　金絲猴　殺雞嚇猴

十至十一畫

猿 yuán（袁）｜粵 yun⁴（袁）
犭 猜 狣 猿 猿 猿

哺乳動物，像猴比猴大，臂長，腦發達，善於模仿，頰下沒有囊，沒有尾巴，生活在山林中。種類很多，如猩猩、長臂猿等都是。

猾 huá（滑）｜粵 wad⁶（滑）
犭 犭 犭 狎 猾 猾

奸詐，不老實: 狡猾｜奸猾｜老奸巨猾。

獃 dāi（呆）｜粵 dai¹（多埃）

❶癡傻: 獃子｜獃氣。❷呆板，不機靈: 獃頭獃腦｜兩眼發獃。

獅 shī（師）｜粵 xi¹（師）
犭 犭 犷 狛 獅 獅

一種猛獸。頭圓大，尾細長，雄的頭上和脖子上有長毛。吼聲洪大，性兇猛，有獸王之稱: 獅子｜雄獅。

猻 sūn（孫）｜粵 xun¹（孫）

見「猢猻」條。

獐 zhāng（章）｜粵 zêng¹（章）
犭 犭 狞 猗 獐 獐

一種哺乳動物，形狀似鹿比鹿小，無角，無粗毛，黃褐色。俗稱「獐子」也叫「牙獐」。

【獐頭鼠目】形容人相貌醜陋，神情狡猾。多指壞人。

獄 yù（育）｜粵 yug⁶（育）
犭 犭 狺 狺 獄 獄

❶監禁罪犯的地方: 監獄｜牢獄。❷官司，罪案: 冤獄｜斷獄。

【獄卒】在監牢裏看管囚犯的人。

◆入獄　出獄　地獄　劫獄　越獄

獎 jiǎng（蔣）｜粵 zêng²（蔣）
丬 丬 丬 將 獎 獎

❶稱讚，表揚，跟「懲」相反: 誇獎｜嘉獎｜獎勵。❷為了鼓勵或表揚而給的榮譽或物品: 獎狀｜獎品｜諾貝爾獎。

◆獎金　獎章　獎賞　獎懲　獎學金　◆受獎　授獎　頒獎　領獎　褒獎

狗　狼　長臂猿　獼猴　狐狸　猞猁　獺　獅　狒狒　猩猩

十二至十四畫

獗 | jué（決）
粤 küd³（決） | 犭 犭 犷 犷 獗 獗

見「猖獗」條。

獠 | liáo（聊）
粤 liu⁴（聊） | 【獠牙】❶露在外面的長牙。❷形容人相貌極醜陋兇惡:青面獠牙。

獨 | dú（讀）
粤 dug⁶（讀） | 犭 犭 犷 猥 獨 獨

❶單個,一個:單獨│獨唱│獨輪車。❷孤單,無依無靠:孤獨│獨力。❸特別,與眾不同:獨特│獨到。❹專斷,專制:獨裁。❺但,只:不獨│唯獨。
【獨立】❶自立自主,不受別人支配:獨立自主。❷單獨地站立。
【獨白】戲劇或電影中人物獨自表白自己心理活動的話。
【獨木橋】用一根木頭搭成的橋,比喻艱難的途徑。
【獨龍族】中國少數民族,主要分佈在雲南省。
【獨木難支】比喻一個人的力量小,支撐不住全局。
【獨占鰲頭】比喻第一名或佔首位。
【獨出心裁】想出的辦法與眾不同。也作「別出心裁」。
【獨具匠心】構思巧妙,與眾不同。
【獨樹一幟】單獨地樹起一面旗幟,比喻自成一家。
【獨當一面】單獨負責一方面的工作。
【獨斷專行】遇事不和大家商量,自己想怎樣做就怎樣做。也作「獨斷獨行」。
◆ 獨自　獨身　獨創　獨攬　獨一無二　獨善其身　獨木不成林　◆ 無獨有偶　得天獨厚　鰥寡孤獨

獪 | kuài（快）
粤 kui²（繪） | 狡獪,奸詐:狡獪。

獰 | níng（寧）
粤 ning⁴（寧） | 犭 犷 獰 獰 獰 獰

面目兇惡:獰笑│猙獰。

獲 | huò（穫）
粤 wog⁶（穫） | 犭 犷 獲 獲 獲 獲

❶得到:獲得│獲勝│獲救。❷捉住,擒住:捕獲│俘獲│拿獲。❸能夠得到時間或機會:不獲面辭。
◆ 獲取　獲知　獲准　獲罪　獲獎　◆ 抄獲　查獲　破獲　虜獲　榮獲　截獲　繳獲

十五畫以上

獷 | guǎng（廣）
粤 guong²（廣） | 犷 犷 犷 獷 獷 獷

形容粗野:粗獷│獷悍。

獸 | shòu（瘦）
粤 seo³（瘦） | 口 叩 罝 單 獸 獸

❶有四條腿的、全身長毛的哺乳動物:野獸│走獸│禽獸。❷比喻野蠻、下流:獸心│獸行│衣冠禽獸。
【獸性】極端野蠻、殘忍的性情。
【獸醫】專為獸類防病治病的醫生。
◆ 怪獸　猛獸　困獸猶鬥　人面獸心　洪水猛獸

獵 | liè（列）
粤 lib⁶（羅葉） | 犭 犷 獵 獵 獵 獵

❶捕捉禽獸:打獵│漁獵。❷打獵的:獵人│獵狗。
【獵手】打獵技術熟練的人。
【獵取】❶通過打獵取得。❷奪取或追求(多指名利)。
【獵奇】搜尋新奇的東西(多含貶義)。
【獵獵】擬聲詞。形容風聲及旗幟等被風吹動的聲音:北風獵獵。
◆ 獵犬　獵戶　獵槍　獵潛艇　◆ 出獵　狩獵　涉獵　圍獵　漁獵

獺 | tǎ（塔）
粤 cad³（察） | 犭 犯 狰 狰 猰 獺

哺乳動物。有水獺、海獺、旱獺三種。水獺是一種生活在水中的小動物,善於捕魚,皮毛柔軟,很珍貴。

獻 | xiàn（現）
粤 hin³（憲） | 丶 卜 止 广 虏 獻

❶恭敬地送上:獻花│獻禮│借花獻佛。❷送給公眾:捐獻│貢獻。❸ 表演:獻技│獻藝。❹故意表現出來:獻殷勤。
【獻身】把自己的全部精力或生命貢獻出來:為科學而獻身。
【獻醜】謙詞。在表演技能或發表作品的時候,表示自己能力不夠,做不好。
◆ 獻計　獻策　獻辭　◆ 文獻　奉獻　敬獻　進獻
⊗不要把左旁「虏」寫成「崖」或「虛」。

獼 | mí（彌）
粤 méi⁴（彌） | 【獼猴】又叫「沐猴」,面部紅色,灰褐色的毛,短尾巴。

玀 | luó（羅）
粤 lo⁴（羅） | 犭 犷 玀 玀 玀 玀

罵人的話:豬玀。

玄部

玄 | xuán（懸）
粤 yun⁴（元） | 丶 亠 亡 玄 玄

❶深奧:玄妙│玄理。❷不真實,不可靠:這話真玄。❸黑色:玄色│玄青。❹姓。
【玄虛】用來掩蓋真相、使人迷惑的騙人花招:故弄玄虛。
【玄之又玄】形容道理非常深奧,使人難以捉摸和理解。

率 | ⊖ shuài（帥）
粤 sêd¹（恤） | 亠 玄 玄 玅 玆 率

❶帶領,統領:率領│統率。❷不仔細,不慎重:輕率│草率。❸爽直,坦白:直率│坦率。❹榜樣:表率。
【率先】首先,帶頭。
【率直】直爽而誠懇:態度率直。
【率然】❶形容輕捷的樣子:率然高舉。❷不加思考地:率然回答。

⊖ lǜ（律）
粤 lêd³（律） | ❶兩個相關的數在一定條件下的比值:比率│速率│圓周率。❷比例中相比的數:百分率。
◆ 功率　利率　稅率　滙率　概率　頻率　生產率　出生率

玉部

王 | wáng（亡）
粵 wong⁴（黃） | 一 二 干 王

❶古代指最高統治者或最高爵位: 帝王│國王│親王。
❷同一類的首領或最強者: 獸王│蜂王│棋王。❸帝王、王者的簡稱: 王室│王宮。❹姓。
【王法】封建王朝的法律。現泛指國家法律。
【王國】以國王爲國家元首的國家。
【王朝】由某個家族統治的朝代，也指朝廷: 滿清王朝。
【王牌】比喻最有力的人物和手段。
【王儲】君主國裏被確定爲繼承王位的人。
◆王公　王后　王妃　王侯　王冠　王孫　◆女王　龍王　魔王　稱王稱霸

玉 | yù（欲）
粵 yug⁶（欲） | 一 二 干 王 玉

❶一種質地堅硬、細而有光澤的石頭，可製作裝飾品: 美玉│玉器│玉雕。❷比喻潔白、美麗或寶貴: 瓊樓玉宇│亭亭玉立│金枝玉葉。❸敬詞，指對方的身體或言行: 玉體│玉照│玉音。
【玉米】糧食作物。莖高，子實除供食用外，可作飼料和工業原料。也叫「玉蜀黍」、「包米」、「棒子」等。
【玉皇大帝】傳說中天上地位最高、職權最大的神。也叫「玉帝」。
【玉潔冰清】比喻人品德高尚純潔。也說「冰清玉潔」。
◆玉女　玉佛　玉帶　玉盤　玉簪　玉鐲　◆翠玉　金玉良言　金科玉律　拋磚引玉

二至四畫

玎 | dīng（丁）
粵 ding¹（丁） | 擬聲詞，多指玉石相碰的聲音: 玎玲│玎璫。

玖 | jiǔ（久）
粵 geo²（久） | 二 干 王 王 玖 玖

❶「九」的大寫。❷像玉的黑石。

玩 | ⊖ wán（頑）
粵 wun⁶（換）
又 wan⁴（還） | 二 王 珏 玗 玩

❶遊戲: 玩耍│玩具│玩水球。❷耍弄，施展: 玩花招│玩手段。❸輕視，用不嚴肅的態度對待: 玩忽職守。❹觀賞，體會: 玩賞│玩月。
【玩弄】❶戲弄。❷搬弄: 這篇文章除了玩弄名詞之外，沒有什麼內容。❸指施展手段、伎倆等: 玩弄兩面手法。
【玩味】細細地體會其中的意味: 這段話很值得玩味。
【玩笑】互相戲謔取笑: 上課別開玩笑。
【玩意】❶指小玩具，小擺設。❷指新奇而有趣的東西。
【玩火自焚】比喻幹冒險或害人的事，最後還是自己受害。
⊜同⊖
粵 wun²（碗） | 供觀賞的東西: 古玩。

玨 | jué（決）
粵 gog³（角） | 由兩塊玉合成的玉器。

玫 | méi（梅）
粵 mui⁴（梅） | 二 干 王 玒 珍 玫

【玫瑰】落葉灌木，枝上帶刺，夏季開紫、紅、白色的花，香氣很濃，供觀賞，也可製香料。

玫瑰

五畫

玷 | diàn（店）
粵 dim³（店） | 二 干 王 玗 玷 玷 玷

❶白玉上面的污點，也比喻人的缺點、過失: 白玉之玷。
❷弄髒，染上污點: 玷污│玷辱。

珊 | shān（山）
粵 san¹（山） | 二 干 王 玗 珊 珊

【珊瑚】海洋裏一種叫珊瑚蟲的腔腸動物羣體所分泌的石灰質外骨骼，形狀像樹枝，有紅、白兩色，可作裝飾品。珊瑚積久高出海面，堅固如岩石，叫「珊瑚礁」。很多珊瑚礁在一起，叫「珊瑚島」。

玳 | dài（代）
粵 doi⁶（代） | 干 王 珏 玗 玳 玳

【玳瑁】一種爬行動物，跟龜相似，背甲黃褐色，有黑斑，半透明，可做裝飾品。

珊瑚　　　　玳瑁

珀 | pò（魄）
粵 pag³（拍） | 干 王 王 玗 玗 珀

見「琥珀」條。

玲 | líng（零）
粵 ling⁴（零） | 干 王 玖 玖 玲 玲

玉聲: 玎玲│玲玲。
【玲瓏】❶形容物體精巧細緻: 玲瓏剔透；小巧玲瓏。❷形容人靈活敏捷: 玲瓏活潑。

珍 | zhēn（真）
粵 zen¹（真） | 干 王 玖 玖 珍 珍

❶寶貴的東西: 奇珍異寶│如數家珍。❷貴重的，稀有的: 珍貴│珍品│珍禽異獸。❸重視，愛惜: 珍惜│珍愛│珍視。❹保重: 珍重│珍攝。❺精美食品: 珍饈│山珍海味。
【珍奇】稀有而珍貴。
【珍珠】蚌內所結的圓珠，是珍貴的裝飾品。
【珍聞】珍奇的見聞，多指有趣的小事: 世界珍聞。
【珍藏】認爲珍貴而妥善地保藏。

【珍寶】珠玉寶石的總稱，泛指珍貴稀有的東西: 如獲珍寶。
◆珍玩 珍物 珍異 ◆袖珍 敝帚自珍

玻 | bō（波）| 粵 bo¹（波）| 一 王 玎 玛 玻 玻
【玻璃】❶一種用細砂、石灰石等燒製成的硬而脆的透明物體。❷用塑膠所製成，像玻璃的半透明的東西: 玻璃紙｜有機玻璃。

六畫

珥 | ěr（耳）| 粵 yi⁵（耳）| 用珠子或玉石做的耳環。

珧 | yáo（搖）| 粵 yiu⁴（搖）| 江珧，一種蚌類海產動物，肉柱叫「江珧柱」，俗稱乾貝，肉味鮮美。

班 | bān（頒）| 粵 ban¹（頒）| 一 王 玉 玣 班 班
❶行列，位次: 班次｜排班｜航班。❷分組: 甲班｜乙班。❸輪流工作或休息: 當班｜值班｜上班。❹軍隊編制中的最小單位，在排以下。❺調回或調動(指軍隊): 班師回京。❻量詞: 兩班人馬。❼姓。
【班房】監獄的俗稱。
【班門弄斧】在魯班門前弄大斧，比喻在內行人面前賣弄本事，不自量力。

珠 | zhū（朱）| 粵 ju¹（朱）| 一 王 玗 玞 珠 珠
❶指珍珠。沙粒進入蚌殼內形成的圓粒。晶瑩奪目，是貴重裝飾品，也可入藥。❷圓形粒狀的東西: 眼珠｜淚珠。
【珠算】用算盤計數的方法。
【珠圓玉潤】比喻歌聲婉轉優美或文字流暢明快。
【珠聯璧合】比喻美好的東西聚集在一起。常用作婚嫁的頌辭。
◆水珠 串珠 明珠 念珠 露珠 夜明珠 魚目混珠

珞 | luò（洛）| 粵 log³（洛）| 見「瓔珞」條。

珣 | xún（詢）| 粵 sên¹（詢）| 一種玉名。

珮 | pèi（佩）| 粵 pui³（佩）| 一 王 玝 玑 珮 珮
古人在衣帶上繫的玉質飾物。

七畫

琉 | liú（流）| 粵 leo⁴（流）| 一 王 玡 玴 琉 琉
【琉璃】一種塗在磚、瓦等上面的有色的釉料: 琉璃瓦。

琅 | láng（狼）| 粵 long⁴（狼）| 一 王 玪 珢 琅 琅
【琅琅】象聲詞。形容金石相撞擊的聲音或響亮的讀書聲: 書聲琅琅。
【琅琊】山名，在山東省。

球 | qiú（求）| 粵 keo⁴（求）| 一 王 玎 玽 球 球
❶圓形的立體物: 籃球｜足球｜仙人球。❷指地球，也泛指星體: 全球｜寰球｜星球。

琊 | yá（牙）| 粵 yé⁴（爺）| 王 珒 玡 玡 琊 琊
見「琅琊」條。

現 | xiàn（憲）| 粵 yin⁶（硯）| 一 王 玑 珇 現 現
❶目前: 現在｜現時｜現今。❷顯露: 出現｜發現｜表現。❸當時實有的: 現款｜現貨｜現成。❹當時，當場: 現編現唱｜現場轉播。❺現金、現款的簡稱: 兌現。
【現實】❶客觀存在的事實與狀況。❷合乎客觀情況的: 這個辦法比較現實。
【現身說法】以自己的親身經歷來說明道理和勸導人。
◆現有 現存 現行 現況 現象 現代化 ◆呈現 閃現 浮現 展現 湧現 實現 隱現 體現 活靈活現 曇花一現

理 | lǐ（里）| 粵 léi⁵（里）| 一 王 玑 玾 理 理
❶管事，辦事: 管理｜代理｜辦理。❷整頓，弄好或弄整齊: 治理｜整理｜梳理。❸規律，是非曲直: 道理｜眞理｜合理。❹領會，明白: 理會｜理解。❺招呼，對別人的言行表示關心: 理睬｜答理｜置之不理。❻層次: 條理。❼物體自然構成的條紋: 紋理｜肌理。❽指自然科學，有時專指物理學: 理科｜數理化。
【理由】事情為什麼這樣做或那樣做的道理: 理由充分。
【理智】辨別是非、利害及控制自己感情和行為的能力。
【理想】❶對前途的美好想像和希望。❷符合希望，令人滿意: 十分理想。
【理虧】理由不足，行為不合道理。
【理直氣壯】理由充足，說話有氣勢。
【理所當然】按道理應當如此。
【理屈詞窮】道理上站不住腳，被人駁得無話可說。
◆理性 理財 理論 理應 ◆心理 生理 定理 料理 情理 推理 無理 經理 調理 護理 以理服人 無理取鬧 心安理得 合情合理 通情達理 傷天害理

八畫

琺 | fà（發去）| 粵 fad³（法）| 一 王 玡 玨 琺 琺
【琺瑯】❶一種不透明的玻璃類物質，可用來塗在金屬器物上，美觀而不生銹，是景泰藍和搪瓷的主要材料。❷牙齒表面的一層硬質，叫「琺瑯質」。

琮 | cóng（從）| 粵 cung⁴（蟲）| 古時的一種玉器，八角形，中間有圓孔。

琯 | guǎn（管）| 粵 gun²（管）| 古時的一種簫、笛類的樂器。

琬 | wǎn（婉）| 粵 yun²（婉）| 古時一種沒有稜角的圭。

琛 | chēn（郴）| 粵 sem¹（深）| 珍寶。

琵 | pí（皮）| 粵 péi⁴（皮）| 王 珏 琞 琵 琵 琵
【琵琶】一種彈奏的四弦樂器，用桐木做成，上彎下圓。

口琴

琵琶　　電子琴　　　鋼琴　　　　　　七弦琴

瑟

| 琳 | lín（林）
粵 lem⁴（林） | 王 玉 玗 玬 琳 琳 |

美玉。

【琳琅滿目】比喻各種美好的東西很多: 琳琅滿目, 美不勝收。

| 琴 | qín（禽）
粵 kem⁴（禽） | 王 玨 玨 珡 琴 琴 |

樂器名: 古琴｜鋼琴｜彈琴。

【琴瑟】❶琴和瑟兩種樂器。❷比喻夫婦和好: 琴瑟和鳴。
◆琴書　琴師　◆口琴　洋琴　胡琴　風琴　提琴　豎琴　大提琴　小提琴　手風琴　亂彈琴　對牛彈琴

| 琶 | pá（爬）
粵 pa⁴（爬） | 王 玨 珡 琶 琶 琶 |

見「琵琶」條。

| 琪 | qí（其）
粵 kéi⁴（其） | 王 玉 玗 玬 琪 琪 |

❶美玉。❷珍異的。

| 琦 | qí（奇）
粵 kéi⁴（奇） | 一種美玉。

| 琢 | zhuó（啄）
粵 dêg³（啄） | 王 玒 玚 琢 琢 琢 |

雕刻玉石: 雕琢｜玉不琢, 不成器。

【琢磨】❶雕刻和打磨玉石, 使光滑鮮明。❷比喻對文章等加工、修改, 使更加精美。

| 琥 | hǔ（虎）
粵 fu²（虎） | 王 玒 玩 玧 琥 琥 |

雕成虎形的玉器。

【琥珀】古代松柏樹脂落入地下變成的化石, 黃褐色, 透明, 可做藥材、香料和裝飾品。

| 琨 | kūn（昆）
粵 kuen¹（昆） | 美玉。

| 琤 | chēng（稱）
粵 zang¹（爭） | 佩玉聲。

【琤琤】象聲詞。形容琴聲, 流水聲。

九畫

| 瑄 | xuān（宣）
粵 xun¹（宣） | 古代祭天用的璧。

| 琿 | hún（渾）
粵 wen⁴（雲） | 王 玎 玧 瑠 瑄 琿 |

一種美玉。

| 瑯 | láng（狼）
粵 long⁴（狼） | 王 玑 玒 琅 瑯 瑯 |

【瑯琊】山名。在山東省, 也寫作「琅琊」。

| 瑟 | sè（色）
粵 sed¹（失） | 王 玨 瑟 瑟 瑟 瑟 |

古代一種像琴的樂器, 有二十五根弦。

【瑟瑟】形容秋風的聲音: 秋風瑟瑟。

【瑟縮】形容冷得發抖、身體縮成一團的樣子。

| 瑚 | hú（胡）
粵 wu⁴（胡） | 王 玉 玕 珇 瑚 瑚 |

見「珊瑚」條。

| 瑛 | yīng（英）
粵 ying¹（英） | 王 玒 玬 珙 瑛 瑛 |

❶似玉的美石。❷玉的光彩。

| 瑁 | mào（冒）
粵 mou⁶（冒） | 王 玒 珇 瑁 瑁 |

見「玳瑁」條。

| 瑞 | ruì（銳）
粵 sêu⁶（睡） | 王 玒 珆 瑞 瑞 瑞 |

吉祥, 好的兆頭: 祥瑞。

【瑞雪】應時的好雪: 瑞雪兆豐年。

| 瑜 | yú（俞）
粵 yu⁴（俞） | 王 玖 珍 玲 琦 瑜 |

❶美玉。❷玉石的光彩。❸比喻優點: 瑕瑜互見｜瑕不掩瑜。

| 瑋 | wěi（偉）
粵 wei⁵（偉） | ❶美玉名。❷珍貴: 瑰瑋。

⊗右下作「牛」, 三筆。

| 瑕 | xiá（霞）
粵 ha⁴（霞） | 王 玕 玡 玣 玣 瑕 |

❶玉石上面的斑點: 白璧微瑕。❷比喻缺點。

【瑕疵】微小的缺點。

【瑕不掩瑜】缺點掩蓋不了優點。比喻優點是主要的, 缺點是次要的。

【瑕瑜互見】比喻有缺點也有優點。

| 瑙 | nǎo（腦）
粵 nou⁵（腦） | 王 玿 珆 瑙 瑙 瑙 |

見「瑪瑙」條。

十畫

| 瑩 | yíng（營）
粵 ying⁴（營） | 火 炏 熒 熒 瑩 瑩 |

❶光潔像玉的石頭。❷光潔、透明: 晶瑩。

| 瑪 | mǎ（馬）
粵 ma⁵（馬） | 王 玕 玎 玽 瑪 瑪 |

【瑪瑙】一種珍貴的礦物。有紅、黃、白、灰等各種顏色，鮮豔奪目，可以做細小的用具和裝飾品。

瑣｜suǒ（所）｜粵 so²（所）｜王 王' 珀' 珀 瑣 瑣

細小，零碎: 瑣事｜繁瑣｜瑣碎。

瑤｜yáo（搖）｜粵 yiu⁴（搖）｜王 珍 珍 瑤 瑤 瑤

❶美玉: 瓊瑤。❷比喻美好: 瑤函｜瑤琴。

【瑤池】神話中稱西王母所住的地方。

瑰｜㊀guī（規）｜粵 guei¹（歸）｜珂' 玧 珒 瑰 瑰

❶像玉的美石。❷奇特，美麗: 瑰麗｜瑰瑋｜瑰異。❸珍貴: 瑰寶。

㊁gui（桂輕）｜粵 guei³（桂）｜玫瑰

十一畫以上

璃｜lí（離）｜粵 léi⁴（離）｜王 珍 玻 璃 璃 璃

見「玻璃」條。

璋｜zhāng（章）｜粵 zêng¹（章）｜王 王' 玨 琂 璋 璋

一種長形的玉器。

璇｜xuán（旋）｜粵 xun⁴（旋）｜美玉

【璇璣】❶古代的天文儀器。❷北斗星名。

瑾｜jǐn（謹）｜粵 gen²（謹）｜美玉

璀｜cuī（崔上）｜粵 cêu¹（崔）｜玉石的光澤。【璀璨】形容珠玉等的光彩: 璀璨奪目。

璜｜huáng（黃）｜粵 wong⁴（黃）｜王 玉' 璜 璜 璜 璜

古時佩帶的一種半圓形的玉。

璟｜jǐng（景）｜粵 ging²（景）｜玉的光彩。

璠｜fán（煩）｜粵 fan⁴（煩）｜一種珍貴的玉。

璞｜pú（僕）｜粵 pog³（撲）｜❶含有玉的石頭，也指未經雕琢的玉: 璞玉。❷比喻真實: 返璞歸真。

璘｜lín（林）｜粵 lên⁴（磷）｜玉的光彩。

璐｜lù（路）｜粵 lou⁶（路）｜美玉

璫｜dāng（當）｜粵 dong¹（當）｜古代婦女耳上垂戴的珠飾: 耳璫。

璨｜càn（燦）｜粵 can³（燦）｜明亮、燦爛的樣子: 璀璨奪目｜璨若珠貝。

璣｜jī（機）｜粵 géi¹（機）｜王 玖 磯 璞 璣 璣

不圓的珠子: 珠璣。

環｜huán（還）｜粵 wan⁴（還）｜王 玨 珼 琞 瑁 環

❶玉石琢成圓圈形的飾物: 玉環｜耳環｜指環。❷圓圈形的物體: 門環｜鐵環｜弔環。❸圍繞: 環繞｜環城公路｜四面環山。❹互相關聯的許多事物中的一個: 環節｜作文訓練是語文教學的重要一環。

【環抱】圍繞。多用來描寫自然景物: 羣山環抱。

【環球】❶圍繞地球: 環球飛行。❷指整個地球，全世界。

【環顧】向四周看: 環顧四周。

◆環行　環形　環流　環視　◆光環　回環　連環

璦｜ài（愛）｜粵 oi³（愛）｜王 王' 珳 瑗 瑷 璦

一種美玉。

【璦琿】縣名，在黑龍江省。現改稱「愛輝」。

璧｜bì（壁）｜粵 big¹（壁）｜' 尸 启 辟 璧 璧

❶玉的通稱: 白璧。❷古代一種玉器，扁平圓形，中間有孔。❸敬詞，用於歸還借用的東西或辭謝贈送的禮品: 璧還｜璧謝。

璽｜xǐ（徙）｜粵 sai²（徙）｜丆 爾 爾 爾 爾 璽

帝王的印章: 玉璽。

瓊｜qióng（窮）｜粵 king⁴（擎）｜王 珍 珦 瓊 瓊 瓊

❶美玉，即是「瑪瑙」。❷海南省的簡稱。

【瓊漿】美酒。

【瓊樓玉宇】美好、華麗的宮殿或房屋。

璺｜wèn（問）｜粵 men⁶（問）｜玉器、陶瓷破裂而出現的裂紋: 打破沙鍋璺（問）到底（追問到底）。

瓏｜lóng（龍）｜粵 lung⁴（龍）｜王 瑲 瑲 瓏 瓏 瓏

見「玲瓏」條。

瓔｜yīng（嬰）｜粵 ying¹（嬰）｜似玉的美石。【瓔珞】一種用珠玉穿成的頸飾。

瓜部

瓜｜guā（刮）｜粵 gua¹（卦¹）｜' 厂 瓜 瓜 瓜

蔓生植物，種類很多，花多為黃色，果實可以吃: 黃瓜｜西瓜｜冬瓜。

【瓜分】像切瓜一樣地分割財物或土地。

【瓜葛】比喻輾轉相連的社會關係。也指兩件事情有牽連。

【瓜熟蒂落】瓜熟了，瓜蒂自然脫落。比喻條件、時機成熟，事情自然會成功。

瓞｜dié（迭）｜粵 did⁶（秩）｜小瓜。

瓠｜hù（戶）｜粵 wu⁶（戶）｜一 大 夸 夸 瓠 瓠

蔬菜類植物，夏天開花，果實圓而長，又名「瓠瓜」。也有上部細長，下部圓大的，叫「懸瓠」。

瓢｜piáo（嫖）｜粵 piu⁴（嫖）｜冖 西 栗 栗 瓢 瓢

甜瓜　西瓜　南瓜　苦瓜　黃瓜　絲瓜

用葫蘆或木頭等做成的舀東西用的大勺子: 水瓢｜飯瓢。

辦 | bàn（辦）| 粵 fan⁶（辦）| 　二　ナ　辛　郭　辦　辦　辦

❶花朵上的花片: 花瓣｜梅花五瓣。❷植物的種子、果實或莖按自然紋理可以分開的小塊: 豆瓣｜蒜瓣｜橘子瓣。

瓤 | ráng（攘陽）| 粵 nong⁴（囊）| ❶瓜果內部的肉: 黃瓤西瓜。❷果實的仁: 核桃瓤｜花生瓤兒。❸東西的內部: 信瓤兒。❹比喻事情的內幕或隱秘的部分: 瓤裏的事誰也猜不透。

瓦部

瓦 | wǎ（蛙上）| 粵 nga⁵（雅）| 　一　丆　瓦　瓦

❶用泥土燒成的蓋屋頂用的建築材料: 瓦片｜磚瓦。❷用陶土燒成的: 瓦盆｜瓦罐。❸電的功率單位「瓦特」的簡稱: 100瓦燈泡。

【瓦全】比喻喪失氣節，忍辱偷生，苟全性命: 寧為玉碎，不為瓦全。

【瓦解】比喻全部解體或潰散、垮台: 土崩瓦解。

瓩 | qiān wǎ（千）(瓦)| 粵 qin¹ nga⁵（千）(瓦)| 電的功率單位，即「千瓦」。

瓴 | líng（零）| 粵 ling⁴（零）| 屋頂上的瓦隴兒，也叫「瓦溝」。

瓶 | píng（平）| 粵 ping⁴（平）| 　丷　兰　并　缾　瓶　瓶

口小腹大，可以盛液體或其他東西的容器: 花瓶｜酒瓶｜玻璃瓶。

瓷 | cí（詞）| 粵 qi⁴（池）| 　亠　冫　次　瓷　瓷　瓷

用純淨的黏土燒成的一種細潤堅緻的陶器: 瓷器｜陶瓷。

◆瓷土　瓷瓶　瓷漆　瓷窰　瓷雕　瓷磚　◆古瓷　青瓷　細瓷　搪瓷

甄 | zhēn（真）| 粵 yen¹（因）| 　覀　西　亜　甄　甄　甄

❶鑒別，審查: 甄別｜甄拔。❷姓。

甌 | ōu（歐）| 粵 eo¹（歐）| 　冎　品　區　區　甌　甌

❶瓦盆。❷杯子: 酒甌｜茶甌。

甍 | méng（盟）| 粵 meng⁴（盟）| 屋脊處的正樑: 比屋連甍。

甑 | zèng（贈）| 粵 zeng⁶（贈）| 一種蒸飯用的瓦器。

甕 | wèng（翁去）| 粵 ngung³（蕹）| 　㔾　雍　雍　雍　甕　甕

一種口小、腹大、盛水、盛酒用的陶器: 酒甕｜水甕。

【甕中捉鱉】比喻被捉的壞人逃脫不了。形容很有把握。

【甕聲甕氣】形容聲音粗沈。

甘部

甘 | gān（柑）| 粵 gem¹（金）| 　一　十　廿　廿　甘

❶甜，美好，跟「苦」相反: 甘美｜甘甜｜同甘共苦。❷自願，情願: 甘願｜甘心｜不甘落後。❸動聽的: 甘言蜜語。❹甘肅省的簡稱。❺姓。

【甘休】情願罷休，罷手: 不達目的，誓不甘休。

【甘苦】❶歡樂和艱苦: 同甘苦，共患難。❷在工作或經歷中所體會到的滋味，多偏指苦的一面。

【甘霖】久旱以後所下的雨。

【甘拜下風】佩服別人，自認不如。

◆甘泉　甘當　甘蔗　甘露　◆不甘示弱　心甘情願　苦盡甘來

甚 | ⊖ shèn（腎）| 粵 sem⁶（心⁶）| 　一　廿　甘　甚　其　甚

❶很，極: 進步甚快｜成績甚好。❷過分，過度: 欺人太甚｜言之過甚。❸超過，勝過: 無甚於此｜日甚一日。❹作連詞，表示進一層的意思: 甚至｜甚至於。❺作疑問代詞: 甚事｜甚時｜姓甚名誰。

【甚囂塵上】人聲喧嘩，塵土飛揚。比喻消息廣泛流傳，議論紛紛，氣氛很緊張。

⊜ shén（神）【甚麼】也作「什麼」。❶作疑問代粵 同⊖ 詞: 這是甚麼｜你說甚麼。❷作疑問形容詞: 甚麼人｜甚麼顏色｜你受了甚麼委屈？

甜 | tián（恬）| 粵 tim⁴（恬）| 　二　千　舌　舌　甜　甜

❶五味(酸、甜、苦、辣、鹹)之一，味道像蜜像糖，跟「苦」相反: 甜粥｜甜絲絲。❷使人感覺美好、舒適的: 睡得很甜。

【甜蜜】❶感到幸福、愉快、舒適。❷比喻極親愛。

【甜頭】比喻利益、好處。

【甜言蜜語】為了討人喜歡或騙人而說的好聽話。

◆甜美　甜品　甜睡　◆甘甜　香甜　酸甜苦辣

生部

生 | shēng（牲）
粵 seng¹（牲） | ノ ⺍ ⺧ 牛 生

❶活着，跟「死」相反: 生存│活生生│貪生怕死。❷有生命力的，活的: 生物│生靈。❸性命: 生命│喪生│捨生取義。❹活下去的辦法: 生計│謀生│營生。❺整個生活的階段: 平生│畢生│今生。❻產出來: 生育│出生│生孩子。❼發育，成長: 生根│生芽│生得一副魁梧的身材。❽增添: 生色│生財。❾發出來的: 發生│生事│生病。❿使燃燒起來: 生火│生爐子。⓫未長熟或未燒熟的，跟「熟」相反: 生蕉│生飯。⓬未經加工處理的: 生鐵│生絲。⓭不熟悉，不熟練的: 生字│生疏│生手。⓮勉強: 生硬│生搬硬套。⓯極，很: 生怕│生恐。⓰尊稱有學問、有技術的人: 先生│醫生。⓱指正在學習的人: 學生│研究生。

【生死攸關】指生死存亡的關鍵。
【生吞活剝】比喻生硬地搬用別人的經驗、方法、話語等。
【生氣勃勃】形容充滿活力、富有朝氣的樣子。
【生離死別】指很難再見面的離別或永久的離別。
【生靈塗炭】形容老百姓處於極端困苦的境地。
◆生日　生光　生辰　生前　生效　生造　生產　生疏　生意　生疑　生力軍　生老病死　生龍活虎　◆更生　逃生　陌生　降生　野生　萌生　產生　滋生　誕生　衞生　出生入死　即景生情　惹是生非　急中生智　起死回生

產 | chǎn（剷）
粵 can²（剷） | ⼀ ⼢ ⼟ 产 彦 產

❶婦女生孩子，動物下卵或下仔: 產婦│產卵│產子。❷製造、種植或自然生長: 產銷│產稻│盛產魚蝦。❸製造、種植或自然生長出來的東西: 產品│礦產│水產。❹泛指土地、房屋、財物等: 地產│房產│財產。
【產業】❶指私有的房屋、土地、企業等。❷指工業生產: 產業工人。
◆產生　產物　產值　產量　產權　◆私產　投產　破產　停產　盛產　減產　超產　資產　增產　遺產　土特產　傾家蕩產

甥 | shēng（生）
粵 seng¹（生） | ⺅ 牛 生 甥 甥 甥

姐妹的兒女: 外甥│外甥女。

甦 | sū（蘇）
粵 sou¹（蘇） | 自 更 更 甦 甦 甦

從昏迷中醒過來: 甦醒│死而復甦。也寫作「蘇」或「穌」。

用部

用 | yòng（庸去）
粵 yung⁶（佣⁶） |) ⺆ 月 月 用

❶使用: 用車│用電│用人。❷效果，用處: 效用│作用│用途。❸花費，開支: 費用│家用│零用。❹需要: 不用開燈│不用花錢。❺進飲食: 用飯│用茶。
【用心】❶注意力集中，仔細思考: 用心聽課。❷存心，居心: 別有用心。
【用意】行為的動機、企圖。
【用事】憑感情、意氣辦事: 感情用事。
◆用功　用法　用勁　用費　用盡　◆信用　重用　急用　採用　動用　無用　備用　運用　慣用　適用　實用　應用　濫用

甩 | shuǎi（衰上）
粵 soi²（腮²） |) ⺆ 月 月 甩

❶拋開，拋棄: 甩開│甩在後頭│把朋友甩了。❷擺動，扔: 甩袖子│甩手榴彈。
【甩手】❶手向前後擺動。❷把事情扔下不管: 甩手不幹。

甫 | fǔ（府）
粵 fu²（府） | ⼀ ⼚ ⼉ 月 甫 甫

剛，才: 行裝甫卸│驚魂甫定。

甬 | yǒng（湧）
粵 yung²（湧） | ⺈ ⺇ ⺕ 月 甬 甬

浙江省寧波市的別稱: 滬杭甬鐵路。
【甬道】❶庭院間用磚或石頭砌起來的道路。❷有棚頂的通道或走廊。

甭 | béng（泵陽）
粵 bung²（不控） | ⼀ ⼂ 才 不 育 甭

方言詞，「不用」，「不必」的意思: 甭管│甭客氣。

田部

田 | tián（填）
粵 tin⁴（填） | ⼂ ⼌ ⺜ 田 田

❶種植農作物的土地: 稻田│瓜田。❷同農村有關的: 田園│田舍。❸姓。
【田疇】田地，田野: 田疇萬頃。
【田徑運動】體育運動項目的一大類，包括各種跳躍、投擲、賽跑和競走等。
◆田莊　田埂　田畝　田野　田間　◆心田　良田　旱田　油田　耕田　農田　滄海桑田　解甲歸田

由 | yóu（尤）
粵 yeo⁴（尤） | ⼂ ⼌ ⺜ 由 由

❶自，從: 由上到下│由香港到廣州。❷原因: 理由│情由│因由。❸聽任，順從: 信不信由你│由不得你。❹歸，屬: 由你負責│錢由他還。❺經過: 必由之路。❻因，因為: 由於│咎由自取│事情由他引起。
【由來】❶事情發生的原因。❷從發生到現在: 由來已久。
【由衷】發自內心: 由衷之言; 言不由衷。
◆由此可見　由此及彼　由表及裏　由頭到尾　◆自由　事由　來由　根由　不由自主　聽天由命

甲 | jiǎ（夾）
粵 gab³（夾） | ⼂ ⼌ ⺜ 曰 甲

❶動物身上的硬殼，手腳尖端的硬片: 甲殼│甲蟲│龜甲。❷最高一等的或超出一般之上的: 甲等│甲級│桂林山水甲天下。❸用金屬做成的、作戰時起保護作用的

裝備: 盔甲│鎧甲│裝甲車。❹天干的第一位。見「天干」
條。
【甲板】輪船上分隔上下層的板，多指船面上的一層。

| 申 | shēn（身） | 丶冂日日申 |
| | 粵 sen¹（身） | |

❶陳述，說明: 申說│申述│申明。❷責備: 申斥。❸地
支的第九位。❹上海的別稱。❺姓。
【申討】即聲討。公開譴責敵人的罪行。
【申時】指下午三時至五時。
【申冤】表白或洗雪冤屈。也作「伸冤」。
【申訴】對有關自己的決定表示不服，向有關部門說明理
由，要求重新處理。
【申請】說明理由，提出請求: 申請書。
◆申雪　申報　申謝　申辯　◆引申　重申　三令五申

二至四畫

町	㊀tīng（挺）	田界: 町畦。
	粵 ting²（挺）	
	㊁dīng（丁）	見「畹町」條。
	粵 ding¹（丁）	

| 甸 | diàn（電） | 丿勹勹旬旬甸 |
| | 粵 din⁶（電） | |

【甸子】放牧的草地。

| 男 | nán（南） | 丨冂田田旦男 |
| | 粵 nam⁴（南） | |

❶雄性的，跟「女」相對: 男子│男性│男學生。❷兒
子: 男孩│生男生女都一樣。❸五等爵位的第五等: 男爵。

| 畀 | bì（庇） | 給與: 畀予。 |
| | 粵 béi²（彼） | |

| 畏 | wèi（慰） | 丶冂田田畏畏 |
| | 粵 wei³（慰） | |

❶害怕: 畏懼│不畏艱險。❷敬服: 敬畏│後生可畏。
【畏友】品質正直，自己敬服的朋友。
【畏忌】畏懼和猜忌。
【畏怯】膽小害怕。
【畏葸】懼怕: 畏葸不前。
【畏途】比喻不敢做的事情: 視爲畏途。
【畏罪】犯了罪害怕受到制裁: 畏罪潛逃。
【畏首畏尾】怕這怕那，比喻顧慮重重。
【畏縮不前】畏懼退縮，不敢前進。
◆畏避　畏難　◆大無畏　望而生畏

| 畋 | tián（田） | 打獵: 畋獵。 |
| | 粵 tin⁴（田） | |

⊗跟「畝」不同。

| 界 | jiè（介） | 丶冂田田畍界 |
| | 粵 gai³（介） | |

❶不同區域相交的地方: 邊界│地界│國界。❷按不同
事物或性質所劃分的範圍: 女界│教育界│自然界。
【界限】❶不同事物或性質的分界: 分清界限。❷限度，
盡頭的地方: 界限太寬。
【界線】劃分不同範圍的線。
◆界石　界河　界碑　◆分界　交界　外界　男界　政
界　眼界　越界　境界　科學界　大千世界　極樂世界

五至六畫

| 畝 | mǔ（母） | 丶亠亩亩畝畝 |
| | 粵 meo⁵（某） | |

計算田地面積的單位，六十平方丈爲一畝。

| 畜 | ㊀chù（觸） | 亠玄玄畜畜畜 |
| | 粵 cug¹（促） | |

受人類馴養的禽獸: 家畜│牲畜│六畜。
| | ㊁xù（旭） | ❶飼養禽獸: 畜牧。❷養育: 畜養。 |
| | 粵 同㊀ | |

| 畔 | pàn（叛） | 丶冂日田畔畔 |
| | 粵 bun⁶（叛） | |

❶田地的邊界。❷岸，旁邊: 河畔│溪畔。

| 留 | liú（流） | ㇠㇀幻纫留留 |
| | 粵 leo⁴（流） | |

❶停止在某一地方: 留宿│留校│留步。❷不使離開: 挽
留│留客。❸保存: 保留│留種│留影。❹注意: 留
心│留意│留神。❺收下: 收留│把禮物留下。
【留情】由於照顧情面而寬恕或原諒。
【留連】盤桓留戀，捨不得離去: 留連忘返。
【留難】無理阻止，故意刁難。
◆留用　留守　留存　留任　留名　留空　留念　留傳
留學　留戀　◆久留　苦留　居留　逗留　停留　款留
殘留

| 畚 | běn（本） | 厶厸夫夯畚畚 |
| | 粵 bun²（本） | |

【畚箕】用竹、木、鐵皮等做的盛土器具。

| 畦 | qí（其） | 冂田田畦畦畦 |
| | 粵 kuei⁴（葵） | |

用土埂分成的整齊的小塊地: 田畦│菜畦│幾畦蔬菜。

| 畢 | bì（必） | 口日田昌畢畢 |
| | 粵 bed¹（不） | |

❶完結，完成: 畢業│完畢│事畢。❷完全，全部: 畢
生│原形畢露│鋒芒畢露。❸姓。
【畢竟】究竟，到底。

| 異 | yì（義） | 口田田畀昇異 |
| | 粵 yi⁶（義） | |

❶別的，另外的: 異日│異地│異國。❷不同: 大同小
異│日新月異。❸奇、怪: 奇異│怪異。❹特別的: 異
才│異味。❺驚訝: 驚異。❻分開: 離異。
【異己】不附和自己的人。
【異彩】奇異的光彩。比喻突出的成就: 大放異彩。
【異能】不平常的才能。
【異常】❶不同尋常: 神色異常。❷非常，特別: 異常高興。
【異鄉】外地。
【異端】❶不合於正道的。❷宗教指異教。
【異議】不同的意見: 提出異議。
【異口同聲】眾口一詞，主張相同。
【異曲同工】比喻文字雖不同，卻同樣精彩，也比喻不同
的做法收到同樣的效果。
【異軍突起】比喻與眾不同的新派別突然出現。
【異想天開】形容想法非常奇怪。
◆異人　異母　異地　異邦　異物　異客　異族　異域

異聞　異趣　◆珍異　詫異　變異　見異思遷　同牀異夢　奇珍異寶　標新立異

略 ㊀lüè(掠)　粵 lêg⁶(掠)　｜ㄇ 田 田' 畂 畂 略
❶計劃:策略｜戰略。❷簡要,跟「詳」相對:簡略｜概略｜大略。❸省去:略去｜省略。❹稍:略見一斑｜略知一二。❺計謀,卓識:謀略｜膽略｜雄才大略。❻奪取,攻佔:侵略｜攻城略地。
◆略表　略帶　略微　略勝一籌　◆才略　忽略　粗略　領略

七畫以上

番 ㊀fān(翻)　粵 fan¹(翻)　｜ㄎ 丷 平 釆 番 番
❶指外國或外國來的:番邦｜番茄｜番薯。❷量詞。種、次、倍:三番五次｜翻了一番。❸更換:更番｜輪番。
【番號】軍隊的編號。
㊁pān(潘)　粵 pun¹(潘)　【番禺】縣名,在廣東省。

畬 shē(奢)　粵 sé⁴(蛇)　【畬族】中國少數民族之一。
⊗上部寫作「佘」。

畫 ㊀huà(話)　粵 wag⁶(或)　｜ㄱ � 聿 畫 畫
❶繪圖:畫圖｜畫畫。❷設計:計畫｜策畫。❸分界:畫界｜畫分。❹描寫:描畫。❺簽押:畫押。❻漢字的橫筆。❼漢字一筆叫一畫:筆畫清楚｜「人」字是兩畫。
【畫蛇添足】比喻做些多餘的事情,不但無益,反而有害。
【畫餅充飢】比喻借空想來安慰自己。
【畫龍點睛】比喻作文或說話時在關鍵的地方加上一兩句重要的話,使主題更加突出,內容更加生動有力。
◆畫地為牢　畫虎類犬　畫影圖形
㊁同㊀　｜粵 wa²(話)　圖:圖畫｜國畫｜漫畫。【畫眉】一種小鳥,身體棕黑色,腹部灰白色,眼圈白色,叫的聲音很好聽。
◆畫匠　畫屏　畫家　畫展　畫院　畫報　畫像　畫譜　◆字畫　名畫　油畫　年畫　壁畫　人物畫　山水畫

畹 wǎn(宛)　粵 yun²(院)　古代以二十畝或三十畝為一畹。【畹町】地名,在雲南省。

畸 jī(機)　粵 kéi¹(崎)　｜ㄇ 田 畈 畤 畤 畸
不正常的:畸形｜畸人。
【畸輕畸重】偏輕偏重。

當 ㊀dāng(噹)　粵 dong¹(噹)　｜ㄐ ㄐ 尚 尚 當
❶主持,掌管:當權｜當家。❷擔任:擔任｜當兵｜當議員。❸應該:應當｜理當。❹相稱,相配:門當戶對｜旗鼓相當。❺對着:當面｜首當其衝。❻在,正值:當街｜當令｜適當其時。❼起初,從前:當初｜當年｜當時。❽現今:當今｜當世｜當代。❾抵擋,阻攔:銳不可當｜螳臂當車。❿承受:當不起｜不敢當。⓫本,即:當地｜當場。
【當心】留心,注意。

【當然】應當如此。
【當歸】多年生草本植物,莖高二三尺,羽狀複葉,花白色,根可入藥。
【當仁不讓】遇有應當做的事,就擔當起來,不可退讓。
【當務之急】當前急切應辦的事。
【當機立斷】抓住時機,立即決斷。
【當頭棒喝】比喻給人警告,使他醒悟。
【當局者迷,旁觀者清】比喻當事者往往因對利害得失考慮過多而認識不清,反而不如局外人看得全面、客觀。
◆當日　當中　當先　當即　當前　當衆　當道　當之無愧　當斷不斷　◆充當　承當
㊁dàng(檔)　粵 dong³(檔)　❶適宜:恰當｜適當｜失當。❷抵得上:一人當兩人用。❸作為,認為:別把壞人當好人｜以茶當酒｜安步當車。❹以為:我當是你說的。❺詭計,圈套:別上當受騙。❻抵押:典當｜把手錶拿去當了。
【當眞】❶信以為眞:他說的是假話,你別當眞。❷果然,確實:他當眞考了一百分。
【當選】選舉時被選上。
◆當做　當舖　◆不當　勾當　行當　快當　妥當　定當　便當　停當　順當　長歌當哭　直截了當

畿 jī(基)　粵 géi¹(基)　古代稱國都附近的地方:京畿。

疃 tuǎn(團上)　粵 tên²(盾²)　❶村莊,屯:賈家疃。❷禽獸所踐踏的地方。

疇 chóu(酬)　粵 ceo⁴(酬)　｜ㄇ 田 田ⱶ 畸 畴 疇
❶田地:田疇。❷種類:範疇。

疆 jiāng(薑)　粵 gêng¹(薑)　｜弓 彊 彊 彊 疆 疆
❶邊界:邊疆。❷界限:萬壽無疆。
【疆土】國家的領土。
【疆域】國家的境界。
【疆場】戰場:馳騁疆場。

疊 dié(蝶)　粵 dib⁶(蝶)　｜田 晶 畾 畳 疉 疊
❶重複,一層一層加上去:重疊｜疊羅漢。❷用手摺:疊被｜疊衣服｜疊報紙。
【疊嶂】重疊的山峯:重巒疊嶂。
【疊牀架屋】比喻累贅重複。

疋部

疋 pǐ(匹)　粵 ped¹(匹)　｜一 ㄱ ㄒ 疋 疋
❶量詞,計算布帛的單位,也作「匹」,以十丈為一疋:一疋綢子｜兩疋布。❷泛指織物:疋頭｜布疋。

疏 shū(梳)　粵 so¹(梳)　｜ㄱ ㄋ ㄋ 正 疏 疏
❶開通,使暢通:疏通｜疏導。❷分散開:疏散。❸關係不密切,跟「親」相反:疏遠｜親疏。❹稀,跟「密」相反:稀疏｜疏密不勻｜月明星疏。❺忽略,粗心:疏

忽｜疏漏｜粗疏。❻不熟悉，不熟練：生疏｜荒疏。
❼空虛，不實在：空疏｜才疏學淺。
【疏浚】清除淤塞，挖深水道，使水流暢通：疏浚航道。
【疏慢】愛理不理，態度傲慢。
【疏懶】性情粗疏懶散，不慣受約束。
【疏財仗義】輕財物，重義氣。指人慷慨解囊，救困扶危。
也作「仗義疏財」。
◆疏失 疏星 疏理 疏落 疏影 疏鬆

㊀同㊀　❶古書的注解：注疏。❷從前給皇
粵 so³（沙個）　帝的奏章：奏疏｜上疏。

疑｜yí（移）　一 ㇏ 乡 钅 钅 疑
｜粵 yi⁴（移）
❶不相信：疑心｜懷疑｜半信半疑。❷心中不明白或不
能斷定：疑問｜疑案｜疑義。
【疑團】積聚在心裏的疑惑，一連串不能解決的問題：滿
腹疑團。
【疑難】有疑問而難於判斷或處理：疑難問題。
【疑竇】可疑之點。
【疑神疑鬼】形容疑慮重重。
◆疑兵 疑雲 疑慮 疑懼 疑心生暗鬼 ◆可疑 生
疑 狐疑 嫌疑 不容置疑 形跡可疑 將信將疑

疒部

二至四畫

疔｜dīng（丁）　一種毒瘡，約豌豆大小，腫硬劇
｜粵 ding¹（丁）　痛，患者往往發寒發熱。

疙｜gē（哥）　一 广 疒 疒 疒 疙
｜粵 ged⁶（吉⁶）
【疙瘩】❶皮膚上腫起的小塊狀。❷泛指球形或塊狀的東
西：土疙瘩｜冰疙瘩。❸比喻事情難辦。❹形容文章不
流暢。

疚｜jiù（救）　一 广 疒 疒 疚 疚
｜粵 geo³（救）
內心的痛苦：內疚｜深感歉疚。

疝｜shàn（汕）　一 广 疒 疒 疝 疝
｜粵 san³（汕）
小腸墜脫下降，使腎囊腫大疼痛，俗稱「小腸疝氣」。

疣｜yóu（尤）　皮膚上生的不痛不癢的瘤子：贅
｜粵 yeo⁴（尤）　疣。

疥｜jiè（介）　一 广 疒 疒 疥 疥
｜粵 gai³（介）
一種由疥蟲寄生引起的皮膚病，發癢，起小水泡，容
易傳染：疥瘡。

疫｜yì（役）　一 广 疒 疒 疫 疫
｜粵 yig⁶（役）
流行性的傳染病：時疫｜瘟疫。
【疫苗】預防傳染病的接種劑。

疤｜bā（巴）　一 广 疒 疒 疤 疤
｜粵 ba¹（巴）
皮膚創傷或瘡好了以後留下來的痕跡：疤痕｜傷疤。

五畫

症｜zhèng（政）　一 广 疒 疒 疒 症
｜粵 jing³（政）
指疾病：急症｜熱症。
◆炎症 虛症 寒症 頑症 實症 熱症 後遺症 對
症下藥

疳｜gān（甘）　一 广 疒 疒 疳 疳
｜粵 gem¹（甘）
中醫指小兒面黃肌瘦、腹部脹大的一種病症，俗稱「疳
積」。

疴｜kē（柯）　疾病：染疴｜養疴｜沈疴。
｜粵 o¹（柯）

病｜bìng（並）　一 广 疒 疒 病 病
｜粵 bing⁶（並）
❶身體不康健：疾病｜生病｜病人。❷比喻缺點、錯
誤：毛病｜語病。❸弊端：弊病。
【病根】❶疾病的根源。❷比喻引起失敗或災禍的原因。
【病魔】比喻所患的疾病，多指長期重病：病魔纏身。
【病入膏肓】病到了無法醫治的地步。比喻事情嚴重到了
不可挽救的程度。
◆病因 病危 病故 病情 病逝 病痛 病榻 病歷
病癒 ◆心病 重病 患病 暴病 同病相憐 貧病交
迫 無病呻吟 生老病死

疸｜dǎn（膽）　一種使皮膚、眼睛都變成黃色的
｜粵 tan²（坦）　病，俗稱「黃疸」。

疽｜jū（居）　一 广 疒 疒 疽 疽
｜粵 zêu¹（追）
見「癰疽」條。

痄｜zhà（詐）　【痄腮】流行性腮腺炎的通稱。
｜粵 za³（詐）

疾｜jí（集）　一 广 疒 疒 疾 疾
｜粵 zed⁶（姪）
❶病：疾病｜殘疾｜積勞成疾。❷痛苦：民間疾苦。❸痛
恨：疾惡如仇。❹迅速，急：疾走｜疾雨｜疾馳而去。
【疾言厲色】說話急促，神色嚴厲。形容發怒時聲色俱厲
的神情。
【疾首蹙額】形容厭惡痛恨的樣子。
【疾風知勁草】比喻在嚴峻考驗下，才能顯示出誰是剛強
者。
◆疾步 疾風 疾患 疾駛 ◆宿疾 痢疾 惡疾 痼
疾 手疾眼快 諱疾忌醫

疹｜zhěn（診）　一 广 疒 疒 疹 疹
｜粵 cen²（診）
一種皮膚上起紅色小顆粒的病，有傳染性：麻疹｜疹子。

疼｜téng（騰）　一 广 疒 疒 疼 疼
｜粵 teng⁴（騰）
❶痛：頭疼｜牙疼｜腰酸背疼。❷憐愛：疼愛｜奶奶最疼
小孫兒。❸可惜，捨不得：心疼。

疲｜pí（皮）　一 广 疒 疒 疒 疲
｜粵 péi⁴（皮）
困倦，無力：疲倦｜疲乏｜疲勞。
【疲塌】做事拖拉，鬆懈拖沓。也作「疲沓」。

【疲憊】困倦無力。
【疲於奔命】❶因奉命奔走而精疲力盡。❷指事情繁多，忙不過來。

疱 同「皰」。

痂 | jiā（加）| 粵 ga¹（加） | 瘡口好了以後結的乾塊：結痂。

六至七畫

痔 | zhì（稚）| 粵 ji⁶（稚） | 广 疒 疒 疒 痔 痔
【痔瘡】一種肛門腫痛的疾病。

痍 | yí（移）| 粵 yi⁴（移） | 創傷：瘡痍。

疵 | cī（詞陰）| 粵 qi¹（雌） | 广 疒 疒 疒 疵 疵
小毛病，缺點或過失：瑕疵｜完美無疵｜吹毛求疵(故意挑剔毛病，尋找差錯)。

痊 | quán（全）| 粵 qun⁴（全） | 广 疒 疒 疒 痊 痊
病好了：痊癒。

痕 | hén（很陽）| 粵 hen⁴（很⁴） | 广 疒 疒 疒 疖 痕 痕
❶疤：傷痕｜瘢痕。❷印跡：痕跡｜墨痕｜裂痕。

痧 | shā（沙）| 粵 sa¹（沙） | 中醫指中暑、霍亂等病：絞腸痧。【痧子】麻疹一類的病。

痣 | zhì（志）| 粵 ji³（志） | 广 疒 疒 痣 痣 痣
皮膚上凸起的斑點，有黑、紅兩種顏色。

痘 | dòu（豆）| 粵 deo⁶（豆） | 广 疒 疒 疖 痘 痘
【痘瘡】因感染病毒皮膚上發出的豆狀水疱或膿疱，俗稱「天花」，是一種危險的傳染病。接種牛痘後，可以預防。

痞 | pǐ（鄙）| 粵 péi²（鄙） | 广 疒 疒 疒 痞 痞
❶腹腔內可以摸得着的硬塊，其實是慢性脾臟腫大：痞塊｜痞積。❷比喻惡棍：兵痞｜地痞｜文痞。

痙 | jìng（競）| 粵 ging⁶（競） | 广 疒 疒 疒 痙 痙
【痙攣】一種神經性的疾病，患者手足顫動，筋肉抽縮，或全身挺直。小孩子發高燒時，常有這種症狀。俗稱「抽筋」。

痤 | cuó（挫陽）| 粵 co⁴（鋤） | 【痤瘡】一種圓錐形的小紅疙瘩，有的有黑頭。多生在青年人的臉部，有時也生在胸、背、肩等部位。俗稱「粉刺」。

痢 | lì（利）| 粵 léi⁶（利） | 广 疒 疒 疒 痢 痢
【痢疾】患者大便多而密，但不暢通，排出黏液、膿汁或混雜血液，會傳染。

痛 | tòng（通去）| 粵 tung³（他控） | 疒 疒 疒 疒 痛 痛
❶因病、傷而引起的苦楚感覺：心痛｜牙痛｜止痛。❷悲傷：悲痛｜哀痛｜沈痛。❸憐惜：痛愛｜痛惜。❹盡

情地，狠狠地：痛飲｜痛哭｜痛擊。❺非常地，徹底地：痛恨｜痛快｜痛改前非。
【痛斥】深切地斥責。
【痛快】❶舒暢，高興：心裏很痛快。❷爽快，直率：他做事很痛快。
【痛癢】❶比喻疾苦：痛癢相關。❷比喻緊要的事情：無關痛癢。
【痛楚】悲痛，苦楚。
【痛心疾首】形容痛恨到極點。
【痛定思痛】悲痛的心情平靜之後，回想以前的痛苦。含有吸取教訓的意思。
【痛哭流涕】非常悲痛的樣子。
◆痛心 痛切 痛悔 痛改前非 ◆病痛 陣痛 絞痛 慘痛 隱痛 親痛仇快 深惡痛絕 切膚之痛

痠 | suān（酸）| 粵 xun¹（酸） | 骨節微痛，身體酸軟無力的感覺：腰痠背痛｜手足痠軟。

八至九畫

瘁 | cuì（粹）| 粵 sêu⁶（睡） | 广 疒 疒 疒 瘁 瘁
❶過度勞累：心力交瘁｜鞠躬盡瘁(小心謹慎，不辭勞苦，竭盡全力，到死為止)。❷疾病。

痰 | tán（談）| 粵 tam⁴（談） | 广 疒 疒 疒 痰 痰
氣管和支氣管分泌的黏液：不要隨地吐痰。

瘀 | yū（於）| 粵 yu²（於²） | 广 疒 疒 疒 瘀 瘀
血液凝滯，積血：瘀血。

麻 | má（蔴）| 粵 ma⁴（蔴） | 广 疒 疒 疒 麻 麻
【麻疹】俗稱「痧子」，是一種急性傳染病。
【麻瘋】是一種惡性傳染病，由麻瘋菌侵入皮膚引起，很難治癒。

痺 | bì（臂）| 粵 béi³（臂） | 广 疒 疒 痹 痹 痺
肢體失去知覺，不能隨意活動的病：手腳麻痺。

痼 | gù（故）| 粵 gu³（故） | 久未治好的病：痼疾。【痼癖】極深的嗜好。

痱 | fèi（肺）| 粵 fei³（肺） | 广 疒 疒 疒 痱 痱
【痱子】夏天皮膚受暑熱而生的小顆粒，很刺癢。

痿 | wěi（委）| 粵 wei²（委） | 广 疒 疒 疒 痿 痿
筋肉軟弱、不能動作的病。

痴 | chī（吃）| 粵 qi¹（雌） | 广 疒 疒 疒 痴 痴
同「癡」。❶傻，愚蠢：白痴｜痴呆。❷耽迷於某種事物：痴迷｜痴心｜痴情。❸傻乎乎的：痴笑。
【痴肥】肥胖得臃腫難看。
【痴心妄想】一心想着那些不能實現的事情。

瘌 | là（辣）| 粵 lad³（辣） | 【瘌痢】一種長在頭上，使頭髮脫落的瘡癤。
⊗裏面是「剌」，不是「刺」。

| 瘧 | nüè（虐）
粵 yêg⁶（虐） | 疒 疒 疒 疒 瘧 瘧 |

【瘧疾】一種由瘧蚊傳染的隔日或每日按一定時間發作的寒熱病。

| 瘟 | wēn（溫）
粵 wen¹（溫） | 疒 疒 疒 瘟 瘟 瘟 |

一種流行於人畜的急性傳染病: 瘟疫｜牛瘟｜雞瘟。
【瘟神】把瘟疫傳到人間的鬼神，比喻給世界帶來災禍的惡人。

| 瘍 | yáng（羊）
粵 yêng⁴（羊） | 疒 疒 疒 疒 瘍 瘍 |

❶癰疽和皮膚腫爛病的總稱: 瘡瘍。❷潰爛: 胃潰瘍。

| 瘦 | shòu（受）
粵 seo³（秀） | 疒 疒 疒 疒 瘦 瘦 |

❶脂肪少，肌肉不豐滿，跟「胖」、「肥」相反: 瘦弱｜骨瘦如柴。❷指動物的肉不肥: 瘦肉｜半肥半瘦。
❸衣服、鞋襪等窄小，跟「肥」、「寬」相反: 褲腿太瘦｜袖管請改瘦點。❹土地瘠薄，不肥沃: 瘦瘠。
【瘦削】身體或臉型瘦長，像被削過一樣。
【瘦損】身體消瘦，體重減輕。
◆枯瘦　清瘦　乾瘦　精瘦　面黃肌瘦　挑肥揀瘦

| 瘉 | yù（愈）
粵 yu⁶（愈） | 疒 疒 疒 疒 瘉 瘉 |

病好了: 病瘉｜痊瘉。

| 瘓 | huàn（煥）
粵 wun⁶（煥） | 疒 疒 瘓 瘓 瘓 瘓 |

四肢麻木不能活動: 癱瘓。

| 瘋 | fēng（風）
粵 fung¹（風） | 疒 疒 疒 疒 瘋 瘋 |

❶癲狂，一種嚴重的精神病: 發瘋｜瘋癲。❷癱瘓: 瘋癱。
【瘋子】❶患精神病的人。❷比喻失去理智的人。
【瘋話】比喻毫無根據的、不合理的狂話。

十至十三畫

| 瘠 | jí（脊）
粵 zég³（脊） | 疒 疒 疒 疒 瘠 瘠 |

❶身體瘦弱: 肥瘠｜瘠瘦。❷土地不肥沃: 瘠地｜瘠土｜土地貧瘠。

| 瘩 | dá（答）
粵 dab³（搭） | 疒 疒 瘩 瘩 瘩 瘩 |

見「疙瘩」條。

| 瘢 | bān（班）
粵 ban¹（班） | ❶瘡痕或傷痕: 疤瘢。❷皮膚上的斑點: 雀瘢｜白瘢。 |

| 瘡 | chuāng（窗）
粵 cong¹（倉） | 疒 疒 疒 瘡 瘡 瘡 |

❶皮肉腫爛潰瘍的病: 疔瘡｜凍瘡｜頭上長瘡。❷外傷的傷口: 刀瘡｜棍瘡。
【瘡疤】❶皮膚上生過瘡留下的疤痕。❷痛苦的往事: 別揭人瘡疤。
【瘡痍】❶皮膚受傷破裂。❷比喻民間疾苦。❸比喻戰火之後的殘破景象: 瘡痍滿目。

| 瘤 | liú（留）
粵 leo⁴（留） | 疒 疒 疒 疒 瘤 瘤 |

皮膚上或身體內部長出的肉疙瘩，分良性和惡性兩種，惡性瘤即癌症: 肉瘤｜瘤子。

| 瘴 | zhàng（障）
粵 zêng³（障） | 疒 疒 疒 瘴 瘴 瘴 |

【瘴氣】山林間的濕熱毒氣，可以使人生病。
【瘴癘】因地氣暑濕而引起的病。

| 瘰 | luǒ（裸）
粵 lo²（裸） | 【瘰癧】脖子上的淋巴腺結核病。 |

| 瘻 | lòu（漏）
粵 leo⁶（漏） | 疒 疒 疒 瘻 瘻 瘻 |

肛門部位的病: 痔瘻｜肛瘻。

| 瘸 | qué（缺陽）
粵 ké⁴（茄⁴） | 疒 疒 疒 瘸 瘸 瘸 |

腿腳有了毛病，走路時身體一拐一拐的樣子: 瘸腳｜一瘸一拐。
【瘸子】跛腳的人。

| 癆 | láo（勞）
粵 lou⁴（勞） | 疒 疒 癆 癆 癆 癆 |

肺或腸等部的結核病，會傳染人: 肺癆｜腸癆。

| 癍 | bān（班）
粵 ban¹（班） | 皮膚病，因血液不淨而發生的斑點。 |

| 療 | liáo（僚）
粵 liu⁴（僚） | 疒 疒 疒 療 療 療 |

治病: 治療｜診療｜醫療。
【療養】在特設的醫療機構裏進行以休養爲主的治療。
◆療法　療效　療程　療養院

| 癇 | xián（閒）
粵 han⁴（閒） | 見「癲癇」條。 |

| 癉 | ㊀ dàn（旦）
粵 dan¹（單） | 憎恨: 彰善癉惡。 |
| | ㊁ dān（單）
粵 dan³（旦） | 火癉，毒菌侵入皮膚引起紅腫發斑的病。 |

| 癌 | ái（皚）
粵 ngam⁴（岩） | 疒 疒 疒 癌 癌 癌 |

肌膚或內臟所生的一種惡性腫瘤: 肺癌｜胃癌｜乳癌。

| 癘 | lì（屬）
粵 lei⁶（屬） | 疒 疒 癘 癘 癘 癘 |

❶瘟疫: 癘疫。❷惡瘡: 疥癘。

| 癤 | jiē（階）
粵 jid³（節） | 【癤子】一種熱天容易生的小瘡。患病處皮膚出現充血硬塊，紅腫，化膿，疼痛。 |

| 癜 | diàn（殿）
粵 din⁶（殿） | 皮膚出現白色或紫色斑點的病，俗稱「白癜風」或「紫癜風」。 |

| 癒 | 同「瘉」。 |

| 癖 | pǐ（匹）
粵 pig¹（辟） | 疒 疒 疒 癖 癖 癖 |

對某種事物特殊的嗜好: 癖好｜煙癖｜嗜酒成癖。

十四畫以上

| 癡 | chī（吃）
粵 qi¹（雌） | 疒 疒 疒 癡 癡 癡 |

❶傻，愚蠢: 白癡｜癡呆。❷耽迷於某種事物: 癡迷｜情

癡｜書癡。❸傻乎乎的，無意識的: 癡笑。
【癡心】❶癡情，爲愛情迷戀不捨。❷癡想，空想。
【癡長】年長者的自謙詞: 我比你癡長十歲。
【癡肥】肥胖得臃腫難看。
【癡情】❶癡心的愛情。❷多情達到癡心的程度。
【癡人說夢】比喻說根本辦不到的荒唐話。
【癡心妄想】一心想着那些不能實現的事情。

癟　㊀biě（憋上）　物體表面凹下去，不飽滿: 乾
　　粵 bid⁶（別）　癟｜癟穀｜癟鼻子。
　㊁biě（憋）【癟三】上海方言。稱窮極無聊的流氓。
　　粵 同㊀

癢　yǎng（養）
　　粵 yêng⁵（養）
皮膚上受了刺激需要用手搔的一種感覺: 皮膚發癢｜手
癢｜抓癢。

癥　zhēng（爭）
　　粵 jing¹（貞）
肚子裏有積塊的病。
【癥結】❶指肚子裏有積塊的病。❷比喻事情疑難的所在。

癧　lì（歷）　見「瘰癧」條。
　　粵 lig⁶（歷）

癩　lài（賴）
　　粵 lai³（賴）
❶一種惡性傳染病，即「麻瘋」。❷因生癬或疥瘡而毛
髮脫落，俗稱「癩痢」或「瘌痢」。❸表皮像長癩的東
西: 癩瓜｜癩蛤蟆。
【癩皮狗】比喻卑鄙無恥、不要臉的人。

癭　yǐng（影）　長在脖子上的囊狀瘤。
　　粵 ying²（映）

癬　xuǎn（選）
　　粵 xin²（冼）
一種傳染性皮膚病，患處常發癢，或發生白色、鱗狀的
皮: 頭癬｜腳癬｜牛皮癬。

癮　yǐn（隱）
　　粵 yen⁵（隱）
❶特別深的嗜好: 酒癮｜煙癮。❷濃厚的興趣: 癮頭｜看
小說上癮了。

癰　yōng（雍）　【癰疽】一種毒瘡，多長在肩、背、
　　粵 yung¹（雍）　臀等部位，淺的叫「癰」，深的
　　　　　　　　　　叫「疽」。

癯　qú（渠）　瘦: 清癯。
　　粵 kêu⁴（渠）

癱　tān（灘）
　　粵 tan¹（灘）
❶一種肢體麻痹不能行動的病症: 癱子｜癱瘓。❷身體
一時綿軟無力，站不起來: 他被嚇癱了。

癲　diān（顛）
　　粵 din¹（顛）
精神錯亂，言行失常: 癲狂｜瘋瘋癲癲。
【癲癇】一種神經病，多由遺傳或酒精中毒引起，發病時
知覺喪失，口吐白沫，手足痙攣。

癶部

癸　guǐ（鬼）
　　粵 guei³（貴）
天干的末位。參見「干支」條。

登　dēng（燈）
　　粵 deng¹（燈）
❶從下面向上走: 登山｜登高｜登樓。❷記載，刊載: 登
記｜登載｜登報。❸作物成熟: 五穀豐登。
【登天】比喻極難: 比登天還難。
【登時】立刻: 臉登時紅了。
【登基】帝王即位。也說「登極」。
【登程】上路，起程。
【登臨】登高望遠。
【登龍門】比喻被有力的人引荐提拔，身價頓然提高。
【登堂入室】❶深入內室。❷比喻研究學問、藝術等工
夫很深。
【登峯造極】比喻學問、技藝等達到最高境界。
◆登岸　登門　登陸　登場　◆摩登　攀登　一步登天
粉墨登場　捷足先登

發　fā（乏陰）
　　粵 fad³（法）
❶送出，交付，跟「收」相反: 分發｜發信｜發貨。
❷放射: 發光｜發射｜百發百中。❸生長出，產生出: 發
芽｜發電｜發聲。❹表達: 發言｜發誓｜發表。❺開展，
興盛: 發展｜發育｜發達。❻打開，揭露: 發掘｜揭
發｜告發。❼起始: 發動｜發起｜發源。❽感覺: 發
癢｜發麻｜發酸。❾物體膨脹: 發酵｜發脹｜麪發了。
❿激勵: 奮發｜激發。⓫流露，顯露: 發笑｜發怒｜發潮。
⓬分散，散開: 揮發｜蒸發。⓭量詞，槍彈、炮彈一顆
叫一發。
【發作】❶爆發: 胃病發作。❷動怒: 脾氣發作。
【發明】創造出新的事物或方法。
【發現】❶開始覺察到。❷找出前人沒有看到的事物或規
律。
【發落】處置: 從輕發落。
【發揚】進一步地發展、擴大: 發揚成績。
【發揮】❶把內在的性能、作用、力量盡量表現出來。
❷把要講的意思或道理充分表達出來。
【發端】事情的開始，起頭。
【發憤】決心努力: 發憤圖強。
【發祥地】❶祖先或帝王興起的地方。❷民族、文化發源
的地方。
【發人深省】啟發人深刻思考，有所醒悟。
【發號施令】發命令下指示。
◆發火　發呆　發抖　發急　發愁　發慌　發誓　發人
深省　◆分發　出發　啟發　萌發　復發　開發　煥發
頒發　爆發　觸發　借題發揮

白部

白 | bái（百陽）| 粵 bag⁶（帛）　ノ ィ 勹 白 白

❶像雪、像乳汁那樣的顏色，跟「黑」相反：雪白｜花白｜白布。❷清楚：明白｜真相大白｜不白之冤。❸日間：白晝｜白日。❹光明：月白風清｜東方發白。❺潔淨：潔白｜手洗得很白。❻空無所有：空白｜白手起家。❼沒有效果：白費心思｜白跑一趟。❽不付代價的：白吃｜白拿｜白看戲。❾敍述，表明：表白｜自白｜告白。❿心地光明直率：坦白。⓫把字寫錯或讀錯：寫白字｜把字唸白了。⓬戲劇中的說話：對白｜獨白｜道白。⓭指喪事：紅白喜事。⓮姓。

【白族】中國少數民族，主要分佈在雲南省。
【白眼】眼睛斜視，現出白眼珠。是一種看不起人或憎惡人的表情：白眼看人；遭人白眼。
【白晳】皮膚白淨。
【白熱化】事態或感情等發展到最緊張的階段。
【白日做夢】比喻根本不能實現的幻想。
【白手起家】比喻原來沒有基礎，靠艱苦奮鬥創立起新事業。
【白璧微瑕】比喻美中不足，有小缺點。
◆ 白刃　白描　白楊　白熾　白露　白茫茫　白皚皚　白濛濛　◆ 灰白　清白　蛋白　斑白　黑白　煞白　蒼白　慘白　銀白　平白無故　青紅皂白

一至六畫

百 | bǎi（伯）| 粵 bag³（伯）　一 プ ブ 万 百 百

❶數目字，十的十倍。❷比喻很多：百事｜百花｜百萬。
【百般】形容採取多種方法：百般勸解；百般刁難。
【百靈】益鳥，比麻雀大，羽毛茶褐色，有白斑，鳴聲婉囀動聽，吃蚱蜢、甲蟲等害蟲。
【百折不撓】無論遭到多少挫折，也不屈服退縮。形容意志堅強。也作「百折不回」。
【百孔千瘡】比喻破壞得嚴重或弊病很多。
【百感交集】各種感想交織在一起。
【百煉成鋼】比喻人能吃苦磨練，自會成功。
【百廢俱興】許多被廢棄的事情又都興辦起來。
【百尺竿頭，更進一步】比喻即使有了極高成就，仍須繼續努力，向上攀登。
◆百花齊放　百思不解　百家爭鳴　百無聊賴　百戰百勝　◆千奇百怪　流芳百世

皂 | zào（造）| 粵 zou⁶（造）　ノ ィ 勹 白 皂 皂

❶黑色：皂衣。❷肥皂的簡稱：香皂｜藥皂。
【皂白】比喻是非：不分皂白。

的 | ㊀ dì（帝）| 粵 dig¹（嫡）　ノ 勹 白 白' 的 的

❶箭靶的中心：鵠的｜中的｜眾矢之的。❷目標：目的。

㊁ dí（敵）確實，真實：的確。
粵 同㊀　【的當】非常恰當：這個評語非常的當。

㊂ de（德輕）❶表示所屬的介詞：我的筆｜珠江的水。❷形容詞詞尾：湛藍的天空｜碧綠的湖水。❸聯接代名詞：跳舞的｜跑步的。❹副詞詞尾，和「地」字通：慢慢的走｜輕輕的放。❺表示肯定語氣：這件事我知道的。
粵 同㊀

皇 | huáng（黃）| 粵 wong⁴（黃）　ノ 勹 白 旦 皁 皇

❶帝王，君主：皇帝｜皇室｜皇后。❷盛大，正大：富麗堂皇。❸尊稱已死的長輩或祖宗：皇考｜皇妣。❹皇甫，複姓。

【皇皇】❶美盛顯明的樣子。同「煌煌」。❷匆忙的樣子。同「遑遑」。❸恐懼不安的樣子。同「惶惶」。
◆ 皇冠　皇宮　皇朝　◆天皇　女皇　敎皇　土皇帝　太上皇　三皇五帝　冠冕堂皇

皆 | jiē（街）| 粵 gai¹（街）　一 レ ヒ 比 毕 皆

全，都：盡人皆知｜皆大歡喜。
◆比比皆是　有口皆碑　啼笑皆非

皈 | guī（歸）| 粵 guei¹（歸）　ノ 勹 白 白' 皈 皈

【皈依】誠心信仰，身心都歸向於佛。

皎 | jiǎo（絞）| 粵 gao²（絞）　ノ 勹 白 白' 皎 皎

光明、潔白的樣子：皎潔｜皎月。
【皎皎】形容很白很亮：皎皎的明月。

七畫以上

皖 | wǎn（碗）| 粵 wun⁵（浣）　ノ 勹 白 白' 皖 皖

安徽省的別稱。

皓 | hào（浩）| 粵 hou⁶（浩）　ノ 勹 白 白' 皓 皓

❶光明的樣子：皓月當空。❷潔白的樣子：明眸皓齒。
【皓首】白頭。指年老。

晳 | xī（析）| 粵 xig¹（析）　白色，指人的皮膚白：白晳。

皚 | ái（呆）| 粵 ngoi⁴（呆）　勹 白 白' 皑 皚 皚

潔白的樣子。
【皚皚】形容潔白，多用於霜雪：白雪皚皚。

皞 | hào（浩）| 粵 hou⁶（浩）　光明潔白的樣子。

皤 | pó（婆）| 粵 po⁴（婆）　形容老人髮白：皤然一老。

皮部

皮 | pí（脾）| 粵 péi⁴（脾）　一 厂 广 皮 皮

❶人或動植物體的外層: 皮膚｜豬皮｜樹皮。❷皮革製的東西: 皮鞋｜皮箱｜皮襖。❸包在物體外面的一層東西: 書皮｜封皮。❹事物的表面: 地皮｜漆皮｜皮相。❺薄片狀的東西: 鐵皮｜紙皮｜豆腐皮。❻小孩淘氣、不聽話: 頑皮｜調皮。❼姓。

【皮毛】比喻粗淺的知識: 略知皮毛。

【皮囊】皮袋, 比喻人的身體, 含貶義: 臭皮囊。

【皮開肉綻】形容被打得傷勢很重。

◇皮匠　皮肉　皮革　皮鞭　◆牛皮　扯皮　俏皮　蛻皮　畫皮　潑皮　賴皮　臉皮　死皮賴臉　嬉皮笑臉

皰 | pào（炮）| 粵 pao³（豹） | 一 厂 广 皮 皰 皰
臉上所生的小顆粒, 俗稱「粉刺」、「酒刺」。

皴 | cūn（村）| 粵 cên¹（春） | 凵 六 夋 皴 皴 皴
❶皮膚因受寒冷而裂開: 凍得兩手都皴了。❷皮膚上積存的泥垢和脫落的表皮: 腳後跟起皴了。❸國畫畫法之一。

皸 | jūn（軍）| 粵 guen¹（軍）
皮膚因寒冷或乾燥而裂開: 皸裂。

皺 | zhòu（晝）| 粵 zeo³（晝） | 勹 勾 芻 皺 皺 皺
❶臉上所起的紋: 皺紋。❷物體的摺痕: 衣服弄皺了。❸攢眉: 眉頭一皺。

皿部

皿 | mǐn（敏）| 粵 ming⁵（茗） | 丶 冂 罒 罒 皿
各種飲食用具的總稱: 器皿。

三至五畫

盂 | yú（余）| 粵 yu⁴（余） | 一 二 于 盂 盂 盂
一種盛液體的器皿: 水盂｜痰盂｜鉢盂。

盃 同「杯」。

盅 | zhōng（中）| 粵 zung¹（中）
小杯子: 茶盅｜酒盅。

盆 | pén（噴陽）| 粵 pun⁴（盤） | 八 分 分 盆 盆 盆
❶一種盛東西和洗東西的容器: 瓦盆｜臉盆｜浴盆。❷量詞, 指用盆裝的東西: 一盆水｜三盆蘭花。

【盆地】四周都是高山, 中間低平的地方。

【盆景】盆栽的花木, 供觀賞用。

盈 | yíng（營）| 粵 ying⁴（營） | 丿 乃 丒 盈 盈 盈
❶充滿: 豐盈｜熱淚盈眶｜笑聲盈耳。❷多出, 有餘, 跟「虧」相反: 盈餘｜盈利。

【盈虧】❶指月的圓和缺。❷指買賣賺錢或虧本。

【盈千累萬】比喻很多。

◇盈月　盈虛　◆充盈　輕盈　惡貫滿盈

益 | yì（億）| 粵 yig¹（億） | 丷 ㅛ 光 쓰 益 益
❶好處: 利益｜權益｜受益不淺。❷有好處的: 益鳥｜益蟲｜益友。❸增加: 增益｜延年益壽。❹更加: 益發｜精益求精｜日益壯大。

◇日益　收益　受益　教益　老當益壯　多多益善　良師益友　集思廣益　開卷有益

盍 | hé（合）| 粵 heb⁶（合） | 十 土 去 盍 盍 盍
何不, 為什麼不。

盎 | àng（昂去）| 粵 ong³（柯五³） | 口 央 央 盎 盎 盎
❶盆子。❷盛大, 豐厚。

【盎司】英美制重量單位, 一盎司是一磅的十六分之一。

【盎然】盛大、豐厚的樣子: 春意盎然; 興趣盎然。

六畫以上

盔 | kuī（虧）| 粵 kuei¹（虧） | 一 ナ ナ 灰 盔 盔
❶戰士、消防人員用來保護頭部的金屬帽子: 頭盔｜鋼盔。❷盛飲食物用的、像瓦盆而略深的器皿, 多用陶瓷製成: 盔子｜瓦盔。

【盔甲】古代打仗穿的服裝, 盔保護頭, 甲保護身體, 用金屬或皮革製成。

盔甲

盛 | shèng（剩）| 粵 xing⁶（剩） | 一 厂 厈 成 盛 盛
❶興旺, 繁茂, 跟「衰」相反: 興盛｜旺盛｜繁盛。❷規模大, 隆重: 盛典｜盛會｜盛況。❸強烈, 氣勢旺: 熾盛｜火勢很盛｜百花盛開。❹深厚的: 盛情｜盛意。❺華麗: 盛服｜盛裝。❻流行, 普遍: 盛行｜盛傳。❼極, 大: 盛讚｜盛怒｜盛譽。❽姓。

【盛世】興旺太平的時代: 太平盛世。

【盛名】很高的名望: 享有盛名。

【盛況空前】盛大熱烈的狀況, 超過以前所有的。

【盛氣凌人】態度傲慢, 侮辱別人。

【盛名之下, 其實難副】指名氣過大, 不符合實際。

◇盛大　盛宴　盛產　盛暑　盛舉　盛讚　盛極一時　◆全盛　強盛　熾盛　豐盛　繁榮昌盛

㈠ chéng（成）| 粵 xing⁴（成） | ❶用容器裝東西: 盛飯｜盛湯。❷容納: 這瓶子盛不下兩磅油。

盒 | hé（合）| 粵 heb⁶（合） | 人 仒 令 合 盒 盒
❶有底有蓋、可以相合的盛物器具: 飯盒｜墨盒｜果盒。❷量詞, 指用盒裝的東西: 兩盒糖果｜一盒蛋糕。

盜 | dào（道）| 粵 dou⁶（道）| 氵 氵 氵 次 盗 盜

❶偷竊:偷盜│盜竊。❷搶劫或偷竊別人財物的人:盜賊│強盜。❸用非法的方式去取得:欺世盜名。

【盜汗】睡覺時出冷汗。

◆盜用　盜取　盜匪　盜賣　盜騙　◆失盜　防盜　海盜　掩耳盜鈴　開門揖盜

盞 | zhǎn（展）| 粵 zan²（盞）| 乛 七 戈 戋 戔 盞

❶小杯子:酒盞│把盞言歡。❷計算燈數的量詞:三盞燈。

盟 | méng（萌）| 粵 meng⁴（萌）| 日 日 明 明 明 盟

❶人與人、國家與國家之間的聯合:聯盟│結盟│攻守同盟。❷內蒙古自治區的區域名:盟旗│伊克昭盟。❸指結盟兄弟:盟兄│盟弟。

【盟約】締結同盟時所訂立的誓約或條約。

◆盟軍　盟國　盟誓　◆加盟　同盟　山盟海誓　城下之盟

監 | ㊀ jiān（緘）| 粵 gam¹（減¹）| 臣 臥 臥 監 監

❶從旁察看:監察│監視│監工。❷牢獄:監獄│監牢│探監。

【監禁】把犯人拘押起來,限制他的自由。

【監督】❶察看並督促。❷做監督工作的人。

【監守自盜】盜竊自己所主管的公共財物。

㊁ jiàn（鑑）| 粵 gam³（鑑）| ❶古時官署名:國子監│欽天監。❷宦官:太監│內監。

盡 | jìn（進）| 粵 zên⁶（進⁶）| ユ ヨ 尹 聿 盡 盡

❶完,畢:用盡│一言難盡│取之不盡。❷竭,全部用出來:竭盡│盡忠│盡力。❸達到極點:盡頭│盡興│山窮水盡。❹努力做到:盡職│盡責。❺全,都:盡數收回│應有盡有。❻死:自盡│同歸於盡。

【盡情】縱情。

【盡瘁】竭盡心力:鞠躬盡瘁。

【盡人皆知】所有的人都知道。

【盡如人意】完全合乎希望,讓人滿意。

【盡其所有】把所有的都拿出來。

【盡善盡美】極其完善,極其美好。形容完美無缺。

◆盡心　盡日　盡量　盡意　盡歡　盡力而為　盡其所長　◆詳盡　竭盡　窮盡

盤 | pán（蟠）| 粵 pun⁴（盆）| 介 舟 舟 般 盤 盤

❶淺底、外緣是圓或方的盛東西的器皿:瓷盤│茶盤。❷形狀像盤或有盤的功用的東西:棋盤│羅盤。❸迴旋屈曲:盤繞│盤膝而坐。❹查究或清點:盤問│盤賬│盤貨。❺市場上買賣的價格:問盤│收盤。❻搬運,移動:盤運│老鼠盤泥。❼全面的,全部的:和盤托出│通盤考慮。❽商店或貨物轉讓他人:召盤│出盤。❾姓。

【盤古】中國神話中開天闢地的人物。

【盤桓】徘徊,逗留:在杭州盤桓了幾天,遊覽了各處名勝。

【盤旋】❶環繞着飛:飛機在上空盤旋。❷環繞着走:遊人盤旋而上。❸徘徊不進。

【盤費】路費。也叫「盤纏」、「盤川」。

【盤算】心裏計算或籌劃。

【盤踞】據守不肯退讓。

【盤根錯節】樹根盤繞,木節交錯。比喻事情錯縱復雜難以解決。

◆盤存　盤亙　盤究　盤弄　盤查　盤剝　盤點　◆地盤　花盤　胎盤　算盤　磨盤　杯盤狼藉　如意算盤

盧 | lú（爐）| 粵 lou⁴（勞）| ㇒ ㇑ 上 广 虍 盧

❶黑色。❷姓。

盥 | guàn（貫）| 粵 gun³（貫）| 臼 洫 洫 盥 盥

❶洗手:盥洗。❷洗手的器具。

盪 | dàng（蕩）| 粵 dong⁶（蕩）| 氵 氵 浔 湯 湯 盪

❶搖動:震盪│盪舟│盪秋千。❷洗滌:盪滌│盪口。

【盪盪】形容空曠:空盪盪。

目部

目 | mù（木）| 粵 mug⁶（木）| ㇑ ㄇ 月 月 目

❶眼睛:耳目│有目共睹。❷看,注視:注目│一目了然。❸目錄、標題:書目│題目。❹大項再分的小項:項目│細目。❺名稱:巧立名目。

【目下】目前,現今:目下正是旅遊旺季。

【目光】❶眼睛的光芒、神采。❷比喻人的見識:目光短淺。

【目睹】親眼見到:耳聞目睹。

【目標】❶攻擊或尋找的對象:擊中目標。❷希望達到的目的:奮鬥目標。

【目擊】親眼見到:目擊其事。

【目不暇接】東西太多,眼睛看不過來。也說「目不暇給」。

【目不識丁】形容人一個字都不認識。

【目中無人】形容驕傲自大,看不起人。

【目空一切】形容狂妄自大,誰都看不起。

【目瞪口呆】瞪着眼睛說不出話來。形容因受驚、害怕而發愣。

◆反目　面目　眉目　悅目　怒目　過目　奪目　頭目　明目張膽　刮目相看　魚目混珠　鼠目寸光　賞心悅目

二至四畫

盯 | dīng（丁）| 粵 ding¹（丁）| ㇑ 月 月 目 盯 盯

把視線集中在一點上;注視:大家的眼睛直盯着她。

盲 | máng（氓）| 粵 mang⁴（猛⁴）| 丶 亠 亡 盲 盲 盲

❶眼睛失明:盲人。❷對某事物不認識或分辨不清:文盲│色盲。❸沒有主見,沒有計劃:盲動。

【盲目】比喻認識不清或沒有一定見解:盲目行動。

【盲從】不問是非地聽從或附和別人。

【盲人摸象】比喻對事物僅憑片面的了解,就亂加猜測或下判斷。

直｜zhí（植）｜一 十 十 卉 肓 直
　｜粵 jig⁶（夕）｜

❶不彎曲，跟「曲」相對:直線｜筆直｜馬路又平又直。❷縱的，豎的，跟「橫」相對:直行書寫｜橫寬二丈，直長三丈。❸挺直、伸直:直起腰來。❹不轉折，沒有阻礙和耽擱:直通｜直達。❺公正的，正義的:正直｜理直氣壯｜是非曲直。❻性格坦白，爽快:直率｜直性子｜心直口快。❼連續不斷:直笑｜直哭｜他冷得直哆嗦。❽漢字的筆劃，即「豎」。

【直言】毫無顧忌地說出來:直言不諱。
【直爽】心地坦白，語言行動沒有顧慮。
【直接】不經過中間事物的，與「間接」相對:請直接找我。
【直腸子】心腸坦白、性情爽直的人。
【直截了當】語言、行動簡單爽快。
◆直立　直至　直到　直奔　直路　直覺　直觀　◆曲直　耿直　剛直　扶搖直上　長驅直入　勇往直前　急轉直下　奮起直追

眈｜dān（耽）｜【眈眈】兩眼向下注視的樣子:虎
　｜粵 dam¹（耽）｜視眈眈。

眄｜miàn（面）｜斜着眼睛看。
　｜粵 min⁵（免）｜

眴｜dǔn（頓上）｜刂 月 目 盯 盹 盹
　｜粵 dên⁶（鈍）｜

小睡，打瞌睡:打盹兒。

相｜㊀xiāng（箱）｜一 十 木 机 相 相
　｜粵 sêng¹（箱）｜

❶交互，相互:相約｜相親相愛。❷表示一方對另一方的動作:相告｜相勸｜實不相瞞。❸看:相親｜左相右看。❹比較:相等｜相當｜相稱。
【相干】互相關連或牽涉:互不相干。
【相左】❶彼此意見不同。❷不相遇。
【相仿】大致相同，相差不多:年紀相仿;顏色相仿。
【相投】彼此心意相契合。
【相沿】依着舊的一套傳下來:相沿成俗。
【相思】彼此思念，多指男女因情愛而引起的憶念。
【相持】互相爭持，各不相讓。
【相形見絀】跟對方比較起來，就顯得遠遠不如。
【相得益彰】互相幫助，互相補充，就更顯出美好。
◆相反　相比　相安　相似　相宜　相近　相通　相距　相逢　相間　相隨　相依爲命　相映成趣　◆大相逕庭　交相輝映　自相矛盾　肝膽相照　唇齒相依　鷸蚌相爭

　｜㊁xiàng（像）｜❶模樣，容貌:相貌｜本相｜真
　｜粵 sêng³（沙向）｜相。❷察看:相機行事。❸輔助:相夫教子｜吉人天相。❹姿態:坐有坐相｜食有食相。❺官名:宰相｜丞相｜首相｜外相。
【相聲】曲藝的一種，用說笑話、滑稽問答、說唱等引起觀眾發笑。

看｜㊀kàn（刊去）｜ノ 二 三 手 看 看
　｜粵 hon³（漢）｜

❶瞧，用眼睛觀察:看書｜看電視。❷拜訪，探問:看望｜看朋友。❸觀察並判斷:我看這個辦法很好。❹對待:看待｜另眼相看。❺診治:看病｜這個醫生看好了許多癱瘓病人。❻照料:照看｜看顧。❼表示試一試的意思:想想看｜聽聽看｜等一等看。

【看重】❶很看得起:同學很看重他。❷看得很要緊:他對這個問題十分看重。
【看破】看透。
【看風使舵】比喻跟着情勢轉換方向。含貶義。也作「見風轉舵」。
◆看中　看出　看見　看法　看穿　看相　看透　看輕　看頭　◆中看　好看　查看　偷看　參看　試看　觀看　走馬看花　刮目相看

　｜㊁kān（刊）｜❶守護，照料:看門｜看小孩。
　｜粵 hon¹（刊¹）｜❷監視:看守｜看押｜看管。
◆看家　看場　看護　看門狗

盾｜dùn（頓）｜一 厂 厂 厈 盾 盾
　｜粵 tên⁵（囤⁵）｜

❶古時打仗時用來抵擋刀箭等的藤牌，也有用皮革或金屬片做的。❷盾形的裝飾品、紀念品、獎品:金盾｜銀盾。❸背後支持的力量:後盾。

盾牌

盼｜pàn（判）｜刂 月 目 盼 盼 盼
　｜粵 pan³（扳³）｜

❶希望，期待:盼望｜盼頭｜盼你早點來。❷看:顧盼｜左顧右盼。

省｜㊀shěng（生上）｜丿 丨 小 少 省 省
　｜粵 sang²（生²）｜

❶節約:節省｜省吃儉用。❷簡略、減去:省略｜省事｜這三個字不能省。❸地方行政的區域名:廣東省｜台灣省｜四川省。
◆省力　省心　省便　省時　省掉　省儉　◆外省　減省

　｜㊁xǐng（醒）｜❶知覺:不省人事。❷明白，醒
　｜粵 xing²（醒）｜悟:省悟｜猛省｜發人深省。❸檢查:反省｜自省。❹看望父母:省親。

眇｜miǎo（秒）｜❶瞎了一隻眼睛。❷微小，渺小。
　｜粵 miu⁵（秒）｜

眉｜méi（楣）｜ㄱ ㄱ ㄇ 厂 尸 眉
　｜粵 méi⁴（楣）｜

❶眼眶上緣的毛:眉毛｜濃眉大眼。❷書頁上方空白的地方:書眉｜眉批。❸細長彎曲像眉的:眉月。
【眉目】❶眉毛和眼睛，泛指容貌:眉目清秀。❷事情的次序、條理:眉目不清。❸事情的頭緒:這事已有眉目。
【眉眼】❶眉毛和眼睛。❷泛指容貌:小姑娘眉眼長得很俊。
【眉睫】眉毛和睫毛，比喻近在眼前:迫在眉睫。
【眉飛色舞】形容歡喜得意的神態。
【眉開眼笑】形容很高興的樣子。
◆眉心　眉宇　眉梢　◆柳眉　蛾眉　皺眉　揚眉吐氣　愁眉苦臉　燃眉之急　橫眉怒目　火燒眉毛

五至六畫

眩 | xuàn（絢）粵 yun⁴（炫） | ㄇ 目 目 肜 肜 眩
❶眼睛昏花：昏眩｜頭暈目眩。❷迷惑，迷亂：眩惑。
【眩暈】感覺到本身或周圍的東西旋轉。

眞 | zhēn（珍）粵 zen¹（珍） | 一 十 market 市 直 眞
❶實在，不虛假，跟「假」、「僞」相反：眞心｜眞實｜千眞萬確。❷的確，確實：眞美｜眞快｜眞美麗。❸清楚，明顯：看不眞｜聽得很眞。❹事物的本來面目：傳眞｜失眞｜返璞歸眞。❺漢字的楷體字：眞書。
【眞空】沒有空氣的空間。
【眞相】眞實的情形：眞相大白。
【眞誠】眞實誠懇，不虛僞。
【眞諦】眞實意義或道理。
【眞摯】眞誠懇切：眞摯的友誼。
【眞知灼見】正確而透徹的見解。
【眞憑實據】眞實的憑據。
◆眞切 眞理 眞假 眞跡 眞確 眞僞莫辨 ◆純眞 頂眞 當眞 逼眞 認眞 寫眞 千眞萬確 天眞爛漫 弄假成眞

眨 | zhǎ（炸上）粵 zab⁶（雜） | ㄇ 目 肜 肜 肜 眨
眼睛很快地一睜一閉：一眨眼就到了｜一眨眼工夫。

眢 | yuān（寃）粵 yun¹（寃） | ❶眼珠枯陷失明。❷泛指乾枯：眢井。

眠 | mián（棉）粵 min⁴（棉） | ㄇ 目 肜 肜 眠 眠
❶睡覺：睡眠｜失眠。❷某些動物的一種生理現象，在一定時期像睡眠那樣不食不動：冬眠｜蠶眠。
◆安眠 休眠 長眠 夏眠 催眠 催眠曲

眷 | juàn（絹）粵 gün³（絹） | ㄙ 兰 半 类 眷 眷
❶關心，懷念：眷念｜眷顧。❷愛慕：眷戀。❸親屬：家眷｜親眷｜眷屬。
【眷眷】❶常常想念的樣子。❷一心一意的樣子。

眯 | ㊀mī（米陰）粵 mei⁵（米） | ❶眼皮微微合上：他眯起眼睛看人。❷小睡。
㊁mǐ（米）粵 同㊀ | 塵土入眼，不能睜開看東西。

眶 | kuàng（礦）粵 hong¹（康） | ㄇ 目 肜 肜 眶 眶
眼睛的四周：眼眶｜熱淚滿眶。

眦 | zì（字）粵 ji⁶（字） | 眼眶子：目眦盡裂。

眺 | tiào（跳）粵 tiu³（跳） | ㄇ 目 目) 肜 眺 眺
遠望：眺望｜憑欄遠眺。

眾 | zhòng（重）粵 zung³（粽） | ㄇ 四 四 罕 罘 眾
❶多，跟「寡」相對：眾多｜眾人｜寡不敵眾。❷多數人：大眾｜群眾｜民眾。
【眾望】眾人的希望：不孚眾望；眾望所歸。
【眾口鑠金】比喻輿論勢力之大。
【眾口一詞】大家的說法一樣。
【眾目昭彰】大家都看得很清楚。
【眾目睽睽】大家張目注視。
【眾志成城】比喻同心協力，力量便無比強大。
【眾叛親離】眾人反對，親信背離。形容十分孤立。
【眾怒難犯】民眾的憤怒不可觸犯。
【眾寡懸殊】多和少相差很大。多用於雙方人數對比。
【眾擎易舉】大家齊心協力，事情就容易成功。
◆眾生 眾口一詞 眾矢之的 眾所周知 ◆公眾 出眾 萬眾 聽眾 觀眾 嘩眾取寵 大庭廣眾 烏合之眾 稠人廣眾

眵 | chī（吃）粵 qi¹（雌） | 眼裏分泌物凝結成的東西，俗稱「眼屎」。

眼 | yǎn（演）粵 ngan⁵（顏⁵） | ㄇ 目 目 肝 眼 眼
❶視覺器官，通稱「眼睛」。❷小洞，窟窿：泉眼｜炮眼。❸關節，關鍵所在：節骨眼。❹下圍棋稱中間無子的空白處。❺音樂的節拍：一板三眼｜有板有眼。❻量詞，用於井：三眼井。
【眼光】❶視線：觀眾的眼光都集中在球台上。❷見識：眼光遠大。
【眼界】❶眼力所能見到的範圍。❷見識的廣度：大開「眼界」。
【眼紅】❶眼睛生病發紅。❷羨慕而妒忌。❸激怒的樣子：仇人見面，分外眼紅。
【眼饞】看見自己喜愛的事物而極想得到。
【眼中釘】比喻心目中所最憎恨的人或事物。
【眼巴巴】❶殷切盼望的樣子。❷無可奈何的樣子：他眼巴巴看着老鷹把雞抓走了。
【眼鏡蛇】毒蛇。頸部有一對白邊黑心像眼睛的斑紋。吃小動物。產於印度和東南亞。中國廣東、福建都有。
【眼花繚亂】眼睛看到了紛繁複雜的事物而感到迷亂。
【眼明手快】看得準，動作敏捷。
◆眼尖 眼生 眼色 眼花 眼波 眼角 眼前 眼神 眼福 眼熟 眼睜睜 眼高手低 ◆心眼 白眼 冷眼 放眼 展眼 惹眼 順眼 睜眼 耀眼 望眼欲穿

眸 | móu（謀）粵 meo⁴（謀） | ㄇ 目 肝 肝 眸 眸
瞳人，黑眼珠：明眸皓齒。

七至八畫

着 | ㊀zhuó（灼）粵 zêg³（桌） | ㄙ 兰 羊 羊 着 着
穿衣：穿着｜着衣。
㊁同㊀粵 zêg⁶（桌⁶） | ❶接觸到：着地｜不着邊際。❷把注意力或力量放在某一物體上：着眼｜着手｜着想。❸附在別的物體上：着色｜着墨｜不着痕跡。❹事情的歸宿，結果：尋找無着。❺派遣：着人送去。❻下棋走子：着棋。
【着重】側重，強調：着重說明；着重指出。
【着落】❶下落：遺失的行李已經有了着落了。❷可以依

靠或指望的來源: 這筆經費仍無着落。

【着意】用心, 注意: 着意經營。

【着實】❶實在, 確實。❷言語或動作分量重, 力量大: 着實批評了他一頓。

◆着力　着花　着陸　着手成春　◆衣着　沈着　膠着　黏着　大處着眼

　㊁zháo(招陽)　❶感受, 受到: 着風｜着涼。❷燃燒,
　　粵 同㊀　　　也指燈發光: 着火｜路燈都着了。

❸接觸, 挨上: 上不着天, 下不着地。❹用在動詞後, 表示已經達到目的或有了結果: 打着了｜猜着了｜燈點着了。

【着忙】因時間緊迫而加快動作。

【着迷】對人或事物產生難以捨棄的愛好, 入迷。

【着急】焦急不安: 別着急。

【着慌】着急, 慌張。

◆着雨　着魔　◆歪打正着

　㊂zhāo(招)　❶比喻計策或手段: 失着｜三十六計,
　　粵 同㊀　　　走爲上着。❷放, 擱進去: 着點兒鹽。

❸表示同意的答詞: 這話着哇｜着, 就這麼辦!

【着數】也作「招數」。❶下棋的步子。❷武術的動作。

❸比喻手段, 計策。

　㊃zhe(遮輕)　助詞。❶表示動作的持續: 坐着｜他正
　　粵 同㊀　　　走着過來。❷表示狀態的持續: 大門敞

着｜茶几上放着一瓶花。❸用在動詞或形容詞後面, 表示祈使: 你聽着｜你要快着點。❹加上形容詞後, 表示程度深: 水深着呢｜辦法多着呢。❺加在某些動詞後, 使變成介詞: 順着｜朝着｜當着｜背着。

睇 dì(第)｜粵 tei²(體)｜眼睛稍稍斜着看: 凝睇。

睏 kùn(困)｜粵 kuen³(困)｜目 目丨 目刀 目因 睏
❶疲倦, 想要睡覺: 睏倦｜眼睏。❷睡眠: 睏覺｜睏醒。

睛 jīng(晶)｜粵 jing¹(晶)｜刀 目 目二 目生 睛 睛
眼珠: 目不轉睛｜畫龍點睛。

睹 dǔ(賭)｜粵 dou²(賭)｜目 目一 目耂 睹 睹 睹
看見: 目睹｜耳聞目睹｜先睹爲快: 以先看到(詩文)爲愉快。

◆睹物思人　睹物傷情　◆有目共睹　慘不忍睹

睦 mù(目)｜粵 mug⁶(目)｜目 目十 睦 睦 睦 睦
親愛和順: 和睦｜親睦｜睦鄰。

睚 yá(涯)｜粵 ngai⁴(涯)｜眼角。
【睚眦】瞪眼怒視: 睚眦之仇(指極小的仇恨)。

睞 lài(賴)｜粵 loi⁶(來⁶)｜目 目一 睞 睞 睞 睞
看, 斜看: 青睞(比喻賞識重視)。

睫 jié(捷)｜粵 jid⁶(捷)｜目 睫 睫 睫 睫 睫
上下眼皮邊上的細毛: 睫毛｜目不交睫｜迫在眉睫。

督 dū(都)｜粵 dug¹(篤)｜卜 上 卡 叔 督
❶監管, 察看: 督察｜督戰｜督率。❷責備: 督過｜督責。

❸指揮官: 監督｜都督｜總督。

【督促】監督和催促。

睬 cǎi(彩)｜粵 coi²(彩)｜目 目丿 睬 睬 睬 睬
理會, 過問: 不理不睬｜毫不理睬。

睜 zhēng(蒸)｜粵 zang¹(增)｜目 目生 睜 睜 睜 睜
張開眼看: 睜眼一看｜眼睛半睜半閉。

睢 suī(雖)｜粵 sêu¹(雖)｜瞪着眼睛向上看。
【睢縣】地名, 在河南省。

睥 bì(閉)｜粵 péi⁵(婢)｜目 目丿 睥 睥 睥 睥
斜着眼睛看人的樣子。

【睥睨】斜着眼睛看, 表示輕視或傲慢。

睨 nì(膩)｜粵 ngei⁶(魏⁶)｜目 目丿 睨 睨 睨 睨
見「睥睨」條。

九至十一畫

睡 shuì(稅)｜粵 sêu⁶(遂)｜目 目丿 睡 睡 睡 睡
閉目安息, 使大腦處於休息狀態: 睡覺｜睡眠｜酣睡。

睿 ruì(銳)｜粵 yêu⁶(銳)｜丨 卜 卢 虎 睿 睿
聰明, 通達, 看得深遠: 睿哲。

【睿智】絕頂聰明, 有遠見。

瞄 miáo(苗)｜粵 miu⁴(苗)｜目 目丿 瞄 瞄 瞄 瞄
注視: 遠遠地瞄着他。

【瞄準】用眼睛注視目標, 使發射或投射能命中目標。

瞅 chǒu(丑)｜粵 ceo²(丑)｜看, 瞧: 瞅着他, 讓我瞅一瞅。

睪 gāo(高)｜粵 gou¹(高)｜丿 四 里 睪 睪 睪
【睪丸】雄性生殖器官的一部分, 在陰囊裏面, 形狀像卵, 是製造精子的器官。也叫「精巢」或「外腎」。

睽 kuí(葵)｜粵 kuei⁴(葵)｜目 目丿 睽 睽 睽 睽
違背, 不合: 睽異。

【睽睽】睜大眼睛注視: 眾目睽睽。

瞀 mào(茂)｜粵 meo⁶(茂)｜❶眼睛看不清的樣子: 矇瞀。❷昏亂, 糊塗: 昏瞀｜愚瞀。

瞎 xiā(蝦)｜粵 hed⁶(核)｜❶盲眼, 看不見東西: 瞎子｜眼睛瞎了。❷胡亂, 沒有來由地: 瞎說｜瞎鬧｜瞎碰。

◆瞎扯　瞎吹　瞎話　瞎闖　瞎謅　瞎子摸象　◆盲人瞎馬　黑燈瞎火

瞇 mī(咪)｜粵 mei⁵(迷⁵)｜目 目丿 瞇 瞇 瞇 瞇
眼睛微微合上: 瞇一瞇眼｜在牀上瞇了一會兒。

瞑 míng(明)｜粵 ming⁴(明)｜目 目丿 瞑 瞑 瞑 瞑

閉眼: 死不瞑目。

瞌 kē(科) 粵 heb⁶(合) | 目 目⁻ 目⁺ 旿 晦 瞌
【瞌睡】坐着打盹兒。

瞞 mán(饅) 粵 mun⁴(門) | 旰 睄 睄 瞒 瞞 瞞
隱藏實情,不讓人知道: 瞞哄│隱瞞│實不相瞞。
【瞞天過海】用偽裝來瞞哄對方,偷偷地行動。

瞟 piǎo(殍) 粵 piu⁵(殍) | 目 目⁻ 眄 畎 睡 瞟
斜着眼很快地一看: 瞟了他一眼。

瞠 chēng(撑) 粵 cang¹(撑) | 目 目¹ 目⁴ 睄 睄 瞠
瞠着眼直看: 瞠目結舌│瞠目相看。
【瞠乎其後】比喻落後趕不上。

瞥 piē(撇) 粵 pid³(撇) | 丨 丷 尚 尚 敝 瞥
很快地大略看一下: 一瞥│瞥見。

十二畫以上

瞳 tóng(童) 粵 tung⁴(童) | 目 目⁻ 眝 暗 暗 瞳
【瞳人】瞳孔中有人像(就是看它的人的像),因此通稱「瞳人」,也作「瞳仁」。
【瞳孔】眼球中央的小孔,可以放大或縮小,用來調節外來光線的強弱。

瞰 kàn(勘) 粵 hem³(勘) | 目 旰 眫 眪 睡 瞰
俯視,從高處往下看: 俯瞰│鳥瞰。

瞭 ㊀liǎo(了) 粵 liu⁵(了) | 目 跃 睐 睔 瞭 瞭
清楚,明白: 明瞭。
【瞭如指掌】形容對事物了解得十分透徹。
㊁liào(料) 粵 liu⁴(僚) | 登高遠望: 瞭望。

瞶 guì(貴) 粵 kui³(潰) | 眼睛裏沒有瞳人。

瞬 shùn(舜) 粵 sên³(舜) | 目 目⁴ 睄 睄 睄 瞬
一眨眼,一轉眼,比喻極短的時間: 轉瞬│瞬間。
【瞬息】形容極短的時間: 瞬息萬變。

瞧 qiáo(樵) 粵 qiu⁴(樵) | 目 旪 昤 睚 睢 瞧
看: 瞧見│不要瞧不起人。

瞪 dèng(鄧) 粵 deng⁶(鄧) | 目 旰 旷 眵 睞 瞪
❶睜大眼睛直看,常表示生氣或憎恨: 瞪眼│瞪了他一眼。❷眼睛發愣: 目瞪口呆。

瞽 gǔ(鼓) 粵 gu²(鼓) | 士 吉 责 尌 鼓 瞽
眼瞎: 瞽者。

瞿 ㊀qú(渠) 粵 kêu⁴(渠) | 刀 目 明 瞿 瞿 瞿
姓。
㊁jù(句) 粵 gêu³(句) | 驚視的樣子: 瞿瞿。
【瞿然】以驚訝的眼光來看的樣子。

瞼 jiǎn(檢) 粵 gim²(檢) | 眼皮。

瞻 zhān(詹) 粵 jim¹(尖) | 目 目⁴ 睄 睄 瞻 瞻
向上或向前看: 瞻望│觀瞻│高瞻遠矚。
【瞻仰】恭敬地看。
【瞻念】往遠處想,往將來想: 瞻念前程。
【瞻前顧後】原形容做事謹慎,考慮周密,現多指顧慮過多,猶豫不決。

矇 ㊀méng(蒙) 粵 mung⁴(蒙) | 目⁴ 目⁴ 睄 矇 矇
【矇矓】疲倦想睡,眼睛半張半合的樣子。
㊁mēng(盟陰) 粵 同㊀ | ❶欺騙: 矇騙│不要說假話矇人。❷昏迷: 發矇│矇頭轉向│他們打球打矇了。❸胡亂猜測: 瞎矇│這回你矇對了。
【矇矇亮】東面天邊發白,天快亮的時候。

矍 jué(決) 粵 fog³(霍) | 驚惶四顧的樣子。
【矍鑠】形容老年人精神健旺。

矓 lóng(龍) 粵 lung⁴(龍) | 目 睄 睄 睄 矓 矓
見「矇矓」條。

矗 chù(畜) 粵 cug¹(畜) | 十 古 直 直 矗 矗
高聳直立: 矗立│高矗。

矚 zhǔ(主) 粵 zug¹(足) | 旷 旷 眤 睩 矚 矚
注視: 高瞻遠矚│舉世矚目。

矛部

矛 máo(茅) 粵 mao⁴(茅) | フ マ 予 矛
古代的一種兵器,在長桿的一端安着金屬尖頭: 長矛。
【矛盾】❶古代的兩種兵器。矛用來刺殺,盾用來抵擋。❷比喻語言行為前後牴觸: 自相矛盾。❸指事物內部間的依賴和衝突。
【矛頭】長矛的尖頭。比喻攻擊的方向。

矜 ㊀jīn(今) 粵 ging¹(京) | 予 矛 矜 矜 矜
❶憐憫,憐惜: 矜憫│矜惜。❷自尊自大,驕傲: 驕矜│自矜其功。❸莊重,拘謹: 矜矜│矜持。
【矜誇】驕傲自誇。
㊁qín(琴) 粵 同㊀ | 矛的柄。

矢部

矢 shǐ(始) 粵 qi²(始)

❶箭: 弓矢｜流矢｜矢不虛發。❷發誓: 矢志不移。❸同「屎」: 遺矢。

【矢口】一口咬定: 矢口否認。

【矢言】❶誓言。❷正直的言論。

◆衆矢之的　無的放矢

矣 yǐ(已) 粵 yi⁵(以)

文言語助詞。❶用在句末，表示完成或過去，跟「了」字相當: 由來久矣｜悔之晚矣｜大勢去矣。❷表示感歎語氣，跟「啊」字相當: 大矣哉｜甚矣，汝之不慧!

知 ㊀ zhī(支) 粵 ji¹(支)

❶曉得: 知道｜知曉｜深知。❷知識: 求知｜無知。❸識別: 知人善任。❹認識，了解: 相知｜知心｜知子莫若父。❺使知道: 知照｜通知｜告知。❻主管: 知事｜知縣｜知府。

【知了】蟬的別稱。

【知己】【知心】【知交】彼此了解而情誼深厚的朋友。

【知名】有名，聞名: 知名人士。

【知足】對已得到的或已達到的感到滿足。

【知音】❶懂音樂的人。❷知己。

【知會】口頭通知。

【知己知彼】明瞭自己，同時明瞭對方: 知己知彼，百戰不殆。

【知情達理】通人情，懂事理。

◆知覺　知人之明　知難而退　◆先知　良知　明知　情知　須知　感知　預知　獲知　自知之明　眞知灼見　一葉知秋　溫故知新　未卜先知

㊁ zhì(至) 粵 ji³(至) 同「智」。

矩 jǔ(舉) 粵 gêu²(舉)

❶法度，規則: 規矩｜循規蹈矩。❷畫方形的器具，是一種方尺: 矩尺。

【矩形】長方形。

短 duǎn(端上) 粵 dün²(段²)

❶長度小，空間和時間的距離小，跟「長」相反: 短刀｜短途｜短期。❷不足: 短少｜短缺｜這套書短了兩本。❸缺點，過失: 取長補短｜別揭人短處。

【短見】❶見識短淺。❷指自殺: 自尋短見。

【短促】時間短，急促。

【短小精悍】❶形容人個子矮小而精明能幹。❷形容文章、發言、文藝節目等簡短而精彩。

【短兵相接】原指作戰雙方用刀劍等短兵器搏鬥，現多比喻面對面地爭執的緊張情勢。

◆短欠　短命　短視　短評　短程　短語　短篇　短暫　◆氣短　揭短　縮短　簡短　護短　長吁短歎　三長兩短

矬 cuó(嵯) 粵 co⁴(鋤) 身材短小，矮。【矬子】身材短小的人。

矮 ǎi(藹) 粵 ei²(翳²)

❶身材不高: 矮子｜矮人｜他比你矮了半截。❷短，低: 矮樹｜矮櫈｜矮屋。

矯 jiǎo(繳) 粵 giu²(繳)

❶把彎曲的弄直，把錯誤的改正: 矯正｜痛矯前非。❷强壯，勇武: 矯健。❸假托: 矯命｜矯詔。❹高舉: 矯首而望。

【矯捷】矯健而敏捷。

【矯情】爲了標榜自己，故意違反常情，表示與衆不同。也指强詞奪理。

【矯枉過正】糾正錯誤超過了應有的限度。

【矯揉造作】故意造作，極不自然。

石部

石 ㊀ shí(實) 粵 ség⁶(碩)

❶構成地殼的堅硬物質，是由礦物集結而成的，地質學統稱「岩石」: 石頭｜石壁｜大理石。❷指石刻: 金石書畫。❸姓。

【石雕】在石頭上雕刻形象、花紋或用石頭雕刻成的作品。

【石沉大海】像石頭沈到大海裏一樣。比喻杳無音訊或不見蹤影。

【石器時代】指人類主要用石頭製作勞動工具、武器、器皿等的時代。按石器加工和利用的程度，又分舊石器時代和新石器時代。

◆石匠　石灰　石油　石柱　石筍　石膏　◆化石　玉石　界石　基石　頑石　寶石　礦石　鑽石　水落石出

㊁ dàn(擔) 粵 dam³(擔) 容量單位，十斗爲一石。

三至五畫

矽 xī(夕) 粵 jig⁶(夕)

「硅」的舊名。

矻 kū(枯) 粵 nged⁶(屹) 勤勉不息的樣子: 孜孜矻矻｜終日矻矻。

研 yán(言) 粵 yin⁴(言)

❶細磨: 研磨｜研墨｜研成細末。❷深入、仔細地探求: 鑽研｜研習。

【研究】❶探求事物的眞相、性質、規律等。❷對意見、問題的考慮或商討。

砉 xū(戌) 粵 wag⁶(或) 【砉然】皮骨相離的聲音。

砒 pī（丕）| 砷的舊稱，又叫「信石」，可供藥
粵 péi¹（丕）| 用，性極毒。
【砒霜】砒的化合物，極毒。

砌 qì（氣）| 厂 石 石 砌 砌 砌
粵 cei³（齊³）|
❶建築時堆疊磚石，用泥灰黏合:砌牆｜砌磚。❷台
階:雕欄玉砌。

砍 kǎn（坎）| 厂 石 石 砂 砂 砍
粵 hem²（坎）|
用刀斧等劈:砍伐｜砍柴。

砂 shā（沙）| 厂 石 石 砂 砂 砂
粵 sa¹（沙）|
❶細碎的石粒:砂石｜砂礫。❷像砂的東西:砂糖。❸通
「沙」:泥砂｜礦砂｜砂土。

砣 tuó（駝）| 秤錘或碾子上的碌碡:秤砣｜碾砣。
粵 to⁴（駝）|

砰 pēng（烹）| 厂 石 石 石 砰 砰 砰
粵 ping¹（拼）|
象聲詞。形容大的聲音:砰砰｜砰的一聲把門關上了。

砝 fǎ（法）| 厂 石 石 砝 砝 砝
粵 fad³（法）|
【砝碼】放在天平或磅秤的一端，用來稱物品重量的標準
器。

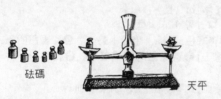

砝碼　　　　　天平

砸 zá（雜²）| 厂 石 石 砸 砸 砸
粵 zab³（匝）|
❶打壞，打破:砸碎｜碗砸破了。❷壓:車子砸死了兩隻
雞｜樹倒了，砸壞了一間房子。❸敲、搗:砸釘子｜砸蒜。
❹比喻事情做壞或失敗:這件事搞砸了。
【砸鍋】比喻辦事失敗。

砧 zhēn（針）| 厂 石 石 砧 砧 砧
粵 zem¹（針）|
❶搗衣服用的石頭:砧杵。❷切菜板:砧板。

砷 shēn（申）| 一種非金屬化學元素，符號As，
粵 sen¹（申）| 俗稱「砒」，是灰色的固體，有毒。

砭 biān（鞭）| 厂 石 石 砭 砭 砭
粵 bin¹（鞭）|
❶古代治病用石頭做的針。❷古代用石針刺肌膚治病。
引伸為指出人的錯誤，勸人改過:針砭。
【砭骨】直鑽到骨子裏，形容冷極或痛極:冷風砭骨。

砥 dǐ（底）| 厂 石 砥 砥 砥 砥
粵 dei²（底）|
細的磨刀石。
【砥柱】比喻獨立不撓，能鎮定一方:中流砥柱。
【砥礪】❶磨練:砥礪意志。❷勉勵:互相砥礪。

砲 pào（疱）| 兵器，古時用機射石，今用鋼鐵
粵 pao³（豹）| 造成，用火藥發射子彈:大砲｜迫
擊砲｜高射砲。

◆砲火　砲兵　砲艇　砲彈　砲聲　砲擊　砲轟

破 pò（迫）| 厂 石 石 矼 砂 破
粵 po³（坡³）|
❶碎、爛，不完整:破碎｜破衣｜破鏡重圓。❷分開，
劈開:破瓜｜一破兩半｜破整為零。❸使損壞:打破｜撕
破｜破門而入。❹揭穿:破案｜一語道破。❺花費，耗
費:破費｜破鈔。❻戰勝:破城｜破敵。❼解析文義:破
題｜破解。❽變通以往的規定:破例｜破格任用。❾失敗，
衰敗:破落｜家破人亡。
【破綻】衣服的裂口。比喻做事、寫文章或說話時出現的
漏洞。
【破曉】天剛剛亮。
【破天荒】比喻從來沒有過的。
【破涕為笑】在哭泣中忽然喜笑。形容轉悲為喜。
【破釜沈舟】比喻不留後路，下決心拼死一戰。
◆破戒　破財　破除　破裂　破敗　破損　破獲　破壞
破爛　◆攻破　突破　看破　殘破　說破　衝破　點破
擊破　爆破　識破　乘風破浪　勢如破竹

六至八畫

硌 gè（各）| 身體因接觸凸起的硬物而感覺難
粵 gog³（各）| 受或受到損傷:飯裏有粒大砂子，
硌得牙好痛。

硒 xī（西）| 非金屬化學元素，符號Se，色淡
粵 sei¹（西）| 紅，加熱後成青灰色，容易傳電，
工業上供玻璃、琺瑯等着色用。

硅 guī（圭）| 非金屬化學元素，符號Si，舊名
粵 guei¹（圭）| 「矽」。為褐色粉末或結晶，有
光澤，很堅硬，是製造玻璃及半導體的重要原料。

砦 zhài（寨）| ❶同「寨」:鹿砦。❷姓。
粵 zai⁶（寨）|

硃 zhū（朱）| 厂 石 石 砧 砧 硃
粵 ju¹（朱）|
【硃砂】水銀和硫磺的天然化合物，色鮮紅，可做顏料和
藥材。

硇 náo（撓）| 【硇砂】礦物名，即是氯化銨的天
粵 nao⁴（撓）| 然產物，白色結晶體，是醫藥及
工業用的原料。

硫 liú（流）| 厂 石 石 硫 硫 硫
粵 leo⁴（流）|
一種非金屬元素，符號S，俗稱「硫磺」。為黃色的固體，
容易燃燒，是製造火柴、火藥和硫酸的重要原料，也可
做藥。

硬 yìng（應）| 石 石 砨 硬 硬
粵 ngang⁶（我罌⁶）|
❶物質堅強，跟「軟」相反:堅硬｜硬石｜硬木。❷剛
強的，不屈服的:硬漢｜硬骨頭。❸堅決，不通融:強
硬｜硬碰硬。❹固執:硬幹｜硬撐｜死硬。❺不自然，
勉強:生硬｜生搬硬套。❻不得已:硬着心腸｜硬着頭皮。
❼能力強，質量好:硬手｜硬功夫｜貨色硬。
【硬化】物體由軟逐漸變硬:血管硬化。
【硬水】含有多量礦物質的天然水。
【硬性】不能改變的，不能通融的:硬性規定。

【硬朗】(老年人)身體強健。

【硬幣】金屬製的貨幣。

◆硬充　硬拼　硬度　硬挺　硬實　◆強硬　過硬　僵硬　嘴硬　軟硬兼施　生拉硬拽　欺軟怕硬

硝 xiāo（消）｜厂 石 石ノ 砂 硝 硝
粵 xiu¹（消）

【硝石】一種呈白色、透明的結晶體礦物，可製火藥、玻璃、硝酸等。

【硝酸】一種液體強酸，可製炸藥、化肥、染料等。俗稱「硝鏹水」。

硭 máng（忙）｜【硭硝】即純淨的「樸硝」，醫藥
粵 mong⁴（忙）｜上可以做瀉劑，工業上可供製玻璃用。

硯 yàn（彥）｜厂 石 石ノ 砚 硯 硯
粵 yin⁶（彥）

磨墨的器具：硯台｜紙筆墨硯。

碇 dìng（定）｜停船用的鐵錨或繫船用的石礅。
粵 ding³（定）

碗 wǎn（婉）｜厂 石 矿 砀 碗 碗
粵 wun²（腕）

盛食物和飲料的器皿：飯碗｜湯碗｜碗櫥。

碎 suì（歲）｜厂 石 砭 砶 碎 碎
粵 sêu³（歲）

❶破裂成細片：破碎｜粉碎｜碗摔碎了。❷零星，不完整：碎布｜碎塊｜瑣碎。❸說話嘮叨：嘴太碎｜閒言碎語。

【碎步】小而快的步子。也說「碎步子」。

◆碎末　碎片　心碎　玉碎　砸碎　細碎　零碎　撕碎　粉身碎骨　零打碎敲　支離破碎　雜零狗碎

碰 pèng（烹去）｜厂 石 石ノ 硞 碰 碰
粵 pung³（蓬³）

❶撞：頭碰在牆上起了個疙瘩。❷相遇：碰見｜我在街上碰到他。❸試探：碰運氣｜碰機會。

【碰巧】湊巧、恰巧：我正想找他，碰巧他來了。

【碰頭】見面，短時間的聚會。

【碰壁】比喻事情遇到阻礙或遭到拒絕做不下去。

【碰釘子】比喻遭到拒絕或受到斥責。

◆碰杯　碰一鼻子灰

碘 diǎn（典）｜厂 石 砠 砷 碘 碘
粵 din²（典）

非金屬化學元素，符號I。黑紫色片狀結晶體，有金屬光澤，可供醫藥、照像或染料等用。人體缺碘會引起甲狀腺腫大。

碓 duì（對）｜用石頭製成來舂米的器具：碓臼｜
粵 dêu³（對）｜碓房。

碑 bēi（卑）｜石 砂 砷 碑 碑 碑
粵 béi¹（卑）

豎立的，刻有文字作為紀念或標記的石頭：紀念碑｜里程碑。

【碑帖】把石碑上的文字揭印下來，作為字帖，供人作書法臨摹之用。也叫「法帖」。

【碑碣】泛指刻有文字的豎石，方頭的叫「碑」，圓頭的叫「碣」。

硼 péng（彭）｜石 石 砌 砌 硼 硼
粵 pang⁴（彭）

非金屬化學元素，符號B，有結晶與非結晶兩種形態。硼的主要化合物有硼砂、硼酸等，硼砂是製琺瑯、釉藥和玻璃的原料，也用作防腐劑，硼酸則在醫學上廣泛用作消毒防腐劑。

碉 diāo（刁）｜石 石 砌 硐 硐 碉
粵 diu¹（刁）

【碉堡】軍事防禦用的建築物。

碌 lù（麓）｜石 石ノ 砳 碌 碌 碌
粵 lug¹（麓）

❶繁忙：忙碌｜勞碌。❷平凡，沒有什麼作為：庸碌。

【碌碌】❶平庸，無能：庸庸碌碌；碌碌無為。❷形容辛苦繁忙的樣子：碌碌半生。

九至十一畫

碲 dì（帝）｜非金屬化學元素，符號Te，為白
粵 dei³（帝）｜色柱狀結晶體，容易傳熱傳電，供製陶瓷、玻璃等用。

磁 cí（詞）｜石 石ノ 砼 磁 磁 磁
粵 qi⁴（詞）

能吸引鐵、鎳、鈷等物質的特性：磁鐵｜磁石。

【磁針】製成針形的磁石，因兩端分指正南正北，所以常用作指南針。

碧 bì（璧）｜二 王 王 玝 珀 碧
粵 big¹（璧）

❶青綠色：碧綠｜碧藍｜碧空。❷青綠色的玉或美石。

【碧玉】❶青綠色的玉或美石。❷貧家的好女子：小家碧玉。

【碧血】比喻忠臣烈士的血：碧血丹心。

【碧油油】綠油油：碧油油的麥苗。

◆碧桃　碧蘿春　◆金碧輝煌

碴 chá（查）｜❶小碎塊：木碴兒｜玻璃碴兒。
粵 za¹（咱）｜❷東西上的破口：碗上有個破碴兒。

❸皮肉被碎片碰破：手讓玻璃碴破了。

碟 dié（蝶）｜石 石ノ 砝 碟 碟 碟
粵 dib⁶（蝶）

盛食物的小盤子：菜碟兒｜果碟兒。

碩 shuò（朔）｜石 石ノ 砀 砶 碩 碩
粵 ség⁶（石）

大：碩大。

【碩士】學位的一級。在博士之下，學士之上。

【碩果】比喻巨大的成績。

【碩大無朋】形容巨大無比。

【碩果僅存】比喻經過時間淘汰而留存下來的稀少可貴的人或物。

碭 dàng（蕩）｜【碭山】縣名，在江蘇省。
粵 dong⁶（蕩）

碣 jié（竭）｜一種圓頭的石：墓碣｜碑碣｜殘碣
粵 kid³（竭）｜斷碣。

碳 tàn（炭）｜石 石ノ 砃 砂 碳 碳
粵 tan³（炭）

非金屬化學元素，符號C。有機物裏含量最多，冶鐵煉鋼都需要碳。碳和它的化合物，在工業及醫藥上用途極廣。

磅　㊀|bàng（鎊）
　　|粵 bong⁶（鎊）

石ˊ 砂 砏 磅 磅

❶英美制重量單位，一磅合0.4536公斤。❷磅秤。❸把東西放在磅秤上稱重量:過磅｜磅體重。

　　㊁|páng（旁）
　　|粵 pong⁴（旁）

【磅礴】❶盛大:氣勢磅礴。❷充滿:磅礴於全世界。

磙　|gǔn（滾）
　　|粵 guen²（滾）

❶用石頭做成的圓柱形的碾軋器具:磙子。❷用磙子軋:磙地。

確　|què（榷）
　　|粵 kog³（涸）

石 矿 砂 碎 碎 確

❶堅定的:確信｜確認｜確定。❷符合事實的，真實的:確實｜的確｜千真萬確。

【確切】❶準確，恰當。❷確實。
【確立】穩固地建立或樹立。
【確鑿】非常確實:證據確鑿。
◆確保　確證　◆正確　明確　真確　準確　精確

磋　|cuō（搓）
　　|粵 co¹（初）

石 石ˇ 石ˇ 碎 碎 磋

❶研究，仔細商量:切磋。❷把象牙、玉石等磨製成器物。
【磋商】反覆商量研究。

碼　|mǎ（馬）
　　|粵 ma⁵（馬）

石ˊ 矿 砭 砑 碼 碼

❶記數目的符號:號碼｜明碼實價。❷指一類的事:一碼事。❸英美長度單位。一碼等於三英尺，合0.9144米。
【碼頭】❶停泊船隻的地方。❷商埠。

碼頭

磕　|kē（瞌）
　　|粵 heb⁶（合）

石 石ˇ 石ˇ 砝 磕 磕

❶碰，撞:磕破一塊皮。❷敲、打:磕煙袋。
【磕牙】❶閒談。❷談笑消閒。
【磕頭】叩頭。

磊　|lěi（壘）
　　|粵 lêu⁵（壘）

厂 石 尸 石 磊 磊

石多的樣子:山石磊磊。
【磊落】心地光明坦白:光明磊落。

磐　|pán（盤）
　　|粵 pun⁴（盤）

丿 扟 舟 般 般 磐

大石。
【磐石】厚而重的大石，比喻極穩固:安如磐石。

碾　|niǎn（攆）
　　|粵 jin²（展）

石ˊ 矿 砑 碾 碾 碾

❶把東西軋碎或壓平的器具:碾子｜石碾。❷用碾子軋壓:碾米。

磨　㊀|mó（磨）
　　|粵 mo⁴（磨）

亠 广 庐 麻 摩 磨

❶摩擦使光滑或銳利:磨光｜磨刀。❷練習，研究:琢磨｜研磨。❸消滅，消失:磨滅。❹拖延，耗時間:磨嘴｜磨洋工。❺糾纏，折磨:他被這場病磨得改了樣子。❻波折，阻礙:好事多磨。

【磨滅】消失，損滅。
【磨練】長時間地鍛煉。
【磨蹭】動作遲緩:還磨蹭什麼，快走吧!
【磨難】在困苦的境遇中遭受折磨。
◆磨損　磨墨　磨嘴　磨杵成針　◆打磨　耐磨　消磨

　　㊁|mò（末）
　　|粵 同㊀

❶用來碾碎穀物的器具:石磨。❷用石磨碾東西:磨麪｜磨豆腐。

磧　|qì（氣）
　　|粵 jig¹（積）

淺水中露出的沙堆。

磬　|qìng（慶）
　　|粵 hing³（慶）

吉 吉 声 殸 殸 磬

❶古代用玉石做成的曲尺形樂器。❷佛寺中銅製的鉢狀樂器。

磡　|kàn（看）
　　|粵 hem³（瞰）

❶山崖。❷地名用字:紅磡｜赤磡。

磚　|zhuān（專）
　　|粵 jun¹（專）

石 石ˊ 石 砷 碩 磚

用土燒成的建築材料:紅磚｜磚瓦｜磚頭。

磣　|chěn
　　|粵 cem²（謓）

❶食物中夾雜着砂子，嚼起來不舒服:牙磣。❷醜，難看，失面子:寒磣。

十二畫以上

磷　|lín（鄰）
　　|粵 lên⁴（鄰）

石ˇ 砏 碄 磷 磷 磷

非金屬化學元素，符號P。有黃磷、赤磷。供製火藥、火柴、肥料及藥品等。磷是植物營養的重要成分之一。

礅　|dūn（敦）
　　|粵 dên¹（敦）

厚而粗大的石頭:石礅。

礦　|huáng（黃）
　　|粵 wong⁴（黃）

石 砫 碏 磺 磺 磺

見「硫」字。

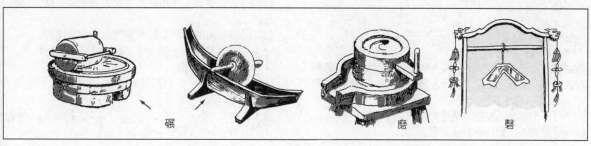

碾　　　　　磨　　磬

礁 jiāo（焦）／粵 jiu¹（焦）｜石 石 砂 砂 碓 礁

江河或海洋中隱現水面的岩石:暗礁｜觸礁。

磴 dèng（櫈）／粵 deng³（櫈）｜石 石 矴 矴 磴 磴

山岩上的石級:石磴。

磯 jī（機）／粵 géi¹（機）｜石 磁 磁 磯 磯 磯

水邊突出的岩石或石灘:采石磯｜燕子磯。

礌 léi（雷）／粵 lêu⁶（淚）｜古代作戰時由高處向下推下石頭打擊敵人:礌石。

礎 chǔ（楚）／粵 co²（楚）｜石 石林 碏 碏 礎 礎

❶柱腳石:礎石｜柱礎。❷比喻事情的基底或根據:基礎。

礙 ài（愛）／粵 ngoi⁶（外）｜石 石 碍 磚 磚 礙

❶阻擋:阻礙｜障礙。❷妨害:妨礙｜有礙觀瞻｜礙手礙腳。

【礙口】怕難為情或礙於情面而不便說出。

【礙事】有妨礙:這點小病不礙事。

【礙眼】看起來不順眼。

【礙面子】怕傷情面。

礦 kuàng（曠）／粵 kong³（曠）｜石 矿 矿 礦 礦 礦

❶蘊藏在地層裏有待採掘的自然物質:礦石｜油礦｜金礦。❷開採礦物的場所:礦林｜礦場｜礦山。

【礦泉】含有多種礦物質的泉水。

【礦藏】埋藏在地層裏的各種礦物的總稱。

礬 fán（凡）／粵 fan⁴（凡）｜木 村 枝 樊 樊 礬

含水複鹽的一類，是某些金屬硫酸鹽的結晶，最常見的有明礬（也叫「白礬」）、綠礬等，在工業上用途很廣。

礪 lì（利）／粵 lei⁶（厲）｜石 矿 矿 碏 礪 礪

❶粗磨刀石。❷磨刀，使鋒利:磨礪。

礫 lì（利）／粵 lig¹（力¹）｜石 矿 碑 碟 礫 礫

碎石子:砂礫｜瓦礫。

礱 lóng（龍）／粵 lung⁴（龍）｜❶磨去穀殼的農具。❷用礱磨穀去殼:礱穀。

礴 bó（薄）／粵 bog⁶（薄）｜見「磅礴」條。

示部

示 shì（事）／粵 xi⁶（事）｜一 二 亍 示 示

❶表明，拿出來給人看:示威｜顯示｜出示證件。❷使別人知道:告示｜指示｜曉示。❸要求對方回覆的敬辭:示知｜示覆｜請示。

【示衆】給大家看。特指當衆懲罰犯人。

【示意】用表情、動作等表達意思。

【示範】做出範例供大家學習。

◆示例 示弱 示意 ◆批示 表示 宣示 啟示 提示 揭示 暗示 預示 不甘示弱 安民告示

三至五畫

社 shè（舍）／粵 sé⁵（些⁵）｜丶 亍 礻 礻 礻 社

❶有組織的團體:學社｜合作社｜集會結社。❷古代指土神和祭土神的地方。

【社交】指在社會上的交際應酬。

【社會】❶泛指人羣。❷指同一階層的羣體:上層社會。

【社稷】社，指土神; 稷，指穀神。古代君主都祭社稷，後來就用「社稷」來代表國家。

◆社團 社會生活 社會科學 社會問題 社會意識
◆旅社 報社

祀 sì（寺）／粵 ji⁶（寺）｜丶 礻 礻 礻 礻 祀

祭:祭祀｜祀祖｜祀典。

祁 qí（祈）／粵 kéi⁴（祈）｜丶 亍 礻 礻 礻 祁

姓。

祆 xiān（仙）／粵 hin¹（軒）｜丶 亍 礻 礻 祆 祆

【祆教】波斯的一種拜火教，唐時傳入中國，又名「火祆教」。

祉 zhī（止）／粵 ji²（止）｜亍 礻 礻 礻 礻 祉

幸福:台祉｜福祉。

祈 qí（其）／粵 kéi⁴（其）｜丶 亍 礻 礻 祈 祈

❶向神求福:祈福。❷請求:祈求｜祈雨｜敬祈光臨。

【祈望】希望，盼望。

【祈禱】信宗教的人向神默告自己的願望。

祇 ㊀ qí（其）／粵 kéi⁴（其）｜丶 亍 礻 礻 祇 祇

古代稱地神，也泛稱神:地祇｜神祇。

　㊁ zhī（止）／粵 ji²（止）｜但，只:祇求成功。

祕 mì（密）／粵 béi³（泌）｜丶 亍 礻 礿 祕 祕

❶不公開的，不讓人知道的:祕密｜隱祕｜祕而不宣。❷不易測知的:奧祕｜詭祕｜神祕。❸難得一見的珍藏:祕本｜祕籍。

【祕方】不公開的藥方。

【祕書】掌管文書工作和協助主管人員處理日常工作的人員。

【祕訣】不公開的解決問題的竅門、辦法或捷徑。

祛 qū（驅）／粵 kêu¹（驅）｜除去，驅逐:祛疑｜祛病延年。

祜 hù（戶）／粵 wu²（滸）｜福:受天之祜。

祐 yòu（右）／粵 yeo⁶（右）｜丶 礻 礻 礻 礻 祐

迷信的人說求神明護助: 保祐｜庇祐。

祓 | fú (拂)
粵 fed¹ (忽) | 古代祭神求福消災。

祖 | zǔ (組)
粵 zou² (組) | ㇇ ㇂ 礻 衤 衵 袓 祖

❶父親的上一輩: 祖父｜祖母。❷先代: 祖宗｜遠祖｜光宗耀祖。❸事業、宗教流派的創始人: 鼻祖｜佛祖｜開山祖師。❹效法，沿襲: 祖法｜祖述。
【祖先】一個民族或家族的先輩。
【祖傳】祖宗傳流下來的。
【祖籍】原籍，指祖宗所居住的地方。
◆祖孫　祖國　祖產　祖業　祖墳　祖輩　◆始祖　祭祖　數典忘祖

神 | shén (身陽)
粵 sen⁴ (辰) | ㇇ ㇂ 礻 衵 祖 神

❶宗教裏指天地萬物的創造者和主宰者: 神靈｜神明｜神仙。❷精力: 精神｜費神｜聚精會神。❸氣色，情態: 神色｜神態。❹玄妙的，不可思議的: 神奇｜神祕｜神出鬼沒。❺注意力: 留神｜失神｜全神貫注。❻不一般的，特別高超的: 神童｜神醫｜神效。
【神父】天主教的傳教士。
【神州】古代稱中國為「赤縣神州」，後用「神州」作中國的別稱。
【神采】人的精神和氣色: 神采奕奕。
【神往】內心嚮往: 桂林的山水令人神往。
【神氣】❶面部顯露的表情。❷指精神飽滿: 他穿上這套衣服顯得挺神氣的。❸驕傲得意的樣子: 神氣十足。
【神馳】思想上嚮往。形容思念迫切。
【神話】有關神靈魔怪的傳說。
【神經】神經纖維的簡稱。
【神聖】極其崇高而莊嚴的: 神聖不可侵犯。
【神出鬼沒】出沒無常，不可捉摸。
【神機妙算】驚人的機智，巧妙的謀劃。形容有預見，計謀高明。
◆神志　神妙　神怪　神速　神遊　神乎其神　神通廣大　◆心神　出神　安神　勞神　提神　愛神　傳神　心曠神怡　貌合神離　料事如神

祝 | zhù (築)
粵 zug¹ (築) | ㇇ ㇂ 礻 衵 祝 祝

❶頌賀，表示良好的願望: 祝壽｜祝賀｜祝你一帆風順。❷祈禱: 祝願。❸姓。
【祝捷】慶祝或祝賀勝利。
【祝福】❶祝人平安幸福。❷祈求神明賜福。

祟 | suì (碎)
粵 sêu⁶ (遂) | ㇄ 山 屮 出 出 祟

❶迷信人指鬼神帶給人的災禍。❷比喻暗中破壞: 從中作祟。❸比喻作事不光明: 行動鬼祟｜鬼鬼祟祟。
⊗跟「崇」不同。

祇 | zhī (知)
粵 ji¹ (知) | ㇇ ㇂ 礻 衹 衹 祇

恭敬的: 祇候光臨｜祇請大安。

祠 | cí (詞)
粵 qi⁴ (詞) | ㇇ ㇂ 礻 衵 衵 祠

❶供奉祖宗的房屋: 祠堂｜宗祠｜家祠。❷供奉鬼神或

有功德人的廟宇: 土地祠｜先賢祠｜武侯祠。

祚 | zuò (做)
粵 zou⁶ (做) | ㇇ ㇂ 礻 衵 祚 祚

福。

六畫以上

祥 | xiáng (詳)
粵 cêng⁴ (詳) | ㇇ ㇂ 礻 衵 衵 祥

吉利的: 祥瑞｜吉祥｜不祥。

票 | piào (漂)
粵 piu³ (漂) | 一 覀 西 西 覀 票

❶紙幣: 鈔票。❷一種憑證: 車票｜支票｜郵票。❸匪徒稱被綁架勒贖的人。

祧 | tiāo (挑)
粵 tiu¹ (挑) | ❶古代祭遠祖的廟: 宗祧。❷指繼承先代: 承祧。

祭 | ㊀ jì (際)
粵 zei³ (際) | ㇀ ㇇ 夕 㸲 癶 祭

❶悼念死者的儀式: 祭祖｜喪祭。❷供奉鬼神的儀式: 祭祀｜祭神｜祭天。
◆祭掃　祭奠　祭壇　祭禮　◆公祭　哀祭　國祭
㊁ zhài (債)
粵 zai³ (債) | 姓。

祺 | qí (其)
粵 kéi⁴ (其) | ㇇ ㇂ 礻 衵 祺 祺

❶吉祥: 禎祺。❷安泰，無憂慮: 敬祝春祺｜謹祝近祺。

禁 | ㊀ jìn (盡)
粵 gem³ (噤) | 一 十 木 林 埜 禁

❶制止: 禁止｜禁煙｜嚴禁攀折花木。❷拘押: 囚禁｜監禁。❸避忌: 禁忌｜犯禁｜入國問禁。❹從前稱帝王居住的地方: 宮禁｜紫禁城。
【禁軍】古代稱保衞京城或宮廷的軍隊。
【禁錮】❶監禁。❷封閉。❸束縛，限制。
◆禁令　禁地　禁阻　禁煙　◆查禁　軟禁　解禁　違禁　百無禁忌　情不自禁
㊁ jīn (今)
粵 kem¹ (襟) | ❶經受得，耐得: 禁穿｜禁用｜弱不禁風。❷忍得住: 不禁｜忍俊不禁。

祿 | lù (錄)
粵 lug⁶ (錄) | 礻 衵 衵 祙 祿 祿

❶古代稱官吏的俸給: 俸祿｜高官厚祿。❷福，善: 受祿於天。

禊 | xì (系)
粵 hei⁶ (系) | 古人在春秋兩季到水邊祓除妖邪和不祥的祭禮。

福 | fú (幅)
粵 fug¹ (幅) | 礻 衵 衵 福 福 福

❶生活快樂，身體健康，百事吉利，跟「禍」相反: 幸福｜享福｜福氣。❷好的，吉利的: 福地｜福相。❸幸運的: 福將。
【福星】象徵給人帶來幸福、希望的人或事物。
【福至心靈】運氣來了，心也顯得靈巧了。
【福如東海】祝賀語。說人福氣像東海一樣廣大而不枯竭。
◆福分　福利　福氣　◆口福　洪福　託福　祝福　眼福　造福　作威作福

禎 zhēn (貞)｜粵 jing¹ (貞)　示 礻礻礻禎禎
吉祥: 禎祥。

禍 huò (貨)｜粵 wo³ (華賀)　示 礻礻礻禍禍
❶災難，災殃，跟「福」相反: 禍患｜災禍｜橫禍。
❷損害，為害: 禍國殃民。
【禍心】作惡的念頭，壞心眼。
【禍水】比喻引起禍患的惡勢力。
【禍首】造成禍害或犯罪的首要分子: 罪魁禍首。
【禍不單行】不幸的事接二連三地發生。
【禍起蕭牆】比喻禍患產生於家庭或內部。
◆ 禍及　禍殃　禍害　禍根　禍亂　◆ 人禍　車禍　戰禍　闖禍　嫁禍於人　包藏禍心　天災人禍　幸災樂禍

禡 mà (罵)｜粵 ma³ (罵³)　古代在軍隊駐紮的地方舉行祭禮。

禦 yù (預)｜粵 yu⁶ (預)　彳 徍 徉 御 御 禦
抵抗: 禦敵｜禦侮｜禦寒。

禧 xǐ (喜)｜粵 héi¹ (希)　示 礻禧禧禧禧
吉祥，福: 年禧｜恭賀新禧。

禪 ㊀ chán (蟬)｜粵 xim⁴ (蟬)　示 礻禪禪禪禪
❶ 佛教指靜坐默念: 坐禪。❷泛指與佛教有關的事物: 禪林｜禪師｜禪宗。
㊁ shàn (善)｜粵 xin⁶ (善)　帝王讓位給別人: 禪讓｜禪位。

禮 lǐ (體)｜粵 lei⁵ (體)　示 礻神神禮禮
❶由風俗習慣形成的一種莊嚴的或表示敬意的儀式: 禮儀｜典禮｜婚禮。❷表示敬意的言語或動作: 禮貌｜禮讓｜敬禮。❸表示敬意的贈品: 禮物｜送禮｜厚禮。
【禮花】節日或慶典時放的煙火。
【禮拜】❶星期: 開學已兩個禮拜了。❷星期日。❸宗教指向神靈行禮。
【禮遇】尊敬的有禮貌的待遇: 受到隆重的禮遇。
【禮節】表示尊敬、祝賀、哀悼之類的各種慣用形式，如敬禮、握手、送花圈等。
【禮尚往來】禮節上講究有來有往。
【禮賢下士】降低身分去敬重和結交比自己地位低下的有才德的人。
◆ 禮金　禮服　禮品　禮教　◆ 巡禮　非禮　受禮　洗禮　無禮　賀禮　賠禮　還禮　謝禮　獻禮　觀禮　分庭抗禮

禰 mí (迷)｜粵 néi⁴ (尼)　姓。

禱 dǎo (島)｜粵 tou² (討)　示 礻禕禱禱禱
教徒向天、神求福: 祈禱｜禱告。

禳 ráng (攘陽)｜粵 yêng⁴ (羊)　迷信人向鬼神祈禱消除災殃舉行的祭禮: 祈禳｜禳災。

内部

禹 yǔ (雨)｜粵 yu⁵ (雨)　丿 𠂤 𠂤 禹 禹 禹
夏朝開國帝王的名字，曾治平洪水。

禺 yú (愚)｜粵 yu⁴ (如)　古書上說的一種猴。

禽 qín (琴)｜粵 kem⁴ (琴)　亼 今 今 禽 禽 禽
鳥類的總稱: 家禽｜飛禽走獸。
【禽獸】❶鳥類和獸類。❷比喻行為卑劣的人。

萬 wàn (腕)｜粵 man⁶ (慢)　丶 艹 苗 莒 萬 萬
❶數目字，千的十倍: 一萬｜十萬。❷比喻很多: 萬難｜萬水千山。❸極，很，絕對: 萬全｜萬不得已｜千萬記住。❹各種各樣，一切: 萬物｜萬事大吉。❺姓。
【萬一】❶萬分之一。❷意外，極小的可能性: 以防萬一。
【萬古】千秋萬代，永遠: 萬古流芳。
【萬全】非常周密穩妥，非常安全。
【萬象】宇宙間萬物的景象。
【萬貫】一萬貫銅錢。形容錢財很多: 萬貫家財。
【萬端】頭緒極多而紛繁。
【萬機】指當政首腦處理的各種政務: 日理萬機。
【萬籟】自然界的一切聲音。
【萬有引力】宇宙間一切物體互相吸引的力。
【萬里長城】中國古代偉大的建築工程。西起甘肅的嘉峪關，東至河北省的山海關，全長6,700公里。秦始皇命蒙恬監督建築，以禦匈奴。
【萬紫千紅】形容百花盛開，色彩豔麗。也比喻事物豐富多彩。
【萬眾一心】形容團結一致。
◆萬丈　萬世　萬死　萬幸　萬狀　萬般　萬能　萬惡　萬人空巷　萬劫不復　萬馬奔騰　◆一本萬利　千軍萬馬　包羅萬象　光芒萬丈　氣象萬千　雷霆萬鈞　瞬息萬變

禾部

禾 hé (和)｜粵 wo⁴ (和)　丿 二 千 禾 禾
❶穀類植物的總稱: 田禾｜禾苗。❷指稻子: 嘉禾。❸古代特指粟。

二至五畫

秃 tū (突)｜粵 tug¹ (拖屋)　丿 二 禾 禾 秃 秃
❶沒有頭髮或羽毛: 秃頂｜秃尾巴。❷樹木沒有枝葉，山上沒有樹木: 秃樹｜荒山秃嶺。❸物體失去尖端: 秃

筆丨禿針。

秋聲 指秋天的風聲、落葉聲、蟲鳥聲等。

秋老虎 指立秋後仍然炎熱的天氣。

秋毫無犯 形容軍隊紀律嚴明，絲毫不侵犯百姓的利益。

◆秋分 秋令 秋收 秋色 秋季 秋風 秋涼 秋景 秋播 秋高氣爽 ◆中秋 初秋 春秋 深秋 平分秋色 春華秋實 一葉知秋 各有千秋

私 sī (思) 粵 xi¹ (思) ｜ノ 二 千 禾 禾 私 私

❶個人的: 私信丨私事丨私生活。❷利己的，跟「公」相對: 自私丨營私舞弊。❸秘密的，不公開的: 私藏丨私通丨竊竊私語。❹不合法的，不正當的: 私貨丨私刑。❺屬於個人的: 私立學校丨私營商店。

【私交】 私人之間的交情。

【私衷】 內心的真實想法。

【私憤】 個人的怨恨。

【私囊】 私人的錢袋。

◆私仇 私有 私見 私訪 私情 私塾 私慾 私黨
◆公私 走私 無私 緝私 公而忘私 假公濟私 鐵面無私

秕 bǐ (比) 粵 béi² (比) ｜ 子實不飽滿: 秕子丨糠秕。

秒 miǎo (渺) 粵 miu⁵ (渺) ｜ノ 二 千 禾 利 秒 秒

❶通常計算時間的最小單位，六十秒等於一分。❷圓周的計算單位，六十秒爲一分，六十分爲一度。

秘 同「祕」。

秀 xiù (繡) 粵 seo³ (繡) ｜ノ 千 禾 禾 秀 秀

❶美麗: 秀麗丨秀美丨眉清目秀。❷特別優異的: 優秀丨後起之秀。❸聰明，文雅: 秀雅丨俊秀丨內秀。❹植物吐穗開花: 穀秀丨秀穗。

【秀才】 ❶泛指讀書人。❷科舉時代考入縣學的人。

【秀氣】 ❶清秀: 這孩子長得挺秀氣; 他的字寫得很秀氣。❷言談舉止文雅。❸器物小巧輕靈。

◆娟秀 閨秀 山明水秀 山清水秀

秤 chèng (撐去) 粵 qing³ (清³) ｜ 二 禾 利 秤 秤 秤
用來衡量物體輕重的器具: 磅秤丨桿秤丨秤平斗滿。

秈 xiān (仙) 粵 xin¹ (仙) ｜ 早熟而沒有黏性的稻米: 秈米。

秦 qín (勤) 粵 cên⁴ (巡) ｜三 声 夫 表 奉 秦

❶周代諸侯國名，在今陝西中部和甘肅東部，爲戰國七雄之一。❷朝代名。公元前221年，嬴政併吞六國，統一中國，建立秦朝。公元前206年爲漢所滅。❸陝西省的別稱。❹姓。

秉 bǐng (丙) 粵 bing² (丙) ｜ 二 与 与 与 秉 秉

❶拿着，握着: 秉筆丨秉燭夜遊。❷掌握，主持: 秉政。

【秉公】 主持公道: 秉公辦事。

【秉性】 天性，性格。

【秉承】 承受，接受(旨意或命令)。

秣 mò (抹) 粵 mud³ (抹) ｜ 二 禾 利 秂 秣 秣

❶馬的飼料: 糧秣。❷餵馬: 秣馬。

【秣馬厲兵】 餵飽馬，磨快兵器，準備作戰。也說「厲兵秣馬」。

科 kē (蝌) 粵 fo¹ (蝌) ｜ 二 千 禾 秂 科 科

❶學術或業務的類別: 文科丨理科丨牙科。❷動植物的分類: 有蹄科丨薔薇科。❸機關裏分職辦事的部門: 會計科丨公關科。❹從前指徵稅或判刑: 科稅丨科刑。❺戲劇中演員的動作表情: 科白丨插科打諢。

【科班】 ❶從前招收兒童學戲的戲班。❷比喻正規的教育或訓練: 科班出身。

【科舉】 從隋唐到清末分科考選文武官吏後備人員的制度。

【科學】 ❶泛指有系統、有關聯的各種知識。❷指合乎科學的: 這種做法很科學。

秫 shú (熟) 粵 sêd⁶ (述) ｜ 有黏性的高粱，可以釀酒: 秫米丨秫稭。

租 zū (足陰) 粵 zou¹ (遭) ｜ 二 千 禾 利 和 租 租

❶把東西給人暫用，收取代價: 出租丨租借。❷出代價暫用別人的東西: 租車丨租房。❸東西給人暫用所收的代價: 房租丨收租丨租金。❹田賦: 租稅丨田租。

秧 yāng (央) 粵 yêng¹ (央) ｜ 二 禾 和 和 秧 秧

❶禾苗: 插秧。❷可以移栽的植物幼苗: 樹秧丨葵秧子。❸某些植物的莖: 白薯秧。❹初生的小動物: 魚秧。❺栽培，畜養: 秧了幾盆花丨秧了一池魚。

秩 zhì (帙) 粵 did⁶ (帙) ｜ 二 禾 利 秒 秩 秩
條理，次序: 秩序。

◆科目 科技 科普 科教片 ◆分科 本科 外科 眼科 專科 百科全書 金科玉律 照本宣科

秋 qiū (丘) 粵 ceo¹ (抽) ｜ 二 千 禾 利 秒 秋

❶一年四季中的第三季，從立秋起至立冬止。❷莊稼成熟的時期: 大秋丨麥秋丨秋成。❸年: 千秋萬代丨一日不見如三秋。❹特指某個時期: 多事之秋丨危急存亡之秋。❺姓。

【秋千】 同「鞦韆」。

【秋波】 形容女子的眼睛清如秋水。

【秋毫】 比喻細微的事物: 明察秋毫。

秭 zǐ (子) 粵 ji² (子) ｜ 古時數目名。一萬億叫「秭」。【秭歸】縣名，在湖北省。

六至八畫

移 yí (宜) 粵 yi⁴ (宜) ｜ 千 禾 利 秒 移 移

❶搬動: 移動丨移植丨遷移。❷改變，動搖: 潛移默化丨立志不移。

【移花接木】 ❶指嫁接花草樹木。❷比喻施手段，暗中更換人或事物。

【移風易俗】改變舊的風俗習慣。
◆移用　移民　移交　移位　移居　移山填海　◆推移　轉移　星移斗轉　寸步難移　物換星移

稅 shuì（睡）｜粵 sêu³（歲）　｜二 禾 利 稆 秒 稅
國家向人民徵收其收入的一部分以供國用:地稅｜繳稅｜營業稅。
◆稅收　稅務　稅款　◆完稅　免稅　納稅　漏稅　關稅　苛捐雜稅

稂 láng（狼）｜粵 long⁴（狼）　稻麥田裏害苗的雜草:稂莠。

秡 jī（基）｜粵 kei¹（溪）　姓。

稍 ㊀ shāo（燒）｜粵 sao²（哨²）　｜二 禾 利 秒 稍 稍
略微:稍微｜稍許｜稍有進步。
㊁ shào（哨）【稍息】軍隊或體操的口令,令從立正姿勢變爲休息的姿勢。｜粵 同㊀

稈 gǎn（趕）｜粵 gon²（趕）　｜二 禾 和 利 程 稈
稻麥等植物的莖:麥稈｜稻稈｜高粱稈。

程 chéng（呈）｜粵 qing⁴（呈）　｜二 禾 和 和 程 程 程
❶規則,法式:規程｜章程。❷事情進行的步驟、順序:過程｜流程｜療程。❸道路的段落:路程｜旅程。❹一段時間:日程。❺度量,計量:計日程功(可以數着日子算功效。形容進展快,在較短的期間內就能成功)。❻姓。
【程序】事情進行的先後次序:工作程序。
【程度】知識、能力等方面的水平:文化程度。
◆程式　◆行程　里程　征程　起程　兼程　啟程　登程　歷程　議程

稀 xī（希）｜粵 héi¹（希）　｜二 千 和 秎 秎 稀 稀
❶疏,不密:稀疏｜地廣人稀。❷少,不多:稀少｜稀有金屬。❸含水多,濃度小,跟「稠」相對:稀薄｜稀飯｜稀粥。❹形容極爛、極鬆:稀爛｜稀鬆。
【稀罕】也作「希罕」。❶少有,稀奇。❷喜愛,珍惜:這玩意兒我們並不稀罕。
【稀奇】也說「希奇」:稀少而新奇。
【稀客】不常來的客人。
【稀朗】燈火、星光等稀疏而明朗。
【稀釋】在溶液中再加入溶劑,使溶液的濃度變小。

稟 bǐng（秉）｜粵 ben²（品）　｜亠 卉 亩 靣 稟 稟
❶受命:稟承。❷對尊長的報告:稟告｜稟報。❸指人的本性、體魄、資質等:稟性溫柔。
【稟賦】人的體魄、智力等方面的素質。

稜 léng（楞）｜粵 ling⁴（零）　｜禾 杜 秱 秮 秱 稜
物體表面的條狀突起:稜角｜見稜見角。

稞 kē（顆）｜粵 fo¹（科）　一種麥名,通稱「青稞」,產於中國西南各省高寒的地方,可作食品或釀酒。

稚 zhì（治）｜粵 ji⁶（治）　｜二 禾 利 秲 稚 稚
❶幼小:稚童｜稚子｜幼稚園。❷像小孩一樣未成熟的:幼稚｜幼稚病。
【稚氣】孩子氣。

稗 bài（敗）｜粵 bei⁶（幣）　❶粟類的草,長在稻田或陰濕的地方,葉子像稻,結實像黍,供家畜飼料用。❷比喻微小的,非正式的:稗官｜稗史。

稔 rěn（忍）｜粵 nem⁵（拿妗）　｜禾 秒 衿 稔 稔
❶莊稼成熟:稔熟｜豐稔｜歲稔。❷熟悉:稔悉｜稔知。

稠 chóu（酬）｜粵 ceo⁴（酬）　｜二 禾 利 稠 稠 稠
❶多而密:稠密｜稠人廣眾。❷濃,厚,跟「稀」相對:粥很稠｜墨研得稠些。

九至十畫

稭 jiē（皆）｜粵 gai¹（皆）　農作物脫粒後的莖:麥稭｜芝麻稭。

稱 ㊀ chēng（撐）｜粵 qing¹（青）　｜禾 秎 稍 稱 稱
❶叫,叫做:稱呼｜稱爲｜自稱。❷說:稱謝｜據稱｜人人稱便。❸讚揚:稱頌｜稱讚。❹名號:名稱｜簡稱｜號稱。❺自居:稱王稱霸。
【稱快】表示快意:拍手稱快。
【稱羨】稱讚羨慕。
【稱雄】憑藉武力或特殊勢力統治一方。
【稱道】述說,稱讚:值得稱道。
【稱謂】表示身分、職業、地位的稱呼。
◆妄稱　泛稱　別稱　宣稱　美稱　尊稱　堪稱　詭稱　號稱　愛稱　交口稱譽　拍手稱快
㊁ 同㊀｜粵 qing³（秤）　測定重量:把這包米稱一稱。
㊂ chèn（趁）❶合意,滿意:稱心｜稱意。❷適合,相當:稱身｜稱職｜相稱。｜粵 同㊀
◆稱心如意　稱體裁衣　◆勻稱　對稱
㊃ chèng（撐去）同「秤」。｜粵 同㊀

種 ㊀ zhǒng（腫）｜粵 zung²（腫）　｜禾 秎 稻 種 種
❶植物的籽粒:種子｜稻種。❷人類的族類:黃種｜白種｜黑種。❸事物的類別,式樣:種類｜兵種｜各種各樣。❹生物繁殖傳代的物質:麥種｜配種。❺勇氣,膽量:有種。
【種種】各種各樣:種種困難。
◆火種　劣種　品種　傳種　撒種　雜種　謬種
㊁ zhòng（重）❶栽植:種植｜種田｜播種。❷把疫苗移入人體用來抗疫:種牛痘。｜粵 zung³（眾）
【種瓜得瓜,種豆得豆】比喻做了什麼樣的事,就得到什麼樣的結果。
◆種地　種花　種樹　◆引種　耕種　夏種

稼 jià（嫁）｜粵 ga³（嫁）　｜二 禾 秲 秳 稼 稼

❶栽種穀類植物: 耕稼。❷稻麥等作物: 莊稼。
【稼穡】耕種收成，泛指農事。

稿 gāo（槁） 粵 gou²（槁） ⺊ 禾 和 秆 稿 稿
❶文字繪畫的草底: 草稿｜腹稿｜文稿。❷文章: 寫稿｜投稿｜稿酬。❸稻草的稈。

稟 gāo（稿） 粵 gou²（稿） 稻稈。

穀 gǔ（谷） 粵 gug¹（谷） 吉 吉 幸 彙 穀 穀
❶糧食作物的總稱，古人把「稻、麥、黍、稷、菽」合稱爲「五穀」。❷特指稻穀。
【穀雨】春季節氣，在陽曆四月十九日或二十一日。

稽 ⊖ jī（基） 粵 kei¹（溪） 禾 秆 秆 秏 稽 稽
❶查考: 稽查｜無稽之談。❷停留: 稽留｜稽遲。❸計較，爭論: 反脣相稽。
◈ 稽考 稽核 ◈ 滑稽 有案可稽
⊜ qǐ（啓） 粵 kei²（啓） 【稽首】舊時叩頭到地的敬禮。

稷 jì（計） 粵 jig¹（積） 禾 和 秆 稙 稷 稷
❶古代稱一種糧食作物。有的書說是黍，有的書說是粟。
❷見「社稷」條。

稻 dào（道） 粵 dou⁶（道） 禾 秒 秒 稻 稻 稻
一年生草本植物，子實叫稻穀，去殼後叫「大米」，是中國的重要糧食作物。

稻

十一畫以上

積 jī（績） 粵 jig¹（績） 禾 和 耔 秅 積 積
❶聚集: 積聚｜積存｜堆積。❷相沿已久的: 積習｜積弊。❸數學乘法的得數。❹中醫指小兒消化不良症: 疳積。
【積怨】積存已久的怨恨。
【積勞】長期經受勞累: 積勞成疾。
【積極】向上的、進取的，跟「消極」相反: 積極向上。
【積攢】一點一點地聚集。
【積重難返】積習深重，很難改變。
◈ 積久 積木 積欠 積年 積雪 積累 積蓄 積德 積壓 ◈ 沈積 面積 容積 淤積 體積 日積月累 處心積慮

穎 yǐng（影） 粵 wing⁶（咏） 一 匕 禾 禾 穎 穎
❶聰明: 聰穎｜穎慧。❷新奇: 新穎。❸東西的尖端: 脫

穎而出。
【穎悟】思路敏捷，聰明過人。

穆 mù（木） 粵 mug⁶（木） 禾 禾 秞 稆 稔 穆
❶溫和的樣子: 穆如春風。❷莊敬的樣子: 肅穆。❸姓。
【穆然】❶和顏悅色的樣子。❷靜默的樣子。
【穆斯林】伊斯蘭教信徒。

穌 sū（蘇） 粵 sou¹（蘇） ⺈ 魚 魚 魚 鮮 穌
死而復生，也作「甦」。

穗 suì（遂） 粵 sêu⁶（睡） 禾 稻 稱 稼 穗 穗
❶穀類作物聚生在莖頂的成條的花或果實: 穀穗｜麥穗｜吐穗揚花。❷用絲線、布條、紙條等紮成的裝飾品: 燈穗｜絲線穗兒。❸廣州市的別稱。

穡 sè（惡） 粵 xig¹（色） 秆 秆 稵 穑 穑 穡
收割莊稼: 稼穡。

穢 huì（惠） 粵 wei³（畏） 禾 秕 秽 穢 穢 穢
❶髒，不乾淨: 污穢｜穢土。❷醜惡下流: 穢行｜淫穢。

穠 nóng（農） 粵 nung⁴（農） 花木繁盛的樣子: 夭桃穠李。

穫 huò（獲） 粵 wog⁶（獲） 禾 秒 稉 稚 稚 穫
收割莊稼: 收穫。

穩 wěn（吻） 粵 wen²（搵） 禾 稻 稳 稳 穩 穩
❶安定，不動搖: 穩固｜平穩｜穩如泰山。❷妥帖: 穩妥｜穩當。❸沈着，不輕浮: 穩步前進｜穩紮穩打。❹準，有把握: 十拿九穩。
【穩重】謹慎持重，不輕浮。
【穩健】❶穩而有力: 步伐穩健。❷持重不浮躁: 做事穩健。
【穩操勝券】穩有把握取勝。
◈ 安穩 把穩 站穩 嘴穩 四平八穩

穰 ráng（禳） 粵 yêng⁴（羊） 穀類植物的莖: 禾穰｜豆穰。

穴部

穴 xué（學） 粵 yud⁶（月） ⺀ ⺊ 宀 宀 穴
❶岩洞，孔: 洞穴｜鑽穴｜穴居。❷動物的窩: 巢穴｜虎穴。❸人體經脈要害的地方: 穴位｜穴道。
◈ 孔穴 匿穴 蟻穴 空穴來風 龍潭虎穴

二至六畫

究 jiū（赳） 粵 geo³（救） ⺀ ⺊ 宀 宀 究 究
❶仔細推求: 研究｜考究｜尋根究底。❷到底: 終究。
❸追查，審問: 追究｜嚴究｜究問。

【究竟】❶結果，原委：都想知道究竟。❷到底：他究竟來了沒有？

【究辦】追查法辦：依法究辦。

◆考究　查究　根究　深究　探究　推究　細究　窮究　講究　追根究底

空 ㊀kōng（孔陰）｜粵hung¹（兇）　`丶宀穴空空`

❶沒有東西或沒有內容：空箱子｜空話｜空無所有。❷不切實際的：空談｜空想｜空論。❸沒有結果的，白白的：空跑一趟｜空忙一場。❹地面以上，天上：空中｜天空｜晴空。❺指佛教：遁入空門。

【空幻】虛幻而不眞實。

【空泛】空洞浮泛，不着邊際：內容空泛。

【空氣】❶構成地球周圍大氣的氣體，主要成分是氧和氮。❷氣氛：學習空氣濃厚。❸透露消息或造謠：放空氣。

【空虛】不充實，裏面沒有實在的東西。

【空濛】形容迷茫：山色空濛。

【空曠】地方空闊。

【空中樓閣】比喻幻想或脫離實際的事物。

【空前絕後】以前沒有過，今後也不會有。形容成就或盛況非凡。

◆空軍　空降　空戰　空闊　空穴來風　◆太空　放空　長空　凌空　晴空　碧空　憑空　撲空　目空一切　司空見慣　坐吃山空　海闊天空

㊁kòng（控）❶尚未佔用的時間和地方：空閒｜填空。粵同㊀　❷騰出來，使空：空出一間房子。❸欠，缺：虧空｜空額。

◆空子　空白　空地　空缺　空暇　空隙　◆抽空　留空　偷空　鑽空子

穹 qióng（窮）｜粵kung⁴（窮）　`丶宀穴空空穹`

天空：蒼穹。

突 tū（凸）｜粵ded⁶（凸）　`丶宀穴空突突`

❶忽然：突然｜突變。❷衝出，衝破：突圍｜突破。❸衝撞，冒犯：衝突｜唐突。❹凸出，高於周圍：突出｜突起。

【突兀】❶高聳：怪峯突兀。❷事出突然：事情來得太突兀。

【突厥】中國古代西北部的一個少數民族。

【突襲】突然襲擊，出其不意地進攻。

【突如其來】出乎意料地突然來到或發生。

【突飛猛進】形容學問、事業等進步或發展非常迅速。

◆奔突　馳突　異軍突起　猿奔豕突

穿 chuān（川）｜粵qun¹（川）　`丶宀穴空穿穿`

❶刺孔，鑿通：穿孔｜鑿穿。❷通過：穿過隧道｜穿過馬路。❸用繩線貫通孔眼：穿針｜穿珠兒。❹着衣着鞋：穿衣｜穿鞋。❺透，破：說穿｜看穿｜磨穿。

【穿梭】比喻來往不停。

【穿鑿】牽強附會：穿鑿附會。

【穿山甲】哺乳動物，全身有角質鱗甲，沒有牙齒，爪銳利，善於掘土，生活在丘陵地區，吃螞蟻等昆蟲。鱗片可做藥。

◆穿刺　穿越　穿插　穿戴　穿針引線　◆拆穿　刺穿　耐穿　揭穿　戳穿　水滴石穿　望眼欲穿

窄 zhǎi（債上）｜粵zag³（責）　`丶宀穴空空窄窄`

❶狹小，不空闊，跟「寬」相反：窄小｜狹窄｜冤家路窄。❷氣量小：量窄｜心眼兒窄。❸不寬裕：寬打窄用｜窄日子不好過。

窈 yǎo（咬）｜粵miu⁵（秒）　`丶宀穴空窈窈`

【窈窕】❶體態美好的樣子：窈窕淑女。❷幽深（宮室、山水）。

窒 zhi（志）｜粵zed⁶（姪）　`丶宀穴空窒窒`

阻塞不通：窒阻｜窒礙。

【窒息】呼吸因被阻塞而停止。

窕 tiǎo（挑上）｜粵tiu⁵（條⁵）　`宀穴空穴窕窕`

見「窈窕」條。

七畫以上

窖 jiào（教）｜粵gao³（教）　`宀穴空空空窖`

❶收藏東西的地洞：地窖｜冰窖｜白菜窖。❷把東西收藏在窖裏：窖白菜。

窗 chuāng（瘡）｜粵ceng¹（昌）　`宀穴空空窗窗`

房屋車船等的壁上或頂上通風透光的裝置：窗戶｜門窗。

窘 jiǒng（炯）｜粵kuen³（困）　`宀穴空穿穿窘`

❶窮困：困窘｜景況很窘。❷爲難，困惑：受窘｜窘態畢露。

【窘迫】❶窮困的樣子：生計窘迫。❷十分爲難：處境窘迫。

窣 sū（蘇）｜粵sêd¹（摔）　見「窸窣」條。

窠 kē（科）｜粵fo¹（科）　`穴穵穵窋窠窠`

鳥獸昆蟲的巢穴：鳥窠｜虎窠｜蟻窠。

【窠臼】舊格式，老框框：不落前人窠臼。

窟 kū（枯）｜粵wed¹（屈）　`穴穵穵窋窟窟`

❶洞穴：窟窿｜狡免三窟。❷壞人聚集的場所：匪窟｜賭窟。❸窮人聚集棲身的地方：貧民窟。

窪 wā（娃）｜粵wa¹（娃）　`穴穵穵窪窪窪`

❶低陷的地方：窪地｜水窪兒｜坑坑窪窪。❷凹陷：眼眶子窪進去。

窩 wō（倭）｜粵wo¹（倭）　`穴穵窅窅窩窩`

❶鳥獸昆蟲住的地方：豬窩｜蜂窩｜鳥窩。❷比喻壞人聚居的地方：賊窩｜匪窩。❸人的居室：安樂窩。❹凹陷的地方：酒窩｜心窩。❺藏匿：窩藏｜窩主。❻量詞，動物一胎叫一窩：一窩小豬。

【窩心】因受委屈或侮辱後不能發泄而心中苦惱。

【窩火】憋氣：窩了一肚子火。

【窩囊】❶因受屈而煩悶。❷罵人懦弱無能。
◆窩工　窩贓　▲山窩　被窩　眼窩　一窩蜂

窰｜yáo（搖）／穴　穷　空　窖　窰　窰
　｜粵 yiu⁴（搖）
❶燒製磚瓦陶瓷等的爐灶或工場: 磚窰｜瓦窰。❷為採煤而鑿的洞: 煤窰。❸為住人而挖建的洞: 窰洞。

窨｜同「窰」。

窮｜qióng（瓊）／穴　穷　穷　穷　穷　窮
　｜粵 kung⁴（穹）
❶貧困, 跟「富」相對: 窮苦｜窮困。❷完, 盡: 理屈詞窮｜山窮水盡。❸極端: 窮奢極侈｜窮兇惡極。❹徹底推求: 窮理盡性｜窮根究底。
【窮究】徹底追究。
【窮寇】被打得走投無路的敵人: 窮寇勿追。
【窮酸】窮而迂腐（多用於譏諷落魄文人）。
【窮山惡水】自然條件惡劣, 物產貧乏的山區。
【窮年累月】指接連不斷, 經過很久的時間。
【窮兵黷武】使用全部武力, 任意發動戰爭。
【窮途末路】形容到了無路可走的地步。
【窮鄉僻壤】荒涼偏僻的地方。
◆窮人　窮乏　窮根　窮國　窮途潦倒　窮源溯流
◆技窮　貧窮　無窮　無窮無盡　日暮途窮　其樂無窮

窳｜yǔ（羽）　｜東西粗劣, 壞: 窳劣｜窳敗。
　｜粵 yu⁵（羽）

窺｜kuī（盔）／穴　穷　窍　窍　窺　窺
　｜粵 kuei¹（規）
❶偷看: 窺探。❷從小孔或縫裏看: 管窺蠡測。
【窺伺】暗中觀察動靜, 等待可乘的時機。多用於貶義。
【窺測】暗中察看和測度。

窸｜xī（悉）　｜【窸窣】形容細小的摩擦聲音。
　｜粵 xig¹（悉）

竄｜cuàn（篡）／穴　穷　窍　窍　穷　竄
　｜粵 qun³（寸³）
❶亂跑, 亂逃: 逃竄｜東奔西竄｜抱頭鼠竄。❷修改文字: 竄改。
【竄犯】小股敵軍或匪徒進犯。
【竄擾】小股敵軍或匪徒騷擾。

竅｜qiào（撬）／穴　窍　穷　窍　窍　竅
　｜粵 kiu³（喬³）
❶窟竅: 七竅（兩眼、兩耳、兩鼻孔及口）。❷事情的關鍵或要點: 訣竅｜一竅不通。
【竅門】解決困難和問題的好辦法: 找到竅門。

窿｜lóng（隆）
　｜粵 lung¹（隆¹）　｜煤礦坑道。

竇｜dòu（豆）／穴　穷　穷　穷　窦　竇
　｜粵 deo⁶（豆）
❶孔, 洞: 狗竇｜疑竇。❷人體某些器官或組織內部凹入的部分: 鼻竇。❸姓。

竈｜同「灶」。

竊｜qiè（切）／穷　穷　穷　窃　竊　竊
　｜粵 xid³（屑）
❶偷盜: 盜竊｜行竊｜竊案。❷小偷: 慣竊。❸用不合法、

不正當的手段取得: 竊據｜竊取要職。❹暗中, 偷偷地: 竊聽｜竊笑。❺謙詞, 私自: 竊念｜竊思｜竊謂。
【竊國】篡奪國家政權。
【竊據要津】用不正當的手段佔據重要的職位。
【竊竊私語】暗地裏低聲談話。

立部

立｜lì（力）／丶　二　ナ　六　立
　｜粵 leb⁶（蠟）
❶直着身子站着: 立正｜立起身來。❷豎起來: 樹立｜把梯子立起來。❸制定, 設置: 立法｜創立｜成立。❹建樹: 立功｜立業。❺締結: 訂立條約｜立個合同。❻馬上, 即刻: 立刻｜立即｜立時。❼存在, 生存: 立身｜自立。
【立志】立定志願。
【立足】立住腳, 能住下去或生存下去: 立足之地。
【立意】❶打定主意。❷作文、繪畫等確定主題。
【立場】❶觀察事物和處理問題時所持的態度。❷泛指人所處的地位。
【立錐之地】形容極小的地方。
◆立方　立冬　立定　立春　立案　立誓　立論　立體
◆屹立　林立　孤立　挺立　對立　獨立　聳立　矗立
　巧立名目　鶴立雞羣　頂天立地　當機立斷　標新立異

竑｜hóng（宏）　｜廣大。
　｜粵 weng⁴（宏）

站｜zhàn（戰）／二　古　立　刬　站　站
　｜粵 zam⁶（暫）
❶直立: 站着｜站立。❷交通上停留轉運的地方: 車站｜前站｜終點站。❸為某種業務而設立的機構: 糧站｜服務站。
【站台】車站上供上下車用的平台。
【站崗】站在崗位上守衞、警戒。

竦｜sǒng（聳）　｜❶很恭敬的樣子: 竦立｜竦然起
　｜粵 sung²（聳）　｜敬。❷通「悚」, 害怕恐懼: 竦懼。

童｜tóng（同）／二　古　立　音　音　童
　｜粵 tung⁴（同）
❶未成年的人: 兒童｜孩童｜學童。❷指沒有結過婚的: 童男｜童女。❸從前指未成年的僕人: 家童｜書童。❹形容光禿: 童山。❺姓。
【童話】專為兒童而編寫的故事。文字淺白有趣, 想像豐富, 情節動人, 適合兒童心理特點。
【童謠】流傳於兒童中間的歌謠。
【童顏】年老而面色紅潤如童年: 鶴髮童顏。
【童叟無欺】對老年人和兒童都不欺騙, 表示買賣公平。
◆童心　童星　童裝　▲牧童　神童　頑童　返老還童

竣｜jùn（俊）／立　立　站　竣　竣　竣
　｜粵 zên³（俊）
事情完畢: 竣工｜竣事｜工程告竣。

竭｜jié（結）／立　竘　坦　竭　竭　竭
　｜粵 kid³（揭）
盡, 完了: 竭力｜精疲力竭｜竭心盡力。
【竭誠】竭盡誠心

【竭澤而漁】比喻取之不留餘地，只圖眼前利益，不作長遠打算。

端 | duān（短陰）| 立 立' 屮 竑 端 端
粵 dün¹（短¹）

❶正直，不歪斜: 端正｜端坐。❷開頭: 開端｜發端。❸東西的一頭: 末端｜筆端｜上端。❹項，方面: 變化萬端｜各執一端。❺事件: 事端。❻原因: 無端受辱。❼雙手捧着: 端茶｜端菜。❽端木，複姓。

【端正】❶物體不歪斜，物體各部分保持應有的平衡狀態: 五官端正｜字體端正。❷正派: 品行端正。

【端倪】事情的頭緒，線索: 稍有端倪。

【端莊】端正，莊重。

【端陽】【端午】中國傳統節日，在農曆五月初五。民間在這一天吃粽子，賽龍舟，紀念二千多年前投汨羅江而死的偉大詩人屈原。

【端詳】❶仔細地看: 端詳了半天。❷詳情: 說端詳。

◆端方　端硯　◆尖端　爭端　異端　極端　雲端　弊端　好端端　連鍋端　百端待舉　首鼠兩端

競 | jìng（勁）| 立 音 竞 竞 競 競
粵 ging³（勁）

比賽，爭先: 競賽｜競選｜漁舟競渡。

【競爭】爭勝: 商業競爭。

競賽

竹部

竹 | zhú（逐）| ノ ✓ 干 竹 竹 竹
粵 zug¹（足）

❶常綠多年生植物，莖直有節，中空質硬，可供建築及製造器具之用，又可造紙。嫩芽叫「筍」，可做菜。❷簫管類樂器的代稱: 絲竹並奏。❸姓。

【竹帛】古代用竹簡和絹寫字，因此也用「竹帛」指典籍: 名垂竹帛。

【竹簡】古代用來寫字的竹片。

二至五畫

竺 | zhú（竹）| ノ ✓ 竹 竹 竺 竺
粵 zug¹（竹）

❶天竺，印度的古稱。❷姓。

竿 | gān（干）| ノ ✓ 竹 竹 竿 竿
粵 gon¹（干）

竹子的主幹: 竹竿｜釣竿。

竽 | yú（余）| ノ ✓ 竹 竹 竽 竽
粵 yu⁴（如）

古代笙類樂器，有三十六簧。

笄 | jī（雞）| 古代男女盤髮用的簪子。女子到
粵 gei¹（雞）| 十五歲才用笄，故稱女子成年叫「及笄年華」。

笑 | xiào（嘯）| ノ ✓ 竹 竺 竺 笑
粵 xiu³（嘯）

❶臉部露出愉快的表情，發出歡喜的聲音: 大笑｜笑哈哈。❷嘲諷: 嘲笑｜取笑｜譏笑。

【笑柄】取笑的資料。

【笑納】請人收下禮物的客氣話。

【笑話】❶引人發笑的話或事。❷輕視或譏諷: 這簡直是笑話。

【笑靨】❶酒窩兒。❷笑臉。

【笑容可掬】形容滿臉堆笑的樣子。

【笑逐顏開】形容眉開眼笑，十分高興的樣子。

【笑裏藏刀】比喻外表和善，內心狠毒。

◆笑容　笑劇　笑談　笑罵　笑面虎　◆失笑　奸笑　冷笑　狂笑　苦笑　恥笑　嗤笑　微笑　慘笑　賠笑　獰笑　啼笑皆非　破涕為笑

笊 | zhào（罩）|【笊籬】在湯水裏撈東西用的網形
粵 zao³（罩）| 器具。

笏 | hù（戶）| 古代大臣朝見皇帝時所拿的長板
粵 fed¹（忽）| 子，用玉、象牙或竹製成，上面可以記事。

笫 | zǐ（子）| 牀上的竹蓆: 牀笫。
粵 ji²（子）

笈 | jí（級）| 書箱: 負笈從師。
粵 keb¹（級）

笆 | bā（巴）| ノ ✓ 竹 竹 竿 笆
粵 ba¹（巴）

❶有刺的竹籬: 籬笆。❷泛指用竹子、藤條等編成的器物: 笆簍｜笆斗。

笠 | lì（粒）| ノ ✓ 竹 竺 竺 笠
粵 leb¹（粒）

用竹篾跟竹葉編成的帽子，用來遮太陽或擋雨: 斗笠。

笨 | bèn（奔去）| ✓ 竹 竺 竿 笨 笨
粵 ben⁶（奔⁶）

❶不聰明: 愚笨｜笨拙｜笨頭笨腦。❷不靈巧: 笨重｜笨手笨腳。

【笨鳥先飛】比喻能力差的人做事怕落後，因而提前行動。多用作謙詞。

◆笨伯　笨蛋　◆呆笨　粗笨　嘴笨　蠢笨

筥 | pǒ（叵）|【筥籮】用柳條或竹篾編成的一種盛
粵 po²（叵）| 穀物的器具。

笛 | dí（迪）| ✓ 竹 竹 笳 笛 笛
粵 dég⁶（羅）

❶一種橫吹的管樂器，有七個孔。❷響聲尖銳的發音器: 汽笛｜警笛。

笙 | shēng（生）| ✓ 竹 竹 竺 竿 笙
粵 sang¹（生）

用口吹奏的一種樂器，是用十三根長短不同的竹管製成的。

符 fú (扶) | 粵 fu⁴ (扶) | ⺮ ⺮ 竺 符 符
❶相合: 符合｜相符｜不符。❷標記，記號: 音符｜聲符｜符號。❸術士畫的迷信圖形或線條: 符咒｜護身符。❹古代傳達命令、調動軍隊用的憑證: 兵符｜虎符。

第 dì (弟) | 粵 dei⁶ (弟) | ⺮ ⺮ 笋 笋 第 第
❶次序: 等第｜次第。❷表示次序的詞頭: 第一｜第五。❸住宅: 門第｜府第。❹科舉考試及格的等次: 及第｜不第｜落第。

答 chī (癡) | 粵 qi¹ (癡) | ⺮ ⺮ 竺 笞 答 答
用竹板或杖打人: 鞭笞｜笞刑。

笳 jiā (加) | 粵 ga¹ (加) | 從前胡人用蘆葉做成的一種樂器: 胡笳。

笤 tiáo (條) | 粵 tiu⁴ (條) | 【笤帚】用竹子、高粱穗、黍子穗或棕等做成的，用來掃除塵土的用具。

六至七畫

筊 xiáo (淆) | 粵 gao² (狡) | 竹皮結成的繩索。

筐 kuāng (匡) | 粵 hong¹ (康) | ⺮ ⺮ 筐 筐 筐 筐
用竹或柳條等編成的盛東西用的器具: 土筐｜籮筐。

等 děng (燈上) | 粵 deng² (鄧²) | ⺮ ⺮ 竺 笁 笙 等
❶品級，種類: 一等｜上等｜共分三等。❷待，候: 等候｜等待｜等一等。❸同: 相等｜等同｜等價。❹加在單數人稱代詞之後表示複數，相當於「們」、「輩」: 我等｜汝等｜彼等。❺表示列舉未完: 英、美、法等國。❻用在列舉之後表示概括: 北京、上海、天津等三大城市。
【等閒】❶尋常，隨便: 等閒視之; 他非等閒之輩。❷不留意，白白地: 莫等閒，白了少年頭。
【等量齊觀】對有差別的事物同等看待。
◆等於 等差 等級 等而下之 ◆平等 劣等 初等 均等 何等 高等 優等

筑 zhù (住) | 粵 zug¹ (竹) | 古代一種像琴的樂器，共十三絃，用竹尺擊以發聲。

筇 qióng (窮) | 粵 kung⁴ (窮) | 古書上說的一種竹子，可以做手杖。

策 cè (冊) | 粵 cag³ (冊) | ⺮ ⺮ 竺 笁 第 策
❶計謀，辦法: 計策｜良策｜決策。❷用鞭子打馬，引伸爲督促: 策馬｜鞭策。❸古代用竹片或木片記事著書，成冊的叫「策」: 簡策｜使策。
【策反】在敵人內部秘密進行鼓動，使倒向自己這一邊。
【策劃】出主意，定辦法。
【策應】與友軍呼應配合，對敵作戰。
【策源地】戰爭、社會運動等發生興起的地方，也就是發源地。
◆策士 策略 策勵 ◆上策 失策 政策 國策 對策 獻策 羣策羣力 束手無策 愚民政策

筒 tǒng (統) | 粵 tung² (統) | ⺮ ⺮ 竹 筒 筒 筒
❶粗大的竹管: 竹筒。❷較粗的管形器物: 筆筒｜郵筒。

筏 fá (伐) | 粵 fed⁶ (伐) | ⺮ ⺮ 竺 筏 筏 筏
用竹、木等編紮成的渡水工具，也有用牛羊皮或橡膠等製成的: 竹筏｜木筏｜皮筏子。

筌 quán (全) | 粵 qun⁴ (全) | 捕魚的竹籠: 得魚忘筌。

答 ㊀ dá (達) | 粵 dab³ (搭) | ⺮ ⺮ 笅 笭 答 答
❶應對: 回答｜自問自答。❷還報: 報答｜答謝｜答禮。
【答詞】在集會上回答或致謝的話: 致答詞。
【答辯】對別人提出的問題進行回答，並進一步說明自己的見解。
◆答案 答話 答覆 答非所問 ◆問答 解答 酬答 對答

㊁ dā (搭) | 粵 同㊀ | 意義同㊀，專用於「答應」、「答理」等詞。
【答理】打招呼，理睬。也作「搭理」。
【答應】❶應聲回答。❷允許，同意。
◆答腔 ◆滴答 羞答答

筋 jīn (斤) | 粵 gen¹ (斤) | ⺮ 竺 笁 筋 筋
❶肌腱或骨頭上韌帶: 筋肉｜筋骨｜牛蹄筋。❷俗稱皮下的靜脈管: 青筋。❸像筋的東西: 葉筋｜鋼筋。
【筋斗】也作「跟斗」: 把頭着地用力把身體翻過去。
◆筋脈 筋絡 筋疲力盡 ◆抽筋 腦筋 夠筋

筍 sǔn (榫) | 粵 sên² (榫) | ⺮ ⺮ 竺 笋 筍 筍
竹子初從土裏長出的嫩芽，可以做菜: 雨後春筍(比喻新事物大量出現)。

筆 bǐ (比) | 粵 bed¹ (不) | ⺮ ⺮ 竺 笁 筆 筆
❶寫字畫畫的工具: 毛筆｜鉛筆｜鋼筆。❷組成漢字的橫、豎、撇、點、捺等: 筆畫｜「三」字是三筆。❸寫: 親筆｜代筆。❹指寫作的技巧: 筆法｜伏筆。❺形容直: 筆直｜筆挺。❻量詞: 一筆生意｜三筆來款。
【筆力】寫字、畫畫或做文章在筆法上所表現出來的力量: 筆力雄健。
【筆名】作者發表作品時用的別名。
【筆順】漢字書寫時的筆畫順序。
【筆調】文章的格調。
【筆鋒】毛筆的尖端，比喻書畫的筆勢或文章的鋒芒。
◆筆記 筆意 筆試 筆誤 筆算 筆戰 筆墨官司 ◆文筆 敗筆 動筆 落筆 隨筆 一筆勾銷 投筆從戎

筷 kuài (快) | 粵 fai³ (快) | ⺮ ⺮ 竺 竺 笁 筷
吃飯夾菜用的食具: 筷子。

筭 suàn (算) | 粵 xun³ (算) | ❶計算時所用的籌碼: 籌筭。❷同「算」。

筮 shì (誓) | 粵 sei⁶ (逝) | 古代用蓍草占卜: 卜筮。

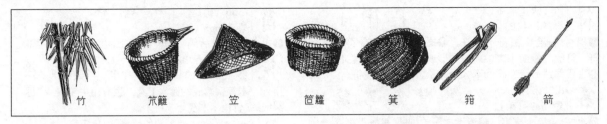

竹　　筊籬　　笠　　笡籬　　箕　　箝　　箭

筠
㊀|yún（雲）|　ㅅ　ㅆ　竺　笁　筠　筠
　|粵 wen⁴（雲）|
❶竹的青皮。❷竹子。
㊁|jūn（君）|縣名，在四川省。
　|粵 guen¹（君）|

筲
|shāo（梢）|❶水桶：水筲｜一筲水。❷古代一
|粵 sao¹（梢）|種竹製的容器，能盛一斗二升。
❸比喻才識、度量狹小：斗筲。
【筲箕】淘米用的竹器。

筧
|jiǎn（束）|導水用的粗大長竹管。
|粵 gan²（束）|

節
㊀|jié（截）|　ㅅ　ㅆ　笁　笁　節　節
　|粵 jid³（折）|
❶時令，紀念日：時節｜節氣｜聖誕節。❷儉省，限制：節約｜節儉｜開源節流。❸文章的段落：章節｜第三章第二節。❹刪簡：刪節｜節選。❺情形：情節｜不拘小節。❻人的品行，操守：節操｜氣節。❼禮儀：禮節。❽植物枝幹的連接處：竹節｜松節。❾動物骨骼的連接處：骨節｜指節。❿音樂的拍子：節拍。⓫古代出使外國所持的憑證：符節。⓬量詞：兩節課｜三節車皮。
【節奏】❶音樂中有規律的節拍。❷比喻學習、工作等安排均勻，有規律。
【節外生枝】比喻一事之外再生事端。
【節衣縮食】省吃儉用，盡力節約。
【節肢動物】無脊椎動物的一門，身體的附肢分節。種類很多，如蜂、蝶、蚊、蠅、蝦、蟹、蜘蛛等。
◈ 節日　節目　◈ 名節　使節　枝節　春節　細節　調節　環節　關節　變節　卑躬屈節　高風亮節　細枝末節　盤根錯節
㊁|jiē（接）|木材上的疤痕：節子。
　|粵 同㊀|【節骨眼】比喻關鍵性的環節或時機。

八至九畫

筵
|yán（延）|　竹　笁　笁　笁　笁　筵
|粵 yin⁴（延）|
酒席：筵席｜喜筵。

箔
|bó（泊）|　ㅅ　ㅆ　笁　笁　笁　箔
|粵 bog⁶（薄）|
❶用葦子、竹篾或高粱稈等編的簾子：葦箔｜蘆箔。❷用竹篾編的養蠶的器具：蠶箔。❸金屬薄片：金箔｜銅箔。

箜
|kōng（空）|【箜篌】古代的一種像瑟而較小
|粵 hung¹（空）|的樂器，有二十五根弦。

管
|guǎn（館）|　ㅅ　ㅆ　笁　笁　管　管
|粵 gun²（館）|

❶中間空，圓形而細長的東西：竹管｜水管｜血管。❷主持：管理｜管賬｜主管。❸負責，供給：管吃｜管住。❹拘束，教導：管教｜管束。❺保證：包管你滿意｜管保成功。❻吹奏的樂器：簫管｜管弦樂。❼過問，干預：管閒事｜這件事你該管一管。❽和「把」相似：大家管他叫智多星。❾量詞：一管筆。❿姓。
【管見】比喻見識狹小，好像從管子裏看東西一樣。多作謙詞用。
【管制】❶監督管束。❷強制性的管理：交通管制。
【管中窺豹】比喻所見到的只是事物的一部分。若與「可見一斑」連用，則比喻可以從觀察到的一部分推測全貌。
◈ 管用　管事　管家　管道　管轄　◈ 分管　代管　別管　看管　兼管　託管　接管　掌管　監管　雙管齊下

箸
|zhù（住）|筷子。
|粵 ju⁶（住）|

箕
|jī（基）|　ㅅ　ㅆ　笁　笁　箕　箕
|粵 géi¹（基）|
❶用竹篾編的，揚米去糠的器具：簸箕。❷掃地盛垃圾的用具：畚箕｜箕帚。
【箕斗】手的指紋。成螺旋形的叫「斗」，不成螺旋形的叫「箕」。

箝
|qián（錢）|　ㅆ　笁　笁　笁　箝　箝
|粵 kim⁴（黔）|
❶用東西夾住：把煤炭箝出來。❷夾東西的器具：箝子｜火箝。
【箝口】❶脅迫人使他不敢說話。❷自己閉口不說話。
【箝制】用強力限制、約束，使對方不能自由行動：箝制言論。

箍
|gū（孤）|❶用竹篾或金屬圈束緊東西：箍
|粵 ku¹（卡烏）|盆｜箍桶。❷束緊東西用的圈兒：鐵箍。

箋
|jiān（煎）|　ㅆ　笁　笁　笈　笈　箋
|粵 jin¹（煎）|
❶泛稱信札：來箋｜華箋。❷幅小而華美的紙：錦箋｜信箋。❸古書的注釋：箋注。

算
|suàn（蒜）|　ㅅ　ㅆ　笁　笪　算　算
|粵 xun³（蒜）|
❶核算數目：計算｜算賬｜能寫會算。❷謀劃：打算｜失算｜老謀深算。❸推測：算命｜我算定他準來。❹當作，作為：算我說錯｜這個算我送你的。❺承認有效力：說話算數。❻作罷，不再計較：算了。
【算計】❶計算。❷考慮，估計。❸暗中謀劃損害別人。
【算盤】中國的一種傳統計算工具。
【算數】❶承認有效力：說話算數。❷表示到……為止：學會了才算數。
◈ 算式　算法　算術　算題　◈ 上算　心算　合算　決

算　核算　預算　清算　推算　換算　結算　演算　盤
算　驗算　如意算盤　神機妙算　精打細算

箇 gè（個）粵 go³（個）
❶同「個」。❷箇舊，縣名，在雲南省。

箏 zhēng（爭）粵 zeng¹（爭）　ㄑ 竹 笠 笋 筼 箏 箏
❶古代一種形狀像瑟的樂器，有十二根或十六根弦。❷即是「紙鳶」，把紙糊在竹架上，引長線藉風力而飛升的一種玩具，俗稱「風箏」。

筅 xiǎn（險）粵 xin²（癬）　【筅帚】用來洗刷鍋的竹刷子。

箭 jiàn（荐）粵 jin³（荐）　ㄑ 竹 竹 笠 笞 箭
❶用弓發射的一種兵器，也叫「矢」：箭鏃｜彎弓射箭。❷形容飛快：光陰似箭。
【箭步】飛快的步伐。
【箭在弦上】比喻為形勢所迫，已經到了不得不採取行動的時候。也作「如箭在弦」。

篇 piān（偏）粵 pin¹（偏）　ㄑ 竹 笞 庐 篤 篇
❶結構完整的文章：篇章｜一篇短文。❷一本書畫分開的部分：孟子七篇。❸量詞，用於紙張、書頁或文章等：這三篇文章都寫得很好。
【篇目】書籍裏篇章標題的目錄。
【篇幅】❶文章的內容。❷書刊篇頁的數量：篇幅有限。
◆中篇　通篇　開篇　詩篇　遺篇　千篇一律

箧 qiè（怯）粵 hab⁶（峽）　收藏東西的小箱子：翻箱倒箧。

箱 xiāng（香）粵 sēng¹（商）　竹 竹 竿 箱 箱 箱
❶收藏衣物的器具：木箱｜皮箱。❷像箱子可以裝載物品的東西：冰箱｜貨箱｜車箱。❸量詞：一箱書。

範 fàn（飯）粵 fan⁶（飯）　竹 竺 笪 筆 範 範
❶法式，榜樣：模範｜範文｜規範。❷界限：範圍｜就範。❸限制，戒備：防範。

箴 zhēn（針）粵 zem¹（針）　竹 笞 笞 箴 箴 箴
❶勸戒：箴言｜箴諫。❷古代文體的一種，內容多是勸戒的話。

箬 ruò（若）粵 yêg⁶（若）　【箬竹】竹子的一種，葉子闊大，可做竹笠或裹粽子用。

篌 hóu（侯）粵 heo⁴（侯）　見「箜篌」條。

箠 chuí（槌）粵 cêu⁴（槌）　❶鞭子。❷鞭打。

篁 huáng（皇）粵 wong⁴（皇）　ㄚㄚ 竹 笪 筼 筼 篁
❶竹的通稱。❷竹林：幽篁。

篆 zhuàn（撰）粵 xun⁶（算⁶）　竺 笠 笠 篆 篆 篆
漢字的一種字體，即篆字。分大篆、小篆兩種：篆書｜篆體｜篆文。

十至十一畫

篙 gāo（高）粵 gou¹（高）　竹 竹 竺 笪 篙 篙
撑船用的竹竿。

篝 gōu（溝）粵 geo¹（溝）　【篝火】原指用籠子罩着的火，今指在野外燃起的火堆。

篤 dǔ（賭）粵 dug¹（督）　竺 竺 笪 笪 篤 篤
❶忠實，厚道：篤厚｜篤實。❷全心全意：篤信｜篤學。❸病重：病篤。
【篤定】心裏踏實，滿有把握。

築 zhù（祝）粵 zug¹（祝）　ㄚㄚ 竺 筑 筑 筚 築
❶建造，修蓋：築路｜築堤｜修築工事。❷房子的雅稱：小築。

篡 cuàn（竄）粵 san³（散³）　ㄚㄚ 竹 笪 篦 篡 篡
❶用陰謀手段奪取權力、地位：篡權｜篡奪。❷古代臣子奪取君主的地位：篡位。
【篡改】用作偽的手段改動原文或歪曲原意。

篦 bì（避）粵 béi⁶（避）　❶用竹木或塑膠做的、齒比梳密的梳髮用具：篦子。❷用篦子梳頭：篦頭。

篪 chí（遲）粵 qi⁴（遲）　古代一種用竹管做的像笛的樂器，有八個孔。

篠 xiǎo（小）粵 xiu²（小）　細竹子。

篩 shāi（晒）粵 sei¹（西）　ㄚㄚ 竹 ㄣ 笪 篩 篩 篩
❶一種有密孔的竹器，可以把細東西漏下去，粗的留在上頭，俗稱「篩子」。❷用篩子過東西：篩米｜篩糠。❸敲，擊：篩鑼。
【篩酒】❶斟酒。❷把酒弄熱。

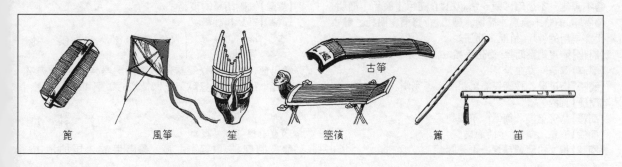

篦　　　風箏　　　笙　　　箜篌　　　簫　　　笛

【篩選】❶用篩子進行選種選礦等。❷由多到少逐步選取。

簇 cù (促) ┃ 粵 cug¹ (促) ┃ 竹 笁 笁 笁 筇 簇

❶叢聚，團聚：簇聚。❷指成叢、成團的東西：花團錦簇。❸量詞：一簇鮮花｜一簇人馬。

【簇新】全新，嶄新（多指服裝）。

【簇擁】許多人緊緊圍着、擁着。

麓 lù (碌) ┃ 粵 lug¹ (碌) ┃ 竹做的高箱子：書麓。

簀 zé (責) ┃ 粵 zag³ (責) ┃ 竹蓆。

簌 sù (速) ┃ 粵 cug¹ (速) ┃ 【簌簌】❶擬聲詞，形容細碎聲：風吹得樹葉簌簌地響。❷紛紛落下的樣子：熱淚簌簌地往下落。

篾 miè (滅) ┃ 粵 mid⁶ (滅) ┃ 笆 笪 笢 笢 篾 篾

用竹子、蘆葦等劈成的成條的薄片：竹篾。

簍 lǒu (摟) ┃ 粵 leo⁵ (柳) ┃ 竹 笁 笞 筲 簍

用竹子或荊條等編成的盛物器具：字紙簍｜炭簍子。

篷 péng (蓬) ┃ 粵 pung⁴ (蓬) ┃ 竹 笉 笚 筚 篷 篷

❶用竹木、葦蓆、帆布等做成的、遮陽擋風雨的東西：帳篷｜車篷｜布篷。❷船上的帆：扯篷｜升篷｜落篷。

篼 dōu (兜) ┃ 粵 deo¹ (兜) ┃ ❶竹、藤、柳條等做的盛東西的器具。❷走山路坐的竹轎。

簧 huáng (黃) ┃ 粵 wong⁴ (黃) ┃ 竹 竺 笙 笞 筀 簧

❶樂器裏用銅等製成的能振動發聲的薄片：簧樂器。❷器物裏有彈力的機件：彈簧｜鎖簧。

十二畫以上

簪 zān (贊陰) ┃ 粵 zam¹ (站¹) ┃ 竹 签 笺 筏 篓 簪

❶古代一種用玉或金屬做的，用來別住頭髮的條狀首飾：玉簪。❷插戴：簪花。

簞 dān (單) ┃ 粵 dan¹ (單) ┃ 竹 笵 筲 筲 箪 簞

古代盛飯用的圓形竹器。

【簞食壺漿】簞裏盛着飯，壺裏裝着湯。形容民衆踴躍勞軍。

簡 jiǎn (柬) ┃ 粵 gan² (柬) ┃ 竹 广 笸 簡 簡 簡

❶不複雜，不煩瑣，跟「繁」相對：簡單｜簡易｜簡明。❷省略：簡略｜簡寫｜簡稱。❸書信：書簡｜簡札。❹古代寫字用的竹片：竹簡｜簡冊。

【簡化】變複雜爲簡單：簡化手續。

【簡直】眞是，實在是。

【簡陋】指房屋、設備等簡單粗陋，不完備。

【簡捷】直截了當。

【簡慢】待客怠慢、簡單，不周到。

【簡樸】簡單，樸素：生活簡樸。

【簡練】指文句簡要精煉，不囉嗦。

◆簡要 簡便 簡訊 簡章 簡短 簡潔 簡歷 ◆從簡 精簡 言簡意賅 深居簡出 因陋就簡 刪繁就簡

簣 kuì (愧) ┃ 粵 guei⁶ (櫃) ┃ 竹 笞 笞 筀 簣 簣

盛土的竹筐子：功虧一簣（比喻做事因差最後一點而未能完成）。

簿 bù (步) ┃ 粵 bou⁶ (步) ┃ 竺 笿 簿 簿 簿 簿

記事、記賬或做功課用的冊子：賬簿｜日記簿｜作文簿。

簾 lián (廉) ┃ 粵 lim⁴ (廉) ┃ 竺 产 筷 簾 簾

用竹或蘆葦做的遮蔽門窗的東西：竹簾｜窗簾。

簸 ⊖ bò (播去) ┃ 粵 bo³ (播) ┃ 竺 笻 箕 箕 箂 簸

【簸箕】❶用來揚米去糠秕或撮垃圾的一種器具。❷簸箕形的指紋。

⊜ bǒ (跛) ┃ 粵 同⊖ ┃ ❶用簸箕簸米去糠秕、雜質：簸揚。❷上下顛動：顛簸。

【簸蕩】船在水中顛簸晃蕩。

籀 zhòu (宙) ┃ 粵 zeo⁶ (宙) ┃ 閱讀：籀讀。【籀文】古代漢字字體之一，也叫「大篆」。

簽 qiān (千) ┃ 粵 qim¹ (殲) ┃ 竹 竺 笅 笞 笝 簽

❶親自寫上姓名或簡要的意見：簽字｜簽到｜簽注。❷作標誌用的有文字的小紙條：標簽｜簽條。❸通「籤」。

【簽訂】簽字訂立合同、條約等。

【簽署】在重要文件上正式簽字。

【簽證】一國主管機關在本國或外國公民所持的護照或其他證件上簽上意見，蓋印，表示准其出入本國國境。

◆簽收 簽押 簽約 簽發

簷 yán (鹽) ┃ 粵 xim⁴ (蟬) ┃ 竹 笉 笂 笓 笝 簷

❶屋頂斜下伸出的邊沿部分：屋簷｜前簷。❷覆蓋物的邊沿或伸出的部分：帽簷。

簫 xiāo (宵) ┃ 粵 xiu¹ (宵) ┃ 笞 笛 笭 笓 簫 簫

竹製豎吹的管樂器，古代是多管密排的，現在是單管的：洞簫。

籌 chóu (酬) ┃ 粵 ceo⁴ (酬) ┃ 竹 竺 竻 笙 筆 籌

❶計數的用具，多用小竹片製成：籌碼｜籌算｜算籌。❷謀劃：籌備｜籌辦｜籌款。

【籌措】想辦法弄到（多指款項）：籌措旅費。

【籌募】策劃招募的事務。

【籌劃】打算和計劃。

籃 lán (藍) ┃ 粵 lam⁴ (藍) ┃ 竺 笞 笡 籃 籃 籃

❶用藤、竹、柳條等編的盛東西的器具，上面有提梁：菜籃｜花籃。❷籃球架上供投籃的鐵圈和網子：投籃｜攻籃。

籍 jí (及) ┃ 粵 jig⁶ (寂) ┃ 竹 竺 筆 筀 籍 籍

❶書的總稱：書籍｜古籍。❷出生或久居的地方：籍

貫｜本籍｜祖籍。❸隸屬關係，登記隸屬關係的簿册: 國籍｜學籍｜戶籍。

籠 ㊀ lóng（龍）粵 lung⁴（龍）

❶用竹、木條、鐵絲等編織而成的器具: 鳥籠｜雞籠。❷蒸東西的器具: 蒸籠。❸從前拘禁犯人的竹木檻: 囚籠。

㊁ lǒng（壟）粵 lung⁵（壟）❶遮蓋，罩住: 煙霧籠罩大地。❷包括: 籠括。❸從前用竹篾編成的盛物器具，淺的叫「箱」，深的有蓋的叫「籠」。

【籠統】概括而不分明，不具體。

【籠絡】用手段拉攏人。

籟 lài（賴）粵 lai⁶（賴）

❶孔穴中發出的聲音，泛指聲音: 天籟｜萬籟俱寂。❷古代的一種簫。

籙 lù（錄）粵 lug⁶（錄） 道士用的符咒: 符籙。

籤 qiān（簽）粵 qim¹（簽）

❶作標誌用的紙片: 書籤。❷用竹木削製成的細尖的棍兒: 竹籤｜木籤｜牙籤。❸有文字或符號的占卜用的竹片。❹標明記號或數目的抓鬮用的紙片或竹片: 抽籤。

籬 lí（離）粵 léi⁴（離）

用竹子或樹枝等編成的矮圍牆: 籬笆｜藩籬｜竹籬茅舍。

籮 luó（羅）粵 lo⁴（羅）

用竹篾編成的上圓下方的器具，多用來盛糧食。

籲 yù（預）粵 yu⁶（預）

呼喊求助: 籲請｜呼籲。

米部

米 ㊀ mǐ（弭）粵 mei⁵（迷⁵）

❶穀類或其他植物去了殼的種子: 大米｜小米｜玉米｜花生米。❷姓。

【米色】白裏帶黃的顏色。

【米珠薪桂】形容物價昂貴，生活困難。

㊁ 同㊀ 粵 mei¹（迷¹） 長度單位，舊稱「公尺」: 百米跑。

三至五畫

籽 zǐ（子）粵 ji²（子） 植物的種子，也作「子」: 棉籽｜菜籽｜花籽。

粑 bā（巴）粵 ba¹（巴） 見「糍粑」條。

粉 fěn（分上）粵 fen²（分²）

❶細末: 麪粉｜藕粉｜肥皂粉。❷呈細末狀的化妝用品: 脂粉｜搽粉。❸用澱粉等製成的食品: 粉絲｜涼粉。❹白色: 粉牆｜粉蝶。❺淺紅:粉紅。❻塗抹，傅飾: 粉刷。❼使破碎: 粉碎｜粉身碎骨。

【粉飾】塗飾表面，掩蓋缺點、污點。

【粉刺】面部所生的小皰。

【粉墨登場】原指化裝後上台演戲。今多指壞人爬上政治舞台。

粒 lì（笠）粵 neb¹（挪盒¹）

❶細碎成顆狀的小塊: 砂粒兒｜豆粒兒。❷特指米顆: 誰知盤中餐，粒粒皆辛苦。❸量詞，細小的東西一顆叫「一粒」: 一粒珍珠｜三粒子彈。

粘 ㊀ zhān（占）jim¹（詹） ❶帶膠性的東西互相連接或附着在別的東西上: 糖粘牙。❷用膠水或漿糊等使東西連接起來: 粘貼｜粘連｜粘住。

㊁ nián（黏）粵 nim⁴（念⁴） 同「黏」。

粗 cū（醋陰）粵 cou¹（操）

❶顆粒大或直徑大的，跟「細」相對: 粗沙｜粗繩。❷不精緻，毛糙的: 粗劣｜粗糙｜去粗取精。❸聲音大而低: 粗聲大氣。❹魯莽，不文雅: 粗暴｜粗野。❺疏忽，馬虎: 粗疏｜粗心大意。❻略微: 粗通｜粗知一二。❼技術簡單但費體力的: 粗活｜粗工。

【粗俗】粗野庸俗。

【粗獷】❶粗野。❷豪放。

【粗枝大葉】比喻做事不精細，不認真。

【粗茶淡飯】飲食儉樸。

【粗製濫造】製作東西馬虎草率，不顧質量。

◆粗大 粗心 粗壯 粗放 粗重 粗陋 粗淺 粗率 粗笨 粗鄙 粗豪 粗實

粕 pò（破）粵 pog³（樸）

壓榨豆、麥、花生等剩下的渣滓: 糟粕。

六至七畫

粟 sù（肅）粵 sug¹（肅）

❶穀子，一年生草本植物，子實去皮後就是小米。❷從前泛稱糧食。❸姓。

粥 zhōu（舟）粵 zug¹（祝）

稀飯: 小米粥｜早上喝粥。

粱 liáng（良）粵 lêng⁴（良）

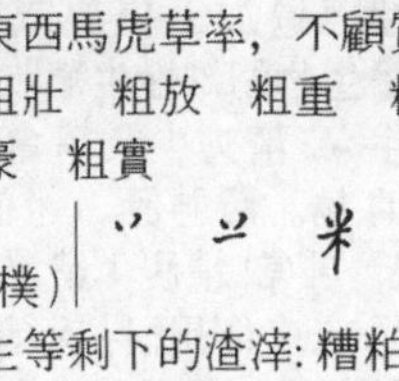
高粱

❶穀類植物，所結的實叫「粟」，俗稱「小米」，是北方百姓的重要食糧。❷指稷，「高粱」，一年生草本植物，莖幹高大，子實可供食用和釀酒。

粳 jīng（精）粵 geng¹（庚）　`丶丷半粋粳粳`
沒有黏性的晚稻：粳稻｜粳米。

粲 càn（燦）粵 can³（燦）
❶鮮明，美好的樣子：粲粲｜粲然。❷笑的樣子：粲然一笑｜以博一粲。

粵 yuè（月）粵 yud⁶（月）　`丷丿向甸甸粵`
廣東省的別稱：粵漢鐵路。

八至十畫

粽 zòng（縱）粵 zung³（縱）　`丷米米'粉粍粽`
用箬竹葉或葦葉裹糯米做成的食品，一般包成三角椎體。中國民間端午節吃粽子，相傳是為紀念在這一天投江而死的大文學家屈原。

粹 cuì（瘁）粵 sêu⁶（穗）　`丷米粋粎粒粹`
❶純一，不雜：純粹｜粹而不雜。❷精華：精粹｜文粹。

精 jīng（晶）粵 jing¹（晶）　`丷米粁粎粁精`
❶細密，細巧，跟「粗」相對：精細｜精密｜精巧。❷一流的，出色的：精美｜精良｜精銳。❸完美的，最好的：精華｜精粹｜精髓。❹聰明，能幹：精靈｜精悍｜精明強幹。❺經過加工提煉或挑選，品質純淨的：精米｜精鹽。❻生物的雄性生殖質：精子｜精液｜受精。❼活力，有生氣：精力｜聚精會神。❽擅長，專一：精於｜精通｜專精。❾神話、迷信所說的妖怪：妖精｜白骨精。❿很，非常：精瘦｜精濕。
【精神】❶指人的思想或作風：科學精神｜好學精神。❷指人的活力：精神飽滿。❸意義或內容實質：領會文章的精神。
【精彩】優美，出色，也作「精采」。
【精誠】真心誠意，沒有半點虛偽：精誠團結。
【精練】文章或說話周密、簡練，沒有多餘的詞句。
【精闢】見解或理論深刻透徹。
【精打細算】在使用人力和財力時精細地計算，力求節約。
【精益求精】已經很好了，還要求更好。
◆精光　精兵　精壯　精到　精深　精湛　精微　精確　精簡　精疲力盡　精雕細刻　◆香精　酒精　無精打采　養精蓄銳　勵精圖治

粼 lín（林）粵 lên⁴（侖）
【粼粼】形容水、石等明淨：粼粼碧波｜白石粼粼。

糍 cí（瓷）粵 qi⁴（瓷）
一種用糯米做成的食品：糍粑｜糍飯團。

糊 ㊀ hú（胡）粵 wu⁴（胡）　`丷米料粘糊糊`
❶黏合，貼：裱糊｜糊窗紙。❷食物烤焦了：飯糊了｜餅烙糊了｜一股糊味。❸不清晰：模糊。
【糊口】勉強維持生活。

【糊塗】不明白，不清楚：越說越糊塗。
㊁ hù（戶）濃稠如粥的液汁：麥糊｜漿糊｜芝蔴糊。　粵 同㊀
【糊弄】❶草草了事，敷衍塞責。❷欺瞞，作弄：你別想糊弄人。

糅 róu（柔）粵 neo²（扭）
混雜：糅合｜真偽雜糅。

糖 táng（唐）粵 tong⁴（唐）　`粁粁粁粎粏糖`
❶用麥、甘蔗或甜菜製成的食物，味很甜，有白糖、黃糖、冰糖等多種。❷糖果：喜糖｜軟糖｜酥糖。

糕 gāo（羔）粵 gou¹（羔）　`丷米粁粎糕糕`
用米粉或芻粉攪和其他原料做成的塊狀食品：蛋糕｜年糕｜蘿蔔糕。

十一畫以上

糜 mí（迷）粵 méi⁴（眉）　`亠广庀麻麻麼`
❶粥：肉糜。❷爛：糜爛。❸損耗，浪費：糜費。❹姓。

糠 kāng（康）粵 hong¹（康）　`粁粁粎粏粋糠`
❶從稻、穀子等籽粒上碾下來的皮或殼：米糠｜穀糠｜麥糠。❷東西發鬆，變空：蘿蔔糠了。
【糠秕】❶穀類的廢棄不能吃的部分。❷比喻廢棄的東西。

糟 zāo（遭）粵 zou¹（遭）　`米米'粒糟糟糟`
❶釀酒、做醋剩下的渣滓：酒糟｜醋糟。❷用酒糟醃製食物：糟魚｜糟蛋。❸腐朽：這木頭糟了。❹比喻情況壞或事情做不好：糟糕｜一團糟｜這篇文章寫得很糟。❺比喻事情混亂，壞：亂糟糟｜烏七八糟。
【糟粕】酒渣，豆渣之類的東西。比喻粗劣、無用的東西，與「精華」相對。
【糟蹋】也作「糟踐」或「糟踏」。❶浪費，損壞：不要糟蹋糧食。❷欺壓、侮辱：住嘴，你別亂糟蹋人！

糞 fèn（憤）粵 fen³（訓）　`米畨峚酱酱糞`
❶大便，屎：糞便｜大糞。❷施肥：糞田。❸掃除：糞除。
【糞土】❶糞便和泥土。比喻不值錢的東西。❷表示輕視。

糢 mó（魔）粵 mou⁴（無）
【糢糊】也即「模糊」，不分明，不清楚。

糙 cāo（操）粵 cou³（燥）　`半米'粁粐粘糙`
❶粗，不細緻：粗糙｜做事毛糙。❷大米沒舂過或碾得不精：糙米。

糧 liáng（良）粵 lêng⁴（良）　`半米'粗粗糧糧`
❶穀類食物的總稱：糧食｜雜糧｜乾糧。❷田地的賦稅：田糧｜納糧。

糯 nuò（懦）粵 no⁶（懦）　`半米'粁粴糯糯`
稻的一種，米黏性強：糯稻｜糯米（也叫「江米」）。

糰 tuán（團）粵 tun⁴（團）
用米粉或芻粉製成的團狀食物。

糴	dí（笛） 粵 dég⁶（笛）	買進糧食: 糴米。
蘖	niè（蘖） 粵 yib⁶（蘖）	釀酒的麴: 麴蘖。
糶	tiào（跳） 粵 tiu³（跳）	賣出穀米: 平糶｜糶米。

糸部

| 糸 | mì（覓）
粵 mig⁶（覓） | 細絲。 |

一至三畫

系 xì（係）／粵 hei⁶（係）｜㇒ 一 ㇒ 幺 糸 系

❶有聯屬關係的:系統｜世系｜嫡系。❷大學中的分科:中文系｜物理系。❸同「繫」，牽掛:系念。

糾 jiū（究）／粵 giu²（矯）｜幺 幺 糸 糾 糾

❶纏繞，牽連:糾纏｜糾結。❷集合:糾集｜糾合。❸矯正:糾正｜糾偏。❹督察:糾察。
【糾紛】爭執:調解糾紛。
【糾葛】比喻纏繞不清的事情。

紅 hóng（洪）／粵 hung⁴（洪）｜幺 幺 糸 紅 紅 紅

❶像鮮血的顏色:紅色｜紅花｜紅布。❷指顯達得勢或受寵:紅人｜走紅｜紅歌星。❸商業上指純利:紅利｜分紅。❹指喜慶:紅白喜事。❺姓。
【紅運】好運氣。也作「鴻運」。
【紅塵】❶鬧市的飛塵。形容繁華的景象。❷指人世間:看破紅塵。
【紅潤】皮膚紅而滋潤:臉色紅潤。
◆紅妝 紅星 紅顏 紅彤彤 紅豔豔 ◆火紅 朱紅 粉紅 殷紅 桃紅 通紅 深紅 發紅 嫣紅 緋紅 鮮紅 燈紅酒綠 萬紫千紅

紂 zhòu（宙）／粵 zeo⁶（宙）｜㇗ 幺 幺 糸 紂 紂

商朝末代帝王，相傳殘忍無道，是個暴君。

紇 hé（核）／粵 hed⁶（核）｜幺 幺 糸 紇 紇 紇

【回紇】唐代西北地區的遊牧民族。

約 yuē（曰）／粵 yêg³（躍）｜幺 幺 糸 紒 約 約

❶共同商定遵守的條款:公約｜條約｜契約。❷拘束、限制:約束｜制約｜約法三章。❸預先設定:約會｜有約｜失約。❹邀請:特約｜約請｜約他來。❺省儉:節約｜儉約。❻大概:大約｜約略｜約數。❼簡要:簡約。❽模糊，不十分清楚:隱約｜依約可見。❾算術上指用公因數去除分子和分母，使分數簡化的過程:約分。
【約莫】大概估計:約莫五點鐘光景。
【約定俗成】指某些事物的名稱或社會習慣，是人們經過

長期沿用、仿照而共同認定或形成的。
◆約同 約定 約計 約期 ◆守約 和約 訂約 背約 草約 商約 爽約 婉約 解約 締約 盟約 毀約 預約 違約

紈 wán（丸）／粵 yun⁴（元）｜潔白的細絹: 紈扇。
【紈綺子弟】紈綺:華美的衣着。指富貴人家專講吃喝玩樂、不知人生甘苦的子弟。

紀 jì（記）／粵 géi³（己）｜幺 幺 糸 紀 紀 紀

❶記載:紀事｜紀錄｜紀實。❷規則，法度:紀律｜軍紀。❸紀年的單位:中國古代以十二年為一紀，現在公曆以一百年為一紀:二十世紀。❹年歲:年紀。❺史書上專記帝王的傳記:高祖本紀。
【紀元】❶紀年的開始。現在國際上通用的公曆以傳說耶穌出生那一年為元年。❷比喻新的開始:新紀元。
【紀念】用事物或行動對人物、事件等表示懷念。

紉 rèn（刃）／粵 yen⁶（刃）｜幺 幺 糸 紉 紉 紉

❶縫補衣服:縫紉。❷引線穿針:紉針。

四畫

紋 wén（文）／粵 men⁴（文）｜幺 幺 糸 紋 紋 紋

條紋:水紋｜指紋｜紋理。
【紋絲不動】一點兒也不動。

紊 wěn（吻）／粵 men⁶（問）｜㇒ ㇇ 文 紊 紊 紊

雜亂:紊亂｜有條不紊。

紡 fǎng（訪）／粵 fong²（訪）｜幺 幺 糸 紡 紡 紡

❶將絲、麻、棉、毛等抽成紗或線:紡紗｜紡線｜紡織。❷一種柔軟精密的絲織品:紡綢。
【紡織娘】昆蟲。生活在草叢裏，雄的能發出像紡車紡線的聲音。

素 sù（訴）／粵 sou³（訴）｜㇐ ㇀ 圭 圭 丰 素 素

❶質樸，不華麗:樸素｜素淨。❷本來的，原有的:素質｜素性。❸平常，向來:平素｜素不相識。❹蔬菜、瓜果(不包括葱、蒜、韭)等食物，跟「葷」相對:素食｜素菜｜吃素。❺構成事物的基本成分:元素｜因素。❻本色，白色:素絲｜素緞｜素色。❼喪服:素服｜縞素。
【素材】沒有經過提煉和加工的文藝創作材料。
【素描】❶用單純線條描繪，不加色彩的畫，如鋼筆畫、炭筆畫等。❷指文藝作品文句簡潔、不加渲染的描寫。
【素養】平日的修養:藝術素養。
【素昧平生】向來就不認識。
◆素來 素酒 素淡 素雅 ◆色素 要素 葉綠素 我行我素 訓練有素 艱苦樸素

紝 rèn（任）／粵 yem⁶（任）｜❶紡織。❷織布帛的絲縷。

紜 yún（雲）／粵 wen⁴（雲）｜幺 糸 紜 紜 紜 紜

見「紛紜」條。

索 | suǒ（所）| 十 丯 虍 虍 宯 宯 索
粵 sog³（朔）

❶粗大的繩子或鏈子: 繩索｜纜索｜鐵索橋。❷尋找，搜求: 搜索｜摸索｜探索。❸討取，要: 索取｜索還｜敲詐勒索。❹孤單: 離羣索居。❺缺乏生機，不熱鬧: 蕭索。
【索性】乾脆，直截了當。
【索然】沒有興味的樣子: 索然無味｜興致索然。
◇利索 思索 絞索 線索 搜索枯腸 按圖索驥 不假思索

紮 同「紥」。

紕 | pī（披）| 幺 糸 糸 紕 紕 紕
粵 péi¹（披）

❶布帛、絲縷等破壞散開: 線紕了。❷出了差錯或漏洞: 紕漏｜紕繆。

純 | chún（脣）| 幺 幺 糸 糹 純 純
粵 sên⁴（脣）

❶單一，不雜: 單純｜純正｜純金。❷熟練的: 純熟｜工夫不純。❸最眞誠的: 純愛｜純孝。
【純眞】純潔眞摯: 純眞無邪。
【純粹】❶不摻雜別的成分的。❷完全，單單: 這種做法，純粹是胡鬧。
【純潔】清白，沒有污點: 品質純潔。

納 | nà（衲）| 幺 糸 糸 紁 紁 納
粵 nab⁶（衲）

❶收進，歸入: 出納｜納入計劃。❷交付: 納稅｜繳納公糧。❸接受: 採納｜容納｜納降。❹享受: 納涼｜納福。❺用針線密縫: 納鞋底。
【納罕】覺得驚奇、詫異。
【納悶】因為疑惑而發悶。
【納西族】中國少數民族名。主要分佈在雲南省。
◇納貢 納粹 收納 笑納 接納 結納 吐故納新

紗 | shā（沙）| 幺 糸 糸 紗 紗 紗
粵 sa¹（沙）

❶用棉、麻等紡成的細縷，可以捻線、織布: 棉紗｜紡紗。❷用紗織的很稀疏的織品: 窗紗｜紗布。❸輕柔細薄的絲織品: 羽紗｜麻紗。

紛 | fēn（芬）| 幺 糸 糸 紛 紛 紛
粵 fen¹（芬）

❶雜亂，衆多: 紛亂｜紛擾｜大雪紛飛。❷爭執，糾葛: 糾紛｜排難解紛。
【紛紛】❶多而雜亂: 議論紛紛; 大雪紛紛。❷接二連三地: 紛紛報名參加。
【紛紜】多而亂: 衆說紛紜。
【紛至沓來】形容接連不斷地來得很多。
◇紛爭 紛繁 紛紛揚揚 ◇亂紛紛 五彩繽紛

紙 | zhǐ（旨）| 幺 糸 糸 紙 紙 紙
粵 ji²（旨）

多用植物的纖維質製成的片狀製品，供寫字、繪畫、印刷、包裹等用。相傳是中國東漢蔡倫所發明。
【紙上談兵】比喻空談書本知識，不解決實際問題。
◇紙張 紙幣 紙醉金迷 ◇宣紙 信紙 報紙 一紙空文 白紙黑字 洛陽紙貴
⊗右旁是「氏」，不是「氐」。

級 | jí（吉）| 幺 糸 糸 紉 級 級
粵 keb¹（吸）

❶台階: 石級｜階級｜拾級而上。❷層次: 七級寶塔。❸等次: 等級｜高級｜上級。❹學校中依年限課程所分的學級: 一年級｜五年級。
◇升級 同級 晉級 留級 降級 特級 越級 超級

紓 | shū（書）| 解除，緩和: 紓難｜紓禍。
粵 xu¹（書）

紐 | niǔ（鈕）| 幺 糸 糸 紉 紐 紐
粵 neo²（鈕）

❶器物上可以抓住提起來的部分: 秤紐｜印紐。❷通「鈕」，指可以把衣服扣起來的東西: 衣紐｜紐扣。❸供人操縱的機鍵: 按紐｜電紐。❹事物的中心: 樞紐。
【紐帶】指能夠起聯繫作用的人或事物。

五畫

絃 | xián（弦）| 幺 糸 糸 紅 紅 絃
粵 yin⁴（弦）

樂器上用來發音的線，同「弦」。

絆 | bàn（伴）| 幺 糸 糸 絆 絆 絆
粵 bun⁶（伴）

❶腳或手被別的東西擋住或纏住: 絆了一跤｜絆手絆腳。❷勒馬的繩子。
【絆腳石】比喻阻礙前進的人或事物。

絏 | xiè（泄）| ❶繩索。❷綑綁犯人。
粵 xid³（泄）

紺 | gàn（幹）| 黑裏透紅的顏色。
粵 gem³（禁）

紮 | ⊖zā（匝）| 十 木 札 札 絜 紮
粵 zad³（札）

❶捆，纏束: 綑紮｜包紮。❷東西一束，一把: 一紮青菜。
⊜zhā（扎）軍隊駐營: 紮營｜駐紮。
粵 同⊖

紱 | fú（拂）| 繫印章或佩玉用的絲繩: 印紱。
粵 fed¹（忽）

組 | zǔ（祖）| 幺 糸 糸 紉 組 組
粵 zou²（祖）

❶構成: 組織｜組合｜改組。❷少數的人聯合成的單位: 班組｜小組｜機組人員。❸編成套的文藝作品: 組曲｜組歌。❹量詞，用於事物的集體: 一組人馬｜三組考題。
◇組成 組長 組閣 ◇分組 詞組 劇組

細 | xì（系）| 幺 糸 糸 紉 細 細
粵 sei³（婿）

❶直徑小的，跟「粗」相對: 細毛線｜細竹竿。❷顆粒碎小的: 細砂｜細末｜細粒。❸精緻: 精細｜細瓷器｜雕細刻。❹周密: 細心｜精打細算。❺詳盡: 細說｜細看。❻瑣碎，不重要的: 細微｜細事｜細節。
【細菌】要用顯微鏡才能看見的一類微生物。有的對人類有利，有的能使人、畜等發生疾病。
【細軟】貴重衣物、首飾等細小而輕軟的東西。
【細膩】❶精細而光滑。❷指描寫或表演細緻入微。
【細水長流】比喻有計劃地節約使用錢物，使經常不缺。

◆細巧　細究　細長　細胞　細密　細碎　細枝末節
◆仔細　奸細　底細　粗細　微細　瑣細　繁細　纖細
和風細雨　膽大心細

累 ⊖ lěi（儡）｜口 田 里 里 罗 累
　　粵 lêu⁵（呂）

❶重疊，堆積：危如累卵｜積年累月。❷連累：累及｜受累｜累你操心。
【累累】❶屢屢。❷形容累積：罪行累累。
【累進】照原數目多少而遞增，如2、4、8、16等，原數越大，增加的數也越大。
◆累年　累積　◆成千累萬　連篇累牘　窮年累月
　⊜ lèi（類）｜疲乏，過勞：我今天累了。
　　粵 lêu⁶（類）
　⊜ léi（雷）｜【累贅】繁重的負擔，麻煩。
　　粵 lêu⁴（雷）

紬 ⊖ chōu（抽）｜同「抽」，抽引。
　　粵 ceo¹（抽）【紬繹】引出頭緒來。
　⊜ chóu（綢）｜同「綢」，柔軟細薄的絲織品。
　　粵 ceo⁴（綢）

紳 shēn（申）｜幺 糸 糹 紳 紳 紳
　　粵 sen¹（申）
指地方上有權勢的人或退休的官僚：紳士｜鄉紳｜土豪劣紳。

絀 chù（觸）｜幺 糸 糹 紆 紳 絀
　　粵 jud³（拙）
不足，不夠：支絀｜心餘力絀｜相形見絀。

終 zhōng（中）｜幺 糸 糹 終 終 終
　　粵 zung¹（中）
❶末了，結束，跟「始」相對：終了｜終點｜有始有終。❷整個一段時間：終日｜終生。❸指人死：臨終｜善終。❹到底：終於｜終究｜終將成功。
【終年】❶全年。❷死時的年歲：終年九十。
【終歸】到底，畢竟：生活終歸是美好的。
【終身大事】關係一生的大事，多指婚姻。
◆終止　終身　終局　終場　終結　◆年終　始終　最終　壽終正寢

紹 shào（邵）｜幺 糸 紹 紹 紹 紹
　　粵 xiu⁶（邵）
❶替雙方聯絡牽合：介紹。❷接續，繼續。

紼 fú（佛）｜幺 糸 糹 紼 紼 紼
　　粵 fed¹（佛）
❶大繩子。❷執紼（送葬）。

六至七畫

絞 jiǎo（狡）｜幺 糸 紌 紋 紋 絞
　　粵 gao²（狡）
❶擰，扭緊：絞麻｜絞毛巾。❷勒死，縊死，死刑的一種：絞刑｜絞決｜絞架。
【絞盡腦汁】想盡辦法。

統 tǒng（桶）｜幺 糸 紌 紌 統 統
　　粵 tung²（桶）
❶事物相傳相連的關係：系統｜血統｜傳統。❷總管，率領：統治｜統轄｜統率。❸總括，綜合：統稱｜統

計｜統統。❹同「筒」：長統靴｜皮統子。
【統一】❶合一，沒有分歧：意見統一。❷集中，全面：統一規劃。
【統帥】❶軍隊的最高指揮官。❷統轄率領。
◆統共　統制　◆一統　正統　總統　體統　籠統

絜 ⊖ xié（邪）｜衡量，審度。
　　粵 kid³（揭）
　⊜ jié（潔）｜同「潔」。
　　粵 gid³（潔）

結 ⊖ jié（潔）｜幺 糸 紅 紨 紝 結
　　粵 gid³（潔）
❶繩線相扣相連：結網｜結繩記事。❷用繩或線打成的扣子：蝴蝶結｜打活結。❸組織，聯合：結交｜結婚｜結盟。❹凝聚：結冰｜結晶。❺構成：結仇｜結怨。❻終止，收束：完結｜了結｜結算。❼表示保證的字據：具結。
【結局】最後的結果，最後的局面。
【結果】❶事情的終結：結果很好。❷指把人殺死：一刀結果了他的性命。
【結論】❶對人或事物所作的評斷。❷邏輯上從前提推論出來的判斷。
【結黨營私】結成小集團以謀求私利。
◆結存　結合　結伴　結尾　結隊　結義　結餘　結語　結親　◆巴結　勾結　凍結　終結　集結　締結　凝結　歸結　張口結舌　張燈結綵　歸根結底
　⊜ jiē（接）｜植物長果實：開花結果。
　　粵 同⊖　【結巴】口吃，說話不流利。
【結實】❶植物長的果實。❷堅固耐用。❸身體健壯。

絨 róng（戎）｜幺 糸 紅 紆 絨 絨
　　粵 yung⁴（戎）
❶又柔軟又細的毛：絨毛。❷表面有一層柔細短毛的紡織品：呢絨｜駝絨｜絨毯。❸刺繡所用的絲縷：絨繡。

紫 zǐ（子）｜丨 丨 丬 止 此 紫
　　粵 ji²（子）
❶藍紅合成的顏色：紫色｜紫玫瑰。❷姓。

給 ⊖ gěi（級）｜幺 紅 紒 給 給
　　粵 keb¹（級）
❶把東西交付或送與別人：給他一本書｜給你一個任務。❷為，替：給大家做點好事｜給你買件禮物。❸被，讓：樹給大風刮倒了｜這件事應該給大家知道。❹用行動向別人表示某種態度：給老師敬禮｜給他一個教訓｜給他點顏色看看。
【給以】給，送與，使其受到：給以照顧｜給以沈重的打擊。
　⊜ jǐ（己）｜❶供應：供給｜配給｜自給自足。❷豐
　　粵 同⊖　足：家給人足。
【給予】給，提供，使得到：給予援助。
【給養】供軍隊用的生活必需品。

絡 luò（洛）｜幺 糸 紅 紵 終 絡
　　粵 log³（洛）
❶纏、繞：絡絲｜絡紗。❷人身的神經細管：經絡｜脈絡。❸果實內的網狀纖維：橘絡｜絲瓜絡。❹聯結，維繫：聯絡｜籠絡人心。❺罩在馬頭上的籠頭：絡頭。
【絡繹】前後接連不斷：絡繹不絕。

絳 jiàng（降）｜深紅色：絳袍。
　　粵 gong³（降）

絕 jué（決）｜粵 jud⁶（苗⁶）｜紀 紹 絆 絕 絕 絕

❶斷了：斷絕｜絡繹不絕。❷極，最：絕密｜絕妙｜風景絕佳。❸走不通的，沒有生路的：絕路｜絕境。❹盡，完畢：滔滔不絕｜彈盡糧絕。❺獨一無二的：絕技｜絕招｜空前絕後。❻一定，無論如何：絕不｜絕對｜絕無此事。

【絕口】❶住口（只用在「不」後）：讚不絕口。❷閉口：絕口不提。

【絕代】當代獨一無二：才華絕代。

【絕句】古詩的一種體裁。每首四句，每句五字的叫五言絕句，每句七字的叫七言絕句。簡稱「五絕」、「七絕」。

【絕倫】沒有可以相比的：荒謬絕倫。

【絕望】毫無希望。

【絕頂】❶非常：絕頂聰明。❷最高峯：泰山絕頂。

【絕筆】❶死前最後的筆跡。❷指最好的書畫。

【絕壁】非常高陡，像牆壁似的山崖：高山絕壁。

【絕處逢生】在危險或沒有出路的情況下得到生路。

【絕無僅有】極其少有。

◆絕交　絕色　絕症　絕食　絕種　絕緣　◆回絕　決絕　杜絕　拒絕　卓絕　根絕　滅絕　禁絕　隔絕　謝絕　拍案叫絕　深惡痛絕　艱苦卓絕

絢 xuàn（炫）｜粵 hün³（勸）｜ㄑ 幺 糸 約 絢 絢

有文彩的樣子。

【絢爛】光彩奪目的樣子。

絮 xù（序）｜粵 sêu⁵（緒）｜ㄑ 夂 女 如 智 絮

❶彈鬆了的棉花：棉絮｜被絮。❷植物種子所附的絨毛：柳絮｜蘆絮。❸把棉花鋪進衣、被裏：絮棉衣｜絮被子。❹語言囉嗦，令人厭煩：絮語｜絮叨｜絮絮叨叨。

絲 sī（思）｜粵 xi¹（思）｜ㄑ 幺 幺 糸 絲 絲

❶蠶吐出的纖維，是織綢緞等的原料。❷細長像絲的東西：鐵絲｜雨絲｜蛛絲馬跡。❸形容細微，極小：一絲不苟｜紋絲不動。❹重量、長度單位，十絲爲一毫。❺古代稱弦樂器：絲竹合奏。

【絲瓜】草本植物。果實長條形，鮮嫩時可做菜，老熟後變成網狀的絲瓜絡，可做藥，也可用來擦洗東西。

【絲毫】極少，一點兒：絲毫不差。

【絲絲入扣】比喻文章或藝術表演等非常緊湊合拍。

◆絲綿　絲帶　絲絨　絲綢　絲織　◆吐絲　煙絲　鋼絲　一絲一毫　一絲不掛　千絲萬縷　藕斷絲連

經 jīng（京）｜粵 ging¹（京）｜幺 糸 紀 經 經 經

❶親身做過的：經歷｜身經百戰。❷管理，治理：經營｜經商｜經理。❸紡織品上的直線，叫「經」，橫線叫「緯」。❹地圖上或地球儀上的南北直線叫「經」，東西橫線叫「緯」。❺認爲有永久價值的書或宗教中講教義的書：經典｜四書五經｜聖經。❻通過：經過｜途經上海。❼不可變易的禮法：天經地義｜離經叛道。❽人體的脈絡：經絡｜經脈。❾婦女的生理現象：月經。

【經心】注意，留心：漫不經心。

【經久】經過很長的時間：掌聲經久不息。

【經由】指路程經過某一地方：經由上海到北京。

【經費】指機關、學校等經常支出的費用。

【經濟】❶關於財貨的事：經濟恐慌；他家經濟比較富裕。❷節省，便宜：這頓飯很經濟。

【經驗】❶親身經歷：這樣的事，我從來沒經驗過。❷從經歷中取得的知識：他對種花有豐富的經驗。

【經年累月】經過或拖延了許多日子：這事經年累月不得解決。

◆經年　經受　經紀　經售　經常　經意　經管　經綸　經銷　◆取經　念經　財經　曾經　不經之談　引經據典　漫不經心　一本正經

綃 xiāo（消）｜粵 xiu¹（消）｜古代一種織物。

絹 juàn（眷）｜粵 gün³（眷）｜幺 糸 紀 紹 絹 絹

❶一種薄而結實的絲織品。❷手帕：手絹。

⊗不要讀成「捐」。

綑 同「捆」。

綏 suí（隨）｜粵 sêu¹（須）｜幺 糸 紅 紵 綏 綏

❶安撫，使安定：綏靖。❷平安。

綉 同「繡」。

綁 bǎng（榜）｜粵 bong²（榜）｜幺 糸 絆 絆 綁 綁

用繩索綑縛：綑綁｜綁架｜繩綑索綁。

【綁票】匪徒捉了人，要人家拿錢贖回。

條 tāo（滔）｜粵 tou¹（滔）｜用絲線編織的帶子，可作衣物邊上的裝飾：條帶｜絲條。

【條蟲】人和家畜腸子裏的寄生蟲，身體扁長像帶子。

八畫

綜 zōng（宗）｜粵 zung¹（宗）｜幺 糸 紵 綜 綜 綜

總合到一起：綜合｜綜括｜錯綜複雜。

綻 zhàn（棧）｜粵 zan⁶（賺）｜幺 糸 紵 綻 綻 綻

❶破裂，裂開：鞋開綻了｜皮開肉綻。❷花開：荷花初綻｜花兒綻開了笑臉。

綰 wǎn（挽）｜粵 wan²（挽²）｜幺 糸 紵 綰 綰 綰

❶把長條形的東西盤繞打結：綰個結｜把頭髮綰起來。❷捲：綰袖子。

綣 quǎn（犬）｜粵 hün³（勸）｜見「繾綣」條。

綾 líng（陵）｜粵 ling⁴（陵）｜幺 糸 紌 綾 綾 綾

輕而薄的絲織品：綾羅綢緞。

緒 xù（絮）｜粵 sêu⁵（髓）｜幺 糸 紅 紵 緒 緒

❶絲線的頭，比喻事情的開端：頭緒｜千頭萬緒。❷指心情、思想：心緒｜情緒｜思緒。

【緒論】開頭的話。學術論著在開頭介紹全書內容要點的話。也叫「緒言」。

◆ 就緒　愁緒　端緒　茫無頭緒

綦 qí (其)　　極，很：希望綦切。
粵 kéi⁴ (其)

緊 jǐn (謹)　　乛 亇 臣 臤 緊 緊
粵 gen² (謹)

❶密切合攏，合得嚴實：緊密｜緊鄰｜緊靠。❷物體受到壓力或拉力後形成的一種狀態：拉緊｜壓緊｜收緊。❸嚴，不放鬆：抓緊時間｜看管得很緊｜緊緊盯住他。❹情況嚴重或關係重要：緊急｜緊要。❺不寬裕：手頭緊｜日子過得很緊。❻快，不停止：緊追｜緊催｜緊鑼密鼓。

【緊迫】急迫，沒有緩衝的餘地。

【緊湊】連接緊密，中間沒有多餘的東西或空隙。

【緊張】❶關係不好：關係緊張。❷工作、學習繁忙。❸提心弔膽或高度興奮：心情緊張。❹局勢緊張。

【緊縮】壓縮，縮小：緊縮開支。

◆ 緊身　緊促　緊逼　緊箍咒　◆ 加緊　吃緊　勒緊　趕緊　鬆緊　嚴緊　攏緊

綺 qǐ (起)　　幺 糸 紒 紤 綺 綺
粵 yi² (椅)

❶有彩色花紋或圖案的絲織品：綺羅。❷美麗，美妙：風景綺麗。

綫 同「線」。

綽 chuò (輟)　　幺 糸 紦 綛 絈 綽
粵 cêg³ (卓)

❶寬裕，用不完：寬綽｜綽綽有餘。❷形容女子體態柔美：綽約多姿。

【綽號】外號，謔名：不要給人家起綽號。

網 wǎng (岡)　　糸 紒 絅 網 網 網
粵 mong⁵ (岡)

❶用繩線編的捕魚捕鳥的器具：魚網。❷呈網狀的東西：蜘蛛網｜鐵絲網。❸能拘束人的事物或力量：法網難逃｜天羅地網。❹一種伸向四面八方的聯繫關係：通訊網｜發行網。❺用網捕捉：網着了一條魚。

【網羅】比喻搜求，羅致：網羅人才。

◆ 網兜　網球　網開一面　◆ 河網　起網　情網　球網　落網　電網　漏網　羅網　一網打盡　天網恢恢　自投羅網

綱 gāng (剛)　　糸 紒 網 網 網 綱
粵 gong¹ (剛)

❶魚網上的總繩子。❷比喻事物的主要部份：大綱｜總綱｜提綱挈領。

【綱目】事物的大綱和細目。

【綱紀】社會的秩序和國家的法紀。

【綱領】一定時期內的奮鬥目標和行動步驟。

【綱舉目張】比喻抓住事物的關鍵，就能帶動其他環節。

◆ 綱要　◆ 政綱　提綱

⊗跟「網」不同。

綵 cǎi (彩)　　糸 糺 紣 絆 綵 綵
粵 coi² (彩)

彩色的綢子：綵綢｜張燈結綵。

緋 fēi (非)　　淺紅色：兩頰緋紅。
粵 féi¹ (非)

維 wéi (惟)　　糸 紒 紷 紷 維 維
粵 wei⁴ (惟)

❶連結：維繫。❷保持，保存：維持｜維護｜維修。❸思想：思維。❹構成生物體組織的細長物質：纖維。

【維生素】生物體的生長和代謝所必需的微量有機物，現已發現的有二十多種。人和動物如果長期缺乏某種維生素，就會發生某種疾病。

【維吾爾族】中國少數民族名。主要分佈在新疆維吾爾族自治區。

【維妙維肖】形容描寫、模仿得非常像，非常逼真。也作「惟妙惟肖」。

綿 mián (棉)　　糸 糹 紵 絤 綿 綿
粵 min⁴ (棉)

❶指絲絮：絲綿。❷連續不斷：綿長｜綿延｜連綿不斷｜春雨綿綿。❸形容柔軟、柔弱：綿軟｜綿力｜軟綿綿。

【綿羊】羊的一種。性溫馴，肉可吃，毛是紡織品的重要原料，皮可製革。

【綿亙】連綿不斷：山嶺綿亙。

【綿薄】謙詞。稱自己能力微小、薄弱。

綸 ㊀ lún (輪)　　糸 紒 紷 給 綸 綸
粵 lên⁴ (輪)

❶古代指青絲帶子或釣魚用的絲線：釣綸｜垂綸。❷指某些合成纖維：錦綸｜滌綸｜維尼綸。

㊁ guān (關)　　【綸巾】古代的一種頭巾，用青絲條粵 guan¹ (關)　　帶做成。

綹 liǔ (柳)　　線、麻、鬍鬚、頭髮等一股叫一
粵 leo⁵ (柳)　　綹：一綹線｜五綹長鬚。

綢 chóu (酬)　　糸 糹 紒 絧 綢 綢
粵 ceo⁴ (酬)

薄而軟的絲織品：綢緞｜紡綢｜綢被面。

【綢繆】❶修理、修繕，使堅固：未雨綢繆（比喻事先做好準備）。❷情意纏綿。

綴 zhuì (贅)　　糸 糹 緂 綴 綴 綴
粵 zêu⁶ (贅)

❶縫補：補綴｜綴上幾針。❷連結，組合：綴文｜綴句。❸裝飾：點綴。

緇 zī (資)　　糸 糸 紭 緇 緇 緇
粵 ji¹ (資)

黑色：緇衣。

綠 ㊀ lǜ (慮)　　糹 紒 紵 絆 綠 綠
粵 lug⁶ (錄)

由青黃兩色合成的顏色：綠草｜綠樹成蔭｜青山綠水。

【綠化】種植樹木和花草，改善生活環境。

【綠洲】沙漠裏有水、草的地方。

【綠油油】濃綠的樣子：田野上長着綠油油的莊稼。

◆ 綠豆　綠茶　綠野　綠蔭　綠燈　綠茸茸　◆ 草綠　深綠　葱綠　碧綠　墨綠　翠綠　嫩綠　葉綠素　燈紅酒綠

㊁ lù (錄)　　用於「綠林」、「鴨綠江」等詞。
粵 同㊀　　【綠林】原指西漢末年聚集湖北綠林山的農民軍。後泛指聚集山林之間反抗官府或搶劫財物的集團。

九畫

締 | dì（帝）
粵 dei³（帝） | 糸 糸' 紵 紵 締 締

❶結合，訂立: 締結 | 締約 | 締交。❷創立，組織: 締造。❸約束，限制: 取締黃色書刊。

編 | biān（邊）
粵 pin¹（篇） | 糸 糸' 糸' 紵 編 編

❶連結，交叉組織起來: 編織 | 編竹籃 | 編草蓆。❷按順序排列: 編號 | 編隊。❸創作或作文字加工整理: 編纂 | 編著。❹指成本的書或書中的一部分: 巨編 | 上編。❺捏造: 編瞎話 | 編造謊言。

【編導】❶編劇和導演。❷編劇和導演的人。

【編輯】❶把文章資料整理加工，編成書報、雜誌等。❷做編輯工作的人。

◆編訂 編寫 編譯 ◆主編 改編 摘編 簡編 斷編殘簡

緙 | kè（課）
粵 kag¹（卡客¹） | 【緙絲】中國特有的一種絲織手工藝。也叫「刻絲」。

緗 | xiāng（相）
粵 sêng¹（相） | 淺黃色的絲織品。

練 | liàn（鍊）
粵 lin⁶（鍊） | 糸 糸' 紵 絧 絧 練

❶反覆學習和操演: 練習 | 練字 | 勤學苦練。❷熟悉，有經驗: 熟練 | 老練 | 幹練。❸白色的絹: 白練 | 江平如練。

◆練功 練兵 練武 練達 練操 ◆洗練 訓練 排練 教練 精練 磨練 凝練 簡練

緬 | miǎn（免）
粵 min⁵（免） | 糸 糸' 紵 絧 緬 緬

❶思念，遠想: 緬念。❷亞洲國家緬甸的簡稱。

【緬懷】追念: 緬懷前人。

緘 | jiān（監）
粵 gam¹（監） | 糸 糸' 紵 絬 緘 緘

❶封，閉口: 緘默 | 緘口不言。❷信函: 緘札。

緻 | zhì（至）
粵 ji³（至） | 糸 糸' 絲 經 緻 緻

細密，精密: 細緻 | 精緻 | 工緻。

緹 | tí（提）
粵 tei⁴（提） | 橘紅色的綢子。

緝 | ㊀jī（機）
粵 ceb¹（輯） | 糸 糸' 紵 紵 緝 緝

搜捕: 緝捕 | 緝盜 | 通緝。

【緝私】搜查走私，捉拿走私犯。

㊁qī（妻）一針連一針密密地縫: 緝邊 | 緝鞋口。
粵 同㊀

緲 | miǎo（秒）
粵 miu⁵（秒） | 見「縹緲」條。

緩 | huǎn（歡上）
粵 wun⁶（煥） | 糸 糸' 紵 絧 緩 緩

❶慢，跟「急」相反: 緩慢 | 緩步 | 溪水緩緩地流。❷推遲，拖延: 緩期 | 緩辦 | 刻不容緩。❸舒鬆，不緊張: 舒緩 | 和緩 | 緩了一口氣。❹蘇醒，恢復正常: 昏過去緩過來 | 秧苗緩過來了。

【緩和】由緊張轉向平靜和緩。

【緩急】緩和與急迫: 辦事要分輕重緩急。

【緩衝】把雙方隔開，緩和緊張衝突: 緩衝地帶。

【緩兵之計】使對方延緩進攻的計謀。常比喻使事態暫時和緩的辦法。

◆緩刑 緩坡 緩不濟急 ◆平緩 延緩 展緩 減緩

緞 | duàn（段）
粵 dün⁶（段） | 糸 糸' 紵 絆 絆 緞

質地密厚，正面平滑有光澤的絲織品: 綢緞 | 錦緞。

線 | xiàn（腺）
粵 xin³（腺） | 糸 糸' 紵 紵 絧 線

❶用棉、麻、毛、絲、金屬等製成的細長條: 棉線 | 毛線 | 電線。❷像線的東西: 光線 | 視線 | 紫外線。❸經由的路: 路線 | 航線 | 鐵路線。❹邊沿地帶或一些事物的邊緣: 海岸線 | 國境線 | 死亡線。❺幾何學名詞，指一個點任意移動所構成的圖形: 直線 | 曲線 | 平行線。❻形容非常微小: 一線希望 | 一線生機。

【線索】比喻事情的脈絡或探求問題的門徑: 這件事有線索了。

◆線段 線圈 線路 ◆內線 引線 防線 前線 界線 射線 斜線 戰線 生命線 地平線 導火線

緯 | wěi（偉）
粵 wei⁵（偉） | 糸 糸' 紵 緁 緯 緯

❶織物的橫線，跟「經」相對: 緯紗。❷地理學上假定的跟赤道平行的線。以赤道為中線，從赤道到南北兩極的距離各分90度，在北的叫「北緯」，在南的叫「南緯」。

緣 | yuán（原）
粵 yun⁴（原） | 糸 糸' 紵 絲 緣 緣

❶原因: 緣故 | 緣由 | 無緣無故。❷順着，沿: 緣溪而行。❸人與人相投合的情分: 緣分 | 人緣 | 姻緣。❹因為: 緣何到此。❺邊: 帽緣 | 邊緣 | 外緣。❻往上爬: 攀緣。

【緣木求魚】爬到樹上去找魚。比喻方向、方法不對，勞而無功，白費氣力。

◆緣起 ◆因緣 血緣 良緣 結緣 絕緣 機緣

十畫

縞 | gǎo（稿）
粵 gou²（稿） | ❶一種白色的絲織品。❷白色的喪服: 縞衣 | 縞素。

縗 | cuī（崔）
粵 cêu¹（吹） | 古代的一種喪服。

縊 | yì（翳）
粵 ei³（翳） | 糸 糸' 絋 絊 絊 縊

用繩子勒死: 自縊 | 縊死。

縑 | jiān（兼）
粵 gim¹（兼） | 糸 糸 紵 絳 絳 縑

一種細絹，可供寫字和繪畫用。

縈 | yíng（營）
粵 ying⁴（營） | 火 炒 燃 縈 縈 縈

纏繞: 縈迴 | 縈繞 | 瑣事縈身。

【縈懷】掛心。

縝 | zhěn（診）
粵 zen²（診） | 細緻: 縝密。

縉 jìn（晉）｜粵 zên³（晉）　紅色的絲織物。

縛 fù（付）｜粵 bog³（博）　糸 糹 絅 綽 綧 縛
❶用繩子綑、綁: 手無縛雞之力。❷比喻限制、拘束: 束縛。
⊗右旁不要寫成「專」字。

縟 rù（入）｜粵 yug⁶（辱）　繁瑣: 繁文縟節(繁瑣而不必要的禮節)。

縣 xiàn（現）｜粵 yun⁶（願）　目 且 県 鼎 縣 縣
省、自治區或直轄市的下一級行政區域單位。

縋 zhuì（綴）｜粵 zêu⁶（罪）　用繩子拴着人或東西從上放下去: 把弔桶縋下井去。

縐 zhòu（晝）｜粵 zeo³（晝）　一種軟薄而有皺紋的絲織品。

十一畫

縮 suō（唆）｜粵 sug¹（宿）　幺 糸 紵 綌 綧 縮
❶變短，變小，收斂: 縮小｜縮短｜收縮。❷不伸出，向後退，害怕: 縮脖子｜畏縮｜退縮。
【縮寫】把篇幅長的文章改寫為篇幅短的。
【縮影】指可以代表同類事物的具體而微的人或事物。
【縮手縮腳】形容膽子小，顧慮多，不敢放開手腳做事。
【縮頭縮腦】形容膽子小，不敢出頭負責。
◆縮水 縮回 縮減 ◆伸縮 萎縮 減縮 緊縮 蜷縮 濃縮 壓縮 龜縮 畏縮不前 節衣縮食

縭 lí（離）｜粵 léi⁴（離）　古代女子出嫁時遮面的彩巾，引伸指結婚: 結縭。

縴 qiàn（欠）｜粵 hin¹（牽）　拉船前進的粗繩子: 拉縴。

縶 zhí（執）｜粵 zeb¹（執）　❶拴: 縶馬。❷拘禁: 縶囚。

績 jī（跡）｜粵 jig¹（跡）　糸 糹 紝 結 績 績
❶功業，成就: 功績｜成績｜豐功偉績。❷把麻接起來搓成線或繩: 紡績｜績麻。
⊗跟「積」不同。

縹 ㊀piāo（飄）｜粵 piu¹（飄）　【縹緲】隱隱約約，若有若無的樣子: 虛無縹緲。
㊁piǎo（漂上）｜粵 piu⁵（剽）　淡青色，也指青白色的絲織品。

縵 màn（曼）｜粵 man⁶（曼）　沒有花紋的絲織品: 縵帛。

縷 lǚ（呂）｜粵 léu⁵（呂）　幺 糸 紳 縉 縛 縷
❶線: 一絲一縷｜千絲萬縷。❷一條一條地，詳細地: 縷述｜縷析。❸量詞: 一縷炊煙｜兩縷絲線。
【縷陳】詳細地陳述意見。多用於對長輩或上級。
【縷縷】形容一條一條地連續不斷: 炊煙縷縷上升。

縲 léi（雷）｜粵 léu⁴（雷）　糸 糹 細 縄 縲 縲
【縲絏】綑綁犯人的繩索。

繃 ㊀bēng（崩）｜粵 beng¹（崩）　糸 糹 紲 綳 綳 繃
拉緊，撐緊: 繃直｜把弦繃緊。
【繃帶】包紮病人患處的輕軟紗布。
㊁běng（崩上）｜粵 meng²（盟²）　板着臉，強忍住: 繃着臉｜他繃不住笑了。

繇 yáo（搖）｜粵 yiu⁴（搖）　❶同「徭」。❷同「謠」。

繁 fán（凡）｜粵 fan⁴（凡）　ノ 𠂉 𣎳 每 敏 繁
❶多，複雜，跟「簡」相對: 繁雜｜繁忙｜繁星滿天。❷興旺，茂盛: 繁茂｜繁盛｜繁榮昌盛。❸滋生: 繁殖｜繁育。
【繁重】事情多而責任重: 任務繁重。
【繁華】指城鎮、街市興旺熱鬧: 這是城裏最繁華的街道。
【繁文縟節】過分繁瑣的禮節。比喻繁瑣多餘的手續。
◆繁冗 繁多 繁密 繁細 繁複 繁榮 繁瑣 繁難 ◆浩繁 刪繁就簡

縱 zòng（粽）｜粵 zung³（眾）　糸 糹 絀 縱 縱 縱 縱
❶直，豎，跟「橫」相對: 縱橫｜縱貫｜排行縱隊。❷釋放: 縱敵｜縱虎歸山。❸放任，不加約束: 放縱｜縱目遠望。❹身體猛然向前: 縱身一跳。❺放: 縱火｜縱狗傷人。❻廣泛地，深入地: 縱觀全局｜縱談古今。❼即使，假使: 縱然｜縱令｜縱使。
【縱容】對錯誤行為不加限制，任其發展。
【縱情】盡情: 縱情歌唱。
【縱橫捭闔】指在政治或外交上運用各種手段進行聯合和分化。
◆縱馬 縱酒 縱慾 縱覽 ◆寬縱 操縱 嬌縱 驕縱 稍縱即逝 七擒七縱 欲擒故縱

總 zǒng（宗上）｜粵 zung²（腫）　糸 糹 約 約 總 總
❶聚合，滙合: 總共｜總計｜歸總。❷全面的，全部的: 總攻｜總動員｜總罷工。❸概括全部的，主要的，為首的: 總綱｜總則｜總督。❹老是，一直: 他總是樂於助人｜天總不放晴。❺畢竟，無論如何: 明天他總該回來了｜個人的力量總是有限的。
【總之】總括起來說，是「總而言之」的簡略語。
【總統】一些共和國元首的名稱。
【總結】綜合研究分析某一時期或某一活動的情況，找出經驗教訓。
【總算】❶指總起來計算: 這筆生意總算起來賺了不少。❷指某種願望終於實現: 這次總算一睹長城風采。❸指大體上還過得去: 他的功課總算過得去。
【總總】指眾多: 林林總總。
◆總部 總評 總管 總數 總額 總體 總攬

縫 ㊀féng（逢）｜粵 fung⁴（逢）　糸 糸 絲 絳 縫
用針線連結: 縫補｜縫衣服｜縫合傷口。
【縫紉】指衣服的剪裁、縫合、補綴等工作。
㊁fèng（奉）｜粵 fung⁶（奉）　❶細長的口子: 門縫｜裂縫。❷接合的痕跡: 衣縫｜無縫鋼管。

繆 ㈠móu（謀）｜粵 meo⁴（謀）｜ 紅 紀 絀 緢 繆
見「綢繆」條。
㈡miù（謬）｜粵 meo⁶（謬）｜ 見「紕」❷。
㈢miào（妙）｜粵 miu⁶（妙）｜ 姓。

繰 sāo（搔）｜粵 sou¹（搔）｜ 糸 糸 絈 繰 繰 繰
煮蠶繭抽絲。

十二至十五畫

織 zhī（支）｜粵 jig¹（職）｜ 糸 紅 繪 織 織 織
❶用棉、毛、絲、麻、草等編製物品：織布｜織毛衣｜織草蓆。❷像紡織似的往來穿梭：交織｜遊人如織。

繕 shàn（善）｜粵 xin⁶（善）｜ 絲 絑 縒 縒 縒 繕
❶修理：修繕房子。❷抄寫：繕寫。

繒 zēng（增）｜粵 zeng¹（增）｜ 古代絲織物的總稱。

繞 rào（擾去）｜粵 yiu⁵（擾）｜ ❶纏：繞毛線。❷圍着轉圈兒：繞場一周。❸走彎曲的路：請繞道走｜繞到敵人的後方去。
【繞嘴】說起話來不順口。
【繞口令】一種有趣的語言遊戲，句子裏集中了一些字音相近的字。要求快念，但快念了很容易出錯。也叫「拗口令」、「急口令」。

總 suì（穗）｜粵 sêu⁶（穗）｜ 用絲線等紮成的穗狀裝飾物，掛起來下垂好看：旗總｜燈總。

繚 liáo（聊）｜粵 liu⁴（聊）｜ 糸 紈 紈 綠 繕 繚
迴環盤旋的樣子：炊煙繚繞。
【繚亂】紛亂：眼花繚亂。

繮 jiāng（姜）｜粵 gêng¹（姜）｜ 繫馬的繩子：繮繩。

繫 ㈠xì（係）｜粵 hei⁶（係）｜ 叀 車 叀 毄 毄 繫
❶拴，弔：繫馬｜把人繫上來。❷聯結：聯繫。❸牽掛：繫念。
㈡jì（計）｜紮，打結：繫領帶｜繫鞋帶。｜粵 同㈠

繭 jiǎn（簡）｜粵 gan²（簡）｜ 丶 丷 芇 芇 萳 繭
❶蠶吐絲做成的橢圓形的巢：蠶繭。❷手足因長期摩擦而生的厚皮。

繹 yì（譯）｜粵 yig⁶（譯）｜ 糸 紅 綗 縡 繹 繹
抽出，理出頭緒來：抽繹｜演繹。

繯 huán（環）｜粵 wan⁴（環）｜ ❶繩圈，絞索：投繯。❷絞殺：繯首。

繩 shéng（升陽）｜粵 xing⁴（成）｜ 糸 紀 絀 絙 絙 繩
❶用棉、麻、絲、草、棕、尼龍絲等擰成，可以綑綁東西的長條，細的叫「繩」，粗的叫「索」。❷約束，制裁：繩之以法。❸標準，法度：準繩。

繳 jiāo（矯）｜粵 giu²（矯）｜ ❶交納：繳款｜繳稅｜繳納。❷迫使交出：繳械｜繳獲。

繪 huì（會）｜粵 kui²（劊）｜ 糸 絲 給 給 繪 繪
畫，描圖：繪畫｜繪圖｜描繪。
【繪影繪聲】形容描寫得有聲有色，非常生動逼真。也作「繪聲繪色」。

繡 xiù（秀）｜粵 seo³（秀）｜ 紅 紻 綉 繍 繍 繍
❶用彩色絲線在綢或布上刺出花紋、圖畫等：刺繡｜繡花。❷繡成的物品：湘繡｜川繡｜蘇繡。

繽 bīn（賓）｜粵 ben¹（賓）｜ 糸 紅 綌 緔 緕 繽
【繽紛】❶多而雜亂的樣子：落英繽紛。❷華麗繁盛的樣子：五彩繽紛。

辮 biàn（變）｜粵 bin¹（邊）｜ 立 立 辡 辡 辡 辮
【辮子】把頭髮分股交叉編成的長條：梳辮子。

繾 qiǎn（遣）｜粵 hin²（遣）｜ 【繾綣】難捨難分的樣子。

纂 zuǎn（鑽上）｜粵 jun²（轉）｜ 竹 笁 笛 筲 筲 纂
搜集材料編書：編纂｜纂輯。

繼 jì（計）｜粵 gei³（計）｜ 糸 糸 絲 絲 縦 繼
連續，接續：繼續｜夜以繼日｜前仆後繼。
【繼而】隨後，接着。
【繼承】❶承繼先人的遺產或權利。❷繼續前人的事業。
【繼往開來】繼承前人的事業，開闢未來的道路。
◆繼子 繼父 繼任 繼室 繼嗣 ◆相繼 後繼有人

纏 chán（蟬）｜粵 qin⁴（前）｜ 紅 紅 綀 緾 緾 纏
❶繞，圍繞：纏繞｜纏毛線｜腿上纏着紗布。❷攪擾，絆住：糾纏｜纏磨｜胡攪蠻纏。
【纏手】事情不好辦。
【纏綿】❶情意親密難分難捨。❷指疾病或某種感情糾纏住不易解脫：病患纏綿｜纏綿悱惻。

續 xù（緒）｜粵 zug⁶（俗）｜ 糸 紅 絈 縡 績 續
❶接連下去：連續｜持續｜繼續。❷後來加入：再往壺裏續點水。❸辦事的程序：手續。
◆延續 接續 陸續 斷斷續續

纈 xié（協）｜粵 kid³（揭）｜ 用綢子結的彩球。

纍 léi（雷）｜粵 lêu⁴（雷）｜ ❶大繩索。❷拘繫：纍囚。❸結實成串：果實纍纍。

十七畫以上

纛 dào（道）｜粵 dug⁶（毒）｜ 古代軍中的大旗：大纛。

糸部

纓 | yīng（英）
粤 ying¹（英） | 糹 組 綯 綯 纓 纓
❶繫在器物上的像穗子似的裝飾品: 紅纓槍｜紅纓帽。
❷像纓的東西: 蘿蔔纓子。❸古代指帶子、繩子: 長纓。

纖 | xiān（仙）
粤 qim¹（簽） | 糹 紆 纩 維 纖 纖
細小, 細微: 纖細｜纖微。
【纖巧】細巧, 小巧。
【纖維】生物機體的或人工合成的細長絲形物質, 如棉花纖維、尼龍纖維等。
【纖纖】形容女子的手細長柔美: 纖纖玉手。

縩 同「才」。

纜 | lǎn（覽）
粤 lam⁶（濫） | 糹 糺 綹 繿 繿 纜
由許多股擰成的粗繩或鐵索, 供拴船、纜車、通電等用: 纜繩｜船纜｜鋼纜。
【纜車】一種爬山坡的交通工具, 用纜繩繫在絞車上, 通過電力轉動絞車, 纜車就能在軌道上上下行駛。

纜車

缶部

缶 | fǒu（否）
粤 feo²（否） | 丿 ⺀ 上 午 缶 缶
❶肚大口小的瓦器。❷古代的一種瓦製的樂器: 擊缶而歌。

缸 | gāng（剛）
粤 gong¹（剛） | ⺀ 上 午 缶 缸 缸
❶盛東西用的陶瓷器具, 一般口寬、底小、肚大: 米缸｜酒缸｜水缸。❷像缸的器物: 汽缸。

缺 | quē（關）
粤 küd³（決） | 上 午 缶 缸 缺 缺
❶短少, 不夠: 短缺｜欠缺｜缺乏。❷殘破: 缺口｜殘缺。
❸應到而沒有到的: 缺席｜缺課。❹空的職位: 補缺。
【缺陷】殘損、欠缺或不夠完備。
【缺德】罵人品質不好。
【缺憾】事情不夠完美, 使人感到遺憾的地方。
【缺點】❶短處、不足或不完備的地方。❷錯誤, 過失: 克服缺點。
◆缺欠 缺少 缺門 缺損 缺漏 缺額

缽 | bō（波）
粤 bud³（波活³） | 缶 缶 缸 缽 缽
陶製的器具, 形狀像盆而較小, 用來盛飯、菜、茶水等: 缽頭｜缽子。

缽盂 古代和尚用的飯碗, 底平, 口略小, 形稍扁。

磬 | qìng（慶）
粤 hing³（慶） | 士 声 殸 殸 磬 磬
盡, 完: 告磬｜磬其所有｜全部售磬。
【磬竹難書】比喻罪惡太多, 難以寫完。

罅 | xià（下）
粤 la³（喇） | ❶東西的裂縫: 石罅｜罅隙。❷比喻事情的漏洞、破綻: 罅漏。

罈 | tán（談）
粤 tam⁴（談） | 午 缶 缸 缸 罈 罈
一種肚大口小的陶、瓷器: 罈子｜罈罈罐罐。

罌 | yīng（鶯）
粤 ang¹（鶯） | 古代一種小口大肚的瓶子。
【罌粟】二年生草本植物, 開紅、紫、白各色的花, 十分美麗。果實未成熟時有白漿, 可供藥用, 也是製鴉片的原料。

罏 | lú（盧）
粤 lou⁴（盧） | 用磚土砌成的安放酒甕的土台子: 酒罏。

罐 | guàn（灌）
粤 gun³（灌） | 午 缶 缸 罐 罐 罐
盛東西的陶器、玻璃或金屬用具: 瓦罐｜藥罐｜茶葉罐。
【罐頭】罐頭食品的簡稱。裝在密封的鐵皮罐或玻璃罐裏的食品。

网部

三至六畫

罕 | hǎn（喊）
粤 hon²（侃） | 冖 冖 穴 空 空 罕
稀少: 罕見｜罕有｜人跡罕至。

罔 | wǎng（網）
粤 mong⁵（網） | 丨 冂 冈 冈 罔 罔
❶沒有, 無: 置若罔聞。❷蒙蔽, 誣陷: 欺罔｜誣罔。

罘 | fú（浮）
粤 feo⁴（浮） | 捕獸的網。

罟 | gǔ（古）
粤 gu²（古） | 冂 罒 罒 罡 罟 罟
魚網。

罡 | gāng（鋼）
粤 gong¹（剛） | 天罡, 即是「北斗星」。
【罡風】高空中的風。

罝 | jū（疽）
粤 zêu¹（疽） | 捕捉兔子的網: 兔罝。

罣 | guà（卦）
粤 gua³（卦） | ❶同「掛」, 牽掛: 罣念。❷阻礙: 罣礙。

八至十一畫

署 | shǔ（暑）
粤 qu⁵（柱） | 冂 罒 罒 里 署 署
❶佈置, 安排: 部署。❷簽名: 署名｜簽署。❸官衙, 辦公的處所: 官署｜公署。

置 | zhì（至）
粤 ji³（至） | 冂 罒 罒 罜 置 置

❶放，擺，擱:擱置｜安置｜放置。❷設立，配備:設置｜佈置｜配置。❸購買:置衣服｜置傢具。❹說，說出:不置一詞｜不置可否。
【置疑】懷疑:不容置疑。
【置之度外】度，考慮。放在考慮之外。多用來形容不把個人生死、利害等放在心上。
【置若罔聞】放在一邊不管，如同沒有聽見一樣。指對別人的意見不理睬。
◆置辦　置辯　◆位置　放置　倒置　處置　裝置　購置

罨｜yǎn（掩）｜粵 yim²（掩）｜❶捕魚、鳥的網。❷敷，覆蓋。

罩｜zhào（兆）｜粵 zao³（支孝）｜四 罒 罕 晋 罩 罩
❶遮蓋用的器物:燈罩｜口罩｜被罩。❷遮蓋，扣在上面:籠罩｜把食物罩好。❸套上，套在外面的:罩衫｜罩一件罩衣。

罪｜zuì（最）｜粵 zêu⁶（聚）｜罒 罒 罪 罪 罪 罪
❶犯法的:犯罪｜罪犯｜罪大惡極。❷刑罰:判罪｜死罪｜免罪。❸過失:罪過｜歸罪於人。❹痛苦，苦難:受罪。❺責怪，歸咎:怪罪。
【罪不容誅】罪惡重大，處死都不能抵償。
【罪惡昭彰】罪惡很大，很明顯。
【罪魁禍首】作惡犯罪的首要分子。
◆罪人　罪行　罪狀　罪責　罪該萬死　罪有應得　◆伏罪　治罪　恕罪　問罪　認罪　謝罪　立功贖罪

罰｜fá（乏）｜粵 fed⁶（乏）｜罒 罒 罰 罰 罰 罰
處分，懲辦，跟「賞」相反:處罰｜懲罰｜罰款｜賞罰分明。

罵｜mà（媽去）｜粵 ma⁶（馬⁶）｜罒 罒 罵 罵 罵 罵
❶用最嚴的話斥責:責罵。❷用粗野或惡毒的話侮辱:謾罵｜咒罵｜破口大罵。
【罵街】不指明對象當街謾罵。

罷｜㊀bà（吧）｜粵 ba⁶（吧）｜罒 罪 罪 罷 罷 罷
❶停止:罷工｜罷休｜欲罷不能。❷解除，免去:罷免｜罷官｜罷職。❸完了:吃罷飯｜說罷就走。
◆罷了　罷休　罷課　罷黜　◆也罷　作罷　善罷甘休
㊁ba（吧輕）｜同「吧」。｜粵 同㊀

罹｜lí（離）｜粵 léi⁴（離）｜罒 罒 罗 罹 罹 罹
遭受困難或不幸:罹難｜罹禍。

十二畫以上

罾｜zēng（增）｜粵 zeng¹（增）｜一種用竹竿做支架的方形魚網。

羅｜luó（鑼）｜粵 lo⁴（鑼）｜罒 罗 罗 羅 羅 羅
❶排列，分佈:星羅棋佈。❷搜集，招請:收羅人材｜搜

羅資料。❸一種柔細有孔的絲織品:羅衣｜羅扇｜綾羅綢緞。❹捕鳥的網，也比喻某種力量或圈套:羅網｜天羅地網。❺用網捕鳥:門可羅雀。❻姓。
【羅列】❶分佈，陳列。❷列舉:不能光是羅列現象。
【羅致】❶招請、搜羅人材。❷搜羅珍貴物品。
【羅盤】測定方向的儀器，又叫「指南針」，是中國古代四大發明之一。
【羅織】編造虛假的罪狀，陷害好人:羅織罪名。
◆包羅　張羅　綺羅　閻羅　疊羅漢　紫羅蘭　包羅萬象　自投羅網

羅盤

羆｜pí（皮）｜粵 béi¹（悲）｜棕熊，熊的一種，體大，也叫「人熊」。

羆

羈｜jī（機）｜粵 géi¹（機）｜離家在外生活:羇旅。

羈｜jī（機）｜粵 géi¹（機）｜罕 罕 軍 罪 羈 羈
❶拘束:羈押｜羈束｜放蕩不羈。❷停留，拘留。❸馬籠頭。
【羈旅】長久旅居他鄉。也作「羇旅」。
【羈留】❶停留在外地。❷拘押。
【羈絆】牽纏住不得脫身。

羊部

羊｜yáng（陽）｜粵 yêng⁴（陽）｜丶 丷 亠 兰 羊
❶反芻類哺乳動物。家養的有山羊、綿羊。山羊毛直而短，綿羊毛長而蜷曲。肉和奶可吃，皮可製革，毛是紡織原料，骨、角可做工業原料。野生的有黃羊、羚羊等。❷姓。
【羊城】廣州市的別稱，也叫「五羊城」。
【羊毫】用羊毛做的毛筆。
【羊腸小道】曲折而狹窄的小路，多指山中小路。

◆羊羔 羊倌 羊齒 羊質虎皮 ◆牧羊 頭羊 涮羊肉 替罪羊 歧路亡羊 順手牽羊

山羊　　　　　綿羊　　　　羚羊

二至五畫

羌 | qiāng（腔）粵 gêng¹（姜） | ` ` ` ㅛ 兰 羊 羊 羌
中國古代西北部的一個遊牧民族。
【羌族】中國少數民族。主要分佈在四川省。

美 | měi（每）粵 méi⁵（尾） | ㅛ 兰 羊 羊 羊 美
❶漂亮,好看,跟「醜」相對:美麗|美觀|美女。❷好,善:美德|美意|價廉物美。❸稱讚,誇獎:讚美。❹使漂亮:美容|美化環境。❺得意,滿意的樣子:美滋滋|日子過得挺美。❻美洲、美國的簡稱:北美|南美。
【美滿】美好完滿。
【美稱】讚美的稱呼:香港向有東方之珠的美稱。
【美不勝收】美好的東西太多,一時看不過來,接受不完。
【美中不足】雖然很好,但仍稍有缺陷。
◆美好 美妙 美術 美景 美夢 美感 ◆完美 壯美 肥美 華美 健美 精美 媲美 鮮美 優美 完美無缺 成人之美 盡善盡美

羔 | gāo（高）粵 gou¹（高） | ` ` ㅛ 兰 羊 羊 羔
❶小羊:羊羔。❷指某些幼小動物:鹿羔|狼羔。

羚 | líng（伶）粵 ling⁴（伶） | ㅛ 兰 羊 羚 羚 羚
【羚羊】一種野生的羊。形狀像山羊,角向後彎,毛密而長,角可入藥。

羝 | dī（低）粵 dei¹（低） | 公羊。【羝羊觸藩】公羊的角插進到籬笆裏去,比喻事情進退兩難。

羞 | xiū（修）粵 seo¹（修） | ㅛ 羊 羊 羊 羞 羞
❶難為情,不好意思:害羞|羞答答。❷感到恥辱:羞恥|羞辱|惱羞成怒。❸使難為情:你別羞他。
【羞怯】膽小害羞。
【羞愧】因羞恥而慚愧。
【羞澀】難為情,態度不自然。
◆羞明 羞惡 羞慚 羞憤 羞面見人 ◆含羞 怕羞

六畫以上

善 | shàn（扇）粵 xin⁶（擅） | ㅛ 羊 羊 羊 羊 善 善
❶言行、品質好,跟「惡」相反:善意|與人為善。❷待人和好:友善|和善。❸擅長:善於辭令|勇敢善戰|能歌善舞。❹愛,容易:善變|善疑|善忘|多愁善感。
【善後】妥善地料理和解決事後遺留的問題。
【善始善終】事情從開頭到收尾都做得很好。
【善罷甘休】好好地了結糾紛(多用於否定):不肯善罷甘休。
◆善人 善心 善良 善事 善舉 善男信女 ◆行善 完善 妥善 改善 偽善 慈善 多多益善 來者不善 隱惡揚善

羡 | xiàn（線）粵 xin⁶（善） | ㅛ 羊 羊 羡 羡 羡
因愛慕而希望得到:欣羡|羡慕。

義 | yì（異）粵 yi⁶（二） | 兰 羊 羊 羊 義 義
❶公平合理的道理或行為:正義|道義|天經地義。❷合乎正義或公益的:義舉|義演|義賣。❸情誼:情義|無情無義。❹意思:字義|意義|含義。❺拜認作親屬的:結義|義父|義子。❻為某種信念而犧牲:赴義|殉義|慷慨就義。❼假的,人工做的:義齒|義肢。
【義氣】❶勇於主持公道的氣概。❷甘於替人承擔風險或犧牲自己利益的精神。
【義務】❶指在社會上應盡的責任。❷做事不要報酬的:他來幫忙,純粹是義務。
【義憤】由不公平事而激起的憤怒。
【義舉】疏財仗義的行為。
【義不容辭】在道義上不允許推脫、拒絕。
【義正辭嚴】道理正當充足,措辭嚴厲。
【義形於色】仗義不平之氣流露在臉上。
【義無返顧】在道義上只有勇往直前,絕不能退縮回顧。
【義憤填膺】膺,胸膛。正義的憤慨充滿了胸膛。
◆義士 義旗 ◆仁義 本義 仗義 名義 定義 歧義 起義 疑義 見義勇為 仗義執言 仁至義盡 忘恩負義 捨生取義 斷章取義

羣 | qún（裙）粵 kuen⁴（裙） | ㅗ ㅋ 尹 君 君 羣 羣
❶聚在一起的人或物:人羣|羊羣|羣山。❷大家,衆人:羣衆|超羣|羣威羣膽。❸量詞:一羣孩子|三羣羊。
【羣島】海洋中聚集在一起的許多小島嶼:西沙羣島。
【羣情鼎沸】形容民衆的情緒高漲,像鍋裏的水沸騰起來一樣。
【羣策羣力】大家一起想辦法,一起出力。
【羣龍無首】比喻一羣人中沒有領頭的人。
【羣魔亂舞】形容壞人在一起猖狂活動。
【羣而攻之】大家一同起來反對或攻擊他。
◆羣居 羣英 羣峯 羣雄 羣體 ◆失羣 分羣 成羣 合羣 離羣 戀羣 狐羣狗黨 害羣之馬

羯 | jié（節）粵 kid³（揭） | 兰 羊 羚 羯 羯 羯
❶閹割了的公羊。❷中國古代西北部的一個遊牧民族,是匈奴的分支。

羲 | xī（希）粵 héi¹（希） | 羊 羊 羊 羲 羲 羲

❶伏羲，中國傳說的一個上古帝王名。**❷**姓。

| 羹 | gēng（庚）
粵 geng¹（庚） | 兰 羊 羔 羹 羹 羹 |

用肉菜做成的稠湯或糊狀食物: 魚羹｜豆腐羹｜雞蛋羹。
【羹匙】喝湯用的小勺。又叫「調羹」。

| 羶 | shān（山）
粵 jin¹（煎） | 兰 羊 羘 羘 羶 羶 |

像羊肉的氣味: 羶氣｜羶味。

| 羸 | léi（雷）
粵 lêu⁴（雷） | 亠 古 言 畐 羸 羸 |

瘦弱: 身體羸弱。

羽部

| 羽 | yǔ（雨）
粵 yu⁵（雨） | 丨 丬 习 扪 羽 羽 |

❶鳥類的毛: 羽扇｜羽毛球。**❷**指鳥類: 羽族。**❸**指嘍囉，同黨: 黨羽。**❹**古代五音(宮、商、角、徵、羽)之一。
【羽翼】比喻左右輔助的人或力量。
【羽毛未豐】小鳥身上的毛還不多。比喻年輕經歷少，不成熟或沒成長壯大。

三至五畫

| 羿 | yì（毅）
粵 ngei⁶（毅） | 丨 习 羽 羿 羿 羿 |

后羿，傳說是夏代有窮國的國君，善於射箭。

| 翅 | chì（熾）
粵 qi³（熾） | 一 十 市 支 翅 翅 |

❶鳥類和昆蟲的羽翼: 翅膀｜展翅高飛｜插翅難飛。**❷**指鯊魚的鰭，是珍貴食品: 魚翅。

| 翁 | wēng（嗡）
粵 yung¹（雍） | 八 公 公 斧 翁 翁 |

❶老年人: 老翁｜漁翁。**❷**父親: 吾翁｜乃翁。**❸**丈夫或妻子的父親: 翁姑｜翁婿。**❹**對人的敬稱: 李翁｜主人翁。**❺**姓。

| 翊 | yì（翼）
粵 yig⁶（翼） | 輔助，幫助: 輔翊。 |

| 翌 | yì（翼）
粵 yig⁶（翼） | 丨 习 扪 羽 羿 翌 |

【翌日】明天，第二天。
【翌年】明年，第二年。
【翌晨】明晨，第二天早晨。

| 翎 | líng（伶）
粵 ling⁴（伶） | 人 人 令 剑 翎 |

鳥類翅膀或尾巴上的長羽毛: 雁翎｜孔雀翎。

| 習 | xí（襲）
粵 zab⁶（襲） | 丨 习 羽 羽 羽 習 |

❶學過後再反覆學，反覆練: 溫習｜復習｜自習。**❷**研究、模仿，向人請教: 學習｜研習。**❸**經常地: 習見｜習聞｜習用。**❹**做慣成了自然: 習慣｜惡習｜相沿成習。**❺**姓。

【習性】長期在某種環境裏養成的特性。
【習尚】在一定時期中社會上普遍流行的風氣和習慣。
【習氣】沾染來的壞習慣或壞作風。
【習習】形容風輕輕地吹。
【習以為常】習慣了，就當作平常的事了。
【習非成是】習慣於錯誤的東西，反以為它是正確的了。
◆習字　習作　習俗　習題　習非成是　◆見習　陋習　補習　預習　演習　實習　熟習　陳規陋習

六至八畫

| 翔 | xiáng（祥）
粵 cêng⁴（祥） | 兰 羊 羽 翔 翔 翔 |

轉着圈子飛: 飛翔｜翱翔｜滑翔。
【翔實】詳細而確實。

| 翛 | xiāo（消）
粵 xiu¹（消） | 無拘無束、自由自在的樣子: 翛然。 |

| 翕 | xī（希）
粵 yeb¹（泣） | 人 人 合 合 翕 翕 |

❶和順，協調: 翕然相從。**❷**合，收斂: 翕張。
【翕動】(嘴脣等)一張一合地動。

| 翠 | cuì（脆）
粵 cêu³（脆） | 丨 习 羽 羽 翠 翠 |

青綠色: 翠綠｜翠竹｜蒼松翠柏。
【翠鳥】羽毛青綠色，尾巴短，生活在水邊，捕食魚、蝦等。羽毛可以做裝飾品。

| 翥 | zhù（著）
粵 ju³（著） | 飛起: 高翥。 |

| 翡 | fěi（匪）
粵 féi²（匪） | 丨 扌 扌 非 非 翡 |

【翡翠】**❶**一種綠色的硬玉，半透明，有光澤，可做貴重的首飾。**❷**鳥名，跟「翠鳥」同類。嘴長而直，羽毛藍綠色，可做裝飾品。捕食昆蟲。

| 翟 | ㊀zhái（宅）
粵 zag⁶（澤） | 习 羽 羽 翟 翟 翟 |

姓。
㊁dí（敵）　｜長尾的野雞。
粵 dig⁶（敵）

九至十畫

| 翩 | piān（篇）
粵 pin¹（篇） | 亠 户 户 扁 翩 翩 |

輕快地飛: 眾鳥翩飛。

羽　　翠鳥　　翡翠

【翩翩】❶輕快地飛舞或跳舞。❷形容文采風流瀟灑的樣子: 風度翩翩。

【翩躚】形容舞姿輕快優美的樣子。

翦 jiǎn（剪）粵 jin² （剪）｜❶姓。❷通「剪」。

翫 同「玩」。

翰 hàn（汗）粵 hon³（汗）｜十 古 龺 軩 翰 翰

原指長而堅硬的鳥毛，因古代用鳥的硬毛做筆，所以後來借指毛筆、文字、書信等: 揮翰｜華翰｜書翰。

【翰墨】筆和墨。借指文章書畫等。

翮 hé（和）粵 hed⁶（瞎）｜❶鳥的翅膀: 奮翮高飛。❷鳥羽的莖。

翱 áo（遨）粵 ngou⁴（遨）｜白 臭 臯 翱 翱 翱

【翱翔】在空中盤旋着飛的樣子: 雄鷹在空中翱翔。

十一畫以上

翳 yì（縊）粵 ei³（縊）｜一 乒 医 殹 殹 翳

❶遮蔽: 林蔭翳日。❷白翳，眼球上障蔽光線的白膜。

翼 yì（亦）粵 yig³（亦）｜ヨ 羽 習 習 翼 翼

❶鳥類昆蟲的翅膀，也指像翅膀的東西: 鳥翼｜蟬翼｜機翼。❷指政治上的派別。激進的一派叫「左翼」；保守的一派叫「右翼」。❸作戰時軍隊的左右兩支兵力: 兩翼夾擊。❹輔助，幫助: 輔翼。

【翼翼】謹慎，恭敬的樣子: 小心翼翼。

◆卵翼　比翼鳥　不翼而飛　如虎添翼　為虎添翼

翹 ㊀ qiáo（喬）粵 kiu⁴（喬）｜土 圭 垚 堯 翹 翹

抬起，舉起: 翹首｜翹企。

【翹望】非常殷切地盼望。也作「翹企」。

【翹楚】比喻傑出的人材。

㊁ qiào（竅）粵 kiu³（竅）｜不平，一頭向上昂起: 翹起大拇指。

【翹尾巴】比喻驕傲自大。

翻 fān（番）粵 fan¹（番）｜立 平 釆 番 番 翻

❶反轉過來，歪倒: 翻車｜翻倒｜人仰馬翻。❷推倒，改變: 推翻｜翻案｜翻臉不認人。❸爬過，越過: 翻越｜翻山越嶺。❹挪動物體尋找: 翻檢｜翻東西｜翻箱倒櫃。❺重做，按照原樣再做: 翻工｜翻印｜翻造。❻數量成倍增長: 產量翻了一番。

【翻騰】❶上下滾動: 波浪翻騰。❷翻動: 別亂翻騰。

【翻譯】把一種語文譯成另一種語文。

【翻天覆地】形容變化巨大而又徹底。

【翻江倒海】形容力量和聲勢非常壯大。

【翻雲覆雨】比喻人情反覆無常或玩弄手段。

◆翻身　翻修　翻悔　翻動　翻開　翻新　翻滾　翻閱　翻來覆去　◆鬧翻　攪翻

耀 yào（藥）粵 jiu⁶（要⁶）｜l 少 光 米 耀 耀

❶光線照射: 照耀｜閃耀｜耀眼。❷顯示，自誇: 顯耀｜誇耀｜炫耀。❸光榮: 光耀｜榮耀。

【耀武揚威】炫耀武力，顯示威風。多用於貶義。

老部

老 lǎo（勞上）粵 lou⁵（魯）｜一 十 土 少 岁 老

❶年歲大，跟「少」相反: 老人｜老公公｜老少平安。❷對長輩的尊稱: 老師｜老伯｜老奶奶。❸陳舊的，已經很久的，跟「新」相對: 老米｜老酒｜老式樣。❹原來的: 老脾氣｜老毛病｜老眼光。❺經歷久，有經驗: 老手｜老行家｜老奸巨猾。❻蔬菜長得過了時或食物火候大，跟「嫩」相對: 油菜太老了｜雞蛋煮老了。❼長久，總是，常常: 老沒消息｜妹妹老愛鬧。❽很，極: 老早｜老遠。❾詞頭，用於稱人、排行次序或某些動物名: 老李｜老二｜老虎。❿姓。

【老調】比喻聽厭煩的並無新意的議論: 老調重彈。

【老實】❶誠實，不虛假: 忠誠老實。❷安分，規矩，不惹事: 你老實坐着。

【老練】見識廣，經驗多，熟練穩妥。

【老牛破車】做事慢騰騰，效率很低，就像老牛拉破車一樣。

【老生常談】經常說的、人所共知的老話。

【老成持重】成熟，老練，辦事穩重。多用於年輕人。

【老馬識途】比喻年長有經驗的人熟悉情況，能起引導作用。

【老氣橫秋】形容人沒有朝氣或擺老資格。

【老當益壯】年紀雖老，但意志更堅，幹勁更足。

【老謀深算】周密的籌劃，深遠的打算。形容辦事精明老練。

【老驥伏櫪，志在千里】比喻人雖老，壯志不衰。

◆老本　老底　老家　老粗　老將　老巢　老娘　老路　老鄉　老漢　老態龍鍾　◆父老　古老　告老　衰老　蒼老　未老先衰　返老還童　倚老賣老

考 kǎo（烤）粵 hao²（巧）｜一 十 土 少 岁 考

❶測驗: 考試｜考卷｜招考。❷檢查: 考查｜考勤｜備考。❸思索，研究: 思考｜考慮｜考古。❹稱已死的父親: 先考｜考妣(稱已死的父母)。

【考究】❶考查，研究。❷講究: 這房子的裝修很考究。

【考察】實地觀察調查。

【考證】根據資料來考核、證實和說明。

【考驗】通過實際表現或困難環境來考察檢驗。

◆考取　考訂　考核　考據　考績　◆投考　查考　參考　報考　會考　監考　應考

者 zhě（赭）粵 zé²（姐）｜一 十 土 少 者 者

❶專指做某種事的人: 記者｜作者｜學者。❷詞尾，相當於「的」，使動詞、形容詞成為指人或事物的名詞: 強者｜老者｜勝利者。❸語助詞，表示稍微停頓: 陳勝者，陽城人也。

◆ 長者 使者 患者 編者 讀者 先行者 來者不拒 旁觀者清 當局者迷

耆 | qí（其）| 十 土 少 耂 老 耆
粵 kéi⁴（其）|

六十歲以上的老年人:耆老。
【耆宿】有名望的老年人。

耄 | mào（冒）| 八九十歲的老年人,泛指老
粵 mou⁶（冒）| 年:老耄｜耄耋之年。

耋 | dié（迭）| 年紀七八十歲叫「耋」。
粵 did⁶（迭）|

而部

而 | ér（兒）| 一 ｢ 厂 丙 而 而
粵 yi⁴（兒）|

❶連接意思上平列的成分,相當於「又,並且,而且」的意思:物美而價廉｜勇敢而機智。❷連接意思上轉折的成分,相當於「但是,可是」的意思:不謀而合｜華而不實｜人小而志大。❸連結表示原因和結果、目的和行動的成分:脣亡而齒寒｜爲人類幸福而謀貢獻。❹連接肯定否定互相補充的成分:梔子花的香,濃而不烈,清而不淡。❺把表示時間或情狀的成分連接到動詞上面:日出而作｜破門而入｜席地而坐｜忽忽而來。❻表示「從……到……」的意思:自上而下｜由近而遠。
【而已】罷了:如此而已。
【而今】如今。
【而且】表示進一層:他聰明而且勤奮。
【而後】以後,然後。

耐 | nài（奈）| ｢ 丙 而 而 耐 耐
粵 noi⁶（內）|

❶忍受得住:耐勞｜耐寒｜耐飢。❷維持得久:耐久｜耐穿｜耐用。❸不急躁,不怕麻煩:耐心｜耐性｜耐煩。
【耐人尋味】意味深長,值得仔細體會琢磨。

耍 | shuǎ（刷上）| ｢ 丙 而 耍 耍 耍
粵 sa²（灑）|

❶遊戲,玩:玩耍｜戲耍。❷施展(多含貶義):耍無賴｜耍花招｜耍手腕。❸玩弄,戲弄:耍猴子｜耍傀儡｜別耍弄人。❹舞弄,揮動:耍刀弄槍｜耍罈子。

耒部

耒 | lěi（壘）| ノ ニ 三 丰 耒 耒
粵 loi⁶（睞）|

古代耕地的一種農具。
【耒耜】耕田翻土時所用的器具。

耔 | zǐ（子）| 用土培植苗根。
粵 ji²（子）|

耕 | gēng（庚）| 三 丰 耒 耒 耒 耕 耕
粵 gang¹（庚）|

用犂犂鬆田土:耕田｜耕種｜春耕。

【耕耘】❶耕地和除草。❷比喻辛勤勞動:一分耕耘,一分收穫。
◆ 耕牛 耕地 耕作 耕雲播雨 ◆冬耕 秋耕 深耕細作

耘 | yún（雲）| 三 丰 耒 耒 耘 耘
粵 wen⁴（雲）|

除草:耕耘｜耘田。

耗 | hào（浩）| 三 丰 耒 耒 耗 耗
粵 hou³（好³）|

❶消費:消耗｜耗費｜耗電。❷虧損,減損:損耗｜虧耗｜折耗。❸拖延:耗時間｜耗工夫。❹壞的音信或消息:噩耗(指人死亡的消息)｜聞耗震驚。
【耗子】老鼠。
◆ 耗散 耗竭 耗盡 ◆內耗 傷耗 磨耗

耙 | ⊖bà（爸）| 三 丰 耒 耙 耙 耙
粵 pa⁴（爬）|

❶破土塊用的有齒的農具。❷用耙整碎土塊:地耙過了。

⊜ | pá（爬）| 聚攏穀物或平土地的農具:釘耙｜耙子。
粵 同⊖ |

耙

耜 | sì（寺）| 三 丰 耒 耒 耜 耜
粵 ji⁶（寺）|

古代稱犁上的鏵:耒耜。

耦 | ǒu（偶）| ❶古代指兩個人在一起耕田。
粵 ngeo⁵（偶）| ❷同「偶」。

耪 | pǎng（滂上）| 用鋤翻鬆土地:耪地。
粵 pong⁵（蚌）|

耨 | nòu（扭⁶）| ❶除草。❷用來除草的農具。
粵 neo⁶（扭⁶）|

耬 | lóu（樓）| 播種用的農具。
粵 leo⁴（樓）|

耳部

耳 | ěr（爾）| 一 ｢ Ｔ Ｆ Ｆ 耳
粵 yi⁵（爾）|

❶人和動物的聽覺器官:耳朵。❷形狀像耳朵或位置在兩旁的東西:木耳｜銀耳｜耳鍋。❸文言語助詞,相當於「而已、罷了」的意思:想當然耳。
【耳目】❶指見聞:以廣耳目。❷給人刺探消息的人:耳目眾多。
【耳語】嘴湊在別人的耳邊低聲說話。
【耳熟】形容常常聽到,有印象。
【耳邊風】比喻不把別人的話放在心上:你別把父母的話當耳邊風。
【耳目一新】形容聽到的、見到的都跟以前不同,覺得很新鮮。

【耳提面命】揪着耳朵對他講。形容叮嚀教誨。
【耳熟能詳】形容聽的次數多了，熟悉得能夠詳盡地說出來。
【耳濡目染】形容看得多聽得多，不知不覺受到影響。
◆ 耳環　耳機　耳聾　耳聞目睹　耳聰目明　◆ 入耳　刺耳　悅耳　逆耳　充耳不聞　洗耳恭聽　掩耳盜鈴　面紅耳赤　掩人耳目　交頭接耳　如雷貫耳　忠言逆耳

三至八畫

耶 | yé（爺） | 粵 yé⁴（爺）　一 丆 耳 耳 耶 耶
文言疑問詞。相當於「呢、嗎」：是耶非耶?
㊀ yē（爺除）　粵 同㊀　【耶穌】基督教所信奉的救世主，傳說是基督教的創始者。後世用他出生的那一年，作為公曆的紀元。

耿 | gěng（梗） | 粵 geng²（梗）　一 丌 耳 耿 耿 耿
❶正直，有氣節：耿直｜耿介。❷姓。
【耿耿】❶老是想着，忘不掉：耿耿於懷。❷形容非常忠誠：忠心耿耿。❸光明閃照：星河耿耿。

耽 | dān（耽） | 粵 dam¹（耽）　一 丌 耳 耴 耴 耽
❶過度喜好，入迷：耽酒｜耽於幻想。❷拖延：耽擱｜耽誤。

聃 | dān（耽） | 粵 dam¹（耽）　中國古代哲學家老子李耳的別號，也叫「老聃」。

聆 | líng（伶） | 粵 ling⁴（伶）　丆 丌 耳 耹 耹 聆
聽：聆聽｜聆教｜敬聆教誨。

聊 | liáo（僚） | 粵 liu⁴（僚）　丌 耳 耵 耵 聊 聊
❶閒談：聊天｜閒聊。❷依賴，寄托：民不聊生。❸趣味：無聊｜百無聊賴。❹姑且，勉強：聊以自慰｜聊表寸心｜聊且一觀。

聒 | guō（郭） | 粵 kud³（括³）　聲音嘈雜：聒噪｜聒耳。

聖 | shèng（勝） | 粵 xing³（勝）　丌 耳 耵 聖 聖 聖
❶最崇高的，至高無上的：神聖。❷學問或技能有極高成就的：詩聖｜聖手。❸從前稱皇帝：聖上｜聖旨。❹宗教徒稱他們的教主及指有關宗教的：聖經｜聖靈｜聖地。
【聖人】道德修養和智慧達到極頂的人。
【聖潔】神聖而純潔。
【聖誕節】基督教徒紀念耶穌誕生的節日，在每年的十二月二十五日。
【聖誕老人】基督教傳說中在聖誕節晚上到各家分送禮物給兒童的老人。西方各國在聖誕節晚上有扮成聖誕老人分送禮物給兒童的風俗。
◆ 聖母　聖賢　聖廟　◆ 先聖　至聖　朝聖　顯聖

聘 | pìn（牝） | 粵 ping³（併³）　丌 耳 耵 聀 聀 聘
❶請人擔任職務：聘請｜聘書｜招聘。❷指定婚或女子出嫁：下聘｜聘禮｜出聘。

聞 | wén（文） | 粵 men⁴（文）　丿 卩 門 門 門 聞
❶聽見：所見所聞｜耳聞不如目見。❷消息，聽到的事情：新聞｜奇聞｜趣聞。❸用鼻子嗅：聞花香｜難聞。❹有名望的：聞人｜默默無聞。❺知識：博聞｜博學多聞。❻姓。
【聞名】❶聽到名聲：聞名不如見面。❷有好聲譽：世界聞名。
【聞所未聞】聽到了從來未聽到過的事。表示事情非常新奇。
【聞風而動】聽到消息，立即行動。形容行動迅速。
【聞風喪膽】聽到一點風聲就嚇破了膽。形容非常恐懼。
【聞過則喜】聽到別人指出自己的過錯，就感到高興。
【聞雞起舞】半夜聽到雞鳴就起來舞劍。比喻有志向的人及時奮發。
◆ 聞見　聞訊　◆ 見聞　珍聞　要聞　風聞　傳聞　醜聞　舊聞　耳聞目睹　喜聞樂見　博聞強記　孤陋寡聞　湮沒無聞　駭人聽聞　置若罔聞　聳人聽聞

聚 | jù（句） | 粵 zêu⁶（罪）　丌 耳 取 聚 聚 聚
❶會合，很多人集中在一起，跟「散」相反：聚集｜聚會｜聚餐。❷搜集，積蓄財物：聚斂｜攢聚｜屯聚。
【聚沙成塔】比喻積少成多。
【聚精會神】專心，精神高度集中。
◆ 聚首　聚積　聚攏　◆ 匯聚　團聚　凝聚　歡聚　物以類聚

十一畫以上

聱 | áo（遨） | 粵 ngou⁴（遨）　圥 耂 耄 敖 聱 聱
【聱牙】文章讀起來彆扭，不順口。

聲 | shēng（升） | 粵 xing¹（升）　声 声 声 殸 聲 聲
❶物體振動或人的口裏發出的音響：聲音｜響聲｜雷聲。❷宣佈，揚言：聲言｜聲明｜聲稱。❸名譽：名聲｜聲譽｜聲望。
【聲威】名聲與威望。
【聲張】把消息、事情傳揚出去。
【聲援】公開發表言論支援。
【聲勢】聲威和氣勢：聲勢浩大。
【聲辯】公開解釋，辯白。
【聲名狼藉】形容人的名聲極壞。
【聲色俱厲】說話時的語氣和臉色都很嚴厲。
【聲淚俱下】一邊訴說，一邊哭泣。形容極為悲慟。
【聲情並茂】形容唱腔優美，感情充沛、真摯。
【聲價十倍】指名譽和地位大大提高。
【聲嘶力竭】形容極力呼號、叫嚷。
◆ 聲浪　聲息　聲帶　聲調　聲樂　◆ 回聲　低聲　呼聲　風聲　高聲　掌聲　輕聲　失聲痛哭　有聲有色　怨聲載道　銷聲匿跡　泣不成聲　異口同聲　鴉雀無聲　繪影繪聲

聰 | cōng（匆） | 粵 cung¹（沖）　丌 耳 耵 耹 聦 聰

❶指人天分高，智力強: 聰穎｜聰慧。❷聽覺: 失聰。
❸聽覺靈敏: 耳聰目明。
【聰敏】聰慧敏捷。
【聰明】天資靈敏，接受能力強。

聳 sǒng（慫）粵 sung²（宋²）｜彳 彳ノ 彳从 從 傱 聳
❶高起，直立: 聳立｜高聳｜聳入雲端。❷使人吃驚: 危言聳聽。❸向上微動: 聳肩。
【聳動】❶故意誇大事實，使人吃驚: 聳動視聽。❷肩膀、肌肉等向上動。
【聳人聽聞】故意誇大事實或說些嚇人的話，使人感到震驚。

聯 lián（連）粵 lün⁴（孿）｜� 耳 耶 聏 聯 聯
❶連合: 聯合｜聯盟｜聯營。❷接連不斷: 聯綿｜蟬聯。
❸對子: 對聯｜春聯｜楹聯。
【聯袂】比喻一同來或去: 聯袂而往。
【聯絡】接連，接洽: 聯絡員；失掉聯絡。
【聯想】由一件事物想到其他有關的事物。
【聯翩】比喻連續不斷: 浮想聯翩。
【聯繫】❶連結，關聯: 這兩件事有密切聯繫。❷接頭，接洽: 聯繫工作。
◆聯名 聯邦 聯軍 聯接 聯結 聯播 聯賽 聯歡 聯合國　◆串聯 關聯 珠聯璧合

職 zhí（直）粵 jig¹（織）｜ㄫ 耳 耵 聜 職 職
❶擔任的工作，本分應當做的事: 職務｜職責｜盡職。
❷工作崗位，所從事的工作: 在職｜離職｜兼職。❸職員的簡稱: 職工。
【職守】工作崗位: 忠於職守。
【職能】人、機構或事物具有的功能和作用。
【職業】個人在社會上從事的工作。
【職掌】職務上掌管的事情。
◆職別 職位 職稱 職權　◆天職 正職 免職 官職 革職 軍職 殉職 降職 專職 副職 撤職 罷職 瀆職 辭職

聵 kuì（潰）粵 kui³（潰）｜❶耳朵聾: 聾聵。❷糊塗，不明事理: 昏聵無能。

聶 niè（躡）粵 nib⁶（揑）｜ㄫ 耳 耴 聑 聶 聶 姓。

聽 tīng（聽）粵 ting¹（亭¹）｜ㄫ 耳 耵 聅 聽 聽
❶用耳朵接受聲音: 聽寫｜聽音樂｜你聽一聽什麼聲音? ❷服從，接受: 聽從｜聽話｜言聽計從。❸任憑，由着: 聽任｜聽憑｜聽便。❹等候: 聽候。❺罐: 一聽午餐肉。
【聽信】❶等候消息。❷相信別人的話: 不要聽信謊言。
【聽天由命】任憑天意安排和命運的擺佈。指聽任事態自然發展，絲毫不作努力和抗爭。
【聽其自然】毫不強求，一任它自然發展。
◆聽取 聽衆 聽聞 聽講 聽之任之　◆打聽 旁聽 聆聽 探聽 動聽 偷聽 傾聽 偏聽偏信 道聽途說 聳人聽聞 惟命是聽 娓娓動聽

聲 lóng（龍）粵 lung⁴（龍）｜耷 耹 龓 龒 聾 聾
耳朵聽不見聲音: 聾子。又聾又啞。

聿部

聿 yù（預）粵 wed⁶（屈⁶）｜ㄱ ㄋ ㅋ �肀 肀 聿
文言文首句的發語詞，本身沒有意義。

肆 sì（四）粵 xi³（試）｜一 F 長 镸 肆 肆
❶任意去做，不顧一切: 放肆｜肆意。❷指店鋪或市街: 店肆｜酒肆｜市肆。❸數詞，「四」的大寫。
【肆行】任意妄為: 肆行無忌。
【肆虐】任意殘殺、迫害、破壞。
【肆無忌憚】胡作非為，毫無顧忌。

肄 yì（義）粵 yi⁶（義）｜一 ヒ 镸 镹 镺 肄
學習。
【肄業】指沒有畢業或尚未畢業。

肅 sù（宿）粵 sug¹（宿）｜ㄱ 肀 肃 肃 肅 肅
❶恭敬: 肅立。❷莊重，認眞: 嚴肅。
【肅殺】形容深秋或冬季草木枯落時的蕭條氣象: 秋氣肅殺。
【肅清】徹底清除。
【肅然】非常恭敬的樣子。
【肅靜】嚴肅而寂靜。
【肅穆】嚴肅而恭敬。

肇 zhào（兆）粵 xiu⁶（兆）｜❶開頭，開始: 肇始｜肇端。❷引起: 肇事｜肇禍。

肉部

肉 ròu（柔去）粵 yug⁶（玉）｜丶 冂 内 内 肉 肉
❶人或動物體內包裹骨骼的柔軟物質，與「骨」相對: 肌肉｜牛肉｜羊肉。❷瓜果中除去皮核可以吃的部分: 果肉｜桂圓肉。
【肉麻】皮肉發麻。比喻由輕薄或虛偽的言語、行為引起的一種不舒服的感覺。
【肉搏】徒手或用刀劍等短兵器進行搏鬥。
【肉中刺】比喻最痛恨而急於除掉的人。常與「眼中釘」連用。
◆肉色 肉食 肉眼 肉類　◆皮肉 血肉 肥肉 骨肉 筋肉 橫肉 苦肉計 血肉相連 挖肉補瘡 酒肉朋友 骨肉相連 弱肉強食 心驚肉跳 皮開肉綻

二至三畫

肌 | jī（機）
粵 géi¹（機） | ） 刀 月 月 肌 肌

皮膚和肉的合稱，也指構成內臟的柔軟組織：肌肉｜心肌｜面黃肌瘦。

【肌膚】肌肉和皮膚。

【肌體】身體。也比喻組織機構。

肋 | lèi（淚）
粵 leg⁶（勒） | ） 刀 月 月 肋 肋

胸部的兩側：兩肋｜肋條。

【肋骨】生在胸部兩旁的骨，左右各十二條。

肓 | huāng（荒）
粵 fong¹（荒） | 、 一 亡 亡 肓 肓

古人指心臟之下，橫膈膜之上的部位：病入膏肓。

肚 | ㊀ dù（杜）
粵 tou⁵（吐⁵） | ） 刀 月 月 肚 肚

❶腹部：肚子。❷物體中腰凸起像肚子的部分：腿肚子｜大肚兒瓶子。❸心頭：肚裏尋思｜牽腸掛肚。

◆肚皮　肚量　肚臍　◆兜肚　瀉肚

㊁ dǔ（賭）動物的胃：羊肚｜牛肚｜豬肚。
粵 同㊀

肛 | gāng（缸）
粵 gong¹（缸） | ） 刀 月 月 肛 肛

【肛門】人體直腸下端排泄糞便的出口。

肝 | gān（干）
粵 gon¹（干） | ） 刀 月 月 肝 肝

人和高等動物的內臟器官之一，有儲存養料，分泌膽汁、解毒等功能。也叫「肝臟」。

【肝火】怒氣，急躁情緒：大動肝火。

【肝膽】❶比喻勇氣，膽量：肝膽過人。❷比喻誠懇：肝膽相照。

◆肝炎　肝氣　肝腦塗地　◆心肝寶貝　披肝瀝膽

肘 | zhǒu（帚）
粵 zeo²（走） | ） 刀 月 月 肘 肘

❶上臂和前臂連接的關節的外部：胳膊肘｜掣肘｜捉襟見肘（形容衣服破爛，比喻困難重重，應付不過來）。❷豬腿的上半部：醬肘子。

四畫

肪 | fáng（房）
粵 fong¹（方） | ） 刀 月 肪 肪 肪

脂肪：動、植物的油質化合物，有固體、液體兩種形式。

育 | yù（玉）
粵 yug⁶（玉） | 、 一 士 去 育 育

❶生養：生育｜節育。❷養活，培植：育嬰｜育種｜育苗｜育林。❸培養，教導：教育｜培育｜育才。

◆孕育　美育　保育　哺育　發育　繁育　體育

肩 | jiān（堅）
粵 gin¹（堅） | 、 丶 ㇉ 户 肩 肩

❶脖子兩邊膀子上頭的部分：肩膀｜肩頭。❷比喻擔負：肩負使命｜身肩重任。

◆比肩　並肩　披肩　卸肩　歇肩　聳肩　摩肩接踵

肺 | fèi（廢）
粵 fei³（廢） | ） 刀 月 肝 肝 肺

❶人和一些高等動物的呼吸器官：肺臟｜肺活量。❷比喻內心：狼心狗肺。

【肺腑之言】發自內心的真誠的話。

肢 | zhī（支）
粵 ji¹（支） | ） 刀 月 肝 肢 肢

手、腳、臂、腿的統稱：四肢｜前肢｜後肢。

【肢解】古代割去四肢的酷刑。現多比喻分割。

肱 | gōng（功）
粵 gueng¹（轟） | ） 刀 月 肝 肱 肱

胳膊從肩到肘的部分，也泛指胳膊：股肱。

肫 | zhūn（諄）
粵 zên¹（津） | ） 刀 月 肝 肫 肫

鳥類的胃：雞肫｜鴨肫。

肯 | kěn（啃）
粵 heng²（亨²） | 丶 丨 ㇀ 止 肯 肯

❶願意，同意：肯來｜不肯｜首肯（點頭同意）。❷附在骨頭上的筋肉。比喻關鍵，要害處：中肯。

【肯定】❶一定，無疑：明天肯定下雨。❷明確，確定：你要給他們一個肯定的答覆。❸判斷時確認、贊成，跟「否定」相反：肯定優點，指出缺點。

肴 | yáo（搖）
粵 ngao⁴（淆） | ㇀ ㇏ ⺊ 产 肴 肴

煮熟的魚肉等：美酒佳肴。

【肴饌】有魚有肉的飯菜。也指豐盛的飯菜。

股 | gǔ（古）
粵 gu²（古） | ） 刀 月 肝 股 股

❶大腿，從胯到膝蓋的部分。❷機構裏的組織單位：總務股｜文書股。❸集合資金的一份：股份｜股金｜合股。❹量詞：一股清香｜一股暖流｜一股匪徒。

【股東】持有股份的投資人。

【股肱】大腿和胳膊。比喻左右得力的助手。

肥 | féi（淝）
粵 féi⁴（淝） | ） 刀 月 肝 肥 肥

❶脂肪多，胖，跟「瘦」相反：肥胖｜肥肉｜牛肥馬壯。❷土質好，多滋養成分：肥土｜肥田。❸用來增加土地養分的東西：肥料｜綠肥｜化肥。❹使土質增加養分：用草木灰肥田。❺不正當地謀取利益：損公肥私｜挑肥揀瘦。❻衣服、鞋襪寬大：肥大。

【肥沃】土地含有豐富的適合植物生長的養分和水分。

【肥美】❶指土地肥沃：土地肥美。❷指肥壯、豐美：肥美的牛羊；肥美的草原。

◆肥壯　肥缺　肥源　◆施肥　減肥　癡肥　抽肥補瘦　食言而肥　腦滿腸肥

五畫

胖 | ㊀ pàng（旁去）
粵 bun⁶（伴） | ） 刀 月 肝 胖 胖

指人身上脂肪多，肉多，跟「瘦」相反：肥胖｜發胖｜虛胖。

㊁ pán（盤）安逸，舒坦：心廣體胖。
粵 同㊀

胠 | qū（驅）
粵 kêu¹（驅） | ❶從旁撬開：胠篋（盜賊開箱偷竊）。❷腋下。

胡 hú（狐）　十 古 古 刮 胡 胡
粵 wu⁴（狐）

❶任意亂來: 胡來｜胡鬧｜胡扯。❷頭腦不清楚或模糊不清: 胡塗｜含胡。❸古代稱居住在北方和西方的少數民族: 胡人。❹古代稱從外族或外國來的: 胡椒｜胡桃｜胡琴。❺姓。
【胡同】北方稱小巷，小的街道。也寫作「衚衕」。
【胡謅】隨口瞎編瞎說: 你別聽他胡謅。
【胡作非爲】不顧法律或輿論，任意做壞事。
【胡說八道】憑空瞎說，毫無根據。
◆胡話　胡亂　胡攪　胡言亂語　胡思亂想　胡攪蠻纏

胚 pēi（呸）　月 肌 肧 肧 肧 胚
粵 péi¹（披）

【胚胎】在母體內初期發育的生物體。

背 ㊀bèi（貝）　丨 丬 北 北 背 背
粵 bui³（貝）

❶自肩至後腰的部分: 背脊｜腹背。❷物體的反面或後面: 手背｜刀背｜背面。❸用後面對着，跟「面向」相反: 背光｜背着臉｜背水一戰。❹不當面，瞞着: 當面說清，不要背着人亂說。❺憑記憶讀出: 背書｜背誦。❻離開: 離鄉背井。❼違反: 違背｜背約。❽偏僻: 背靜｜背街小巷。❾耳朵有點聾: 耳背。
【背叛】投向原來敵對的方面，反對原來所在的方面。
【背景】❶舞台後面的佈景。❷一切事件後面的情景。❸比喻可以倚靠的人物或勢力: 這個人的背景不尋常。
【背離】❶離開。❷違背: 背離原來的宗旨。
【背信棄義】違背諾言，不講道義。
【背道而馳】向相反方向奔跑。比喻方向或目標完全相反。
◆背時　背棄　背影　背簍　◆項背　靠背　腹背受敵
㊁bēi（杯）❶用脊揹駄: 背着書包上學。❷擔負: 背
粵 同㊀　負着重大使命。
【背黑鍋】比喻代人受過。泛指受冤枉。

胃 wèi（位）　丨冂田田胃胃
粵 wei⁶（惠）

動物體內消化食物的器官。能分泌胃液，消化食物: 胃臟｜胃病｜胃液。
【胃口】❶食慾: 我近來的胃口很好。❷比喻興趣，愛好: 我對這件事沒有胃口。❸比喻慾望或要求: 你的胃口太大了。

胛 jiǎ（假）　丿 丿 月 肑 胛 胛
粵 gab³（甲）

【肩胛】脖子下面兩邊跟胳膊相連的部分。

胞 bāo（包）　丿 丿 月 肑 胸 胞
粵 bao¹（包）

❶母體內裹着胎兒的膜: 胞衣。❷同父母所生的，嫡親的: 胞兄｜胞妹｜同胞兄弟。❸指同一國家的人: 同胞｜僑胞。❹構成生物體的基本單位，形狀極小，需借助顯微鏡才能看見: 細胞。

胙 zuò（坐）　祭祀時供的肉。
粵 zou⁶（造）

胝 zhī（支）　見「胼胝」條。
粵 ji¹（之）

胤 yìn（印）　丿 丿 戶 戶 胥 胥 胤
粵 yen⁶（刃）

❶後代。❷子孫相承繼: 胤嗣。

胥 xū（須）　丁 丆 丆 疋 胥 胥
粵 sêu¹（雖）

全，都: 萬事胥備。

胎 tāi（太陰）　丿 丿 月 肑 肑 胎
粵 toi¹（台¹）

❶懷在母體內的幼體: 懷胎｜胎兒｜胎生。❷器物的坯子: 泥胎。❸襯在衣被裏的東西: 棉花胎。❹橡膠製的車帶: 車胎｜內胎｜外胎。❺比喻事物的根源: 禍胎。
◆胎盤　◆投胎　娘胎　雙胞胎　脫胎換骨

六畫

胼 pián（駢）　【胼胝】手腳上因長期勞動或走
粵 pin⁴（片⁴）　路、運動、摩擦而生的厚皮。俗稱「老繭」。

胯 kuà（跨）　腰的兩側跟大腿相連的部分: 胯
粵 kua³（跨³）　骨｜胯下。
【胯下之辱】從人家胯下爬過的恥辱。

脂 zhī（支）　丿 月 肑 肑 脂 脂
粵 ji¹（支）

❶動植物含的油質: 脂肪｜松脂｜樹脂。❷化妝品: 胭脂｜香脂｜脂粉。
【脂膏】❶脂肪。❷比喻老百姓的血汗換來的財物。
◆油脂　脫脂　凝脂　民脂民膏　塗脂抹粉

胰 yí（夷）　月 肑 肸 胯 胰 胰
粵 yi⁴（夷）

❶人和高等動物體內的一種分泌腺，在胃和十二指腸之間，能分泌胰液，幫助消化，也能分泌胰島素，叫「胰腺」，也叫「胰臟」。❷方言稱肥皂: 胰子｜香胰子｜藥胰子。

胱 guāng（光）　丿 月 肐 肐 胱 胱
粵 guong¹（光）

見「膀胱」條。

胴 dòng（洞）　丿 月 肑 肑 胴 胴
粵 dung⁶（洞）

人的軀體（通常指女性）: 胴體。

胭 yān（煙）　丿 月 肑 肑 胭 胭
粵 yin¹（煙）

【胭脂】❶一種紅色的化妝品。❷繪畫用的一種紅色顏料。

脈 ㊀mài（麥）　月 肑 胪 脈 脈
粵 meg⁶（麥）

❶血管: 靜脈｜動脈。❷像血管那樣連貫而成系統的東西: 山脈｜礦脈｜一脈相承。❸植物葉子上的筋絡: 葉脈｜平行脈｜網狀脈。

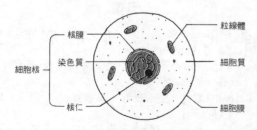

顯微鏡下的動物細胞

【脈搏】心臟收縮時，由於輸出血液的衝擊而引起的動脈搏動，簡稱「脈」。
◆脈絡 脈象 ◆支脈 血脈 把脈 命脈 來龍去脈
㊁mò（末）【脈脈】凝神看，用眼神表達情意：脈脈含情; 溫情脈脈。
粵 同㊀

脊 jǐ（幾）粵 jig³（瘠） ノ 人 ̣ ̣ 火 火 咎 脊
❶人和動物背部中間的骨頭：脊背｜脊柱｜脊椎骨。❷物體中間高起的部分：山脊｜屋脊。

脆 cuì（翠）粵 cêu³（翠） 月 月" �‵ 肵 脆 脆
❶容易折斷，容易破碎的：爽脆｜酥脆｜脆而不堅。❷吃起來爽口：鬆脆｜香脆。❸聲音清亮：清脆。❹做事爽快利落：乾脆｜脆快。
【脆弱】禁不起挫折或刺激，不堅強：意志脆弱; 感情脆弱。

胳 gē（哥）粵 gog³（各） 月 月 肝‵ 胳 胳 胳
❶上肢，從手腕到肩膀的部分：胳膊｜胳臂。❷腋下的窩兒：胳肢窩。

胸 xiōng（匈）粵 hung¹（匈） 月 肑 肑 胸 胸 胸
❶身體前面頸以下腹以上的部分：胸膛｜胸脯｜胸圍。❷指人的思想、抱負、氣量等：心胸狹窄｜胸懷坦白｜胸襟開闊。
【胸有成竹】比喻做事之前已有全面考慮和計劃。
【胸無點墨】形容沒有文化或文化水平很低。

脅 xié（協）粵 hib³（怯） フ カ 劣 劦 脅 脅
❶胸兩旁有肋骨的地方：右脅｜左脅。❷恐嚇，迫逼：威脅｜誘脅｜脅迫。❸收斂，縮：脅肩。
【脅持】挾持，用威脅手段使別人服從。
【脅從】被脅迫而隨從別人做壞事。
【脅肩諂笑】形容逢迎巴結的醜態。

能 néng 粵 neng⁴（挪鶯⁴） 育 肯 肯 能 能
❶本領，才幹：才能｜能力｜無能之輩。❷有才幹的：能人｜能手｜能者多勞。❸可以，會：能夠｜能說會道｜能屈能伸。❹物理上稱發生力的一種根源：熱能｜電能｜原子能。
【能耐】技能、本領。
【能源】能生產能量的物質，如燃料、水力、風力等。
【能工巧匠】工藝技術高明的人。
◆本能 功能 未能 光能 全能 技能 低能 性能 哪能 效能 總能 職能 無能爲力 熟能生巧

<h2 style="text-align:center">七畫</h2>

脫 tuō（托）粵 tüd³（拖月³） 月 月 肝‵ 脫 脫 脫
❶把穿戴着的東西去掉：脫帽｜脫鞋｜脫衣服。❷落掉：脫落｜脫皮｜脫粒。❸文字遺漏：脫漏｜脫誤｜脫字。❹離開：脫難｜脫險｜脫逃。
【脫身】逃出險境或擺脫某種事情。
【脫節】不銜接，互相聯繫的事物失去聯繫。

【脫離】離開，斷離某種聯繫或關係。
【脫口而出】不經思索，隨口說出。
【脫胎換骨】比喻徹底改過，重新做人。
【脫穎而出】比喻本領全部顯露出來。
◆脫手 脫俗 脫軌 脫銷 脫難 ◆甩脫 出脫 掙脫 推脫 超脫 解脫 擺脫 金蟬脫殼 臨陣逃脫

脖 bó（勃）粵 bud⁶（勃） 月 月 肞 肦 脖 脖
❶頸項，頭和身相連的部分：脖子｜脖頸。❷器物上像脖子的部分：瓶脖子。

脯 ㊀fǔ（府）粵 pou²（普） 月 月 肝 脯 脯 脯
❶肉乾：肉脯｜鹿脯。❷用蜜糖浸製的乾果：果脯｜杏脯｜桃脯。
㊁pú（葡）❶胸部：胸脯。❷指家禽胸部的肉：雞脯｜鴨脯子。
粵 同㊀

脣 chún（純）粵 sên⁴（純） 一 厂 后 辰 脣 脣
人和一些動物嘴邊緣的肌肉組織：嘴脣｜上脣｜下脣。
【脣舌】比喻言詞：大費脣舌。
【脣亡齒寒】比喻利害關係十分密切。
【脣槍舌劍】比喻爭論激烈，言詞鋒利，像槍和劍交鋒一樣。
【脣齒相依】比喻關係密切，相互依存。
◆反脣相稽 搖脣鼓舌 舌敝脣焦

脛 jìng（徑）粵 ging³（徑） 小腿，自膝蓋到腳跟的部分：不脛而走。
【脛骨】小腿內側的一根骨頭。

脬 pāo（拋）粵 pao¹（拋） 膀胱：尿脬。

脩 xiū（羞）粵 seo¹（修） 亻 亻 俨 俖 脩 脩
乾肉，古代學生送給老師的見面禮：束脩。
【脩金】送給老師的薪金。

<h2 style="text-align:center">八畫</h2>

腔 qiāng（槍）粵 hong¹（康） 月 肝 肸 腔 腔 腔
❶胸、腹、口中空的部分：胸腔｜腹腔｜口腔。❷器物裏面空的部分：爐腔｜鍋台腔子。❸說話、口音、語氣等：開腔｜搭腔｜南腔北調。❹戲曲的調子、唱法：唱腔｜京腔｜梆子腔。
◆官腔 裝腔 幫腔 油腔滑調 裝腔作勢

腕 wàn（萬）粵 wun²（碗） 月 肝 肞 肻 腕 腕
胳膊跟手掌或小腿跟腳掌相連的部分：手腕｜腳腕｜腕關節。

腋 yè（夜）粵 yig⁶（亦） 月 月‵ 肝 肸 腋 腋
手臂近肩的下面，俗稱「胳肢窩」：腋下｜兩腋。

腑 fǔ（府）粵 fu²（府） 月 肝 肕 胕 腑 腑
中醫稱人體胸腹內的器官：臟腑。

腐 | fǔ（輔）
粵 fu⁶（輔）
｜一 广 府 府 府 腐

❶朽爛，變壞:腐爛｜流水不腐。❷某些豆製品:豆腐｜腐竹｜腐乳。❸陳舊，守舊:陳腐｜迂腐。
【腐朽】❶指木頭等有纖維的物質朽爛。❷比喻思想陳腐、生活墮落或制度敗壞。
【腐敗】❶東西朽爛。❷比喻思想陳舊、行為墮落。❸比喻社會制度、機構等混亂和黑暗。
【腐蝕】❶由於化學作用，東西逐漸消損或毀壞。❷受壞的思想或環境等影響，使人逐漸變壞。

脹 | zhàng（帳）
粵 zêng³（帳）
｜月 月 肝 胪 脹 脹

❶體積變大，跟「縮」相反:膨脹｜冷縮熱脹。❷頭或腹部內壁一種受壓迫的不舒服的感覺:腹脹｜頭昏腦脹。

腊 | xī（昔）
粵 xig¹（色）
乾肉。

腎 | shèn（慎）
粵 sen⁶（慎）
｜丂 丯 臣 臤 腎 腎

❶人和某些動物的泌尿器官，在腹部後壁腰椎兩旁，左右各一。俗稱「腎臟」，也叫「腰子」。❷指雄性的睾丸:外腎。

腌 | ā（阿）
粵 yim¹（閹）
【腌臢】不乾淨。

腆 | tiǎn（舔）
粵 tin²（田²）
｜月 肛 肝 脚 脚 腆

❶凸出或挺起:腆起個大肚子。❷見「腼腆」條。

腓 | féi（肥）
粵 féi⁴（肥）
❶腿肚子。❷小腿外側的骨頭，比脛骨細小。

脾 | pí（皮）
粵 péi⁴（皮）
｜月 肑 胍 胂 脾 脾

人和某些動物的內臟之一，在胃的左側，有過濾血液，更新血球等功能，俗稱「脾臟」。
【脾胃】❶指飲食或消化力:脾胃不好。❷對事物的喜好或厭惡:合脾胃。
【脾氣】❶性情:脾氣不好。❷指急躁情緒:發脾氣。

腴 | yú（魚）
粵 yu⁴（余）
❶身體胖，豐滿:豐腴。❷土地肥沃:膏腴之地。

九畫

腩 | nǎn（蝻）
粵 nam⁵（南⁵）
牛肚子上和肋骨附近的肌肉:牛腩。

腰 | yāo（邀）
粵 yiu¹（邀）
｜月 肟 脟 脟 腰 腰

❶肋骨以下胯骨以上的部分:腰部｜腰身｜彎腰。❷指腎臟:腰子。❸褲子、裙子的圍腰部分:腰帶｜褲腰。❹事物的中間部分:山腰｜把這根木頭攔腰砍斷。❺形狀像腰子的東西:腰果。
◆腰刀 腰包 腰斬 腰痛 ◆叉腰 折腰 伸腰 撐腰 懶腰 傴腰縮背

腼 | miǎn（免）
粵 min⁵（免）
【腼腆】害羞，不大方。

腸 | cháng（場）
粵 cêng⁴（場）
｜月 月 肥 肥 腭 腸

❶人和高等動物的消化器官之一，分大腸、小腸。小腸管消化，大腸管排泄。❷比喻心思、情緒:熱心腸｜壞心腸｜牽腸掛肚。
◆衷腸 飢腸 愁腸 斷腸 直腸子 黑心腸 腦滿腸肥 搜索枯腸 鐵石心腸

腭 | è（餓）
粵 ngog⁶（岳）
口腔裏的上膛，前面部分叫「硬腭」，後面部分叫「軟腭」。

腥 | xīng（星）
粵 xing¹（星）
｜月 肛 肛 胆 腥 腥

❶血、肉、魚類等的氣味:腥氣｜血腥｜腥臊。❷指魚、肉類食物:葷腥。
【腥膻】❶腥味和膻味。❷指魚蝦、牛羊肉等食物。

腮 | sāi（鰓）
粵 soi¹（鰓）
｜月 肥 胆 胆 腮 腮

兩頰的下半部:兩腮｜腮幫子。

腹 | fù（複）
粵 fug¹（複）
｜月 月 胪 腹 腹 腹

❶肚子，胸部以下的部位:腹部｜腹痛｜腹脹。❷指內心:口蜜腹劍｜推心置腹。
【腹地】內地，靠近中心的地區。
【腹稿】演說或寫作時心裏打的草稿。
【腹背受敵】前後都有敵人，受到兩面夾擊。
◆空腹 果腹 剖腹 捧腹 大腹便便 心腹之患

腫 | zhǒng（踵）
粵 zung²（總）
｜月 肸 胪 胪 腫 腫

皮肉浮脹:腫脹｜浮腫｜臃腫。

腺 | xiàn（線）
粵 xin³（線）
｜月 肸 肸 脾 腺 腺

生物體內能製造和分泌各種液體的組織:汗腺｜淚腺｜淋巴腺。

腳 | jiāo（繳）
粵 gêg³（哥約）
｜月 肞 肞 胠 胠 腳

❶人或動物踩在地面支撐身體的肢體:赤腳｜手腳｜腳心。❷物體的最下部:桌腳｜褲腳｜山腳。❸剩下的廢料，沈澱的渣滓:下腳｜泔水腳子。
【腳本】表演戲劇、拍攝電影等所根據的底本。
【腳注】書刊裏放在本頁正文底下的注釋。
【腳踏實地】比喻做事認真踏實。
◆腳力 腳印 腳步 ◆立腳 陣腳 絆腳 歇腳 跺腳 墊腳 蹩腳 露馬腳 挖牆腳 手忙腳亂 頭重腳輕 大手大腳 毛手毛腳 指手畫腳 輕手輕腳 縮手縮腳

腱 | jiàn（建）
粵 gin³（建）
｜月ㄱ 月ㄢ 月ㄡ 肂 腪 腱

連接肌肉和骨骼的筋肉，白色、堅韌:肌腱。
【腱子】人身上或牛羊等小腿上特別發達的肌肉。

腦 | nǎo（惱）
粵 nou⁵（努⁵）
｜月 肞 胶 胶 腦 腦

❶高等動物神經系統的主要部分，分大腦、小腦、中腦、延髓等部分。❷稱某些白色的固體半固體:樟腦｜豆腐腦。❸指頭:腦袋。
【腦筋】指思考、記憶等的能力:他的腦筋很活。
【腦滿腸肥】形容人吃得好，養得很胖（含貶義）。
◆腦力 腦汁 腦海 腦際 腦漿 ◆大腦 主腦 首

腦 電腦 頭腦 肝腦塗地 頭昏腦脹 呆頭呆腦 油頭滑腦 愣頭愣腦 賊頭賊腦

十畫

膀 ㊀ bǎng（綁）｜粵 bong²（榜）｜月 月ˊ 月ᵃ 肸 膀 膀
❶胳膊上部靠肩的部分：膀子｜肩膀｜臂膀。❷鳥類的兩翼：翅膀。

㊁ páng（旁）｜粵 pong⁴（旁）｜【膀胱】人或動物體內貯尿的器官。

膏 ㊀ gāo（高）｜粵 gou¹（高）｜亠 古 亠 高 膏 膏
❶脂肪，油：脂膏｜春雨如膏。❷肥肉：膏粱。❸很稠的糊狀物：牙膏｜藥膏｜梨膏。❹土地肥沃：膏壤。
【膏肓】❶中醫認爲人體內一個藥力無法達到的地方，在心臟跟橫膈膜之間。❷比喻病勢沈重難治：病入膏肓。
【膏腴】土地肥沃：膏腴之地。

㊁ gào（告）｜粵 gou³（告）｜把油加在車軸或機器等經常轉動的部分：膏油。

膂 lǚ（旅）｜粵 lêu⁵（旅）｜脊梁骨。【膂力】指人的氣力：膂力過人。

膊 bó（博）｜粵 bog³（博）｜月 胛 脯 脯 膊 膊
膀子，肩膀以下手腕以上的部分：胳膊｜臂膊。

膈 gé（隔）｜粵 gag³（隔）｜月 月ˊ 肝 胭 膈 膈
【膈膜】人或哺乳動物胸腔和腹腔之間的膜狀肌肉。也叫「橫膈膜」。

腿 tuǐ（推上）｜粵 têu²（退²）｜月 月ˀ 月ˀ 肥 腿 腿
❶人用來支持身體和行走的部分，包括脛與股。脛爲小腿，股爲大腿。❷動物的四肢，分前腿，後腿。❸器物下面像腿的支柱：桌腿｜牀腿。❹指用鹽醃製的豬腿：火腿｜南腿｜宣腿。
◆扯腿 伸腿 拔腿 跑腿 歇腿 綁腿 撒腿 盤腿 瘸腿 狗腿子 拖後腿

十一畫

膣 zhì（至）｜粵 zed⁶（姪）｜女性的陰道。

膘 biāo（標）｜粵 biu¹（標）｜牲畜的肥肉：上膘｜膘滿肉肥。

膝 xī（息）｜粵 sed¹（失）｜月 肽 肽 膝 膝 膝
大腿和小腿相連的關節的前部：膝蓋｜雙膝｜卑躬屈膝｜奴顏婢膝。

膛 táng（堂）｜粵 tong⁴（堂）｜月 月ˀ 肶 膛 膛 膛
❶胸腔：胸膛｜開膛。❷某些器物的中空部分：砲膛｜槍膛｜爐膛。

膜 mó（模）｜粵 mog⁶（莫）｜月 月ˀ 月ˀ 腊 膜 膜
❶動植物體內像薄皮的組織：耳膜｜眼膜｜腦膜。❷像膜一樣薄的東西：笛膜｜橡皮膜｜塑料薄膜。

膚 fū（夫）｜粵 fu¹（夫）｜丶 丶 亠 广 庐 膚
❶人身上的表皮：皮膚｜肌膚｜體無完膚。❷比喻表面的、不深刻的：膚淺｜膚泛。

膠 jiāo（交）｜粵 gao¹（交）｜肝 肝 肸 肸 膠 膠
❶用動物的皮、角、骨等熬成的黏性物質：阿膠｜鹿角膠。❷樹木分泌出來的黏性物質，特指橡膠：膠鞋｜膠皮。❸像膠一樣黏的東西：膠泥｜膠布｜膠水。❹黏合，分不開：膠合｜膠附｜如膠似漆。
【膠着】比喻雙方相持不下，問題不能解決，或分不出高低勝負。

十二畫

膳 shàn（善）｜粵 xin⁶（善）｜月 月ˀ 肸 膳 膳 膳
飯食：午膳｜晚膳｜膳費。
【膳宿】食飯和住宿。

膩 nì（匿）｜粵 néi⁶（餌⁶）｜月 肝 胆 腻 膩 膩
❶食物裏油脂過多，使人不想吃：油膩｜肥肉膩人。❷厭煩：膩煩｜看膩了｜聽膩了。❸油垢，污垢：塵膩｜垢膩。❹細緻，光滑：滑膩｜肌膚細膩。

膨 péng（彭）｜粵 pang⁴（彭）｜肝 肸 脂 膵 膨
脹大：膨大。
【膨脹】❶體積脹大：空氣受熱膨脹。❷事物增加或擴大：通貨膨脹。

十三畫

臆 yì（益）｜粵 yig¹（益）｜月 月ˋ 胪 腤 臆 臆
❶胸：胸臆。❷主觀的想法：臆測｜臆斷｜臆造。

膺 yīng（鷹）｜粵 ying¹（鷹）｜亠 广 庐 庐 庵 膺
文言用字。❶心胸：義憤填膺。❷承當，承受：膺選｜榮膺冠軍。❸打擊，懲罰：膺懲。

臃 yōng（擁）｜粵 yung²（擁）｜月 月广 胪 胪 臃 臃
【臃腫】❶過於肥胖，以致轉動不靈活。❷機構太龐大，以致運轉不靈活。

臌 gǔ（古）｜粵 gu²（古）｜鼓脹，腹部膨脹的病：水臌｜氣臌。

膿 nóng（濃）｜粵 nung⁴（濃）｜肝 肸 脒 胪 膿 膿
皮肉發炎腐爛所生的黃白色黏液：膿汁｜膿包｜化膿。

臊 ㊀ sāo（搔）｜粵 sou¹（蘇）｜像尿或某種難聞的氣味：尿臊｜臊氣｜狐臊。

㊁ sào（掃）｜粵 sou³（掃）｜害羞：不知羞臊｜臊得臉通紅。

臉 liǎn (歛)　粵 lim⁵ (廉⁵)　｜月 胪 胎 脸 脸 臉

❶面孔: 臉蛋｜臉色。❷面子, 體面: 丢臉｜沒臉｜不要臉。❸指面部的表情: 變臉｜繃臉｜翻臉不認人。❹某些物體的前部: 門臉兒｜鞋臉兒。

【臉皮】❶指情面: 撕不破臉皮。❷指羞恥的心理: 臉皮厚；臉皮薄。

【臉譜】戲曲中, 演員臉上畫的各種圖案用以顯示人物的性格和特徵。

◆紅臉　鬼臉　笑臉　賞臉　嘴臉　轉臉　死皮賴臉　愁眉苦臉　嘻皮笑臉

膾 kuài (塊)　粵 kui³ (繪)　｜月 肸 肸 脍 脍 膾

切細的肉: 膾不厭細。

【膾炙人口】膾、炙: 肉絲和烤肉, 都是美味, 人人愛吃。比喻好的詩文為人稱讚和傳誦。

膽 dǎn (撣)　粵 dam² (擔²)　｜月 肜 肟 胪 胪 膽

❶人或動物內臟器官之一, 在肝臟的右邊, 能分泌膽汁, 幫助消化: 膽囊｜膽酸。❷勇氣: 膽量｜膽大｜膽小如鼠。❸器物內部的一層, 中空, 可以灌入水或空氣的東西: 瓶膽｜球膽。

【膽力】勇氣和魄力。

【膽怯】膽小, 沒有勇氣, 往後退縮。

【膽略】膽量和謀略。

【膽寒】形容害怕。

【膽識】膽量和見識。

【膽大心細】勇敢而考慮周密。

【膽大妄為】毫無顧忌地幹壞事。

【膽戰心驚】形容十分害怕。又作「心驚膽戰」。

◆膽小　膽子　膽敢　膽小鬼　◆斗膽　壯膽　放膽　喪膽　大膽潑辣　心膽俱裂　肝膽相照　明目張膽　卧薪嘗膽　渾身是膽　提心弔膽　聞風喪膽

臀 tún (屯)　粵 tün⁴ (團)　｜⊐ 尸 尸 屄 殿 臀

屁股: 臀部。

臂 ㊀ bì (碧)　粵 béi³ (秘)　｜⊐ 尸 吊 斨 臂 臂

胳膊, 從肩到腕的部分: 臂膀。

㊁ bei (悲輕)　意義同㊀, 用於「胳臂」。
粵 同㊀

十四畫以上

臏 bìn (鬢)　粵 ben³ (鬢)　｜月 肷 胪 臏 腊 臏

❶臏骨, 即是膝蓋骨。❷古代削去臏骨的酷刑。

臍 qí (齊)　粵 qi⁴ (池)　｜肝 肸 胨 脐 臍 臍

❶胎兒肚子中間跟母體胎盤相連的管子叫「臍帶」, 肚子上臍帶脫落的地方叫「肚臍」。❷螃蟹的腹部, 雌的叫「團臍」, 雄的叫「尖臍」。

臘 là (辣)　粵 lab⁶ (蠟)　｜月 肋 脵 脵 膌 臘

❶古代十二月的一種祭祀, 因此把農曆十二月叫「臘月」。❷把魚、肉等用鹽醃後再熏製, 使可以保藏: 臘肉｜臘腸｜臘味。

臚 lú (盧)　粵 lou⁴ (盧)　｜月 肸 胪 胪 臚 臚

陳列, 陳述: 臚列｜臚陳。

臟 zàng (葬)　粵 zong⁶ (撞)　｜脵 胪 脏 脏 臓 臟

身體內部器官的統稱: 內臟｜五臟。

【臟腑】中醫學名詞, 心、肝、脾、肺、腎叫「臟」, 胃、膽、大腸、小腸、膀胱、三焦叫「腑」。

臢 za (雜輕)　粵 jim¹ (尖)　｜見「腌臢」條。

欒 luán (巒)　粵 lün⁵ (聯⁵)　｜切成塊的肉。

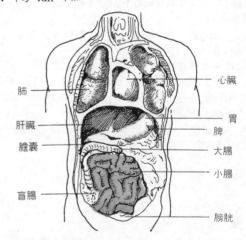

肺　　　　　　心臟
　　　　　　　胃
肝臟　　　　　脾
膽囊　　　　　大腸
　　　　　　　小腸
盲腸
　　　　　　　膀胱

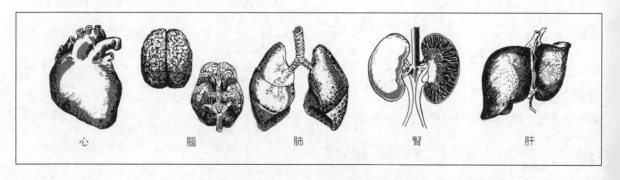

心　　　腦　　　肺　　　腎　　　肝

臣部

臣 │chén（晨）│一丁丆丆臣臣
　│粵 sen⁴（晨）│
❶君主時代做官的人: 君臣。❷封建時代官對君主的自稱: 臣下。❸服從: 臣服。❹對人褒貶的比喻: 忠臣│奸臣│有功之臣。

卧 │wò（沃）│一丆丆臣卧卧
　│粵 ngo⁶（餓）│
❶躺下: 卧倒│卧牀不起│坐卧不安。❷睡覺用的: 卧室│卧榻│卧鋪。
【卧車】備有卧鋪的火車車廂。
【卧底】潛伏在內, 充當內應。
【卧薪嘗膽】卧薪: 睡在柴草上, 嘗膽: 嘗一嘗膽的苦味。比喻不忘恥辱, 刻苦自勵, 發憤圖強。

臧 │zāng（髒）│亠爿疒疒臧臧
　│粵 zong¹（莊）│
❶好, 善。❷姓。
【臧否】❶好壞, 善惡。❷褒貶, 評論: 臧否人物。

臨 │lín（林）│丆臣臣臦臨臨臨
　│粵 lem⁴（林）│
❶靠近, 面對: 臨河│臨街│如臨大敵。❷來到, 到達: 來臨│光臨│身臨其境。❸將要, 快要: 臨行│臨睡│臨別贈言。❹在高處朝下看: 登臨│居高臨下。❺照着字畫摹仿、學習: 臨摹│臨帖│臨畫。
【臨了】將完的時候。
【臨時】❶暫時的, 非正式的。❷快到事情發生的時候: 事前做好準備, 省得臨時着急。
【臨頭】爲難或不幸的事情落到身上: 大難臨頭。
【臨機】掌握時機行動。
【臨危不懼】遇到危難, 毫不畏懼。
【臨渴掘井】比喻平時不早作準備, 事到臨頭才想辦法。
【臨陣逃脫】快要上陣打仗時逃離前線。比喻到了緊要關頭退縮逃避。
◆臨池　臨刑　臨走　臨近　臨盆　臨終　臨戰　臨危授命　臨陣磨槍　臨淵羨魚　◆蒞臨　降臨　駕臨　親臨　瀕臨　雙喜臨門

自部

自 │zì（字）│丿亻自自自自
　│粵 ji⁶（字）│
❶己身: 自己│自身│自言自語。❷當然, 必然: 自當努力│自有分寸。❸由, 從: 自古以來│自始至終│自東向西。
【自大】自認爲了不起。
【自立】不依賴別人而生活。
【自由】自己作主, 不受約束、限制。
【自在】沒有拘束, 安樂舒適: 自由自在; 逍遙自在。

【自拔】自己從痛苦或罪惡中解脫出來: 不能自拔。
【自卑】自己看不起自己: 要克服自卑心理。
【自居】自以爲具有某種身分: 不以功臣自居。
【自負】❶自以爲了不起。❷自己負責: 後果自負。
【自然】❶天然存在的並非人爲的。❷不造作: 態度自然。❸當然, 必然: 肯用功, 學習自然進步快。
【自不量力】不衡量一下自己的力量, 過高估計自己。
【自吹自擂】自己吹捧自己。
【自告奮勇】主動要求承擔某項艱苦任務。
【自投羅網】比喻自取災禍, 自己送死。
【自食其果】自己做了壞事, 自己承受不好的結果。
【自強不息】自己努力向上, 永不懈怠。
【自圓其說】使自己說的話前後一致。也指找理由爲自己的話辯解。
【自鳴得意】自以爲了不起, 表示很得意。
【自慚形穢】因自己不如別人而感到慚愧。
【自暴自棄】不知自愛, 不求上進, 甘心落後。
◆自白　自決　自私　自重　自信　自勉　自動　自問　自尊　自發　自豪　自滿　自謙　自願　自命不凡　自知之明　自相殘殺　◆私自　暗自　獨自　親自　不攻自破　不由自主　孤芳自賞　玩火自焚　故步自封　剛愎自用　情不自禁　無地自容

臬 │niè（聶）│❶箭靶子。❷古代測量太陽影子
　│粵 nip⁶（聶）│長短的標杆。❸法度, 標準: 圭臬。

臭 （一）chòu（抽去）│丿自自自臭臭
　　│粵 ceo³（湊）│
❶氣味難聞, 跟「香」相反: 臭氣│臭味│香臭不分。❷名聲敗壞, 使人討厭: 臭架子│臭名遠揚│遺臭萬年。❸狠狠地: 臭罵│臭打。❹可恥的, 卑劣的: 臭事。
【臭名昭著】壞名聲大家都知道。
【臭味相投】比喻壞的思想作風、興趣等相近, 互相合得來。
◆臭蟲　臭乎乎　臭皮囊　臭烘烘　◆惡臭　發臭　銅臭　腥臭
（二）xiù（嗅）│❶氣味: 空氣是無色無臭的氣體。
　　│粵 同（一）│❷「嗅」, 用鼻子辨別氣味。

至部

至 │zhì（志）│一工厶至至至
　│粵 ji³（志）│
❶到: 至今│至此│至第五課止。❷最, 極: 至少│至好│仁至義盡。❸佳, 最好的: 至理。❹節氣名稱用字: 夏至│冬至。
【至交】最要好的朋友。
【至於】❶表示達到某種程度: 他不至於這麼差。❷表示另提一件事: 他數學考得好, 至於國文, 也是班上考得最好的。
【至誠】非常誠懇: 一片至誠。
【至親】關係最接近的親戚: 至親好友。
【至寶】最珍貴的寶物: 如獲至寶。
【至高無上】最高的, 再沒有更高的了。

【至理名言】最正確，最精闢的話。

◆ 以至　乃至　及至　直至　甚至　竟至　紛至沓來　賓至如歸　自始至終　無微不至

致 zhì（至）　粤 ji³（至）　工 工 至 至 到 致

❶招引：招致｜導致｜致病。❷把全部精力用上：專心致志｜致力詩歌創作。❸給與，表達：致電｜致敬｜致謝。❹達到：學以致用｜勤勞致富。❺情趣，意態：興致｜情致｜別致。

【致使】以致，由於某種原因而使得：由於粗心，致使工作出現了差錯。

【致意】向人表達問候之意。

◆ 一致　以致　引致　此致　景致　誘致　雅致　羅致　言行一致　閒情逸致

臺 同「台」。

臻 zhēn（眞）　粤 zên¹（津）　工 至 珡 臸 臻 臻

達到：日臻完善｜漸臻佳境。

臼部

臼 jiù（舅）　粤 keo⁵（舅）　丶 丷 丿 丿 臼 臼

❶舂米的器具，樣子像盆：石臼。❷形狀像臼的：臼齒。

臾 yú（余）　粤 yu⁴（余）　丷 丿 丿 臼 臾 臾

須臾，片刻，一會兒。

舁 yú（余）　粤 yu⁴（余）　扛抬：舁傷隊（抬送傷兵的部隊）。

舀 yǎo（咬）　粤 yiu⁵（繞）　丿 白 臼 臼 舀 舀

用瓢、杓等取東西：舀水｜舀湯｜舀米。

舂 chōng（沖）　粤 zung¹（忠）　三 夫 夫 舂 舂 舂

把東西放在臼裏搗去外殼或搗碎：舂米｜舂藥。

舅 jiù（臼）　粤 keo⁵（臼）　丷 丿 臼 臼 舅 舅

❶母親的弟兄：舅舅｜舅父｜舅母。❷妻子的弟兄：舅子｜大舅子｜小舅子。

與 ⊖ yǔ（雨）　粤 yu⁵（雨）　丨 臼 臼 臼 與 與

❶和，跟：父與子｜與民同樂。❷送，給：贈與｜授與｜與人方便。❸交往，友好：彼此相與｜相與甚厚。❹幫助：與人為善。

【與其】連詞，常跟「不如，寧可」等連用。表示經過比較後否定：與其去打球，不如去游泳。

【與日俱增】隨着時間一天天地增長。

【與虎謀皮】比喻跟惡人商量要他放棄自己的利益，絕對辦不到。

◆ 與世長辭　與世無爭　◆ 付與　施與　給與　事與願違　羞與為伍　無與倫比

⊖ yù（預）　參加：參與｜與會代表。　粤 yu⁶（預）

興 ⊖ xīng（星）　粤 hing¹（兄）　印 印 朗 朗 興

❶舉辦，發動：興辦工業｜興利除弊｜大興土木。❷旺盛，跟「衰」或「亡」相反：興旺｜興隆｜興盛。❸流行，盛行：時興｜不興這一套。

【興亡】興盛和滅亡（多指國家）：國家興亡，匹夫有責。

【興許】也許。

【興奮】精神振作，情緒激動。

【興風作浪】比喻煽動情緒，挑起事端。

【興師動眾】大規模出兵或發動過多的人做某件事情，含貶義。

◆ 興兵　興建　興衰　興起　興妖作怪　◆ 振興　復興　新興　夙興夜寐　望洋興嘆

⊜ xìng（姓）　喜悅，愉快：興趣｜興味｜高興。　粤 hing³（慶）

【興致】興趣，有興頭的情緒：興致勃勃；興致索然。

【興高采烈】興致高，精神足。

◆ 助興　即興　乘興　敗興　掃興　遊興　詩興　意興　豪興　盡興　餘興

舉 jǔ（矩）　粤 gêu²（矩）　匕 訪 衙 衙 與 舉

❶向上伸，向上托，擎起：舉手｜舉重｜舉旗。❷發動，興起：舉辦｜舉事｜百廢待舉。❸推選：推舉｜選舉｜舉薦。❹提出：舉例｜列舉｜不勝枚舉。❺行為，動作：壯舉｜舉動｜一舉一動。❻全：舉家南遷｜舉國歡騰。

【舉止】動作和姿態：言談舉止；舉止大方。

【舉世】全世間：舉世聞名。

【舉發】檢舉，揭發。

【舉一反三】比喻從一件事情類推，可以知道其他的事情。

【舉不勝舉】舉也舉不完。形容數量很多。

【舉足輕重】比喻所處地位重要，一舉一動對全局都有影響。

【舉世矚目】全世界的人都注視着。

【舉棋不定】比喻猶豫不決，拿不定主意。

◆ 舉目　舉行　舉步　舉案齊眉　◆ 抬舉　盛舉　創舉　檢舉　一舉成名　一舉兩得　輕舉妄動　不識抬舉　輕而易舉

舊 jiù（救）　粤 geo⁶（技又）　丶 芢 莑 舊 舊 舊

❶過時的，經過長時間使用的，跟「新」相反：陳舊｜守舊｜舊習慣。❷從前的，原先的：舊時｜舊居｜舊地重遊。❸老交情，老朋友：故舊｜念舊｜與之有舊。

【舊曆】指農曆。

【舊聞】指社會上過去發生的事情，特指掌故、逸聞、瑣事等。

【舊觀】原來的樣子：一改舊觀。

【舊調重彈】比喻把老的一套又重新搬出來。也作「老調重彈」。

◆ 舊式　舊址　舊事重提　◆ 仍舊　古舊　依舊　念舊　原舊　敍舊　話舊　懷舊　除舊佈新　棄舊圖新　新仇舊恨　因循守舊　喜新厭舊

舌部

舌 | shé（蛇）
粵 xid[6]（泄） | 一 二 千 千 舌 舌

❶人和動物口中管辨別味道，幫助咀嚼和發音的器官，俗稱「舌頭」。❷像舌頭的東西：帽舌｜火舌。❸比喻說話、爭吵或搬弄是非：長舌｜饒舌｜搖脣鼓舌。

【舌戰】比喻激烈辯論。

【舌敝脣焦】說得舌破脣乾。形容說話很多。

【舌劍脣槍】形容辯論激烈，言詞尖銳。也作「脣槍舌劍」。

◆口舌 咬舌 喉舌 嚼舌 巧舌如簧 油嘴滑舌 瞠目結舌

舍 | ㊀shè（赦）
粵 sé[3]（瀉） | 丿 人 今 今 舍 舍

❶房子：宿舍｜旅舍｜校舍。❷飼養禽畜的房屋或棚：牛舍｜雞舍｜豬舍。❸謙詞，稱自己的家或年輕輩低的親屬：舍下｜舍弟｜舍親。

◆田舍 茅舍 寒舍 廬舍 打家劫舍

㊁shě（捨）同「捨」。
粵 sé[2]（捨）

舐 | shì（事）
粵 sai[5]（時蟹） | 二 千 舌 乱 舐 舐

用舌頭舔。

【舐犢】❶老牛用舌頭舔小牛：老牛舐犢。❷比喻人疼愛自己的兒女：舐犢情深。

舒 | shū（書）
粵 xu[1]（書） | 丿 今 舍 舍 舒 舒

❶伸展，寬暢：舒展｜舒暢｜寬舒。❷緩慢，從容：舒緩。❸姓。

舖 同「鋪」㊀。

舘 同「館」。

舔 | tiǎn（忝）
粵 tim[2]（忝） | 千 舌 舔 舔 舔 舔

用舌頭取食或接觸東西：舔食｜貓舔爪子。

舛部

舛 | chuǎn（喘）
粵 qun[2]（喘） | 丿 夕 夕 夕 死 舛

❶違背，不幸：命途多舛。❷錯誤：舛錯｜舛誤。

舜 | shùn（瞬）
粵 sên[3]（信） | ⺥ 爫 爭 爭 舜 舜

中國古代的一個帝王名，國號「虞」，所以又叫「虞舜」。

舞 | wǔ（武）
粵 mou[5]（武） | 二 無 無 舞 舞 舞

❶身體隨着音樂轉動，表演各種姿勢：舞蹈｜舞劇｜跳舞。❷揮動，耍動：舞動｜揮舞｜手舞足蹈。❸比喻活躍，

興奮：歡欣鼓舞｜眉飛色舞。

【舞弊】用欺騙的方式，做違法亂紀的事情：營私舞弊。

【舞文弄墨】❶在文字技巧上耍花樣。❷歪曲法律條文，從中作弊。

◆舞曲 舞伴 舞姿 舞場 舞會 舞藝 舞廳 ◆飛舞 歌舞 張牙舞爪 載歌載舞 羣魔亂舞 輕歌曼舞

舟部

舟 | zhōu（州）
粵 zeo[1]（州） | 丿 丿 月 月 舟 舟

船：泛舟｜盪舟｜順水推舟。

【舟車】船和車，借指旅途：舟車勞頓。

三至五畫

舢 | shān（山）
粵 san[1]（山） | 月 舟 舟 舟 舢 舢

【舢板】一種小船。也作「舢舨」。

舫 | fǎng（紡）
粵 fong[2]（紡） | 月 舟 舟 舟 舫 舫

船：石舫｜畫舫。

航 | háng（杭）
粵 hong[4]（杭） | 月 舟 舟 舟 航 航

❶行船：航行｜航海。❷飛機在空中飛行：航空｜航天｜宇航。

◆航向 航速 航程 航運 航線 ◆出航 民航 夜航 返航 迷航 起航 通航 試航 歸航 護航

舨 | bǎn（板）
粵 ban[2]（板） | 月 舟 舟 舨 舨 舨

見「舢板」條。

般 | bān（搬）
粵 bun[1]（搬） | 月 舟 舟 舟 舣 般

樣，種類：這般｜那般｜百般。

舵 | duò（惰）
粵 to[4]（駝） | 月 舟 舟 舟 舵 舵

船或飛機等控制航行方向的裝置：掌舵｜看風使舵。

舷 | xián（弦）
粵 yin[4]（言） | 月 舟 舟 舟 舷 舷

船的左右兩側：左舷｜右舷。

舸 | gě（哥㊤）
粵 go[2]（哥[2]） | 大船

舳 | zhú（逐）
粵 zug[6]（軸） | 船尾把舵的地方。【舳艫】長方形的大船。

舴 | zé（責）
粵 zag[3]（責） | 【舴艋】古時一種小船。

舶 | bó（泊）
粵 bog[6]（薄） | 月 舟 舟 舟 舶 舶

航海的大船。也指一般的船：船舶。

【舶來品】指進口的外國貨。

舲 | líng（伶）
粵 ling[4]（伶） | 兩邊有窗的小船。

舵　潛水艇　快艇　水翼船　輪船

船｜chuán（傳）｜丿 夆 身 舟 舟 船 船
　｜粵 xun⁴（旋）
在水上行駛，載人或運貨的交通工具:輪船｜帆船｜渡船。
【船塢】修造或停泊船隻的地方。

七至十六畫

艄｜shāo（梢）｜❶船尾:船艄。❷船舵:掌艄。
　｜粵 sao¹（梢）｜【艄公】船上掌舵的人。

艇｜tǐng（挺）｜舟 舟 舟千 舟壬 艇 艇
　｜粵 ting⁵（挺）
輕便而快速的船或習慣上稱艇的軍用船:汽艇｜遊艇｜救生艇。

艋｜měng（猛）｜見「舴艋」條。
　｜粵 mang⁵（猛）

艘｜sōu（搜）｜舟 舟' 舟'' 舟'''' 舟 艘
　｜粵 seo²（手）
量詞，船隻的計算單位:一艘軍艦｜三艘輪船。

艙｜cāng（倉）｜舟 舟 舟入 舟 艙 艙
　｜粵 cong¹（倉）
船或飛機裏根據用途分隔開的部分:艙位｜客艙｜貨艙。

艟｜chōng（衝）｜見「艨艟」條。
　｜粵 tung⁴（同）

艦｜jiàn（鑑）｜舟 舟 舟 舟 舟 艦
　｜粵 lam⁶（濫）
戰船:軍艦｜艦隊｜巡洋艦。

艨｜méng（蒙）｜【艨艟】古代的一種戰船。
　｜粵 mung⁴（蒙）

艫｜lú（盧）｜見「舳艫」條。
　｜粵 lou⁴（盧）

艮部

艮｜㊀gěn（根上）｜フ コ ヨ 月 艮 艮
　｜粵 gen³（近³）
指人的性子直，態度生硬。也指食物不鬆脆:蘿蔔艮了。
　㊁gèn（根去）｜八卦中一個符號的名稱。
　｜粵 同㊀

良｜liáng（糧）｜丶 ㇇ ㇕ 户 良 良
　｜粵 lêng⁴（糧）

❶好:良好｜優良｜善良。❷很，甚:良久｜獲益良多｜用心良苦。❸好人，清白的人:誣良爲盜｜除暴安良。
【良機】好機會:勿失良機。
【良辰美景】美好的時光和景致。
【良莠不齊】比喻好人、壞人混雜在一起。
【良藥苦口】比喻直言勸告和批評聽來不舒服，但很有益。
◆良心　良民　良夜　良知　良宵　良將　良策　良緣
◇天良　不良　改良　忠良　精良　賢良　坐失良機　金玉良言　喪盡天良

艱｜jiān（奸）｜一 苎 茣³ 茣³ 艱 艱
　｜粵 gan¹（奸）
困難:艱苦｜艱難｜艱辛。
【艱巨】困難而繁重:任務艱巨。
【艱深】指文章深奧難懂。
【艱險】困難而危險:歷盡艱險。
【艱澀】指文詞不流暢，令人不好理解。
◆艱危　艱苦卓絕　艱苦樸素　艱苦奮鬥　步履維艱

色部

色｜㊀sè（嗇）｜丿 ㇆ ㇕ 夕 多 色
　｜粵 xig¹（識）
❶光線照射在物體上，現出紅、黃、藍、白、黑等現象，叫「色」，也叫「顏色」:色調｜色澤｜變色。❷臉上的神氣，樣子:臉色｜怒色｜和顏悅色。❸指女子的美貌:姿色｜絕色｜色藝雙全。❹情景，景象:景色｜月色｜春色。❺種類:各色各樣｜花色品種｜色色俱全。❻物品的質量:成色｜足色。
【色盲】眼睛不能辨別顏色的病。
【色彩】❶顏色。❷比喻思想傾向或事物的某種情調:時代色彩。
【色厲內荏】外表強硬，內心虛弱。
◆本色　底色　神色　起色　氣色　特色　着色　眼色　貨色　喜色　增色　潤色　難色　大驚失色　五光十色　平分秋色　有聲有色　疾言厲色　喜形於色　滿園春色
　㊁shǎi（篩上）｜義同㊀❶，用於「掉色、落色、退
　｜粵 同㊀｜色、套色」等詞的口語。

艶　同「豔」，見282頁。

艸部

二至三畫

艾 ㊀ài（礙）｜粵 ngai⁶（刈）｜　丶 十 卄 艹 艾 艾

❶多年生草本植物。葉有香氣，可供藥用；莖、葉點着後能熏蚊蠅。❷停止：方興未艾。

　㊁yì（意）改正：自怨自艾（悔恨自己的錯誤，自己｜粵 同㊀ 改正。現在多用其「悔恨」的意思）。

芀 nǎi（乃）｜芀芀，芋的別稱。｜粵 nai⁵（乃）

芒 máng（忙）｜粵 mong⁴（亡）｜　丶 十 卄 艹 芏 芒

❶草端或穀實上的細刺：麥芒｜稻芒。❷多年生草本植物，葉細長邊緣鋒利。莖葉可作造紙原料。❸刀劍鋒利的部分：鋒芒。❹四射的光線：光芒。

【芒果】常綠喬木。果實汁多味甜，是熱帶著名水果。

【芒種】節氣名，在陽曆六月五、六或七日。

【芒刺在背】芒刺扎在背上。形容極度不安的樣子。

芋 yù（預）｜粵 wu⁶（護）｜　丶 十 卄 艹 芏 芋

多年生草本植物。地下莖可供食用。又叫芋頭或芋艿。

芊 qiān（千）｜【芊芊】形容草木茂盛的樣子。｜粵 qin¹（千）

芍 sháo（韶）｜粵 cêg³（卓）｜　丶 十 卄 艹 芍 芍

【芍藥】多年生草本植物。花大而美麗，可供觀賞。根可供藥用。

芎 xiōng（兄）｜【芎藭】多年生草本植物，有香｜粵 gung¹（公）氣，根莖可入藥。產於四川等地。故又名「川芎」。

四畫

芝 zhī（知）｜粵 ji¹（之）｜　丶 十 卄 艹 芝 芝

靈芝，菌類植物。寄生在山地枯樹根上，也可人工培植。可供藥用，又可供觀賞。

【芝麻】一年生草本植物。種子小而扁平，含油率高，可做芝麻油、芝麻醬。

芳 fāng（方）｜粵 fong¹（方）｜　丶 十 卄 艹 芳 芳

❶花的香氣：芬芳｜芳香。❷比喻好的名聲：芳名｜流芳百世。

芯 ㊀xīn（新）｜俗稱去了皮的燈心草：燈芯。｜粵 sem¹（心）

　㊁xìn（信）❶物體的中心部分：岩芯｜礦芯｜蠟芯。｜粵 同㊀ ❷蛇的舌頭：芯子。

芙 fú（扶）｜粵 fu⁴（扶）｜　丶 十 卄 艹 芏 芙

【芙蓉】❶落葉灌木。花有紅白黃各色，很美麗，可供觀賞。❷荷花的別名。

芫 yán（言）｜【芫荽】也叫「香菜」。一年生草｜粵 yun⁴（元）本植物。莖葉有特殊香味，可供食用，果實可做香料。

芸 yún（雲）｜【芸芸】眾多的樣子：芸芸眾生。｜粵 wen⁴（雲）【芸香】多年生草本植物，花葉莖有特殊香味，可供藥用。

芾 fèi（肺）｜小樹幹和小樹葉。｜粵 fei³（肺）

芽 yá（牙）｜粵 nga⁴（牙）｜　丶 十 卄 艹 芽 芽 芽

❶植物剛滋生的嫩葉或剛出土的苗：枝芽｜葉芽｜萌芽（比喻事情的開端）。❷像芽一類的東西：肉芽。

芷 zhǐ（止）｜白芷，多年生草本植物。夏天開小｜粵 ji²（止）花，根可做藥。

芮 ruì（銳）｜姓。｜粵 yêu⁶（銳）

花 huā（華陰）｜粵 fa¹（化¹）｜　丶 十 卄 芷 花 花

❶植物的繁殖器官。也指供觀賞的開花植物：花木｜花草｜菊花。❷形狀像花的東西：浪花｜雪花。❸有不同顏色的、不同圖案的東西：花白頭髮｜花布｜花衣裳。❹模糊不清：老眼昏花。❺虛假的，迷惑人的：花招｜花言巧語。❻用，耗費：花費｜花錢｜花時間。❼指棉花：彈花｜花紗布。❽種類繁雜：花色繁多｜花樣翻新。❾作戰時受的傷：掛花。❿姓。

【花卉】花草的總稱。

【花甲】指六十歲。從前用干支紀年，一個循環為六十年，有六個「甲」，總稱甲年：花甲之年。

【花色】❶花樣和顏色：這布的花色很好看。❷同一品種的某些物品從外表上區分的種類：新出的生日卡真是花色繁多。

【花圃】種花的園地。

【花絮】比喻各種有趣的零碎新聞。多用做新聞報導的標題或欄目：大會花絮。

【花名冊】人名冊。

【花團錦簇】像花朵、錦繡聚合在一起。形容五彩繽紛、十分華麗。

◆ 花朵　花蒂　花瓣　花斑斑　花天酒地　花花公子　花花世界　花花綠綠　◆火花　淚花

芹 qín（勤）｜粵 ken⁴（勤）｜　丶 十 卄 芹 芹 芹

芹菜，蔬菜類植物，夏天開白花，莖葉可吃。

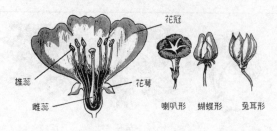

花冠　雄蕊　雌蕊　花萼　喇叭形　蝴蝶形　兔耳形

花

芩｜qín（琴）｜黃芩，多年生草本植物。根黃色，
｜粵 kem⁴（琴）｜可做藥。

芥｜㊀jiè（介）｜丶丆丬艾芥芥
｜粵 gai³（介）｜
【芥菜】蔬菜類植物。葉大多皺紋。種子有辣味，研成細末可調味，叫「芥末」。
【芥蒂】細小的梗塞的東西。比喻心裏有意見，不痛快：心存芥蒂。
㊁gài（概）｜【芥藍菜】蔬菜類植物。也叫「芥蘭」。
｜粵 同㊀｜

芬｜fēn（紛）｜丶丆丬艾芬芬
｜粵 fen¹（分）｜
花草的香氣：芬芳。

芡｜qiàn（欠）｜❶水生草本植物。葉圓，浮在水面。種子叫「芡實」，可做藥用，也可以製成澱粉用。❷烹飪時調在菜汁裏使它成為糊狀的粉：勾芡｜湯裏加點芡。
｜粵 him³（欠）｜

芟｜shān（山）｜丶丆丬艻芳芟
｜粵 sam¹（衫）｜
❶割草：芟草。❷除去：芟除。

芪｜qí（齊）｜黃芪，多年生草本植物，莖橫臥在地面上，根可入藥。
｜粵 kéi⁴（其）｜

芨｜jī（雞）｜白芨，多年生草本植物。葉長形，塊莖可入藥。
｜粵 geb¹（急）｜

芻｜chú（除）｜勹匁匆芻芻芻
｜粵 co¹（初）｜
飼養牲口的草料：芻秣。
【芻議】謙稱自己的言論。

芭｜bā（巴）｜丶丆丬苎苧芭
｜粵 ba¹（巴）｜
【芭蕉】多年生草本植物。葉子很大，花白色，果實跟香蕉相似。供觀賞。
【芭蕾舞】起源於歐洲的一種古典舞蹈，女演員舞蹈時常用腳趾尖點地。

五畫

苧｜zhù（住）｜丶丆丬苎苧苧
｜粵 qu（柱）｜
【苧麻】多年生草本植物。莖皮纖維堅韌柔滑，可製布、造紙、製魚網、做繩等。根可入藥。

范｜fàn（犯）｜丶丆丬芐苪范
｜粵 fan⁶（飯）｜
姓。

⊗右下是「巳」，兩筆。

苾｜bì（閉）｜芳香。
｜粵 bed⁶（拔）｜
｜又 bid¹（必）｜

茉｜mò（末）｜丶丆丬芏苹茉
｜粵 mud⁶（末）｜
【茉莉】常綠灌木。開小白花，很香，可用來熏製茶葉。
⊗下面是「末」。

苦｜kǔ（庫上）｜丶丆丬苎苹苦
｜粵 fu²（虎）｜
❶跟「甜」、「甘」相對的一種味道：苦味｜苦膽｜良藥苦口。❷艱辛，困難：困苦｜辛苦｜貧苦。❸難受：苦笑｜苦惱。❹有耐心地，盡力地：苦心孤詣｜勤學苦練。
【苦口】❶不辭煩勞、反覆懇切地說：苦口相勸。❷引起苦的味覺：良藥苦口利於病。
【苦功】刻苦的功夫。
【苦澀】❶又苦又澀的味道。❷形容內心痛苦：臉上顯出苦澀的表情。
【苦口婆心】勸說不辭煩勞，用心像老太婆那樣慈愛。形容懷着好心再三勸告。
◆苦工　苦力　苦苦　苦處　苦悶　苦難　苦肉計　◆甘苦　挖苦　疾苦　勞苦　叫苦連天　千辛萬苦

苯｜běn（本）｜一種有機化合物，無色液體，有特殊的氣味，工業上可製染料。
｜粵 bun²（本）｜

苣｜jù（巨）｜丶丆丬苎苣苣
｜粵 gêu⁶（巨）｜
見「萵苣」條。

苛｜kē（科）｜丶丆丬苎苛苛
｜粵 ho¹（呵）｜
❶過分嚴厲，刻薄：苛責｜苛刻｜苛待。❷過於煩瑣，繁重：苛細｜苛捐雜稅。
【苛求】提出的條件、要求過高。

苤｜piě（撇上）｜【苤藍】二年生草本植物。葉有長柄，莖呈球形，可做菜吃。
｜粵 péi²（鄙）｜

若｜ruò（弱）｜丶丆丬苎艿若
｜粵 yêg⁶（弱）｜
❶如果，假如：倘若｜若是。❷好像，如：若無其事｜欣喜若狂。❸你，汝：若輩。
【若干】多少。用於問數量或指約數。
【若明若暗】好像明亮，又好像昏暗。比喻模糊不清。
【若無其事】好像沒有這回事。表示無動於衷或故作鎮靜。

茂｜mào（帽）｜丬丬艿茂茂茂
｜粵 meo⁶（貿）｜
❶旺盛：財源茂盛｜根深葉茂。❷豐富精美：圖文並茂。

芋　　芭蕉　　荔枝　　茴香　　白菜　　葫蘆

⊗下邊是「戊」，不是「戍」。

苫 shān（山） 用草編的蓋東西或墊東西的器
粵 xim¹（閃¹） 物：草苫子。

苜 mù（墓） 【苜蓿】二年生草本植物。羽狀複
粵 mug⁶（木） 葉，花紫色。可作飼料或肥料，
嫩苗可以吃。

苴 jū（居） 【苴麻】大麻的雌株。
粵 zêu¹（追）

苗 miáo（描） 丶 ㇏ 卄 艹 苗 苗
粵 miu⁴（描）
❶初生的植物：麥苗｜樹苗。❷專指某些蔬菜的嫩莖、
嫩葉：蒜苗｜豌豆苗。❸某些初生的動物：魚苗。❹起免
疫作用的細菌劑：疫苗｜牛痘苗。❺形狀像苗的：火苗。
【苗圃】培育苗木的園地。
【苗條】形容女子身材細長、柔美。
【苗族】中國少數民族之一，分佈在貴州、湖南等地。

苒 rǎn（染） 丶 ㇏ 卄 苒 苒 苒
粵 yim⁵（染）
見「荏苒」條。

英 yīng（應陰） 丶 ㇏ 卄 苎 苎 英
粵 ying¹（嬰）
❶花：落英。❷才華出眾：英俊｜英豪。❸物質的精
華：精英。❹指英國：英語｜英鎊。
【英姿】英俊而威武的姿態。
【英雄】❶指勇武過人的人：英雄好漢。❷為大眾謀利益
而有功績的人。
【英靈】受崇敬的人去世後的靈魂。

苗 zhuó（啄） 丶 ㇏ 卄 苎 茁 茁
粵 jud³（拙）
植物初生的樣子。
【茁壯】指生長得旺盛、健壯：麥苗茁壯；孩子們茁壯成長。

苡 yǐ（以） 見「薏苡」條。
粵 yi⁵（以）

苻 fú（扶） 姓。
粵 fu⁴（扶）

苓 líng（靈） 丶 ㇏ 卄 苂 苓 苓
粵 ling⁴（玲）
見「茯苓」條。

苑 yuàn（怨） 丶 ㇏ 卄 苎 苑 苑
粵 yun（阮）
❶養禽獸、植林木的地方：鹿苑｜御苑。❷學術、文藝
界薈萃之處：文苑｜藝苑。
⊗右下作「㔾」，兩筆。

苟 gǒu（狗） 丶 ㇏ 卄 卄 苟 苟
粵 geo²（狗）
❶隨便，馬虎：一絲不苟。❷暫時，姑且：苟安。❸假設，
如果：苟能堅持，必有收穫。
【苟同】隨便地同意：未敢苟同。
【苟且偷安】馬馬虎虎，得過且過，只圖眼前安逸，不顧
將來的禍患。
【苟延殘喘】比喻暫時勉強維持生存。
◆苟且 苟存 苟全 苟免 苟活 ◆不苟言笑

苞 bāo（包） 丶 ㇏ 卄 苎 苟 苞
粵 bao¹（包）

花沒開時包着花朵外面的小葉片：花苞｜含苞待放。

茅 máo（毛） 丶 ㇏ 卄 苎 茅 茅
粵 mao⁴（矛）
【茅草】多年生草本植物。可用來蓋屋、製繩或造紙。根
莖可做藥，通常稱做茅根。
【茅房】也作「茅廁」，廁所。
【茅塞頓開】自謙詞。比喻思路不通，受到啓發後立刻領
會、理解了某種道理。

茀 fú（扶） 道路上草太多不能走。
粵 fed¹（忽）

茄 ㊀ qié（且陽） 丶 ㇏ 卄 茐 茄 茄
粵 ké²（騎²）
❶茄子，一年生蔬菜類植物。果實紫色，呈球形或長圓
形。❷番茄，一年生草本植物，果實圓形，熟時紅色，
可以吃。
㊁ jiā（加） 雪茄，用煙葉捲製的煙，較一般香
粵 ga¹（加） 煙要粗要長。

苕 tiáo（條） 【苕子】一年生草本植物。可做綠肥。
粵 tiu⁴（條）

苔 ㊀ tái（台） 丶 ㇏ 卄 卄 苎 苔
粵 toi⁴（台）
隱花植物的一類。根、莖、葉沒有明顯區別，常貼在陰
濕的地方生長。
㊁ tāi（胎） 舌苔，舌頭上面所生的垢膩。
粵 toi¹（胎）

六畫

茫 máng（忙） 丶 ㇏ 卄 艻 茫 茫
粵 mong⁴（忙）
❶無邊無際，模糊不清：渺茫｜蒼茫。❷對事物一無所
知的樣子：茫然無知。
【茫茫】遼闊，深遠，一眼看不到邊：茫茫大海。
【茫無頭緒】一點頭緒也沒有，不知道從哪兒下手。

茭 jiāo（交） 多年生草本植物，種在水裏，高
粵 gao¹（交） 五六尺，新芽像筍，嫩脆可口，
叫「茭白」或「茭白筍」。

荒 huāng（慌） 丶 ㇏ 卄 艹 芒 荒
粵 fong¹（方）
❶沒有開墾過的：荒地｜開荒。❷遇到自然災害，使農
作物歉收：荒年｜災荒。❸偏僻，冷落：荒涼｜荒無人
煙｜荒郊野嶺。❹廢棄，長期不學或不用：荒廢｜荒疏。
❺非常缺乏：房荒｜石油荒。❻不合情理的，不正確
的：荒誕｜荒謬。
【荒唐】❶（思想、言行）錯誤到了令人驚奇的程度。❷行
為放蕩，沒有節制。
【荒蕪】田地長期沒人管理，長滿野草。
【荒誕無稽】根本不眞實，極不近情理。
◆荒原 荒島 荒漠 荒僻 荒淫無恥 荒謬絕倫 ◆
拓荒 逃荒 救荒 墾荒 饑荒 兵荒馬亂

茨 cí（詞） 用茅草或蘆葦蓋屋。
粵 qi⁴（詞） 【茨菰】一種蔬菜，又叫做「慈菇」。

荊 jīng（京） 丶 ㇏ 卄 卄 荆 荊
粵 ging¹（京）

❶落葉灌木，叢生，有刺，枝條可編籃筐、籬笆等。
❷古時的刑杖：負荊請罪(自己認錯)。
【荊棘】泛指帶刺的小灌木。也用來比喻面臨的困難和障礙。

茸　róng（容）｜丶艹艹芝茸茸
粵 yung⁴（容）

❶形容小草初生細嫩柔軟或毛髮短密而柔軟的樣子：綠草茸茸｜毛茸茸。❷指鹿茸，即公鹿頭上初長出來的嫩角，是貴重的中藥。

茜　㊀qiàn（欠）｜❶茜草，多年生草本植物。根可做紅色染料，也可入藥。
粵 xin⁶（善）
❷紅色：茜紗。
㊁xi（西）｜多用於人名。
粵 sei¹（西）

茬　chá（茶）｜❶莊稼收割後殘留在地裏的根
粵 ca⁴（茶）｜莖：麥茬兒｜稻茬兒。❷指一塊地
上農作物種植或收穫的次數，一次稱一茬：頭茬種水稻，二茬種紅薯。❸短而硬的鬍子、頭髮：鬍子茬｜頭髮茬。

荐　jiàn（箭）｜丶艹艹芹荐荐
粵 jin³（箭）
❶推舉，介紹：舉荐｜推荐。❷草，又指草蓆。

薏　yí（移）｜除去田裏的野草。
粵 yi⁴（移）

草　cǎo（操上）｜丶艹艹艹苩苩草
粵 cou²（粗²）
❶草本植物的統稱：青草｜花草。❷指用作燃料、飼料等的稻、麥之類的莖和葉：乾草｜稻草。❸初步的，不夠完善或沒有確定的：草案｜草圖。❹馬虎，不認眞：潦草｜草率。❺漢字字體的一種：草體｜行草。
【草原】半乾旱地區，雜草叢生的大片土地，間或雜有耐旱的樹木。
【草草】草率，馬虎：草草了事。
【草書】漢字字體。特點是筆畫相連，書寫快捷。
【草創】開始創辦或成立。
【草稿】初步寫出的文稿、畫出的畫稿等。
【草擬】起草，初步設計：草擬計劃；草擬文件。
【草澤】低窪積水、野草叢生的地方：深山草澤。
◆草木　草芥　草約　草莽　草簽　草木皆兵　草菅人命　▶芳草　除草　毒草　糧草　藥草

茼　tóng（同）｜【茼蒿】一、二年生草本植物。莖
粵 tung⁴（同）｜葉有香氣，嫩時可以做菜吃。

茵　yīn（因）｜丶艹艹芀芮茵
粵 yen¹（因）
古時車上的墊子，亦泛指鋪墊的東西：茵褥｜綠草如茵。

茴　huí（回）｜丶艹艹芀茴茴
粵 wui⁴（回）
【茴香】多年生草本植物。有特殊香味，嫩的莖葉可以做菜，果實可以做香料和藥。

茱　zhū（朱）｜丶艹艹芏苹苹茱
粵 ju¹（朱）
【茱萸】落葉喬木。有濃烈香味，果實可入藥。

荏　rěn（忍）｜丶艹艹芢荏荏
粵 yem⁵（任⁵）
軟弱：荏弱｜色屬內荏(表面强硬，底子實在很弱)。

【荏苒】時光漸漸過去：光陰荏苒。

茯　fú（扶）｜【茯苓】菌類植物。多寄生在松樹
粵 fug⁶（伏）｜根上，肉白微赤，可以做藥。

荇　xìng（杏）｜【荇菜】多年生水草。夏天開黃花，
粵 heng⁶（杏）｜嫩葉可以食用。

荃　quán（全）｜香草名。
粵 qun⁴（全）｜【荃灣】香港地名。

茶　chá（叉陽）｜丶艹艹艾苶茶
粵 ca⁴（查）
❶常綠灌木。採摘嫩葉經加工後就是茶葉。❷用茶葉沖成的飲料：喝茶。❸喝茶的器具或跟喝茶有關的：茶杯｜早茶｜下午茶。❹稱某些飲料：涼茶｜杏仁茶。
【茶具】喝茶的用具，如茶壺、茶杯等。
【茶敍】備有茶點的敍談。
【茶會】用茶點招待賓客的社交性集會。
【茶餘飯後】指茶飯後的一段空閒時間。
◆茶几　茶水　茶具　茶座　茶壺　▶奶茶　沖茶　泡茶　花茶　紅茶　綠茶　龍井茶

茗　míng（明）｜丶艹艹艻艻茗
粵 ming⁴（名）
茶的嫩芽，亦泛指茶：香茗｜品茗｜春茗。

荀　xún（巡）｜丶艹艹苅芍荀荀
粵 sên¹（殉）
姓。

茛　gèn（根去）｜毛茛，毒草名。
粵 gen³（斤³）

荔　lì（利）｜丶艹艹艻苅茘荔
粵 lei⁶（例）
【荔枝】常綠喬木。果實呈球形，果肉白色多汁，味甜美。

茹　rú（如）｜丶艹艹艿芠茹茹
粵 yu⁴（如）
❶食：茹素。❷忍受：含辛茹苦。
【茹毛飲血】指原始人不懂得用火煮食物，捕捉到禽獸後，連毛帶血地吃。

茲　㊀zī（資）｜❶這，這個：茲日｜茲理易明。❷
粵 ji¹（之）｜這時，現在：茲有一事拜托。
㊁cí（詞）｜龜茲：古代國名。
粵 qi⁴（慈）

七畫

莎　㊀suō（梭）｜丶艹芝莎莎莎
粵 so¹（疏）
【莎草】多年生草本植物。地下塊莖叫香附子，可以入藥。
㊁shā（沙）｜多用於人名、地名。
粵 sa¹（沙）

莞　㊀wǎn（宛）｜丶艹艹芇莞莞莞
粵 wun⁵（浣）
【莞爾】微笑的樣子：莞爾而笑。
㊁guǎn（管）｜東莞，縣名。在廣東省。
粵 gun²（管）
㊂guān（官）｜多年生草本植物，俗稱「水葱」。
粵 gun¹（官）｜多生長在沼澤地或水田裏。莖可編蓆子。

莘 | shēn（深）　粵 sen¹（辛）　丶丶丷丗莁莒莘
【莘莘】衆多: 莘莘學子。

荳 同「豆」。

莩 | bí（鼻）　粵 bud⁶（勃）　丶丷丗芐荸荸荸
【荸薺】多年生草本植物。長在水田裏。地下球莖圓而肉白，可食用，俗稱「馬蹄」。

莆 | pú（葡）　粵 pou⁴（葡）　【莆田】縣名，在福建省。

莽 | mǎng（蟒）　粵 mong⁵（網）　丶丿荗荙莣莽
❶密生的草: 草莽｜叢莽。❷粗魯，冒失: 魯莽｜莽撞。
【莽莽】❶草木茂盛的樣子。❷形容原野無邊無際。

莢 | jiá（夾）　粵 gab³（夾）　丶丷芐茊莢莢
豆科植物結的長形果實: 豆莢｜槐樹莢。

莖 | jīng（京）　粵 ging³（勁）　丶丷丗茲茥莖
植物的梗子，下部和根連接，上部一般生有葉、花和果實。作用是輸送和儲存養料。

莧 | xiàn（現）　粵 yin⁶（現）　【莧菜】一年生蔬菜類植物。初秋開黃綠色小花，莖和葉子呈綠色或暗紫色。

莫 | mò（末）　粵 mog⁶（漠）　丶丷芐苩荁莫
❶不要，不能: 請莫見怪｜閒人莫進。❷沒有誰: 莫不歡欣鼓舞。❸不: 一籌莫展｜愛莫能助。❹表示猜測或反問: 莫非｜莫不是。
【莫名其妙】無法說出其中的奧妙。形容事情很奇怪，讓人不明白。
【莫衷一是】不能肯定哪個是對的，無法取得一致的看法。
【莫逆之交】非常要好的朋友。
【莫測高深】沒法揣測究竟高深到什麼程度。
◆莫如　莫若　莫須有　◆約莫　望塵莫及　變幻莫測

莒 | jǔ（舉）　粵 gêu²（舉）　丶丷丗苩莒莒
❶古國名。❷莒縣，在山東省。

莩 | ㊀fú（俘）　粵 fu¹（夫）　蘆葦稈子裏面的薄膜。
㊁piǎo（瞟）　粵 piu⁵（漂⁵）　同「殍」。

荽 | suī（雖）　粵 sêu¹（雖）　見「芫荽」條。

莉 | lì（利）　粵 léi⁶（利）　丶丷芐茊莉莉
見「茉莉」條。

莠 | yǒu（友）　粵 yeo⁵（友）　丶丷丗茉茨莠
❶一年生草本植物，俗稱「狗尾草」。葉長，花穗有毛。❷比喻品德壞的人: 良莠不齊（比喻好人壞人混雜在一起）。
⊗不要讀成「秀」。

莪 | é（鵝）　粵 ngo⁴（鵝）　【莪蒿】多年生草本植物。生在水邊，嫩葉可吃。

莓 | méi（梅）　粵 mui⁴（梅）　丶丷芐芓莓莓
草本植物。種類很多。常見的是草莓，開白花，果實呈紅色顆粒狀，味酸甜，可吃。

莅 | 同「蒞」。

荷 | ㊀hé（何）　粵 ho⁴（何）　丶丷芐茳荷荷
即是「蓮」。
【荷包】隨身攜帶，裝零錢和零星東西的小口袋。
【荷花】蓮開的花。又可做「蓮」的代稱。
【荷葉】蓮葉。
㊁hè（賀）　粵 ho⁶（賀）　❶用肩膀扛東西: 荷槍｜荷鋤。❷負擔: 負荷｜荷重。❸用在書信裏表示感謝: 感荷｜為荷。

莜 | yóu（由）　粵 yeo⁴（由）　【莜麥】糧食作物。種子可磨成麪供食用。也叫油麥。

荼 | tú（途）　粵 tou⁴（途）　丶丷芠荃荼荼
❶苦菜。❷茅草的白花: 如火如荼（比喻氣勢蓬勃）。
【荼毒】比喻毒害、殘害: 荼毒生靈。
⊗跟「茶」不同。

荻 | dí（敵）　粵 dig⁶（敵）　丷芐芓荻荻
多年生草本植物。葉長形，與蘆葦同類，多生於水邊。莖可編蓆。

莊 | zhuāng（裝）　粵 zong¹（裝）　丶丷丗芐莊莊
❶村子，農舍，田園: 村莊｜農莊｜莊園。❷舊時規模較大的店舖: 布莊｜茶莊｜錢莊。❸嚴肅，端正: 莊

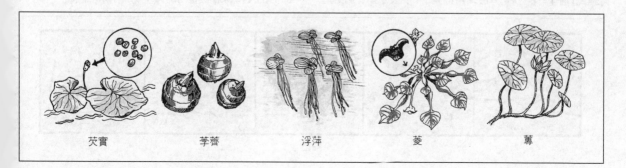

荸實　　　荸薺　　　浮萍　　　菱　　　莕

重｜端莊。❹姓。
【莊稼】農作物。多指糧食作物。
【莊嚴】莊重而嚴肅:態度莊嚴。

八畫

萍 | píng（平）
粵 ping⁴（平） | 丶 丬 丬 艿 萍 萍
浮萍,在水面浮生的小植物。可做飼料和綠肥。
【萍蹤】形容行蹤像浮萍一樣飄浮不定。
【萍水相逢】比喻互不相識的人偶然相遇。

菠 | bō（波）
粵 bo¹（波） | 丶 丬 丱 艻 苓 菠
【菠菜】一年生或二年生蔬菜類植物。
【菠蘿】多年生草本植物。產於熱帶。葉呈劍狀,邊沿有鋸齒。果實表面呈鱗片狀,果肉味酸甜。

菅 | jiān（肩）
粵 gan¹（奸） | 丶 丬 艹 芐 莒 菅
多年生草本植物。葉細長,莖可造紙原料,根可做刷帚。
⊗跟「管」不同。

菩 | pú（葡）
粵 pou⁴（葡） | 丶 丬 丬 艹 荅 菩
【菩薩】泛指神佛:觀音菩薩。
【菩薩心腸】比喻心腸極好。

萃 | cuì（脆）
粵 sêu⁶（睡） | 丶 丬 丬 艿 荙 萃
❶聚集:薈萃。❷聚在一起的人或物:出類拔萃(超羣出衆)。

菸 | yān（煙）
粵 yin¹（胭） | 丶 丬 芛 芳 菸 菸
【菸草】一年生草本植物,葉子大,是製造煙絲、香煙等的主要原料,也可以製殺蟲劑。

菁 | jīng（精）
粵 jing¹（精） | 丶 丬 丬 芏 菙 菁
【菁華】精華。
【菁菁】草木茂盛。

華 | ㊀huá（滑）
粵 wa⁴（蛙⁴） | 丶 丬 丬 芏 苂 華 華
❶指中國:華北｜華人｜英華辭典。❷漂亮,光彩:華美｜華麗。❸繁榮、旺盛:繁華｜榮華。❹事物裏最重要、最精彩的部分:才華｜英華｜精華。❺鋪張,奢侈:豪華｜奢華。❻時光,時間:年華。
【華氏】溫度計的刻度方法,用符號「F」表示。冰點爲32度,沸點爲212度。
【華僑】旅居國外的中國人。
【華而不實】比喻外表好看,內容空虛。
◆華夏 華貴 華裔 華語 ◆光華 風華 浮華 中華民族
㊁huà（話） | 姓。
粵 wa⁶（話） | 【華山】中國五岳之一,古稱西岳,在陝西省華陰縣。

著 | ㊀zhù（注）
粵 ju³（注） | 丶 丬 丬 芏 苸 著
❶顯明:著名｜昭著｜顯著。❷寫作:編著｜著述。❸寫出來的作品:著作｜譯著。
【著稱】有名:香港以旅遊業著稱世界。
㊁zhuó（着）
粵 zeg⁶（着） | 服飾,穿,同「着」:衣著講究｜著一套西服。

菱 | líng（玲）
粵 ling⁴（玲） | 丶 丬 芏 芺 菳 菱
一年生水生草本植物。葉子浮在水面,略呈三角形。開白花,果實有硬殼,叫菱角,可吃。
【菱形】鄰邊相等但沒有直角的平行四邊形。

萁 | qí（其）
粵 kéi⁴（其） | 豆梗。

萊 | lái（來）
粵 loi⁴（來） | 丶 丬 丬 茇 荬 萊
【萊菔】即是蘿蔔。

菴 | 同「庵」。

萋 | qī（妻）
粵 cei¹（妻） | 丨 丬 芌 茡 茥 萋
【萋萋】草長得茂盛的樣子:芳草萋萋。

菽 | shū（叔）
粵 sug⁶（熟） | 丶 丬 芏 芏 芀 菽
豆類的總稱。

菖 | chāng（昌）
粵 cêng¹（昌） | 【菖蒲】多年生草本植物。生長在水邊,葉長像劍,根莖可做香料,亦可入藥。

菓 | guǒ（果）
粵 guo²（裹） | 專指植物結的實,同「果」❶。

萌 | méng（盟）
粵 meng⁴（盟） | 丶 丬 芛 甘 萌 萌
❶植物發芽:萌芽。❷開始發生:萌發｜故態復萌。

菌 | ㊀jūn（軍）
粵 kuen²（捆） | 丶 丬 芍 菌 菌 菌
寄生在人和動植物體內的微生物:細菌｜病菌。

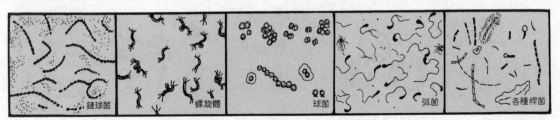

鏈球菌　螺旋體　球菌　弧菌　各種桿菌

細菌

㊀ jùn（俊）即是「蕈」。一種寄生在樹木或草地上
粵 同㊀ 的低等植物。有的有毒，無毒的可食
用: 香菌。

菫 jǐn（緊）【菫菜】多年生蔬菜類植物。莖細
粵 gen²（緊） 弱，葉邊有鋸齒。

菲 ㊀ fēi（非）丶艹芢芲菲菲
粵 féi¹（非）
形容花草生長得茂盛而美麗: 芳菲。
【菲林】用於拍攝的膠片。
㊀ fěi（匪）輕微，多作謙詞用: 菲禮｜菲材。
粵 féi²（匪）【菲薄】❶微薄，少差: 菲薄的禮品。
❷輕視，瞧不起: 妄自菲薄。

菾 tián（甜）【菾菜】即是甜菜。
粵 tim⁴（甜）

菜 cài（蔡）丶艹艹芖茅菜菜
粵 coi³（賽）
❶蔬類的總稱: 青菜｜白菜｜菠菜。❷經過烹調的葷素
食品: 素菜｜葷菜。
【菜色】形容營養不良的人的臉色。
【菜園】即菜圃。種菜的地方。

萎 wěi（委）丶艹芊茅萎萎
粵 wei²（委）
草木乾枯: 枯萎｜萎謝。
【萎縮】❶生物體乾枯縮小。❷衰退: 經濟萎縮。

萑 huán（桓）蘆葦一類的植物。
粵 wun⁴（桓）

萸 yú（餘）丶艹艻芴苴萸
粵 yu⁴（餘）
見「茱萸」條。

菔 fú（服）見「萊菔」條。
粵 fug⁶（服）

菊 jú（局）丶艹芍匊菊菊
粵 gug¹（谷）
【菊花】多年生草本植物，品種繁多，供觀賞。白菊花可
做飲料，亦可入藥。

萄 táo（桃）丶艹芍匋萄萄
粵 tou⁴（桃）
見「葡萄」條。

菡 hàn（汗）【菡萏】荷花的別稱。
粵 ham⁵（檻）

菰 gū（姑）丶艹芐芇菰菰
粵 gu¹（孤）
❶多年生草本植物。生長在淺水裏，嫩莖可食，叫茭白。
❷同「菇」。

菟 tù（兔）【菟絲子】一種寄生在豆類等植物
粵 tou³（吐）上的蔓草。種子可入藥。

菪 dàn（淡）見「菪蒻」條。
粵 dam⁶（氮）

菇 gū（姑）菌類植物: 蘑菇｜香菇。
粵 gu¹（姑）

菑 zī（資）已經開墾了一年的田地。
粵 ji¹（之）

九畫

落 ㊀ luò（洛）丶艹芢莎茨落
粵 log⁶（洛⁶）
❶往下降，掉下來: 落下｜落葉｜太陽落山。❷衰敗，
飄零: 沒落｜衰落｜淪落。❸掉在後面，趕不上: 落
後｜落選。❹停留，住下: 落戶｜落腳。❺人們聚居的
地方: 村落｜部落。❻建築物完工: 落成。❼題署，記
入: 落款｜落賬。❽脫漏: 脫落｜遺落。❾稀疏: 冷
落｜寥落。
【落泊】潦倒，窮困失意，也作「落魄」: 落泊書生。
【落空】沒有達到目的，沒有着落: 希望落空。
【落荒】離開大路，跑到荒野: 落荒而逃。
【落落】❶坦白率直的樣子: 落落大方。❷跟別人不相合
的樣子: 落落寡合。
【落井下石】比喻乘人之危加以陷害。
【落花流水】比喻被打得大敗: 敵人被打得落花流水。
◆ 落日　落伍　落淚　落價　落難　落水狗　落湯雞
◆ 低落　角落　坐落　段落　起落　破落　跌落　零落
㊁ lào（澇）常用於口語詞，如「落枕」、「落坑」。
粵 同㊀ 【落色】指布和衣服的顏色退掉。
㊂ là（拉去）丟下，遺漏: 丟三落四。
粵 同㊀

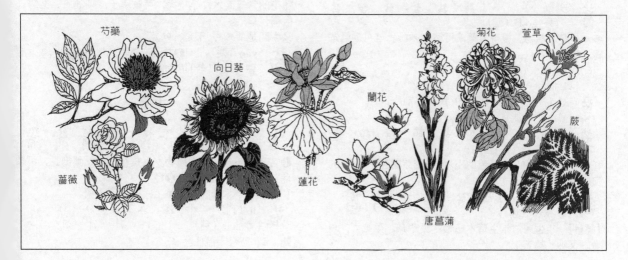

芍藥　向日葵　菊花　萱草　蘭花　蕨　蓮花　薔薇　唐菖蒲

萱 | xuān（宣）
粵 hün¹（圈） | 丶 艹 芢 苧 萱 萱
【萱草】多年生草本植物。花色紅黃，可食，又叫金針菜、黃花菜。

蒂 | dì（帝）
粵 dei³（帝） | 丶 艹 芇 芇 蒂 蒂
花或瓜果跟枝莖相連的部分：瓜熟蒂落，根深蒂固。

葷 | hūn（昏）
粵 fen¹（昏） | 丶 艹 芢 萱 葷
指魚肉類食物，跟「素」相對：葷菜｜葷腥。

葚 | shèn（甚）
粵 sem⁶（甚） | 桑葚，桑樹的果實，可食。

葉 | yè（業）
粵 yib⁶（業） | 艹 芓 苂 芈 葉 葉
❶植物的營養器官之一：菜葉｜樹葉。❷像葉子一樣成片狀的東西：百葉窗｜電扇葉片。❸時期：廿世紀中葉（中期）。❹姓。
【葉落歸根】比喻事物有一定的歸宿，多指客居他鄉的人終要回到自己的家鄉。
◆一葉知秋　根深葉茂　粗枝大葉

葫 | hú（胡）
粵 wu⁴（胡） | 丶 艹 芣 苦 葫 葫
【葫蘆】一年生蔓草植物。種類很多。果實嫩時可食用，去掉瓜瓤曬乾可做容器或水瓢。

葫蘆剖半做成的瓢

葳 | wēi（威）
粵 wei¹（威） | 【葳蕤】草木茂盛的樣子。

葬 | zàng（髒去）
粵 zong³（壯） | 艹 芗 芗 荮 茐 葬
把死人埋起來：安葬｜埋葬。
【葬送】比喻斷送，毀滅：葬送前途。

葺 | qì（氣）
粵 ceb¹（輯） | 修理房屋：修葺。

葛 | ㊀ gé（革）
粵 god³（割） | 艹 苫 苎 茑 葛 葛
多年生蔓草植物。根可入藥，可製成澱粉。莖可編籃做繩。纖維叫葛麻，可織葛布。
　| ㊁ gě（歌上）| 姓。
　| 粵 同㊀

葸 | xǐ（洗）
粵 sai²（徙） | 膽小害怕：畏葸不前。

萼 | è（餓）
粵 ngog⁶（岳） | 艹 芣 茈 芲 茟 萼
托在花朵下部的一圈綠色的小片，在花芽期起保護作用。又叫「花萼」。

萵 | wō（窩）
粵 wo¹（窩） | 艹 芇 苇 苺 萵 萵
【萵苣】一年生或二年生草本植物，葉窄長，莖肥大，可食。又叫「萵筍」。

萱草　　萵苣

董 | dǒng（懂）
粵 dung²（懂） | 艹 芏 苎 昔 苖 董
❶監督，管理：董理。❷古玩器物：古董。❸姓。
【董事】公司或團體主持事務的人，也簡稱為「董」：董事會；校董。

葆 | bǎo（保）
粵 bou²（保） | ❶草木茂盛的樣子。❷保持：永葆青春。

葩 | pā（趴）
粵 ba¹（巴） | 艹 芇 苎 苖 苖 葩
指花卉：奇葩異草。

葡 | pú（蒲）
粵 pou⁴（蒲） | 艹 芍 苟 萄 葡
【葡萄】藤本植物。莖有卷鬚。果實成串，味酸甜多汁，可食，也可釀酒。

葱 | cōng（匆）
粵 cung¹（冲） | 艹 芴 芴 菊 葱 葱
❶多年生草本植物。葉中空，成圓管狀，根有辣味。可食，是烹飪的佐料之一。❷青色：葱翠。
【葱蘢】形容草木青翠茂盛。

葦 | wěi（偉）
粵 wei⁵（偉） | 艹 芋 苇 苇 葦 葦
見「蘆葦」條。
⊗下寫作「牛」，三筆。

葭 | jiā（家）
粵 ga¹（加） | 初生的蘆葦。

葵 | kuí（魁）
粵 kuei⁴（攜） | 艹 芍 苳 苳 苳 葵
❶草本植物。有向日葵、錦葵等，均開大朵花。❷蒲葵，熱帶的常綠喬木，葉子大，可做扇子，叫蒲扇、葵扇，俗稱芭蕉扇。
⊗中間是「癶」，不是「癶」。

葯 | yào（要）
粵 yêg⁶（若） | ❶花葯，植物的雄蕊頂端藏着花粉的部分。❷同「藥」。

十畫

蒲 | pú（葡）
粵 pou⁴（葡） | 艹 芢 荮 菪 蒲 蒲
❶香蒲，多年生草本植物。生長在水邊。葉細長，可編蒲包、蒲蓆和扇子等。❷姓。
【蒲公英】草本植物。葉叢生，根莖可入藥。

莅 | lì（利）
粵 léi⁶（利） | 艹 芗 芕 莅 莅 莅
臨，到：莅臨｜莅任。

⊗不要讀成「位」。

蓉 róng（容）粵 yung⁴（容） ｜ 艹 艹 艹 莁 荄 蓉
見「芙蓉」條。

蒡 bàng（棒）粵 bong²（榜） ｜ 牛蒡，二年生草本植物。初夏開紫花。嫩葉可吃，果實可入藥。

蓑 suō（梭）粵 so¹（梳） ｜ 苊 蓑 蓑 蓑 蓑 蓑
【蓑衣】用草或棕櫚葉編製成的防雨用具。

蒿 hāo（好陰）粵 hou¹（好¹） ｜ 艹 艹 艹 苩 蒿 蒿
多年生草本植物。開小花，有特殊氣味。分青蒿、茼蒿等。青蒿可入藥，茼蒿可供食用。

蒺 jí（疾）粵 zed⁶（疾） ｜ 【蒺藜】一年生或二年生草本植物。莖橫生在地面上。果實有刺，可入藥。

蓆 xí（席）粵 zég⁶（炙⁶） ｜ 芐 芦 芦 蓆 蓆 蓆
用草或蘆葦等編織成的鋪墊用具：竹蓆｜涼蓆｜草蓆。

蓄 xù（絮）粵 cug¹（促） ｜ 艹 艹 芸 芸 蓄 蓄
❶儲藏，積聚：儲蓄｜蓄電池｜養精蓄銳。❷心裏藏着：蓄意｜蓄謀。
◆蓄水 蓄積 ◇含蓄 積蓄

蒙 ㊀méng（萌）粵 mung⁴（夢⁴） ｜ 艹 芏 莒 莠 蒙
❶遮蓋：蒙住眼睛。❷愚昧，沒有知識：蒙昧｜啓蒙。❸承受，遭遇：蒙受｜蒙難｜承蒙。
【蒙蔽】隱瞞事實真相，進行欺騙。
㊁měng（孟陰）粵 同㊀ ❶欺騙：蒙騙｜欺上蒙下。❷亂猜：想好了再說，別瞎蒙。❸昏迷：頭發蒙。
【蒙頭轉向】形容頭腦不清，辨不出東南西北。
㊂měng（猛）粵 同㊀ 指蒙古。【蒙古包】蒙古人住的圓頂的帳篷。
【蒙古族】中國少數民族之一。

蒜 suàn（算）粵 xun³（算） ｜ 艹 艹 芛 芣 蒜 蒜
多年生草本植物，有大蒜、小蒜兩種。地下莖通常分瓣，味辣。可供食用，也可提煉做藥。

蓍 shī（詩）粵 xi¹（詩） ｜ 【蓍草】多年生草本植物，葉細長，莖直立。全草可入藥，又可製香料。

蓋 ㊀gài（概）粵 goi³（該³） ｜ 艹 艹 芏 蓋 蓋 蓋

❶遮在器物上的東西：鍋蓋｜瓶蓋。❷遮擋，覆蓋：遮蓋｜蓋被子。❸建造：蓋房子。❹用印打上標誌：蓋印｜蓋章。
【蓋世無雙】超過當代，獨一無二。
【蓋棺論定】一個人的是非功過，到死後才做出結論。
◇壺蓋 鋪蓋 掩蓋 欲蓋彌彰
㊁gě（哥上）粵 god³（葛） ｜ 姓。

蓐 rù（入）粵 yug⁶（玉） ｜ 草蓐，草墊子。

蒔 shì（是）粵 xi⁶（是） ｜ 移栽：蒔秧。

蓓 bèi（倍）粵 pui⁴（培） ｜ 艹 艹 艿 荶 莒 蓓
【蓓蕾】含苞未開的花。

蒐 sōu（搜）粵 seo²（搜） ｜ 艹 艹 芀 苗 蒐 蒐
尋找，聚集：蒐求｜蒐集｜蒐羅。
⊗不要讀成「鬼」。

蓖 bì（避）粵 béi¹（悲） ｜ 【蓖麻】一年生或多年生草本植物。種子榨出的蓖麻油，可做潤滑油和瀉劑。葉子可餵蓖麻蠶。
⊗中間是「凶」，不是「田」。

蒼 cāng（倉）粵 cong¹（倉） ｜ 火 炗 苍 芣 蒼
❶深綠色：蒼松。❷深藍色：蒼天。❸灰白色：蒼白｜白髮蒼蒼。
【蒼老】❶容貌、聲音衰老的樣子。❷寫字作畫用筆雄健有力。
【蒼穹】天空。
【蒼勁】蒼老挺拔。
【蒼茫】空曠，迷茫：暮色蒼茫。
【蒼蒼】❶深青色。❷茂盛的樣子。❸形容頭髮灰白：白髮蒼蒼。
◇蒼生 蒼黃 蒼翠 蒼蠅 蒼鷹

蒨 qiàn（欠）粵 xin⁶（善） ｜ ❶形容草茂盛。❷「茜草」的別稱。

蓊 wěng（翁上）粵 yung²（擁） ｜ 形容草木茂盛的樣子。

蒯 kuǎi（快上）粵 guai²（拐） ｜ ❶一年生草本植物，多生於水邊，莖可用來編蓆和製紙。❷姓。

蒸 zhēng（爭）粵 jing¹（貞） ｜ 艹 芓 芽 莁 蒸 蒸
❶液體受熱變成氣體上升：蒸氣｜蒸發。❷用蒸氣煮食

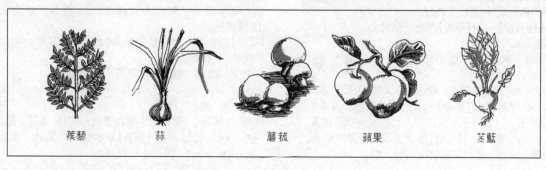

蒺藜　　　蒜　　　蘑菇　　　蘋果　　　苤藍

物:蒸飯｜蒸包子。
【蒸餾】把液體加熱使變成蒸氣,再使蒸氣冷卻凝成液體,以除去所含雜質。
【蒸汽機】使用蒸氣推動活塞往復運動而作功的熱力發動機。
【蒸蒸日上】形容事業興旺,天天發展。

蓀 | sūn(孫) 粵 xun¹(孫) | 艹 艼 茅 萿 莈 蓀
指一種香草。

十一畫

蔻 | kòu(扣) 粵 keo³(扣) | 見「豆蔻」條。
【蔻丹】泛稱婦女用的各種顏色的指甲油。

蓿 | xu(絮輕) 粵 sug¹(宿) | 見「苜蓿」條。

蔗 | zhè(這) 粵 zé³(借) | 艹 苧 芦 芦 萨 蔗
甘蔗,多年生草本植物。莖有節,含甜汁很多,可生吃和製糖。

蔴 | 同「麻」。

蔟 | cù(醋) 粵 cug⁶(促⁶) | 蠶蔟,供蠶吐絲作繭的用具。

蔫 | niān(拈) 粵 yin¹(煙) | ❶植物失去水分,莖葉萎縮下垂:花蔫了｜菜蔫了。❷比喻人沒有精神:這個人沒點活力,整天發蔫。

蓴 | chún(純) 粵 sên⁴(純) | 【蓴菜】多年生水生草本植物。葉呈橢圓形。浮在水面。嫩的莖葉可供食用。

蓮 | lián(連) 粵 lin⁴(連) | 艹 艹 苫 苩 萆 蓮
多年生草本植物。生長在淺水中,葉大而圓,花白色或粉紅色。地下莖叫藕,果實叫蓮子,均可吃。
【蓮蓬】蓮花的花托,形如倒圓錐狀,裏面有蓮子。也叫蓮房。

蔽 | bì(閉) 粵 bei³(閉) | 艹 艹 芇 茆 莔 蔽
❶遮蓋,擋住:掩蔽｜遮蔽｜烏雲蔽日。❷欺騙,隱瞞事實:蒙蔽。❸概括:一言以蔽之。

蔓 | ⊖màn(慢) 粵 man⁶(慢) | 艹 艹 苗 蔓 蔓
❶細長能纏繞攀援的莖:蔓草｜蔓生植物。❷像蔓草一樣向四周擴展延伸:蔓延｜蔓衍。
⊖mán(蠻) 粵 man⁴(蠻) | 【蔓菁】即是「蕪菁」。

蔑 | miè(滅) 粵 mid⁶(滅) | 茁 茁 苎 茤 蔑 蔑
❶輕視,小看:蔑視｜輕蔑。❷造謠,毀謗:污蔑｜誣蔑。

蔦 | niǎo(鳥) 粵 niu⁵(鳥) | 【蔦蘿】一年生草本植物。莖蔓生,夏天開紅花,常種在庭院供觀賞。

蓯 | cōng(聰) 粵 cung¹(聰) | 【蓯蓉】草蓯蓉和肉蓯蓉的統稱。寄生植物,可入藥。

蔡 | cài(菜) 粵 coi³(菜) | 艹 艻 艻 芴 茐 蔡
❶中國周代諸侯國名,在今河南上蔡、新蔡等縣一帶。❷姓。

蓬 | péng(篷) 粵 pung⁴(篷) | 艹 艻 苐 茬 莑 蓬
❶多年生草本植物。枯後根斷,遇風飛旋,故俗稱「飛蓬」、「飄蓬」。❷鬆散,雜亂,多指毛髮、茅草之類:蓬頭散髮。
【蓬勃】繁榮旺盛的樣子:朝氣蓬勃。
【蓬頭垢面】頭髮很亂,臉上很骯髒的樣子。

萄 | bo(玻輕) 粵 bag⁶(白) | 艹 芍 芍 荀 萄 萄
見「蘿萄」條。

蔬 | shū(梳) 粵 so¹(梳) | 艹 芋 芷 莐 荶 蔬
【蔬菜】可做菜吃的草本植物。

蔭 | ⊖yīn(音) 粵 yem³(音³) | 茈 茈 蔭 蔭 蔭
樹蔭:綠蔭｜濃蔭。
【蔭蔽】❶枝葉遮蔽。❷隱蔽。
⊖yin(印) 粵 同⊖ | ❶不見日光,又涼又潮:這個山洞很蔭。❷舊時稱由先世的「功勞」留給子孫的好處:封妻蔭子。

蓼 | liǎo(了上) 粵 liu⁵(了) | 一年生草本植物。花小,白色或淺紅色。多生長在水邊或水中。

蔚 | wèi(慰) 粵 wei³(慰) | 艹 芏 芦 蔚 蔚 蔚
茂盛,盛大:蔚然成林｜蔚為大觀。
【蔚藍】深藍色:蔚藍色的天空。
【蔚然成風】形容一件事情逐漸發展、盛行,形成一種良好風氣。也作「蔚成風氣」。

蔣 | jiǎng(獎) 粵 zêng²(獎) | 艹 芓 茫 蒋 蔣 蔣
姓。

十二畫

蕖 | qú(渠) 粵 kêu⁴(渠) | 芙蕖,荷花的別名。

蕩 | dàng(當去) 粵 dong⁶(當⁶) | 艹 芀 莈 蕩 蕩 蕩
❶搖動,擺動:搖蕩｜動蕩｜震蕩。❷遊逛:遊蕩｜閒蕩。❸洗,清除:蕩滌｜掃蕩。❹弄光,全部喪失:蕩然無存｜傾家蕩產。❺行為放縱:放蕩｜浪蕩。❻淺水湖泊:蘆葦蕩。
【蕩漾】指水波一起一伏地動:湖水蕩漾。又可比喻歌聲此伏彼起:歌聲蕩漾。
◆晃蕩　激蕩　飄蕩　空蕩蕩　回腸蕩氣

蕊 | ruǐ(瑞上) 粵 yêu⁵(銳⁵) | 艹 芯 蕊 蕊 蕊 蕊
花蕊,俗稱花心,植物的生殖器官的一部分:雄蕊｜雌蕊。

蕓 | yún(雲) 粵 wen⁴(雲) | 【蕓薹】草本植物,又名「油菜」。種子可榨油。

蕙｜huì（滙）｜艹 艹 甚 苗 萤 蕙
｜粵 wei⁶（惠）
【蕙蘭】多年生草本植物。花幽香，供觀賞。

蕈｜xùn（訓）｜高等菌類植物，生長在樹林或草
｜粵 sên³（信）｜地上，形狀像傘。種類很多，有的可吃，有的有毒不可吃。

蕨｜jué（決）｜艹 艹 广 莅 萨 蕨
｜粵 küd³（決）
多年生草本植物。野生。春天發嫩葉，可吃。根莖可入藥，又可製澱粉。

蕤｜ruí（銳陽）｜見「葳蕤」條。
｜粵 yêu⁴（銳⁴）

蕃｜⊖ fán（凡）｜艹 艻 苎 苹 菜 蕃
｜粵 fan⁴（凡）
❶指草木茂盛：蕃茂｜蕃盛。❷繁殖：蕃衍。
｜⊜ fān（翻）｜通「番」。舊時稱外國的或外族
｜粵 fan¹（翻）｜的：蕃薯｜蕃椒。

蕪｜wú（無）｜艹 芏 莁 菥 蓝 蕪
｜粵 mou⁴（無）
❶田地荒廢，雜草叢生的樣子：荒蕪。❷比喻雜亂：蕪雜｜去蕪存菁。
【蕪菁】草本植物名。塊根可做蔬菜食用。也叫「蔓菁」。

蕎｜qiáo（橋）｜【蕎麥】糧食作物。葉子呈三角形，
｜粵 kiu⁴（喬）｜籽粒磨成粉可供食用。

蕉｜jiāo（焦）｜艹 艻 萑 萑 萑 蕉
｜粵 jiu¹（焦）
❶香蕉，多生於熱帶。是常見的水果，果肉軟而香甜。❷芭蕉的簡稱。

蕕｜yóu（由）｜落葉小灌木，花藍色，供觀賞。
｜粵 yeo⁴（由）

蕁｜qián（前）｜【蕁麻】多年生草本植物，莖葉有
｜粵 cem⁴（尋）｜細毛，皮膚接觸時會引起刺痛。莖皮纖維可做紡織原料。
【蕁麻疹】皮膚病。症狀爲皮膚上一處處紅腫發癢。又稱風疹。

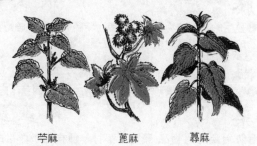

苧麻　　蓖麻　　蕁麻

十三畫

薄｜⊖ báo（包陽）｜艹 芦 苩 蒲 蒲 薄
｜粵 bog⁶（泊）
❶厚度小的，跟「厚」相反：薄冰｜薄紙。❷稀，不濃：稀薄｜薄酒。❸感情冷淡：薄情。❹土質不肥沃：土地薄。
｜⊜ bó（博）｜❶同⊖，多用於淡薄、淺薄、單薄、尖
｜粵 同⊖｜嘴薄舌等詞語中。❷輕微，少量：

微薄｜薄利多銷。❸不莊重：輕薄。❹不厚道：薄待｜刻薄。❺輕視，慢待：鄙薄｜厚此薄彼。❻接近：薄暮｜日薄西山。
【薄命】舊時指命運不好，福分不大。多用於婦女。
【薄弱】不雄厚，不堅強：兵力薄弱；意志薄弱。
｜⊜ bò（菠去）｜【薄荷】多年生草本植物。莖和葉有清
｜粵 同⊖｜涼的香味，可做藥和香料。
⊗跟「簿」不同。

薪｜xīn（新）｜艹 芏 菜 莉 薪 薪
｜粵 sen¹（新）
❶柴火：釜底抽薪。❷工資：薪水｜月薪｜支薪。

薏｜yì（意）｜【薏苡】草本植物，果實卵形，果仁
｜粵 yi³（意）｜白色，叫「薏米」，可供食用和藥用。

薦｜同「荐」。

蕹｜wèng（甕）｜【蕹菜】一年生草本植物。蔓生，
｜粵 ung³（甕）｜莖軟中空。嫩莖葉可食。又叫「空心菜」。

蕾｜lěi（壘）｜艹 兰 苹 菥 蕾 蕾
｜粵 lêu⁴（雷）
含苞未放的花朵：蓓蕾｜花蕾。

薑｜jiāng（江）｜艹 芎 苗 萤 薑 薑
｜粵 gêng¹（疆）
多年生草本植物。地下莖成塊狀，味辛辣，可做調味品，也可入藥。

薔｜qiáng（牆）｜艹 芐 菇 薔 薔 薔
｜粵 cêng⁴（詳）
【薔薇】落葉灌木。枝莖多刺，夏初開花，多種顏色，氣味芳香，供觀賞。花、果、根等可供藥用或製香料。

薤｜xiè（械）｜多年生草本植物。地下生有鱗莖，
｜粵 hai⁶（械）｜可以做菜。

薯｜shǔ（鼠）｜艹 苗 葽 薯 薯 薯
｜粵 xu⁴（殊）
甘薯、馬鈴薯等農作物的統稱。塊根或塊莖可吃，也可用來加工製成澱粉或釀酒。
【薯蕷】又叫「山藥」。多年生草本植物。塊莖多肉，可供食用和藥用。

薨｜hōng（轟）｜古時稱諸侯的死。
｜粵 gueng¹（轟）

薙｜tì（替）｜❶除去野草。❷同「剃」：薙髮。
｜粵 tei³（替）

薛｜xuē（靴）｜艹 艻 芦 苜 薛 薛
｜粵 xid³（泄）
姓。

薇｜wēi（微）｜艹 芐 莐 莑 蓣 薇
｜粵 méi⁴（眉）
一年生草本植物，葉自地下莖生出，嫩苗可以吃。

薈｜huì（繪）｜形容草木繁多。
｜粵 kui³（繪）｜【薈萃】聚集：人才薈萃。

薊｜jì（計）｜❶多年生草本植物，莖葉多刺，
｜粵 gei³（計）｜花呈紫色，全草可供藥用。❷縣名，在今河北省。

蕷｜yù（預）｜見「薯蕷」條。
｜粵 yu⁶（預）

薜 | bì（碧）
粵 bei⁶（幣）

【薜荔】常綠灌木，莖蔓生，種子可製食用涼粉。

蕭 | xiāo（消）
粵 xiu¹（消）

芐 茾 萧 蕭 蕭 蕭

❶冷落，衰敗，沒有生氣的樣子：蕭條｜蕭索。❷擬聲詞：風蕭蕭｜馬蕭蕭。❸姓。

【蕭瑟】❶形容風吹樹木的聲音：秋風蕭瑟。❷形容景色淒涼。

蔫 | hāo（蒿）
粵 hou¹（好¹）

拔，除掉：蔫草｜蔫苗。

十四畫

薺 | ㊀jì（濟）
粵 cei⁵（齊⁵）

【薺菜】二年生草本植物，嫩葉和莖可吃，又可做藥。

| ㊁qí（齊）
粵 cei⁴（齊）

見「荸薺」條。

薹 | tái（臺）
粵 toi⁴（臺）

❶多年生草本植物，生於沼澤地帶，莖葉可製蓑衣。❷蔬菜長花的莖：蒜薹｜菜薹。

藍 | lán（籃）
粵 lam⁴（籃）

艹 芢 苫 蓝 藍 藍

❶像晴天天空的顏色：藍色｜天藍｜蔚藍。❷一年生草本植物。葉子可製藍色染料：藍靛。❸姓。

【藍本】編寫東西所根據的原本。

【藍圖】❶工程設計或編繪地圖的一種複製圖紙，多為藍色。❷比喻計劃，步驟：建設藍圖。

藏 | ㊀cáng（倉陽）
粵 cong⁴（牀）

芐 芚 芷 萨 菣 藏

❶隱蔽，躲避：暗藏｜躲藏。❷儲存：儲藏｜礦藏。

【藏拙】認為自己的意見、作品、技能等不成熟或有缺欠，不敢拿出來讓人知道。多用於自謙。

【藏匿】躲起來，不讓人發現。

【藏垢納污】比喻包容種種壞人壞事。也作「藏污納垢」。

【藏龍臥虎】比喻潛藏着許多未被發現的人才。

◆藏書　藏畫　藏頭露尾　◆冷藏　珍藏　埋藏　暗藏

| ㊁zàng（葬）
粵 zong⁶（撞）

❶聚集大量東西的地方：寶藏。❷西藏自治區的簡稱。

【藏青】藍中帶黑的顏色。

【藏族】中國少數民族名。

藐 | miǎo（秒）
粵 miu⁵（秒）

艹 艻 艻 菿 菿 藐

❶微小：藐小。❷輕視：藐視。

藉 | ㊀jiè（界）
粵 zé⁶（謝）

艹 芒 苸 莘 菋 藉

❶假托：藉口｜藉故。❷憑藉：藉手。

【藉口】假借的理由：你不要拿忙做藉口而放鬆學習。

【藉故】藉口某種原因：他不想多談，就藉故走了。

【藉手】利用別人做某種事來達到自己的目的。

【藉詞】也就是「藉口」的意思。

| ㊁jí（集）
粵 jig⁶（席）

狼藉，亂七八糟的樣子：杯盤狼藉｜聲名狼藉。

薰 | xūn（勳）
粵 fen¹（芬）

艹 苎 苺 菫 董 薰

❶多年生草本植物，有香氣，可用來製線香。❷指花草的香氣。

【薰風】和暖的南風。

薩 | sà（颯）
粵 sad³（殺）

艹 芐 萨 萨 萨 薩

❶姓。❷見「菩薩」條。

藎 | jìn（近）
粵 zên²（准）

一年生草本植物。莖和葉可做黃色染料。纖維可作造紙原料。

十五畫

藩 | fān（翻）
粵 fan⁴（凡）

芐 范 范 萍 藩 藩

❶籬笆牆：藩籬。❷封建時代稱屬國、屬地：藩國｜藩鎮。

藭 | qióng（窮）
粵 kung⁴（窮）

見「芎藭」條。

藝 | yì（議）
粵 ngei⁶（魏）

其 蓺 菿 蓻 藝 藝

技能，技術：藝人｜藝員｜技藝。

【藝術】❶文學、美術、雕塑、戲劇、電影、曲藝、音樂、舞蹈等的總稱。❷指富有創造性的方法、方式：指揮藝術。

◆藝人　藝壇　藝術家　藝術大師　◆工藝　文藝　手藝　武藝　園藝　遊藝會　多才多藝

藪 | sǒu（叟）
粵 seo²（手）

芐 苔 菖 蕾 蔞 藪

❶長着很多草的大湖。❷人或物聚集的地方：淵藪。

藕 | ǒu（偶）
粵 ngeo⁵（偶）

艹 芚 荜 菿 藕 藕

蓮的地下莖。肥大有節，中間有許多管狀的孔，折斷後有絲相連。可吃，也可製澱粉。

【藕色】淺灰而微紅的顏色。

【藕斷絲連】比喻關係還沒有徹底斷絕。

藜 | lí（黎）
粵 lei⁴（黎）

一年生草本植物，夏秋開黃綠花，嫩葉可吃。老莖可作拐杖。

藤 | téng（騰）
粵 teng⁴（騰）

艹 芀 萐 蕂 藤 藤

❶蔓生的木本植物名，有白藤、紫藤等多種。❷泛指植物的匍匐莖或攀緩莖：瓜藤｜豆藤｜葡萄藤。

蘊 | yùn（運）
粵 wen³（醞）

艹 荺 荻 菡 蕴 蘊

❶藏着：蘊藏。❷積聚：蘊結。❸事情的內容：內蘊｜底蘊。

藥 | yào（要）
粵 yêg⁶（若）

艹 苩 苗 茲 藥 藥

❶防治疾病的物品：藥品｜藥材。❷有化學作用的物質：火藥｜炸藥。❸治療：不可救藥。❹用藥物毒殺：藥死蟑螂。

【藥方】治病的方子，上面寫有藥物名稱、劑量和服用方法等。

【藥劑】根據藥典或處方配製成的藥。

◆藥力　藥丸　藥水　藥房　藥酒　藥粉　藥費　藥箱　◆中藥　西藥　成藥　配藥　補藥　煎藥　敷藥　良藥苦口　對症下藥　靈丹妙藥

十六畫

藻 | zǎo (早) | 粵 zou² (早)

❶生在水裏的隱花植物。無根、莖、葉之分。種類繁多，如海帶、紫菜等，可食用。❷美麗的文詞:辭藻。

藹 | ǎi (矮) | 粵 oi² (靄)

態度和氣，平易近人:和藹可親。
⊗右下作「匃」，不是「匂」。

蘢 | lóng (龍) | 粵 lung⁴ (龍)

見「蓯蘢」條。

蘑 | mó (魔) | 粵 mo⁴ (磨⁴)

【蘑菇】❶可食用的菌類植物。❷俗語指動作慢或故意糾纏。

蘆 | lú (盧) | 粵 lou⁴ (盧)

【蘆笙】中國苗、瑤等少數民族的一種竹製的簧管樂器。
【蘆筍】石刁柏的嫩莖，可以作菜吃。
【蘆葦】多年生草本植物。生在淺水中。莖中空，可用於編蓆、造紙。根莖可入藥。

藿 | huò (霍) | 粵 fog³ (霍)

【藿香】多年生草本植物，莖、葉有濃烈香味，可供藥用，也可提取芳香油。

蘋 | ⊖ pín (頻) | 粵 pen⁴ (頻)

多年生草本植物。生在淺水中，四片葉子組合成「田」字形，也叫「田字草」。全草可入藥。

⊖ píng (平) | 粵 ping⁴ (平)

【蘋果】落葉喬木，花白色或淡紅色。果實呈圓形，味香甜，是主要水果。

藺 | lìn (吝) | 粵 lên⁶ (吝)

❶草名，即燈芯草。❷姓。

蘅 | héng (恒) | 粵 heng⁴ (衡)

杜蘅，多年生草本植物，野生在山地裏，開紫色小花，根莖可入藥。

蘇 | sū (酥) | 粵 sou¹ (酥)

❶江蘇省或蘇州市的簡稱。❷蘇聯的簡稱。❸同「甦」:死而復蘇。

十七畫以上

蘭 | lán (藍) | 粵 lan⁴ (欄)

【蘭花】常綠多年生草本植物。根簇生，葉子細長，花味清香，是著名的盆栽觀賞植物。種類繁多。
【蘭草】多年生草本植物，多生長在山地，秋天開淡紫花，有香氣，供觀賞，也可入藥。

蘚 | xiǎn (顯) | 粵 xin² (冼)

綠色隱花植物。莖葉細小，沒有根，叢生在陰暗潮濕的地方:水蘚|葫蘆蘚。

蘼 | mí (迷) | 粵 mei⁴ (微)

【蘼蕪】芎藭的幼苗。

蘸 | zhàn (站) | 粵 zam³ (湛)

接觸一下，沾上一點東西:蘸墨水|蘸白糖|蘸醬油。

蘿 | luó (羅) | 粵 lo⁴ (羅)

【蘿蔔】一年或二年生蔬菜類植物。根呈圓柱形或球形，生吃熟食均可。種子可入藥。

虍部

虎 | hǔ (呼上) | 粵 fu² (苦)

❶食肉類哺乳動物，性情兇猛。俗稱「老虎」。皮毛可做褥墊，骨、血等可入藥。❷比喻勇猛、威武:虎將|虎虎生威。
【虎口】❶老虎的嘴，比喻危險的境地:虎口餘生。❷大拇指和食指相連的部分。
【虎視眈眈】形容貪婪、兇狠地注視。
【虎頭蛇尾】比喻做事前緊後鬆，有頭無尾。
◆ 虎穴　虎狼　◆ 馬虎　猛虎　如虎添翼　放虎歸山　騎虎難下　狐假虎威　龍爭虎鬥　生龍活虎　降龍伏虎

虎

虐 | nüè (瘧) | 粵 yêg⁶ (藥)

殘暴狠毒:虐殺|暴虐|助紂為虐(比喻幫助壞人做壞事)。
【虐待】用殘暴狠毒的手段對待人。
⊗下邊是「虍」不是「⺕」。

虔 | qián (前) | 粵 kin⁴ (其然)

恭敬:虔心|虔敬。
【虔誠】恭敬而有誠心。

虛 | xū (需) | 粵 hêu¹ (墟)

❶空，與「實」相對:空虛|乘虛而入。❷氣血不足，衰弱:虛弱|氣虛。❸害怕，膽怯:心虛|膽虛。❹不驕傲自滿:虛心|謙虛。❺不真實，假的:虛假|虛報|虛構。❻白白地:虛度年華|彈無虛發|不虛此行。
【虛幻】憑空幻想，不真實。
【虛偽】作假，不真實，不誠懇。
【虛詞】沒有實在的詞彙意義，只起語法作用的詞。如介詞、連詞、副詞、助詞等。
【虛榮】虛假的、表面上的光彩:貪慕虛榮。
【虛張聲勢】假裝出強大的氣勢，實際上很空虛。
【虛無縹緲】隱隱約約，若有若無的樣子。形容空虛渺茫，

不好捉摸。

【虛與委蛇】指對人不誠懇，虛情假意，敷衍應付。

【虛懷若谷】指胸懷像山谷一樣深廣。形容人謙虛、大度。

◆虛名　虛浮　虛實　虛掩　虛線　◆玄虛　務虛　名不虛傳　座無虛席

處 ㊀chù（觸）｜粵 qu³（柱³）｜㇒㇗广虍虔處處

❶地方:處所｜住處｜長處。❷指機關團體內的某一個部門:訓導處｜警務處。

◆處處　◆用處　出處　好處　妙處　到處　苦處　害處　益處　痛處　錯處　售票處　絕處逢生

㊁chǔ（楚）｜粵 qu²（貯）｜❶居住:穴居野處。❷一起生活，交往:相處。❸置身，存在:設身處地　養尊處優。❹辦理、決斷:處理｜處置。❺懲罰:處分｜處罰。

【處女】❶沒有結婚的女子。❷比喻第一次:處女作。

【處方】指醫生開藥方或開的藥方。

【處世】在社會上活動，與人往來:為人處世。

【處決】依法執行死刑。

【處事】處理事務:處事果斷。

【處理】安排，解決:處理公務;處理問題。

【處境】所處的環境:處境危險。

【處心積慮】想方設法地打主意，含貶義。

【處之泰然】形容對待某種情況沈着、鎮定，或毫不在意。

彪 biāo（標）｜粵 biu¹（標）｜㇒㇗卢虍虎彪

❶小老虎。❷比喻人健壯魁梧:彪形大漢。

【彪炳】光彩煥發:功業彪炳。

虜 lǔ（魯）｜粵 lou⁵（魯）｜㇒㇗广虍虜虜

❶俘獲:虜獲。❷作戰時抓住的敵人:俘虜。

號 ㊀hào（浩）｜粵 hou⁶（浩）｜口号号号號號

❶名稱:年號｜國號｜牌號。❷標記，標誌:信號｜記號｜符號。❸表示等級規格:大號｜小號。❹登記，編排次序:掛號｜編號。❺命令，發動:號召｜發號施令。❻喇叭:小號｜軍號｜司號員。❼切脈:號脈。

【號令】❶軍隊中用口說或軍號等傳達命令:號令三軍。❷特指戰鬥時指揮士兵的命令。

【號外】報社為及時報導特別重大的新聞臨時出的小報。

【號角】古時軍隊中傳達命令的樂器，後泛指喇叭。

【號稱】❶以某名著稱:香港號稱東方之珠。❷大概估計，據說如此:張老板號稱三千萬資金，實際上不足九百萬。

◆號兵　號碼　號數　◆口號　代號　外號　字號　名號　商號　暗號　旗號　稱號

㊁háo（豪）｜粵 hou⁴（豪）｜❶大叫:呼號　北風怒號。❷大聲哭:哀號｜號啕大哭。

虞 yú（餘）｜粵 yu⁴（餘）｜㇒㇗广唐虘虞

❶預料:以防不虞。❷憂慮:衣食無虞。❸欺騙:爾虞我詐。

虢 guó（國）｜粵 guig¹（隙）｜周代諸侯國名。

虧 kuī（葵陰）｜粵 kuei¹（規）｜㇒㇗广虘虧虧

❶賠損，跟「盈」相反:虧本｜虧損｜虧蝕。❷欠缺，短少:虧欠｜理虧。❸身體虛弱:血虧｜體虧。❹對不起:虧心｜虧待。❺幸而:幸虧｜多虧。❻表示責備的口氣:虧你講得出口。

【虧空】收入不夠支出而負債。

虫部

一至三畫

虯 qiú（求）｜粵 keo⁴（求）｜
【虯龍】傳說中有角的小龍。
【虯髯】腮部盤曲的鬍子。

蚪 同「虯」。

虱 shī（師）｜粵 sed¹（失）｜㇆㇅乮乮乮虱
【虱子】一種寄生在人、畜身上的吸血的小昆蟲，能傳染疾病。

虻 méng（蒙）｜粵 mong⁴（亡）｜昆蟲名。成蟲像大蒼蠅。吸食人、畜的血。

虹 hóng（紅）｜粵 hung⁴（紅）｜丶口口中虫虹
雨後天空中出現的弧形彩色光帶，有紅、橙、黃、綠、青、藍、紫七種顏色，是空中小水珠經日光照射發生折射和反射作用而形成的。

蛇 gè（個）｜粵 ged¹（吉）｜
【蛇蚤】即是「跳蚤」。

四畫

蚪 dōu（抖）｜粵 deo²（抖）｜口中虫虫虫蚪
見「蝌蚪」條。

蚊 wén（文）｜粵 men¹（文¹）｜口口中虫虫蚊
昆蟲名，種類很多，俗稱「蚊子」、「蚊蟲」。幼蟲叫孑孓，生長在水中。雄的吸植物的汁液，雌的吸人、畜的血，能傳染疾病。

蚨 fú（扶）｜粵 fu⁴（扶）｜青蚨，古時對銅錢的別稱。
【蚨蝶】即是蝴蝶。

蚜 yá（牙）｜粵 nga⁴（牙）｜
【蚜蟲】昆蟲類。種類很多。口部有吸管，能刺入植物新芽吸取汁液，是害蟲。

蚍 pí（皮）｜粵 péi⁴（皮）｜
【蚍蜉】生活在樹林裏的黑褐色的大螞蟻。
【蚍蜉撼樹】螞蟻想搖動大樹，比喻不自量力。

蚋 ruì（瑞）｜粵 yêu⁶（銳）｜蚊子一類的昆蟲。頭小，黑色，形狀似蜂。吸食人畜的血液，傳播疾病。

蚌 ㊀bàng（傍）｜粵 pong⁵（旁⁵）｜中虫虫虫蚌
軟體動物。生活在淡水中，有兩片可以開合的橢圓形的

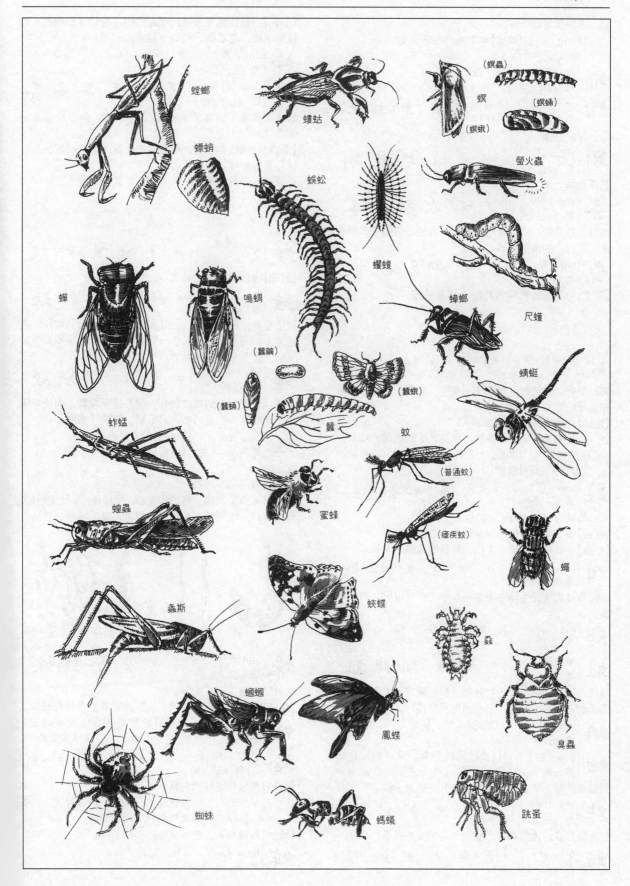

螳螂
螻蛄
（蠖蟲）螟（蠖蛾）（蠖蛹）
螵蛸
蜈蚣
蠼螋
螢火蟲
蟬　鳴蜩
蟑螂
尺蠖
蜻蜓
（蠶繭）（蠶蛹）
蠶
蟋蟀
蚊
蜜蜂（普通蚊）（瘧疾蚊）
蝗蟲
蠅
螽斯
蛺蝶
蝨
蟈蟈
鳳蝶
臭蟲
蜘蛛
螞蟻
跳蚤

殼。有的蚌能產珍珠。

◯ | bèng（泵）| 【蚌埠】城市名，在安徽省。
粵 同◯

蚧 | jiè（界）| 見「蛤蚧」條。
粵 gai³（界）|

蚣 | gōng（公）| 口 中 虫 虫' 虴 蚣
粵 gung¹（公）|
見「蜈蚣」條。

蚓 | yǐn（引）| 口 中 虫 虫' 蚓 蚓
粵 yen⁵（引）|
見「蚯蚓」條。

蚤 | zǎo（早）| ㄋ 又 叉 叉 蚤 蚤
粵 zou²（早）|
跳蚤，昆蟲類。頭小體粗，無翅，善跳。寄生在人畜身上，吸血，能傳播疾病。

蚩 | chī（癡）| 屮 屮 虫 告 虫 蚩
粵 qi¹（癡）|
【蚩尤】傳說是古代黃帝時的一部落首領。

五畫

蛇 | ◯ shé（余）| 口 中 虫 虫' 虷 蛇
粵 sé⁴（余）|
爬行動物，體細長，無四肢，有鱗，種類很多。有毒蛇和無毒蛇之分。俗稱「長蟲」。
【蛇蝎】比喻狠毒的人：毒如蛇蝎。
【蛇足】比喻多餘無用的事物。參見「畫蛇添足」條。
◯ yí（姨）| 委蛇，形容隨順：虛與委蛇（假意敷衍
粵 yi⁴（而）| 應酬）。

蛀 | zhù（注）| 口 中 虫 虫' 虷 蛀
粵 ju³（注）|
東西被蛀蟲咬壞：蛀蝕｜蛀蛀。
【蛀齒】齒質腐蝕的病，即是齲齒。俗稱「蛀牙」。
【蛀蟲】各種嚙蝕木器、衣物、穀類的蠹蟲的通稱。

蚶 | hān（酣）| 口 中 虫 虫一 蚶 蚶
粵 hem¹（堪）|
蚌類軟體動物。生活在淺海泥沙中，外殼很厚，肉味鮮美。

蛄 | gū（姑）| 見「螻蛄」、「蟪蛄」條。
粵 gu¹（姑）|

蛆 | qū（驅）| 口 中 虫 虫几 虫月 蛆
粵 cêu¹（吹）|
蠅類的幼蟲。白色，多在糞便、動物屍體和不潔淨的地方活動。約三四星期，經過蛹變為成蟲。

蚺 | rán（然）| 【蚺蛇】即是「蟒蛇」。
粵 nam⁴（南）|

蚰 | yóu（由）| 【蚰蜒】節肢動物。像蜈蚣，比蜈
粵 yeo⁴（由）| 蚣小，全身有十五節，每節有一對細長的腳。常生活在陰濕的地方，捕食小蟲。

蚱 | zhà（乍）| 口 中 虫 虫' 虷 蚱
粵 za³（炸）|
【蚱蜢】昆蟲，比蝗蟲小，善跳，是稻麥的害蟲。

蚯 | qiū（丘）| 中 虫 虫' 虷 蚯 蚯
粵 yeo¹（丘）|

【蚯蚓】一種生活在土裏的環節動物。身體圓而細長。能疏鬆土壤，是益蟲。也叫「蛐蟮」。

蛉 | líng（玲）| 見「螟蛉」條。
粵 ling⁴（玲）|

蛋 | dàn（但）| ㄕ ㄕ 疋 冔 蛋 蛋
粵 dan⁶（但）|
❶鳥類和龜、蛇等產的卵：雞蛋｜鴨蛋。❷形狀像蛋的東西：臉蛋。
【蛋白質】構成生物體的最重要的物質，是碳、氫、氧、硫、氮等各種物質的化合物。
◆蛋白　蛋殼　蛋糕　◆下蛋　笨蛋　壞蛋

六畫

蛟 | jiāo（交）| 口 中 虫 虫' 虾 蛟
粵 gao¹（交）|
【蛟龍】古代傳說中能發洪水的龍。

蛙 | wā（挖）| 口 中 虫 虫十 虬 蛙
粵 wa¹（娃）|
兩棲動物，種類很多。前肢短，後肢長，趾間有蹼，善跳躍，能游水。捕食昆蟲，對農作物有益。種類很多，青蛙，是常見的蛙科動物。

蛭 | zhì（至）| 口 中 虫 虫一 虻 蛭
粵 zed⁶（姪）|
一種在水裏生活的環節動物，體長扁而柔軟，前後有吸盤，能吸食人、畜的血。可入藥。俗稱「螞蟥」。

蛐 | qū（曲）| 【蛐蛐】即是蟋蟀。
粵 kug¹（曲）| 【蛐蟮】即是蚯蚓。

蛔 | huí（回）| 口 中 虫 虫几 蛔 蛔
粵 wui⁴（回）|
【蛔蟲】人或動物腸子裏的寄生蟲，體細長，形狀像蚯蚓，前端有口，能附着在腸壁上，損害人畜的健康。

蛭　　蛔蟲　　蟯蟲　　條蟲

蛛 | zhū（朱）| 口 中 虫 虷 蚌 蛛
粵 ju¹（朱）|
蜘蛛的簡稱，見「蜘蛛」條。
【蛛絲馬跡】比喻事情所留下的隱約可尋的痕跡和線索。

蛞 | kuò（闊）| 【蛞蝓】軟體動物，表皮多黏液，
粵 fud³（闊）| 吃植物的葉子。俗稱「鼻涕蟲」。

蛤 | ◯ há（哈陽）| 口 中 虫 虫八 蛤 蛤
粵 ha¹（哈）|
【蛤蟆】青蛙和蟾蜍的統稱。
◯ gé（革）| 【蛤蚧】爬行動物，形似壁虎。中醫
粵 geb³（鴿）| 用做強壯滋補的藥物。
【蛤蜊】軟體動物，體外有殼，肉味鮮美。

蛑 | móu（謀）| 見「蝤蛑」條。
粵 meo⁴（謀）|

七畫

蛻 | tuì（退）／粵 têu³（退）｜口 中 虫 虫' 蛻 蛻

❶蛇、蟬等脫皮:蛻皮。❷蛇、蟬等脫下的皮殼:蛇蛻｜蟬蛻。

【蛻化】蟲類脫皮。又比喻腐化墮落:蛻化變質。

【蛻變】指人或事物發生根本變化。多指向壞的方面轉化。

蜇 | ㊀zhé（哲）／粵 jid³（節）｜扌 扝 扝 折 蜇 蜇

海蜇,生活在海洋裏的腔腸動物。體形似傘,可供食用。

　　㊁zhē（遮）｜蜂、蝎子等用尾部的毒刺刺人:被馬蜂／粵 同㊀　蜇了手。

蜃 | shèn（慎）／粵 sen⁵（身⁵）｜一 厂 辰 辰 辰 蜃

❶大蛤蜊。❷蜃景,見「海市蜃樓」條。

蛺 | jiá（加陽）／粵 gab³（夾）｜【蛺蝶】蝴蝶的一類,翅膀赤黃色,有黑紋。幼蟲是害蟲。

蛸 | xiāo（消）／粵 xiu¹（消）｜見「螵蛸」條。

蜆 | xiǎn（顯）／粵 hin²（顯）｜生活在淡水中或河流入海處的一種軟體動物。有圓形或兩扇心臟形的介殼。肉可吃,殼可入藥。

蜈 | wú（吳）／粵 ng⁴（吳）｜口 中 虫 虫' 蛣 蜈

【蜈蚣】節肢動物。體扁而長,共分二十一節,每節有足一對。第一對足像鈎子,含毒腺,能分泌毒液。乾製後可入藥。

蜀 | shǔ（暑）／粵 sug⁶（屬）｜口 罒 罒 蜀 蜀 蜀

❶蜀漢,國名,三國時代劉備所建立,在今四川一帶。❷四川省的別稱。

【蜀犬吠日】四川地方多霧,那裏的狗少見到太陽,因此每逢日出,狗就都叫起來。比喻少見多怪。

蜉 | fú（浮）／粵 feo⁴（浮）｜【蜉蝣】昆蟲類。有兩對翅膀,多在水面飛行。成蟲生存期極短,交尾產卵後即死。

蜓 | tíng（亭）／粵 ting⁴（亭）｜虫 虫' 虫千 虫壬 蜓 蜓

見「蜻蜓」條。

蜊 | lí（梨）／粵 léi⁶（利）｜見「蛤蜊」條。

蛾 | é（鵝）／粵 ngo⁴（鵝）｜虫 虫' 虫厂 虫ʔ 蛾 蛾

昆蟲名,種類很多,常在夜間活動,有翼,喜光:蟲蛾｜蠶蛾｜飛蛾撲火(比喻自取滅亡)。

【蛾眉月】指新月,月牙兒。

蜒 | yán（言）／粵 yin⁴（言）｜【蜒蚰】即是蛞蝓。

蜍 | chú（除）／粵 qu⁴（徐）｜見「蟾蜍」條。

蜂 | fēng（風）／粵 fung¹（風）｜虫 虫' 虫夂 虫夂 蜂 蜂

❶昆蟲名。尾部有毒刺,能蜇人。種類很多,有土蜂、胡蜂、馬蜂、蜜蜂、赤眼蜂等。❷特指蜜蜂:蜂蜜｜蜂房。

【蜂王】蜜蜂中能產卵的雌蜂,體比工蜂大,腹部極長,翅短小。一般每窩蜂中只有一隻,也叫「母蜂」。

【蜂蜜】蜜蜂採集花蜜釀的黏稠甜液,主要成分是葡萄糖和果糖。

【蜂擁】像蜂羣似地擁擠着(走):蜂擁而來。

蛹 | yǒng（永）／粵 yung²（湧）｜口 中 虫 虭 蛹 蛹

某些昆蟲從幼蟲變為成蟲過程中的一種狀態。這時身體縮短,外皮變厚,不食不動:蠶蛹｜蠅蛹。

八畫

蜜 | mì（密）／粵 med⁶（密）｜宀 宓 宓 宓 密 蜜

❶蜜蜂採集花的甘液釀成,可以吃,可以入藥:蜂蜜。❷甜美:甜蜜｜甜言蜜語｜口蜜腹劍(比喻嘴甜心毒)。

【蜜月】新婚後的第一個月。

【蜜蜂】昆蟲。有雄蜂、母蜂(蜂王)和工蜂,成羣居住。工蜂能採集花蜜釀蜜,傳播花粉。

【蜜餞】用蜜或糖浸製的果品。

蜿 | wān（彎）／粵 yun¹（冤）｜口 虮 蚖 蜿 蜿 蜿

【蜿蜒】❶蛇類爬行的樣子。❷形容山脈、河流、道路等彎彎曲曲延伸的樣子:山路蜿蜒。

蜣 | qiāng（腔）／粵 gêng¹（疆）｜【蜣螂】昆蟲名,黑色,背有硬殼。吃糞便或動物的屍體,俗稱「屎克郎」。

蜷 | quán（拳）／粵 kün⁴（拳）｜蟲子彎曲的樣子:蜷曲｜蜷伏。

蜻 | qīng（青）／粵 qing¹（青）｜虫 虫² 虫扌 蚌 蜻 蜻

【蜻蜓】昆蟲,頭大,身體細長,胸部背面有兩對膜狀的翅。捕食蚊子等小飛蟲。

【蜻蜓點水】比喻做事膚淺不深入。

蜞 | qí（其）／粵 kéi⁴（其）｜見「蟛蜞」條。

蜥 | xī（西）／粵 xig¹（色）｜虫 虮 蚄 蚴 蜥 蜥

【蜥蜴】爬行動物。有四肢,身上有細鱗,尾細長,易斷。生活在草叢裏,捕食昆蟲。俗稱「四腳蛇」。

蜮 | yù（域）／粵 wig⁶（域）｜傳說中一種能害人的動物:鬼蜮。

蜾 | guǒ（果）／粵 guo²（果）｜【蜾蠃】一種寄生蜂,體青黑色。捕食螟蛉等害蟲,對農作物有益。

蜴 | yì（義）／粵 yig⁶（亦）｜口 虫 虮 虲 蚂 蜴

見「蜥蜴」條。

蜚 | fēi（飛）／粵 féi¹（飛）｜【蜚語】沒有根據的誹謗性的話:流言蜚語。現多作「飛語」。

【蜚聲】揚名:蜚聲國際文壇。

蝕 | shí（食）／粵 xig⁶（食）｜丿 今 今 飠 飩 蝕

❶損傷：腐蝕｜侵蝕。❷虧損：蝕本。❸日食月食：日蝕｜月蝕。

| 蜘 | zhī（知）粵 jiˡ（知） | 虫ˊ 虫 虻ˊ 蚝ˊ 蛛ˊ 蜘 |

【蜘蛛】節肢動物。體圓形或橢圓形，有足四對。腹部末端有突起，能分泌黏液，用來結網捕食昆蟲。

| 蜩 | tiáo（條）粵 tiu⁴（條） | 蟬。 |

| 蜢 | měng（猛）粵 mang⁵（猛） | 口 虫 虫ˇ 蚱ˇ 蟒 蜢 |

見「蚱蜢」條。

九畫

| 蝣 | yóu（由）粵 yeo⁴（由） | 見「蜉蝣」條。 |

| 蝤 | yóu（由）粵 yeo⁴（由） | 【蝤蛑】一種海蟹，甲殼呈梭形，可吃。也叫「梭子蟹」。 |

| 螂 | láng（郎）粵 long⁴（郎） | 虫 虫ˊ 虫ˊ 蚄ˊ 螂ˊ 螂 |

見「螳螂」、「蜣螂」、「蟑螂」條。

| 蝙 | biān（邊）粵 binˡ（邊） | 虫 虫ˊ 虫ˊ 蚄ˊ 蝙ˊ 蝙 |

【蝙蝠】一種會飛的哺乳動物，頭部像鼠，前後肢有皮質的膜。晝伏夜出，捕食蚊、蛾等昆蟲。

| 蝶 | dié（碟）粵 dib⁶（碟） | 虫 虫ˊ 虫廿 虫廿 蝶 蝶 |

❶蝴蝶的簡稱，見「蝴蝶」條。❷形狀或動作像蝴蝶的：蝶泳｜蝶狀花。

| 蝴 | hú（胡）粵 wu⁴（胡） | 口 虫 虫ˊ 蚷 蝴 蝴 |

【蝴蝶】昆蟲類。腹部瘦長，翅膀闊大而美，在花草間飛行，吸食花蜜。種類繁多。

| 蝻 | nǎn（南上）粵 nam⁴（南） | 蝗蟲的幼蟲，剛孵化不能飛：蝗蝻｜跳蝻。 |

| 蝠 | fú（福）粵 fugˡ（福） | 虫 虫ˇ 虫ˊ 蝐 蝠 蝠 |

見「蝙蝠」條。

蝙蝠　　　　刺蝟

| 蝟 | wèi（胃）粵 wei⁶（胃） | 刺蝟，哺乳動物。頭小，嘴尖，身上有硬刺，遇敵能縮成球狀保護自己。吃昆蟲、鼠等，對農業有益。 |

| 蝸 | wō（窩）粵 woˡ（窩） | 虫 虫ˊ 蚄 蚄 蝸 蝸 |

【蝸牛】軟體動物。有螺旋形扁圓的硬殼，頭部有兩對觸角。吃植物嫩葉，對農作物有害。

| 蝮 | fù（腹）粵 fugˡ（福） | 【蝮蛇】一種毒蛇。全身灰褐色，頭呈三角形。捕食小動物，也傷害人畜。 |

| 蝌 | kē（科）粵 foˡ（科） | 虫 虫ˊ 蚌 蚌 蝌 蝌 |

【蝌蚪】蛙、蟾蜍、蠑螈等兩棲動物的幼體。生活在水中，橢圓形，黑色，有鰓和長尾巴。

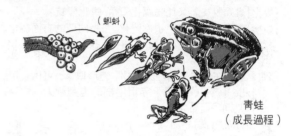

（蝌蚪）
青蛙
（成長過程）

| 蒐 | sōu（搜）粵 seo²（手） | 見「蠳蒐」條。 |

| 蝗 | huáng（皇）粵 wong⁴（皇） | 中 虫 蚄 蝗 蝗 蝗 |

【蝗蟲】昆蟲。善於飛行和跳躍。種類很多，有飛蝗、稻蝗、棉蝗等。是吃莊稼的害蟲。也叫「螞蚱」。

| 蝓 | yú（餘）粵 yu⁴（餘） | 見「蛞蝓」條。 |

| 蟊 | | 同「虱」。 |

| 蝦 | xiā（瞎）粵 haˡ（哈） | 虫 虫ˊ 虾ˊ 蚜ˊ 蝦ˊ 蝦 |

節肢動物。身體分很多環節，有透明的甲殼。種類很多，海水、淡水裏都有，肉味鮮美：青蝦｜對蝦｜龍蝦。
【蝦仁】去頭去殼的鮮蝦。
【蝦米】❶曬乾的蝦仁。❷方言稱小蝦。
【蝦兵蟹將】民間傳說中稱龍王的兵將。多用於比喻不中用的嘍囉。

蝦　　　　　蟹

十畫

| 螃 | páng（旁）粵 pong⁴（旁） | 虫 虫ˊ 虫ˊ 虫ˊ 螃ˊ 螃 |

【螃蟹】蟹的一種。甲殼扁圓，色青黑，也叫「河蟹」。

| 螗 | táng（唐）粵 tong⁴（唐） | 蟬。 |

| 螟 | míng（明）粵 ming⁴（明） | 虫 虫ˊ 蚄ˊ 螟ˊ 螟ˊ 螟 |

稻的害蟲。種類多。生活在稻莖裏吸食汁液，使稻枯死。

【螟蛉】❶一種綠色小蟲。❷領養的孩子。
⊗右下寫作「六」。

螢 | yíng（營）
粵 ying⁴（形）
丷 火 灶 炏 熒 螢

昆蟲類。腹部末端有發光的器官，夜間能發出燐光。俗稱「螢火蟲」。
【螢光屏】電視機上的屏幕。也叫「熒光幕」。

螞 | ㊀ mǎ（馬）
粵 ma⁵（馬）
虫 虫ˉ 虹 虹 虸 螞

【螞蟥】即是「水蛭」。
【螞蟻】見「蟻」字。
　㊀ mà（罵）
　粵 ma⁶（罵）
【螞蚱】蝗蟲的別稱。

融 | róng（容）
粵 yung⁴（容）
一 吂 鬲 鬲 鬲 融

❶冰、雪等溶化成水:消融｜積雪未融。❷調和:融合｜融洽｜水乳交融（比喻關係十分融洽）。❸貨幣流通:金融。
【融合】幾種不同的事物合成一體。
【融化】冰、雪等變成水。也作「溶化」。
【融融】❶形容暖和:陽光融融。❷形容和睦快樂的樣子:樂融融。
【融會貫通】把多方面的道理融合領會，從而求得全面透徹的理解。

螈 | yuán（原）
粵 yun⁴（原）
見「蠑螈」條。

螄 | sī（思）
粵 xi¹（師）
見「螺」❶。

十一畫

蟑 | zhāng（章）
粵 zêng¹（章）
虫 虹 虾 蟑 蟑 蟑

【蟑螂】昆蟲。體黑褐色，能發出臭味。多在夜間活動，偷吃食物，咬壞衣物，並能傳染疾病。

蟀 | shuài（帥）
粵 sêd¹（摔）
虫 蚊 蚊 蜂 蜂 蟀

見「蟋蟀」條。

蟄 | zhé（哲）
粵 jig⁶（直）
動物冬眠:蟄伏｜驚蟄。
【蟄居】比喻像動物冬眠一樣，長期躲在家裏，不在公開場合出頭露面。

螯 | áo（敖）
粵 ngou⁴（敖）
螃蟹、蝦等節肢動物變形的第一對腳，像鉗子，用於取食、自衞。

螫 | shì（是）
粵 xig¹（式）
土 丰 赤 赦 螫 螫

有毒腺的蟲子用尾針刺人畜:馬蜂螫人。

螬 | cáo（曹）
粵 cou⁴（曹）
見「蠐螬」條。

螵 | piāo（飄）
粵 piu¹（飄）
【螵蛸】螳螂的卵塊。

螳 | táng（唐）
粵 tong⁴（唐）
口 虫 蚣 蛝 螲 螳

【螳螂】昆蟲。頭呈三角形，胸部細長，前足像鐮刀，捕食害蟲。俗稱「刀螂」。
【螳螂拳】中國拳術名稱，以摹仿螳螂的動作爲特點。
【螳臂當車】比喻不自量力去做根本無法辦到的事。
【螳螂捕蟬，黃雀在後】螳螂想捉蟬，不知黃雀已在後面等着吃牠。比喻只想算計別人，而不知自己也處在第三者的算計之中。

蟒 | mǎng（莽）
粵 mong⁵（妄）
虫 蚋 蜥 蜥 蜥 蟒

一種無毒大蛇，體長可達六米，背部黃褐色，腹白色，多生活在熱帶森林中。肉可食，皮可製樂器。又叫「蚺蛇」。
【蟒袍】中國明清時大臣所穿繡有蟒形圖案的禮服。

蟆 | má（麻）
粵 ma⁴（麻）
口 虫 蚋 蜡 蟆 蟆

見「蛤蟆」條。

螺 | luó（羅）
粵 lo⁴（羅）
虫 虹 蚏 蜎 螺 螺

❶軟體動物。體外有螺旋形硬殼。種類很多:田螺｜海螺｜螺螄。❷像螺旋形的東西:螺絲釘。
【螺旋】❶像螺螄殼紋理的曲線形狀。❷也指有這種曲線形槽紋的簡單機械。
◆螺釘　螺紋　螺帽　螺絲　◆陀螺

螻 | lóu（樓）
粵 leo⁴（留）
口 中 虫 蜌 蜌 螻

【螻蛄】昆蟲。生活在泥土裏。有翅會飛。前足像鏟，能掘土。是從地下咬食農作物根、莖的害蟲。俗稱「土狗子」。
【螻蟻】螻蛄和螞蟻。比喻力量微小、無足輕重的人。

蟈 | guō（鍋）
粵 guog³（國）
虫 蚵 蝈 蝈 蝈 蟈

【蟈蟈】昆蟲，形似蝗蟲，翅短，腹大，雄的能發出清脆的聲音。對農作物有害。

蛇　　蚯蚓　　蜥蜴　　蠍　　蚺

蚌　蚶　蛤蜊　海蜇　蜆

螺　蝸牛　牡蠣　蟶

蟋 | xī（西）
蟋 | 粵 xig¹（悉）

虫 虯 蚱 蛛 蟋 蟋

【蟋蟀】昆蟲。身體黑褐色，長有觸角。雄的好鬥，翅膀能摩擦發聲。吃植物根莖，對農作物有害。又叫「促織」。俗稱「蛐蛐兒」。

螽 | zhōng（中）
螽 | 粵 zung¹（中）

【螽斯】昆蟲。身體多為草綠色，觸角細，善跳躍。雄的用翅膀摩擦發聲。有些種類吃莊稼。

蟊 | máo（矛）
蟊 | 粵 mao⁴（矛）

吃禾苗根的害蟲。【蟊賊】指危害社會和民眾的壞人。

十二畫

蟮 | shàn（善）
蟮 | 粵 xin⁶（善）

見「蟺蟮」條。

蟯 | náo（撓）
蟯 | 粵 yiu⁴（搖）

虫 虬 蛙 蛙 蛙 蟯

【蟯蟲】寄生在人體的大腸裏像線頭的小白蟲。雌蟲常爬到肛門附近排卵。

蟢 | xǐ（喜）
蟢 | 粵 héi²（喜）

【蟢子】一種長腿的小蜘蛛。常在室內牆上結網。又叫「喜蛛」。

蟛 | péng（朋）
蟛 | 粵 pong⁴（彭）

【蟛蜞】蟹的一種，體較小，多在水邊的泥沙洞裏生活。

蟥 | huáng（黃）
蟥 | 粵 wong⁴（黃）

見「螞蟥」條。

蟪 | huì（惠）
蟪 | 粵 wei⁶（惠）

【蟪蛄】一種蟬，比較小，青紫色。也叫「伏天兒」。

蟫 | yín（銀）
蟫 | 粵 tam⁴（潭）

咬衣服、書籍的小蟲，也叫「蠹魚」。

蟬 | chán（嬋）
蟬 | 粵 xim⁴（嬋）

虫 虮 虭 蟠 蟦 蟬

昆蟲。種類很多。頭短身長，黑褐色。雄的腹部有發音器。俗稱「知了」。
【蟬聯】連任或繼續保持某種稱號：蟬聯冠軍。

蟲 | chóng（崇）
蟲 | 粵 cung⁴（從）

口 中 虫 虫 虫 蟲

❶昆蟲的通稱。常叫「蟲子」。❷某些動物的別稱：大蟲（老虎）│長蟲（蛇）。

蟠 | pán（盤）
蟠 | 粵 pun⁴（盤）

彎曲，環繞：蟠龍│蟠踞。
【蟠桃】❶一種扁圓形的桃。又叫扁桃。❷神話中的仙桃。

蟣 | jǐ（己）
蟣 | 粵 géi²（己）

【蟣子】虱子的卵。

十三至十四畫

蠃 | luǒ（裸）
蠃 | 粵 lo²（裸）

見「螺蠃」條。

蟻 | yǐ（以）
蟻 | 粵 ngei⁵（危⁵）

虫 蛘 蟀 蟻 蟻 蟻

昆蟲，喜歡在陰涼地下做窩。羣居種類很多。羣蟻中分雌蟻、雄蟻、工蟻和兵蟻。

蟶 | chēng（撐）
蟶 | 粵 qing¹（稱¹）

【蟶子】軟體動物。貝殼扁長，在海濱一帶生活。肉白味美。

蠍 | xiē（些）
蠍 | 粵 kid³（揭）

虫 蝎 蝎 蝎 蠍 蠍

【蠍子】節肢動物。尾部有毒鈎，能螫人。捕食昆蟲等。曬乾的蠍子可入藥。

蠅 | yíng（營）
蠅 | 粵 ying⁴（形）

虫 虯 虵 虵 蠅 蠅

昆蟲。有雙翅，灰黑色，身上和腿上有許多細毛。常落在糞便、垃圾上產卵，攜帶細菌爬在食物上，是傳染疾病的主要媒介。
【蠅頭】比喻細小：蠅頭小利。
【蠅營狗苟】比喻人不知羞恥，到處鑽營。也作「狗苟蠅營」。

蠋 | zhú（竹）
蠋 | 粵 zug¹（燭）

蝴蝶、蛾等的幼蟲。

蟾 | chán（嬋）
蟾 | 粵 xim⁴（嬋）

【蟾蜍】兩棲動物。體灰褐色，表皮多疙瘩，有毒腺，能分泌白色黏液。喜在潮濕地方生活，夜間出來捕食昆蟲。俗稱「癩蛤蟆」。

蟾蜍

【蟾宮】指月亮。傳說中月亮裏有蟾蜍，古詩文裏常用「蟾宮」、「蟾兔」、「蟾桂」等作月亮的代稱。

蟹 xiè（謝）｜角 角 角ˊ 解 解 解
粵 hai⁵（懈）｜　　　　　　　蟹

節肢動物，全身有甲殼，有腳五對，前面一對像鉗子，叫螯，用於捕食和自衞。橫着爬行。種類繁多。可供食用的有螃蟹、梭子蟹、海蟹等。

蠔 háo（毫）｜口 虫 蛠 蛠 蠔 蠔
粵 hou⁴（豪）｜

見「牡蠣」條。

蠐 qí（齊）｜【蠐螬】金龜子的幼蟲。體白色，
粵 cei⁴（齊）｜生活在土壤裏，吃農作物的根、莖。

蠑 róng（榮）｜【蠑螈】兩棲動物。形狀像蜥蜴，
粵 wing⁴（榮）｜吃小動物。

蠕 rú（如）｜虫 蚼 蚼ˊ 蛝 蠕 蠕
粵 yu⁴（如）｜

【蠕動】指像蚯蚓一樣爬行。
【蠕形動物】無脊椎動物的一類，體長而柔軟，沒有腳，如：蛔蟲、絛蟲等。

蠓 měng（猛）｜昆蟲。比蚊子小，褐色或黑色。
粵 mung⁵（懵）｜雌性吸食人、畜的血液。

蠖 huò（禍）｜尺蠖，昆蟲，在樹上生活，體色
粵 wog⁶（獲）｜同樹皮相近，爬行時身體一屈一伸。

【蠖屈】比喻人的暫時受屈。

十五至十七畫

蠢 chǔn（春上）｜三 夫 春 春 春 蠢
粵 cên²（春²）｜

頭腦遲鈍，行動笨拙：蠢材｜蠢貨｜愚蠢。
【蠢蠢欲動】比喻壞人準備進犯或準備搗亂。

蠣 lì（利）｜虫ˊ 蚜 蚜 蚜 蠣 蠣
粵 lei⁶（麗）｜

見「牡蠣」條。

蠛 miè（滅）｜【蠛蠓】即指蠓。
粵 mid⁶（滅）｜

蠡 ㊀ lí（離）｜乚 夕 彑 彖 彖 蠡
粵 lei⁵（禮）｜

用貝殼做的瓢：以蠡測海。

㊁ lǐ（理）｜蠡縣，在河北省。
粵 同㊀｜

蠟 là（拉去）｜虫ᵘ 蚋 蚋 蠟 蠟 蠟
粵 lab⁶（立）｜

❶動植物或礦物所產生的一種油質，可做工業原料或蠟燭等：蜂蠟｜白蠟｜石蠟。❷蠟燭的簡稱：洋蠟｜蠟扦兒。❸用蠟製成的東西：蠟人｜蠟筆。
【蠟紙】❶用蠟浸過的紙，刻寫後用來做油印底版。❷表面塗蠟的紙，具有防潮性能，用來包裹東西。
【蠟梅】落葉灌木。冬季開花，香味濃，供觀賞。又作「臘梅」。

◆打蠟　汽車蠟　味同嚼蠟　面色如蠟

蠲 juān（捐）｜文言用字。❶免除：蠲除｜蠲免。
粵 gün¹（捐）｜❷清潔：蠲體。

蠨 xiāo（消）｜【蠨蛸】一種腳長的小蜘蛛，俗稱
粵 xiu¹（消）｜「喜蛛」、「喜子」。

蠱 gǔ（古）｜口 虫 蛊 蟲 蟲 蠱
粵 gu²（古）｜

古代傳說中能害人的毒蟲。
【蠱惑】使人迷惑：蠱惑人心。

十八畫以上

蠹 dù（杜）｜口 中 申 東 蠹 蠹
粵 dou³（到）｜

❶專咬書籍、衣服和竹、木的蛀蟲：木蠹｜書蠹。❷蛀蝕，侵害：戶樞不蠹｜蠹蝕。
【蠹蟲】指蛀蟲，又引申為危害公眾利益的壞人。

蠶 cán（慚）｜二 ⺈ 朁 朁 朁 蠶
粵 cam⁴（慚）｜口 虫 蠶

昆蟲，有家蠶、柞蠶、蓖麻蠶等多種。蠶吐的絲可織綢緞。
【蠶豆】草本植物，種子扁而橢圓，可食。又叫胡豆。
【蠶食】比喻像蠶吃桑葉一樣逐漸侵蝕，一般多指侵佔他人國土。

蠻 mán（饅）｜言 結 繑 蠻 蠻 蠻
粵 man⁴（萬⁴）｜

❶粗野，不講道理：野蠻｜蠻不講理。❷中國古時稱南方的民族。❸方言。很：蠻好。
【蠻荒】指不開化的邊遠地方。
【蠻橫】強橫而不講道理。

蠼 qú（渠）｜【蠼螋】昆蟲，體扁平而狹長，尾
粵 fog³（霍）｜部形狀像夾子，多住在潮濕的地方。

血部

血 ㊀ xuè（穴去）｜ˊ 白 血 血 血
粵 hüd³（何月³）｜

❶在人或高等動物心臟和血管裏流動的紅色液體：血液。
❷同一祖先的：血統｜血緣。❸比喻剛強、激烈：血性｜血戰。
【血汗】比喻辛勤的勞動或勞動果實。
【血肉】血液和肌肉：血肉之軀｜血肉橫飛。
【血腥】血液的腥味。又比喻屠殺的殘酷。
【血管】血液循環的通道，分動脈、靜脈和毛細血管。
【血壓】推動血液在血管裏流動的壓力，由心臟收縮和主動脈壁的彈性作用而產生。
【血口噴人】比喻用惡毒的話誣衊別人。
【血肉相連】比喻關係密切，無法分開。
【血氣方剛】形容年輕人精力旺盛。

◆血型　血案　血跡　血海深仇　◆心血　失血　貧血　輸血　獻血　有血有肉　含血噴人　頭破血流　嘔心瀝血

㊁ xiě（寫）｜同㊀，用於口語：流了一滴血｜抽血。
粵 同㊀｜

衄｜nǜ（女去）｜鼻子出血，也泛指出血。
｜粵 nug⁶（挪屋⁶）｜

衊｜同「衊」。

衊｜miè（滅）｜❶污濁的血。❷捏造罪名或編造
｜粵 mid⁶（滅）｜謠言來陷害別人:誣衊｜污衊。

行部

行｜（一）xíng（形）｜ ㇒ 彳 彳 行 行
｜粵 hang⁴（坑⁴）｜

❶走:行步｜步行。❷出門到遠處去:旅行｜送行。❸跟旅行有關的:行李｜行裝。❹流通:發行｜流行。❺做，辦，從事:行事｜行禮｜實行。❻舉止:行為｜行動｜言行。❼可以:行不行。❽能幹:你真行。❾將要:行將完成。
【行文】❶組織文字，表達意思。❷政府機構間文件往來。
【行刑】執行刑罰，多指執行死刑。
【行星】各自沿着自己的軌道環繞恒星運行，本身不發光的天體。太陽系有九大行星，地球是其中之一。
【行書】漢字字體的一種，形體和筆勢介於草書和楷書之間。
【行徑】多指壞的行為舉動:卑鄙行徑。
【行賄】用財物買通別人。
【行屍走肉】比喻沒有理想，無所作為，混日子的人。
◆行人　行軍　行跡　行雲流水　◆放行　風行　航行　罪行　履行　倒行逆施　橫行霸道　衣食住行

｜（二）háng（杭）｜❶排列:行列。❷親屬間的輩分
｜粵 hong⁴（杭）｜次序:他排行老二。❸職業:行業。
❹營業的地方:銀行｜商行。

｜（三）同（一）｜表現品德的行為舉止:品行｜德
｜粵 heng⁶（幸）｜行｜罪行。

三至六畫

衍｜yǎn（演）｜ ㇒ 彳 衫 衍 衍 衍
｜粵 yin²（演）｜

❶延展:推衍｜蔓衍。❷多餘的文字:衍文。
【衍變】演變。

衒｜xuàn（眩）｜誇耀:衒耀，自衒。
｜粵 yun⁶（願）｜

術｜shù（樹）｜ 彳 什 彴 術 術 術
｜粵 sêd⁶（述）｜

❶技藝:技術｜武術。❷方法:算術｜戰術。
【術語】某門學科中的專門用語。
◆術科　心術　手術　幻術　美術　拳術　不學無術

街｜jiē（階）｜ 彳 彳 往 往 街 街
｜粵 gai¹（佳）｜

❶市鎮上寬闊的道路:街道｜大街｜上街。❷集市:趕街。
【街市】商店較集中的繁華市區。
【街坊】同條街的鄰居。
【街談巷議】大街小巷裏人們的議論。引申指民間的輿論。
【街頭巷尾】大街小巷。

街道

衕｜tòng（痛）｜見「衚衕」條。
｜粵 tung⁴（同）｜

七至十八畫

衙｜yá（牙）｜ 彳 彳 衧 衟 衙 衙
｜粵 nga⁴（牙）｜

舊時官吏辦事的地方:衙門。
【衙內】舊時泛指官僚的子弟。
【衙役】衙門裏的差役。

衚｜hú（胡）｜【衚衕】即「胡同」，小巷。
｜粵 wu⁴（胡）｜

衝｜（一）chōng（充）｜ 彳 衧 衜 衝 衝
｜粵 cung¹（充）｜

❶迅速向某處闖，撞擊:衝鋒｜衝擊。❷交通要道:要衝。
【衝突】❶意見不合，互相抵觸。❷發生爭鬥:武裝衝突。
【衝勁】指敢想敢幹的勁頭。
【衝動】情緒因受刺激而突然激動。
【衝撞】❶撞擊。❷冒犯:說話不注意，容易衝撞他人。
【衝口而出】沒有經過認真考慮就說了出來。

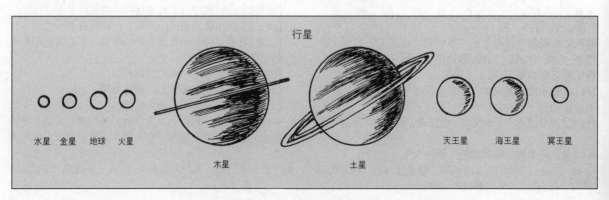
行星

水星　金星　地球　火星　木星　土星　天王星　海王星　冥王星

【衝鋒陷陣】向敵方衝擊，深入敵陣，形容作戰英勇。
◆衝刺　衝陷　衝鋒槍　◆反衝　俯衝　橫衝直撞　怒髮衝冠

㊁ chòng（充去）｜粵 同㊀ ｜❶向，對着: 衝南走。❷勁頭足，猛烈: 説話很衝。❸用機器衝壓: 衝牀。

衞 wèi（位）｜粵 wei⁶（胃）｜ 彳 彳 徫 衛 衛 衞

❶保護，防護: 保衞｜自衞。❷周代諸侯國名。
【衞生】❶維護或增進健康。❷符合衞生的情況。
【衞戍】駐軍警備，多用於首都: 衞戍司令部。
【衞星】❶圍繞行星運行的天體，如月亮是地球的衞星。❷像衞星環繞某個中心那樣: 衞星城｜衞星國。❸特指人造衞星。
【衞隊】負責警戒保衞的軍隊。
◆衞士　衞兵　衞護　◆守衞　侍衞　前衞　警衞　自衞隊　保家衞國
⊗中間寫作「韋」，十畫。

衡 héng（恒）｜粵 heng⁴（恒）｜ 彳 彳 彶 衡 衡 衡

❶稱物重量的器具: 衡器｜度量衡。❷用秤來稱: 衡其重量。❸姓。
【衡山】山名，中國五岳中的南岳，在湖南省。
【衡量】❶指稱輕重。❷斟酌，比較，評定: 衡量得失。

衢 qú（渠）｜粵 kêu⁴（渠）｜ 彳 彳 衢 衢 衢 衢

四通八達的大路: 通衢大道。

衣部

衣 ㊀ yī（醫）｜粵 yi（醫）｜ 丶 亠 ナ 衣 衣 衣

❶衣服: 衣袖｜衣襟。❷包在某些物體外面的一層東西: 炮衣｜腸衣。
【衣鉢】和尚傳給徒弟的袈裟和飯碗。現泛指傳下來的思想、學術、技能等: 衣鉢相承。
【衣裳】指衣服。
【衣冠楚楚】形容穿戴整齊美觀。
【衣冠禽獸】穿着衣帽的禽獸。比喻行為卑鄙，如同禽獸一樣壞的人。
◆衣衫　衣物　衣架　衣料　衣着　衣飾　衣食住行
◆大衣　上衣　內衣　外衣　成衣　便衣　睡衣　運動衣　一衣帶水　天衣無縫　豐衣足食　量體裁衣

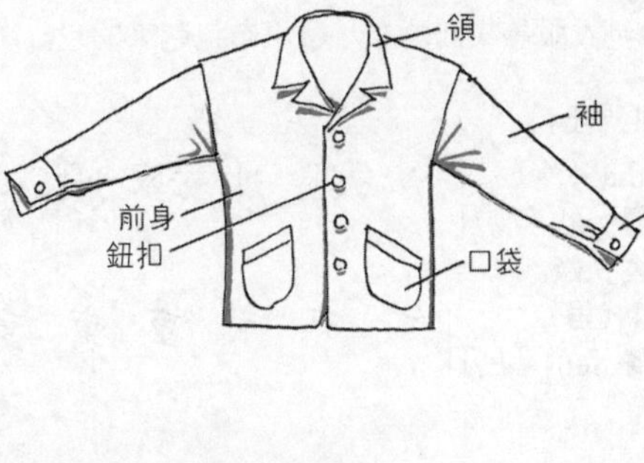

㊁ yì（意）｜粵 yi³（意）｜穿: 衣素衣。
【衣錦還鄉】富貴以後回到家鄉，有炫耀之意。

二至五畫

初 chū（出）｜粵 co¹（磋）｜ 丶 ㇇ 衤 衤 衤刀 初

❶起頭，開始: 初春｜年初。❷原來的: 初衷。❸第一次: 初次｜初版。
【初交】初次結交。也指剛結識不久的人。
【初步】❶第一步，剛開頭。❷比喻顯淺的: 語法初步。
【初衷】最初的心願: 改變初衷。
【初級】剛開始的一級，最低的程度: 初級班。
【初出茅廬】比喻剛剛出來做事。
◆初夏　初診　初期　初等　初稿　初戀　初生之犢
◆月初　起初　最初　當初　如夢初醒　悔不當初

表 ㊀ biǎo（裱）｜粵 biu²（裱）｜ 丰 圭 夫 表 表

❶露在外面的，跟「裏」相對: 表皮｜表面｜由表及裏。❷説出來，顯現出來: 表白｜表現｜表達。❸分類排列記載的文字: 年表｜報表｜統計表。❹榜樣: 表率｜師表。❺跟姑、舅、姨的親屬關係: 表兄｜表姐｜表叔。
【表白】進行解釋，説明自己的意思: 表白心願。
【表決】會議上以舉手、投票等方式做出決定。
【表情】❶表達情感。❷從面部或姿態上表現出來的思想感情。
【表揚】公開的讚揚，跟「批評」相反。
【表達】表示思想或感情。
【表演】❶戲劇、舞蹈、雜技等演出。❷做示範性的動作: 表演新的操作方法。
【表裏如一】裏外一樣，比喻言行和思想一致。
◆表示　表功　表册　表記　表露無遺　◆代表　外表　發表　寒暑表　虛有其表

㊁ 同㊀ ｜粵 biu¹（標）｜❶計時間的器具: 手表｜秒表。❷測量用的儀器: 水表｜電表。

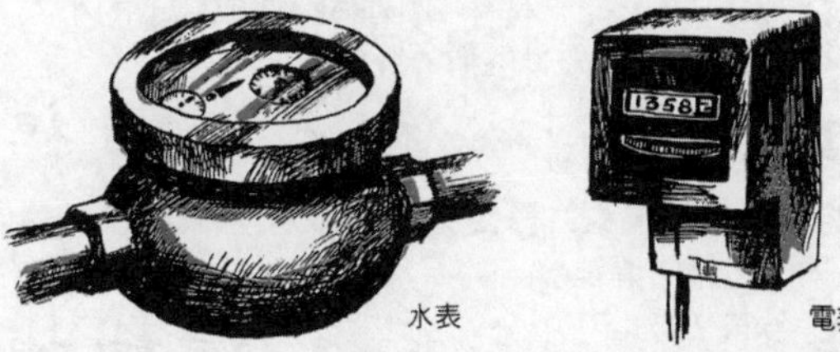

水表　電表

衫 shān（山）｜粵 sam¹（三）｜ 丶 ㇇ 衤 衤 衤 衫

❶單衣: 襯衫｜汗衫。❷泛指衣服: 衣衫。

衩 ㊀ chà（岔）｜粵 ca³（岔）｜衣裳兩旁開口的地方: 衩口｜開衩｜裙衩。

㊁ chǎ（茶上）｜粵 同㊀ ｜用於「褲衩」、「裤衩」等詞。

衰 shuāi（摔）｜粵 sêu¹（須）｜ 亠 亠 亠 亠 衰 衰

人或事物由強變弱: 盛衰｜衰老。

【衰亡】衰落以至滅亡。
【衰退】逐漸趨向衰落，可指身體、精神或意志，又可指經濟、文化等: 記憶力衰退; 經濟衰退。
【衰弱】不強健: 神經衰弱。
【衰竭】生理機能由衰弱而趨於喪失: 心力衰竭。
◆衰敗　衰落　◆早衰　興衰　未老先衰
⊗跟「哀」不同。

衷　zhōng（中）／粵 zung¹（中）｜一 亠 市 吏 吏 衷
❶中: 折衷。❷內心，真心: 由衷之言。
【衷心】出於內心的: 衷心感謝。
【衷情】發自內心的感情。
【衷腸】藏在心裏的話: 傾訴衷腸。
◆初衷　苦衷　隱衷　和衷共濟　莫衷一是　言不由衷　無動於衷
⊗跟「哀」、「衰」不同。

袁　yuán（元）／粵 yun⁴（元）｜十 土 吉 吉 声 袁
姓。

衽　rèn（任）／粵 yem⁶（任）｜❶衣襟。❷睡覺用的蓆子。

衲　nà（納）／粵 nab⁶（納）｜❶補綴，密縫: 百衲衣｜衲鞋底。❷僧衣。❸和尚的自稱: 老衲。

衿　jīn（今）／粵 kem¹（襟）｜❶衣襟: 對衿。❷繫衣服的帶子。

衾　qīn（侵）／粵 kem¹（襟）｜❶被子，特指大被。❷殮屍用的單被。

袂　mèi（妹）／粵 mei⁶（米⁶）｜㇈ 衤 衤 衤 袂 袂
袖子: 聯袂(手拉着手，比喻一同來或一同去)。

衮　gǔn（滾）／粵 guen²（滾）｜一 六 古 亝 吏 衮
古代帝王的禮服: 衮服。
【衮衮諸公】譏居高位而無所作爲的官僚。

袤　mào（茂）／粵 meo⁶（茂）｜南北距離的長度: 廣袤。

袜　mò（末）／粵 mud⁶（末）｜【袜胸】圍裹胸部或肚子的小衣。俗稱「肚兜」。

袒　tǎn（坦）／粵 tan²（坦）｜㇈ 衤 衤 衤 袒 袒
❶脫去或敞開上衣，露出身體一部分: 袒胸露懷。❷偏護一方: 袒護｜偏袒。

袖　xiù（秀）／粵 zeo⁶（就）｜㇈ 衤 衤 衤 袖 袖
衣衫從肩到腕的部分: 袖子｜衣袖。
【袖珍】小型而便於攜帶的: 袖珍字典。
【袖手旁觀】把手藏在袖子裏在一旁觀看，比喻事不關己，置之不理。

袋　dài（代）／粵 doi⁶（代）｜亻 代 代 岱 袋 袋
❶用皮、布等製成的裝東西的用具: 衣袋｜米袋。❷量詞: 一袋米。
【袋鼠】產於澳洲的一種哺乳動物。形像鼠，體長約兩米，雌的腹部有皮質育兒袋。

袋鼠

袍　páo（咆）／粵 pou⁴（葡）｜㇈ 衤 衤 衤 衤 袍 袍
中式的寬長外衣: 棉袍｜旗袍。
【袍澤】袍、澤都是古代的衣服名稱。後稱在軍隊中的同事爲袍澤。

被　㊀bèi（倍）／粵 péi⁵（婢）｜㇈ 衤 衤 衤 神 被
睡覺時蓋在身上的東西: 棉被｜毛巾被｜羽絨被。
㊁同㊀｜béi⁶（鼻）❶表示被動: 被選｜被殺。❷遭受，受到: 被害｜被控。
【被告】在民事和刑事案件中被控告的一方。
【被動】❶指受到外來力量的影響而動。❷形勢不利，處於應付局面。

袈　jiā（加）／粵 ga¹（加）｜フ カ 加 架 架 袈
【袈裟】和尚穿的法衣。

六至八畫

裁　cái（才）／粵 coi⁴（才）｜土 圭 麦 裁 裁 裁
❶剪，割開: 裁衣｜裁紙。❷削減: 裁減。❸判斷，衡量: 裁決｜裁度。❹安排取捨: 別出心裁。❺控制: 制裁｜獨裁。
【裁判】❶法院對案件的判斷。❷在體育比賽中，根據規則判斷成績和出現的問題。也指做裁判工作的人員。
【裁員】機關或企業裁減人員。
【裁軍】裁減武裝人員和軍事裝備。
【裁縫】做衣服的工人。

裂　liè（列）／粵 lid⁶（列）｜一 歹 歹 列 裂 裂
❶破開，開縫: 裂開｜裂縫。❷破壞，分離: 破裂｜決裂。
【裂開】破而分開。
【裂痕】器物破裂的痕跡。也比喻人與人之間的關係: 他們之間一度有過裂痕。
◆裂紋　裂隙　◆分裂　割裂　爆裂　天崩地裂　身敗名裂

袱　fú（伏）／粵 fug⁶（伏）｜㇈ 衤 衤 衤 袱 袱
包袱: ❶包衣服等東西的布。❷用布包起來的包。

袚　同「祓」。

裟　shā（沙）／粵 sa¹（沙）｜氵 江 沙 沙 裟 裟
見「袈裟」條。

裏　lǐ（里）／粵 lêu⁵（呂）｜一 亠 亩 重 軍 裏

❶內部，跟「表」、「外」相對:裏邊│裏頭│表裏如一。❷衣物的內層:被裏│襯裏。❸指地方:這裏│那裏。❹指時間:夜裏│暑假裏。❺表示範圍或包藏其中:家裏│夢裏│笑裏藏刀。

【裏裏外外】裏頭跟外頭:裏裏外外站滿了人。

【裏應外合】外邊進攻，裏邊配合響應。

◆裏手　裏出外進　裏通外國　◆字裏行間　忙裏偷閒　吃裏爬外　由表及裏

裘 │qiú（求）│粵 keo⁴（求）
十　才　求　求　裘　裘

❶毛皮製成的衣服:裘皮│狐裘│輕裘。❷姓。

補 │bǔ（捕）│粵 bou²（保）
冫　衤　祠　衦　補　補

❶修理破損的東西:修補│補衣服。❷把缺少的添上:補選│補課。❸滋養:滋補│補品。❹幫助，益處:不無小補│空言無補。

【補丁】補在衣服或其他物件破損處的東西。

【補白】報刊上填空白的短文。

【補充】❶補滿不足。❷追加的:補充教材。

【補語】動詞、形容詞後面的補充成分，用來表示狀態、程度、結果等。「到齊了」的「齊」、「瘦得很」的「很」、「聽得清」的「清」都是補語。

【補償】補足，償還。

◆補貼　補救　補藥　◆候補　貼補　增補　幫補　彌補　無補於事　亡羊補牢　取長補短

袂 │jiá（頰）│粵 gab³（甲）
雙層的衣物等:袂衣│袂袍│袂被。

裎 │chéng（成）│粵 qing⁴（呈）
光着身子:裸裎。

裔 │yì（易）│粵 yêu⁶（銳）
亠　圡　衣　齐　裔　裔

❶後代子孫:後裔│華裔。❷姓。

裊 │niǎo（鳥）│粵 niu⁵（鳥）
亻　户　自　鳥　裊　裊

柔軟細長的樣子。通「嫋」。

【裊裊】❶形容煙氣上升:炊煙裊裊。❷形容細長柔軟的東西隨風擺動:柳枝裊裊。❸形容聲音綿延不絕:餘音裊裊。

【裊娜】❶草木柔軟細長的樣子。❷比喻女子姿態柔美。

裕 │yù（預）│粵 yu⁶（預）
冫　衤　衤　衤　衻　裕

富足，寬綽:充裕│富裕│優裕。

【裕如】❶從容:應付裕如。❷充足:生活裕如。

【裕固族】中國少數民族，主要分佈在甘肅省。

裙 │qún（羣）│粵 kuen⁴（羣）
冫　衤　衦　衦　衻　裙

圍在腰部以下的服裝:裙子│短裙│圍裙。

【裙釵】舊時多指婦女。

【裙帶關係】指被利用來相互勾結攀援的姻親關係。

裝 │zhuāng（莊）│粵 zong¹（莊）
丬　丬　壯　壯　裝　裝

❶穿着的衣物:裝束│時裝│夏裝。❷打扮:裝飾│化裝。❸故意做作，假意:裝死│假裝│裝聾作啞。❹把東西放入，跟「卸」相反:裝車│裝卸│裝貨。❺安置，配

備:安裝│裝配│裝電燈。❻訂製書冊:裝訂│平裝│精裝本。❼行李:行裝│輕裝前進│整裝待發。❽盛放的方法:瓶裝│罐裝。

【裝扮】化裝，打扮。

【裝修】房屋工程的安裝修飾工作。

【裝幀】圖書的裝潢設計。

【裝潢】物品外表的裝飾和包裝:裝潢考究。

【裝腔作勢】故意做作，藉以引人注意或嚇唬人。

【裝模作樣】故作姿態給人看。

◆裝甲　裝病　裝填　裝載　裝蒜　裝箱　裝糊塗　裝瘋賣傻　◆上裝　包裝　西裝　服裝　盛裝　偽裝　奇裝異服

裹 │guǒ（果）│粵 guo²（果）
亠　亩　車　東　裹　裹

包，纏:裹腳│包裹。

【裹脅】用脅迫手段使人跟從幹壞事。

【裹足不前】比喻停步不走。多指有顧慮，不敢前進。⊗跟「裏」不同。

裱 │biǎo（表）│粵 biu²（表）
【裱褙】用紙或絲織品糊在字畫背面做襯托。

【裱糊】用紙糊房間頂棚、牆壁等。

褂 │guà（掛）│粵 gua³（掛）
冫　衤　衦　衭　褂　褂

單上衣:短褂│小褂兒│花布褂子。

褚 │chǔ（楚）│粵 qu²（貯²）
冫　衤　衦　衦　衶　褚

姓。

裳 │shang（商輕）│粵 sêng⁴（常）
丨　丬　甞　堂　裳　裳

見「衣裳」條。

裸 │luǒ（羅上）│粵 lo²（羅²）
冫　衤　衦　衻　裸　裸

❶光着身子:裸體│赤裸裸。❷沒有東西包着的:裸線。

【裸露】沒有東西遮蓋:裸露前胸。

【裸子植物】胚珠或種子沒有外皮包着的一類植物，如松、柏、杉、銀杏等。

裼 │xī（西）│粵 xig³（色³）
脫去上衣，露出內衣或身體:袒裼。

裴 │péi（培）│粵 pui⁴（培）
丨　爿　爿　非　裴　裴

姓。

製 │zhì（志）│粵 zei³（濟）
卜　台　朱　制　製　製

作，造:製衣│製圖│製造廠。

【製造】❶把原料加工成器物。❷人為地造成某種情況:製造假象。

【製版】製造印刷底版。

【製冷機】利用製冷劑蒸發時吸收周圍的熱量而獲得低溫的機器。也叫冷凍機。

裨 │㊀bì（閉）│粵 béi¹（卑）
衤　衦　衶　裨　裨

益處，補益:裨益│無裨於事。

㊁pí（皮）│粵 péi⁴（皮）
輔佐，副的:裨將。

裰 duō（多）粵 jud³（綴）｜縫補：補裰。直裰，多指和尚、道士所穿的衣服。

裾 jū（居）粵 gêu¹（居）｜衣服的大襟。也指衣服的前後部分。

九至十畫

褊 biǎn（扁）粵 bin²（扁）｜窄小：褊狹。
【褊急】度量小，性情急躁。

褙 bèi（輩）粵 bui³（背）｜把布或紙一層層地黏在一起：裱褙。

褐 hè（賀）粵 hod³（喝）｜丶 衤 衤 衵 褐 褐
❶黃黑色：褐色。❷粗布或粗布衣服：無衣無褐。
【褐煤】煤礦的一種，質地較軟，無光澤，在地下成煤時期比一般黑煤短。

複 fù（付）粵 fug¹（福）｜丶 衤 衤 衤 衤 複
❶重，再：重複｜複習。❷繁雜的，不單純：複雜。
【複句】語法上指能分成兩個或兩個以上相當於單句的分段句子。
【複姓】不止一個字的姓，如諸葛、歐陽等。
【複眼】昆蟲主要的視覺器官，由許多小眼構成。
【複製】仿造原件或翻印書籍等。
【複寫紙】一種塗着蠟質顏料的紙，供複寫或打字用。
◀複印　複利　複決權

褓 bǎo（保）粵 bou²（保）｜丶 衤 衤 衤 衤 褓
見「襁褓」條。

褲 kù（庫）粵 fu³（庫）｜丶 衤 衤 衤 褲 褲
穿在腰部以下的衣服：短褲｜棉褲。
【褲衩】短褲，多指貼身穿的短內褲。

褥 rù（入）粵 yug⁶（玉）｜衤 衤 衤 褥 褥 褥
牀上的鋪墊物：褥子｜棉褥｜被褥。

褡 dā（搭）粵 dab³（答）｜【褡褳】一種長口袋，中間開口，兩頭裝東西。

褫 chǐ（恥）粵 qi²（恥）｜衤 衤 衤 衤 褫 褫
❶剝去衣服。❷剝奪，革除：褫奪｜褫職。

褪 ㊀tùn（吞去）粵 ten³（吞³）｜衤 衤 衤 褪 褪
使套着或穿着的東西脫離：褪下一條褲腿。
㊁tuì（退）粵 têu³（退）｜❶逐漸脫落：褪色。❷鳥獸脫毛換新毛：褪毛。

十一至十九畫

褻 xiè（謝）粵 xid³（泄）｜亠 㐁 㐁 㐁 褻 褻
❶貼身的內衣：褻衣。❷輕佻，不莊重：狎褻。❸淫穢、下流：褻語｜猥褻。
【褻瀆】輕慢，不尊敬：褻瀆神明。

褳 lián（連）粵 lin⁴（連）｜見「褡褳」條。

襄 xiāng（相）粵 sêng¹（相）｜亠 亩 窜 窜 窜 襄
幫助：襄助。
【襄理】❶幫助辦理。❷銀行或企業中協助經理主持業務的人。
⊗不要讀成「讓」。

褸 lǚ（呂）粵 lêu⁵（呂）｜丶 衤 衤 褐 褸 褸
見「襤褸」條。

襃 bāo（包）粵 bou¹（煲）｜广 宁 宧 褒 褒 褒
讚揚，誇獎，跟「貶」相對：褒揚｜褒獎。
【襃貶】評論好壞。

褶 zhě（者）粵 jib³（接）｜丶 衤 衤 衤 褶 褶
摺疊、擠壓留下的痕跡：褲褶｜百褶裙。

襁 qiǎng（搶）粵 kêng⁵（鏹）｜【襁褓】包裹幼兒的布。也比喻幼兒時期。

襟 jīn（今）粵 kem¹（衿）｜丶 衤 衤 衤 襟 襟
❶衣服胸前的部分：大襟｜對襟。❷姐妹的丈夫之間的關係：襟兄｜襟弟｜連襟。
【襟懷】胸懷。指人的氣量、抱負：襟懷寬廣。

襠 dāng（鐺）粵 dong¹（當）｜衤 衤 衤 襠 襠 襠
兩條褲腿接連的地方。也指兩腿的中間：褲襠｜襠部｜腿襠。

襖 ǎo（奧上）粵 ou³（澳）｜衤 衤 襖 襖 襖
有襯裏的上衣：皮襖｜棉襖｜夾襖。

襦 rú（如）粵 yu⁴（如）｜短衣，短襖。

襤 lán（藍）粵 lam⁴（藍）｜衤 衤 衤 襤 襤 襤
【襤褸】衣服破爛。

襪 wà（蛙去）粵 med⁶（勿）｜衤 衤 衤 襪 襪 襪
穿在腳上的織物：絲襪｜短襪｜長筒襪。
⊗右下部分是「戌」。

襬 bǎi（擺）粵 bai²（擺）｜衣、裙的下端：下襬。

襯 chèn（趁）粵 cen³（趁）｜衤 衤 衤 襯 襯 襯
❶在裏面托上一層：襯上一張紙。❷配搭：陪襯。❸貼身穿的衣服：襯衣｜襯衫｜襯褲。
【襯托】用另一事物陪襯，以突出原事物。
⊗國音不要讀成 qīn（親）。

襲 xí（習）粵 zab⁶（雜）｜亠 㐱 㐲 龍 襲 襲
❶突然進攻：襲擊｜奇襲｜偷襲。❷照着做，照樣繼續下去：抄襲｜沿襲。❸侵、逼：寒氣襲人。❹量詞：棉衣一襲。

【襲取】❶出其不意地奪取。❷沿襲地採取。
【襲故蹈常】沿用老一套。

襻｜pàn（盼）
　｜粵 pan³（盼）
❶扣住紐扣的套:紐襻｜扣襻。❷形狀或用途像襻的東西:鞋襻。❸扣住,使分開的東西連在一起:用帶子襻上。

西部

西｜xī（希）
　｜粵 sei¹（犀）
❶方向名,太陽落下去的一邊:西部｜太陽西沈。❷樣式或內容屬於西方的:西服｜西醫。
【西瓜】莖蔓生水果類植物,汁多瓤甜,品種很多。
【西岳】中國五岳之一,指位於陝西省的華山。
【西域】古代指玉門關以西的中國新疆和中亞細亞等地區。
【西藏】地名,在中國西南部的青藏高原上,居民絕大多數是藏族,首府拉薩市。
【西遊記】中國古典長篇神話小說,明代吳承恩著。描寫孫悟空大鬧天宮和護送唐僧去西天取經的故事。
◆西方　西天　西洋　西湖　西裝　西歐　西餐　西紅柿　◆東西　廣西　歸西　法西斯　東拉西扯　日薄西山　聲東擊西

要｜㊀yào（耀）
　｜粵 yiu³（腰³）
❶索取,討取:要賬｜要債｜要飯的。❷希望,想:我要讀書｜我要喝水。❸重要的,主要的:要事｜要道｜提要。❹應該,必須:要懂禮貌。❺即將,快要:天要亮了。❻如果:要是｜要不是。
【要人】指有權有勢有地位的人。
【要命】❶使喪失生命。❷不得了,極:痛得要命。
【要害】❶身體上的致命部位。❷泛指事物的緊要處:要害部門;打中要害。
【要塞】軍事上有重要意義、並有堅固防禦設備的據點。
【要領】要點,事物的關鍵。
【要衝】重要道路會合的地方:交通要衝。
◆要件　要素　要隘　要義　要言不煩　◆不要　必要　首要　險要　綱要　顯要

　㊁yāo（腰）
　｜粵 yiu¹（腰）
❶懇求:要求｜要功。❷強求,脅迫:要挾。

覃｜tán（談）
　｜粵 tam⁴（談）
姓。

覆｜fù（付）
　｜粵 fug¹（福）
❶遮蓋:覆蓋。❷翻倒:顛覆｜天翻地覆。❸回,往:反覆無常。❹回答,回報:答覆｜覆命。
【覆沒】❶翻船沈沒。❷在戰鬥中被消滅。
【覆滅】被全部消滅:全軍覆滅。
【覆轍】翻過車的道路。比喻前人失敗的教訓:免蹈覆轍。
【覆水難收】水倒了沒有辦法再收回來。比喻事情已成定局,不能再挽回了。

見部

見｜jiàn（建）
　｜粵 gin³（建）
❶看到:所見所聞。❷會晤:會見｜接見。❸主張,看法:淺見｜真知灼見。❹顯現,看得出:日見興旺｜病已見好。❺作助詞用,表示被動:見笑｜見諒｜見重於當時。
【見地】見解:他見地很高。
【見長】在某一方面顯出來有特長:他以音樂見長。
【見怪】責備,怪(多指對自己):信寫遲了,請莫見怪。
【見解】對事物的看法和認識。
【見聞】看見的和聽到的事。
【見識】❶接觸事物,擴大見聞:見識世面。❷見聞,知識:長見識,見識多。
【見仁見智】對同一個問題各有各的看法。
【見風使舵】看風向轉動船舵。比喻看勢頭或看人眼色行事。含貶義。也作「看風轉舵」。
【見異思遷】看見不同的事物就改變主意,指意志不堅定,喜愛不專一。
【見義勇為】看到正義的事情奮勇地去做。
◆見外　見面　見效　見證　見機行事　◆主見　成見　求見　定見　高見　商見　參見　創見　意見　遠見　一見如故　先見之明

規｜guī（歸）
　｜粵 kuei¹（虧）
❶畫圓形的工具:圓規。❷法則,成例:規章｜校規。❸勸告:規勉｜規勸。❹謀劃、設法:規程｜規劃。
【規定】預先制定規則,作為行動的標準。
【規則】❶訂出來共同遵守的規定:交通規則。❷指形狀、結構等整齊,合乎一定的方式:規則四邊形。
【規矩】❶一定的準則或習慣。❷行為端正老實。
【規律】事物發展過程中的本質聯繫和必然趨勢。
【規格】產品質量、大小、輕重、性能等的標準。
【規模】範圍、結構和格局。
【規範】標準,典範:行為符合規範。
【規行矩步】❶舉動合乎規矩。❷比喻墨守成規,不知變通。
◆規約　規避　規範化　◆正規　法規　常規　清規戒律　陳規陋習　循規蹈矩　墨守成規

圓規

覓｜mì（蜜）
　｜粵 mig⁶（汨）
找,尋求:覓食｜尋覓｜尋親覓友。

視｜shì（是）
　｜粵 xi⁶（是）

❶看:視力｜視線。❷考察，觀察:巡視｜監視。❸看待:重視｜輕視｜鄙視。

【視野】視力所達到的範圍。

【視覺】眼睛辨別明暗和顏色特性的感覺。

【視聽】看到和聽到的。

【視若無睹】看着像沒有看見一樣。指不重視或不注意。

【視死如歸】把死看作像回家一樣，形容為了正義不怕死。

◆視角　視界　視察　視同路人　視為知己　視為畏途

◆正視　自視　注視　忽視　傲視　透視　蔑視　藐視　電視機　一視同仁　熟視無睹

覘 chān（攙）｜粵 jim¹（沾） 看，窺視。

覗 同「睹」。

覥 tiǎn（腆）｜粵 tin²（腆） ❶形容慚愧:覥顏。❷厚着臉皮:覥着臉。❸見「靦覥」條。

靦 ⊖ miǎn（免）｜粵 min⁵（免）

【靦覥】同「腼腆」。害羞，不敢見生人。

⊜ tiǎn（腆）｜粵 tin²（腆） 同「覥」。臉上羞愧的樣子:靦顏相對。

親 ⊖ qīn（欽）｜粵 cen¹（陳¹） ❶父母:雙親｜父親｜母親。❷有血統或婚姻關係的:親兄弟｜姑表親。❸婚姻:結親｜談親事。❹關係密切，跟「疏」相對:親疏｜親切。❺本人，自身:親自｜親筆。❻用嘴接觸，表示喜愛:親吻｜親嘴。

【親信】親近而信任的人。

【親昵】非常親熱。

【親戚】和自己有血統或婚姻關係的家庭或個人。

【親痛仇快】自己人痛心，仇人高興。形容事情做得不對。

◆親人　親口　親友　親近　親熱　親屬　親如手足　親密無間　◆求親　近親　探親　鄉親　沾親帶故　眾叛親離　任人唯親

⊜ qìng（慶）｜粵 cen³（趁）

【親家】❶兩家兒女相婚配的親戚關係。❷夫妻雙方的父母間相互的稱呼。

覦 yú（余）｜粵 yu⁴（余） 見「覬覦」條。

覬 jì（記）｜粵 géi³（記） 希望，希圖。

【覬覦】企圖得到或妄想佔有。

覲 jìn（近）｜粵 gen⁶（近） 朝見天子或朝拜聖地:入覲｜朝覲。

【覲見】進見一國的元首。

覷 qù（去）｜粵 cêu³（趣） 窺，看:覷探｜面面相覷。

覺 ⊖ jué（決）｜粵 gog³（角） ❶器官對外界刺激的感受和辨別:知覺｜感覺。❷醒悟，醒過來:覺醒｜大夢初覺。

【覺悟】由迷惑而明白，由模糊而認清，醒悟:他覺悟了。

【覺得】❶發生某種感覺:覺得愉快。❷認為，語氣不肯定:覺得不大舒服。

【覺察】發覺，看得出來。

◆先覺　自覺　直覺　痛覺　發覺　警覺　聽覺　自覺　自願　不知不覺　先知先覺

⊜ jiào（叫）｜粵 gao³（教） 睡眠:午覺｜睡覺。

覽 lǎn（懶）｜粵 lam⁵（攬） 觀看:閱覽｜遊覽｜一覽無遺。

【覽古】尋訪古跡。

【覽勝】遊覽風景名勝。

觀 ⊖ guān（官）｜粵 gun¹（官） ❶看:觀看｜眼觀四方。❷景象，樣子:壯觀｜外觀。❸對事物的看法:世界觀｜歷史觀。

【觀止】稱讚所看到的事物盡善盡美:歎為觀止。

【觀光】到外國或外地參觀遊覽。

【觀念】思想意識。

【觀測】❶觀察並測量。❷觀察並測度情況。

【觀賞】觀看欣賞。

【觀察】對事物仔細察看、瞭解。

【觀點】從某一角度、立場出發，對事物所持的看法。

【觀禮】應邀參觀典禮。

【觀瞻】❶觀看。❷外觀:有礙觀瞻。

◆觀望　觀感　觀眾　觀摩　觀察家　◆大觀　主觀　可觀　宏觀　奇觀　美觀　客觀　悲觀　微觀　旁觀者清　走馬觀花　坐井觀天　察言觀色　冷眼旁觀

⊜ guàn（灌）｜粵 gun³（貫） 中國道教的廟宇:黃龍觀。

角部

角 ⊖ jiǎo（矯）｜粵 gog³（各） ❶動物頭上長出的堅硬的東西，一般為長尖狀:羊角｜鹿角。❷形狀如角的東西:豆角｜菱角。❸古代軍中的樂器:鼓角｜號角。❹從一點引出兩條直線所夾成的圖形:直角｜鈍角｜銳角。❺物體邊沿相接的地方:牆角｜桌子角。❻整體的一部分:公園的一角。❼輔幣單位之一，十角是一元。

【角度】❶角的大小，通常用度或弧度來表示。❷看事物的出發點:從個人角度來看問題容易出錯。

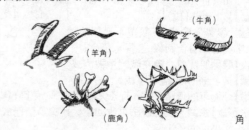

(牛角) (羊角) (鹿角)

角

【角質】某些動物植物表皮的一層質地堅韌的組織，有保護內部組織作用。

【角落】❶兩堵牆相接處的凹角。❷偏僻的地方。

【角膜】黑眼珠表面的一層透明薄膜，外界光線由角膜進入眼珠內部。

◆角尺　角球　角鋼　◆八角　三角　牛角　視角　海角天涯　勾心鬥角　嶄露頭角　鳳毛麟角

㊀ jué（決）｜㊀演員在劇中扮演人物：角色｜主角｜配角　❷爭鬥，較量：角力｜角粵 同㊀｜逐｜角鬥

觔｜jīn（巾）｜【觔斗】也作「筋斗」、「斤斗」。見粵 gen¹（巾）｜「筋斗」條。

觖｜jué（決）｜不滿意，不滿足。粵 küd³（決）｜【觖望】因不滿意而怨恨。

觚｜gū（姑）｜古時一種盛酒的器具。粵 gu¹（姑）｜

觥｜gōng（工）｜古時的一種酒器。粵 gueng¹（轟）｜

解｜㊀ jiě（姐）｜角 角 鬲 觡 觟 解 解粵 gai²（界²）｜

❶分開，剖開：解剖｜解體。❷除去，消除：解渴｜解職。❸分析，說明：解答｜講解。❹明白：了解｜理解。❺打開，鬆開：解開｜解扣子。❻排泄大小便：解手。

【解決】處理問題使有結果：解決問題。

【解放】解除束縛，使得到自由或發展。

【解約】解除原來的約定。

【解救】使脫離危險或困境。

【解嘲】用言語或行動來掩飾或粉飾被別人嘲笑的事情。

【解釋】分析說明：理論解釋。

◆解凍　解脫　解散　解悶　解圍　解聘　解說　解甲歸田　◆不解　分解　和解　諒解　融解　勸解　一知半解　土崩瓦解　大惑不解

㊁ jiè（介）｜押送財物或犯人。粵 gai³（介）｜

㊂ xiè（謝）｜姓。粵 hai⁶（械）｜

觴｜shāng（商）｜角 角 觧 觥 觴 觴粵 sêng¹（商）｜

酒杯。

觸｜chù（處）｜角 角 觕 觸 觸 觸粵 zug¹（足）｜

❶撞上，碰着：接觸｜觸發。❷冒犯，衝撞：觸犯｜觸怒。❸感動，引起：感觸｜觸起前情。

【觸角】節肢動物或軟體動物的感覺器官之一，生在頭部，一般呈絲狀。也叫觸鬚。

【觸動】❶碰撞。❷引發：觸動心事。

【觸覺】皮、毛等接觸物體所產生的感覺。

【觸目驚心】看到某種嚴重情況，使人心裏感到震驚。

【觸景生情】看到眼前的景象，使人引起回憶或聯想而產生某種感情。

【觸類旁通】認識某一事物而悟知相類似的道理。

◆觸手　觸目　觸礁　◆牴觸　筆觸　一觸即發

言部

言｜yán（延）｜丶 二 宁 言 言 言粵 yin⁴（延）｜

❶話：名言｜格言｜誓言。❷說：言者無罪｜知無不言。❸一個字：五言絕句｜共三十萬言。❹一句話：一言興邦｜一言以蔽之。❺姓。

【言行】言語跟行為。

【言詞】說話所用的詞句。也作「言辭」。

【言語】❶說的話：言語清晰。❷說話，回答：他不言語。

【言之成理】話講得合乎道理。

【言之無物】指寫文章、講話空空洞洞，沒有實際內容。

【言不由衷】說的話不是出自內心。形容心口不一。

【言過其實】說話誇張，超過了實際情況。

【言傳身帶】用語言傳授，用行動示範帶動。

【言簡意賅】語言簡練，意思完備而深刻。

【言聽計從】什麼話都聽信，什麼計謀都採納，形容對某人非常信任。

◆言教　言談　言論　言不及義　言必有據　言外之意　言行一致　言歸於好　◆方言　失言　宣言　胡言　語言　贈言　諾言　大言不慚　花言巧語　甜言蜜語　握手言歡　金玉良言　暢所欲言

二畫

計｜jì（技）｜丶 言 言 言 言 計粵 gei³（繼）｜

❶算：計算｜統計｜不計其數。❷測量或計算的儀器：體溫計｜雨量計。❸打算，謀劃：計劃｜設計。❹主意，策略：計謀｜妙計。

【計策】對付某人、某事的方法或策略。

【計較】❶計算比較：不計較個人得失。❷爭論：斤斤計較。❸打算，商量：再作計較。

【計議】商量：從長計議。

【計算機】用精密機械或電子元件構成的數字運算工具。

【計日程功】可以按日子計算進度。形容短期即可成功。

◆計件　計時　計量　計酬　計數　◆大計　共計　估計　預計　詭計　總計　不計其數　國計民生　千方百計　百年大計　緩兵之計　權宜之計

訂｜dìng（定）｜丶 言 言 言 訂 訂粵 ding³（錠）｜

❶商定：訂約｜訂計劃。❷預約：訂閱｜預訂。❸修正：訂正｜修訂。❹釘：裝訂｜訂書機。

【訂交】雙方結為朋友。

◆訂戶　訂立　訂定　訂貨　訂婚　訂購　◆校訂　制訂　審訂　簽訂　合訂本

訃｜fù（富）｜丶 二 宁 言 訃 訃粵 fu⁶（父）｜

報喪。

【訃告】報喪。也指報喪的通知。

【訃聞】向親友報喪的通知，多附有死者的事略。

訇｜hōng（轟）
｜粵 gueng[1]（轟）
｜又 hung[1]（空）

❶大聲：訇然。❷阿訇：伊斯蘭教主持教儀、講授經典的人。

三畫

訌｜hòng（鬨）
｜粵 hung[6]（哄）
一 亠 言 言 訂 訌

爭吵，紛亂：內訌。

訐｜jié（竭）
｜粵 kid[3]（竭）
一 亠 言 言 訐 訐

攻擊別人的短處或揭發別人的陰私：攻訐。

討｜tǎo（套上）
｜粵 tou[2]（土）
一 亠 言 言 計 討

❶征伐：討伐｜東征西討。❷索取：討債｜討賬。❸請求：討教｜討情。❹招，惹：討嫌｜討人喜歡。❺研究：討論｜研討｜探討。

【討好】❶迎合別人，取得別人的歡心或稱讚。❷得到好的效果，但多用於否定：吃力不討好。

【討厭】❶惹人厭煩：令人討厭。❷厭惡，不喜歡：他討厭梅雨天氣。

◆討乞　討平　討巧　討親　討價還價　◆乞討　征討　檢討　聲討　自討苦吃

訕｜shàn（善）
｜粵 san[3]（汕）
一 亠 言 計 訕 訕

毀謗，譏笑：訕謗｜訕笑。

訓｜xùn（迅）
｜粵 fen[3]（糞）
一 亠 言 言 訓 訓

❶教導，告誡：訓誨｜遺訓。❷準則：不足為訓。❸斥責：訓斥。

【訓令】上級指示下級或委派人員時所用的公文。

【訓練】有計劃有步驟地教育，使掌握某種技能。

◆訓詞　訓話　訓導　訓練有素　◆受訓　家訓　培訓　集訓　整訓

託｜tuō（拖）
｜粵 tog[3]（托）
一 亠 言 訂 託 託

❶寄放：寄託｜託兒所。❷請人辦事：委託｜拜託。❸找理由推辭或躲開：託病｜託辭｜推託。

【託付】委託人照料或辦理。

【託故】假借某種緣故：託故生病。

【託福】用於答謝問候時的客氣話。

訖｜qì（氣）
｜粵 ged[1]（吉）
一 亠 言 言 訂 訖

完結，終止：收訖｜查訖｜起訖。

訊｜xùn（迅）
｜粵 sên[3]（迅）
一 亠 言 言 訊 訊

❶詢問，打聽：聆訊｜問訊。❷法庭中的審問：提訊｜審訊。❸信息，消息：音訊｜喜訊｜通訊。

【訊問】❶請人解答：訊問病情。❷審問：訊問案情。

⊗右邊寫作「丮」，跟「凡」不同。

記｜jì（計）
｜粵 gei[3]（寄）
一 亠 言 訂 記 記

❶把印象保留在腦子裏：記憶｜牢記。❷想念：記念｜記掛｜惦記。❸用文字登載：記賬｜日記｜遊記。❹符號，

標誌：記號｜印記。

【記述】用文字敍述，記載。

【記者】通訊社、報刊、電台、電視等採訪新聞和寫通訊報導的專職人員。

【記恨】把對別人的仇恨記在心裏。

【記過】登記過失，作為一種處分：記過處罰。

【記錄】❶把聽到的話或看見的事寫下來。❷當場記錄下來的材料：會議記錄。❸指做記錄的人。

◆記功　記取　記性　記誦　◆速記　筆記　傳記　西遊記　博聞強記

四畫

訪｜fǎng（紡）
｜粵 fong[2]（紡）
一 亠 言 言 訪 訪

❶探望，看望：訪友｜拜訪｜訪問。❷調查、尋求：探訪｜察訪｜訪古。

◆訪求　訪員　◆上訪　出訪　回訪　走訪　拜訪　探訪　造訪　尋訪　明察暗訪

訝｜yà（亞）
｜粵 nga[6]（牙[6]）
亠 言 言 訂 訝 訝

驚奇：訝然｜驚訝。

訥｜nè（吶）
｜粵 nab[3]（吶）
亠 言 言 訂 訥 訥

說話不流利：口訥｜木訥。

訩｜xiōng（兇）
｜粵 hung[1]（兇）
【訩訩】形容爭吵不休和紛擾不安的樣子。

許｜xǔ（栩）
｜粵 hêu[2]（去[2]）
言 言 訂 許 許 許

❶準，同意：許可｜特許。❷稱讚：讚許｜嘉許。❸預先答應給予：許願｜許給。❹大概，或者：也許｜或許。❺表示數量或程度：許多｜許久｜少許。❻姓。

【許願】❶人對神佛有所祈求，許下某種酬謝：燒香許願。❷指事前答應對方將來給予某種好處。

【許諾】答應，應承：慨然許諾。

◆許配　許婚　◆不許　允許　自許　些許　容許　期許　稍許　稱許　默許　應許

訛｜é（鵝）
｜粵 ngo[4]（鵝）
亠 言 言 訂 訛 訛

❶錯的，假的：訛言｜以訛傳訛。❷敲詐：訛詐。

【訛脫】多指文字上的錯誤和脫漏。也作「訛奪」。

【訛傳】錯誤的傳說。

訟｜sòng（頌）
｜粵 zung[6]（頌）
亠 言 言 訂 訟 訟

❶打官司：訴訟。❷爭辯是非：聚訟紛紜。

設｜shè（社）
｜粵 qid[3]（切）
亠 言 言 訂 設 設

❶陳列，佈置，建立：陳設｜設防｜設立。❷籌劃：設計｜設法。❸假使：假設｜設若。

【設施】設備，措施。軍事上多指某項工程建築。

【設想】❶想像，假想：不堪設想。❷着想：為他人設想。

【設備】❶有專門用途的成套建築或器材。❷設置配備：這家工廠設備得很完善。

【設身處地】假定自己處在別人的那種境地來設想。

◆設使　設宴　設置　◆分設　附設　特設　鋪設　如同虛設　天造地設

訣 | jué（決）
粵 küd³（決） | 言 言 訂 訣 訣

❶巧妙的辦法: 訣竅｜秘訣。❷順口而便於記憶的語句: 口訣。❸辭別，多指不易再見的別離: 訣別｜永訣。

五畫

註 | zhù（駐）
粵 ju³（駐） | 言 言 訂 計 註 註

❶用文字來解釋字句: 批註。❷解釋字句的文字: 註腳｜附註。❸登記: 註冊｜註銷。
【註解】同「註釋」。
【註銷】取消已經登記過的事項: 註銷舊賬。
【註釋】❶用文字解釋字句: 註釋古詩。❷解釋字句的文字: 唐詩中難懂的地方都有註釋。

詠 | yǒng（勇）
粵 wing⁶（泳） | 言 言 訂 諍 詠 詠

❶依着一定的腔調緩慢地唱、唸: 詠唱｜歌詠｜吟詠。
❷用詩詞抒寫描述: 詠史｜詠雪。
【詠懷】用詩詞來吟詠抒發心中的感想。

評 | píng（平）
粵 ping⁴（平） | 言 言 言 訂 証 評

❶議論是非或好壞: 短評｜好評。❷判定: 評定｜評判｜評理。
【評介】評論介紹: 評介文章。
【評傳】為學者作傳，並對他的學問、思想加以評論。
【評論】❶批評或議論: 評論優劣。❷批評或議論的文章: 發表評論。
【評價】❶評定價值高低: 評價一部電影作品。❷評定的價值: 這幅畫獲得最佳評價。
【評頭論足】指對他人或事說長道短，百般挑剔。
◆評級　評註　評語　評議　◆妄評　品評　短評

証 同「證」。

詁 | gǔ（古）
粵 gu²（古） | 言 言 言 計 詁 詁

用現代語解釋古代語言文字: 訓詁。

詎 | jù（巨）
粵 gêu⁶（巨） | 豈，哪裏: 詎知｜詎料。

詛 | zǔ（祖）
粵 zo²（左） | 言 言 訂 訂 詛 詛

【詛咒】原指人祈禱鬼神加禍於所恨的人。現指咒罵。

詈 | lì（利）
粵 léi⁶（利） | 罵: 詬詈不休。

詐 | zhà（乍）
粵 za³（乍） | 言 言 訂 訐 詐 詐

❶欺騙: 詐騙｜兵不厭詐。❷假裝: 詐死｜詐降。
◆詐取　詐財　詐敗　◆奸詐　狡詐　欺詐　爾虞我詐

訴 | sù（素）
粵 sou³（素） | 言 言 訂 訴 訴 訴

❶對人述說: 訴說｜告訴。❷控告: 上訴｜起訴。
【訴狀】向法庭提出的訴訟文件。

【訴苦】向他人訴說自己所受到的困苦和冤屈。
【訴訟】檢察機關、法院以及案件中的當事人和自訴人解決案件時所進行的活動。
◆公訴　申訴　自訴　敗訴　勝訴

診 | zhěn（疹）
粵 cen²（疹） | 言 言 訡 診 診 診

檢查病人的病情: 診視｜診治｜會診。
【診療】診斷和治療: 診療室。
【診斷】在檢查病人的症狀之後判定病人的病症及其發展情況。
◆診所　診脈　◆出診　門診　就診　聽診　急診室

詆 | dǐ（底）
粵 dei²（底） | 言 言 訝 訴 詆 詆

毀謗，罵: 醜詆。
【詆毀】故意說別人的壞話。

詞 | cí（慈）
粵 qi⁴（池） | 言 言 訂 詞 詞 詞

❶語言裏能自由運用的最基本的造句單位。❷語言，文字: 祝詞｜歌詞。❸一種長短句押韻的文體: 宋詞。
【詞典】收集詞語按一定次序排列並加以註解的工具書。
【詞組】按照一定關係組合起來的一組: 主謂詞組。
【詞彙】一種語言裏使用的詞和固定詞組的總稱。也指某一範圍如一個人或一部作品中所使用的詞的總和。
【詞類】詞的語法分類，如名詞、動詞、副詞、形容詞等。
【詞不達意】說話寫文章用的詞句不準確，不能確切地表達意思。
◆詞序　詞尾　詞性　詞話　詞語　詞頭　◆生詞　名詞　供詞　悼詞　動詞　單詞　詩詞　頌詞　證詞　理屈詞窮　義正詞嚴　一面之詞　閃爍其詞

詔 | zhào（照）
粵 jiu³（照） | 言 言 訂 訊 詔 詔

❶告訴，告誡: 詔告。❷皇帝發的命令: 詔書｜詔令。

詒 | yí（儀）
粵 yi⁴（而） | 傳給: 詒訓。

六畫

詫 | chà（岔）
粵 ca³（岔） | 言 言 言 訐 諮 詫

驚奇: 驚詫。
【詫異】驚訝，奇怪。

該 | gāi（垓）
粵 goi¹（垓） | 言 言 訂 訪 該 該

❶應當: 應該｜該做就做。❷欠: 不該賬。❸那個，多指前面說過的人或事物，多用於公文: 該校｜該項工程。
❹輪到: 他說完了，該你了。

詳 | xiáng（祥）
粵 cêng⁴（祥） | 言 言 訂 訌 詳 詳

❶細密，完備，跟「略」相反: 詳細｜詳情｜周詳。
❷說明，細說: 詳談｜內詳。❸清楚: 地址不詳。
【詳盡】詳細而周全: 詳盡介紹。

試 | shì（世）
粵 xi³（嗜） | 言 言 言 試 試 試

❶嘗，實驗: 試用｜試行｜試製。❷考，測驗: 考試｜試

題。

【試探】用言語或舉動去引起對方的反應，借以了解對方的意思、情況: 試探他的態度。

【試圖】打算: 試圖逃跑。

【試驗】❶為了察看某事的結果或某事物的性能而從事某種活動。❷舊時指考試。

【試金石】❶色黑質堅的一種礦石，用金子在上面劃一條紋，可看出黃金的成數。❷比喻精確可靠的檢驗方法和標準。

◆試車　試卷　試航　試劑　◆口試　比試　初試　測試　筆試　應試　屢試不爽　躍躍欲試

誆 kuāng（筐）｜粵 hong¹（康）　欺騙: 誆人｜誆騙。

詩 shī（師）｜粵 xi¹（斯）｜言 言 計 詰 詩 詩

一種文學體裁。用有節奏、有韻律而又精煉的語言反映生活，表達思想感情。

【詩人】寫詩的作家。

【詩意】詩的意境。

【詩歌】泛指各種體裁的詩。

【詩韻】做詩所押的韻。

◆詩句　詩章　詩詞　詩篇　◆古詩　吟詩　唐詩　做詩　新詩　交響詩　抒情詩　敍事詩

詰 ㊀jié（結）｜粵 kid³（揭）｜言 言 計 詰 詰 詰

責問，追問: 詰責｜詰問｜盤詰｜反詰。

㊁jí（吉）｜彎曲，曲折: 詰屈。

粵 同㊀

【詰屈聱牙】文章寫得拗口難讀。

詼 huī（灰）｜粵 fui¹（灰）｜言 言 訂 詠 詼

說笑話，嘲笑。

【詼諧】說話富有風趣，令人發笑。

誇 kuā（夸）｜粵 kua¹（跨）｜言 言 訣 誄 誇 誇

❶說大話: 誇大｜誇口。❷稱讚: 誇獎｜誇讚。

【誇張】❶言過其實。❷一種修辭手段，用誇大的詞句來形容事物的特點。

【誇耀】向人顯示自己。

【誇誇其談】話多而不切實際。

◆誇示　誇飾　誇說　◆自誇　浮誇　虛誇

誠 chéng（成）｜粵 xing⁴（成）｜言 言 訂 訴 誠 誠

❶眞心: 誠心誠意｜開誠布公。❷的確，實在: 誠然。

【誠實】言行與內心一致: 為人誠實。

【誠懇】眞誠而懇切: 態度誠懇。

【誠惶誠恐】惶恐不安的樣子。

◆誠心　誠摯　誠樸　◆赤誠　忠誠　眞誠　精誠　竭誠　推誠相見　心悅誠服

詣 yì（議）｜粵 ngei⁶（藝）｜言 言 言 計 詣 詣

❶學問或技術所達到的程度: 造詣。❷前往，到（多用於到長輩或尊敬的人那裏去）: 詣前請教。

訾 zī（紫）｜粵 ji²（紫）　毀謗，說人壞話。

誄 lěi（壘）｜粵 loi⁶（來）｜又 lêu⁶（類）　敍述死人生前的行事，在喪禮中宣讀的文章。

誅 zhū（朱）｜粵 ju¹（朱）｜言 言 訂 訌 誅 誅

❶殺: 誅戮｜天誅地滅。❷譴責，討伐: 口誅筆伐。❸勒索: 誅求。

話 huà（畫）｜粵 wa⁶（蛙）｜言 言 訂 訏 話 話

❶講出來的語言: 講話｜說話。❷說，談: 話別｜話家常。

【話柄】被人當做談笑資料的言論或行為。

【話題】談話的中心。

【話舊】跟老朋友談論往事。

【話不投機】見解不同，連話都說不到一起。

◆話頭　話鋒　話劇　◆空話　怪話　俗話　普通話

詬 gòu（夠）｜粵 geo³（救）｜言 言 訂 訂 詬 詬

❶辱罵: 詬罵。❷恥辱。

【詬病】指責。

詮 quán（全）｜粵 qun⁴（全）｜言 訂 訂 詥 詮 詮

❶解釋，說明: 詮註｜詮釋。❷事物的道理，眞理: 眞詮。

詹 zhān（瞻）｜粵 jim¹（尖）｜⺮ 宀 庐 庐 詹 詹

姓。

詭 guǐ（鬼）｜粵 guei²（鬼）｜言 訂 訐 訒 詭 詭

❶欺詐: 詭計。❷奇異，多變: 詭異｜詭譎。

【詭詐】奸詐，狡猾。

【詭祕】狡猾，隱祕，不易捉摸: 行踪詭祕。

【詭辯】用似是而非的論證進行强辯。也指似是而非的論證。

詢 xún（荀）｜粵 sên¹（荀）｜言 言 言 訇 詢 詢

❶查問: 詢問｜質詢｜查詢。❷徵求意見: 諮詢。

詡 xǔ（許）｜粵 hêu²（許）　誇耀: 自詡。

七畫

說 ㊀shuō（朔陰）｜粵 xud³（雪）｜言 訂 訂 詋 說 說

❶用話來表達，解釋: 說話｜說明。❷言論，主張: 學說｜著書立說。❸責備，批評: 狠狠地說了他一頓。❹說合，介紹: 說媒。

【說白】戲曲歌劇中的道白。

【說合】從中介紹，促成別人的事。

【說和】從中勸說，使雙方和解。

【說服】解說勸勉，使人心服。

【說教】❶宗教徒宣傳教義。❷比喻宣揚某種謬論或生硬地空談理論。

【說長道短】不負責任地議論別人的好壞是非。

◆說穿　說破　說笑　說唱　說情　說謊　說一不二

◆小說　直說　胡說　評說　訴說　演說　瞎說　據說

聽說　自圓其說　道聽途說

㊀ shuì（稅）　用言語勸人:遊說。
粵 sêu³（稅）【說客】善於勸說、遊說的人。

㊁ yuè（月）　古同「悅」。
粵 yud⁶（月）

誡 jiè（戒）　｜言 言 訐 訐 誡 誡
粵 gai³（戒）
警告，規勸:告誡｜勸誡。

誌 zhì（至）　｜言 言 計 計 誌 誌
粵 ji³（至）
❶記在心裏:永誌不忘。❷記載的文字:墓誌｜地方誌。
❸記號:印誌｜標誌。❹表示:誌喜｜誌哀。

誣 wū（烏）　｜言 言 訂 訂 誣 誣
粵 mou⁴（無）
❶冤枉別人:誣害。❷語言不眞實，欺騙:誣賴｜誣衊。
【誣告】捏造事實控告別人。
【誣陷】捏造事實，加以陷害。
【誣衊】捏造事實毀壞別人的名譽:造謠誣衊。

語 yǔ（羽）　｜言 言 訂 訣 語 語
粵 yu⁵（雨）
❶話:語言｜漢語｜千言萬語。❷說:言語｜自語。❸代
替語言的動作:手語｜旗語。
【語文】❶語言和文字。❷語言和文學。
【語言】人類社會最重要的交際工具。由語音、詞彙、語
法構成: 各國所使用的語言不同。
【語氣】說話的口氣。
【語病】措詞不當造成的語句不通或容易引起誤解的地
方。
【語調】說話聲音的高低和輕重快慢。
【語重心長】說話誠懇而有分量，寓意深長。
【語無倫次】話講得沒有條理，顛三倒四。
◆語句 語法 語音 語彙 語調 ◆外語 成語 按
語 評語 諺語 一語道破 三言兩語 甜言蜜語

誓 shì（試）　｜十 扌 扩 折 誓 誓
粵 sei⁶（逝）
❶表示決心的話:立誓｜宣誓。❷表示決心:誓報此
仇｜誓不甘休。
【誓死】立下誓言，表示至死不變。
【誓約】宣誓時訂下的必須遵守的條款。
【誓師】軍隊出征前集合宣誓，表示堅決的戰鬥意志。
【誓不兩立】發誓跟對手對抗到底。
◆誓言 誓詞 誓願 ◆起誓 發誓 盟誓 信誓旦旦

誚 qiào（俏）　｜譏諷:譏誚。
粵 qiu³（俏）

誤 wù（悟）　｜言 言 訂 誤 誤 誤
粵 ng⁶（悟）
❶差錯:誤差｜錯誤｜筆誤。❷耽擱:誤事｜耽誤｜延誤。
❸使人受到損害:誤人不淺｜誤人子弟。❹不是有意
地:誤傷。
【誤會】誤解了別人的意思。
【誤解】錯誤地理解了別人的意思。

誥 gào（告）　｜言 言 訃 訃 誥 誥
粵 gou³（告）
封建帝王對臣子的任命或封贈的文字:誥命｜誥封。

誘 yòu（右）　｜言 言 訃 誘 誘 誘
粵 yeo⁵（有）
❶引導:循循善誘。❷用手段引人隨從自己的意願:誘
降｜誘騙｜利誘。
【誘惑】❶使用手段使人受到迷惑。❷吸引，招引。
【誘發】❶誘導啓發。❷導致發生。
【誘導】勸誘教導，使向某一方面發展。
【誘餌】捕捉動物時用來引誘牠的食物。

誨 huì（會）　｜言 訁 訫 誨 誨 誨
粵 fui³（悔）
敎導:敎誨。
【誨人不倦】敎導人十分耐心，不知厭倦。
【誨淫誨盜】敎唆引誘人做奸淫、盜竊的事。

誕 dàn（旦）　｜訂 訐 訐 証 誕 誕
粵 dan³（旦）
❶不合情理的荒唐事:荒誕｜怪誕。❷人出生:誕生。
❸生日:聖誕｜壽誕。
【誕辰】生日，多用於尊敬的人。

誑 kuáng（狂）　｜言 言 誆 誆 誆 誑
粵 kong⁴（狂）
欺騙，說謊:誑騙｜誑話｜誑語。

誦 sòng（頌）　｜言 言 訂 誦 誦 誦
粵 zung⁶（頌）
❶朗讀:誦讀｜背誦｜朗誦。❷讚美，述說:稱誦｜傳誦。

認 rèn（任）　｜言 言 訒 訒 認 認
粵 ying⁶（形⁶）
❶識別，分辨:認字｜認清｜認識。❷同意:認可｜認
錯｜承認。
【認生】指小孩子怕見生人。
【認眞】❶不馬虎，嚴肅對待。❷當眞:跟你開玩笑，別
認眞。
【認領】經過確認而後收領。
◆認定 認罪 認爲 認清是非 ◆公認 否認 確認
默認 六親不認

誺 同「欸」。

八畫

誼 yì（意）　｜言 言 訮 誼 誼 誼
粵 yi⁴（宜）
交情:友誼｜情誼。

諄 zhūn（準陰）　｜言 言 言 訫 諄 諄
粵 zên¹（津）
懇切:諄囑。
【諄諄】懇切，不厭倦地:諄諄教誨。

諒 liàng（亮）　｜言 訁 訪 訪 諒 諒
粵 lêng⁶（亮）
❶寬容:原諒｜體諒。❷料想:諒必｜諒可｜諒已收到。
【諒解】了解實情後，原諒或消除意見。

誶 suì（歲）　｜❶責罵。❷詢問。
粵 sêu⁶（穗）

談 tán（痰）　｜言 言 訣 談 談 談
粵 tam⁴（痰）

❶說，對話:談話｜交談。❷言論:言談｜無稽之談。❸姓。

【談天】閒談。

【談吐】指談話時的措詞和態度:談吐文雅。

【談判】雙方對有關問題進行會談。

【談何容易】說起來容易。表示做起來就不那麼簡單。

【談笑風生】指談話有說有笑，輕鬆動人。

【談虎色變】比喻一提到可怕的事情，就嚇得連臉色都變了。

◆談心 談助 談鋒 談論 ◆面談 會談 健談 漫談 暢談 高談闊論 紙上談兵 老生常談 混為一談

請 qǐng (頃) 粵 qing² (逞) ｜言 言 言 計 詰 請

❶要求:請假｜請人幫忙。❷邀約:請柬｜約請｜邀請。❸要請別人做某事的敬詞:請坐｜請問｜請幫忙。

【請示】向上級請求指示。

【請安】向人問候健康。

【請求】向對方說明要求，希望得到滿足。

【請帖】邀請客人的書面通知。也叫「請柬」。

【請教】請別人指教。

◆請客 請便 請罪 請纓 請君入甕 ◆有請 呈請 聘請 懇請 負荊請罪 為民請命

諸 zhū (朱) 粵 ju¹ (朱) ｜言 計 計 訣 諸 諸

❶許多，衆:諸位｜諸君。❷文言文中「之於」的合音字:付諸實施｜公諸同好。

【諸多】許多:諸多妨礙。

【諸葛】複姓。

【諸侯】古代帝王統治下的各國君主的統稱。

【諸如此類】同這相似的種種事物。

諑 zhuó (琢) 粵 dêg³ (啄) ｜造謠，毀謗:謠諑。

課 kè (客) 粵 fo³ (貨) ｜言 言 訶 詚 課 課

❶教學的科目，內容:課本｜課題｜語文課。❷教學的時間安排:課時｜上課｜一節課。❸教材的段落:第九課。❹徵收捐稅:課稅。❺某些機關學校中的辦事單位:出納課｜計劃課。

【課外】學校上課以外的時間:課外閱讀。

【課室】用作教學活動的場所。

【課程】學校裏教學的科目和進程。

【課餘】上課以外的:課餘時間。

◆課文 課表 課桌 課堂 ◆功課 缺課 授課 停課 溫課 補課 講課

諍 zhèng (正) 粵 zang³ (爭³) ｜言 訂 諍 諍 諍 諍

直率地勸說別人改正錯誤:諍言｜諍諫｜諍友(能直言規勸的朋友)。

誹 fēi (匪) 粵 féi² (匪) ｜【誹謗】說別人的壞話，無中生有，敗壞別人的名聲。

諉 wěi (委) 粵 wei² (委) ｜言 言 訐 誘 諉 諉

把責任推給別人:諉說｜推諉。

誰 shuí (水陽) 粵 sêu⁴ (垂) ｜言 詞 計 誰 誰 誰

❶指人的疑問代詞:你是誰｜誰去過? ❷任何人:誰都不知道這件事｜誰都可以說。❸表示虛指，並非確切的某個人:東西不知讓誰丟了｜今天沒有誰來過。

論 ㊀ lùn (倫去) 粵 lên⁶ (倫⁶) ｜言 計 計 論 論

❶分析問題，說明道理:論述｜論證｜討論｜議論。❷分析和說明事理的文章:社論｜長篇大論。❸看待:相提並論｜一概而論。❹衡量，評定:論罪｜論處。❺按:論理｜論件。

【論說】❶議論和說明。❷按理說:論說他該到了。

【論調】議論的傾向，意見，多用於貶義。

【論據】用來證明論題的判斷。泛指立論的根據。

【論斷】推論判斷。

◆論文 論著 論戰 論壇 論點 論功行賞 ◆不論 公論 立論 定論 高論 討論 評論 結論 輿論 謬論 爭長論短 品頭論足 蓋棺論定 平心而論

㊁ lún (倫) 粵 lên⁴ (倫) ｜論語:書名，由孔子的弟子根據孔子有關言行編輯而成的，是儒家經典之一。

諂 chǎn (產) 粵 qim² (簽) ｜言 訶 訶 詔 諂 諂

巴結，討好:諂媚｜諂諛。

【諂笑】諂媚的笑容。

【諂上欺下】對上討好，對下欺壓。

⊗右邊是「臽」，不是「舀」。

調 ㊀ tiáo (條) 粵 tiu⁴ (條) ｜言 訂 訶 調 調 調

❶配合得合適均勻:調勻｜協調｜風調雨順。❷使和諧:調適｜調和。❸挑逗:調唆｜調戲。❹重新安排:調整。

【調皮】頑皮，愛戲弄人。

【調味】調和作料，使食物的味道適宜。

【調理】❶調養，護理。❷管理，照料。

【調停】調解爭端。

【調節】從程度上或者數量上調整，使適合要求。

【調養】調節飲食起居，並輔以藥物，使身體恢復健康。

【調劑】❶配製藥物。❷整理調節:調劑生活。

◆調色 調治 調笑 調情 調解 ◆失調 烹調 衆口難調

㊁ diào (掉) 粵 diu⁶ (掉) ｜❶更換:調換｜對調。❷派遣:調遣｜調兵。❸音樂和語言中音的高低變化:調子｜腔調｜聲調。

【調查】進行考察、了解:調查案件。

【調動】❶更換位置或用途。❷調集動員:調動積極性。

【調虎離山】比喻用計使對方離開原來的地方，乘機行事。

◆調防 調度 調運 調職 ◆老調 單調 筆調 舊調重彈 南腔北調 陳詞濫調

九畫

諦 dì (帝) 粵 dei³ (帝) ｜言 言 訂 諦 諦 諦

❶仔細:諦聽｜諦視。❷道理，意義:真諦｜妙諦。

諳 ān (安) 粵 em¹ (庵) ｜熟悉，懂得:諳熟｜不諳水性。

諺 yàn（雁）／粵 yin⁶（現） ｜ 言 訁 詩 諺 諺 諺

【諺語】指民間流傳的簡單、通俗、含意深刻的固定語句。如「三個臭皮匠，賽過諸葛亮」。

諮 zī（姿）／粵 ji¹（資） ｜ 訁 言 訁 訃 訤 諮

商議，詢問。

【諮詢】詢問，徵求意見。

【諮議】❶商量。❷諮詢。

諢 hùn（混）／粵 wen⁶（混） ❶開玩笑，逗趣的話:插科打諢。❷綽號，外號:諢名。

謀 móu（牟）／粵 meo⁴（牟） ｜ 言 言 訁 計 謀 謀

❶主意，計策:謀略｜計謀｜足智多謀。❷暗中設計:謀取｜圖謀。❸商議:不謀而合。

【謀士】善於出主意，足智多謀的人。

【謀生】謀求生活門路。

【謀求】想辦法尋求:謀求職業。

【謀面】相見:素未謀面。

【謀殺】施用詭計殺害。

◆謀反 謀事 謀害 謀劃 ◆合謀 密謀 參謀 蓄謀 深謀遠慮 陰謀詭計 與虎謀皮 有勇無謀

諜 dié（碟）／粵 dib⁶（碟） ｜ 言 訁 訃 諜 諜 諜

❶偵探敵人的舉動:諜報。❷從事諜報活動的人:間諜。

諫 jiàn（見）／粵 gan³（澗） ｜ 言 訂 訒 誎 諫 諫

對於君主、尊長的錯誤，進行規勸:進諫｜勸諫。

諧 xié（鞋）／粵 hai⁴（鞋） ｜ 言 訁 訃 諧 諧 諧

❶配合適當:和諧。❷風趣，滑稽:諧謔｜詼諧。❸事情辦妥，談好:事諧之後就可動身。

【諧和】和諧。

【諧音】字詞的音相同或相近。

【諧戲】用詼諧的話開玩笑。

諾 nuò（懦）／粵 nog⁶（挪惡⁶） ｜ 言 訁 訝 諾 諾

❶允許，答應:允諾｜許諾。❷表示同意，順從的聲音:唯唯諾諾（形容一味順從別人的意見）。

【諾言】曾經答應過別人的話。

謔 xuè（血）／粵 yêg⁶（若） 開玩笑:戲謔｜諧謔。

謁 yè（夜）／粵 yid³（熱³） ｜ 訁 言 訝 訝 謁 謁

進見地位或輩分比自己高的人:謁見｜拜謁｜晉謁。

謂 wèi（胃）／粵 wei⁶（胃） ｜ 言 言 訝 謂 謂 謂

❶說:可謂｜所謂。❷稱呼，叫做:稱謂。❸意義:無謂犧牲。

【謂語】對主語加以陳述，說明主語「做什麼」、「怎麼樣」或「是什麼」的句子成分。如「我們盡情地歌唱」，句中的「歌唱」就是謂語。

諤 è（餓）／粵 ngog⁶（岳） 形容直言爭辯的樣子:諤諤。

諛 yú（余）／粵 yu⁴（余） 諂媚，奉承:阿諛奉承。

諭 yù（預）／粵 yu⁶（預） ｜ 訁 言 訃 訡 諭 諭

長輩對晚輩，上級對下級的吩咐，囑咐:手諭｜面諭｜聖諭。

諷 fěng（風上）／粵 fung³（風³） ｜ 言 訊 諷 諷 諷

用含蓄、尖刻的話指責，勸告或批評:嘲諷｜譏諷。

【諷刺】用比喻、誇張等手法對不良的或愚蠢的行為進行揭露或批評。

【諷喻】一種文學修辭格。借用故事寄托作者的諷刺。

諱 huì（匯）／粵 wei⁵（偉） ｜ 言 訁 訊 諱 諱 諱

❶因有顧忌而不說:隱諱｜毫不諱言。❷舊時對帝王將相或尊長避免直稱其名，也指所避諱的名字。

【諱言】不敢或不願說出來。

【諱疾忌醫】將疾病隱瞞起來不去就醫。比喻掩飾缺點和錯誤，不想別人批評幫助。

【諱莫如深】比喻事情隱瞞得很緊，生怕讓別人知道。

十畫

謇 jiǎn（簡）／粵 gin²（見²） ❶正直。❷口吃，說話結巴。

謗 bàng（棒）／粵 pong³（旁³） ｜ 訊 訝 諤 謗 謗

惡意地說別人的壞話，損害別人的聲譽:誹謗｜毀謗。

謎 mí（迷）／粵 mei⁴（迷） ｜ 訁 言 訝 謎 謎 謎

❶讓人猜的隱語:謎語｜猜謎。❷比喻沒有弄明白的，難以理解的事物:鯨魚集體自殺至今仍然是一個謎。

【謎底】❶謎語的答案。❷比喻事物的真相。

【謎面】猜謎語時說出或寫出來供人做猜測線索的話。

謙 qiān（千）／粵 him¹（欠¹） ｜ 訁 訝 諽 謙 謙

虛心，不自滿不驕傲:謙虛｜自謙｜謙恭有禮。

【謙遜】謙虛客氣，有禮貌。

【謙辭】表示謙虛的言詞。

【謙讓】謙虛地推辭，退讓。

諡 shì（試）／粵 xi³（試） 古代帝王、大官等死後追加的稱號。

謐 mì（密）／粵 med⁶（密） 安靜:靜謐。

講 jiǎng（獎）／粵 gong²（港） ｜ 訁 訃 諽 講 講 講

❶解釋:講解。❷說，談:講話｜講故事。❸注重:講效率｜講速度。❹商議，計較:講價｜講條件。

【講求】❶研究。❷注重、追求:講求效率。

【講究】❶注重，講求:講究衛生。❷值得注意或研究的道理:衣食住行也大有講究。❸精美:客廳佈置得很講究。

【講授】講解傳授。

【講演】對聽眾講述有關某一事物的知識或對某一問題的意見主張:登台講演。

【講學】公開講述自己的學術理論。

【講面子】顧到面子。

◆講台　講和　講理　講座　講情　講義　講壇　◆主講　宣講　聽講

謊 | huǎng（恍）
粵 fong¹（方）| 言 言 訐 詝 諾 謊

假話，欺騙人的話：謊言｜說謊｜彌天大謊。

謖 | sù（素）
粵 sug¹（肅）|【謖謖】高高挺着的樣子。

謠 | yáo（搖）
粵 yiu⁴（搖）| 言 訁 訡 訡 謡 謠

❶口頭流傳的歌：民謠｜童謠｜歌謠。❷憑空捏造的話或傳說：造謠｜闢謠（駁斥謠言）。

【謠言】捏造的，沒有任何事實根據的消息。

【謠傳】謠言流傳。也指互相間傳播的謠言。

謄 | téng（騰）
粵 teng⁴（騰）| 刀 月 月' 朕 腃 謄

抄寫，轉錄：謄寫｜謄錄。

謝 | xiè（瀉）
粵 zé⁶（借⁶）| 言 訁 訉 謝 謝 謝

❶感激：感謝｜謝謝。❷婉言拒絕：謝絕｜謝客（不見客人）。❸認錯，道歉：謝罪。❹凋落：凋謝｜花謝了。

【謝世】去世。

【謝幕】演出結束時，演員回到前台向觀眾敬禮，答謝觀眾的盛意。

◆謝恩　謝意　謝禮　◆叩謝　多謝　道謝　答謝　謝天謝地　新陳代謝

謅 | zhōu（周）
粵 zeo¹（周）| 隨口編造：胡謅。

十一至十二畫

謫 | zhé（哲）
粵 zag⁶（摘）| ❶譴責，責備：眾人交謫。❷封建時代官吏被降職或調到邊遠地方任職：貶謫｜謫戍。

謹 | jǐn（緊）
粵 gen²（緊）| 言 言 誈 諽 謹 謹

❶慎重，小心：謹防｜拘謹｜嚴謹。❷鄭重，恭敬：謹贈｜謹致謝意。

【謹慎】對周圍事物或自己的言行十分警惕，以防出錯。

【謹嚴】謹慎，嚴密，不馬虎。

【謹小慎微】對細小的事都過分謹慎，不敢大膽去做。

謳 | ōu（歐）
粵 eo¹（歐）| ❶歌唱，歌頌：謳歌。❷民歌：吳謳。

譁 | huá（滑）
粵 wa¹（娃）| 言 訁 詌 諽 誵 譁

嘈雜，喧鬧：譁然｜聽眾大譁。

【譁變】軍隊突然叛變。

【譁眾取寵】用言論行動迎合民眾，以博得好感或擁護。

謨 | mó（模）
粵 mou⁴（毛）| 言 訐 謨 諽 謨

策略，計劃：宏謨｜遠謨。

謾 | ㊀màn（慢）
粵 man⁶（慢）| 對人不尊重，無禮：謾罵。

㊁mán（蠻）
粵 man⁴（蠻）| 欺騙：欺謾。

謬 | miù（繆）
粵 meo⁶（茂）| 言 訁 訋 謬 諬 謬

荒唐，錯誤：荒謬｜謬誤。

【謬論】荒謬的言論。

【謬種流傳】謬誤輾轉地往下傳。

識 | ㊀shí（時）
粵 xig¹（色）| 言 詝 諳 諳 識 識

❶知道，認得，能分得出：識字｜識貨｜認識。❷所認識的事物，明白的道理：常識｜學識。❸見解：見識｜卓識。

【識別】辨別，辨認：識別好壞。

【識相】知趣，能看人的神色行事。

【識破】看穿祕密或陰謀。

【識大體】明白大道理。

◆識見　識羞　識趣　◆才識　相識　賞識　膽識　不識時務　膽識過人　見多識廣　老馬識途　素不相識

㊁zhì（志）
粵 ji³（志）| ❶記住：默識。❷記號：標識。

譜 | pǔ（普）
粵 pou²（普）| 言 訁 訋 誵 諳 譜

❶按照事物的系統或類別編列的：年譜｜族譜。❷可作示範或指導的圖書、樣本：棋譜｜菜譜。❸歌曲音調的符號記錄：曲譜｜樂譜｜五線譜。❹按歌詞配曲：譜曲。

譚 | tán（談）
粵 tam⁴（談）| 言 言 訷 諲 諲 譚

❶姓。❷通「談」：天方夜譚。

譙 | qiáo（橋）
粵 qiu⁴（潮）|【譙樓】古代城門上的瞭望樓。

證 | zhèng（政）
粵 jing³（正）| 言 訁 訏 詝 證 證

❶憑據：證據｜憑證｜身分證。❷用人或事物來表明或判定真假：證明｜證實。

【證件】證明身分、經歷等的文件。

【證明】❶用可靠材料來表明或斷定真偽。❷證明書或證明信。

【證券】指代表某種所有權或債權的憑證，也叫有價證券。

◆證人　證書　證詞　◆公證　求證　作證　物證　保證　論證　驗證　鐵證如山

譎 | jué（決）
粵 küd³（決）| 訁 訏 訏 諝 諝 譎

狡猾，奸詐：譎詐｜詭譎。

譏 | jī（基）
粵 géi¹（基）| 言 訁 諓 諓 譏 譏

諷刺，挖苦：譏刺｜譏諷。

【譏笑】挖苦嘲笑。

【譏誚】用冷言冷語嘲笑或指摘別人。

十三至十六畫

議 | yì（義）
粵 yi⁵（以）| 言 訁 詳 誵 議 議

❶商量，討論：商議｜計議。❷言論，意見：決議｜提議。
【議決】經會議討論後作出決定。
【議和】講和。
【議案】在會議上討論的提案。
【議員】議會的組成人員。
【議會】一些國家或地區的最高權力機關或立法機關。
【議程】議案討論的程序。
【議論】評論是非。也指評論是非的言論。
【議價】買賣雙方或同業共同議定貨品的價格。
◆議定　議事　議院　◆公議　抗議　非議　協議　面議　建議　異議　評議　不可思議　街談巷議

警　jǐng（景）　粵 ging²（景）
❶戒備：警備。❷提醒注意：警報｜警鈴。❸感覺敏銳：機警。❹危急的情況或事件：火警。❺警察的簡稱：警車｜警署。
【警句】涵義豐富、深刻而又簡練的句子。
【警戒】❶為防止敵人襲擊和偵察而採取的保衞措施。❷告誡，使注意改正錯誤。
【警告】❶告誡，使警惕。❷對犯錯誤者的一種處分。
【警惕】對可能發生的危險或錯誤注意提防。
【警察】國家維持社會治安的武裝力量。也指其中的成員。
【警覺】對發生事變或危險的敏銳感覺。
◆警犬　警官　警笛　警衞　警鐘　◆火警　刑警　法警　報警　以一警百　懲一警百

譟　zào（造）　粵 cou³（措）
大聲喊叫：喧譟｜鼓譟。

譯　yì（亦）　粵 yig⁶（亦）
把一種語言、文字或文體按原意變成另一種語言、文字或文體：翻譯｜譯文｜譯本。
【譯名】翻譯出來的名稱。
【譯音】用相同或相近的語音翻譯另一種語言的詞。如英語coffee，中譯為「咖啡」。
【譯筆】譯文的風格或質量：譯筆流暢。

譫　zhān（瞻）　粵 jim¹（尖）
多說話。【譫語】特指病中神志不清說胡話。

譬　pì（屁）　粵 péi³（屁）
比喻：譬喻。
【譬如】例如，比方說。

護　hù（戶）　粵 wu⁶（戶）
❶保衞：保護｜守護。❷救助：救護｜看護。❸包庇，遮掩：庇護｜袒護｜掩護。
【護士】專門負責護理病人的人員。
【護理】❶照料病人。❷保護管理。
【護航】護送船隻或飛機航行。
【護短】為自己的過失或缺點辯護。
【護照】政府發給出國用的證明國籍和身分的文件。
◆護送　護路　護膝　護衞　護身符　◆維護　監護　擁護　燮護　官官相護

譴　qiǎn（淺）　粵 hin²（顯）

申斥，責備。
【譴責】嚴正地斥責。

譽　yù（預）　粵 yu⁶（預）
❶名聲：榮譽｜聲譽。❷稱讚：稱譽｜讚譽。

譾　jiǎn（剪）　粵 jin²（剪）
淺薄：不揣譾陋。

讀　㊀ dú（獨）　粵 dug⁶（獨）
❶按照文字唸：宣讀｜朗讀。❷看書，閱覽：讀者｜閱讀。❸求學：讀大學。
【讀物】供閱讀用的東西，如書籍、雜誌、報紙等。
◆讀本　讀音　讀書　◆攻讀　誦讀　審讀　熟讀
㊁ dòu（豆）　粵 deo⁶（豆）
古時文章裏語句中的短暫停頓：句讀。

變　biàn（遍）　粵 bin³（邊³）
❶跟原先不一樣，更改：變化｜改變。❷突然發生的非常事件：變亂｜事變｜政變。
【變幻】無規則地變化：變幻莫測。
【變卦】已經決定了的事忽然改變。
【變相】只改變形式，內容沒變：變相騙人。
【變故】意外發生的事情、災難。
【變通】在不改變原則的條件下,方法上作些靈活的改變。
【變遷】事物的變化、轉移。
【變化多端】變化多種多樣。
【變本加厲】變得比原來更加嚴重。
◆變革　變動　變態　變質　變色蟲　變電站　變魔術　◆兵變　突變　病變　演變　應變　轉變　一成不變　搖身一變　隨機應變

十七畫以上

讓　ràng（嚷去）　粵 yêng⁶（樣）
❶不爭，給別人：謙讓｜禮讓。❷把東西轉給別人：讓出｜轉讓。❸請：把他讓進來。❹使，令：讓他快跑。❺躲避：讓開，石頭滾下來了!❻被：這道題讓他做出來了。
【讓步】在雙方爭執中退讓或妥協,在交涉中減少或降低要求。
◆讓位　讓給　讓與　◆忍讓　退讓　推讓　當仁不讓

讕　lán（藍）　粵 lan⁴（攔）
【讕言】無中生有的誣賴的話：無恥讕言。
⊗右旁「門」裏是個「柬」字。

讖　chèn（趁）　粵 cem³（侵³）
預兆、預言：讖語。

讒　chán（蟬）　粵 cam⁴（蠶）
在別人面前說某人的壞話：讒言｜讒害｜進讒。

讚　zàn（暫）　粵 zan³（賺³）
誇獎，稱美：稱讚｜讚揚。

【讚許】誇獎，稱讚做得對。
【讚賞】讚美並賞識。
【讚歎】極為稱讚：讚歎不止。
【讚譽】稱讚，誇獎。
◆讚佩 讚美 讚頌 讚語 讚不絕口

讞 | yàn（雁）| 審判定罪：定讞（審定案件）。
粵 yin6（現）

谷部

谷 | ㊀ gǔ（鼓）| 八 少 父 父 谷 谷
粵 gug1（菊）
❶兩山中間的流水道或狹長地帶：山谷｜深谷。❷姓。
【谷地】地面上向一定方向傾斜的低凹地。
◆河谷 峽谷 幽谷 進退維谷
㊁ yù（遇）| 吐谷渾，中國古代西北部的民族名。
粵 yug6（欲）

豁 | ㊀ huō（火陰）| 宀 宀 害 害 豁 豁
粵 fog6（霍）
❶裂開，殘缺：碗豁了。❷不顧一切，捨棄：豁出命去。
㊁ huò（火去）| ❶免：豁免。❷開通，開闊：豁亮。
粵 kud6（括）| 【豁然】形容開闊或通達：豁然開朗；豁然貫通。
【豁達】氣量大，性格開朗：豁達大度。

谿 | xī（西）| 𡿨 𡿨 𡿨 奚 谿 谿
粵 kei1（溪）
❶山間的小水溝，泛指小水溝：谿水｜小谿。❷同「溪」。
【谿澗】山間的河溝。

豆部

豆 | dòu（鬥）| 一 丆 戸 豆 豆 豆
粵 deo6（逗）
❶豆科植物的總稱：豆角｜青豆｜黃豆。❷形狀似豆粒的東西：土豆。
【豆蓉】將豆類煮熟碾成泥狀加糖製成的點心餡。
【豆蔻】❶多年生草本植物。形似芭蕉，開淡黃色花，果實呈扁球狀，種子有香味，可入藥。❷比喻少女：豆蔻年華。
◆豆芽 豆苗 豆漿 ◆大豆 紅豆 綠豆 蠶豆 五香豆

豇 | jiāng（江）| 【豇豆】一年生草本植物，莖蔓
粵 gong1（江）| 生，豆莢長條形，可食。

豈 | qǐ（起）| 丨 山 山 岂 岂 豈
粵 héi（起）
表示反問，與「怎麼」、「哪裏」的意思相同：豈敢｜豈有他哉?
【豈但】不但：豈但今天沒車，就是明日也未必有。
【豈有此理】怎麼會有這種道理? 表示對不合理、不合情的事的憤慨。

豉 | chī（齒）| 一 丏 豆 豆 卦 豉
粵 xi6（是）
用豆製成的調味品：豆豉。

豌 | wān（彎）| 豆 豝 豝 豝 豌 豌
粵 wun2（碗）
【豌豆】莖蔓生草本植物，所結嫩莢和種子可食，是蔬菜品種之一。

豇豆　　　豌豆

豎 | shù（樹）| 丂 臣 臣 臤 豎 豎
粵 xu6（樹）
❶直立：豎立。❷上下或前後的方向。❸漢字自上向下寫的筆形，如「十」的第二筆就叫「豎」。

豐 | fēng（蜂）| 丨 ㄓ 月 丰 豐 豐
粵 fung1（風）
❶富足，數量多：豐足｜豐富｜豐盛。❷厚、滿：豐厚｜豐滿。❸農作物收成好：豐收｜豐年｜人壽年豐。❹大：豐功偉績。
【豐美】多而好：豐美的晚宴。
【豐登】收成豐盛：五穀豐登。
【豐衣足食】形容生活富裕，不愁衣食。

豔 | yàn（雁）| 丨 ㄓ 月 丰 豐 豔
粵 yim6（驗）
❶色彩鮮明，華麗：鮮豔｜嬌豔｜百花爭豔。❷羨慕：豔羨。❸指有關男女愛情方面的事：豔史｜豔情。
【豔麗】鮮明美麗：豔麗奪目。

豕部

豕 | shǐ（使）| 一 丆 丂 豸 豕 豕
粵 qi2（始）
豬。
【豕突】野豬奔突：狼奔豕突（比喻壞人到處亂闖，任意破壞）。

豚 | tún（屯）| 刀 月 肝 肟 豚 豚
粵 tün4（團）
小豬，泛指豬。
海豚，哺乳動物，身長達一丈，鼻孔長在頭頂上，背部青黑色，腹部白色。經過訓練後，能作表演。

海豚

豢｜huàn（換）
　　｜粵 wan⁶（患）
ハ ソ 半 半 豢 豢
【豢養】餵養牲畜。也比喻壞人收買培植爪牙。

象｜xiàng（項）
　　｜粵 zêng⁶（丈）
ハ ハ 西 乌 象 象
❶陸上最大的哺乳動物，有圓筒狀長鼻。生活在亞非大陸的熱帶地區。象牙是上等的工藝品原料。❷事物的形狀：形象｜景象｜氣象萬千。❸仿效，摹擬：象形｜象聲。
【象棋】棋類遊藝，也是體育比賽項目。有中國象棋和國際象棋兩種。
【象徵】用具體的事物表現某種特殊意義。
【象聲詞】摹擬聲音的詞，如「嘩、轟、乒乓、叮咚」等。
【象形文字】描摹實物形狀的文字。
◆大象　天象　抽象　現象　野象　假象　對象　包羅萬象　盲人摸象

象　　　　豬

豪｜háo（毫）
　　｜粵 hou⁴（毫）
亠 亠 亠 亠 高 豪 豪
❶有突出才幹的人：豪傑｜文豪。❷直爽痛快，有氣魄：豪放｜豪言壯語。❸強橫：巧取豪奪。❹驕傲：自豪。
【豪俠】指有義氣而勇敢。也指這樣的人。
【豪門】指權勢很大的富貴人家。
【豪爽】豪放爽快。
【豪豬】哺乳動物，全身生滿硬刺。也叫「箭豬」。
【豪強】❶強橫。❷指依仗權勢欺壓民眾的人。
【豪華】生活奢侈。也指建築、裝飾等過分華麗。
【豪邁】氣魄大，勇往直前。
【豪情壯志】豪壯的心情，雄偉的理想。
◆豪雨　豪情　豪紳　豪飲　◆土豪　英豪　富豪

豬｜zhū（朱）
　　｜粵 ju¹（朱）
了 豸 豕 豻 豬 豬
家畜，耳大，四肢短小，體肥多肉，供食用。皮和鬃是工業原料。

豫｜yù（預）
　　｜粵 yu⁶（預）
マ 予 予 䂊 豫 豫
❶愉快，高興：面有不豫之色。❷河南省的別稱。

豳｜bīn（賓）
　　｜粵 ben¹（賓）
古地名，在今陝西邠縣一帶。也作「邠」。

豸部

豸｜zhì（治）
　　｜粵 ji⁶（治）
沒有腳的蟲，如蚯蚓之類。
蟲豸：蟲類的通稱，有腳的叫蟲，沒有腳的叫豸。

豺｜chái（柴）
　　｜粵 cai⁴（柴）
ソ 豸 豸 豺 豺
哺乳動物，像狼，但比狼小。性情兇殘，常成羣襲擊家畜。
【豺狼】豺和狼。比喻殘忍的人。
【豺狼當道】比喻惡人當權。

豹｜bào（報）
　　｜粵 pao³（炮）
ソ 豸 豸 豹 豹
哺乳動物。像虎，而比虎小。性兇猛，身上有很多斑點或花紋。

貂｜diāo（刁）
　　｜粵 diu¹（刁）
ソ 豸 豸 豹 貂
哺乳動物，體細長，四肢不長，種類很多，毛皮是極珍貴的皮貨：狗尾續貂（比喻拿不好的東西接到好的東西後面，顯得好壞不相稱）。

貉｜hé（河）
　　｜粵 hog⁶（學）
ソ 豸 豸 貈 貉
哺乳動物，毛呈棕灰色，嘴尖耳小，夜出晝伏，以捕食魚、蝦、鼠、兔等為主：一丘之貉（比喻都是一樣的壞人）。

貍｜同「狸」。

貌｜mào（帽）
　　｜粵 mao⁶（矛⁶）
ソ 豸 豸 貇 貌
❶面容：容貌｜面貌。❷形象，外觀：貌似｜外貌。
【貌合神離】表面上關係很密切，實際上各想一套。
◆全貌　風貌　禮貌　其貌不揚　道貌岸然　以貌取人
⊗右旁是「皃」，不是「兒」。

貓｜㊀ māo（毛陰）
　　｜粵 mao¹（矛¹）
ソ 豸 豸 豹 貓
一種家畜，面呈圓形，腳有利爪，善捕老鼠。
【貓頭鷹】益鳥，頭部似貓，眼圓大，爪銳利。晝伏夜出，捕食老鼠、麻雀等小動物。
【貓哭老鼠】比喻假意憐憫。
㊁ máo（毛）
　｜粵 同㊀
【貓腰】彎腰。

貘｜mò（莫）
　　｜粵 mog⁶（莫）
哺乳動物，生活於熱帶。體較矮小，短尾長鼻，鼻能伸縮，會游泳。

貛｜huān（歡）
　　｜粵 fun¹（歡）
野獸名，形狀像豬，毛長，頭部有三條白色縱紋，喜穴居。有「豬貛」、「狗貛」幾種。

豹　　　　　貂

貓　　　　　貛

貝部

貝 | bèi（輩）
粵 bui³（輩）｜ㇴ 冂 冂 目 貝 貝
❶蛤蚌等有介殼的軟體動物的總稱。❷古代用貝殼做的貨幣: 貝幣。
【貝母】多年生草本植物，鱗莖可作藥。
【貝殼】指貝類動物的硬殼。
【貝雕】用貝殼雕刻或鑲嵌而成的工藝品。

二至四畫

貞 | zhēn（珍）
粵 jing¹（征）｜丶 ㇠ 占 卣 貞 貞
❶信仰堅定: 堅貞｜忠貞。❷中國禮教的一種道德觀念，指女子不失身、不改嫁: 貞女｜貞烈。
【貞節】❶堅貞的節操。❷封建禮教所提倡的女子不失身、不改嫁的道德。
【貞操】❶忠於信仰和原則的品德。❷指女子不失身等道德觀念。
【貞潔】婦女在品行上沒有污點。

負 | fù（父）
粵 fu⁶（父）｜ノ ㇇ 夕 台 負 負
❶背，擔當: 負重｜擔負。❷依仗，依靠: 依負｜負險固守。❸遭受: 負傷。❹具有，享有: 久負盛名。❺虧欠，拖欠: 負債｜虧負。❻背棄，違背: 辜負｜不負眾望。❼敗，輸，與「勝」相對: 不分勝負。❽數學上指小於零的，與「正」相反: 負數。
【負心】背棄情誼，多用於男女之間的愛情。
【負疚】內心感覺不安，抱歉。
【負約】失約，違背諾言。
【負責】❶擔負責任。❷工作踏實認眞，盡到責任。
【負荷】❶擔負: 他工作多，負荷重。❷指建築構件承受的重量，電力和機械設備等所承擔的功率輸出值。
【負荊請罪】表示主動向對方賠罪認錯。
【負隅頑抗】憑險頑固抵抗。
◆負片　負氣　負累　負電　◆正負　自負　肩負　抱負　欺負　如牛負重　如釋重負　忘恩負義　忍辱負重

貢 | gòng（共）
粵 gung³（工³）｜ㇲ 工 干 盲 貢 貢
❶古代屬國或臣民獻東西給君主，也指地方向君主推荐人才: 貢稅｜貢生。獻給君主的東西: 貢品｜進貢。
【貢獻】❶把力量或物資等獻給國家和民眾。❷對大衆、人類社會所做的有益的事。

財 | cái（才）
粵 coi⁴（才）｜ㇴ 冂 目 貝 財 財
金錢、物資的統稱。
【財東】❶指商店或企業的所有者。❷泛指佔有財產的財主。
【財物】金錢和物資: 私人財物。
【財政】政府或團體對資財的收入和支出的管理活動。

【財產】屬於個人、集團或國家所有的物資和錢財。
【財富】具有價值的東西: 物質財富。
【財團】控制許多公司、銀行和企業的資本家及其集團。
◆財主　財帛　財迷　財務　財源　◆外財　浮財　理財　發財　斂財　生財有道　仗義疏財　勞民傷財

責 | zé（澤）
粵 zag³（窄）｜一 ㇲ 圭 丰 青 責
❶分內應當做的事: 職責｜盡責。❷指摘，詰問: 責問｜指責。❸要求，督促: 責己從嚴。❹懲罰: 鞭責。
【責成】指定專人或機構負責某事。
【責任】❶分內應當做的事。❷應當承擔的過失。
【責怪】指責怪罪。
【責備】批評指摘。
【責罰】處罰。
【責無旁貸】自己應當負的責任，不能推卸給別人。
◆責令　責罵　責難　責任感　◆斥責　負責　痛責　譴責　求全責備　敷衍塞責

貨 | huò（禍）
粵 fo³（課）｜亻 亻 化 竹 皆 貨
❶商品: 貨品｜國貨商店。❷錢幣: 貨幣｜通貨。
【貨色】❶貨物的品種或質量: 貨色繁多。❷比喻人的言論、作品或指人，多含貶義。
【貨物】供市場上出售的物品。
【貨眞價實】貨物不是冒牌的，價錢也公道。也比喻實實在在，一點不假。
◆貨車　貨運　貨棧　貨攤　貨倉　◆山貨　皮貨　交貨　訂貨　提貨　載貨　奇貨可居　通貨膨脹　殺人越貨
⊗跟「貸」不同。

貪 | tān（攤）
粵 tam¹（談¹）｜人 人 今 今 食 貪
❶原指愛財，後來多指貪污: 貪贓枉法｜貪官污吏。❷對某種事物的慾望老不滿足，求多: 貪玩｜貪多｜貪得無厭。❸貪圖: 貪小便宜。
【貪污】利用職權之便，非法取得財物。
【貪婪】貪心大，不知足。
【貪圖】極力追求，希望得到: 貪圖享受。
【貪官污吏】貪贓枉法的官吏。
【貪贓枉法】貪財受賄，違反法紀。
◆貪心　貪嘴　貪戀　貪小失大　貪天之功　貪生怕死　◆起早貪黑

貧 | pín（頻）
粵 pen⁴（頻）｜八 分 分 兮 貧 貧
❶窮，跟「富」相對: 貧困｜貧窮。❷不足: 貧血｜貧油國。❸絮煩令人討厭: 貧嘴薄舌。
【貧乏】❶貧窮。❷缺少，不豐富。
【貧民】職業不固定而生活窮苦的人。
【貧苦】貧困窮苦。
【貧寒】窮苦。
【貧瘠】指土地薄，不肥沃。
◆貧血　貧氣　貧弱　貧賤　貧病交迫　◆赤貧　清貧　濟貧　一貧如洗

貫 | guàn（灌）
粵 gun³（灌）｜ㄩ 皿 毌 毌 晋 貫

❶穿過: 貫穿｜橫貫南北。❷連接不斷: 連貫｜魚貫而入。❸古稱穿錢的繩索, 每一千個爲一貫: 家財萬貫。
【貫串】從頭到尾地穿過。
【貫注】指注意力或精神集中: 全神貫注。
【貫通】全面透徹地了解: 融會貫通。
【貫徹】❶從上到下, 貫通到底。❷徹底體現或實現。
◆貫徹始終　◆連貫　魚貫　萬貫　籍貫　氣貫長虹　惡貫滿盈　全神貫注　如雷貫耳　始終一貫

販 | fàn（飯）粵 fan³（泛） | 目 貝 貝丶 貶 販
❶先買貨來再出賣: 販賣。❷指做買賣的人: 小販｜菜販｜攤販。
【販子】往來各地搞販賣活動的人, 多含貶義。
【販運】把貨物運到其他地方去出售, 從中牟利。

五畫

貯 | zhù（柱）粵 qu⁵（柱） | ⼏ 目 貝 貝宀 貯 貯
儲存: 貯存｜貯藏｜貯備。

貳 | èr（二）粵 yi⁶（二） | 一 三 言 貳 貳 貳
❶「二」的大寫。❷變節, 背離: 貳心。
【貳臣】古代指前朝大臣投降新朝後, 又繼續做官事君的人。

賁 | ㊀ bì（閉）粵 béi³（祕） | 一 十 ⼗ 卉 賁 賁
裝飾得很美。
【賁臨】光臨。
　㊁ bēn（奔）粵 ben¹（奔）　【賁門】胃與食道相連的部分, 是胃上端的開口, 食管中的食物通過賁門進入胃內。

貼 | tiē（帖陰）粵 tib³（帖） | ⼏ 目 貝 貝丨 貼丶 貼
❶黏: 張貼｜貼廣告。❷緊緊靠着, 挨近着: 貼切｜貼着房簷飛過。❸補助: 貼補｜津貼。❹合適, 妥當: 妥貼。❺量詞: 一貼藥膏。
【貼心】最知己, 最親近的: 貼心話。
【貼切】恰當, 確切: 比喻貼切。
【貼身】緊挨着身體的衣物。也指經常跟隨在身邊的人: 貼身侍衛。
【貼金】在神佛塑像表面黏上金箔。比喻過分誇耀, 美化。
◆貼水　貼近　貼現　貼堂　貼題　◆招貼　剪貼　體貼入微

貴 | guì（桂）粵 guei³（桂） | 口 中 虫 書 書 貴
❶價格高, 與「賤」相反: 昂貴｜價錢貴。❷指地位高的人: 貴族｜權貴。❸值得珍視、重視: 珍貴｜寶貴。❹敬辭: 貴姓｜貴幹。
【貴重】價格高而又值得重視: 貴重物品。
【貴族】一般指享有世襲特權的皇族和勛爵。
【貴賓】尊貴的客人, 常用於外事場所。
◆貴人　貴妃　貴賤　◆可貴　名貴　富貴　嬌貴　兵貴神速　雍容華貴　榮華富貴　難能可貴

買 | mǎi（埋上）粵 mai⁵（埋⁵） | ⼍ ⼝ 四 罒 罖 買
❶拿錢購物: 買書｜買東西。❷用金錢拉攏人: 收買。
【買好】用言語和行動故意討人喜歡。
【買通】用金錢收買人, 以便爲自己利用。
【買賣】生意, 商業。
【買賬】承認對方的長處或力量而表示佩服或服從（多用於否定式）: 不買他的賬。
【買空賣空】一種商業投機行爲。

貶 | biǎn（扁）粵 bin²（扁） | 目 貝 貝丶 貶丶 貶丶 貶
❶給予不好的評價, 與「褒」相反: 貶低｜褒貶。❷官員被降級: 貶職。❸減少, 降低: 貶值｜貶價。
【貶斥】❶貶低並排斥。❷官吏降職。
【貶義】含有貶斥的意義: 貶義詞。
【貶黜】免除職務或專指在首都、京城的官吏降級外放。

貸 | dài（帶）粵 tai³（太） | ⼂ ⼆ 代 代 貸 貸
❶借出或借入: 借貸｜信貸。❷寬恕: 嚴懲不貸。❸推卸: 責無旁貸。
【貸方】會計用語, 即指付方。
【貸款】銀行或國家等借錢給需要者, 一般規定利息並定期償還。也指貸出的款項。
⊗跟「貨」不同。

貿 | mào（茂）粵 meo⁶（茂） | ⼄ ⼫ 叨 貿 貿
【貿易】商業活動。
【貿然】輕率, 冒昧: 貿然行動。

費 | ㊀ fèi（肺）粵 fei³（廢） | ⼌ ⼆ 弗 弗 費 費
❶消耗: 耗費｜費盡氣力。❷錢款: 費用｜家費。❸用得過多而不合理: 浪費。
【費事】事情複雜, 難辦。
【費神】勞費精神。
【費解】不好懂: 令人費解。
◆費力　費工　費勁　費盡心機　◆小費　公費　官費　消費　破費　經費　枉費心機
　㊁ bì（避）粵 béi³（庇）　❶姓。❷費縣, 在山東省。

賀 | hè（褐）粵 ho⁶（可⁶） | ⼄ ⼒ 加 智 賀 賀
❶道喜, 慶祝: 祝賀｜慶賀。❷姓。
◆賀年　賀信　賀詞　賀禮　◆拜賀　恭賀　道賀　敬賀

貽 | yí（移）粵 yi⁴（而） | 目 目 貝 貝丶 貽丶 貽
❶贈送。❷遺留: 貽患｜貽害無窮。
【貽誤】將錯誤遺留下來, 使人受到不良影響。
【貽笑大方】指讓內行人笑話。多用於表示謙虛。

六至七畫

賅 | gāi（該）粵 goi¹（該） | 目 貝 貝宀 貯 賅宀 賅

完備: 言簡意賅。

資 zī (姿) 粵 ji¹ (之) ｜ ⺀ ⺍ 次 浐 資 資

❶財物，錢財: 資產｜投資。❷費用: 車資｜郵資。❸提供: 以資參考。❹指人的智慧能力: 天資｜資質。❺身分、經歷、地位: 資歷｜年資。
【資本】經營工商業的本錢。
【資助】用財物幫助。
【資格】❶從事某種活動所應具備的條件、身分等: 參賽資格。❷指從事某種工作或活動的經歷: 老資格。
【資財】資金和物資。
【資源】物資的天然來源: 煤礦資源。
◆資方 資金 資料 資本家 ◆工資 欠資 物資 師資 集資 勞資

賈 ⊖ jiǎ (甲) 粵 ga² (假²) ｜ ⺌ 西 西 賈 賈 賈

姓。
⊖ gǔ (古) 粵 gu² (古) ❶商人: 商賈。❷賣出，付出: 餘勇可賈 (還有些剩餘的力量可以使出來)。❸招致: 直言賈禍。
⊗留意不同用法時的不同讀音。

賄 huì (會) 粵 fui² (悔²) ｜ 目 貝 貝⺀ 貯 賄 賄

用財物買通別人，以撈取好處: 行賄。
【賄賂】❶用財物買通別人。❷指用來買通別人的財物。

賊 zéi (賊) 粵 cag⁶ (冊⁶) ｜ 目 貝 貯 賦 賊 賊

❶偷東西的人: 盜賊｜做賊心虛。❷邪，不正派: 賊頭賊腦｜賊眉鼠眼。❸做大壞事的人，多指危害國家和民眾利益的人: 奸賊｜國賊。
【賊喊捉賊】比喻為了掩蓋和逃脫罪責，故意轉移目標，製造混亂。
⊗右邊是「戎」，不是「戒」。

貲 zī (資) 粵 ji¹ (資) ｜ ⼁ ⼘ ⺌ 此 此 貲

計算: 所費不貲。

賃 lìn (吝) 粵 yem⁶ (任) ｜ ⺅ 仁 仟 任 賃 賃

租用: 租賃。

賂 lù (路) 粵 lou⁶ (路) ｜ 目 貝 貯 貯 賂 賂

見「賄賂」條。

賓 bīn (斌) 粵 ben¹ (奔) ｜ 宀 宀 宀 宭 賓 賓

客人，與「主」相對: 賓客｜來賓｜賓至如歸。
【賓語】動詞後面的連帶成分，表示動作的對象等:「讀書」的「書」，「踢足球」的「足球」都是賓語。
◆賓主 賓詞 賓館 ◆上賓 貴賓 嘉賓 喧賓奪主

賑 zhèn (振) 粵 zen³ (振) ｜ 目 貝 貯 貯 賑 賑

救濟: 賑濟｜賑款。
【賑災】用錢、糧食、衣物等救濟災民。

賒 shē (奢) 粵 sé¹ (些) ｜ 目 貝 貯 貯 賒 賒

買賣東西時延期付款或收款: 賒欠｜賒購｜賒銷。
【賒賬】欠賬。
⊗右邊寫作「佘」，不作「余」。

八畫

賠 péi (培) 粵 pui⁴ (培) ｜ 目 貝 貝⺀ 貯 賠 賠

❶償還損失: 賠償｜賠他一支筆。❷向別人認錯或道歉: 賠罪｜賠禮。❸虧損: 賠本｜賠錢。
【賠償】補償給對方造成的損失。
【賠不是】向別人認錯，請求原諒。
◆賠笑 賠款 賠還 ◆包賠 索賠 退賠

賡 gēng (庚) 粵 geng¹ (庚) ｜ 繼續，連續: 賡續。

賦 fù (付) 粵 fu³ (富) ｜ 貝 貯 貯 賦 賦 賦

❶給與: 賦予。❷天資: 天賦｜稟賦。❸舊時的田稅: 田賦。❹中國古典文學中的有韻文體之一: 漢賦。❺作詩填詞: 賦詩。
【賦稅】田地稅和各種捐稅的總稱。
【賦閒】指沒有職業在家裏閒住。

賬 zhàng (丈) 粵 zêng³ (漲) ｜ 貝 貯 貯 貯 賬 賬

❶有關銀錢財物出入的記載: 記賬｜算賬｜結賬。❷債務: 欠賬｜還賬。
◆賬本 賬目 賬單 賬號 ◆老賬 清賬 報賬 轉賬 總賬 舊賬

賣 mài (邁) 粵 mai⁶ (邁) ｜ 十 士 击 击 賣 賣

❶拿物品換錢，跟「買」相反: 賣書｜賣畫。❷背叛，出賣: 叛賣｜賣國賊。❸盡量使出來: 賣力｜賣勁。❹為了顯示自己，故意作出姿態: 賣弄｜賣乖。
【賣好】用手段向別人討好。
【賣俏】故意裝出嬌媚的姿態誘惑人。
【賣座】指戲院、茶樓等顧客上座的情況。
【賣身投靠】出賣自己，投靠有錢有勢的人。也比喻甘心充當惡勢力的工具。
◆賣命 賣藝 賣友求榮 ◆拍賣 販賣 買賣 變賣 倚老賣老 現買現賣 裝瘋賣傻

賭 dǔ (堵) 粵 dou² (島) ｜ 目 貝 貯 貯 賭 賭

❶用財物作注來爭輸贏: 賭博｜賭注。❷以預料來爭輸贏: 打賭。
【賭咒】發誓。
【賭注】賭博時所押的錢財物件等。
【賭氣】因不滿或受到指責後而使性子。
【賭棍】靠賭博生活的人。
◆賭本 賭局 賭錢

賢 xián (弦) 粵 yin⁴ (言) ｜ 一 丏 臣 臤 臤 賢

❶有才能的，有德行的: 賢人｜聖賢｜賢妻良母。❷敬辭，用於平輩或晚輩: 賢弟｜賢姪。
【賢明】有才能，有見識。

【賢惠】多指婦女善良而通情達理。
【賢達】有才德，有聲望的人：社會賢達。
◆賢良　賢者　賢淑　◆先賢　前賢　禮賢下士

賤 jiàn（件）粵 jin⁶（戰⁶）｜貝 貝ˊ 貝ˇ 貝戈 賎 賤
❶價格便宜，跟「貴」相反：賤賣｜東西很賤。❷地位低下：卑賤｜賤民。❸卑鄙，無恥：下賤｜賤骨頭。
◆低賤　貧賤　貴賤　微賤　輕賤

賞 shǎng（尚上）粵 sêng²（想）｜ˋ ˙ ⺌ 尚 賞 賞
❶獎勵，讚揚：獎賞｜讚賞。❷給予，舊時用於上對下或長輩對小輩：賞賜。❸領略美好事物：賞月｜賞花｜欣賞。❹指獎賞，賞賜的東西：受賞｜懸賞（用出錢等獎賞的辦法公開徵求別人幫助做某件事）。
【賞光】敬辭。用於請對方接受邀請。
【賞罰】獎賞和懲罰：賞罰分明。
【賞識】重視、讚揚別人的才能或作品。
【賞心悅目】欣賞美好的景物而感到愉快舒暢。
◆賞封　賞錢　賞臉　◆玩賞　重賞　犒賞　觀賞　鑒賞　奇文共賞　孤芳自賞　雅俗共賞

賜 cì（次）粵 qi³（次）｜目 貝 貝ˊ 貝ˍ 賜 賜
❶給予，多用於上對下：賜予｜賜給｜恩賜。❷賞給的東西，給予的好處：厚賜｜受賜良多。
【賜教】請對方指教的客氣話。

質 zhì（至）粵 zed¹（姪¹）｜ˊ 乒 竹 竹 皙 質
❶根本特徵：性質｜本質。❷產品或工作的好壞：質量。❸事物的本體：木質｜鐵質。❹責問，詢問：質問。❺單純、樸實：質樸。❻抵押，抵押品：人質［粵 ji³（志）］。
【質子】構成原子核的基本粒子。
【質地】❶某種材料的結構性質。❷指人的品質或資質。
【質疑】提出疑問。
【質言之】直截了當的說。
◆質素　質變　◆土質　劣質　品質　氣質　體質　文質彬彬　蛻化變質

九至十一畫

賴 lài（癩）粵 lai⁶（拉⁶）｜一 口 申 軒 軒 賴
❶依靠：依賴｜仰賴。❷故意不承認或歸咎於人：賴賬｜抵賴。❸留在某處不肯離開：賴着不走。❹壞：這人不賴。❺姓。
【賴皮】耍滑，不講道理。
◆賴債　賴學　◆要賴　信賴　誣賴　無賴　死皮賴臉　矢口抵賴　百無聊賴

賽 sài（腮去）粵 coi³（菜）｜宀 宀 宋 宭 寒 賽
❶比強弱、高低：比賽｜競賽。❷比得上，勝過：賽過神仙。❸姓。
【賽會】用儀仗等迎神像出廟遊街巷的活動。
◆賽車　賽馬　賽跑　賽車手　◆決賽　預賽　田徑賽　錦標賽

賺 ㊀ zhuàn（撰）粵 zan⁶（棧）｜貝 貝ˊ 貝ˋ 賺 賺 賺
做生意得利，與「賠」相對：賺錢｜不賠不賺。
　㊁ zuàn（鑽）誑騙：賺人。
　　粵 同㊀

購 gòu（夠）粵 keo³（扣）｜貝 貝ˊ 貝ˇ 貝ˇ 購 購
買：購買｜收購｜採購。
【購置】指購買長期使用的器物：購置房屋。
【購銷】商業上的購進和銷售。

賻 fù（付）粵 fu⁶（付）｜【賻贈】贈送財物給辦喪事的人家。
【賻儀】向辦喪事的人家送的禮。

贅 zhuì（墜）粵 zêu⁶（罪）｜主 圭 圥 敖 贅 贅
❶無用的，多餘的：累贅｜贅言。❷招女婿上門：入贅。
【贅述】多餘的敍述。
【贅疣】皮膚上長的猴子。比喻多餘無用的東西。
⊗上作「敖」，十一畫。

十二畫 以上

贈 zèng（增去）粵 zeng⁶（增⁶）｜貝 貝ˊ 貝ˇ 贈 贈 贈
無代價地送給：贈品｜贈閱｜捐贈。
【贈言】分別時說的或寫的勉勵的話。
【贈送】無代價地把東西送給別人。
【贈答】互相贈送，多指禮品、詩文等。

贋 yàn（厭）粵 ngan⁶（雁）｜一 厂 厝 雁 雁 贋
假的，偽造的：贋幣｜贋品｜贋本。
⊗跟「膺」不同。

贊 zàn（暫）粵 zan³（賺³）｜ˋ ㇒ 先 兟 贊 贊
❶幫助：贊助。❷同意：贊成｜贊同。

贏 yíng（盈）粵 ying⁴（仍）｜亡 言 亨 贏 贏 贏
❶勝，與「輸」相對：輸贏｜這場球我們贏了。❷獲利，盈餘：贏餘。

贍 shàn（善）粵 xim⁶（閃⁶）｜目 貝ˊ 貝ˊ 貝ˊ 貝ˊ 贍
【贍養】供養，供給生活所需：贍養父母。

贓 zāng（髒）粵 zong¹（莊）｜貝ˊ 貝ˋ 貝ˇ 賍 賍 贓
貪污、受賄或盜竊得來的財物：贓物｜贓款。
【贓官】指貪官。
◆贓官污吏　◆分贓　賊贓　銷贓　貪贓枉法

贖 shú（熟）粵 sug⁶（淑）｜貝 貝ˊ 貝± 賭 賭 贖
❶將抵押品用財物換回：贖回｜贖金。❷抵償，彌補：立功贖罪。
【贖身】被賣的婦女或童僕，用金錢等贖得人身自由。

贛 gàn（幹）粵 gem³（禁）｜立 音 章 竷 贛 贛
江西省的別稱。

赤部

赤 | chì（斥）粵 cég³（尺）| 一 十 土 十 亦 赤
❶紅色: 赤色。❷忠誠: 赤膽｜赤誠。❸空無所有: 赤地千里｜赤手空拳。❹裸露: 赤腳｜赤膊。
【赤子】初生的嬰兒。也比喻純潔仁愛: 赤子之心。
【赤字】支出多於收入的虧空數額, 在賬面上通常用紅字書寫。
【赤金】純金。
【赤道】環繞地球表面, 將地球分成兩個相等的南北半球的圓周線。
【赤膊上陣】光着上身去打仗。比喻不加任何掩飾地親自出面硬幹, 多含貶義。
【赤膽忠心】形容十分忠誠。
◆赤心　赤足　赤裸裸　◆面紅耳赤

郝 | hǎo（好上）粵 kog³（確）| 姓。

赦 | shè（社）粵 sé³（瀉）| 土 亦 赤 赤 赦
減輕或免除刑罰: 赦免｜赦罪｜十惡不赦(形容罪大惡極, 不可饒恕)。

赧 | nǎn（難上）粵 nan⁵（難⁵）| 土 亦 赤 赤 赧 赧
因羞愧而臉紅: 赧然｜赧顏｜羞赧。

赫 | hè（賀）粵 hag¹（客¹）| 土 亦 赤 赤 赫 赫
顯著, 盛大: 顯赫。
【赫然】❶大怒的樣子。❷形容令人驚訝的事物突然呈現的樣子。
【赫赫】顯著盛大的樣子: 赫赫有名。

赭 | zhě（者）粵 zé²（者）| 土 亦 赤 赫 赭 赭
紅褐色。
【赭石】赤鐵礦, 可做顏料。

糖 | táng（唐）粵 tong⁴（唐）| 紅色, 多指人的臉色: 紫糖臉。

走部

走 | zǒu（鄒上）粵 zeo²（酒）| 一 十 土 十 卡 走
❶步行: 走路｜行走。❷跑, 逃跑: 奔走｜敗走。❸移動: 鐘走得準。❹離開: 車開走了｜我先走了。❺漏出, 泄露: 走氣｜走漏風聲。❻來往: 走親戚。❼改變或失去原樣: 走味｜走樣。
【走私】偷漏關稅, 非法私自販運貨物。
【走卒】差役, 比喻受人豢養而幫助作惡的人。
【走狗】善跑的獵狗。比喻受人豢養而幫助作惡的人。

【走神】精神不集中, 思想開小差。
【走廊】❶有頂的過道。❷連接兩個地區的狹長地帶: 東區走廊。
【走江湖】奔走四方靠某些技藝謀生或以騙術牟利。
【走投無路】無路可走, 形容陷於絕境。
【走馬觀花】比喻匆忙而粗略地觀察事物。
【走漏風聲】比喻泄露了秘密。
◆走火　走訪　走漏　走南闖北　走馬上任　◆出走　奔走相告　遠走高飛　行屍走肉　飛沙走石　飛簷走壁　飛針走線　鋌而走險　不脛而走

二至五畫

赴 | fù（付）粵 fu⁶（付）| 土 十 卡 走 赴 赴
前往: 赴會｜赴宴｜奔赴。
【赴敵】奔向前線殺敵。
【赴難】趕去拯救國家的危難。
【赴湯蹈火】比喻不避艱險。

赳 | jiū（糾）粵 giu²（矯）| 土 十 卡 走 赳 赳
【赳赳】健壯威武的樣子: 雄赳赳。

起 | qǐ（啓）粵 héi²（喜）| 土 十 卡 走 起 起
❶離開原來的地方向上, 跟「落、伏」相反: 起立｜起牀｜起伏。❷開始, 與「止」相對: 起初｜起點｜從今起。❸取出: 起貨｜起釘子。❹發生, 發動: 起風｜起作用｜起痱子。❺建造, 建立: 白手起家｜平地起高樓。❻一同, 一塊兒: 大家一起玩。❼表示夠得上或夠不上, 多跟「得」和「不」連用: 買得起汽車｜提不起興趣。❽量詞: 一起案件｜外面進來了一起人。
【起用】重新任用: 起用新人。
【起色】開始好轉的樣子: 工作大有起色。
【起來】❶離開原處向上。❷泛指奮起, 升起。❸在動詞後面, 表示向上或完成: 站起來｜收起來。❹在動詞形容詞後面表示開始: 唱起來｜冷起來。
【起居】指日常生活。
【起訖】開始和終結。
【起訴】向法院提出訴訟。
【起鬨】胡鬧, 故意搗亂。
◆起火　起先　起因　起勁　起飛　起航　起源　起舞　起死回生　起早貪黑　◆早起　挺起　蜂起　激起　重起爐灶　奮起直追　聞雞起舞　東山再起　異軍突起

越 | yuè（月）粵 yud⁶（月）| 卡 卡 走 走 越 越
❶跨過, 超過: 越過｜跨越｜越界。❷更加, 愈: 越走越急｜越跑越快。❸周代諸侯國名, 在今浙江省一帶。
【越冬】植物、昆蟲等度過冬季。
【越軌】比喻超出規章、制度、習俗所允許的範圍。
【越級】越過直屬的一級到更高的上級。
【越發】更加。
【越境】非法出入國境。
【越獄】犯人從監獄裏逃出。
【越…越…】表示兩件事情同步發展: 越大越懂事。

◆越俎代庖　◆卓越　穿越　超越　偷越　優越　殺人越貨　翻山越嶺　不可逾越

趄 ㊀jū（居）粵 zêu¹（追）｜見「趑趄」條。

㊁qiè（妾）粵 qid³（切）｜見「趔趄」條。

趁 chèn（襯）粵 cen³（襯）｜キ キ 走 走 赴 赴 趁
❶利用機會：趁早｜趁機。❷搭乘：趁車｜趁船。
【趁火打劫】比喻趁別人危急時去撈一把。
【趁熱打鐵】比喻利用時機，加速行動。

超 chāo（抄）粵 qiu¹（釗）｜キ キ 走 赴 赴 赵 超
❶越過，高於尋常的：超產｜超過｜高超。❷在某種範圍以外，不受限制的：超現實｜超導現象。
【超人】能力、智力等超過一般人。
【超脫】❶不拘泥於常規。❷超出，脫離。
【超然】擺脫一切，不站在對立各方的任何一方。
【超額】高出預計的數額。
【超音速】比聲音的速度還快的速度。
【超級市場】一種實行顧客「自我服務」方式的大型綜合商場。
◆超支　超車　超員　超羣　超載　超齡　超聲波

六至七畫

趑 zī（資）粵 ji¹（資）｜【趑趄】❶行走困難。❷想邁步又不敢邁步的樣子。

趔 liè（列）粵 lid⁶（列）｜【趔趄】身體歪斜，腳步不穩。

趙 zhào（召）粵 jiu⁶（召）｜キ キ 走 赴 赳 趙
❶周代諸侯國名，在今河北省南部和山西省東部一帶。❷姓。

趕 gǎn（敢）粵 gon²（稈）｜キ キ 走 赳 起 趕
❶追：趕上｜趕超｜追趕。❷加快行動，使不誤時間：趕去｜趕路｜趕着幹工作。❸駕御：趕牛車。❹跟在後面催促：趕羊｜趕馬。❺驅逐：趕蒼蠅｜把侵略者趕出國土。❻遇到：趕巧｜趕上好天氣。
【趕忙】趕緊，連忙：趁開車前趕忙打個電話。
【趕場】❶趕集。❷演員在一天內在一處演完，又趕到另一處演出。
【趕集】到集市上去買賣東西。
【趕緊】抓緊時機，毫不拖延：趕緊出發。
【趕鴨子上架】比喻迫使人做力所不及的事。
◆趕早　趕快　趕火車　趕盡殺絕

八畫以上

趣 qù（去）粵 cêu³（翠）｜キ キ 走 赳 趣 趣 趣
❶興味：興趣｜情趣｜雅趣。❷趨向：旨趣｜志趣。
【趣味】使人愉快，感到有意思，有吸引力的特性，意味、

興趣：趣味無窮。
【趣事】有趣的事。
【趣聞】有趣的傳聞。
◆趣談　趣劇　◆打趣　妙趣　知趣　佳趣　逗趣　異趣　意趣　樂趣　識趣　饒有風趣

趟 tàng（燙）粵 tong³（燙）｜キ 走 走 赳 趟 趟 趟
量詞。❶表示來往的次數：走了兩趟。❷表示行列：兩趟樹苗。

趨 qū（驅）粵 cêu¹（崔）｜キ 走 赳 赳 趨 趨 趨
❶傾向：趨向。❷快走：趨而避之。
【趨附】迎合依附。
【趨時】趕時髦。
【趨勢】事物發展的動向。
【趨炎附勢】奉承、依附有權有勢的人。

趲 zǎn（贊上）粵 zan²（盞）｜趲，快走：趲路。

足部

足 zú（族）粵 zug¹（竹）｜丨 口 口 曱 무 무 足
❶腳：足球｜畫蛇添足（比喻多此一舉）。❷滿，充分：滿足｜充足。❸夠得上：足夠｜足有三斤。❹值得：不足惜｜不足掛齒。
【足下】舊時書信裏對朋友的敬稱。
【足赤】成色十足的黃金，即足金。
【足見】可以看得出：他開始康復了，足見治療及時。
【足智多謀】聰明有智慧，善於謀劃。
◆足以　足歲　足跡　足數　足額　◆十足　不足　手足　立足　失足　知足　高足　富足　豐足　不足爲奇　手足無措　豐衣足食　心滿意足　美中不足

二至六畫

趴 pā（啪）粵 pa¹（怕¹）｜曱 曱 무 足 趴 趴
❶胸腹朝下臥倒：趴下｜趴倒。❷身體向前靠在東西上：趴在桌上看書。

趵 bào（報）粵 pao³（炮）｜跳躍。【趵突泉】著名泉水名，在山東濟南市。

跂 ㊀qí（其）粵 kéi⁴（其）｜❶多生出的腳趾。❷形容蟲子爬行。
㊁qì（氣）粵 kéi⁵（企）｜提起腳後跟站着：跂望。

趾 zhǐ（止）粵 ji²（止）｜曱 무 足 趴 趾 趾
腳趾頭：足趾｜腳趾｜趾骨。
【趾高氣揚】形容驕傲自滿，得意忘形：他那副趾高氣揚的樣子，真叫人噁心。

跶｜tā（他）　【跶拉】穿鞋沒有把後跟提上。
｜粵 tad³（撻）

跎｜tuó（駝）　早 尸 足 趵 趵 跎
｜粵 to⁴（駝）
見「蹉跎」條。

距｜jù（巨）　早 尸 足 趵 距 距
｜粵 kêu⁵（拒）
❶離開，相隔：行距｜相距。❷雄雞爪後突出像腳趾的部分。
【距離】兩者間相隔。也指相隔的長度。

跖｜zhí（直）　❶腳面上接近腳趾的部分：跖骨。❷腳掌。
｜粵 zég³（炙）

跋｜bá（拔）　足 趵 趵 跀 跋 跋
｜粵 bed⁶（拔）
❶翻山越嶺：跋山涉水。❷附在書籍、文章等後面的評介性的短文：跋語｜題跋。
【跋涉】爬山渡水，形容旅途艱難。
【跋扈】狂妄專橫，欺上壓下：驕橫跋扈。

跚｜shān（山）　早 尸 足 趵 跚 跚
｜粵 san¹（山）
見「蹣跚」條。

跌｜diē（爹）　早 尸 足 趵 趺 跌
｜粵 did³（秩³）
❶摔倒：跌跤｜跌倒。❷下降，低落：跌價｜下跌。
【跌足】跺腳，頓足。
【跌宕】❶任意，不受任何拘束。❷抑揚頓挫，富於變化。也作「跌蕩」。
【跌跌撞撞】走路不穩，東倒西歪。

跗｜fū（夫）　腳背：跗骨。
｜粵 fu¹（夫）

跑｜pǎo（袍上）　早 尸 足 趵 跑 跑
｜粵 pao²（炮²）
❶奔：跑步｜賽跑。❷逃走：跑掉｜逃跑。❸漏出：跑電｜跑氣。❹為某種事物而奔走：跑新聞｜跑原料。
◆跑車　跑馬　跑街　跑腿　跑單幫　跑馬觀花　◆小跑　長跑　奔跑　起跑　短跑　慢跑

跛｜bǒ（菠上）　早 尸 足 趵 趵 跛
｜粵 bei¹（閉¹）
腿腳有毛病，走路身體不平衡：跛腳。
【跛子】跛腳的人。也叫「瘸子」。

跆｜tái（抬）　早 尸 足 趵 趴 跆
｜粵 toi⁴（台）
踩踏。

跡｜jī（基）　早 尸 足 趵 跡 跡
｜粵 jig¹（積）
❶腳印，留下的印痕：足跡｜蛛絲馬跡。❷前人遺留下來的事物：古跡｜遺跡。
【跡象】不顯眼的痕跡、現象：發病的跡象。
◆人跡　心跡　血跡　手跡　軌跡　眞跡　銷聲匿跡

跤｜jiāo（交）　跌倒：跌跤｜摔了一跤。
｜粵 gao¹（交）

跬｜kuǐ（傀）　半步：跬步。
｜粵 kuei²（規²）
⊗右邊為上下兩個「土」。

趸｜qióng（窮）　腳步聲：足音趸然。
｜粵 kung⁴（窮）

跨｜kuà（夸去）　早 尸 足 趺 跨 跨
｜粵 kua¹（夸）
❶抬腳向前或向邊邁：跨進｜向右跨步。❷騎：跨上馬。❸超越界限：跨行業｜跨年度｜跨國公司。

跩｜zhuǎi（拽上）　像鴨子似的一搖一擺地走路：走路一跩一跩的。
｜粵 yei⁶（衣⁶）

跳｜tiào（眺）　早 尸 趴 趴 跳 跳
｜粵 tiu³（眺）
❶兩腳離地使全身向上或向前的動作：跳高｜跳遠。❷一起一伏不停地動：跳動｜心跳。❸越過：跳級。
【跳板】❶一頭搭在船邊或車邊供人上下用的長板。❷游泳池供跳水用的長板。
【跳梁小丑】比喻進行破壞搗亂而微不足道的壞人。
◆跳台　跳舞　跳躍　◆蹦跳　暴跳如雷　心驚肉跳

跪｜guì（貴）　早 足 趵 趵 跨 跪
｜粵 guei⁶（櫃）
膝蓋彎屈着地：下跪｜跪拜。

路｜lù（露）　早 尸 足 趵 跤 路
｜粵 lou⁶（露）
❶往來行走的通道：大路｜水路｜道路。❷道路的遠近：路程｜十里路。❸途徑，方向：路線｜生路｜門路。❹條理：思路｜理路。❺方面，地區：外路貨｜各路英雄。❻種類：一路貨色。
【路人】不相識的行人：視若路人。
【路徑】❶道路：路徑不熟。❷門路。
【路標】指示路線的標誌：交通路標。
【路不拾遺】丟失在路上的東西沒有人撿走，形容社會風氣好。又作「道不拾遺」。
◆路面　路途　路基　路費　路遇　◆上路　公路　老路　活路　海路　陸路　電路　絕路　鐵路　攔路虎　狹路相逢　走投無路　輕車熟路　窮途末路

跺｜duò（惰）　早 尸 趵 趵 跺 跺
｜粵 do²（躲）
提起腳用力往下踏，頓足：跺腳。

跟｜gēn（根）　早 尸 足 趵 趵 跟
｜粵 gen¹（斤）
❶腳或鞋襪的後部：腳跟｜鞋後跟。❷伴隨，跟隨：跟着大人走。❸介詞，相當於「同」、「和」、「對」、「向」等：我跟你玩｜他跟你學。
【跟班】舊時跟隨官員身邊供使用的人。
【跟頭】❶身體跌倒：栽跟頭。❷身體在空中作翻轉的動作：翻跟頭。也作「筋斗」、「斤斗」。
【跟蹤】緊緊跟在後面監視、追趕。

七至八畫

踉｜liàng（亮）　【踉蹌】腳步不穩的樣子。
｜粵 lêng⁶（亮）

跼｜jú（局）　早 足 趵 趵 跼 跼
｜粵 gug⁶（局）
拘束。
【跼促】❶地方狹小。❷時間勿促。❸不自然，顯得拘

束:踙促不安。也作「偪促」、「局促」。

踫 同「碰」。

踪 同「蹤」。

踢 tāng（湯）❶翻土除草:踢地。❷從淺水裏
粵 tsong²（淌）走過去:踢水。

踮 diǎn（典）腳尖着地,腳跟提起:踮起腳張望。
粵 dim³（店）

踷 同「蜷」。

踐 jiàn（賤）❶腳踏,踩。❷實行:實踐。
粵 qin⁵（千⁵）
【踐言】實踐自己所說的話。
【踐約】履行約定的事情。
【踐踏】❶亂踩亂踏:踐踏花圃。❷比喻摧殘。

踢 tī（梯）用腳觸擊:踢足球 | 踢毽子。
粵 tég³（拖尺³）

踝 huái（懷）❶腳腕兩旁突起的部分:踝子骨。❷腳跟:腳踝。
粵 wa⁵（話⁵）

踩 cǎi（彩）腳踏:踩水 | 踩壞草坪。
粵 cai²（柴²）

踟 chí（池）
粵 qi⁴（池）
【踟躕】猶豫,要走不走的樣子:踟躕不前。也作「踟躇」。

踏 ㊀ tà（他去）❶腳踩:踏步 | 踐踏。❷到現場去勘驗:踏看 | 踏勘。
粵 dab⁶（沓）
【踏青】春天到郊外散步遊玩。
㊁ tā（他）【踏實】❶做事切實牢靠。❷安穩:事情沒
粵 同㊀ 做完,心裏老不踏實。

踞 jù（句）蹲或坐在上面:高踞 | 盤踞 | 龍蟠
粵 gêu³（句）虎踞。

九至十畫

蹄 tí（題）
粵 tei⁴（題）
馬、牛、羊、豬等生在腳趾端的角質保護物,也指馬、
牛、羊、豬等的腳:蹄子 | 馬不停蹄。

踱 duó（奪）
粵 dog⁶（鐸）
緩步行走:踱方步 | 踱來踱去。

蹁 pián（片陽）【蹁躚】形容旋轉跳舞的姿態。
粵 pin¹（偏）

蹀 dié（碟）【蹀躞】❶邁着小步走路。❷往來
粵 dib⁶（碟）徘徊。也作「踱蹀」。

踹 chuài（踹）踏,踢,用腳底蹬:踹門。
粵 cai²（柴²）

踵 zhǒng（腫）
粵 zung²（種）
❶後跟:接踵而來(形容人多,接連不斷)。❷跟隨:踵至。
❸親自到:踵門 | 踵謝。

踽 jǔ（舉）【踽踽】獨自走路孤零的樣子:踽踽
粵 gêu²（舉）獨行。

踰 yú（余）超過,越過:踰期 | 踰牆。
粵 yu⁴（余）

踴 yǒng（永）
粵 yung²（擁）
跳。
【踴躍】❶蹦蹦跳跳顯得快活的樣子。❷熱烈,爭先恐
後:踴躍報名。

蹂 róu（柔）
粵 yeo⁴（由）
蹂踏。
【蹂躪】用腳亂踩亂踏。比喻用暴力欺壓、殘害、侮辱。

蹇 jiǎn（簡）❶跛足。❷不順利,遲鈍:蹇
粵 gin²（見²）滯 | 蹇澀。❸姓。

蹉 cuō（搓）
粵 co¹（初）
【蹉跎】虛度時光:蹉跎歲月。

蹋 tà（踏）
粵 tab³（塔）
見「糟蹋」條。

蹈 dǎo（導）
粵 dou⁶（杜）
❶踏:赴湯蹈火(比喻不避艱險)。❷跳動:手舞足蹈(形
容高興到極點)。❸遵循:循規蹈矩(遵守規矩)。

蹌 qiàng（槍去）見「踉蹌」條。
粵 cêng¹（昌）

蹊 ㊀ qī（期）
粵 kei¹（溪）
【蹊蹺】奇怪,可疑。
㊁ xī（西）小路:蹊徑。
粵 hei⁴（兮）

蹓 liū（溜）【蹓躂】也作「溜達」,散步,閒
粵 leo⁶（漏）走。

十一至十二畫

蹟 同「跡」。

蹣 pán（盤）
粵 pun⁴（盆）
【蹣跚】腿腳不靈便,走路緩慢、搖擺的樣子。

蹙 cù（醋）
粵 cug¹（束）
❶皺,收縮:蹙眉。❷緊迫:窮蹙。

蹦 bèng（崩去）
粵 beng¹（崩）
兩腳並攏跳起:蹦蹦跳跳 | 歡蹦亂跳。

蹤 zōng（宗）
粵 zung¹（宗）

腳印，去處，留下的痕跡。
【蹤跡】行動所留下的痕跡。
【蹤影】蹤跡和形影：去無蹤影。
◆失蹤　行蹤　追蹤　萍蹤　跟蹤　無蹤無影

蹴 cù（促）
粵 cug¹（促）
❶踢：蹴鞠。❷踏：一蹴而就。（踏一步就可以成功。形容輕而易舉）。

蹲 dūn（敦）
粵 dên¹（敦）

❶屈膝似坐，臀部不着地：蹲下｜蹲坐。❷呆着或閒居：蹲在家裏。

蹭 cèng（層去）
粵 seng³（擤）
❶磨，擦：蹭了一身油。❷拖延，緩慢：磨蹭。

鼈 bié（別）
粵 bid⁶（別）
【鼈腳】形容質量不好或本領不強：鼈腳貨。
⊗跟「弊」、「憋」不同。

蹺 qiāo（敲）
粵 kiu²（喬²）
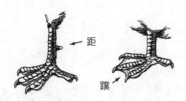
❶腳向上抬：蹺腳。❷豎起大拇指：蹺起大拇指稱讚。
【蹺蹺板】一種兒童遊戲用具，兩端坐人，一起一落遊戲。

蹺蹺板

蹶 ㊀ jué（決）
粵 küd³（決）
跌倒。比喻挫折，失敗：一蹶不振（比喻一經挫折，不能再振作起來）。
㊁ juě（決上）見「尥蹶子」條。
粵 同㊀

蹰 chú（除）
粵 qu⁴（廚）
見「躊蹰」條。

蹼 pǔ（普）
粵 pog³（撲）
青蛙、鴨、鵝等動物腳趾間的膜。

←距

←蹼

蹬 dēng（燈）
粵 deng⁶（鄧）
踩，踏：蹬梯｜蹬自行車。

十三畫以上

躉 dūn（肫）
粵 den²（墩）

❶整，整數：躉批｜躉賣。❷整批地買進：躉貨｜現躉現賣。

躁 zào（造）
粵 cou³（措）
性急，不冷靜：暴躁｜煩躁｜戒驕戒躁。
◆毛躁　急躁　浮躁　不驕不躁　少安勿躁
⊗跟「燥」不同。

躅 zhú（竹）
粵 zug⁶（濁）
見「躑躅」條。

躂 dá（達輕）
粵 dad⁶（達）
見「蹓躂」條。

躋 jī（雞）
粵 zei¹（劑）
登，上升：攀躋。

躊 chóu（愁）
粵 ceo⁴（籌）
【躊躇】❶猶豫。❷自得的樣子。
【躊躇滿志】心滿意足，非常得意的樣子。

躍 yuè（月）
粵 yêg³（約）
跳：跳躍｜一躍而起。
【躍然】活躍地呈現出來的樣子：義憤之情躍然紙上。
【躍躍欲試】形容心裏急切地想試一試。

躑 zhí（直）
粵 zag⁶（澤）
【躑躅】徘徊不前。

躕 chú（除）
粵 qu⁴（廚）
見「蹰躕」條。

躓 zhì（至）
粵 ji³（志）
絆倒：顛躓。

躚 xiān（先）
粵 xin¹（仙）
見「蹁躚」條。

蹊 xiè（洩）
粵 xib³（攝）
見「蹀蹊」條。

蹿 cuān（竄陰）
粵 qun¹（村）
向上跳：貓蹿上房頂。

躡 niè（聶）
粵 nib⁶（聶）
❶放輕腳步：躡手躡腳。❷追隨：躡蹤。
【躡足其間】參加進去。

躪 lìn（吝）
粵 lên⁶（吝）
見「蹂躪」條。

身部

身 shēn（申）
粵 sen¹（申）
❶人或動物的軀體：身體｜身軀。❷生命：捨身救人｜奮不顧身。❸親自，自己：身歷其境｜以身作則。❹人的地位：身分｜身敗名裂。❺人的品德：修身｜立身。❻物

體的主要部分: 船身 | 機身。

【身心】身體和精神: 身心健康。

【身手】技藝, 本領: 身手不凡。

【身世】個人的經歷、遭遇, 多指不幸: 身世淒涼。

【身段】身體的姿態, 特指戲曲演員在舞台上表演的舞蹈化的動作。

【身後】人死後。

【身價】❶指一個人的社會地位。❷舊時指人身買賣的價錢。

【身先士卒】指作戰時將帥親自帶頭衝殺。也比喻領導者凡事帶頭幹。

【身體力行】親身體驗, 努力實行。

◆ 身子　身材　身旁　身心舒暢　◆化身　出身　安身　脫身　健身　養身　藏身　護身符　粉身碎骨　挺身而出　搖身一變　言傳身敎　引火燒身　明哲保身　奮不顧身　獨善其身

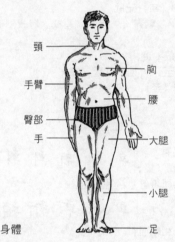

頭
胸
手臂
腰
臀部
手
大腿
小腿
身體
足

躬 | gōng（弓） | 粤 guag¹（弓） | ﾉ 自 自 身 身 躬

❶人的軀體。❷親自, 自身: 事必躬親。❸彎下身子: 躬身 | 鞠躬。

◆ 打躬作揖　卑躬屈節　卑躬屈膝

躭 | dān（丹） | 粤 dam¹（擔¹） | 遲延: 躭擱。【躭誤】因延遲而誤事。

躱 | duǒ（朵） | 粤 do²（朵） | ﾉ 自 自 身 躰 躱

隱藏, 避開: 躱開 | 躱避 | 躱藏。

【躱懶】怠工, 偷懶。

【躱躱閃閃】畏縮的樣子。

躺 | tǎng（淌） | 粤 tong²（淌） | ﾉ 身 身 躺 躺 躺

倒下, 平臥: 他躺在牀上。

【躺椅】一種可以在上面躺臥的長椅。

軀 | qū（驅） | 粤 kêu¹（驅） | ﾉ 身 躯 躯 軀 軀

身體: 身軀 | 軀體。

【軀殼】指肉體。

【軀幹】身體除去頭和四肢以外的部分。

車部

車 | ㊀ chē（扯陰） | 粤 cé¹（奢） | 一 ﾓ 亓 百 亘 車

❶陸地上行走的交通運輸工具: 火車 | 電車 | 汽車。❷用輪軸旋轉的器械或使用這種器械幹活: 水車 | 紡車 | 車牀 | 車螺絲。❸姓。

【車皮】多指火車的貨車車廂。

【車次】車輛運行的編號、班序。

【車間】工廠企業的生產單位: 裝配車間。

【車裂】古代以車馬撕裂人體的一種酷刑。

【車水馬龍】形容車馬來往不斷, 非常熱鬧。

【車載斗量】形容數量很多, 可用車來裝, 斗來量。

◆ 車站　車廂　車輛　◆卡車　風車　貨車　賽車　纜車　前車之鑒　輕車熟路　杯水車薪　安步當車

⊗古音多讀「居」。

㊁ jū（居） | 粤 gêu¹（居） | 中國象棋棋子的一種。

一至四畫

軋 | ㊀ yà（亞） | 粤 zad³（札） | ﾓ 亓 百 亘 車 軋

❶用圓軸或輪子碾壓: 軋棉花 | 壓路機把路面軋平。❷排擠: 傾軋。❸擬聲詞: 這部舊機器發出「軋軋」的響聲。

㊁ zhá（札） | 粤 同㊀ | 【軋鋼】把鋼坯壓成一定形狀的鋼材。

軍 | jūn（君） | 粤 guen¹（均） | 一 冖 冖 冒 宣 軍

❶武裝部隊: 軍隊 | 軍營 | 空軍。❷軍隊的編制單位。❸有關戰爭和軍隊的: 軍令 | 軍事 | 軍餉。

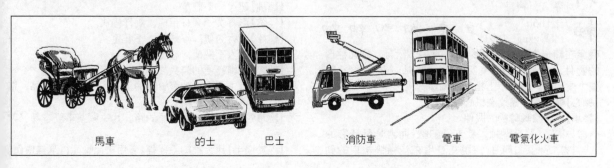

馬車　　的士　巴士　　消防車　　電車　　電氣化火車

【軍人】服兵役的人。

【軍心】軍隊的戰鬥意志。

【軍火】武器、彈藥的總稱。

【軍師】古代軍中擔任謀劃的人。

【軍銜】區別軍人等級的稱號,如元帥、將軍、校官、尉官等。

【軍閥】將軍隊作為私人勢力,割據一方,自成派系的軍人或集團:北洋軍閥;奉系軍閥。

◆軍衣　軍械　軍情　軍旗　軍禮　軍職　軍艦　軍事家　◆三軍　全軍　行軍　冠軍　駐軍　聯軍　常備軍　千軍萬馬　異軍突起　潰不成軍

軌 guǐ (鬼)
粵 guei² (鬼) ｜ ㄅ 自 自 車 軌 軌

❶鋪鐵路用的鋼條:路軌｜鋼軌。❷一定的運行路線:軌道｜出軌。❸比喻規則、辦法、範圍等:正軌｜常軌｜越軌。

軒 xuān (宣)
粵 hin¹ (掀) ｜ 自 自 車 車 軒 軒

❶有窗的長廊或小屋:明軒。❷古代一種有帷幕而前頂較高的車子。

【軒昂】形容精神飽滿振奮,氣概非凡的樣子:氣宇軒昂。

【軒輊】比喻優劣高低:不分軒輊。

【軒轅】❶複姓。❷軒轅氏,即黃帝。傳說是中國原始社會部落聯盟的首領。

【軒然大波】高高湧起的波濤。比喻大的糾紛或風波。

軟 ruǎn (阮)
粵 yun⁵ (遠) ｜ 自 自 車 車 軟 軟

❶柔軟,跟「硬」相反:軟木｜軟席。❷儒弱:軟弱可欺。❸沒力氣:手軟｜腿軟。❹容易被感動和動搖:心軟｜耳根軟。

【軟化】❶由硬變軟。比喻由倔強變成順從,由堅定變成動搖:態度軟化。❷使變軟:將鐵加熱軟化。

【軟骨頭】比喻喪失節氣,容易屈服的人。

【軟硬兼施】軟的和硬的手段一齊使用。

【軟體動物】無脊椎動物的一類,體柔軟無環節,多數有硬殼在體外,如螺、蚌等。

◆軟水　軟尺　軟玉　軟件　軟和　軟緞　軟綿綿　◆浸軟　細軟　發軟　鬆軟　欺軟怕硬

五至六畫

軲 gū (姑)
粵 gu¹ (姑) ｜【軲轆】❶車輪子。❷滾動,轉:他一軲轆就滾到那邊。

軻 kē (科)
粵 o¹ (柯) ｜ 見於人名:孟軻｜荊軻。

軸 ㊀ zhóu (周陽)
粵 zug⁶ (濁) ｜ 自 自 車 車 軸 軸

❶穿在輪子中間的圓柱形物件:車軸｜輪軸。❷圓柱形的物件,用來往上繞東西:線軸｜畫軸。❸量詞:一軸畫｜兩軸線。❹數學上指座標軸線。

【軸心】❶輪軸。❷比喻核心,中心。

【軸承】支持輪軸轉動的機件。

㊁ zhòu (咒)
粵 同㊀ ｜ 壓軸,最末一齣戲(通常是最精彩的節目),現在多用來泛指快結束的動作或事物。

軼 yì (義)
粵 yed⁶ (日) ｜ ❶超過:軼羣。❷散失。

【軼事】史書沒有正式記載的事。

較 jiào (教)
粵 gao³ (教) ｜ 自 車 軒 軒 軩 較

❶比:比較｜計較。❷明顯:彰明較著。

【較量】比較強弱高低。

軾 shì (世)
粵 xig¹ (式) ｜ 古代車廂前供扶手用的橫木。

載 ㊀ zài (在)
粵 zoi³ (再) ｜ ㄓ 亘 車 載 載 載

❶使用交通工具裝運:載貨｜裝載。❷充滿:怨聲載道。❸又,且:載歌載舞。

【載荷】即負荷。

◆載客　載重　◆負載　超載　滿載　荊棘載途

㊁ zǎi (宰)
粵 zoi² (宰) ｜ ❶年:千年萬載。❷錄,刊登:登載｜記載。

◆載文　載記　載書　◆刊載　連載　轉載　千載難逢　一年半載

⊗不要與「戴」混淆。

輕 zhì (至)
粵 ji³ (至) ｜ 見「軒輊」條。

七至八畫

輒 zhé (哲)
粵 jib³ (接) ｜ 亘 車 軒 軒 軩 輒

就,總是:動輒得咎｜淺嘗輒止。

輔 fǔ (腐)
粵 fu⁶ (父) ｜ 亘 車 車 軩 輔 輔

幫助,協助:相輔而行。

【輔佐】多指大臣協助君主辦理國事。

【輔助】幫助、協助。

【輔音】發音時氣流經過口腔或鼻腔受到阻礙形成的音。

【輔導】幫助和指導。

輕 qīng (青)
粵 hing¹ (兄) ｜ 亘 車 車 軩 輕 輕

❶分量小,跟「重」相反:輕重｜油比水輕。❷程度淺:輕傷｜輕微。❸數量少:年輕｜工作輕。❹用小力:輕放｜輕手輕腳。❺隨便,不莊重:輕率｜輕狂。❻看不起:輕視｜輕敵。❼簡易:輕便｜輕裝。❽沒有負擔或壓迫的感覺:輕鬆｜輕快。

【輕生】將自己的生命看得很輕,多指自殺。

【輕易】輕鬆,容易。

【輕佻】輕浮,不莊重。

【輕盈】形容女子身材苗條,動作輕快。

【輕浮】言行隨便,不嚴肅,不莊重。

【輕慢】對人不熱情,態度傲慢。

【輕騎】裝備輕便的騎兵。

【輕工業】主要生產消費資料的工業,像紡織、食品、造紙、製革等工業。

【輕車熟路】駕輕車走熟悉的路。比喻做某事既容易又熟悉。

【輕於鴻毛】比大雁的毛還輕。多用來比喻死得毫無價值。

◆輕信　輕風　輕柔　輕煙　輕微　輕聲　輕蔑　輕描淡寫　輕歌曼舞　◆看輕　減輕　拈輕怕重　無足輕重　舉足輕重　頭重腳輕　避重就輕

輓 wǎn（晚）粵 wan⁵（鯇）
❶牽引車輛。❷哀悼死去的人：輓聯。
【輓歌】哀悼死者的歌。

輝 huī（灰）粵 fei¹（揮）
❶閃耀的光彩：光輝。❷照耀：輝映。
【輝煌】光亮耀眼：燈火輝煌；也形容成績顯著：戰果輝煌。

輦 niǎn（碾）粵 lin⁵（連⁵）
古時用人拉的車，後多指專供皇帝、皇后坐的車。

輛 liàng（亮）粵 lêng⁶（亮）
量詞。多指車：一輛汽車｜三輛馬車。

輩 bèi（貝）粵 bui³（貝）
❶代，同代人：同輩｜前輩。❷人們，人等：我輩｜無能之輩。❸一生：一輩子｜後半輩。
【輩分】家族、親戚、世交的世系次第的分別。
【輩出】優秀人物一批批地出現：英雄輩出。

輪 lún（倫）粵 lên⁴（倫）
❶車轂轆：車輪。❷泛指像車輪一樣的東西：滑輪｜齒輪。❸循環替換：輪流｜輪班。❹指船：輪船｜巨輪。❺量詞：一輪明月｜第三輪決賽。
【輪胎】車輪外圍安裝的環形橡膠製品，也叫車胎。輪胎有內外胎之分。
【輪船】用機器推進，船身用鋼鐵做成的船。
【輪廓】物體的外形或事情的大概情形。

輪

輟 chuò（綽）粵 jud²（啜）
停止，中止：日夜不輟｜因病輟學。

輜 zī（資）粵 ji¹（支）
【輜重】行軍時由運輸部隊攜帶的軍用物資。多指彈藥、糧草等重裝備。

九至十畫

輻 fú（福）粵 fug¹（福）
用來連接車輪軸心和輪圈的直條。
【輻射】從中心向四面八方沿直線放射：輻射狀｜光輻射。

輯 jí（級）粵 ceb¹（緝）
❶收集材料，經過加工、整理編成書：選輯｜編輯。
❷整套書籍的一部分：叢書第三輯。
【輯錄】收集和抄錄。

輸 shū（書）粵 xu¹（書）
❶運送：運輸。❷失敗，與「贏」相反：認輸｜比賽輸了。❸送給，捐獻：捐輸。❹注入：輸血｜輸油管。
【輸入】❶從外部送到內部。❷特指商品或資本從國外進入。
【輸出】與「輸入」相對。
【輸送】運送，從一處送到另一處。
【輸液】把葡萄糖或生理鹽水等用特殊的醫療設備送入人體內。

轄 xiá（霞）粵 hed⁶（瞎）
管理：管轄｜直轄市。

轅 yuán（園）粵 yun⁴（袁）
❶畜力車前駕牲畜的直木：駕轅。❷軍營或官署的大門，借指官署：轅門｜行轅。

輿 yú（余）粵 yu⁴（余）
❶衆人的：輿論。❷車子，車廂：車輿。❸轎子：肩輿。❹地域：輿地。
【輿情】羣衆的情緒和意見。
【輿論】羣衆的言論。

輾 ⊖ zhǎn（展）粵 jin²（展）
【輾轉】❶躺在牀上，身體翻來覆去地轉動。❷非直接的，經過了許多曲折：輾轉流傳。
⊜ niǎn（捻）粵 同⊖
同「碾」。

十一至十二畫

轆 lù（路）粵 lug¹（碌）
【轆轤】❶井上用來絞起汲水斗的器具。❷機械上的絞盤。
【轆轆】象聲詞，形容車輪滾動的聲音。

轉 ⊖ zhuǎn（專上）粵 jun²（專²）
❶改變方向、形勢和位置等：轉身｜轉涼｜轉敗爲勝。
❷不是直接的，中間經過別的地方或別人：轉交｜轉達。
【轉口】商品經過一個港口運到另一個港口或者通過一個國家運到另一個國家。
【轉手】經過第三者的手：轉手買賣。
【轉折】❶事物在發展過程中改變原來的方向：轉折點。
❷指文章或語意由一層轉到另一層：轉折句；轉折詞。
【轉移】改變方向或位置：轉移目標。
【轉機】好轉的跡象或可能。
【轉瞬間】轉眼之間，比喻極短的時間。
◆轉向　轉動　轉嫁　轉播　轉學　轉危爲安　◆逆轉　掉轉　婉轉　目不轉睛　順風轉舵
⊜ zhuàn（專去）粵 jun³（專³）
❶繞着中心運動：打轉｜轉圈子｜轉來轉去。❷量詞。繞一圈

為一轉。

轇 | jiāo（交）
粵 gao¹（交） | 【轇轕】交錯，糾纏。

轍 | zhé（哲）
粵 qid³（徹） | 亘 車 軒 軒 轍 轍

❶車輪經過留下的痕跡：車轍。❷詩歌詞所押的韻：合轍。

◇改轍　軌轍　如出一轍　改弦易轍　南轅北轍

轔 | lín（鄰）
粵 lên⁴（鄰） | 亘 軒 軒 軒 軺 轔

象聲詞。車輪轉動的聲音。

轎 | jiào（叫）
粵 giu⁶（叫⁶） | 車 軒 軒 転 轎 轎

【轎子】舊時用人抬着走的交通工具。

【轎車】❶舊時一種用騾馬拉的形似轎子的車。❷指坐人不多的一種小型汽車。

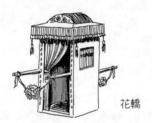
花轎

十三畫以上

轚 | gé（格）
粵 god³（葛） | 見「轇轕」條。

轟 | hōng（烘）
粵 gueng¹（姑鶯¹） | 車 車 車 轟 轟

❶用大炮或炸彈破壞：轟擊敵陣。❷驅逐，趕走：轟出。❸象聲詞。形容炮擊、雷鳴等發出的巨大聲音。

【轟炸】從空中對地面目標投擲炸彈。

【轟動】同時驚動很多人。也作哄動：演唱會引起轟動。

【轟鳴】發出轟轟隆隆的巨響。

【轟轟烈烈】形容氣魄雄偉、聲勢浩大的樣子。

轡 | pèi（配）
粵 béi³（祕） | 車 紳 絳 緤 轡 轡

駕馭牲口的韁繩和嚼子：轡頭｜鞍轡。

轤 | lú（爐）
粵 lou⁴（盧） | 見「轆轤」條。

辛部

辛 | xīn（新）
粵 sen¹（新） | 丶 亠 古 立 辛 辛

❶勞苦：艱辛。❷悲傷：悲辛。❸辣味：辛辣。❹天干的第八位；用作順序的第八。參見「干支」條。❺姓。

【辛苦】❶身心勞苦：辛苦了半輩子。❷用於求人做事：這件事還得辛苦諸位幫個忙。

【辛勞】辛苦勞累。

【辛勤】辛苦勤勞。

【辛酸】辣和酸，比喻悲傷和痛苦。

辜 | gū（孤）
粵 gu¹（姑） | 一 十 古 古 辜 辜

❶罪：無辜｜死有餘辜（處以死刑，也抵償不了他的罪過。形容罪大惡極）。❷虧負，對不起。❸姓。

【辜負】對不住（別人的希望和好意）：不要辜負了媽媽的希望。

辟 | bì（閉）
粵 pig¹（霹） | 尸 启 启 启 辟 辟

❶君主：復辟。❷避免，驅除：辟邪。

辣 | là（臘）
粵 lad⁶（刺） | 立 立 辛 辢 辢 辣

薑、蒜、辣椒等的刺激性滋味。又比喻兇狠、刻毒：毒辣｜心狠手辣。

【辣手】手段厲害、兇狠。

【辣椒】蔬菜品種之一。果實大多像毛筆的筆尖或燈籠形，青色、成熟後變成紅色，有辣味。

◇火辣　辛辣　酸辣　潑辣　熱辣辣　甜酸苦辣

辨 | biàn（變）
粵 bin⁶（便） | 辛 辛 剃 辦 辨 辨

分別，區分：辨明｜分辨｜明辨是非。

【辨別】在認識上把不同的事物區別開來：辨別善惡。

【辨析】辨別分析。

【辨認】根據特點辨別，做出判斷，找出或認定某一對象：辨認筆跡。

辦 | bàn（伴）
粵 ban⁶（扮） | 立 立 刼 辦 辦 辦

❶處理，做：辦事｜辦得到。❷置備：辦貨。❸經營，創設：辦公司。❹懲治：辦罪｜首惡必辦。

【辦法】處理事情或解決問題的方法。

【辦理】處理事務。

◇辦公　辦案　辦事處　◇代辦　查辦　採辦　創辦　幫辦　難辦　嚴辦　籌辦

辭 | cí（詞）
粵 qi⁴（遲） | 冎 多 罚 罚 罚 辭

❶文詞，言詞：修辭｜言辭。❷推卻，不接受：推辭｜辭謝。❸告別：辭行｜辭別｜告辭。❹請求解除或被解除：辭職｜辭退。

【辭令】交際場所應對得宜的言詞：善於辭令。

【辭呈】請求解除所任職務的呈文。

【辭典】即詞典。

【辭章】也作詞章。❶詩詞文章等的總稱。❷文章的寫作技巧。

【辭書】字典、詞典等工具書的統稱。

【辭藻】詩文裏華麗的詞語、典故、成語等：堆砌辭藻。

【辭讓】客氣地推讓。

◇辭林　辭歲　◇措辭　不辭勞苦　在所不辭

辯 | biàn（變）
粵 bin⁶（便） | 立 辛 誩 誩 誩 辯

說理，爭論：爭辯｜論辯。

【辯白】說明真相，用來消除別人的誤解或指責。

【辯駁】提出理由來否定對方的意見。

【辯論】持不同看法的人之間進行爭論。

【辯護】提出理由，對某種行為或見解進行辯解，維護。

◆辯士　辯才　辯證　辯解　辯證法　◆分辯　雄辯
答辯　強辯　詭辯　有口難辯

辰部

辰 │chén（陳）　一　厂　厂　厉　長　辰
　　│粵 sen⁴（神）

❶地支的第五位；也用於表示順序的第五。參見「干支」
條。❷時辰，中國古代將一晝夜分成十二辰，每辰相當
於兩小時。❸日、月、星的統稱：星辰。❹日子，時
間：誕辰｜壽辰｜吉日良辰。
【辰時】上午七時到九時。

辱 │rǔ（汝）　一　厂　厉　長　辰　辱
　　│粵 yug⁶（玉）

❶羞恥：屈辱｜恥辱。❷使人受到恥辱：辱罵｜侮辱。
❸謙詞，表示承蒙：辱承｜辱蒙｜辱臨。
【辱沒】玷污，使不光彩。
【辱命】沒有完成所囑咐的命令和事：幸不辱命。
◆汚辱　受辱　玷辱　凌辱　忍辱負重　喪權辱國

農 │nóng（濃）　口　曲　曲　曲　農　農
　　│粵 nung⁴（濃）

❶種地耕田：農具｜農活｜務農。❷指從事農業勞動的
人：農民｜菜農。
【農奴】沒有人身自由和任何政治權利，受農奴主或封建
主剝削和壓迫的農業勞動者。
【農忙】指農事繁忙的春、夏、秋三個時節。
【農時】適合農作物種植、收穫的生產季節。
【農業】栽培農作物和飼養牲畜的生產事業。
【農曆】中國傳統的曆法，也叫陰曆。平年十二個月，大
月三十天、小月二十九天，閏年加一個閏月。
【農藝】農作物的栽培、選種等技術。
【農作物】農業上種植的植物，包括糧食、蔬菜、果樹和
煙草等。也簡稱為作物。
◆農人　農村　農家　農莊　農場　農諺　農藝師

辵部

三至四畫

迄 │qì（氣）　ㄗ　气　乞　迁　迄　迄
　　│粵 nged⁶（屹）

❶到：迄今為止｜自古迄今。❷一直，始終：迄未實現。

迂 │yū（淤）　二　于　于　汙　迂　迂
　　│粵 yu¹（於）

❶曲折，繞彎。❷拘泥守舊：迂拙。
【迂迴】回旋，環繞：迂迴曲折。
【迂腐】想法、言行拘泥於陳腐的準則，不切實際。
【迂緩】行動遲緩，不直接。

迅 │xùn（訊）　ㄗ　刀　卂　汛　讯　迅
　　│粵 sên³（訊）

快：迅跑｜迅猛。
【迅即】馬上，立即：迅即處理。
【迅速】速度高，快：迅速前進。
【迅雷不及掩耳】比喻事情突然發生，來不及準備和應付。

巡 │xún（旬）　〈　巛　巛　巡　巡　巡
　　│粵 cên⁴（旬）

❶往來查看：巡視｜巡邏。❷量詞。遍：酒過三巡。
【巡弋】軍艦在海上巡邏。
【巡迴】按一定的路線到各處活動：巡迴演唱。
【巡警】即警察。
【巡洋艦】一種主要在遠洋中活動的大型軍艦。

迓 │yà（亞）　迎接：迎迓。
　　│粵 nga⁶（訝）

近 │jìn（晉）　ㄗ　厂　斤　沂　诉　近
　　│粵 gen⁶（僅⁶）

❶時間或空間距離短，與「遠」相對：近況｜近郊。
❷相似，差別小：近似｜相近。❸親切：親近。❹淺顯易
明：言近旨遠。
【近代】❶離現代較近的時代。❷專指資本主義發展的時
代。
【近乎】接近於：他的行為近乎愚蠢。
【近視】❶一種視力上的缺陷，看不清遠物，可戴眼鏡矯
正。❷比喻目光短淺。
【近水樓台】比喻由於接近某些人或事物而處於優先獲得
利益或方便的地位。
◆近日　近年　近來　近程　近路　近戰　近代史　◆
迫近　挨近　接近　最近　靠近　不近人情　平易近人
急功近利

返 │fǎn（反）　ㄏ　厉　反　沤　诇　返
　　│粵 fan²（反）

歸，回來：往返｜重返家園。
【返工】因不合規格而重做。
【返青】作物移植或越冬後，由黃色轉為綠色並恢復生長。
【返照】指光線反射。也作反照。
【返潮】因空氣濕度大，地面、牆壁、衣物等變潮濕。或
由於地下水上升，使地面和牆根發潮。
【返老還童】形容由衰老恢復青春。

迕 │wǔ（午）　❶違背：違迕。❷遇見：相迕。
　　│粵 ng⁶（誤）

迎 │yíng（營）　〈　幻　却　卯　迎　迎
　　│粵 ying⁴（形）

❶接：迎送｜迎接｜歡迎。❷對着，向着，衝着：迎面而
來｜迎頭痛擊。❸故意投合別人的心意：迎合｜逢迎。
【迎刃而解】比喻主要問題解決了，其他問題就隨着解決
了。
◆迎春　迎候　迎賓　迎親　迎戰　◆出迎　送舊迎新
曲意逢迎　阿諛逢迎

五畫

述 │shù（樹）　十　木　术　述　述　述
　　│粵 sêd⁶（術）

講說，陳說：口述｜敍述｜陳述。
【述評】敍述和評論：財經述評。

【述說】陳述說明：述說事情發生的經過。
【述職】公務人員向主管部門滙報執行職務的情況。
◆述語　◆引述　申述　自述　表述　論述　無庸贅述

迪 dí（敵）｜粵 dig⁶（敵）｜ロ 由 由 油 油 迪
開導：啟迪。

迥 jiǒng（窘）｜粵 guing²（炯）｜门 回 冋 迥 迥 迥
❶差別很大：迥異。❷遠：山高路迥。
【迥然】形容差得很遠。這兩地的風景迥然不同。

迭 dié（蝶）｜粵 did⁶（秩）｜レ ヒ 失 失 迭 迭
❶更換，輪流：更迭。❷屢：迭次。❸及：忙不迭。
【迭起】一次又一次地興起、出現。

迤 ㊀ yǐ（已）｜粵 yi⁵（以）｜レ 与 与 迤 迤 迤
❶地勢斜着延長。❷向某一方向延伸：迤西。
【迤邐】曲折連綿的樣子。
㊁ yí（移）｜粵 yi⁴（移）｜見「逶迤」條。

迫 ㊀ pò（破）｜粵 big¹（碧）｜ノ 白 白 泊 泊 迫
❶硬逼：迫使｜壓迫。❷接近：迫近。❸急促：從容不迫。
【迫切】十分急切。
【迫害】壓迫使人受危害：遭受迫害。
【迫不及待】急得不能再等待。
【迫在眉睫】形容事情臨近眼前，非常緊迫。
◆迫不得已　◆交迫　急迫　被迫　强迫　窘迫　逼迫　緊迫　威迫利誘　貧病交迫
㊁ pǎi（派上）｜粵 big¹（碧）｜【迫擊炮】一種從炮口裝填彈藥，能射擊遮避物後面目標的曲射火炮。

迦 jiā（加）｜粵 ga¹（加）｜フ カ 加 加 迦 迦
譯音用字：釋迦牟尼。

迢 tiáo（條）｜粵 tiu⁴（條）｜フ フ 召 召 迢 迢
遙遠：千里迢迢。

六畫

迹 同「跡」。

送 sòng（宋）｜粵 sung³（宋）｜ソ ソ 兰 关 送 送
❶運輸，傳遞：送貨｜運送｜傳送。❷贈給：送禮｜贈送。❸陪伴着去：護送｜歡送。
【送行】❶和遠行的人告別，看他離開。❷餞行。
【送別】送行。
【送命】毫無價值地喪失性命。
【送終】長輩親屬臨終時在其身旁照料。
◆送出　送給　送葬　送親　◆分送　目送　抄送　播送　選送　斷送　轉送　雪中送炭

逬 bèng（蹦）｜粵 bing³（並）｜ソ ソ 兰 并 逬 逬
向外濺出或噴射：逬發｜水花飛逬。
【逬裂】破裂，裂開而往外飛濺。
⊗國音不要讀成bing（並）。

迷 mí（彌）｜粵 mei⁴（謎）｜ソ ソ 半 米 迷 迷
❶分辨不清或失去知覺：迷失｜迷路｜昏迷。❷對某事物特別喜愛而沈醉其中：迷戀｜入迷。❸特別喜愛某事物的人：球迷｜影迷。
【迷你】英文mini的音譯，意爲小巧玲瓏：迷你型；迷你裙。
【迷信】❶相信鬼神、命運等。❷指盲目地信仰或崇拜。
【迷茫】❶遼闊而看不清：四野一片迷茫。❷神情恍惚，迷惑不解。
【迷惑】分不清是非，摸不着頭腦：迷惑不解。
【迷惘】分辨不清，不知該怎麼辦。
【迷離】模糊而難以分辨清楚：撲朔迷離。
【迷魂陣】比喻迷惑人的計謀或圈套。
【迷魂湯】比喻迷惑人的話語或行爲。
◆迷人　迷宮　迷津　迷航　迷糊　迷濛　◆財迷　着迷　戲迷　癡迷　執迷不悟　紙醉金迷　當局者迷

逆 nì（膩）｜粵 yig⁶（亦）｜ソ ソ 屰 屰 逆 逆
❶方向相反，與「順」相對：逆風｜逆流。❷牴觸，不順從：忤逆｜忠言逆耳。❸背叛：叛逆｜逆賊。❹預先：後果難以逆料。
【逆境】不順利的境遇：擺脫逆境。
【逆轉】形容局勢惡化，情況變壞。
【逆水行舟】逆着水流的方向行船，比喻不努力前進就要後退：逆水行舟，不進則退。
【逆來順受】對惡劣的處境和無禮的待遇，採取順從和忍受的態度。

洒 同「乃」。

迴 huí（回）｜粵 wui⁴（回）｜门 同 回 迵 迴 迴
曲折，環繞，旋轉：迴廊｜巡迴｜迴轉。
【迴旋】❶盤旋，繞來繞去地活動。❷可商量，可進退：辦事留有迴旋的餘地。
【迴腸蕩氣】形容文章，樂曲等十分婉轉動聽，也作蕩氣迴腸。

逃 táo（桃）｜粵 tou⁴（桃）｜ノ ヲ 兆 兆 逃 逃
躲避，跑開：逃出｜逃走。
【逃亡】躲避而出走在外。
【逃荒】遭遇災荒而被迫到外鄉謀生。
【逃匿】逃走並躲藏起來。
【逃遁】逃跑，隱藏躲避起來。
【逃竄】逃跑流竄。
◆逃兵　逃跑　逃學　逃難　逃之夭夭　◆出逃　在逃　潛逃　潰逃　在劫難逃　望風而逃　臨陣脫逃

追 zhuī（錐）｜粵 zêu¹（錐）｜亻 戶 白 洎 洎 追
❶趕，緊跟着：追趕｜奮起直追。❷竭力探求，尋求，查究：追查｜追尋｜追根究底。❸回顧過去：追述｜追憶。❹事後補辦：追加｜追認。

【追求】以積極行動去爭取達到某種目的。也指向異性求愛。

【追究】事後查問原因、責任。

【追逐】❶追趕。❷追求。

【追悔】回顧過去感到悔恨:追悔莫及。

【追悼】懷念哀悼死者。

【追蹤】按着線索或蹤跡追查。

【追懷】回憶,懷念:追懷往事。

◆ 追兵 追念 追問 追想 追溯 追贓 追本窮源
◆ 窮追 撫今追昔 急起直追

逅 hòu(後) 粵 heo⁶(後)　ㄏ ㄏ 后 后 逅 逅

見「邂逅」條。

逢 páng(旁) 粵 pong⁴(旁)　姓。

退 tuì(蛻) 粵 têu³(蛻)　ㄱ ㄱ ㄹ 艮 退 退

❶向後移動,跟「進」相對:退步|後退。❷離開:退役|退職。❸脫落,下降,消失:退色|退潮|減退。❹送還,不接受:退貨|退還。

【退化】❶生物體某些器官的構造和機能逐漸萎縮或消失。❷泛指事物由優變劣,由好變壞。

【退休】因年老或因公殘廢而離開原工作崗位,按期領取生活費用。

【退卻】❶軍隊後撤。❷畏難後退。

【退避三舍】比喻自動讓步和迴避,不與對方相爭。

◆ 退出 退回 退伍 退位 退兵 退居 退縮 退學
◆ 斥退 引退 早退 告退 進退兩難 急流勇退

七畫

這 ㊀ zhè(蔗) 粵 zé³(借)　ㄴ 言 言 言 這 這

❶指較近的時間、地方、人或事物,與「那」相對:這時|這裏|這個人。❷指說話的同時:這就走|這才看完。

◆ 這次 這些 這般 這樣 這邊 這麼着 這麼多
㊁ zhèi　同㊀❶,口語中常用於量詞、數量詞之前:這個|這些|這會兒。　粵 同㊀

連 lián(聯) 粵 lin⁴(憐)　ㄧ 百 亘 車 連 連

❶相接:連接|相連。❷接續:連續|連選連任。❸包括,帶:連根拔掉。❹表示強調,有「甚至」的含意:連我也不相信。❺軍隊的編制單位,排的上一級。

【連天】❶接連數天:連天下雨。❷不停:叫苦連天。❸好像與天相接:水連天。❹震天:喊殺連天。

【連忙】急忙。

【連累】牽連使受到損害:連累家庭。

【連詞】連接詞、詞組或句子的詞,如「和」、「或者」、「但是」等。

【連綿】形容山脈、河流、雨雪等連續不斷。

【連環】連成串的環。比喻連續的,互相有聯繫的:連環計;連環圖。

【連篇累牘】表示用過多篇幅敍述。

◆ 連日 連串 連隊 連貫 連鎖 連襠褲 ◆一連牽連 株連 接連 十指連心 價值連城 血肉相連 藕斷絲連

逗 dòu(豆) 粵 deo⁶(豆)　ㄧ 口 豆 豆 逗 逗

❶停留:逗留。❷惹弄,招引:逗笑|引逗|挑逗。

【逗號】標點符號名,寫作「,」。

【逗趣】說話或行動有趣,引人發笑:這人真逗趣。

速 sù(素) 粵 cug¹(促)　ㄧ 口 申 束 涑 速

❶快:速效|迅速。❷運動物體在單位時間內走的路程:速度|光速|時速。❸召,邀請:不速之客。

【速成】在短期內完成(多指學習):速成英語教學。

【速記】用記音符號和語詞縮寫符號迅速地把語言記錄下來。也指速記的方法。

【速寫】❶用簡練的線條很快把人或景物的特徵勾勒下來,是繪畫的方法之一,也指用這種畫法畫的畫。❷一種文體,以短小的篇幅、簡練生動的文筆,及時反映現實生活中的人和事。

◆ 速戰速決 ◆火速 全速 風速 高速 超速 變速器 欲速不達 兵貴神速

逐 zhú(竹) 粵 zug⁶(俗)　ㄏ ㄅ 豕 豕 逐 逐

❶趕走,強迫離開:逐開|逐客|驅逐。❷追趕,追隨:追逐|隨波逐流。❸挨着次序:逐日|逐年累月。

【逐步】一步一步地:逐步走上正軌。

【逐漸】漸漸。

逝 shì(試) 粵 sei⁶(誓)　ㄧ ㄓ ㄓ 折 折 逝

❶死:逝世|去逝|病逝。❷過去:逝去|光陰易逝|轉眼即逝。

逕 jìng(敬) 粵 ging³(敬)　ㄧ 巠 巠 巠 逕 逕

❶直接:逕行處理。❷小路,通「徑」。

【逕自】自作主張,直接行動:逕自決定。

逍 xiāo(消) 粵 xiu¹(消)　ㄧ ㄟ 肖 肖 消 逍

【逍遙】自由自在,不受拘束。

【逍遙法外】指犯法的人沒有受到法律制裁,仍舊自由自在。

逞 chěng(成上) 粵 qing²(請)　ㄇ ㄖ 早 呈 逞 逞

❶顯示,誇耀:逞強|逞能。❷(壞主意)達到目的:陰謀得逞。❸放縱:逞性子。

【逞兇】放肆地行兇作惡。

造 zào(皂) 粵 zou³(做)　ㄨ ㄴ 牛 告 浩 造

❶做,製作:造紙|造船|製造。❷前往,到:造訪|登峯造極。❸培養:造就|深造。❹虛構:造謠|捏造。❺莊稼收成的次數:早造|一年兩造。

【造反】❶發動叛亂。❷俗稱小孩子胡鬧。

【造次】❶匆忙。❷魯莽:不要造次行事。

【造型】創造物體形象。也指創造出來的物體形象。

【造就】❶培養使有作爲:造就人材。❷成就。

【造詣】學問、技藝達到一定的高度: 學有造詣。
◆造句　造作　造謠中傷　◇人造　仿造　建造　創造
釀造　不堪造就　閉門造車　粗製濫造
⊗右上寫作「牛」。

透 | tòu (偷去) | 粵 teo³ (頭³) | 二 禾 禾 秀 诱 透
❶通過，穿通: 透過 | 穿透 | 刺透。❷泄露，顯露: 透露 | 白裏透紅。❸充分，極: 壞透了 | 熟透了。
【透明】能透過光線的: 透明體。
【透風】❶風可以通過: 窗縫可以透風。❷透露風聲。
【透頂】達到極端，多含貶義: 愚蠢透頂。
【透視】❶用線條或色彩在平面上表現立體空間的方法。❷利用X射線觀察人體內部。❸比喻清楚地看到事物的本質。
【透徹】了解情況，分析事理詳盡而深入: 道理講得十分透徹。

途 | tú (圖) | 粵 tou⁴ (桃) | 八 今 全 余 涂 途
道路: 途程 | 旅途 | 老馬識途(比喻有經驗，能帶領新手工作)。
【途徑】❶路徑，門徑。❷方法、手段。
◇中途　前途　路途　歸途　窮途末路　道聽途說

逖 | tì (替) | 粵 tig¹ (惕) | 丿 丿 犭 犭 狄 逖
遠。

逛 | guàng (光去) | 粵 guang⁶ (姑罌⁶) | 犭 犭 狅 狂 逛
散步，閒遊，遊覽: 逛逛 | 逛街 | 逛公園。

逢 | féng (馮) | 粵 fung⁴ (馮) | 夕 夕 夆 峯 逢 逢
遇見，遇到: 相逢 | 窄路相逢 | 逢山開路。
【逢迎】❶接待，迎接。❷迎合，巴結: 逢迎上司。
【逢場作戲】遇到一定機會，偶爾玩玩。

通 | ㊀ tōng (統陰) | 粵 tung¹ (同¹) | 丶 甬 甬 甬 诵 通
❶穿過，無阻擋: 通行 | 暢通。❷清除障礙，使不堵塞: 打通 | 通爐子。❸互相聯繫，交往: 通信 | 通商。❹勾結: 串通。❺明白，懂得: 通曉 | 精通。❻文章寫得順當，流暢: 通順 | 文理不通。❼告訴，傳達: 通告 | 通知。❽普遍: 普通 | 通稱。❾全部: 通共 | 通盤考慮。
【通才】學識廣博，有多方面才能的人。
【通天】形容極大極高: 本領通天。
【通令】❶將同一命令發往若干地方: 通令全軍。❷發往各處的同一命令。
【通俗】適合普通大眾水平，淺顯易懂的: 通俗文藝。
【通病】一般都有的毛病，缺點。
【通緝】通令各地抓捕逃犯。
◆通行　通電　通融　通訊社　通力合作　通情達理
通貨膨脹　◇交通　疏通　四通八達　博古通今　大顯
神通　水泄不通　萬事亨通　融會貫通
　㊁ tòng (痛) | 粵 同㊀ | 量詞，用於動作: 罵了一通 | 打了三通鼓。

逡 | qūn (羣陰) | 粵 cên¹ (春) | 【逡巡】有所顧慮而徘徊或不敢前

進: 逡巡不前。

八畫

逵 | kuí (葵) | 粵 kuei⁴ (葵) | 十 土 夫 坴 逵 逵
四通八達的大路。

逶 | wēi (威) | 粵 wei¹ (威) | 【逶迤】形容道路、山脈、河流等彎曲而長。

進 | jìn (晉) | 粵 zên³ (俊) | 亻 作 伴 佳 谁 進
❶向前移動，與「退」相反: 進攻 | 前進。❷從外面到裏面: 進屋 | 進商店。❸買入或收入: 進貨 | 進款。❹呈上: 進言 | 進貢。
【進化】生物由簡單到複雜，由低級到高級的發展過程。
【進步】比原來有所發展或提高: 學習有進步。
【進取】努力上進: 積極進取，不甘落後。
【進修】進一步學習專業技術知識。
【進展】向前發展: 工程進展緩慢。
【進程】事物進行或變化的過程。
【進退維谷】不論是進或退都處在困境之中。形容進退兩難。
◆進入　進口　進出　進退　進駐　◇上進　引進　先進　促進　增進　激進　躍進　十進制　得寸進尺

逸 | yì (異) | 粵 yed⁶ (日) | 丿 名 免 兔 逸 逸
❶安樂，安閒: 安逸 | 以逸待勞。❷跑，逃: 逃逸。❸失傳，散失: 逸書。❹放縱: 驕奢淫逸。❺超出一般: 逸品 | 逸羣。
【逸事】指不見於正史的有關某人的事。
【逸聞】不見於正式記載的傳聞。

週 | zhōu (州) | 粵 zeo¹ (州) | 丿 月 用 周 调 週
❶外圍，圈子: 週圍 | 環遊一週。❷全，普遍: 週身 | 眾所週知。❸星期: 上週 | 週末。
【週刊】一星期出版一期的刊物。
【週而復始】一次又一次地循環。

逮 | dài (代) | 粵 dei⁶ (弟) | ㄇ ㅋ 申 隶 隶 逮
捕捉: 逮捕 | 貓逮老鼠。

九畫

逎 | qiú (囚) | 粵 yeo⁴ (由) | 強健有力: 逎勁 | 逎健。

道 | dào (稻) | 粵 dou⁶ (杜) | 丷 丷 首 首 诮 道
❶路: 道路 | 大道 | 通道。❷方向，途徑: 同道 | 志同道合。❸正當的事理: 道理 | 得道多助。❹方法，技術: 門道 | 醫道。❺中國古代的一種思想流派: 道家。❻宗教名: 道教 | 道觀。❼說: 道謝 | 能說會道。❽量詞: 一道題 | 兩道工序。
【道士】道教徒的通稱。
【道具】演戲時供表演用的器物。

【道義】道德和正義。

【道歉】向人表示歉意。

【道德】人與人相處的行爲準則和規範:社會道德。

【道貌岸然】外貌莊重,一本正經的樣子,常含諷刺意義。

【道聽途說】指靠不住,沒根據的傳聞。

◆人道 公道 街道 隧道 鐵道 背道而馳 說長道短 稱兄道弟 大逆不道 天公地道 歪門邪道 怨聲載道 微不足道

遂 ㊀|suì(穗)|粵 sêu⁶(睡) | ㅛ 艻 芴 㒇 㒈 遂

❶順,如意:順遂｜遂心。❷成功:未遂政變。❸於是,就:服藥後,咳嗽遂止。

【遂意】稱心如意。

㊁|suí(隨)|同㊀❶:半身不遂。
|粵 同㊀

遊 |yóu(由)|粵 yeo⁴(由) | 亠 方 芳 㳺 斿 遊

❶閒逛,從容地行走:遊玩｜旅遊。❷交往,交際:交遊。

【遊行】❶行蹤無定,到處漫遊。❷爲慶祝、紀念、示威等原因結隊上街而行。

【遊蕩】閒遊放蕩,不務正業。

【遊覽】從容行走觀賞名勝、風景。

◆遊記 遊艇 遊樂 遊戲 遊藝會 遊手好閒 ◆郊遊 暢遊 導遊 散兵遊勇

遍 |biàn(變)|粵 pin³(騙) | ㇈ 户 启 扁 谝 遍

❶量詞:說一遍。❷到處,滿,全:遍身｜漫山遍野。

運 |yùn(韻)|粵 wen⁶(混) | ㄇ 冖 冝 軍 運 運

❶旋轉,循序移動:運轉｜日月運行。❷搬送:搬運｜運輸。❸使用:運用。❹指人的遭遇:運氣｜好運。

【運行】週而復始地運轉,常用於星球、車船、機械等。

【運河】人工挖成的,可以通航的河。

【運動】❶物理學上指物體的位置連續不斷地變化的現象:機械運動。❷泛指各種體育活動:足球運動。❸爲達到某種目的而奔走鑽營。❹指社會活動。

【運動會】單項或多項體育運動的競賽會。

【運籌帷幄】原指古代將領在營帳內決定作戰策略,後泛指籌劃,指揮。

◆運算 運銷 運載火箭 ◆走運 行運 幸運 命運 販運 調運 鴻運當頭

達 |dá(打陽)|粵 dad⁶(第辣) | 土 圶 幸 幸 達 達

❶通:到達｜四通八達。❷實現:達到目的。❸明白,懂得:通情達理。❹傳出來:表達｜傳達。❺稱人得到權勢,有地位:達官｜顯達。

【達旦】一直到天亮:通宵達旦。

【達意】用文字或語言等表達思想。

【達觀】一切看得開,想得透,思想開朗。

【達官貴人】指職位高的官僚或地位顯赫的上層人物。

◆達成 ◆下達 直達 抵達 雷達 發達 轉達 飛黃騰達 欲速不達

逼 |bī(比陰)|粵 big¹(碧) | 一 畐 畐 畐 福 逼

❶威脅,強迫:逼迫｜形勢逼人。❷強迫索取:逼債｜逼供。❸切近,跟眞的相似:逼眞。

【逼近】靠近,接近:颶風逼近海岸。

【逼視】向前靠近,緊盯着目標。

【逼上梁山】比喻被迫進行反抗。也比喻不得不做某件事情。

◆逼緊 ◆進逼 緊逼 官逼民反 咄咄逼人

遇 ㊀|yù(寓)|粵 yu⁶(預) | 日 㕙 㝢 禺 禺 遇

❶相逢,碰到:相遇｜遇到｜遇險。❷對待,款待:待遇｜禮遇。❸機會,遭際:機遇｜際遇。

【遇見】碰到,碰見。

【遇刺】被刺殺,遭殺害。

【遇害】被殺害。

【遇難】因發生意外或受迫害而死亡。

◆巧遇 奇遇 路遇 隨遇而安 不期而遇 百年不遇

過 ㊀|guò(果去)|粵 guo³(果³) | 冂 冎 冎 咼 渦 過

❶由此到彼,經,歷:過河｜過橋｜過年。❷超出:過分｜過期。❸錯誤,與「功」相對:過失｜功過。❹用在動詞後表示完畢或曾經發生:去過｜看過。❺與「來」、「去」連用、表示趨向:拿過去｜走過來。

【過度】超過適當的程度:疲勞過度。

【過問】干預,參加意見。

【過程】事情進行或事物發展的經過。

【過慮】憂慮不需憂慮的事。

【過錯】過失,錯誤。

【過河拆橋】比喻達到目的後,就把幫助過自己的人踢開。

【過眼雲煙】比喻容易消逝的事物。又作「過眼煙雲」。

◆過半 過時 過敏 過硬 過關 過目成誦 過猶不及 ◆不過 記過 經過 悔過自新 大喜過望

㊁|guō(鍋)|粵 guo¹(戈) | ❶太,甚:過福｜過逾。❷姓。

遏 |è(餓)|粵 ad³(壓) | 日 㕥 㝐 曷 曷 遏

阻止,止住:遏制｜怒不可遏。

遑 |huáng(皇)|粵 wong⁴(皇) | 丿 白 皇 皇 遑 遑

暇閒:不遑。

【遑遑】匆忙。也作「皇皇」。

遁 |dùn(盾)|粵 dên⁶(頓) | 厂 厈 盾 盾 遁 遁

逃避,逃跑:逃遁｜隱遁。

【遁世】避世,躲避現實生活。

【遁辭】故意躲閃或掩飾錯誤的話。

逾 |yú(余)|粵 yu⁴(余) | 人 仝 兪 兪 逾 逾

超過,越過:逾期｜逾牆而過。

【逾限】超過期限、界限。

【逾越】超越。

違 |wéi(圍)|粵 wei⁴(維) | ㇇ 屮 圭 韋 違 違

❶不遵守,不依從:違背｜違法｜違約。❷離別:久

違｜暌違。
【違反】不符合法則、規程、制度等: 違反交通規則。
【違抗】違背和抗拒: 違抗命令。
【違禁】違背和觸犯禁令。
【違心之論】不是出於本心的話。
◆違例　違章　◆相違　事與願違　陽奉陰違

遐 xiá（霞）｜粵 ha⁴（霞）｜ㄧ ㄕ ㄹ 叚 叚 遐 遐
❶遠: 聞名遐邇。❷長久: 遐齡。
【遐想】悠遠地思索或想像。

十畫

遠 yuǎn（院上）｜粵 yun⁵（軟）｜土 吉 幸 袁 请 遠
❶距離長, 與「近」相反: 遠古｜遠郊。❷關係疏, 不親切: 遠親｜疏遠。❸差別大: 差得遠。
【遠大】長遠而廣闊: 前途遠大。
【遠足】徒步到遠處旅行。
【遠征】長途行軍或遠道出征。
【遠洋】遠離大陸的海洋。
【遠景】❶距離較遠的景物。❷將來的景象: 事業發展的遠景令人興奮。
【遠走高飛】形容離開舊地到遠方去。也指擺脫了困境, 去尋找新的出路。
【遠見卓識】有遠大的眼光和卓越的見識。
◆遠方　遠近　遠眺　遠路　遠謀　遠慮　◆久遠　長遠　深遠　偏遠　望遠鏡　源遠流長　高瞻遠矚　敬而遠之　任重道遠　為期不遠

遢 ta（他輕）｜粵 tab³（塔）｜見「邋遢」條。

遣 qiǎn（淺）｜粵 hin²（顯）｜口 虫 虫 晢 谱 遣
❶差派: 差遣｜派遣｜調兵遣將。❷送, 打發: 遣送｜遣散｜遣返。❸消磨, 排解: 消遣｜排遣｜遣悶。
【遣返】有關部門把人送回原來的地方。
【遣散】部門、機構等解散、改組或精簡時, 將人員解職或轉退: 工廠遣散多餘職員。

遞 dì（地）｜粵 dei⁶（第）｜广 广 庐 庐 虒 遞
❶傳送: 遞信｜傳遞｜郵遞員。❷順序: 遞增｜遞補。
【遞交】當面交給: 遞交請願書。
【遞減】一次比一次減少。
【遞進】順次推進。
【遞解】由沿途官府派人把犯人遞相押送到遙遠的地方。
◆遞給　◆投遞　呈遞　郵遞　轉遞

遙 yáo（搖）｜粵 yiu⁴（搖）｜ㄥ 夕 皐 욟 遙 遙
遠: 遙遠。
【遙測】運用現代化的電子、光學儀器對遠距離的事物進行測量。
【遙控】通過有線或無線電路的裝備操縱一定距離以外的機器、儀器等。
【遙遙】❶形容距離十分遠: 遙遙領先。❷形容時間長

久: 遙遙無期。

遛 liù（留去）｜粵 leo⁴（留）｜❶慢慢地走, 散步: 遛一遛｜遛馬路。❷為使牲畜解除疲勞等, 讓牲畜慢慢走: 遛馬。

遜 xùn（迅）｜粵 sên³（信）｜丬 子 𢎠 孫 誜 遜
❶差, 比不上: 稍遜一籌。❷謙虛, 恭敬: 謙遜｜出言不遜。❸退讓: 遜位。
【遜色】差勁, 比不上: 毫不遜色。

十一畫

適 shì（世）｜粵 xig¹（色）｜亠 六 丙 商 商 商 適
❶切合, 相合: 適合｜適當。❷暢快, 舒服: 舒適｜身體不適。❸正巧, 恰好: 適中｜適得其反。❹方才, 剛才: 適才。
【適口】正合口味, 滋味好。
【適宜】合適, 相宜。
【適可而止】達到適當的程度就停住。
【適逢其會】恰巧碰到那個時機。
◆適用　適於　適時　適量　適意　適齡　◆不適　合適　削足適履　無所適從

遮 zhē（者陰）｜粵 zé¹（嗟）｜亠 广 庐 庶 庶 遮
掩蔽, 擋住: 遮蔽｜屋簷遮住了雨水。
【遮羞】掩蓋羞恥。
【遮掩】❶遮住使不顯露: 用衣裳遮掩身體。❷掩飾錯誤和缺點: 遮掩缺點。

遨 áo（敖）｜粵 ngou⁴（敖）｜丰 寺 赵 敖 赦 遨
漫遊, 遊玩: 遨遊。

遭 zāo（糟）｜粵 zou¹（糟）｜亠 曲 曲 曹 谱 遭
❶遇到: 遭到｜遭難｜遭罪。❷量詞。週, 次: 用線繞兩遭｜走一遭。
【遭殃】指遇到不利或不幸的事。
【遭遇】❶碰上, 遇到: 他倆在碼頭上遭遇了。❷遇到的事, 多指不幸的: 他一生的遭遇很讓人同情。

遷 qiān（千）｜粵 qin¹（千）｜覀 西 覀 覂 覉 遷
❶移動, 搬家: 遷居｜遷移｜喬遷之喜。❷改變: 變遷｜事過境遷。❸調動官職: 升遷。
【遷怒】把對甲的怒氣發泄到乙的身上。
【遷徙】遷移, 搬家。
【遷就】將就別人。

十二畫

遴 lín（鄰）｜粵 lên⁴（鄰）｜亠 米 癶 粦 粦 遴
謹慎選擇: 遴選。

遵 zūn（尊）｜粵 zên¹（津）｜丬 酋 酋 尊 尊 遵

依照,按照: 遵照 | 遵從。
【遵守】不違背規定,按照要求去做。
【遵命】敬辭。按照對方的命令、囑咐辦事。
【遵循】遵照,依照:遵循教導。

遺 ㊀ yí（移）| 粵 wei⁴（維） | 口 中 虫 貴 讀 遺
❶丟失: 遺失 | 遺漏。❷丟失、漏掉的東西: 補遺 | 路不拾遺。❸留下: 不遺餘力。❹專指死人: 遺言 | 遺跡。❺不自覺地排泄: 遺尿 | 遺精。
【遺志】死者生前的志願。
【遺孤】某人死後留下的孤兒。
【遺恨】至死仍感到不安心或悔恨的事情。
【遺容】❶人死後的容貌。❷遺像。
【遺棄】❶拋棄。❷對自己應贍養或撫養的親屬拋開不管。
【遺像】死者生前留下的像片或畫像。
【遺憾】❶遺恨: 終身遺憾。❷惋惜,不稱心: 令人遺憾。
【遺囑】死者留下的囑咐。
【遺臭萬年】壞名聲永遠流傳,為後人所唾罵。
◆遺風 遺留 遺傳 遺孀 遺體 ◆後遺症 養虎遺患

㊁ wèi（魏）| 粵 wei⁶（位） | 贈送: 遺贈。

遼 liáo（聊）| 粵 liu⁴（僚） | 一 大 昚 崟 尞 遼
❶遠: 遼遠。❷中國古代朝代名。
【遼闊】寬廣: 遼闊的海洋。

遲 chí（池）| 粵 qi⁴（池） | 口 尸 尿 屖 犀 遲
❶晚,時間拖後: 推遲 | 延遲。❷慢,緩: 遲緩。
【遲延】耽擱,拖延。
【遲到】比預定的時間晚到。
【遲滯】緩慢,不通暢。
【遲鈍】反應慢,不敏捷: 動作遲鈍。
【遲疑】疑惑不決,不能決斷。

選 xuǎn（癬）| 粵 xun²（損） | ㄅ ㄥ 巴 巴 巽 選
❶挑揀: 選拔 | 選擇 | 挑選。❷推舉: 選舉 | 推選。❸被選中了的人或物: 人選。❹經過挑選出來編在一起的作品: 詩選 | 文選。
【選手】選拔出來參加體育比賽的人。
【選民】有選舉權的公民。
【選派】挑選合於規定條件的人派遣出去。
◆選票 選集 選編 ◆入選 大選 自選 普選 落選 精選 候選人 競選代表

十三畫以上

邁 mài（賣）| 粵 mai⁶（賣） | ㇀ ㇇ 萬 萬 邁 邁
❶抬起腿跨步: 邁步。❷年老: 年邁。
【邁進】大踏步地前進。

遽 jù（巨）| 粵 gêu⁶（巨） | ㇀ ㇇ 上 卢 豦 遽
❶匆忙: 急遽。❷驚慌: 惶遽。❸突然: 遽然。

還 ㊀ huán（環）| 粵 wan⁴（環） | 四 罒 咢 罘 睘 還
❶恢復原狀,回到原地: 還原 | 還鄉。❷回報: 還禮 | 還手。❸送回借的東西: 還錢 | 歸還。
【還本】歸還借款的本金: 還本付息。
【還價】買方因嫌貨價高而說出願付的價格: 討價還價。
【還願】❶求神保祐的人實現對願神許下的報酬。❷比喻實現自己的諾言。

㊁ hái（孩）| 粵 同㊀ | ❶仍舊,依然: 你還是老樣子。❷更,又: 天氣比昨天還冷。❸勉強過得去,尚: 還行 | 年紀還小。

邀 yāo（腰）| 粵 yiu¹（腰） | 白 皐 身 敫 激 邀
約請: 邀請 | 應邀 | 特邀。
【邀功】把別人的功勞搶過來當作自己的: 邀功請賞。
【邀集】約請許多人到一起集中。

邂 xiè（蟹）| 粵 hai⁶（械） | 【邂逅】無意中相遇。

避 bì（閉）| 粵 béi⁶（鼻） | ㇗ 尸 启 辟 避 避
躲開: 避開 | 避難 | 躲避。
【避免】設法不使某種情形發生,防止: 遵守交通規則,避免發生事故。
【避暑】❶天氣炎熱時到涼爽的地方去住: 避暑勝地。❷避免中暑: 避暑的涼茶。
【避風港】供船隻躲避大風浪的港灣。
【避重就輕】避開重要而揀次要的來承擔,也指迴避主要問題,只談些無關緊要的方面。
◆避忌 避風 避諱 避雷針 ◆迴避 逃避 退避

邃 suì（遂）| 粵 sêu⁶（遂） | 深遠,精深: 深邃。

邇 ěr（耳）| 粵 yi⁵（爾） | 近: 邇邇聞名。

邈 miǎo（秒）| 粵 miu⁵（秒） | 遠: 邈遠。

邊 biān（編）| 粵 bin¹（辮） | 白 皐 臱 臱 邊 邊
❶物體的周圍部分,外沿: 邊沿 | 外邊。❷國家或地區之間的交界處: 邊界 | 邊疆 | 邊境。❸旁,靠近旁的: 手邊 | 身邊。❹方面: 站在東邊 | 想着那邊。❺與「上」、「下」、「前」、「後」等方位詞連用,表示位置,方向: 上邊 | 前邊 | 後邊。
【邊防】國家邊境地區佈置的防務。
【邊沿】沿着邊的部分: 邊沿地區。
【邊際】❶邊緣,界限: 漫無邊際。❷頭緒: 說話不着邊際。
【邊緣】❶沿邊的部分。❷靠近,接近界線的,同兩個或兩個以上的方面都有關係的: 邊緣學科。
【邊遠地區】靠近國界的,遠離中心地區的地方。

邋 lā（拉）| 粵 lad⁶（辣） | 【邋遢】不整齊,不乾淨。

邐 lǐ（禮）| 粵 lei⁵（禮） | 見「迤邐」條。

邏 luó（羅）| 粵 lo⁴（羅） | 四 罒 羄 羅 邏

巡察: 巡邏。
【邏輯】音譯詞。❶思維的規律: 說話要有邏輯。❷客觀的規律性。

邑部

邑｜yì（意）
　｜粵 yeb¹（泣）｜ㄇ　口　马　号　吕　邑
城市: 都邑。

三至五畫

邕｜yōng（雍）
　｜粵 yung¹（翁）｜巛　⺆　写　⻐　⻑　邕
廣西南寧市的別稱。

邢｜xíng（形）
　｜粵 ying⁴（形）｜二　于　开　邗　形　邢
姓。

邪｜xié（斜）
　｜粵 cé⁴（斜）｜一　二　于　牙　邪　邪
❶不正當: 邪心｜邪念。❷中醫指引起疾病的外界因素: 風邪。
【邪氣】不正派，不健康的風氣。
【邪惡】不正當而且兇惡: 邪惡勢力。
【邪路】不正當的生活道路: 他因吸毒而走上邪路。
【邪說】荒謬有害的言論或主張: 異端邪說。
◆中邪　奸邪　關邪　改邪歸正　歪門邪道　歪風邪氣

邨｜同「村」。

邦｜bāng（幫）
　｜粵 bong¹（幫）｜丶　二　三　丰　邦　邦
國: 鄰邦｜盟邦｜聯邦。
【邦交】國與國之間的正式外交關係。

那｜㊀nà（拿去）
　｜粵 na⁵（拿⁵）｜刁　刁　邘　那　那
❶與「這」相反，指較遠的時間、地方或事物: 那個｜那裏｜那樣。❷作承接連詞: 如果你不想去，那就不要去。
【那些】指示兩個以上的人或事物: 那些人; 那些事。
【那麼】又作「那末」。❶指示性質、狀態、方式、程度等: 這孩子長得那麼高。❷放在數量詞前，表示估計: 這餐晚飯用那麼幾拾圓就行了。❸與「如果」、「若是」等連用，表示連接關係: 若是你下了決心，那麼就應努力去做。
㊁｜nèi（內）　同㊀❶，在口語中常用於量詞、數量詞
　｜粵 同㊀｜之前: 那個人｜那三件事｜那些汽車。
㊂｜nǎ（拿上）　同「哪」，表示疑問或詰問: 你要那件
　｜粵 同㊀｜衣服? 那有這種事? 我不相信。

邯｜hán（含）　【邯鄲】城市名，在河北省。
　｜粵 hon⁴（寒）

邱｜qiū（秋）
　｜粵 yeo¹（丘）｜㇈　㇈　斤　丘　邱　邱

姓。

邸｜dī（抵）
　｜粵 dei²（底）｜亻　㇇　氏　氏　氐　邸
❶高級官吏的住所: 官邸｜私邸。❷旅舍: 客邸。

邵｜shào（紹）
　｜粵 xiu⁶（紹）｜ㄱ　刀　ㄖ　召　召　邵
姓。

六至八畫

郊｜jiāo（交）
　｜粵 gao¹（交）｜亠　六　亣　交　效　郊
城外: 郊區｜郊遊｜城郊。

郎｜láng（狼）
　｜粵 long⁴（狼）｜㇈　亠　⻏　良　郎　郎
❶稱年輕男子，泛指青年: 女郎｜令郎。❷舊時女子稱丈夫或情人: 郎君。❸古代官名: 侍郎｜員外郎。❹姓。

郁｜yù（預）
　｜粵 yug¹（沃）｜一　ナ　冇　有　郁　郁
❶香氣濃厚: 郁烈｜馥郁｜濃郁。❷姓。

郢｜yǐng（影）　古地名，曾為楚國都城，稱郢都。
　｜粵 ying⁵（映⁵）｜在今湖北省江陵縣。

郗｜xī（西）　姓。
　｜粵 héi（希）

郤｜xì（戲）　姓。
　｜粵 guig¹（隙）

郡｜jùn（俊）
　｜粵 guen⁶（君⁶）｜⼽　ㅋ　尹　君　郡　郡
中國古代地方行政區域的名稱。秦朝前，郡小於縣，秦以後，郡大於縣。
【郡守】古代一郡的長官。

郴｜chēn（沈陰）　見於地名。郴州，在湖南省。
　｜粵 sem¹（心）

部｜bù（步）
　｜粵 bou⁶（步）｜亠　立　立　咅　咅　部
❶整體裏的一分: 部分｜內部｜局部。❷行政或機關等分設的單位: 外交部｜參謀部。❸統屬，統率: 部下。❹安排，佈置: 部署。❺量詞: 一部電話機｜三部大汽車。
【部件】組成機器的裝配單元，常由若干零件組成。
【部位】位置: 發音部位。
【部門】組成整體的部分或單位: 司法部門。
【部首】按漢字形體偏旁所分的部類。如「刂」「广」「氵」等。
【部隊】軍隊的通稱。
【部落】原始社會中由一些近親氏族聯合而成的社會集團。
◆部別　部長　部屬　◆大部　手部　西部　軍部　按部就班

郭｜guō（鍋）
　｜粵 guog³（國）｜亠　ㅎ　亨　享　郭　郭
❶城外的圍牆: 城郭。❷姓。

都｜㊀dū（督）
　｜粵 dou¹（刀）｜十　土　耂　者　都　都
❶大城市: 都市｜大都會。❷國家最高行政立法等機關

所在地: 國都｜首都｜建都。

【都城】首都。

　□dōu (兜) ❶全: 都到齊了。❷表示加重語氣: 還
　　 粵 同□　早嗎? 都快十點鐘了!

九畫以上

鄂 | è (餓) | 口 吅 罒 咢 咢ˋ 鄂
　　粵 ngog⁶ (岳) |

湖北省的別稱。

郵 | yóu (由) | 二 巿 垂 垂 郵 郵
　　粵 yeo⁴ (由) |

❶寄, 由郵局遞送: 郵寄｜郵遞。❷有關郵務的: 郵
票｜郵政。

【郵局】辦理郵政業務的機構。

【郵政】郵電業務的一大部門, 主要是寄遞信件包裹, 辦
理滙兌, 發行報刊等。

【郵購】通過郵遞購買所需的物品, 多為書刊。

【郵船】海上定線、定期的大型客運輪船, 因常載運郵件,
故名。

【郵匯】通過郵電局寄款。

◆郵件　郵差　郵資　郵費　郵電　◆軍郵　集郵

鄉 | xiāng (香) | 乡 纟 纩 缏 缏 鄉
　　粵 hêng¹ (香) |

❶農村: 城鄉。❷自己生長的地方或祖籍: 故鄉｜家鄉。

【鄉土】本鄉本土: 鄉土氣息。

【鄉里】家鄉。也指同家鄉的人。

【鄉音】故鄉的口音。

【鄉思】思念家鄉的心情。

【鄉下人】❶農村人。❷家鄉的人。

◆鄉親　◆老鄉　同鄉　異鄉　懷鄉　衣錦還鄉　背井
離鄉　魚米之鄉

鄔 | wū (烏) | 姓。
　　粵 wu¹ (烏) |

鄒 | zōu (走陰) | 勹 勺 芻 芻 芻ˋ 鄒
　　粵 zeo¹ (周) |

❶周代國名, 在今山東鄒縣一帶。❷姓。

鄙 | bǐ (彼) | 口 呂 昌 啚 啚ˋ 鄙
　　粵 péi² (丕²) |

❶惡劣, 粗俗: 鄙陋｜卑鄙。❷看不起: 鄙視。❸謙辭,
用於自稱: 鄙見｜鄙意。

【鄙人】謙辭。對人稱自己: 以鄙人之見。

【鄙棄】因為輕視而捨棄, 嫌惡。

鄭 | zhèng (政) | 丷 兰 酋 奠 奠ˋ 鄭
　　粵 jing⁶ (淨) |

❶周代諸侯國名, 在今河南新鄭一帶。❷姓。

【鄭重】認真嚴肅: 鄭重聲明。

鄰 | lín (林) | 米 粦 粦 粦 粦ˋ 鄰
　　粵 lên⁴ (輪) |

❶住處互相靠近的人家: 鄰居｜四鄰。❷靠近的, 附近
的: 鄰近｜鄰省｜鄰國。

【鄰里】❶鄉里, 家庭所在的地方。❷街坊, 鄰居。

【鄰邦】鄰國, 接壤的國家: 友好鄰邦。

【鄰接】緊靠着, 地區連接。

鄲 | dān (丹) | 見「邯鄲」條。
　　粵 dan¹ (丹) |

鄱 | pó (婆) | 丷 釆 番 番 番ˋ 鄱
　　粵 bo³ (播) |

鄱陽, 湖名, 在江西省。

鄧 | dèng (瞪) | ノ ㄋ 凡 癶 登 鄧
　　粵 deng⁶ (瞪⁶) |

姓。

鄺 | kuàng (況) | 姓。
　　粵 kuong³ (礦) |

酉部

酉 | yǒu (有) | 地支的第十位; 用作順序的第十。
　　粵 yeo⁵ (有) | 參見「干支」條。

【酉時】指下午五時至七時的時間。

二至四畫

酋 | qiú (求) | 丷 丷 芐 芮 芮 酋
　　粵 yeo⁴ (由) |

❶部落的首領: 酋長。❷頭子, 首領: 匪酋｜敵酋。

酊 | □dīng (丁) | 一 冂 酉 酉 酊
　　粵 ding¹ (丁) |

用酒精和藥物配合成的藥劑: 碘酊｜橙皮酊。

　□dīng (頂) | 見「酩酊」條。
　　粵 ding² (頂) |

酒 | jiǔ (九) | 氵 汀 沔 洏 酒 酒
　　粵 zeo² (走) |

用糧食、水果等發酵製成的含乙醇的飲料, 有刺激性。

【酒吧】指西式旅館或西餐館中賣酒的地方。

【酒會】用酒和點心招待客人的宴會。

【酒精】即乙醇, 無色可燃液體, 揮發性強。可作燃料、
溶劑、消毒劑等。又叫「火酒」。

【酒肉朋友】只在一起吃喝玩樂的朋友。

【酒囊飯袋】諷刺只會吃喝不會幹活的人。

◆酒杯　酒宴　酒鬼　◆白酒　烈酒　飲酒　葡萄酒

酌 | zhuó (灼) | 一 冂 酉 酉 酌 酌
　　粵 zêg³ (灼) |

❶斟酒, 泛指飲酒: 酌酒｜自飲自酌。❷指飲酒的宴
會: 喜酌｜小酌。❸衡量, 考慮: 酌辦｜斟酌。

【酌量】估量, 斟酌。

【酌情】根據情況, 衡量, 考慮後處理: 酌情處理。

配 | pèi (佩) | 一 冂 酉 酉 配ˊ 配
　　粵 pui³ (佩) |

❶兩性結合: 婚配｜許配。❷使牲畜交合: 配馬｜配種。
❸用適當的標準加以調和: 配色｜配藥。❹有計劃地分
派: 配置｜分配。❺把缺少的補上: 配鑰匙｜配零件。
❻陪襯: 配角。❼夠得上: 他倆正相配。❽充軍: 發配。

【配合】❶各方面分工合作, 共同完成任務。❷合在一起
顯得相稱, 合適: 這兩件傢具放在一起很配合。

【配套】把若干相關的事物組合成一整套: 配套工程。

【配偶】指夫婦，有時指丈夫或妻子。
【配給】按分配原則供應或售給。
◆配方　配音　配料　◆不配　支配　匹配　交配

醨｜xù（敘）
｜粵 hêu³（去）
｜又 yu³（雨³）

丆　西　酉　酉〃　酉凶　醨

【醨酒】無節制地喝酒，或指喝醉酒之後發酒瘋。

酚｜fēn（紛）
｜粵 fen¹（分）

有機化合物的一類，多爲無色結晶體，易溶於水。

五至七畫

酡｜tuó（駝）
｜粵 to⁴（駝）

喝了酒臉上發紅。

酣｜hān（鼾）
｜粵 hem⁴（含）

丆　西　酉　酉一　酉廿　酣

❶酒喝得很暢快，很盡興。❷泛指盡興、暢快、劇烈等：酣歌｜酣睡｜酣飲。
【酣戰】長時間地激烈戰鬥。

酢｜zuò（做）
｜粵 zog⁶（昨）

客人用酒回敬主人：酬酢。

酥｜sū（蘇）
｜粵 sou¹（蘇）

丆　西　酉　酉〃　酉禾　酥

❶從牛羊奶裏提取出的脂肪：酥油。❷含油多而鬆脆的食品：桃酥。❸食品鬆而易碎：酥脆。❹肢體軟弱無力：酥軟｜骨軟筋酥。

酬｜chóu（綢）
｜粵 ceo⁴（囚）

丆　西　酉　酉〃　酉州　酬

❶報答，償付：酬勞｜酬謝｜稿酬。❷往來交際：應酬。
❸實現：壯志未酬。
【酬金】酬勞的錢款。
【酬報】酬謝報答。

酩｜mǐng（命上）
｜粵 ming⁵（皿）

丆　西　酉　酉〃　酉夕　酩

【酩酊】喝酒醉得迷迷糊糊：酩酊大醉。

酪｜lào（烙）
｜粵 log³（洛）

丆　西　酉　酉夕　酉〃　酪

❶用牛、羊、馬等動物的乳汁製成的半凝固食品：奶酪。
❷用果仁等製成的糊狀食品：杏仁酪｜核桃酪。

酵｜jiào（叫）
｜粵 hao¹（敲）

丆　酉　酉士　酉〃　酵　酵

複雜的有機化合物在微生物的作用下分解成比較簡單的物質：發酵。
【酵母】眞菌的一種，是重要的發酵微生物。可用於發麪粉、釀酒、製醬以及做發酵飼料等。又叫「酵母菌」。

酷｜kù（庫）
｜粵 hug⁶（哭⁶）

丆　西　酉〃　酉〃　酉土　酷

❶殘暴，狠毒：殘酷。❷極，程度很深：酷寒｜酷愛。
【酷刑】殘暴的刑罰。
【酷吏】對人民殘酷的官吏。
【酷肖】極其相像。
【酷暑】極熱的天氣。

酶｜méi（梅）
｜粵 mui⁴（梅）

生物體細胞分泌的一種特殊的蛋白質，呈膠狀，能加速有機物的化學變化。又叫「酵素」。酶製劑廣泛應用在輕工業、醫藥衛生和食品加工方面。

酸｜suān（算陰）
｜粵 xun¹（孫）

丆　酉　酉ˊ　酉〃　酉ˇ　酸

❶能在水溶液中產生氫離子的化合物的統稱，分有機酸和無機酸兩大類：硫酸｜鹽酸。❷像醋的滋味：酸梅｜酸醋。❸悲痛：心酸｜辛酸。❹譏諷人迂腐：窮酸｜寒酸。
❺疲倦軟弱的感覺：手酸｜腰酸。
【酸楚】辛酸苦楚。
【酸溜溜】❶形容酸的味道或氣味。❷形容心裏難過或有輕微嫉妒的神態。
【酸甜苦辣】指各種味道，比喻幸福、痛苦等種種遭遇。

八至九畫

醇｜chún（純）
｜粵 sên⁴（純）

丆　酉　酉宀　酉宀　醇　醇

❶味道純厚的酒：醇醪。❷謙厚謹愼持重的樣子：醇厚｜醇樸。❸有機化合物的一類。

醉｜zuì（最）
｜粵 zêu³（最）

丆　酉　酉宀　酉ˊ　醉　醉

❶喝酒過度而神志不清：醉酒｜喝醉了。❷沈迷，過分愛好：醉心｜沈醉。❸用酒泡過的食品：醉蝦｜醉蟹。
【醉漢】喝醉酒的男子。
【醉生夢死】像在睡夢中一樣，昏昏沈沈、稀裏糊塗地生活。

醋｜cù（促）
｜粵 cou³（措）

丆　酉　酉ˊ　酉ˇ　醋　醋

❶一種調味用的含酸味的液體，多用米、高粱和酒等製成。❷比喻嫉妒，多用在男女關係上：醋意｜吃醋。

醃｜yān（煙）
｜粵 yim¹（閹）

丆　酉　酉ˊ　酉〃　醃　醃

用鹽浸漬食品：醃肉｜醃菜。

醞｜yùn（運）
｜粵 wen⁵（允）

丆　酉　酉田　酉田　醞　醞

❶釀酒。❷酒：佳醞。
【醞釀】造酒的發酵過程。比喻事情逐步達到成熟的過程：充分醞釀。

醒｜xǐng（星上）
｜粵 xing²（聲²）

丆　酉　酉日　酉日　醒　醒

❶睡覺過後或者還未睡着。❷腦子、思想由迷糊到清楚：清醒｜醒悟。
【醒目】鮮明，引人注意。
【醒悟】由迷惑中清醒，覺悟過來。
◆提醒　睡醒　甦醒　驚醒　如夢初醒

十畫以上

醚｜mí（迷）
｜粵 mei⁴（迷）

有機化合物的一類，無色液體，工業上用作溶劑，醫藥上用作麻醉劑。

醣｜táng（糖）
｜粵 tong⁴（唐）

酉　酉宀　酉宀　醣　醣　醣

碳水化合物的舊稱。

醜 | chǒu（丑）
粵 ceo²（丑） | 酉 酌 酌 酌 醜 醜

❶不好看，與「美」相對: 醜陋｜樣子生得醜。❷令人厭惡的，可恥的: 出醜｜醜聞。
【醜化】把事物歪曲或形容成醜的: 醜化別人形象。
【醜惡】醜陋惡劣: 醜惡嘴臉。
【醜態】令人厭惡的姿態: 醜態百出。
【醜類】指惡人、壞人。
◆醜行 醜事 ◆丟醜 家醜 遮醜 獻醜 出乖露醜

醫 | yī（依）
粵 yi¹（衣） | 三 天 医 殹 醫 醫

❶治病的人: 醫生｜醫師。❷預防和治療疾病的科學: 醫學｜中醫｜西醫。❸治病: 醫療｜有病早醫。
【醫治】治療: 醫治病人。
【醫務】醫療方面的事情。
【醫術】治病的技術: 醫術高明。
◆醫士 醫科 醫理 醫囑 醫療室 ◆牙醫 名醫 行醫 就醫 獸醫 諱疾忌醫

醬 | jiàng（匠）
粵 zēng³（賬） | 丬 丬 丬 丬 將 醬

❶用發酵後的豆、麵等做成的一種調味品: 豆醬｜辣醬。❷像醬的糊狀食品: 果醬｜芝麻醬。❸用醬油醃製，煮: 醬黃瓜｜醬滷牛肉。
【醬菜】用醬油或醬醃製的蔬菜。

醮 | jiào（叫）
粵 jiu³（照） | ❶道士設壇做法事: 打醮。❷舊時婦女再嫁: 再醮。

醺 | xūn（熏）
粵 fen¹（熏） | 酉 酉 酉 酉 醺 醺

酒醉: 醉醺醺。

釀 | niàng（娘去）
粵 yêng⁶（讓） | 酉 酉 酉 酉 醸 釀

❶製酒: 釀酒。❷酒: 佳釀。❸蜜蜂做蜜: 釀蜜。❹逐漸形成: 釀成。
【釀造】利用發酵作用，製造酒、醋等。

釁 | xìn（信）
粵 yen⁶（孕） | 釁 釁

找藉口生事: 尋釁｜挑釁。

采部

采 | ⊖cǎi（彩）
粵 coi²（彩） | ノ 爫 㕥 坖 乎 采

❶通「採」字，摘取: 采花｜采茶。❷通「彩」字，顏色美麗: 多姿多采。❸指人的神態，精神: 神采｜興高采烈。❹稱讚，叫好: 喝采。
◆文采 丰采 風采 精采 無精打采
⊖cài（菜）
粵 coi³（菜） | 古代卿大夫的封地: 采地｜采邑。

釉 | yòu（右）
粵 yeo⁶（右） | 爫 坖 采 釉 釉

塗在瓷器、陶器半成品表面，使陶瓷製品經燒製後能發出光澤的一種物質: 釉子｜釉料。

釋 | shì（試）
粵 xig¹（式） | 釆 乎 釆 釆 釋 釋

❶解說，說明: 釋義｜解釋。❷消除: 冰釋。❸放開，放下: 釋放｜如釋重負。❹佛教創始人「釋迦牟尼」的簡稱。也泛指佛教的有關事情: 釋典｜釋教。
【釋疑】❶解釋疑難。❷消除疑慮。
◆注釋 保釋 假釋 稀釋 愛不釋手 疑團莫釋

里部

里 | lǐ（李）
粵 léi⁵（李） | 丨 冂 曰 甲 甲 里

❶長度單位，合公制五百米，即半公里。❷小巷: 德仁里｜天樂里。❸居住的地方，家鄉: 故里｜鄉里。
【里程碑】❶設在路旁記公里數的標誌。❷比喻歷史發展中可作為標誌的大事。

重 | ⊖zhòng（眾）
粵 zung⁶（仲） | 二 丘 甴 重 重 重

❶分量大，與「輕」相反（多用於抽象義）: 重於泰山｜如釋重負。❷要緊的: 重要｜重鎮｜重任｜軍事重地。❸認為重要: 重視｜尊重｜重文輕武。❹言行不輕率: 慎重｜莊重｜老成持重。❺數量多: 繁重｜工作重。
【重兵】力量雄厚的軍隊: 重兵駐守。
【重於泰山】比喻死得有意義。
◆重大 重心 重託 重點 ◆器重 鄭重 嚴重
⊖同⊖
粵 cung⁵（蟲⁵） | ❶分量大，與「輕」相反（多用於具體義）: 舉重｜不知輕重。❷物體的分量: 重量｜體重｜一百斤重。❸程度深（粵音又讀仲）: 重病｜重傷。❹價格高: 重賞｜重金禮聘。❺嚴: 重刑。
◆重負 重型 重工業 ◆毛重 失重 超重 避重就輕 如牛負重
⊜chóng（蟲）
粵 cung⁴（蟲） | ❶重複，再: 重新｜重建｜重整旗鼓。❷一層層的: 重洋｜重圍｜山巒重疊。❸層: 雙重領導｜輕舟已過萬重山。

野 | yě（也）
粵 yé⁵（冶） | 丨 曰 甲 里 野 野

❶郊外，村外: 野外｜野遊｜田野。❷範圍，界限: 分野｜視野。❸指不是人工飼養或培植的動植物: 野馬｜野獸｜野花。❹粗魯，蠻橫: 粗野｜撒野。❺指處在不執政的地位: 在野｜朝野。
【野心】對權力、名利、領土等懷着巨大而非分的慾望，含貶義: 野心勃勃。
【野史】非官方編著的史書。
【野味】獵取來的供食用的鳥獸。也指用獵取來的鳥獸的肉做成的菜肴。
【野蠻】❶不開化，不文明的。❷蠻橫不講道理。
◆野人 野果 野營 野戰 野餐 野心家 ◆下野 郊野 原野 狼子野心 漫山遍野

量 | ⊖liáng（良）
粵 lêng⁴（良） | 丨 曰 旦 昌 昌 量

❶用器具計算長短、多少:丈量｜測量。❷估計，考慮:估量｜思量｜商量｜衡量。

　　㊁liàng（亮）　❶古代指計算容積的器具。❷數
　　粵 lêng⁶（亮）　目:雨量｜產量｜數量。❸可容納
的限度:肚量｜氣量｜膽量。❹估計，衡量:量力而行｜量才錄用。
【量力而行】根據自己的能力去做，不勉強去做自己力所不及的事。
【量體裁衣】按照身體去裁剪衣服。比喻辦事根據實際情況。
◆量入為出　◆力量　分量　自量　定量　度量　容量　能量　不自量力

釐｜li（離）　　未 耂 耖 耖 耖 釐
　｜粵 léi⁴（離）
❶長度單位，一尺的千分之一。❷重量單位:一兩的千分之一。❸地積單位:一畝的百分之一。❹利率。年利率一釐為本金的百分之一，月利率為本金的千分之一。❺治理，整理:釐正｜釐訂。

金部

金｜jīn（今）　　人 △ 今 全 余 金
　｜粵 gem¹（今）
❶一種金屬元素，通稱黃金。黃赤色，質軟，是貴重金屬。❷金屬的統稱:五金｜合金。❸錢:金幣｜現金｜基金。❹古代金屬製作的打擊樂器或兵器:鳴金收兵。❺中國朝代名。❻姓。
【金工】金屬的各種加工工作的總稱:金工車間。
【金星】太陽系九大行星中第二顆接近太陽的行星。中國古稱啟明星、太白星等。
【金魚】鯽魚的變種，鱗有金光，體色美麗，是觀賞魚。
【金字塔】古代埃及帝王的錐形墳墓，遠看像漢字的「金」字。
【金玉良言】比喻寶貴而有價值的忠告。
【金蟬脫殼】比喻用計謀脫身。
◆金子　金色　金條　金融　金額　金碧輝煌　◆千金　白金　酬金　鍍金　薪金　揮金如土　一刻千金　一擲千金　惜墨如金　點石成金

二至三畫

針｜zhēn（真）　　△ 今 全 金 金 針
　｜粵 zem¹（斟）
❶縫紉、刺繡或編織用的引線物:縫衣針｜針線活。
❷針形的東西:大頭針｜避雷針。❸注射用的藥物:針劑｜打針。
【針砭】比喻指出他人的錯誤，勸人改正:針砭時弊。
【針對】對準。
【針織品】指用針編織紗、線而成的衫、褲、襪等物品的統稱。
【針鋒相對】比喻雙方尖銳對立，勢不相讓。
◆方針　別針　指針　時針　探針　唱針　一針見血

穿針引線　大海撈針　見縫插針　海底撈針

釘｜㊀dīng（丁）　　△ 今 金 金 釘 釘
　｜粵 ding（丁）
金屬或竹木做成的條狀尖頭物件:釘子｜鐵釘｜螺絲釘。
　　㊁dìng（訂）　❶把釘子或楔子捶打進別的東西裏
　　粵 同㊀　面:釘釘子｜釘馬掌。❷用針線縫帶子、紐扣等。

釗｜zhāo（招）　　△ 今 全 金 釗 釗
　｜粵 qiu¹（超）
勸勉，勉勵。

釜｜fǔ（斧）　　ハ 少 父 爸 爷 釜
　｜粵 fu²（苦）
古代的一種鍋。
【釜底抽薪】從鍋底下抽去柴火，使鍋中的水不再沸騰。比喻從根本上解決問題。
【釜底游魚】在鍋裏游動的魚。比喻即將滅亡的事物。

釦｜kòu（叩）　　△ 今 全 金 釦 釦
　｜粵 keo³（叩）
衣紐:衣釦｜釦子。

釧｜chuàn（串）　　△ 今 全 金 釧 釧
　｜粵 qun³（串）
女子戴在手上的裝飾品，多用珠子、玉石等製成，又叫「手鐲」:玉釧｜寶釧。

釵｜chāi（拆）　　△ 今 全 金 釵 釵
　｜粵 cai¹（猜）
一種婦女別在髮髻上的首飾:金釵。

釣｜diào（弔）　　△ 今 全 金 釣 釣
　｜粵 diu³（弔）
❶用餌誘魚上鈎:釣魚｜釣竿。❷使用手段取得:沽名釣譽。
【釣鈎】釣魚的鈎子。有時又比作誘人上當的圈套。
【釣餌】引魚上鈎的食物。也比喻用來引誘人進入圈套的事物。

四畫

鈣｜gài（蓋）　　△ 今 全 釒 釓 鈣
　｜粵 koi³（蓋）
一種金屬元素，符號Ca。其化合物在建築工程和醫藥上有廣泛的用途。

鈍｜dùn（盾）　　△ 今 全 金 釓 鈍
　｜粵 dên⁶（頓）
❶不鋒利:鈍刀子｜刀口鈍了。❷不靈活，笨:遲鈍。
【鈍角】大於一個直角而又小於兩個直角的角。

鈔｜chāo（抄）　　△ 今 全 金 釓 鈔
　｜粵 cao¹（抄）
❶指紙幣:鈔票｜現鈔。❷謄寫，抄寫，同「抄」:詩鈔。

鈉｜nà（納）　　△ 今 全 金 釓 鈉
　｜粵 nab⁶（納）
一種金屬元素，符號Na。常用作還原劑。鈉的化合物如食鹽、純鹼等應用十分廣泛。

鈐｜qián（鉗）　　△ 今 全 金 釓 鈐
　｜粵 kim⁴（鉗）
❶蓋印章:鈐印｜鈐章。❷印章:鈐記。

鈞 | jūn（均）／粵 guen¹（均） | 人 仐 金 釒 釣 鈞

❶古代重量單位，一鈞等於三十斤：千鈞一髮（比喻情勢十分危險）｜雷霆萬鈞（形容威力極大，不可抗拒）。❷敬辭，多用於對長輩、上司：鈞安｜鈞鑒。

鈕 | 同「紐」。

五畫

鈺 | yù（遇）／粵 yug⁶（玉） | 珍寶，寶物。

鈷 | gǔ（古）／粵 gu²（古） | 人 仐 金 釒 針 鈷

一種金屬元素，符號Co。合金可製切削工具、鑽頭，永久磁鐵等。

鉗 | qián（錢）／粵 kim⁴（黔） | 人 仐 金 釒 針 鉗

❶夾東西的工具：鉗子｜鐵鉗｜老虎鉗。❷夾住，限制，約束：鉗制。
【鉗工】❶以銼、鑽、鉸刀、老虎鉗等工具進行機器的裝配和零件整修工作的工種。❷指做這種工作的工人。
【鉗口結舌】形容不敢說話。

鉢 | bō（播）／粵 bud³（巴括³） | ❶盛東西或研藥末的器具：鉢頭｜飯鉢。❷和尚用的飯碗：鉢盂｜衣鉢。

鈸 | bó（勃）／粵 bed⁶（拔） | 人 仐 釒 鈏 鈸 鈸

銅質圓形樂器。中心鼓起，兩片相擊拍發出響音：銅鈸。

鉞 | yuè（月）／粵 yud⁶（月） | 一種形如大斧的古代兵器。

鈾 | yóu（由）／粵 yeo²（柚） | 人 仐 金 釦 鈾 鈾

一種放射性金屬元素，符號U。主要用於原子能生產，也可製造合金。

鉀 | jiǎ（甲）／粵 gab³（甲） | 人 仐 金 釦 鉀 鉀

一種金屬元素，符號K。
【鉀肥】含鉀較多的肥料。能促進植物生長，增加作物抗旱、抗寒、抗病蟲的能力。

鉑 | bó（博）／粵 bog⁶（薄） | 人 仐 金 釒 釛 鉑

一種金屬元素，符號Pt。俗稱白金。

鈴 | líng（靈）／粵 ling⁴（玲） | 人 仐 金 鈐 鈴 鈴

❶金屬製成的，振動小錘可發聲的響器：鈴聲｜打鈴｜電鈴。❷像鈴的東西：啞鈴。

鉛 | ㊀qiān（千）／粵 yun⁴（元） | 仐 金 釒 釟 鉛

一種金屬元素，符號Pb。用於製造合金、蓄電池等。
㊁yán（延）／粵 同㊀ | 【鉛山】縣名，在江西省。

鈎 | gōu（溝）／粵 ngeo¹（勾） | 人 仐 金 釣 鈎 鈎

❶一端彎曲，可供懸掛或探取東西的器具：鈎子｜掛鈎｜魚鈎。❷用鈎子掛、取東西：把東西鈎過來。❸漢字筆畫，如「亅」、「乚」、「乙」等。❹一種縫紉、編織方法：鈎花｜鈎毛衣。
【鈎蟲】一種成蟲寄生在人體小腸內，口內有鈎齒，能引起鈎蟲病的線體動物。
【鈎心鬥角】比喻各用心機、明爭暗鬥。
⊗右偏旁寫作「勾」。

鉋 | bào（抱）／粵 pao⁴（咆） | 人 仐 金 釣 鈎 鉋

❶刮、削木料或鋼材等的工具：鉋刀｜鉋牀｜牛頭鉋。❷用鉋子或鉋牀刮削加工：鉋平。

鉚 | mǎo（卯）／粵 mao⁵（卯） | 用釘子連接金屬構件的方法：鉚接｜鉚釘。

六畫

鉸 | jiāo（狡）／粵 gao³（較） | ❶用剪刀等剪。❷鑽牀的一種切削法：鉸孔。
【鉸鏈】連接機器、車輛、門窗、器物的兩個部分的裝置或零件。

銃 | chòng（充去）／粵 cung³（充³） | 一種老式火槍：鳥銃｜火銃。

銬 | kào（靠）／粵 kao³（靠） | 仐 金 釒 鈝 銬 銬

❶鎖手腕的刑具：手銬｜鎖銬｜鐐銬。❷指用手銬將對方束縛起來：銬犯人。

銅 | tóng（同）／粵 tung⁴（同） | 仐 金 釦 釖 銅 銅

一種金屬元素，符號Cu。富有延展性，是電和熱的優秀導體。可製多種合金及電工器材等。
【銅臭】指銅錢的臭味。用於譏諷唯利是圖的人。
【銅錢】古代銅質輔幣，圓形，中間有方孔。
【銅鑼】一種圓盤狀的銅製打擊樂器。
【銅牆鐵壁】形容防禦工事堅固。也比喻不可摧毀的十分堅固的事物。又作「鐵壁銅牆」。

銖 | zhū（朱）／粵 ju¹（朱） | 仐 金 釒 釪 鉾 銖

重量單位，古代一兩等於二十四銖。
【銖積寸累】比喻一點一滴地積累。

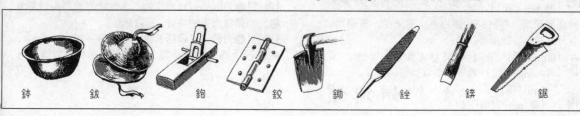

鉢　　　鈸　　　鉋　　　鉸　　　鋤　　　銼　　　鑿　　　鋸

銜 | xián（咸）粵 ham⁴（咸） | 彳 彳 衽 徍 衒 銜

❶馬嚼子，即馬的勒口。❷用嘴叼:燕子銜泥。❸存在心裏，懷着:銜恨｜銜冤。❹職位等級的名號:官銜｜軍銜｜頭銜。❺接連:銜接。
【銜尾相隨】形容一個緊跟着一個行進。

銓 | quán（全）粵 qun⁴（全） | 宀 金 釓 釒 鈴 銓

❶衡量輕重。❷選拔官吏:銓選。

銘 | míng（名）粵 ming⁵（皿） | 宀 金 釓 釫 銘 銘

❶刻鑄或書寫在器物上記事或警惕自己的文字:座右銘｜墓誌銘。❷在器物上刻字，也比喻記在心裏永世不忘:銘其功於豐碑｜銘心鏤骨。
【銘刻】❶在器物上鑄刻文字或圖案。❷心裏牢記。
【銘記】深深地記在心裏:銘記父母的教導。

鉻 | gè（個）粵 log³（絡） | 一種金屬元素，符號Cr。主要用於製造特種鋼、鎳鉻絲等。也用於電鍍。

銀 | yín（淫）粵 ngen⁴（垠） | 宀 金 釒 釿 銀 銀

❶一種金屬元素，符號Ag。白色，質軟，富有延展性，爲傳熱導電性能最好的金屬。銀的合金可做器皿、貨幣和裝飾品等。又叫「白銀」。❷顏色像銀的:銀色｜銀光閃閃。❸舊時用銀鑄成的貨幣:銀幣｜銀元。
【銀行】辦理存款、放款、匯兌、儲蓄等業務的金融機構。
【銀河】由許多恒星構成的天體，似一條銀色的大河。又叫「天河」。
【銀幕】放映電影或幻燈時使用的白色布幕。

七畫

鋅 | xīn（辛）粵 sen¹（辛） | 宀 金 釒 釷 鋅 鋅

一種金屬元素，符號Zn。藍白色結晶，質脆。可用於製合金、鍍鐵板等。

銳 | ruì（瑞）粵 yêu⁶（裔） | 宀 金 釒 鉛 鈗 銳

❶鋒利，跟「鈍」相反:銳利｜尖銳。❷勇往直前的氣勢:銳氣｜養精蓄銳。❸感覺靈敏:敏銳。❹急劇:銳減｜銳進。
【銳利】❶形容刃鋒等快而尖。❷形容眼光、言論、文筆等尖銳。
【銳角】小於直角的角。
【銳意】意志堅決，勇往直前:銳意圖新。
【銳不可當】形容勇往直前的氣勢，誰都不能阻擋。

銻 | tī（梯）粵 tei¹（梯） | 宀 金 釓 銲 銻 銻

一種金屬元素，符號Sb。銀白色，有光澤，質硬而脆。合金可製鉛字、軸承等。

銀 | láng（狼）粵 long⁴（狼） | 【銀鐺】❶鐵鎖鏈:銀鐺入獄。❷形容金屬碰擊的聲音。

鋪 | ㊀ pū（撲）粵 pou¹（普¹） | 金 釒 鋪 鋪 鋪

把東西展開或攤開:鋪牀｜鋪開｜鋪鐵軌。
【鋪敍】指文章詳細地敍述。
【鋪張】❶過分地講究排場:鋪張浪費。❷誇張。
【鋪蓋】❶平鋪着蓋上去:把鐵板鋪蓋在深坑上。❷被褥，行李。
【鋪天蓋地】形容聲勢浩大，來勢兇猛:暴雨鋪天蓋地下。
㊁ pù（瀑）粵 pou³（普³） | 商店:店鋪（也作「店舖」）。

銷 | xiāo（消）粵 xiu¹（消） | 宀 金 釒 鈝 銷 銷

❶鎔化金屬。❷除去:註銷。❸賣出:銷售｜經銷。❹消費:花銷｜開銷。❺一種似釘子的東西，用於插在器物上起固定或穩固作用:銷子｜插銷。
【銷假】請假期滿後向主管人員報到。
【銷路】商品銷售的出路。
【銷毀】鎔化毀掉，燒掉。
【銷蝕】消損腐蝕。
【銷聲匿跡】隱藏起來不再露面。
◆ 銷案 銷賬 銷贓 ◆ 行銷 代銷 包銷 推銷 脫銷 報銷 暢銷

鋇 | bèi（貝）粵 bui³（貝） | 一種金屬元素，符號Ba。

鋤 | chú（除）粵 co⁴（初⁴） | 宀 金 釦 鉏 鋤 鋤

❶除草、翻土的工具:鋤頭。❷弄鬆土地:鋤地。❸鏟除:鋤奸｜鋤草。
【鋤強扶弱】除滅強暴，扶助弱小。

銲 | hàn（汗）粵 hon⁶（汗） | 用熔化的金屬黏合、修補金屬器物:銲接｜電銲。

鋁 | lǚ（呂）粵 lêu⁵（呂） | 宀 金 金 釘 釦 鋁

一種金屬元素，符號Al。銀白色，質輕，有延展性，導電、導熱性能良好。可做電纜，它的合金可製飛機、日用器皿等。

鋌 | tǐng（艇）粵 ting⁵（艇） | 快走的樣子。
【鋌而走險】指因無路可走而採取冒險行動。

銹 | 同「鏽」。

銼 | cuò（錯）粵 co³（挫） | 宀 金 釒 釠 鉎 銼

❶磨削金屬或竹木的鋼製工具:銼刀｜銼子｜鋼銼。❷用銼磨削東西:銼平｜銼一銼。

鋒 | fēng（豐）粵 fung¹（風） | 宀 金 釒 鈝 鋒 鋒

❶刀劍等的銳利部分:刀鋒｜鋒刃。❷比喻事物的尖端部分:筆鋒。❸在前面的，或帶頭的人:先鋒｜前鋒。
【鋒芒】❶刀劍的刃口和尖端。多比喻事物的尖銳部分。❷比喻顯露出來的才幹:初露鋒芒。
【鋒利】❶刀鋒快。❷指言論、文筆等尖銳。
◆ 鋒芒所向 鋒芒畢露 ◆ 中鋒 衝鋒 針鋒相對

八畫

錠 dìng（定）｜粵 ding⁶（定）｜ノ 金 釘 釦 釪 錠
❶紡車或紡紗機繞線的機件：錠子｜紗錠。❷金屬製成的塊狀物：鋼錠｜金錠。❸量詞：一錠墨。

錶 biǎo（裱）｜粵 biu¹（標）｜ノ 金 釕 鈝 鋕 錶
計時、計量的器具：手錶｜鐘錶｜電錶。

錯 cuò（挫）｜粵 co³（挫）｜ノ 金 金 釷 鉗 錯
❶參差，交叉：錯綜｜交錯。❷岔開：錯開｜錯過。❸不正確，不對：錯字。❹過失：過錯。
【錯誤】❶不正確：錯誤行為。❷不正確的事物、行為：糾正錯誤。
【錯覺】錯誤的知覺。
【錯亂】無秩序，失常態：精神錯亂。
【錯錯落落】十分交錯夾雜。
◆錯車 錯怪 錯處 錯愛 錯別字 錯綜複雜 ◆出錯 有錯 認錯 盤根錯節 一差二錯 將錯就錯

錛 bēn（奔陰）｜粵 ben¹（奔）｜❶削平木頭用的平頭斧子：錛子。❷用平頭斧一類的工具砍削木頭。

錢 qián（前）｜粵 qin⁴（前）｜金 釕 鉞 錢 錢 錢
❶貨幣：錢幣｜錢箱｜金錢。❷費用：車錢｜房錢。❸重量單位，一兩的十分之一。
◆錢包 錢袋 錢莊 ◆花錢 掙錢 值錢 壓歲錢

鋼 gāng（綱）｜粵 gong³（降）｜ノ 金 釗 鋼 鋼 鋼
以鐵為主要成分，含碳量低於1.7%的金屬。是工業上極重要的原料。
【鋼材】鋼坯經過軋製後的成品，有型鋼、鋼板、鋼管和鋼絲等。
【鋼琴】鍵盤樂器，內有許多鋼絲弦，按鍵能發出聲音。
【鋼筋】鋼筋混凝土中所使用的長條鋼材。

錫 xī（西）｜粵 ség³（石³）｜ノ 金 釖 鈵 錫 錫
一種金屬元素，符號Sn。銀白色，質軟，富有延展性。用於錫銲、鍍錫、製低熔合金等。
【錫箔】錫製的像紙的薄片，多用於包裝物品，可防潮。

錮 gù（故）｜粵 gu³（故）｜❶將金屬鎔化後灌塞空隙。❷禁閉起來不許與外界接觸：禁錮。

錚 zhēng（爭）｜粵 zeng¹（爭）｜ノ 金 釫 錚 錚 錚
象聲詞。金屬相擊的聲音。又比喻人品剛直不阿：錚錚鐵骨。

錐 zhuī（追）｜粵 zêu¹（追）｜ノ 金 釘 鉮 錐 錐
❶鑽孔眼用的一頭尖銳的器具：錐子。❷像錐子的東西：圓錐體。❸用錐刺：錐個孔穿線補鞋。

錦 jǐn（緊）｜粵 gem²（敢）｜ノ 金 釦 鈤 錦 錦
❶有彩色花紋的絲織品。❷色彩鮮明美麗。
【錦標】授給競賽中優勝者的獎品，如錦旗、銀盾、銀杯等。
【錦雞】鳥名，形像雉，雄的羽毛很美，雌的羽毛暗褐色。
又稱金雞。
【錦繡】精美鮮豔的絲織品，比喻美麗或美好：錦繡河山。
【錦上添花】比喻美上加好，好上加美。
【錦囊妙計】比喻能及時解決緊急問題而又暫時保密的辦法。

鍁 xiān（掀）｜粵 hin¹（掀）｜掘土或鏟東西用的工具：木鍁｜鐵鍁。

錳 měng（猛）｜粵 mang⁵（猛）｜ノ 金 釞 釲 錳 錳
一種金屬元素，符號Mn。銀白色，質硬而脆。用於製造錳鋼及作去氧、去硫劑等。

鋸 jù（句）｜粵 gêu³（句）｜ノ 金 釦 鋸 鋸 鋸
❶用薄鋼片製成的邊沿有尖齒，能夠切割木料、金屬等的工具：鋸子｜電鋸。❷用鋸切割：鋸木頭。

錄 lù（路）｜粵 lug⁶（六）｜金 釕 釤 銶 録 錄
❶抄寫，記載：抄錄｜記錄。❷採用，任用：錄用｜錄取。❸記載言行、事物的書刊、冊籍等：附錄｜語錄｜回憶錄。
【錄音機】把聲音記錄下來並可重放的機器裝置。
【錄像機】記錄、重放電視圖像及伴音信號的機器。

錙 zī（資）｜粵 ji¹（資）｜古代重量單位，一兩的四分之一。
【錙銖必較】形容對很少的錢或很小的事都十分計較。

九畫

鍍 dù（杜）｜粵 dou⁶（杜）｜金 釕 釪 鈵 鍍 鍍
用電解或其他化學方法，使一種金屬均勻地附在別的金屬或物體的表面上：鍍銅｜鍍鎳｜電鍍。
【鍍金】❶在器物表面鍍上一層薄薄的黃金。❷比喻獲取虛名。

鎂 měi（美）｜粵 mei⁵（美）｜金 釒 釺 鎂 鎂 鎂
一種金屬元素，符號Mg。銀白色，質輕而軟，有延展性，燃燒時發出強光，可製閃光粉。鎂鋁的合金是製造飛機的重要材料。

鍥 qiè（竊）｜粵 kid³（揭）｜金 釤 鈝 釼 鍥 鍥
雕刻。
【鍥而不舍】比喻有恒心，有毅力，堅持不懈。

鍊 liàn（練）｜粵 lin⁶（練）｜金 釒 釦 鉬 鍊 鍊
❶用火冶製金屬，使純淨或堅韌：鍊鐵｜千錘百鍊。❷比喻推敲詞句，使其精美：鍊字｜鍊句。❸同「煉」和「鏈」。

錨 máo（毛）｜粵 mao⁴（矛）｜金 釕 釪 鉮 鍤 錨
爪鈎形的鐵製停船器具，一端用鐵鏈連在船上，拋到水底，可以使船穩：下錨｜起錨。

鍘 zhá（閘）｜粵 zab⁶（習）｜❶切草或切其他東西的器具：鍘刀。❷用鍘刀切：鍘草。

鍋 guō（郭）粵 wo¹（窩） ｜ 金 釘 釦 鈤 鍋 鍋

❶煮飯菜的器具: 鐵鍋｜鍋蓋｜鍋鏟。❷像鍋的: 煙鍋｜羅鍋。

鍾 zhōng（忠）粵 zung¹（忠） ｜ 金 釙 鈯 鉔 鍾 鍾

❶古代盛酒或盛糧食的器皿: 酒鍾。❷感情等集中、專一: 鍾愛｜一見鍾情。❸姓。
【鍾情】感情專注，多指愛情。

錘 chuí（垂）粵 cêu⁴（徐） ｜ 金 釓 釺 鈱 錘 錘

❶配合秤桿確定分量的金屬塊: 秤錘。❷同「鎚」。敲打東西的器具，或用錘擊打: 鐵錘｜千錘百煉。❸古代一種兵器，柄一端有一金屬球狀物: 銅錘。
【錘煉】❶磨練，鍛鍊。❷刻苦鑽研，反覆琢磨: 錘煉字句。

鍬 qiāo（敲）粵 qiu¹（超） ｜ 金 釢 釺 鈬 鈬 鍬

鐵鍬，挖土或鏟東西的工具。

鍛 duàn（段）粵 dün⁶（段） ｜ 金 釘 釺 鈰 鉬 鍛

鎚打燒紅的金屬塊，使成一定形狀: 鍛造｜鍛壓。
【鍛煉】❶冶煉金屬。❷通過體育活動以增強體質。❸指通過社會實踐，不斷學習和提高。也作「鍛鍊」。

鍵 jiàn（件）粵 gin⁶（健） ｜ 金 釓 釢 釢 鍵 鍵

❶琴或機器上使用時按動的部分: 鍵盤｜鍵門。❷插在門上關鎖門戶的金屬棍子。

食物，飲料等變涼: 冰鎮汽水。
【鎮定】遇到緊急的情況不慌亂: 神色鎮定。
【鎮壓】用強力壓制: 鎮壓暴亂。

鎖 suǒ（瑣）粵 so²（所） ｜ 金 釤 釥 鉜 鎖 鎖

❶加在門、箱等上面使人不能隨便打開的器具: 門鎖｜鐵鎖。❷用鎖關住，封閉: 鎖門｜封鎖。❸鎖鏈: 枷鎖。
【鎖骨】連接胸骨和肩胛骨的細長骨頭，左右各一塊，是頸和胸的分界標誌。
【鎖鏈】用鐵環連接起來的成串的東西。

鎧 kǎi（凱）粵 hoi²（海）
【鎧甲】古代軍人所穿的護身服裝，多由金屬片綴成。

鎩 shā（殺）粵 sad³（殺）
❶古代一種長矛。❷摧殘，傷害: 鎩羽（傷了翅膀，比喻失意）。

鎳 niè（聶）粵 nib⁶（聶） ｜ 金 釢 鈤 鈤 鎳 鎳

一種金屬元素，符號Ni。銀白色，質堅硬，有延展性，在空氣中不易氧化，是製造不鏽鋼的重要原料，也用於電鍍。

鎢 wū（烏）粵 wu¹（烏） ｜ 金 釥 鈤 鉜 鎢 鎢

一種金屬元素，符號W。灰黑色，硬度高，延展性強，耐高溫。可製特種合金鋼，鎢絲可製電燈泡裏的細絲。

鎚 同「錘」。

鎗 同「槍」。

十畫

鎔 róng（榮）粵 yung⁴（容） ｜ 金 釤 釯 鈤 鈨 鎔

固體受熱到一定溫度時融化爲液體: 鎔化｜鎔爐。
【鎔岩】噴出地表的岩漿冷卻後凝固成的岩石。
【鎔解】固態物質吸收熱量而變爲液態的過程。
【鎔鍊】鎔化鍊製。

鎊 bàng（棒）粵 bong⁶（磅） ｜ 金 釤 釢 鈰 鎊 鎊

英國貨幣單位，通稱「英鎊」。

鎬 gǎo（稿）粵 gou²（稿） ｜ 刨土用的工具。

鎮 zhèn（振）粵 zen³（振） ｜ 金 釥 鈰 鈤 鎮 鎮

❶較大的市集: 鎮子｜市鎮｜集鎮。❷軍事上重要的地方: 重鎮。❸壓，抑制，壓制: 鎮紙｜鎮痛。❹用武力維持安定: 鎮守。❺安，安定: 鎮靜。❻用冰或冷水使

十一畫

鏑 dí（敵）粵 dig⁶（敵） ｜ 金 釫 鈰 鈰 鏑 鏑

箭頭: 鋒鏑。

鏡 jìng（敬）粵 géng³（驚³） ｜ 金 釫 鈰 鐕 鐣 鏡

❶能照見形象的用具: 鏡子。❷利用光學原理製成的器具: 眼鏡｜望遠鏡｜顯微鏡。
【鏡花水月】比喻看得見，得不到的虛幻、不實在的東西。

鏟 chǎn（產）粵 can²（產） ｜ 釫 釫 鈰 鏟 鏟 鏟

❶用來削平和撮取東西的長把金屬工具: 鐵鏟｜鍋鏟。❷用鍬或鏟子撮取或清除: 鏟草｜鏟平。
【鏟除】連根除去，消滅乾淨。

鏖 áo（遨）粵 ou¹（奧¹） ｜ 亠 广 庐 鹿 麈 鏖

【鏖戰】激烈、艱苦的戰鬥。

鍘　　鎚　　鍬　　鎬　　　鎖　　　鏇床　　　鐮　　鏝

鏃 | zú（族）
粵 zuk⁶（族） | 金 釒 釒 鋅 鏃 鏃

箭頭：箭鏃。

鏇 | xuàn（眩）
粵 xun⁴（船） | ❶用車牀轉着圈地切削零件。❷溫酒的器具：鏇子。

鏈 | liàn（練）
粵 lin⁶（練） | 牟 金 釒 鈤 鏈 鏈

❶用金屬環連套而成的長條：鏈子｜鏈條｜鎖鏈。❷長度單位。十分之一海里爲一鏈。

鏗 | kēng（坑）
粵 heng¹（亨） | 金 釒 鈤 鏹 鏗 鏗

象聲詞。金屬碰撞的聲音。
【鏗鏘】形容聲音響亮和諧：鏗鏘悅耳。

鏢 | biāo（標）
粵 biu¹（標） | 牟 金 釒 鏰 鏰 鏢

一種舊式鋼製的投擲武器，外形似長矛的頭：飛鏢。
【鏢局】經營保鏢業務的處所。

鏜 | tāng（湯）
粵 tong¹（湯） | 金 釒 釕 鏰 鎧 鏜

象聲詞。形容敲擊聲或敲鑼聲。
【鏜鏜】❶鼓聲。❷泛指大的聲音。
㊀ táng（堂）
粵 tong⁴（堂） | 車削金屬工件上已有的孔眼。
【鏜牀】用來車削金屬工件的外圓、圓孔、圓錐孔的機械設備。

鏵 | huá（滑）
粵 wa⁴（華） | 安裝在犁上用來破土的鐵片：犁鏵。

鏤 | lòu（漏）
粵 leo⁶（漏） | 入 金 釒 鋁 鏈 鏤

雕刻：雕鏤｜鏤花｜鏤空。
【鏤骨銘心】牢記不忘，喻感激別人。又作「刻骨銘心」。

鏹 | qiāng（腔）
粵 kêng⁵（強⁵） | 【鏹水】強酸液的俗稱。

鏘 | qiāng（槍）
粵 cêng¹（昌） | 金 金 釗 釗 鏘 鏘

象聲詞。金屬器物的碰撞聲：鑼聲鏘鏘。

十二至十三畫

鐘 | zhōng（忠）
粵 zung¹（忠） | 金 釒 鈤 鐥 鐘 鐘

❶用金屬製成的響器，中間空，敲打時發出響聲：鐘鼓｜銅鐘。❷計時器：鐘錶｜掛鐘｜鬧鐘。❸時間：鐘點｜十點鐘。

九龍尖沙咀鐘樓

鐃 | náo（撓）
粵 nao⁴（撓） | 金 釓 鈗 鐃 鐃 鐃

❶古代樂器。青銅製，體短而寬，錘擊發聲。❷銅質圓形的打擊樂器，是較大的鈸：鐃鈸。

鐐 | liào（料）
粵 liu⁴（遼） | 鎖住雙腳的刑具：腳鐐。
【鐐銬】腳鐐和手銬。

鐝 | jué（決）
粵 küd³（決） | 【鐝頭】刨土的工具。

鐙 | dèng（鄧）
粵 deng³（櫈） | 掛在馬鞍子兩旁的腳踏，是專爲騎馬的人放腳用的。

鐮 | lián（連）
粵 lim⁴（廉） | 釒 釓 鎃 鎃 鐮 鐮

【鐮刀】收割莊稼和割草的農具。

鐳 | léi（雷）
粵 lêu⁴（雷） | 金 釒 釕 鐳 鐳 鐳

一種放射性金屬元素，符號Ra。銀白色，質軟。醫藥上用於治療癌症或皮膚病。

鐵 | tiě（帖）
粵 tid³（拖熱³） | 釓 鈷 鐟 鐟 鐵 鐵

❶一種金屬元素，符號Fe。質堅硬，有延展性，是鍊鋼的主要原料：鐵礦｜鋼鐵。❷指刀槍等：手無寸鐵。❸堅硬：鐵拳｜鐵腕。❹確定不移：鐵證｜鐵案如山。❺比喻強暴或精銳：鐵蹄｜鐵騎。
【鐵心】指下定決心。
【鐵道】有鋼軌的供火車行駛的路，也作鐵路。
【鐵石心腸】心腸硬如鐵石。比喻感情不易被感動。
【鐵杵成針】比喻只要有毅力、有恒心，肯下苦功，就能克服困難，把事情做成功。
【鐵面無私】形容公正嚴明，不講私人情面。
【鐵樹開花】比喻事情非常罕見或極難實現。
◆ 鐵甲　鐵匠　鐵板　鐵鏈 ◆ 生鐵　地鐵　烙鐵　廢鐵　鑄鐵　點鐵成金　銅牆鐵壁　趁熱打鐵

鐺 | ㊀dāng（當）
粵 dong¹（當） | 釒 釕 鈗 鎧 鐺

象聲詞：鐺鐺聲｜鐺的一聲。
㊀ chēng（撐）
粵 cang¹（撐） | ❶烙餅或做菜用的平底淺鍋。❷溫酒、茶等的器皿：酒鐺。

鐸 | duó（奪）
粵 dog⁶（踱） | 金 釢 鐟 鐟 鐟 鐸

古代統治者傳布政教法令時用的大鈴：木鐸｜金鐸。

鐲 | zhuó（濁）
粵 zug⁶（濁） | 金 釢 鐟 鐲 鐲 鐲

戴在手腕或腳踝上的環形裝飾品：鐲子｜手鐲｜金鐲。

鐫 | juān（捐）
粵 jun¹（專） | 雕刻：鐫刻圖章。

鏽 | xiù（秀）
粵 seo³（秀） | 釒 釢 鋍 鏽 鏽 鏽

❶某些金屬表面生的氧化物：鐵鏽。❷金屬品被氧化黏牢：生鏽｜這門鏽了。
【鏽病】由真菌引起的植物病害。患病的植物，葉和莖出現鐵鏽色斑點，生長受到影響。

十四畫以上

鑄 | zhù（注）
粵 ju³（注） | 金 釒 鈗 鐟 鑄 鑄

❶把金屬熔化後傾注在模子裏製成工件或器物: 鑄造｜鑄鋼錠。❷形成, 造成: 鑄成大錯（造成重大錯誤）。
【鑄鐵】又叫生鐵, 是由鐵礦砂最初鍊出來的鐵, 多用於鑄造器物。

鑑｜jiàn（劍）　　金 釒 鈩 鈩 鑑 鑑 鑑
　　｜粵 gam³（監³）
❶鏡子: 銅鑑。❷照, 審察: 光可鑑人｜鑑別眞假。❸教訓: 前車之鑑。
【鑑戒】以過去的事作爲教訓。
【鑑別】審察辨別眞假好壞。
【鑑定】❶鑑別, 審定。❷對人優缺點的評定。
【鑑賞】對藝術品和文物等鑑別欣賞。

鑒｜jiàn（劍）　　一 亍 臣 臨 臨 鑒
　　｜粵 gam³（監³）
❶書信裏常用的開頭語: 台鑒｜鈞鑒。❷通「鑑」。

鑣｜biāo（標）　　釒 鈩 鈩 鈩 鑣 鑣
　　｜粵 biu¹（標）
❶卡在馬嘴上的鐵, 又叫馬嚼子。也指馬頭的方向: 分道揚鑣。❷同「鏢」。

鑠｜shuò（爍）　　金 鈩 鈩 鈩 鑠 鑠
　　｜粵 sêg³（削）
❶熔化金屬、石頭: 鑠金。❷耗損, 削弱。

鑫｜xīn（心）　　｜財富興盛。常見於店名或人名。
　　｜粵 yem¹（音）

鑲｜xiāng（箱）　　牛 金 鈩 鈩 鑲 鑲
　　｜粵 sêng¹（雙）
把東西嵌進去或在外圍加邊: 鑲牙｜鑲邊。
【鑲嵌】把一物體嵌入另一物體內。

鑰｜yào（耀）　　牛 金 鈩 鈩 鈩 鑰
　　｜粵 yêg⁶（若）
【鑰匙】開鎖的工具。

鑷｜niè（聶）　　【鑷子】用來拔除毛、刺或夾取細
　　｜粵 nib⁶（聶）　　小東西的工具。

鑼｜luó（羅）　　金 釽 鑼 鑼 鑼 鑼
　　｜粵 lo⁴（羅）
金屬樂器, 外形似銅盤, 敲打可發聲: 敲鑼打鼓｜鑼鼓喧天。

鑽㊀｜zuān（鑽陰）　　金 鈩 鈩 鈩 鑽 鑽
　　｜粵 jun³（轉）
❶穿孔, 打眼: 鑽孔。❷穿過, 進入: 鑽山洞｜鑽到水裏。❸仔細, 深入研究: 鑽研｜鑽書本。
【鑽探】用鑽機向地下鑽孔, 取出不同深度的土壤、岩石樣本, 進行化驗研究, 以便了解礦牀地層構造及土壤性質等情況。
【鑽營】爲謀私利而設法巴結有權勢的人。
【鑽牛角尖】比喻死鑽無意義的或無法解決的問題。
　㊁｜zuàn（賺）｜打孔用的工具: 鑽頭｜鑽機｜電鑽。
　　｜粵 同㊀
【鑽石】又稱金剛石, 硬度極高。
【鑽牀】用鑽頭給工件加工圓孔的機牀。

鑾｜luán（巒）　　言 奱 䜌 䜌 鑾 鑾
　　｜粵 lün⁴（聯）
鈴鐺。

鑿㊀｜záo（遭陽）　　屮 半 䒑 䒑 擊 鑿
　　｜粵 zog⁶（昨）
❶挖槽打孔用的工具: 鑿子。❷挖掘, 打孔: 鑿井｜鑿冰。
　㊁｜zuò（坐）　　❶眞實, 明確: 鑿鑿有據｜證據確鑿。
　　｜粵 同㊀　　❷對於義理不可通的, 强求其通: 穿鑿附會。

長部

長㊀｜cháng（常）　　一 丆 匚 巨 長 長
　　｜粵 cêng⁴（祥）
❶兩點之間的距離: 長度｜邊長三米七。❷指時間或空間的距離大, 與「短」相對: 長壽｜長空萬里。❸優點, 專精的技能: 長處｜特長｜取長補短。❹對某事做得特別好: 擅長｜他長於油畫。
【長江】中國第一大河, 發源於青海省, 流經九省至上海市流入東海, 全長6,300多公里。
【長河】很長的河流。比喻很長的過程: 歷史長河。
【長城】中國古代偉大工程之一, 又稱萬里長城。也用來比喻堅强雄厚的力量, 不可逾越的障礙等: 鋼鐵長城。
【長眠】婉辭, 指人死亡。
【長途】遠距離的: 長途旅行。
【長短】❶長度。❷是非, 好壞: 背地裏說人長短是不應該的。❸意外的變故（多指生命的危險）: 唯恐有個長短。
◆長久　長此以往　長命百歲　◆冗長　加長　延長　漫長　天長日久　細水長流
　㊁｜zhǎng（掌）　　❶生, 發育: 長成大人。❷增加:
　　｜粵 zêng²（掌）　　長見識。❸年紀大, 輩分高, 排行在前: 長輩｜年長｜長女。❹領導人, 主持人: 局長｜校長。

門部

門｜mén（們）　　丨 冂 冂 冃 冏 門
　　｜粵 mun⁴（瞞）
❶進出口的地方: 門口｜校門。❷安在出入口上能開關的裝置: 車門｜開門。❸形狀或作用像門一樣的東西: 水門｜電門｜閘門。❹器物可以開關的部分: 櫃門｜爐門。❺路數, 訣竅: 門路｜竅門。❻舊時指家族或家族的一支, 現指一般家庭: 豪門｜雙喜臨門。❼宗教或學術等的派別: 佛門｜教門。❽一般事物的分類: 分門別類｜五花八門。❾量詞: 一門大炮｜三門功課。
【門戶】❶房屋的出入處。也比喻出入必經的要地。❷家庭: 自立門戶。❸派別: 門戶之見。
【門市】商店零售貨物的業務: 門市部。
【門面】商店房屋臨街的部分。常用來比喻外表。
【門徑】途徑, 方法: 找到了解決困難的門徑。
【門第】封建時代指家庭的社會地位。
【門診】醫生在醫院給不住院的病人治病。
【門可羅雀】比喻門庭十分冷落, 無人來往。

【門庭若市】門前和庭院熱鬧得和市場一樣。形容來往的人多。

【門當戶對】結親時指男女雙方家庭的社會地位和經濟狀況相當。

一至三畫

閂 | shuān（栓）
粵 san¹（珊）

❶橫插在門後使門推不開的木栓或鐵栓：門閂。❷把門栓插上：把門閂上。

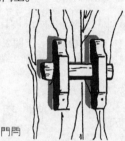

門閂

閃 | shǎn（陝）
粵 xim²（陝）

❶天空的電光：閃電｜打閃。❷光亮突然顯現或忽明忽暗：火亮一閃｜星光閃閃。❸側轉身體躲避：閃身｜閃開。❹因動作過猛，使筋肉受傷而疼痛：閃了腰。

【閃失】意外的損失，差錯。

【閃現】一瞬間呈現，出現。

【閃電】❶雲與雲或雲與地面，因正負電的作用所發生的放電現象。❷比喻突然而猛烈：閃電戰。

【閃避】閃開躲避。

【閃耀】亮光閃動不定，光彩耀眼。

【閃爍】❶光亮不定、若明若暗的樣子。❷比喻說話吞吞吐吐：閃爍其詞。

◆閃光 閃射 閃擊 閃閃發亮 ◆忽閃 躲閃 電閃雷鳴

閉 | bì（幣）
粵 bei³（蔽）

❶關，合：閉門｜閉嘴｜閉目養神。❷不通，塞：閉塞｜閉氣。❸停止，結束：閉幕。

【閉塞】❶堵塞。❷指交通不便，消息不靈通。

【閉門羹】比喻拒絕客人進門。

【閉月羞花】形容女子容貌美麗：閉月羞花之貌。

【閉門造車】比喻脫離實際，憑主觀辦事。

四畫

閔 | mǐn（敏）
粵 men⁵（敏）

姓。

閏 | rùn（潤）
粵 yên⁶（潤）

曆法上說每過幾年積餘的時間。

【閏日】陽曆積四年的剩餘時間所成的一日，加在二月末一日，這天叫閏日。

【閏月】農曆每逢閏年所加的一個月叫閏月。

【閏年】陽曆有閏日或農曆有閏月的年份。

開 | kāi（揩）
粵 hoi¹（海¹）

❶跟「關」、「閉」相對：開門｜打開｜張開。❷起始：開幕｜開學。❸舉行，創辦：開會｜開工廠。❹發動，駕駛，發射：開動｜開車｜開槍。❺列出，寫出：開列｜開清單。❻滾、沸騰：開水｜水開了。❼發給，支付：開支｜開銷。❽擴展，開發：開拓｜開荒｜開闢。❾紙張的若干分之一：八開紙｜三十二開本。❿用在動詞後面表示效果：滾開｜拉開距離｜消息傳開。

【開火】放槍開炮，發生戰鬥。

【開心】快樂：玩得很開心。

【開放】❶展開：百花開放。❷解除封鎖、禁令、限制等。❸公園、展覽會、圖書館等接待遊人、參觀者、讀者。

【開始】❶從頭起，從某一點起。❷着手進行。❸開始的階段：初到香港，開始是有些不習慣。

【開墾】把荒地開闢成可以種植的土地。

【開天闢地】指有史以來第一次。

【開誠布公】誠意對人，沒有私心。

◆開口 開朗 開除 開創 開禁 開闊 開玩笑 ◆公開 分開 展開 躲開 眉開眼笑 信口開河

閑 | xián（賢）
粵 han⁴（嫻）

❶柵欄。❷防範。❸法度。❹同「閒」。

間 | ⊖ jiān（艱）
粵 gan¹（艱）

❶兩段時間或兩種事物相接的地方：中間｜兩者之間。❷指一定的人羣、地點和時間的範圍內：人間｜田間｜晚間。❸房屋，作量詞：房間｜五間房。

◆間架 ◆日間 午間 世間 民間 空間 夜間 其間 套間 期間 瞬間 字裏行間 俯仰之間

⊜ jiàn（見） ❶縫隙，空隙：親密無間。❷隔開，
粵 gan³（澗） 不連接：間隔｜間斷。❸挑撥，使人不和：離間。

【間或】偶然，有時候：她的病間或發作一下。

【間接】非直接的，通過第三者發生關係的：間接聯繫。

【間隙】空隙。

【間歇】連續動作中隔一定時間停一會兒。

【間諜】被敵方或外國派遣、收買，從事刺探機密情報、進行顛覆破壞活動的特工人員。

【間不容髮】比喻情勢危急到了極點。

閒 | xián（賢）
粵 han⁴（嫻）

❶沒有事情可做，空暇：閒暇｜空閒。❷空着，放着不使用：閒房｜機器閒着不用。❸安靜的樣子：閒靜｜安閒自在。❹與正事無關的：閒談｜閒書。

【閒人】空暇無事的人或沒有關係的人：閒人免進。

【閒散】❶空閒而無拘束。❷指人或物質閒着沒有使用。

【閒話】❶與正事無關的話。❷不滿意的話：說別人的閒話。❸閒談。

【閒適】清閒安逸：閒適的生活。

【閒情逸致】悠閒的心情，安逸的興致。

◆閒居 閒事 閒逛 閒蕩 閒聊 ◆偷閒 農閒

幫閑　忙裏偷閑　遊手好閑

五至七畫

閘 zhá（札）｜粵 zab⁶（雜）
❶攔住水流、調節水量的建築物: 閘口｜閘門｜水閘。
❷使機器減速或停止運動的設備: 手閘｜電閘｜腳閘。

閡 hé（河）｜粵 hed⁶（瞎）
阻隔不通: 隔閡。

閨 guī（規）｜粵 guei¹（歸）
舊時稱女子居住的內室: 閨房｜深閨。
【閨女】❶沒有出嫁的女子。❷女兒。
【閨秀】舊時稱有錢人家的女兒: 大家閨秀。

閩 mǐn（敏）｜粵 men⁵（敏）
❶福建省的別稱。❷江名,在福建省。

閥 fá（乏）｜粵 fed⁶（伐）
❶機器上的活門: 閥門｜排氣閥。❷憑藉權勢而佔有支配地位的個人或集團: 軍閥｜財閥｜學閥。❸封建社會裏指有權勢的家庭在社會上的地位: 門閥｜閥閱之家。

閤 gé（格）｜粵 gog³（各）
❶小門,旁門。❷同「閣」。

閣 gé（格）｜粵 gog³（各）
❶類似樓房的建築物: 樓閣。❷舊指女子的卧室: 閨閣。❸一些國家的最高行政機關: 內閣｜組閣。
【閣下】對人的敬稱,多用於外交場合。
【閣員】內閣的成員。
【閣樓】在房間上部架起的矮小的樓。

閱 yuè（月）｜粵 yud⁶（月）
❶看: 閱讀｜翻閱｜批閱。❷查看,檢驗: 檢閱｜閱兵｜查閱。❸經歷: 閱歷。
【閱覽】看書報。

閭 lú（驢）｜粵 lêu⁴（雷）
❶巷口的門,也指裏巷: 閭巷｜倚閭而望(形容父母殷切盼望子女歸來的心情)。❷古代二十五家為一閭。

八至九畫

閹 yān（淹）｜粵 yim¹（淹）
❶割去生殖器: 閹豬｜閹雞。❷指封建時代的太監、宦官: 閹黨。
【閹割】❶割去人或動物的生殖器。❷引用別人的文章或理論時歪曲其內容實質。

閻 yán（炎）｜粵 yim⁴（炎）
姓。
【閻王】❶即閻羅王,佛教指主管地獄的神。❷比喻極兇惡的人。

闊 kuò（擴）｜粵 fud³（科活³）
❶寬,廣: 廣闊｜遼闊｜海闊天空(形容大自然廣闊,也比喻想像或說話毫無拘束,漫無邊際)。❷距離遠,時間長: 闊別。❸富裕、生活奢侈,排場大: 擺闊。
【闊少】指有錢人家的子弟。
【闊佬】稱年紀較大的有錢人。
【闊氣】豪華奢侈。
【闊綽】講究排場,生活奢侈。

闇 àn（按）｜粵 em³（庵³）
❶黑暗,不亮: 昏闇。❷糊塗,愚昧: 愚闇。

闌 lán（蘭）｜粵 lan⁴（蘭）
❶遮攔的東西。同「欄」。❷將盡: 夜闌人靜。
【闌干】❶縱橫交錯,參差錯落。❷同「欄杆」,遮攔的東西。
【闌珊】將盡,衰落: 意興闌珊。

闆 bǎn（版）｜粵 ban²（版）
工商業的業主叫做「老闆」。

闃 qù（去）｜粵 kuig¹（箍益¹）
形容沒有聲音: 闃然無聲。

闋 què（確）｜粵 küd³（缺）
❶終止,停止: 樂闋。❷量詞。詞一段或歌一曲叫闋: 上闋｜下闋｜一闋歌曲。

闈 wéi（違）｜粵 wei⁴（圍）
❶古代宮室的側門。❷宮廷裏后妃住的地方: 宮闈。❸科舉時的考場。

十畫以上

闕 ㊀què（確）｜粵 küd³（決）
❶皇宮正門兩邊的高建築物,也指宮門: 闕樓｜城闕。❷泛指帝王的住所: 宮闕。
㊁quē（缺）❶過錯: 闕失。❷空缺: 闕文｜闕字。粵 同㊀　【闕疑】有了疑問,暫時擱置起來,待以後解決。

闔 hé（河）｜粵 heb⁶（合）
❶全,總共: 闔家｜闔府統請。❷關閉: 把門闔上。

闐 tián（田）｜粵 tin⁴（田）
盛滿,充滿: 闐溢。

闖 chuǎng（窗上）｜粵 cong²（廠）
❶猛衝: 闖進｜橫衝直闖。❷招惹: 闖禍。❸鍛煉,經歷: 闖出膽量來。
【闖將】勇於衝鋒陷陣的將領。又指在事業上不畏艱險,勇往直前的人。
【闖蕩】指離家在外奔走謀生: 闖蕩江湖。

關 guān（官）｜粵 guan¹（慣¹）

❶合攏，閉上，跟「開」相對: 關門｜關閉。❷禁閉，拘留: 關押｜把他關起來。❸倒閉，停業: 關廠｜關店。❹古代在險要的地方設立的守衞處所: 關隘｜一夫當關，萬夫莫開。❺貨物出口和進口收稅的地方: 海關｜關卡。❻重要的轉折點，不易度過的時機: 關鍵｜難關。❼牽連: 關連｜毫不相關。❽姓。
【關山】泛指關塞和山岳: 飛越關山。
【關心】顧念，心裏惦記着。
【關切】較深程度的關心。
【關注】關心注意: 關注事態的發展。
【關於】介詞，表示某種動作所牽涉的一定範圍: 關於這件事，我實在一無所知。
【關係】❶人或事物之間的相互聯繫: 朋友關係。❷關連，牽涉: 這事與他有關係。❸要緊: 沒關係。
【關照】❶口頭通知。❷照顧: 請多關照。
【關懷】關心，其中含愛護、照顧的意思: 父母的關懷。
◆關口　關防　關於　關節　關頭　關門大吉　◆牙關　相關　無關　無關痛癢　漠不關心　生死攸關

闡｜chǎn（鏟）｜粵 qin² （淺）｜丨 阝 阠 門 閂 閆 闡
講明白: 闡述｜闡明。
【闡揚】說明並宣傳。
【闡發】深入說明事理。
【闡釋】敍述並解釋。

闢｜pì（譬）｜粵 pig¹ （霹）｜阝 門 門 門 門 闢
❶開發，開拓: 開闢｜開天闢地。❷駁斥，排除: 闢謠。❸透徹: 精闢。

闥｜tà（榻）｜粵 tad³ （撻）｜門，小門: 排闥直入（推門直入）。

阜部

阜｜fù（父）｜粵 feo⁶ （埠）｜亻 ? 卩 白 皀 阜
❶土山。❷盛多: 物阜民豐。

三至四畫

阡｜qiān（千）｜粵 qin¹ （千）｜? 阝 阝 阡 阡
田間的小路: 阡陌。

防｜fáng（房）｜粵 fong⁴ （房）｜? 阝 阝 阝 防 防
❶預先戒備: 防火｜防盜。❷隄，擋水的建築物: 隄防。
【防止】制止壞事發生: 防止傳染病。
【防守】警戒守衞: 防守陣地。
【防治】預防和治療疾病、病蟲害等。
【防備】做好準備以應付攻擊或避免受害。
【防範】防備，戒備。
【防線】防禦工事連成的線。
【防禦】抗擊敵人進攻。

【防患未然】在事故或災害尚未發生之前就採取預防措施。
【防微杜漸】在壞事、壞思想剛冒頭的時候，就及時制止，不讓它發展。

阮｜ruǎn（軟）｜粵 yun² （婉）｜? 阝 阝 阝 阮 阮
姓。

阱｜jǐng（井）｜粵 zéng² （井）｜? 阝 阝 阱 阱 阱
陷阱，捉野獸等用的陷坑。

阨｜è（餓）｜粵 eg¹ （握）｜❶受困，阻塞: 困阨。❷險阻的地方: 險阨。

阪｜bǎn（板）｜粵 ban² （板）｜? 阝 阝 阝 阪 阪
❶山坡，崎嶇的地方。❷同「坂」。

五畫

陀｜tuó（駝）｜粵 to⁴ （駝）｜? 阝 阝 阝 陀 陀
【陀螺】一種能在地面旋轉的兒童玩具。使用時用繩繞上然後拉或用鞭抽打。

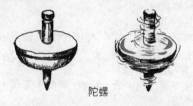

陀螺

阿｜㊀ā（啊陰）｜粵 a³ （亞）｜? 阝 阝 阝 阿 阿
❶詞頭，加在稱呼前面: 阿爸｜阿姨。❷譯音字: 阿拉伯｜阿富汗。
　㊁ē（鵝陰）｜粵 o¹ （柯）｜❶彎曲處: 山阿｜河水之阿。❷偏袒，迎合: 阿附｜剛正不阿。
【阿諛】說好聽的話，去討好別人。
【阿彌陀佛】佛教用語，信佛的人用作口頭誦念的佛號，表示祈禱或感謝神靈的意思。

阻｜zǔ（祖）｜粵 zo² （左）｜? 阝 阝 阻 阻 阻
❶攔擋: 阻攔｜暢通無阻。❷險要的地方: 險阻。
【阻力】❶阻礙物體運動的力。❷泛指阻礙事物發展的力量。
【阻塞】❶有障礙而不能通過: 交通阻塞。❷使阻塞: 阻塞敵人的退路。
【阻撓】阻止、擾亂某項活動的順利進行: 行動受阻撓。
【阻隔】兩地之間不能相通或來往不易: 大海阻隔。
【阻難】阻撓刁難: 百般阻難。
【阻礙】❶阻擋妨礙，使不能順利通過或發展: 阻礙交通。❷指起阻礙作用的事物: 不要成為前進的阻礙。
◆阻止　阻梗　阻擋　阻擊　◆電阻　攔阻　推三阻四

附｜fù（富）｜粵 fu⁶ （父）｜? 阝 阝 阝 附 附
❶外加的，隨帶的: 附加｜附帶。❷靠近: 附近。❸依從，

從屬: 附屬｜依附。
【附件】附帶的文件、零件或部件。
【附和】盲目地跟着別人說或做, 毫無主見: 隨聲附和。
【附庸】❶古代指附屬於大國的小國。❷依附其他事物或人而存在的事物或人。
【附會】把互不相干的事勉强拉在一起: 牽强附會。
【附錄】附在正文後面的有關材料。
【附議】開會時同意別人的提議或意見。
◆附則　附設　附註　附筆　◆比附　歸附　攀附

六至七畫

陌｜mò (墨)
｜粵 meg⁶ (墨)　　� ㄗ ㄗˊ ㄍㄗˊ 阡 陌
田間的小路: 阡陌。
【陌生】生疏, 不熟悉: 陌生人。
【陌路】路上互不相識的人: 視同陌路。

陋｜lòu (漏)
｜粵 leo⁶ (漏)　　�33 ㄗ ㄗˊ ㄍㄗˊ 陋 陋
❶醜的, 不文明的: 醜陋。❷不合理, 不好的: 陋習。❸狹小: 陋巷｜陋室｜簡陋。❹見聞不多, 淺薄: 淺陋｜孤陋寡聞。
【陋俗】不好的風俗。
【陋規】不良的規則。
◆卑陋　粗陋　鄙陋　僻陋　因陋就簡　陳規陋習

降 ⊖ jiàng (匠)
｜粵 gong³ (鋼)　　ㄗˊ ㄗˊˇ ㄍㄗ 降 降
❶下落, 使下落, 與「升」相對: 降價｜降落｜降溫。❷壓低, 貶抑: 降級。
【降生】出生, 出世。
【降格】降低標準、身分等: 降格以求。
【降臨】來到: 幸福降臨。
◆降下　降雨　降低　降旗　降落傘　◆下降　空降　霜降

　　⊖ xiáng (詳)　　❶指軍隊放下武器歸順對方: 投
｜粵 hong⁴ (杭)　　降。❷馴服, 使馴服: 降龍伏虎。
【降伏】制伏, 使馴服: 降伏惡魔。
【降服】投降屈服。
◆乞降　求降　詐降　勸降　招降納叛

限｜xiàn (現)
｜粵 han⁶ (閑⁶)　　� ㄗ ㄗˊ ㄗ³ 限 限
❶指定範圍: 限期｜數量不限。❷所指定的範圍: 界限｜權限。
【限令】對所下命令限定日期執行。
【限定】在數量、範圍等方面加以規定。
【限於】受到某事物的限制, 局限在一定的範圍內: 限於水平。
【限制】約束, 規定範圍, 不準許超過: 限制外出。
【限度】範圍的極限, 最高或最低的數量或程度。
【限量】限定止境、數量: 限量供應。

院｜yuàn (怨)
｜粵 yun² (婉)　　� ㄗ ㄗˊ ㄗˊ 陀 院
❶圍牆裏房屋四周的空地: 院子｜院落｜庭院。❷某些機關和學校及公共場所的名稱: 法院｜學院｜電影院。

陡｜dǒu (抖)
｜粵 deo² (抖)　　� ㄗ 阡 阼 陡 陡
❶坡度很大, 直上直下近於垂直: 懸崖陡壁。❷突然: 氣溫陡降。
【陡立】多指建築物、山峯直立高大。
【陡峭】山勢等的坡度很大, 近於垂直: 陡峭的山峯。
【陡峻】山勢既高又陡。
【陡然】突然。

陣｜zhèn (鎮)
｜粵 zen⁶ (珍⁶)　　� ㄗ ㄗˊ 阿 陣 陣
❶交戰雙方佈置的戰鬥隊列: 戰陣｜地雷陣。❷戰場: 陣地｜上陣殺敵。❸量詞, 表示事情或動作經過的段落: 一陣掌聲｜下了一陣雨。
【陣亡】在作戰時犧牲。
【陣容】❶指隊伍的外貌: 陣容鼎盛。❷指一個團體, 隊伍等的人力配備、組織等狀況: 公司的陣容强大。
【陣勢】❶軍隊作戰時或球隊等比賽時的佈局。❷情勢。
【陣營】為了共同的目標而聯合起來的集團。
◆陣雨　陣風　陣腳　◆上陣　怯陣　督陣　臨陣磨槍　嚴陣以待　赤膊上陣　衝鋒陷陣

陝｜shǎn (閃)
｜粵 xim² (閃)　　� ㄗ ㄗˊ 阡 阡 陝
陝西省的簡稱。
⊗右旁不是「夾」,「大」的兩邊是兩個「入」。

陛｜bì (幣)
｜粵 bei⁶ (幣)　　ㄗ ㄗˊ ㄗˊ 阡 阰 陛
宮殿的石階。
【陛下】對國王或皇帝的敬稱。

陞｜shēng (生)　　提高等級: 陞級｜陞官發財。
｜粵 xing¹ (星)

除｜chú (鋤)
｜粵 cêu⁴ (徐)　　� ㄗ 阡 除 除 除
❶去掉: 除去｜除害。❷不計算在內: 除此之外。❸把一個數分成相等的若干份: 除法｜六除二等於三。
【除夕】一年最後一天的夜晚。也泛指一年最後一天。
【除名】從名冊中去掉姓名, 開除。
【除非】❶表示唯一的條件, 相當於「只有」: 若要人不知, 除非己莫為。❷表示不算在內, 相當於「除了」: 除非下雨, 我不會不去的。
【除根】從根本上消除: 斬草除根。
【除惡務盡】消滅壞人壞事必須徹底。
◆除了　除草　除掉　◆扣除　免除　破除　清除　掃除　割除　鏟除　興利除弊

八畫

陪｜péi (賠)
｜粵 pui⁴ (培)　　� ㄗ ㄗˊ 阼 陆 陪
❶跟隨, 伴同: 陪同｜陪伴。❷從旁協助: 陪審。
【陪葬】❶與死者一起埋葬。❷古代指臣子或妻妾的靈柩葬在皇帝或丈夫墳墓的近旁。
【陪襯】❶附加其他事物使主要的事物更加突出。❷陪襯的事物。
【陪審制】公民參加法院審判案件的制度。

◆陪送　陪嫁　陪葬品　◆少陪　失陪　奉陪

陸 ㊀lù（路）｜粵 lug⁶（六）　㇇ 阝 阞 阹 陕 陸
❶高出水面的土地: 陸地｜大陸｜水陸並進。❷姓。
【陸軍】執行陸地作戰任務的軍種。
【陸續】先先後後，時斷時續。
【陸離】形容色彩繁雜: 光怪陸離。
㊁liù（六）｜粵 同㊀　數目字「六」的大寫。

陵 líng（零）｜粵 ling⁴（玲）　㇇ 阝 阹 陕 陵 陵
❶大的土山: 丘陵。❷高大的墳墓: 陵墓｜十三陵｜中山陵。
【陵園】以陵墓爲主的園林。

陳 chén（辰）｜粵 cen⁴（塵）　㇇ 阝 阝' 阽 陣 陳
❶排列，擺設: 陳列｜陳設。❷述說: 陳述。❸時間長久，舊: 陳舊｜陳年老酒。❹周代諸侯國名。❺姓。
【陳皮】晒乾的橘子皮，可入藥。
【陳兵】部署兵力，擺開作戰的陣式。
【陳規】過時的不適用的規章制度: 陳規陋習。
【陳訴】訴說，多指講述痛苦和委屈。
【陳跡】過去的事跡: 歷史陳跡。
【陳腐】過時、腐朽的: 陳腐觀念。
【陳詞濫調】陳舊的言詞，空泛無用的論調。

陰 yīn（音）｜粵 yem¹（音）　㇇ 阝 阢 阽 陰 陰
跟「陽」或「晴」相對。❶月亮: 太陰。❷不見陽光的地方: 陰影｜背陰。❸天上有濃雲遮住太陽的天氣: 陰天｜陰雨連綿。❹不外露的，凹進的: 陰溝｜陰文石碑。❺山的北面，河流的南面，多用於地名: 江陰（長江之南）｜華陰（華山之北）。❻詭詐，不光明: 陰謀｜陰險。❼關於鬼的: 陰間｜陰魂。❽指女性的: 陰性。
【陰平】普通話聲調的第一聲，聲音高而平，如「低」、「天」、「音」等字的聲調。
【陰沈】陰暗的樣子，也作「陰沈沈」。
【陰私】個人的秘密、私事。
【陰涼】❶太陽照不到而涼爽的。❷陰涼的地方。
【陰森】陰沈可怕。
【陰曆】是根據月球繞地球運行的周期而制定的一類曆法。中國民間俗稱的陰曆是過去通用的農曆，與之不同。
【陰險】表面顯得很和善，其實內心狠毒。
【陰陽怪氣】形容言行態度怪僻，說話不三不四。
【陰錯陽差】比喻由於不慎的原因而造成差錯，又作「陰差陽錯」。
◆陰天　陰陽　陰電　陰德　陰謀詭計　◆寸陰　光陰　滋陰　陽奉陰違

陶 táo（桃）｜粵 tou⁴（圖）　㇇ 阝 阽 陶 陶 陶
❶用粘土燒製的器物: 陶器｜彩陶。❷製造陶器: 陶業。❸用於比喻培養，教育: 薰陶。❹快樂的樣子: 陶然｜樂陶陶。❺姓。
【陶冶】燒製陶器和冶煉金屬。比喻給人的性格、思想以有益的影響: 陶冶情操。

【陶瓷】陶器和瓷器的統稱: 陶瓷工藝品。
【陶醉】很滿意地沈浸在某種境界或情緒裏。

陷 xiàn（現）｜粵 ham⁶（咸⁶）　阝 阝' 阽 阽 陷 陷
❶掉進去，沈下: 陷入｜陷到泥潭裏。❷凹進: 眼睛凹陷。❸謀害: 誣陷。❹攻破，被攻破: 攻陷｜失陷。❺缺點: 缺陷。
【陷身】身體陷入: 陷身囹圄（指關進監獄）。
【陷阱】❶捕野獸的深坑。❷比喻害人的圈套。
【陷害】設詭計害人。
【陷陣】衝入敵陣: 攻城陷陣。
【陷落】❶地面下沈。❷領土、陣地等被敵人攻佔。
◆陷沒　陷坑　陷於　◆沈陷　淪陷　塌陷　衝鋒陷陣
⊗右旁是「臽」不是「舀」。

九畫

隊 duì（對）｜粵 dêu⁶（對⁶）　阝 阝' 阽 阼 陊 隊
❶多人列成長排: 排隊｜成羣結隊。❷有組織的集體: 軍隊｜球隊。❸量詞: 幾隊人。
【隊列】隊伍的行列。
【隊伍】❶軍隊。❷有組織的羣眾行列: 遊行隊伍。

隋 suí（隨）｜粵 cêu⁴（徐）　㇇ 阝' 阼 陊 隋 隋
❶中國朝代名。❷姓。

階 jiē（皆）｜粵 gai¹（佳）　阝 阝' 阽 阽 陛 階
❶用磚，石等作成的分層梯級: 台階。❷等級: 官階｜軍階。
【階段】在整個過程中劃分的段落。
【階梯】台階和梯子。又比喻向上或前進的憑藉或途徑。
【階下囚】泛指在押的人或俘虜。

陽 yáng（羊）｜粵 yêng⁴（羊）　㇇ 阝 阳 阻 陽 陽
跟「陰」相對。❶日光: 陽光｜朝陽。❷晴朗的天氣: 豔陽天。❸露在外面的，明顯的: 陽溝｜陽奉陰違。❹山的南面，水的北面，多用於地名: 衡陽（衡山之南）｜漢陽（長江之北）。❺有關活人的: 陽宅｜陽間。❻指男性的: 陽性。
【陽平】普通話聲調的第二聲，是一種高升調，如「提」、「田」、「羊」等字的聲調。
【陽曆】以地球繞太陽一周的時間爲一年的曆法。現在國際通用的公曆就是陽曆的一種。
【陽關道】通行無阻的大路或比喻光明的前途。

隅 yú（魚）｜粵 yu⁴（如）　㇇ 阝 阳 隅 隅 隅
❶角落: 城隅｜牆隅。❷靠邊沿的地方: 海隅。

隄 同「堤」。

隍 huáng（黃）｜粵 wong⁴（王）　㇇ 阝 阽 阳 陧 隍
沒有水的城壕。
城隍，傳說陰間的城神。

陲 chuí（垂）｜粵 sêu⁴（垂）　阝 阡 阡 阤 陲 陲

邊境，邊疆：邊陲。

隆 lóng（龍）｜粵 lung⁴（龍）　阝 阝 阝 阤 降 隆 隆

❶興盛，豐厚：興隆。❷程度深：隆冬｜隆情厚誼。❸盛大：隆重。❹凸出，高起：隆起。
【隆隆】象聲詞，形容劇烈沈重的震動聲：炮聲隆隆。

十至十一畫

隘 ài（愛）｜粵 ai³（挨³）　阝 阝 阝 阤 陜 隘

❶險要的地方：要隘｜關隘。❷狹小，狹窄：狹隘。

隔 gé（格）｜粵 gag³（格）　阝 阝 阤 隔 隔 隔

❶遮斷，隔開：隔斷｜隔江相望。❷分離：隔別｜相隔很遠。
【隔絕】隔斷，不通往來。
【隔閡】彼此情意不通，思想有距離。
【隔膜】❶隔閡。❷不通曉，外行。
【隔壁】左右相毗連的屋子或人家。
【隔離】使互相不接觸，斷絕往來。
【隔岸觀火】比喻見人有危難不去救助而採取觀望的態度。
【隔靴搔癢】比喻說話、做事沒有觸到要害，不解決問題。

隙 xì（細）｜粵 guig¹（姑益¹）　阝 阝 阞 陷 隙

❶裂縫：空隙｜門隙｜牆隙。❷空閒：隙地｜間隙。❸機會，空子：乘隙｜無隙可乘。❹感情上的裂痕：嫌隙｜有隙。

隕 yǔn（允）｜粵 wen⁵（允）　阝 阝 阝 阳 隕 隕 隕

從高空落下：隕落。
【隕石】含石質多的隕星。
【隕星】大的流星經過地球大氣層時，未完全燒毀的部分落到地上的叫隕星。
【隕鐵】含鐵質多的隕星。

障 zhàng（帳）｜粵 zêng³（帳）　阝 阝 阝 陪 障 障

❶遮蔽，阻擋：一葉障目。❷用來遮蔽、防衞的東西：屏障。
【障礙】❶受阻不能前進，阻礙：障礙物。❷阻擋前進的東西：掃除障礙。

際 jì（技）｜粵 zei³（濟）　阝 阝 阞 際 際 際

❶靠邊或交界的地方：天際｜邊際｜無邊無際。❷中間，裏邊：腦際｜胸際。❸彼此之間：校際｜國際｜星際旅行。❹時候：危難之際。❺當，適逢：際此盛會。
【際遇】巧遇有利的時機。

十二畫以上

隣 同「鄰」。

隧 suì（歲）｜粵 sêu⁶（睡）　阝 阝 阝 隊 隊 隧

在山中或地下挖掘成的通道：隧道。

隨 suí（隋）｜粵 cêu⁴（徐）　阝 阝 阝 隋 隋 隨

❶跟着：隨同｜跟隨。❷順應：隨機應變｜隨風轉舵。❸任憑，由：隨意｜隨他去。❹順便：隨手關門。
【隨即】馬上，立刻。
【隨和】和氣，不固執。
【隨後】表示緊接某種情況或行動之後：隨後就到。
【隨處】到處，不拘什麼地方。
【隨從】跟從。也指隨從人員。
【隨波逐流】比喻缺乏主見，隨潮流走。
【隨機應變】隨着情況的變而靈活應付。
【隨聲附和】跟着別人說，沒有主見。
◆隨口　隨心　隨手　隨便　隨時　隨筆　隨遇而安
◆伴隨　尾隨　追隨

險 xiǎn（顯）｜粵 him²（欠²）　阝 阝 阝 阶 险 險

❶不容易通過的地方：天險｜險隘。❷可能遭到不幸或發生災難的：險境｜危險｜冒險。❸狠毒：奸險｜陰險。❹幾乎，差點：險遭水淹。
【險惡】❶兇險可怕：山勢險惡。❷陰險而惡毒：用心險惡。
【險峻】山勢險而高。
【險勝】差一點就敗了。
◆險情　險詐　險灘　◆保險　風險　探險　救險　搶險　驚險　化險為夷　山高水險　鋌而走險

隱 yǐn（引）｜粵 yen²（忍）　阝 阝 阝 隆 陽 隱

❶不顯露，藏匿：隱蔽｜隱藏。❷不明顯，不清楚：隱約｜隱晦。
【隱沒】隱蔽，漸漸看不見。
【隱忍】藏在心裏，勉強地忍着。
【隱居】舊時政治上失意的人或厭世的人等避開官場，居住在偏僻的地方。
【隱患】潛伏着的禍患。
【隱情】不願告訴他人的事情。
【隱晦曲折】說話寫文章拐彎抹角，不把意思直接表達出來。
◆隱私　隱疾　隱諱　隱瞞　隱憂　隱姓埋名　隱隱約約

隴 lǒng（壟）｜粵 lung⁵（壟）　隋 階 階 階 隴 隴

甘肅省的代稱。

隶部

隸 lì（利）｜粵 dei⁶（弟）　木 ヨ 尹 尹 隶 隸

❶附屬: 直隸中央。❷舊時地位低下被奴役的人: 奴隸。❸封建時代的衙役: 隸卒。❹書法字體的一種: 隸書。
【隸屬】受管轄, 從屬。

隹部

二至四畫

隼 |sǔn (損)
|粵 sên² (準)|
一種與鷹同類的鳥, 比鷹小, 性兇猛, 馴養後可以幫助打獵。

隻 |zhī (支)
|粵 zég³ (脊)| 亻 亻 亻 佳 隻 隻
❶單獨的, 一個: 隻身 | 形單影隻。❷量詞: 一隻鳥。
【隻眼】精到的見解, 獨特的看法: 獨具隻眼。

雀 |què (鵲)
|粵 zêg³ (酌)| 丿 小 少 丷 雀 雀
鳴禽類鳥名。又特指麻雀。
【雀斑】一種出現在面部的黃褐色或黑褐色小斑點。
【雀躍】歡喜得像麻雀一樣跳躍: 歡呼雀躍。
◆孔雀 黃雀 雲雀 鴉雀無聲 門可羅雀

隼　　　　雉　　　　雁

雇 |gù (故)
|粵 gu³ (故)| 一 户 庐 庐 雇
❶出錢請人做事: 雇用 | 雇人做活兒。❷被雇用的人: 雇傭 | 雇員。❸向別人租賃交通工具: 雇車 | 雇船。

雁 |yàn (厭)
|粵 ngan⁶ (眼⁶)| 一 厂 厒 厓 雁 雁
大雁, 又叫鴻雁。候鳥, 形似鵝, 善飛行, 羣居水邊。飛行時能自成行列。

集 |jí (吉)
|粵 zab⁶ (習)| 亻 亻 亻 佳 隹 集
❶會合, 聚在一起: 集合 | 集訓。❷由許多單篇作品彙編成的書: 文集 | 畫集。❸農村或小城鎮中定點、定期進行貿易的市場: 集市 | 趕集。
【集中】把分散的人力、物力等聚集起來或把分散的意見等歸納起來。
【集團】爲了一定的目的組織起來的共同行動的團體。
【集體】有組織的羣體: 集體行動。
【集思廣益】集中大家的智慧, 廣泛吸收有益的意見。
【集腋成裘】比喻積少可以成多。
◆集結 集郵 集錦 集散地 集成電路 ◆下集 上集 採集 聚集 影集 百感交集 悲喜交集

雄 |xióng (熊)
|粵 hung⁴ (洪)| 一 ナ 左 ナ 雄 雄 雄
❶公的, 陽性的, 與「雌」相對: 雄性 | 雄雞 | 雄獅。❷强有力的: 雄兵 | 雄師。❸遠大的計謀, 心志: 雄圖 | 雄心壯志。❹强有力的人或國家: 英雄 | 戰國七雄。
【雄壯】聲勢浩大, 有氣魄。
【雄姿】威武雄壯的姿態。
【雄厚】指人力、物力充足: 實力雄厚。
【雄偉】雄壯而偉大: 雄偉的長城。
【雄赳赳】形容威武的樣子。
【雄才大略】傑出的才智和謀略。
◆雄勁 雄健 雄辯 ◆爭雄 羣雄 稱雄 一決雌雄

雅 |yǎ (啞)
|粵 nga⁵ (瓦)| 二 チ 乎 邪 雅 雅
❶高尚, 大方, 不粗俗: 文雅 | 高雅。❷對人表示客氣的敬辭: 雅正 | 雅教 | 雅意。
【雅致】形容服裝或陳設等美觀大方, 不落俗套。
【雅量】❶寬宏的氣度。❷大的酒量。
【雅潔】高尚, 純潔。
【雅興】高雅的興趣。
【雅觀】裝束、舉止文雅大方, 不粗俗。
【雅俗共賞】文化修養不同的人都能欣賞。
◆雅座 雅趣 雅靜 ◆古雅 風雅 幽雅 素雅 清雅 嫺雅

五至九畫

雍 |yōng (擁)
|粵 yung¹ (翁)| 一 玄 玄 雍 雍 雍
❶和諧: 雍和。❷姓。
【雍容】文雅大方, 從容不迫的樣子: 雍容華貴。

雎 |jū (居)
|粵 zêu¹ (追)| 【雎鳩】古書上說的一種水鳥。

雋 |㊀juàn (倦)
|粵 xun⁵ (吮)| 佳 佳 佳 佳 佳 雋
【雋永】言論、文章意味深長。
㊁jùn (俊)
|粵 zên³ (進)| 同「俊」。才智過人。

雉 |zhì (治)
|粵 qi⁴ (遲)| 亻 匕 钅 䖙 雉 雉
鳥名。形狀似雞, 雄的尾巴很長。又叫「山雞」、「野雞」。

雌 |cí (瓷)
|粵 qi¹ (疵)| 亻 卜 止 此 䳄 雌
母的, 與「雄」相對: 雌鳥 | 雌蕊。
【雌雄】雌性和雄性。比喻勝敗: 一決雌雄。

雕 |diāo (刁)
|粵 diu¹ (刁)| 月 月 周 䧳 雕 雕
❶在竹木、金石、骨玉等上刻各種形象: 雕刻 | 浮雕 | 畫棟雕樑。❷同「鵰」。
【雕琢】❶雕刻玉石。❷過分地修飾。
【雕塑】雕刻和塑造, 是造型藝術的一種。
【雕蟲小技】比喻微不足道的技能。

雖 |suī (綏陰)
|粵 sêu¹ (需)| 口 吊 虽 䖸 雖 雖
連詞。把意思推開一層, 作「縱然」、「即使」的口氣, 後面多有「可是、但是、猶」等相應: 雖敗猶榮 | 學習

雖忙，但不覺累。

【雖然】連詞，用在上半句，下半句往往有「可是」、「但是」等相應，表示承認甲事為事實，但乙事並不因為甲事而不成立：這次試驗雖然沒有成功，可是得到了不少經驗教訓。

十畫以上

雜 zá（砸）
粵 zab⁶（習）　亠卆杂雜雜雜

❶多種多樣的，不是單一的：雜色｜複雜。❷混合，攙入：夾雜｜攙雜。

【雜技】各種技藝表演的總稱：表演雜技。

【雜貨】各種日用零星貨物。

【雜誌】定期或不定期連續出版的刊物。

【雜糧】大米、小麥以外的糧食，如豆類、玉米、高粱等。

【雜亂無章】形容亂七八糟，沒有條理。

◆ 雜文　雜要　雜家　雜亂　雜七雜八　◆ 打雜　拉雜　閒雜　嘈雜　繁雜　苛捐雜稅　魚龍混雜　錯綜複雜

雜技

雞 jī（基）
粵 gei¹（計¹）　𠂉𠂉𠃌奚雞雞

一種家禽，母雞能生蛋，公雞能報曉。

【雞肋】雞的肋骨，吃着沒味，扔了可惜。比喻沒有多大價值的事物。

【雞犬不寧】形容騷擾得很厲害，連雞犬也不得安寧。

【雞毛蒜皮】比喻無關緊要的瑣事。

【雞飛蛋打】比喻兩頭落空，毫無所得。

【雞零狗碎】零碎雜亂的樣子。

雙 shuāng（霜）
粵 sêng¹（傷）　乍佺佳雔雙雙

❶成偶數的，與「單」相反：雙數｜成雙成對。❷量詞，用於成對的東西：一雙鞋｜兩雙手。

【雙方】相對的兩個方面：雙方會談。

【雙關】一句話含兩種意義：一言雙關。

【雙管齊下】比喻兩件事情同時進行。

雛 chú（鋤）
粵 co¹（初）　勹句芻雛雛雛

幼小的禽鳥：雛鳥｜雞雛。

【雛形】比喻事物發展中的初步規模：略具雛形。

離 lí（梨）
粵 léi⁴（梨）　亠文离离離離

❶分開：離別｜分離。❷相距：學校離家不遠。

【離奇】情節不平常，出人意料：離奇古怪。

【離間】從中挑撥，使人不和：挑撥離間。

【離心離德】形容彼此不是一條心。

【離鄉背井】離開故鄉到外地生活（多指被迫的）。又作背井離鄉。

◆ 離散　離開　離職　離羣索居　離題萬丈　◆ 別離　背離　距離　偏離　脫離　隔離　寸步不離

難 ㊀nán（男）
粵 nan⁴（挪晏⁴）　艹芦茣難難

❶不容易，與「易」相反：困難｜艱難。❷使人感到不好辦：難辦｜為難。❸不好：難看｜難聽。❹不大可能：難免｜難保。

【難色】為難的表情：面有難色。

【難怪】❶怪不得：難怪他這麼高興，原來得了獎。❷不應受責怪。

【難道】副詞，表示加強反問的語氣：事實明擺着，難道你還不信？

【難題】不容易解決的問題。

【難關】比喻不易克服的困難：衝破難關。

【難為情】不好意思，情面上過不去。

【難分難解】形容雙方相持不下，也形容雙方關係親密，很難分離。也作「難解難分」。

【難言之隱】很難說出口的藏在心裏的事情。

◆ 難忘　難受　難得　難過　難堪　◆ 不難　犯難　畏難　知難而退　寸步難行　騎虎難下

㊁nàn（男去）
粵 nan⁶（挪晏⁶）　❶困苦，災患：災難｜患難。❷質問：責難。

【難兄難弟】「難」又讀nán，粵音nan⁴。❶彼此處於同樣困難境地的人。❷彼此曾共患難的人。

◆ 難民　◆ 刁難　非難　苦難　逃難　落難　遭難　磨難　大難臨頭

雨部

雨 yǔ（羽）
粵 yu⁵（語）　一冂冂冈雨雨

雲中的小水滴或冰晶變成水點落下來：下雨。

【雨水】❶由降雨而來的水。❷節氣名。在陽曆二月十九日前後。

【雨具】防雨用具，如雨衣、雨傘、雨鞋等。

【雨露】雨和露，可滋潤禾苗。比喻恩惠。

【雨後春筍】比喻新鮮事物又多又快地湧現。

【雨過天青】比喻情況由壞變好。

◆ 雨天　雨季　雨景　雨靴　雨聲　雨點　◆ 冒雨　風雨　雷雨　暴雨　及時雨　風雨交加　風雨同舟　和風細雨　滿城風雨

三至五畫

雪 xuě（靴上）
粵 xud³（說）　一冂爫雫雪雪

❶雲中水氣遇冷凝結而下降的白色結晶體：雪花｜風雪。❷洗除恥辱、仇恨等：報仇雪恨。

【雪白】像雪一樣潔白。

【雪亮】像雪那樣明亮。

【雪耻】洗除耻辱。

【雪上加霜】比喻禍上加禍。

【雪中送炭】比喻在別人急需的時候送東西給予幫助。

◆雪人　雪天　雪雨　雪梨　雪橇　◆下雪　雨雪　滑雪　融雪　積雪　冰天雪地

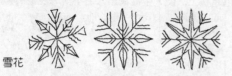

雪花

雯 | wén（文）粵 men⁴（文） | 一　二　于　雨　雫　雯

成花紋狀的雲彩。

雲 | yún（勻）粵 wen⁴（勻） | 一　二　雨　雫　雲　雲

❶水蒸氣上升遇冷結成微小的水滴或冰晶，成團地在空中飄動：雲彩｜浮雲。❷姓。❸雲南省的簡稱：雲貴高原。

【雲海】從高處下望時，像海一樣的雲。

【雲集】比喻許多人從各地來，聚集在一起。

【雲煙】比喻容易消失的事物：過眼雲煙。

【雲霄】極高的天空，天際。

雷 | léi（累陽）粵 lêu⁴（擂） | 一　二　于　雨　雫　雷　雷

❶帶異性電的兩塊雲接近時因放電而發出的巨響：雷鳴｜打雷。❷軍事上用的爆炸性武器：地雷｜魚雷。❸姓。

【雷同】指相同：劇情雷同。

【雷霆】❶暴雷。❷比喻大的威力或怒氣：大發雷霆。

【雷厲風行】形容辦事嚴格、行動迅速。

◆雷雨　雷暴　雷聲　◆風雷　悶雷　滾雷　劈雷

電 | diàn（店）粵 din⁶（甸） | 一　二　雨　雫　雪　電

❶一種重要的能源，廣泛應用在生產和生活各方面：電車｜電燈｜電爐。❷電報的簡稱：急電｜賀電。❸電流打擊，觸電：手被電了一下。❹專指閃電：雷電交加。

【電訊】用電話、電報或無線電設備傳播的消息。

【電報】用電訊號傳遞文字、照片、圖表等的通訊方式。

【電腦】電子計算機的俗稱。

◆電子　電力　電台　電視　電梯　電影　電線　電閃雷鳴　◆風馳電掣

零 | líng（鈴）粵 ling⁴（靈） | 一　二　于　雨　雫　雫　零

❶落：凋零｜感激涕零。❷部分的，細碎的，散：零件｜零碎｜化整為零。❸表示沒有數量或數的空位。同「0」。❹不夠整數的：十點零六分。

【零工】短工。

【零星】❶零碎。❷稀疏：零星小雨。

【零售】零星賣出（對批發而言）。

【零落】❶草木枯落。泛指衰敗。❷稀疏的，不集中的。

【零敲碎打】零零碎碎，斷斷續續地進行或處理。

◆零度　零食　零散　零花錢　◆飄零　孤零零

雹 | báo（包陽）粵 bog⁶（薄） | 一　二　于　雨　雫　雫　雹

空中水蒸氣遇冷結成的冰粒或冰塊，常在夏季隨暴雨降下：冰雹。

六至八畫

需 | xū（須）粵 sêu¹（須） | 一　二　雨　雫　雫　需

【需要】❶應該有或必須有：需要支持。❷對事物的慾望或要求：生活需要。

◆需求　◆必需　軍需　急需　各取所需

霈 | pèi（配）粵 pui³（沛） | ❶大雨。❷雨多的樣子。

震 | zhèn（振）粵 zen³（振） | 一　二　雨　雫　雫　震

❶震動：地震｜震耳欲聾。❷情緒過分激動：震怒｜震驚。

【震動】❶受外力的作用而顫動。❷重大事情、消息等使人心不平靜：震動人心。

【震撼】震動，搖撼：震撼世界。

【震耳欲聾】耳朵都快震聾了，形容聲音特別大。

霄 | xiāo（消）粵 xiu¹（消） | 一　二　雨　雫　霄　霄

天空：雲霄｜九霄雲外。

【霄漢】極高的天空。

【霄壤】天和地，比喻距離極遠：霄壤之別。

霆 | tíng（廷）粵 ting⁴（廷） | 一　二　雫　霏　霆　霆

劈雷，暴雷：雷霆萬鈞。

霉 | méi（梅）粵 mui⁴（梅） | 一　二　雫　霏　霉　霉

❶東西受潮熱生菌而變質：發霉。❷霉菌。

【霉爛】發霉腐爛。

霑 | zhān（氈）粵 jim¹（尖） | 一　二　雨　雫　雫　霑

弄濕：霑衣。

霎 | shà（啥）粵 sab³（圾） | 一　二　雫　霏　霎　霎

❶小雨。❷極短的時間：一霎間。

【霎時】極短的時間，又作「霎時間」。

霖 | lín（林）粵 lem⁴（林） | 一　二　雫　霏　霏　霖

一連下幾日雨都不停：甘霖｜秋霖。

霏 | fēi（非）粵 féi¹（非） | 一　二　雫　霏　霏　霏

【霏霏】紛紛，指雨雪等下得很密的樣子：雨雪霏霏。

霍 | huò（貨）粵 fog³（攫） | 一　二　雫　霍　霍　霍

❶快，突然：霍地站起來。❷姓。

【霍霍】❶象聲詞：磨刀霍霍。❷形容閃動迅速：電光霍霍。

霓 | ní（尼）粵 ngei⁴（危） | 一　二　雫　霏　霏　霓

天空中有時跟虹同時出現的弧形彩色光帶，色彩較虹淡，又叫「副虹」。

【霓虹燈】利用氣體放電發光的燈。能發出多種彩色光，多用做廣告、招牌和裝飾等。

九至十三畫

霜｜shuāng（雙）｜粵 sêng¹（雙）｜宀 雨 霏 霏 霜 霜
❶露水遇到0℃以下的氣溫凝結而成的白色微細冰粒。❷像霜的粉末：砒霜。❸比喻白色：霜鬢。
【霜天】指嚴寒的天空或寒冷的天氣。
【霜降】二十四節氣名。在陽曆十月二十三日或二十四日。

霞｜xiá（暇）｜粵 ha⁴（下⁴）｜宀 雨 霏 霞 霞 霞
因受日光斜射而呈現紅、黃、橙等彩色的雲：霞光｜朝霞｜彩霞。

霪｜yín（淫）｜粵 yem⁴（淫）｜宀 雨 雫 霏 霪 霪
【霪雨】久下不停的雨。又作「淫雨」。

霧｜wù（務）｜粵 mou⁶（務）｜宀 雨 雫 霧 霧 霧
❶接近地面的水蒸氣遇冷凝結而形成的飄浮在空氣中的微小水滴。❷像霧的東西：煙霧｜噴霧器。
【霧裏看花】比喻看不清楚，印象模糊。
◆霧氣　霧靄　◆迷霧　雲霧　雲消霧散　騰雲駕霧

霰｜xiàn（獻）｜粵 xin³（線）｜下雪前後天空中降落的白色小冰粒。

霸｜bà（爸）｜粵 ba³（壩）｜宀 雨 雩 霏 霸 霸
❶依仗權勢橫行作惡的人：惡霸｜漁霸。❷用强力佔有：霸佔。❸古代諸侯的首領：春秋五霸。
【霸王】古代楚王項羽的稱號。比喻極端蠻橫的人。
【霸道】强橫不講理，蠻橫：橫行霸道。
◆霸業　霸權　◆爭霸　稱霸　獨霸　稱王稱霸

露｜㊀lù（路）｜粵 lou⁶（路）｜雨 雫 霏 霞 霞 露
❶地面的水蒸氣，夜間因冷而凝結成的小水珠：露水｜朝露。❷加入果汁製成的飲料：露酒｜果子露。❸現出：暴露｜露出笑臉。
【露天】在室外的，上面沒有遮蓋物的：露天劇場。
【露骨】用意十分顯露，毫不掩飾。
【露宿】在屋外或曠野過夜：露宿街頭。
【露營】❶軍隊在房舍外宿營。❷有組織的到野外過夜。
【露頭角】比喻初次顯露才能：嶄露頭角。

㊁lòu（漏）｜顯現出來，用於口語：露面｜露餡兒。
粵 同㊀【露相】露出本來面目。
【露頭】露出頭部。又比喻剛剛出現。
【露臉】比喻取得成績，臉上有光彩。
【露馬腳】比喻暴露了隱蔽的事實真相。

霹｜pī（批）｜粵 pig¹（辟）｜宀 雨 雫 霏 霄 霹
【霹靂】急促而響聲很大的雷：晴天霹靂。

十四至十六畫

霽｜jì（際）｜粵 zei³（濟）｜雩 雩 霏 霽 霽 霽
雨雪停止，天放晴：秋雨初霽。

霾｜mái（埋）｜粵 mei⁴（迷）｜雩 雩 霏 霏 霾 霾
大風捲起塵土，使天空混濁讓人看不清的現象：陰霾。

靄｜ǎi（矮）｜粵 oi²（藹）｜雩 雩 霏 靄 靄 靄
雲氣：暮靄。

靂｜lì（利）｜粵 lig¹（礫）｜雩 霏 霏 霏 霏 靂
見「霹靂」條。

靈｜líng（鈴）｜粵 ling⁴（玲）｜雨 霏 雫 雫 靈 靈
❶機敏，不呆笨：靈活｜心靈手巧。❷有效，應驗：靈效｜靈丹妙藥。❸稱死去的人或指裝殮死人的棺材：靈位｜靈柩｜扶靈。❹稱鬼神或關於神鬼的：靈魂｜神靈。
【靈芝】生在枯樹根上的菌類植物，可入藥。古代常用來象徵祥瑞。
【靈通】消息來得快，來源廣：消息靈通。
【靈敏】靈活敏捷，反應快。
【靈感】由於受到有關事物的啟發而突然產生的富有創造性的思路。
【靈丹聖藥】迷信的人認為能包治百病的藥。比喻某種能解決一切問題的有效方法。又作「靈丹妙藥」。
⊗中間是並排三個「口」。

青部

青｜qīng（清）｜粵 qing¹（清）｜一 二 耂 丰 青 青
❶綠色或淡藍色：青天｜青草｜雨過天青。❷黑色：青布。❸指未成熟的莊稼或青草：青黃不接｜踏青。❹指年輕人：青年。❺青海省的簡稱：青藏公路。
【青春】青年時期。
【青雲】指高空。比喻高的地位：青雲直上。
【青蔥】形容植物濃綠：青蔥的樹林。
【青翠】鮮綠：雨後竹林，分外青翠。
【青出於藍】比喻學生勝過老師，後人勝過前人。
【青紅皂白】比喻是非、情由等：不分青紅皂白。
【青面獠牙】形容面貌很兇惡。
◆青山綠水　青梅竹馬　◆丹青　返青　垂青　平步青雲　名垂青史　萬古長青　爐火純青

靖｜jìng（靜）｜粵 jing⁶（靜）｜丷 立 立 靖 靖 靖
❶安靜，平安：平靖。❷平定：靖邊｜靖難之師。

靚｜㊀jìng（靜）｜粵 jing⁶（靜）｜裝飾，打扮。
㊁liàng（亮）｜粵 léng³（領³）｜粵方言。漂亮，好看：她長得很靚。

靛｜diàn（電）｜粵 din⁶（電）｜二 耂 丰 靔 靛

染青色的染料，通常叫「靛青」或「藍靛」。

靜 jìng（淨）
粵 jing⁶（淨）

丯 耂 青 静 静 静

❶安定不動: 靜止│動靜。❷沒有聲音: 寂靜│夜深人靜。

【靜穆】安靜而莊嚴。

【靜默】❶不出聲。❷肅立不出聲，表示悼念。

◆靜養 靜悄悄 ◇平靜 安靜 沈靜 冷靜 清靜 鎮靜 平心靜氣 風平浪靜

非部

非 fēi（飛）
粵 féi¹（飛）

丿 刂 ヺ 扎 非 非

❶不是，與「是」相反: 非賣品│是非題│答非所問。❷不: 非但│非去不可。❸錯誤，罪惡: 是非難辨│為非作歹。❹不合於，越出: 非法│非分。❺不以為然，反對: 非議│無可厚非。❻指非洲: 北非│亞非。

【非凡】不尋常，超出一般: 熱鬧非凡。

【非命】遭到意外的災禍而死亡: 死於非命。

【非常】❶十分，很。❷異乎尋常的: 非常時期; 非常會議。

【非同小可】形容事情重要或情況嚴重，不可輕視。

【非驢非馬】比喻不倫不類，什麼也不像。

◆非人待遇 非請勿入 ◇若非 除非 莫非 今非昔比 胡作非為 想入非非 口是心非 啼笑皆非 痛改前非

靠 kào（銬）
粵 kao³（銬）

二 牛 告 靠 靠 靠

❶依賴，信任: 依靠│誠實可靠。❷挨近，依傍: 靠近│船靠岸。

【靠山】比喻可以依賴的人或集體。

【靠攏】挨近: 互相靠攏。

【靠不住】指人言行不實在，不可信賴。

靡 ⊖ mí（迷）
粵 méi⁴（眉）

亠 广 麻 麻 靡 靡

浪費，奢侈: 靡費│奢靡。

⊜ mǐ（米）
粵 méi⁵（美）

❶倒下: 披靡。❷衰弱，不振作: 委靡不振。

【靡靡】委靡不振的，低級趣味的: 靡靡之音。

面部

面 miàn（麵）
粵 min⁶（麵）

ァ 厂 丙 而 面 面

❶臉: 面孔│笑容滿面。❷東西露在外頭的部分: 水面│地面│封面。❸事物的一邊: 正面│反面│黑暗面。❹向着: 依山面水。❺方向: 西面│東面│前面。❻見: 素未謀面│一面之交。❼直接: 當面│面談。❽情形，局勢: 市面│局面。❾量詞: 一面鏡子│五面彩旗。

【面子】體面，情面: 愛面子。

【面目】❶相貌: 面目醜陋。❷泛指事物的整個外形、狀態: 面目一新。❸面子: 我有何面目見人。

【面貌】❶相貌。❷比喻樣子，狀況: 精神面貌。

【面臨】眼前遇到，面對: 面臨考試。

【面積】平面或物體表面的大小: 球場面積。

【面如土色】形容極端恐懼的樣子。

◆面前 面紗 面面俱到 面無人色 面對現實 ◇上面 這面 背面 對面 體面 兩面三刀 拋頭露面

靨 yè（夜）
粵 yib³（葉³）

一 厂 肙 厭 厭 靨

嘴兩邊的小渦，通稱酒渦兒: 笑靨。

革部

革 gé（格）
粵 gag³（格）

一 廿 廿 苫 芭 革

❶經過加工的獸皮: 皮革。❷改換，改變: 革新│改革│變革。❸除去: 革職。

【革命】政治、經濟或社會等方面的重大的變革: 文化革命│工業革命。

【革除】❶鏟除，去掉: 革除陋習。❷開除，撤職: 革除職務。

【革新】除舊創新: 技術革新。

【革履】皮鞋: 西裝革履。

四至六畫

靴 xuē（薛）
粵 hê¹

一 芭 革 靪 靪 靴

高筒的鞋: 皮靴│雨靴。

靳 jìn（近）
粵 gen³（斤³）

❶吝惜，捨不得。❷姓。

靸 sǎ（洒）
粵 sab³（圾）

【靸鞋】❶草製的拖鞋。❷一種鞋幫納得很密、鞋面縫着三角形皮塊的布鞋。

靶 bǎ（把）
粵 ba²（把）

一 芭 革 靪 靶 靶

練習射箭或射擊的目標: 打靶│槍靶子。

靼 dá（達）
粵 dad³（姐）

一 芭 革 靪 靪 靼

見「韃靼」條。

鞅 yāng（央）
粵 yêng¹（央）

一 芭 革 靪 靪 鞅

古代套在馬脖子上的皮帶。

鞍 ān（安）
粵 on¹（安）

一 芭 革 靪 鞍 鞍

放在騾馬背上便於騎坐的東西: 鞍子│馬鞍。

鞋 xié（邪）
粵 hai⁴（諧）

一 芭 革 革 鞋 鞋

腳上穿的東西: 鞋子│布鞋│草鞋。

◆鞋匠 鞋帽 鞋櫃 ◇皮鞋 拖鞋 涼鞋 膠鞋 高跟鞋

鞏 | gǒng（拱）
粵 gung²（拱）

丁 巩 巩 珱 蛩 鞏

牢靠，堅固。
【鞏固】❶穩固，牢靠：基礎鞏固。❷使堅固：鞏固國防。
⊗右上寫作「丮」，不作「凡」。

七畫以上

鞘 | ㈠ qiào（俏）
粵 qiu³（俏）

一 艹 革 革' 鞘' 鞘

裝刀劍的套子：刀鞘｜劍鞘。
　㈡ shāo（燒）　鞭鞘拴在鞭子頭上的細皮條。
粵 sao¹（梢）

鞠 | jū（居）
粵 gug¹（菊）

一 艹 革 鞠 鞠 鞠

❶彎曲：鞠躬（彎身行禮）。❷古代的一種皮球：蹴鞠。
❸養育，撫養：鞠育。❹姓。
【鞠躬盡瘁】不辭勞苦，獻出全部力量。

鞦 | qiū（丘）
粵 ceo¹（抽）

一 艹 革 鞦 鞦' 鞦

【鞦韆】一種遊戲用的設備。架子上繫兩根長繩，繩端拴一塊板，人在板上搖着兩繩往來搖盪。

鞭 | biān（邊）
粵 bin¹（邊）

一 艹 革 鞭 鞭 鞭

❶趕牲畜或抽打人的用具：鞭子｜皮鞭。❷古代一種兵器：鋼鞭。❸成串的小爆竹：鞭炮｜放鞭。
【鞭笞】用鞭子或板子打。
【鞭策】❶馬鞭子。❷比喻督促、鼓勵：受到鞭策。
【鞭長莫及】比喻力量達不到。
◆鞭打　鞭梢　◆揮鞭　快馬加鞭

鞣 | róu（柔）
粵 yeo⁴（柔）

一 艹 革 鞂 鞣 鞣

製皮革時，用鉻鹽、魚油等使獸皮柔軟：鞣皮子。

韃 | dá（達）
粵 tad³（撻）

一 艹 革 靬 韃 韃

【韃靼】❶民族名，散居於中國西北、蒙古、中亞及東歐一帶地方。❷古時漢族對北方各遊牧民族的統稱。

韁 | 同「韁」。

韆 | qiān（千）
粵 qin¹（千）

革 革'' 鞿 靬弓 韆弓 韆

見「鞦韆」條。

韋部

韋 | wéi（圍）
粵 wei⁵（偉）

フ ﾖ 五 吾 查 韋

❶去毛加工製成的皮革。❷姓。
⊗下面寫作「牛」，三筆。

韌 | rèn（刃）
粵 yen⁶（孕）

柔軟而結實，不易折斷，與「脆」相對：韌性｜柔韌｜堅韌。

韓 | hán（寒）
粵 hon⁴（寒）

古 卓 卓' 軩'' 韓 韓

❶周代國名。❷姓。
⊗左旁不要寫作「車」。

韙 | wěi（偉）
粵 wei⁵（偉）

是，對，常用在「不」後：冒天下之大不韙（不顧天下人的反對，公然大幹壞事）。

韜 | tāo（滔）
粵 tou¹（滔）

フ 查 軩 軩' 韜 韜

❶弓或箭的外套。❷比喻深藏不露：韜晦。❸兵法：韜略（用兵的計謀）。
【韜光養晦】隱藏才能，不使外露。

韭部

韭 | jiǔ（九）
粵 geo²（九）

ㅣ ㅣ ㅣ 非 非 韭

【韭菜】多年生蔬菜類植物，葉細長而扁。
【韭黃】黃嫩的韭菜。

音部

音 | yīn（陰）
粵 yem¹（陰）

丶 丄 六 立 咅 音

❶聲：聲音｜擴音機。❷消息：佳音｜杳無音信。
【音信】消息，信件：音信全無。也作「音訊」。
【音容】人的聲音和容貌：音容宛在。
◆音符　音樂　音韻　音響　音樂家　◆口音　回音　高音　鄉音　嗓音　噪音　超音速

竟 | jìng（境）
粵 ging²（境）

丄 六 立 音 音 竟

靶

靴

鞍

鞦韆

❶完結，終了：繼承前人未竟的事業。❷整，從頭到尾：竟日｜讀書竟夜。❸到底，終於：究竟｜有志者，事竟成。❹表示沒有料到，居然：竟敢｜竟然。

章 zhāng（張）粵 zêng¹（張）｜丶 亠 立 音 音 章 章

❶成篇的文字：文章｜篇章｜出口成章。❷歌曲、詩文的段落：樂章｜章節｜第二章第三節。❸法規，條款：規章｜憲章｜約法三章。❹條理：雜亂無章。❺印鑒：圖章｜印章｜蓋章。❻標誌：肩章｜徽章｜紀念章。❼姓。
【章法】❶詩文的組織結構：這篇文章寫得很有章法。❷比喻辦事的程序和法則：依照章法辦事。
【章回小說】分回敍事的長篇小說，如《西遊記》、《水滸傳》等。
◆ 詞章　違章　獎章　勳章　斷章取義　順理成章

韶 sháo（勺）粵 xiu⁴（消⁴）｜亠 立 音 音 韵 韶

美好，美麗：韶光。
【韶華】美好的時光。也指青年時代。

韻 yùn（運）粵 wen⁶（運）｜亠 立 音 韵 韵 韻

❶和諧的聲音：琴韻。❷漢語字音的一個組成部分，字音的前段叫聲母，後段叫韻母：押韻。❸風致，情趣：風韻｜韻致。
【韻文】有節奏韻律的文章，如詩、詞、曲等。
【韻味】含蓄的意味。
【韻事】風雅的事。

響 xiǎng（想）粵 hêng²（享）｜彡 纟 織 鄉 鄉 響

❶回聲：回響。❷發出聲音：鐘響了。❸聲音：聽不見響聲。❹聲音大：號聲真響。
【響亮】聲音宏大：鑼鼓響亮。
【響應】比喻以言語行動贊同、支持某種行動或號召。
【響徹雲霄】形容聲音十分嘹亮。
◆ 響雷　響聲　響尾蛇　◆ 反響　音響　敲響　影響　交響詩　不同凡響

頁部

頁 yè（夜）粵 yib⁶（葉）｜一 丆 万 百 百 頁

❶紙一張或書一面：冊頁｜活頁｜這本書有二百頁。❷成片層的：頁岩｜百頁窗。

二至三畫

頂 dǐng（鼎）粵 ding²（鼎）｜一 丁 厂 厉 頂 頂

❶最高最上的部分：山頂｜頭頂。❷用頭支承：頂碗（雜技）｜頂天立地。❸觸犯：頂撞｜頂了兩句。❹極，最：頂好｜頂多。❺對面迎着：頂風。❻代替：頂替。❼相當，抵：一個頂倆。❽量詞：一頂帽子。
【頂峯】山的最高處。

【頂端】❶最高最上的部分。❷末尾：大橋的頂端。
【頂點】最高點，極點。
【頂天立地】形容英雄氣概。
◆ 頂嘴　頂數　頂刮刮　◆ 禿頂　絕頂　冒名頂替

頃 qǐng（請）粵 king²（傾）｜一 ヒ 圹 圻 頃 頃

❶田地一百畝稱為一頃：良田萬頃。❷極短的時間：頃刻之間。❸剛才：頃聞｜頃接來信。

項 xiàng（向）粵 hong⁶（巷）｜一 丁 工 圻 項 項

❶脖子的後部。❷專指脖子：頸項｜項鍊。❸事物的種類或條目：項目｜事項。❹經費，錢：款項。❺姓。
【項圈】戴在頸間的環形裝飾品，即「項鍊」。
◆ 項背　◆ 出項　各項　進項　稅項

預 hān（酣）粵 hon¹（看¹）｜見「顢頇」條。

順 shùn（舜）粵 sên⁶（信⁶）｜丿 丿 川 川 順 順 順

❶向着同一個方向，和「逆」相反：順水｜順風｜順流而下。❷依着，循，沿着：順次｜順着大路走。❸就便：順路探訪｜順手關門。❹適合，沒阻礙：順心｜順利。❺服從：順從｜歸順。❻暢達，不彆扭：通順｜順暢。
【順便】乘做某事的方便做另一事：回家時順便買菜。
【順水推舟】比喻順應趨勢行事。
【順手牽羊】比喻順便拿走人家的東西。
【順理成章】比喻做事情合乎道理。
【順藤摸瓜】比喻沿着發現的線索追究根底。
◆ 順帶　順道　順當　順風轉舵　◆ 孝順　和順　依順　溫順　筆順　逆來順受　一帆風順　百依百順

須 xū（需）粵 sêu¹（雖）｜丿 彡 彡 沔 須 須

❶應當，必要：須知｜必須。❷等待。
【須臾】一會兒，片刻：須臾不可離。
【須要】一定要：教育兒童須要耐心。

四畫

頏 háng（杭）粵 hong⁴（杭）｜見「頡頏」條。
⊗跟「頑」不同。

頑 wán（完）粵 wan⁴（還）｜二 亍 元 沅 頑 頑

❶愚蠢無知：頑石｜愚頑。❷固執，不易改變或動搖：頑固。❸淘氣，調皮：頑皮｜頑童。
【頑強】強硬，不屈服：英勇頑強。
【頑固不化】形容堅持己見，死不改悔。
◆ 頑抗　頑症　頑敵　◆ 刁頑　兇頑　負隅頑抗

頓 dùn（盾）粵 dên⁶（囤）｜一 口 屯 斫 頓 頓

❶用腳跺地，頭叩地：頓足｜頓首。❷略停：頓筆｜停頓。❸安置，處理：安頓｜整頓。❹疲憊，勞累：困頓｜勞頓。❺立刻，忽然：頓悟｜頓然。❻量詞：一頓飯。
【頓時】立刻。
【頓挫】停止和轉折，多指語調、音律等：抑揚頓挫。

頎｜qí（其）｜粵 kéi⁴（其）
身材高的樣子：頎長。

頒｜bān（班）｜粵 ban¹（班）｜八 分 分 斺 頒 頒
❶公布，發表：頒布｜頒行。❷發給，贈：頒獎。
【頒發】❶公布：頒發訓令。❷授與：頒發獎品。

頌｜sòng（送）｜粵 zung⁶（仲）｜八 公 公 頌 頌 頌
❶讚美，讚揚：歌頌｜稱頌｜頌揚。❷以讚美為目的的詩文。

預｜yù（譽）｜粵 yu⁶（譽）｜フ マ 予 孖 預 預
❶事先：預先｜預防。❷干涉，參加：干預｜參預。
【預兆】事前呈現出來的跡象。
【預言】預先說出將要發生的事情。
【預見】預先看出事物發展的結果。
【預料】事前推測。
【預備】事前準備。
【預謀】做壞事之前有所謀劃。
◆ 預支　預告　預定　預約　預祝　預習　預測

五至七畫

領｜lǐng（嶺）｜粵 ling⁵（嶺）｜ハ 令 釕 鈴 領 領
❶脖子，頸：領巾｜引領而望。❷衣服圍繞脖子的部分：領子｜衣領。❸事物或文章的重要部分：要領｜綱領｜提綱挈領。❹帶，引：領航｜率領。❺擁有的，管轄的：領土｜領海。❻取，接受：領取｜領獎。❼了解，明白：領悟｜心領神會。
【領先】共同前進時走在最前面：一路領先。
【領域】❶一個國家主權範圍內的區域。❷範圍，方面：科學領域。
【領教】接受人家指教的客氣語。
【領略】❶初步認識和理解。❷品賞，欣賞：領略異國風情。
【領會】領悟，理解：你的意思我領會了。
【領導】❶率領並引導：集體領導。❷領導人：學校領導。
◆ 領袖　領情　領隊　領事館　◆ 本領　佔領　首領
要領　帶領　將領　頭領

頗｜pō（坡）｜粵 po²（回）｜一 厂 皮 斺 頗 頗
❶很，相當的：頗久｜頗好。❷偏，不平正：偏頗。

頦｜kē（科）｜粵 hoi⁴（海⁴）
下巴，臉的最下部分：下巴頦兒。

頡｜㊀xié（斜）｜粵 kid³（揭）｜一 十 士 吉 頡 頡
【頡頏】❶鳥向上向下飛。❷不相上下，比喻抗衡。
㊁jié（結）｜粵 同㊀
用於人名：倉頡。

頤｜yí（移）｜粵 yi⁴（宜）｜一 𦣞 臣 𦣞 頤 頤
❶面頰，腮。❷保養：頤養。
【頤和園】中國著名園林之一，在北京西郊。

頤和園

頭｜tóu（投）｜粵 teo⁴（投）｜一 㒑 豆 豇 頭 頭
❶腦袋：頭顱｜頭頂。❷頭髮：剃頭｜梳頭。❸起點、終點，尖頂：從頭來｜到頭｜樹梢頭。❹首領：頭目。❺第一的，事物的開始：頭等｜萬事起頭難。❻剩下的，殘餘的東西：布頭｜線頭。❼以前：頭三天。❽方位詞：上頭｜下頭｜前頭。❾量詞：兩頭牛。❿詞尾：木頭｜石頭。
【頭角】比喻青年人的氣概或才華：嶄露頭角。
【頭痛】頭部疼痛，比喻感到為難或討厭。
【頭腦】❶腦筋，思想能力：頭腦清醒。❷頭緒：摸不着頭腦。
【頭緒】複雜紛亂的事情中的條理：理不出個頭緒。
【頭面人物】指社會上有勢力和聲望的人物。
【頭頭是道】說話或做事很有條理。
◆ 頭等　頭暈　頭昏腦脹　頭破血流　◆ 口頭　回頭
風頭　對頭　罐頭　出頭露面　垂頭喪氣　評頭品足
搖頭擺尾　出人頭地　茫無頭緒

頰｜jiá（夾）｜粵 gab³（夾）｜一 乛 𡗜 夾 頰 頰
臉的兩側：面頰｜兩頰。

頸｜jǐng（井）｜粵 géng²（驚²）｜一 𤓰 巠 頸 頸 頸
頭和軀幹相連結的部分，通稱「脖子」：長頸鹿。

頻｜pín（貧）｜粵 pen⁴（貧）｜丨 卜 止 步 頻 頻
屢次，連續多次：頻繁｜頻率｜捷報頻傳。
【頻頻】連續不斷：頻頻招手。

頷｜hàn（漢）｜粵 hem⁵（含⁵）｜ハ 今 含 頷 頷 頷
❶下巴頦的部分。❷點頭表示同意：頷可。
【頷首】點頭表示答允：頷首微笑。

頹｜tuí（推陽）｜粵 têu⁴（腿⁴）｜千 禾 秀 頹 頹 頹
❶衰敗：頹風敗俗。❷墜下，倒塌：頹垣斷壁。
【頹唐】精神委靡不振。
【頹喪】情緒低落，精神委靡。
【頹廢】原指倒塌、荒廢，後用於比喻意志消沈，精神委靡不振。

八至九畫

顆｜kē（科）｜粵 fo²（火）｜日 甲 果 𩑋 顆 顆
量詞。用於圓形或粒狀的東西：顆粒｜一顆珍珠｜千萬顆星星。

額 | é（鵝）| 粵 ngag⁶（我客⁶）| 宀 安 客 新 額 額
❶眉毛以上頭髮以下的部位: 額頭｜上額。❷牌匾: 匾額。❸規定的數目: 數額｜超額。
【額手】手舉到額上，表示慶祝: 額手稱慶。
【額外】超出規定的數目或範圍。
◆名額　定額　限額　橫額　焦頭爛額

顏 | yán（言）| 粵 ngan⁴（眼⁴）| 亠 亠 产 彥 顏 顏
❶臉，臉上的表情: 容顏｜和顏悅色｜笑逐顏開。❷面子，體面: 無顏見人。❸色彩: 五顏六色。❹姓。
【顏色】❶顏料或染料: 紅顏色｜黑顏料。❷給人看的利害的臉色或行動: 給他點顏色看看。
【顏料】顏色的材料，有天然和合成顏料兩種。

題 | tí（提）| 粵 tei⁴（提）| 早 早 是 題 題 題
❶寫作或演講的名目: 命題｜標題。❷寫上，簽署: 題字｜題名｜題詩。
【題目】❶詩歌、文章的標題。❷練習或考試時要求解答的問題。
【題材】文學和藝術作品中具體描寫的生活事件或生活現象: 這部電影是學校題材。
【題詞】寫一段話表示紀念或勉勵。也指這樣寫出來的話。
◆題解　◆主題　出題　考題　例題　問題　習題　專題　算題　難題　小題大做　借題發揮　文不對題

顎 | è（餓）| 粵 ngog⁶（岳）| 罒 咢 咢 鄂 顎 顎
同「腭」，嘴裏的上膛，前面叫硬顎，後面叫軟顎。

顓 | zhuān（專）| 粵 jun¹（專）| ❶愚昧。❷謹慎而善良的樣子。

十至十三畫

類 | lèi（淚）| 粵 lêu⁶（淚）| 丷 米 类 类 類 類
❶種別: 分類｜分門別類。❷相像: 類似｜相類。
【類別】不同的種類。
【類型】有共同特徵的事物形成的種類。
【類推】按某一事物的道理推出同類的其他事物的道理: 以此類推。
◆人類　同類　種類　歸類　出類拔萃　觸類旁通　物以類聚
⊗左下是「犬」，不是「大」。

顛 | diān（顛）| 粵 din¹（典¹）| 十 盲 真 斯 顛 顛
❶頂端: 山顛｜顛峯。❷上下震盪，跳動: 顛簸。❸跌，倒置: 顛倒｜顛三倒四。
【顛覆】採用陰謀手段從內部搞垮合法政府。
【顛沛流離】生活困難，到處流浪。
【顛倒是非】把對的說成錯的，將錯的說成對的。

願 | yuàn（院）| 粵 yun⁶（院）| 一 厂 厉 原 願 願
❶樂意，肯: 自願｜心甘情願。❷希望: 志願。❸對神佛許下的酬謝: 還願。

【願望】希望將來能達到某種目的的想法: 願望實現了。
【願意】❶認為符合自己心願而同意。❷希望發生某種情況: 他們願意你留在這裏。
◆心願　但願　祝願　宿願　情願　如願以償

顢 | mān（滿陰）| 粵 mun⁴（門）| 【顢頇】❶不明事理: 糊塗顢頇。❷漫不經心: 顢頇了事。

顧 | gù（故）| 粵 gu³（故）| 亠 户 雇 雇 顧 顧
❶回頭看: 回顧｜左顧右盼。❷照管，關心: 照顧｜奮不顧身。❸商家稱來買東西的人: 顧客｜主顧。❹姓。
【顧全】照顧並保全，使不受損害: 顧全大局。
【顧忌】因有顧慮，不敢盡情說話和行動。
【顧慮】思前想後，擔心帶來不利後果: 顧慮重重。
【顧此失彼】形容無法全面照顧。
【顧名思義】看到名稱就聯想到它的意義。
【顧影自憐】形容孤獨的樣子。也指自我欣賞。
◆顧及　顧主　顧問　◆不顧　光顧　兼顧　惠顧　三顧茅廬　自顧不暇　後顧之憂　瞻前顧後　義無返顧

顥 | hào（浩）| 粵 hou⁶（浩）| 白而發亮的樣子。

顫 | ⊖ chàn（產去）| 粵 jin³（戰）| 亠 向 亶 亶 顫 顫
物體振動: 顫動。
【顫悠】形容顫動搖晃。
⊖ zhàn（戰）| 粵 同⊖ | 因寒冷或驚恐引起身體發抖。同「戰」: 顫抖｜打顫｜發顫。
【顫慄】發抖，哆嗦。也作「戰慄」。

十四畫以上

顬 | rú（如）| 粵 yu⁴（如）| 見「顳顬」條。

顯 | xiǎn（險）| 粵 hin²（遣）| 日 昌 昷 㬎 顯 顯
❶表露在外面容易看見: 明顯｜顯而易見。❷表現: 顯露｜大顯身手。❸有地位、名望和權勢的: 顯要。
【顯示】明顯地表現出: 顯示力量。
【顯明】清楚明白: 顯明的態度。
【顯現】呈現，顯露。
【顯貴】舊時指做大官，也指做大官的人: 達官顯貴。
【顯著】非常明顯: 成績顯著。
【顯然】容易看出或感覺到，非常明顯: 他顯然在說謊。
【顯赫】形容權勢、聲望等盛大: 名聲顯赫。
【顯耀】❶指聲譽、勢力等著稱: 顯耀一時。❷顯示並誇耀。
◆顯見　顯形　顯眼　顯得　顯微鏡　◆淺顯　大顯神通

顰 | pín（貧）| 粵 pen⁴（頻）| 卝 艹 步 頻 顰 顰
皺眉頭: 顰眉｜東施效顰(比喻仿效不像，反增其醜)。
【顰蹙】皺着眉頭，憂愁不樂的樣子。

顱 | lú（盧）| 粵 lou⁴（勞）| ⺊ 上 广 庐 盧 顱
腦殼，頭的上部: 頭顱。

顳 | niè（聶）
粵 nib[6]（聶） | 【顳顬】頭顱兩側靠近耳朵的部位。

顴 | quán（權）
粵 kün[4]（權） | 【顴骨】眼下腮上突起的顏面骨。

風部

風 | fēng（封）
粵 fung[1]（封） | 丿 几 凡 凤 風 風

❶自然界空氣流動的現象: 風吹雨打｜風雨交加。❷像風那麼迅速: 風行全球｜風馳電掣。❸社會習俗: 風俗｜蔚然成風。❹景象: 風光｜風景。❺指人的氣派，態度: 風度｜風韻。❻沒有確實根據的: 風言風語。❼消息，動靜: 風聲很緊｜聞風而動。❽中醫病名: 中風｜抽風。

【風水】指住宅基地或墳地的地勢、方向等，迷信的人認為它可以決定禍福。

【風波】比喻糾紛，亂子: 一場風波。

【風趣】幽默或詼諧的趣味: 他講話很風趣。

【風險】可能發生的危險: 甘冒風險。

【風捲殘雲】比喻一下子統統消滅或吃光。

【風燭殘年】比喻人到年老體衰的晚年。

【風馬牛不相及】比喻彼此毫不相干。

◆風化 風災 風浪 風扇 風球 風聲 風刀霜劍 風起雲湧 ◆春風 校風 遺風 乘風破浪 一帆風順

颯 | sà（薩）
粵 sab[3]（圾） | 亠 立 刐 颯 颯 颯

風聲: 秋風颯颯。

【颯爽】豪邁而矯健: 英姿颯爽。

颱 | tái（抬）
粵 toi[4]（抬） | 几 凤 凮 風 颱 颱

【颱風】夏秋之間發生在熱帶海洋上的一種極猛烈的旋風，常伴有暴雨，容易造成災患。

颳 | guā（瓜）
粵 guad[3]（刮） | 几 凤 風 風 颳 颳

風吹起: 颳西北風。

颶 | jù（巨）
粵 gêu[6]（巨） | 几 凤 風 颶 颶 颶

【颶風】是發生在熱帶海洋上的風暴，風力極大，伴有暴雨。

颺 | yáng（陽）
粵 yêng[4]（陽） | 几 凤 風 風 颺 颺

讓風颺跑: 颺去。

颸 | sī（思）
粵 xi[1]（思） | 涼風。

颼 | sōu（搜）
粵 seo[1]（收） | 風 風 風 風 颼 颼

象聲詞。多用來形容風聲、雨聲: 風颼颼地颳。

飆 | yáo（搖）
粵 yiu[4]（搖） | 見「飄飆」條。

飄 | piāo（漂陰）
粵 piu[1]（漂） | 西 票 飘 飘 飄 飄

隨風飛動: 飄動｜雪花飄。

【飄泊】比喻東奔西走，生活不安定。也作「漂泊」。

【飄忽】❶形容風雲等輕快地移動。❷搖擺，浮動: 飄忽不定。

【飄揚】在空中隨風擺動。

【飄蕩】隨風擺動或隨水波浮動。

【飄颻】在空中隨風搖動: 風雨飄颻。又作「飄搖」。

【飄飄然】輕飄飄的，好像浮在空中。形容得意的樣子，含貶義: 他聽了幾句恭維語，就飄飄然了。

飆 | biāo（標）
粵 biu[1]（標） | 暴風: 狂飆。

飛部

飛 | fēi（非）
粵 féi[1]（非） | 乁 飞 飞 飞 飛 飛

❶鳥蟲或航空器在空中往來: 鳥飛｜飛行。❷物體在空中飄蕩:飛沙走石｜柳絮飛舞。❸形容極快: 飛快｜飛速｜物價飛漲。❹無根據的: 流言飛語｜飛短流長。❺意外的: 飛來橫禍。

【飛翔】回旋地飛。

【飛馳】車馬飛快地跑。

【飛騰】急速飛起，衝向天空。

【飛躍】比喻突飛猛進: 飛躍發展。

【飛毛腿】指跑得特別快的人。

【飛黃騰達】比喻人官職地位升得快、爬得高。

【飛揚跋扈】形容驕橫放肆。

【飛蛾投火】比喻自取滅亡。

◆飛奔 飛碟 飛機 飛簷走壁 ◆停飛 試飛 眉飛色舞 雞飛蛋打 龍飛鳳舞 不翼而飛 插翅難飛 遠走高飛

食部

食 | ㊀ shí（時）
粵 xig[6]（蝕） | 人 仐 今 仒 食 食

❶吃，吃飯: 飲食｜廢寢忘食。❷吃的東西: 食物｜豐衣足食。❸虧蝕，指日食，月食。

【食言】不履行諾言，失信。

【食指】第二個手指頭。

【食譜】❶介紹菜肴製作方法的書。❷制定的飯菜單子。

【食古不化】指學了古代知識不能理解和應用。

【食言而肥】指不守信用，只圖自己佔便宜。

◆食品 食糧 ◆生食 衣食 肉食 素食 副食 自食其果 飽食終日 飢不擇食 餓虎撲食

㊁ sì（四）
粵 ji[6]（字） | 拿東西給人吃。

二至四畫

飢 jī（機）｜粵 géi¹（機）

肚子餓: 飢餓｜飢渴｜腹中飢。
【飢不擇食】比喻需要急迫，顧不得選擇。
【飢腸轆轆】形容肚子餓得咕咕直叫。

飧 sūn（孫）｜粵 xun¹（孫）

晚飯。

飩 tún（屯）｜粵 ten¹（吞）

見「餛飩」條。

飪 rèn（任）｜粵 yem⁵（任⁵）

煮熟食物: 烹飪。
⊗右邊寫作「壬」。

飫 yù（預）｜粵 yu³（酗）

飽。

飭 chì（翅）｜粵 qig¹（斥）

❶治理，整理: 整飭。❷命令: 飭令。

飯 fàn（範）｜粵 fan⁶（範）

❶煮熟的穀類食品: 米飯｜稀飯。❷每天定時吃的食物: 午飯｜早飯｜晚飯。❸吃飯: 飯前洗手｜飯後散步。
【飯桶】盛飯的桶。比喻無用的人。
【飯碗】盛飯的碗。比喻職業: 丟了飯碗。
◆飯堂　飯粒　飯菜　飯勺子　◆用飯　炒飯　開飯

飲 ⊖ yǐn（隱）｜粵 yem²（任²）

❶喝: 飲水｜飲茶。❷可喝的東西: 冷飲｜飲料。❸含，忍: 飲恨。
【飲泣】淚流入口，哭不出聲。形容非常悲痛。
【飲水思源】比喻不忘本源。
【飲鴆止渴】比喻只求解決眼前困難而不顧將來的大患。
◆飲酒　飲食店　◆痛飲　豪飲　暢飲
⊜ yìn（印）｜粵 yem³（蔭）
給牲畜喝水: 飲馬。

五至六畫

飾 shì（式）｜粵 xig¹（式）

❶裝點，使好看: 修飾｜裝飾。❷裝飾用的東西: 首飾｜衣飾。❸裝扮，扮演角色: 飾演主角。❹遮掩，掩蓋: 掩飾｜文過飾非。
【飾詞】掩蓋真相的話。

飽 bǎo（保）｜粵 bao²（包²）

❶吃足了: 飽食｜酒足飯飽。❷充足，充分地: 飽學｜飽覽｜飽經世故。❸滿足: 一飽眼福。
【飽和】比喻事情達到最高限度。
【飽滿】❶豐滿: 顆粒飽滿。❷充足: 士氣飽滿。
【飽食終日】整日吃飽喝足，什麼正經事都不幹。
【飽經風霜】形容經歷過很多艱難困苦。

飼 sì（寺）｜粵 ji⁶（治）

餵養: 飼養｜飼雞｜飼牲畜。

飴 yí（移）｜粵 yi⁴（而）

一種軟糖，糖漿、麥芽糖之類。

餃 jiǎo（狡）｜粵 gao²（搞）

【餃子】用麪粉做成半圓形有餡的食品。

養 yǎng（仰）｜粵 yêng⁵（仰）

❶撫育，照顧人的生活: 養家｜瞻養。❷餵養動物，培植花草: 養魚｜養花。❸生育，生小孩: 養了兩個孩子。❹使身體得到滋補和休息: 養病｜養精神｜休養。❺對事物的保護，修補: 保養｜養路。❻指內心的修煉工夫: 修養｜涵養。
【養兵】指供養和訓練士兵: 養兵千日，用在一時。
【養育】撫養和教育: 養育之恩。
【養料】能供給營養的物質。
【養虎遺患】比喻放縱敵人，留下後患。
【養尊處優】指生活在尊貴、優裕的環境中。含貶義。
【養精蓄銳】養足精神，積蓄力量。
◆養分　養成　養老　養殖　養傷　◆收養　扶養　奉養　供養　培養　教養　飼養　姑息養奸　嬌生慣養

餅 bǐng（丙）｜粵 bing²（丙）

❶用麪粉做成扁圓形的烙熟的食品: 餅乾｜月餅｜油餅。❷像餅的東西: 豆餅｜鐵餅。

餌 ěr（耳）｜粵 néi⁶（膩）

❶糕餅之類的食品: 果餌。❷釣魚用的魚食: 釣餌。

餉 xiǎng（響）｜粵 hêng²（響）

❶用酒食等款待。❷軍警等的薪給: 月餉｜軍餉。

七至八畫

餑 bō（撥）｜粵 bud⁶（撥）

【餑餑】餅餌之類的食品。

餐 cān（參）｜粵 can¹（產¹）

❶吃: 聚餐。❷飯食: 中餐｜西餐。❸飲食的次數: 一日三餐。
【餐風露宿】形容旅途或野外生活的艱苦。
◆餐巾　餐具　餐桌　餐廳　◆午餐　會餐　自助餐

餒 něi（內上）｜粵 nêu⁵（女）

❶飢餓: 凍餒。❷失掉勇氣: 氣餒｜勝不驕，敗不餒。

餓 è（厄）｜粵 ngo⁶（卧）

肚飢，想吃東西: 飢餓｜餓肚子。

餘 yú（余）｜粵 yu⁴（如）

❶剩下來的，多出來的: 多餘｜剩餘。❷表示零數: 十

餘人｜百餘斤。❸以外，以後: 業餘｜工作之餘。
【餘生】❶老年人的晚年。❷僥倖保全的生命: 虎口餘生。
【餘地】指言語或行動中留下可回旋的地步: 留有餘地。
【餘波】指事件結束以後留下的影響: 餘波未平。
【餘味】留下的耐人回想的味道: 餘味無窮。
【餘暇】工作或學習之外的空閒時間。
【餘興】❶未盡的興致。❷會後附帶舉行的遊藝。
【餘孽】殘餘的壞分子或惡勢力: 殘渣餘孽。
【餘音繞樑】形容歌聲或樂器聲優美，給人留下深刻的印象。
【餘勇可賈】還有剩下的力量可以使出來。
◈餘下　餘年　餘暉　餘糧　◈公餘　其餘　殘餘　節餘　茶餘飯後　不遺餘力　綽綽有餘

館 guǎn（管）粵 gun²（管）｜今 食 飰 飰 館 館
❶供旅客住宿的地方: 旅館｜賓館。❷機關或一些文化公共場所: 使館｜領事館｜博物館。
◈酒館　茶館　飯館　會館　紀念館　圖書館

餞 jiàn（賤）粵 jin³（箭）｜食 食 飰 飺 餞 餞
❶拿酒食請客送行: 餞行｜餞別。❷糖浸漬過的果品: 蜜餞。

餜 guǒ（果）粵 guo²（果）｜一種油炸的麪食，俗稱「油條」: 餜子。

餛 hún（魂）粵 wen⁴（雲）｜食 飰 飰 館 餛 餛
【餛飩】用薄麪片裹餡煮熟帶湯吃的食品。

餡 xiàn（陷）粵 ham⁶（陷）｜今 食 飰 飰 餡 餡
包在麪食、糕點等食品裏的肉、菜、糖等: 肉餡｜餡餅｜露餡（比喻不願意讓人知道的事暴露出來）。

餚 同「肴」。

九至十畫

餬 hú（胡）粵 wu⁴（胡）｜粥樣的食物。
【餬口】勉强維持生活。

餮 tiè（貼）粵 tid³（鐵）｜見「饕餮」條。

餵 wèi（衞）粵 wei³（慰）｜食 飰 飰 餌 餵 餵
❶把食物送進人嘴裏: 餵奶｜餵飯｜餵孩子。❷飼養，給牲口或動物吃東西: 餵牛｜餵貓。

餿 sōu（搜）粵 seo¹（收）｜食 飰 飰 飩 餿 餿
食物因受潮熱而變成的酸臭氣味: 飯餿了。

饈 xiū（修）粵 seo¹（修）｜美味的食品: 珍饈。

餽 kuì（愧）粵 guei⁶（跪）｜食 飰 飩 飾 餽 餽
贈送: 餽贈。

餾 liú（留）粵 leo⁶（漏）｜食 飰 飰 飹 餾 餾
見「蒸餾」條。

十一畫以上

饉 jǐn（緊）粵 gen²（緊）｜荒年: 饑饉。

饃 mó（磨）粵 mo⁴（磨）｜麪製食品，通常指饅頭: 饃饃。

饅 mán（蠻）粵 man⁶（慢）｜食 食 飰 饂 饅
【饅頭】用發酵的麪粉蒸成的食品。

饒 ráo（嬈）粵 yiu⁴（搖）｜食 食 饈 饒 饒 饒
❶豐富，多: 富饒｜豐饒｜饒有風趣。❷寬容: 饒恕｜討饒。
【饒舌】嘮叨，多嘴。

饌 zhuàn（篆）粵 zan⁶（棧）｜❶飯食: 看饌｜盛饌。❷吃，喝。

饑 jī（機）粵 géi¹（機）｜食 飰 飰 饑 饑 饑
莊稼收成不好或沒有收成: 饑饉｜饑荒。

饗 xiǎng（享）粵 hêng²（享）｜用酒食款待人。

饔 yōng（擁）粵 yung¹（翁）｜❶熟食。❷早飯。
【饔飧】早飯和晚飯。

饕 tāo（滔）粵 tou¹（滔）｜【饕餮】泛稱貪食的人。

饜 yàn（厭）粵 yim³（厭）｜一 厂 厃 厭 厭 饜
❶吃飽。❷滿足: 貪得無饜。

饞 chán（慚）粵 cam⁴（慚）｜飰 飻 饞 饞 饞 饞
❶專愛吃好的: 饞嘴｜饞涎欲滴。❷貪心，羨慕: 眼饞。
【饞涎】因想吃而流出的口水。

首部

首 shǒu（手）粵 seo²（手）｜丷 丷 艹 芦 首 首
❶頭，腦袋: 昂首｜搔首弄姿。❷開始: 首次｜首創。❸最高的，第一的: 首功｜首屆。❹領導人: 首領｜元首。❺出頭告發: 出首｜自首。❻量詞。用於詩或歌: 一首詩｜三首歌。
【首先】最先，最早。
【首肯】點頭表示同意。
【首尾】❶前頭和後頭。❷從開頭到末尾。
【首相】某些國家內閣的最高官職。
【首都】國家最高政權機關所在地，是一國的政治中心。又稱「國都」。
【首級】古代指斬下的人頭。
【首飾】頭上的裝飾品，泛指耳環、手鐲等。
【首屈一指】表示數第一: 他的語文成績在班上首屈一

指。

【首當其衝】處在要衝的地位,最先受到攻擊或遭受壓力。

◆首長 首席 首要 首惡 首創 ◆匕首 回首 部首 昂首挺胸 俯首帖耳 不堪回首 痛心疾首 罪魁禍首

馗 | kuí（葵）粵 kuei⁴（葵）| ❶道路。同「逵」。❷鍾馗,傳說中能捉鬼驅邪的人。

香部

香 | xiāng（鄉）粵 hêng¹（鄉）| ㇒ ㇒ 千 禾 乔 香

❶氣味好聞,跟「臭」相反:花香｜飯香菜熱。❷香料或香料製成的:蚊香｜檀香。❸受歡迎:這貨很吃香。❹可口,舒適:吃得很香｜睡得很香。

【香片】即花茶。

【香蕉】多年生草本植物,產於熱帶或亞熱帶,果肉香甜可吃。

◆香皂 香味 香草 香菇 香腸 香爐 香噴噴 ◆焚香 燒香 古色古香 鳥語花香

馥 | fù（負）粵 fug¹（福）| ㇒ 千 禾 香 馥 馥

香氣。

【馥郁】香氣濃厚。

馨 | xīn（欣）粵 hing¹（興）| 吉 吉 声 殸 殸 馨

散佈得很遠的香氣:馨香。

馬部

馬 | mǎ（碼）粵 ma⁵（碼）| ㇒ ㇑ ㇒ ㇒ 馬 馬

一種家畜,面部長,頸上有鬃,尾有長毛,四肢強健,善跑,供人騎或駄運東西。

【馬上】立刻:他馬上就來。

【馬虎】粗枝大葉,不細心。

【馬腳】比喻破綻、漏洞:露出馬腳。

【馬不停蹄】比喻一刻也不停地前進。

【馬到成功】形容很迅速地取得勝利。

【馬拉松賽跑】一種長距離賽跑,全程為42,195米。

◆人馬 快馬 奔馬 跑馬 賽馬 駿馬 老馬識途 龍馬精神

二至五畫

馮 | féng（逢）粵 fung⁴（逢）| ㇒ ㇒ 汀 汇 馮 馮

姓。

馭 | yù（預）粵 yu⁶（預）| ㇒ ㇑ ㇒ ㇒ 馬 馭

趕車:馭車｜駕馭。

【馭手】駕駛車馬的人。

馱 | ㊀ tuó（駝）粵 to⁴（駝）| ㇒ ㇑ ㇒ 馬 馱 馱

多指牲口用背負載:馱糧。

㊁ duò（惰）粵 do⁶（惰）| 牲口背負的東西:鞍馱。

馴 | xún（巡）粵 sên⁴（純）| ㇒ ㇑ ㇒ 馬 馬 馴

❶順從:馴良｜溫馴。❷使順從:馴養｜馴獸師。

【馴服】❶順從:這匹馬很馴服。❷經過訓練後使之順從:馴服這頭野牛。

馳 | chí（池）粵 qi⁴（池）| ㇒ ㇑ ㇒ 馬 馬 馳

❶快跑:奔馳。❷傳揚:馳名中外。❸嚮往:神馳。

【馳騁】騎在馬上快跑。

◆疾馳 飛馳 心馳神往 風馳電掣 背道而馳

駁 | bó（博）粵 bog³（博）| ㇒ 馬 馬' 駁 駁

❶用言詞反對:駁斥｜反駁｜辯駁。❷轉運貨物:駁運。❸顏色不純,雜亂:斑駁。

駝 | tuó（陀）粵 to⁴（陀）| ㇒ ㇑ 馬 駝 駝 駝

❶指駱駝:駝峯。❷身體前彎,脊背突出:駝子｜駝背。

駐 | zhù（注）粵 ju³（注）| ㇒ ㇑ 馬 駐 駐 駐

停留在一個地方:駐軍｜駐英大使。

【駐守】駐紮防守。

【駐防】在軍事要地駐紮防守。

【駐紮】軍隊在某地住下。

【駐顏】使容顏不衰老。

駔 | zǎng（賍上）粵 zong²（賍²）| 壯馬,駿馬。

駟 | sì（四）粵 xi³（試）| ㇒ ㇑ 馬 駟 駟 駟

古代指同駕一輛車的四匹馬,也指套着四匹馬的車:駟馬高車｜一言既出,駟馬難追(形容話說出口,無法再收回)。

駛 | shǐ（使）粵 sei²（洗）| ㇒ ㇑ 馬 駛 駛 駛

❶指馬或車快跑:急駛而過。❷使車、船、飛機等開動:駕駛｜行駛｜輪船駛入港口。

駙 | fù（父）粵 fu⁶（父）| ㇒ ㇑ 馬 駙 駙 駙

【駙馬】古代稱皇帝的女婿為駙馬。

駒 | jū（拘）粵 kêu¹（拘）| ㇒ ㇑ 馬 馬 駒 駒

❶少壯的馬:千里駒。❷指小的馬、驢、騾等:小驢駒。

駕 | jià（嫁）粵 ga³（嫁）| ㇇ 力 加 加 架 駕

❶用牲畜拉車:駕轅。❷操縱,使開動:駕駛｜駕汽車。❸古代車乘的總稱:車駕｜並駕齊驅。❹對別人的敬稱:大駕｜勞駕。

【駕馭】❶驅使車馬行進。❷控制,掌握:駕馭局勢。

【駕臨】敬辭。指對方到來：歡迎駕臨。
【駕輕就熟】比喻對事情熟悉，辦起來很容易。
◆保駕　凌駕　擋駕　大駕光臨　騰雲駕霧

駘 tái（台）｜粵 toi4（台）｜劣馬：駑駘（比喻庸才）。

駑 nú（奴）｜粵 nou4（奴）｜女 女 奴 奴 奴 駑
❶劣馬。❷比喻無能：駑鈍。
【駑駘】劣馬。比喻庸才。

六至七畫

駭 hài（害）｜粵 hai5（蟹）｜㇐ 厂 馬 馬 駭 駭
❶驚怕：驚駭。❷可驚可怕的：驚濤駭浪。
【駭然】驚訝的樣子。
【駭人聽聞】使人聽了非常震驚。

駢 pián（胼）｜粵 pin4（片4）｜㇐ 厂 馬 馬 駢 駢
並列，成雙的：駢句。

駱 luò（洛）｜粵 log3（洛）｜㇐ 厂 馬 馬 駱 駱
姓。
【駱駝】哺乳動物，身體高大，背上有肉峯，能負重物在沙漠中遠行。號稱「沙漠之舟」。

騁 chěng（逞）｜粵 qing2（逞）｜㇐ 厂 馬 馬 馳 騁
❶奔跑：馳騁。❷舒展，放開：騁目｜騁懷。

駸 qīn（侵）｜粵 cem1（侵）｜【駸駸】形容馬跑得很快的樣子。也比喻事業前進得很快。

駿 jùn（俊）｜粵 zên3（俊）｜㇐ 厂 馬 馬 駿 駿
好馬：駿馬。

八至十畫

騏 qí（其）｜粵 kéi4（其）｜有青黑色紋理的馬。【騏驥】駿馬。

騎 qí（其）｜粵 ké4（茄4）｜㇐ 厂 馬 馬 騎 騎
❶兩腿跨坐：騎馬｜騎自行車。❷兼跨兩邊：騎牆｜騎縫。❸騎的馬：坐騎。❹騎兵，騎馬的人：輕騎｜鐵騎。
【騎虎難下】比喻事到中途遇到困難，想停又停不下來。

騅 zhuī（追）｜粵 zêu1（追）｜毛色青白相雜的馬：烏騅。

騙 piàn（片）｜粵 pin3（片）｜㇐ 厂 馬 馬 騙 騙
用謊言或詭計使人上當：騙人｜騙錢。
【騙子】騙取財物或其他利益的人。
【騙局】欺騙人的圈套：設下騙局。
【騙術】欺騙人的伎倆。

騖 wù（務）｜粵 mou6（務）｜予 矛 敄 敄 敄 騖
❶亂跑。❷追求：好高騖遠｜心無旁騖。
⊗跟「鶩」不同。

騫 qiān（牽）｜粵 hin1（牽）｜宀 宀 寒 寒 寒 騫
高舉。多用於人名：張騫。

騸 shàn（扇）｜粵 xin3（扇）｜割去馬、牛、豬、雞等的睾丸或卵巢：騸馬。

騰 téng（疼）｜粵 teng4（藤）｜月 月 朕 朕 朕 騰
❶奔跑，跳躍：奔騰｜歡騰。❷上升：騰空｜飛騰。❸空出來，挪移：騰出房子。
【騰越】跳躍越過。
【騰騰】❶形容氣勢很盛：熱氣騰騰｜殺氣騰騰。❷形容遲緩的樣子：慢騰騰。
【騰雲駕霧】❶傳說中指乘雲霧飛行。❷形容奔馳迅速或頭腦發脹。

騮 liú（留）｜粵 leo4（留）｜赤身黑鬣黑尾巴的馬。

騷 sāo（搔）｜粵 sou1（蘇）｜㇐ 厂 馬 馬 騷 騷
❶不安定，擾亂：騷亂。❷淫蕩：騷婦。❸舊時指詩文等事：騷人。
【騷動】動亂，不安寧。
【騷擾】擾亂，使不安寧。

十一畫

驁 ào（敖）｜粵 ngou4（敖）｜❶快馬。❷馬不馴良。❸比喻人性情高傲：桀驁不馴。

驃 ㊀ piào（票）｜粵 piu3（票）｜㇐ 厂 馬 馬 驃 驃
❶驍勇：驃勇。❷馬快跑的樣子。
【驃騎】古代將軍的名號：驃騎將軍。
㊁ biāo（標）｜粵 biu1（標）｜一種黃栗色的馬：黃驃馬。

驅 qū（屈）｜粵 kêu1（拘）｜㇐ 厂 馬 馬 驅 驅
❶用鞭子趕着牲口走：驅馬前進。❷趕走：驅逐｜驅趕。❸快跑：長驅直入｜並駕齊驅。
【驅走】趕走。
【驅使】❶迫使別人按自己的意志行動。❷推動：被好奇心所驅使。
【驅除】趕走，除掉。
◆驅車　驅邪　驅蟲劑　◆先驅　前驅　爲淵驅魚

驀 mò（默）｜粵 meg6（默）｜丶 艹 莫 莫 暮 驀

突然，忽然：驀然｜驀地。

騾 luó（羅）｜粵 lêu⁴（雷）　ˊˊㄏˋ馬 馬ꞋＣ 馬單 騾
由驢和馬交配而生的雜種牲口，可以馱東西或拉車。

驂 cān（餐）｜粵 cam¹（驂）　古代指一輛馬車上駕的三匹馬。也指駕在車前兩側的馬。

十二畫以上

驊 huá（華）｜粵 wa⁴（華）　【驊騮】花赤色的良馬。

驍 xiāo（消）｜粵 hiu¹（囂）　❶好馬。❷指將士的勇健：驍將。
【驍勇】勇猛而威武：驍勇善戰。
【驍悍】勇猛強悍。

驕 jiāo（交）｜粵 giu¹（嬌）　ˊˊㄏˋ馬 馬矢 驕矢 驕
❶自滿，自高自大，傲慢：驕兵必敗｜戒驕戒躁。❷猛烈，強：驕陽。
【驕傲】❶自高自大，看不起別人。❷自豪，也指值得自豪的人或事物：萬里長城是中國的驕傲。
【驕奢淫逸】形容生活奢侈，荒淫無度。
◆驕橫　驕縱　◆天驕　不驕不躁

驚 jīng（京）｜粵 ging¹（京）　ˋˊˊ敬 敬 敬 驚
❶害怕，心情緊張：驚恐｜膽戰心驚。❷驚動：驚擾｜打草驚蛇。
【驚悸】因驚慌而心跳得厲害。
【驚訝】驚異，奇怪。
【驚詫】驚訝，詫異。
【驚駭】驚慌害怕。
【驚險】場面情景危險，使人驚奇緊張：驚險鏡頭。
【驚弓之鳥】比喻受過驚嚇，有一點動靜就害怕的人。
【驚心動魄】形容使人感受很深，震動很大。
【驚惶失措】驚慌得不知怎麼辦才好。
【驚濤駭浪】比喻險惡的環境或遭遇。
◆驚人　驚奇　驚歎　驚嚇　驚天動地　◆受驚　虛驚　震驚　大驚小怪　心驚肉跳　一鳴驚人　觸目驚心

驛 yì（亦）｜粵 yig⁶（亦）　ˊˊㄏˋ馬 馬ꞋＣ 驛ꞋＣ 驛
❶舊時傳遞公文的人中途休息換馬的地方：驛站。❷驛站專用的馬。

驗 yàn（雁）｜粵 yim⁶（豔）　ˋㄏ馬 驗 驗 驗
❶檢查，考查：考驗｜檢驗。❷有功效，效果：效驗｜應驗。
【驗方】經臨牀應用有效驗的藥方。
◆驗血　驗收　驗算　驗證　◆化驗　查驗　測驗　經驗　實驗　體驗　靈驗　核試驗

驟 zhòu（宙）｜粵 zeo⁶（宙）　ˊㄏ馬 馬聚 驟聚 驟
急，突然，疾速：驟然｜暴風驟雨。
【驟變】突然變化：天氣驟變。

驢 lǘ（呂陽）｜粵 lou⁴（盧）　ˊˊㄏˋ馬 馬ꞋＣ 馬ꞋＣ 驢

一種家畜，像馬，比馬小，耳朵和臉都較長，多用來拉車、馱東西等。

驥 jì（冀）｜粵 kéi³（冀）　ˊˊㄏˋ馬 馬ꞋＣ 驥ꞋＣ 驥
❶好馬：按圖索驥。❷比喻傑出的人：老驥伏櫪，志在千里。

驤 xiāng（箱）｜粵 sêng¹（雙）　❶馬抬起頭來快跑。❷高舉。

驪 lí（黎）｜粵 léi⁴（黎）　馬ꞋＣ 馬ꞋＣ 驪ꞋＣ 驪ꞋＣ 驪ꞋＣ 驪
純黑色的馬。

骨部

骨 ㊀ gǔ（古）｜粵 gued¹（掘¹）　ㄇㄇㄈ骨 骨
❶脊椎動物身體裏面支持軀體的堅硬組織：脊椎骨。❷支撐物體起骨架作用的東西：鋼骨水泥。❸指人的品質、氣概：骨氣｜傲骨。
【骨肉】指父母、子女、兄弟、姐妹等親人：骨肉團聚。
【骨骼】全身骨頭的總稱。
【骨肉相連】比喻關係非常密切，不可分離。
【骨瘦如柴】形容瘦到極點。
【骨鯁在喉】比喻心裏有話，非說出來不可。
◆正骨　風骨　刻骨銘心　敲骨吸髓　粉身碎骨
㊁ gú（古陽）｜粵 同㊀　【骨頭】❶動物身體內部的支架。❷比喻人的品質：硬骨頭；賤骨頭；懶骨頭。
㊂ gū（姑）｜粵 同㊀　【骨朵】還沒有開放的花朵。【骨碌】滾動：他一骨碌從牀上爬起來。

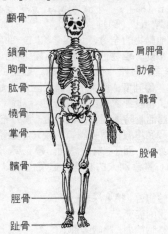

顱骨　鎖骨　胸骨　肱骨　橈骨　掌骨　髖骨　脛骨　趾骨　肩胛骨　肋骨　髖骨　股骨

四至六畫

骯 āng（昂陰）｜粵 ong¹（盎¹）　ㄇㄇ骨 骨 骯 骯
【骯髒】不乾淨。

骰｜tóu（投）｜粵 teo⁴（頭）｜口 口 骨 骨' 骨冖 骰
【骰子】一種骨製的賭具。正立方體，六面分刻一、二、三、四、五、六的點子。也稱「色子」。

骷｜kū（枯）｜粵 fu¹（夫）｜口 口 骨 骨 骨十 骷
【骷髏】沒有皮肉的死人屍體和頭骨。

骶｜dǐ（底）｜粵 dei²（底）｜【骶骨】腰部下面尾骨上面的部分。也叫「尾椎骨」。

骸｜hái（孩）｜粵 hai⁴（鞋）｜口 口 骨 骨' 骸 骸
❶骨頭：屍骸。❷指身體：形骸。

骼｜gé（格）｜粵 gag³（格）｜口 口 骨 骨' 骼 骼
骨頭：骨骼。

八至十五畫

髀｜bì（閉）｜粵 béi²（比）｜❶大腿。❷胯股，大腿根。

髂｜qià（洽）｜粵 ka³（卡³）｜【髂骨】腰部下面腹部兩側的骨頭。

髏｜lóu（樓）｜粵 leo⁴（樓）｜口 口 骨 骨咅 髏 髏
見「骷髏」條。

髒｜zāng（臟）｜粵 zong¹（臟）｜骨 骨 骨' 骨' 髒 髒
骯髒，不乾淨：手髒了｜把書弄髒了。

髓｜suǐ（隨上）｜粵 sêu⁵（緒）｜骨 骨 骨冖 骻 髓 髓
❶骨頭裏柔軟像膠的物質：骨髓｜脊髓。❷事物的精要部分：精髓。❸像骨髓的東西：腦髓。

體 ⊖｜tǐ（梯上）｜粵 tei²（睇）｜骨 骨冂 骨曲 骨曲 體 體
❶人或其他動物的全身，又指身體的一部分：體重｜體高｜四體不勤。❷物態：固體｜氣體｜液體。❸事物的本身和全部：物體｜個體｜整體。❹格式，形式：體例｜體裁。❺制度：體制｜政體｜國體。❻親身的：體察｜體驗。❼設身處地為別人着想：體恤｜體諒。
【體力】人體活動時所能付出的力量：體力充沛。
【體育】❶發展體力、增強體質的教育。❷體育運動。
【體面】❶身分，面子：有失體面。❷光榮：體面事。
【體貼】細心體會別人的心情、處境，給以關懷和照顧：體貼入微。
【體會】體驗領會：體會深刻。
【體態】身體的姿態。
【體魄】體格和精力：體魄強健。
【體無完膚】❶形容渾身是傷。❷比喻全部論點被駁倒。
◆ 體形　體系　體能　體現　體質　體壇　體弱多病
◆ 大體　全體　具體　集體　身體力行
⊜｜tī（梯）｜【體己】❶家庭成員個人積蓄的財物。｜粵 同⊖｜❷親近的，貼心的：體己話。

髑｜dú（獨）｜粵 dug⁶（獨）｜【髑髏】死人頭。

髕｜bìn（殯）｜粵 ben³（殯）｜膝蓋骨：髕骨。

髖｜kuān（寬）｜粵 fun¹（寬）｜【髖骨】是骨盆的組成部分，由髂骨、坐骨、恥骨合成，左右各一。通稱胯骨。

高部

高｜gāo（糕）｜粵 gou¹（羔）｜亠 亠 古 古 高 高
❶跟「低」相反：高山｜高峯｜高樓。❷高矮的程度，高度：身高五尺｜兩山一般高。❸超過一定水準的，等級在上的：高標準｜高年級。❹敬辭：高見｜高壽。❺姓。
【高尚】❶道德品質好：品德高尚。❷有意義的，非低級趣味的：高尚的事業。
【高明】高超，出色。
【高昂】❶高高的揚起。❷指聲音、情緒向上高起。❸價格高：物價高昂。
【高原】海拔較高而地形起伏不大的大片高地：黃土高原。
【高貴】❶達到高度道德水平的：高貴品質。❷指地位特殊，生活優越的。
【高漲】急劇上升或發展：情緒高漲。
【高潮】❶海水上漲時的最高潮位。比喻事物高度發展的階段。❷文藝作品中情節最精彩的部分。
【高興】愉快而興奮。
【高攀】指跟地位比自己高的人結交或結成親戚。
【高材生】成績優異的學生。
【高瞻遠矚】形容眼光遠大。
【高不成，低不就】大事幹不了，小事又不願幹，結果一事無成。
◆ 高低　高級　高矮　高聳　高不可攀　高高在上　高談闊論　◆ 崇高　提高　興高采烈　束之高閣

髟部

四至六畫

髦｜máo（毛）｜粵 mou¹（毛¹）｜丿 丨 長 髟 髟 髦
❶兒童垂在前額的短髮。❷時髦，指流行的。

髮｜fà（琺）｜粵 fad³（法）｜丿 丨 髟 髟 髮 髮
❶頭髮：理髮。❷跟頭髮有關的：髮夾｜髮蠟。
【髮指】頭髮直豎，形容憤怒到了極點：令人髮指。

髯｜rán（然）｜粵 yim⁴（炎）｜丿 丨 髟 髟 髯 髯
兩頰上的鬍子。泛指鬍子：美髯。

髫｜tiáo（條）｜粵 tiu⁴（條）｜小孩子頭上垂下來的短髮。

| 髻 | jì（記）
粵 gei³（繼） | ⼁⼀髟髟髻髻髻 |

梳在頭頂上或腦後的髮結: 高髻｜髮髻。

| 髭 | zī（資）
粵 ji¹（之） | ⼁⼀髟髟髟髭 |

嘴上邊的鬍子: 髭鬚皆白。

| 髹 | xiū（休）
粵 yeo¹（休） | 用漆塗在器物上。 |

八至十五畫

| 鬃 | zōng（宗）
粵 zung¹（宗） | ⼁⼀髟髟髟鬃鬃 |

馬、豬等獸類頸上的硬毛, 可以用來製刷: 馬鬃｜豬鬃。

| 鬈 | quán（全）
粵 kün⁴（拳） | 頭髮彎曲。 |

| 鬆 | sōng（松）
粵 sung¹（宋¹） | ⼁⼀髟髟髟鬆鬆 |

❶不緊: 鞋帶鬆了｜螺絲釘鬆了。❷不緊密: 疏鬆｜鬆脆｜土質很鬆。❸不繁重, 不緊要: 工作很輕鬆。❹不嚴格: 管理太鬆。❺放開, 解開: 鬆手｜鬆綁。❻頭髮散亂: 蓬鬆。❼用瘦肉、魚製成碎末狀的乾食品: 肉鬆｜雞鬆｜魚鬆。
【鬆弛】❶不緊張: 肌肉鬆弛。❷不嚴格: 紀律鬆弛。
【鬆散】❶結構不緊密。❷鬆懈, 散漫。
【鬆懈】❶精神不集中。❷關係不緊密。❸動作不協調。

| 鬍 | hú（狐）
粵 wu⁴（狐） | ⼁⼀髟髟鬍鬍鬍 |

嘴周圍和連着鬢角長的毛: 鬍子｜鬍鬚。

| 鬚 | xū（需）
粵 sou¹（蘇） | ⼁⼀髟髟髟鬚 |

❶鬍鬚。❷像鬍鬚的東西: 鬚根｜觸鬚。
【鬚眉】男子的代稱。

| 鬟 | huán（環）
粵 wan⁴（環） | ❶古代婦女梳的環形的髮結。❷舊時稱婢女: 丫鬟。 |

| 鬣 | liè（獵）
粵 lib⁶（獵） | 獸類脖頸上的長毛: 馬鬣。 |

| 鬢 | bìn（殯）
粵 ben³（殯） | ⼁⼀髟髟鬢鬢鬢 |

臉旁靠近耳朵的頭髮。
【鬢角】耳朵前邊有毛髮的部分。也作「鬢腳」。

鬥部

| 鬥 | dòu（豆）
粵 deo³（豆³） | ⼁⼁⼁鬥鬥鬥鬥鬥 |

❶對打, 爭打: 鬥爭｜鬥毆｜角鬥｜爭鬥。❷比較優劣: 鬥力｜鬥智｜鬥豔。❸姓。
【鬥志】戰鬥的意志: 鬥志旺盛。
◆鬥法 鬥氣 鬥嘴 鬥雞 ◆決鬥 格鬥 搏鬥 暗鬥 奮鬥 鈎心鬥角 明爭暗鬥 龍爭虎鬥

| 鬧 | nào（惱去）
粵 nao⁶（撓⁶） | ⼁⼁鬥鬥鬥鬧鬧 |

❶喧嘩, 不安靜: 喧鬧｜鬧市｜熱鬧。❷耍笑, 戲耍: 鬧着玩兒。❸發生災害, 疾病: 鬧水災｜鬧肚子。❹發作, 發泄, 激動: 鬧情緒｜鬧脾氣。
【鬧事】聚眾搗亂, 破壞社會秩序。
【鬧鬼】❶發生鬼怪作祟的事情。❷比喻背地裏做壞事。
【鬧哄哄】形容人聲雜亂。
【鬧笑話】因粗心大意或缺乏知識而發生可笑的錯誤。
◆鬧鐘 鬧意見 鬧翻了天 ◆吵鬧 胡鬧 瞎鬧 無理取鬧

| 鬨 | hòng（轟去）
粵 hung³（控） | ⼁⼁鬥鬥鬨鬨鬨 |

❶許多人在一起吵鬧, 攪擾: 鬧鬨｜起鬨。❷集團內部的爭鬥: 內鬨。
【鬨堂大笑】形容眾人同時發出笑聲。同「哄堂大笑」。

| 鬩 | xì（細）
粵 yig¹（益） | 【鬩牆】比喻弟兄不和睦, 互相爭吵。又指內部不和, 發生衝突。 |

| 鬮 | jiū（鳩）
粵 geo¹（鳩） | 為了賭勝負或決定事情而抓取內有記號的紙卷: 抓鬮兒｜拈鬮。 |

鬯部

| 鬯 | chàng（唱）
粵 cêng³（唱） | ❶古代祭祀時所用的一種香酒。❷同「暢」: 草木鬯茂。 |

| 鬱 | yù（預）
粵 wed¹（屈） | 鬱鬱鬱鬱鬱鬱 |

❶草木繁盛: 鬱鬱葱葱。❷煩悶:抑鬱。
【鬱悶】精神不暢快。
【鬱結】積聚而得不到發泄。
【鬱鬱】❶草木茂密。❷悶悶不樂的樣子: 鬱鬱寡歡。
◆鬱血 鬱積 ◆葱鬱 憂鬱

鬲部

| 鬻 | yù（遇）
粵 yug⁶（玉） | 出賣: 賣兒鬻女｜賣官鬻爵。 |

鬼部

| 鬼 | guǐ（軌）
粵 guei²（軌） | ⼂⼥田鬼鬼鬼 |

❶傳說人死後成鬼。❷指有不良嗜好的人: 酒鬼｜賭鬼。❸指某種行為或癖性不好的人: 小氣鬼｜冒失鬼。❹見不得人的事, 陰險的: 鬼祟｜搗鬼。❺機警, 精巧: 鬼點｜鬼斧神工。
【鬼胎】比喻不可告人的念頭: 心懷鬼胎。
【鬼話】不真實的話, 謊話: 鬼話連篇。

【鬼混】❶糊裏糊塗地生活。❷過不正當的生活。
【鬼臉】❶故作滑稽的面貌。❷假面具。
【鬼把戲】❶陰險手段或計策。❷暗中捉弄人的手段。
【鬼門關】傳說中陰陽交界的關口，比喻兇險的地方。
【鬼使神差】比喻發生了原先沒有想到的事情。
【鬼鬼祟祟】行為偷偷摸摸，不光明正大。
【鬼蜮伎倆】比喻陰險害人的手段。
◆鬼火　鬼怪　鬼神　鬼魂　鬼迷心竅　鬼哭狼嚎　鬼頭鬼腦　◆小鬼　死鬼　見鬼　搞鬼　魔鬼　疑神疑鬼

魁 kuí（奎）｜粵 fui¹（灰）｜ㄅ 白 兜 鬼 魁 魁
❶首領，頭子: 魁首｜罪魁。❷形容身體高大: 魁偉｜魁梧。

魂 hún（渾）｜粵 wen⁴（雲）｜二 云 刕 魂 魂 魂
❶傳說人死後尚能存在的精靈: 魂靈｜魂魄｜忠魂。❷指人的精神或情緒: 神魂顛倒。❸指國家、民族的崇高的精神: 國魂｜民族魂。
【魂不附體】形容恐懼萬分的樣子。
◆亡魂　招魂　英魂　冤魂　銷魂　迷魂陣　失魂落魄　借屍還魂

魅 mèi（妹）｜粵 méi⁶（未）｜ㄅ 白 兜 鬼 魁 魅
古代傳說中住在山林間的鬼怪: 鬼魅｜魑魅。
【魅力】能吸引人的力量: 藝術魅力。

魃 bá（拔）｜粵 bed⁶（拔）｜傳說中指造成旱災的鬼怪: 旱魃。

魄 ㊀ pò（破）｜粵 pag³（拍）｜ㄅ 白 白 魄 魄 魄
❶指依附於人體而存在的精神、魂魄。❷精神，精力: 氣魄｜體魄健全。
【魄力】指做事果斷，決心大、敢於負責的作風。
㊁ tuò（拖去）｜粵 tog³（托）｜落拓。
㊂ bó（駁）｜粵 bog³（駁）｜見「落泊」條。

魑 liǎng（倆）｜粵 lêng⁵（倆）｜見「魍魎」條。

魈 xiāo（消）｜粵 xiu¹（消）｜山魈: 傳說中山裏的鬼怪。

魍 wǎng（網）｜粵 mong⁵（網）｜【魍魎】傳說中的怪物。

魏 wèi（為）｜粵 ngei⁶（偽）｜二 禾 表 委 魏 魏
❶古代國名。❷姓。

魔 mó（摩）｜粵 mo¹（摩）｜一 广 麻 麿 魔 魔
❶傳說中指害人性命，迷惑人的惡鬼: 魔鬼｜妖魔。❷神奇的，不平常的: 魔力｜魔術。
【魔王】❶專指做破壞活動的惡鬼。❷比喻非常兇暴的惡人。
【魔爪】比喻邪惡的勢力。
【魔掌】比喻兇惡勢力的控制: 陷入魔掌。
◆魔法　魔棍　魔術師　◆入魔　中魔　邪魔　惡魔

妖魔鬼怪　羣魔亂舞

魑 chī（痴）｜粵 qi¹（雌）｜【魑魅】傳說中山林裏能害人的怪物: 魑魅魍魎(指各種各樣的壞人)。

魘 yǎn（掩）｜粵 yim²（掩）｜一 厂 厭 厭 黶 魘
因作惡夢而驚叫，或覺得受壓而呼吸困難。

魚部

魚 yú（余）｜粵 yu⁴（余）｜ノ ∥ ⺈ 刍 魚 魚
生活在水中的脊椎動物，大都有鱗和鰭，用鰓呼吸。種類極多，大多數可供食用或製魚膠等。
【魚肉】比喻受宰割者。也比喻用暴力欺凌、殘害: 魚肉百姓。
【魚貫】像游魚那樣一個挨一個地接着走: 魚貫而入。
【魚目混珠】比喻拿假東西來冒充真的東西。
【魚米之鄉】指盛產魚和大米的富庶之地。
【魚游釜中】魚在鍋裏游。比喻處境危險，很快就要滅亡。
【魚龍混雜】比喻好人壞人混雜在一起。
◆魚叉　魚缸　魚翅　魚鈎　魚絲　魚塘　魚餌　魚鱗　◆大魚　金魚　海魚　釣魚　沈魚落雁　混水摸魚

四至七畫

魷 yóu（尤）｜粵 yeo⁴（尤）｜⺈ 刍 魚 魚 魷 魷
【魷魚】又叫「柔魚」，形狀像烏賊魚，生活在海洋裏，肉可食。

魯 lǔ（虜）｜粵 lou⁵（老）｜⺈ 刍 魚 魚 魯 魯
❶不聰明，愚鈍: 魯鈍｜愚魯。❷周代諸侯國名。❸山東省的別稱。❹姓。
【魯莽】粗心，冒失: 魯莽待人。也作「鹵莽」。

鮎 nián（年）｜粵 nim⁴（念⁴）｜【鮎魚】生活在淡水中，體滑無鱗，多黏液。頭大，尾扁，嘴寬，肉可食。

鮑 bào（抱）｜粵 bao¹（包）｜ノ 鱼 魚 魚 鮑 鮑
❶鮑魚，軟體動物，生活在海洋中，有橢圓形貝殼，肉味鮮美，殼可入藥。也叫「鰒魚」、「石決明」。❷姓。

鮒 fù（付）｜粵 fu⁶（付）｜即「鯽魚」。

鮫 jiāo（交）｜粵 gao¹（交）｜ノ 鱼 魚 魚 鮫 鮫
即「鯊魚」。

鮮 ㊀ xiān（仙）｜粵 xin¹（先）｜ノ 鱼 魚 魚 鮮 鮮
❶新的: 新鮮｜鮮花｜鮮果。❷明麗的，有光彩的: 鮮紅｜鮮豔。❸味美: 味道鮮美。❹新鮮的食物: 海鮮｜時鮮。
【鮮明】❶色彩明亮。❷明顯，明確，毫不含糊: 態度鮮

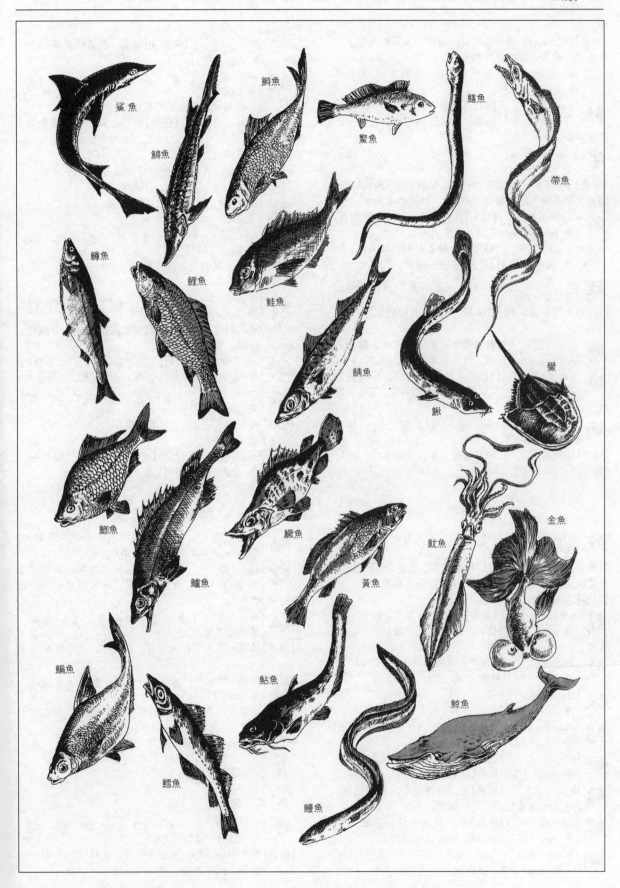

鯊魚　鱘魚　鯽魚　鱉魚　鱔魚　帶魚　鱒魚　鯉魚　鮭魚　鯖魚　鱟　鮂　鰂魚　金魚　鯽魚　鱸魚　鱖魚　黃魚　魷魚　鯿魚　鮎魚　鯨魚　鱈魚　鰻魚

明。

【鮮美】❶指菜肴、瓜果滋味好。❷指花草新鮮美麗。
◆鮮亮　鮮魚　鮮嫩　鮮明奪目

㈠ xiǎn（險）｜少：鮮見｜鮮有｜鮮為人知｜屢見不
粵 xin²（冼）｜鮮。

鮭 guī（圭）｜【鮭魚】一種海魚類，體大，略呈
粵 guei¹（圭）｜紡錘形，腹部白色，背藍灰色，
肉味鮮美。

鯊 shā（沙）　氵汀沙沙鯊鯊
粵 sa¹（沙）
【鯊魚】又叫「鮫」。生活在海洋中，種類很多，性情兇猛，
捕食其他魚類。鰭可製成「魚翅」，皮可製刀鞘等。

鯇 huàn（換）｜【鯇魚】身體微綠色，以水草為食，
粵 wan⁵（挽）｜又叫「草魚」。

鯁 gěng（耿）｜❶魚骨。❷骨頭卡在嗓子裏。
粵 geng²（耿）｜【鯁直】正直，直爽。

鯉 lǐ（理）　鱼魚鱼釤鯉鯉
粵 léi⁵（理）
【鯉魚】生活在淡水中，體側扁，嘴邊有長短觸鬚各一對，
肉可吃。

鮌 gǔn（滾）｜❶古書上說的一種大魚。❷古人
粵 guen²（滾）｜名，傳說是夏禹的父親。

鮸 miǎn（免）｜【鮸魚】身體長而側扁，棕褐色，
粵 min⁵（免）｜生活在海洋中，肉可吃。又叫「鰵
魚」。

鯽 jì（即）　鱼魚鱼釤鯝鯽
粵 zeg¹（則）
【鯽魚】體側扁，頭小，背脊隆起，生活在淡水中，肉可
吃。

八至十畫

鯨 jīng（京）　鱼魚鱼釤鮈鯨鯨
粵 king⁴（瓊）
生長在海裏的哺乳類動物，形狀像魚，胎生，用肺呼吸，
身體極大。肉可吃，脂肪可做油。俗稱「鯨魚」。
【鯨吞】大量吞食，多比喻吞併土地。

鯖 qīng（清）｜【鯖魚】生活在海洋中，體側扁呈
粵 qing¹（清）｜梭形，頭尖口大。種類很多。肉
味鮮美。

鯪 líng（凌）｜❶鯪魚，生活在淡水中，又稱「土
粵 ling⁴（凌）｜鯪魚」。❷鯪鯉，即穿山甲。

鯫 zōu（鄒）｜小魚。
粵 zeo¹（周）

鯧 chāng（昌）｜【鯧魚】生活在海洋中，體短而扁，
粵 cêng¹（昌）｜肉細膩鮮美。

鯢 ní（倪）｜【鯢魚】兩棲動物，有四條腿。大
粵 ngei⁴（危）｜鯢叫聲似嬰兒。又叫「娃娃魚」。

鯿 biān（邊）｜【鯿魚】生活在淡水中，體扁而寬，
粵 bin¹（邊）｜頭尖尾小鱗細。

鰈 dié（碟）｜【鰈魚】比目魚的一種。兩眼都生
粵 dib⁶（碟）｜在右側。屬海洋生魚類。

鰂 ㈠ zéi（賊）｜即「烏賊」，又叫「墨魚」。軟
粵 cag⁶（賊）｜體動物。生活在海洋中，肉可

吃。

㈡同㈠　｜【鰂魚涌】地名，在香港島東部。
粵 zeg¹（則）

鰓 sāi（腮）　鱼魚鱼釤鰓鰓
粵 soi（腮）
魚、蝦、蚌等水生動物的呼吸器官。

鰛 wēn（溫）｜【鰛魚】生活在海洋中，體側扁，
粵 wen¹（溫）｜肉鮮美，常用來製成罐頭食品。
又叫「沙丁魚」。

鰉 huáng（黃）｜【鰉魚】生活在淡水中，形似鱘
粵 wong⁴（王）｜魚，肉味鮮美。

鰒 fù（福）｜【鰒魚】即「鮑魚」。
粵 fug¹（福）

鰍 qiū（秋）　鱼魚鱼釤鮴鰍
粵 ceo¹（秋）
泥鰍，體圓，尾側扁，背青黑色，皮上有黏液，常鑽在
泥裏，肉可吃。

鰭 qí（其）　鱼魚鱼釤鰭鰭
粵 kéi⁴（其）
魚類的運動器官，由鰭棘、鰭條和鰭膜組成。分胸鰭、
背鰭、腹鰭、臀鰭、尾鰭等。

鰣 shí（時）｜【鰣魚】生活在海洋中，鱗下多脂肪，
粵 xi⁴（時）｜春夏之交到江河中產卵。肉味很美。

鰥 guān（關）　鱼魚鱼釤鰥鰥
粵 guan¹（關）
無妻或喪妻的人：鰥夫｜鰥寡孤獨。
⊗右下是「氺」。

鰩 yáo（遙）｜【鰩魚】生活在海洋中。體扁平，
粵 yiu⁴（遙）｜圓形或菱形，尾細小。

十一至十二畫

鰫 yōng（庸）｜【鰫魚】生活在淡水中，頭很大，
粵 yung⁴（庸）｜也叫「胖頭魚」。

鱈 xuě（雪）｜【鱈魚】生活在海洋中，頭大，下
粵 xud³（雪）｜頜有一根鬚。肝可製魚肝油。也
叫「大頭魚」。

鰱 lián（連）　鱼魚鱼釤鰱鰱
粵 lin⁴（連）
【鰱魚】鱗細，體側扁，青背脊，白肚皮，產在湖沼淡水
中。

鰾 biào（標去）　鱼魚鱼釤鰾鰾
粵 piu⁵（剽）
魚肚內的氣泡，裏面有空氣，能張縮，因此魚可以在水
裏自由浮沈。
【鰾膠】用魚鰾煮成的膠。也叫「魚膠」。

鰲 同「鰵」。

鱉 同「鼈」。

鰻 mán（瞞）　魚魚釤鰻鰻
粵 man⁴（蠻）
【鰻魚】體長呈圓筒形，表面多黏液。生活在淡水中，到
海洋中產卵，肉味鮮美。也叫「鰻鱺」、「白鱔」。

鰵 | mǐn（敏）
粵 men⁵（敏）
【鰵魚】即「鮸魚」。

鱔 | shàn（善）
粵 xin⁵（扇⁵）
魚　魚　魚　鮮　鮮　鱔
【鱔魚】生活在水田泥地中，形似蛇，體黃褐色，無鱗，有黑斑。肉可吃，又叫「黃鱔」。

鱒 | zūn（尊）
粵 jun¹（尊）
【鱒魚】體銀白色或青綠色，背部帶黑斑，生活在淡水中。肉可吃。

鱗 | lín（鄰）
粵 lên⁴（鄰）
魚　魚　鮴　鯑　鱗　鱗
❶魚類、爬行動物等身體表面長的角質或骨質的透明薄片：魚鱗｜蛇鱗。❷像鱗一樣的：鱗莖。
【鱗爪】比喻事物的片斷或無關緊要的部分。
【鱗傷】傷痕密得像魚鱗一樣：遍體鱗傷。
【鱗次櫛比】像魚鱗和梳子的齒那樣排列着。形容房屋等密集。
◆鱗片　鱗甲　鱗波　◆一鱗半爪　東鱗西爪

鱖 | guì（桂）
粵 küd³（決）
魚　魚　�　鯢　鯢　鱖
【鱖魚】生活在淡水中，口大鱗細，肉味鮮美。也叫「桂魚」、「花鯽魚」。

鱘 | xún（尋）
粵 cem⁴（尋）
【鱘魚】青黃色，腹白，口小，吻尖突，體長丈餘，呈紡錘狀。生活在淡水或海洋裏，溯江產卵。肉可吃。

十三畫以上

鱟 | hòu（後）
粵 heo⁶（後）
節肢動物，有甲殼，尾部呈劍狀，生活在海洋中。

鱠 | kuài（快）
粵 kui³（創）
【鱠魚】也叫「快魚」。頭小，鱗細。生活在海洋中。

鱷 | è（餓）
粵 ngog⁶（岳）
魚　魚　鯍　鯃　鱷　鱷
一種兇惡的爬行動物，皮和鱗粗糙堅硬。生活在熱帶河流池沼中，捕食小動物。皮可製革，俗稱「鱷魚」。
【鱷魚眼淚】西方傳說鱷魚吃人畜時，邊吃邊流眼淚。比喻假慈悲。

鱸 | lú（盧）
粵 lou⁴（盧）
魚　魚　鮨　鮤　鮤　鱸
【鱸魚】生活在近海，也有進入淡水生活的。口大鱗細，背部和背鰭上有小黑斑點。肉味鮮美。

鱺 | lí（離）
粵 léi⁴（離）
鰻鱺，即鰻魚。

鳥部

鳥 | niǎo（裊）
粵 niu⁵（挪妖⁵）
ノ　亻　臼　臼　鳥　鳥
脊椎動物的一類，全身有羽毛，後肢能行走，前肢爲翼，一般會飛。
【鳥瞰】❶從高處向下看。❷對事物的概括描寫：香港鳥瞰。

【鳥獸散】形容成羣的人像鳥獸逃散一樣紛亂地散去。
◆鳥巢　鳥槍　鳥類　鳥籠　鳥語花香　◆花鳥　候鳥　笨鳥先飛　驚弓之鳥
⊗跟「烏」不同。

二至四畫

鳧 | fú（扶）
粵 fu⁴（扶）
一種水鳥，俗稱「野鴨子」，常棲息於湖沼地方，肉味鮮美。

鳩 | jiū（糾）
粵 keo¹（溝）
丿　九　州　鳩　鳩　鳩
鳥名，形狀像鴿子，有斑鳩、山鳩等。

鳶 | yuān（冤）
粵 yun¹（冤）
一　七　弋　戈　鳶　鳶
❶一種兇猛的鳥，形狀像鷹，俗稱「鷂鷹」，常捕食蛇、鼠、蜥蜴等。❷紙鳶，即「風箏」。
⊗上面是「弋」，不是「戈」。

鳴 | míng（明）
粵 ming⁴（明）
丶　口　叮　咱　鳴　鳴
❶鳥獸或昆蟲叫：鳥鳴｜蟬鳴。❷泛指發出聲音：鳴鐘｜孤掌難鳴。❸表示出來：鳴冤｜鳴謝｜不平則鳴。❹作擊字講：鳴金收兵｜鳴鼓攻之。
◆鳴砲　鳴槍　鳴鑼開道　◆雞鳴　雷鳴電閃

鳳 | fèng（奉）
粵 fung⁶（奉）
几　凡　凡　鳳　鳳　鳳
【鳳凰】古時傳說中的一種瑞鳥，雄爲鳳，雌爲凰。通稱爲「鳳」。
【鳳梨】即「菠蘿」。
【鳳仙花】一年生草本植物，紅花可用來染指甲，又叫「指甲花」。
【鳳毛麟角】比喻稀少而珍貴的人或事物。
⊗裏邊的「鳥」上面有一短橫。

鴆 | zhèn（振）
粵 zem⁶（枕⁶）
口　少　光　州　鴆　鴆
❶傳說中的毒鳥，用牠的羽毛泡的酒能毒死人。❷泛指毒酒：飲鴆止渴。❸用毒酒害人。
【鴆毒】❶極毒的藥酒。❷用毒物害人。

鴉 | yā（丫）
粵 a¹（丫）
二　干　牙　邘　鴉　鴉
❶鳥名。全身多爲黑色，嘴大，翼長。常見的有烏鴉、寒鴉等。❷黑色的：鴉鬢。
【鴉片】用罌粟製成的一種毒品。可入藥，久用易成癮，危害身體。俗稱「大煙」。
【鴉雀無聲】形容非常安靜。

鴇 | bǎo（保）
粵 bou²（保）
❶一種大鳥，體比雁大，不善飛，善行。❷鴇母，稱強迫婦女賣淫的婦人。

五畫

鴕 | tuó（駝）
粵 to⁴（駝）
亻　鳥　鳥　鴕　鴕　鴕
【鴕鳥】現代鳥類中最大的鳥。頸長，翅小，善奔跑，不能飛，多生活在沙漠中。

鴣 | gū（姑）粵 gu¹（姑）　　一 十 古 卽 鴣 鴣

見「鷓鴣」條。

鴨 | yā（鴉）粵 ab³（押）　　口 日 甲 鸭 鴨 鴨

家禽，嘴扁，腿短，趾間有蹼，善游泳。肉和卵供食用。另一種野鴨稱「鳧」。

【鴨絨】經加工過的鴨子腹部的細毛，可供製作禦寒用品。

【鴨嘴獸】哺乳動物，卵生，身體肥扁，嘴似鴨，穴居河邊，善游泳，產於澳洲。

鴞 | xiāo（消）粵 hiu¹（囂）　　見「鴟鴞」條。

鴦 | yāng（央）粵 yêng¹（央）　　口 口 央 来 鴌 鴦

見「鴛鴦」條。

鴒 | líng（玲）粵 ling⁴（玲）　　見「鶺鴒」條。

鴛 | yuān（寃）粵 yun¹（寃）　　夕 歹 夗 妴 鴛 鴛

【鴛鴦】水鳥名，羽毛顏色美麗，形狀像鳧，但體形較小，雌雄常在一起。舊時文學上用來比喻夫妻。

鴝 | qú（渠）粵 kêu⁴（渠）　　鳥名，體小尾長，嘴短而尖，羽毛美麗。

【鴝鵒】俗稱「八哥」，全身黑色，能模仿人說話。

鴟 | chī（癡）粵 qi¹（雌）　　【鴟鴞】貓頭鷹一類的鳥。【鴟鵂】貓頭鷹。

六至七畫

鴻 | hóng（洪）粵 hung⁴（洪）　　氵 江 沅 泓 鴻 鴻

❶鴻雁，一種水鳥，比雁大，頸、背暗黃褐色，翅黑褐色，腹白色。❷指書信：來鴻。❸大：鴻圖。

【鴻毛】比喻極輕微的東西：輕於鴻毛。

【鴻溝】比喻明顯的界線：兩人之間隔着一道鴻溝。

鵂 | xiū（休）粵 yeo¹（休）　　見「鴟鵂」條。

鴿 | gē（哥）粵 geb³（蛤）　　人 𠆢 合 合 鴿 鴿

鳥名，有野鴿、家鴿多種，常成羣飛翔。有的家鴿可傳遞書信。

鴰 | guā（瓜）粵 kud³（括）　　烏鴉的俗稱：老鴰。

鵜 | tí（啼）粵 tei⁴（啼）　　【鵜鶘】水鳥名，體大嘴長，嘴下有皮囊可以伸縮，捕食魚類。

鵒 | yù（欲）粵 yug⁶（欲）　　見「鴝鵒」條。

鵓 | bó（勃）粵 bud⁶（勃）　　【鵓鴣】鳥名，羽毛黑褐色，天要下雨時，常在樹上鳴啼。

鵑 | juān（捐）粵 gün¹（捐）　　口 叧 冐 肖 鵑 鵑

見「杜鵑」條。

鵠 | ㊀hú（狐）粵 hug⁶（酷）　　上 牛 告 哠 鵠 鵠

水鳥名，俗稱「天鵝」，形狀像鵝，比鵝大，頸長，鳴聲宏亮。

㊁gū（鼓）粵 gug¹（谷）　　學習射箭的目標，箭靶子：中鵠。

鵝 | é（俄）粵 ngo⁴（俄）　　千 手 我 我 鵝 鵝

家禽，比鴨大，頸長，頭部有橙黃色或黑褐色肉質突起，腳有蹼，能游泳。肉和卵供食用。

【鵝黃】淡黃色，像小鵝的毛色。

八畫

鶉 | chún（純）粵 cên¹（春）　　古 享 享 𩩲 鶉 鶉

見「鵪鶉」條。

鵡 | wǔ（武）粵 mou⁵（武）　　一 下 示 正 武 鵡

見「鸚鵡」條。

鵲 | què（卻）粵 cêg³（勺）　　一 卄 昔 䚷 鵲 鵲

喜鵲，鳥名，形似烏鴉，背黑褐色，肩、腹等部為白色，尾巴長，叫聲嘈雜。

鵪 | ān（安）粵 em¹（庵）　　大 杏 㐜 𩥑 鵪 鵪

【鵪鶉】鳥名，頭小尾短，羽毛赤褐色，雜有暗黃條紋。肉味鮮美，卵可食。

鵬 | péng（朋）粵 pang⁴（棚）　　刀 月 朋 朋 鵬 鵬

古代傳說中最大的鳥。

【鵬程萬里】比喻前途遠大。

鵰 | diāo（刁）粵 diu¹（刁）　　一種像鷹的巨大猛禽，能捕食山羊、野兔等。也叫「鷲」。

九至十畫

鶘 | hú（胡）粵 wu⁴（胡）　　見「鵜鶘」條。

鶚 | è（餓）粵 ngog⁶（岳）　　鳥名，又叫「魚鷹」，性兇猛，常在水面上飛翔，捕食魚類。

鶩 | wù（務）粵 mou⁶（務）　　鴨子：趨之若鶩（像鴨子一樣成羣地跑過去，多比喻追逐不正當的事物）。

⊗跟「鷔」不同。

鶿 | cí（詞）粵 qi⁴（池）　　見「鸕鶿」條。

鶯 | yīng（英）粵 eng¹（鶯）　　丷 火 炏 丝 𤇭 鶯

鳥名，嘴短而尖，叫聲清脆。吃昆蟲，對農林有益。種類較多，常見的有黃鶯、樹鶯、柳鶯、夜鶯等。

【鶯遷】舊時祝賀人搬家或升遷的話。

鶴 | hè（賀）粵 hog⁶（學）　　冖 少 疒 雀 雈 鶴

鳥名，形狀像鷺，頸、腿細長，翼大善飛，叫聲高而清脆。常在水邊捕食魚和昆蟲。有白鶴、灰鶴、丹頂鶴等。

鴿　鶴　鷺鷥　鸚鵡　鴟休鳥

鴨　鶇鵲　鵝鶘　鵝　企鵝　啄木鳥　喜鵲

烏鴉

鷗鵲　梟　白鷴　鶉　黃鶯

鷗　鷸　鷹　鸕鷀　鳩

鴝鵒　杜鵑

俗稱「仙鶴」。
【鶴髮】白髮: 鶴髮童顏。
【鶴立雞羣】比喻一個人的才能或儀容在一羣人裏顯得很突出。

| 鷂 | yào（耀）
粵 yiu⁶（耀） | 夕　旦　乭　乿　鷂　鷂 |

一種兇猛的鳥，樣子像鷹，比鷹小，捕食小鳥。又稱「鷂鷹」、「鷂子」。

| 鶺 | jí（脊）
粵 jig³（脊） | 【鶺鴒】一種灰黑色小鳥，腹部白色，尾巴長，住在水邊，捕食小蟲。 |

| 鶲 | wēng（翁）
粵 yung¹（翁） | 鳥名，身體小，嘴稍扁平，吃害蟲。 |

十一畫以上

| 鷓 | zhè（蔗）
粵 zé³（蔗） | 一　广　广　庶　庶　鷓 |

【鷓鴣】鳥名，背部和腹部黑白兩色相雜，頭頂棕色，腳黃色。吃昆蟲等。

| 鷙 | zhì（致）
粵 ji³（致） | ❶指鷹、鵰等兇猛的鳥。❷形容人性情兇猛: 鷙悍｜勇鷙。 |

| 鷗 | ōu（歐）
粵 eo¹（歐） | 弖　品　區　鷗　鷗　鷗 |

水鳥名，羽毛多爲白色，生活在湖海上，捕食魚、螺等。有海鷗、銀鷗、燕鷗等。

| 鷴 | xián（閑）
粵 han⁴（閑） | 白鷴，像山雞，色白有黑紋，尾部羽毛很長。 |

| 鷸 | yù（預）
粵 wed⁶（屈⁶） | 水鳥名。嘴長，腿長。常棲息水邊，捕食小魚、昆蟲等。 |

【鷸蚌相爭，漁人得利】比喻雙方爭鬥不讓，兩敗俱傷，讓第三者得利。

| 鷥 | sī（思）
粵 xi¹（思） | 糸　絲　絲　鷥　鷥　鷥 |

見「鷺鷥」條。

| 鷹 | yīng（英）
粵 ying¹（英） | 一　广　庿　雁　雁　鷹 |

鳥名，猛禽，嘴像鈎，爪長而尖，眼光敏銳，飛行迅速，捕食小獸及鳥類。種類很多，常見的有「蒼鷹」、「雀鷹」等。
【鷹犬】打獵所用的鷹和狗。比喻受驅使、做爪牙的人。
【鷹隼】鷹和隼，都捕食小鳥和別的小動物，比喻兇猛或勇猛的人。

| 鷺 | lù（路）
粵 lou⁶（路） | 卩　卩　跫　路　路　鷺 |

水鳥名，翼大尾短，頸和腿很長，常見的有白鷺、蒼鷺、綠鷺等。
【鷺鷥】即「白鷺」，羽毛純白色，頂上有細長的白羽，捕食小魚蝦等。

| 鸕 | lú（盧）
粵 lou⁴（盧） | 【鸕鷀】水鳥名，俗稱「魚鷹子」。羽毛黑色，能游泳，善捕魚，漁人常用來捕魚。 |

| 鸚 | yīng（英）
粵 ying¹（英） | 貝　嬰　嬰　嬰　鸚　鸚 |

【鸚鵡】鳥名，俗稱「鸚哥」。羽毛顏色美麗，有各種顏色，善學人語，產在熱帶。
【鸚鵡學舌】比喻別人怎樣說，也跟着怎樣說（含貶義）。

| 鸛 | guàn（灌）
粵 gun³（灌） | 鳥名，羽毛灰白色，嘴長而直。住在江、湖、池、沼旁，捕食魚蝦等。 |

| 鸝 | lí（離）
粵 léi⁴（離） | 黃鸝，羽毛黃色，從眼邊到頭後部有黑色斑紋。叫聲極悅耳。又叫「黃鶯」。 |

| 鸞 | luán（巒）
粵 lün⁴（聯） | 言　䜌　䜌　䜌　鸞　鸞 |

傳說中鳳凰一類的鳥。
【鸞鳳】比喻夫妻: 鸞鳳和鳴。

鹵部

| 鹵 | lǔ（魯）
粵 lou⁵（老） | ❶鹽鹵，製鹽時剩下的汁液，味苦有毒，可用來做豆腐。也叫「鹵水」。❷用濃汁烹調食品: 鹵肉｜鹵味｜鹵蛋。❸同「魯」。愚鈍: 鹵莽｜鹵鈍。 |

| 鹹 | xián（銜）
粵 ham⁴（函） | 卤　卤　鹵　鹶　鹵　鹹 |

❶像鹽的味道，跟「淡」相反: 酸甜苦辣鹹。❷用鹽醃過的食物: 鹹肉｜鹹魚｜鹹菜。

| 鹼 | jiǎn（減）
粵 gan²（簡） | 卜　卤　卤　鹵　鹵　鹼 |

❶含在土裏的一種性滑、味鹹的物質，可洗衣去垢。❷化學上稱能在水溶液中電離出氫氧根離子的物質。

| 鹽 | yán（嚴）
粵 yim⁴（嚴） | 玉　臣　臨　臨　臨　鹽 |

❶食鹽，放在食品裏使食品有鹹味的東西，有海鹽、井鹽、池鹽等。❷化學上指酸類中的氫根被金屬元素置換而成的化合物: 硫酸鹽｜碳酸鹽。

鹿部

| 鹿 | lù（路）
粵 lug⁶（六） | 广　庐　庐　鹿　鹿　鹿 |

哺乳動物。聽覺、嗅覺靈敏，奔跑迅速，性情溫馴。雄性頭上生有樹枝狀犄角。種類很多，可人工飼養。
【鹿茸】雄鹿的嫩角，上有茸毛，含血液。是一種貴重中藥，用作滋補强壯劑。
【鹿死誰手】古代以「逐鹿」比喻爭奪天下。後以該句比喻不知天下爲誰所得。現多指比賽不知哪一方獲勝。

| 麂 | jǐ（己）
粵 géi²（己） | 較小的鹿類動物，雄的長有短角，毛棕褐色，善跳躍，皮可製革。 |

| 麅 | páo（袍）
粵 pao⁴（刨） | 【麅子】鹿一類的動物，頸長，尾短，眼睛和耳朵都較大，雄的有角。肉可吃。 |

鹿 鹿 麋 麝 麕 麒麟

麋 mí（迷）｜粵 méi⁴（眉）｜广 庐 鹿 鹿 麐 麋
【麋鹿】稀有的珍貴動物。牠頭像馬，角像鹿，身像驢，蹄像牛，故俗稱「四不像」。

麒 qí（其）｜粵 kéi⁴（其）｜广 鹿 鹿 麒 麒 麒 麒
【麒麟】古時傳說中的一種動物，公的叫麒，母的叫麟。形像鹿，獨角，牛尾，全身有鱗甲。古人拿牠象徵祥瑞。

麓 lù（路）｜粵 lug¹（轆）｜林 林 麓 麓 麓 麓
山腳：山麓。

麗 ㊀ lì（利）｜粵 lei⁶（例）｜丽 严 麗 麗 麗 麗
❶好看，華美：秀麗｜美麗｜山河壯麗。❷附着：附麗。
◆明麗 佳麗 富麗 絢麗 綺麗 風和日麗
㊁ lí（厘）｜見於地名：高麗、麗水。
粵 同㊀

麕 qún（羣）｜粵 kuen⁴（羣）｜成羣的：麕集。

麝 shè（射）｜粵 sé⁶（射）｜广 鹿 鹿 麝 麝 麝
鹿類動物，雌雄都無角，雄的臍部有香腺，能分泌麝香。也叫「香獐子」。
【麝香】雄麝臍部香腺的分泌物，乾燥後呈顆粒狀或塊狀，有特殊香味，味苦，可以製香料，也可入藥。

麕 同「獐」。

麟 lín（鄰）｜粵 lên⁴（鄰）｜广 鹿 鹿 麟 麟 麟
見「麒麟」條。

麥部

麥 mài（賣）｜粵 meg⁶（脈）｜一 十 夾 夾 麥 麥
❶一年生或二年生草本植物。通常有大麥、小麥、燕麥

麥

等。籽實可磨麪粉，也可製糖、釀酒。❷姓。

麩 fū（夫）｜粵 fu¹（夫）｜十 夾 麥 麥 麩
小麥磨麪後剩下的皮屑：麩皮。

麪 miàn（面）｜粵 min⁶（面）｜十 夾 麥 麪 麪 麪
❶各種糧食磨成的粉：麪粉｜小米麪｜棒子麪。❷粉末的通稱：藥麪｜胡椒麪。❸麪粉等製成的細條：麪條｜湯麪｜醬麪。
⊗右旁是「丏」，不是「丐」。

麴 qū（區）｜粵 kug¹（曲）｜十 夾 麥 麴 麴 麴
釀酒或製醬時用以引起發酵的東西，多用麥子、麩子、大豆等發霉製成。

麻部

麻 má（媽陽）｜粵 ma⁴（媽⁴）｜一 广 庐 庐 麻 麻
❶草本植物，種類很多，如大麻、苧麻等。莖皮的纖維可製繩、織布。❷身體局部失去知覺：麻木｜腳麻了。❸用藥物使人意識模糊：麻藥｜麻醉。❹麻布做成的喪服：披麻戴孝。❺姓。
【麻將】用竹、骨、塑料等製的牌類，娛樂或賭博用具。
【麻煩】❶煩瑣，難辦：這件事真夠麻煩。❷請託的話：麻煩你替我寄了這封信。
【麻痺】❶身體某一局部喪失知覺和運動機能的現象。❷疏忽大意，失去警惕性：他思想太麻痺了。
【麻木不仁】比喻對外界事物沒有反應或漠不關心。
◆麻子 麻紗 麻袋 麻雀 ◆肉麻 密密麻麻 心亂如麻 殺人如麻

麼 ㊀ me｜粵 mo¹（摩）｜一 广 庐 麻 麻 麼
❶表示疑問：為什麼？❷表示含蓄的語氣：不讓你去麼，你又要去。❸表示語氣的加強：多麼。❹表示轉折：這麼｜那麼。
㊁ má（麻）｜用在「幹麼」一詞，含「做什麼」的意思：你要這個幹麼？
粵 ma¹（媽）
㊂ mó（模）｜細小的。微小：幺麼小丑。
粵 同㊀

麾 huī（揮）｜粵 fei¹（揮）｜一 广 庐 麻 麾 麾
❶古時軍中指揮用的旗子：旌麾。❷指揮：麾軍挺進。

【麾下】❶指將帥的部下。❷對將帥的尊稱。

黃部

黃 │huáng（皇）│粵 wong⁴（王） 一 廿 业 苫 莆 黃
❶像金子那種顏色: 黃色│黃金│黃銅。❷事情失敗或計劃不能實現: 事情黃了。❸姓。
【黃色】❶黃的顏色。❷涉及色情方面的: 黃色刊物。
【黃芪】多年生草本植物, 根可入藥。
【黃昏】日落天將晚的時候。
【黃泉】❶地下的泉水。❷指人死後埋葬的地方, 即陰間。又叫「九泉」。
【黃帝】即軒轅氏, 傳說是中國原始部落聯盟的首領。
【黃梅】❶已經熟的梅子。❷指農曆三四月份梅子成熟、陰雨連綿的季節: 黃梅天; 黃梅雨。
【黃連】多年生的草本植物, 根莖可入藥, 味極苦: 啞巴吃黃連, 有苦說不出。
【黃粱夢】比喻事情虛幻如夢或好景不長, 也說「一枕黃粱」。
【黃金時代】比喻最繁榮、最寶貴的時期。
【黃道吉日】迷信的人認爲適宜辦理各種喜慶事情的日子。
◆黃瓜 黃花 黃河 黃濁 黃澄澄 ◆枯黃 韭黃 蒼黃 青黃不接 飛黃騰達 人老珠黃 信口雌黃

黌 │hóng（洪）│粵 hung⁴（紅） 古時稱學校。

黍部

黍 │shǔ（鼠）│粵 xu²（鼠） 一 禾 夫 乑 秂 黍
【黍子】一年生草本植物, 籽粒淡黃色, 去皮後叫「黃米」, 供食用或釀酒。

玉蜀黍　　　黍

黎 │lí（犁）│粵 lei⁴（犁） 一 禾 利 初 剢 黎
❶衆: 黎民。❷姓。
【黎明】天將亮的時候。
【黎族】中國少數民族, 主要分佈在海南省。

黏 │nián（年）│粵 nim¹（念¹） 禾 禾 黍 黏 黏 黏
❶像漿糊或膠水一樣的性質: 黏性│黏液。❷膠附: 黏

上│黏貼。
【黏附】黏性東西附着在其他物體上。
【黏接】用膠質使物體聯接在一起。
【黏糊】❶流體或半流體, 很黏。❷形容人行動緩慢, 精神不振作: 他辦事一點也不黏糊。

黑部

黑 │hēi（嘿）│粵 heg¹（刻） 口 田 甲 里 黑
❶像墨那樣的顏色, 與「白」相反: 黑色│黑熊│漆黑。❷暗: 天漸漸黑了。❸秘密或不公開的: 黑市│黑話。❹比喻壞的, 不正當: 黑心│黑店│黑錢。
【黑白】❶黑色和白色。❷比喻是非善惡: 顚倒黑白。
【黑暗】❶沒有光: 屋裏很黑暗。❷形容腐敗、醜惡: 黑暗的社會。
【黑幕】黑暗的內幕。
【黑社會】專門從事非法活動的流氓組織。
◆黑人 黑夜 黑板 黑貨 黑沈沈 黑白分明 黑燈瞎火 ◆昏黑 烏黑 漆黑一團 昏天黑地 起早貪黑

墨 │mò（寞）│粵 meg⁶（麥） 口 田 甲 里 黑 墨
❶寫字繪畫用的黑色塊狀物。也泛指寫字、繪畫、印刷用的某種顏料: 磨墨│墨池│油墨。❷寫的字或繪的畫: 墨寶│遺墨。❸黑色: 墨菊│墨鏡。
【墨斗】木工畫直線用的工具。
【墨客】舊時稱文人。
【墨跡】❶墨的痕跡。❷親手寫的字或繪的畫: 名人墨跡。
【墨守成規】比喻因循守舊, 不肯改進。
◆墨水 墨汁 墨綠色 ◆黑墨 落墨 筆墨 粉墨登場 惜墨如金 胸無點墨 舞文弄墨

默 │mò（墨）│粵 meg⁶（麥） 口 甲 里 黑 默 默
❶不說話, 不出聲: 靜默。❷憑記憶寫出或讀出: 默寫│默誦。
【默哀】靜默哀悼。
【默契】❶雙方的意圖沒有明說而有一致的了解。❷秘密的條約或口頭協定。
【默許】暗地裏表示同意、許可。
【默然】沈默無言的樣子。
【默認】口頭上沒有表示, 但心裏已經承認。
【默默無聞】不出名, 沒人知道。
◆默念 默讀 默禱 默不作聲 ◆沈默 幽默 緘默 默默無言 潛移默化

黔 │qián（前）│粵 kim⁴（鉗） 口 甲 里 黑 黔 黔
❶黑色的。❷貴州省的別稱。
【黔驢之技】比喻虛有其表, 本領有限。
【黔驢技窮】比喻有限的一點本領也使完了。

點 │diǎn（典）│粵 dim²（店²） 口 甲 里 黑 點 點
❶小的痕跡或凹凸的部分: 斑點│麻點。❷液體成爲一

滴滴的: 雨點｜點點淚珠。❸漢字的一種筆畫, 形狀是「、」。❹語文、數學用的符號: 標點｜小數點。❺時間: 誤點｜鐘點｜三點十分。❻處所, 地方: 地點｜起點｜據點。❼某種物理的限度: 冰點｜沸點｜頂點。❽指事物的方面或部分: 重點｜缺點｜優點。❾食品: 點心｜早點｜糕點。❿一一檢查, 核對: 點名｜點貨｜點數。⓫啓發, 指明: 點明｜一點就明。⓬指定: 點菜｜點戲。⓭引燃: 點燈｜點煙｜點蚊香。⓮裝飾: 裝點門面。⓯向下落的動作: 點種｜點眼藥｜蜻蜓點水。⓰量詞: 一點要求｜三點意見。

【點破】用扼要的幾句話揭露眞像或隱情。

【點滴】一點一滴。比喩很少: 點滴體會。

【點題】說話或作文時點出中心的意思。

【點綴】❶加上少許裝飾使襯托得更加美好。❷裝點門面, 應景湊數。

【點石成金】比喩把不好的文字改得很好。

◀點燃　點頭　點驗　點點滴滴　◀中點　交點　差點　茶點　特點　弱點　觀點　轉折點　畫龍點睛　文不加點　可圈可點

黛 dài（代）粵 doi⁶（代）｜ㄅ 代 代 俗 筀 黛
青黑色的顏料, 古代女子用於畫眉, 因此也指女子的眉毛: 黛眉｜粉黛(指婦女)。

黜 chù（觸）粵 zêd³（卒³）｜甲 里 黑 黓 黓 黜
❶革職或罷免: 罷黜｜黜免｜黜職。❷消除, 斥退: 黜除｜黜斥。

黝 yǒu（有）粵 yeo²（柚）｜甲 里 黑 黓 黓ㄅ 黝
黑色: 黝黑｜黑黝黝。

點 xiá（霞）粵 hed⁶（核）｜甲 里 黑 黓ㄅ 點 點
聰明而狡猾: 點慧｜狡點。

黥 qíng（晴）粵 king⁴（擎）｜古代在犯人臉上刺字的刑罰。也叫「墨刑」。

黨 dǎng（擋上）粵 dong²（擋）｜、 ⺌ ⺌ 当 常 黨 黨
❶有主義、有組織的政治集團: 政黨｜黨派｜黨員。❷由私人利害關係結成的集團: 死黨｜結黨營私。

【黨羽】集團中首領以外的人, 含有貶義。

【黨徒】參加某一集團或派別的人, 含有貶義。

黧 lí（黎）粵 lei⁴（黎）｜黑裏帶黃的顏色: 面目黧黑。

黯 àn（暗）粵 em²（闇）｜甲 里 黑 黓 點 黯
黑, 陰暗。

【黯淡】昏暗, 不光明。也作「暗淡」。

【黯然】❶陰暗的樣子: 黯然失色。❷心裏不舒服, 情緒低落的樣子: 黯然淚下。

徽 méi（梅）粵 mui⁴（梅）｜彳 彸 彸 徨 徨 徽
【徽菌】低等植物, 常寄生在食物或衣物的表面, 得到適宜的溫度, 繁殖很快。

⊗中下部分的「黑」上面有一短橫。

黷 dú（讀）粵 dug⁶（讀）｜甲 里 黑 黓 點 黷
❶污辱, 玷污。❷輕率, 輕擧妄動。

【黷武】濫用武力, 好戰: 窮兵黷武(使用全部武力, 任意發動戰爭)。

黹部

黹 zhǐ（指）粵 ji²（指）｜針黹, 即針線活, 刺繡縫補等事的總稱。

黽部

黽 mǐn（敏）粵 men⁵（敏）｜【黽勉】勉力, 努力: 黽勉從事。

鰲 áo（敖）粵 ngou⁴（敖）｜土 敖 敖 熬 鰲 鰲
古時傳說海中的大鱉或大龜。

【鰲頭】比喩第一名: 獨佔鰲頭。

鱉 biē（憋）粵 bid³（別³）｜丶 敝 敝 敝 鱉 鱉
爬行動物, 生活在水中, 似龜, 但背甲有軟皮。肉和卵可吃, 甲可入藥。也叫「甲魚」、「團魚」, 俗稱「王八」。

黿 tuó（駝）粵 to⁴（駝）｜形狀像鱷魚, 穴居江河岸邊, 是中國特產。也叫「揚子鱷」或「鼉龍」。

鼎部

鼎 dǐng（頂）粵 ding²（頂）｜目 貝 鼎 鼎 鼎 鼎
❶古代烹煮用的器物, 有三隻足兩個耳。❷三方對立: 鼎立。❸正當, 正在: 鼎盛時期。

【鼎力】敬辭。大力: 鼎力協助。

【鼎足】比喩三方面對立的局勢。

【鼎沸】聲勢洶湧, 像開水沸騰一樣。形容局面的大動蕩。也形容嘈雜: 人聲鼎沸。

【鼎鼎】盛大: 大名鼎鼎。

鼎

鼐 nài（奶去）粵 nai⁵（奶）｜極大的鼎。

鼓部

鼓｜gǔ（古）
粵 gu²（古）｜士 吉 吉 壹 壹 鼓

❶打擊樂器，有大鼓、軍鼓、定音鼓等。❷擊鼓：一鼓作氣。❸擊，拍打：鼓琴｜鼓掌。❹用風箱等扇風：鼓風。❺振奮，發動：鼓足勇氣。❻凸出，高起：鼓着肚子｜書包裝得鼓鼓的。
【鼓舌】賣弄口舌：搖脣鼓舌。
【鼓吹】❶宣傳提倡。❷吹噓：大力鼓吹。
【鼓角】戰鼓和號角。
【鼓動】激發人的情緒，使之行動起來。
【鼓舞】❶使人振奮：鼓舞人心。❷興奮，振作：歡欣鼓舞。
【鼓勵】激發，勉勵。
【鼓譟】喧嘩吵鬧。
◆鼓樓　鼓風機　◆打鼓　花鼓　旗鼓相當　鑼鼓喧天　大張旗鼓　打退堂鼓　重整旗鼓

鼕｜dōng（東）
粵 dung¹（東）｜吉 劃 鼓 夢 夢 鼕

【鼕鼕】象聲詞。打鼓或敲門等聲音：鼓聲鼕鼕。

鼙｜pí（皮）
粵 péi⁴（皮）｜壹 鼓 鼖 鼙 鼙 鼙

古代軍中的戰鼓：鼙鼓。

鼠部

鼠｜shǔ（暑）
粵 xu²（暑）｜彳 彳 臼 臼 臼 鼠

老鼠，齧齒類哺乳動物，體小尾長，門齒發達，偷吃糧食，咬壞衣物，能傳播疾病，為害極大。俗稱「耗子」。
【鼠輩】鄙視他人的稱呼。
【鼠竄】形容倉皇逃跑：抱頭鼠竄。
【鼠竊】小偷小摸的行為：鼠竊狗盜。
【鼠目寸光】比喻目光短淺。

鼫｜shí（石）
粵 ség⁶（石）｜古書上指鼫鼠一類的動物。

鼬｜yòu（右）
粵 yeo⁶（又）｜彳 臼 臼 鼠 鼦 鼬

哺乳動物，體小而長，四肢短，肛門附近有一對臭腺，能放出惡臭。皮可做衣帽，毛可做筆。種類有黃鼬、白鼬、雪鼬等。俗稱「黃鼠狼」。

鼧｜tuó（陀）
粵 to⁴（陀）｜【鼧鼥】即是「旱獺」，俗稱「土撥鼠」。毛灰黃色，耳短，爪能掘地，毛皮可用來製皮衣。

鼥｜bá（拔）
粵 bed⁶（拔）｜見「鼧鼥」條。

鼯｜wú（吾）
粵 ng⁴（吾）｜【鼯鼠】哺乳動物，像松鼠，前後肢之間有皮膜相連，能在樹間滑翔。也叫「飛鼠」。

鼴｜yǎn（眼）
粵 yin²（演）｜彳 臼 鼠 鼰 鼴 鼴

【鼴鼠】哺乳動物，外形似鼠。前肢五爪較大，掌心向外，能掘土，毛色黑褐，眼小，鼻子尖，又名「隱鼠」。

鼷｜xī（溪）
粵 hei⁴（奚）｜【鼷鼠】常見的一種小老鼠，常寄居人家或倉庫中。

鼻部

鼻｜bí（比陽）
粵 béi⁶（避）｜丿 自 畠 畠 畠 鼻

❶呼吸和聞氣味的器官，俗稱「鼻子」。❷器物上帶孔的部分：針鼻兒｜印鼻兒。
【鼻音】有鼻腔共鳴的音。
【鼻祖】創始人。
【鼻息】呼吸時從鼻腔出入的氣息。
◆鼻孔　鼻炎　◆仰人鼻息　香氣撲鼻　嗤之以鼻

鼾｜hān（酣）
粵 hon⁴（寒）｜丿 自 畠 鼻 鼻 鼾

熟睡時的鼻息聲：打鼾｜鼾聲如雷。

齁｜hōu（侯陰）
粵 heo¹（口¹）｜睡時的鼻息聲。【齁聲】鼾聲。

齆｜wèng（甕）
粵 wung³（甕）｜鼻子堵塞，不通氣：說話齆聲齆氣。

齊部

齊｜qí（棋）
粵 cei⁴（妻⁴）｜宀 亠 亦 亦 齊 齊

❶平整一致：整齊｜齊步｜齊心。❷達到同樣的高度：樹長得齊眉高。❸同時，一起：齊唱｜齊聲。❹全：齊全｜人到齊了。❺周代諸侯國名。❻北齊，朝代名。❼姓。
【齊名】指有同樣的名望：唐代詩人中，李白與杜甫齊名。
【齊備】齊全，完備。

老鼠　　　鼧鼥　　　鼬　　　鼯鼠

◆齊奏　齊心協力　◆看齊　並駕齊驅　萬馬齊喑　雙管齊下　艮莠不齊

齋 zhāi（摘）粵 zai¹（債¹）｜亠方亦亦齋齋
❶修潔身心：齋心｜齋戒。❷信仰宗教的人的素食：吃齋。❸施捨飲食給和尚：齋僧。❹屋子，有時用作書房、商店的名稱：書齋｜榮寶齋。
⊗下部的「小」上面有兩橫。

齎 jī（基）粵 zei¹（劑）｜搗碎的薑、蒜、韭菜等。【齎粉】粉末，碎屑：化爲齎粉。

齒部

齒 chǐ（恥）粵 qi²（恥）｜丶ㄧ止齒齒
❶人和動物咀嚼食物的器官：牙齒｜門齒。❷排列像牙齒形狀的東西：齒輪｜鋸齒。❸說到，提到：未曾齒及｜何足掛齒。
【齒冷】恥笑：令人齒冷。
◆口齒　不齒　啓齒　齦齒　脣齒相依　脣亡齒寒

齟 jǔ（舉）粵 zêu²（嘴）｜止齒齒齟齟
【齟齬】上下牙齒對不齊。比喻意見不合。

齡 líng（零）粵 ling⁴（玲）｜止齒齒齡齡
❶歲數：年齡｜高齡。❷年數：工齡｜學齡。

齣 chū（初）粵 cêd¹（出）｜止齒齒齣齣
傳奇故事中的一回，戲曲中的一個獨立劇目，或一次演唱的段落：一齣戲。

齙 bāo（包）粵 bao⁶（包⁶）｜【齙牙】突出脣外的牙齒。

齜 zī（資）粵 ji¹（資）｜張嘴露牙：齜牙咧嘴。

齧 niè（聶）粵 ngad⁶（我壓⁶）｜用牙啃或咬：鼠齧蟲咬。【齧合】上下咬緊。
【齧齒類】哺乳動物一類。無犬齒，門齒沒有齒根，而且終年生長。吃植物或雜食，如鼠、兔等。

齦 yín（銀）粵 ngen⁴（銀）｜止齒齒齦
牙根上的肉。俗稱「牙牀子」。

齬 yǔ（語）粵 yu⁵（語）｜止齒齒齬
見「齟齬」條。

齪 chuò（綽）粵 cug¹（促）｜齒齒齪齪
見「齷齪」條。

齷 wò（臥）粵 eg¹（握）｜齒齒齷齷
【齷齪】污穢，髒，不乾淨。

齲 qǔ（取）粵 gêu²（舉）｜齒齒齲齲

【齲齒】因口腔不清潔，食物渣滓發酵，產生酸類，侵蝕牙齒的釉質而形成空洞，使牙疼痛，齒齦腫脹。俗稱「蟲牙」或「蛀牙」。

龍部

龍 lóng（隆）粵 lung⁴（隆）｜肓肓背背龍龍
❶中國古代傳說中的一種體長，有鱗、有角、有鬚的神異動物。它能興雲作雨，能飛，能走，能游泳。❷古生物學上指一些至今已經絕種的巨大爬行動物：恐龍｜翼手龍。❸封建時代用作皇帝的象徵：龍顏｜龍體。
【龍王】神話中指統領水中動物並掌管興雲作雨的神。
【龍船】裝飾成龍形的船，在端午節時，用來舉行划船競賽。
【龍眼】常綠喬木，果實球形，果肉味甜可吃。也叫桂圓。
【龍蝦】生活在海洋中的一種大蝦，肉味鮮美。
【龍鍾】年老舉動不靈便的樣子：老態龍鍾。
【龍飛鳳舞】形容山勢蜿蜒雄壯。也形容書法筆勢活潑舒展。
【龍潭虎穴】比喻極兇險的地方。
【龍蟠虎踞】比喻地勢雄偉險要。
◆龍牀　龍袍　龍頭　龍捲風　龍鬚草　龍爭虎鬥　◆蛟龍　蒼龍　水龍頭　生龍活虎　來龍去脈　畫龍點睛

龔 gōng（公）粵 gung¹（公）｜肓背龍龍龔
姓。

龕 kān（刊）粵 hem¹（堪）｜供奉佛像的小閣：神龕｜佛龕。

龜部

龜 ㈠ guī（歸）粵 guei¹（歸）｜ㄅㄗ龜龜龜龜
爬行動物，腹背都有硬甲，頭尾和四肢能縮入甲內。水陸兩棲，壽命很長。也稱「烏龜」。
【龜甲】烏龜的硬殼，古人用來占卜。
【龜縮】比喻像烏龜的頭縮在甲殼內一樣藏起來。
㈡ jūn（均）粵 guen¹（均）｜同「皸」。皮膚受凍乾裂。【龜裂】❶田地因天旱裂開許多縫子。❷皮膚凍得裂開。
㈢ qiū（秋）粵 geo¹（鳩）｜【龜茲】中國漢代西北部國名，在今新疆庫車縣一帶。

龍　龜

小學古詩文生詞簡釋

二畫

【乃】nǎi，粵音奶。於是，就。《鄭人買履》：「已得履，乃曰：『吾忘持度。』」

三畫

【亡】丟失。《疑鄰竊斧》：「人有亡斧者，意其鄰之子。」

【子】
❶ 兒子。《疑鄰竊斧》：「人有亡斧者，意其鄰之子。」
❷ 古代對男子的尊稱。《狐假虎威》：「子以我爲不信，吾爲子先行，子隨我後，觀百獸之見我而敢不走乎？」

【也】句末語氣詞，表示肯定。
❶《疑鄰竊斧》：「視其行步，竊斧也；顏色，竊斧也；言語，竊斧也；動作、態度無爲而不竊斧也。」
❷《狐假虎威》：「子無敢食我也！」
❸《鄭人買履》：「寧信度，無自信也。」

【千里目】能夠看到更遠更遠景色的目力。王之渙《登鸛雀樓》詩：「欲窮千里目，更上一層樓。」

【千秋雪】千秋，即是千年。指很多年都不融化的雪。杜甫《絕句》：「窗含西嶺千秋雪。」

四畫

【之】
❶ 的。《疑鄰竊斧》：「人有亡斧者，意其鄰之子。」
❷ 代詞。代替上文所提到的事物。
　① 《狐假虎威》：「虎求百獸而食之。」
　② 《折箭》：「汝取一枝箭折之。」
　③ 《鄭人買履》：「鄭人有欲買履者，先度其足，而置之其坐。」
❸ 去。《鄭人買履》：「至之市，忘操之。」
❹ 使一個句子變成一個詞組。《狐假虎威》：「子隨我後，觀百獸之見我而敢不走乎？」（加在「百獸見我」之間，使「百獸見我」由一個句子變成句中的一個詞組。）

【曰】yuē，粵音月，又讀若；說。
❶《狐假虎威》：「狐曰：『子無敢食我也！……』」
❷《鄭人買履》：「人曰：『何不試之以足？』」

【今】如果。《狐假虎威》：「今子食我，是逆天帝命也。」

【反】同「返」，回。

❶《鄭人買履》：「反，歸取之。」
❷《鄭人買履》：「及反，市罷。」

【天帝】老天爺。《狐假虎威》：「天帝使我長百獸。」

【不住】不停。李白《早發白帝城》詩：「兩岸猿聲啼不住，輕舟已過萬重山。」

【不信】不誠實。《狐假虎威》：「子以我爲不信，吾爲子先行，……」

【王之渙】（688~742年）唐朝詩人，字季凌，絳（今山西省新絳縣）人。渙:huàn，粵音煥。

五畫

【以】用。《鄭人買履》：「何不試之以足？」

【以……爲……】認爲……是……。《狐假虎威》：「子以我爲不信，吾爲子先行，……」

【以……爲然】認爲……是對的。《狐假虎威》：「虎以（狐）爲然，故遂與之行，……」

【乎】表示疑問，相當於白話文的「嗎」。《狐假虎威》：「子隨我後，觀百獸之見我而敢不走乎？」

【禾】hé，粵音和；稻子。李紳《憫農》詩：「鋤禾日當午，汗滴禾下土。」

【四時】四季。蘇軾《曉出淨慈寺送林子方》詩：「畢竟西湖六月中，風光不與四時同。」

【田家】農村。孟浩然《過故人莊》詩：「故人具雞黍，邀我至田家。」

【白日】明亮的太陽。王之渙《登鸛雀樓》詩：「白日依山盡。」

【白鷺】鷺的一種。頸腿部很長，羽毛潔白，常在水邊捕食魚類。也叫「鷺鷥」。鷺:lù，粵音路。杜甫《絕句》詩：「一行白鷺上青天。」

【他日】另一天。《疑鄰竊斧》：「他日復見其鄰人之子，動作、態度，無似竊斧者。」

【母弟】同母（不同父）所生的弟弟。《折箭》：「俄而（阿豺）命母弟慕利延曰：『汝取一枝箭折之。』」

六畫

【汝】rǔ，粵音雨。你。《折箭》：「汝取一枝箭折之。」

【汝曹】你們。汝rǔ，粵音雨。《折箭》：「汝曹知否？」

【汝等】你們。汝rǔ，粵音雨。《折箭》：「汝等各奉吾一枝箭。」

【求】尋找。《狐假虎威》:「虎求百獸而食之。」

【至】到,等到。《鄭人買履》:「至之市,而忘操之。」

【行】走。《狐假虎威》:「吾爲子先行。」

【江陵】今湖北省江陵縣,距白帝城約一千二百里。李白《早發白帝城》詩:「千里江陵一日還。」

【行客】行人;遊客。歐陽修《遠山》:「行客不知名。」

【有⋯⋯者】有一個(這樣的)人。

❶《疑鄰竊斧》:「人有亡斧者,意其鄰之子。」

❷《鄭人買履》:「鄭人有欲買履者,先度其足,⋯⋯」

【自信】相信自己。《鄭人買履》:「寧信度,無自信也。」

【吐谷渾】tǔ yù hún,粵音突玉魂。古代族名。小學語文課文《折箭》選自《魏書·吐谷渾傳》。

七畫

【走】逃跑。

❶《狐假虎威》:「子隨我後,觀百獸之見我而敢不走乎?」

❷《狐假虎威》:「虎以爲然,故遂與之行,獸見之皆走。」

【更】gèng,粵音庚[3]。再。王之渙《登鸛雀樓》詩:「欲窮千里目,更上一層樓。」

【吾】wú,粵音吳:我。

❶《鄭人買履》:「吾忘持度。」

❷《狐假虎威》:「吾爲子先行。」

【否】表示疑問的助詞,相當於「麼」或「嗎」。《折箭》:「汝曹知否?」

【坐】同「座」,坐位。《鄭人買履》:「鄭人有欲買履者,先度其足,而置之其坐。」

【何】爲什麼。《鄭人買履》:「何不試之以足?」

【社稷】國家。稷: jì,粵音跡。《折箭》:「戮力一心,然後社稷可固。」

【把酒】拿起酒杯。孟浩然《過故人莊》詩:「開軒面場圃,把酒話桑麻。」

【李白】(701~762年)唐朝詩人,字太白,隴西成紀(今甘肅省天水縣)人。他的詩想像豐富,氣勢雄渾。他是中國古代最偉大的詩人之一。

【李紳】(772~846年)唐朝詩人,字公垂。潤州無錫(今江蘇省無錫市)人。紳: shēn,粵音申。

【杜甫】(712~770年)唐朝詩人,字子美,鞏(今河南省鞏縣)人,是中國古代最偉大的詩人之一。

【杜牧】(803~852年)唐朝詩人,字牧之。京兆萬年(今陝西省長安縣)人。牧: mù,粵音木。

【別樣】特別。蘇軾《曉出淨慈寺送林子方》詩:「映日荷花別樣紅。」

【杏花村】杏花深處的村莊。也有說是地名,在安徽省。杏: xìng,粵音幸。杜牧《清明》詩:「借問酒家何處有,牧童遙指杏花村。」

八畫

【其】代詞,相當於白話的「他的」、「她的」、「它的」、「他們的」。

❶《疑鄰竊斧》:「人有亡斧者,意其鄰之子,視其行步,竊斧也;⋯⋯」

❷《疑鄰竊斧》:「俄而掘其谷而得其斧。」

❸《鄭人買履》:「鄭人有欲買履者,先度其足,而置之其座。」

【長】zhǎng,粵音掌;做⋯⋯的首領。《狐假虎威》:「天帝使我長百獸。」

【長百獸】做百獸的首領。長:zhǎng,粵音掌。《狐假虎威》:「天帝使我長百獸。」

【奉】拿上來,拿給。《折箭》:「汝等各奉吾一枝箭。」

【者】代詞。指人或事物等。

❶《疑鄰竊斧》:「他日復見其鄰之子,動作、態度,無似竊斧者。」

❷《鄭人買履》:「鄭人有欲買履者,先度其足,⋯⋯」

❸《折箭》:「汝曹知否? 單者易折,衆則難摧。」

【具】準備,置辦。孟浩然《過故人莊》詩:「故人具雞黍,邀我至田家。」

【固】鞏固,堅固。《折箭》:「戮力一心,然後社稷可固。」

【依】靠着,挨着。王之渙《登鸛雀樓》詩:「白日依山盡。」

【使】派遣。《狐假虎威》:「天帝使我長百獸。」

【命】

❶作名詞用。命令。《狐假虎威》:「今子食我,是逆天帝命也。」

❷作動詞用。命令,吩咐。《折箭》:「俄而命母弟慕利延曰:⋯⋯」

【東吳】指江蘇一帶地方。這裏原是三國時代吳國的所在地,因地處長江東面,所以稱爲「東吳」。

【阿豺】吐谷渾國君長。《折箭》:「阿豺有子二十人。」

【孟浩然】(689~740年)唐朝詩人,襄陽(今湖北襄樊市)人。

【狐假虎威】狐狸借助老虎的威勢(嚇唬人)。古代著名寓言。現在多用它比喻利用他人的威勢來嚇唬人。

九畫

【度】

❶dù,粵音道。用作名詞。尺碼。

　①《鄭人買履》:「吾忘持度。」

　②《鄭人買履》:「寧信度,無自信也。」

❷dù,粵音鐸。用作動詞。量。《鄭人買履》:「鄭人有欲買履者,先度其足,⋯⋯」

【爲】

❶wéi,粵音圍;是。《狐假虎威》:「子以我爲不信,⋯⋯」

❷wèi,粵音位:給,替。《狐假虎威》:「吾爲子先行。」

【故】所以。《狐假虎威》:「虎以爲然,故遂與之行。」

【持】拿。《鄭人買履》:「吾忘持度。」
【面】面對着。孟浩然《過故人莊》詩:「開軒面場圃。」
【皆】jiē，粵音街。全，都。《狐假虎威》:「獸見之皆走。」
【畏】wèi，粵音慰。害怕。《狐假虎威》:「虎不知獸畏己而走也，以爲畏狐也。」
【則】連接詞，表示上下兩句的對比。《折箭》:「單者易折，衆則難摧。」
【信】
❶誠實。《狐假虎威》:「子以我爲不信，吾爲子先行，⋯⋯」
❷相信。《鄭人買履》:「寧信度，無自信也。」
【故人】老朋友。孟浩然有五言律詩《過故人莊》。
【俄而】不久。俄:é，粵音娥。
❶《折箭》:「俄而命母弟慕利延曰:『汝取一枝箭折之。』」
❷《疑鄰竊斧》:「俄而掘其谷而得其斧。」
【待到】等到。孟浩然《過故人莊》詩:「待到重陽日，還來就菊花。」
【重陽日】重陽節。在農曆九月初九，古人習慣在這一天登高或觀賞菊花。孟浩然《過故人莊》詩:「待到重陽日，還來就菊花。」

十畫

【逆】nì，粵音額。違背。《狐假虎威》:「今子食我，是逆天帝命也。」
【軒】xuān，粵音牽。窗。孟浩然《過故人莊》詩:「開軒面場圃。」

十一畫

【郭】城牆。孟浩然《過故人莊》詩:「青山郭外斜。」
【欲】
❶想要。王之渙《登鸛雀樓》詩:「欲窮千里目，更上一層樓。」
❷將要。杜牧《清明》詩:「路上行人欲斷魂。」
【視】看。《疑鄰竊斧》:「視其行步，竊斧也;⋯⋯」
【假】借，借助。小學課文中有古文《狐假虎威》篇。
【清明】二十四節氣之一，又是民間傳統節日，在陽曆四月五日左右。民間習慣在這一天祭掃墳墓。杜牧《清明》詩:「清明時節雨紛紛。」
【畢竟】到底。蘇軾《曉出淨慈寺送林子方》詩:「畢竟西湖六月中，風光不與四時同。」
【終日】整天。歐陽修《遠山》詩:「看山終日行。」
【淨慈寺】古寺名，在杭州西湖邊上。始建於五代周顯德元年（公元954年）。原名慧日永明院; 南宋紹興九年（公元1139年）改名淨慈寺。

十二畫

【朝】zhāo，粵音招。早晨。李白《早發白帝城》詩:「朝辭白帝彩雲間。」
【無】
❶不。《狐假虎威》:「子無敢食我也!」
❷無論。歐陽修《遠山》詩:「山色無遠近。」
【無似】不像。《疑鄰竊斧》:「他日復見其鄰人之子，動作、態度，無似竊斧者。」
【無敢】不敢。《狐假虎威》:「子無敢食我也!」
【無爲而不⋯⋯】沒有一樣不（像是）。《疑鄰竊斧》:「視其行步，竊斧也;顏色，竊斧也;言語，竊斧也;動作、態度，無爲而不竊斧也。」
【黍】shǔ，粵音鼠。黃米飯。孟浩然《過故人莊》詩:「故人具雞黍，邀我至田家。」
【黃鸝】黃鶯的別名。身體黃色。從眼到頭後部黑色，嘴淡紅色。叫的聲音很好聽，吃森林中的害蟲，是益鳥。鸝:lí，粵音離。杜甫《絕句》詩:「兩個黃鸝鳴翠柳。」
【場圃】場指打穀場，圃指菜園子。孟浩然《過故人莊》詩:「開軒面場圃。」
【復見】再見到。《疑鄰竊斧》:「他日復見其鄰人之子。」
【絕句】中國古典詩的一種體裁，每首四句。常見的有五言（每句五字）、七言（每句七字）兩種。小學語文課本所選的杜甫《絕句》，屬於七言絕句（也可以簡稱「七絕」）。
【就菊花】親近菊花。孟浩然《過故人莊》詩:「待到重陽日，還來就菊花。」

十三畫

【遂】suì，粵音睡; 就。
❶《鄭人買履》:「及反，市罷，遂不得履。」
❷《狐假虎威》:「虎以爲然，故遂與之行。」
【意】猜想，懷疑。《疑鄰竊斧》:「人有亡斧者，意其鄰之子。」
【置】放。《鄭人買履》:「鄭人有欲買履者，先度其足，而置之其坐。」
【話桑麻】談莊稼事。桑、麻用來指代農事。
【萬里船】從很遠很遠的地方來的船隻，或: 將要航行到很遠很遠地方的船隻。杜甫《絕句》:「門泊東吳萬里船。」

十四畫

【寧】寧可，寧願。《鄭人買履》:「寧信度，無自信也。」
【鄭】春秋時候的國名，在現在河南省新鄭縣一帶。小學語文課本古文有《鄭人買履》篇。

十五畫

【窮】盡。王之渙《登鸛雀樓》詩:「欲窮千里目，更上

一層樓。」

【罷】完，停止。《鄭人買履》：「及反，市罷。」

【履】lǚ，粤音里；鞋。小學語文課本古文有《鄭人買履》篇。

【憫農】同情農民。憫:mǐn，粤音敏；同情。小學語文課本選有李紳《憫農》詩一首。

【戮力】合力。戮: lù，粤音錄。《折箭》：「戮力一心，然後社稷可固。」

【歐陽修】（1007～1072年）北宋詩人，字永叔，廬陵（今江西省吉安市）人。

【慕利延】慕利是複姓，名延。

十六畫

【謂】告訴。《折箭》：「阿豺謂曰：『汝等各奉吾一枝箭。……』」

【操】拿。《鄭人買履》：「至之市，而忘操之。」

【餐】cān，粤音產[1]; 飯。李紳《憫農》詩：「誰知盤中餐，粒粒皆辛苦。」

【曉】xiāo，粤音僥[2]; 早晨天剛亮。小學語文課本選有蘇軾《曉出淨慈寺送林子方》詩。

十七畫

【辭】告別。李白《早發白帝城》詩：「朝辭白帝彩雲間。」

十八畫

【歸】返回。《鄭人買履》：「反，歸取之。」

【顏色】面部表情。《疑鄰竊斧》：「視其行步，竊斧也；顏色，竊斧也；……」

【斷魂】心情不好。杜牧《清明》詩：「清明時節雨紛紛，路上行人欲斷魂。」魂:hún，粤音雲。

二十畫

【蘇軾】（1037～1101年）北宋詩人，字子瞻，號東坡居士，眉山（今四川省眉山縣）人。他是一個多才多藝的文學家，詩詞非常有名，又是畫家和書法家。軾: shì，粤音式。

二十三畫以上

【竊】qiè，粤音屑；偷。小學語文有《疑鄰竊斧》篇。

【觀】看。《狐假虎威》：「子隨我後，觀百獸之見我而敢不走乎？」

【鸛雀樓】在山西省永濟縣西南。三層，面對中條山，西面可以俯瞰黃河，因為常有鸛雀（形狀像鶴）棲宿，所以叫做「鸛雀樓」。後來被黃河水沖毀了。鸛: guàn，粤音貫。

常用標點符號用法

句號　。　表示一句話完了之後的停頓。
　　　例: 我們的班長李小紅, 是一個聰明能幹的女孩子。

逗號　,　表示一句話中間的停頓。
　　　例: 昨日和今日, 一連兩天下雨, 天氣更清涼了。

頓號　、　表示句中並列的詞或詞組之間的停頓。
　　　例: 彈琴、繪畫、游泳、釣魚, 以及欣賞有意義的電影、電視等, 都是正當的娛樂。

分號　;　表示一句話中並列分句之間的停頓。
　　　例: 我們的手, 握在一起; 我們的心, 貼在一起。

冒號　:　用以提示下文。
　　　例: 各位: 這是播音劇, 劇名「等待」。謝謝收聽。

問號　?　用在問句之後。
　　　例: 你認爲學問和道德哪一樣重要?

感歎號[1]　!　表示強烈的感情。
　　　例: 冼叔叔, 我眞是感激你啊!

引號[2]　" " ' ' 『 』 「 」
　　　1.表示引用的部分。
　　　例一: 中國有一句諺語說: 「活到老, 學到老」。
　　　例二: 老師問我: 「你讀過《醜小鴨》嗎?」
　　　2.表示特定的稱謂或需要着重指出的部分。
　　　例: 由於這個賽會是在奧林匹斯山下舉行, 人們一向都稱它爲「奧林匹克大會」。
　　　3.表示諷刺或否定的意思。
　　　例: 闖進別人家裏打人、強要東西, 卻說是爲了「保護」人家的「安全」——這不是強盜的邏輯, 又是什麼?

括號[3]　( )　表示文中注釋的部分。
　　　例: 相傳在黃帝時代 (四千多年前) 作的《九章算術》, 就是中國古代最早的數學書籍。

省略號[4]　……　表示文中省略的部分。
　　　例: 玫瑰花的花朵有大有小, 有純白、乳黃、淡紅、大紅、深紫……各種顏色。

破折號[5]　——
　　　1.表示底下是解釋、說明的部分, 有括號的作用。
　　　例: 我們從黃竹坑道的正門, 進入海洋公園的第一部分——黃竹坑公園。
　　　2.表示意思的遞進。
　　　例: 固態——液態——氣態, 這程序稱爲「物質三態」。
　　　3.表示意思的轉折。
　　　例: 當你寫信的時候, 你想說什麼, 你就寫什麼, 好像平日寫文章一樣——當然, 我們的說話要得體, 要能夠好好地表情達意。

連接號[6]　——　表示時間、地點、數目等的起止。
　　　例一: 抗日戰爭時期 (1937——1945)
　　　例二: 「九龍——羅湖」火車

書名號[7]　《 》〈 〉　表示書籍、文件、報刊、文章等的名稱。
　　　例: 《水滸傳》《西遊記》
　　　　 《〈寄小讀者〉讀後感》

間隔號　·
　　　1.表示月份和日期之間的分界。
　　　例: 「五·一」國際勞動節
　　　2.表示有些民族人名中的音界。
　　　例: 差利·卓別靈

着重號　．　表示文中需要強調的部分。
　　　例: 批評家的職務不但是剪除惡草, 還得灌漑佳花——佳花的苗。(魯迅)

注: ①感歎號也叫「感情號」或「驚歎號」。
　　②" " 『 』 叫雙引號; ' ' 「 」 叫單引號。" " ' ' 多用於橫行文字; 『 』 「 」 多用於直行文字。只需要一種引號時, 橫行文字用 " ", 直行文字用 『 』 「 」 都可以。引號中再用引號時, 橫行文字一般雙引號在外, 單引號在內; 直行文字則多是單引號在外, 雙引號在內。
　　③常見的括號還有幾種, 如〔 〕 [ ], 多用於文章注釋的標號或根據需要作爲某種標記。
　　④用六個圓點, 佔兩個字的位置。
　　⑤佔兩個字的位置。
　　⑥佔一個字或兩個字的位置。
　　⑦書名號內再用書名號時, 雙書名號《 》在外, 單書名號〈 〉在內。書名號原用﹏﹏﹏。

筆順的一般規則

漢字一個一種樣子，筆畫的順序也各有不同，沒有法定的正式規則。這裏說的一般規則，就是約定俗成的一般習慣。

漢字筆畫書寫的順序，基本規則是：

一　先上後下。先寫上面的筆畫和結構單位，再寫下面的筆畫和結構單位，依次寫下來。

```
三    一 二 三
言    亠 言 言
豆    一 口 豆 豆
意    亠 立 音 意 意
```

二　先左後右。先寫左面的筆畫和結構單位，再寫右面的筆畫和結構單位，依次寫過來。

```
川    丿 丿丨 川
以    乚 以 以
湖    氵 汁 浩 湖 湖
衡    彳 徍 徲 㣔 衡
```

三　先橫後豎，撇，捺。橫和由橫組成的筆畫跟豎、撇、捺相交，或相連而在上的，一般先寫橫。

```
井    一 二 尹 井
力    フ 力
又    フ 又
民    コ コ コ コ 民
```

四　先撇後捺。撇跟捺相交或相連，先寫撇，後寫捺。

```
人    丿 丿 人
文    亠 亠 文
衣    亠 亠 亠 衣 衣
谷    八 父 谷
```

五　先外後內。兩面包圍或三面包圍的結構，一般先寫外面，後寫裏面。

```
刁    フ フ 刁
句    丿 勹 句
同    丨 门 门 同
閃    丨 卩 阞 門 閃
```

六　先進人，後關門。這是比喻的話，意思是四面包圍的結構，先寫"冂"，再寫裏面的字心，最後寫底下的橫來封口。

```
日    丨 冂 日
四    丶 冂 四 四
因    丨 门 冈 因
回    丶 冂 回 回
```

七　點在上面或左上的時候，一般先寫。點在底下、右上、裏面，一般後寫。

```
亦    一 亠 亦 亦
為    丶 丿 为 為
舟    丿 几 舟 舟 舟
戈    一 弋 戈 戈
```

應該說明的是，除了以上幾條一般規則之外，漢字的筆順從來未曾有過統一的規範。本詞典給出的筆順，並不是唯一的選擇，相信也有一些可能引起爭議的地方（例如「告」、「周」，由於標準字形規定其中的豎畫必須上下貫穿，因而豎畫安排在兩橫之後書寫，這樣的筆順在向專家徵求意見時，便已經有過不同的看法）。實際上，一部分漢字的筆順允許有兩種或兩種以上的寫法。為此，我們建議：對於學生書寫中的不同筆順，只要不違反約定俗成的一般規則，教師宜應採取比較寬容的態度。

附：構字部件及難字筆順舉例

	筆　順	字　例		筆　順	字　例
火	、丶丿火（又：丶丿少火）	炎 燒	皮	一厂ナ皮皮（又：）广ナ皮皮	疲 皰
艹	一十艹艹	草 莊	死	一ブ歹死死	葵 登 鉞
攵	ノ一ケ攵	敍 敲	戉	一丿戊戉	姥 聳 取
丑	フ刀丑丑（又：コヲ丑丑）	紐 妞 扭	老	十耂耂老	
爿	丶ㄣ爿爿	牀 將	耳	一丌耳耳（又：一丆耵珥耳）	卧 堅 城 盛
艮	フⅢ艮艮	服 報	臣	一丁臣臣臣	
疒	丶ㄧ广疒	疾 病	成	一厂戍成成（又：）厂厈成）	
必	丶心心必必（又：丶丿必必必）	泌 毖	卢	丶ㄧㅏ卢卢卢	虎 虔 祭 察
世	一十卅世	屜 諜	殀	丶夕殀殀	罷 跳 挑 缺
廿	一十廿廿	甜 某	兆	丿ᅵ兆兆兆	缸 舅 舀
业	丨丨业业	業 叢 僕	缶	ㅗ午缶缶	
凸	丨卩凸凸凸		白	丿白白白（又：丿白白白白）	
凹	丨凵凹凹凹		舟	丿舟舟舟	殷 船 肇 畫
冉	丨冂冃冉冉（又：冂冃冉冉）	再 冓 溝	聿	フ聿聿聿	津 派 挾
出	凵山出出（又：丨屮出出）	茁 拙	畫	書畫	書 脹 幣
母	乚母母母（又：乚母母母母）	每 毒	長	長長長	浹 敝
			夾	夾夾	
			尚	尚尚尚	

358

筆順		字例
身	㇒ ㇒ ㇆ 身	躬 射
卯	㇁ ㇆ ㇁ 卯 卯	解
亞	ㄧ ㄒ ㄓ 吞 吞 亞	啞 惡
門	㇑ ㇆ ㇆ ㇆ ㇆ ㇆ 門 (又：㇆ 門 門 門 門)	閃 們
非	㇒ ㇒ ㇒ 非	蜚 排
臾	㇒ ㇒ ㇆ 臼 臾 臾 (又：㇒ ㇒ ㇆ 臼 臾)	諛 瘐
昌	日 曰 号 号 昌 ㇒ ㇒ 千 ㇎ 垂 垂 (又：㇒ 千 垂)	喝 葛 捶 郵
垂		
飛	㇟ ㇟ 飛 飛 飛	
兼	㇒ ㇜ 羊 兼	歉 廉
馬	㇒ ㇆ ㇌ 馬 馬 馬 (又：㇐ 王 馬 馬)	駕 馳
鬥	㇑ 𦥑 𦥑 鬥	鬩 鵲
脊	人 㳠 灷 脊 (又：㇀ ㇜ 脊)	齎
乘	千 乖 乖 乘 (又：乖 乖 乘)	剩
淵	㇒ ㇒ 川 洲 淵 淵	
庸	广 户 庯 庸 庸	慵 傭

筆順		字例
率	㇐ 玄 玄 玄 玆 率	蟀 摔
畢	日 旦 思 畢	
董	㇒ 廿 菅 荁 董	勤 觀 饉
鳥	㇒ 自 自 鳥 鳥	鳩 鶴
黽	㇆ 口 巴 黽 黽 黽 黽 黽	澠 蠅 竈
萬	廿 芇 芇 芇 萬 萬	屬 癘 嘩
華	廿 芇 芇 芛 華	樺 舞
無	㇐ 無 無 無	燕 撫
禽	人 佥 佥 禽 禽	竄 馳 魖
鼠	臼 甼 鼡 鼠 鼠 鼠	蕭
肅	㇆ 肀 肃 肃 肅 肅	擠 簫 濟
齊	亠 方 亦 齊 齊	賑 藏
藏	㇒ 扩 萨 藏 藏	齡 齧
齒	㇑ 少 歩 歮 齒	鱷
斷	㇒ 㡯 㡯 鋞 斷	鬮 蠱
靈	㇐ 雨 严 霊 靈	
龜	㇑ 曲 鼂 龜 龜 龜 龜 (又：龜 龜 龜 龜 龜)	
豐	㇑ 丰 丰 曲 豐	豔

聲韻母及聲調表

在美語話拼音裏，不是每個聲母和每個韻母都互相配合的，即使配合在一起，也不一定四個聲都有對應字。

聲母	單韻母						複韻母												
	a	o	e	i	u	ü	ai	ei	ao	ou	ia	ie	iao	iou	ua	uo	uai	uei	üe
b	ba	bo		bi	bu (1)		bai	bei (2)	bao			bie	biao (2)						
p	pa (3)	po		pi	pu		pai	pei (3)	pao	pou (2,3,4)		pie (2,4)	piao						
m	ma	mo	me	mi	mu (1)		mai (1)	mei (1)	mao	mou (1,4)		mie (2,3)	miao (1)	miu (1,2,3)					
f	fa	fo (1,3,4)			fu			fei		fou (1,2,4)									
d	da		de (3,4)	di	du		dai (2)	dei (2,4)	dao	dou (2)		die (3,4)	diao (2,3)	diu (2,3,4)		duo		dui (2,3)	
t	ta (2)		te (1,2,3)	ti	tu		tai (3)		tao	tou (3)		tie (2)	tiao			tuo		tui	
n	na		ne (1,3)	ni (1)	nu (1)	nü (1,2,4)	nai (1,2)	nei (1,2)	nao (1)			nie (2,3)	niao (1,2)	niu		nuo (1,3)			nüe (1,2,3)
l	la		le (1,2,3)	li (1)	lu (1)	lü (1)	lai (1,3)	lei	lao	lou	lia (1,2,4)	lie (1,2)	liao	liu		luo			lüe (1,2,3)
g	ga		ge		gu		gai (2)	gei (1,2,4)	gao (2)	gou (2)					gua (2)	guo	guai (2)	gui (2)	
k	ka (2,4)		ke		ku (2)		kai (2)	kei (2,3,4)	kao (1,2)	kou (2)					kua (2)	kuo (1,2,3)	kuai (1,2,3)	kui	
h	ha (4)		he (3)		hu		hai	hei (3,4)	hao	hou					hua (3)	huo	huai (1,3)	hui	
j				ji		ju					jia	jie	jiao	jiu (2)					jue (3)
q				qi		qu					qia (2)	qie	qiao	qiu (3,4)					que (3)
x				xi		xu					xia (3)	xie	xiao	xiu (2)					xue
zh	zha		zhe		zhu		zhai	zhei (1,2,3)	zhao	zhou					zhua (2,4)	zhuo (3,4)	zhuai (2)	zhui (2,3)	
ch	cha		che (2)		chu		chai (3,4)		chao (4)	chou						chuo (2,3)	chuai (2)	chui (3,4)	

單韻母 / 複韻母

聲母	a	o	e	i	u	ü	ai	ei	ao	ou	ia	ie	iao	iou	ua	uo	uai	uei	üe
Sh	sha		she		shu		shai (2)	shei (1,3,4)	shao	shou					shua (2,4)	shuo (2,3)	shuai (2)	shui (1)	
r			re (1,2)		ru (1)				rao (1)	rou (1,3)						ruo (1,2,3)		rui (1,2)	
z	za (3,4)		ze (1,3)		zu (4)		zai (2)	zei (1,3,4)	zao	zou (2)						zuo		zui (1,2)	
c	ca (2,3,4)		ce (1,2,3)		cu (2,3)		cai		cao (4)	cou (1,2,3)						cuo (2)		cui (2,3)	
s	sa (2)		se (1,2,3)		su (3)		sai (2,3)		sao (2)	sou (2)						suo (2,4)		sui	
*	a		e	yi	wu	yu	ai		ao	ou (2)	ya	ye	yao	you	wa	wo (2)	wai (2)	wei	yue (2,3)

鼻韻母

聲母	an	en	ang	eng	ian	in	iang	ing	uan	uen	uang	üan	ün	ueng	ong	iong
b	ban (2)	ben (2)	bang (2)	beng	bian (2)	bin (2,3)		bing (2)								
p	pan (3)	pen (3)	pang (1,4)	peng	pian (3)	pin		ping (3,4)								
m	man	men (3)	mang (1,4)	meng	mian (1)	min (1,4)		ming (1)								
f	fan	fen	fang	feng												
d	dan (2)		dang (2)	deng (2)	dian (2)			ding (2)	duan (2)	dun (2)					dong (2)	
t	tan		tang	teng (2,3)	tian			ting (4)	tuan (3,4)	tun (3)					tong	
n	nan (1)	nen (1,2,3)	nang (1)	neng (1,3,4)	nian	nin (1,3,4)	niang (1,3)	ning (1)	nuan (1,2,4)						nong (1,3)	
l	lan (1)		lang (1)	leng (1)	lian (1)	lin (1)	liang (1)	ling	luan (1)	lun (3)					long (1)	
g	gan (2)	gen (2,3)	gang (2)	geng (2)					guan (2)	gun (1,2)	guang (2)				gong (2)	
k	kan (2)	ken (1,2,4)	kang (3)	keng (2,3,4)					kuan (2,4)	kun (2)	kuang (3)				kong (2)	

聲母 \ 鼻韻母	an	en	ang	eng	ian	in	iang	ing	uan	uen	uang	ueng	üan	ün	ong	iong
h	han	hen (1)	hang (3)	heng (3)					huan	hun (3)	huang				hong	
j					jian (2)	jin (2)	jiang (2)	jing (2)					juan (2)	jun (2,3)		jiong (1,2,4)
q					qian	qin	qiang	qing					quan	qun (1,3,4)		qiong (1,3,4)
x					xian	xin (2,3)	xiang	xing					xuan	xun (3)		xiong (3,4)
zh	zhan (2)	zhen (2)	zhang (2)	zheng (2)					zhuan (2)	zhun (2,4)	zhuang (2,3)				zhong (2)	
ch	chan (2)	chen (3)	chang	cheng					chuan	chun (4)	chuang				chong	
sh	shan (2)	shen	shang (2)	sheng					shuan (2,3)	shun (1,2)	shuang (2,4)					
r	ran (1,4)	ren (1)	rang	reng (3,4)					ruan (1,2,4)	run (1,2,3)					rong (1,4)	
z	zan	zen (1,2,4)	zang (2,3)	zeng (2,3)					zuan (2)	zun (2,3,4)					zong (2)	
c	can	cen (3,4)	cang (2,4)	ceng (1,3)					cuan (3)	cun					cong (3,4)	
s	san (2)	sen (2,3,4)	sang (2)	seng (2,3,4)					suan (2,3)	sun (2,4)					song (2)	
*	an (2)	en (2,3)	ang (3)		yan	yin	yang	ying	wan	wen	wang	weng (2,3)	yuan	yun		yong

注：

1. 括號裡的數字表示該音節沒有那個聲調的對應字，如無注明，即四聲均有。

2. 單韻母-i 只和 zi、ci、si、zhi、chi、shi、ri 相拼，單韻母 er 和 e 不和聲母相拼，因此在表中沒有列出。

3. *表示是零聲母，即沒有聲母。

4. me 只有輕聲。